Elogios para

La Cúpula

"*La Cúpula* es un clásico de King que seguro complacerá a cualquier fan".

—*The Baltimore Sun*

"*La Cúpula* se mueve tan rápido y agarra al lector con tanta fuerza que es prácticamente incapacitante".

—*Newsday*

"Un viaje tremendamente entretenido".

—*People*

"Propulsivamente intrigante... Asombrosamente adictivo".

—*USA Today*

"Fascinante".

—ABC News

"Uno de mis libros favoritos del año hasta ahora".

—Neil Gaiman

"El trabajo de un maestro narrador que se divierte mucho".

—*Los Angeles Times*

"Punzante y enérgico de principio a fin".

—*The New York Times*

STEPHEN KING
La Cúpula

Stephen King es el maestro indiscutible de la narrativa de terror contemporánea, con más de treinta libros publicados. En 2003 fue galardonado con la Medalla de la National Book Foundation por su contribución a las letras estadounidenses, y en 2007 recibió el Grand Master Award, que otorga la asociación Mystery Writers of America. Entre sus títulos más célebres cabe destacar *El misterio de Salem's Lot, El resplandor, Carrie, La zona muerta, Ojos de fuego, IT (Eso), Maleficio, La milla verde* y las siete novelas que componen la serie *La Torre Oscura*. Vive en Maine, con su esposa Tabitha King, también novelista.

La Cúpula

La Cúpula

Stephen King

Traducción de
Roberto Falcó Miramontes y Laura Manero Jiménez

VINTAGE ESPAÑOL

Penguin
Random House
Grupo Editorial

Título original: *Under the Dome*
Primera edición: enero de 2022

© 2009, Stephen King
© 2022, Penguin Random House Grupo Editorial USA, LLC
8950 SW 74th Court, Suite 2010
Miami, FL 33156

Traducción: Roberto Falcó Miramontes y Laura Manero Jiménez
Diseño de cubierta: Megan Wilson

Impreso en México / *Printed in Mexico*

ISBN: 978-0-593-31158-5

22 23 24 25 26   10 9 8 7 6 5 4 3 2 1

En recuerdo de Surendra Dahyabhai Patel.
Te echamos de menos, amigo mío

Who you lookin for
What was his name
you can prob'ly find him
at the football game
it's a small town
you know what I mean
it's a small town, son
and we all support the team

[¿A quién estás buscando?
¿Cómo se llamaba?
Seguramente lo encontrarás
en el partido de futbol.
Esta es una ciudad pequeña,
ya sabes lo que quiero decir,
esta es una ciudad pequeña, hijo,
y todos apoyamos al equipo]

JAMES MCMURTRY

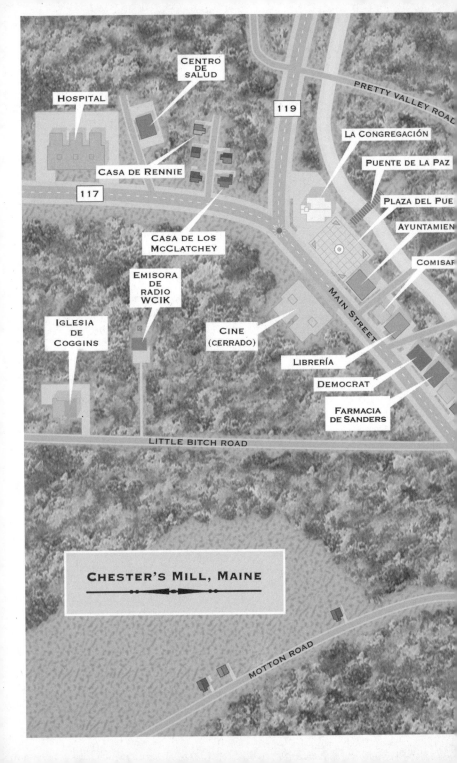

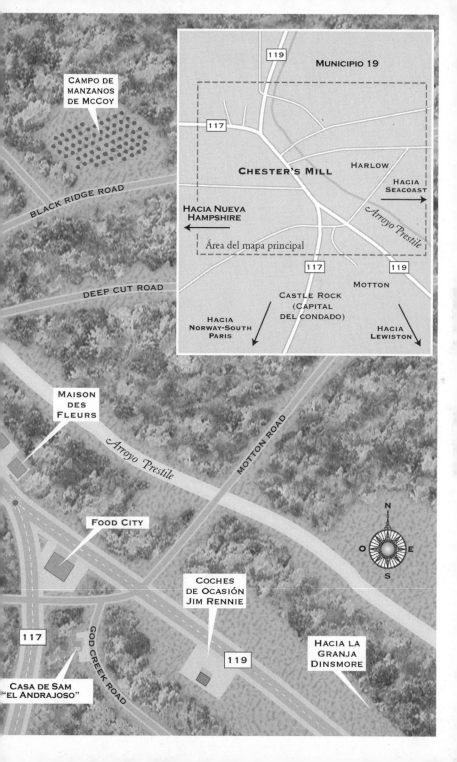

ALGUNOS (AUNQUE NO TODOS) DE LOS QUE ESTABAN EN CHESTER'S MILL EL DÍA DE LA CÚPULA:

FUNCIONARIOS MUNICIPALES

Andy Sanders, primer concejal
Jim Rennie, segundo concejal
Andrea Grinnell, tercera concejala

PERSONAL DEL SWEETBRIAR ROSE

Rose Twitchell, propietaria
Dale Barbara, cocinero
Anson Wheeler, lavaplatos
Angie McCain, camarera
Dodee Sanders, camarera

DEPARTAMENTO DE POLICÍA

Howard "Duke" Perkins, jefe de policía
Peter Randolph, ayudante del jefe de policía
Marty Arsenault, oficial de policía
Freddy Denton, oficial de policía
George Frederick, oficial de policía
Rupert Libby, oficial de policía
Toby Whelan, oficial de policía
Jackie Wettington, oficial de policía
Linda Everett, oficial de policía

Stacey Moggin, oficial de policía/secretaria
Junior Rennie, ayudante especial
Georgia Roux, ayudante especial
Frank DeLesseps, ayudante especial
Melvin Searles, ayudante especial
Carter Thibodeau, ayudante especial

SERVICIOS RELIGIOSOS

Reverendo Lester Coggins, Iglesia del Santo Cristo Redentor
Reverenda Piper Libby, Primera Iglesia Congregacional

PERSONAL MÉDICO

Ron Haskell, médico
Rusty Everett, auxiliar médico
Ginny Tomlinson, enfermera
Dougie Twitchell, enfermero
Gina Buffalino, enfermera voluntaria
Harriet Granelow, enfermera voluntaria

NIÑOS DEL PUEBLO

Joe McClatchey "el Espantapájaros"
Norrie Calvert
Benny Drake
Judy y Janelle Everett
Ollie y Rory Dinsmore

VECINOS DIGNOS DE SER MENCIONADOS

Tommy y Willow Anderson, propietarios/encargados del bar
  de carretera Dipper's
Stewart y Fernald Bowie, propietarios/encargados de la Fune-
  raria Bowie
Joe Boxer, dentista
Romeo Burpee, propietario/encargado de Almacenes Burpee's
Phil Bushey, chef de dudosa reputación
Samantha Bushey, esposa de Phil Bushey
Jack Cale, gerente del supermercado

Ernie Calvert, gerente del supermercado (jubilado)
Johnny Carver, encargado de la tienda 24 horas
Alden Dinsmore, ganadero de vacuno lechero
Roger Killian, criador de pollos
Lissa Jamieson, bibliotecaria del pueblo
Claire McClatchey, madre de Joe "el Espantapájaros"
Alva Drake, madre de Benny
"Stubby" Norman, anticuario
Brenda Perkins, mujer del alguacil Perkins
Julia Shumway, propietaria/directora del periódico local
Tony Guay, reportero de la fuente deportiva
Pete Freeman, fotógrafo de prensa
Sam Verdreaux "el Andrajoso", borracho del pueblo

FORASTEROS

Alice y Aidan Appleton, huérfanos de la Cúpula ("Cupuérfanos")
Thurston Marshall, hombre de letras con conocimientos médicos
Carolyn Sturges, estudiante de posgrado

PERROS DIGNOS DE SER MENCIONADOS

Horace, corgi de Julia Sumway
Clover, pastor alemán de Piper Libby
Audrey, golden retriever de los Everett

LA AVIONETA
Y LA MARMOTA

A 600 metros de altura, donde Claudette Sanders disfrutaba de su clase de vuelo, la pequeña localidad de Chester's Mill relucía bajo la luz de la mañana como algo recién horneado y servido. Los coches avanzaban lentamente a lo largo de Main Street entre destellos de sol. El campanario de la iglesia de la Congregación parecía lo bastante afilado para perforar el inmaculado cielo. El sol recorría la superficie del arroyo Prestile mientras el Seneca V lo sobrevolaba: avioneta y agua cruzando la ciudad a lo largo del mismo curso diagonal.

—¡Chuck, me parece que veo a dos niños junto al Puente de la Paz! ¡Pescando! —se sentía tan feliz que rio.

Las clases de vuelo habían sido cortesía de su marido, que era primer concejal del pueblo. Pese a ser de la opinión de que si Dios hubiese querido que el hombre volara le habría dado alas, Andy era un hombre sumamente maleable, y al final Claudette se había salido con la suya. Había disfrutado de la experiencia desde el primer momento. Pero aquello no era mero disfrute; aquello era euforia. Ese día, por primera vez, había comprendido de verdad qué hacía que volar fuera algo tan extraordinario. Qué lo hacía tan genial.

Chuck Thompson, su instructor, movió la palanca con suavidad y después señaló el tablero de control.

—No lo dudo —dijo—, pero hay que volar cara arriba, Claudie, ¿de acuerdo?

—Perdón, perdón.

—No pasa nada —llevaba años enseñando a volar y le gustaban los alumnos como Claudie, ésos que estaban ansiosos por aprender algo nuevo. A Andy Sanders eso podría costarle una fortuna dentro de poco; a su mujer le encantaba el Seneca y había expresado su deseo de tener uno igual que aquel pero nuevo. Un aparato como ese debía de costar alrededor de un millón de dólares. Aunque no era lo que se dice una consentida, no se podía negar que Claudie Sanders tenía unos gustos bastante caros que Andy, un hombre afortunado, parecía satisfacer sin problemas.

A Chuck también le gustaban los días como ese: visibilidad ilimitada, nada de viento, condiciones perfectas para una clase. Aun así, el Seneca se sacudió un poco cuando su alumna se pasó corrigiendo la posición.

—Cuidado, ten siempre en mente pensamientos alegres. Ponte a ciento veinte. Sigamos por la carretera 119. Y desciende hasta trescientos.

Eso hizo ella, dejando el Seneca una vez más en perfecto equilibrio. Chuck se relajó.

Pasaron por encima de Coches de Ocasión Jim Rennie y luego dejaron atrás el pueblo. A ambos lados de la 119 había campos y árboles llenos de color. La sombra cruciforme del Seneca aceleraba sobre el asfalto, un ala oscura rozó brevemente a una hormiga humana con una mochila a la espalda. La hormiga humana miró hacia arriba y saludó. Chuck le devolvió el saludo, aunque sabía que aquel tipo no podía verlo.

—¡Jesús, qué día tan espléndido! —exclamó Claudie.

Chuck rio.

Solo les quedaban cuarenta segundos de vida.

2

La marmota avanzaba bamboleándose por el borde de la carretera 119, avanzaba en dirección a Chester's Mill, aunque el pueblo quedaba todavía a kilómetro y medio de distancia e incluso Coches de Ocasión Jim Rennie no era más que una serie de titilantes destellos de luz solar dispuestos en filas allí donde la carretera torcía hacia la izquierda. La marmota había planeado (en la medida en que pueda decirse que una marmota planee) volver a internarse en la vegetación mucho antes de llegar tan lejos, pero por el momento la orilla le parecía bien. Se había alejado de su madriguera más de lo que había sido su primera intención, pero el sol le calentaba el lomo y los aromas que percibía su nariz eran frescos y formaban en su cerebro unas representaciones rudimentarias que no llegaban a ser imágenes.

Se detuvo y se irguió un instante sobre las patas traseras. Ya no veía tan bien como antes, pero sí lo suficiente para distinguir a un humano que caminaba en dirección a ella por el borde contrario.

La marmota decidió que avanzaría todavía un poco más. A veces los humanos dejaban tras de sí cosas buenas para comer.

Era un animal viejo, y gordo. En sus tiempos había saqueado más de uno y más de dos contenedores de la basura, y conocía el camino hasta el vertedero de Chester's Mill tan bien como los tres túneles de su madriguera; en el vertedero siempre había cosas ricas que comer. Avanzaba con el complacido bamboleo de los ancianos, vigilando al humano que caminaba por el otro lado de la carretera.

El hombre se detuvo. La marmota se dio cuenta de que la había visto. A su derecha, justo delante de ella, había un abedul caído. Se escondería ahí debajo, esperaría a que el hombre pasara y luego buscaría algo suculento que…

Los pensamientos de la marmota llegaron hasta ahí, y pudo dar tres pasitos bamboleantes más a pesar de que había quedado partida por la mitad. Después se desplomó en el borde de la carretera. La sangre salía a chorros y borbotones; las tripas se desparramaron sobre la tierra; las patas traseras dieron dos rápidas sacudidas, después quedaron inmóviles.

Lo último que pensó antes de esa oscuridad que a todos nos llega, a marmotas y humanos por igual, fue: *¿Qué ha pasado?*

3

Todas las agujas del panel de control cayeron inertes.

—¿Qué mier…? —dijo Claudie Sanders.

Giró hacia Chuck. Tenía los ojos muy abiertos, pero en ellos no había pánico, solo desconcierto. No había tiempo para el pánico.

Chuck ni siquiera llegó a ver el panel de control. Vio la nariz del Seneca arrugándose hacia él. Después vio cómo se desintegraban las dos hélices.

No hubo tiempo de ver más. No hubo tiempo de nada. El Seneca explotó por encima de la carretera 119 y se precipitó sobre los campos como una lluvia de fuego. También llovieron pedazos de cuerpos. Un antebrazo humeante (de Claudette) aterrizó con un golpe junto a la marmota tan limpiamente seccionada.

Era 21 de octubre.

BARBIE

1

Barbie empezó a sentirse mejor en cuanto pasó por delante del Food City y dejó atrás el centro. Al ver el cartel que decía ESTÁ SALIENDO DEL PUEBLO DE CHESTER'S MILL ¡VUELVA MUY PRONTO!, se sintió aún mejor. Se alegraba de estar ya en marcha, y no solo porque en Mill le hubiesen dado una paliza. Lo que lo animaba era simplemente el hecho de poner tierra de por medio. Había estado por lo menos dos semanas paseándose por ahí bajo su propia nube negra antes de que lo apalearan en el estacionamiento del Dipper's.

—En el fondo no soy más que un trotamundos —dijo, y se echó a reír—. Un trotamundos camino de Gran Sky, Montana —diablos, y ¿por qué no? ¡Montana! O Wyoming. La maldita Rapid City, en Dakota del Sur. Cualquier lugar menos ese pueblo.

Oyó un motor que se acercaba, giró —caminando hacia atrás— y levantó el pulgar. Lo que vio fue una bonita combinación: una camioneta Ford vieja y sucia con una joven rubia y atractiva al volante. Rubio ceniza, su rubio favorito. Barbie le dedicó su sonrisa más seductora. La chica que conducía la camioneta le correspondió con una de las suyas y, madre de Dios, si tenía más de diecinueve años Barbie habría sido capaz de tragarse el cheque de su última paga del Sweetbriar Rose. Demasiado joven para un caballero de treinta veranos, sin duda, pero perfectamente legal, como habrían dicho en los días de su campechana juventud en Iowa.

La camioneta disminuyó la marcha, él echó a andar hacia ella... y entonces el vehículo volvió a acelerar. La chica le dedicó una mirada fugaz cuando lo pasó de largo. Su rostro aún sonreía, pero había en él arrepentimiento. "He perdido el juicio por un momento —decía esa sonrisa—, pero la sensatez ha vuelto a imponerse."

Barbie creyó que la conocía de algo, pero era imposible decirlo con seguridad; los domingos por la mañana el Sweetbriar era siempre una casa de locos. Sin embargo, le parecía haberla visto allí con un tipo mayor, seguramente su padre, los dos con la cara semienterrada en una sección dominical del *Times*. De haber podido hablar con ella mientras pasaba de largo, Barbie le habría dicho: "Si te fiabas de mí para que te preparase una salchicha con huevos, bien podrías haberte fiado para llevarme unos kilómetros en el asiento del copiloto".

Pero, claro, no tuvo oportunidad, así que se limitó a levantar la mano en un breve saludo que daba a entender "ningún problema". Las luces de freno de la camioneta parpadearon, como si la chica lo hubiera reconsiderado. Después se apagaron y aceleró.

Durante los días siguientes, cuando las cosas empezaron a ir de mal en peor en Chester's Mill, Barbie reviviría una y otra vez ese pequeño instante bajo el cálido sol de octubre. Pensaría en ese segundo parpadeo de duda de las luces de freno… como si la chica al final lo hubiera reconocido. *Es el cocinero del Sweetbriar Rose, estoy casi segura. Quizá debería…*

Sin embargo, ese "quizá" era un abismo por el que se habían precipitado hombres mejores que él. Si ella de verdad lo hubiera reconsiderado, todo habría cambiado a partir de entonces en la vida de Barbie. Porque ella había conseguido escapar; él jamás volvió a ver ni a la rubia atractiva, ni la vieja camioneta Ford F-150. Debió de cruzar los límites de Chester's Mill unos minutos (o incluso segundos) antes de que la frontera se cerrara de golpe. Si él hubiera ido con ella, estaría fuera sano y salvo.

A menos, claro está, pensaría más tarde, cuando no había manera de conciliar el sueño, *que hubiese perdido demasiado tiempo recogiéndome. En tal caso, aun así, yo no estaría aquí. Y ella tampoco. Porque el límite de velocidad en ese tramo de la 119 es de ochenta kilómetros por hora. Y a ochenta kilómetros por hora…*

En ese punto siempre pensaba en la avioneta.

La avioneta lo sobrevoló justo después de que él pasara por Coches de Ocasión Jim Rennie, un lugar por el que Barbie no sentía ningún aprecio. No es que hubiera comprado allí una carcacha (hacía más de un año que no tenía coche, el último lo había vendido en Punta Gorda, Florida). Era solo que Jim Rennie Jr. fue uno de los sujetos de aquella noche en el estacionamiento del Dipper's. Un chico que tenía algo que demostrar, y lo que no pudiera demostrar por sí solo lo demostraría formando parte de un grupo. Así era como hacían negocios los Jim Junior del mundo, por lo que Barbie había podido comprobar.

Sin embargo, eso había quedado atrás. Coches de Ocasión Jim Rennie, Jim Junior, el Sweetbriar Rose (¡Las almejas capeadas son nuestra especialidad! Siempre *enteras*. Nunca *en trozos*), Angie McCain, Andy Sanders. Todo, incluido el Dipper's. Nuestras estupendas palizas servidas en el estacionamiento, especialidad de la casa. Todo había quedado atrás. Y ¿qué tenía delante? Pues las puertas de Estados Unidos. Adiós, pueblucho de Maine; hola, Gran Cielo de Norteamérica.

Qué diablos, tal vez bajara otra vez hacia el sur. Por muy bonito que fuera ese día en concreto, el inverno acechaba a solo una o dos páginas del calendario. El sur tenía buen aspecto. Nunca había estado en Muscle Shoals, y le gustaba cómo sonaba. "Cordillera de Músculo" era pura poesía, diablos, y la idea de ir allí lo ilusionó tanto que, cuando oyó el ruido de la avioneta, miró al cielo y, lleno de entusiasmo, le dedicó un gran saludo al viejo estilo. Esperó un movimiento de giro en respuesta, pero no lo hubo, y eso que el Seneca volaba a velocidad de tortuga y a muy poca altitud. Barbie supuso que serían turistas disfrutando de las vistas —era un día ideal para ellos, con los árboles encendidos— o tal vez fuera algún muchacho sacando la licencia de vuelo, demasiado preocupado por no errar para molestarse en contestar a terrícolas como Dale Barbara. Sin embargo, les deseó un buen día. Tanto si eran turistas como si era un crío a seis semanas aún de su primer vuelo en solitario, Barbie les deseó un buen día. Era una mañana agradable, y cada paso que lo alejaba de Chester's Mill la hacía aún mejor. En Mill había demasiados cretinos y, además, viajar era bueno para el alma.

A lo mejor habría que mudarse por ley en octubre, pensó. *Nuevo lema nacional: EN OCTUBRE, TODOS DE MUDANZA. Pides permiso en agosto para hacer las maletas, en septiembre avisas con la debida semana de antelación, y luego...*

Se detuvo. No muy lejos, al otro lado de la carretera, había una marmota. Una marmota inmensa. Y lustrosa y atrevida, además. En lugar de escabullirse entre la hierba alta, seguía avanzando. La copa de un abedul caído ocupaba la mitad de la orilla pavimentada, y Barbie apostó a que la marmota correría a esconderse allí y aguardaría a que el malvado Dos Piernas pasara de largo. Si no, se cruzarían cual dos trotamundos: el de cuatro patas rumbo al norte, y el de dos, rumbo al sur. Barbie deseó que fuera eso lo que pasara. Sería genial.

Esos pensamientos pasaron por su mente en cuestión de segundos; la sombra de la avioneta seguía estando entre la marmota y él, una cruz negra que recorría la carretera. Entonces sucedieron dos cosas de forma casi simultánea.

La primera fue la marmota. Estaba entera y de pronto quedó partida en dos. Las dos partes se sacudían y sangraban. Barbie se detuvo, boquiabierto, la mandíbula inferior colgaba inerte de su articulación. Era como si hubiera caído la hoja de una guillotina invisible. Y entonces fue cuando, justo encima de la marmota cercenada, la avioneta explotó.

3

Barbie miró hacia arriba. Del cielo caía una versión aplastada al estilo Mundo Bizarro de la bonita avioneta que lo había sobrevolado unos segundos antes. Retorcidos pétalos de fuego color naranja y rojo pendían en el aire por encima del aparato, una flor que todavía se estaba abriendo, una rosa Tragedia Norteamericana. El humo salía en torbellinos de la avioneta mientras se desplomaba.

Algo se estrelló en la carretera, hizo saltar por los aires trozos de asfalto y giró sin control hacia la hierba alta que crecía a la izquierda. Una hélice.

Si hubiese rebotado hacia mí...

Por un momento, Barbie se vio seccionado por la mitad —igual que la desafortunada marmota— y dio media vuelta para echar a correr. Algo cayó con un ruido sordo delante de él. Gritó. Pero no era la otra hélice; era una pierna de hombre enfundada en un pantalón de mezclilla. No se veía sangre, pero la costura lateral se había abierto y dejaba al descubierto carne blanca y vello negro e hirsuto.

No había pie.

A Barbie le parecía vivir en cámara lenta. Vio uno de sus propios pies, calzado en una vieja bota de trabajo llena de rozaduras, dar un paso y caer en el suelo. Después desapareció tras él mientras su otro pie avanzaba. Todo despacio, muy despacio. Como si viera la repetición de una jugada de beisbol en la que un tipo intenta robar la segunda base.

Detrás de él sonó un tremendo ruido hueco, seguido por el estallido de una explosión secundaria, seguido por una embestida de calor que lo alcanzó de pies a cabeza y lo empujó como una mano abrasadora. Después, todos sus pensamientos se esfumaron y en su lugar no quedó más que la cruda necesidad corporal de sobrevivir.

Dale Barbara corrió para salvar la vida.

4

Unos cien metros más adelante, la gran mano abrasadora se convirtió en una mano fantasma, aunque el olor a gas ardiendo —además de un hedor más dulce que debía de ser una mezcla de plástico fundido y carne chamuscada— era intenso y le llegaba en una brisa ligera. Barbie corrió otros sesenta metros, después se detuvo y dio media vuelta. Estaba sin aliento. No creía que fuera por haber corrido; no fumaba, estaba en forma (bueno… más o menos, las costillas del lado derecho todavía le dolían a causa de la paliza en el estacionamiento del Dipper's). Pensó que debía de ser por el terror y la confusión. Podrían haberlo matado los restos de la avioneta que caían del cielo —no solo la hélice fuera de control—, o podría haber muerto quemado. Que no sucediera había sido pura suerte.

Entonces vio algo que lo dejó sin respiración. Se enderezó y miró otra vez hacia el lugar del accidente. La carretera estaba cubierta de escombros; realmente era un milagro que nada lo hubiera golpeado y, al menos, herido. A la derecha se veía un ala retorcida, la otra sobresalía entre las altas hierbas de la izquierda, no muy lejos de donde había ido a parar la hélice descontrolada. Además de la pierna enfundada en un pantalón azul, vio una mano y un brazo seccionados. La mano parecía estar señalando una cabeza, como diciendo "Eso es mío". Una cabeza de mujer, a juzgar por la melena. Los cables eléctricos que había junto a la carretera estaban cortados. Yacían chispeando y retorciéndose sobre el borde pavimentado.

Más allá de la cabeza y del brazo se veía el cilindro retorcido del fuselaje de la avioneta. Barbie leyó **NJ3**. Si antes llevaba algo más escrito, había quedado arrancado.

Sin embargo, nada de eso era lo que lo había dejado anonadado y sin respiración. La rosa Tragedia ya había desaparecido, pero el fuego seguía ardiendo en el cielo. Combustible en llamas, sin duda. Pero…

Pero caía por el aire en una capa delgada. Al otro lado y a través de ella, Barbie podía ver el paisaje de Maine: todavía apacible, sin reaccionar aún, pero con cierto movimiento a pesar de todo. Temblaba como tiembla el aire sobre un incinerador o sobre un bidón con fuego. Era como si alguien hubiera derramado gasolina en un panel de cristal y luego la hubiera prendido.

Casi hipnotizado —al menos así era como se sentía—, Barbie empezó a caminar de regreso hacia el lugar del accidente.

5

Su primer impulso fue cubrir los restos de los cadáveres, pero había demasiados. Entonces vio otra pierna (esta con pantalones verdes) y un torso femenino enredado en una mata de enebro. Podía quitarse la camisa y echarla por encima de la cabeza de la mujer, pero ¿y después de eso? Bueno, llevaba otras dos camisas en la mochila…

Entonces llegó un coche procedente de Motton, la primera ciudad en dirección hacia el sur. Uno de esos pequeños todoterreno ligeros, y venía deprisa. Alguien que había oído el impacto o visto la explosión. Ayuda. Gracias a Dios, ayuda. Caminando con un pie a cada lado de la línea blanca y a bastante distancia del fuego que seguía cayendo del cielo de aquella forma tan extraña, como agua deslizándose por el cristal de una ventana, Barbie alzó los brazos por encima de la cabeza y los cruzó formando grandes **X**.

El conductor tocó el claxon una vez para indicarle que lo había visto y después pisó el freno y dejó unos doce metros de caucho en el asfalto. El hombre casi había salido del coche antes de que el pequeño Toyota verde se detuviera; un tipo alto y larguirucho, con una melena canosa que asomaba por debajo de una gorra de beisbol de los Lobos Marinos. Corrió hacia un lado de la carretera para esquivar la cascada de fuego.

—¿Qué ha pasado? —gritó—. ¿Qué mierda es…?

Se golpeó contra algo. Fuerte. No había nada, pero Barbie vio que la nariz de aquel tipo se aplastaba hacia un lado y se rompía. Cayó de espaldas y luego logró sentarse con cierto esfuerzo. Miró a Barbie con ojos aturdidos e interrogantes mientras la sangre manaba de su nariz y su boca y se derramaba sobre la pechera de su camisa de trabajo. Barbie le correspondió con esa misma mirada.

JUNIOR Y ANGIE

Los dos niños que estaban pescando cerca del Puente de la Paz no miraron hacia arriba cuando la avioneta pasó volando por encima de ellos, pero Junior Rennie sí lo hizo. Estaba una manzana más abajo, en Prestile Street, y reconoció el sonido. Era el Seneca V de Chuck Thompson. Levantó la mirada, vio la avioneta y agachó la cabeza enseguida: la reluciente luz del sol que se filtraba entre los árboles le atravesó los ojos con un relámpago de agonía. Otro dolor de cabeza. Últimamente los padecía muy a menudo. A veces la medicina podía con ellos. Otras, sobre todo en los últimos tres o cuatro meses, no lo conseguía.

Migrañas, decía el doctor Haskell. Lo único que sabía Junior era que le dolía como si se acabara el mundo y que la luz intensa lo empeoraba, sobre todo cuando la migraña estaba incubándose. A veces pensaba en las hormigas que Frank DeLesseps y él habían achicharrado cuando eran niños. Tomaban una lupa y enfocaban los rayos de sol sobre ellas mientras entraban y salían del hormiguero. El resultado era un estofado de hormigas. La diferencia era que ahora, cuando empezaba a incubar uno de sus dolores de cabeza, su cerebro era el hormiguero y sus ojos se convertían en dos lupas.

Tenía veintiún años. ¿De verdad debía resignarse a convivir con aquello hasta que cumpliera los cuarenta y cinco, que era cuando el doctor Haskell le había dicho que las migrañas a lo mejor remitían?

Puede. Pero esa mañana no iba a detenerlo un dolor de cabeza. Podría haberlo detenido el hecho de ver el 4Runner de Henry McCain o el Prius de LaDonna McCain en el camino de entrada; en ese caso a lo mejor habría dado media vuelta, habría vuelto a su casa, se habría tomado otro Imitrex y se habría acostado en su habitación con las persianas bajadas y un paño frío en la frente. Y quizá habría sentido que el dolor empezaba a disminuir a medida que la migraña descarrilaba, aunque probablemente no. En cuanto esas arañas negras conseguían meter una pata…

Volvió a levantar la mirada, esta vez entrecerrando los ojos para que no le molestara esa luz odiosa, pero el Seneca ya no estaba, incluso el rumor del motor (también exasperante, todos los sonidos eran exasperantes cuando se presentaba una de esas putas migrañas) se había desvanecido. Chuck Thompson con algún aspirante a héroe o heroína del aire. Y aunque Junior no tenía nada contra Chuck —apenas lo conocía—, de repente deseó con una ferocidad infantil que su alumno lo arruinara de lo lindo y estrellara la avioneta.

Preferiblemente en plena concesionaria de coches usados de su padre.

Otro latigazo de dolor estalló dentro de su cabeza, pero aun así subió los peldaños de la entrada de los McCain. Había que hacerse. Hacía ya mucho que había que hacerse, maldición. Angie merecía que le dieran una lección.

Pero con una lección pequeña es suficiente. No pierdas el control.

Le respondió, como si la hubiera invocado, la voz de su madre. Esa voz pagada de sí misma a más no poder. *Junior siempre ha sido un niño con muy mal carácter, pero ahora lo controla muchísimo más. ¿Verdad, Junior?*

Bueno. De acuerdo. Lo había conseguido. El futbol americano le había ayudado, pero ya no tenía el futbol. Ya ni siquiera tenía la universidad. Solo tenía migrañas. Y hacían que se sintiera como un miserable.

No pierdas el control.

No. Pero pensaba hablar con ella con dolor de cabeza o sin él.

Y, como solía decirse, a lo mejor tendría que dejar que su mano hablara por él. ¿Quién sabe? Si con eso Angie se sentía peor, tal vez él conseguía sentirse mejor.

Junior hizo sonar el timbre.

Angie McCain acababa de salir de la ducha. Se puso una bata, se anudó el cinturón y después se envolvió el cabello mojado con una toalla.

—¡Voy! —gritó mientras bajaba casi al trote la escalera hacia la planta baja.

Sonreía un poco. Era Frankie, estaba prácticamente segura de que sería Frankie. Las cosas por fin empezaban a arreglarse. El cabrón del pinche (guapo pero aun así cabrón) se había marchado de la ciudad o iba a marcharse, y los padres de ella no estaban. Bastaba juntar esos dos datos para captar la señal divina de que las cosas empezaban a arreglarse. Frankie y ella podrían dejar atrás toda la mierda y volver a estar juntos.

Sabía exactamente cómo tenía que hacerlo: primero abriría la puerta y luego se abriría la bata. Allí mismo, a plena luz del día de ese sábado por la mañana, donde cualquiera que pasara podría verla. Primero se aseguraría de que fuera Frankie, claro. No tenía la menor intención de exhibirse ante el viejo y seboso señor Wicker si llamaba a la puerta con un paquete o una carta certificada, aunque aún faltaba por lo menos media hora para el reparto del correo.

No, era Frankie. Estaba segura.

Mientras abría la puerta, su suave sonrisa se ensanchaba en un gesto risueño de bienvenida, quizá no muy afortunado, pues tenía los dientes algo retorcidos y del tamaño de pastillas de chicle gigantes. Ya tenía la mano en el nudo de la bata. Pero no lo desató. Porque no era Frankie. Era Junior, y parecía muy enfadado…

Le había visto antes esa expresión lúgubre —muchas veces, de hecho—, pero nunca tan lúgubre desde octavo grado, cuando Junior le rompió el brazo al hijo de los Dupree. Ese mariquita se había atrevido a contonear su trasero hasta la cancha de basquetbol de la plaza del pueblo y había preguntado si podía jugar. Angie suponía que el rostro de Junior había exhibido esa misma expresión tempestuosa aquella noche en el estacionamiento del Dipper's, pero, claro, ella no había estado allí, solo se lo habían contado. Todo el mundo en Mill se había enterado. El jefe Perkins había llamado para hablar con ella, el tal Barbie estaba allí, y al final también aquello se había sabido.

—¿Junior? Junior, ¿qué…?

Entonces Junior la abofeteó, y ahí, en gran medida, todo pensamiento cesó.

3

A esa primera no le puso muchas ganas porque estaba en el umbral y no tenía bastante espacio para tomar impulso; solo había podido echar el brazo atrás a medias. Tal vez no le habría pegado (al menos no para empezar) si no le hubiera recibido con esa sonrisa —Dios, pero qué dientes, ya en tiempos de la escuela le daban asco— y si no lo hubiera llamado Junior.

Claro que en el pueblo todo el mundo lo llamaba Junior, incluso él pensaba en sí mismo como en Junior, pero no se había dado cuenta de lo mucho que lo detestaba, de que lo detestaba tanto que prefería ahogarse en una papilla de gusanos antes que oír cómo salía de entre las espeluznantes lápidas que tenía por dientes esa puta que tantos problemas le había causado. Su sonido le perforó la cabeza igual que el resplandor del sol cuando levantó la vista para mirar la avioneta.

Para ser una bofetada dada a medias, no había estado mal. Angie se tambaleó hacia atrás, se dio contra el poste del pie de la escalera y la toalla se le cayó de la cabeza. Unas greñas de cabello mojado color castaño se le quedaron pegadas en las mejillas; parecía Medusa. La sonrisa había sido reemplazada por una expresión de asombro y perplejidad, y Junior vio que le caía un hilillo de sangre de la comisura de la boca. Eso estaba bien. Más que bien. Esa puta se merecía sangrar por lo que había hecho. Tantos problemas, no solo para él, sino también para Frankie y Mel y Carter…

La voz de su madre en su cabeza: *No pierdas el control, cielo.* Estaba muerta y ni aun así dejaba de darle consejos. *Dale una lección, pero pequeña.*

Y realmente podría haberse limitado a eso, pero entonces a ella se le abrió la bata y Junior vio que estaba desnuda. Vio esa mata de vello oscuro encima de su concha, esa puta concha piojosa que no daba más que problemas, mierda, si te ponías a pensarlo esas vaginas eran las culpables de todos los putos problemas del mundo, y la cabeza le latía, le palpitaba, le martilleaba, se le aplastaba, se le hacía pedazos. Era como si en cualquier momento fuera a producirse una explosión termonuclear. Un pequeño y perfecto hongo nuclear saldría disparado de cada oreja justo antes de que explotara todo lo que tenía encima del cuello, y Junior Rennie, que no sabía que tenía un tumor cerebral —el viejo y decrépito doctor Haskell ni siquiera había considerado tal posibilidad en un joven recién salido de la adolescencia que, por lo demás, estaba completamente sano—, se volvió loco. No fue una buena mañana para Claudette Sanders ni para Chuck Thompson; a decir verdad, en Chester's Mill no fue una buena mañana para nadie.

Sin embargo, a pocos les fue tan mal como a la exnovia de Frank DeLesseps.

4

Ella tuvo dos pensamientos medio coherentes cuando se apoyó en el poste de la escalera y vio los ojos desorbitados de Junior y cómo se mordía la lengua: la mordía con tanta fuerza que hundía los dientes en ella.

Está loco. Tengo que llamar a la policía antes de que me haga daño de verdad.

Volteó para correr del recibidor a la cocina, donde descolgaría el auricular del teléfono de pared, teclearía el 911 y luego simplemente gritaría. Dio dos pasos, pero entonces tropezó con la toalla con la que se había envuelto el cabello. Enseguida recuperó el equilibrio —había sido porrista en preparatoria y todavía conservaba ciertas habilidades—, pero ya era demasiado tarde. Su cabeza de pronto tiró de ella hacia atrás, y Angie vio volar sus pies por delante de ella. Junior la había agarrado del cabello.

Tiró de ella hasta tenerla contra su cuerpo. Estaba ardiendo, como si tuviera muchísima fiebre. Angie sentía el acelerado latido de su corazón: un-dos, un-dos, huyendo.

—¡Perra mentirosa! —le gritó al oído, clavándole una punzada de dolor hasta lo más profundo de su cabeza.

También ella gritó, pero su propia voz le pareció tenue e intrascendente en comparación con la de él. Entonces Junior le rodeó la cintura con los brazos y ella se sintió propulsada por el vestíbulo a una velocidad frenética; tan solo los dedos de los pies rozaban la alfombra. Le cruzó por la mente algo así como el emblema del cofre de un coche en plena fuga, y de pronto estaban en la cocina, inundada por la brillante luz del sol.

Junior volvió a gritar. Esta vez no de furia, sino de dolor.

5

La luz lo estaba matando, le freía los sesos, que aullaban de dolor, pero no dejó que eso lo detuviera. Ya era demasiado tarde para eso.

Corrió con ella sin aminorar el paso hacia la mesa de formica de la cocina. El mueble la golpeó en el estómago, se desplazó y chocó contra la pared. El azucarero, el salero y el pimentero salieron volando. La respiración de Angie dejó escapar un gran estertor. Asiéndola por la cintura con una mano y de las greñas mojadas con la otra, Junior la hizo girar y la lanzó contra el refrigerador. Angie se estrelló contra él con estrépito y casi todos los imanes cayeron al suelo. Estaba aturdida y pálida como la cera. Ahora, además del labio inferior le sangraba la nariz. La sangre relucía sobre su piel blanca. Junior vio que su mirada se desplazaba hacia el banco de la repisa, lleno de cuchillos, y, cuando Angie intentó levantarse, él le clavó un rodillazo en plena cara. Sonó un crujido sordo, como si a alguien se le hubiera caído una pieza de porcelana —un platón, tal vez— en la habitación de al lado.

Esto es lo que tendría que haberle hecho a Dale Barbara, pensó Junior, y retrocedió unos pasos al tiempo que se apretaba las sienes palpitantes con las manos. De sus ojos brotaban lágrimas que descendían por las mejillas. Se había mordido la lengua con fuerza —la sangre se deslizaba por la barbilla y goteaba en el suelo—, pero él ni siquiera lo notó. El dolor de cabeza era demasiado intenso.

Angie estaba tirada boca abajo entre los imanes del refrigerador. El más grande rezaba LO QUE HOY ENTRA POR LA BOCA MAÑANA SALE POR EL TRASERO. Junior pensó que Angie se había desmayado, pero de repente se estremeció de pies a cabeza.

Los dedos le temblaban como si estuviera preparándose para tocar algo complejo en un piano. (*El único instrumento que esta perra ha tocado en su vida es el flautín de carne*, pensó.) Entonces empezó a sacudir las piernas arriba y abajo, y los brazos no tardaron en hacer lo mismo. De pronto parecía que Angie intentaba alejarse de él a nado. Mierda, estaba sufriendo una maldita convulsión.

—¡Basta ya! —gritó Junior. Después, cuando la vio evacuar—: ¡Basta ya! ¡Deja de hacer eso, perra!

Se arrodilló, puso una rodilla a cada lado de su cabeza, que se meneaba arriba y abajo. Su frente golpeaba las baldosas del suelo una y otra vez, como esos cabrones musulmanes cuando saludan a Alá.

—¡Basta ya! ¡Detente de una puta vez!

Angie empezó a proferir un gruñido. Sonó sorprendentemente fuerte. Madre de Dios, ¿y si la oía alguien? ¿Y si lo encontraban allí? Eso no sería como explicarle a su padre por qué había dejado los estudios (algo que Junior, por el momento, todavía no había encontrado el valor de hacer). Esta vez sería peor que ver su paga mensual reducida al setenta y cinco por ciento a causa de esa maldita pelea con el cocinero, la pelea que había instigado esa perra inútil. Esta vez, el Gran Jim Rennie no podría convencer al jefe Perkins y a los estúpidos del pueblo. Esta vez podía acabar…

De pronto le vino a la cabeza la imagen de los inquietantes muros verdes de la Prisión Estatal de Shawshank. No podía acabar allí, tenía toda la vida por delante. Pero acabaría allí. Aunque ahora le cerrara la boca, acabaría allí. Porque Angie hablaría tarde o temprano. Y su cara —que tenía mucho peor aspecto que la de Barbie después de la pelea en el estacionamiento— hablaría por ella.

A menos que la hiciera callar del todo.

Junior la agarró del cabello y la ayudó a golpearse la cabeza contra las baldosas. Esperaba que perdiera el conocimiento, porque así él podría terminar de… bueno, lo que fuera…, pero el ataque no hacía más que empeorar. Angie empezó a golpear el refrigerador con los pies y el resto de los imanes cayeron como agua de regadera.

Junior le soltó el cabello y la agarró del cuello:

—Lo siento, Ange —dijo—, no tendría que haber sido así.

Pero no lo sentía. Lo único que sentía era miedo y dolor, y estaba convencido de que Angie, en aquella cocina horriblemente luminosa, nunca dejaría de oponer resistencia. Se le estaban cansando los dedos. ¿Quién hubiera pensado que estrangular a una persona sería tan difícil?

En algún lugar, muy lejos, hacia el sur, se oyó una detonación. Como si alguien hubiese disparado una escopeta muy grande. Junior no le prestó atención. Lo que hizo fue redoblar la presión y, por fin, la resistencia de Angie empezó a remitir. En algún lugar, mucho más cerca —en la casa, en ese mismo suelo—, se oyó algo así como una campanilla. Alzó la mirada, tenía los ojos muy abiertos, creyó que era el timbre de la puerta. Alguien había oído el alboroto y allí estaba la policía. La cabeza le explotaba, le parecía que se había dislocado todos los dedos, y para nada. Una imagen terrible pasó fugazmente por su cabeza: Junior Rennie entrando escoltado en el juzgado del condado de Castle, con la chamarra de algún policía encima de la cabeza, para comparecer ante el juez.

Entonces reconoció el sonido. Era el mismo que emitía su computadora cuando se iba la electricidad y tenía que recurrir a la batería de emergencia.

Bing... Bing... Bing...

¿Servicio de habitaciones? Mándeme una habitación más grande, pensó, y luego siguió estrangulando. Angie ya había dejado de moverse, pero él siguió durante un minuto más, con la cabeza vuelta hacia un lado para intentar no oler la peste que soltaba su mierda. ¡Qué típico de ella dejar un regalo de despedida tan repugnante! ¡Igual que todas! ¡Mujeres! ¡Las mujeres y sus vaginas! ¡No eran más que hormigueros cubiertos de pelo! ¡Y ellas que decían que el problema eran los hombres...!

6

Estaba inclinado sobre su cuerpo ensangrentado, cagado e indudablemente muerto, preguntándose qué hacer a continuación, cuando oyó otra lejana detonación procedente del sur. No era una escopeta; demasiado fuerte. Una explosión. Igual al final resultaba que la lujosa avionetita de Chuck Thompson se había estrellado... No era imposible; en un día en el que te propones gritarle a alguien —amedrentarla, nada más que eso— y ella va y te obliga a matarla, cualquier cosa era posible.

Empezó a oír el aullido de una sirena de la policía. Junior estaba seguro de que era por él. Alguien había mirado por la ventana y lo había visto estrangulándola. Eso lo hizo reaccionar. Se encaminó hacia el recibidor y llegó hasta la toalla que se le había caído de la cabeza con la primera bofetada. Entonces se detuvo. Vendrían por allí, precisamente por allí. Se estacionarían delante, y con esas nuevas y resplandecientes luces LED lanzarían dardos de dolor a la masa de alaridos en que se había convertido su pobre cerebro...

Giró y corrió otra vez hacia la cocina. Miró abajo antes de pasar por encima del cadáver de Angie, no pudo evitarlo. Cuando estaban en primer grado, a veces Frank y él tiraban de sus trenzas y ella les sacaba la lengua y ponía ojos bizcos. Esta vez sus ojos sobresalían de las cuencas como dos canicas y tenía la boca llena de sangre.

¿Le he hecho yo esto? ¿De verdad he sido yo?

Sí. Había sido él. Y esa mirada fugaz le bastó para entender por qué. Esos dientes, demonios. Esas hachas descomunales.

Una segunda sirena se unió a la primera, y luego una tercera, pero se alejaban. Gracias a Dios, se alejaban. Se dirigían al sur por Main Street, hacia el lugar donde habían sonado las detonaciones.

Pero Junior no se entretuvo. Se escabulló con paso furtivo por el patio trasero de los McCain sin darse cuenta de que, para cualquiera que casualmente estuviera mirando, aquello era como gritar que era culpable de algo (nadie miraba). Al otro lado de las tomateras de LaDonna había una alta valla de tablones con una puerta. Tenía un candado, pero colgaba abierto del picaporte. En todos los años que había rondado por allí cuando aún estaba creciendo, Junior jamás lo había visto cerrado.

Abrió la puerta. Al otro lado había matorrales y un sendero que conducía hasta el sordo rumor del arroyo Prestile. Una vez, cuando tenía trece años, Junior había espiado a Frank y a Angie mientras se besaban en ese sendero: ella le rodeaba el cuello con los brazos, y la mano de él le cubría un pecho. Comprendió entonces que su infancia casi había terminado.

Se inclinó y vomitó en la corriente. Los destellos del sol reflejados en el agua eran maliciosos, terribles. Entonces su visión se aclaró lo suficiente para ver el Puente de la Paz a su derecha. Los niños ya no estaban allí pescando, pero vio un par de patrullas que bajaban a toda velocidad por la cuesta de la plaza.

La alarma de la ciudad se había disparado. El generador del ayuntamiento se había puesto en marcha, como se suponía que debía hacer en caso de apagón, permitiendo que la alarma transmitiera su mensaje de desastre a altos decibeles. Junior gimió y se tapó los oídos.

En realidad, el Puente de la Paz no era más que un paso peatonal cubierto que ya estaba destartalado y combado. Su verdadero nombre era Paso de Alvin Chester; se había convertido en el Puente de la Paz en 1969, cuando unos niños (en aquel momento habían corrido por el pueblo rumores sobre la identidad de los autores) habían pintado en un lado un gran símbolo de la paz de color azul. Allí seguía, pero ya no era más que un fantasma. El Puente de la Paz había estado clausurado durante los últimos diez años. Ambas entradas estaban cerradas por sendas X de cinta policial de PROHIBIDO EL PASO, pero aún se usaba, por supuesto. Dos o tres noches por semana, miembros de la Brigada Fastidio del jefe Perkins enfocaban sus linternas allí dentro, siempre desde uno u otro lado, nunca desde ambos. No querían encerrar a los jóvenes que iban allí a beber y a acariciarse, solo asustarlos. Todos los años, en la asamblea municipal, alguien proponía la demolición del Puente de la Paz, alguien proponía su restauración, y ambas propuestas quedaban siempre aplazadas. El pueblo, por lo visto, tenía un deseo secreto, y ese deseo secreto era que el Puente de la Paz se quedara tal como estaba.

Ese día, Junior Rennie se alegró de ello.

Se arrastró a lo largo de la orilla norte del Prestile hasta que estuvo debajo del puente —las sirenas de la policía ya casi no se oían, la alarma de la ciudad bramaba más fuerte que nunca— y trepó hasta Strout Lane. Miró en ambas direcciones, después pasó corriendo junto al cartel que decía SIN SALIDA, PUENTE CERRADO. Se agachó para pasar bajo la cruz de cinta amarilla e internarse en las sombras. El sol se abría camino a través de los agujeros del techo y dejaba caer monedas de luz sobre los gastados tablones de madera del suelo; después del resplandor de aquella cocina infernal, aquello era una oscuridad maravillosa. Las palomas zureaban entre las vigas. Esparcidas a lo largo de las paredes de madera había latas de cerveza y botellas de Allen's Coffee Flavored Brandy.

No lograré salir de esta. No sé si hay restos de mí debajo de sus uñas, no recuerdo si me ha agarrado o no, pero está mi sangre. Y mis huellas dactilares. Solo tengo dos opciones: huir o entregarme.

No, existía una tercera. Podía matarse.

Tenía que llegar a casa. Tenía que correr las cortinas de su habitación y convertirla en una cueva. Tomarse otro Imitrex, acostarse, quizá dormir un poco. A lo mejor después sería capaz de pensar. ¿Y si iban a buscarlo mientras estaba dormido? Bueno, eso le ahorraría el problema de tener que escoger entre la Puerta #1, la Puerta #2 o la Puerta #3.

Junior cruzó la plaza principal del pueblo como si no pasara nada. Cuando alguien —un viejo al que solo reconoció vagamente— lo tomó del brazo y le preguntó: "¿Qué ha pasado, Junior? ¿Qué sucede?", Junior se limitó a sacudir la cabeza, se quitó de encima la mano del viejo y siguió andando.

Detrás de él, la alarma de la ciudad bramaba como si fuera el fin del mundo.

CARRETERAS Y CAMINOS

1

En Chester's Mill había un periódico semanal que se llamaba *Democrat*. Lo cual era información engañosa, ya que su titularidad y dirección —dos cargos que ostentaba la formidable Julia Shumway— eran republicanas hasta la médula. El encabezado tenía más o menos este aspecto:

DEMOCRAT DE CHESTER'S MILL
Fund. 1890
Para servir a "¡El pequeño pueblo que parece una bota!"

Pero ese lema también era información engañosa. Chester's Mill no parecía una bota; parecía un calcetín de niño tan mugriento que podía mantenerse solo en pie. Aunque limitaba por el sudoeste con Castle Rock (el talón del calcetín), mucho más grande y más próspero, en realidad Mill estaba rodeado por cuatro localidades mayores en superficie pero menores en población: Motton al sur y el sudeste; Harlow al este y el nordeste; el municipio no incorporado TR-90 al norte; y Tarker's Mill al oeste. A Chester's y Tarker's a veces se les conocía como los Mills Gemelos, y entre ambos —en los días en que los *mills*, las fábricas textiles del centro y el oeste de Maine, funcionaban a toda máquina— habían convertido el arroyo Prestile en un sumidero contaminado y sin peces que cambiaba de color casi a diario y según el lugar. En aquella época se podía salir en canoa en las verdes aguas vivas de Tarker's y llegar a un amarillo brillante cuando se cruzaba Chester's Mill de camino a Motton. Es más, si la canoa era de madera, probablemente acababa despintada por debajo de la línea de flotación.

Sin embargo, la última de esas rentables fábricas de contaminación cerró en 1979. Los extraños colores abandonaron el Prestile y los peces volvieron, aunque todavía era motivo de debate si eran o no aptos para el consumo humano. (El *Democrat* votaba "¡Afirmativo!")

La población variaba según la temporada. Entre el Día de la Conmemoración de los Caídos —el último lunes de mayo— y el Día del Trabajo —el primer lunes de septiembre—, era de casi quince mil personas. El resto del año descendía poco más o menos a dos mil, según el balance de nacimientos y defunciones del Catherine Russell, que estaba considerado el mejor hospital al norte de Lewiston.

Si se les preguntara a los veraneantes cuántas carreteras entraban y salían de Mill, la mayoría diría que dos: la 117, que iba hacia Norway-South Paris, y la 119, que cruzaba el centro de Castle Rock de camino a Lewiston.

Los que residían allí desde hacía unos diez años podrían indicar al menos ocho carreteras más, todas de asfalto y de doble carril: desde Black Ridge Road y Deep Cut Road, que llegaban a Harlow, hasta Pretty Valley Road (sí, tan bonita como prometía su nombre, "el Valle Hermoso"), que serpenteaba en dirección norte hacia el municipio de TR-90.

Los que residían allí desde hacía treinta años o más, si les dieran tiempo para meditar sobre ello (tal vez en la trastienda de Brownie's, donde todavía había una estufa de leña), podrían indicar una decena más, tanto con nombres sagrados (God Creek Road, "el Arroyo de Dios") como profanos (Little Bitch Road, "la Pequeña Mujerzuela", que en los mapas locales aparecía marcada solo por un número).

El habitante de más edad que residía en Chester's Mill el día que más tarde se conocería como el día de la Cúpula era Clayton Brassey. También era el habitante más anciano del condado de Castle y, por ende, poseedor del Bastón del *Boston Post*. Por desgracia, ya no recordaba qué era un Bastón del *Boston Post*, ni siquiera quién era él exactamente. A veces confundía a su tataranieta Nell con su mujer, que llevaba cuarenta años muerta, y hacía tres años que el *Democrat* había dejado de publicar la entrevista anual con el "habitante de más edad". (En la última ocasión, cuando le preguntaron por el secreto de su longevidad, Clayton había respondido: "¿Dónde carajos está mi cena?".) La senilidad había empezado a acechar poco después de su centésimo cumpleaños; ese 21 de octubre cumplía ciento cinco. Antaño había sido un buen ebanista especializado en tocadores, pasamanos y molduras. Últimamente, entre sus especialidades se contaba el comer postres de gelatina sin acabar sorbiéndola por la nariz y, de vez en cuando, llegar al baño antes de soltar media docena de guijarros entreverados de sangre en su silla con orinal.

Sin embargo, en sus buenos tiempos —digamos alrededor de los ochenta y cinco años—, podría haber recitado casi todas las carreteras que llegaban hasta Chester's Mill y que salían de allí, y el total habría sido de treinta y cuatro. La mayoría eran de tierra, muchas habían caído en el olvido, y casi todas las olvidadas serpenteaban a través del espeso embrollo de bosque reforestado que era propiedad de las madereras Diamond Match, Continental Paper Company y American Timber.

Y poco antes del mediodía en el día de la Cúpula, todas esas vías fueron cortadas de golpe.

2

En la mayoría de las carreteras no sucedió algo tan espectacular como la explosión del Seneca V y el posterior accidente del camión maderero, pero sí hubo problemas. Claro que los hubo. Si el equivalente a una muralla de piedra invisible se levanta de repente alrededor de todo un pueblo, es inevitable que haya problemas.

Exactamente en el mismo instante en que la marmota quedó partida en dos mitades, un espantapájaros hizo lo mismo en el campo de calabazas de Eddie Chalmers, no muy lejos de Pretty Valley Road. El espantapájaros se alzaba justo en la línea que separaba Mill de TR-90. A Eddie siempre le había divertido esa ubicación dividida y le llamaba el Espantapájaros Sin Una Patria; señor ESUP, para abreviar. Una mitad del señor ESUP cayó en Mill; la otra cayó "en el TR", como habrían dicho los lugareños.

Segundos más tarde, un bandada de cuervos que iba directa a las calabazas de Eddie (a los cuervos nunca les había asustado el

51

señor ESUP) se estrellaron contra algo en un lugar donde nunca antes había habido nada. La mayoría se partieron el cuello y cayeron formando montones negros sobre Pretty Valley Road y los campos adyacentes. Por todas partes, a ambos lados de la Cúpula, había pájaros que chocaban y caían muertos; sus cuerpos serían uno de los indicadores con los que finalmente se delineó la nueva barrera.

En God Creek Road, Bob Roux había estado recogiendo papas. Volvía a casa a la hora de la comida (más conocida en esa zona como "armuerzo"), sentado a horcajadas en su viejo tractor Deere y escuchando música en su iPod recién estrenado, regalo de su mujer por el que acabaría siendo su último cumpleaños. Su casa se hallaba a tan solo ochocientos metros del campo en el que había estado cavando, pero, por desgracia para él, el campo estaba en Motton y la casa en Chester's Mill. Chocó contra la barrera a veinticinco kilómetros por hora mientras escuchaba a James Blunt cantar "You're Beautiful". Apenas tenía que tomar el volante, pues veía toda la carretera hasta su casa y no había nada en ella. Así que cuando el tractor chocó y se quedó clavado y la cosechadora de papas que llevaba atrás se levantó en el aire y volvió a caer con fuerza, Bob salió disparado por encima del motor y chocó directamente contra la Cúpula. Su iPod explotó en el amplio bolsillo delantero de su camisa, pero él no llegó a darse cuenta. Se partió el cuello y se fracturó el cráneo contra la nada con la que se había estrellado, y murió en el suelo poco después a causa de una enorme rueda de su tractor, que seguía girando. Ya se sabe, nada funciona tan bien como un Deere.

3

Lo cierto es que Motton Road no cruzaba Motton en ningún momento; su recorrido quedaba dentro de los límites municipales de Chester's Mill. Allí había nuevos hogares residenciales, un área a la que más o menos desde 1975 llamaban Eastchester. Los propietarios eran gente de treinta y cuarenta y tantos que iban todos los días a trabajar a Lewiston-Auburn, donde cobraban un buen sueldo, casi todos en empleos de oficina. Todas esas casas estaban en

Mill, pero muchos de sus patios traseros quedaban en Motton. Eso le sucedía a la casa de Jack y Myra Evans, en el 379 de Motton Road. Myra tenía un huerto en la parte de atrás y, aunque la mayoría de sus frutos ya habían sido recolectados, todavía quedaban algunos buenos calabacines más allá de las últimas calabazas (bastante podridas). Myra trataba de alcanzar uno cuando cayó la Cúpula y, aunque sus rodillas seguían en Chester's Mill, en ese momento se había estirado para llegar hasta un retoño que crecía unos treinta centímetros más allá del límite municipal de Motton.

No gritó porque no sintió dolor, al menos al principio. Fue demasiado rápido, repentino y limpio para que sintiera algo.

Jack Evans estaba en la cocina, batiendo unos huevos para una *frittata* de mediodía. Sonaba LCD Soundsystem, "North American Scum", y Jack estaba cantando cuando una voz muy débil pronunció su nombre detrás de él. Al principio no reconoció la voz de la que era su mujer desde hacía catorce años; sonaba como la voz de una niña. Pero al volverse vio que sí era Myra. Estaba de pie en el umbral, sosteniéndose el brazo derecho delante del torso. Había dejado pisadas de fango en el suelo, lo cual no era propio de ella. Normalmente se quitaba los zapatos del jardín en la entrada. La mano izquierda, cubierta por un guante de jardinero muy sucio, acunaba la derecha contra el pecho, y algo rojo se deslizaba entre los dedos embarrados. Al principio Jack pensó: *Jugo de arándanos*, pero solo un segundo. Era sangre. Jack soltó el cuenco que tenía en las manos. Se hizo añicos en el suelo.

Myra volvió a pronunciar su nombre con la misma voz infantil, débil y temblorosa.

—¿Qué pasó? Myra, ¿qué te pasó?

—Un accidente —dijo, y le enseñó la mano derecha.

Ni llevaba un guante de jardinero embarrado a juego con el de la izquierda, ni había mano derecha. Únicamente un muñón chorreante. Myra lo miró con una débil sonrisa y dijo "Ups". Se le pusieron los ojos en blanco. La entrepierna de sus pantalones de jardinería se oscureció cuando se le escofre la orina. Entonces se le aflojaron también las rodillas y se desplomó. La sangre que manaba de su muñeca en carne viva —un corte transversal propio de una clase de anatomía— se mezcló con los huevos batidos derramados por el suelo.

Cuando Jack se arrodilló junto a ella, un trozo del cuenco se le clavó profundamente en la rodilla. Él apenas se dio cuenta, pero cojearía de esa pierna el resto de su vida. Asió el brazo de Myra y lo apretó. El tremendo chorro de sangre que manaba de su muñeca disminuyó pero no cesó. Se quitó el cinturón y lo ató alrededor del final del antebrazo. Eso funcionó, pero no pudo apretar fuerte el cinturón; los agujeros quedaban mucho más allá de la hebilla.

—Dios mío —dijo a la cocina vacía—. Dios mío.

Se dio cuenta de que todo estaba más oscuro que un momento antes. Se había ido la luz. Oyó la computadora, en el estudio, profiriendo su llamada de socorro. LCD Soundsystem seguía sin problemas, porque el pequeño aparato de música de la repisa usaba baterías. A Jack ya no le importaba; había perdido el gusto por la música tecno.

Había tanta sangre… Tanta…

Su mente dejó de preguntarse cómo había perdido la mano. Tenía preocupaciones más apremiantes. No podía soltar el torniquete del cinturón para ir a buscar el teléfono; la hemorragia empezaría otra vez, y puede que Myra estuviera ya a punto de desangrarse. Tendría que llevarla con él. Intentó arrastrarla tirando de su camiseta, pero primero se le salió de los pantalones y luego el cuello empezó a ahogarla. Jack oyó cómo su respiración se volvía áspera. Así que se envolvió una mano con la larga melena castaña de su mujer y la arrastró hasta el teléfono al estilo de un cavernícola.

Era un teléfono celular y funcionaba. Marcó el 911 y el tono muerto sonaba.

—¡No puede ser! —gritó a la cocina vacía, donde las luces se habían apagado (aunque el grupo seguía sonando en el aparato de música)—. ¡El 911 no puede estar fuera de servicio, maldición!

Apretó el botón de remarcado.

Otra vez el tono.

Se sentó en el suelo de la cocina con la espalda apoyada contra la repisa; apretaba el torniquete con todas sus fuerzas, miraba la sangre y el huevo batido del suelo, marcaba periódicamente el botón de remarcado del teléfono y escuchaba siempre el mismo pi-pi-pi estúpido. Algo explotó no muy lejos de allí, pero él apenas oía nada aparte de la música, que estaba a todo volumen (ni siquiera oyó la explosión del Seneca). Quería apagarla, pero para llegar al equipo de música habría tenido que levantar a Myra. Levantarla o soltar el cinturón durante dos o tres segundos. No quería hacer ninguna de las dos cosas. Así que se quedó allí sentado y "North American Scum" dio paso a "Someone Great", y "Someone Great" dio paso a "All My Friends", y después de unas cuantas canciones más, el CD, titulado *Sound of Silver*, terminó. Cuando lo hizo, cuando se impuso el silencio, salvo por las sirenas de la policía a lo lejos y las incesantes protestas de la computadora allí al lado, Jack se dio cuenta de que su mujer ya no respiraba.

Pero si yo iba a hacer la comida…, pensó. *Una comida rica que habría satisfecho hasta a Martha Stewart.*

Sentado con la espalda contra la repisa, aguantando aún el cinturón (abrir otra vez los dedos resultaría sumamente doloroso) mientras la parte inferior de la pernera derecha de sus propios pantalones se oscurecía a causa de la sangre de la herida de su rodilla, Jack Evans acunó la cabeza de su mujer contra su pecho y comenzó a llorar.

4

No muy lejos de allí, en una carretera abandonada que cruzaba el bosque y de la que ni siquiera el viejo Clay Brassey se habría acordado, una cierva estaba pastando tiernos brotes en las lindes de la ciénaga del Prestile. En ese momento, su cuello estirado cruzó el límite municipal de Motton y, al caer la Cúpula, su cabeza rodó por el suelo. Fue un tajo tan limpio como podría haberlo hecho la cuchilla de una guillotina.

5

Hemos recorrido la forma de calcetín que tiene Chester's Mill y hemos llegado otra vez a la carretera 119. Además, gracias a la magia de la narración, no ha transcurrido ni un instante desde que el sesentón del Toyota ha chocado de cara contra algo invisible pero muy duro y se ha roto la nariz. Está sentado y mira a Dale Barbara con total desconcierto. Una gaviota, seguramente en su recorrido diario desde el suculento bufet del vertedero de Motton hacia el no

55

tan suculento basurero de Chester's Mill, cae como una piedra y se estampa a un metro escaso de la gorra de beisbol de los Lobos Marinos del sesentón, que la recoge, la sacude y vuelve a ponérsela.

Los dos hombres miran hacia arriba, de donde ha caído el pájaro, y ven otra cosa incomprensible en un día que resultará estar lleno de ellas.

6

Lo primero que pensó Barbie fue que estaba viendo una imagen fantasma de la avioneta que había estallado, igual que cuando te disparan un flash muy cerca de la cara a veces ves un gran punto azul flotante. Solo que aquello no era un punto, no era azul y, en lugar de flotar y desplazarse hacia donde Barbie dirigía la mirada —en este caso, hacia su nuevo conocido—, el borrón que pendía en el aire seguía exactamente donde estaba.

Don Lobos Marinos miraba hacia arriba y se frotaba los ojos. Parecía haberse olvidado de que tenía la nariz rota, los labios hinchados y de que le sangraba la frente. Se puso de pie y estiró el cuello de una manera tan brusca que estuvo a punto de perder el equilibrio.

—¿Qué es eso? —dijo—. Pero ¿qué demonios es eso, amigo?

Un gran borrón negro —con forma de llama de vela, si se esforzaba uno por usar la imaginación— manchaba el cielo azul.

—¿Es... una nube? —preguntó don Lobos Marinos. Su tono dubitativo daba a entender que sabía que no lo era.

Barbie respondió:

—Creo... —la verdad es que no quería oírse decir eso—. Creo que ahí es donde se ha estrellado la avioneta.

—Pero ¿qué dices? —espetó don Lobos Marinos.

Sin embargo, antes de que Barbie pudiera responder, un zanate de buen tamaño que descendía en picada a unos quince metros de altura no chocó con nada, al menos nada que ellos pudieran ver, pero cayó no muy lejos de la gaviota.

—¿Viste eso? —dijo Don Lobos Marinos.

Barbie asintió y después señaló hacia la parcela de paja ardiendo que había a su izquierda. Tanto esa como las dos o tres parcelas que quedaban a la derecha de la carretera despedían densas columnas de humo negro que se unían al que ascendía desde los fragmentos del Seneca desmembrado, pero el fuego no llegaba muy lejos; el día anterior había llovido mucho y la paja todavía estaba húmeda. Una suerte, ya que de lo contrario las llamas se habrían propagado velozmente por la maleza en ambas direcciones.

—¿Has visto esto? —preguntó Barbie a don Lobos Marinos.

—Mierda, si no lo veo… —dijo don Lobos Marinos después de recorrer la escena con la mirada.

El fuego había consumido una parcela de tierra de más de cinco metros cuadrados y había avanzado hasta casi alcanzar el punto donde Barbie y él se encontraban uno frente al otro. Allí se dispersaba —al oeste, hacia el borde de la carretera; al este, hacia la hectárea y media de pasto de un pequeño granjero de ganado lechero—, pero no de forma irregular, no como suelen propagarse los incendios por la maleza, con llamas que se adelantan un poco más en un punto y otras que se quedan algo retrasadas en otros lugares, sino que seguía una línea que parecía trazada con regla.

Otra gaviota llegó volando hacia ellos, esta vez en dirección a Motton en lugar de hacia Mill.

—Cuidado —advirtió don Lobos Marinos—. Ojo con el pájaro.

—A lo mejor no le pasa nada —dijo Barbie, mirando arriba y protegiéndose los ojos del sol—. A lo mejor lo que sea que los detiene solo lo hace si vienen del sur.

—A juzgar por esa avioneta que se ha estrellado, lo dudo —dijo don Lobos Marinos. Hablaba con la voz reflexiva propia de un hombre completamente perplejo.

La gaviota chocó contra la barrera y cayó justo encima del trozo más grande de la avioneta en llamas.

—Los para en ambas direcciones —dijo don Lobos Marinos. Hablaba con la voz de un hombre que ha visto confirmarse algo en lo que creía pero que no podía demostrar—. Es algo así como un campo de fuerza, como en una película de *Star Trick*.

—*Trek* —dijo Barbie.

—¿Eh?

—Oh, mierda —dijo Barbie. Miraba por encima del hombro de don Lobos Marinos.

—¿Eh? —don Lobos Marinos miró por encima de su hombro—. ¡Carajos!

Se acercaba un camión maderero. Grande, con una carga de troncos enormes que sobrepasaba por mucho el límite de peso permitido. También iba a mucha más velocidad de la permitida. Barbie intentó calcular la capacidad de freno de semejante mastodonte pero no fue capaz de imaginarlo.

Don Lobos Marinos echó a correr hacia su Toyota; lo había dejado sobre la línea blanca discontinua de la carretera. El sujeto que estaba al volante del camión maderero —quizá se había drogado con pastillas, quizá se había metido cristal, quizá simplemente era joven, con mucha prisa y sensación de inmortalidad— lo vio y se abalanzó sobre el claxon. No pensaba frenar.

—¡Mierda! —gritó don Lobos Marinos mientras se lanzaba al volante.

Puso el motor en marcha y sacó el Toyota de la carretera marcha atrás y con la puerta del conductor abierta y dando bandazos. El pequeño todoterreno quedó encajado en la zanja con la frente cuadrada apuntando hacia el cielo. Don Lobos Marinos salió un instante después. Tropezó, cayó sobre una rodilla y luego echó a correr hacia el campo.

Barbie, pensando en la avioneta y en los pájaros —pensando en ese extraño borrón negro que podría haber sido el punto donde había impactado la avioneta—, corrió también hacia los pastos, esprintando a través de aquellas llamas bajas y poco entusiastas, levantando ráfagas de ceniza negra. Vio un zapato de hombre —era demasiado grande para ser de mujer— con el pie del hombre aún dentro.

El piloto, pensó. Y luego: *Tengo que dejar de correr de un lado para otro.*

—¡FRENA DE UNA VEZ, IMBÉCIL! —gritó don Lobos Marinos al camión maderero con voz débil y aterrorizada, aunque ya era demasiado tarde para esa clase de instrucciones.

Barbie, volviendo la mirada por encima del hombro (imposible no hacerlo), pensó que a lo mejor el vaquero de la madera intentaba frenar en el último momento. Seguramente había visto la avioneta siniestrada. En cualquier caso, no fue suficiente. Se estrelló contra la Cúpula por el lado de Motton a cien por hora o un poco más, arrastrando tras de sí las casi dieciocho toneladas de troncos de su carga. La cabina se desintegró al detenerse en seco. El tráiler sobrecargado, prisionero de la física, siguió avanzando. Los depósitos de combustible quedaron encajados bajo los troncos, se resquebrajaron y empezaron a lanzar chispas. Cuando explotaron, la carga ya estaba volando por los aires y dando vueltas por encima del lugar que había ocupado la cabina, convertida ahora en un acordeón de metal. Los troncos salieron disparados hacia delante y hacia arriba, chocaron contra la barrera invisible y rebotaron en todas direcciones. Llamas y un humo negro subieron en una densa columna. Se produjo un tremendo ruido sordo que rodó por la mañana como una gran roca. Entonces una tromba de troncos cayó en el lado de Motton, sobre la carretera y los campos colindantes, como si fueran gigantescos palillos chinos. Uno golpeó el techo del todoterreno de don Lobos Marinos y lo aplastó de tal manera que el parabrisas se esparció sobre el cofre en una lluvia de pedacitos de diamante. Otro aterrizó justo delante de don Lobos Marinos.

Barbie dejó de correr y se quedó mirando.

Don Lobos Marinos se puso de pie, se cayó, agarró el tronco que casi lo había aplastado y volvió a levantarse. Se balanceaba y tenía los ojos desorbitados. Barbie echó a andar en dirección a él y, tras dar una docena de pasos, se topó con algo que parecía una pared de ladrillo. Se tambaleó hacia atrás y sintió que un reguero cálido le manaba de la nariz y le empapaba los labios. Se limpió la sangre con la palma de la mano, la miró con incredulidad y luego se limpió la mano en la camisa.

Empezaron a llegar coches desde ambas direcciones: Motton y Chester's Mill. Tres personas, de momento todavía se veían pequeñas, acudían corriendo por los pastos desde una granja que había al otro lado. Algunos coches tocaban el claxon, como si de alguna forma eso fuese a resolver todos los problemas. El primer vehículo que llegó por el lado de Motton se detuvo en la orilla. Dos mujeres bajaron y miraron boquiabiertas la columna de humo y fuego, protegiéndose los ojos con la mano.

7

—Joder —dijo don Lobos Marinos. Hablaba con una voz débil, sin aliento.

Se acercó a Barbie por el campo, trazando una prudente diagonal en dirección este para alejarse de la pira ardiente.

Barbie pensó que el camionero tal vez llevaba sobrecarga y viajaba a demasiada velocidad, pero al menos había tenido un funeral vikingo.

—¿Has visto dónde ha caído ese tronco? Casi me mata. Aplastado como un insecto.

—¿Tienes teléfono? —Barbie tuvo que levantar la voz para hacerse oír por encima del violento incendio del camión maderero.

—En el coche —respondió don Lobos Marinos—. Si quieres, intentaré encontrarlo.

—No, espera —dijo Barbie.

Sintió un alivio repentino al darse cuenta de que todo aquello podía ser un sueño, uno de esos sueños irracionales en los que ir en bicicleta por debajo del agua o hablar sobre tu vida sexual en un idioma que nunca has estudiado parece normal.

La primera persona que llegó a su lado de la barrera fue un tipo gordinflón que conducía una vieja camioneta GMC. Barbie lo reconoció del Sweetbriar Rose: Ernie Calvert, al antiguo gerente del Food City, ya jubilado. Ernie miraba atónito y con los ojos como platos el amasijo en llamas de la carretera, pero tenía el teléfono en la mano y estaba ametrallándolo con palabras. Barbie apenas lo oía a causa del rugido del camión maderero en llamas, pero captó un "Parece muy grave" y supuso que estaba hablando con la policía. O con los bomberos. Si eran los bomberos, Barbie esperaba que fueran los de Castle Rock. La pequeña y curiosa estación de bomberos de Chester's Mill tenía dos camiones, pero Barbie comprendió que, si se presentaban allí, lo más que podrían hacer sería apagar el fuego de la hierba, que de todas formas no tardaría en extinguirse por sí solo. El camión maderero en llamas estaba cerca, pero no creía que lograran llegar hasta él.

Es un sueño, se dijo. *Si te lo repites una y otra vez, serás capaz de hacer algo.*

A las dos mujeres del lado de Motton se les había unido una docena de hombres; también se protegían los ojos. Había coches estacionados en ambos lados del camino. La gente salía de los coches y se unía a la muchedumbre. Lo mismo sucedía en el lado de Barbie. Era como si un par de mercadillos, ambos repletos de atractivas gangas, hubieran abierto para retarse en aquel lugar: uno, en el lado del límite municipal de Motton; el otro, en el de Chester's Mill.

Llegó el trío de la granja: un hombre y dos hijos adolescentes. Los chicos corrían con agilidad, el hombre tenía la cara roja y resollaba.

—¡Puta mierda! —dijo el mayor de los muchachos, y el padre le golpeó la nuca.

El chico no pareció darse cuenta. Tenía los ojos como platos. El más joven tendió la mano y, cuando el mayor la tomó, comenzó a llorar.

—¿Qué ha pasado aquí? —preguntó el granjero a Barbie dando una profunda y sonora inspiración entre "pasado" y "aquí".

Barbie no le hizo caso. Avanzó despacio hacia don Lobos Marinos con la mano derecha extendida en un gesto de "¡Alto!". Sin decir nada, don Lobos Marinos hizo lo mismo. Al acercarse al lugar en el que sabía que estaba la barrera —solo había que fijarse en ese peculiar borde rectilíneo de tierra quemada—, Barbie fue más despacio. Ya se había dado un golpe en la cara, no quería repetir.

De repente le embargó una sensación horripilante. Se le puso la carne de gallina, desde los tobillos hasta la nuca, donde el vello intentó erizarse. Los huevos le vibraban como si fueran diapasones, y por un momento notó un sabor agrio y metálico en la boca.

A metro y medio de él —metro y medio y acercándose—, los ojos de don Lobos Marinos, ya muy abiertos, se abrieron aún más.

—¿Has sentido eso?

—Sí —dijo Barbie—, pero ya ha pasado. ¿Y ahí?

—También —confirmó don Lobos Marinos.

Sus manos extendidas no se tocaban. Barbie volvió a pensar en un panel de cristal; en cuando colocas la mano sobre la de un amigo que está al otro lado y los dedos están juntos pero sin tocarse.

—Dios santo, ¿qué significa esto? —susurró don Lobos Marinos.

Barbie no tenía respuesta. Antes de que pudiera decir algo, Ernie Calvert le dio una palmada en la espalda.

—He llamado a la policía —dijo—. Ya vienen, pero en la estación de bomberos no contesta nadie. Me ha salido una grabación diciéndome que llame a Castle Rock.

—Bien, pues hágalo —dijo Barbie. A unos seis metros de allí cayó entonces otro pájaro que desapareció entre los pastos de la granja. Al verlo, una nueva idea cruzó la mente de Barbie, suscitada seguramente por el tiempo que había pasado en la otra punta del mundo con un arma a cuestas—. Pero antes creo que sería mejor que llamara a la base de la Guardia Aérea Nacional en Bangor.

Ernie lo miró boquiabierto.

—¿A la Guardia?

—Son los únicos que pueden instaurar una zona de exclusión aérea sobre Chester's Mill —dijo Barbie—. Y me parece que más vale que lo hagan enseguida.

QUÉ MONTÓN
DE PÁJAROS MUERTOS

1

El jefe de policía de Mill no oyó ninguna de las explosiones, y eso que estaba en la calle, rastrillando las hojas del césped de su casa, en Morin Street. Había colocado la radio portátil encima del cofre del Honda de su mujer para escuchar la retransmisión de música sacra de la WCIK (distintivo de la emisora Christ is King, Cristo Rey, conocida por los más jóvenes del pueblo como Radio Jesús). Además, ya no oía como antes. ¿Y quién sí, a los sesenta y siete años?

Sin embargo, oyó la primera sirena que atravesó el día; sus oídos eran sensibles a ese sonido como los de una madre al llanto de sus hijos. Howard Perkins sabía incluso qué patrulla era y quién la conducía. Solo las unidades Tres y Cuatro seguían llevando esas viejas sirenas, pero Johnny Trent se había ido con la Tres hasta Castle Rock para acompañar a los bomberos a aquel condenado simulacro. Lo llamaban "Incendio controlado", aunque de lo que se trataba, en realidad, era de unos cuantos hombres creciditos pasándoselo en grande. De manera que tenía que ser la unidad Cuatro, uno de los dos Dodge que aún conservaban, y lo conduciría Henry Morrison.

Dejó de rastrillar y se irguió; ladeó la cabeza. El sonido de la sirena había empezado a desvanecerse, así que volvió a empuñar el rastrillo. Brenda salió al porche. En Mill casi todo el mundo lo llamaba Duke —el apodo era un vestigio de sus años de escuela, cuando no se perdía ninguna de las películas de John Wayne que proyectaban en el Star—, pero Brenda había dejado de llamarlo así poco después de que se casaran y había adoptado su otro apodo. El que él detestaba.

—Howie, se fue la luz. Y se escucharon unas explosiones.

Howie. Siempre Howie. Howie como el del cómic de *Here's Howie* y como el pato Howard y el estúpido Howard Hughes. Intentaba tomárselo como un buen cristiano —qué dices, se lo tomaba como un buen cristiano—, pero a veces se preguntaba si ese apodo no sería el responsable, al menos en parte, de que tuviera que cargar con ese aparatito dentro del pecho.

—¿Qué?

Su mujer puso los ojos en blanco, caminó hasta la radio que estaba sobre el cofre de su coche y apretó el botón de encendido, con lo que silenció al Coro Norman Luboff en mitad de "Qué gran amigo es Cristo".

—¿Cuántas veces te he dicho que no dejes este aparato sobre mi coche? Me lo rayarás y su valor en la reventa bajará.

—Lo siento, Bren. ¿Qué decías?

—¡Que se fue la luz! Y que ha explotado algo. Por eso seguramente ha salido Johnny Trent.

—Henry —repuso él—. Johnny está en Rock, con los bomberos.

—Bueno, quien sea...

Empezó a sonar otra sirena, esta vez una de las nuevas, a las que Duke Perkins llamaba Piolines. Debía de ser la Dos, Jackie Wettington. Tenía que ser Jackie, mientras Randolph vigilaba el fuerte meciéndose en su silla, con los pies plantados encima de la mesa, leyendo el *Democrat*. O sentado en el cagadero. Peter Randolph era un buen policía, y podía ser todo lo duro que hiciera falta, pero a Duke no le caía bien. En parte porque estaba claro que era un hombre de Jim Rennie y en parte porque a veces Randolph era más duro de lo que hacía falta, pero sobre todo porque creía que era un vago, y Duke Perkins no soportaba a los policías vagos.

Brenda lo miraba con unos ojos enormes. Llevaba cuarenta y tres años siendo la mujer de un policía y sabía que dos explosiones, dos sirenas y el corte del suministro eléctrico no sumaban algo bueno. Si Howie conseguía acabar de rastrillar el césped ese fin de semana —o si llegaba a ver a sus adorados Gatos Monteses de Twin Mills enfrentarse al equipo de futbol americano de Castle Rock—, ella se llevaría una sorpresa.

—Será mejor que vayas —dijo—. Algo se ha venido abajo. Solo espero que nadie haya muerto.

Duke Perkins se sacó el teléfono del cinturón. Llevaba colgado ese condenado aparato de la mañana a la noche, como una sanguijuela, pero tenía que admitir que resultaba útil. No marcó un número, se limitó a mirarlo, esperando a que sonara.

Pero entonces empezó a aullar otra sirena Piolín: la unidad Uno. Incluso Randolph se había puesto en marcha. Y eso significaba que pasaba algo muy grave. Duke creyó que el teléfono ya no sonaría; se disponía a colgarlo de nuevo en el cinturón cuando sonó. Era Stacey Moggin.

—¡¿Stacey?! —sabía que no hacía falta que gritara a aquel estúpido cacharro, Brenda se lo había dicho cientos de veces, pero por lo visto no podía evitarlo—. ¿Qué estás haciendo en la comisaría un sábado por la ma…?

—No estoy allí, estoy en casa. Peter me ha llamado y me ha dicho que le diga que se ha ido a la 119 y que es grave. Ha dicho… que una avioneta y un camión maderero han chocado —hablaba con voz insegura—. No entiendo cómo ha podido suceder, pero…

Una avioneta. Cielos. Cinco minutos antes, o puede que un poco más, mientras estaba rastrillando las hojas y cantando "Cuán grande es Él" a coro con la radio…

—Stacey, ¿ha sido Chuck Thompson? He visto su nuevo Piper sobrevolando la ciudad. Bastante bajo.

—No lo sé, jefe, yo le he contado todo lo que me ha dicho Peter.

Brenda, que no era tonta, ya estaba apartando su Honda para que él pudiera sacar marcha atrás la patrulla verde bosque de jefe de policía. Había dejado la radio portátil junto al pequeño montón de hojas rastrilladas.

—Bien, Stace. ¿También están sin luz en tu lado de la ciudad?

—Sí, y sin teléfono. Le llamo desde el celular. Seguramente es grave, ¿verdad?

—Espero que no. ¿Puedes ir a la comisaría? Apuesto a que se ha quedado vacía y abierta.

—Tardo cinco minutos. Localíceme en la base.

—Recibido.

Mientras Brenda volvía por el camino de entrada se disparó la alarma de la ciudad; sus agudos y sus graves siempre conseguían que a Duke Perkins se le encogiera el estómago. Aun así, se tomó su tiempo para rodear a Brenda con un brazo. Ella nunca olvidaría que se tomó su tiempo para hacerlo.

—No te preocupes, Brennie. Está programada para dispararse en caso de corte eléctrico general. Parará dentro de tres minutos. O cuatro. Ya no me acuerdo.

—Ya lo sé, pero aun así la odio. Ese idiota de Andy Sanders la puso en marcha el 11 de septiembre, ¿no te acuerdas? Como si nosotros fuéramos a ser las siguientes víctimas de los atentados suicidas.

Duke asintió. Sí, Andy Sanders era un idiota. Por desgracia, también era el primer concejal, el alegre pelele Mortimer Snerd sentado en el regazo del Gran Jim Rennie.

—Cariño, tengo que irme.

—Ya lo sé —pero lo siguió hasta el coche—. ¿Qué ha sido? ¿Lo sabes ya?

—Stacey me ha dicho que un camión y una avioneta han chocado en la 119.

Brenda intentó sonreír.

—Es una broma, ¿verdad?

—No si la avioneta ha tenido problemas con el motor y ha intentado aterrizar en la carretera —dijo Duke.

La débil sonrisa desapareció del rostro de Brenda, y su mano derecha cerrada en un puño fue a descansar entre sus pechos, un lenguaje corporal que él conocía bien. Duke se sentó al volante y, aunque la patrulla era relativamente nueva, se acomodó en la forma que su trasero ya había dejado en el asiento. Duke Perkins no era un peso ligero.

—¡En tu día libre! —exclamó Brenda—. ¡Es una verdadera pena! ¡Y cuando podrías jubilarte con la pensión completa!

—Pues van a tener que aguantarme con mi ropa de los sábados —dijo él, y le sonrió. Esa sonrisa le costó trabajo. Tenía la sensación de que iba a ser un día largo—. "Tal como soy, Señor, tal como soy." Déjame uno o dos sándwiches en el refri, ¿quieres?

—Solo uno. Estás ganando demasiados kilos. Hasta el doctor Haskell te lo ha dicho, y él nunca regaña a nadie.

—Pues uno —puso marcha atrás… y luego volvió a poner punto muerto.

Se asomó por la ventanilla y Brenda comprendió que quería un beso. Le dio un largo beso de despedida mientras la alarma de la ciudad resonaba en el frío aire de octubre, y él le acarició el cuello mientras sus bocas estaban unidas, algo que a ella siempre le había hecho vibrar y que él ya casi nunca hacía.

Su caricia, allí, al sol… Brenda tampoco olvidó eso jamás.

Mientras él se alejaba por el camino de entrada, ella le gritó algo. Él solo lo entendió en parte. Estaba claro: tenía que ir al otorrino. Que le pusieran un aparato para el oído si hacía falta. Aunque seguramente eso sería lo último que Randolph y Gran Jim necesitarían para darle la patada a su viejo culo.

Duke frenó y volvió a asomarse.

—¿Que tenga cuidado con mi qué?

—¡Con tu marcapasos! —repitió Brenda, casi a gritos. Riendo. Exasperada. Sintiendo aún la mano de él en su cuello, una piel que había sido suave y firme (así lo sentía ella) hasta ayer. O quizá anteayer, cuando todavía escuchaban a KC y la Sunshine Band en lugar de Radio Jesús.

—¡Ah, tranquila! —repuso él, y arrancó.

Cuando Brenda volvió a verlo, no fue con vida.

2

Billy y Wanda Debec no llegaron a oír la doble explosión porque estaban en la carretera 117 y porque estaban discutiendo. La pelea empezó de forma muy simple cuando Wanda comentó que hacía un día bonito y Billy contestó que le dolía la cabeza y que no sabía por qué tenían que ir al mercadillo de los sábados de Oxford Hills, donde seguro que no encontrarían más que las mismas baratijas manoseadas de siempre.

Wanda le dijo que no le dolería la cabeza si no se hubiera bebido una docena de cervezas la noche anterior.

Billy le preguntó si había contado las latas del contenedor de reciclaje (por muy alcohólico que fuera, Billy bebía en casa y siempre arrojaba las latas al contenedor de reciclaje; esas cosas, junto con su trabajo de electricista, hacían que se sintiera orgulloso).

Ella dijo que sí, que claro que las había contado. Es más…

Cuando llegaron a Patel's Market, en Castle Rock, ya habían pasado del "Bebes demasiado, Billy" y del "Y tú eres demasiado pesada, Wanda" al "Ya decía mamá que no me casara contigo" y al "¿Por qué tienes que estar siempre jodiendo?" Durante los últimos dos de los cuatro años que llevaban casados, aquello se había convertido en un intercambio bastante común, pero esa mañana Billy, de pronto, sintió que ya no podía más. Sin poner las luces intermitentes y sin aminorar la marcha, entró en el amplio estacionamiento recalentado del mercadillo y luego volvió a salir a la 117 sin mirar siquiera una vez por el espejo retrovisor, y mucho menos por encima del hombro. En la carretera, detrás de ellos, Nora Robichaud tocó el claxon. Su mejor amiga, Elsa Andrews, chasqueó la lengua. Las dos mujeres, ambas enfermeras retiradas, intercambiaron una mirada pero ni una sola palabra. Eran amigas desde hacía demasiado tiempo para que necesitaran palabras en semejantes situaciones.

Mientras tanto, Wanda le preguntó a Billy a dónde creía que iba.

Billy dijo que volvía a casa a echarse una siesta. Que podía ir sola a ese mercadillo de mierda.

Wanda comentó que casi había chocado con esas dos ancianas (las susodichas ancianas habían quedado ya muy atrás; Nora Robichaud era de la opinión de que, a falta de alguna razón condenadamente buena, ir a más de sesenta kilómetros por hora era cosa del demonio).

Billy comentó que Wanda ya se parecía a su madre y decía las mismas cosas que ella.

Wanda le pidió que aclarara qué quería decir con eso.

Billy dijo que tanto la madre como la hija tenían el culo gordo y lengua viperina.

Wanda le dijo a Billy que era peor que una resaca.

Billy le dijo a Wanda que era fea.

Fue un intercambio de sentimientos exhaustivo y justo y, cuando cruzaron de Castle Rock a Motton, directos hacia una barrera invisible que había aparecido no mucho después de que Wanda iniciara esa animada discusión diciendo que hacía un día bonito, Billy había superado los cien por hora, que era casi la máxima velocidad que podía alcanzar el pequeño Chevy de mierda de Wanda.

—¿Qué es ese humo? —preguntó ella de pronto, señalando al nordeste, hacia la 119.

—No sé —repuso él—. ¿Será que mi suegra se ha echado un pedo? —le hizo tanta gracia que comenzó a reír.

Wanda Debec por fin se dio cuenta de que estaba harta. Eso le hizo ver el mundo y su futuro con una claridad casi mágica. Estaba girando hacia él con las palabras "Quiero el divorcio" en la punta de la lengua cuando llegaron al límite municipal de Motton y Chester's Mill y se estrellaron contra la barrera. El Chevy de mierda estaba equipado con bolsas de aire, pero la de Billy no se infló y la de Wanda lo hizo a medias. A Billy, el volante le aplastó el pecho, la columna de dirección le destrozó el corazón y murió casi en el acto.

La cabeza de Wanda impactó contra el tablero, y el repentino y catastrófico desplazamiento del bloque del motor del Chevy le rompió una pierna (la izquierda) y un brazo (el derecho). No sintió dolor, solo percibió que el claxon aullaba, de que el coche de pronto estaba cruzado en mitad de la carretera y con la parte delantera aplastada, casi plana, y de que lo veía todo de color rojo.

Cuando Nora Robichaud y Elsa Andrews tomaron la curva hacia el sur (habían conversado animadamente sobre el humo que desde hacía varios minutos veían ascender por el nordeste y se felicitaban por haber tomado esa otra carretera menos concurrida), Wanda Debec se estaba arrastrando sobre los codos a lo largo de la línea blanca. Tenía la cara empapada en sangre, tapada casi por completo. Un trozo del parabrisas destrozado le había arrancado la mitad del cuero cabelludo; un gran colgajo de piel le pendía sobre la mejilla izquierda como si fuera un cachete fuera de sitio.

Nora y Elsa se miraron horrorizadas.

—¡Mierda, mierda! —exclamó Nora, incapaz de decir más.

En cuanto el coche se detuvo, Elsa bajó y corrió hacia aquella mujer tan malherida. Para ser una señora mayor (acababa de cumplir los setenta), Elsa era extraordinariamente rápida.

Nora dejó el coche en punto muerto y fue a reunirse con su amiga. Juntas ayudaron a Wanda a llegar hasta el Mercedes de Nora, viejo pero en perfecto estado. El color de la chamarra de Wanda había pasado de pardo a vino, y parecía que hubiera sumergido las manos en pintura roja.

—¿'stá Billy? —preguntó, y Nora vio que la pobre había perdido la mayoría de los dientes. Tres de ellos estaban pegados a la parte delantera de su chamarra ensangrentada—. ¿'ónde 'stá? ¿'stá bien? ¿Q'ha pasa'o?

—Billy está bien y tú también —dijo Nora, y después le preguntó a Elsa con la mirada.

Elsa asintió y corrió hacia el Chevy, casi oculto por el vapor que salía de su radiador reventado. Una mirada por la puerta abierta del lado del pasajero, que colgaba de una sola bisagra, bastó para decirle a Elsa, que había sido enfermera durante casi cuarenta años (último superior: Dr. Ron Haskell, siendo "Dr." la abreviatura de "Don Retrasado"), que Billy no estaba en absoluto bien. Aquella joven con la mitad del cabello colgando a un lado de la cabeza ya era viuda.

Elsa regresó al Mercedes y se sentó en el asiento de atrás, junto a la joven, que se había quedado medio inconsciente.

—Está muerto, y como no nos lleves al Cathy Russell rapidito rapidito, ella no tardará en estarlo —le dijo a Nora.

—Pues agárrate bien —replicó Nora, y pisó el acelerador.

El motor del Mercedes era potente y arrancó con una sacudida hacia delante. Nora viró brusca y hábilmente para rodear el Chevrolet de los Debec y chocó contra la barrera invisible cuando aún estaba acelerando. Por primera vez en veinte años no había pensado en abrocharse el cinturón; atravesó el parabrisas y se partió el cuello contra la barrera invisible, igual que Bob Roux. La joven salió disparada entre los envolventes asientos delanteros del Mercedes, cruzó el parabrisas destrozado y aterrizó boca abajo y con las piernas extendidas sobre el cofre del auto. Estaba descalza. Los mocasines (comprados la última vez que fue al mercadillo de Oxford Hills) se le habían caído en el primer accidente.

Elsa Andrews se golpeó contra la parte de atrás del asiento del conductor y luego rebotó, aturdida pero ilesa. Al principio, su puerta parecía atascada, pero consiguió abrirla poniendo el hombro contra ella y embistiendo. Salió y contempló los restos desparramados de los dos accidentes. Los charcos de sangre. El Chevy de mierda hecho papilla, del que seguía saliendo un poco de vapor.

—¿Qué pasó? —preguntó. Esa había sido también la pregunta de Wanda, aunque Elsa no lo recordaba. Estaba de pie en medio de un amasijo de cromo y cristales ensangrentados. Se llevó el dorso de la mano izquierda a la frente, como si quisiera comprobar si tenía fiebre—. ¿Qué pasó? ¿Qué es lo que pasó? ¿Nora? ¿Norita? ¿Dónde estás, querida?

Entonces vio a su amiga y profirió un grito de pena y horror. Un cuervo que miraba desde lo alto de un pino, al otro lado de la barrera, el de Mill, soltó un graznido, un grito que sonó como una risa insultante.

Las piernas de Elsa se tornaron de goma. Retrocedió hasta que su trasero topó con el frente arrugado del Mercedes.

—Norita —dijo—. Ay, querida —algo le hizo cosquillas en la nuca. No estaba segura, pero pensó que probablemente era un mechón de cabello de la chica herida. Solo que a esas alturas, claro está, era la chica muerta.

Y la pobre y dulce Nora, con la que a veces había compartido ilícitos traguitos de ginebra o vodka en la lavandería del Cathy Russell, las dos riendo como dos niñas que están de campamento… Los ojos de Nora estaban abiertos, miraban hacia arriba, al brillante sol de mediodía, y su cabeza estaba torcida en un feo ángulo, como si hubiera muerto intentando mirar atrás por encima del hombro para asegurarse de que Elsa estaba bien.

Elsa, que sí estaba bien —solo se había llevado "un buen susto", como ellas solían decir de algunos afortunados supervivientes en sus días en el servicio de urgencias—, se echó a llorar. Se dejó resbalar por el costado del coche (rasgándose el abrigo con una arista metálica) y se sentó en el asfalto de la 117. Seguía allí sentada y seguía llorando cuando Barbie y su nuevo amigo, el de la gorra de los Lobos Marinos, llegaron hasta ella.

3

Don Lobos Marinos resultó ser Paul Gendron, un vendedor de coches del norte del estado que se había retirado y se había ido a vivir a la granja de sus difuntos padres, en Motton, dos años antes. Barbie se enteró de eso y de muchísimas cosas más sobre Gendron desde que salieron del lugar del accidente de la 119 y hasta que descubrieron otro choque —no tan espectacular pero horrible de todos modos— donde la carretera 117 entraba en Mill. Barbie habría estado más que encantado de estrecharle la mano a Gendron, pero tendrían que dejar esas cortesías para más adelante, para cuando descubrieran dónde terminaba la barrera invisible.

Ernie Calvert había llamado a la Guardia Aérea Nacional en Bangor, pero lo habían puesto en espera antes de que hubiera tenido ocasión de explicar por qué llamaba. Entretanto, las sirenas que se aproximaban anunciaban la inminente llegada de los representantes locales de la ley.

—No esperen que vengan los bomberos —dijo el granjero que había llegado corriendo con sus hijos a través del campo. Se llamaba Alden Dinsmore, y todavía estaba intentando recuperar el aliento—. Se han ido a Castle Rock, a quemar una casa para practicar. Podrían haber practicado un montón aquí mis... —entonces vio que su hijo pequeño se acercaba al lugar donde la huella sanguinolenta de la mano de Barbie parecía estar secándose en el vacío, en el aire soleado—. ¡Rory, no te acerques ahí!

Rory, que se moría de curiosidad, no le hizo caso. Alargó un brazo y dio unos golpecitos en el aire, justo a la derecha de la huella de la mano de Barbie. Sin embargo, antes de eso, Barbie vio que la carne de gallina recorría el brazo del chico por debajo de las irregulares mangas cortadas de su sudadera de los Gatos Monteses. Ahí había algo, algo que reaccionaba cuando te acercabas. El único lugar en el que Barbie había sentido algo parecido había sido cerca del gran generador eléctrico de Avon, Florida, adonde una vez llevó a una chica para gozar de sus cuerpos.

El sonido que hizo el puño del niño fue como el que hacían unos nudillos contra el costado de un refractario Pyrex. Acalló el murmullo de la pequeña muchedumbre de espectadores que habían estado viendo arder los restos del camión maderero (y, en algunos casos, haciendo fotografías con los teléfonos).

—Demonios, si no lo veo... —dijo alguien.

Alden Dinsmore apartó a su hijo de ahí tirando del cuello rasgado de la sudadera y luego le propinó un golpe en la nuca como el que había recibido poco antes su hijo mayor.

—¡Ni siquiera lo pienses! —gritó el hombre, zarandeando al niño—. ¡No lo vuelvas a hacer! ¡No sabes qué es eso!

—¡Pa, es como una pared de cristal! Es...

Dinsmore lo zarandeó un poco más. Seguía resollando, y Barbie temió por su corazón.

—¡Ni siquiera lo pienses! —repitió el hombre, y empujó al chico hacia su hermano mayor—. Vigila a este idiota, Ollie.

—Sí, señor —dijo Ollie, y le dedicó a su hermano una sonrisa de suficiencia.

Barbie miró hacia Mill y vio que se acercaban las luces intermitentes de una patrulla, pero muy por delante de él —como si escoltara a los policías en virtud de una autoridad superior— iba un gran vehículo negro que parecía algo así como un ataúd con ruedas: la Hummer de Gran Jim Rennie. Cuando lo vio, los golpes y las magulladuras que tenía Barbie desde lo del estacionamiento del Dipper's, y que ya estaban empezando a curarse, volvieron a dolerle.

Rennie padre no había estado allí, claro, pero su hijo había sido el principal instigador, y Gran Jim se había encargado de cuidar de Junior. Si eso significaba hacerle la vida imposible en Mill a cierto pinche itinerante —lo bastante imposible para que el pinche en cuestión decidiera levantar el campamento y largarse del pueblo—, mejor que mejor.

Barbie no quería estar allí cuando llegara Gran Jim. Y menos aún con la policía presente. El jefe Perkins lo había tratado bien, pero el otro tipo —Randolph— había mirado a Dale Barbara como si fuese mierda de perro bajo un zapato elegante.

Barbie giró hacia don Lobos Marinos y dijo:

—¿Qué te parece si hacemos una pequeña excursión, tú por tu lado y yo por el mío, y vemos hasta dónde llega esta cosa?

—¿Y escapar de aquí antes de que llegue aquel charlatán? —Gendron también había visto la Hummer—. Amigo, tú sí que sabes. ¿Al oeste o al este?

4

Se dirigieron hacia el oeste, hacia la carretera 117, y no encontraron el final de la barrera, pero vieron las maravillas que había obrado al caer. Las ramas de los árboles se habían partido y habían creado senderos a cielo abierto donde antes no los había. Había tocones partidos por la mitad y encontraron cadáveres plumíferos por todas partes.

—Qué montón de pájaros muertos —dijo Gendron. Se recolocó la gorra en la cabeza con manos un poco temblorosas. Tenía la cara pálida—. Nunca había visto tantos.

—¿Estás bien? —preguntó Barbie.

—¿Físicamente? Sí, creo que sí. Psicológicamente me siento como si hubiera perdido la cabeza. ¿Y tú?

—Lo mismo —repuso Barbie.

A algo más de tres kilómetros de la 119 se encontraron con God Creek Road y el cadáver de Bob Roux tirado junto a su tractor, todavía en marcha. Barbie se acercó instintivamente al hombre caído y, una vez más, chocó contra la barrera... aunque en esta ocasión se acordó en el último segundo y frenó a tiempo para impedir que volviera a sangrarle la nariz.

Gendron se arrodilló y tocó el cuello grotescamente ladeado del granjero.

—Muerto.

—¿Qué es esa cosa rota que hay a su alrededor, esas piezas blancas?

Gendron levantó el trozo de mayor tamaño.

—Creo que es uno de esos aparatos para escuchar música grabada de una computadora. Debió romperse cuando se estrelló contra... —gesticuló señalando hacia delante—. Contra eso.

Empezó a oírse un alarido procedente del pueblo, más crudo y más fuerte de como había sonado la alarma.

Gendron miró hacia allí un instante.

—La sirena de los bomberos —dijo—. Para lo que va a servir...

—Vienen desde Castle Rock —dijo Barbie—. Los oigo.

—¿Sí? Pues entonces tienes mejor oído que yo. Vuelve a decirme cómo te llamabas, amigo.

—Dale Barbara. Barbie para los amigos.

—Bueno, Barbie, y ¿ahora qué?

—Seguimos caminando, supongo. No podemos hacer nada por este tipo.

—No, ni siquiera puedo llamar a nadie —dijo Gendron con tristeza—. Olvidé el teléfono. Supongo que tú no tienes celular...

Barbie sí tenía, pero lo había dejado en el departamento que había desocupado, junto con algunos calcetines, camisas, pantalones y calzoncillos. Se había marchado con lo puesto, nada más que con la ropa que llevaba a la espalda, porque en Chester's Mill no había nada que quisiera llevarse consigo. Salvo algunos buenos recuerdos, y para eso no necesitaba maleta, ni siquiera mochila.

Explicarle todo eso a un desconocido era demasiado complicado, así que se limitó a negar con la cabeza.

Había una vieja manta sobre el asiento del Deere. Gendron apagó el tractor, tomó la manta y cubrió el cadáver.

—Espero que estuviera escuchando algo que le gustara cuando sucedió —dijo.

—Sí —repuso Barbie.

—Vamos. Encontremos el final de esto, sea lo que sea. Quiero estrecharte la mano. A lo mejor hasta me emociono y te doy un abrazo.

5

Poco después de descubrir el cadáver de Roux —ya estaban muy cerca del accidente de la 117, aunque ninguno de los dos lo sabía—, llegaron a un pequeño riachuelo. Los dos se quedaron quietos un momento, cada uno a su lado de la barrera, mirando con asombro y en silencio.

Al cabo, Gendron dijo:

—Dios bendito.

—¿Qué se ve desde tu lado? —preguntó Barbie.

Lo único que podía ver desde el suyo era el agua que se alzaba y caía hacia el subsuelo. Era como si la corriente se hubiese encontrado con una presa invisible.

—No sé cómo describirlo. Nunca había visto algo igual —gendron hizo una pausa, se rascó las dos mejillas y dejó caer la mandíbula de tal manera que su cara, larga ya de por sí, se pareció un poco a la del hombre que grita en ese cuadro de Edvard Munch—. Bueno, sí. Una vez. Parecido. Cuando le llevé a mi hija un par de pececitos de colores por su sexto cumpleaños. O a lo mejor ese año cumplía siete. Los llevé a casa desde la tienda de animales en una bolsa de plástico, y eso es lo que parece: agua en el fondo de una bolsa de plástico. Solo que esto es plano en lugar de abombado. El agua se amontona contra esa… cosa, y luego se derrama hacia izquierda y derecha por tu lado.

—¿No pasa ni una gota?

Gendron se agachó con las manos en las rodillas y echó una mirada.

—Sí, parece que algo lo atraviesa. Pero no mucho, solo unas gotitas. Y nada de la porquería que arrastra el agua. Ya sabes, palitos, hojas y esas cosas.

Siguieron avanzando, Gendron por su lado y Barbie por el suyo. De momento, ninguno de los dos pensaba en términos de dentro y fuera. No se les había ocurrido que tal vez la barrera no tenía final.

6

Entonces llegaron a la carretera 117, donde había tenido lugar otro horrible accidente: dos coches y al menos dos personas de las que Barbie podía decir con seguridad que estaban muertas. Había otra, o eso le pareció, desplomada al volante de un viejo Chevrolet prácticamente hecho papilla. Pero esta vez había también una superviviente: estaba sentada con la cabeza gacha junto a un Mercedes-Benz destrozado. Paul Gendron corrió hacia ella mientras Barbie no podía hacer más que quedarse allí quieto mirando. La mujer vio a Gendron e intentó levantarse.

—No, señora, ni lo intente. No le conviene hacer eso —dijo él.

—Creo que estoy bien —repuso la mujer—. Solo… ya sabe, me he llevado un buen susto —por alguna razón, eso lo hizo reír, aunque tenía el rostro abotargado por las lágrimas.

En ese momento apareció otro coche, una carcacha conducida por un viejo que encabezaba un desfile de otros tres o cuatro conductores a todas luces impacientes. El viejo vio el accidente y se detuvo. Los coches de detrás hicieron lo mismo.

Elsa Andrews ya se había puesto de pie y tenía la cabeza lo bastante clara para poder formular la que acabaría siendo la pregunta del día:

—¿Contra qué hemos chocado? No ha sido el otro coche, Nora lo ha rodeado.

Gendron respondió con total sinceridad.

—No lo sé, señora.

—Pregúntale si tiene teléfono —dijo Barbie. Después se dirigió al grupo de espectadores—. ¡Oigan! ¿Alguien tiene teléfono?

—Yo sí —dijo una mujer, pero, antes de que pudiera decir más, todos oyeron un zup-zup-zup que se acercaba. Era un helicóptero.

Barbie y Gendron cruzaron una mirada de espanto.

El helicóptero era azul y blanco, y volaba bajo. Se dirigía hacia la columna de humo que señalizaba el emplazamiento del camión maderero accidentado en la 119, pero el aire estaba perfectamente despejado, con ese efecto casi de lupa que parecen tener los mejores días del norte de Nueva Inglaterra, y Barbie leyó con facilidad el gran 13 azul que llevaba pintado en el costado. También vio el ojo del logo de la CBS. Era un helicóptero de la tele, venido desde Portland. Barbie pensó que debía de estar por la zona y era un día perfecto para conseguir jugosas imágenes del accidente para las noticias de las seis.

—Oh, no —gimió Gendron, protegiéndose los ojos del sol. Luego gritó—: ¡Aléjense de ahí, idiotas! ¡Aléjense!

Barbie se le unió.

—¡No! ¡Déjenlo! ¡Márchense!

Era inútil, desde luego. Y, lo que era aún más inútil, hacía grandes gestos con los brazos para que se alejaran.

Elsa miraba a Barbie y a Gendron sin comprender nada.

El helicóptero bajó hasta la altura de las copas de los árboles y permaneció allí, suspendido.

—No creo que pase nada —dijo Gendron con alivio—. Seguramente la gente de allá también ha intentado alejarlos. El piloto debe de haber visto...

Pero entonces el helicóptero viró hacia el norte con la intención de acercarse a los pastos de Alden Dinsmore desde una perspectiva diferente y chocó contra la barrera. Barbie vio cómo se desprendía uno de los rotores. El helicóptero se inclinó, cayó y viró bruscamente, todo a la vez. Entonces explotó y se precipitó en una lluvia de vivo fuego sobre la carretera y los campos del otro lado de la barrera.

El lado de Gendron.

El exterior.

7

Junior Rennie se coló como un ladrón en la casa en la que había crecido. O como un fantasma. No había nadie, por supuesto; su padre debía de haberse ido ya a su gigantesca concesionaria de coches usados de la carretera 119 —a la cual Frank, amigo de Junior, a veces llamaba el Sagrado Templo del Compre Sin Entrada—, y Francine Rennie llevaba los últimos cuatro años sin salir del cementerio de Pleasant Ridge. La alarma de la ciudad había dejado de sonar y las sirenas de la policía se habían alejado hacia algún lugar del sur. La casa estaba felizmente tranquila.

Se tomó dos Imitrex, después se quitó la ropa y se metió a bañar. Cuando salió, vio que la camisa y los pantalones estaban manchados de sangre. En esos momentos no podía ocuparse de ello. Envió la ropa debajo de la cama de una patada, corrió las cortinas, se arrastró hasta el catre y se tapó hasta la cabeza con la colcha, como hacía cuando era pequeño y tenía miedo de los monstruos del armario. Se quedó allí temblando, la cabeza le tañía como si dentro tuviera todas las campanas del infierno.

Estaba dormitando cuando la sirena de los bomberos empezó a sonar y lo sobresaltó. Se puso a temblar otra vez, pero ya no le dolía tanto la cabeza. Dormiría un poco y luego pensaría qué haría. Matarse seguía pareciendo la mejor opción con diferencia. Porque lo atraparían. Ni siquiera podía volver a limpiarlo todo, no le daría tiempo de limpiar antes de que Henry o LaDonna McCain regresaran de hacer sus recados del sábado. Podía huir —tal vez—, pero no hasta que la cabeza dejara de dolerle. Y, desde luego, tendría que ponerse algo de ropa. No podía empezar una vida de fugitivo desnudo.

En conjunto, seguramente matarse sería lo mejor. Pero entonces ese puto cocinero ganaría. Y, si se detenía a pensarlo en serio, todo aquello era culpa del puto cocinero.

La sirena de los bomberos dejó de sonar en algún momento. Junior se quedó dormido, tapado con la colcha hasta la cabeza. Cuando despertó, eran las nueve de la noche. Ya no le dolía la cabeza.

Y la casa seguía vacía.

DE TRES PARES DE CAJONES

1

Cuando Gran Jim Rennie detuvo con un enfreno su Hummer H3 Alpha (color: Perla Negra; accesorios: todos los imaginables), iba unos buenos tres minutos por delante de la policía local, que era justo como a él le gustaba. Siempre por delante de la competencia, ese era el lema de Rennie.

Ernie Calvert seguía al teléfono, pero levantó una mano en un saludo algo torpe. Tenía todo el cabello alborotado y estaba tan alterado que casi parecía un loco.

—¡Ey, Gran Jim, los tengo al habla!

—¿A quiénes? —preguntó Rennie sin hacerle demasiado caso.

Estaba mirando la pira del camión maderero, que seguía ardiendo, y los restos de lo que sin duda era una avioneta. Aquello era un desastre, un desastre que podía dejarle un ojo morado al pueblo, sobre todo porque los dos nuevos y flamantes camiones de bomberos estaban en Castle Rock. En un simulacro al que él había dado el visto bueno... aunque era la firma de Andy Sanders la que figuraba en el impreso del permiso, porque Andy era el primer concejal. Eso estaba bien. Rennie creía mucho en lo que llamaba Coeficiente de Protegibilidad, y ser el segundo concejal era un excelente ejemplo de ese coeficiente en acción: tenías todo el poder (al menos cuando el primer concejal era un zopenco, como Sanders), pero rara vez tenías que cargar con la culpa cuando algo salía mal.

Y lo de allí delante era lo que Rennie —que había entregado su corazón a Jesús a la edad de dieciséis años y no decía palabrotas— llamaba "un lío de tres pares de cajones". Habría que tomar medidas. Habría que imponer orden, y no podía contar con ese vejestorio imbécil de Howard Perkins para conseguirlo. Puede que Perkins fuera un jefe de policía perfectamente capaz veinte años atrás, pero ya habían cambiado de siglo.

El ceño de Rennie se acentuó mientras estudiaba la escena. Demasiados curiosos. Claro que siempre había demasiados en situaciones como esa; a la gente le encantaba la sangre y la destrucción. Algunos parecían estar jugando a un juego de lo más extraño: ver hasta dónde eran capaces de inclinarse, o algo así.

Qué raro.

—¡Ustedes, apártense de ahí! —gritó. Tenía buena voz para dar órdenes, fuerte y segura—. ¡A un lado!

Ernie Calvert —otro idiota, el pueblo estaba lleno de idiotas, Rennie suponía que como todos los pueblos— le tiró de la manga. Parecía más nervioso que nunca.

—He conseguido hablar con la GAN, Gran Jim, y…

—¿Con quién? ¿La qué? ¿De qué me hablas?

—¡La Guardia Aérea Nacional!

De mal en peor. Gente que jugaba a quién sabe qué, y aquel imbécil llamando a la…

—Ernie, por el amor de Dios, ¿por qué tenías que llamar a la Guardia Aérea?

—Porque me ha dicho… ese hombre ha dicho que… —pero Ernie no recordaba exactamente qué era lo que Barbie había dicho, así que lo omitió—. Bueno, de todas formas, el coronel de la GAN ha escuchado lo que le he explicado y después me ha puesto en contacto con la oficina de Portland de Seguridad Nacional. ¡Me ha pasado directamente!

Rennie se dio una palmada en las mejillas con las dos manos, algo que solía hacer cuando estaba exasperado. En esos momentos parecía un Jack Benny de ojos fríos. Como el cómico, la verdad es que Gran Jim de vez en cuando contaba chistes (siempre chistes inocentes). Tenía un repertorio de chistes porque vendía coches y porque sabía que se suponía que los políticos contaban chistes, sobre todo cuando se acercaban las elecciones. Así que había acumulado un pequeño arsenal rotativo de lo que él llamaba "chistoretes" (como en "¿Quieren oír un chistorete, muchachos?"). Los memorizaba igual que un turista en un país extranjero se queda con frases como "¿Dónde está el baño?" o "¿Hay un hotel con internet en este pueblo?".

Sin embargo, esta vez no estaba para chistes.

—¡Seguridad Nacional! Pero, por todos los condenados del infierno, ¿por qué? —"condenado" era, con diferencia, el reniego preferido de Rennie.

—Porque ese joven ha dicho que hay algo que obstruye la carretera. ¡Y lo hay, Jim! ¡Hay algo que no se ve! ¡La gente puede apoyarse en ello! ¿Lo ves? Lo están haciendo ahora mismo. Y... si le lanzas una piedra, ¡rebota! ¡Mira! —Ernie tomó una piedra y la lanzó. Rennie no se molestó en mirar hacia dónde iba; supuso que si le hubiera dado a alguno de aquellos mirones habrían soltado un grito—. El camión ha chocado con eso... sea lo que sea... ¡y la avioneta también! Y ese tipo me ha dicho que...

—Frena. ¿De qué tipo estamos hablando exactamente?

—Es un joven —dijo Rory Dinsmore—. Cocina en el Sweetbriar Rose. Si le pides una hamburguesa término medio, te la hace justo a término medio. Mi padre dice que es muy difícil que te la sirvan así, porque nadie sabe cómo cocinarlas, pero ese amigo sabe —su rostro se iluminó con una sonrisa sumamente dulce—. Yo sé cómo se llama.

—Cierra el pico, Roar —le advirtió su hermano.

El rostro del señor Rennie se había ensombrecido. Por lo que Ollie Dinsmore sabía, ese era el aspecto que tenían los profesores justo antes de abofetearte con una semana de castigo.

Rory, sin embargo, no hizo ni caso.

—¡Tiene nombre de mujer! Se llama Baaarbara.

Cuando ya creía que no volvería a ver a ese condenado, va y vuelve a aparecer, pensó Rennie. *Ese inútil que no vale para nada.*

Giró hacia Ernie Calvert. La policía ya casi había llegado, pero Rennie pensó que aún tenía tiempo para poner fin a esa última locura provocada por Barbara. No lo veía por allí. Tampoco lo esperaba, la verdad. Era muy típico de Barbara remover el guiso, montar un alboroto y salir huyendo.

—Ernie —dijo—, te han informado mal.

Alden Dinsmore dio un paso al frente.

—Señor Rennie, no veo cómo puede decir eso cuando no sabe de qué información se trata.

Rennie sonrió. Bueno, en todo caso estiró los labios.

—Conozco a Dale Barbara, Alden. Esa es la información que tengo —se volvió otra vez hacia Ernie Calvert—. Ahora, si no te importa...

—*Chis* —dijo Calvert, levantando una mano—. Tengo a alguien.

A Gran Jim Rennie no le gustaba que lo hicieran callar, y menos aún un tendero retirado. Le quitó el teléfono de la mano como si Ernie fuese un ayudante que lo había estado sujetando solamente para eso.

A través del auricular, una voz dijo:

—¿Con quién hablo? —menos de cuatro palabras, pero bastaron para decirle a Rennie que se enfrentaba a un burocrático hijo de la Gran Bretaña. El Señor era testigo de que se las había visto con suficientes de ellos en sus tres décadas en el ayuntamiento, y que los federales eran los peores.

—James Rennie al habla, segundo concejal de Chester's Mill. ¿Quién es usted, señor?

—Donald Wozniak, Seguridad Nacional. Parece que tienen un problema en la carretera 119. Se ha producido algún tipo de intercepción.

¿Intercepción? ¡¿Intercepción?! ¿Qué clase de jerga federal era esa?

—Le han informado mal, señor —dijo Rennie—. Lo que tenemos es una avioneta (una avioneta civil, una avioneta local) que ha intentado aterrizar en la carretera y ha colisionado con un camión. La situación está completamente controlada. No requerimos la ayuda de Seguridad Nacional.

—Señor Rennie —dijo el granjero—, eso no es lo que ha pasado.

Rennie agitó una mano en su dirección, luego echó a andar hacia la primera patrulla, de la que estaba bajando Hank Morrison. Un tipo grande, algo así como de un metro noventa y cinco, pero básicamente inútil. Y detrás de él, la chica de los buenos pechos. Wettington, así se llamaba, y ella peor que inútil: una lengua insolente y una cabeza hueca. Sin embargo, detrás de la mujer llegaba Peter Randolph. Randolph era el ayudante del jefe, y un hombre muy del gusto de Rennie. Un hombre capaz de poner las cosas en su sitio. Si Randolph hubiera sido el oficial de guardia la noche que Junior se buscó problemas en ese estúpido bar que era un agujero del demonio, Gran Jim dudaba de que esa mañana el señor Dale Barbara siguiera causando problemas en la ciudad. De hecho, el señor Barbara estaría ya entre rejas en The Rock. Lo cual a Rennie le parecería muy bien.

Entretanto, el hombre de Seguridad Nacional —¿cómo tenían el valor de llamarse a sí mismos "oficiales"?— seguía hablando sin parar.

Rennie lo interrumpió.

—Gracias por su interés, señor Wozner, pero ya nos hemos hecho cargo —apretó el botón de colgar sin antes despedirse. Después volvió a endosarle el teléfono a Ernie Calvert.

—Jim, no creo que eso haya sido muy sensato.

Rennie no le hizo caso, observó cómo Randolph se estacionaba detrás de la patrulla de esa Wettington; las luces del techo lanzaban destellos. Pensó en acercarse para saludarlo, pero desechó la idea antes de que se hubiera formado del todo en su mente. Que se acercara Randolph. Así era como se suponía que tenían que funcionar las cosas. Y así acabarían funcionando, por Dios que sí.

2

—Gran Jim —dijo Randolph—. ¿Qué ha pasado aquí?

—Me parece que es evidente —repuso Gran Jim—. La avioneta de Cuck Thompson ha tenido una pequeña discusión con un camión maderero. Parece que la pelea ha acabado en tablas —entonces oyó las sirenas que venían desde Castle Rock. Casi seguro que serían los bomberos (Rennie esperaba que llegaran con los dos camiones nuevos... y espantosamente caros; todo iría mucho mejor si al final nadie se daba cuenta de que los nuevos camiones no estaban en la ciudad cuando se había organizado aquel lío de tres pares de cajones). Las ambulancias y la policía tampoco tardarían en llegar.

—Eso no es lo que ha pasado —dijo Alden Dinsmore con tozudez—. Yo estaba en el jardín lateral y he visto cómo la avioneta simplemente...

—Más vale que hagamos retroceder a toda esa gente, ¿no te parece? —preguntó Rennie a Randolph, señalando hacia los mirones.

Había unos cuantos en el lado del camión, prudentemente alejados de las llamas, y bastantes más en el lado de Mill. Aquello empezaba a parecer una convención.

Randolph se dirigió a Morrison y a Wettington.

—Hank —dijo, y señaló a los espectadores del lado de Mill.

Alguien había empezado a revolver entre los restos esparcidos de la avioneta de Thompson. Se oían gritos de horror a medida que descubrían pedazos de los cadáveres.

—Bien —dijo Morrison, y se puso en marcha.

Randolph señaló a Wettington los espectadores del lado del camión maderero.

—Jackie, ocúpate de... —se quedó a media frase.

Los mirones del desastre del lado sur del accidente estaban de pie en los pastos para las vacas que había a un lado de la carretera y metidos en la maleza hasta las rodillas al otro. Todos miraban boquiabiertos, lo cual les confería una expresión de estúpido interés con la que Rennie estaba muy familiarizado; la veía en algún que otro rostro todos los días, y en masa todos los meses de marzo, durante la asamblea municipal. Solo que esa gente no estaba mirando el camión en llamas. Y Peter Randolph, que no era ningún tonto (no es que fuera brillante, ni de lejos, pero por lo menos sabía cuál era la mano que le daba de comer), estaba mirando hacia el mismo sitio que todos los demás, con esa misma expresión de asombro y la mandíbula desencajada. Igual que Jackie Wettington.

Era el humo lo que todos miraban. El humo que ascendía desde el camión incendiado.

Era oscuro y oleoso. La gente que estaba situada de cara al viento tendría que estar medio asfixiada, sobre todo con la ligera brisa que llegaba del sur. Pero no les pasaba nada. Y entonces Rennie vio por qué. Costaba creerlo, pero lo estaba viendo, no había duda. El humo se desplazaba hacia el norte, al menos al principio, pero entonces torcía en un ángulo muy pronunciado, casi recto, y ascendía verticalmente en una columna, como si fuera una chimenea. Al subir, además, dejaba un residuo café oscuro. Una mancha alargada que parecía flotar en el aire.

Jim Rennie sacudió la cabeza para que esa imagen desapareciera, pero seguía allí cuando dejó de hacerlo.

—¿Qué es eso? —preguntó Randolph. El asombro le había suavizado la voz.

Dinsmore, el granjero, se colocó delante de él.

—Ese tipo —señaló a Ernie Calvert— tenía a Seguridad Nacional al teléfono, y este tipo —señaló a Rennie con un gesto teatral de tribunal, pero a Rennie no le importó en lo absoluto— le quitó el teléfono ¡y colgó! No tendría que haberlo hecho, Pete. Porque no ha habido ninguna colisión. La avioneta no estaba ni un poco cerca del suelo. Yo lo he visto. Estaba cubriendo las plantas por si llegan las heladas y lo he visto todo.

—Yo también lo he visto… —empezó a decir Rory, y esta vez fue su hermano Ollie el que le dio un coscorrón. Rory comenzó a lloriquear.

Alden Dinsmore dijo:

—Se ha estrellado contra algo. Contra lo mismo que el camión. Está ahí, se puede tocar. Ese joven, el cocinero, ha dicho que deberían decretar una zona de exclusión aérea, y tiene razón. Pero el señor Rennie —señalaba de nuevo a Rennie, como si se creyera un condenado Perry Mason en lugar de un tipo que se ganaba el pan colocando chupones en los pezones de las vacas— no quiso ni hablar con ellos. ¡Simplemente colgó!

Rennie no se rebajó a negarlo.

—Estás perdiendo el tiempo —le dijo a Randolph. Acercándose un poco más y hablando apenas en un susurro, añadió—: El jefe está por llegar. Te aconsejo que aceleres y controles el lugar de los hechos antes de que esté aquí —dirigió al granjero una mirada fría y breve—. Ya interrogarás más tarde a los testigos.

Sin embargo, fue Alden Dinsmore, exasperante hasta la desesperación, quien dijo la última palabra.

—Ese tal Barber tenía razón. Él tiene razón y Rennie se equivoca.

Rennie apuntó mentalmente tomar medidas contra Alden Dinsmore en un futuro. Tarde o temprano los granjeros acudían a los concejales con el sombrero en la mano —en busca de una exención, una recalificación de terrenos, cualquier cosa—, y cuando el señor Dinsmore se viera en una de esas encontraría poco consuelo, si Rennie tenía algo que decir al respecto. Y normalmente así era.

—¡Que controles el lugar de los hechos! —le dijo a Randolph.

—Jackie, aparta de ahí a esa gente —dijo el ayudante del jefe de policía señalando hacia los mirones que contemplaban el desastre desde el lado del camión maderero—. Establece un perímetro.

—Señor, me parece que esa gente en realidad está en Motton...

—No importa, apártalos de ahí —Randolph miró por encima del hombro a Duke Perkins, que estaba saliendo de la patrulla del jefe de policía, un coche que Randolph suspiraba por ver en el camino de entrada de su casa. Y allí lo vería algún día, con la ayuda de Gran Jim Rennie. Dentro de otros tres años, como mucho—. Los del departamento de policía de Castle Rock te lo agradecerán cuando lleguen, créeme.

—Pero ¿y...? —señaló la mancha de humo, que seguía extendiéndose. Vistos a través de ella, los árboles, llenos de los colores de octubre, parecían de un gris oscuro y uniforme, y el cielo era de una malsana tonalidad azul amarillenta.

—No te acerques a eso —dijo Randolph, y después se fue a ayudar a Hank Morrison a establecer el perímetro del lado de Chester's Mill, aunque antes tenía que poner a Perk al tanto de todo.

Jackie se aproximó a la gente que estaba junto al camión maderero. La muchedumbre crecía a medida que los que llegaban daban parte por teléfono. Algunos habían apagado a pisotones algún pequeño fuego de los matorrales, lo cual estaba bien, pero luego se habían quedado merodeando, mirando como embobados. La oficial recurrió a los gestos propios de quien espanta el ganado, los mismos de los que se valía Hank en el lado de Mill, y entonó su mismo mantra:

—Váyanse, señores, esto ya se ha acabado, aquí no hay nada que ver, nada que no hayan visto ya, despejen el camino para permitir el paso de los camiones de bomberos y la policía, váyanse, despejen la zona, márchense a casa, váy...

Había chocado contra algo. Rennie no tenía ni idea de con qué, pero sí vio el resultado. El borde del sombrero de la oficial fue lo primero que se topó con aquello. Se dobló y le cayó por la espalda. Un instante después sus insolentes pechos —un par de condenados proyectiles, es lo que eran— quedaron aplastados. Luego se le torció la nariz, que expulsó un chorro de sangre que salpicó sobre algo... y empezó a resbalar en goterones, como la pintura en una pared.

La oficial cayó sobre su almohadillado trasero con expresión de asombro.

El granjero metiche metió entonces su cuchara:

—¿Lo ve? ¿No se lo había dicho?

Randolph y Morrison no lo habían visto. Perkins tampoco; los tres estaban conversando junto al cofre del coche del jefe. A Rennie se le pasó por la cabeza la fugaz idea de acercarse a Wettington, pero ya lo estaban haciendo otros y, además, seguía demasiado cerca de aquello con lo que había chocado, fuera lo que fuese. Así que lo que hizo fue correr hacia los hombres, semblante adusto, barriga dura, proyectando la autoridad de quien sabe cómo poner las cosas en su sitio. De camino le dedicó una mirada fulminante al granjero Dinsmore.

—Jefe —dijo, metiéndose entre Morrison y Randolph.

—Gran Jim —dijo Perkins, asintiendo—. Veo que no has perdido ni un momento.

Seguramente era un incordio, pero Rennie, pez viejo, no mordió el anzuelo.

—Me temo que aquí pasa algo más que lo que parece a primera vista. Creo que será mejor que alguien se ponga en contacto con Seguridad Nacional —hizo una pausa y adoptó una expresión apropiadamente grave—. No diré que esto sea cosa de terroristas… pero tampoco diré lo contrario.

3

Duke Perkins miraba más allá de Gran Jim. Ernie Calvert y Johnny Carver, que trabajaba en Gasolina & Alimentación Mill, estaban ayudando a Jackie a levantarse. La mujer parecía aturdida y le sangraba la nariz, pero por lo demás estaba bien. Sin embargo, había algo en todo aquello que le daba mala espina. Desde luego, los accidentes en los que se producían víctimas mortales transmitían hasta cierto punto esa sensación, pero allí había algo más que no cuadraba.

Para empezar, la avioneta no había intentado aterrizar. Había demasiados fragmentos y estaban diseminados en un área demasiado extensa. Y los curiosos. También en ellos se percibía algo extraño. Randolph no se había dado cuenta, pero Duke Perkins sí. Deberían haber formado un gran grupo diseminado. Era lo que hacían siempre, como para ofrecerse consuelo al encontrarse frente a la muerte. En cambio ésos no habían formado un grupo, sino dos, y el del otro lado del cartel que marcaba el límite municipal de Motton estaba tremendamente cerca del camión, que seguía ardiendo. No es que hubiera peligro, por lo que juzgó... pero ¿por qué no se movían hacia aquí?

Los primeros camiones de bomberos doblaron a toda velocidad la curva que había al sur. Eran tres. Duke se alegró de ver que el segundo de la fila llevaba CUERPO DE BOMBEROS DE CHESTER'S MILL CAMIÓN N.º 2 escrito en letras doradas en el lateral. La muchedumbre retrocedió un poco más hacia la espesa maleza para dejarles sitio. Duke volvió a prestarle atención a Rennie.

—¿Qué ha pasado aquí? ¿Lo sabes?

Rennie abrió la boca para contestar, pero, antes de que pudiera decir nada, Ernie Calvert le quitó la palabra.

—Hay una barrera que cruza la carretera. No se ve, pero está ahí, jefe. El camión se estrelló contra ella. La avioneta también.

—¡Es cierto, maldita sea! —exclamó Dinsmore.

—La oficial Wettington también chocó con ella —dijo Johnny Carver—. Por suerte, iba despacio —rodeaba a Jackie con un brazo; parecía aturdida.

Duke se fijó en que la sangre de la oficial había manchado la manga de la chamarra de LA GASOLINERA DE MILL ME LLENA EL TANQUE DE ALEGRÍA que llevaba Carver.

Otro camión de bomberos llegó al lado de Motton. Los dos primeros habían bloqueado la carretera formando una V. Los bomberos bajaban en tropel y desplegaban las mangueras. Duke oyó el alarido de una ambulancia que venía de Castle Rock. *¿Y la nuestra?*, se preguntó. ¿Había ido también a aquel condenado y estúpido simulacro? Quería pensar que no. ¿Quién en su sano juicio llevaría una ambulancia a una casa vacía en llamas?

—Parece que hay una barrera invisible... —empezó a decir Rennie.

—Sí, de eso ya me he enterado —dijo Duke—. No sé lo que significa, pero lo escuché.

Dejó a Rennie y se acercó a la oficial herida; no vio el color rojo oscuro que tiñó las mejillas del segundo concejal tras su desplante.

—Jackie… ¿Estás bien? —preguntó Duke, agarrándola del hombro con dulzura.

—Sí —se tocó la nariz; el flujo de sangre empezaba a disminuir—. ¿Cree que está rota? No me parece que lo esté.

—No está rota, pero se te va a inflamar. Aunque creo que para el Baile de la Cosecha ya estarás bien.

La oficial le ofreció una débil sonrisa.

—Jefe —dijo Rennie—, creo en serio que deberíamos llamar a alguien para informar de esto. Si no a Seguridad Nacional… pensándolo bien parece un poco exagerado… al menos sí a la policía del estado.

Duke lo apartó de en medio. Fue un gesto amable pero inequívoco. Casi un empujón. Rennie cerró los puños con fuerza y luego volvió a abrir las manos. Se había construido una vida en la que él era de los que empujan y no de los que se dejan empujar, pero eso no cambiaba el hecho de que únicamente los idiotas usaban los puños. Solo había que ver a su propio hijo. Bueno, daba igual, había que tomar nota de los desprecios y corregirlos, por lo general más tarde… pero a veces más tarde era mejor.

Más dulce.

—¡Peter! —Duke llamaba a Randolph—. ¡Habla a los del centro de salud y pregúntales dónde demonios está nuestra ambulancia! ¡Quiero verla aquí!

—Eso puede hacerlo Morrison —dijo Randolph. Había sacado la cámara de su coche y se disponía a hacer algunas fotografías del lugar de los hechos.

—Puedes hacerlo tú, ¡y ahora mismo!

—Jefe, no creo que Jackie esté tan lastimada, y no hay nadie más que…

—Cuando quiera tu opinión te la pediré, Peter.

Randolph iba a lanzarle la mirada cuando vio la expresión de Duke. Lanzó la cámara al asiento delantero de su coche y tomó el teléfono.

—¿Qué ha sido, Jackie? —preguntó Duke.

—No lo sé. Primero he sentido un hormigueo, como cuando tocas sin querer las clavijas de un enchufe al conectarlo. Y luego eso pasó y me golpeé contra... Dios, no sé contra qué me he dado.

Un "Ahhh" se alzó entre los espectadores. Los bomberos habían apuntado las mangueras hacia el camión maderero en llamas, pero parte del chorro rebotaba al otro lado del camión. Se estrellaba contra algo y salpicaba hacia atrás, creando arcoíris en el aire. Duke no había visto algo parecido en su vida... salvo, quizá, en el túnel del lavado de autos, mirando el impacto de los chorros a presión contra el parabrisas.

Entonces vio un arcoíris también en el lado de Mill: pequeño. Una de las espectadoras, Lissa Jamieson, la bibliotecaria del pueblo, se acercó caminando.

—¡Lissa, apártate de ahí! —gritó Duke.

Ella no le hizo caso. Era como si estuviera hipnotizada. Se quedó a pocos centímetros de donde el chorro de agua a presión chocaba contra nada más que el aire y rebotaba hacia atrás, y extendió las manos. Duke vio unas gotitas de vapor reluciendo en su cabello, que llevaba recogido en una coleta. El pequeño arcoíris se rompió y luego volvió a formarse detrás de ella.

—¡No es más que vapor! —exclamó la chica; parecía extasiada—. Allí toda esa agua, ¡y aquí no hay más que vapor! Como el de un humidificador.

Peter Randolph alzó el teléfono y sacudió la cabeza.

—Tengo señal, pero no consigo conectar la llamada. Supongo que todos estos curiosos —dibujó un gran arco con el brazo— tienen las líneas colapsadas.

Duke no sabía si eso era posible, pero era cierto que allí casi todo el mundo estaba parloteando o sacando fotos con un teléfono. Excepto Lissa, mejor dicho, que seguía en su papel de ninfa de los bosques.

—Ve por ella —le dijo Duke a Randolph—. Apártala de ahí antes de que decida sacar sus cristales mágicos o algo así.

La cara de Randolph daba a entender que esos encargos quedaban muy por debajo de su rango salarial, pero se ocupó de ello. Duke soltó una carcajada. Fue breve pero auténtica.

—Por el amor de Dios, ¿qué ves ahí que te haga reír? —preguntó Rennie.

Más policías del condado de Castle iban llegando del lado de Motton. Si Perkins no tenía cuidado, los de Rock acabarían controlando aquello. Y llevándose todo el dichoso mérito.

Duke dejó de reír, aunque seguía sonriendo. Sin ningún reparo.

—Esto es un lío de tres pares de cajones —dijo—. ¿No es eso lo que dices tú, Gran Jim? Y, por lo que he podido comprobar, a veces reírse es la única forma de enfrentarse a un problema de cajones.

—¡No tengo ni idea de a qué te refieres! —repuso Rennie, casi gritando.

Los chicos de Dinsmore se apartaron de él y se colocaron al lado de su padre.

—Ya lo sé —contestó Duke con suavidad—. Y no pasa nada. Lo único que tienes que entender por ahora es que yo soy el principal representante y defensor de la ley en el lugar de los hechos, al menos hasta que llegue el alguacil del condado, y que tú eres un concejal de la ciudad. Aquí no tienes autoridad oficial, así que me gustaría que te retiraras.

Duke señaló hacia el lugar donde el oficial Henry Morrison estaba colocando cinta amarilla alrededor de dos grandes fragmentos del fuselaje de la avioneta, y alzó la voz:

—¡Me gustaría que todo el mundo se retirara y nos dejara hacer nuestro trabajo! Sigan al concejal Rennie. Él los llevará hasta el otro lado de la cinta amarilla.

—Eso no me parece, Duke —dijo Rennie.

—Que Dios te bendiga, pero me importa un carajo —dijo Duke—. Sal de mi lugar de los hechos, Gran Jim. Y ve con cuidado y rodea la cinta. Que Henry no tenga que colocarla dos veces.

—Jefe Perkins, quiero que recuerdes cómo me has hablado hoy. Porque yo lo recordaré.

Rennie caminó ofendido hacia la cinta. Los demás espectadores lo siguieron, la mayoría de ellos mirando por encima del hombro cómo el agua chocaba contra la barrera manchada de diésel y formaba una línea mojada en la carretera. Un par de ellos, los más listos (Ernie Calvert, por ejemplo), ya se habían dado cuenta de que esa línea marcaba con exactitud la frontera entre Motton y Chester's Mill.

Rennie sintió la infantil tentación de romper con el pecho la cinta que tan bien había colocado Hank Morrison, pero se contuvo. Sin embargo, lo que no pensaba hacer era dar toda la vuelta y acabar con un montón de espigas enganchadas en sus pantalones Land's End. Le habían costado sesenta dólares. Pasó por debajo sosteniendo la cinta con una mano. Su barriga le impedía agacharse mucho.

Detrás de él, Duke se acercó despacio al lugar donde Jackie se había estrellado. Extendió una mano, como un ciego que anda a tientas por una habitación que no conoce.

Ahí era donde se había caído… y ahí…

Sintió el hormigueo que ella le había descrito, pero, en lugar de pasar, se intensificó hasta convertirse en un dolor abrasador por debajo de la clavícula izquierda. Le dio tiempo de recordar lo último que Brenda le había dicho —"Ten cuidado con tu marcapasos"— y entonces le explotó en el pecho con fuerza suficiente para abrirle la sudadera de los Gastos Monteses que se había puesto esa mañana en honor al partido de la tarde. Sangre, jirones de algodón y trozos de carne salpicaron la barrera.

La muchedumbre soltó un "Ahhh".

Duke intentó pronunciar el nombre de su mujer y no lo consiguió, pero mentalmente vio su rostro con claridad. Sonrió.

Después, oscuridad.

4

El muchacho era Benny Drake, catorce años, y una Cuchilla. Las Cuchillas eran un pequeño pero comprometido club de patinaje urbano al que las fuerzas del orden locales miraban con reprobación pero sin llegar a proscribirlos, y eso a pesar de los llamamientos de los concejales Rennie y Sanders pidiendo tal medida (en la asamblea municipal del marzo anterior, ese mismo dúo dinámico había conseguido desestimar un punto del presupuesto que habría sufragado una zona segura para practicar patinaje en la plaza del pueblo, detrás del quiosco).

El adulto era Eric "Rusty" Everett, treinta y siete años, auxiliar médico que trabajaba con el doctor Ron Haskell, en quien Rusty a menudo pensaba como en el Mago de Oz. *Porque*, habría explicado Rusty (si hubiese tenido a alguien más, aparte de a su mujer, a quien poder confesarle semejante deslealtad), *muchas veces se queda detrás de la cortina mientras yo hago todo el trabajo.*

En esos momentos estaba comprobando cuándo se había puesto la última vacuna del tétanos el pequeño Drake. Otoño de 2009, muy bien. Sobre todo teniendo en cuenta que el pequeño Drake se había dado un golpazo mientras rodaba sobre el cemento y se había hecho una buena cortada en la pantorrilla. No era un desastre, pero sí mucho peor que una simple quemadura por el restregón con el asfalto.

—Regresó la luz, amigo —informó el pequeño Drake.

—Es el generador, hermano —dijo Rusty—. Alimenta al hospital y también al centro de salud. Brutal, ¿eh?

—Un clásico —convino el pequeño Drake.

Por un momento, adulto y adolescente miraron sin decir nada el tajo de quince centímetros en la pantorrilla de Benny Drake. Limpio de suciedad y sangre, el corte tenía un aspecto desgarrado pero ya no era lo que se dice horrible. La alarma de la ciudad había dejado de sonar, pero a lo lejos aún se oían sirenas. Entonces oyeron la de los bomberos y los dos pegaron un brinco.

La ambulancia va a echar humo, pensó Rusty. *Como que sí. Twitch y Everett vuelven al ataque. Será mejor que me dé prisa con esto.*

Sólo que la cara del chico estaba bastante blanca, y a Rusty le pareció verle lágrimas en los ojos.

—¿Tienes miedo? —preguntó.

—Un poco —dijo Benny Drake—. Mi madre me va a castigar.

—¿Eso es lo que te da miedo? —porque él creía que a Benny Drake ya lo habían castigado unas cuantas veces. En realidad, a menudo.

—Bueno… ¿cuánto va a dolerme?

Rusty había estado escondiendo la jeringa. En ese momento le inyectó tres centímetros cúbicos de xilocaína y epinefrina (un compuesto insensibilizador al que él llamaba novocaína). Se tomó su tiempo para anestesiar la herida y no infringirle al chico más dolor del estrictamente necesario.

—Así, más o menos.

—Uau —dijo Benny—. Dese prisa, doctor. Código azul.

Rusty rio.

—¿Has conseguido dar el giro completo al tubo antes de la caída? —como patinador retirado hacía tiempo, sentía sincera curiosidad.

—Solo al medio tubo, ¡pero ha sido la bomba! —dijo Benny, y se le iluminó la cara—. ¿Tú cuántos puntos crees? A Norrie Calvert le pusieron doce cuando se lastimó en Oxford el verano pasado.

—No tantos —dijo Rusty. Conocía a Norrie, una minigótica cuya mayor aspiración parecía ser matarse con un patineto antes de dar a luz a su primer ilegítimo. Presionó cerca de la herida con la aguja de la jeringa—. ¿Notas esto?

—Sí, amigo, del todo. ¿No has oído algo así como un tiro ahí fuera? —Benny señaló vagamente hacia el sur mientras se sentaba en la camilla, en calzoncillos y sangrando sobre el papel que la cubría.

—Pues no —dijo Rusty.

En realidad había oído dos: no disparos sino, mucho se temía, explosiones. Tenía que acabar enseguida con aquello, y ¿dónde estaba el Mago? Según Ginny, haciendo la ronda. Lo cual seguramente significaba que se estaba echando una siesta en la sala de médicos del Cathy Russell. Allí era donde el Mago de Oz hacía casi todas sus rondas últimamente.

—¿Lo sientes ahora? —Rusty volvió a apretar con la aguja—. No mires, mirar es trampa.

—No, hermano, nada. Te estás equivocando conmigo.

—Que no. Estás dormido —*En más de un sentido,* pensó Rusty—. Bien, ahí vamos. Recuéstate, relájate y disfruta del vuelo con Aerolíneas Cathy Russell —frotó la herida con solución salina aséptica, desbridó y luego cortó con su fiel escalpelo n.º 10—. Seis puntos con mi mejor nailon cuatro-cero.

—Genial —dijo el chico. Después—: Creo que a lo mejor vomito.

Rusty le pasó una bandeja para vómitos, conocida en esas circunstancias como el balde de desperdicios.

—Vomita aquí. Si te desmayas, te quedas solo.

Benny no se desmayó. Tampoco devolvió. Rusty estaba aplicando unas gasas estériles sobre la herida cuando se oyeron unos golpes suaves en la puerta, a los que siguió la cabeza de Ginny Tomlinson.

—¿Puedo hablar contigo un momento?

—Por mí no se preocupen —dijo Benny—. Yo aquí estoy bien. Vaya sinvergüenza.

—¿En el pasillo, Rusty? —dijo Ginny. Ni siquiera miró al chico.

—Ahora mismo vuelvo, Benny. Quédate ahí sentado y tómatelo con calma.

—Yo tranquilo. No hay problema.

Rusty siguió a Ginny al pasillo.

—¿Toca ambulancia? —preguntó.

Detrás de Ginny, en la soleada sala de espera, la madre de Benny leía muy seria un libro de bolsillo con portada romántico-salvaje.

Ginny asintió.

—En la 119, en el límite municipal de Tarker's. Hay otro accidente en el otro límite municipal, el de Motton, pero me han dicho que en ese todos los implicados son MA —muertos en el Acto—. Choque camión-avioneta. La avioneta intentaba aterrizar.

—¿Bromeas?

Alva Drake miró en derredor, frunció el ceño y regresó a su libro de bolsillo. Al menos a mirarlo mientras se preguntaba si su marido la apoyaría en su decisión de castigar a Benny hasta que cumpliera los dieciocho.

—Ni un poco, es lo que ha pasado —dijo Ginny—. También me están llegando avisos de otras colisiones…

—Qué raro.

—… pero el sujeto del límite municipal de Tarker's sigue vivo. Un camión de reparto que ha volcado, creo. Vamos, no hay tiempo que perder. Twitch te espera.

—¿Acabas tú con el chico?

—Sí. Anda vete.

—¿Y el doctor Rayburn?

—Tenía pacientes en el Stephens Memorial —ese era el hospital de Norway-South Paris—. Va de camino, Rusty. Ve para allá.

Antes de salir se detuvo para decirle a la señora Drake que Benny estaba bien. Alva no pareció alegrarse demasiado de la noticia, pero le dio las gracias. Dougie Twitchell —Twitch— estaba sentado en el parachoques de la anticuada ambulancia que Jim Rennie y demás concejales seguían sin reemplazar; fumaba un cigarrillo y tomaba un poco el sol. Sostenía un *walkie-talkie* de radioaficionado que no dejaba de parlotear: voces que saltaban como palomitas de maíz chocando unas contra otras.

—Tira ese boleto para el sorteo de un cáncer de pulmón y pongámonos en marcha —dijo Rusty—. Sabes a dónde hay que ir, ¿verdad?

Twitch tiró la colilla. A pesar de su apodo —Twitch, "tic nervioso"—, era el enfermero más calmado que Rusty había conocido, y eso era mucho decir.

—Sé lo mismo que te ha dicho Gin-Gin: límite municipal Tarker's-Chester's, ¿no?

—Sí. Un camión volcado.

—Sí, bueno, pues los planes han cambiado. Tenemos que ir en la otra dirección —señaló al horizonte sur, donde se alzaba una espesa columna de humo negro—. ¿Nunca has deseado ver un accidente aéreo?

—Ya lo he visto —dijo Rusty—. En el servicio militar. Dos tipos. Podrías haber untado en una rebanada de pan lo que quedó de ellos. Ya tuve bastante con eso, vaquero. Ginny dice que allí están todos muertos, así que ¿por qué…?

—Puede que sí, puede que no —dijo Twitch—, pero ahora también ha caído Perkins, y a lo mejor él no está muerto.

—¿El jefe Perkins?

—El mismísimo. Me parece que si el marcapasos ha explotado y le ha abierto el pecho, que es lo que afirma Peter Randolph, el pronóstico no es bueno, pero es el jefe de la policía. Líder intrépido.

—Twitch. Amigo. Un marcapasos no puede explotar. Es completamente imposible.

—Entonces a lo mejor sigue vivo y podemos hacer una buena acción —repuso Twitch. Mientras rodeaba el cofre de la ambulancia, sacó el paquete de tabaco.

—No vas a fumar en la ambulancia —dijo Rusty.

Twitch lo miró con tristeza.

—A menos que compartas, claro.

Twitch suspiró y le pasó el paquete.

—Ah, Marlboro —dijo Rusty—. Los que más me gusta gorronear.

—Me matas de risa —dijo Twitch.

Cruzaron a toda velocidad el semáforo del centro del pueblo en el que la 117 desembocaba en la 119; con la sirena aullando, los dos fumando como chimeneas (con las ventanillas bajadas, que era el Procedimiento Operativo Estándar) y escuchando el ruido de la radio. Rusty no entendía gran cosa, pero había algo que tenía claro: le iba a tocar trabajar hasta tarde.

—Amigo, no sé qué ha ocurrido —dijo Twitch—, pero esto es lo que hay: vamos a ver un auténtico accidente aéreo. Bueno, el resultado del accidente, cierto, pero no se puede tener todo.

—Twitch, eres una puta hiena.

Había mucho tránsito, sobre todo en dirección sur. Puede que algunos de esos tipos estuvieran realmente de camino a los asuntos que tuvieran que hacer, pero Rusty tenía la sensación de que la mayoría eran moscas humanas atraídas por el olor de la sangre. Twitch adelantó a cuatro de una vez sin ningún problema; el carril en dirección norte de la 119 estaba extrañamente vacío.

—¡Mira! —dijo Twitch, señalando—. ¡Un helicóptero de la tele! ¡Saldremos en las noticias de las seis, Gran Rusty! Heroicos enfermeros luchan para…

Pero ahí terminó el vuelo imaginario de Dougie Twitchell. Por delante de ellos —en el lugar del accidente, supuso Rusty—, el helicóptero viró. Por un instante Rusty pudo leer el número **13** en un costado y vio el ojo de la CBS. Después explotó y derramó una lluvia de fuego desde el cielo sin nubes de primera hora de la tarde.

—¡Dios mío, lo siento! —exclamó Twitch—. ¡No lo decía en serio! —y después, como un niño, destrozándole el corazón a Rusty aun a pesar de estar conmocionado—: ¡Me retracto!

—Tengo que volver —dijo Gendron. Se quitó la gorra de los Lobos Marinos y se limpió con ella el rostro ensangrentado, mugriento, pálido. La nariz se le había hinchado tanto que parecía el pulgar de un gigante. Sus ojos espiaban desde unos círculos oscuros—. Lo siento, pero me duele mucho la nariz y… bueno, ya no soy tan joven como antes. Además… —alzó los brazos y los dejó caer. Estaban uno frente al otro; Barbie le habría dado un abrazo y una buena palmada en la espalda si hubièra sido posible.

—Estás agotado, ¿eh? —preguntó.

Gendron respondió con una carcajada.

—Ese helicóptero ha sido lo que me faltaba —y los dos miraron hacia la nueva columna de humo.

Barbie y Gendron habían seguido camino desde el accidente de la 117 después de asegurarse de que los testigos ya estaban pidiendo ayuda para Elsa Andrews, la única superviviente. Al menos ella no parecía muy malherida, aunque estaba claramente destrozada por la muerte de su amiga.

—Pues vuelve. Despacio. Tómate tu tiempo. Descansa cuando lo necesites.

—¿Tú sigues?

—Sí.

—¿Todavía crees que encontrarás el final de esto?

Barbie guardó silencio un momento. Al principio estaba seguro, pero a esas alturas…

—Eso espero —dijo.

—Bien, pues buena suerte —Gendron se tocó la visera de la gorra a modo de despedida y luego se la recolocó—. Espero estrecharte la mano antes de que acabe el día.

—Yo también —dijo Barbie. Se detuvo. Había estado pensando—. ¿Puedes hacer algo por mí, si consigues recuperar tu teléfono?

—Claro.

—Llama a la base del Ejército de Fort Benning. Pregunta por el oficial de enlace y dile que necesitas ponerte en contacto con el coronel James O. Cox. Dile que es urgente, que le llamas de parte del capitán Dale Barbara. ¿Lo recordarás?

—Dale Barbara. Ese eres tú. James Cox, ese es él. Lo tengo.

—Si consigues hablar con él… no estoy seguro de que lo consigas, pero si lo haces… explícale lo que está pasando. Dile que, si nadie se ha puesto en contacto con Seguridad Nacional, él es el indicado. ¿Podrás hacerlo?

Gendron asintió.

—Si puedo, lo haré. Buena suerte, soldado.

Barbie podría haber seguido con su vida sin que volvieran a llamarlo así, pero levantó un dedo para tocarse la frente. Después continuó andando en busca de lo que ya no creía que fuera a encontrar.

7

En el bosque encontró un camino que corría más o menos paralelo a la barrera. Estaba abandonado e invadido por la maleza, pero era mucho mejor que abrirse paso entre los matorrales. De vez en cuando se desviaba hacia el oeste y palpaba la muralla que separaba Chester's Mill del mundo exterior. Siempre estaba ahí.

Barbie se detuvo en cuanto llegó al lugar donde la 119 cruzaba hacia la localidad hermana de Chester's Mill, Tarker's Mill. Algún buen samaritano se había llevado al conductor del camión de reparto volcado al otro lado de la barrera, pero el camión seguía allí, bloqueando la carretera como un enorme animal muerto. Las puertas traseras se habían abierto a causa del impacto. El asfalto estaba cubierto de pastelitos Devil Dogs, Ho Hos, Ring Dings, Twinkies y galletitas de crema de cacahuate. Un joven con una camiseta de George Strait estaba sentado en el tocón de un árbol comiendo una de esas galletas. Tenía un teléfono en la mano. Miró a Barbie.

—Eh. ¿Vienes de…? —señaló vagamente hacia detrás de Barbie. Parecía cansado, asustado y desilusionado.

—Del otro lado de la ciudad —dijo Barbie—. Sí.

—¿Hay barrera invisible por todas partes? ¿La frontera está cerrada?

—Sí.

El joven asintió y apretó un botón del celular.

—¿Dusty? ¿Ya estás ahí? —escuchó, luego dijo—: Bien —cortó la llamada—. Mi amigo Dusty y yo hemos empezado a caminar al este de aquí. Nos hemos separado. Él ha ido hacia el sur. Estamos en contacto por teléfono. Bueno, cuando podemos conseguir que funcionen. Ahora está donde se ha estrellado el helicóptero. Dice que no para de llegar gente.

Barbie estaba seguro de que así era.

—¿Esta cosa no tiene ninguna abertura de tu lado?

El joven sacudió la cabeza. No dijo más, tampoco hacía falta. Podían haber pasado por alto alguna abertura, Barbie sabía que era posible, agujeros del tamaño de una ventana o una puerta, pero lo dudaba.

Pensó que estaban incomunicados.

TODOS APOYAMOS AL EQUIPO

1

Barbie volvió caminando por la carretera 119 hasta el centro de la ciudad, una distancia de unos cinco kilómetros. Cuando llegó, eran las seis de la tarde. Main Street estaba casi desierta, pero con el rugido de los generadores parecía viva; decenas de ellos, a juzgar por el ruido. El semáforo del cruce de la 119 con la 117 estaba apagado, pero el Sweetbriar Rose tenía luz y estaba muy concurrido. Barbie echó un vistazo por el gran ventanal de la fachada y vio que todas las mesas estaban ocupadas, pero al entrar no oyó que nadie hablara de los grandes temas habituales: política, los Medias Rojas, la economía local, los Patriotas, coches y camionetas adquiridos recientemente, los Celtas, el precio de la gasolina, los Osos Pardos, herramientas eléctricas adquiridas recientemente, los Gatos Monteses de Twin Mills. Ni tampoco las habituales risas.

En la barra había un televisor, y todo el mundo lo estaba mirando. Barbie, con esa sensación de incredulidad y de desorientación propia de cualquiera que se halle en el lugar de un desastre de grandes proporciones, vio que Anderson Cooper, de la CNN, se encontraba en la 119 con la mole del camión maderero accidentado aún humeante al fondo.

La mismísima Rose estaba sirviendo las mesas y de vez en cuando volvía rauda a la barra para sacar un pedido. Unos dispersos mechones rizados escapaban de su redecilla y pendían alrededor de su rostro. Parecía cansada y agobiada. En teoría, la barra era territorio de Angie McCain desde las cuatro de la tarde hasta la hora de cerrar, pero Barbie no la veía por ninguna parte. A lo mejor la barrera, al caer, la había tomado fuera de la ciudad. En tal caso, era probable que no volviera a ponerse detrás de la barra en una buena temporada.

Anson Wheeler —a quien Rosie solía llamar simplemente "el chico", aunque el tipo debía de tener por lo menos veinticinco años— estaba cocinando, y Barbie se estremeció al pensar lo que haría Anse con cualquier cosa más complicada que unas salchichas con frijoles, el especial de la noche del sábado en el Sweetbriar Rose. ¡Pobre de aquel o aquella que pidiera un "desayuno de cena" y tuviera que vérselas con los huevos fritos atómicos de Anson! De todas formas, menos mal que estaba allí, porque, además de que faltaba Angie, tampoco se veía a Dodee Sanders por ninguna parte. Aunque esa Torpe no necesitaba ningún desastre para no ir a trabajar. No es que fuera una floja, pero se distraía con facilidad. Y en cuanto a capacidad intelectual… Diablos, ¿cómo decirlo? Su padre —Andy Sanders, primer concejal de Mill— nunca sería candidato a entrar en Mensa, pero Dodee conseguía que pareciera un Albert Einstein.

En la televisión, los helicópteros aterrizaban detrás de Anderson Cooper, le alborotaban su estupenda cabellera blanca y casi ahogaban su voz. Parecían vehículos modelo Pave Low. Barbie había volado en unos cuantos de esos la temporada que había pasado en Iraq. Entonces entró en escena un oficial del ejército que cubrió el micrófono de Cooper con una mano enguantada y le dijo algo al oído al reportero.

Los comensales que estaban reunidos en el Sweetbriar Rose murmuraron entre sí. Barbie comprendía su inquietud. También él la sentía. Cuando un hombre de uniforme cubría el micrófono de un famoso reportero de la televisión sin siquiera un "Con su permiso", es que había llegado el Fin de los Días.

El hombre del ejército —un coronel, pero no el coronel de Barbie; ver a Cox habría acabado de redondear su sensación de desorientación mental— terminó con lo que tenía que decir. Su guante produjo un aerodinámico fuuup cuando lo retiró del micrófono. Se alejó, su cara era un muro impasible. Barbie reconocía esa expresión: un cabezahueca del ejército.

Cooper estaba diciendo:

"Los medios de comunicación hemos sido informados de que debemos retirarnos unos ochocientos metros, hasta un lugar llamado Almacén de Carretera Raymond's." Los clientes volvieron a murmurar al oír eso. Todos conocían el Almacén Raymond's de

Motton, en el aparador había un cartel donde anunciaba CERVE-ZA FRÍA SÁNDWICHES CALIENTES CEBO FRESCO. "Esta zona en la que estamos, a menos de noventa metros de lo que denominamos la barrera a falta de un término mejor, ha sido declarada área de seguridad nacional. Retomaremos la cobertura tan pronto como nos sea posible, pero ahora mismo regresamos con Wolf, en Washington."

El comunicado que aparecía en la banda roja bajo las imágenes del lugar de los hechos decía ÚLTIMA HORA. AUMENTA EL MISTERIO DE LA CIUDAD DE MAINE INCOMUNICADA. Y en la esquina superior derecha, en rojo, la palabra GRAVE del Aviso de Amenaza parpadeaba como el neón de una taberna. *Beba cerveza Grave*, pensó Barbie, y casi rio.

Wolf Blitzer ocupó el lugar de Anderson Cooper. Rose estaba prendada de Blitzer, y las tardes de entre semana nunca dejaba que se sintonizara algo que no fuera el programa *The Situation Room*; ella lo llamaba "mi Wolfie". Esa tarde, Wolfie usaba corbata, pero mal anudada, y Barbie pensó que el resto de su atuendo parecía sospechosamente ropa para descansar en casa.

"Para recapitular la historia —dijo el Wolfie de Rose—, esta tarde, más o menos sobre la una..."

—Ha sido antes de eso, bastante antes —dijo alguien.

—¿Es verdad lo de Myra Evans? —preguntó otro—. ¿De verdad ha muerto?

—Sí —respondió Fernald Bowie. El director de la única funeraria de la ciudad, Stewart Bowie, era el hermano mayor de Fern. Fern a veces lo ayudaba, cuando estaba sobrio, y esa tarde parecía sobrio. Sobrio por la conmoción—. Y ahora cierra la boca y déjame oír eso.

También Barbie quería oírlo, porque Wolfie justamente estaba abordando la pregunta que más le preocupaba y estaba diciendo lo que Barbie quería oír: que el espacio aéreo de Chester's Mill había sido declarado zona de exclusión aérea. De hecho, todo el oeste de Maine y el este de Nueva Hampshire, desde Lewiston-Auburn hasta North Conway, era zona de exclusión aérea. El presidente estaba siendo informado y, por primera vez en nueve años, el color del indicador de Aviso de Amenaza Nacional había superado el naranja.

Julia Shumway, propietaria y directora del *Democrat*, fulminó a Barbie con la mirada cuando pasó frente a su mesa. Después, apareció en su rostro esa sonrisita fría y hermética que era su especialidad, casi su marca de fábrica.

—Parece que Chester's Mill no quiere dejarlo marchar, señor Barbara.

—Eso parece —convino Barbie. No le sorprendió que supiera que había querido marcharse (y por qué). Había pasado suficiente tiempo en Mill para darse cuenta de que Julia Shumway sabía todo lo que valía la pena saber.

Rose lo vio mientras servía unas salchichas con frijoles (además de una reliquia humeante que en el pasado tal vez había sido una costilla de cerdo) a un grupo de seis personas apiñadas alrededor de una mesa para cuatro. Se quedó inmóvil, con un plato en cada mano, dos más en el brazo y los ojos muy abiertos. Después sonrió. Fue una sonrisa llena de franca felicidad y alivio, y a Barbie le levantó el ánimo.

Esto es lo que uno siente al volver a casa, pensó. *Claro que sí, maldición.*

—¡Caray, lo último que esperaba era volver a verte, Dale Barbara!

—¿Todavía tienes mi delantal? —preguntó Barbie. Con cierta timidez. Al fin y al cabo, Rose lo había adoptado (a él, que iba por la vida dando tumbos con unas cuantas referencias garabateadas en la mochila), y le había dado trabajo. Le había dicho que comprendía perfectamente por qué sentía que tenía que largarse de la ciudad (el padre de Junior Rennie no era un tipo al que uno quisiera como enemigo), pero, aun así, Barbie albergaba la sensación de que la había dejado en la estacada.

Rose depositó su cargamento de platos donde encontró un hueco y corrió hacia Barbie. Era una mujer bajita y regordeta y tuvo que ponerse de puntillas para abrazarlo, pero lo consiguió.

—¡Madre mía, cómo me alegro de verte! —susurró.

Barbie la abrazó y le dio un beso en lo alto de la cabeza.

—Gran Jim y Junior no se alegrarán —repuso, pero al menos ninguno de los Rennie estaba allí, y tenía que dar las gracias por ello. Barbie era consciente de que en ese momento había cobrado más interés para los vecinos de Mill allí congregados que el hecho de ver su pueblo en la televisión nacional.

—¡Que Gran Jim Rennie se vaya al averno! —dijo la mujer. Barbie se echó a reír, le ecantaba la intrepidez de Rose pero agradecía su discreción: seguía hablando en susurros—. ¡Pensaba que te habías marchado!

—Casi lo consigo, pero se me ha hecho tarde.

—¿Has visto… eso?

—Sí. Luego te cuento —la soltó, pero sin dejar de tocarla hasta que tuvo todo el brazo estirado y pensó: *Si tuvieras diez años menos, Rose… o incluso cinco…*—. Entonces, ¿puedo volver a ponerme el delantal?

La mujer se enjugó las comisuras de los dos ojos y asintió.

—Por favor, póntelo otra vez. Saca a Anson de ahí antes de que nos mate a todos.

Barbie hizo el gesto de "a la orden", luego rodeó la barra, entró en la cocina y sacó a Anson Wheeler de allí; le dijo que se ocupara de los pedidos y de limpiar todo aquello y que luego ayudara a Rose. Anson se apartó de la parrilla con un suspiro de alivio. Antes de salir a la barra, tomó la mano derecha de Barbie entre las suyas.

—Gracias a Dios. Nunca había visto tanto ajetreo. Estaba perdido.

—No te preocupes. Esto será como lo de los panes y los peces.

Anson, que no era ningún estudioso de la Biblia, se quedó igual.

—¿Eh?

—Olvídalo.

La campana que había en el rincón de la ventanilla de servir sonó.

—¡Pedido! —exclamó Rose.

Barbie empuñó una espátula y luego recogió la nota con el pedido —la parrilla estaba hecha un desastre, siempre pasaba lo mismo cuando Anson se lanzaba a esas catastróficas transformaciones inducidas por calor a las que llamaba cocinar—, después se puso el delantal por la cabeza, se lo ató a la espalda y abrió el armario que había sobre el fregadero. Estaba lleno de gorras de beisbol que los cocineros de la parrilla del Sweetbriar Rose utilizaban como gorro de cocinero. Escogió una de los Lobos Marinos en honor a Paul Gendron (que Barbie esperaba que en esos momentos ya estuviera con sus seres queridos), se la puso del revés y se tronó los nudillos.

Después tomó la primera nota y se puso a trabajar.

A eso de las nueve y cuarto, más de una hora después de su hora de cierre habitual los sábados por la noche, Rose echó a los últimos clientes. Barbie cerró con llave y dio la vuelta al cartel de ABIER-TO a CERRADO. Observó a los últimos cuatro o cinco que cruzaban la calle en dirección a la plaza del pueblo, donde había por lo menos unas cincuenta personas reunidas charlando. Todos miraban hacia el sur, donde una gran luz blanca formaba una burbuja por encima de la carretera 119. A Barbie le pareció que no eran luces de la televisión; eran del ejército de Estados Unidos y establecían un perímetro de seguridad. ¿Cómo se aseguraba un perímetro de noche? Pues apostando centinelas e iluminando la zona muerta, evidentemente.

La zona muerta. No le gustaba cómo sonaba eso.

Main Street, por otro lado, estaba extrañamente oscura. Se veían luces brillantes en algunos de los edificios —donde había generadores en marcha— y luces de emergencia, más tenues, en Almacenes Burpee's, en la gasolinera, en Libros Nuevos y Usados Mill, en el Food City que había al pie de Main Street Hill y en media docena de establecimientos más, pero el alumbrado público estaba apagado y en las ventanas de la mayoría de los segundos pisos de Main Street, donde había departamentos, se veía el resplandor de las velas.

Rose se sentó a la mesa del centro del lugar a fumar un cigarrillo (en los locales públicos no estaba permitido fumar, pero Barbie no la delataría). Se quitó la redecilla del cabello y le dirigió una sonrisa lánguida mientras él se sentaba frente a ella. Detrás, Anson, con su melena larga hasta los hombros liberada ya de su gorra de los Medias Rojas, limpiaba la barra.

—Y yo que pensaba que el Cuatro de Julio era horroroso. Esto ha sido peor —dijo Rose—. Si no hubieras aparecido, habría acabado acurrucada en un rincón llamando a gritos a mi mamá.

—Pasó una rubia en una F-150 —dijo Barbie; sonrió al recordarlo—. Le faltó poco para llevarme. Si me hubiera recogido, a lo mejor ahora estaría fuera. Por otro lado, podría haberme pasado lo mismo que a Chuck Thompson y a la mujer que iba con él en la avioneta —el nombre de Thompson había aparecido en las noticias de la CNN; la mujer no había sido identificada.

Pero Rose sabía quién era.

—Claudette Sanders. Estoy casi segura de que era ella. Dodee me dijo ayer que su madre tenía hoy clase.

En la mesa, entre ambos, había un plato de papas fritas. Barbie había alargado el brazo para tomar una. Entonces se detuvo. De repente ya no quería más papas fritas. No quería más de nada. El charco rojo que había a un lado del plato parecía más sangre que cátsup.

—O sea que por eso no ha venido Dodee.

Rose se encogió de hombros.

—Tal vez. No puedo asegurarlo. No he tenido noticias de ella. Tampoco es que lo esperase, con los teléfonos muertos.

Barbie dio por sentado que se refería a los teléfonos fijos, pero desde la cocina había oído a la gente quejarse de los problemas que tenían para conseguir línea por el celular. La mayoría pensaba que era porque todo el mundo intentaba llamar a la vez y estaban colapsando la red. Otros creían que el influjo de los reporteros —seguramente cientos, a esas horas, cargados con Nokia, Motorola, iPhone y BlackBerry— era el causante del problema. Barbie tenía sospechas más oscuras; a fin de cuentas, aquello era una situación de seguridad nacional en una época en la que el país entero sufría de paranoia terrorista. Algunas llamadas sí conseguían conectar, pero cada vez eran menos, a medida que avanzaba la noche.

—Por supuesto —dijo Rose—, también puede ser que a Dodee se le haya metido en esa cabeza llena de aire que debe olvidarse del trabajo e ir al centro comercial de Auburn.

—¿Sabe el señor Sanders que era Claudette quien volaba en la avioneta?

—No estoy segura, pero me sorprendería muchísimo que a estas alturas no lo supiera —y cantó, con voz débil pero melodiosa—: "Esta es una ciudad pequeña, ya sabes lo que quiero decir".

Barbie sonrió un poco y cantó el siguiente verso:

—"Sólo una ciudad pequeña, cariño, y aquí todos apoyamos al equipo" —era una antigua canción de James McMurtry que el verano anterior había gozado de dos nuevos y misteriosos meses de popularidad en un par de emisoras de música country de Maine. No en la WCIK, por supuesto; James McMurtry no era la clase de artista que promocionaba Radio Jesús.

Rose señaló las papas fritas.

—¿Vas a comer más?

—Pues no. Se me ha quitado el hambre.

Barbie no sentía un gran aprecio por el eternamente sonriente Andy Sanders ni por Dodee la Boba, que casi con seguridad había ayudado a su buena amiga Angie a difundir el rumor que había acabado causándole el lío del Dipper's, pero la idea de que esos trozos de cadáver (su cabeza no dejaba de recordarle la pierna enfundada en un pantalón verde) hubieran pertenecido a la madre de Dodee... la esposa del primer concejal...

—A mí también —dijo Rose, y apagó el cigarrillo en la salsa de tomate. Hizo *pfisss*, y durante unos terribles instantes Barbie pensó que iba a vomitar.

Apartó la cabeza y miró por la ventana hacia Main Street, aunque no había nada que ver. Desde allí todo se veía oscuro.

—El presidente hablará a medianoche —anunció Anson desde la barra.

Detrás de él sonaba el grave y constante gemido del lavavajillas. A Barbie se le ocurrió que ese viejo y enorme Hobart tal vez estuviera haciendo su último servicio, al menos por una temporada. Tendría que convencer a Rosie de eso. A ella no le haría gracia, pero sabría que tenía razón. Era una mujer inteligente y práctica.

La madre de Dodee Sanders. Demonios. ¿Qué probabilidades hay?

Se dio cuenta de que en realidad existían bastantes probabilidades. Si no hubiese sido la señora Sanders, podría haber sido cualquier otro al que conocía. "Esta es una ciudad pequeña, cariño, y aquí todos apoyamos al equipo."

—Nada de presidentes para mí esta noche —dijo Rose—. Tendrá que decir él solo el "Dios bendiga a Norteamérica". Las cinco de la madrugada llegan enseguida —los domingos el Sweetbriar Rose no abría hasta las siete de la mañana, pero había que hacer preparativos. Siempre había preparativos. Y los domingos eso incluía rollitos de canela—. Si gustan, quédense a verlo, muchacho. Sólo asegúrense de dejar esto bien cerrado cuando se marchen. La puerta de delante y la de atrás —se dispuso a levantarse.

—Rose, tenemos que hablar de mañana —dijo Barbie.

116

—A la mier... coles, mañana será otro día. Déjalo así por ahora, Barbie. Cada cosa a su tiempo —pero debió de ver algo en su cara, porque volvió a sentarse—. Está bien, ¿a qué viene esa cara tan seria?

—¿Cuándo cargaste gas por última vez?

—La semana pasada. Estamos casi llenos. ¿Eso es todo lo que te preocupa?

No era todo, era donde empezaban sus preocupaciones. Barbie hizo cálculos. El Sweetbriar Rose tenía dos depósitos adosados. Cada uno con capacidad para mil doscientos o mil trescientos litros, no recordaba exactamente cuántos. Lo comprobaría por la mañana, pero si Rose estaba en lo cierto, disponía de más de dos mil doscientos litros. Eso estaba bien. Un poco de suerte en un día que había sido espectacularmente desafortunado para todo el pueblo. Sin embargo, no había manera de saber cuánta mala suerte tenían aún por delante. Y dos mil doscientos litros de gas no durarían siempre.

—¿A qué ritmo se consume? —le preguntó—. ¿Alguna idea?

—¿Por qué importa eso?

—Porque ahora mismo tu generador está suministrando corriente a todo esto. Las luces, las estufas, los refrigeradores, las bombas. Incluso la calefacción, si es que esta noche hace tanto frío como para encenderla. El generador consume gas para hacer todo eso.

Se quedaron callados un momento, escuchando el rugido constante del Honda casi nuevo que estaba detrás del restaurante.

Anson Wheeler se les acercó y se sentó.

—El generador traga siete litros y medio cada hora a un sesenta por ciento de rendimiento —dijo.

—¿Cómo sabes tú eso? —preguntó Barbie.

—Lo he leído en la etiqueta. Si todo funciona con gas, que es como estamos más o menos desde este mediodía, cuando se ha ido la luz, seguramente el generador se habrá tragado unos once litros cada hora. Puede que un poco más.

La respuesta de Rose fue inmediata.

—Anse, apaga todas las luces menos las de la cocina. Ahora mismo. Y baja el termostato de la calefacción a diez grados —lo pensó un momento—. No, apágalo.

Barbie sonrió y alzó los pulgares. Rose lo había comprendido. No todo el mundo en Mill lo habría hecho. No todo el mundo en Mill querría hacerlo.

—De acuerdo —pero Anson titubeó—. ¿No crees que mañana por la mañana ya... cuando mucho mañana por la tarde...?

—El presidente de Estados Unidos va a dar un discurso por la tele —dijo Barbie—. A medianoche. ¿Tú qué crees, Anse?

—Creo que será mejor que apague las luces —respondió.

—Y el termostato, que no se te olvide —añadió Rose. Mientras el chico corría a hacerlo, ella le dijo a Barbie—: Haré lo mismo en mi casa cuando suba —viuda desde hacía diez años o más, Rose vivía encima de su restaurante.

Barbie asintió. Le había dado la vuelta a uno de los manteles individuales de papel ("¿Has visitado estos 20 monumentos de Maine?") y estaba haciendo cálculos en el reverso. Entre cien y ciento diez litros de gas consumidos desde que había aparecido la barrera. Eso les dejaba unos dos mil ciento cincuenta litros. Si Rose podía recortar su consumo hasta noventa y cinco litros al día, teóricamente podría aguantar unas tres semanas. Si recortaba hasta setenta y cinco —lo que seguramente conseguiría cerrando entre el desayuno y la comida, y lo mismo entre la comida y la cena—, podría alargarlo hasta casi un mes.

Lo cual no está nada mal, pensó. *Porque si este pueblo no vuelve a estar abierto dentro de un mes, de todas formas ya no quedará nada que cocinar.*

—¿En qué piensas? —preguntó Rose—. Y ¿qué son todos esos números? No tengo ni idea de lo que significan.

—Porque los estás mirando al revés —dijo Barbie, y se dio cuenta de que eso podría aplicarse a todos los del pueblo. Nadie querría mirar al derecho esos números.

Rose giró hacia ella el improvisado bloc de notas de Barbie. Repasó los cálculos en silencio. Después alzó la cabeza y miró a Barbie, alarmada. En ese momento, Anson apagó casi todas las luces y los dos se quedaron mirándose en una penumbra que resultaba, al menos para Barbie, horriblemente convincente. Podían acabar metidos en serios problemas.

—¿Veintiocho días? —preguntó Rose—. ¿Crees que tenemos que planificar para cuatro semanas?

—No sé si tenemos que planificar o no, pero cuando estuve en Iraq alguien me dio un ejemplar del *Libro rojo* del presidente Mao. Lo llevaba siempre en el bolsillo y lo leí de principio a fin. Casi todo lo que dice tiene más sentido que lo que sueltan nuestros políticos en sus días de mayor cordura. Una cosa que se me quedó grabada fue esto: "Desea que haga sol, pero construye diques". Creo que eso es lo que debemos…, quiero decir debes…

—Debemos —repitió ella, y le tocó la mano. Él volvió la suya y se la apretó.

—Bien, debemos. Creo que eso es lo que debemos planificar. Lo cual significa cerrar entre comidas, restringir el uso de los hornos (nada de rollitos de canela, aunque a mí me gustan tanto como a los demás) y nada de lavavajillas. Es viejo y nada eficiente en el consumo de energía. Ya sé que a Dodee y a Anson no les entusiasmará la idea de lavar los platos a mano…

—No creo que podamos contar con que Dodee vuelva pronto, a lo mejor no vuelve. Ahora que ha muerto su madre… —Rose suspiró—. Casi deseo que esa chica se haya ido de verdad al centro comercial de Auburn. Aunque supongo que mañana saldrá en los periódicos.

—Quizá —Barbie no tenía ni idea de cuánta información saldría de Chester's Mill o entraría en el pueblo si la situación no se resolvía pronto y con alguna explicación racional. Seguramente no mucha. Pensó que el legendario Cono del Silencio del Superagente 86 se activaría enseguida, si es que no lo había hecho ya.

Anson regresó a la mesa a la que estaban sentados Barbie y Rose. Se había puesto la chamarra.

—¿Me puedo ir ya, Rose?

—Claro —repuso ella—. ¿Mañana a las seis?

—¿No es un poco tarde? —sonrió y añadió—: No es que me queje.

—Abriremos tarde —dudó un momento—. Y cerraremos entre las comidas.

—¿De verdad? Genial —su mirada se dirigió hacia Barbie—. ¿Tienes dónde dormir esta noche? Porque puedes quedarte en mi casa. Sada se ha ido a Derry a visitar a sus padres —Sada era la esposa de Anson.

Lo cierto es que Barbie sí tenía donde dormir, casi enfrente, justo al otro lado de la calle.

—Gracias, pero volveré a mi departamento. Lo tengo pagado hasta final de mes, así que ¿por qué no? Le dejé las llaves a Petra Searles en la farmacia de Sanders antes de marcharme esta mañana, pero todavía tengo una copia en el llavero.

—Bien. Hasta mañana, Rose. ¿Estarás aquí, Barbie?

—No me lo perdería por nada.

La sonrisa de Anson se ensanchó.

—Fantástico.

Cuando se hubo ido, Rose se frotó los ojos, después miró a Barbie muy seria.

—¿Cuánto tiempo va a durar esto? Siendo optimistas.

—No tengo un cálculo optimista porque no sé lo que está pasando. Ni cuándo dejará de pasar.

—Barbie —dijo Rose, muy bajito—, me estás asustando.

—Me estoy asustando yo solo. A los dos nos caerá bien dormir un poco. Todo tendrá mejor aspecto por la mañana.

—Después de esta conversación, seguramente necesitaré un Ambien para poder dormir —dijo ella—, por lo cansada que estoy. Pero gracias a Dios que has vuelto.

Barbie recordó lo que había estado pensando sobre las provisiones.

—Otra cosa. Si el Food City está abierto mañana...

—Siempre abre los domingos. De diez a seis.

—Ya, si mañana abre, tienes que ir a comprar.

—Pero el proveedor de Sysco hace el reparto los... —se interrumpió y lo miró con desaliento—. Los martes, pero no podemos contar con eso, ¿verdad? Claro que no.

—No —dijo Barbie—. Aunque lo que ha pasado se arregle de repente, el ejército es capaz de poner el pueblo en cuarentena, al menos durante una temporada.

—¿Qué compro?

—De todo, pero sobre todo carne. Carne, carne, carne. Si es que abren el súper. No estoy seguro de que lo hagan. A lo mejor Jim Rennie convence a quien sea que esté ahora al frente...

—Jack Cale. Él se hizo cargo cuando Ernie Calvert se jubiló el año pasado.

—Bueno, a lo mejor Rennie lo convence para que cierre hasta nuevo aviso. O consigue que el jefe Perkins ordene que cierren.

—¿No lo sabes? —preguntó Rose, y vio su cara de incomprensión—: No lo sabes. Duke Perkins está muerto, Barbie. Murió allí —señaló hacia el sur.

Barbie la miró perplejo. Anson se había olvidado de apagar el televisor y, tras ellos, el Wolfie de Rose volvía a contarle al mundo que una fuerza inexplicada había dejado incomunicada a una pequeña ciudad del oeste de Maine, que la zona había sido acordonada por las fuerzas del ejército, que el Estado Mayor se estaba reuniendo en Washington, que el presidente se dirigiría al país a medianoche, pero que mientras tanto él pedía al pueblo estadounidense que uniera sus oraciones a las suyas por la gente de Chester's Mill.

3

—¿Papá? ¿Papá?

Junior Rennie estaba en lo alto de la escalera, la cabeza ladeada, aguzando el oído. No hubo respuesta, y el televisor estaba apagado. A esas horas su padre siempre había vuelto del trabajo y estaba frente al televisor. Las noches de los sábados renunciaba a CNN y a FOX News por Animal Planet o History. Pero esa noche no. Junior se llevó el reloj al oído para asegurarse de que funcionaba. Funcionaba, y la hora parecía la correcta, porque fuera estaba oscuro.

Se le ocurrió algo terrible: Gran Jim tal vez estaba con el jefe Perkins. En ese mismo instante ambos podían estar discutiendo sobre cómo arrestar a Junior armando el menor alboroto posible. Y ¿por qué habían esperado tanto? Para poder hacerlo desaparecer del pueblo al amparo de la oscuridad. Se lo llevarían a la cárcel del condado, que estaba en Castle Rock. Luego un juicio. ¿Y luego?

Luego Shawshank. Después de pasar unos cuantos años allí, seguramente lo llamaría Shank, como los demás asesinos, ladrones y sodomitas.

—Qué estupidez —susurró, pero ¿lo era?

Se había despertado pensando que matar a Angie no había sido nada más que un sueño, tenía que haber sido un sueño, porque él nunca mataría a nadie. Golpear, puede, pero ¿matar? Ridículo. Él era... era... bueno... ¡una persona normal y corriente!

Entonces miró la ropa de debajo de la cama, vio la sangre y todo regresó a su memoria. La toalla cayéndosele del cabello. Su vello púbico, que de algún modo lo había incitado. El complicado crujido que brotó de detrás de su cara cuando la golpeó con la rodilla. La lluvia de los imanes del refrigerador y cómo se había sacudido ella.

Pero no fui yo. Fue...

—Fue el dolor de cabeza.

Sí. Cierto. Pero ¿quién se lo iba a creer? Le iría mejor si dijera que había sido el mayordomo.

—¿Papá?

Nada. No estaba allí. Y tampoco en la comisaría, conspirando en su contra. Su padre no. No le haría eso. Su padre siempre decía que la familia era lo primero.

Pero ¿de verdad la familia era lo primero? Desde luego, eso era lo que "decía" —a fin de cuentas, era cristiano y copropietario de la WCIK—, pero Junior estaba convencido de que, para su padre, Coches de Ocasión Jim Rennie tal vez estaba por delante de la familia, y que ser el primer concejal de la ciudad tal vez estaba por delante del Sagrado Templo del Compre Sin Entrada.

Junior podía ocupar —era posible— el tercer lugar.

Se dio cuenta (por primera vez en su vida; fue un verdadero fogonazo de introspección) de que solo estaba lanzando suposiciones. De que a lo mejor en realidad no conocía a su padre en absoluto.

Volvió a su habitación y encendió la luz del techo. Emitió una extraña luz vacilante y de brillo creciente que al poco se atenuó. Por un momento Junior pensó que a sus ojos les pasaba algo. Después se dio cuenta de que oía funcionar el generador de la parte de atrás. Y no solo el de ellos. El pueblo entero se había quedado sin luz. Sintió una oleada de alivio. Un apagón eléctrico general lo explicaba todo. Significaba que era muy probable que su padre estuviera en el ayuntamiento discutiendo el asunto con esos otros dos idiotas, Sanders y Grinnell. Quizá clavando tachuelas en el gran mapa del pueblo, imitando a George Patton. Gritándoles a los de la compañía eléctrica de Western Maine y diciéndoles que eran una panda de condenados holgazanes.

Junior tomó su ropa ensangrentada, sacó todas las porquerías que llevaba en los jeans —cartera, monedas, llaves, peine, una pastilla de más para el dolor de cabeza— y las redistribuyó en los bolsillos de sus pantalones limpios. Bajó corriendo al piso de abajo, metió las prendas inculpatorias en la lavadora, programó el ciclo de agua caliente y enseguida cambió de idea porque recordó algo que le había dicho su madre cuando no tenía más de diez años: para las manchas de sangre, agua fría. Mientras giraba la rueda de la máquina a LAVADO EN FRÍO, Junior se preguntó sin querer si por aquel entonces su padre habría descubierto ya su pasatiempo de acostarse con secretarias o si todavía guardaba su condenado pene en casa.

Puso en marcha la lavadora y meditó qué hacer a continuación. Como ya no le dolía la cabeza, descubrió que era capaz de pensar.

Decidió que, después de todo, tendría que volver a casa de Angie. No quería ir —Dios todopoderoso, era lo último que quería hacer—, pero seguramente tendría que volver al lugar de los hechos para investigar. Pasarse por allí y ver cuántas patrullas había. También si había llegado o no la camioneta de los forenses del condado de Castle. Los forenses eran la clave. Lo sabía gracias a *CSI*. Había visto esa gran camioneta azul y blanca cuando visitaba los juzgados del condado con su padre. Si estaba en casa de los McCain…

Huiré.

Sí. Lo más rápido y lejos que pudiera. Sin embargo, antes de eso volvería a casa y le haría una visita a la caja fuerte del estudio de su padre. Su padre creía que Junior no sabía la combinación de la caja, pero sí la sabía. Igual que conocía la contraseña de la computadora de Gran Jim, y por eso conocía también la afición de su padre a ver lo que Junior y Frank DeLesseps llamaban sexo Oreo: dos chicas negras, un tipo blanco. En esa caja fuerte había un montón de dinero. Miles de dólares.

¿Y si ves la camioneta y vuelves y lo encuentras aquí?

Entonces, primero el dinero. El dinero ya mismo.

Fue al estudio y por un momento creyó ver a su padre sentado en el sillón de respaldo alto desde donde veía las noticias y los documentales de naturaleza. Se había quedado dormido o... ¿y si le había dado un ataque al corazón? Gran Jim había tenido algunos problemas cardíacos durante los últimos tres años, sobre todo arritmias. Cuando le sucedía, se iba al Cathy Russell y bien Doc Haskell, bien Doc Rayburn le daban algo y lo devolvían a la normalidad. A Haskell le habría parecido bien seguir haciendo eso mismo siempre, pero Rayburn (a quien su padre llamaba "un cretino con demasiados estudios") había insistido en que Gran Jim fuese a ver a un cardiólogo del CMG de Lewiston. El cardiólogo le había dicho que necesitaba un tratamiento para terminar con esa irregularidad de los latidos de una vez por todas. Gran Jim (a quien le aterrorizaban los hospitales) le replicó que tenía que hablar más con Dios, y que a eso se le llamaba tratamiento "de oración". De momento había seguido tomando las pastillas y durante los últimos meses se había encontrado mejor, pero ahora... quizá...

—¿Papá?

No hubo respuesta. Junior accionó el interruptor de la luz. La lámpara del techo produjo ese mismo resplandor vacilante, pero disipó la sombra que Junior había tomado por la coronilla de su padre. No es que se hubiese sentido lo que se dice destrozado si a su padre se le hubieran obstruido los conductos, pero en conjunto se alegraba de que no hubiese sucedido esa noche. Llegaba un momento en que tantas complicaciones podían resultar demasiadas.

De todas formas, se acercó a la pared de la caja fuerte con largos y silenciosos pasos propios de un precavido dibujo animado, atento por si unos faros destellaban de pronto a través de la ventana anunciando el regreso de su padre. Apartó el cuadro que cubría la caja (Jesús pronunciando el Sermón de la Montaña) e introdujo la combinación. Tuvo que hacerlo dos veces antes de conseguir girar la manija porque le temblaban las manos.

La caja fuerte estaba llena de dinero en efectivo y unos fajos de hojas como de pergamino con las palabras **TÍTULOS AL PORTADOR**. Junior soltó un silbido grave. La última vez que la había abierto —para tomar cincuenta dólares para la Feria de Fryeburg del año anterior— había mucho dinero, pero ni mucho menos tanto como esta vez. Y nada de **TÍTULOS AL PORTA-**

DOR. Pensó en la placa que tenía su padre en el escritorio de la concesionaria: ¿APROBARÍA JESÚS ESTE TRATO? Aun a pesar de su angustia y su miedo, Junior encontró tiempo para preguntarse si Jesús aprobaría los tratos que su padre debía de haber estado cerrando últimamente.

—A mí qué me importan sus asuntos, tengo que ocuparme de los míos —dijo en voz baja.

Sacó quinientos dólares en billetes de cincuenta y de veinte, se dispuso a cerrar la caja, lo pensó mejor y añadió también algunos de cien. Dada la obscena superabundancia de efectivo que había allí, a lo mejor su padre ni siquiera lo echaba en falta. Y en caso de que sí, cabía la posibilidad de que comprendiera por qué Junior se lo había llevado. Y a lo mejor lo aprobaba. Como decía siempre Gran Jim: "El Señor ayuda a quien se ayuda".

Con ese espíritu, Junior se ayudó con otros cuatrocientos más. Después cerró la caja, giró la rueda de la combinación y volvió a colgar a Jesús en la pared. Sacó una chamarra del armario del recibidor y salió mientras el generador seguía rugiendo y la Maytag bañaba en espuma la sangre de Angie de su ropa.

4

En casa de los McCain no había nadie.

¡Nadie, maldición!

Junior avanzaba furtivamente por el otro lado de la calle, bajo una moderada llovizna de hojas de arce, preguntándose si podía creer lo que estaba viendo: la casa a oscuras, ni el 4Runner de Henry McCain ni el Prius de LaDonna estaban allí. Parecía demasiado bueno para ser cierto; más que demasiado bueno.

A lo mejor estaban en la plaza del pueblo. Esa noche había mucha gente allí. Seguramente discutían sobre el apagón eléctrico, aunque Junior no recordaba ninguna reunión de esas características por un corte de luz; normalmente la mayoría de la gente se iba a su casa y se acostaba, convencidos de que —a menos que hubiera habido una tormenta de campeonato— la luz habría vuelto cuando se levantaran para desayunar.

A lo mejor ese fallo eléctrico lo había causado algún accidente espectacular, ese tipo de cosas de las que en la tele informaban interrumpiendo la programación habitual con las noticias. Junior recordaba vagamente a un viejo que le había preguntado qué estaba pasando no mucho después de que Angie sufriera su propio accidente. En cualquier caso, había tenido la precaución de no hablar con nadie de camino hasta allí. Había recorrido Main Street con la cabeza gacha y el cuello de la chamarra levantado (de hecho, casi había chocado con Anson Wheeler cuando Anse salía del Sweetbriar Rose). Las luces de la calle estaban apagadas y eso le había ayudado a preservar el anonimato. Otro regalo de los dioses.

Y ahora eso. Un tercer regalo. Uno gigantesco. ¿De verdad era posible que todavía no hubieran descubierto el cadáver de Angie? ¿No estaría contemplando una trampa?

Junior podía imaginarse al alguacil del condado de Castle o a un detective de la policía del estado diciendo: "Sólo tenemos que escondernos y esperar, muchachos. El asesino siempre regresa al escenario del crimen. Es un hecho bien sabido".

Tonterías de la tele. Aun así, mientras cruzaba la calle (impulsado, eso le parecía, por una fuerza ajena a él), Junior contaba con que en cualquier momento unos focos se encenderían y lo dejarían clavado como una mariposa en un trozo de cartón; contaba con que alguien gritaría, seguramente por un megáfono: "¡Quédate donde estás y pon las manos en alto!".

No sucedió nada.

Cuando llegó al pie del camino de entrada de los McCain con el corazón revoloteando en su pecho y la sangre agolpada en sus sienes (sin embargo, no le dolía la cabeza, y eso estaba bien, era una buena señal), la casa permanecía a oscuras y en silencio. Ni siquiera se oía el rumor de ningún generador, aunque en casa de los Grinnell, allí al lado, había uno.

Junior miró hacia atrás por encima del hombro y vio una enorme burbuja de luz blanca que se alzaba sobre los árboles. Había algo en el extremo sur del pueblo, o puede que en Motton. ¿La fuente del accidente que los había dejado sin electricidad? Probablemente.

Fue hacia la puerta trasera. Si no había vuelto nadie desde el accidente de Angie, la principal seguiría abierta, pero no quería entrar por delante. Lo haría si no tenía más remedio, pero a lo mejor no hacía falta. A fin de cuentas, estaba en racha.

La manija de la puerta giró.

Junior asomó la cabeza por la cocina y enseguida olió la sangre: un olor como a almidón en aerosol, pero rancio. Dijo:

—¡Ey! ¿Hola? ¿Hay alguien en casa?

Estaba casi seguro de que no había nadie, pero si lo había, si por una descabellada casualidad Henry o LaDonna habían dejado el coche en la plaza y habían vuelto a pie (y por lo que fuera no habían visto a su hija muerta en el suelo de la cocina), él gritaría. ¡Sí! Gritaría y "descubriría el cadáver". Eso no evitaría la temida camioneta de los forenses, pero le permitiría ganar algo de tiempo.

—¿Hola? ¿Señor McCain? ¿Señora McCain? —y entonces, en un destello de inspiración—: ¿Angie? ¿Estás en casa?

¿La habría llamado así si la hubiera matado? ¡Claro que no! Pero entonces una idea terrorífica le cruzó por la cabeza: ¿y si respondía? ¿Y si respondía desde donde estaba tirada en el suelo? ¿Y si respondía a través de una bocanada de sangre?

—Tranquilo —masculló.

Sí, tenía que tranquilizarse, pero era difícil. Sobre todo a oscuras. Además, en la Biblia siempre sucedían cosas así. En la Biblia, la gente a veces regresaba a la vida como los zombis en *La noche de los muertos vivientes*.

—¿Hay alguien en casa?

Nanay. *Rien de rien.*

Sus ojos se habían acostumbrado a la penumbra, pero no lo suficiente. Necesitaba algo de luz. Debería haber traído una linterna de casa, pero era fácil olvidar cosas así cuando estabas acostumbrado a oprimir simplemente al interruptor. Junior atravesó la cocina pasando por encima del cadáver de Angie y abrió la primera de las dos puertas que había al otro lado. Era una despensa. A duras penas distinguió las estanterías llenas de frascos y latas de alimentos. Probó a abrir la otra puerta y tuvo suerte. Era el cuarto de la lavadora. Y, a menos que estuviera equivocado en cuanto a la forma del objeto que había sobre la estantería que quedaba justo a su derecha, seguía en racha.

No se equivocaba. Era una linterna, y potente. Tendría que ir con cuidado al alumbrar en la cocina —bajar las persianas sería una gran idea—, pero en el cuarto de la lavadora podía encenderla sin reparo todo lo que quisiera. Allí dentro estaba a salvo.

Detergente en polvo. Cloro. Suavizante. Una cubeta y un trapeador. Bien. Sin generador solo habría agua fría, pero seguramente habría bastante agua en las llaves para llenar una cubeta, y luego, por supuesto, también estaban los depósitos de los diferentes retretes. Y agua fría era lo que él quería. Fría para la sangre.

Limpiaría como la endiablada ama de casa que había sido su madre, siempre con la exhortación de su marido en mente: "Casa limpia, manos limpias, corazón limpio". Limpiaría toda la sangre. Después frotaría todo lo que recordara haber tocado y todo lo que pudiera haber tocado aun sin recordarlo. Pero antes...

El cadáver. Tenía que hacer algo con el cadáver.

Junior decidió que un armario bastaría por el momento. La llevó hasta allí arrastrándola de los brazos y luego los soltó: *flump*. Después de eso se puso manos a la obra. Cantaba a media voz mientras, primero, recolocaba los imanes en el refrigerador y, luego, bajaba las persianas. Había conseguido llenar la cubeta casi hasta el borde antes de que la llave empezara a escupir. Otro extra.

Seguía frotando, con el trabajo bastante avanzado ya pero lejos aún de haber acabado, cuando oyó que llamaban a la puerta de entrada.

Junior levantó la mirada, los ojos como platos, los labios tensos en una horrorizada sonrisa desprovista de humor.

—¿Angie? —era una chica, y sollozaba—. Angie, ¿estás ahí? —más golpes en la puerta, y entonces se abrió. Por lo visto su buena racha había terminado—. Angie, por favor, sé que estás aquí. Vi tu auto en la cochera...

Mierda. ¡La cochera! ¡No se le había ocurrido mirar en la estúpida cochera!

—¿Angie? —más sollozos. La conocía. Ay, Dios, ¿era esa imbécil de Dodee Sanders? Sí que lo era—. ¡Angie, me han dicho que mi madre está muerta! ¡La señorita Shumway dice que está muerta!

Junior esperó que primero subiera arriba, a mirar en la habitación de Angie, pero lo que hizo la chica fue avanzar por el pasillo en dirección a la cocina, moviéndose despacio y a tientas en la oscuridad.

—¿Angie? ¿Estás en la cocina? Creo que vi luz.

A Junior empezaba a dolerle otra vez la cabeza, y todo por culpa de esa maldita entrometida drogadicta. Lo que sucediera a partir de ese momento… también sería culpa de ella.

5

Dodee Sanders seguía algo drogada y un poco borracha; tenía resaca; su madre estaba muerta; avanzaba a tientas en la oscuridad por el recibidor de la casa de su mejor amiga; tropezó con algo que resbaló bajo su pie y le faltó poco para caerse de nalgas. Se agarró a la barandilla de la escalera, se lastimó al doblarse dos dedos hacia atrás y gritó. Comprendía más o menos que todo eso le estaba pasando a ella, pero al mismo tiempo le resultaba imposible creerlo. Se sentía como si hubiese ido a parar a una dimensión paralela, como en una película de ciencia ficción.

Se agachó para ver qué era lo que había estado a punto de tirarla al suelo. Parecía una toalla. Algún idiota se había dejado una toalla en el suelo del recibidor. Después creyó oír a alguien moviéndose en la oscuridad, al fondo. En la cocina.

—¿Angie? ¿Eres tú?

Nada. Seguía teniendo la sensación de que allí había alguien, pero a lo mejor no.

—¿Angie? —avanzó de nuevo arrastrando los pies y apretándose contra un costado la mano derecha, que le palpitaba (se le iban a hinchar los dedos, creía que ya se le estaban hinchando). Iba con la mano izquierda levantada por delante de ella, tentando el aire oscuro—. ¡Angie, por favor, sé que estás en casa! Mi madre está muerta, no es ninguna broma, me lo ha dicho la señorita Shumway y ella hace bromas, ¡te necesito!

El día había empezado muy bien. Dodee se había levantado temprano (bueno… a las diez; temprano para ella) y sin ninguna intención de faltar al trabajo. Entonces la había llamado Samantha Bushey para decirle que se había comprado unas Bratz nuevas en eBay y para preguntarle si quería ir a su casa a ayudarle a torturarlas.

La tortura de Bratz era algo a lo que se habían aficionado en la escuela —las compraban, luego las colgaban, les clavaban clavos en sus estúpidas cabecitas, las regaban con líquido de encendedor y les prendían fuego— y Dodee sabía que con los años tenían que haber dejado de hacerlo, porque ya eran adultas, o casi. Eso era cosa de chiquillas. Si te detenías a pensarlo también era un poco espeluznante. Pero el caso era que Sammy tenía su propia casa en Motton Road —un remolque, pero desde que su marido se había largado en primavera lo tenía todo para ella sola— y Little Walter dormía prácticamente todo el día. Además, Sammy solía conseguir la mejor hierba. Dodee suponía que la obtenía de los tipos con los que se divertía. Su casa rodante era un lugar muy popular los fines de semana, pero el caso era que Dodee había jurado dejar la hierba. Nunca más, no desde todo aquel lío con el cocinero. "Nunca más" había durado algo más de una semana, hasta que llamó Sammy.

—Tú puedes quedarte con Jade y Yasmin —intentó convencerla Sammy—. Además, tengo una que ni imaginas. —siempre decía eso, como si cualquiera que las estuviera escuchando no supiese de qué hablaba—. Además, podemos ya sabes qué.

Dodee también sabía qué era ese "ya sabes qué" y sintió un pequeño cosquilleo Ahí Abajo (en su ya sabes qué), aunque también eso eran cosas de chiquillas, y también tendrían que haber dejado de hacerlo mucho tiempo atrás.

—Creo que no, Sam. Tengo que estar en el trabajo a las dos y...

—Yasmin te espera —dijo Sammy—. Y ya sabes que odias a esa perra.

Bueno, eso era cierto. En opinión de Dodee, Yasmin era la más perra de las Bratz. Y faltaban casi cuatro horas para las dos. Además, ¿qué si llegaba un poco tarde? ¿Iba a despedirla Rose? ¿Quién más querría trabajar en ese sitio de mierda?

—Bueno, pero solo un rato. Y solo porque odio a Yasmin.

Sammy soltó una risita.

—Pero no pienso involucrarme con ya sabes qué. Con ninguno de los dos ya sabes qué.

—Como quieras —dijo Sammy—. Date prisa.

Así que Dodee había subido al coche y, claro, había descubierto que torturar Bratz no tenía ninguna gracia si no estabas un poco fumada, así que fumó un poco, y Sammy también. Colaboraron para hacerle a Yasmin la cirugía plástica con un producto destapacaños, lo cual fue bastante divertido. Después Sammy quiso enseñarle la blusa preciosa que se había comprado en Deb y, aunque Sam había engordado un poco, a Dodee le seguía pareciendo que estaba estupenda, a lo mejor porque estaban un poco drogadas —demasiado, de hecho—, y como Little Walter seguía dormido (su padre había insistido en ponerle al niño ese nombre por no sé qué viejo músico de blues, y todo eso de que durmiera tanto, bueno, a Dodee se le había metido en la cabeza que Little Walter era retrasado, lo cual no sería de extrañar, dada la cantidad de María Juana que había fumado Sam cuando estaba embarazada), acabaron metiéndose en la cama de Sammy y haciendo un poco del ya sabes qué de siempre. Después se quedaron dormidas y, cuando Dodee se despertó, Little Walter estaba berreando —demonios, que alguien llame a los de la tele— y ya eran más de las cinco. La verdad es que ya era demasiado tarde para ir a trabajar y, además, Sam había sacado una botella de Johnnie Walker etiqueta negra y se habían tomado un trago, dos tragos, tres tragos, cuatro, y Sammy decidió que quería ver qué pasaba si metías a una Baby Bratz en el microondas, solo que se había ido la luz.

Dodee se había arrastrado para volver al pueblo a casi cien kilómetros por hora, todavía drogada y paranoica, mirando continuamente por el espejo retrovisor por si se acercaba la policía, convencida de que si la paraban sería esa mujerzuela pelirroja de Jackie Wettington. O de que su padre se habría tomado un descanso en la tienda y sabría por el aliento que había bebido. O de que su madre estaría en casa, tan agotada después de su estúpida clase de vuelo que habría decidido no ir al Eastern Star Bingo.

Por favor, Dios, rezó. *Por favor, sácame de esta y nunca volveré a ya sabes qué. Ninguno de los dos ya sabes qué. Nunca más en esta vida.*

Dios escuchó sus súplicas. En su casa no había nadie. Allí también se había ido la luz, pero, alterada como estaba, Dodee ni se dio cuenta. Se arrastró escalera arriba, hasta su habitación, se desprendió de los pantalones y la blusa y se recostó en la cama. Sólo unos minutos, se dijo. Después metería en la lavadora la ropa, que olía a hierba, y ella se metería a bañar. Olía al perfume de Sammy, ese que debía de comprar en bidones de cinco litros en Burpee's.

Pero no pudo poner el despertador porque no había luz y, cuando la despertaron los golpes en la puerta, ya estaba oscuro. Tomó la bata y bajó; de pronto estaba segura de que sería esa oficial pelirroja de grandes pechos, dispuesta a llevársela arrestada por conducir borracha. A lo mejor también por hacer tijera. Dodee no creía que ese ya sabes qué en concreto fuese ilegal, pero no estaba del todo segura.

No era Jackie Wettington. Era Julia Shumway, la directora-redactora del *Democrat*. Tenía una linterna en la mano. Alumbró con ella la cara de Dodee —que seguramente estaba hinchada a causa del sueño, con los ojos rojos y el cabello enmarañado— y después la bajó otra vez. La luz que rebotaba en el suelo bastaba para iluminar el rostro de Julia, y Dodee vio tanta lástima en él que se sintió confusa y asustada.

—Pobre niña —dijo Julia—. No lo sabes, ¿verdad?

—¿Qué no sé? —había preguntado Dodee. Fue más o menos entonces cuando había empezado esa sensación de un universo paralelo—. ¡¿Qué cosa no sé?!

Y Julia Shumway se lo contó.

6

—¿Angie? ¡Angie, por favor!

Avanzaba a tientas por el pasillo. Le palpitaba la mano. Le palpitaba la cabeza. Podría haber salido a buscar a su padre —la señorita Shumway se había ofrecido a llevarla, empezando por Funeraria Bowie—, pero se le heló la sangre solo con pensar en ese sitio. Además, era a Angie a quien quería ver. Angie, que la abrazaría fuerte y sin ningún interés en ya sabes qué. Angie, su mejor amiga.

Una sombra salió de la cocina y se movió deprisa hacia ella.

—¡Estás aquí, gracias a Dios! —gimoteó con más fuerza y corrió con los brazos extendidos hacia aquella figura—. ¡Oh, es horrible! ¡Es un castigo por haber sido mala, y sé que lo soy!

La figura oscura también extendió los brazos, pero no envolvieron a Dodee en un abrazo. En lugar de eso, las manos que había al final de esos brazos se cerraron alrededor de su cuello.

EL BIEN DEL PUEBLO,
EL BIEN DE LA GENTE

1

Andy Sanders estaba, efectivamente, en la Funeraria Bowie. Había ido a pie, cargando con un gran peso: desconcierto, pena, un corazón roto.

Estaba sentado en el Salón del Recuerdo I; su única compañía ocupaba el ataúd que había al frente de la habitación. Gertrude Evans, de ochenta y siete años (o puede que ochenta y ocho), había muerto de fallo cardíaco congestivo hacía dos días. Andy había enviado una nota de pésame, aunque sabía Dios quién acabaría recibiéndola; el marido de Gert había muerto hacía una década. No importaba. Cuando moría uno de sus electores, él siempre enviaba una nota de pésame escrita a mano en papel de carta color crema con un membrete que decía DEL DESPACHO DEL PRIMER CONCEJAL. Creía que era parte de su deber.

A Gran Jim no se le podía molestar con esas cosas. Gran Jim estaba demasiado ocupado llevando lo que él llamaba "nuestro negocio", con lo cual se refería a Chester's Mill. A decir verdad, lo llevaba como si fuera su ferrocarril privado, pero Andy nunca se lo había tomado a mal; sabía que Gran Jim era listo. Andy sabía algo más: sin Andrew DeLois Sanders, a Gran Jim ni siquiera le habrían nombrado recogedor de perros callejeros. Gran Jim sabía vender coches usados prometiendo tratos que te hacían saltar las lágrimas, gran financiamiento y regalos como aspiradores coreanos baratos, pero aquella vez que intentó conseguir la concesión de Toyota, la compañía se decidió por Will Freeman. Dadas sus cifras de ventas y su posición en la 119, Gran Jim no entendía cómo los de Toyota podían ser tan estúpidos.

Andy sí. Tal vez no era el oso más listo de aquellos bosques, pero sabía que Gran Jim no era cálido. Era un hombre duro (algunos —por ejemplo, los que habían caído en esos financiamientos *tan* convenientes— habrían dicho que cruel), y era persuasivo, pero también frío. Andy, por el contrario, tenía calidez para dar y tomar. Cuando se paseaba por el pueblo en época de elecciones, Andy le decía a la gente que Gran Jim y él eran como el Gordo y el Flaco, o la crema de cacahuate y la mermelada, y que Chester's Mill no sería lo mismo sin ellos dos trabajando en equipo (junto con cualquier otra tercera persona que resultara estar por allí para subirse al carro; en esos momentos, la hermana de Rose Twitchell, Andrea Grinnell). Andy siempre había disfrutado mucho de su asociación con Gran Jim. Por la cuestión económica, sí, sobre todo durante los últimos dos o tres años, pero también por su corazón. Gran Jim sabía cómo conseguir que se hicieran las cosas y por qué había que hacerlas. "Tenemos una larga tarea por delante —diría él—. Lo hacemos por el pueblo. Por la gente. Por su bien." Y eso estaba bien. Hacer el bien estaba bien.

Pero en ese momento… esa noche…

—Esas clases de vuelo no me hicieron ninguna gracia desde el principio —dijo, y se echó a llorar otra vez.

No tardó en sollozar sin contenerse, pero no importaba, porque Brenda Perkins ya se había ido llorando en silencio después de ver los restos de su marido, y los hermanos Bowie estaban en el piso de abajo. Tenían mucho trabajo que hacer (Andy comprendía, vagamente, que había sucedido algo muy malo). Fern Bowie se había ido a comer algo al Sweetbriar Rose y, al verlo regresar, Andy pensó que lo echaría de allí, pero Fern recorrió el pasillo sin asomarse siquiera a mirar a Andy, que estaba sentado con las manos entre las rodillas, la corbata suelta y el cabello alborotado.

Fern bajó a lo que su hermano Stewart y él llamaban "el taller". (¡Horrible, horrible!) Duke Perkins estaba allí abajo. Y el bueno de Chuck Thompson, maldito sea, que a lo mejor no había convencido a su mujer para que tomara esas clases pero seguro que tampoco le había dicho que las dejara. Quizá abajo también había otros.

Claudette seguro.

Andy profirió un gemido dolorido y apretó las manos con fuerza. No podía vivir sin ella; imposible vivir sin ella. Y no solo porque la amara más que a su propia vida. Era Claudette (junto con las regulares inyecciones de dinero no declaradas y cada vez mayores de Jim Rennie) la que sacaba la Farmacia adelante; si hubiera dependido solo de Andy, lo habría llevado a la quiebra antes del cambio de siglo. Su especialidad era la gente, no las cuentas ni los libros de contabilidad. Su mujer era la especialista en números. O, mejor dicho, lo había sido.

Mientras el pretérito pluscuamperfecto resonaba en su mente, Andy volvió a gemir.

Claudette y Gran Jim habían colaborado incluso para maquillar la contabilidad municipal aquella vez en que el estado les hizo una auditoría. Se suponía que tenía que ser una auditoría sorpresa, pero Gran Jim se había enterado con antelación. No mucha; solo la suficiente para que ellos dos se pusieran a trabajar con ese programa de computadora que Claudette llamaba Maestro Limpio. Lo llamaban así porque siempre sacaba números limpios. De la auditoría habían salido bien parados en lugar de ir a la cárcel (lo cual no habría sido justo, ya que gran parte de lo que hacían —casi todo, en realidad— lo hacían por el bien del pueblo).

La verdad sobre Claudette Sanders era esta: había sido un Jim Rennie más guapo, un Jim Rennie más amable, con el que Andy podía acostarse y a quien podía contarle sus secretos, y la vida sin ella era impensable.

Andy empezó a llorar de nuevo, y fue entonces cuando Gran Jim en persona le puso una mano en el hombro y apretó. No lo había oído entrar, pero no se sobresaltó. Casi había esperado esa mano, pues su propietario casi siempre aparecía cuando Andy más lo necesitaba.

—He pensado que te encontraría aquí —dijo Gran Jim—. Andy, amigo, yo... lo siento mucho.

Andy se levantó con torpeza, echó los brazos alrededor de la mole de Gran Jim y sollozó en su abrigo.

—¡Le dije que esas clases eran peligrosas! ¡Le dije que Chuck Thompson era un imbécil, igual que su padre!

Gran Jim le acarició la espalda con mano tranquilizadora.

—Ya lo sé. Pero ahora está en un lugar mejor, Andy. Esta noche ha cenado con Jesucristo; ¡carne asada, verduras frescas y puré de papa! Visto así, ¿no es fantástico? Tienes que aferrarte a eso. ¿Crees que deberíamos rezar?

—¡Sí! —Andy sollozó—. ¡Sí, Gran Jim! ¡Reza conmigo!

Los dos se arrodillaron y Gran Jim rezó un buen rato y con ganas por el alma de Claudette Sanders. (Por debajo de ellos, en el taller, Stewart Bowie los oyó, miró al techo y comentó: "Ese hombre saca mierda por abajo y por arriba".)

Después de cuatro o cinco minutos de "ahora vemos por un espejo, de forma confusa" y "cuando yo era niño, hablaba como niño" (Andy no acababa de ver la relevancia de este último versículo, pero no le importaba; solo estar allí con Gran Jim, arrodillados los dos, ya era reconfortante), Rennie terminó —"AlabadoseaDiosamén"— y ayudó a Andy a ponerse en pie.

Cara a cara y pecho contra pecho, Gran Jim agarró a Andy de los brazos y lo miró a los ojos.

—Bueno, socio —dijo. Siempre llamaba "socio" a Andy cuando la situación era grave—. ¿Estás listo para ir a trabajar?

Andy lo miró con cara de tonto.

Gran Jim asintió como si Andy hubiese exteriorizado una protesta razonable (dadas las circunstancias).

—Sé que es duro. No es justo. Es un momento poco apropiado para pedírtelo. Y estarías en tu derecho… Dios sabe que sí… si me maldijeras por desalmado. Pero a veces tenemos que anteponer el bienestar de los demás… ¿No es cierto?

—Por el bien del pueblo —dijo Andy. Por primera vez desde que le habían informado de lo de Claudie, veía un resquicio de luz.

Gran Jim asintió. Su rostro era solemne, pero le brillaban los ojos. Andy pensó algo extraño: *Parece diez años más joven.*

—Eso es. Somos custodios, socio. Custodios del bien común. No siempre es fácil, pero nunca es innecesario. He enviado a esa Wettington a buscar a Andrea. Le he dicho que la lleve a la sala de plenos. Esposada, si hace falta —Gran Jim rio—. Estará allí. Y Pete Randolph está haciendo una lista con todos los oficiales que están disponibles en el pueblo. No son suficientes. Tenemos que hacernos cargo de esto, socio. Si esta situación se prolonga, la autoridad será clave. Así que ¿qué me dices? ¿Puedes hacerlo por mí?

Andy asintió. Pensó que le ayudaría a no pensar en aquello. Aunque no lo consiguiera, tenía que salir de allí. Mirar el ataúd de Gert Evans estaba empezando a ponerle los pelos de punta. Las lágrimas silenciosas de la viuda del jefe también le habían puesto los pelos de punta. Además, no sería tan duro. Lo único que tenía que hacer era sentarse allí, a la mesa de la sala de plenos, y alzar la mano cuando Gran Jim alzara la suya. Andrea Grinnell, que nunca parecía del todo despierta, haría lo mismo. Si había que adoptar medidas de emergencia de algún tipo, Gran Jim se ocuparía de que así fuera. Gran Jim se encargaría de todo.

—Vamos —repuso Andy.

Gran Jim le dio unas palmadas en la espalda, pasó un brazo alrededor de los flacos hombros de Andy y lo sacó del Salón del Recuerdo I. Era un brazo pesado. Gordo. Pero le sentó bien.

En ningún momento pensó en su hija. En su dolor, Andy Sanders se había olvidado de ella por completo.

2

Julia Shumway caminaba despacio por Commonwealth Street, hogar de los habitantes más acaudalados de la ciudad, en dirección a Main Street. Felizmente divorciada desde hacía diez años, vivía encima de las oficinas del *Democrat* con Horace, su viejo corgi galés. Le había puesto ese nombre por el gran señor Greeley, que era recordado por una única agudeza —"Vaya al Oeste, joven, vaya al Oeste"—, pero cuyo verdadero mérito, a juicio de Julia, había sido su trabajo como director de periódico. Si Julia pudiera hacer un trabajo la mitad de bueno que el de Greeley en el *Tribune* de Nueva York, se consideraría una triunfadora.

Desde luego, su Horace siempre la había considerado una triunfadora, lo cual, en opinión de Julia, lo convertía en el mejor perro sobre la faz de la Tierra. Lo sacaría a pasear en cuanto llegara a casa, y después se haría aún más maravillosa a sus ojos esparciendo unos trocitos del bistec de la noche anterior sobre sus croquetas. Eso los haría sentirse bien a los dos, y ella quería sentirse bien —por algo, por cualquier cosa— porque estaba preocupada.

No era una sensación nueva. Había vivido en Mill durante sus cuarenta y tres años y, en los últimos diez, cada vez le gustaba menos lo que veía en su pueblo natal. Le preocupaba la inexplicable precariedad del drenaje y de la planta de tratamiento de residuos a pesar de todo el dinero que se había destinado a ellos; le preocupaba el cierre inminente de Cloud Top, la estación de esquí del pueblo; le preocupaba que James Rennie estuviera robando de las arcas municipales más aún de lo que ella sospechaba (y sospechaba que llevaba décadas robando una barbaridad). Y, desde luego, le preocupaba ese nuevo asunto, que casi le parecía demasiado inmenso para poder comprenderlo. Cada vez que intentaba abarcarlo en su totalidad, su mente se centraba en algún punto que era minúsculo pero concreto: su creciente incapacidad para efectuar llamadas con el teléfono celular, por ejemplo. Además, ella tampoco había recibido ninguna, lo cual era inquietante. No estaba pensando en los preocupados amigos y familiares de fuera del pueblo que estarían intentando ponerse en contacto con ella; tendría que haber recibido una avalancha de llamadas de otros periódicos: el *Sun* de Lewiston, el *Press Herald* de Portland, quizá incluso el *New York Times*.

¿Todo el mundo en Mill estaba teniendo esos mismos problemas?

Debería acercarse al límite municipal y verlo por sí misma. Si no podía usar el teléfono para llamar a Pete Freeman, su mejor fotógrafo, podía hacer algunas fotos ella misma con lo que llamaba su Nikon de Emergencias. Por lo visto habían decretado una especie de zona de cuarentena en el lado de la barrera que daba a Motton y a Tarker's Mill —probablemente también en las demás localidades—, pero seguro que por su lado podría acercarse bastante. Tal vez le advirtieran que no avanzara más, pero si la barrera era tan impermeable como había oído decir, no pasarían de advertencias.

—A palabras necias, oídos sordos —dijo.

Absolutamente cierto. Si hubiera permitido que las palabras la hirieran, Jim Rennie podría haberla mandando a la UCI cuando ella escribió aquel artículo sobre esa auditoría de chiste que les había hecho el estado hacía tres años. Por supuesto, Gran Jim había soltado un sinfín de bravatas sobre que iba a denunciar al periódico, pero todo había quedado en palabras; Julia incluso se había planteado brevemente sacar un editorial sobre el tema, más que nada porque tenía un titular fantástico: LA DESAPARECIDA DENUNCIA POR DIFAMACIÓN.

Así que, sí, estaba preocupada. Formaba parte de su trabajo. Lo que no era normal era que le preocupara su propio comportamiento, y de pronto, de pie en la esquina de Main y Comm, le preocupó. En lugar de torcer a la izquierda por Main, miró atrás, hacia el camino por el que había venido. Y habló en el tenue murmullo que normalmente reservaba para Horace.

—No debería haber dejado sola a esa chica.

No lo habría hecho si hubiera ido en coche. Pero había ido a pie, y además… Dodee había sido de lo más insistente. Y allí olía a algo. ¿Hachís? Quizá. No es que Julia tuviera fuertes objeciones al respecto. Ella también había fumado lo suyo a lo largo de los años. Y a lo mejor calmaba a la chica. Nublaría el filo de su dolor cuando estaba más afilado que nunca y era probable que se cortara con él.

—No se preocupe por mí —había dicho Dodee—, saldré a buscar a mi padre. Pero antes tengo que vestirme —y señaló la bata que llevaba puesta.

—Esperaré —había respondido Julia… aunque no quería esperar.

Tenía una larga noche por delante, empezando por sus obligaciones con su perro. A esas horas, Horace debía de estar a punto de reventar, porque se había saltado el paseo de las cinco en punto, y estaría hambriento. Cuando se hubiera ocupado de todo eso, tendría que acercarse hasta lo que la gente llamaba la barrera. Verla por sí misma. Fotografiar lo que hubiera que fotografiar.

Y eso no era todo. También tendría que sacar alguna edición especial del *Democrat*. Era importante para ella, y creía que podía ser importante para al pueblo. Desde luego, todo eso podía dejarlo para el día siguiente, pero Julia tenía el presentimiento —en parte en la cabeza, en parte en el corazón— de que no lo haría.

Aun así… No tendría que haber dejado sola a Dodee Sanders. Le había parecido que estaba bastante entera, pero eso podía ser la conmoción y la negación camufladas en forma de calma. Y el chocolate, por supuesto. Aunque había hablado con coherencia.

—No tiene por qué esperar. No quiero que espere.

—No sé si estar sola es lo más sensato ahora mismo, cariño.

—Iré a casa de Angie —dijo Dodee, y pareció animarse un poco al pensarlo, aunque le seguían cayendo lágrimas por las mejillas—. Ella me acompañará a buscar a mi padre —asintió—. Angie es con quien quiero estar.

En opinión de Julia, la chica de los McCain solo tenía un poquito más de sentido común que aquella, que había heredado la belleza de su madre y, por desgracia, el cerebro de su padre. Sin embargo, Angie era una amiga, y si alguna vez hubo una amiga que necesitara a otra amiga, fue Dodee Sanders esa noche.

—Podría acompañarte… —aunque no quería. Era consciente de que, aun en ese estado de crudo luto en el que estaba, la chica seguramente se daba cuenta de ello.

—No. Son solo unas calles.

—Bueno…

—Señorita Shumway… ¿está segura de verdad? ¿Está segura de que mi madre…?

Muy a su pesar, Julia asintió. Había recibido la confirmación del número de cola de la avioneta a través de Ernie Calvert. El hombre también le había dado otra cosa, algo que en realidad debería haber entregado a la policía. Julia habría insistido en que Ernie se lo llevara a ellos de no ser por la aciaga noticia de que Duke Perkins había muerto y que esa rata incompetente de Randolph estaba al mando.

Lo que le había dado Ernie era la licencia de conducir de Claudette manchada de sangre. Julia la tenía en el bolsillo mientras estaba de pie en la entrada de los Sanders, y en su bolsillo se había quedado. Se la daría a Andy o a esa chica pálida y con el cabello revuelto cuando llegara el momento adecuado… pero ese no era el momento.

—Gracias —había dicho Dodee con un tono de voz tristemente formal—. Ahora váyase, por favor. No quiero ser grosera, pero… —no terminó la frase, solo cerró la puerta.

Y ¿qué había hecho Julia Shumway? Obedecer la orden de una chica de veinte años conmocionada por el dolor y que podría haber estado demasiado fumada para ser del todo responsable de sí misma. Sin embargo, por duro que fuera, esa noche tenía otras responsabilidades. Horace, para empezar. Y el periódico. Puede que la gente se riera de las granulosas fotos en blanco y negro de Pete Freeman y de la exhaustiva cobertura que hacía el *Democrat* de fiestas locales como el baile de la Noche Encantada de la Escuela Secundaria de Mill, podían decir que su única utilidad práctica era como forro de la caja del gato... pero lo necesitaban, sobre todo cuando sucedía algo malo. Julia se ocuparía de que lo tuvieran al día siguiente aunque eso significara pasar toda la noche en vela. Lo cual, dado que sus dos reporteros habituales se habían ido a pasar el fin de semana fuera del pueblo, era más que probable.

Se dio cuenta de que el reto realmente la atraía, y el rostro desconsolado de Dodee Sanders empezó a borrarse de su mente.

3

Horace le lanzó una mirada de reproche cuando la vio entrar, pero no había manchas de humedad en la alfombra ni ninguna sorpresita café bajo la silla del recibidor, un lugar mágico que él parecía creer invisible a los ojos humanos. Julia le puso la correa, lo sacó y esperó pacientemente mientras orinaba en su orilla preferida, tambaleándose mientras lo hacía; Horace tenía quince años, muchos para un corgi. Mientras él caminaba, ella miraba fijamente la blanca burbuja de luz en el horizonte sur. Le parecía una imagen sacada de una película de ciencia ficción de Steven Spielberg. Era más grande que nunca, y podía oír el zup-zup-zup de los helicópteros, tenue pero constante. Incluso vio la silueta de uno, acelerando a través de ese alto arco de fulgor. Pero, por Dios, ¿cuántos focos habían colocado? Era como si North Motton se hubiera convertido en una zona de aterrizaje en Iraq.

Horace empezó a caminar en círculos perezosos, olisqueaba en busca del lugar perfecto para terminar con el ritual de eliminación de la noche haciendo esa danza canina siempre tan popular, el Baile de la Caca. Julia aprovechó la oportunidad para probar otra vez suerte con el teléfono. Como demasiadas veces ya esa noche, solo consiguió la habitual ronda de tonos... y luego nada más que silencio.

Tendré que sacar el periódico en fotocopias. Lo que significa setecientos cincuenta ejemplares, máximo.

Hacía veinte años que el *Democrat* no se imprimía allí. Hasta 2002, Julia había llevado la maqueta a la rotativa de View Printing, en Castle Rock, y desde entonces ya ni siquiera tenía que hacer eso. Enviaba las páginas por correo electrónico el martes por la noche y View Printing entregaba los periódicos terminados y perfectamente empaquetados en plástico antes de las siete en punto de la mañana siguiente. Para Julia, que había crecido enfrentándose con las correcciones a mano y un ejemplar escrito a máquina que se enviaba "por correo" cuando lo terminaban, aquello era algo mágico. Y, como todo lo mágico, no demasiado confiable.

Esa noche, su desconfianza estaba justificada. Tal vez consiguiera enviar el material a View Printing, pero nadie podría entregar los periódicos impresos a la mañana siguiente. Supuso que por la mañana ya nadie lograría acercarse a menos de ocho kilómetros de las fronteras de Mill. Ninguna de sus fronteras. Por suerte para ella, en la antigua rotativa había un precioso y enorme generador, su fotocopiadora era un monstruo y ella tenía más de quinientas resmas de papel almacenadas en la parte de atrás. Si conseguía que Pete Freeman la ayudara…, o Tony Guay, que cubría la sección de deportes…

Horace, mientras tanto, por fin había encontrado la posición. Cuando hubo terminado, ella se puso manos a la obra con una bolsita verde en la que ponía CacaCan, preguntándose qué habría pensado Horace Greeley de un mundo en el que la sociedad no solo esperaba que recogieras mierdas de perro de la banqueta, sino que era una responsabilidad legal. Pensó que se habría dado un tiro.

En cuanto la bolsita estuvo llena y cerrada con un nudo, volvió a probar suerte con el teléfono.

Nada.

Llevó a Horace a casa y le dio de comer.

4

El teléfono sonó cuando se estaba abrochando los botones del abrigo para acercarse en coche hasta la barrera. Llevaba la cámara al hombro, casi se le cayó al rebuscar en el bolsillo. Miró la pantalla y vio las palabras NÚMERO PRIVADO.

—¿Diga? —contestó, y su voz debió de transmitir algo, porque Horace (que esperaba junto a la puerta, más que dispuesto a salir de expedición nocturna ahora que había descargado y comido) levantó las orejas y la buscó con la mirada.

—¿Señora Shumway? —una voz de hombre. Brusca. Con tono oficial.

—Señorita Shumway. ¿Con quién hablo?

—Con el coronel James Cox, señorita Shumway. Ejército de Estados Unidos.

—Y ¿a qué debo el honor de esta llamada? —ella misma notó el sarcasmo de su voz y no le gustó (no era profesional), pero tenía miedo, y el sarcasmo había sido siempre su respuesta ante el miedo.

—Necesito ponerme en contacto con un hombre que se llama Dale Barbara. ¿Conoce a ese hombre?

Por supuesto que lo conocía. Y le había sorprendido verlo en el Sweetbriar esa misma tarde. Estaba loco quedándose en el pueblo. Además, ¿no le había dicho Rose el día anterior que se había despedido? La historia de Dale Barbara era una de los cientos de historias que Julia conocía pero no había publicado. Cuando diriges el periódico de una población pequeña, tienes cuidado de no abrir muchas cajas de Pandora. Eliges muy bien tus guerras. Y, de todas formas, ella dudaba mucho que los rumores sobre Barbara y la buena amiga de Dodee, Angie, fueran ciertos. Para empezar, creía que Barbara tenía mejor gusto.

—¿Señorita Shumway? —cortante. Oficial. Una voz del exterior. Julia podía enfadarse con el dueño de esa voz solo por eso—. ¿Sigue ahí?

—Sigo aquí. Sí, conozco a Dale Barbara. Trabaja de cocinero en el restaurante de Main Street. ¿Por qué?

—No tiene teléfono personal, por lo que parece, en el restaurante no contestan…

—Está cerrado…

—… y las líneas fijas no funcionan, claro está.

—En este pueblo nada parece funcionar muy bien esta noche, coronel Cox. Tampoco los números personales. Pero veo que no ha tenido usted ningún problema para ponerse en contacto conmigo, lo cual me lleva a preguntarme si no serán sus muchachos los responsables de ello —su furia, nacida del miedo, como su sarcasmo, la sorprendió—. ¿Qué es lo que han hecho? ¿Qué es lo que ha hecho su gente?

—Nada. Por lo que yo sé, nada.

Se quedó tan perpleja que no se le ocurrió qué contestar. Lo cual no era propio de la Julia Shumway que conocían los más antiguos habitantes de Mill.

—Los teléfonos, sí —dijo el coronel—. Las llamadas a y desde Chester's Mill han quedado bastante restringidas. En interés de la seguridad nacional. Y, con el debido respeto, usted en nuestra situación habría hecho lo mismo.

—Lo dudo.

—¿De verdad? —parecía interesado, no molesto—. ¿En una situación para la que no hay precedentes en toda la historia mundial, y que induce a pensar en una tecnología que está mucho más allá de lo que ni nosotros ni nadie puede llegar a comprender?

De nuevo se encontró atascada y sin respuesta.

—Necesito hablar con el capitán Barbara —dijo el hombre, regresando al guion original.

En cierta forma, a Julia le había sorprendido esa digresión tan apartada del mensaje principal.

—¿Cómo que "capitán" Barbara?

—Está retirado. ¿Puede encontrarlo? Lleve su teléfono . Le daré un número al que puede llamar. Tendrá línea.

—¿Por qué yo, coronel Cox? ¿Por qué no ha llamado a la policía? ¿O a alguno de los concejales de la ciudad? Creo que los tres están aquí.

—Ni siquiera lo he intentado. Crecí en una ciudad pequeña, señorita Shumway…

—Bien por usted.

—… y, según mi experiencia, los políticos municipales saben un poco, los policías municipales saben mucho, y el director del periódico local lo sabe todo.

Eso la hizo reír aun a su pesar.

—¿Por qué molestarse en llamar cuando pueden verse cara a cara? Conmigo como acompañante, por supuesto. Iba de camino a mi lado de la barrera… de hecho estaba saliendo cuando usted ha llamado. Iré a buscar a Barbie…

—Todavía se hace llamar así, ¿eh? —Cox parecía desconcertado.

—Iré a buscarlo y lo traeré conmigo. Podemos organizar una minirueda de prensa.

—No estoy en Maine. Estoy en Washington, D. C., con los jefes del Estado Mayor.

—¿Se supone que eso debe impresionarme? —aunque sí lo había conseguido, un poco.

—Señorita Shumway, estoy muy ocupado, y seguramente usted también. Así que, con el fin de resolver este asunto…

—¿Cree usted que es posible?

—Olvídelo —dijo el hombre—. Es indudable que usted es más reportera que directora de periódico, y estoy seguro de que hacer preguntas es algo que le sale de forma natural, pero aquí el tiempo es un factor importante. ¿Puede hacer lo que le pido?

—Puedo. Pero, si quiere hablar con él, tendrá que aguantarme también a mí. Saldremos por la 119 y le llamaremos desde allí.

—No —dijo él.

—Muy bien —repuso ella en tono amable—. Ha sido muy agradable hablar con usted, coronel C…

—Déjeme terminar. Su lado de la carretera 119 está completamente HEPMI. Eso significa…

—"Hecho Una Puta Mierda", conozco la expresión, coronel, solía leer a Tom Clancy. ¿Qué quiere decir exactamente con eso respecto de la 119?

—Quiero decir que parece, y perdone la vulgaridad, parece la inauguración de un burdel con barra libre. La mitad de sus vecinos han estacionado los coches y las camionetas a ambos lados de la carretera y en los pastos de no sé qué granjero de ganado lechero.

Julia dejó la cámara en el suelo, sacó un bloc de notas del bolsillo de su abrigo y garabateó "Cor. James O. Cox" y "Parece inauguración de burdel c. barra libre". Después añadió "Granja Dinsmore?". Sí, seguramente el coronel se refería a las tierras de Alden Dinsmore.

—Está bien —dijo—, ¿qué sugiere?

—Bueno, no puedo evitar que venga, en eso tiene usted toda la razón —suspiró, un sonido que parecía dar a entender que el mundo era injusto—. Y no puedo evitar que mañana publique lo que quiera en su periódico, aunque no sé si importa, ya que nadie de fuera de Chester's Mill lo va a leer.

Julia dejó de sonreír.

—¿Le importaría explicarme eso?

—Pues la verdad es que sí, ya lo descubrirá por sí misma. Sugiero que, si quiere ver la barrera, aunque en realidad no pueda verla, como estoy seguro de que ya le habrán contado, lleve al capitán Barbara al lugar en que la Carretera Municipal Número Tres está cortada. ¿Conoce la Carretera Municipal Número Tres?

Por un momento creyó que no. Después se dio cuenta de a cuál se refería y echó a reír.

—¿He dicho algo gracioso, señorita Shumway?

—En Mill, la gente la llama Little Bitch o "la Pequeña Mujerzuela". En época de lluvia es una auténtica porquería.

—Muy pintoresco.

—Entendido, no habrá multitudes en Little Bitch.

—Ahora mismo, ni un alma.

—Está bien —se guardó el bloc en el bolsillo y recogió la cámara. Horace seguía aguardando pacientemente junto a la puerta.

—Bueno. ¿Cuándo puedo esperar su llamada? ¿O, mejor dicho, la llamada de Barbie desde su teléfono?

Julia consultó el reloj y vio que acababan de dar las diez. Por el amor de Dios, ¿cómo se había hecho tan tarde tan pronto?

—Estaremos allí a eso de las diez y media, suponiendo que logre encontrarlo. Creo que sí.

—Eso está bien. Dígale que Ken le envía un saludo. Es una...

—Una broma, sí, ya comprendo. ¿Habrá alguien esperándonos?

Se produjo una pausa. Cuando el coronel volvió a hablar, ella percibió su renuencia.

—Habrá luces, y una guardia, y soldados montando un control de carretera, pero han recibido instrucciones de que no hablen con los vecinos.

—¿De que no hablen con...? ¿Por qué? Por el amor de Dios, ¿por qué?

—Si esta situación no se resuelve, señorita Shumway, comprenderá enseguida todas esas cosas. La mayoría las comprenderá por sí misma... parece usted una mujer muy inteligente.

—¡Pues muchísimas gracias pero váyase al demonio, coronel! —espetó, molesta. En la puerta, Horace irguió las orejas.

Cox rio, una carcajada en absoluto ofendida.

—Sí, señorita, la recibo alto y claro. ¿A las diez y media?

Estuvo tentada de decirle que no, pero por supuesto que no iba a hacerlo.

—A las diez y media. Suponiendo que logre encontrarlo. ¿Le puedo llamar yo?

—O usted o él, pero es con él con quien tengo que hablar. Estaré esperando con una mano sobre el teléfono.

—Pues deme el número mágico —sujetó el teléfono contra la oreja y volvió a rebuscar el bloc de notas. Por supuesto, siempre volvía a necesitarlo cuando ya lo había guardado; era uno de los grandes misterios de la vida de los reporteros, como lo era ella en ese momento. Otra vez. El número que le dio la asustó más que nada de lo que le había dicho. El prefijo era 000.

—Una cosa más, señorita Shumway. ¿Usa marcapasos? ¿Aparatos para el oído? ¿Algo de esas características?

—No. ¿Por qué?

Pensó que el coronel a lo mejor volvía a negarse a responder, pero no lo hizo.

—Cuando se está cerca de la Cúpula, se produce una especie de interferencia. No es perjudicial para la mayoría de la gente, solo se siente como una descarga eléctrica de bajo voltaje que desaparece pasados uno o dos segundos, pero hace estragos con los aparatos eléctricos. Algunos aparatos se detienen (la mayoría de teléfonos, por ejemplo, si se acercan a menos de metro y medio aproximadamente) y otros explotan. Si lleva una grabadora, no funcionará. Si lleva un iPod o algo sofisticado, como un BlackBerry, es probable que explote.

—¿Ha explotado el marcapasos del jefe Perkins? ¿Ha sido eso lo que lo ha matado?

—A las diez y media. Lleve a Barbie y no se olvide de decirle que Ken le envía un saludo.

Cortó la comunicación, dejando a Julia de pie junto a su perro, en silencio. Intentó llamar a su hermana a Lewiston. Sona-

151

ron los tonos de marcado… luego nada. Silencio absoluto, igual que antes.

La Cúpula, pensó. *Ahora, al final, no lo ha llamado la barrera; lo ha llamado la Cúpula.*

5

Barbie se había quitado la camisa y estaba sentado en la cama desatándose los zapatos cuando oyó los golpes en la puerta, a la que se llegaba subiendo un tramo exterior de escaleras ubicado en un costado de la Farmacia de Sanders. Esos golpes no eran bien recibidos. Se había pasado casi todo el día caminando, después se había puesto un delantal y había cocinado durante casi toda la tarde. Estaba exhausto.

¿Y si era Junior con unos cuantos amigos dispuestos a darle una fiesta de bienvenida? Podría decirse que era improbable, incluso un pensamiento paranoico, pero el día había sido un festival de improbabilidades. Además, Junior, Frank DeLesseps y el resto de su pequeña banda eran de los pocos a quienes no había visto esa tarde en el Sweetbriar. Suponía que debían de estar en la 119 o en la 117, fisgoneando, pero a lo mejor alguien les había dicho que Barbie se encontraba de vuelta en la ciudad y habían hecho planes para esa misma noche. Para ese mismo momento.

Volvieron a llamar. Barbie se levantó y puso una mano en la tele portátil. No era una gran arma, pero algo de daño haría si se la arrojaba al primero que intentara colarse por la puerta. Había una repisa de madera, pero las tres habitaciones eran pequeñas y la barra era demasiado larga para manejarla con eficacia. También tenía su navaja del ejército suizo, pero no iba a cortar a nadie. No, a menos que tuv…

—¿Barbara? —era una voz de mujer—. ¿Barbie? ¿Estás ahí?

Apartó la mano de la tele y cruzó la cocina.

—¿Quién es? —pero mientras lo preguntaba reconoció la voz.

—Julia Shumway. Traigo un mensaje de alguien que quiere hablar contigo. Me ha dicho que te diga que Ken te envía un saludo.

Barbie abrió la puerta y la dejó pasar.

6

En la sala de plenos revestida de pino del sótano del ayuntamiento de Chester's Mill, el rugido del generador de la parte de atrás (un viejo Kelvinator) no era más que un débil zumbido. La mesa del centro de la sala era de hermoso arce rojo, pulido hasta conseguir un brillo intenso, de tres metros y medio de largo. Esa noche, la mayoría de las sillas que había alrededor estaban vacías. Los cuatro asistentes a lo que Gran Jim había bautizado como Reunión de Valoración del Estado de Emergencia se agrupaban a un extremo. Gran Jim, aunque no era más que el segundo concejal, ocupaba la cabecera de la mesa. Detrás de él había un mapa en el que se veía la forma de calcetín que tenía el pueblo.

Los presentes eran los concejales y Peter Randolph, jefe de policía en funciones. El único que tenía el aspecto de estar del todo despierto era Rennie. Randolph parecía aturdido y asustado. Andy Sanders estaba, por supuesto, conmocionado por su pérdida. Y Andrea Grinnell —una versión canosa y obesa de su hermana pequeña, Rose— simplemente parecía atontada. Eso no era nuevo.

Hacía cuatro o cinco años, una mañana de enero, Andrea resbaló en el hielo que había en el camino de entrada de su casa cuando iba hacia el buzón. Se dio un golpe lo bastante fuerte para fracturarse dos vértebras de la espalda (seguramente tener entre treinta y cuarenta kilos de sobrepeso no la ayudó). El doctor Haskell le prescribió un nuevo fármaco milagroso, OxyContin, para aliviarle lo que sin duda debía de ser un dolor insoportable. Y desde entonces seguía administrándoselo. Gracias a su buen amigo Andy, que llevaba la farmacia de la localidad, Gran Jim sabía que Andrea había empezado con cuarenta miligramos diarios y había ido subiendo las dosis hasta el absurdo de cuatrocientos miligramos. Aquello era información útil.

Gran Jim dijo:

—A causa de la enorme pérdida de Andy, esta reunión la presidiré yo, si nadie tiene inconveniente. Todos lo sentimos mucho, Andy.

—Por supuesto que sí, señor —dijo Randolph.

—Gracias —repuso Andy y, cuando Andrea apoyó brevemente su mano sobre la de él, los ojos se le llenaron de lágrimas otra vez.

—Bien, todos nos hemos hecho una idea de lo que ha sucedido aquí —dijo Gran Jim—, aunque en el pueblo nadie lo comprende todavía…

—Seguro que fuera del pueblo tampoco la entiende nadie —dijo Andrea.

Gran Jim se limitó a no hacerle caso.

—… y las autoridades militares no han creído oportuno ponerse en contaco con los funcionarios municipales electos.

—Hay problemas con los teléfonos, señor —dijo Randolph. Solía tutear a todos los que estaban allí (de hecho, consideraba a Gran Jim un amigo), pero en esa sala le parecía más sensato ceñirse al "señor" y "señora". Así lo hacía Perkins, y al menos en eso el viejo seguramente había acertado.

Gran Jim movió una mano como si espantara una mosca pesada.

—Alguien podría haberse acercado al lado de Motton o Tarker's y haber pedido que vinieran a buscarme, a buscarnos, pero nadie ha creído oportuno hacerlo.

—Señor, la situación sigue siendo muy… hummm… incierta.

—Seguro que sí, seguro que sí. Y seguramente por eso nadie nos ha puesto al corriente todavía. Podría ser, oh, sí, y rezo por que esa sea la explicación. Espero que todos hayan estado rezando.

Todos asintieron con diligencia.

—Pero ahora mismo… —Gran Jim miró en derredor con seriedad. Se sentía serio. Pero también se sentía pletórico. Y dispuesto. No le pareció imposible que su fotografía ocupara la portada de la revista *Time* antes de final de año. Un desastre (sobre todo un desastre desencadenado por los terroristas) no siempre era algo del todo malo. Sólo había que ver lo hecho por Rudy Giuliani—. Ahora mismo, dama y caballeros, creo que debemos enfrentarnos a la posibilidad muy real de haber quedado abandonados a nuestra suerte.

Andrea se tapó la boca con la mano. Sus ojos brillaban, ya fuera por miedo o por el exceso de medicación. Seguramente ambas cosas.

—¡Eso no puede ser, Jim!

—Esperemos lo mejor pero preparémonos para lo peor, eso es lo que dice siempre Claudette —Andy habló en un tono de meditación profunda—. Decía. Esta mañana me ha preparado un buen desayuno. Huevos revueltos y un poco de queso que había sobrado. ¡Madre mía!

Las lágrimas, que habían remitido, empezaron a manar de nuevo. Andrea volvió a ofrecerle la mano. Esta vez Andy se la tomó. *Andy y Andrea*, pensó Gran Jim, y una ligera sonrisa le arrugó la mitad inferior de su rostro rollizo. *Dos tontos gemelos.*

—Esperemos lo mejor pero planifiquemos para lo peor —dijo—. Qué buen consejo es ese. El peor de los casos, en nuestra situación, podría suponer días aislados del mundo exterior. O una semana. Puede que incluso un mes —en realidad no creía que tanto, pero se darían más prisa en hacer lo que él quería si los asustaba.

Andrea repitió:

—¡Eso no puede ser!

—No lo sabemos —repuso Gran Jim. Al menos ésa era la pura verdad—. ¿Cómo vamos a saberlo?

—Tal vez deberíamos cerrar el Food City —dijo Randolph—. Al menos por el momento. Si no lo hacemos, es probable que se llene como antes de una tormenta de nieve.

Rennie estaba molesto. Tenía un orden del día y ese punto aparecía en él, pero no era el primero.

—O tal vez no sea buena idea —dijo Randolph, leyendo la cara del segundo concejal.

—La verdad, Pete, es que no creo que sea buena idea —dijo Gran Jim—. Es el mismo principio por el que nunca se cierra un banco cuando la divisa escasea. Eso solo provocaría una avalancha.

—¿Estamos hablando de cerrar también los bancos? —preguntó Andy—. ¿Qué haremos con los cajeros automáticos? Hay uno en Brownie's, en la gasolinera, en mi farmacia, claro… —parecía perdido, pero entonces se animó—. Creo que incluso he visto uno en el centro de salud, aunque de ese no estoy del todo seguro…

Rennie se preguntó por un instante si Andrea no le habría dado al hombre alguna de sus pastillas.

—Sólo era una metáfora, Andy —mantenía un tono de voz comedido y amable. Eso era exactamente lo que podía esperarse cuando la gente se apartaba del orden del día—. En una situación como esta, la comida es dinero, por decirlo de algún modo. Lo que estoy diciendo es que debería abrir como de costumbre. Eso mantendrá a la gente tranquila.

—Ah —dijo Randolph. Eso lo había entendido—. Ya lo capto.

—Pero tendrás que hablar con el gerente del supermercado... ¿Cómo se llama? ¿Cade?

—Cale —dijo Randolph—. Jack Cale.

—También con Johnny Carver de la gasolinera, y... ¿quién demonios administra Brownie's desde que murió Dil Brown?

—Velma Winter —dijo Andrea—. Es de Fuera, pero es muy agradable.

Rennie se sintió satisfecho al ver que Randolph anotaba todos los nombres en su libreta de bolsillo.

—Diles a esas tres personas que la venta de cerveza y licor queda suspendida hasta nuevo aviso —su rostro se contrajo en una expresión de placer bastante terrorífica—. Y el Dipper's queda cerrado.

—A la gente no le va a gustar que se cierre la llave del alcohol —dijo Randolph—. Gente como Sam Verdreaux. —Verdreaux era el fracasado más notorio del pueblo, un ejemplo perfecto (en opinión de Gran Jim) de por qué nunca debería haberse revocado la Ley Seca.

—Sam y los de su calaña tendrán que aguantarse una vez que sus provisiones actuales de cerveza y brandy de café se hayan agotado. No podemos tener a la mitad de la ciudad emborrachándose como si fuese Fin de Año.

—¿Por qué no? —preguntó Andrea—. Agotarán las provisiones y así se acabará todo.

—¿Y si entretanto les da por organizar disturbios?

Andrea guardó silencio. No veía ningún motivo para que la gente se pusiera a organizar disturbios —no, si tenían comida—, pero discutir con Jim Rennie, según había descubierto, solía ser improductivo y siempre era agotador.

—Enviaré a un par de chicos para que hablen con ellos —dijo Randolph.

—Ve a hablar con Tommy y Willow Anderson personalmente —los Anderson administraban el Dipper's—. Pueden resultar problemáticos —bajó la voz—. Extremistas.

Randolph asintió.

—Extremistas izquierdosos. Tienen una foto del Tío Barack encima de la barra.

—Justamente eso —*y, no hacía falta decirlo, Duke Perkins dejaba que esos dos condenados hippies siguieran con sus bailecitos y su rock-and-roll a todo volumen y sus bebidas alcohólicas hasta la una de la madrugada. Los protegía. Y mira la de problemas que eso les ha supuesto a mi hijo y sus amigos.* Volteó hacia Andy Sanders—. Tú, además, tienes que guardar bajo llave todos los fármacos para los que se necesite receta. Bueno, los rociadores nasales, los ansiolíticos y esas cosas, no. Ya sabes a cuáles me refiero.

—Todo lo que la gente pueda usar para drogarse —dijo Andy— ya está guardado bajo llave —parecía incómodo con el giro que había dado la conversación.

Rennie sabía por qué, pero en ese preciso momento no le preocupaban sus diversas tentativas comerciales; tenían asuntos más acuciantes.

—Mejor tomar medidas adicionales, por si acaso.

Andrea parecía alarmada. Andy le dio unas palmaditas en la mano.

—No te preocupes —dijo—, tenemos suficiente para ocuparnos de los que lo necesitan de verdad.

Andrea le sonrió.

—Lo primordial es que este pueblo se mantenga sobrio hasta que termine la crisis —dijo Jim—. ¿Estamos de acuerdo? A ver esas manos.

Las manos se alzaron.

—Bien —dijo Rennie—, ¿puedo regresar al punto por el que quería empezar? —miró a Randolph, que extendió las manos en un gesto que decía a la vez "Adelante" y "Lo siento"—. Tenemos que reconocer que es probable que la gente se asuste. Y cuando la gente se asusta, puede convertirse en demonios, con o sin copas de más.

Andrea miró la consola que había a la derecha de Gran Jim: interruptores que controlaban el televisor, la radio AM/FM y el sistema de grabación integrado, una innovación que Gran Jim detestaba.

—¿Eso no debería estar encendido?

—No veo la necesidad.

El condenado sistema de grabación (reminiscencias de Richard Nixon) había sido idea de un medicucho entrometido llamado Eric Everett, un grano en el trasero de treinta y tantos años a quien en el pueblo conocían como "Rusty". Everett había soltado esa idiotez del sistema de grabación en la asamblea municipal de hacía dos años, presentándolo como un gran salto adelante. La propuesta resultó una sorpresa que no fue bien recibida por Rennie, quien rara vez se veía sorprendido, y menos por foráneos de la política.

Gran Jim había objetado que el coste sería prohibitivo. Esa táctica solía funcionar con los ahorrativos yanquis, pero esa vez no cuajó. Everett había presentado un presupuesto, proporcionado seguramente por Duke Perkins, en el que se recogía que el gobierno federal pagaría el ochenta por ciento. No Sé Qué Ayuda Para Desastres; una reliquia de los años de libre dispendio de Clinton. Rennie se había visto acorralado.

No era algo que sucediera a menudo, y no le gustaba, pero llevaba en política muchos más años que los que Eric "Rusty" Everett llevaba haciendo cosquillas en las próstatas, y sabía que existía una gran diferencia entre perder una batalla y perder la guerra.

—O, al menos, ¿no debería alguien estar tomando notas? —preguntó Andrea con timidez.

—Creo que será mejor que hablemos todo esto de manera informal, por el momento —dijo Gran Jim—. Sólo entre nosotros cuatro.

—Bueno… si tú lo dices…

—Dos pueden guardar un secreto si uno de ellos está muerto —dijo Andy en tono soñador.

—Así es, amigo —dijo Rennie, como si aquello tuviera algún sentido. Después giró de nuevo hacia Randolph—. Yo diría que nuestra principal preocupación… nuestra principal responsabilidad con este pueblo… es mantener el orden durante toda la crisis. Lo cual nos lleva a la policía.

—¡Exacto, maldición! —dijo Randolph con finura.

—Bueno, estoy seguro de que el jefe Perkins nos está mirando ahora desde el Cielo…

—Con mi mujer —dijo Andy—. Con Claudie —profirió un graznido mezclado con mocos del que Gran Jim podría haber prescindido. Aun así, le dio unas palmaditas en la mano que tenía libre.

—Eso es, Andy, los dos juntos, bañándose en la gloria de Jesús. Pero nosotros, aquí en la Tierra... Pete, ¿de qué efectivos puedes disponer?

Gran Jim ya conocía la respuesta. Conocía las respuestas a casi todas las preguntas que él mismo formulaba. Así la vida era más sencilla. La policía de Chester's Mill tenía en nómina a dieciocho oficiales, doce a tiempo completo y seis a media jornada (estos últimos de más de sesenta años, lo cual hacía que su servicio resultase fascinantemente barato). De esos dieciocho, estaba bastante seguro de que cinco de los de tiempo completo se encontraban fuera de la ciudad: o habían ido con sus mujeres y sus familias a ver el partido de futbol americano que jugaba ese día el equipo de la preparatoria, o habían asistido al simulacro de incendio de Castle Rock. Un sexto, el jefe Perkins, estaba muerto. Y aunque Rennie jamás hablaría mal de un difunto, estaba convencido de que al pueblo le iría mucho mejor con Perkins en el Cielo que allí abajo, intentando controlar un lío de tres pares de cajones que sobrepasaba sus limitadas capacidades.

—Les diré una cosa, amigos —dijo Randolph—, no tenemos mucho. Están Henry Morrison y Jackie Wettington, que respondieron conmigo al Código Tres inicial. También tenemos a Rupe Libby, Fred Denton y George Frederick... aunque está tan mal del asma que no sé si servirá de mucho. Tenía pensado pedir la jubilación anticipada a finales de este año.

—El bueno de George, pobre —dijo Andy—. Sobrevive a duras penas gracias al inhalador.

—Y, como saben, Marty Arsenault y Toby Whelan no están para muchos trotes en la actualidad. La única de medio tiempo a la que definiría como capaz es Linda Everett. Entre ese maldito simulacro de los bomberos y el partido de futbol, esto no podría haber sucedido en peor momento.

—¿Linda Everett? —preguntó Andrea, algo interesada—. ¿La mujer de Rusty?

—¡Buf! —Gran Jim solía decir "buf" cuando se enfadaba—. No es más que una oficial de tránsito con el ego crecido.

—Sí, señor —dijo Randolph—, pero el año pasado obtuvo su permiso en el campo de tiro del condado, en The Rock, y tiene arma de mano. No hay motivo para que no pueda llevarla encima y salir a patrullar. A lo mejor no de tiempo completo, los Everett tienen dos niñas, pero seguro que puede ser de utilidad. A fin de cuentas, esto es una crisis.

—Sin duda, sin duda.

Pero que le partiera un rayo si tenía que aguantar a Everett asomando por ahí como un muñeco de resorte cada vez que se diera la vuelta. En pocas palabras: no quería ver a la mujer de ese condenado en su primer equipo. Para empezar, todavía era demasiado joven, poco más de treinta años, y guapa como una tentación del demonio. Estaba convencido de que sería una mala influencia para los demás hombres. Las mujeres hermosas siempre lo eran. Ya tenían bastante con esa Wettington y sus senos mortales.

—Bueno —dijo Randolph—, eso solo son ocho de dieciocho.

—Te olvidas de contarte a ti mismo —dijo Andrea.

Randolph se dio un golpe en la frente con la base de la mano, como si intentara poner en marcha su cerebro.

—Ah, sí. Es verdad. Nueve.

—No basta —dijo Rennie—. Necesitamos reforzar los efectivos. Sólo temporalmente, ya saben, hasta que esta situación se solucione.

—¿En quién estaba pensando, señor? —preguntó Randolph.

—En mi chico, para empezar.

—¿Junior? —Andrea enarcó las cejas—. Ni siquiera tiene edad suficiente para votar... ¿o sí?

Gran Jim visualizó por un momento el cerebro de Andrea: quince por ciento de páginas web de compras favoritas, ochenta por ciento de receptores de estupefacientes, dos por ciento de memoria y tres por ciento de verdaderos procesos mentales. Aun así, era el material con el que tenía que trabajar. *Además*, recordó, *la estupidez de los compañeros de trabajo le hace a uno la vida más fácil.*

—De hecho tiene veintiún años. Veintidós en noviembre. Y, ya sea por suerte o por la gracia de Dios, ha vuelto de la universidad este fin de semana.

Peter Randolph sabía que Junior Rennie había vuelto de la universidad para siempre; lo había visto escrito en el bloc de notas que el difunto jefe de policía tenía junto al teléfono del despacho, aunque no tenía ni idea de cómo Duke había conseguido esa información ni de por qué la había creído lo bastante importante para anotarla. También había escrito otra cosa: "¿Problemas de conducta?".

De todas formas, seguramente no era momento de compartir esa información con Gran Jim.

Rennie seguía hablando, esta vez en el tono entusiasta propio de un presentador de concurso anunciando un premio especialmente jugoso en la Ronda Final.

—Y Junior tiene tres amigos que también serían adecuados: Frank DeLesseps, Melvin Searles y Carter Thibodeau.

Andrea parecía de nuevo algo inquieta.

—Hummm... ¿Esos chicos no son... los jóvenes... que participaron en ese altercado del Dipper's...?

Gran Jim le lanzó una sonrisa de ferocidad tan cordial que Andrea se encogió en su asiento.

—Ese asunto se ha exagerado mucho. Y lo desencadenó el alcohol, como la mayoría de los problemas. Además, el instigador fue ese tal Barbara. Por eso no se presentaron cargos. Así quedaron en paz. ¿O me equivoco, Pete?

—De ninguna manera —dijo Randolph, aunque se le veía muy incómodo.

—Todos esos chicos tienen como mínimo veintiún años, y me parece que Carter Thibodeau tiene incluso veintitrés.

Thibodeau tenía veintitrés, en efecto, y en los últimos tiempos había estado trabajando medio tiempo como mecánico en Gasolina & Alimentación Mill. Lo habían despedido de dos trabajos anteriores —por una cuestión de carácter, había oído decir Randolph—, pero en la gasolinera parecía haberse calmado. Johnny decía que nunca había tenido a nadie tan bueno con los tubos de escape y los sistemas eléctricos.

—Han cazado juntos, son buenos tiradores...

—Quiera Dios que no tengamos que comprobar eso —dijo Andrea.

—No vamos a disparar a nadie, Andrea, y nadie está diciendo que vayamos a convertir a esos chicos en policías verdaderos. Lo que digo es que necesitamos rellenar la plantilla de turnos, que está muy vacía, y deprisa. Así que, ¿qué te parece, jefe? Pueden patrullar hasta que la crisis haya pasado, y les pagaremos del fondo para contingencias.

A Randolph no le gustaba la idea de que Junior se paseara con un arma por las calles de Chester's Mill —Junior y sus posibles "problemas de conducta"—, pero tampoco le gustaba la idea de rebelarse contra Gran Jim. Además, a lo mejor sí que era buena idea tener a mano unos cuantos hombres de carrocería ancha. Aunque fueran jóvenes. No preveía problemas dentro del pueblo, pero podían ponerlos a controlar a la muchedumbre en las afueras, donde las carreteras principales se topaban con la barrera. Si la barrera seguía ahí. ¿Y si no? Problema resuelto.

Puso una sonrisa de jugador de equipo.

—¿Sabe? Me parece una gran idea, señor. Envíelos a la comisaría mañana, a eso de las diez...

—A las nueve sería mejor, Pete.

—Las nueve está bien —dijo Andy con su voz soñadora.

—¿Algo más que discutir? —preguntó Rennie.

No había nada que discutir. Andrea ponía cara de que quería decir algo pero no recordaba qué era.

—Entonces, planteo la pregunta —dijo Rennie—. ¿Le pedirá la Junta al jefe en funciones Randolph que acepte a Junior, Frank DeLesseps, Melvin Searles y Carter Thibodeau como ayudantes con salario base? ¿Y que su período de servicio dure hasta que esta dichosa locura se haya solucionado? Los que estén a favor, que lo hagan saber de la forma habitual.

Todos alzaron la mano.

—La medida queda aproba...

Lo interrumpieron dos estallidos que sonaron a disparos de pistola. Todos se sobresaltaron. Entonces se oyó una tercera detonación, y Rennie, que había trabajado con motores la mayor parte de su vida, comprendió lo que era.

—Tranquilos, amigos. No son más que falsas explosiones. El generador está carraspean...

El viejo motor tronó una cuarta vez, después murió. Las luces se apagaron y ellos quedaron sumidos durante unos instantes en una negrura estigia. Andrea gritó.

A su izquierda, Andy Sanders dijo:

—Dios bendito, Jim, el gas...

Rennie alargó la mano que tenía libre y agarró del brazo a Andy. Andy calló. Mientras Rennie aflojaba la mano, la luz volvió a ilu-

162

minar la alargada sala con revestimiento de pino. No la brillante luz del techo, sino las lucecitas de emergencia instaladas en las cuatro esquinas. Bajo su débil resplandor, los rostros tensos en el extremo norte de la mesa de plenos se veían amarillentos y varios años más viejos. Parecían asustados. Incluso Gran Jim Rennie parecía asustado.

—No pasa nada —dijo Randolph con una alegría que sonó más forzada que natural—. El tanque se ha agotado, nada más. Hay mucho gas en el almacén de suministros del pueblo.

Andy lanzó una mirada a Gran Jim. No fue más que un cambio de dirección de los ojos, pero a Rennie le pareció que Andrea lo había visto. Lo que acabara deduciendo de eso era otra cuestión.

Se le olvidará después de la siguiente dosis de Oxy, se dijo. *Antes de mañana, seguro.*

De momento, las provisiones de gas de la ciudad, o la falta de ellas, no le preocupaban demasiado. Ya se ocuparía de eso cuando hiciera falta.

—Bien, amigos, sé que están tan ansiosos como yo por salir de aquí, así que pasemos al siguiente punto del orden del día. Me parece que deberíamos ratificar oficialmente a Pete como jefe de policía por el momento.

—Sí, ¿por qué no? —preguntó Andy. Parecía cansado.

—Si no hay objeción —dijo Gran Jim—, realizo la propuesta.

Votaron lo que él quería que votaran.

Siempre lo hacían.

7

Junior estaba sentado en el peldaño de la puerta de la gran casa de los Rennie, en Mill Street, cuando las luces de la Hummer de su padre inundaron el camino de entrada. Junior estaba tranquilo. El dolor de cabeza no había regresado. Angie y Dodee estaban almacenadas en la despensa de los McCain, allí estarían bien… al menos por una temporada. El dinero que había robado volvía a estar en la caja fuerte de su padre. Llevaba un arma en el bolsillo: la 38 con empuñadura de nácar que su padre le había regalado cuando cumplió los dieciocho. Su padre y él no tardarían en hablar. Junior escucharía con atención lo que el Rey del Compre Sin Entrada tuviera que decir. Si presentía que su padre sabía lo que él, Junior, había hecho —no veía que eso fuera posible, pero su padre sabía muchas cosas—, lo mataría. Después de eso se encañonaría a sí mismo. Porque no habría escapatoria, esa noche no. Y seguramente tampoco al día siguiente. De vuelta a casa se había detenido en la plaza del pueblo y había escuchado las conversaciones que tenían lugar allí. Lo que decían era una locura, pero una enorme burbuja de luz al sur, y otra más pequeña al sudoeste, donde la 117 enfilaba hacia Castle Rock, sugerían que esa noche las locuras resultaban ser ciertas.

La puerta de la Hummer se abrió, se cerró con un ruido seco. Su padre caminó hacia él, el maletín chocaba contra uno de sus muslos. No parecía suspicaz, receloso ni enfadado. Se sentó al lado de Junior en el peldaño sin decir palabra. Después, en un gesto que tomó a su hijo completamente desprevenido, le puso una mano en el cuello y apretó con suavidad.

—¿Te has enterado? —preguntó.

—Algo he oído —repuso Junior—. Pero no lo entiendo.

—Nadie lo entiende. Me parece que nos esperan unos días duros hasta que todo esto se solucione. Así que tengo que preguntarte algo.

—¿Qué cosa? —la mano de Junior se cerró sobre la culata de la pistola.

—¿Están dispuestos a colaborar? ¿Tus amigos y tú? ¿Frankie? ¿Carter y el chico de los Searles?

Junior guardaba silencio, expectante. ¿De qué se trataba todo aquello?

—Peter Randolph está ejerciendo de jefe de policía. Va a necesitar a algunos hombres para cubrir los turnos. Hombres buenos. ¿Estás dispuesto a servir como ayudante hasta que este dichoso lío de tres pares de cajones haya pasado?

Junior sintió el impulso salvaje de gritar de risa. O de triunfo. O de ambas cosas. Seguía teniendo la mano de Gran Jim en la nuca. No apretaba. No pellizcaba. Casi… acariciaba.

Apartó la mano del arma de su bolsillo. Se le ocurrió que seguía en racha: la madre de todas las rachas.

164

Ese día había matado a dos chicas a las que conocía desde la infancia.

Al día siguiente sería policía municipal.

—Claro, papá —dijo—. Si nos necesitan, ahí estaremos —y por primera vez en cuatro años (puede que más), le dio un beso en la mejilla a su padre.

ORACIONES

1

Barbie y Julia Shumway no hablaron mucho; no había mucho que decir. Su coche, por lo que Barbie podía ver, era el único de la carretera, pero en cuanto dejaron atrás el pueblo vieron que había luz en las ventanas de casi todas las granjas. Allí, donde siempre había tareas de las que ocuparse y nadie confiaba del todo en la compañía eléctrica de Western Maine, casi todo el mundo tenía un generador. Cuando pasaron por delante de la torre de emisión de la WCIK, las dos luces rojas de lo alto brillaban como siempre. La cruz eléctrica que había delante del edificio del pequeño estudio radiofónico también estaba encendida: un esplendoroso faro blanco en la oscuridad. Por encima de ella, las estrellas derramaban en el cielo su habitual derroche, una interminable catarata de energía que no necesitaba ningún generador para alimentarse.

—Solía venir por aquí a pescar —dijo Barbie—. Es muy tranquilo.

—¿Había suerte?

—Mucha, aunque a veces el aire olía a los calzoncillos sucios de los dioses. A fertilizante o algo así. Nunca me atreví a comer lo que pescaba.

—A fertilizante no, a estupideces. También conocido como el olor de la superioridad moral.

—¿Cómo dices?

Señaló la oscura silueta de un campanario que tapaba las estrellas.

—La iglesia del Santo Cristo Redentor —dijo—. Son los dueños de la WCIK, la acabamos de pasar. Conocida también como Radio Jesús.

Barbie se encogió de hombros.

—Supongo que debo de haber visto el campanario. Y conozco la emisora. No hay forma de escapar de ella si vives por aquí y tienes una radio. ¿Fundamentalistas?

—A su lado los baptistas de línea dura parecen unos blandos. Yo, personalmente, voy a la Congregación. No soporto a Lester Coggins, detesto todo eso del "Ja, ja, tú vas a ir al infierno y nosotros no". Estilos diferentes para personas diferentes, supongo. Aunque es cierto que a menudo me he preguntado cómo pueden permitirse una emisora de radio de cincuenta mil vatios.

—¿Ofrendas de amor?

Julia resopló.

—A lo mejor debería preguntarle a Jim Rennie. Es diácono.

Conducía un elegante Prius Hybrid, un coche que Barbie jamás habría esperado en una acérrima republicana propietaria de un periódico (aunque suponía que sí hacía sentido en una miembro de la Primera Iglesia Congregacional). Pero era silencioso y la radio funcionaba. El único problema era que allí fuera, al oeste de la ciudad, la señal de la WCIK era tan potente que era lo único que se podía sintonizar en la FM. Y esa noche estaban retransmitiendo una mierda sagrada de acordeón que a Barbie le producía dolor de cabeza. Sonaba a música de polca tocada por una orquesta agonizante por culpa de la peste bubónica.

—Prueba con la AM, ¿quieres? —dijo ella.

Así lo hizo, pero solo dio con un parloteo de medianoche hasta que encontró una emisora deportiva casi al final de las frecuencias recibidas. Allí oyó que, antes del partido de *play-off* Red Sox-Mariners, en el Parque Fenway se había guardado un minuto de silencio por las víctimas de lo que el comentarista llamó "el evento del oeste de Maine".

—Evento —dijo Julia—. Un término de radio deportiva como ningún otro. Para eso, será mejor que la apagues.

Un kilómetro y medio más allá de la iglesia vieron un fulgor a través de los árboles. Tomaron una curva y salieron al resplandor de unos reflectores casi tan grandes como los típicos focos de noche de estreno de Hollywood. Dos apuntaban en dirección a ellos; otros dos estaban enfocados hacia arriba. Hasta el último bache de la carretera se destacaba en fuerte relieve. Los troncos de los abedules parecían estrechos fantasmas. Barbie se sentía como si estuvieran entrando en una película de cine negro de finales de los cuarenta.

—Para, para, para —dijo—. No te acerques más. Parece que ahí no haya nada, pero, hazme caso, sí lo hay. Seguramente arruinaría todo el circuito eléctrico de tu cochecito, si no algo más.

Julia detuvo el coche y bajaron. Por un momento se quedaron quietos delante del vehículo, mirando hacia la potente luz con los ojos entrecerrados. Julia alzó una mano para protegerse los ojos.

Estacionados al otro lado de los focos, nariz con nariz, había dos camiones militares con remolques cubiertos de lona parda. Incluso habían colocado cercas en la carretera por si acaso, con las patas sujetas por sacos de arena. Los motores rugían constantemente en la oscuridad; no solo un generador, sino varios. Barbie vio gruesos cables eléctricos que serpenteaban desde los focos y se adentraban en el bosque, donde había más luces que brillaban entre los árboles.

—Van a iluminar todo el perímetro —dijo, y giró un dedo en el aire, como cuando un árbitro silba un cuadrangular—. Luces alrededor de todo el pueblo, iluminando hacia el interior y hacia arriba.

—¿Por qué hacia arriba?

—Para advertir al tránsito aéreo que no se acerque. Es decir, si es que alguien consigue acercarse. Supongo que sobre todo les preocupa esta noche. Mañana ya habrán sellado el espacio aéreo de Mill recosiéndolo como una bolsa de dinero de Rico McPato.

En la oscuridad del otro lado de los focos, pero visibles a causa del reflejo de la luz, media docena de soldados armados, en posición de "descansen", les daban la espalda. Por muy silencioso que fuera el coche tenían que haberlo oído acercarse, pero ninguno de ellos hizo siquiera el amago de voltear a mirar.

Julia exclamó:

—¡Ey, amigos!

Nadie volteó. Barbie no esperaba que lo hicieran —mientras iban hacia allí, Julia le había explicado lo que Cox le había dicho—, pero tenía que intentarlo. Y, puesto que podía leer sus insignias, sabía qué era lo que podía intentar. A lo mejor el ejército era el director de esa función —que Cox estuviera involucrado así lo sugería—, pero esos hombres no eran del ejército.

—¡Ey, marines! —exclamó.

Nada. Barbie se acercó un poco más. Vio en el aire una oscura línea horizontal, por encima de la carretera, pero por el momento no le prestó atención. Estaba más interesado en los hombres que custodiaban la barrera. O la Cúpula. Shumway le había dicho que Cox la había llamado la Cúpula.

—Me sorprende ver en Estados Unidosa la Fuerza de Reconocimiento, muchachos —dijo, acercándose algo más—. Ese problemilla de Afganistán ya está resuelto, ¿verdad?

Nada. Se acercó más. La arenilla del suelo parecía hacer mucho ruido bajo sus pies.

—Una cantidad impresionante de mariquitas en la Fuerza de Reconocimiento, o eso me han dicho. La verdad es que me siento aliviado. Si esta situación fuese grave de verdad, habrían enviado a los Rangers.

—Buscapleitos —masculló uno de ellos.

No era mucho, pero Barbie se animó.

—Rompan filas, amigos; rompan filas y vamos a hablarlo.

Otra vez nada. Y estaba todo lo cerca que quería estar de la barrera (o de la Cúpula). No se le había puesto la carne de gallina y el cabello de la nuca no trataba de erizarse, pero sabía que aquella cosa estaba ahí. La sentía.

Y podía verla: esa línea que colgaba en el aire. No sabía de qué color sería a la luz del día, pero suponía que roja, el color del peligro. Era pintura en aerosol, y habría apostado el saldo entero de su cuenta bancaria (que en esos momentos era de poco más de cinco mil dólares) a que daba la vuelta a toda la barrera.

Como una banda en la manga de una camisa, pensó.

Cerró un puño y dio unos golpes en su lado de la línea, produciendo una vez más ese sonido de nudillos contra cristal. Uno de los marines se sobresaltó.

Julia empezó a decir:

—No estoy segura de que sea buena…

Barbie no le hizo caso. Estaba empezando a enfadarse. Parte de él llevaba todo el día esperando el momento de enfadarse, y allí tenía su oportunidad. Sabía que no serviría de nada estallar contra esos tipos —no eran más que soldaditos de plástico—, pero era difícil reprimirse.

—¡Ey, marines! Denle la mano a un hermano.

—Déjalo, amigo —aunque el que hablaba no volteó, Barbie supo que era el oficial al mando de esa pequeña pandilla feliz. Reconoció el tono, él mismo lo había usado. Muchas veces—. Tenemos órdenes, así que da tú una mano a los hermanos. En otro sitio, en otro lugar, estaría encantado de invitarte a una cerveza o de patearte el trasero. Pero no aquí, no esta noche. ¿Qué? ¿Qué dices?

—Digo que de acuerdo —contestó Barbie—. Pero, visto que estamos todos en el mismo bando, no tiene por qué gustarme —se giró hacia Julia—. ¿Tienes el teléfono?

Lo sacó.

—Deberías comprarte uno. Es un aparato muy útil.

—Ya tengo uno —dio Barbie—. Uno desechable que encontré de oferta en Best Buy. Casi nunca lo uso. Lo olvidé en el cajón cuando intenté escapar de la ciudad. No vi razón para no dejarlo allí esta noche.

Julia le alcanzó el suyo.

—Me temo que tendrás que marcar tú. Yo tengo trabajo que hacer —levantó la voz para que los soldados del otro lado de las luces deslumbrantes pudieran oírla—: Al fin y al cabo, soy la directora del periódico local y quiero sacar unas cuantas fotos. —Levantó la voz todavía un poco más—: Sobre todo de unos cuantos soldados dándole la espalda a un pueblo que está en apuros.

—Señora, preferiría que no lo hiciera —dijo el oficial al mando. Era un tipo corpulento de espaldas anchas.

—Impídamelo —lo retó ella.

—Me parece que sabe que no podemos hacerlo —repuso él—. En cuanto a lo de darles la espalda, son las órdenes que tenemos.

—Marine —dijo ella—, tome sus órdenes, enróllelas bien, agáchese y métaselas por donde el aire apesta.

En aquella luz resplandeciente, Barbie vio algo extraordinario: la boca de la mujer era una línea dura e implacable, y se le saltaban las lágrimas.

Mientras Barbie marcaba el número del extraño prefijo, ella empuñó la cámara y empezó a disparar. El *flash* no iluminaba mucho en comparación con los grandes focos alimentados por generador, pero Barbie vio que los soldados se estremecían cada vez que disparaba. *Seguro que esperan que no se les vea esa puta insignia*, pensó.

2

El coronel del ejército de Estados Unidos James O. Cox había dicho que estaría esperando con una mano sobre el teléfono a las diez y media. Barbie y Julia Shumway se habían retrasado un poco y Barbie no realizó la llamada hasta las diez cuarenta, pero la mano de Cox debía de haber permanecido justo ahí, porque el teléfono solo sonó una vez antes de que el antiguo jefe de Barbie dijera:

—Diga, Ken al habla.

Barbie seguía molesto, pero de todas formas rio.

—Sí, señor. Y yo sigo siendo la mujerzuela que siempre se queda con todo lo bueno.

Cox también rio, sin duda pensando que empezaban con el pie derecho.

—¿Cómo está, capitán Barbara?

—Señor, estoy bien, señor. Pero, con todo respeto, ahora soy solo Dale Barbara. Lo único que capitaneo últimamente son las parrillas y las freidoras del restaurante del pueblo, y no estoy de humor para charlas intrascendentes. Me siento desconcertado, señor, y, como estoy mirando las espaldas de una panda de marines buscapleitos que no quieren darse la vuelta y mirarme a los ojos, también estoy bastante enfadado, maldición.

—Comprendido. Y ahora es usted quien tiene que comprender una cosa. Si hubiera algo, cualquier cosa, que esos hombres pudieran hacer por ayudar o poner fin a esta situación, les estaría mirando la cara en lugar del trasero. ¿Me cree?

—Lo escucho, señor —lo cual no era exactamente una respuesta.

Julia seguía disparando. Barbie se trasladó al borde de la carretera. Desde su nueva posición podía ver una tienda de campaña más allá de los camiones. También podía ver lo que debía de haber sido un estacionamiento con más camiones. Los Marines estaban construyendo un campamento allí, y seguramente otros aún mayores en los puntos donde la 119 y la 117 abandonaban el pueblo. Aquello hacía pensar que iba para largo. El corazón le dio un vuelco.

—¿Está ahí la mujer del periódico? —preguntó Cox.

—Está aquí. Haciendo fotografías. Y, señor, transparencia completa: todo lo que me diga, yo se lo digo a ella. Ahora estoy de este lado.

Julia dejó lo que estaba haciendo durante el tiempo suficiente para dedicarle a Barbie una sonrisa.

—Comprendido, capitán.

—Señor, llamándome así no ganará ningún punto.

—Está bien, dejémoslo en Barbie. ¿Mejor así?

—Sí, señor.

—Respecto a cuánto decida publicar la señora… espero por el bien de la gente de su pequeña ciudad que sea lo bastante sensata para saber elegir.

—Yo diría que lo es.

—Y si envía fotografías por correo electrónico a cualquiera del exterior (a alguna de esas revistas de información general o al *New York Times*, por ejemplo), puede ocurrir que su línea de internet siga el mismo camino que las líneas fijas.

—Señor, eso es una porq…

—La decisión la tomarán mis superiores. Yo solo le informo.

Barbie suspiró.

—Se lo diré.

—¿Decirme qué? —preguntó Julia.

—Que si intentas difundir esas fotografías, el pueblo se quedará sin internet.

Julia hizo un gesto con la mano que Barbie no asociaba con bellas damas republicanas. Volvió a prestar atención al teléfono.

—¿Cuánto puede explicarme?

—Todo lo que sé —dijo Cox.

—Gracias, señor —aunque Barbie dudaba que Cox realmente fuera a decirlo todo. El ejército nunca explicaba todo lo que sabía. O creía que sabía.

—Lo llamamos la Cúpula —dijo Cox—, pero no es una Cúpula. Al menos no creemos que lo sea. Creemos que es una cápsula cuyo perímetro se adapta exactamente a los límites de la localidad. Y digo exactamente.

—¿Saben qué altura alcanza?

—Parece que el punto más alto está a catorce mil metros y pico. No sabemos si la cima es plana o redondeada. Por lo menos de momento.

Barbie no dijo nada. Estaba estupefacto.

—En cuanto a la profundidad... quién sabe. Lo único que podemos decir por ahora es que es de más de treinta metros. Esa es la profundidad actual de una excavación que estamos realizando en el límite entre Chester's Mill y el núcleo urbano del norte.

—El TR-90 —la voz de Barbie sonó apagada y apática a sus propios oídos.

—Como se llame. Aprovechamos una zanja de grava que ya bajaba hasta unos doce metros más o menos. He visto unas imágenes espectrográficas que son de no creerse. Largas capas de roca metamórfica han quedado partidas en dos. No hay espacio entre ellas, pero se ve un desplazamiento en la parte norte de la capa, que ha caído un poco. Hemos comprobado los registros sismográficos de la estación meteorológica de Portland, y bingo. Hubo una sacudida a las once cuarenta y cuatro de la mañana. Dos punto uno en la escala de Richter. O sea que fue entonces cuando ocurrió.

—Genial —dijo Barbie. Suponía que lo había dicho con sarcasmo, pero estaba demasiado asombrado y perplejo para estar seguro.

—Nada de todo esto es concluyente, pero sí convincente. Desde luego, la exploración acaba de empezar, pero ahora mismo parece que esa cosa va tanto hacia abajo como hacia arriba. Y, si hacia arriba alcanza catorce kilómetros...

—¿Cómo saben eso? ¿Por radar?

—Negativo, esa cosa no aparece en el radar. No hay forma de saber que está ahí hasta que la golpeas, o hasta que estás tan cerca que ya no puedes parar. El número de víctimas mortales desde que la cosa se levantó es sorprendentemente bajo, pero hay una barbaridad de pájaros muertos en todo el perímetro. Por dentro y por fuera.

—Lo sé. Los he visto —Julia ya había terminado con sus fotografías. Estaba de pie junto a él, escuchando la conversación al lado de Barbie—. Entonces, ¿cómo saben la altura que tiene? ¿Láseres?

—No, la atraviesan. Hemos usado misiles con ojivas falsas. Desde las cuatro de esta tarde están despegando F-15A en misión de combate desde Bangor. Me sorprende que no los haya oído.

—Puede que haya oído algo —dijo Barbie—. Pero tenía la cabeza ocupada con otras cosas —cosas como la avioneta. Y el camión maderero. Los muertos de la 117. Parte de ese número de víctimas sorprendentemente bajo.

—Rebotaban… y luego, a más de catorce mil metros, *bum*, para arriba y adiós muchas gracias. Entre usted y yo: me sorprende que no hayamos perdido a ningún piloto de combate.

—¿Ya han conseguido sobrevolarlo?

—Hace menos de dos horas. Misión cumplida.

—¿Quién ha hecho esto, coronel?

—No lo sabemos.

—¿Hemos sido nosotros? ¿Es esto un experimento que ha salido mal? O, que Dios nos asista, ¿alguna clase de prueba? Me debe la verdad. Le debe la verdad a este pueblo. La gente está cagada de miedo.

—Lo entiendo. Pero no hemos sido nosotros.

—Si hubiéramos sido nosotros, ¿lo sabría usted?

Cox dudó. Cuando volvió a hablar, lo hizo en voz más baja.

—En mi departamento tenemos buenas fuentes. Cuando alguien se echa un pedo en Seguridad Nacional, nosotros lo oímos. Y lo mismo pasa con el Grupo Nueve de Langley y un par de asuntillos más de los que usted nunca ha oído hablar.

Era posible que Cox estuviera diciéndole la verdad. Y también era posible que no. Al fin y al cabo, ese hombre era un animal de la profesión; si hubiera estado montando guardia allí, en la fría oscuridad otoñal, con el resto de los marines buscapleitos, también Cox les habría dado la espalda sin moverse. No le habría gustado, pero órdenes eran órdenes.

—¿Hay alguna posibilidad de que sea una especie de fenómeno natural? —preguntó Barbie.

—¿Que se adapta a la perfección a las fronteras trazadas por el hombre en toda una localidad? ¿A cada puto rincón y cada ranura? ¿Usted qué cree?

—Tenía que preguntarlo. ¿Es permeable? ¿Lo saben?

—El agua pasa —dijo Cox—. Al menos un poco.

—¿Cómo es posible? —Aunque él mismo había visto el extraño comportamiento del agua; tanto él como Gendron lo habían visto.

—No lo sabemos, ¿cómo vamos a saberlo? —Cox parecía exasperado—. Llevamos menos de doce horas trabajando en esto. Aquí la gente se está dando palmaditas en la espalda solo por calcular la altura que alcanza. Podríamos especular, pero de momento no lo sabemos.

—¿Y el aire?

—El aire lo atraviesa en mayor grado. Hemos instalado una estación de control donde su pueblo limita con… hummm… —Barbie oyó un ligero susurro de papeles— Harlow. Han llevado a cabo lo que llaman "espirometrías". Supongo que debe de medir la presión del aire saliente con el que es rechazado. En cualquier caso, el aire lo atraviesa, y con mucha más facilidad que el agua, pero de todas formas los científicos dicen que no del todo. Esto les va a arruinar la climatología de lo lindo, amigo, aunque nadie puede decir cuánto ni con qué consecuencias. Demonios, quizá convierta Chester's Mill en Palm Springs —rio sin muchas ganas.

—¿Partículas?

—No —dijo Cox—. Las partículas de materia no la atraviesan. Al menos eso creemos. Y le interesará saber que eso ocurre en ambas direcciones. Las partículas no entran, pero tampoco salen. Eso quiere decir que las emisiones de los automóviles…

—No se puede ir muy lejos en coche. Chester's Mill debe de tener unos seis kilómetros y medio de lado a lado en su punto más ancho. Y en diagonal… —miró a Julia.

—Once y poco, como máximo —añadió ella.

Cox dijo:

—No creemos que los contaminantes derivados del gasóleo para calefacción vayan a ser un gran problema. Estoy convencido de que en el pueblo todo el mundo tiene una bonita y cara caldera de gasóleo…, en Arabia Saudita últimamente los coches llevan calcomanías de "Yo Corazón Nueva Inglaterra" en los parachoques… Pero las calderas de gasóleo modernas necesitan electricidad para que les suministre una chispa constante. Sus reservas de combustible seguramente son buenas, teniendo en cuenta que la temporada de la calefacción doméstica aún no ha empezado, pero no creemos que les vaya a servir de mucho. A largo plazo, en lo que a contaminación respecta, eso puede ser bueno.

—¿Eso cree? Venga aquí cuando estemos a treinta bajo cero y el viento sople a... —se detuvo un instante—. ¿Soplará el viento?

—No lo sabemos —dijo Cox—. Pregúntemelo mañana y a lo mejor por lo menos tengo una teoría.

—Podemos quemar madera —dijo Julia—. Díselo.

—La señorita Shumway dice que podemos quemar madera.

—La gente debe tener cuidado con eso, capitán Barbara... Barbie. Seguro que tienen muchísima madera guardada y no necesitan electricidad para encenderla y mantenerla ardiendo, pero la madera produce ceniza. Demonios, produce cancerígenos.

—Aquí la temporada de la calefacción empieza... —Barbie miró a Julia.

—El quince de noviembre —dijo ella—. Más o menos.

—La señorita Shumway dice que a mediados de noviembre. Así que dígame que van a tener esto resuelto para entonces.

—Lo único que puedo decirle es que estamos trabajando en ello como locos. Lo cual me lleva al motivo de esta conversación. Los chicos listos, todos los que hemos conseguido reunir hasta ahora, coinciden en que nos enfrentamos a un campo de fuerza...

—Como en *Star Trick* —dijo Barbie—. Teletranspórtame, Snotty.

—¿Cómo dice?

—No importa. Continúe, señor.

—Todos coinciden en que un campo de fuerza no aparece así sin más. Algo, ya sea cerca de su campo de acción ya sea en el centro de él, tiene que generarlo. Nuestros chicos creen que lo más probable es que sea en el centro. "Como el mango de un paraguas", ha dicho uno de ellos.

—¿Cree que ha sido cosa de alguien de dentro?

—Creemos que es una posibilidad. Y resulta que tenemos a un soldado condecorado en el pueblo...

Exsoldado, pensó Barbie. *Y las condecoraciones acabaron en el golfo de México hace dieciocho meses.* Pero tenía la sensación de que acababan de prolongarle su período de servicio, le gustara o no. Prorrogado a petición del público, como suele decirse.

—... cuya especialidad en Iraq era destapar fábricas de bombas de Al-Qaeda. Destaparlas y cerrarlas.

Bueno. Básicamente nada más que otro generador. Pensó en todos los que Julia Shumway y él se habían encontrado de camino hasta allí, rugiendo en la oscuridad, suministrando calor y luz. Tragando gas para todo ello. Se dio cuenta de que el combustible y los acumuladores, más aún que los alimentos, se habían convertido en el nuevo patrón oro de Chester's Mill. De una cosa estaba seguro: la gente quemaría madera. Si llegaba el frío y el gas se acababa, quemarían muchísima. Madera noble, madera de coníferas, madera de desecho. Y al demonio los cancerígenos.

—No será como los generadores que funcionan en su parte del mundo esta noche —dijo Cox—. Algo capaz de producir esto… no sabemos cómo puede ser ni quién puede haber construido algo así.

—Pero el Tío Sammy lo quiere —dijo Barbie. Apretaba el teléfono con una fuerza que casi habría bastado para romperlo—. Esa acaba siendo la prioridad, ¿verdad, señor? Porque algo así podría cambiar el mundo. La gente de este pueblo es algo estrictamente secundario. Daños colaterales, de hecho.

—No nos pongamos melodramáticos —dijo Cox—. Nuestros intereses coinciden en este asunto. Encuentre el generador, si es que lo hay. Encuéntrelo como encontraba esas fábricas de bombas, y después ciérrelo. Problema resuelto.

—Si es que lo hay.

—Si es que lo hay, recibido. ¿Lo intentará?

—¿Tengo otra opción?

—No, que yo vea, pero yo soy militar de carrera. Para nosotros, el libre albedrío no es una opción.

—Ken, esto es un simulacro de incendio muy jodido.

Cox tardó en responder. Aunque la línea estaba en silencio (salvo por un tenue zumbido agudo que podía indicar que la conversación se estaba grabando), Barbie casi podía oírlo reflexionar. Entonces dijo:

—Es cierto, pero se sigue quedando usted con todo lo bueno, mujerzuela.

Barbie rio. No pudo evitarlo.

3

En el trayecto de vuelta, al pasar por la oscura silueta de la iglesia del Santo Cristo Redentor, volteó hacia Julia. Al resplandor de las luces del tablero, su rostro tenía un aspecto cansado y solemne.

—No te diré que mantengas en secreto nada de esto —dijo—, pero creo que deberías callarte una cosa.

—Ese generador que puede estar o no en el pueblo —apartó una mano del volante, estiró el brazo hacia atrás y acarició la cabeza de Horace como en busca de consuelo.

—Sí.

—Porque si hay un generador que produce un campo de energía y crea esa Cúpula de tu coronel, entonces hay alguien que lo ha puesto en marcha. Alguien de aquí.

—Cox no ha dicho eso, pero estoy seguro de que lo piensa.

—Me lo callaré. Y no enviaré fotografías por correo electrónico.

—Bien.

—De todas formas, tendrían que aparecer primero en el *Democrat*, maldita sea —Julia seguía acariciando al perro. A Barbie normalmente le ponía nervioso la gente que conducía con una sola mano, pero esa noche no. Tenían toda Little Bitch Road y la 119 para ellos solos—. Además, comprendo que a veces el bien común es más importante que un gran artículo. Al contrario que el *New York Times*.

—¡Muy buena! —dijo Barbie.

—Y, si encuentras el generador, no tendré que pasar muchos días comprando en el Food City. Detesto ese sitio —de pronto pareció sobresaltarse—. ¿Crees que estará abierto mañana?

—Yo diría que sí. La gente suele adaptarse lentamente a una nueva situación cuando la vieja cambia.

—Creo que será mejor que haga una buena compra semanal —dijo, pensativa.

—Si vas, saluda a Rose Twitchell. Seguramente la acompañará el fiel Anson Wheeler —al recordar los consejos que le había dado a Rose, rio y dijo—: Carne, carne, carne.

—¿Cómo dices?

—Si tienes un generador en casa...

—Claro que tengo, vivo encima del periódico. No es una casa sino un departamento muy agradable. El generador fue un gasto deducible —eso lo dijo con orgullo.

—Pues compra carne. Carne y comida enlatada, comida enlatada y carne.

Julia lo pensó. El centro del pueblo quedaba allí delante. Había muchas menos luces que de costumbre, pero aun así eran unas cuantas. *¿Hasta cuándo?*, se preguntó Barbie. Entonces Julia preguntó:

—¿Te ha dado tu coronel alguna idea sobre dónde encontrar ese generador?

—No —dijo Barbie—. Encontrar basura solía ser mi trabajo. Él lo sabe —calló un momento y luego añadió—: ¿Crees que puede haber algún contador Geiger en el pueblo?

—Sé que hay uno. En el sótano del ayuntamiento. En realidad supongo que tú lo llamarías subsótano. Allí hay un refugio nuclear.

—¡¿En serio?!

Ella rio.

—En serio, Sherlock. Escribí un reportaje sobre el asunto hace tres años. Pete Freeman hizo las fotografías. En el sótano hay una gran sala de plenos y una pequeña cocineta. El refugio queda medio tramo de escaleras por debajo de la cocina. Es de un tamaño considerable. Lo construyeron en los cincuenta, cuando los entendidos nos estaban todo el día encima, dando lata.

—*La hora final.*

—Sí, lo veo y subo a *Alas, Babylon*. Es un sitio bastante deprimente. Las fotos de Pete me recordaron el búnker del Führer justo antes del final. Hay una especie de despensa… estantes y estantes llenos de comida enlatada… y media docena de camastros. También el equipo suministrado por el gobierno. El contador Geiger, por ejemplo.

—La comida en lata debe de estar deliciosa después de cincuenta años.

—La verdad es que reponen las reservas a menudo. Incluso hay un pequeño generador que bajaron después del 11 de Septiembre. Si consultas las Actas Municipales verás una partida presupuestaria para el refugio cada cuatro años más o menos. Solía ser de

182

unos trescientos dólares. Ahora es de seiscientos. Ya tienes tu contador Geiger —lo miró un instante—. Desde luego, James Rennie considera que todo lo del ayuntamiento, desde el ático hasta el refugio nuclear, es de su propiedad, así que querrá saber para qué lo quieres.

—Gran Jim Rennie no va a saberlo —repuso él.

Ella lo aceptó sin ningún comentario.

—¿Quieres venir a las oficinas conmigo? ¿A ver el discurso del presidente mientras empiezo a montar la edición del periódico? Será un trabajo rápido y sucio, eso te lo aseguro. Un artículo, media docena de fotos para consumo local, ningún anuncio de las Rebajas de Otoño de Burpee's.

Barbie lo pensó. Al día siguiente iba a estar muy ocupado, no solo cocinando, sino haciendo preguntas. Empezando otra vez con su viejo trabajo, a la vieja usanza. Por otra parte, si volvía a su departamento encima de la farmacia, ¿conseguiría dormir?

—Bien. Seguramente no debería decirte esto, pero tengo unas aptitudes excelentes como chico para todo. También preparo un café estupendo.

—Caballero, queda usted aceptado —levantó la mano derecha del volante y Barbie y ella chocaron los cinco—. ¿Puedo hacerte otra pregunta? Quedará entre nosotros.

—Claro —dijo él.

—Ese generador de ciencia ficción… ¿crees que lo encontrarás?

Barbie lo estuvo pensando mientras ella se estacionaba junto a los ventanales de las oficinas del *Democrat*.

—No —dijo al cabo—. Eso sería demasiado fácil.

Julia suspiró y asintió. Después le apretó los dedos.

—¿Crees que ayudaría que rezáramos para conseguirlo?

—No hará ningún mal —dijo Barbie.

4

Sólo había dos iglesias en Chester's Mill el día de la Cúpula: ambas ofrecían servicios de la gama protestante (aunque de estilos muy diferentes). Los católicos iban a Nuestra Señora de las Aguas Serenas, en Motton, y aproximadamente la docena de judíos que vivían en el pueblo iban a la Congregación Beth Shalom de Castle Rock cuando necesitaban consuelo espiritual. En su día hubo también una iglesia Unitaria, pero murió por desuso a finales de los ochenta. De todas formas, todo el mundo coincidía en que había sido una especie de locura *hippy*. El edificio albergaba ahora a Libros Nuevos y Usados Mill.

Esa noche los dos reverendos de Chester's Mill estaban —usando una expresión que a Gran Jim le gustaba, "hincados de rodillas", pero su forma de dirigirse a sus fieles, su estado mental y sus expectativas eran muy diferentes.

La reverenda Piper Libby, que guiaba a su rebaño desde el púlpito de la Primera Iglesia Congregacional, ya no creía en Dios, aunque ese era un dato que no había compartido con sus congregantes. Lester Coggins, por otro lado, creía hasta el punto del martirio o la locura (dos palabras para designar una misma cosa, tal vez).

La reverenda Libby, que seguía llevando su ropa de casa —y que a sus cuarenta y cinco años seguía siendo lo bastante guapa para estar estupenda así vestida—, se arrodilló ante el altar en una oscuridad casi total (la Congregación no tenía generador), con Clover, su pastor alemán, recostado detrás de ella, el hocico apoyado en las patas y los ojos a media asta.

—Hola, Inexistencia —dijo Piper. Inexistencia era el nombre que le daba últimamente a Dios en privado. A principios de otoño había sido El Gran Quizá. Durante el verano había sido El Tal-Vez Omnipotente. Ese le gustaba; tenía cierta cadencia—. Ya sabes la situación en la que me encuentro... O deberías saberlo, te he dado bastante lata con todo ello... Pero no es por eso por lo que quiero hablar contigo esta noche, lo cual seguramente será un alivio para ti.

Suspiró.

—Aquí tenemos un gran problema, amigo mío. Espero que Tú lo entiendas, porque está claro que yo no. Pero ambos sabemos que mañana este sitio estará lleno de gente en busca de ayuda celestial ante el desastre.

La iglesia estaba en silencio, y el silencio también reinaba fuera. "Demasiado silencio", como decían en las películas antiguas. ¿Alguna vez se había oído tanto silencio en Chester's Mill un sábado por la noche? No había tránsito, y faltaba el martilleo del bajo del grupo que tocara ese fin de semana en el Dipper's (a los que siempre anunciaban como llegados ¡**DIRECTOS DESDE BOSTON!**).

—No voy a pedirte que me transmitas tu voluntad porque ya no estoy segura de que tengas de verdad una voluntad. Pero, por si al final resulta que sí existes (es una posibilidad, y me alegro mucho de admitirlo), por favor, ayúdame a decir algo útil. A dar esperanza, pero no en el Cielo, sino aquí abajo, en la Tierra. Porque...

No le sorprendió darse cuenta de que había comenzado a llorar. Últimamente sollozaba muy a menudo, aunque siempre en privado. La gente de Nueva Inglaterra desaprobaba las lágrimas en público de pastores y políticos.

Clover, al sentir su inquietud, aulló. Piper le ordenó que callara y luego giró otra vez hacia el altar. A menudo pensaba en la cruz que había allí como en la versión religiosa del escudo de Chevrolet, un logo que había sido creado porque un tipo lo había visto en el papel tapiz de una habitación de hotel de París hacía cien años y le había gustado. Si considerabas que esos símbolos eran divinos, seguramente estaba falto de juicio.

De todas formas, insistió.

—Porque, como sin duda sabrás, la Tierra es lo que tenemos. De lo que estamos seguros. Yo quiero ayudar a mi gente. Ese es mi trabajo, y sigo queriendo hacerlo. Suponiendo que existas y que te importe (son suposiciones poco sólidas, lo admito), ayúdame, por favor. Amén.

Se levantó. No llevaba linterna, pero no creyó que fuese a tener problemas para encontrar la salida con las espinillas intactas. Conocía aquel lugar paso a paso y obstáculo a obstáculo. Y también lo amaba. No se engañaba ni con su falta de fe ni con su testarudo amor por la idea misma.

—Vamos, Clove —dijo—. El presidente hablará dentro de media hora. La otra Gran Inexistencia. Podemos escucharlo en la radio del coche.

Clover la siguió con placidez, nada inquieto por cuestiones de fe.

5

En la Little Bitch Road (a la que los feligreses del Cristo Redentor llamaban siempre Número Tres) estaba teniendo lugar una escena mucho más dinámica y bajo relucientes luces eléctricas. La casa de culto de Lester Coggins poseía un generador tan nuevo que tenía todavía las etiquetas de envío pegadas en su reluciente costado naranja. Y tenía su propia cabaña, pintada también de naranja, junto al almacén situado detrás de la iglesia.

Lester era un hombre de cincuenta años en tan buena forma —gracias a su genética y a sus extenuantes esfuerzos por cuidar del templo de su cuerpo— que no aparentaba más de treinta y cinco (en ese aspecto, unas sensatas aplicaciones de Just For Men resultaban útiles). Esa noche solo vestía unos pantaloncillos deportivos con ORAL ROBERTS GOLDEN EAGLES estampado en la pernera derecha, y se le marcaban casi todos los músculos del cuerpo.

Durante los oficios (cinco cada semana), Lester rezaba con un extático trémolo de telepredicador evangelista, convirtiendo el nombre del Gran Amigo en algo que sonaba como si saliera de un pedal wah-wah: no "Dios", sino "¡DI-OH-OH-OH-OS!". En sus oraciones privadas, a veces adoptaba esa misma cadencia sin darse cuenta. Pero cuando estaba profundamente preocupado, cuando de verdad necesitaba consejo del Dios de Moisés y Abraham, del que viajaba como columna de humo en el día y como columna de fuego en la noche, Lester pronunciaba su parte de la conversación con un gruñido grave que lo hacía parecer un perro a punto de atacar a un intruso. Él no era consciente de eso porque en su vida no había nadie que lo oyera rezar. Piper Libby era una viuda que había perdido a su marido y a sus dos hijos pequeños en un accidente hacía tres años; Lester Coggins era un solterón que de adolescente había tenido pesadillas en las que se masturbaba y, al levantar la vista, veía a María Magdalena en la puerta de su habitación.

La iglesia era casi tan nueva como el generador y estaba construida con madera de arce rojo muy cara. También era sencilla, rayando en la austeridad. Tras la espalda desnuda de Lester, una triple hilera de bancos se extendía bajo un techo envigado. Delante de él se hallaba el púlpito: nada más que un atril con una Biblia y una gran cruz de secuoya colgada sobre un manto drapeado de regio púrpura. La galería del coro estaba arriba a la derecha, con instrumentos musicales —incluida la Stratocaster que el propio Lester tocaba a veces— agrupados en un extremo.

—Dios, escucha mi súplica —dijo Lester con su grave gruñido de "estoy rezando de verdad". En una mano aferraba un pesado trozo de cuerda en el que había hecho doce nudos, uno por cada discípulo. El noveno nudo (el que representaba a Judas) estaba pintado de negro—. Dios, escucha mi súplica, te lo ruego en nombre de Jesús, crucificado y resurrecto.

Empezó a latigarse la espalda con la cuerda, primero por encima del hombro izquierdo y después por encima del derecho, alzando y flexionando su brazo con soltura. Sus bíceps y deltoides, nada despreciables, comenzaron a manar sudor. Cuando golpeaba su piel, llena ya de cicatrices, la cuerda anudada producía el sonido de un sacudidor de alfombras. Lo había hecho muchas veces antes, pero nunca con tanta fuerza.

—¡Dios escucha mi súplica! ¡Dios escucha mi súplica! ¡Dios escucha mi súplica! ¡Dios escucha mi súplica!

Zas y zas y zas y zas. Un ardor como de fuego, como de ortigas. Se iba hundiendo por las autopistas y las sendas de sus miserables nervios humanos. Horrible y a la vez horriblemente placentero.

—Señor, en este pueblo hemos pecado y yo soy el mayor de los pecadores. Escuché a Jim Rennie y creí sus mentiras. Sí, creí, y este es el precio, y sucede ahora como sucedió antaño. No es uno solo quien paga el pecado de ese uno, sino muchos. Tu ira es lenta, pero cuando llega, tu ira es como las tormentas que arrasan un campo de trigo: aplastan no solo un tallo o una veintena, sino todos. He sembrado vientos y recojo tempestades, no solo para uno sino para muchos.

Había otros pecados y otros pecadores en Mill —lo sabía, no era tan inocente, maldecían y bailaban y fornicaban y tomaban drogas de las que él sabía demasiado—, y estaba claro que merecían ser castigados, ser flagelados, pero eso sucedía en todos los pueblos, sin duda, y aquel era el único que había sido designado para ese terrible acto de Dios.

Y aun así… aun así… ¿era posible que esa extraña maldición no hubiera sido causada por el pecado que él había cometido? Sí. Posible. Aunque no probable.

—Señor, necesito saber qué debo hacer. Me hallo en una encrucijada. Si tu voluntad es que mañana por la mañana me suba a este púlpito y confiese lo que ese hombre me contó… los pecados en los que hemos participado juntos, los pecados en los que he participado yo solo… entonces lo haré. Pero eso sería el final de mi sacerdocio, y me resulta difícil creer que sea esa tu voluntad en un momento tan crucial. Si tu voluntad es que espere… que espere a ver qué sucede a continuación… que espere y rece junto a mi rebaño para vernos libres de esta carga… entonces lo haré. Tu voluntad se cumplirá, Señor. Ahora y siempre.

Detuvo sus flagelaciones (sentía unos hilillos cálidos y reconfortantes que le corrían por la espalda desnuda; varios nudos de la cuerda habían empezado a teñirse de rojo) y alzó su rostro cubierto de lágrimas, hacia el techo envigado.

—Porque esta gente me necesita, Señor. Tú sabes que me necesitan, ahora más que nunca. Así que… si tu voluntad es que aparte este cáliz de mis labios… por favor, dame una señal.

Esperó. Y he aquí lo que Dios nuestro Señor le dijo a Lester Coggins:

—Te daré una señal. Ve a esa tu Biblia, tal como hacías cuando niño, después de esos sucios sueños tuyos.

—Ahora mismo —dijo Lester—. Ya mismo.

Se colgó la cuerda anudada al cuello, donde imprimió una herradura de sangre que le bajaba por los hombros y el pecho, después subió al púlpito; sangre se deslizaba por el surco de la columna y humedecía el resorte elástico de los pantalones.

En el púlpito, se colocó como para dar el sermón (aunque ni en sus peores pesadillas había soñado con predicar con tan escaso atuendo), cerró la Biblia que estaba allí abierta, luego cerró los ojos.

—Señor, hágase tu voluntad… Te lo ruego en el nombre de Tu Hijo, muerto en la cruz con deshonra y resurrecto con gloria.

Y el Señor dijo:

—Abre Mi Libro y mira qué ves.

Lester obedeció sus órdenes (con cuidado de no abrir la gran Biblia demasiado cerca de la mitad; aquel era un trabajo para el Antiguo Testamento como no había habido otro). Hundió el dedo en la página sin verla, después abrió los ojos y se inclinó a mirar. Era el vigésimo octavo capítulo del Deuteronomio, versículo veintiocho. Rezaba:

—"El Señor te herirá con locura, ceguera y turbación de espíritu."

La turbación de espíritu seguramente era algo bueno, pero en general aquello no resultaba alentador. Ni claro. Entonces el Señor le habló de nuevo, diciendo:

—No te detengas ahí, Lester.

Leyó el versículo veintinueve.

—"Y palparás a mediodía..."

"Sí, Señor, sí —suspiró, y siguió leyendo.

—"... como palpa el ciego en la oscuridad, y no serás prosperado en tus caminos; y no serás sino oprimido y robado todos los días, y no habrá quien te salve."

"¿Me quedaré ciego? —preguntó Lester, alzando ligeramente su voz ronca de rezo—. Oh, Dios, por favor, no hagas eso... aunque, si esa es tu voluntad...

El Señor volvió a dirigirse a él, diciendo:

—¿Es que hoy te has levantado tonto, Lester?

Abrió los ojos como platos. La voz de Dios, pero una de las frases preferidas de su madre. Un auténtico milagro.

—No, Señor, no.

—Pues vuelve a mirar. ¿Qué te estoy mostrando?

—Es algo sobre la locura. O la ceguera.

—¿Cuál de las dos consideras tú que podría ser?

Lester repasó los versículos. La única palabra que se repetía era "ciego".

—¿Es esa... Señor, es esa mi señal?

Y el Señor respondió, diciendo:

—En verdad lo es, pero no tu propia ceguera; pues ahora tus ojos ven con mayor claridad. Busca al ciego que ha caído en la locura. Cuando lo veas, debes decirle a tu congregación lo que Rennie ha estado obrando aquí, y cuál ha sido tu papel en ello. Ambos deberán explicarse. Hablaremos más de esto, pero de momento, Lester, ve a la cama. Estás poniendo el suelo perdido.

Lester obedeció, pero antes limpió las pequeñas salpicaduras de sangre que había dejado en la madera noble de detrás del púlpito. Lo hizo de rodillas. No rezó mientras trabajaba, pero sí meditó sobre los versículos. Se sentía mucho mejor.

Por el momento hablaría solo de forma general acerca de los pecados que podían haber hecho caer esa desconocida barrera entre Mill y el mundo exterior; pero buscaría la señal. Un hombre o una mujer ciegos que se hubieran vuelto locos, sí, en verdad.

6

Brenda Perkins escuchaba la WCIK porque a su marido le gustaba (o le había gustado), pero jamás habría puesto un pie dentro de la iglesia del Cristo Redentor. Ella era de la Congregación hasta la médula, y se ocupaba de que su marido la acompañara.

O se había ocupado. Howie solo entraría una vez más en la Congregación. Yacería allí recostado, sin saberlo, mientras Piper Libby pronunciaba su panegírico.

Brenda de pronto comprendió ese hecho, crudo e inmutable. Por primera vez desde que le habían dado la noticia, se soltó a llorar. A lo mejor porque en ese momento podía. En ese momento estaba sola.

En la televisión, el presidente —solemne y terriblemente viejo— estaba diciendo:

"Compatriotas, buscan respuestas. Y yo prometo ofrecerlas en cuanto las tenga. No habrá secretismo en esta cuestión. Lo que yo sepa sobre estos acontecimientos será lo que ustedes sabrán sobre ellos. Esa es mi solemne promesa…"

—Sí, véndeme la moto —dijo Brenda, y eso la hizo llorar aún con más ganas, porque esa era una de las frases preferidas de Howie.

Apagó la tele, después arrojó el control remoto al suelo. Le entraron ganas de pisotearlo y hacerlo pedazos, pero no lo hizo, sobre todo porque podía ver a Howie sacudiendo la cabeza y diciéndole que no fuera tonta.

Lo que hizo fue ir al pequeño estudio de su marido, con la intención de tocarlo de algún modo mientras su presencia allí todavía estuviese fresca. Necesitaba tocarlo. Fuera, en la parte de atrás, el generador seguía ronroneando. "Orondo y feliz", habría dicho Howie. A ella no le había gustado nada el gasto que había supuesto aquel aparato cuando Howie lo encargó después del 11-S ("Sólo por si acaso", le había dicho), pero ahora lamentaba hasta la última palabra crítica que había pronunciado al respecto. Echarlo de menos en la oscuridad habría sido aún más horrible, la soledad habría sido aún mayor.

En su escritorio no había nada más que su laptop, que estaba abierta. Como salvapantallas tenía una fotografía de un partido de la liga de beisbol infantil de hacía tiempo. Tanto Howie como Chip, que por entonces tenía once o doce años, vestían la camiseta verde de los Monarcas de la Farmacia de Sanders; la foto era del año en que Howie y Rusty Everett habían llevado al equipo de Sanders a la final estatal. Chip rodeaba con los brazos a su padre y Brenda los abrazaba a ambos. Un buen día. Pero frágil. Tan frágil como una copa de cristal. ¿Quién lo hubiera dicho en aquella época, cuando todavía podían estrecharse un poco más?

Aún no había conseguido contactar a Chip, y la idea de hacer esa llamada —suponiendo que fuera capaz de hacerla— la destrozaba por completo. Se arrodilló entre sollozos junto al escritorio de su marido. No entrelazó las manos, sino que unió palma con palma, como hacía de niña, arrodillada con su pijama de franela junto a la cama para recitar el mantra de "Dios bendiga a mamá, Dios bendiga a papá, Dios bendiga a mi pececito, que todavía no tiene nombre".

—Dios, soy Brenda. No quiero que me lo devuelvas… Bueno, sí, pero ya sé que eso no puedes hacerlo. Sólo dame fuerza para soportarlo, ¿quieres? Y me pregunto si quizá… No sé si será una blasfemia o no, seguramente lo es, pero me pregunto si podrías dejarlo hablar conmigo una vez más. O a lo mejor dejar que me toque una vez más, como ha hecho esta mañana.

Al pensarlo —los dedos de él sobre su piel a la luz del sol— lloró más fuerte.

—Ya sé que lo tuyo no son los espíritus… salvo, claro está, el Espíritu Santo… pero ¿y en un sueño? Sé que es mucho pedir, pero… ay, Dios, esta noche siento dentro un vacío enorme. No sabía que una persona pudiera albergar semejante vacío, y me da miedo caer en él. Si haces esto por mí, yo haré algo por ti. Lo único que tienes que hacer es pedírmelo. Por favor, Dios, solo una caricia. O una palabra. Aunque sea en un sueño —una inspiración profunda, llorosa—. Gracias. Hágase tu voluntad, desde luego. Me guste a mí o no —rio con debilidad—. Amén.

Abrió los ojos y se puso en pie agarrándose al escritorio para no caer. Una mano rozó la computadora y la pantalla se encendió al instante. Él siempre olvidaba apagarla, pero al menos la dejaba conectada para que no se le agotara la batería. Y tenía el escritorio mucho más ordenado que ella, siempre abarrotado de descargas y notitas electrónicas. En la computadora de Howie solo había tres carpetas ordenadamente dispuestas bajo el icono del disco duro: ACTUAL, donde guardaba los informes de las investigaciones abiertas; TRIBUNALES, donde guardaba una lista de quién (él incluido) tenía que ir a testificar, y dónde, y por qué. La tercera carpeta era RECTORÍA MORIN ST., donde guardaba todo lo que tuviera que ver con la casa. Se le ocurrió que si abría esa última a lo mejor encontraba algo sobre el generador; necesitaba informarse para poder mantenerlo en funcionamiento tanto tiempo como fuera posible. Henry Morrison, de la policía, seguramente estaría encantado de cambiarle el tanque de gas, pero ¿y si no tenía de repuesto? Si se daba el caso, compraría más en Burpee's o en la gasolinera antes de que se acabaran todas.

Puso el dedo en el botón del ratón, después se detuvo. En la pantalla había una cuarta carpeta acechando mucho más abajo, en la esquina de la izquierda. Nunca la había visto. Brenda intentó recordar la última vez que había echado un vistazo en el escritorio de esa computadora, pero no lo consiguió.

VADER, decía la carpeta.

Bueno, solo había una persona en el pueblo a quien Howie llamara Vader (de Darth Vader): Gran Jim Rennie.

Con curiosidad, movió el cursor hasta esa carpeta e hizo doble clic en ella, preguntándose si estaría protegida con una contraseña.

Lo estaba. Intentó con GATOS MONTESES, que era la que abría la carpeta de ACTUAL (Howie no se había molestado en proteger TRIBUNALES), y funcionó. En la carpeta había dos archivos. Uno tenía por nombre "Investigación abierta". El otro era un documento PDF titulado "Carta del FGEM". En la jerga de Howie, eso significaba Fiscal General del Estado de Maine. Hizo doble clic.

Brenda ojeó la carta del FG con creciente asombro mientras las lágrimas se le secaban en las mejillas. Lo primero en lo que se detuvo su mirada fue en el saludo: nada de "Estimado jefe Perkins", sino "Querido Duke".

Aunque la carta estaba redactada en argot legal y no en la jerga de Howie, había ciertas frases que saltaban a los ojos como si estuvieran escritas en negrita. **Malversación de bienes y servicios municipales** era la primera. **La implicación del concejal Sanders parece prácticamente segura** era la siguiente. Después, **Esta conducta criminal está más extendida y arraigada de lo que podíamos haber imaginado hace tres meses.**

Y cerca del final, con aspecto de estar escrito no solo en negrita sino en mayúsculas: **FABRICACIÓN Y VENTA DE ESTUPEFACIENTES ILEGALES.**

Parecía que sus oraciones habían sido respondidas, y de una forma completamente inesperada. Brenda se sentó en la silla de Howie, hizo clic sobre "Investigación abierta", dentro de VADER, y dejó que su difunto marido le hablara.

7

El presidente puso punto final a su discurso —generoso en consuelo, escaso en información— a las 00:21 de la noche. Rusty Everett estuvo viéndolo en la sala del tercer piso del hospital, comprobó los cuadros clínicos una última vez y se fue a casa. A lo largo de su carrera médica había vivido días en los que había terminado más cansado que ese, pero nunca se había sentido más desalentado ni preocupado por el futuro.

La casa estaba a oscuras. Linda y él habían hablado el año anterior (y el anterior) de comprar un generador, porque Chester's Mill siempre se quedaba sin electricidad cuatro o cinco días todos los inviernos, y normalmente un par de veces en verano; la compañía eléctrica de Western Maine no era el proveedor de servicios más confiable del mundo. La conclusión había sido que no podían permitírselo. Tal vez si Lin estuviera a tiempo completo en la policía... pero ninguno de los dos quería eso con las niñas todavía pequeñas.

Al menos tenemos una buena caldera y una montaña de leña. Si la necesitamos.

En la guantera había una linterna, pero cuando la encendió solo emitió un débil haz durante cinco segundos y luego se apagó. Rusty masculló una obscenidad y se recordó que al día siguiente tenía que hacer acopio de baterías... al día siguiente no, ese día, en ese momento. Suponiendo que las tiendas estuvieran abiertas.

Si después de doce años no soy capaz de moverme por aquí, es que soy un poco burro.

Sí, bueno. Sí que se sentía un poco burro esa noche. Y estaba claro que también olía a animal. A lo mejor una ducha antes de acostarse...

Pero no. No había luz, no había agua caliente.

Era una noche despejada y, aunque no había luna, sí había mil millones de estrellas encima de la casa, y tenían el mismo aspecto de siempre. A lo mejor allí arriba no había barrera. El presidente no había dicho nada al respecto, así que a lo mejor la gente que estaba al cargo de la investigación aún no lo sabía. Si Mill se encontraba en el fondo de un pozo recién creado en lugar de atrapado bajo una extraña campana de vidrio, a lo mejor habría solución. El gobierno podría lanzarles suministros por vía aérea. Seguro que si el país podía gastarse cientos de miles de millones en rescatar a empresas en apuros, también podría permitirse lanzar en paracaídas unos cuantos pastelitos prehorneados Pop-Tarts y un par de generadores.

Subió los escalones del porche mientras sacaba las llaves de casa, pero al llegar a la puerta vio algo colgando encima de la cerradura. Se inclinó para acercarse, entrecerrando los ojos, y sonrió. Era una minilinterna. En las Ofertas del Final del Verano de Burpee's, Linda había comprado seis por cinco billetes. En ese momento a él le había parecido un gasto tonto, aún recordaba haber pensado: *Las mujeres compran cosas en los saldos por la misma razón por la que los hombres escalan montañas: porque están ahí.*

Del extremo de la linterna colgaba una cadenilla metálica. Atado a ella había el cordón de uno de sus viejos tenis. Había una nota sujeta al cordón. La arrancó y enfocó la linterna hacia ella.

> Hola, cielo. Espero que estés bien. Las dos J por fin han caído rendidas para toda la noche. Estaban preocupadas e inquietas, pero al final se han quedado KO. Mañana estaré de servicio todo el día, y será <u>todo el día</u>, de 7 a 7, eso me ha dicho Peter Randolph (nuestro nuevo jefe, GRRR). Marta Edmunds me ha dicho que se puede quedar con las niñas, así que bendita sea Marta. Intenta no despertarme. (Aunque igual no estoy dormida.) Me temo que nos esperan días difíciles, pero intentaremos superarlo. En la despensa hay un montón de comida, gracias a Dios.
>
> Cariñín, sé que estás cansado, pero ¿sacarás a pasear a Audrey? Todavía hace "esos chillidos". ¿Puede ser que supiera que iba a pasar esto? Dicen que los perros pueden presentir los terremotos, así que a lo mejor...
>
> Judy y Jannie dicen que aman a su papá. Yo también.
>
> Ya encontraremos algún momento para hablar mañana, ¿verdad? Hablar y hacer balance.
>
> Estoy algo asustada.
>
>   LIN

Él también estaba asustado, y no le gustaba la idea de que su mujer tuviese que trabajar doce horas al día siguiente cuando él probablemente estaría haciendo un turno de dieciséis o más. Tampoco le gustaba que Judy y Janelle se pasaran un día entero con Marta cuando no había duda de que también ellas estaban asustadas.

Sin embargo, lo que menos le gustaba era la idea de tener que sacar a pasear a su golden retriever casi a la una de la madrugada. Pensó que era posible que la perra hubiera presentido la llegada de la barrera; sabía que los perros eran sensibles a muchos fenómenos inminentes, no solo a los terremotos. Pero en tal caso ya tendría que haber dejado de hacer lo que Linda y él llamaban "esos chillidos", ¿no? Los otros perros del pueblo habían estado callados como tumbas mientras él volvía a casa esa noche. Ni ladridos ni aullidos. Tampoco había oído a nadie más explicando que su perro hiciera "esos chillidos".

A lo mejor está dormida en la cama que tiene junto a la caldera, pensó mientras abría la puerta de la cocina.

Audrey no dormía. Enseguida se le acercó, no saltando de alegría como solía hacer —*¡Ya has vuelto! ¡Ya has vuelto! ¡Oh, gracias a Dios que has vuelto!*—, sino sigilosamente, casi a hurtadillas, con la cola escondida entre las patas, como si esperara un golpe (que nunca había recibido) en lugar de unas palmaditas en la cabeza. Y sí, otra vez estaba haciendo "esos chillidos". La verdad es que lo hacía desde antes de la barrera. Lo dejó durante un par de semanas y, cuando Rusty esperaba que hubiera pasado, empezó de nuevo, a veces flojito, a veces muy alto. Esa noche era muy alto... o a lo mejor solo lo parecía por la oscuridad que reinaba en la cocina, donde los indicadores digitales de la caldera y el microondas estaban apagados y la luz que Linda siempre le dejaba encendida sobre el fregadero no estaba iluminada.

—Ya te escuché, pequeña —dijo—. Vas a despertar a toda la casa.

Pero Audrey no paraba. Le daba suaves golpecitos con la cabeza en las rodillas y miraba hacia arriba a través del reluciente y estrecho haz de luz que él sostenía con la mano derecha. Habría jurado que era una mirada de súplica.

—Está bien —dijo—. Está bien, está bien. De paseo.

La correa colgaba de un gancho junto a la puerta de la despensa. Al ir por ella (colgándose la linterna al cuello por el cordón del tenis), Audrey se deslizó delante de él, más como un gato que como un perro. De no ser por la linterna, podría haberlo hecho caer y así coronar aquel día de porquería.

—Espera un minuto, solo un minuto, espera.

Pero ella le ladró y reculó.

—¡*Chis*! ¡Audrey, *chis*!

En lugar de callarse, la perra volvió a ladrar. Sonaba escandalosamente fuerte en la casa dormida. Rusty se sobresaltó y se echó atrás. Audrey salió disparada hacia delante, le agarró la pernera de los pantalones con los dientes y empezó a recular hacia el pasillo, intentando tirar de él.

196

Intrigado, Rusty se dejó llevar. Al ver que la seguía, Audrey lo soltó y corrió hacia la escalera. Subió dos peldaños, miró atrás y volvió a ladrar.

Arriba se encendió una luz, en su dormitorio.

—¿Rusty? —era Lin, con voz adormilada.

—Sí, soy yo —respondió él, hablando lo más bajo que podía—. En realidad es Audrey.

Siguió a la perra escalera arriba. En lugar de avanzar con su habitual trote entusiasta, Audrey no hacía más que mirar atrás. Para los que tienen perros, a veces las expresiones de sus animales resultan perfectamente claras, y lo que Rusty veía en ese momento era angustia. Audrey tenía las orejas gachas, la cola escondida todavía entre las patas. Si aquello eran "los chillidos", habían pasado a un nuevo nivel. Rusty de pronto se preguntó si no habría un intruso en la casa. La puerta de la cocina estaba cerrada, Lin no solía dejar ninguna puerta abierta cuando se quedaba sola con las niñas, pero…

Linda salió y se acercó hasta lo alto de la escalera anudándose una bata blanca. Audrey la vio y volvió a ladrar. Un ladrido de "no estorbes".

—¡Audi, basta ya! —dijo Lin, pero Audrey pasó corriendo junto a ella y le golpeó la pierna derecha con fuerza suficiente para empujarla contra la pared. Luego la golden retriever corrió por el pasillo hacia la habitación de las niñas, donde todo seguía en calma.

Lin sacó su propia minilinterna de un bolsillo de la bata.

—Cielos, pero ¿qué…?

—Creo que será mejor que vuelvas al dormitorio —dijo Rusty.

—¡De ninguna manera! —corrió por el pasillo por delante de él. El brillante haz de la pequeña linterna saltaba arriba y abajo.

Las niñas tenían siete y cinco años, y hacía poco que habían entrado en lo que Lin llamaba "la fase de intimidad femenina". Audrey llegó a la puerta de su habitación, se irguió sobre las patas traseras y empezó a arañar la puerta con las delanteras.

Rusty alcanzó a Lin justo cuando abría. Audrey entró de un salto, sin mirar siquiera la cama de Judy. De todos modos, la pequeña de cinco años dormía profundamente.

Janelle no estaba dormida. Tampoco estaba despierta. Rusty lo comprendió todo en cuanto los dos haces de las linternas convergieron sobre ella, y se maldijo por no haberse dado cuenta antes de lo que estaba sucediendo, de lo que debía de haber estado sucediendo desde agosto, o quizá incluso desde julio. Porque el comportamiento de Audrey —"esos chillidos"— estaba bien fundado. Rusty sencillamente no había sabido ver la verdad a pesar de tenerla delante de las narices.

Janelle, con los ojos abiertos pero enseñando solo lo blanco, no tenía convulsiones —gracias a Dios—, pero le temblaba todo el cuerpo. Se había destapado, seguramente al empezar todo, y en el doble haz de las linternas su padre vio una mancha de humedad en los pantalones del pijama. Las puntas de sus dedos se movían como si estuviera calentando para tocar el piano.

Audrey se sentó junto a la cama, miraba a su pequeña ama con absorta atención.

—¿Qué le está pasando? —gritó Linda.

En la otra cama, Judy se movió y habló.

—¿Mamá? ¿Ya es el deyasuno? ¿He perdido el autobús?

—Está sufriendo un ataque —dijo Rusty.

—¡Pues ayúdala! —gritó Linda—. ¡Haz algo! ¿Se está muriendo?

—No —dijo Rusty.

La parte de su cerebro que seguía siendo analítica sabía que aquello era casi con toda seguridad un *petit mal*, como debían de haberlo sido los otros, porque de otro modo se habrían dado cuenta antes. Sin embargo, la cosa cambiaba cuando le pasaba a uno de los tuyos.

Judy se sentó de golpe en la cama, muy erguida, esparciendo animales de peluche por todas partes. Tenía los ojos abiertos y aterrorizados, y no la consoló mucho que Linda la arrancara de las sábanas y le apretara las manos entre las de ella.

—¡Ayúdala! ¡Ayúdale, Rusty!

Si era un *petit mal*, se detendría solo.

Por favor, Dios, haz que se detenga solo, pensó.

Puso las manos a ambos lados de la cabeza temblorosa y vibrante de Jan e intentó volverla hacia arriba para asegurarse de que tenía las vías respiratorias despejadas. Al principio no lo consiguió…

esa maldita almohada de espuma se lo impedía. La tiró al suelo. Al caer golpeó a Audrey, pero la perra ni se movió, siguió allí con la mirada fija.

Rusty logró entonces inclinar la cabeza de Jannie un poco hacia atrás y por fin la oyó respirar. No era una respiración rápida; tampoco se oían ásperas inspiraciones por falta de oxígeno.

—Mamá, ¿qué le pasa a Jan-Jan? —preguntó Judy, echándose a llorar—. ¿Se ha vuelto loca? ¿Está enferma?

—No está loca y solo está un poco malita —Rusty se sorprendió de lo calmado que había sonado—. ¿Por qué no bajas con mamá al…?

—¡No! —gritaron las dos a la vez, en una perfecta armonía a dos voces.

—Bien —repuso él—, pero tienen que guardar silencio. No la asusten cuando se despierte, porque es muy probable que ya esté muy asustada.

"Un poquito asustada —se corrigió—. Audi, buena chica. Has sido muy, pero que muy buena chica.

Semejantes halagos solían llevar a Audrey a un paroxismo de júbilo, pero esa noche no. Ni siquiera meneó la cola. Entonces, de súbito, la golden retriever soltó un pequeño ladrido y se acostó, apoyando la nariz sobre una pata. Segundos después, Jan dejó de temblar y cerró los ojos.

—Vamos… —dijo Rusty.

—¿Qué? —Linda estaba sentada en el borde de la cama de Judy con la niña en el regazo—. ¡¿Qué?!

—Ya pasó —dijo Rusty.

Pero no era verdad. No del todo. Cuando Jannie abrió los ojos otra vez, volvían a estar en su sitio, pero no lo veían.

—¡La Gran Calabaza! —exclamó Janelle—. ¡Es culpa de la Gran Calabaza! ¡Tienes que detener a la Gran Calabaza!

Rusty la zarandeó un poco.

—Estabas soñando, Jannie. Supongo que era una pesadilla, pero ya terminó y estás bien.

Aún tardó un momento en volver del todo en sí, aunque movía los ojos y él sabía que por fin lo veía y lo oía.

—¡Que se acabe ya Halloween, papá! ¡Tienes que detener el Halloween!

—Bien, cariño, lo haré. Halloween queda cancelado. Del todo.

La niña parpadeó, después alzó una mano para apartarse los mechones de cabello sudoroso de la frente.

—¿Qué? ¿Por qué? ¡Yo me iba a disfrazar de la princesa Leia! ¿Es que todo tiene que salirme mal en la vida? —comenzó a llorar.

Linda se acercó —Judy correteó tras ella, agarrándose a la bata de su madre— y abrazó a Janelle.

—Claro que podrás disfrazarte de princesa Leia, tesorito, te lo prometo.

Jan miraba a sus padres con desconcierto, recelo y cada vez más miedo.

—¿Qué hacen ustedes aquí? Y ¿por qué está ella levantada? —señalaba a Judy.

—Te has orinado en la cama —dijo Judy con petulancia y, cuando Jan se dio cuenta (se dio cuenta y lloró con más ganas), Rusty tuvo que frenar el impulso de darle a Judy una buena bofetada. Normalmente se sentía un padre bastante progresista (sobre todo en comparación con los padres que a veces acudían al centro de salud arrastrando a sus niños con un brazo roto o un ojo morado), pero esa noche no.

—No importa —dijo Rusty, abrazando a Jan con fuerza—. No ha sido culpa tuya. Has tenido un problemita, pero ahora ya ha pasado.

—¿Tendrá que ir al hospital? —preguntó Linda.

—Sólo al centro de salud, pero esta noche no. Mañana por la mañana. Mañana la curaré con el medicamento adecuado.

—¡INYECCIONES NO! —gritó Jannie, y lloró aún más fuerte. A Rusty le encantó ese sonido. Era un sonido sano. Fuerte.

—Inyecciones no, cariño. Pastillas.

—¿Estás seguro? —preguntó Linda.

Rusty miró a su perra, que estaba apaciblemente recostada con el hocico sobre una pata, ajena a todo aquel drama.

—Audrey está segura —dijo—. Pero será mejor que esta noche duerma aquí con las niñas.

—¡Bien! —exclamó Judy. Se arrodilló y abrazó a Audi con desmesura.

Rusty rodeó a su mujer con un brazo. Ella apoyó la cabeza sobre su hombro, como si estuviera demasiado cansada para sostenerla más tiempo en alto.

—¿Por qué ahora? —preguntó—. ¿Por qué ahora?

—No lo sé. Tú da gracias por que no haya sido más que un *petit mal*.

En ese sentido, sus oraciones habían sido escuchadas.

LOCURA, CEGUERA, TURBACIÓN DE ESPÍRITU

Joe "el Espantapájaros" no se levantó temprano; estuvo levantado hasta tarde. Toda la noche, en realidad.

Estamos hablando de Joseph McClatchey, de trece años de edad, también conocido como el Rey de los Nerds y Skeletor, residente en el 19 de Mill Street. Con su uno noventa de altura y sus sesenta y ocho kilos de peso, era, efectivamente, esquelético. Además, era un auténtico cerebrito. Joe seguía en octavo solo porque sus padres estaban rotundamente en contra de la práctica de "adelantar la escuela".

A Joe no le importaba. Sus amigos (para ser un genio enclenque de trece años, tenía una cantidad sorprendente de amigos) estaban allí. Además, la tarea era muy sencilla y había un montón de computadoras con las que pasar el rato; en Maine, todos los alumnos de secundaria tenían uno. Algunas de las mejores páginas web estaban bloqueadas, por supuesto, pero Joe no había tardado mucho en conseguir librarse de esas insignificantes molestias. Estaba encantado de compartir la información con sus colegas, dos de los cuales eran esos intrépidos destrozatablas de Norrie Calvert y Benny Drake. (Benny disfrutaba sobre todo recorriendo la página de Rubias de Pantaletas Blancas durante su sesión diaria de biblioteca.) Esos actos de generosidad explicaban sin duda parte de la popularidad de Joe, pero no toda; los muchachos creían que era genial. El parche que llevaba en la mochila seguramente era lo que más se acercaba a explicar el porqué. Decía **ABAJO EL SISTEMA**.

Joe era un alumno del todo sobresaliente, un poste digno de confianza y a veces brillante del equipo de basquetbol de la escuela (¡un jugador de séptimo!) y un futbolista de miedo. Sabía hacerles cosquillas a las teclas del piano y dos años antes había ganado el segundo premio del Concurso Municipal de Talentos Navideños anual con una hilarante y despreocupada coreografía de "Redneck Woman" de Gretchen Wilson. Consiguió que todos los adultos presentes aplaudieran y se carcajearan. Lissa Jamieson, encargada de la biblioteca municipal, dijo que el chico podría ganarse la vida con eso si le apetecía, pero ser un Napoleón Dinamita de mayor no era la ambición de Joe.

"Estaba arreglado", había dicho Sam McClatchey, toqueteando con tristeza la medalla del segundo puesto de su hijo. Probablemente era verdad; el ganador de ese año había sido Dougie Twitchell, que casualmente era el hermano de la tercera concejala. Twitch había hecho malabarismos con una docena de pinos mientras cantaba "Moon River".

A Joe no le importaba si lo habían arreglado o no. Había perdido el interés en el baile igual que perdía el interés en la mayoría de las cosas en cuanto las dominaba hasta cierto punto. Incluso su amor por el basquetbol, que como alumno de quinto grado había supuesto que sería eterno, empezaba a desvanecerse.

Sólo su pasión por internet, esa galaxia electrónica de posibilidades infinitas, parecía no pesarle.

Su mayor ambición, que ni siquiera sus padres conocían, era llegar a ser presidente de Estados Unidos. *A lo mejor*, pensaba a veces, *hago el número de Napoleón Dinamita en mi toma de protesta. Esa actuación estaría en YouTube toda la eternidad.*

La primera noche de la Cúpula, Joe la pasó toda entera en internet. Los McClatchey no tenían generador, pero la computadora portátil de Joe estaba cargada y lista para la acción. Además, disponía de media docena de baterías de repuesto. Había animado a los otros siete u ocho niños de su informal club de informática a que también tuvieran repuestos a mano, y sabía dónde había más si los necesitaba. Tal vez no hicieran falta; la escuela tenía un generador enorme y creía que podría recargar allí sin problema. Aunque acabaran cerrando la escuela, el señor Allnut, el conserje, seguro que le ayudaría; el señor Allnut también era un asiduo de rubiasdepantaletasblancas.com. Por no hablar de las descargas de música country que Joe "el Espantapájaros" le conseguía gratis.

Esa primera noche, Joe estuvo a punto de fundir su conexión wifi yendo de blog en blog con la acrobática agilidad de un sapo saltando sobre rocas calientes. Cada blog era más funesto que el anterior. Los hechos escaseaban; proliferaban las teorías conspirativas. Joe estaba de acuerdo con sus padres, que llamaban "los dementes del gorro de papel aluminio" a los seguidores de las teorías de la conspiración más estrafalarias que vivían en (y para) internet, pero él también creía en la idea de que si estás viendo un montón de estiércol tiene que haber un poni cerca.

Cuando el día de la Cúpula se convirtió en el día Dos, todos los blogs insinuaban lo mismo: el poni en este caso no eran terroristas, ni invasores del espacio ni el Gran Cthulhu, sino el viejo complejo militar-industrial de toda la vida. Los detalles variaban de una página a otra, pero había tres teorías básicas que estaban en todas. Una era que la Cúpula era una especie de experimento cruel que utilizaba a los habitantes de Chester's Mill como conejillos de Indias. Otra decía que era un experimento que había salido mal y estaba fuera de control ("Exactamente igual que en la película Sobre-natural", escribía un bloguero). Una tercera teoría decía que no era ni mucho menos un experimento, sino un pretexto creado con frialdad para justificar una guerra con los enemigos declarados de Estados Unidos. "¡Y GANAREMOS!", escribía yaDeciaYo87. "¿Porque con esta nueva arma QUIÉN SE NOS VA A RESISTIR? Amigos, NOS HEMOS CONVERTIDO EN LOS PATRIOTAS DE NUEVA INGLATERRA DE LAS NACIONES!!!!"

Joe no sabía cuál de esas teorías era la verdadera, si es que alguna lo era. En realidad no le importaba. Lo que le importaba era su común denominador: el gobierno.

Había llegado la hora de organizar una manifestación, y la encabezaría él, faltaría más. Dentro de la ciudad no, sino en la carretera 119, donde más daño podían hacerle directamente al opresor. Al principio tal vez solo serían los chicos de Joe, pero la cosa crecería. No le cabía ninguna duda. El opresor seguramente seguiría manteniendo a distancia a la prensa acreditada, pero, aun a sus trece años de edad, Joe era lo bastante listo para saber que eso no tenía importancia. Porque había personas dentro de esos uniformes, y cerebros pensantes detrás de esos rostros inexpresivos, por lo menos de algunos. La presencia militar en bloque podía dar forma al opresor, pero habría individuos escondidos dentro de ese bloque, y algunos de ellos serían blogueros secretos. Ellos harían correr la voz, y algunos seguramente acompañarían sus informes con fotografías hechas con la cámara de sus teléfonos: Joe McClatchey y sus amigos sosteniendo carteles que dirían BASTA DE SECRETISMO, DETENGAN EL EXPERIMENTO, LIBERTAD PARA CHESTER'S MILL, etcétera, etcétera.

—También tengo que repartir carteles por el pueblo —murmuró.

Pero eso no sería ningún problema. Todos sus chicos tenían impresora. Y bicis.

Joe "el Espantapájaros" empezó a enviar correos electrónicos con las primeras luces del alba. Pronto haría la ronda con su bicicleta y reclutaría a Benny Drake para que lo ayudara. A lo mejor también a Norrie Calvert. Los miembros de la pandilla de Joe solían levantarse tarde el fin de semana, pero Joe pensó que en el pueblo todo el mundo se levantaría temprano esa mañana. Estaba claro que el opresor no tardaría en cortar el acceso a internet, como había hecho con los teléfonos, pero de momento era el arma de Joe, el arma de la gente.

Había llegado la hora de hacer caer el sistema.

2

—Amigos, levanten las manos —dijo Peter Randolph.

De pie ante sus nuevos reclutas, estaba cansado y tenía ojeras, pero al mismo tiempo sentía una especie de felicidad macabra. La patrulla verde del jefe estaba en su lugar, con el depósito lleno y listo para la acción. Ahora era suyo.

Los nuevos reclutas —Randolph había pensado llamarlos Ayudantes Especiales en su informe oficial para los concejales— alzaron las manos obedientemente. Eran cinco, y uno no era un "amigo" sino una joven robusta que se llamaba Georgia Roux. Era peluquera desempleada y novia de Carter Thibodeau. Junior le había sugerido a su padre que probablemente sería bueno incluir a una mujer para tener a todo el mundo contento, y Gran Jim accedió de inmediato. Al principio Randolph se había resistido a la idea, pero cuando Gran Jim agasajó al nuevo jefe con su sonrisa más feroz, Randolph cedió.

Además, mientras les tomaba juramento (bajo la mirada de parte de sus fuerzas regulares en calidad de público), tuvo que admitir para sí que realmente parecían bastante duros. Junior había perdido algunos kilos durante ese verano y ya estaba bastante lejos del peso que había tenido como defensa en preparatoria, pero todavía debía de llegar a los ochenta y cinco, y los demás, incluso la chica, eran auténticos mastodontes.

Estaban allí de pie, repitiendo las palabras que él decía, frase por frase: Junior en el extremo izquierdo, al lado de su amigo Frankie DeLesseps; después Thibodeau y la tal Roux; Melvin Searles el último. Searles lucía una sonrisa distraída, como si estuviera en la feria del condado. Randolph le habría borrado esa basura de la cara en un chasquido si hubiera tenido tres semanas para entrenar a esos chicos (incluso una, maldición), pero no las tenía.

Lo único en lo que no había cedido ante Gran Jim fue en lo referente a las armas. Rennie había argumentado a su favor, insistiendo en que eran "unos jóvenes muy equilibrados y temerosos de Dios" y diciendo que él mismo estaría encantado de proporcionárselas, en caso de que fuera necesario.

Randolph había negado con la cabeza.

—La situación es demasiado inestable. Veamos primero qué tal se defienden.

—Si alguno de ellos acaba herido mientras tú ves qué tal se defienden...

—Nadie va a acabar herido, Gran Jim —dijo Randolph, esperando no equivocarse—. Esto es Chester's Mill. Si fuera Nueva York, a lo mejor las cosas serían diferentes.

3

Entonces Randolph dijo:

—Y protegeré y serviré lo mejor que pueda a los habitantes de este pueblo.

Ellos lo repitieron con tanta dulzura como los alumnos de catequesis el día de la visita de los padres. Hasta Searles, distraído y risueño, lo dijo bien. Y tenían buena planta. No iban armados —todavía—, pero al menos llevaban *walkie-talkies*. También macanas.

Stacey Moggin (que también iba a hacer un turno completo de patrulla) había conseguido camisas de uniforme para todos menos para Carter Thibodeau. No había encontrado nada que le quedara porque el chico tenía los hombros demasiado anchos, pero la sencilla camisa de trabajo azul que había traído de casa no estaba mal. No era reglamentaria, pero estaba limpia. Y la placa plateada que llevaba sobre el bolsillo izquierdo transmitía el mensaje que debía transmitir.

Tal vez aquello funcionara.

—Con la ayuda de Dios —dijo Randolph.

—Con la ayuda de Dios —repitieron todos.

Randolph vio con el rabillo del ojo cómo se abría la puerta. Era Gran Jim. Se unió a Henry Morrison, al jadeante George Frederick, a Fred Denton y a la recelosa Jackie Wettington al fondo de la sala. Rennie había ido para ver jurar a su hijo, Randolph lo sabía. Y, puesto que todavía se sentía incómodo por haberse opuesto a que los nuevos hombres llevasen armas (negarle cualquier cosa a Gran Jim iba en contra de la naturaleza políticamente acomodada de Randolph), el nuevo jefe improvisó en honor del segundo concejal.

—Y no le permitiré estupideces a nadie.

—¡Y no le permitiré estupideces a nadie! —repitieron. Con entusiasmo. Esta vez todos ellos sonrientes. Ansiosos. Dispuestos a pisar las calles.

Gran Jim asintió y alzó el pulgar a pesar del improperio. Randolph sintió que se expandía. Poco sabía él que esas palabras regresarían para torturarlo: *No le permitiré estupideces a nadie.*

4

Cuando Julia Shumway entró esa mañana en el Sweetbriar Rose, la mayoría de los que habían ido a desayunar se habían marchado ya a la iglesia o a improvisados foros de debate en la plaza del pueblo. Eran las nueve en punto. Barbie estaba solo; ni Dodee Sanders ni Angie McCain se habían presentado, lo cual no sorprendió a nadie. Rose había ido al Food City. Anson la había acompañado. Con suerte, volverían cargados de provisiones, pero Barbie no se permitiría creerlo hasta que de verdad viera el material.

—Está cerrado hasta la hora de comer —dijo—, pero hay café.

—¿Y un rollito de canela? —preguntó Julia con ilusión.

Barbie negó la cabeza.

—Hoy Rose no ha hecho. Intenta que el generador dure el máximo.

—Parece sensato —dijo—. Sólo café, entonces.

Él ya llevaba la cafetera y le sirvió.

—Pareces cansada.

—Barbie, todo el mundo parece cansado esta mañana. Y muerto de miedo.

—¿Qué tal va el periódico?

—Esperaba poder sacarlo a eso de las diez, pero parece que más bien será esta tarde. El primer *Democrat* extra desde que el Prestile se desbordó en 2003.

—¿Problemas de producción?

—Mientras mi generador siga en marcha, no. Sólo quiero acercarme a la tienda a ver si se forma una turba. Conseguir esa parte de la historia, si es que llega a suceder. Pete Freeman ya está allí para sacar fotos.

A Barbie no le gustó la palabra "turba".

—Dios, espero que se comporten.

—Se comportarán; al fin y al cabo esto es Chester's Mill, no Nueva York.

Barbie no estaba tan seguro de que hubiese mucha diferencia entre los ratones de ciudad y los ratones de campo en una situación de estrés, pero mantuvo la boca cerrada. Ella conocía a los locales mejor que él.

Y Julia, como si le leyera la mente:

—Claro que podría equivocarme. Por eso he enviado a Pete.

Miró alrededor. Todavía había algunas personas al principio de la barra, terminándose los huevos y el café, y por supuesto la gran mesa del fondo (la "mesa del chisme", como decían en su país) también estaba llena de viejos que daban vueltas a lo ocurrido y discutían acerca de lo que sucedería a continuación. Sin embargo, tenían el centro del restaurante para ellos dos.

—Tengo que decirte un par de cosas —dijo Julia en voz baja—. Deja de revolotear haciéndote el camarero feliz y siéntate.

Barbie le hizo caso y se sirvió una taza de café. Era lo último de la cafetera y sabía a diésel… pero al fondo de la cafetera era donde se concentraba el cargamento de cafeína, claro.

Julia rebuscó en el bolsillo de su vestido, sacó su teléfono y se lo pasó por encima de la mesa.

—Tu hombre, Cox, ha vuelto a llamar esta mañana a las siete. Supongo que tampoco ha dormido mucho esta noche. Me ha pedido que te diera esto. No sabe que tienes uno.

Barbie dejó el teléfono donde estaba.

—Si ya espera un informe, es que ha sobrevalorado seriamente mis capacidades.

—No ha dicho eso. Ha dicho que si necesitaba hablar contigo quería poder localizarte.

Eso hizo que Barbie se decidiera. Volvió a empujar el aparato hacia ella. Julia lo tomó, no parecía sorprendida.

—También ha dicho que, si no tenías noticias suyas antes de las cinco de la tarde, lo llamaras. Nos pondrá al día. ¿Quieres el número del prefijo raro?

Barbie suspiró.

—Claro.

Ella se lo anotó en una servilleta: pequeños números prolijos.

—Me parece que van a intentar algo.

—¿Qué cosa?

—No lo dijo, pero me dio la sensación de que tienen una serie de opciones sobre la mesa.

—Seguro que sí. ¿Qué más tienes en mente?

—¿Quién dice que tenga algo más?

—Me ha dado esa sensación —repuso él, sonriente.

—Claro, el contador Geiger.

—He pensado que hablaré de eso con Al Timmons —al era el conserje del ayuntamiento y un habitual del Sweetbriar Rose. Barbie se llevaba bien con él.

Julia negó con la cabeza.

—¿No? ¿Por qué no?

—¿Quieres saber quién le hizo a Al un préstamo personal sin intereses para que enviara a su hijo pequeño a la Heritage Christian University de Alabama?

—¿Jim Rennie?

—Exacto. Y vamos ahora a por el doble o nada, donde se les puede dar la vuelta a los marcadores. Adivina quién adelantó el dinero del quitanieves Fisher de Al.

—Me parece que Jim Rennie.

—Correcto. Y, puesto que tú eres la caca de perro que el concejal Rennie no consigue acabar de limpiarse del zapato, acudir a personas que están en deuda con él podría no ser buena idea —se inclinó hacia delante—. Pero resulta que yo sé quién tenía un juego completo de las llaves del reino: ayuntamiento, hospital, centro de salud, escuelas, lo que quieras.

—¿Quién?

—Nuestro difunto jefe de policía. Y resulta que conozco muy bien a su mujer… a su viuda. No le tiene ningún aprecio a James Rennie. Más aún: sabe guardar un secreto si la convences de que hay que guardarlo.

—Julia, el cadáver de su marido aún está caliente.

Julia pensó en la pequeña y deprimente sala de la Funeraria Bowie e hizo una mueca de lástima y aversión.

—Puede, pero seguro que enseguida adquirirá la temperatura ambiente. Sé a qué te refieres y aplaudo tu compasión. Pero… —lo tomó de la mano. Eso sorprendió a Barbie, pero no le desagradó—. No nos hallamos en circunstancias normales y, por muy destrozada que esté, Brenda Perkins lo sabe. Tú tienes un trabajo que hacer. Puedo convencerla de eso. Eres el hombre de dentro.

—El hombre de dentro —dijo Barbie, y de repente recibió la visita de un par de recuerdos que no eran bienvenidos: un gimnasio de Faluya y un iraquí llorando, desnudo salvo por su deshilachada *kufiya*. Después de ese día y de ese gimnasio, había dejado de querer ser un hombre de dentro. Y, aun así, allí lo era.

—O sea que ¿puedo…?

Hacía una mañana muy cálida para ser octubre y, aunque la puerta estaba cerrada (la gente podía salir, pero no volver a entrar), las ventanas estaban abiertas. Un estrépito metálico y hueco y un aullido de dolor entraron entonces por las ventanas que daban a Main Street. Le siguieron gritos de protesta.

Barbie y Julia se miraron por encima de sus tazas de café con idéntica expresión de sorpresa y aprehensión.

Ahora empieza, pensó Barbie. Sabía que no era verdad —había empezado el día anterior, cuando había caído la Cúpula—, pero al mismo tiempo se sentía seguro de que sí lo era.

La gente de la barra corrió hacia la puerta. Barbie se levantó y se unió a ellos, y Julia los siguió.

Calle abajo, en el lado norte de la plaza del pueblo, la campana de la torre de la Primera Iglesia Congregacional empezó a sonar, llamando a sus feligreses al oficio.

5

Junior Rennie se sentía genial. Esa mañana no padecía ni una sombra de migraña y a su estómago le había sentado bien el desayuno. Pensó que incluso sería capaz de comer a la hora del almuerzo. Eso estaba bien. Últimamente no toleraba demasiado la comida; la mitad de las veces le bastaba mirarla para que le entraran ganas de vomitar. Pero esa mañana no. Panqueques con tocino, nena.

Si esto es el Apocalipsis, pensó, *tendría que haber llegado antes.*

Cada ayudante especial había sido asignado a un oficial de tiempo completo. A Junior le había tocado Freddy Denton, y eso también estaba bien. Denton, algo calvo pero aún en buena forma a sus cincuenta años, era conocido por ser un policía duro de roer... aunque había excepciones. Había sido presidente del Club de Apoyo de los Gatos Monteses durante los años en que Junior jugó futbol americano en preparatoria, y se rumoreaba que nunca le había puesto una multa a ningún jugador del equipo de futbol del centro. Junior no podía hablar por todos ellos, pero sabía que Freddy le había pasado por alto más de una a Frankie DeLesseps, y el propio Junior había oído dos veces la vieja frase de "Por esta vez no voy a multarte, pero baja la velocidad un poco". A Junior podría haberle tocado Wettington, quien seguramente pensaba que a uno recién salido del banquillo conseguiría llevárselo a la cama. Tenía unos pechos de campeonato, pero ¿no era una tonta? No le había impresionado nada esa mirada de ojos fríos que le había dirigido después de la toma de protesta, cuando Freddy y él habían pasado por delante de ella de camino a la calle.

Aún queda algo de sitio en la despensa para ti si te metes conmigo, Jackie, pensó, y se echó a reír. ¡Dios, qué bien le sentaba el calor y la luz en la cara! ¿Cuánto hacía que no se sentía tan bien?

Freddy giró hacia él.

—¿Algo divertido, Junes?

—Nada en especial —dijo Junior—. Sólo es que estoy en racha, nada más.

Su trabajo —al menos esa mañana— era patrullar a pie por Main Street ("Para anunciar nuestra presencia", había dicho Randolph), subir primero por una banqueta y bajar luego por la otra. Un servicio bastante agradable en el cálido sol de octubre.

Pasaban por delante de Gasolina & Alimentación Mill cuando oyeron unas voces exaltadas en el interior. Una era la de Johnny Carver, el gerente y copropietario. La otra era demasiado confusa para que Junior pudiera reconocerla, pero Freddy Denton puso ojos de exasperación.

—Es ese andrajoso de Sam Verdreaux, si me llamaré Freddy —dijo—. ¡Maldición! Y no son ni las nueve y media.

—¿Quién es Sam Verdreaux? —preguntó Junior.

La boca de Freddy se tensó, se convirtió en la línea blanca que Junior recordaba de sus días de futbol. Era su expresión de "Mierda, nos han pasado por delante". También la de "Mierda, esa infracción estuvo mal marcada".

—Te has estado perdiendo lo mejorcito de la alta sociedad de Mill, Junes. Pero estás a punto de ser presentado.

Carver estaba diciendo:

—Ya sé que son más de las nueve, Sammy, y ya veo que tienes dinero, pero de todas formas no puedo venderte vino. Ni esta mañana, ni esta tarde, ni esta noche. Seguramente mañana tampoco, a menos que esta locura se resuelva. Órdenes del propio Randolph. Es el nuevo jefe de policía.

—¡Cómo no! —respondió la otra voz, pero arrastraba tanto las palabras que a los oídos de Junior llegó en forma de "Como…"—. Pete Randolph no es más que un pedazo de mierda pegada al trasero de Duke Perkins.

—Duke ha muerto y Randolph dice que no se vende alcohol. Lo siento, Sam.

—Sólo una botella de T-Bird —rezongó Sam. "Namás cuna 'tella de T-Bir"—. La necesito. Y, además, puedo pagártela. Vamos. ¿Desde hace cuánto que compro aquí?

—Bien, al carajo entonces. —Aunque sonaba asqueado consigo mismo, Johnny ya estaba girando hacia el mostrador de licores, que ocupaba todo el largo de la pared, cuando Junior y Freddy avanzaron por el pasillo.

Seguramente había decidido que una botella de T-Bird era un precio muy bajo si conseguía que ese viejo borracho saliera de su tienda, sobre todo porque había unos cuantos compradores mirando y esperando ansiosos a ver cómo se desarrollarían los hechos.

El cartel escrito a mano que había sobre la caja decía NO SE VENDE ALCOHOL HASTA NUEVO AVISO, pero el muy cobarde estaba echando mano a una botella de las del centro. Ahí era donde tenía el licor barato. Junior llevaba menos de dos horas de servicio, pero sabía que aquello era mala idea. Si Carver cedía ante ese borrachín desgreñado, otros clientes menos desagradables exigirían el mismo privilegio.

Freddy Denton, por lo visto, pensaba lo mismo.

—No lo hagas —le dijo a Johnny Carver. Y a Verdreaux, que lo estaba mirando con los ojos rojos de un topo atrapado en un incendio en la maleza—: No sé si te quedan neuronas suficientes para leer el cartel, pero sí sé que has oído lo que te ha dicho este hombre: hoy no hay alcohol. Así que llévate tu mal olor a otra parte.

—No puede hacer eso, oficial —dijo Sam, irguiéndose hasta alcanzar su metro setenta de altura. Llevaba unos pantalones de algodón mugrientos, una camiseta con estampado de Led Zeppelin y unos viejos tenis con la parte de atrás rota. Se diría que la última vez que se había cortado el cabello se remontaba a cuando Bush hijo arrasaba en las encuestas—. Tengo mis derechos. Este es un país libre. Eso dice en la Declaración de Independencia.

—La Declaración queda abolida en Mill —dijo Junior, que no sabía que sus palabras eran una profecía—. Así que apaga las velas y vámonos —¡Dios, qué bien se sentía! ¡En apenas un día había pasado del catastrofismo total a la euforia absoluta!

—Pero...

Sam se quedó allí de pie un momento con el labio inferior temblando, intentando ofrecer más argumentos. Junior observó con desagrado y fascinación que al viejo imbécil se le humedecían los ojos. Sam extendió las manos, que le temblaban mucho más que la flácida boca. Sólo tenía un argumento más que presentar, pero era difícil expresarlo delante de tanto público. Como no tenía más remedio, lo hizo.

—Lo necesito de verdad, Johnny. No es broma. Sólo un poco, para dejar de temblar. Lo haré durar. Y no daré problemas. Te lo juro por el nombre de mi madre. Me iré a casa —casa, para Sam "el Andrajoso", era una choza levantada en medio de un patio horripilante salpicado de viejas partes de coche.

—A lo mejor debería… —empezó a decir Johnny Carver.

Freddy no le hizo caso.

—Andrajoso, en tu vida has conseguido que una botella te dure.

—¡No me llames así! —gritó Sam Verdreaux. Las lágrimas le anegaron los ojos y se deslizaron por sus mejillas.

—Llevas la cremallera abierta, viejo —dijo Junior, y cuando Sam miró abajo, a la bragueta de sus mugrientos pantalones, Junior le pasó un dedo por la parte inferior de la barbilla y después le pellizcó la nariz. Era una broma de escuela primaria, cierto, pero no había perdido su encanto. Junior dijo incluso lo que decían entonces—: Tienes una mancha… ¡Caíste!

Freddy Denton rio. También un par de personas más. Incluso Johnny Carver sonrió, aunque en realidad no parecía querer hacerlo.

—Sal de aquí, Andrajoso —dijo Freddy—. Es un buen día. Supongo que no querrás pasarlo en una celda.

Pero algo —quizá porque lo habían llamado Andrajoso, quizá porque le habían pellizcado la nariz, quizá por ambas cosas— había vuelto a encender parte de esa furia que había inspirado miedo en los compañeros de Sam cuando había sido transportista de troncos en el lado canadiense de los Merimachee, hacía cuarenta años. El temblor de sus labios y sus manos desapareció, al menos por el momento. Sus ojos se clavaron en Junior, y profirió un carraspeo cargado de flemas pero indudablemente despectivo. Cuando habló, su voz ya no arrastraba las palabras.

—Vete al demonio, niño. Tú no eres policía y nunca fuiste demasiado bueno jugando futbol. Por lo que he oído decir, ni siquiera conseguiste entrar en el equipo B de la universidad.

217

Luego deslizó la mirada hasta el oficial Denton.

—Y tú, oficial de pacotilla. El domingo es legal vender después de las nueve de la mañana. Ha sido así desde los setenta, y fin de la discusión.

Ahora miraba a Johnny Carver. La sonrisa de Johnny había desaparecido, y los clientes que observaban la escena permanecían muy callados. Una mujer se llevó una mano a la garganta.

—Tengo dinero, dinero limpio, y me voy a llevar lo que es mío.

Hizo amago de pasar tras el mostrador. Junior lo agarró por la parte de atrás de la camiseta y el trasero de los pantalones, le hizo dar media vuelta y lo lanzó contra la entrada del establecimiento.

—¡Oye! —gritó Sam cuando sus pies pedalearon por encima de los viejos tablones encerados—. ¡Quítame las manos de encima! ¡Quítame las putas manos de…!

Por la puerta y escalera abajo, Junior empujaba al viejo por delante de él. Pesaba tan poco como un saco de plumas. Y, Dios, ¡se estaba pedorreando! ¡*Pum-pum-pum*, como una condenada ametralladora!

En la banqueta estaba estacionada la camioneta de Stubby Norman, en cuyo costado se leía COMPRAVENTA DE MUEBLES y ANTIGÜEDADES A PRECIOS ESTRELLA. El propio Stubby estaba de pie junto a la camioneta con la boca abierta. Junior no dudó. Lanzó al viejo borracho que no dejaba de farfullar de cabeza contra el costado del vehículo. La delgada lámina emitió un melodioso ¡*BONG*!

A Junior no se le ocurrió que podría haber matado a ese imbécil apestoso hasta que Sam "el Andrajoso" cayó como una piedra, mitad en la banqueta, mitad en la calle. Pero hacía falta más de un empujón contra el costado de una vieja camioneta para matar a Sam Verdreaux. O para hacerlo callar. Soltó un grito, luego simplemente comenzó a llorar. Se puso de rodillas. Unos chorros escarlata le resbalaban por la cara desde el cuero cabelludo, donde se le había abierto una herida. Se limpió un poco, miró la sangre sin acabar de creerlo, después enseñó sus dedos empapados.

Los transeúntes se habían quedado tan quietos que parecía que jugaban a las estatuas. Contemplaban con los ojos muy abiertos al hombre arrodillado que extendía una mano con la palma llena de sangre.

218

—¡Denunciaré a esta puta ciudad por brutalidad policial! —bramó Sam—. ¡Y GANARÉ!

Freddy bajó los peldaños de la tienda y se detuvo junto a Junior.

—Vamos, dilo —le dijo Junior.

—¿Que diga qué?

—Que me extralimité.

—Al demonio. Oíste lo que dijo Pete: no permitas estupideces a nadie. Compañero, esa consigna entra en vigor aquí y ahora.

¡Compañero! El corazón de Junior saltó al oír esa palabra.

—¡No pueden echarme si tengo dinero! —despotricaba Sam—. ¡No pueden golpearme! ¡Soy ciudadano de Estados Unidos! ¡Nos veremos en los tribunales!

—Buena suerte —dijo Freddy—. Los tribunales están en Castle Rock y, por lo que he oído decir, la carretera que va hasta allí está cerrada.

Tiró del hombre para que se pusiera en pie. La nariz también le sangraba, y el chorro había convertido su camiseta en un babero rojo. Freddy se llevó una mano a la parte baja de la espalda para buscar unas esposas de plástico (*Tengo que conseguir unas*, pensó Junior con admiración). Unos instantes después estaban en las muñecas de Sam.

Freddy miró a los testigos: a los que estaban en la calle, a los que se apiñaban en la puerta de la gasolinera.

—¡Este hombre queda arrestado por alteración del orden público, desacato a oficiales de la policía e intento de agresión! —exclamó con esa voz de silbato que Junior recordaba bien de sus días en el campo de futbol. Siempre lo había sacado de quicio, soltando bravatas desde la banda. Esta vez le sonó a gloria.

Supongo que estoy creciendo, pensó Junior.

—También queda arrestado por quebrantar la ley seca instaurada por el jefe Randolph. ¡Presten mucha atención! —Freddy zarandeó a Sam. El rostro y el cabello mugriento de Sam salpicaron sangre—. Estamos inmersos en una situación de crisis, amigos, pero tenemos a un nuevo alguacil en el pueblo, y se ha propuesto controlarla. Acostúmbrense a ello, acéptenlo y aprendan a quererlo. Ese es mi consejo. Si lo siguen, estoy seguro de que superaremos esta situación sin ningún problema. Si se resisten… —señaló las manos del viejo, esposadas con plástico a su espalda.

Un par de personas incluso aplaudieron. Para Junior Rennie, aquel sonido fue como agua fresca en un día caluroso. Después, cuando Freddy obligó a caminar a Sam calle arriba, Junior sintió unos ojos que lo miraban. Fue una sensación tan clara que bien podrían haber sido unos dedos dándole golpecitos en la nuca. Volteó y allí estaba Dale Barbara. De pie junto a la directora del periódico, mirándolo con ojos inexpresivos. Barbara, que le había dado una buena paliza aquella noche en el estacionamiento. Que les había dejado marcas a los tres antes de que la superioridad numérica por fin se impusiera.

Las buenas vibraciones de Junior empezaron a esfumarse. Casi podía sentirlas levantando el vuelo a través de su coronilla, como si fueran pajarillos. O murciélagos en un campanario.

—¿Qué haces tú aquí? —preguntó a Barbara.

—Yo tengo una pregunta mejor —dijo Julia Shumway. Lucía su tensa sonrisilla—. ¿Qué haces tú tratando con brutalidad a un hombre que pesa una cuarta parte que tú y te triplica la edad?

A Junior no se le ocurrió nada que decir. Sintió que la sangre le coloreaba la cara y se expandía por sus mejillas. De repente vio a la zorra del periódico en la despensa de los McCain, haciendo compañía a Angie y a Dodee. Y a Barbara. A lo mejor tendido encima de la zorra del periódico, como si estuviera montando a esa vieja creída.

Freddy llegó al rescate de Junior. Habló con calma. Llevaba en la cara esa expresión de policía impasible conocida en todo el mundo.

—Cualquier pregunta sobre la política de la policía debe dirigirla al nuevo jefe, señora. Mientras tanto, haría bien en recordar que, de momento, estamos solos. A veces, cuando la gente se queda sola, hay que poner el ejemplo.

—A veces, cuando la gente se queda sola, hace cosas de las que más tarde se arrepiente —respondió Julia—. Normalmente cuando empiezan las investigaciones.

Las comisuras de los labios de Freddy se curvaron hacia abajo. Después empujó a Sam por la banqueta.

Junior miró a Barbie unos segundos más, luego dijo:

—Más vale que tengas cuidado con lo que dices cuando yo esté cerca. Y cuidado por dónde andas —tocó adrede su nueva y brillante placa con el pulgar—. Perkins está muerto y ahora yo soy la ley.

—Junior —dijo Barbie—, no tienes buen aspecto. ¿Te sientes mal?

Junior lo miró con ojos un poco demasiado abiertos. Después dio media vuelta y siguió a su nuevo compañero. Apretaba los puños.

6

En tiempos de crisis, la gente tiende a recurrir a los consuelos habituales. Ese es el caso tanto de religiosos como de infieles. Los feligreses de Chester's Mill no se llevaron ninguna sorpresa aquella mañana: Piper Libby habló de esperanza en la Congregación, y Lester Coggins habló del fuego infernal en el Santo Cristo Redentor. Las dos iglesias estaban abarrotadas.

La homilía de Piper era sobre el evangelio de san Juan: "Un mandamiento nuevo les doy: que se amen los unos a los otros; que como yo los he amado, así también se amen los unos a los otros". Les dijo a los que llenaban los bancos de la Congregación que en época de crisis la oración era muy importante —el consuelo de la oración, el poder de la oración—, pero que también era importante ayudarse unos a otros, depender unos de otros y amarse unos a otros.

—Dios nos pone a prueba con cosas que no comprendemos —dijo—. A veces es con una enfermedad. A veces es con la muerte inesperada de un ser querido —miró con compasión a Brenda Perkins, sentada con la cabeza gacha y las manos unidas sobre el regazo de un vestido negro—. Y ahora es con una barrera inexplicable que nos ha dejado aislados del mundo exterior. No lo comprendemos, pero tampoco comprendemos la enfermedad, el dolor ni la muerte inesperada de una buena persona. Le preguntamos a Dios por qué, y en el Antiguo Testamento la respuesta es la que Él le da a Job: "¿Dónde estabas tú cuando creé el mundo?". En el Nuevo Testamento (con mayor claridad), es la respuesta que

Jesús da a sus discípulos: "Ámense los unos a los otros como yo los he amado". Eso es lo que tenemos que hacer hoy y todos los días hasta que esto haya concluido: amarnos los unos a los otros. Ayudarnos los unos a los otros. Y esperar que esta prueba termine, como siempre terminan las pruebas de Dios.

La homilía de Lester Coggins era sobre el libro de los Números (una parte de la Biblia no precisamente célebre por su optimismo): "He aquí que han pecado ante el SEÑOR, y sepan que su pecado los alcanzará".

Igual que Piper, Lester mencionó el concepto de prueba —éxito eclesiástico a lo largo de todos los líos de tres pares de cajones de la historia—, pero su tema principal fue la plaga del pecado, cómo Dios se encargaba de esas plagas, cómo parecía estrujarlas entre sus dedos igual que un hombre estrujaría un molesto grano hasta que el pus saliera propulsado cual Colgate sagrado.

Y puesto que, aun a la clara luz de una hermosa mañana de octubre, seguía más que medio convencido de que el pecado por el que estaba siendo castigado el pueblo era el suyo, Lester fue especialmente elocuente. Hubo lágrimas en muchos ojos y las exclamaciones de "¡Sí, Dios mío!" se oían desde un rincón de amenes a otro. Cuando Lester estaba tan inspirado, a veces se le ocurrían nuevas ideas brillantes mientras predicaba. Ese día se le ocurrió una y la expresó al instante, sin detenerse mucho a pensarlo. No necesitaba pensarlo. Hay cosas que son demasiado brillantes, demasiado relucientes, para no ser correctas.

—Esta tarde iré al lugar en el que la 119 choca con la misteriosa Puerta del Señor.

—¡Sí, Jesucristo! —exclamó una mujer que lloraba. Otras dieron una palmada o alzaron las manos para dar testimonio.

—Calculo que a las dos de la tarde. Iré y me arrodillaré en aquellos pastos de ganado lechero, sí, y le rezaré a Dios para que ponga fin a esta desgracia.

Esta vez las exclamaciones de "Sí, Dios mío" y "Sí, Jesucristo" y "Dios, todo lo sabe" fueron más fuertes.

—Pero antes… —Lester alzó la mano con la que se había fustigado la espalda desnuda en la oscuridad de la noche—. Antes… ¡rezaré por el PECADO que ha causado este DOLOR, este SUFRIMIENTO y esta DESGRACIA! Si estoy solo, puede que Dios no me oiga. Si vienen conmigo dos o tres, o incluso cinco personas, Dios SEGUIRÁ sin oírme, ¿pueden decir amén?

Podían. Lo hicieron. Todos ellos habían alzado las manos y las movían de un lado a otro, atrapados en aquel fervor del buen Dios.

—Pero si TODOS USTEDES vinieran conmigo… si todos rezáramos en círculo justo allí, sobre la hierba de Dios, bajo el cielo azul de Dios… a la vista de los soldados que dicen custodiar la obra de la recta mano de Dios… si TODOS USTEDES vinieran, si TODOS NOSOTROS rezáramos juntos, a lo mejor lograríamos llegar al fondo de este pecado y sacarlo a rastras hasta la luz para que allí muera, ¡y obrar un milagro de Dios todopoderoso! ¿VENDRÁN CONMIGO? ¿SE ARRODILLARÁN CONMIGO?

Por supuesto que irían. Por supuesto que se arrodillarían. A la gente le encanta reunirse para rezar al Señor con sinceridad en los buenos tiempos y en los malos. Y cuando la banda atacó "Todo lo que ordene mi Dios es bueno" (en clave de sol, Lester a la guitarra solista), todos cantaron dispuestos a ganarse el Cielo.

Jim Rennie estaba allí, desde luego; fue Gran Jim el que se encargó de organizar el transporte para llevar a todo el mundo.

7

¡BASTA DE SECRETISMO!
¡LIBERTAD PARA CHESTER'S MILL!
¡¡¡MANIFIÉSTATE!!!

¿DÓNDE? **¡En la granja lechera Dinsmore de la 119!**
(Busca el CAMIÓN ACCIDENTADO y a los OFICIALES DE LA OPRESIÓN MILITAR)

¿CUÁNDO? **¡14:00 HOE (Hora de la Opresión Este)!**

¿QUIÉN? **¡TÚ y todos los amigos que puedas traer!**
¡Diles que QUEREMOS EXPLICARLES NUESTRA HISTORIA A LOS MEDIOS DE COMUNICACIÓN! ¡Diles que QUEREMOS SABER QUIÉN NOS HA HECHO ESTO!
¡Y POR QUÉ!

Sobre todo, diles que ¡¡¡QUEREMOS SALIR!!!
¡Este es NUESTRO PUEBLO! ¡Tenemos que luchar por él!
¡¡¡TENEMOS QUE RECUPERARLO!!!

Tenemos carteles, pero trae el tuyo por si acaso
(y recuerda que las blasfemias son contraproducentes).

¡REVÉLATE CONTRA EL PODER!
¡ABAJO EL OPRESOR!

Comité por un Chester's Mill Libre

8

Si en el pueblo había un hombre que pudiera adoptar como lema personal ese viejo dicho nietzscheano de "Lo que no me mata me hace más fuerte", ese era Romeo Burpee, un trabajador con un aura muy de Elvis a lo *Daddy Cool* y botas de punta con costados elásticos. Le debía su nombre de pila a una romántica madre francoestadounidense; su apellido, a un padre yanqui que se creía muy duro y era práctico hasta su rancia y tacaña médula. Romeo había sobrevivido a una infancia de crueles humillaciones —además de alguna que otra golpiza— para acabar convirtiéndose en el hombre más rico del pueblo. (Bueno… no. Gran Jim era el hombre más rico del pueblo, pero gran parte de su riqueza tenía que mantenerse oculta por necesidad.) Rommie era el dueño de los almacenes independientes más grandes y más rentables del estado. Allá por los años ochenta, sus patrocinadores potenciales le dijeron que estaba loco al apostar por un nombre tan descaradamente feo como Burpee's. La respuesta de Rommie había sido que, si el nombre no había perjudicado a Semillas Burpee, no lo perjudicaría a él. Y ahora su éxito de ventas en verano eran las camisetas que decían VEN A BURPEES A TOMAR RASPADOS SLURPEES. ¡Tomen eso, banqueros sin imaginación!

En buena parte había tenido éxito porque había comprendido cuál era la gran oportunidad y la había perseguido sin detenerse ante nada. A eso de las diez del domingo por la mañana —no mucho después de haber visto cómo se llevaban a Sam "el Andrajoso" al cuartel de la policía—, otra gran oportunidad se presentó ante él. Como sucedía siempre si estaba uno atento.

Romeo vio a unos chicos colgando carteles. Estaban hechos en computadora y tenían un aspecto muy profesional. Los chicos —la mayoría en bici, un par en patineta— estaban haciendo un gran trabajo empapelando Main Street. Una manifestación de protesta en la 119. Romeo se preguntó de quién habría sido la idea.

Alcanzó a uno y se lo preguntó.

—La idea ha sido mía —dijo Joe McClatchey.

—¿Te burlas de mí?

—No —repuso Joe.

Rommie quiso darle cinco dólares, no hizo caso de sus protestas y se los metió en el bolsillo de atrás. Valía la pena pagar por la información. Rommie pensó que la gente iría a la manifestación de aquel chico. Se morían por expresar su miedo, su frustración y su justificada ira.

Poco después de dejar que Joe "el Espantapájaros" siguiera su camino, Romeo oyó que la gente hablaba de un encuentro de oración que el reverendo Coggins celebraría por la tarde. La misma hora, Dios bendito; el mismo lugar, Dios bendito.

Estaba claro que era una señal. Una señal que decía OPORTUNIDAD DE VENTA AQUÍ.

Romeo fue a su establecimiento, donde el negocio estaba parado. La gente que había salido a hacer las compras de la semana se había ido al Food City o a Gasolina & Alimentación Mill. Y eran una minoría. La mayoría estaba o en la iglesia o en casa, viendo las noticias. Toby Manning, detrás de la caja, miraba CNN en un pequeño televisor a baterías.

—Apaga a esos charlatanes y cierra caja —dijo Romeo.

—¿En serio, señor Burpee?

—Sí. Saca del almacén la carpa grande. Que te ayude Lily.

—¿La carpa de los Saldos del Verano?

—Esa misma —dijo Romeo—. Vamos a montarla en ese prado donde se estrelló la avioneta de Chuck Thompson.

—¿El campo de Alden Dinsmore? ¿Y si nos pide dinero por usarlo?

—Pues le pagamos —Romeo ya estaba haciendo cálculos.

En sus almacenes se vendía de todo, incluso alimentos de liquidación, y en esos momentos tenía aproximadamente mil paquetes de salchichas Happy Boy de liquidación en el congelador industrial que había detrás de la tienda. Se los había comprado a la central de Happy Boy en Rhode Island (compañía ya desaparecida, un pequeño problema de microbios, aunque no *E. coli*, gracias a Dios), con la intención de venderlas a turistas y lugareños que tuvieran previsto organizar una barbacoa el Cuatro de Julio. No habían tenido tan buena salida como él esperaba, por culpa de la maldita recesión, pero él de todas formas las había guardado, tozudo como un mono aferrado a un cacahuate. Y a lo mejor ahora…

Los serviremos clavados en esos palitos, pensó. *Todavía tengo un millón de ésos. Les pondremos un nombre atractivo, algo como Frank-A-Chups.* Además, tenían algo así como un centenar de cajas de refresco en polvo de lima y de limón Yummy Tummy, otro artículo de liquidación del que esperaba deshacerse.

—Cargaremos también todos los tanques de gas Blue Rhino —su mente repiqueteaba como una caja registradora, que era justo el sonido que le gustaba a Romeo.

Parecía que Toby empezaba a animarse.

—¿Qué está tramando, señor Burpee?

Rommie se puso a hacer inventario de todo lo que ya estaba a punto de anotar en sus libros como pérdida total. Esos baratos rehiletes… las bengalas que habían sobrado del Cuatro de Julio… los caramelos rancios que había estado guardando para Halloween…

—Toby —dijo—, vamos a organizar el mayor día de campo y barbacoa que ha visto este pueblo. Muévete. Tenemos mucho que hacer.

9

Rusty estaba haciendo la ronda en el hospital con el doctor Haskell cuando sonó el *walkie-talkie* que Linda había insistido en que llevara en el bolsillo.

La voz de su mujer sonaba metálica pero clara.

—Rusty, al final voy a tener que salir. Randolph dice que parece que la mitad del pueblo va a acercarse esta tarde a la barrera por la 119… unos van a rezar, otros a una manifestación. Romeo Burpee montará su carpa para vender hotdogs, así que estate preparado para recibir una avalancha de pacientes con gastroenteritis al final del día.

Rusty gruñó.

—Al final voy a tener que dejar a las niñas con Marta —Linda parecía a la defensiva y preocupada, una mujer que de pronto se daba cuenta de que no podía hacerse cargo de todo—. La pondré al tanto del problema de Jannie.

—Bien —Rusty sabía que si le decía que se quedara en casa lo haría… y lo único que conseguiría con eso sería preocuparla más justo cuando su preocupación empezaba a decrecer un poco. Además, si de verdad se congregaba una muchedumbre, la necesitarían.

—Gracias —dijo—. Gracias por ser comprensivo.

—Recuerda enviar a la perra a casa de Marta con las niñas —dijo Rusty—. Ya sabes lo que ha dicho Haskell.

Esa mañana, el doctor Ron Haskell, el Mago, se había volcado en cuerpo y alma en la familia Everett. En realidad se había volcado en cuerpo y alma desde el inicio de la crisis. Rusty jamás lo habría esperado, pero se lo agradecía. Y, por las bolsas que tenía el viejo bajo los ojos y su boca marchita, vio que Haskell lo estaba pagando. El Mago era demasiado mayor para crisis médicas; últimamente su ritmo se ajustaba más a quedarse dormido en la sala de descanso del tercer piso. Sin embargo, aparte de Ginny Tomlinson y de Twitch, no quedaban más que Rusty y el Mago para defender el fuerte. Había sido lo que se dice mala suerte que la Cúpula se hubiera desplegado una mañana tan hermosa de fin de semana, cuando todo el que podía salir del pueblo lo había hecho.

La noche anterior, Haskell, aunque rondaba los setenta, se había quedado en el hospital con Rusty hasta las once, cuando el auxiliar médico lo había sacado literalmente a empujones por la puerta, y había regresado esa mañana a las siete, cuando Rusty y Linda llegaban con sus hijas a rastras. Y también con Audrey, que parecía haber aceptado el nuevo entorno del Cathy Russell con bastante calma. Judy y Janelle habían entrado flanqueando a la gran golden retriever, acariciándola para que se sintiera tranquila. Janelle parecía muerta de miedo.

—¿Y la perra? —preguntó Haskell, y cuando Rusty le puso al corriente, el médico asintió y le dijo a Janelle—: Vamos a echarte un vistazo, cielo.

—¿Me va a doler? —preguntó la niña, con aprensión.

—No, a menos que aceptar un caramelo después de que te examine los ojos duela.

Cuando el examen médico hubo terminado, los adultos dejaron a las dos niñas y a la perra en la sala de diagnósticos y salieron al pasillo. Haskell tenía los hombros caídos. Su cabello parecía haber encanecido de la noche a la mañana.

—¿Cuál es tu diagnóstico, Rusty? —le había preguntado Haskell.

—*Petit mal*. Yo diría que causado por el nerviosismo y la preocupación, aunque Audi lleva haciendo "esos chillidos" desde hace meses.

—Cierto. Empezaremos dándole Zarontin. ¿Estás de acuerdo?

—Sí —a Rusty le emocionó que le preguntara. Estaba empezando a lamentar algunas de las maldades que había pensado sobre Haskell.

—Y que la perra esté siempre con ella, ¿sí?

—Por supuesto.

—¿Se pondrá bien, Ron? —preguntó Linda. En aquel momento no tenía pensado ir a trabajar; había planeado pasar el día realizando actividades tranquilas con las niñas.

—Está bien —dijo Haskell—. Muchos niños padecen ataques de *petit mal*. La mayoría tienen solo uno o dos. Otros tienen más durante unos años y luego cesan. Rara vez se producen daños crónicos.

Linda parecía aliviada. Rusty esperó que nunca tuviera que enterarse de lo que Haskell callaba: que algunos niños desafortunados, en lugar de encontrar la salida de ese zarzal neurológico, se internaban más en él y progresaban hasta el *grand mal*. Y los ataques de *grand mal* sí podían causar daños. Podían matar.

Justo entonces, después de terminar la ronda matutina (solo media docena de pacientes y una nueva mamá sin complicaciones) y deseando tomar una taza de café antes de salir volando hacia el centro de salud, esa llamada de Linda.

—Estoy segura de que a Marta no le importará tener a Audi en casa —dijo.

—Bien. Tendrás contigo el *walkie* mientras estás de servicio, ¿verdad?

—Sí. Por supuesto.

—Entonces dale tu *walkie* personal a Marta. Acordemos un canal de comunicación. Si a Janelle le sucediera algo, yo iría corriendo.

—Está bien. Gracias, cariño. ¿Hay alguna posibilidad de que puedas escaparte esta tarde?

Mientras Rusty lo pensaba, vio que Dougie Twitchell llegaba por el pasillo. Llevaba un cigarrillo detrás de la oreja y caminaba con su habitual garbo de "me importa todo un carajo", pero Rusty vio preocupación en su cara.

—Es posible que consiga encontrar una hora. No te prometo nada.

—Lo entiendo, pero sería genial verte.

—Lo mismo digo. Ten cuidado ahí fuera. Y di a la gente que no se coma esos hotdogs. Seguramente Burpee los tenía en el congelador desde hace diez mil años.

—Eso son sus filetes de mastodonte —dijo Linda—. Cambio y fuera, cielo. Te buscaré.

Rusty guardó el *walkie* en el bolsillo de su bata blanca y giró hacia Twitch.

—Ey, quítate ese cigarrillo de detrás de la oreja. Esto es un hospital.

Twitch se quitó el cigarrillo de donde estaba y lo miró.

—Iba a fumarlo afuera, junto al almacén.

—No es buena idea —dijo Rusty—. Ahí es donde se guardan las reservas de combustible.

—Eso es lo que venía a decirte. La mayoría de los depósitos han desaparecido.

—No digas tonterías. Esos tanques son gigantescos… No recuerdo si contienen doce o veinte mil litros cada uno.

—¿Quieres decir que he olvidado mirar detrás de la puerta?

Rusty empezó a frotarse las sienes.

—Si tardan… quienes sean… más de tres o cuatro días en fundir ese campo de fuerza, vamos a necesitar *beaucoup de* combustible líquido.

—Dime algo que no sepa —apuntó Twitch—. Según la ficha de inventario de la puerta, se supone que tiene que haber siete de esos cachorritos, pero solo hay dos —guardó el cigarrillo en el bolsillo de su bata blanca—. He ido a ver en el otro almacén, solo para asegurarme; se me ocurrió que a lo mejor alguien había cambiado los depósitos de sitio…

—¿Por qué alguien haría eso?

—Qué sé yo, oh, Todopoderoso. En fin, que el otro almacén es para los suministros realmente importantes del hospital: basura de jardinería y paisajismo. Todas las herramientas siguen allí y están inventariadas, pero ha desaparecido el fertilizante.

A Rusty no le importaba el fertilizante; le importaba el gas.

—Bueno… si la cosa empeora, tomaremos de las existencias municipales.

—Rennie no estará de acuerdo.

—¿Y cuando el Cathy Russell sea su única opción si colapsa su corazoncito? Lo dudo. ¿Crees que hay alguna posibilidad de que pueda escaparme un rato esta tarde?

—Eso dependerá del Mago. Parece que ahora es el oficial de mayor rango.

—¿Dónde está?

—Durmiendo en la sala de descanso. Y además el cabrón ronca como un león. ¿Quieres despertarlo?

—No —dijo Rusty—. Déjalo dormir. Ya no volveré a llamarlo el Mago. Dado lo duro que ha trabajado desde que ha aparecido esta mierda, creo que se merece algo mejor.

—Vaya, vaya, sensei. Has alcanzado un nuevo nivel de iluminación.

—Piérdete, pequeño saltamontes —dijo Rusty.

10

Ahora mira esto; fíjate bien.

Son las dos cuarenta de la tarde de otro estupendo y vistoso día de otoño en Chester's Mill. Si la prensa no tuviera prohibido el acceso, estarían en el paraíso del fotoperiodismo, y no solo porque los árboles están en plena explosión de color. Los habitantes del pueblo encarcelados han migrado en masa al campo de ganado lechero de Alden Dinsmore. Alden ha negociado con Romeo Burpee unos derechos de uso: seiscientos dólares. Ambos están contentos; el granjero porque ha subido considerablemente la oferta inicial de Burpee de doscientos, Romeo porque si lo hubieran presionado habría subido hasta mil.

De los manifestantes y los que gritan "Jesucristo", Alden no ha sacado ni una triste moneda de diez centavos. Sin embargo, eso no quiere decir que no les esté cobrando; Dinsmore nació en una granja, pero no nació ayer. Cuando se le ha presentado esta oportunidad, ha delimitado una gran zona de estacionamiento al norte del lugar en el que ayer acabaron descansando los fragmentos de la avioneta de Chuck Thompson, y allí ha apostado a su mujer (Shelley), su hijo mayor (Ollie; seguro que recuerdas a Ollie) y a su jornalero (Manuel Ortega, un sin papeles que habla yanqui como si hubiera nacido allí). Alden está cobrando cinco dólares por coche, una fortuna para un modesto lechero que lleva los últimos dos años evitando de milagro que el Keyhole Bank le ponga las manos encima a su granja. Hay quejas por la tarifa, pero no muchas; cobran más por estacionarse en la Feria de Fryeburg y, a menos que la gente quiera dejar su auto junto a la carretera —que ya está copada por los coches de los más madrugadores— y luego caminar más de medio kilómetro hasta donde se encuentra toda la diversión, no les queda otro remedio.

¡Y vaya escena tan variopinta y extraña! Ni más ni menos que un circo de tres pistas con los sencillos habitantes de Mill en todos los papeles protagonistas. Cuando Barbie llega con Rose y Anse Wheeler (el restaurante vuelve a estar cerrado, abrirá otra vez para la cena: solo emparedados fríos, nada de parrilla), se quedan mirando boquiabiertos y sin decir nada. Julia Shumway y Pete Freeman están haciendo fotografías. Julia lo deja unos instantes, lo suficiente para dirigirle a Barbie su atractiva pero de algún modo introspectiva sonrisa.

—Vaya espectáculo, ¿no te parece?

Barbie sonríe con torpeza.

—Sí, señora.

En la primera pista de este circo tenemos a los vecinos que han respondido a los carteles que han colgado Joe "el Espantapájaros" y su cuadrilla. El número de asistentes a la protesta es bastante satisfactorio, casi doscientos, y los sesenta carteles que habían preparado los chicos (el más popular: **¡¡DÉJENNOS SALIR, MALDICIÓN!!**) se han agotado en nada. Por suerte, mucha gente se ha animado a traer el suyo. El preferido de Joe es uno que tiene unos barrotes de cárcel impresos sobre un mapa de Mill. Lissa Jamieson no solo lo sostiene en alto, sino que lo sube y lo baja con agresividad. Jack Evans está allí, con aspecto pálido y lúgubre. Su cartel es un *collage* de fotografías en el que se ve a la mujer que murió desangrada ayer. **¿QUIÉN MATÓ A MI ESPOSA?**, grita. Joe "el Espantapájaros" lo siente mucho por él... pero ¡qué gran cartel! Si los periodistas pudieran verlo, se defecarían de gusto en los pantalones.

Joe ha organizado a los manifestantes en un gran círculo que gira justo delante de la Cúpula, señalizada por una línea de pájaros muertos en el lado de Chester's Mill (el personal militar ha retirado los del lado de Motton). El círculo da la oportunidad a la gente de Joe —así los considera él— de enarbolar sus carteles hacia los guardias allí apostados, que siguen dándoles la espalda con determinación (y exasperándolos). Joe también ha imprimido y repartido "frases con consignas". Las ha compuesto junto a la ídolo del patinaje urbano de Benny Drake, Norrie Calvert. Además de ser genial con su tabla Blitz, las rimas de Norrie son simples pero contundentes, ¿eh? Una consigna dice: "¡Por aquí y por allá! ¡Chester's Mill, libre ya!". Otra: "¿Quién ha sido? ¿Quién ha sido? ¡Que lo admita el malnacido!". Joe, de mala gana, ha vetado otra obra maestra de Norrie que dice: "¡No más silencio, ni manipulaciones! ¡Queremos a la prensa, panda de cabrones!".

"Tenemos que ser políticamente correctos", le dijo. Lo que se está preguntando ahora mismo es si Norrie Calvert es demasiado joven para darle un beso. Y si la dejaría catar su lengua si lo hiciera. Él nunca ha besado a una chica, pero, si van a morir de hambre como insectos atrapados bajo un Tupperware, seguramente debería besarla antes de que llegue ese momento.

En la segunda pista tenemos al círculo de oración del reverendo Coggins. Parece que están ahí como enviados por Dios. Y, en un elegante despliegue de distensión eclesiástica, al coro del Cristo Redentor se ha unido una docena de hombres y mujeres del coro dé la Congregación. Están cantando "Castillo fuerte es nuestro Dios", y un buen número de vecinos sin afiliación que se saben la letra se les ha unido también. Sus voces se elevan hacia el inmaculado cielo azul, con las estridentes exhortaciones de Lester y las exclamaciones de "amén" y "aleluya" del círculo de oración entrelazándose con el cántico en un perfecto contrapunto (aunque no en armonía, eso sería ir demasiado lejos). El círculo de oración no deja de crecer a medida que otros vecinos se arrodillan y se les unen, dejando temporalmente a un lado sus carteles para poder alzar las manos unidas en súplica. Los soldados les han dado la espalda; a lo mejor, Dios no.

Pero la pista central de este circo es la más grande y las más fabulosa. Romeo Burpee ha plantado la carpa de Ofertas del Final del Verano bastante lejos de la Cúpula y unos cincuenta y pico metros al este del círculo de oración; ha calculado su emplazamiento realizando una medición de la leve brisa que sopla. Quiere asegurarse de que el humo de sus parrillas Hibachi llegue tanto a los que están rezando como a los que se están manifestando. Su única concesión al aspecto religioso de la tarde es ordenar a Toby Manning que apague su aparato de música, del que salía a todo volumen esa canción de James McMurtry sobre la vida en una ciudad pequeña; no comulga mucho con "Cuán grande es Él" y "Ven, Señor, no tardes". El negocio va bien y no hará sino mejorar. De eso Romeo está convencido. Los hotdogs —descongelándose a medida que se cocinan— podrán dar retortijones a algún que otro estómago, pero su aroma es perfecto en la calidez del sol de la tarde; como en una feria del condado, y no como el rancho del comedor de una cárcel. Los niños corretean moviendo sus molinillos y amenazando con prender fuego a la hierba de Dinsmore con las bengalas que sobraron del Cuatro de Julio. Por todas partes hay vasos de papel vacíos que antes contenían refresco de limón en polvo (nauseabundo) o un café exprés (más nauseabundo todavía). Más adelante, Romeo le dirá a Toby Manning que pague diez billetes a algún chico, quizá al hijo de Dinsmore, para que recoja la basura. Las relaciones con la comunidad, siempre importantes. Ahora mismo, sin embargo, Romeo está totalmente concentrado en la improvisada caja registradora que ha dispuesto, una caja de cartón que antes contenía papel higiénico Charmin. Guarda la tira de billetes y devuelve unas pocas monedas: así es como se hacen negocios en Estados Unidos, querida. Cobra cuatro dólares por salchicha y, como que se llama Romeo, la gente los paga. Antes de que se ponga el sol, espera haber sacado tres de los grandes, puede que mucho más.

¡Y mira! ¡Ahí está Rusty Everett! ¡Al final ha podido escaparse! ¡Bien por él! Casi desearía haber pasado por las niñas —seguro que esto les encantaría, y a lo mejor disipaba sus miedos ver a tanta gente divirtiéndose—, aunque tal vez sería demasiada excitación para Jannie.

Localiza a Linda en el mismo instante en que ella lo localiza a él y se pone a saludar con la mano muy entusiasmada, casi dando saltos. Con las trenzas de Intrépida Chica Policía que lleva casi siempre que trabaja, Lin parece una porrista de preparatoria. Está entre Rose, la hermana de Twitch, y el joven que cocina en el restaurante. A Rusty le extraña un poco; pensaba que Barbara se había ido del pueblo. Está enemistado con Gran Jim. Una pelea de bar, eso ha oído decir Rusty, aunque no le tocaba guardia cuando los participantes llegaron para que los remendaran. Por Rusty, bien. Ya ha remendado a más de uno y más de dos clientes del Dipper's.

Abraza a su mujer, le da un beso en la boca, después planta a Rose un beso en la mejilla. Intercambia un apretón de manos con el cocinero y se lo vuelven a presentar.

—Mira esas salchichas —se lamenta Rusty—. Qué basura.

—Será mejor que vayas preparando los rollos de papel higiénico, Doc —dice Barbie, y todos comienzan a reír.

Es asombroso que se rían en estas circunstancias, pero no son los únicos... Cielos, y ¿por qué no? Si no puedes reírte cuando las cosas van mal —reírte y organizar un pequeño carnaval—, entonces es que estás muerto o deseas estarlo.

—Esto es divertido —dice Rose, ajena a lo pronto que va a terminar la diversión.

Un Frisbee pasa flotando. Ella lo atrapa en pleno vuelo y se lo devuelve a Benny Drake, que salta para tomarlo y luego gira para enviárselo a Norrie Calvert, que lo recoge de espaldas: ¡vaya! El círculo de oración ora. El coro mixto, que por fin ha encontrado su voz, ha escogido ese éxito de todos los tiempos: "Firmes y adelante, soldados de Cristo". Una niña que no es mayor que Judy pasa dando saltos, con la falda bailando alrededor de sus regordetas rodillas, aferrando una bengala con una mano y un vaso del horrible refresco de lima con la otra. Los manifestantes giran y giran en un vórtice cada vez más amplio, ahora vociferan "¡Por aquí y por allá! ¡Chester's Mill, libre ya!". Allá en lo alto, unas nubes esponjosas con fondo umbrío se deslizan hacia el norte desde Motton... y luego se dividen al acercarse a los soldados, rodeando la Cúpula. El cielo que tienen justo encima es de un azul inmaculado y sin nubes. En el campo de Dinsmore hay quien estudia esas nubes y se pregunta por la lluvia futura en Chester's Mill, pero nadie habla de ello en voz alta.

—Me pregunto si el domingo que viene todavía nos divertiremos —dice Barbie.

Linda Everett lo mira. No es una mirada agradable.

—¿No crees que antes...?

Rose la interrumpe.

—Miren allá. Ese niño no debería conducir esa máquina tan deprisa; va a volcar. Cómo detesto esas cuatrimotos...

Todos miran el pequeño vehículo de inmensas llantas y lo siguen mientras traza una diagonal por el blanco heno de octubre. No se dirige hacia ellos, cierto, sino hacia la Cúpula. Y va demasiado deprisa. Un par de soldados oyen el motor que se acerca y por fin voltean.

—Ay, Dios mío, no permitas que se estrelle —gime Linda Everett.

Rory Dinsmore no se estrella. Más le valdría haberse estrellado.

11

Una idea es como un microbio de resfriado: tarde o temprano siempre hay alguien que la asimila. Los jefes del Estado Mayor ya habían entendido la idea; la habían lanzado de aquí para allá en varias de las reuniones a las que había asistido el antiguo jefe de Barbie, el coronel James O. Cox. Tarde o temprano, alguien tenía que contagiarse de esa misma idea en Mill, y no fue del todo una sorpresa que ese alguien resultara ser Rory Dinsmore, que era con diferencia la herramienta más afilada de la caja de los Dinsmore ("No sé de dónde lo ha sacado", dijo Shelley Dinsmore cuando Rory llevó a casa sus primeras notas, todas excelentes..., y lo dijo más con voz de preocupación que de orgullo). Si hubiera vivido en el pueblo —y si hubiera tenido computadora (que no tenía)—, Rory sin lugar a dudas habría formado parte de la pandilla de Joe McClatchey "el Espantapájaros".

A Rory le habían prohibido que fuera al carnaval/encuentro de oración/manifestación; en lugar de comer extraños hotdogs y de ayudar a gestionar el estacionamiento, su padre le había ordenado que se quedara en casa y alimentara a las vacas. Cuando terminara, tenía que embadurnarles las ubres con ungüento Bag Balm, un trabajo que detestaba.

—Y cuando les hayas dejado las ubres suaves y brillantes —le dijo su padre—, barre los establos y deshaz algunas balas de heno.

Lo estaban castigando por haberse acercado a la Cúpula el día anterior después de que su padre se lo hubiese prohibido expresamente. Y por haberse atrevido a darle unos golpecitos con los nudillos, por el amor de Dios. Apelar a su madre, algo que solía funcionar, no le había servido esta vez.

—Podrías haberte matado —dijo Shelley—. Además, tu padre dice que fuiste insolente.

—¡Sólo les dije cómo se llama el cocinero! —protestó Rory, y por eso su padre le había soltado otro coscorrón mientras Ollie miraba con silenciosa y petulante aprobación.

—Ser tan listo te traerá problemas —dijo Alden.

Resguardado tras la espalda de su padre, Ollie le había sacado la lengua. Shelley, sin embargo, lo vio... y esta vez fue Ollie el que se llevó un coscorrón. Lo que no hicieron, con todo, fue prohibirle los placeres y las diversiones de la improvisada feria de esa tarde.

—Y ni te acerques a esa maldita máquina —dijo Alden, señalando la cuatrimoto que estaba estacionada a la sombra, entre los establos de ordeña 1 y 2—. Si tienes que mover el heno, carga con él. Así te pondrás fuerte.

Poco después, los Dinsmore menos brillantes salieron juntos y atravesaron el campo hacia la carpa de Romeo. El más lúcido de ellos se quedó atrás con una horca y un bote de Bag Balm grande como un jarrón.

Rory se dispuso a hacer sus tareas con desánimo pero a conciencia; a veces su despierto intelecto lo metía en problemas, pero lo cierto es que a pesar de todo era un buen hijo, y la idea de escaquearse de las tareas de castigo ni se le pasó por la cabeza. Al principio no se le pasó nada por la cabeza. Se encontraba en ese agraciado estado de vacuidad mental que a veces resulta ser un terreno muy fértil; el terreno en el que de pronto brotan nuestros sueños más brillantes y nuestras mayores ideas (tanto las buenas como las espectacularmente malas), a menudo en todo su esplendor. Sin embargo, siempre existe una cadena de asociaciones.

Cuando Rory empezó a barrer el pasillo principal del establo 1 (decidió que dejaría el detestable ungüento de ubres para el final), oyó un rápido pom-pum-pam que no podía ser más que una traca de petardos. Sonaban un poco como si fueran disparos. Eso le hizo pensar en el rifle 30-30 de su padre, que estaba guardado en el armario de la entrada. Los chicos tenían prohibido tocarlo salvo estricta supervisión —cuando iban a practicar tiro al blanco o en temporada de caza—, pero el armario no estaba cerrado con llave y la munición se encontraba en el estante de arriba.

Y entonces tuvo la idea. Rory pensó: *Podría abrir un agujero en esa cosa. Tal vez reventarla.* Vio la imagen, reluciente y clara, de lo que pasa cuando uno acerca un fósforo a la superficie de un globo.

Dejó la escoba y corrió a la casa. Igual que mucha gente brillante (sobre todo los niños brillantes), su punto fuerte era la inspiración más que la reflexión. Si su hermano mayor hubiese tenido una idea así (algo improbable), Ollie habría pensado: *Si no pudo atravesarla una avioneta, ni un camión maderero a toda velocidad, ¿qué probabilidades tiene una bala?* Puede que también hubiera razonado: *Ya estoy metido en un lío por desobedecer, y esto es desobediencia elevada a la novena potencia.*

Bueno… no, seguramente Ollie no habría pensado eso. Las aptitudes matemáticas de Ollie habían tocado techo con la multiplicación simple.

Rory, sin embargo, ya se enfrentaba con el álgebra universitario, y lo tenía más que dominado. Si le hubiesen preguntado cómo iba a conseguir una bala lo que no habían conseguido ni un camión ni una avioneta, habría dicho que el efecto del impacto de un

Winchester Elite XP^3 sería mucho mayor que ninguno de los anteriores. Tenía lógica. Para empezar, la velocidad sería mayor. Por otro lado, el impacto en sí estaría concentrado en la punta de una bala de 180 gramos. Estaba convencido de que funcionaría. Tenía la elegancia incuestionable de una ecuación algebraica.

Rory vio su sonriente rostro (aunque modesto, desde luego) en la portada de *USA Today*; se vio entrevistado en *Las noticias de la noche con Brian Williams*; sentado en una carroza cubierta de flores en un desfile en su honor, rodeado de chicas estilo Reina del Baile (seguramente con vestidos sin tirantes, a lo mejor en traje de baño) mientras él saludaba al público y nevaba confeti. ¡Sería EL CHICO QUE SALVÓ CHESTER'S MILL!

Agarró el rifle del armario, se acercó un banquito y alcanzó con la mano una caja de XP^3 del estante. Metió dos cartuchos en la recámara (uno de reserva), después salió corriendo con el rifle alzado por encima de la cabeza, como un guerrillero a la conquista (aunque, concedámosle una cosa, puso el seguro sin pensarlo siquiera). La llave de la cuatrimoto Yamaha que tenía prohibido conducir estaba colgada del tablero del establo 1. Sujetó el llavero entre los dientes mientras amarraba el rifle a la parte trasera del vehículo con un par de gomas elásticas. Se preguntó si la Cúpula produciría algún sonido al reventar. Probablemente debería haber tomado los tapones para tiradores que había en el estante superior del armario, pero regresar por ellos era impensable; tenía que hacer aquello en ese mismo instante.

Así son las buenas ideas.

Rodeó el establo 2 con la cuatrimoto y se detuvo justo lo necesario para estimar la magnitud de la muchedumbre que había en el campo. Emocionado como estaba, fue lo bastante sensato para no dirigirse hacia donde la Cúpula cruzaba la carretera (y donde los manchones de las colisiones del día anterior seguían pendiendo como la suciedad de un cristal sin lavar). Alguien podía detenerlo antes de que lograra reventar la Cúpula. Y entonces, en lugar de ser EL CHICO QUE SALVÓ CHESTER'S MILL, seguramente acabaría como EL CHICO QUE SE PASÓ UN AÑO ENGRASANDO UBRES DE VACA. Sí, y durante la primera semana lo haría en cuclillas porque tendría el trasero demasiado dolorido para sentarse. Algún otro acabaría llevándose el mérito por su gran idea.

Condujo en una diagonal que lo llevaría hasta la Cúpula a algo menos de quinientos metros de la carpa; se detendría en el lugar donde la paja estaba aplastada. Eso, como bien sabía, había sido provocado por los pájaros que habían caído. Vio que los soldados apostados en esa zona giraban hacia el rugido creciente del vehículo. Oyó gritos de alarma entre los asistentes a la feria y las oraciones. Los cánticos de los himnos cesaron con un alto discordante.

Lo peor de todo fue que vio a su padre agitando su mugrienta gorra John Deere hacia él y vociferando:

—¡MALDITA SEA, RORY, DETENTE!

Rory estaba demasiado acelerado para detenerse y, buen hijo o no, tampoco quería obedecer. La cuatrimoto se topó con un montículo y él dio un buen bote en el asiento, agarrándose y riendo como un chiflado. De pronto tenía su gorra Deere del revés, y ni siquiera recordaba habérsela puesto así. El vehículo se inclinó sobre su frente, después decidió no volcar. Ya casi había llegado, y uno de aquellos soldados vestidos con uniforme de trabajo también le gritaba que se detuviera.

Rory frenó, y a punto estuvo de dar una voltereta por encima del volante del Yamaha. No pensó en poner aquella condenada máquina en punto muerto, así que el vehículo siguió avanzando y chocó contra la Cúpula antes de ahogar el motor. Rory oyó cómo se plegaba el metal y cómo el faro se rompía en pedazos.

Los soldados, por miedo a que el vehículo los atropellara (el ojo que no ve nada que lo escude de un objeto que se acerca desencadena reflejos poderosos), cayeron hacia uno y otro lado y dejaron un hermoso hueco, eso le ahorró a Rory el tener que decirles que se alejaran del posible estallido explosivo. Quería ser un héroe, pero no quería herir ni matar a nadie para lograrlo.

Tenía que darse prisa. Quienes estaban más cerca del punto donde se había detenido eran los que se encontraban en el estacionamiento y los que se apiñaban en torno a la carpa de Ofertas del Final del Verano, y corrían como condenados. Su padre y su hermano estaban entre ellos, ambos gritaban que no hiciera lo que fuera que se había propuesto hacer.

Rory tiró del rifle para liberarlo de las gomas elásticas, acomodó la culata en el hombro y apuntó a la barrera invisible a metro y medio por encima de un trío de gorriones muertos.

—¡No, chico, mala idea! —gritó uno de los soldados.

Rory no le prestó atención, porque en realidad la idea era buena. La gente de la carpa y del estacionamiento ya estaba cerca. Alguien —Lester Coggins, que corría mucho mejor de lo que tocaba la guitarra— gritó:

—¡En el nombre de Cristo, hijo, no hagas eso!

Rory apretó el gatillo. No; solo lo intentó. El seguro seguía puesto. Miró por encima del hombro y vio cómo el predicador alto y delgado de la iglesia de los chiflados fanáticos adelantaba a su padre, que estaba sin resuello y tenía la cara roja. Lester llevaba la camisa por fuera, ondeando. Tenía los ojos abiertos como platos. El cocinero del Sweetbriar Rose iba justo detrás. Ya no estaban a más de cincuenta y cinco metros, y el reverendo parecía que acababa de meter cuarta.

Rory quitó el seguro con el pulgar.

—¡No, chico, no! —volvió a gritar el soldado al tiempo que se agazapaba en su lado de la Cúpula y extendía las manos abiertas.

Rory no le hizo caso. Así son las buenas ideas. Disparó.

Fue, por desgracia para Rory, un tiro perfecto. La bala de alto impacto dio plenamente en el blanco, contra la Cúpula, rebotó y regresó como una pelota de goma atada a una cuerda. Rory no sintió dolor de inmediato, pero una enorme capa de luz blanca le inundó la cabeza mientras el más pequeño de los dos fragmentos de la bala le destrozaba el ojo izquierdo y perforaba en su cerebro. La sangre empezó a manar a cántaros, y después le resbaló entre los dedos cuando cayó de rodillas aferrándose la cara.

12

—¡Estoy ciego! ¡Estoy ciego! —gritaba el niño, y Lester pensó al instante en el versículo al que había ido a parar su dedo: "Locura, ceguera y turbación de espíritu"—. ¡Estoy ciego! ¡Estoy ciego!

Lester apartó las manos del niño y vio la cuenca roja de la que manaba sangre. Los restos de lo que había sido un ojo colgaban sobre la mejilla de Rory. Cuando alzó la cabeza hacia Lester, el picadillo cayó sobre la hierba con un ruido sordo.

El reverendo tuvo un momento para acunar al niño en sus brazos antes de que el padre llegara y se lo arrebatara. Así estaba bien. Así era como debía ser. Lester había pecado y le había suplicado una guía al Señor. La guía le había sido concedida, le había sido dada una respuesta. Por fin sabía lo que tenía que hacer con los pecados que James Rennie lo había llevado a cometer.

Un niño ciego le había mostrado el camino.

LAS COSAS SIEMPRE PUEDEN EMPEORAR

1

Lo que Rusty Everett habría de recordar más tarde era confusión. La única imagen que sobresalía con absoluta claridad en su cabeza era la del torso desnudo del reverendo Coggins: su piel blanca y el abdomen marcado.

Sin embargo, Barbie, quizá porque el coronel Cox le había ordenado que se pusiera de nuevo su sombrero de investigador, lo vio todo. Y su recuerdo más vívido no era el de Coggins sin la camisa; era el de Melvin Searles mientras lo señalaba con un dedo y ladeaba la cabeza levemente, un gesto que cualquiera interpretaría como "Esto aún no ha acabado, muchacho".

Lo que los demás recordaban —lo que hizo que tomaran conciencia de la situación del pueblo de un modo que quizá no habría logrado nada más— fueron los gritos del padre mientras sostenía en brazos a su hijo ensangrentado y en un estado lamentable, y los gritos de la madre "¿Está bien, Alden? ¿ESTÁ BIEN?", mientras arrastraba sus casi treinta kilos de sobrepeso hacia la escena.

Barbie vio cómo Rusty Everett se abría paso entre la multitud que se había reunido en torno al muchacho y se unía a los dos hombres arrodillados: Alden y Lester. Alden mecía en brazos a su hijo mientras el reverendo Coggins observaba la escena con la boca abierta, como una reja desencajada. La mujer de Rusty estaba justo detrás de él. Rusty se arrodilló entre Alden y Lester e intentó apartar las manos del chico de su cara. Alden —como era de esperar, según Barbie— le dio un puñetazo. Rusty empezó a sangrar por la nariz.

—¡No! ¡Dejen que ayude! —gritó su mujer.

Linda, pensó Barbie. *Se llama Linda y es policía.*

—¡No, Alden! ¡No! —Linda puso la mano en el hombro del granjero, que giró, dispuesto a asestarle un puñetazo también a ella.

En su rostro se reflejaba que no estaba en su sano juicio; se había convertido en un animal que estaba protegiendo a un cachorro.

Barbie se inclinó para sujetar el puño del granjero en caso de que quisiera agredir a Linda, pero luego se le ocurrió una idea mejor.

—¡Necesitamos un médico! —gritó y se situó frente a Alden para que no pudiera ver a Linda—. ¡Un médico! ¡Un médico, un…!

Alguien agarró a Barbie del cuello de la camisa y le dio la vuelta. Sólo tuvo tiempo de reconocer a Mel Searles, uno de los colegas de Junior, y de ver que Searles llevaba una camisa de uniforme azul y una placa. *Esto no puede empeorar*, pensó Barbie, pero como si quisiera demostrar que se equivocaba, Searles le dio un puñetazo en la cara, tal como había hecho aquella otra noche en el estacionamiento de Dipper's. No acertó a darle en la nariz, que seguro era su objetivo, pero le aplastó los labios contra los dientes.

Searles echó el puño atrás para golpearlo de nuevo, pero Jackie Wettington, ese día compañera de Mel muy a su pesar, lo agarró del brazo antes de que pudiera agredirlo.

—¡No lo haga! —gritó—. ¡No lo haga, oficial!

Por un instante todo pendió de un hilo. Entonces Olli Dinsmore, seguido de cerca de su madre, que jadeaba y sollozaba, pasó entre ellos e hizo retroceder a Searles.

Melvin bajó el puño.

—De acuerdo —dijo—. Pero estás en la escena de un crimen, imbécil. En la escena de una investigación policial. O como se diga.

Barbie se limpió la boca ensangrentada con el dorso de la mano y pensó: *Las cosas siempre pueden empeorar. Eso es lo malo, que siempre pueden empeorar.*

2

Lo único que Rusty oyó de todo lo sucedido fue "médico". Entonces lo dijo él mismo.

—Médico, señor Dinsmore. Rusty Everett. Me conoce. Deje que le eche un vistazo a su hijo.

—¡Déjalo, Alden! —gritó Shelley—. ¡Deja que vea a Rory!

Alden soltó al muchacho, que, arrodillado, se balanceaba hacia delante y hacia atrás con los pantalones empapados de sangre.

Había vuelto a cubrirse la cara con las manos. Rusty las tomó, con mucho cuidado, y las apartó. Albergaba la esperanza de que no fuera tan grave como se temía, pero la cuenca estaba vacía y sangraba. Y el cerebro que se ocultaba tras la cuenca había sufrido graves daños. Lo que no entendía era cómo era posible que el otro ojo mirara hacia arriba, en un gesto absurdo, hacia la nada.

Rusty empezó a quitarse la camisa, pero el predicador ya ofrecía la suya. El torso de Coggins, delgado y blanco por delante, y surcado por unos verdugones rojos con forma de cruz en la espalda, estaba cubierto de sudor. Le tendió la camisa.

—No —dijo Rusty—. Hazla jirones.

En un primer momento Lester no lo entendió. Entonces desgarró la camisa en dos. El resto del contingente policial empezaba a llegar, y algunos de los policías oficiales —Henry Morrison, George Frederick, Jackie Wettington y Freddy Denton— gritaron a los nuevos ayudantes especiales para que ayudaran a hacer retroceder a la multitud, a darles espacio. Los nuevos obedecieron con entusiasmo. Algunos de los curiosos cayeron al suelo, entre ellos la famosa torturadora de Bratz Samantha Bushey. Sammy llevaba a Little Walter en un portabebés, y cuando cayó sobre su trasero, ambos gritaron. Junior Rennie pasó por encima de ella sin tan siquiera mirarla, agarró a la madre de Rory y estuvo a punto de levantar en el aire a la madre del chico herido; Freddy Denton lo detuvo.

—¡No, Junior, no! ¡Es la madre del muchacho! ¡Suéltala!

—¡Brutalidad policiaca! —gritó Sammy Bushey desde donde se encontraba, en la hierba—. ¡Brutalidad poli…!

Georgia Roux, la última incorporación al departamento de policía de Peter Randolph, llegó con Carter Thibodeau (tomada de su mano, de hecho). Georgia le puso una bota sobre el pecho a Sammy, en un gesto que no llegó a ser una patada, y dijo:

—Ey, tú, lesbiana, cierra el pico.

Junior soltó a la madre de Rory y se reunió con Mel, Carter y Georgia, que miraban a Barbie. Junior también clavó la vista en Barbie, pensó que estaba harto de encontrárselo hasta en la sopa y que estaría muy bien en una celda junto a la de Sam "el Andrajoso". Junior también pensó que ser policía había sido su destino desde siempre; sin duda le había aliviado las migrañas.

Rusty tomó la mitad de la camisa rasgada de Lester y la hizo jirones. Dobló un pedazo e iba a ponerlo en la herida sangrante de la cara del muchacho, cuando cambió de opinión y se lo dio al padre.

—Tape la...

Apenas pudo pronunciar las palabras; tenía la garganta llena de sangre por culpa de la nariz rota. Entonces carraspeó, giró la cabeza hacia un lado y escupió en la hierba un gargajo medio coagulado y lo intentó de nuevo.

—Tape la herida y apriete. Póngale una mano en la nuca y apriete con fuerza.

Aturdido pero deseoso de ayudar, Alden Dinsmore hizo lo que le ordenó. La improvisada almohadilla se tiñó de rojo de inmediato, pero aun así el hombre parecía más calmado. Tener algo que hacer ayudaba. Como era habitual.

Rusty lanzó el otro jirón de la camisa a Lester.

—¡Más! —dijo, y Lester empezó a rasgar la camisa en trozos más pequeños.

Rusty levantó la mano de Dinsmore y apartó el pedazo de tela, que estaba empapado de sangre y ya no servía para nada. Shelley Dinsmore gritó cuando vio la cuenca vacía.

—¡Oh, mi niño! ¡Mi niño!

Peter Randolph llegó trotando, jadeando y resoplando. Aun así, le llevaba cierta ventaja a Gran Jim, que, consciente de sus problemas cardíacos, bajaba lentamente por la ladera del campo de hierba, mientras que el resto de la multitud avanzaba por un camino ancho. Pensaba en el lío de tres pares de cajones que tenía enfrente. A partir de ese momento solo se permitirían las reuniones tras la obtención de un permiso previo. Y si por él fuera (claro que sí), los permisos serían difíciles de obtener.

—¡Aparten a esta gente! —gritó Randolph al oficial Morrison.

Y Henry obedeció:

—¡Apártense, chicos! ¡Déjenlos respirar!

Morrison se desgañitaba:

—¡Oficiales, formen una línea! ¡Háganlos retroceder! ¡Y arresten a todos aquellos que muestren la menor resistencia!

La multitud empezó a retroceder arrastrando los pies. Barbie no se movió.

—Señor Everett… Rusty… ¿Necesitas ayuda? ¿Estás bien?

—Sí —respondió Rusty. Y, por la expresión de su cara, Barbie dedujo todo lo que tenía que saber: que el auxiliar médico estaba bien, tan solo tenía una hemorragia nasal. Sin embargo, el muchacho no estaba bien y nunca volvería a estarlo, incluso si sobrevivía. Rusty puso un apósito nuevo en la cuenca del chico y le dijo al padre que apretara—. La nuca, recuerda. Aprieta con fuerza. Con fuerza.

Barbie retrocedió un poco, pero entonces el chico habló.

3

—Es Halloween. No puedes… No podemos…

Rusty se quedó paralizado mientras doblaba otro trozo de tela. De repente estaba en la habitación de su hija oyendo cómo Janelle gritaba: "¡Es culpa de la Gran Calabaza!"

Alzó la cabeza y miró a Linda. Ella también lo había oído. Abrió los ojos como platos y palideció.

—¡Linda! —exclamó Rusty—. ¡Toma el *walkie*! ¡Llama al hospital y dile a Twitch que traiga la ambulancia…!

—¡Fuego! —gritó Rory Dinsmore con voz aguda y temblorosa. Lester lo miraba como Moisés debió de mirar la zarza ardiente—. ¡Fuego! ¡El autobús está en llamas! ¡Todo el mundo grita! ¡Cuidado con Halloween!

Ahora la multitud guardaba silencio, escuchaba el desvarío del niño. Hasta Jim Rennie lo oyó cuando alcanzó a la muchedumbre y empezó a abrirse paso a codazos.

—¡Linda! —gritó Rusty—. ¡Toma el *walkie*! ¡Necesitamos la ambulancia!

De repente dio un respingo, como si alguien hubiera dado una palmada delante de su cara. Sacó el *walkie-talkie* del bolsillo.

Rory se revolvió en el césped y empezó a sufrir convulsiones.

—¿Qué está pasando? —preguntó el padre.

—¡Oh, Dios mío, se está muriendo! —dijo la madre.

Rusty dio la vuelta al chico (intentaba no pensar en Jannie, pero eso, por supuesto, era imposible), que temblaba y daba sacudidas, y le levantó la barbilla para que respirara mejor.

—Vamos —le dijo a Alden—. No aflojes ahora. Aprieta el cuello. Comprime la herida. Hay que detener la hemorragia.

El hecho de aplicar tanta fuerza podía hundir aún más el fragmento de la bala que le había arrancado el ojo al chico, pero Rusty decidió que se preocuparía de eso más tarde. Siempre que el muchacho no muriera ahí mismo, en la hierba.

Cerca de allí —pero, oh, tan lejos—, uno de los soldados abrió la boca. Apenas había dejado atrás la adolescencia. Parecía aterrado y arrepentido.

—Intentamos detenerlo pero no nos hizo caso. No pudimos hacer nada.

Pete Freeman, con su Nikon colgada de la rodilla con la correa, regaló al joven guerrero una sonrisa de extraña amargura.

—Creo que eso ya lo sabemos. Si no lo sabíamos antes, desde luego ahora ya sí.

4

Antes de que Barbie pudiera fundirse con la multitud, Mel Searles lo agarró del brazo.

—Quítame las manos de encima —le dijo Barbie con buenas maneras.

Searles hizo una mueca y le enseñó los dientes.

—Ni en sueños, imbécil —y alzó la voz—. ¡Jefe! ¡Ey, jefe!

Peter Randolph giró hacia él con impaciencia y cara de pocos amigos.

—Este tipo ha obstaculizado la actuación de la policía mientras intentaba proteger la escena. ¿Puedo arrestarlo?

Randolph abrió la boca, seguramente para decir "No me hagas perder el tiempo", y miró alrededor. Jim Rennie se había unido al pequeño grupo que observaba a Everett mientras éste atendía al muchacho. Rennie lanzó una mirada impertérrita a Barbie, cual un reptil tendido sobre una roca, miró de nuevo a Randolph y asintió con un leve gesto de la cabeza.

Mel lo vio y su sonrisa se hizo mayor. Eso era mejor que ver sangrar a un chico, y mucho mejor que poner orden en una muchedumbre de devotos y tarados con pancartas.

—La venganza es muy perra, Baaaaarbie —dijo Junior.

Jackie parecía dudar.

—Pete... O sea, jefe... Creo que el tipo solo intentaba...

—Espósenlo —la interrumpió Randolph—. Ya aclararemos qué intentaba o no intentaba hacer. Mientras tanto, quiero que despejen la zona. —Alzó la voz—. ¡Esto se acabó, chicos! ¡Ya se divirtieron y vean cómo terminó la cosa! ¡Vayan a casa!

Jackie se estaba quitando las esposas de plástico del cinturón (no tenía intención alguna de dárselas a Mel Searles ya que quería ponérselas ella misma) cuando intervino Julia Shumway. Se encontraba justo detrás de Randolph y Gran Jim (de hecho, Rennie la había apartado con un codazo mientras se abría paso para llegar al lugar donde se desarrollaba la acción).

—Yo que usted no lo haría, jefe Randolph, a menos que quiera que la policía aparezca haciendo el ridículo en la portada del *Democrat*. —Lucía una de sus sonrisas de Mona Lisa—. Y más si tenemos en cuenta que usted es un recién llegado al cargo.

—¿De qué hablas? —preguntó Randolph, que tenía el rostro surcado de unas feas arrugas.

Julia levantó la cámara, un modelo algo más antiguo que el de Pete Freeman.

—Tengo unas cuantas fotografías del señor Barbara ayudando a Rusty Everett a curar al muchacho herido, unas cuantas del oficial Searles tirando del señor Barbara sin ningún motivo aparente... y una del oficial Searles dándole un puñetazo en la boca al señor Barbara. También sin ningún motivo aparente. No soy una gran fotógrafa, pero esta última es bastante buena. ¿Le gustaría verla, jefe Randolph? Si quiere, puede; la cámara es digital.

La admiración de Barbie por esa mujer aumentó porque creía que estaba fingiendo. Si había estado tomando fotografías, ¿por qué tenía la tapa del objetivo en la mano izquierda, como si acabara de quitarlo?

—Es mentira, jefe —dijo Mel—. Fue él quien intentó golpearme. Pregúntele a Junior.

—Creo que mis fotografías demostrarán que el joven Rennie estaba intentando controlar el gentío y que se encontraba de espaldas cuando el oficial Searles le propinó el puñetazo al señor Barbara —terció Julia.

Randolph la fulminó con la mirada.

—Podría quitarle la cámara —dijo—. Es una prueba.

—Por supuesto que podría —admitió ella con alegría—, y Pete Freeman sacaría una foto del instante. Entonces podría quitarle la cámara también a él... Pero todo el mundo presenciaría la escena.

—¿En qué bando estás, Julia? —preguntó Gran Jim. Le dedicó una sonrisa aterradora, la sonrisa de un tiburón que está a punto de morder el trasero a un nadador.

Julia le devolvió la sonrisa, con una mirada tan inocente y curiosa como la de un niño.

—¿Acaso hay bandos, James? ¿Aparte del bando de los de fuera —señaló a los soldados que los observaban— y los de dentro?

Gran Jim pensó en eso y transformó la sonrisa en una mueca. Entonces hizo un ademán de indignación dirigido a Randolph.

—Supongo que es mejor que lo pasemos por alto, señor Barbara —dijo Randolph—. Fue una acción que se produjo en un momento de exaltación.

—Gracias —replicó Barbie.

Jackie tomó del brazo a su adusto compañero.

—Vamos, oficial Searles. Asunto zanjado. Vamos a hacer retroceder a toda esa gente.

Searles la siguió, pero giró hacia Barbie y le hizo un gesto: lo señaló con un dedo y ladeó levemente la cabeza. *Esto aún no se ha acabado, muchacho.*

Aparecieron Toby Manning, el ayudante de Rommie, y Jack Evans con una camilla improvisada hecha con lona y los mástiles de una tienda. Rommie abrió la boca para preguntar qué demonios creían que estaban haciendo, pero la cerró de nuevo. El día de maniobras se había cancelado, así que qué demonios.

5

Los que tenían coche se subieron a él y todos intentaron ponerse en marcha al mismo tiempo.

Era de prever, pensó Joe McClatchey. *Absolutamente previsible.*

La mayoría de los policías se puso manos a la obra para despejar el atasco que se creó, aunque hasta un puñado de niños (Joe estaba junto a Benny Drake y Norrie Calvert) podía darse cuenta de que el reciente y mejorado cuerpo de policía no tenía ni idea de lo que estaba haciendo. Los gritos de maldición de los oficiales atravesaban la brisa estival ("¡Mueve ese puto coche de una vez!"). A pesar del caos, nadie tocaba el claxon. La mayoría de la gente estaba demasiado cansada para eso.

Benny dijo:

—Fíjate en todos esos idiotas. ¿Cuántos litros de gasolina crees que están consumiendo? Deben de pensar que es un recurso infinito.

—Seguro —dijo Norrie. Era una chica dura, una *riot grrrl* de pueblo, con el cabello corto por los lados y arriba y largo por detrás, pero ahora tenía aspecto pálido, triste y asustado. Tomó a Benny de la mano. A Joe "el Espantapájaros" se le partió el corazón, pero se recuperó al instante cuando Norrie lo tomó de la mano también a él.

—Ahí va el tipo que estuvo a punto de ser arrestado —dijo Benny, señalando con la mano libre.

Barbie y la periodista cruzaban el campo en dirección al periódico junto con sesenta u ochenta personas más, algunas de las cuales arrastraban abatidas sus carteles de protesta.

—La Barbie Periodista no ha sacado ninguna foto —dijo Joe "el Espantapájaros"—. Yo estaba justo detrás de ella. Muy astuta.

—Sí —asintió Benny—, pero aun así no me gustaría estar en el lugar de esa tal Barbara. Hasta que no acabe este asunto, la policía puede hacer lo que quiera.

Joe sabía que era cierto. Y los policías nuevos no eran muy simpáticos. Junior Rennie, por ejemplo. La historia de la detención de Sam "el Andrajoso" ya había trascendido.

—¿Qué estás diciendo? —preguntó Norrie a Benny.

—De momento, nada. El asunto aún está frío —comentó—. Bastante frío. Pero como esto siga así… ¿Recuerdas *El señor de las moscas*? —La habían leído en clase de Lengua.

Benny recitó:

—"Mata al cerdo. Córtale el cuello. Pártele el cráneo." La gente llama cerdos a los policías, pero voy a decirte lo que pienso: pienso que los oficiales se vuelven cerdos cuando todo se complica. Quizá porque ellos también se asustan.

Norrie Calvert rompió a llorar. Joe "el Espantapájaros" la rodeó con un brazo. Lo hizo con mucho cuidado, como si tuviera miedo de que semejante gesto fuera a provocar que ambos explotaran, pero Norrie pegó la cara a su camisa y también lo abrazó, aunque con un solo brazo porque aún aferraba la mano de Benny. Joe no había sentido en toda su vida algo tan extraño y al mismo tiempo tan emocionante como esa sensación cuando notó que las lágrimas de ella le humedecían la camisa. Por encima de la cabeza de Norrie, lanzó una mirada de reproche a Benny.

—Lo siento —dijo Benny, que dio unas palmadas en la espalda a Norrie—. No tengas miedo.

—¡Le faltaba un ojo! —gritó ella. Las palabras quedaron amortiguadas por el pecho de Joe. Entonces Norrie lo soltó—: Esto ya no tiene gracia. Ni la más mínima gracia.

—No —admitió Joe, como si hubiera descubierto una gran verdad—. No la tiene.

—Mira —dijo Benny.

Era la ambulancia. Twitch estaba atravesando el campo de Dinsmore con las luces rojas del toldo encendidas. Su hermana, la mujer que regentaba el Sweetbriar Rose, caminaba frente a él, guiándolo para que pudiera esquivar los peores baches. Una ambulancia en un campo de heno, bajo el cielo resplandeciente de un atardecer de octubre: era el toque final.

De pronto a Joe "el Espantapájaros" se le quitaron las ganas de protestar. Pero tampoco quería irse a casa.

En ese instante lo único que quería era salir del pueblo.

6

Julia se sentó al volante del coche pero no encendió el motor; iban a pasar un buen rato allí, no tenía sentido malgastar gasolina. Se inclinó frente a Barbie, abrió la guantera y sacó un viejo paquete de American Spirits.

—Provisiones de emergencia —dijo a modo de disculpa—. ¿Quieres uno?

Barbie negó con la cabeza.

—¿Te importa? Porque puedo esperar.

Negó de nuevo con la cabeza. Julia encendió el cigarro y echó el humo por la ventanilla. Aún hacía calor, era un día de canícula, pero no iba a durar mucho. Dentro de una semana, más o menos, el tiempo se iría al carajo, como decían los ancianos. *O quizá no*, pensó ella. *¿Quién demonios lo sabe?* Si la Cúpula seguía en su sitio, no le cabía la menor duda de que muchos meteorólogos empezarían a elucubrar sobre el tema del tiempo en el interior, ¿y? Los Yoda del Canal Meteorológico ni siquiera podían predecir la evolución de una tormenta de nieve, y en opinión de Julia no merecían más crédito que los genios de la política que se pasaban todo el día charlando en las mesas del Sweetbriar Rose.

—Gracias por intervenir antes —dijo Barbie—. Me salvaste el trasero.

—Voy a darte una primicia, cielo: tu trasero está sano y salvo. De momento. ¿Qué piensas hacer la próxima vez? ¿Vas a pedirle a tu amigo Cox que avise a los de la Unión Americana por las Libertades Civiles? Tal vez les interese tu caso, pero no creo que nadie de la oficina de Portland vaya a venir de visita a Chester's Mill en breve.

—No seas tan pesimista. Quizá la Cúpula desaparezca esta noche. O tal vez se disipe. No lo sabemos.

—No creo. Esto es obra del gobierno, y vaya gobierno. Estoy segura de que el coronel Cox lo sabe.

Barbie permaneció en silencio. Le creyó a Cox cuando dijo que el gobierno de Estados Unidos no tenía nada que ver con la Cúpula. No porque Cox fuera alguien digno de confianza, sino porque Barbie no creía que Estados Unidos poseyera la tecnología necesaria. Ni ningún otro país, en realidad. Pero ¿él qué sabía? Su última misión como miembro del ejército había consistido en amenazar a iraquíes asustados. En ocasiones apuntándolos con una pistola en la cabeza.

Frankie DeLesseps, el amigo de Junior, estaba en la 119 ayudando a dirigir el tránsito. Vestía una camisa azul de uniforme sobre los pantalones de mezclilla; seguramente en la comisaría no había uniforme de su talla. El cabrón era alto. Y Julia se fijó, con recelo, en que llevaba una pistola en la cadera. Más pequeña que las Glock de los policías oficiales, probablemente suya, pero una pistola al fin y al cabo.

—¿Qué harás si las Juventudes Hitlerianas van por ti? —le preguntó, señalando con la barbilla a Frankie—. Espero que tengas buena suerte mientras gritas "brutalidad policiaca" si te encierran y deciden acabar lo que empezaron. Solo hay dos abogados en el pueblo. Uno está senil y el otro conduce un Boxster que Jim Rennie le vendió a buen precio. O eso he oído.

—Sé cuidar de mí mismo.

—Ooooh, qué macho.

—¿Y tu periódico? Parecía que lo tenías listo cuando me fui anoche.

—Técnicamente te has ido esta mañana. Y sí, está listo. Pete y yo y unos cuantos amigos nos aseguraremos de que se distribuya. Lo que ocurre es que creía que no tenía sentido empezar a hacerlo cuando solo quedaba una cuarta parte de los habitantes en el pueblo. ¿Quieres trabajar de repartidor voluntario?

—Lo haría encantado, pero tengo que preparar un millón de cenas. Esta noche solo se servirá comida fría en el restaurante.

—Quizá me pase —tiró el cigarrillo, que había dejado a medias, por la ventana. Entonces, tras pensarlo un instante, bajó del coche y lo pisó. Más valía que no provocara un incendio, sobre todo teniendo en cuenta que los camiones de bomberos nuevos del pueblo estaban atrapados en Castle Rock—. Pasé a la casa del jefe Perkins —dijo mientras se sentaba de nuevo al volante—. Bueno, claro, ahora solo es casa de Brenda.

—¿Qué tal está?

—Destrozada. Pero cuando le dije que querías verla, y que era importante, aunque no le revelé el motivo, me dijo que le parecía bien. Será mejor que vayas cuando se haya puesto el sol. Supongo que tu amigo estará impaciente…

—Deja de decir que Cox es mi amigo. No lo es.

Observaron en silencio cómo subían al muchacho herido a la ambulancia. Los soldados también miraban la escena. Seguramente estaban desobedeciendo las órdenes de sus superiores, y eso hizo que Julia se sintiera un poco mejor. La ambulancia empezó a abrirse camino por el campo con las luces encendidas.

—Es terrible —dijo en voz baja.

Barbie le puso un brazo sobre los hombros. Por un instante, ella se puso tensa, pero luego se relajó. Miró al frente, hacia la ambulancia, que se incorporaba a un carril libre de la 119, y añadió:

—¿Y si me encierran, amigo mío? ¿Y si Rennie y sus títeres de la policía deciden cerrar mi pequeño periódico?

—Eso no va a suceder —replicó Barbie. Pero no pudo evitar darle vueltas al asunto. Si la situación se alargaba mucho tiempo, creía que cada día acabaría convirtiéndose en el día de Cualquier Cosa es Posible en Chester's Mill.

—Esa mujer tenía alguna otra cosa en la cabeza —dijo Julia Shumway.

—¿La señora Perkins?

—Sí. En muchos sentidos, fue una conversación muy rara.

—Está apenada por lo de su marido —dijo Barbie—. El dolor hace que la gente se comporte de un modo extraño. Ayer saludé a Jack Evans (su mujer murió ayer cuando bajó la Cúpula) y me miró como si no me conociera, y eso que llevo sirviéndole mi famoso pastel de carne de los miércoles desde la pasada primavera.

—Conozco a Brenda Perkins desde que era Brenda Morse —dijo Julia—. Casi cuarenta años. Creía que me diría qué le preocupaba… pero no lo hizo.

Barbie señaló hacia la carretera.

—Creo que ya puedes arrancar.

Cuando Julia encendió el motor, sonó su teléfono. Con las prisas por contestar, casi se le cayó el bolso. Escuchó y se lo pasó a Barbie con una sonrisa irónica.

—Es para ti, jefe.

Era Cox, y Cox tenía algo que decir. Bastante, de hecho. Barbie lo interrumpió para contarle lo que le había ocurrido al chico al que llevaban al Cathy Russell, pero o Cox no relacionaba la historia de Rory Dinsmore con lo que él le estaba diciendo, o no quería. Escuchó con educación, y luego prosiguió con su perorata. Cuando acabó, le hizo una pregunta que habría sido una orden si Barbie aún vistiera uniforme y se encontrara a sus órdenes.

—Señor, entiendo lo que está preguntando, pero usted no es consciente de la… situación política de aquí, tal como lo llamaría usted. Y el pequeño papel que yo desempeño en ella. Antes de que apareciera esta Cúpula tuve unos cuantos problemas, y…

—Ya lo sabemos —lo interrumpió Cox—. Un altercado con el

hijo del segundo concejal y algunos de sus amigos. Estuvieron a punto de detenerlo, según consta en mi carpeta.

Una carpeta. Ahora tiene una carpeta. Que Dios me ayude.

—Veo que está bien informado —dijo Barbie—, pero deje que le cuente algo más. En primer lugar, el jefe de policía que impidió que me detuvieran murió en la 119, no muy lejos del lugar desde el que le hablo. De hecho…

Ruido de papeles apenas perceptible en un mundo que él ya no podía visitar. De repente le entraron ganas de matar al coronel James O. Cox con sus manos, por el mero hecho de que James O. Cox podía ir a McDonald's cuando quisiera, y él, Dale Barbara, no.

—Eso también lo sabemos —dijo Cox—. Un problema con el marcapasos.

—En segundo lugar —prosiguió Barbie—, el nuevo jefe, que es uña y carne con el único miembro poderoso de la Junta de Concejales del pueblo, ha contratado a unos ayudantes de policía nuevos. Son los tipos que intentaron arrancarme la cabeza en el estacionamiento del club nocturno.

—Pues tendrá que arreglárselas como pueda, ¿no le parece? ¿Coronel?

—¿Por qué me llama coronel? El coronel es usted.

—Felicidades —dijo Cox—. No solo se ha alistado de nuevo al servicio de su país, sino que ha obtenido un ascenso meteórico.

—¡No! —gritó Barbie. Julia lo miraba con preocupación, pero él apenas se dio cuenta—. ¡No, no lo quiero!

—Ya, pero lo tiene —respondió Cox con calma—. Voy a enviar una copia por correo electrónico del papeleo esencial a su amiga, la directora del periódico, antes de que cancelemos las comunicaciones por internet de su desafortunado pueblo.

—¿Cancelarlas? ¡No pueden hacerlo!

—El papeleo está firmado por el propio presidente. ¿Piensa contradecirlo? Creo que se pone de muy mal humor cuando lo contradicen.

Barbie no contestó. La cabeza le daba vueltas.

—Tiene que ir a ver a los concejales y al jefe de policía —añadió Cox—. Debe decirles que el presidente ha invocado la ley marcial en Chester's Mill y que usted es el oficial al cargo. Estoy convencido de que hallará cierta resistencia inicial, pero la información que acabo de darle debería ayudarlo a convertirse en el vínculo con el mundo exterior. Y conozco de sobra sus poderes de persuasión. Los vi de primera mano en Iraq.

—Señor —dijo—. Creo que no ha interpretado bien cuál es la situación actual aquí —se pasó una mano por el cabello. La oreja le palpitaba por culpa del maldito teléfono. Es como si entendiera la idea de la Cúpula, pero no lo que está ocurriendo en el pueblo como consecuencia de ella. Y todo ha sucedido hace menos de treinta horas.

—Entonces, ayúdeme a entenderlo.

—Usted dice que el presidente quiere que yo haga esto. Imaginemos que le llamo y le digo que puede besar mi sonrosado trasero y...

Julia lo miraba horrorizada, lo que le infundió ánimos.

—Es más, imaginemos que le digo que soy un oficial de Al-Qaeda, y que había planeado matarlo, bang, de un tiro en la cabeza. ¿Qué pasaría?

—Teniente Barbara, coronel Barbara, quiero decir, es suficiente.

Barbie no estaba de acuerdo.

—¿Podría enviar al FBI por mí? ¿Al Servicio Secreto? ¿Al maldito Ejército Rojo? No, señor. No podría.

—Tenemos planes para cambiar eso, tal como ya le he explicado —Cox ya no parecía relajado ni de buen humor, sino un viejo soldado de infantería que discutía con otro.

—Si funciona, hágame el favor de enviar a la agencia federal que más le guste para que me detenga. Pero si seguimos aislados, ¿quién va a hacerme caso en este pueblo? Métaselo en la cabeza: este pueblo se ha escindido. No solo de Estados Unidos, sino del mundo entero. No podemos hacer nada al respecto, y ustedes tampoco.

Cox replicó tranquilamente:

—Estamos intentando ayudarles.

—Cuando lo dice casi le creo. Pero ¿le creerá alguien más de este pueblo? Cuando buscan la ayuda que les han enviado gracias al dinero de sus impuestos, lo único que ven es un montón de soldados de espaldas. Lo cual no transmite un mensaje demasiado halagüeño.

—Está hablando mucho para alguien que solo sabe decir no.

—No estoy diciendo que no. Solo digo que estoy a tres metros de que me detengan, y que proclamarme a mí mismo comandante no me ayudará.

—Imagine que llamo al primer concejal… ¿Cómo se llama…? Sanders… y que le cuento…

—A eso me refería cuando le decía que sabe muy poco. Esto es como cuando estábamos en Iraq, pero en esta ocasión usted está en Washington en lugar de en el terreno, y parece estar tan perdido como el resto de los soldados. Escúcheme con atención, señor: una información parcial de inteligencia es peor que una ausencia total de información.

—Un conocimiento pequeño es algo peligroso —dijo Julia en tono soñador.

—Si no a Sanders, entonces ¿quién?

—A James Rennie. El segundo concejal. Es el amo de todo esto.

Se hizo un pausa. Entonces Cox dijo:

—Quizá podemos dejarles con conexión a internet. Algunos de nosotros creemos que cortarlo es una reacción visceral.

—¿Por qué piensa eso? —preguntó Barbie—. ¿No saben que si nos dejan con internet, la receta del pastel saldrá a la luz tarde o temprano?

Julia se enderezó y articuló en silencio: "¿Están intentando cortar internet?". Barbie levantó un dedo: "Espera".

—Escúcheme, Barbie. Imagine que llamamos a ese tal Rennie y le decimos que tenemos que cortar la conexión a internet, que lo sentimos, que se trata de una situación de crisis, que hay que tomar medidas extremas, etcétera, etcétera. Usted entonces podría convencerlo de su utilidad fingiendo que nos hace cambiar de opinión.

Barbie meditó la cuestión. Podía funcionar. Durante un tiempo, como mínimo. O tal vez no.

—Además —añadió Cox, animado—, les dará esa otra información. Quizá salve algunas vidas, pero le ahorrará a la gente el susto de su vida, sin duda.

Barbie dijo:

—Los teléfonos también tienen que seguir funcionando, aparte de internet.

—Eso será difícil. Tal vez pueda conseguir el internet, pero…

Escúcheme. Hay como mínimo cinco tipos que se creen Curtis Le-May en el comité encargado de gestionar este problema, y en lo que a ellos respecta, todos los habitantes de Chester's Mill son terroristas hasta que se demuestre lo contrario.

—¿Y qué pueden hacer esos supuestos terroristas para atacar a Estados Unidos? ¿Atentados suicidas en la iglesia congregacional?

—Barbie, está predicando a los conversos.

Tenía razón.

—¿Lo hará?

—Ya le llamaré para comunicarle mi decisión. Espere a hablar conmigo antes de hacer cualquier cosa. Primero tengo que hablar con la viuda del difunto jefe de policía.

Cox insistió.

—¿Verdad que no comentará con nadie los detalles de esta conversación?

A Barbie le sorprendió de nuevo el hecho de que alguien como Cox, un librepensador en comparación con el resto de los militares, no fuera capaz de darse cuenta de los cambios que había desencadenado la Cúpula. Ahí dentro, el secretismo de Cox ya no importaba.

Nosotros contra ellos, pensó Barbie. *Ahora somos nosotros contra ellos. A menos que su absurda idea funcione, claro.*

—Señor, tendré que llamarle después para transmitirle mi decisión final sobre la cuestión; este teléfono se está quedando sin batería —una mentira que dijo sin remordimientos—. Y tiene que esperar a recibir noticias mías antes de poder hablar con alguien más.

—Tan solo recuerde que el *gran bang* está programado para las trece horas de mañana. Si quiere asegurar la viabilidad de todo esto, es mejor que se mantenga al frente.

"Asegurar la viabilidad." Otra expresión que no tenía sentido bajo la Cúpula. A menos que se refiriera a mantener el suministro de gas del generador.

—Ya hablaremos —dijo Barbie, que colgó antes de que Cox pudiera añadir algo más.

La 119 ya estaba casi despejada, aunque DeLesseps seguía allí, apoyado en su coche clásico de gran potencia y con los brazos cruzados. Cuando Julia pasó junto al Nova, Barbie se fijó en una calcomanía que decía PRECIO DEL VIAJE: SEXO, DROGAS O DIÉSEL. También unas luces de policía sobre el tablero. Pensó que el contraste resumía todo lo que estaba mal en Chester's Mill.

Mientras avanzaban por la 119 Barbie le contó a Julia todo lo que le había dicho Cox.

—Lo que están planeando no se diferencia mucho de lo que acaba de intentar ese chico —dijo ella, horrorizada.

—Bueno, es un poco distinto —replicó Barbie—. Ese muchacho lo intentó con un rifle. Y ellos tienen preparado un misil de crucero. Llámalo la teoría del Gran Bang.

Julia sonrió. Pero no era su sonrisa habitual; pálida y perpleja, aparentaba sesenta años en lugar de cuarenta y tres.

—Me parece que voy a sacar otro número del periódico antes de lo que creía.

Barbie asintió.

—Extra, extra, léalo todo aquí.

7

—Hola, Sammy —dijo alguien—. ¿Qué tal estás?

Samantha Bushey no reconoció la voz y giró con cautela, sujetando la mochila portabebés por debajo. Little Walter estaba dormido y pesaba mucho. A Samantha le dolía el trasero porque se había caído de nalgas, y le dolía el corazón porque esa maldita Georgia Roux la había llamado "lesbiana". La misma Georgia Roux que en más de una ocasión había acudido llorando al remolque de Sammy por material para ella y ese imbécil hipertrofiado con el que salía.

Era el padre de Dodee. Sammy había hablado con él miles de veces, pero no había reconocido su voz; a duras penas lo reconoció a él. Estaba avejentado, parecía triste, destrozado. Ni siquiera le miró el pecho, que era lo primero que hacía siempre.

—Hola, señor Sanders. Vaya, ni siquiera lo vi en… —señaló con la mano hacia el campo llano y la gran carpa, ahora medio hundida y con aspecto triste. Aunque no tan triste como el señor Sanders.

—Estaba sentado a la sombra —la misma voz vacilante, filtrada por una sonrisa angustiada que parecía una disculpa y resultaba algo incómoda—. Estaba bebiendo algo. ¿No hacía demasiado calor para ser octubre? Diablos, sí. Creía que era una buena tarde, una verdadera tarde en el pueblo, hasta que ese muchacho…

Oh, cielos, qué horror, estaba llorando.

—Siento muchísimo lo de su mujer, señor Sanders.

—Gracias, Sammy. Eres muy amable. ¿Quieres que lleve al bebé hasta el coche? Creo que puedes ponerte en marcha, ya no hay atasco.

Era un ofrecimiento que Sammy no podía rechazar aunque él estuviera llorando. Sacó a Little Walter de la mochila portabebés, —fue como levantar un pedazo grande de masa de pan caliente— y se lo ofreció. El bebé abrió los ojos, sonrió, le lanzó una mirada vidriosa y volvió a quedarse dormido.

—Creo que este pañal trae carga —dijo el señor Sanders.

—Sí, es una máquina de hacer popó muy regular, nuestro querido Little Walter.

—Walter es un nombre bonito, de los de antes.

—Gracias —le pareció que no valía la pena decirle que en realidad el nombre de pila era Little… Además, estaba convencida de que no era la primera vez que tenía esa conversación con él. Pero el señor Sanders no lo recordaba. Caminar a su lado, aunque era él quien llevaba al bebé, era el perfecto final de porquería para una perfecta tarde de porquería. Como mínimo el hombre tenía razón en lo del embotellamiento; el caos de coches por fin se había disuelto. Sammy se preguntó cuánto tiempo pasaría hasta que todo el pueblo se transportara en bicicleta.

—Nunca me hizo gracia la idea de que mi mujer subiera a esa avioneta —dijo el señor Sanders, como si hubiera retomado el hilo de una conversación interior—. A veces incluso me preguntaba si Claudie se acostaba con ese tipo.

¿La madre de Dodee durmiendo con Chuck Thompson? Sammy se quedó estupefacta e intrigada.

—Seguramente no —dijo el señor Sanders, y suspiró—. En todo caso, ya no importa. ¿Has visto a Dodee? Anoche no volvió a casa.

Sammy estuvo a punto de decir "Claro, ayer por la tarde". Pero si Dodee no había dormido en casa la noche anterior, tan solo habría logrado preocupar más a su padre. Y se habría visto obligada a mantener una larga conversación con un tipo que tenía los ojos anegados en lágrimas y al que le colgaba un moco de la nariz. Y eso no le apetecía.

Habían llegado al coche, un antiguo Chevrolet con los faldones laterales corroídos. Sammy cargó a Little Walter e hizo una mueca al notar el olor. No solo había hecho popó en los pañales, había entregado un cargamento completo de UPS y Federal Express.

—No, señor Sanders, no la he visto.

El hombre asintió y se limpió la nariz con el dorso de la mano. El moco desapareció o, como mínimo, cambió de ubicación, lo cual fue un alivio.

—Seguramente fue al centro comercial con Angie McCain, luego a ver a su tía Peg en Sabattus y ya no pudo volver a entrar en el pueblo.

—Sí, seguro que pasó eso —y cuando Dodee apareciera en Mill, él se llevaría una grata sorpresa. Dios sabía que se la merecía. Sammy abrió la puerta del coche y dejó a Little Walter en el asiento del conductor. Había quitado la silla para bebés hacía ya varios meses. Era una molestia. Además, conducía muy bien.

—Me alegró verte, Sammy —hizo una pausa—. ¿Rezarás por mi mujer?

—Esto… claro, señor Sanders, por supuesto.

Iba a meterse en el coche cuando recordó dos cosas: que Georgia Roux le había aplastado un pecho con su maldita bota de motociclista con suficiente fuerza como para dejarle un moretón, y que Andy Sanders, desolado o no, era el primer concejal del pueblo.

—¿Señor Sanders?

—¿Sí, Sammy?

—Algunos oficiales han tenido un comportamiento bastante brusco. Tal vez debería hacer algo al respecto. Antes, ya sabe, de que la situación empeore.

Su sonrisa desdichada no se alteró.

—Bueno, Sammy, soy consciente de qué piensan los jóvenes sobre la policía, yo también fui joven, pero nos encontramos en una situación bastante grave. Y cuanto antes logremos reestablecer un mínimo de autoridad, mejor nos irá a todos. Lo entiendes, ¿verdad?

—Claro —respondió Sammy. Lo que entendía era que el dolor, por verdadero que fuera, no impedía que los políticos siguieran diciendo tonterías—. Bueno, ya nos veremos.

—Forman un buen equipo —añadió Andy en tono distraído—. Pete Randolph se encargará de meterlos en cintura. De que lleven el mismo sombrero. De que... esto... bailen al son de la misma música. Proteger y servir, ya sabes.

—Claro —dijo Samantha. El baile del "proteger y servir", con alguna que otra patada en los pechos. Puso el coche en marcha mientras Little Walter roncaba en el asiento de al lado. El olor de caca de bebé era horrible. Bajó las ventanillas y miró por el espejo retrovisor. El señor Sanders seguía de pie en el estacionamiento provisional, que entonces ya estaba casi desierto. Levantó una mano para despedirse de ella.

Sammy hizo lo propio mientras se preguntaba dónde había pasado Dodee la noche anterior si no había ido a casa. Pero enseguida se olvidó del tema —no era su problema—, y encendió la radio. La única emisora que sintonizaba bien era Radio Jesús, y apagó de nuevo el aparato.

Cuando alzó la vista, Frankie DeLesseps se encontraba en medio de la carretera, frente a ella, con una mano levantada, como un policía de verdad. Tuvo que frenar para no atropellarlo, y agarrar al bebé con una mano para que no cayera al suelo. Little Walter despertó y empezó llorar.

—¡Mira lo que has hecho! —le gritó a Frankie (con quien había tenido una aventura de dos días en bachillerato, cuando Angie estaba en un campamento para músicos)—. ¡El bebé casi cae al suelo!

—¿Dónde está su silla? —Frankie se asomó por su ventanilla, marcando bíceps. Mucho músculo, poca verga, ese era Frankie DeLesseps. A Sammy no le importaba lo más mínimo que Angie se lo hubiera quedado.

—No es asunto tuyo.

Tal vez un oficial de verdad la habría multado por desacato a la autoridad y por no llevar la silla especial para bebés, pero Frankie le lanzó una sonrisa petulante.

—¿Has visto a Angie?

—No —esta vez era la verdad—. Debe haberse quedado atrapada al otro lado de la Cúpula —aunque a Sammy le parecía que eran los del pueblo los que estaban atrapados.

—¿Y a Dodee?

Sammy respondió que no una vez más. Casi se vio obligada, porque existía la posibilidad de que Frankie hablara con el señor Sanders.

—El coche de Angie está en su casa —dijo Frankie—. He echado un vistazo en la cochera.

—Vaya noticia. Debieron de ir a algún sitio con el Kia de Dodee.

Frankie meditó sobre esa posibilidad. Estaban casi a solas. El embotellamiento no era más que un recuerdo. Entonces dijo:

—¿Georgia te lastimó la teta? —y antes de que ella pudiera responder, metió la mano y se la sobó. Sin ningún tacto—. ¿Quieres que le dé un besito para que se cure antes?

Sammy lo apartó de un manotazo. A su derecha, Little Walter no paraba de llorar. En ocasiones se preguntaba, muy en serio, por qué había creado Dios a los hombres. Siempre estaban llorando o sobando, sobando o llorando.

Frankie no sonreía.

—Más vale que tengas cuidado —le dijo—. Ahora las cosas han cambiado.

—¿Qué piensas hacer? ¿Detenerme?

—Ya se me ocurrirá algo mejor —respondió—. Vamos, en marcha. Y si te encuentras con Angie, dile que quiero verla.

Se alejó, hecha una furia y, a pesar de que no le gustaba reconocerlo, aunque era cierto, un poco asustada. Al cabo de casi un kilómetro detuvo el coche y le cambió el pañal al bebé. Llevaba una bolsa de pañales usados detrás, pero estaba demasiado enfadada para tomarla. Tiró el pañal sucio por la ventanilla, no muy lejos de un gran cartel que decía:

COCHES DE OCASIÓN JIM RENNIE
EXTRANJEROS Y NACIONALES
¡PÍDANO$ UN CRÉDITO!
¡CON GRAN JIM TODO IRÁ
SOBRE RUEDAS!

Adelantó a un grupo de niños que iban en bicicleta y se preguntó otra vez cuánto tiempo pasaría hasta que todo el mundo se viera obligado a usarlas. Aunque tal vez no llegara a suceder. Alguien lo solucionaría todo antes de que llegaran a ese extremo, como en una de esas películas de desastres que tanto le gustaba ver en la televisión cuando estaba drogada: volcanes en erupción en Los Ángeles, zombis en Nueva York. Y cuando la situación regresara a la normalidad, Frankie y Carter Thibodeau volverían a ser los mismos de antes: unos estúpidos pueblerinos sin apenas un centavo en los bolsillos. Pero, mientras tanto, más le valía pasar desapercibida.

Por lo demás, se alegraba de haber mantenido la boca cerrada respecto a Dodee.

8

Rusty oyó la alarma del monitor de la presión sanguínea y supo que estaban perdiendo al muchacho. De hecho, lo estaban perdiendo desde que lo subieron a la ambulancia, qué demonios, desde que la bala rebotada le impactó en la cara, pero el sonido del monitor convirtió la verdad en un titular. Rory debería haber sido transportado en helicóptero de inmediato al CMG desde el lugar donde había resultado tan gravemente herido. Sin embargo, se encontraba en un quirófano que no disponía del instrumental necesario, hacía demasiado calor (habían apagado el aire acondicionado para alargar la vida del generador) y lo estaba operando un doctor que debería haberse jubilado hacía muchos años, un auxiliar médico que nunca había asistido a una intervención de neurocirugía y una enfermera exhausta que dijo:

—Fibrilación ventricular, doctor Haskell.

El monitor del corazón se unió a la fiesta. Ahora era un coro.

—Ya lo he oído, Ginny, tranquila. No me hagas perder al paciente… —hizo una pausa—. ¡La paciencia, demonios! ¡No me hagas perder la paciencia!

Por un instante Rusty y él se miraron por encima del cuerpo del chico, envuelto en una sábana. La mirada de Haskell era clara y despierta —no era el médico acomodaticio con el estetoscopio colgado del cuello que se había arrastrado por los pasillos del Cathy Russell durante los últimos años como un alma en pena— pero parecía terriblemente viejo y frágil.

—Lo hemos intentado —dijo Rusty.

A decir verdad, Haskell había hecho algo más que intentarlo; a Rusty le había recordado una de esas novelas de deportes que tanto le gustaban de niño, en las que un lanzador de beisbol sale de la zona de calentamiento para buscar su último momento de gloria en el séptimo partido de las Series Mundiales. Pero en esta ocasión solo Rusty y Ginny Tomlinson habían estado en las gradas, y el veterano no iba a poder gozar de un final feliz.

Rusty había puesto el suero salino y había añadido mannitol para reducir la hinchazón del cerebro. Haskell había salido corriendo de la sala de operaciones para hacer los análisis de sangre en el laboratorio que había al final del pasillo, un hemograma completo. Tenía que hacerlo Haskell; Rusty no estaba cualificado y no había técnicos de laboratorio. El Catherine Russell tenía una escasez horrible de personal. Rusty creía que el asunto del chico de los Dinsmore no era más que un adelanto del precio que el pueblo iba a acabar pagando por la falta de personal.

La situación empeoró. El chico era A negativo, y no les quedaba ninguna bolsa de ese tipo en su pequeño banco de sangre. Sin embargo, sí que tenían del tipo 0 negativo, el donante universal, y le habían puesto cuatro bolsas, lo que significaba que tan solo les quedaban nueve más de reserva. Con toda seguridad, gastarlas en el muchacho había sido como tirarlas por el desagüe de la sala de lavado, pero nadie se atrevió a decir nada. Mientras le transfundían la sangre, Haskell envió a Ginny abajo, al cubículo del tamaño de un armario que hacía las veces de biblioteca del hospital. Regresó con una copia manoseada de *Neurocirugía: perspectiva general*. Haskell realizó la intervención con el libro abierto al lado, sujetando las páginas con un otoscopio. Rusty pensó que nunca olvidaría el chirrido de la sierra, el olor del polvo de hueso en aquel aire anormalmente caliente, el coágulo de sangre gelatinosa que rezumó por el orificio cuando Haskell quitó el tapón de hueso.

Durante unos minutos, Rusty se había permitido albergar ciertas esperanzas. Una vez aliviada la presión del hematoma gracias al orificio, las constantes vitales de Rory se habían estabilizado o, por lo menos, lo intentaron. Entonces, mientras Haskell trataba de averiguar si podía alcanzar el fragmento de bala, todo empezó a ir cuesta abajo de nuevo, y muy deprisa.

Rusty pensó en los padres, que estarían aguardando, esperando en la desesperanza. Ahora, al salir del quirófano, en lugar de trasladar a Rory hacia la izquierda, a la UCI del Cathy Russell, donde tal vez dejarían entrar a sus amigos para que lo vieran, parecía que Rory tomaría el pasillo de la derecha, hacia la morgue.

—Si nos encontráramos en una situación normal, lo mantendría con vida y preguntaría a los padres por la donación de órganos —dijo Haskell—. Pero, claro, si nos encontráramos en una situación normal el chico no estaría aquí. Y aunque estuviera, yo no intentaría operarlo usando un... un maldito manual de Toyota —cogió el otoscopio y lo arrojó a la otra punta del quirófano. Impactó contra los azulejos verdes, rompió uno y cayó al suelo.

—¿Quiere administrarle epinefrina, doctor? —preguntó Ginny. Calma, fría, serena... pero estaba tan cansada que no insistió más.

—¿Acaso no he sido lo suficientemente claro? No pienso prolongar la agonía del muchacho —Haskell apretó el interruptor rojo situado en la parte posterior del respirador. Algún graciosillo, tal vez Twitch, había puesto una pequeña etiqueta que decía "¡PUM!"—. ¿Deseas expresar una opinión contraria, Rusty?

Rusty meditó sobre la pregunta, pero enseguida negó con la cabeza. El test de Babinski había dado positivo, lo que significaba que sufría graves daños cerebrales, pero la cuestión era que no tenía ninguna posibilidad de salvarse. En realidad, nunca la había tenido.

Haskell apretó el interruptor. Rory Dinsmore inspiró aire trabajosamente por sí solo una vez más, pareció intentarlo de nuevo, y se rindió.

—Son las... —Haskell miró al gran reloj que había en la pared— cinco y cuarto de la tarde. ¿Te encargarás de anotarla como la hora de la muerte, Ginny?

—Sí, doctor.

Haskell se quitó la máscarilla y Rusty pudo comprobar, no sin cierta preocupación, que el anciano tenía los labios azules.

—Salgamos de aquí —dijo—. El calor me está matando.

Pero no era el calor, sino el corazón. Se derrumbó en mitad del pasillo cuando se dirigía a darles la mala noticia a Alden y Shelley Dinsmore. Al final Rusty acabó administrando una dosis de epinefrina, pero no sirvió de nada. Ni el masaje cardíaco. Ni el desfibrilador.

Hora de la muerte, cinco y cuarenta y nueve de la tarde. Ron

Haskell sobrevivió a su último paciente por treinta y cuatro minutos exactamente. Rusty se sentó en el suelo, con la espalda apoyada en la pared. Ginny se había encargado de dar la noticia a los padres del chico; desde el lugar en el que estaba sentado, con la cara entre las manos, Rusty oyó los gritos de dolor y pena de la madre que resonaban en aquel hospital casi vacío. Parecía como si nunca fuera a dejar de llorar.

9

Barbie pensó que la viuda del Jefe debía de haber sido una mujer preciosa. Incluso entonces, con las ojeras y la ropa mal combinada que vestía (unos pantalones descoloridos y la parte de arriba de lo que estaba prácticamente seguro que era un pijama), Brenda Perkins era imponente. Pensó que tal vez la gente lista nunca perdía su belleza, si es que estaba dotada de ese don, por supuesto, y vio un destello de inteligencia en sus ojos. También algo más. Tal vez estaba de luto, pero no había perdido la curiosidad. Y ahora mismo el objeto de su curiosidad era él.

Miró hacia el coche de Julia, que se encontraba detrás de Barbie, mientras retrocedía por el camino de entrada, y levantó las manos en un: "¿Adónde vas?".

Julia asomó la cabeza por la ventana y respondió:

—¡Tengo que ocuparme de que salga el periódico! También tengo que pasarme por el Sweetbriar Rose y darle las malas noticias a Anson Wheeler; ¡esta noche se encargará de la cena! ¡Tranquila, Bren, Barbie es un buen tipo! —y antes de que Brenda pudiera responder o quejarse, Julia ya había enfilado Morin Street; una mujer con una misión. Barbie habría preferido acompañarla y que su único objetivo fuera la preparación de cuarenta emparedados de jamón y queso y otros cuarenta de atún.

Ahora que Julia se había ido, Brenda prosiguió con su inspección. Cada uno se encontraba a un lado de la mosquitera. Barbie se sentía como si fuera alguien que iba a pedir trabajo y que tenía que hacer frente a una dura entrevista.

—¿Lo es? —preguntó Brenda.

—¿Cómo dice, señora?

—Si es un buen tipo.

Barbie meditó la respuesta. Días antes habría dicho que sí, por supuesto que lo era, pero esa tarde se sentía más como el soldado de Faluya que como el cocinero de Chester's Mill. Al final optó por decir que estaba bien amaestrado, lo que hizo sonreír a Brenda.

—Bueno, eso tendré que juzgarlo yo —replicó la mujer—. Aunque ahora mismo no me encuentro en las mejores condiciones para emitir un juicio. He sufrido una gran pérdida.

—Lo sé, señora. Lo siento mucho.

—Gracias. Lo enterrarán mañana. Lo sacarán de la Funeraria Bowie, ese cuchitril maloliente y pequeño que no sé cómo pero sigue abierto a pesar de que casi toda la gente del pueblo prefiere la Funeraria Crosman de Castle Rock. ¿Sabe cómo llaman al negocio de Stewart Bowie? El Granero de los Entierros de Bowie. Stewart es un imbécil y su hermano Fernald es aún peor, pero ahora mismo son todo lo que tenemos. Lo que tengo —lanzó un suspiro como una mujer que debía hacer frente a una ardua tarea. *¿Y por qué no?*, pensó Barbie. *La muerte de un ser querido puede ser muchas cosas, pero sin duda da mucho trabajo.*

Brenda lo sorprendió cuando decidió salir al porche con él.

—Acompáñeme al jardín trasero, señor Barbara. Tal vez lo invite a entrar más adelante, pero esperaré a estar convencida de que puedo confiar en usted. En circunstancias normales confiaría en la recomendación de Julia con los ojos cerrados, pero estamos viviendo unos días que no pueden calificarse precisamente de normales.

Lo condujo por una senda lateral de la casa con el césped muy bien cortado y sin rastro de hojas secas otoñales. A la derecha había una cerca que separaba la casa de los Perkins de la de su vecino; a la izquierda, un arriate de flores muy bien cuidadas.

—Mi marido era quien se encargaba de las flores. Imagino que le parecerá una afición extraña en un funcionario responsable del cumplimiento de la ley.

—En absoluto.

—A mí tampoco me lo parecía. Lo que nos convierte en una minoría. Los pueblos pequeños albergan imaginaciones pequeñas. Grace Metalious y Sherwood Anderson tenían razón al respecto.

"Además —añadió mientras doblaban la esquina de la casa y se adentraban en un espacioso jardín—, aquí disfrutaremos de la luz natural durante más tiempo. Tengo un generador, pero ha dejado de funcionar esta mañana. Creo que se le ha acabado el combustible. Hay un depósito de reserva, pero no sé cómo cambiarlo. Siempre estaba molestando a Howie con el generador. Él quería enseñarme a usarlo, pero me negué a aprender. Lo hice sobre todo para fastidiarle —derramó una lágrima que le cayó por la mejilla, pero se la limpió con un gesto distraído—. Ahora si pudiera le pediría perdón. Admitiría que tenía razón. Pero ya es tarde, ¿verdad?

Barbie sabía que era una pregunta retórica.

—Si solo es el depósito —dijo—, puedo cambiarlo.

—Gracias —dijo Brenda, que lo acompañó hasta una mesa de jardín junto a la cual había una hielera—. Iba a pedírselo a Henry Morrison, y también pensaba comprar más tanques de gas en Burpee's, pero cuando llegué a la calle principal esta tarde, la tienda de Romeo ya había cerrado y Henry estaba en el campo de Dinsmore, con los demás. ¿Cree que podré comprar alguno mañana?

—Quizá —respondió Barbie. Aunque en realidad lo dudaba.

—Ya me han dicho lo del muchacho —dijo Brenda—. Gina Buffalino, la vecina de al lado, vino a verme y me lo contó. Lo siento muchísimo. ¿Sobrevivirá?

—No lo sé —y como la intuición le decía que la sinceridad sería el camino más directo para ganarse la confianza de esa mujer (aunque solo fuera de un modo provisional), añadió—: No lo creo.

—No —ella suspiró y se limpió los ojos de nuevo—. No, ya me pareció que estaba muy grave —abrió la hielera—. Tengo agua y Coca-Cola Light. Era el único refresco que dejaba beber a Howie. ¿Qué prefiere?

—Agua, señora.

Abrió dos botellas de Poland Spring y tomaron un sorbo. Ella lo miró con sus ojos tristes y curiosos.

—Julia me ha dicho que quiere una llave del ayuntamiento. Entiendo sus motivos. También entiendo por qué no quiere que Jim Rennie lo sepa...

—Tal vez sea necesario que se lo digamos. Mire, la situación ha cambiado...

Brenda levantó la mano y negó con la cabeza. Barbie calló.

—Antes de que me lo cuente, quiero que me hable del enfrentamiento que tuvo con Junior y sus amigos.

—Señora, ¿es que su marido no...?

—Howie casi nunca hablaba de sus casos, pero sí que me contó algo sobre este. Creo que le preocupaba. Y quiero comprobar que su versión de los hechos encaja con la de mi marido. Si es así, podremos hablar de otros asuntos. En caso contrario, lo invitaré a que se vaya, aunque podrá llevarse la botella de agua.

Barbie señaló el compartimento rojo que había en la esquina izquierda de la casa.

—¿Eso es del generador?

—Sí.

—¿Si cambio el tanque de gas mientras hablamos, podrá oírme?

—Sí.

—Y quiere que se lo cuente todo, ¿verdad?

—Sí, por supuesto. Y si vuelves a llamarme señora, te daré una tunda.

La puerta compartimento del generador estaba cerrada con un simple gancho de latón. El hombre que había vivido en esa casa hasta el día anterior, había cuidado los detalles... Aunque era una pena que solo hubiera dejado un tanque de repuesto. Barbie decidió que, acabara como acabase la conversación, haría todo lo posible por conseguir unos cuantos tanques más el día siguiente.

Mientras tanto, se dijo a sí mismo, *cuéntale todo lo que quiere saber sobre esa noche*. Pero le resultaría más fácil hacerlo de espaldas a ella; no le gustaba decir que el problema se debía a que Angie McCain lo había tomado por un amante algo mayor.

La ley Sunshine, se recordó a sí mismo, y contó su historia.

10

Lo que recordaba con mayor claridad del verano pasado era la canción de James McMurtry que parecía sonar en todas partes, "Talkin' at the Texaco", se llamaba. Y la frase que mejor recordaba era la que decía que en un pequeño pueblo "todos debemos saber cuál es nuestro sitio". Cuando Angie empezó a arrimársele demasiado mientras él cocinaba, o a rozarle el brazo con los pechos mientras ella intentaba tomar algo que él podría haberle pasado, le venía a la cabeza esa frase. Barbie sabía quién era el novio de Angie, y también sabía que Frankie DeLesseps formaba parte de la estructura de poder del pueblo, aunque solo fuera gracias a su relación con el hijo de Gran Jim Rennie. Dale Barbara, por el contrario, era poco más que un vagabundo. No encajaba en la estructura de Chester's Mill.

Una noche Angie lo abrazó a la altura de la cadera y le sobó el paquete. Él reaccionó y, por la pícara sonrisa que esbozó ella, dedujo que lo había notado.

—Si quieres, puedes devolvérmela —dijo ella. Estaban en la cocina; Angie se levantó un poco la minifalda y le enseñó fugazmente las pantaletas rosa con encaje que llevaba—. Sería lo más justo.

—Paso —replicó él, y ella le sacó la lengua.

Había sido testigo de escenas similares en media docena de cocinas de restaurantes, y en alguna ocasión había llegado a aceptar la invitación. Tal vez no era más que el capricho que una chica sentía por un compañero de trabajo mayor y algo atractivo. Pero entonces Angie y Frankie rompieron, y una noche, cuando Barbie estaba tirando la comida que había sobrado, en el contenedor situado en la parte trasera, después de cerrar el restaurante, ella realizó una tentativa más seria.

Barbie volteó y ahí estaba ella; lo abrazó y empezó a besarlo. Al principio él le devolvió los besos. Angie le tomó una mano y se la llevó al pecho izquierdo. Aquel gesto lo hizo reaccionar. Era un pecho delicioso, joven y turgente. Pero también podía causarle muchos problemas. Ella podía causarle muchos problemas. Intentó apartarla, y cuando ella se agarró con una mano (y le clavó las uñas en la nuca) y quiso echársele encima, él le dio un empujón algo más fuerte de lo que quería. Angie tropezó con el contenedor, lo miró, se tocó el trasero y lo fulminó con la mirada.

—¡Gracias! ¡Ahora me manché de mierda los pantalones!

—Deberías aprender cuándo hay que parar —respondió él con calma.

—¡Pero si te gustaba!

—Quizá —replicó—, pero no me gustas tú —y cuando vio el destello de dolor y odio en el rostro de Angie, añadió—: O sea, me gustas, pero no de este modo. Aunque, claro, la gente tiende a expresarse de un modo algo particular cuando está alterada.

Cuatro noches más tarde, en el Dipper's, alguien le derramó un vaso de cerveza por la espalda. Volteó y ahí estaba Frankie DeLesseps.

—¿Te ha gustado, Baaaarbie? Si quieres, lo repito. Es la noche de las jarras de cerveza por dos dólares. Aunque, si no te ha gustado, podemos arreglarlo fuera.

—No sé qué te ha dicho ella, pero no es cierto —dijo Barbie. La máquina de discos estaba sonando, y aunque no era la canción de McMurtry, eso era lo único que oía en su cabeza: "Todos debemos saber cuál es nuestro sitio".

—Ella me dijo que te mandó al demonio y que tú te aprovechaste. ¿Cuánto le sacas? ¿Cincuenta kilos? Para mí eso es una violación.

—No lo hice —aun a sabiendas de que probablemente era inútil.

—¿Quieres salir fuera o eres un gallina?

—Soy un gallina —respondió y, para su sorpresa, Frankie se fue.

Barbie decidió que ya estaba harto de música y cerveza por esa noche y se estaba levantando cuando Frankie regresó, esta vez no con un vaso, sino con una jarra.

—No lo hagas —le advirtió Barbie, pero Frankie, faltaría más, no le hizo caso. *Plaf*, en la cara. Fue una ducha de Bud Light. Varios clientes medio borrachos rieron y aplaudieron.

—Puedes salir a zanjar el asunto —dijo Frankie—, o puedo esperar. Última llamada, Baaaarbie.

Barbie decidió salir, sabía que tarde o temprano tendría que enfrentarse a él y creía que si lo derribaba rápido, antes de que mucha gente pudiera ver algo, lograría poner fin a la cuestión. Incluso podría disculparse y repetir que no se había acostado con Angie. No diría que fue ella quien se le echó encima, aunque suponía que varias personas lo sabían (entre ellas, sin duda, Rose y Anson). Quizá, cuando Frankie se despertara con la nariz ensangrentada, vería lo que resultaba tan obvio para Barbie: esa era la idea que el imbécil tenía de la venganza.

Al principio todo apuntaba a que iba a ser así. Frankie se plantó en la grava con los puños en alto, como John L. Sullivan; las luces de sodio situadas a ambos extremos del estacionamiento proyectaban su sombra a ambos lados. Era malvado, fuerte y estúpido: un simple buscapleitos de pueblo. Estaba acostumbrado a derribar a sus oponentes de un solo golpe, luego los agarraba y les daba una paliza hasta que se rendían.

Dio un paso al frente para emplear un arma no tan secreta como él creía: un gancho que Barbie esquivó gracias a un oportuno movimiento lateral de la cabeza. Barbie contraatacó con un directo de izquierda al plexo solar. Frankie cayó al suelo con expresión de asombro.

—No tenemos que… —dijo Barbie, y fue entonces cuando Junior Rennie lo golpeó por detrás, en los riñones, seguramente con las manos juntas. Barbie se tambaleó hacia delante. Entonces apareció Carter Thibodeau, que se había escondido entre dos coches, y le asestó un puñetazo circular. Si hubiera impactado en su objetivo, le habría roto la nariz, pero Barbie levantó el brazo a tiempo. Ese golpe fue el que le dejó el peor moretón, todavía teñido de un amarillo feo cuando intentó abandonar el pueblo el día de la Cúpula.

Se echó hacia un lado, comprendía que le habían tendido una emboscada y sabía que tenía que salir de ahí antes de que alguien resultara herido de verdad. Y no tenía por qué ser él. Estaba dispuesto a correr, algo que no lo enorgullecía. Logró dar tres pasos antes de que Melvin Searles lo hiciera tropezar. Barbie cayó de bruces en la grava y empezaron a patearlo. Se cubrió la cabeza, pero un aluvión de botas de cuero se ensañó en sus piernas, trasero y brazos. Uno de los puntapiés le alcanzó en el tórax justo antes de que lograra refugiarse tras la camioneta del negocio de muebles usados de Stubby Norman.

Entonces Barbie perdió el sentido común y desechó la posibilidad de huir corriendo. Se puso en pie, de cara a ellos, estiró los brazos, con las palmas hacia arriba, y les hizo gestos para que se acercaran. Los estaba azuzando. Barbie se encontraba en un espacio estrecho, de modo que iban a tener que acercarse de uno en uno.

Junior fue el primero en intentarlo; su entusiasmo se vio recompensado con una patada en la barriga. Barbie llevaba tenis Nike en lugar de botas, pero fue una patada fuerte que hizo que Junior quedara doblado junto a la camioneta, boqueando, sin aire en los pulmones. Frankie intentó pasar por encima de él y Barbie le golpeó dos veces en la cara: fueron dos aguijonazos, pero no lo suficientemente fuertes para romperle un hueso. El sentido común volvió a hacer acto de presencia.

Oyó ruido de grava. Giró justo a tiempo para recibir un puñetazo de Thibodeau, que había rodeado la camioneta. El golpe le impactó en la sien. Barbie vio las estrellas. ("Aunque tal vez alguna era un cometa", le dijo a Brenda mientras abría la válvula de el nuevo tanque de gas.) Thibodeau se le acercó y Barbie le dio una patada en el tobillo, lo que provocó que la sonrisa del muchacho se transformara en una mueca. Hincó una rodilla en el suelo, como si fuera un jugador de futbol americano sujetando el balón para intentar un gol de campo. Salvo que el jugador encargado de sujetar la pelota no acostumbra agarrarse el tobillo.

Por absurdo que parezca, Carter Thibodeau gritó:

—¡Así que juegas sucio, cabrón!

—Mira quién ha… —pero Barbie no pudo decir nada más porque Melvin Searles lo estranguló con un brazo. Barbie le clavó el codo en las costillas y oyó el gruñido que lanzó su rival al quedarse sin aire. Y también olió su aliento: cerveza, tabaco y Slim Jims. Entonces giró, ya que imaginaba que probablemente Thibodeau contraatacaría antes de que pudiera abrirse paso entre los vehículos donde se había refugiado, sin que le importara ya nada. Le palpitaba la cara, las costillas, y de pronto se decantó por la opción que le pareció más razonable: hacer que esos cuatro acabaran en el hospital. Así tendrían tiempo de discutir lo que era jugar sucio y lo que no mientras se firmaban unos a otros el yeso de la escayola.

Fue entonces cuando el jefe Perkins, avisado por Tommy o, por Willow Anderson, los propietarios del bar de carretera, entró en el estacionamiento con las luces encendidas y los faros centelleando. Los cinco quedaron iluminados como si fueran un grupo de actores en un escenario.

Perkins hizo sonar la sirena solo una vez; calló a medio pitido. Entonces salió y se colocó bien el cinturón alrededor de su voluminosa circunferencia.

—Acaba de comenzar la semana, un poco pronto para esto, ¿no les parece, chicos?

A lo que Junior Rennie replicó:

No fue necesario que Barbie contara lo demás; Brenda lo había oído por boca de Howie, y no le sorprendió en absoluto. Ya de niño, el hijo de Gran Jim había sido un gran charlatán, sobre todo cuando había algo en juego que afectaba a sus intereses.

—A lo que replicó: "Ha empezado el cocinero". ¿Cierto?

—Sí —Barbie apretó el botón de encendido del generador, que rugió al cobrar vida. Sonrió a su anfitriona y se ruborizó. Lo que acababa de contarle no era una de sus historias favoritas. Aunque imaginaba que con el tiempo acabaría prefiriéndola a la historia del gimnasio de Faluya—. Ya está: luces, cámara, acción.

—Gracias. ¿Cuánto tiempo aguantará?

—Unos cuantos días, pero quizá para entonces ya todo haya acabado.

—O no. Supongo que es consciente de lo que lo salvó de una visita a los calabozos del condado esa noche.

—Claro —dijo Barbie—. Su marido vio lo que ocurrió. Cuatro contra uno. Era difícil no verlo.

—Cualquier otro policía podría no haberlo visto aunque hubiera sucedido en sus narices. Y tuvo suerte de que Howie estuviera de servicio esa noche; en principio le tocaba a George Frederick, pero llamó para decir que tenía gastroenteritis —hizo una pausa—. Más que suerte, tal vez podríamos llamarlo providencia.

—Así es —admitió Barbie.

—¿Le gustaría entrar, señor Barbara?

—¿Por qué no nos sentamos aquí fuera? Si no le importa. Me gusta.

—Por mí perfecto. Dentro de poco empezará el frío. ¿No es así?

Barbie respondió que no lo sabía.

—Cuando Howie los llevó a todos a la comisaría, DeLesseps le dijo a mi marido que usted había violado a Angie McCain. ¿Verdad?

—Esa fue su primera versión. Luego dijo que tal vez no fue una violación, sino que cuando ella se asustó y me dijo que parara, yo no le hice caso. Supongo que eso lo convirtió en una violación en segundo grado.

La mujer esbozó una sonrisa fugaz.

—Que no le oiga ninguna feminista decir que existen distintos grados de violación.

—Supongo que mejor que no. En cualquier caso, su marido me hizo pasar a la sala de interrogatorios, que al parecer durante el día es el armario de la limpieza…

Brenda se rio.

—…Y llevó también a Angie. La sentó frente a mí para que tuviera que mirarme a los ojos. Demonios, casi estábamos codo con codo. Hay que prepararse mentalmente para mentir sobre algo tan grave, sobre todo alguien joven. Eso lo descubrí en el ejército. Y su marido también lo sabía. Le dijo que el caso iría a juicio. Le explicó las penas por cometer perjurio. En pocas palabras, Angie se retractó. Dijo que no había habido coito, y menos aún violación.

—Howie tenía un lema: "La razón antes que la ley". Siempre obraba tomando como base ese principio. Por desgracia, Peter Randolph no se comportará de este modo, en parte porque es un tipo muy obtuso, pero sobre todo porque no será capaz de manejar a Rennie. Mi marido sabía cómo hacerlo. Howie dijo que cuando las noticias de su… altercado… llegaron a oídos del señor Rennie, este insistió en que lo juzgaran por algo. Estaba hecho una furia. ¿Lo sabía?

—No —pero tampoco le sorprendía.

—Howie le dijo al señor Rennie que si el caso llegaba a los tribunales se aseguraría de que saliera a la luz toda la verdad, incluido el intento de golpiza de cuatro contra uno en el estacionamiento. Y añadió que un buen abogado defensor incluso podría lograr que constaran en acta algunas de las travesuras de preparatoria de Frankie y Junior, aunque ninguna era tan grave como lo que le hicieron a usted.

Brenda meneó la cabeza.

—Junior Rennie nunca había sido un muchacho fantástico, pero en general era relativamente inofensivo. Sin embargo, durante el último año ha cambiado. Howie se dio cuenta de ello, y el asunto le preocupaba. He descubierto que Howie sabía cosas sobre ambos, padre e hijo… —dejó la frase en el aire. Barbie se dio cuenta de que se debatía entre acabarla o no, y al final decidió no hacerlo. Como mujer de un jefe de policía de pueblo había aprendido a ser discreta, una costumbre difícil de olvidar.

—Howie le aconsejó que se fuera del pueblo antes de que Rennie encontrara algún modo de causarle problemas, ¿verdad? Imagino que quedó atrapado por la Cúpula y no pudo marcharse.

—Ambas cosas son ciertas. ¿Le importa que tome una Coca-Cola Light, señora Perkins?

—Llámame Brenda. Y yo te llamaré Barbie, si así es como te gusta. Sírvete tú mismo el refresco.

Barbie le hizo caso.

—Quieres una llave del refugio nuclear para tomar el contador Geiger. Puedo ayudarte y lo haré. Pero también me ha parecido que decías que Jim Rennie tenía que saberlo, idea que no acaba de convencerme. Tal vez es el dolor, que me nubla el juicio, pero no entiendo por qué quieres enzarzarte en una disputa con él. Gran Jim se pone histérico cuando alguien cuestiona su autoridad y, además, no le caes bien. Y tampoco te debe ningún favor. Si mi marido aún fuera el Jefe, tal vez podrían ir a ver a Rennie juntos. Creo que yo habría disfrutado de la escena —se inclinó hacia delante y le lanzó una mirada ojerosa—. Pero Howie ya no está y tú tienes muchas probabilidades de acabar encerrado en una celda en lugar de dedicarte a buscar un misterioso generador.

—Soy consciente de todo eso, pero la situación ha cambiado. La Fuerza Aérea va a lanzar un misil de crucero contra la Cúpula mañana a las trece horas.

—Oh, Dios mío.

—No es el primero que lanzan, pero con los anteriores solo pretendían determinar la altura (los radares no funcionan) e iban cargados con una ojiva de combate falsa. Pero este será de verdad. Un misil antibúnkers.

Brenda palideció.

—¿En qué parte del pueblo va a impactar?

—El punto de impacto será la intersección de la Cúpula con Little Bitch. Julia y yo estuvimos ahí anoche. Explotará a un metro y medio del suelo.

A Brenda se le desencajó la mandíbula de un modo muy impropio en una mujer.

—¡No es posible!

—Me temo que sí. La lanzarán desde un B-52 y seguirá una ruta preprogramada. Es decir, un ruta programada al milímetro. Una vez que alcance la altura del objetivo, tendrá en cuenta hasta la más mínima irregularidad del terreno. Esas cosas son espeluznantes. Si explota y no atraviesa la Cúpula, todo el mundo se llevará un buen susto, sonará como el Apocalipsis. Pero si logra atravesarla...

Brenda se llevó la mano a la garganta.

—¿Qué daños causará? ¡No tenemos camiones de bomberos, Barbie!

—Estoy seguro de que habrá bomberos al otro lado, preparados. En cuanto al posible alcance de los daños... —se encogió de hombros—. Toda la zona tendrá que ser evacuada, eso está claro.

—¿Te parece sensato? ¿Crees que su plan es sensato?

—Es una cuestión discutible, señora... Brenda. Han tomado una decisión. Pero me temo que la cosa aún puede empeorar —y, al ver su expresión, añadió—: Para mí, no para el pueblo. Me han ascendido a coronel. Por orden del presidente.

La mujer puso los ojos en blanco.

—Me alegro por ti.

—Se supone que debo declarar la ley marcial y asumir el control de Chester's Mill. ¿Verdad que Jim Rennie estará contento cuando se entere?

Brenda lo sorprendió riendo a carcajadas. Y Barbie se sorprendió a sí mismo haciendo lo propio.

—¿Entiendes ahora cuál es mi problema? El pueblo no debe saber que he tomado prestado un viejo contador Geiger, pero tiene que saber que nos van a lanzar un misil. Julia Shumway dará la noticia si no lo hago yo, pero quiero que los jefes se enteren por mí. Porque...

—Entiendo los motivos —gracias al color rojo del sol, el rostro de Brenda había perdido su palidez. Pero se frotaba los brazos en un gesto ausente—. Si pretendes imponer un mínimo de autoridad... que es lo que tu superior pretende que hagas...

—Supongo que ahora Cox es más bien mi colega —la interrumpió Barbie.

La mujer lazó un suspiro.

—Andrea Grinnell. Tenemos que contárselo a ella. Y luego ya hablaremos con Rennie y Andy Sanders a la vez. Como mínimo los superaremos en número, tres contra dos.

—¿La hermana de Rose? ¿Por qué?

—¿No sabes que es la tercera concejala del pueblo? —y cuando Barbie negó con la cabeza, añadió—: No pongas esa cara. Hay mucha gente que no lo sabe, a pesar de que hace años que ostenta el cargo. Prácticamente su trabajo consiste en sellar documentos para esos dos, en realidad tan solo para Rennie, ya que Andy Sanders hace lo mismo que ella, y Andrea tiene... problemas... pero es una situación muy dura. O lo era.

—¿Qué problemas?

Por un momento Barbie pensó que Brenda iba a guardar silencio, pero no lo hizo.

—De adicción a los fármacos. A los calmantes. No sé hasta qué punto es grave.

—E imagino que en la farmacia de Sanders se encargan de proporcionarle la receta.

—Sí. Sé que no es una solución perfecta, y tendrás que ir con mucho cuidado, pero... Tal vez Jim Rennie se vea obligado a aceptar tu nuevo cargo por su propio bien durante un tiempo. ¿Pero tu autoridad? —negó con la cabeza—. Ese es capaz de limpiarse el trasero con una declaración de ley marcial, tanto si está firmada por el presidente como si no. Yo...

Se calló. Tenía la mirada fija en un punto detrás de él y abrió los ojos como platos.

—¿Señora Perkins? ¿Brenda? ¿Qué pasa?

—Oh —exclamó ella—. Oh, Dios mío.

Barbie volteó y se quedó atónito. El sol se estaba poniendo y se había teñido de rojo, como sucedía en los días cálidos y despejados, radiantes hasta el atardecer gracias a la ausencia de chubascos. Pero en su vida había visto una puesta de sol como esa. Tenía la sensación de que las únicas personas que la habían visto eran las que se encontraban cerca de violentas erupciones volcánicas.

No, pensó. *Ni siquiera ellos. Esto es algo inaudito.*

El sol no era una bola. Tenía la forma de una enorme corbata de moño roja, con una circunferencia en el centro en llamas. El cielo de poniente estaba manchado como por una fina capa de sangre que se transformaba en naranja a medida que ascendía. El horizonte apenas era visible en aquel resplandor borroso.

—Dios, es como intentar ver a través de un parabrisas sucio con el sol de cara —dijo Brenda.

Y, por supuesto, así era, salvo que en su caso la Cúpula era el parabrisas. Había empezado a mancharse de polvo y polen. De contaminación también. Y la situación no iba a hacer más que empeorar.

Tendremos que limpiarla, pensó Barbie, y se imaginó hileras de voluntarios pertrechados con baldes y trapos. Qué absurdo. ¿Cómo iban a limpiar a catorce metros de altura? ¿O a cuarenta? ¿O a cuatrocientos?

—Esto tiene que acabar —susurró Brenda—. Llámales y diles que lancen el misil más grande que tengan, y al cuerno con las posibles consecuencias. Porque esto tiene que acabar.

Barbie no dijo nada. No estaba seguro de que pudiera articular algún sonido aunque hubiera tenido algo que decir. Ese resplandor vasto y polvoriento lo había dejado sin habla. Era como mirar el infierno a través de un ojo de buey.

NYUCK-NYUCK-NYUCK

1

Jim Rennie y Andy Sanders observaron la atípica puesta de sol desde los escalones de la Funeraria Bowie. Tenían cita en el ayuntamiento a las siete para asistir a otra "Reunión de evaluación de la
situación de emergencia", y Gran Jim quería llegar antes para prepararse con tiempo, pero de momento se quedaron donde estaban,
viendo cómo el día llegaba a su fin con esa muerte tan extraña y borrosa.

—Es como si fuera el Fin del Mundo —dijo Andy en voz baja
y atemorizada.

—¡Sandeces! —dijo Gran Jim, con voz muy severa, incluso para
él, ya que se le había pasado la misma idea por la cabeza. Por primera vez desde la aparición de la Cúpula se dio cuenta de que tal
vez la situación excedía su capacidad, la suya y la de todos, para manejarla, y rechazó la idea hecho una furia—. ¿Tú ves que Cristo el
Señor haya bajado de los cielos?

—No —admitió Andy. Tan solo veía a la gente del pueblo, a
la que conocía de toda la vida, arremolinada en grupos en Main
Street, en silencio, contemplando ese extraño ocaso con las manos
sobre los ojos para protegerse de la luz del sol.

—¿Y a mí me ves? —insistió Gran Jim.

Andy giró hacia él.

—Claro que sí —respondió, en tono perplejo—. Claro que sí,
Gran Jim.

—Lo que significa que no estoy extasiado —dijo Gran Jim—.
Le entregué mi corazón a Jesús hace años, y si fuera el Fin del Mundo no estaría aquí. Y tú tampoco, ¿verdad?

—Supongo que no —concedió Andy, con un atisbo de duda. Si
ellos estaban Salvados (si se habían lavado con la Sangre del Cor-

dero), ¿por qué habían estado hablando con Stewart Bowie para cerrar lo que Gran Jim llamó "nuestro pequeño negocio"? Y, para empezar, ¿cómo se habían metido en ese negocio? ¿Qué tenía que ver un laboratorio de metanfetaminas con la Salvación?

Andy sabía que si se lo preguntaba a Gran Jim, la respuesta sería: a veces el fin justifica los medios. En este caso, el fin le pareció admirable al principio: la nueva Iglesia del Santo Cristo Redentor (la antigua no era más que una cabaña de madera con una cruz de madera en el tejado); la emisora de radio que solo Dios sabía a cuántas almas había salvado; el diezmo que recaudaban (mediante unos cheques emitidos por un banco de las islas Caimán) para la Sociedad Misionera de Jesús el Señor, para ayudar a los "hermanitos marrones", tal como le gustaba decir al reverendo Coggins.

Sin embargo, mientras contemplaba ese inmenso ocaso borroso que parecía sugerir que todos los asuntos humanos eran pequeños y carecían de importancia, Andy tuvo que admitir que todas esas cosas no eran más que justificaciones. Sin el ingreso en efectivo de las anfetaminas, su farmacia habría quebrado hacía seis años. Lo mismo podía decirse de la funeraria. Y lo mismo, seguramente, aunque el hombre que estaba a su lado jamás lo admitiría, del negocio Coches de Ocasión Jim Rennie.

—Sé en qué estás pensando, amigo —dijo Gran Jim.

Andy lo miró con timidez. Gran Jim sonreía… pero no era una sonrisa furiosa, sino amable, comprensiva. Andy le devolvió el gesto, o como mínimo lo intentó. Estaba muy en deuda con Gran Jim. Pero ahora cosas como la farmacia y el BMW de Claudie le parecían mucho menos importantes. ¿De qué le servía a una esposa muerta un BMW, aunque tuviera sistema de estacionamiento automático y un equipo de música que se activaba mediante la voz?

Cuando esto acabe y Dodee regrese, le regalaré el BMW, decidió Andy. *Es lo que Claudie habría querido.*

Gran Jim levantó bruscamente una mano hacia el sol que se estaba poniendo y que parecía abarcar el cielo como un gran huevo podrido.

—Crees que todo esto es, en cierto modo, culpa nuestra. Que Dios nos está castigando por haber mantenido a flote el pueblo cuando corrían malos tiempos. Pues eso no es cierto, amigo. Esto no es obra de Dios. Si me dijeras que lo de Vietnam fue obra de

Dios, su advertencia de que Estados Unidos había abandonado la senda espiritual, estaría de acuerdo contigo. Si me dijeras que el 11-S fue la reacción del Ser Supremo al hecho de que nuestro Tribunal Supremo les dijera a nuestros hijos que ya no podían empezar el día con una plegaria al Dios que los había creado, te diría que sí. Pero ¿que Dios ha castigado a Chester's Mill porque no hemos querido acabar siendo otro pueblo de mala muerte al pie de la carretera, como Jay o Millinocket? —negó con la cabeza—. No, señor. No.

—Hay que decir que también nos llenamos los bolsillos —replicó Andy tímidamente.

Eso era cierto. Habían hecho algo más que mantener a flote sus negocios y echar una mano a los hermanitos marrones; Andy tenía su propia cuenta en las islas Caimán. Y estaba dispuesto a apostar que por cada dólar que tenía él, o los Bowie, Gran Jim se había quedado tres. Quizá hasta cuatro.

—"Digno es el obrero de su sustento" —dijo Gran Jim con un tono pedante pero amable—. Mateo diez-diez —omitió citar el versículo anterior: "No echarán oro, ni plata, ni cobre en sus cintos".

Miró su reloj.

—Hablando del trabajo, amigo, más vale que nos pongamos en marcha. Hay mucho que decidir —echó a andar.

Andy lo siguió sin apartar los ojos de la puesta de sol, que aún brillaba tanto que le hizo pensar en carne infectada. Entonces Gran Jim se detuvo de nuevo.

—Además, ya oíste a Stewart, vamos a terminar con eso. "Todo visto para sentencia", como dice el juez después de escuchar a ambas partes. Él mismo se lo dijo al Chef.

—Vaya tipo —exclamó Andy con gesto adusto.

Gran Jim rio.

—No te preocupes por Phil. Ya hemos bajado la persiana, y seguirá bajada hasta que se acabe la crisis. De hecho, todo lo que está pasando tal vez sea una señal de que tenemos que cerrar el laboratorio de forma definitiva. Quizá es una señal del Todopoderoso.

—Eso estaría bien —dijo Andy. Pero tenía un presentimiento deprimente: si la Cúpula desaparecía, Gran Jim cambiaría de opinión, y cuando lo hiciera, Andy haría lo mismo. Stewart Bowie y su hermano Fernald también los seguirían. Entusiasmados. En parte porque estaban ganando mucho dinero (libre de impuestos, ni que decir tiene) y en parte porque estaban metidos hasta el cuello. Recordó algo que había dicho una estrella de cine del pasado: "Cuando descubrí que no me gustaba actuar, era demasiado rico para dejarlo".

—No te rompas tanto la cabeza —dijo Gran Jim—. Empezaremos a devolver el gas del pueblo dentro de unas semanas, tanto si el problema de la Cúpula se resuelve como si no. Usaremos los camiones volcadores del pueblo. Sabes conducir un vehículo de esos manuales, ¿verdad?

—Sí —respondió Andy, desanimado.

—¡Y… —se le iluminó la cara cuando se le ocurrió la idea— podemos usar la carroza fúnebre de Stewie! ¡Así podremos empezar a trasladar algunos de los tanques incluso antes!

Andy no dijo nada. No soportaba el hecho de que se hubieran apropiado (esa era la palabra que había utilizado Gran Jim) de tanto gas de tantas fuentes distintas pertenecientes al pueblo, pero les había parecido el método más seguro. Estaban fabricando metanfetaminas a gran escala, y eso significaba que tenían que quemar mucho producto y ventilar los gases nocivos. Gran Jim dijo que comprar grandes cantidades de gas podía levantar sospechas. Del mismo modo que el hecho de comprar grandes cantidades de los distintos medicamentos que se pueden adquirir sin receta y que eran necesarios para fabricar esa mierda podía llamar la atención de alguien y causar problemas.

Ser el propietario de una farmacia había sido útil en ese aspecto, aunque el tamaño de sus pedidos de medicamentos como Robitussin y Sudafed había puesto a Andy muy nervioso. Creyó que eso supondría su caída, si es que llegaba alguna vez. No pensó en el enorme depósito de tanques de gas que había detrás del edificio de la WCIK hasta entonces.

—Por cierto, esta noche tendremos electricidad de sobra en el ayuntamiento —Gran Jim hablaba como si estuviera revelando una grata sorpresa—. Le he dicho a Randolph que envíe a mi hijo y a su amigo Frankie al hospital para que tomen uno de sus tanques para nuestro generador.

Andy parecía asustado.

—Pero si ya tomamos…

—Lo sé —se apresuró a terciar Rennie para calmarlo—. Sé lo que hicimos. No te preocupes por el Cathy Russell, de momento tienen combustible de sobra.

—Podrías haber tomado uno de la emisora de radio… Hay tanto ahí…

—El hospital estaba más cerca —dijo Gran Jim—. Y era más seguro. Pete Randolph es nuestro hombre, pero eso no significa que quiero que conozca el negocio que nos traemos entre manos. Ni ahora ni nunca.

Esto no hizo sino confirmar las sospechas de Andy de que Gran Jim no quería cerrar el laboratorio.

—Jim, si empezamos a devolver el combustible al pueblo, ¿dónde diremos que estaba? ¿Vamos a decirle a la gente que lo tomó el Hada del Gas y que luego cambió de opinión y ha decidido devolverlo?

Rennie frunció el ceño.

—¿Te parece que esto es divertido?

—¡No! ¡Creo que da miedo!

—Tengo un plan. Anunciaremos la creación de un depósito de suministro de combustible y lo utilizaremos para racionar el gas a medida que lo necesitemos. Y también el combustible para la calefacción, si encontramos un modo de usarlo sin electricidad. Odio la idea del racionamiento, es algo totalmente antiestadounidense, pero esto es como la historia de la cigarra y la hormiga. En este pueblo hay muchos condenados que lo gastarían todo en un mes y luego gritarían que los ayudáramos en cuanto bajaran un poco las temperaturas.

—¿Acaso crees que esto va a durar un mes?

—Claro que no, pero ya sabes lo que dicen los ancianos del lugar: hay que prepararse para lo peor y esperar que ocurra lo mejor.

Andy pensó que tal vez debía añadir que ya habían usado una buena parte de las provisiones del pueblo para fabricar cristal, pero sabía lo que respondería Gran Jim: *¿Cómo íbamos a saberlo?*

Claro, ¿quién se lo habría imaginado? ¿Qué persona, en su sano juicio, habría esperado este corte súbito de todos los recursos? Los planes y las previsiones tenían que ser siempre holgadas. Ese era el estilo estadounidense. Quedarse corto era un insulto para la mente y el espíritu.

Andy dijo:

—No eres el único al que no le gustará la idea del racionamiento.

—Para eso tenemos un cuerpo de policía. Sé que todos estamos de duelo por el fallecimiento de Howie Perkins, pero ahora ya está con Jesús y tenemos a Pete Randolph, que es una persona más adecuada para el pueblo y la situación en la que nos encontramos. Porque él escucha —señaló con un dedo a Andy—. Los habitantes de un pueblo como este, y de cualquier otra parte, en realidad, se comportan como niños cuando tienen que defender sus propios intereses. ¿Cuántas veces lo habré dicho ya?

—Muchas —respondió Andy, y suspiró.

—¿Y a qué tienes que obligar a los niños?

—A que se coman la verdura si quieren postre.

—¡Sí! Y a veces, para lograr el objetivo, hay que sacar el látigo.

—Eso me recuerda otra cosa —dijo Andy—. Estuve hablando con Sammy Bushey en el campo de Dinsmore, ¿no es una de las amigas de Dodee? Y me dijo que a algunos oficiales se les había pasado un poco la mano. Un poco bastante. Tal vez deberíamos hablar con el jefe Randolph sobre el tema.

Jim frunció el entrecejo.

—¿Qué esperabas, amigo? ¿Que trataran a la gente con guantes de seda? Estuvo a punto de haber disturbios ahí. ¡Hemos estado al borde de un condenado disturbios aquí, en Chester's Mill!

—Sé que tienes razón, pero es que…

—Conozco a Sammy. Conocía a toda su familia. Drogadictos, ladrones de coches, delincuentes, morosos y evasores de impuestos. Eran lo que llamábamos "escoria blanca" antes de que se convirtiera en una expresión políticamente incorrecta. Ese es el tipo de gente al que debemos vigilar ahora. Ese en concreto. Son ellos los que dividirán al pueblo a la mínima oportunidad. ¿Es eso lo que quieres?

—No, claro que no…

Pero Gran Jim se había envalentonado.

—Todos los pueblos tienen sus hormigas, lo cual es bueno, y sus cigarras, lo cual no es tan bueno, pero a pesar de eso podemos vivir con ellas porque las entendemos y podemos obligarlas a hacer lo que más las beneficie, aunque tengamos que presionarlas un poco. Pero todos los pueblos tienen también sus langostas, como en la Biblia, y eso es lo que es la gente como los Bushey. Y es a ellos a los que hay que aplastar. Tal vez no te guste la idea, y a mí tampoco, pero las libertades personales van a tener que tomarse un descanso hasta que esto se haya acabado. Y nosotros también nos sacrificaremos. ¿Acaso no vamos a cerrar nuestro pequeño negocio?

Andy prefirió no señalar que, en realidad, no tenían otra opción, ya que no podían sacar la mercancía del pueblo, de modo que se limitó a pronunciar un simple "Sí". No quería seguir hablando del tema, y lo aterrorizaba la reunión que estaban a punto de celebrar y que podía alargarse hasta la medianoche. Lo único que quería era irse a casa, a su casa vacía, tomar un trago, recostarse, pensar en Claudie y llorar hasta quedarse dormido.

—Lo que importa ahora, amigo, es estabilizar la situación. Eso significa ley, orden y supervisión. Nuestra supervisión, porque no somos cigarras. Somos hormigas. Hormigas soldado.

Gran Jim pensó en lo que acababa de decir. Cuando abrió de nuevo la boca, se centró en los negocios.

—Me estoy replanteando nuestra decisión de permitir que el Food City siguiera funcionando como hasta ahora. No estoy diciendo que vayamos a cerrarlo, por lo menos aún no, sino que tendremos que vigilarlo muy de cerca durante los próximos días. Como una condenada águila. Lo mismo con Gasolina & Alimentación Mill. Y tal vez no sería mala idea que nos apropiáramos de algunos de los alimentos más perecederos para nuestro uso personal…

Se detuvo y miró hacia los escalones del ayuntamiento. No creía lo que estaba viendo; levantó una mano para que no le molestara la luz del sol. Aún estaba ahí: Brenda Perkins y ese dichoso alborotador de Dale Barbara. No estaban uno junto al otro. Sentada entre ellos y hablando animadamente con la viuda del jefe Perkins, se encontraba Andrea Grinnell, la tercera concejala. Parecía que se estaban pasando hojas de papel.

A Gran Jim no le gustó aquello.

En absoluto.

2

Se dirigió hacia los tres, decidido a poner fin a la conversación, fuera cual fuese el tema. Antes de que pudiera subir media docena de escalones, se le acercó un niño. Era uno de los hijos de los Killian, una familia de unos doce miembros que vivían en una granja de pollos destartalada a las afueras de Tarker's Mill. Ninguno de los hijos era muy brillante, algo que asumían de forma sincera, teniendo en cuenta los despreciables progenitores que los habían engendrado, pero todos eran miembros apreciados de Cristo Redentor; así que, en otras palabras, todos eran salvos. El que se le acercó entonces era Ronnie... por lo menos eso creía Rennie, pero era difícil estar seguro. Todos tenían la misma frente prominente y nariz ganchuda.

El muchacho vestía una camiseta harapienta de la WCIK y tenía un trozo de papel en las manos.

—¡Ey, señor Rennie! —dijo— ¡Vaya, lo he estado buscando por todo el pueblo!

—Me temo que ahora mismo no tengo tiempo para hablar, Ronnie —dijo Gran Jim, sin apartar la mirada del trío que permanecía sentado en los escalones del ayuntamiento. Los Tres Condenados Chiflados—. Tal vez mañana...

—Soy Richie, señor Rennie. Ronnie es mi hermano.

—Ah, Richie, claro. Ahora, si me disculpas... —Gran Jim siguió caminando.

Andy tomó el mensaje que les había llevado el muchacho y alcanzó a Rennie antes de que este llegara hasta el lugar donde se encontraba el trío.

—Deberías echar un vistazo a esto.

Lo primero que vio Gran Jim fue el semblante de preocupación de Andy, más contraído e inquieto que nunca. Entonces tomó la nota.

James:
Debo verte esta <u>noche</u>. Dios me ha hablado. Ahora tengo que hablar <u>contigo</u> antes de dirigirme al pueblo. Responde, por favor. Richie Killian me devolverá tu mensaje.

Reverendo Lester Coggins

No Les; ni siquiera Lester. No. *Reverendo Lester Coggins*. Aquello no podía ser bueno. ¿Por qué tenía que ocurrir todo a la vez?

El chico estaba frente a la librería; con su camiseta raída y los pantalones caídos y abombados le conferían un aspecto de mugroso huérfano. Gran Jim le hizo un gesto con la mano. El chico corrió hacia él. Gran Jim sacó el bolígrafo del bolsillo (que tenía la siguiente inscripción con letras doradas: CON GRAN JIM TODO IRÁ SOBRE RUEDAS) y escribió una respuesta de tres palabras: "Medianoche. Mi casa". La dobló y se la entregó al chico.

—Llévasela. Y no la leas.

—¡No lo haré! ¡De ninguna manera! Que Dios lo bendiga, señor Rennie.

—A ti también, hijo —y vio cómo el chico se iba corriendo a toda prisa.

—¿Qué decía? —preguntó Andy. Y antes de que Gran Jim pudiera responder añadió—: ¿El laboratorio? ¿Es por el cristal...?

—Cierra el pico.

Andy retrocedió un paso, estupefacto. Gran Jim nunca lo había mandado callar. Eso no podía ser bueno.

—Cada cosa a su tiempo —dijo Gran Jim, que se dirigió hacia el siguiente problema.

3

El primer pensamiento que se le pasó por la cabeza a Barbie al ver que Rennie se dirigía hacia ellos fue *Camina como un hombre que está enfermo y no lo sabe*. También caminaba como un hombre que se había pasado la vida repartiendo golpes. Lucía su sonrisa más carnívoramente sociable cuando tomó a Brenda de las manos y se las apretó. Ella encajó el gesto con calma y elegancia.

—Brenda —dijo—. Mi más sincero pésame. Me habría gustado pasar a verte antes... y asistiré al funeral, por supuesto... pero he estado un poco ocupado. Como todos.

—Lo entiendo —respondió ella.

—Echamos de menos a Duke —dijo Gran Jim.

—Es cierto —terció Andy, que apareció detrás de Gran Jim: un remolcador tras la estela de un trasatlántico—. Lo echamos mucho de menos.

—Muchas gracias a ambos.

—Y si bien me gustaría seguir hablando de tus preocupaciones… ya que es evidente que debes de tener varias… —la sonrisa de Gran Jim se hizo más amplia, aunque no de un modo escandaloso—, tenemos una reunión muy importante. Andrea, me pregunto si te importaría adelantarte y preparar el material.

Aunque contaba ya casi cincuenta años, en ese momento Andrea parecía una niña a la que habían atrapado robando pasteles de la repisa de una ventana. Empezó a ponerse en pie (se estremeció al notar una punzada en la espalda), pero Brenda la agarró del brazo, y con firmeza. Andrea se sentó de nuevo.

Barbie se dio cuenta de que Grinnell y Sanders estaban muertos de miedo. No era la Cúpula, por lo menos no en ese instante; era Rennie. Y pensó de nuevo: *Las cosas siempre pueden empeorar.*

—Creo que es mejor que nos dediques un poco de tiempo, James —dijo Brenda en un tono agradable—. Estoy segura de que entenderás que si esto no fuera importante, yo estaría en casa llorando la pérdida de mi marido.

Gran Jim, algo raro en él, no supo qué decir. La gente de la calle que había estado observando la puesta de sol, seguía ahora atentamente esta reunión improvisada. Y tal vez concedían a Barbara una importancia que no merecía por el mero hecho de estar sentado cerca de la tercera concejala del pueblo y de la viuda del difunto jefe de policía. Los tres se estaban pasando un papel como si fuera una carta del Papa de Roma. ¿De quién había sido idea esa ostentación pública? De la mujer de Perkins, por supuesto. Andrea no era lo bastante inteligente. Y carecía del valor para contrariarlo de aquel modo en público.

—Bueno, tal vez podamos dedicarte unos minutos. ¿Eh, Andy?

—Claro —respondió Andy—. Siempre tenemos unos minutos para usted, señora Perkins. Siento mucho lo de Duke.

—Y yo siento lo de tu mujer —respondió ella con solemnidad.

Sus miradas se cruzaron. Fue un verdadero momento de ternura que provocó que a Gran Jim le entraran ganas de arrancarse el cabello. Sabía que no debía permitir que ese tipo de pensamientos se apoderaran de él, que era malo para su presión sanguínea, y lo que era malo para su presión sanguínea era malo para su corazón, pero a veces le costaba un poco dominarse. Sobre todo en ocasiones como esa, en la que acababan de entregarle una nota de un tipo que sabía demasiado y que ahora creía que Dios quería que se dirigiera al pueblo. Si Gran Jim estaba en lo cierto sobre lo que se le había metido en la cabeza a Coggins, esa situación era menor en comparación.

Aunque tal vez no insignificante. Porque él nunca le había caído bien a Brenda Perkins, y esa mujer era la viuda de un hombre al que la gente consideraba, sin motivo alguno, un héroe. Lo primero que tenía que hacer…

—Entremos —dijo Gran Jim—. Hablaremos en la sala de plenos —miró a Barbie—. ¿Forma usted parte de todo esto, señor Barbara? Porque no lo entendería por nada del mundo.

—Tal vez esto le ayude —dijo Barbie, que le entregó las hojas que se habían estado pasando—. Pertenecí al ejército. Fui teniente. Al parecer han vuelto a reclutarme. Y me han ascendido.

Rennie tomó las hojas por una esquina, como si estuvieran ardiendo. La carta era más elegante que la nota mugrienta que Richie Killian le había entregado, y el remitente era bastante conocido. El encabezado decía simplemente: **DE LA CASA BLANCA**. Tenía fecha de ese mismo día.

Rennie tomó el papel con fuerza. Un hondo surco se formó entre sus espesas cejas.

—Este no es papel de la Casa Blanca.

Claro que lo es, idiota, estuvo tentado de decirle Barbie. *Nos lo ha entregado hace una hora un miembro del Escuadrón de Elfos de FedEx. Ese enano cabrón se teletransportó para atravesar la Cúpula sin ningún problema.*

—Claro que no —Barbie intentó mantener un tono agradable—. Ha llegado por internet, en un archivo PDF. La señorita Shumway se ha encargado de descargarlo e imprimirlo.

Julia Shumway. Otra alborotadora.

—Léelo, James —dijo Brenda en voz baja—. Es importante.

Gran Jim lo leyó.

4

Benny Drake, Norrie Calvert y Joe McClatchey "el Espantapájaros" se encontraban frente a las oficinas del *Democrat* de Chester's Mill. Cada uno tenía una linterna. Benny y Joe la sujetaban con la mano; Norrie la llevaba en el bolsillo delantero de su sudadera con capucha. Estaban mirando hacia un extremo de la calle, hacia el ayuntamiento, donde varias personas, incluidos los tres concejales y el cocinero del Sweetbriar Rose, parecían celebrar una reunión.

—Me pregunto qué estará pasando —dijo Norrie.

—Tonterías de adultos —respondió Benny, con una absoluta falta de interés, y llamó a la puerta del periódico. Al no obtener respuesta, Joe lo apartó e intentó girar el picaporte. La puerta se abrió. Enseguida entendió por qué la señorita Shumway no los había oído; la fotocopiadora estaba funcionando a toda velocidad mientras ella hablaba con el reportero de la sección deportiva del periódico y el tipo que había tomado las fotografías en la explanada.

Vio a los chicos y les hizo un gesto con la mano para que entraran. Las hojas de papel salían disparadas en la bandeja de la fotocopiadora. Pete Freeman y Tony Guay se turnaban para sacarlas y amontonarlas.

—Ahí están —dijo Julia—. Tenía miedo de que no vinieran. Ya casi hemos acabado. Eso si la maldita fotocopiadora no se va al carajo.

Joe, Banny y Norrie tomaron nota de la expresión en silencio y decidieron usarla a la mínima oportunidad.

—¿Tienen el permiso de sus padres? —preguntó Julia—. No quiero que un puñado de padres furiosos me salten a la yugular.

—Sí, señora —dijo Norrie—. Lo tenemos todos.

Freeman intentaba atar un paquete de hojas con un cordel, de un modo algo torpe, mientras Norrie lo observaba. Ella era capaz de hacer cinco nudos distintos. Y de anudar cebos de pescar. Se lo había enseñado su padre. Ella, a cambio, le había enseñado a hacer piruetas en un pasamanos, y cuando se cayó la primera vez se puso a reír hasta que le brotaron lágrimas. Norrie pensó que tenía el mejor padre del universo.

—¿Quieres que lo haga yo? —preguntó Norrie.

—Si sabes hacerlo mejor, por supuesto —Pete se apartó.

La chica se puso manos a la obra, acompañada de Joe y Benny. Entonces vio el gran titular en negrita en el número extra de una sola página, y se detuvo.

—¡Puta mierda!

En cuanto pronunció las palabras se tapó la boca, pero Julia se limitó a asentir.

—Es una verdadera mierda. Espero que hayan traído sus bicicletas y espero que tengan cestas. No podrán llevar esto por el pueblo en patineta.

—Eso es lo que nos dijo y eso es lo que hemos traído —contestó Joe—. La mía no tiene cesta, pero sí un soporte especial.

—Y ya me encargaré yo de atarle bien los periódicos —añadió Norrie.

Pete Freeman, que observaba a la chica con admiración mientras esta ataba los paquetes con un nudo que parecía una mariposa deslizante, dijo:

—Ya lo creo. Qué bien te quedan.

—Sí, se me da de fábula —dijo Norrie con total naturalidad.

—¿Tienen luces? —preguntó Julia.

—Sí —respondieron los tres al unísono.

—Muy bien. El *Democrat* no ha recurrido a los repartidores en treinta años y no quiero que este acontecimiento culmine con uno de ustedes atropellado en la esquina de Main con Prestile.

—Eso sería una mierda —admitió Joe.

—Tienen que dejar un ejemplar en todas las casas y tiendas de esas dos calles, ¿de acuerdo? Además de en las calles Morin y St. Anne. Después de eso, dispérsense. Hagan lo que puedan, pero a las nueve regresen a casa. Dejen todos los periódicos que les sobren en las esquinas. Y pónganles una piedra encima para que no se los lleve el viento.

Benny leyó de nuevo el titular.

¡ATENCIÓN, CHESTER'S MILL!

¡VAN A ESTALLAR EN LA BARRERA!

EL EJÉRCITO LANZARÁ MISILES DE CRUCERO
SE RECOMIENDA LA EVACUACIÓN DEL SECTOR OESTE

—Seguro que no funciona —dijo Joe, con un tono pesimista, mientras examinaba el mapa dibujado a mano que había al final de la página. El límite entre Chester's Mill y Tarker's Mill estaba resaltado en rojo. Había una **X** negra en el punto en que Little Bitch Road entraba en el pueblo. Junto a la **X** había la inscripción **Punto de Impacto**.

—Muérdete la lengua —le dijo Tony Guay.

5

DE LA CASA BLANCA

Saludos cordiales
a la JUNTA DE CONCEJALES DE CHESTER'S MILL:
 Andrew Sanders
 James P. Rennie
 Andrea Grinnell

Estimados señores y señora:

En primer lugar, les envío mis saludos y me gustaría transmitirles la honda preocupación de nuestra nación y nuestros mejores deseos. He decretado que mañana sea día nacional de oración; las iglesias de todo Estados Unidos permanecerán abiertas para que la gente de fe acuda a rezar por ustedes y por todos aquellos que están trabajando para entender y solucionar lo que ha ocurrido en los límites de su pueblo. Déjenme que les asegure que no cejaremos en nuestro empeño hasta que la población de Chester's Mill sea liberada y los responsables de su encarcelamiento hayan sido castigados. Puedo prometerles que esta situación llegará a su fin en breve. Y me dirijo a ustedes con toda la solemnidad que me confiere mi cargo, como su comandante en jefe.

En segundo lugar, esta carta debe servir a modo de presentación del coronel Dale Barbara, del

Ejército de Estados Unidos. El coronel Barbara sirvió en Iraq, donde le fue concedida la Estrella de Bronce, una medalla al mérito en servicio, y dos Corazones Púrpura. Hemos decidido reclutarlo de nuevo y ascenderlo para que sirva de intermediario entre ustedes y nosotros, y viceversa. Sé que, como fieles estadounidenses que son, le prestarán toda la ayuda necesaria. Y si ustedes lo ayudan, nosotros les ayudaremos a ustedes.

Mi intención original, de acuerdo con el consejo de la Junta de Jefes del Estado Mayor, y de los secretarios de Defensa y de Seguridad Nacional, era invocar la ley marcial en Chester's Mill y nombrar al coronel Barbara gobernador militar provisional. Sin embargo el coronel Barbara me ha asegurado que esto no será necesario. Me ha dicho que espera la absoluta cooperación de los concejales y la policía local. Cree que su cargo debería consistir en proporcionar "consejo y consentimiento". He accedido a su petición, aunque me reservo el derecho a cambiar de opinión.

En tercer lugar, sé que están preocupados por su incapacidad para llamar a sus amigos y seres queridos. Entendemos su preocupación, pero resulta imperativo que mantengamos este "apagón telefónico" para minimizar el riesgo de que se filtre información. Tal vez piensen que se trata de una falsa preocupación; les aseguro que no es así. Existe la posibilidad de que alguien de Chester's Mill posea información sobre la barrera que rodea a su pueblo. Las llamadas a números de dentro del pueblo estarán permitidas.

En cuarto lugar, de momento seguiremos sin informar a la prensa de lo acontecido, aunque esta decisión está sujeta a una posible revisión. Podría llegar un momento en el que fuera beneficioso para las autoridades del pueblo y para el coronel Barbara celebrar una rueda de prensa; pero en el presente consideramos que un desenlace rápido de la actual crisis hará que la rueda de prensa no sea necesaria.

En quinto lugar, deseo hacer referencia a las comunicaciones por internet. La Junta de Jefes del Estado Mayor está a favor de cortar temporalmente la comunicación por correo electrónico. No obstante, el coronel Barbara ha ofrecido una serie de argumentos para que permitiéramos que los ciudadanos de Chester's Mill siguieran teniendo acceso a internet. El coronel ha señalado que la Agencia Nacional de Seguridad puede controlar el correo electrónico de forma legal, de modo que desde un punto de vista práctico este tipo de comunicación puede filtrarse de un modo más sencillo que las transmisiones por teléfono. Puesto que él es nuestro "hombre en el campo", he accedido a su petición, en parte por motivos humanitarios. Sin embargo, esta decisión también puede ser revocada en cualquier momento; podemos llevar a cabo cualquier cambio en nuestra política. El coronel Barbara tomará parte en la revisión de todas estas decisiones, y esperamos que haya una buena relación entre él y las máximas autoridades del pueblo.

En sexto lugar, les ofrezco la posibilidad de que esta terrible situación a la que están sometidos finalice mañana mismo, a las 13:00, hora de la costa Este. El coronel Barbara los pondrá al corriente de la operación militar que tendrá lugar a esa hora, y me asegura que entre los buenos oficios de ustedes y la señora Julia Shumway, propietaria y directora del periódico local, podrán informar a los ciudadanos de Chester's Mill de lo que sucederá.

Y en último lugar: ustedes son ciudadanos de los Estados Unidos de América y nunca los abandonaremos. Nuestra más firme promesa, basada en nuestros puros ideales, es sencilla: ningún hombre, mujer o niño será abandonado. Emplearemos todos los recursos necesarios para

poner fin a su confinamiento. Gastaremos hasta
el último dólar que haya que gastar. A cambio,
esperamos de todos ustedes fe y cooperación.
Por favor, concédannos ambas cosas.

Con los mejores deseos y plegarias,
quedo a su entera disposición,

6

Fuera quien fuese el patán que había preparado aquel escrito, lo había firmado el gran cabrón en persona, con sus dos nombres, incluido el segundo, el del terrorista. Gran Jim no había votado por
él y en ese momento, si hubiera aparecido delante, Rennie creyó
que lo habría estrangulado sin ningún problema.

Y también a Barbara.

Gran Jim albergaba el vano deseo de llamar a Pete Randolph para
que metiera al Coronel Papanatas en una celda. De decirle que impusiera su ley marcial de pacotilla desde el sótano de la comisaría, con
Sam Verdreaux como ayudante de campo. Tal vez Sam "el Andrajoso" sería capaz de aguantar el *delirium tremens* el tiempo suficiente
para llegar a hacer el saludo militar sin meterse el pulgar en el ojo.

Pero ahora no. Aún no. Ciertas frases del Canalla en Jefe le llamaban la atención:

"Y si ustedes lo ayudan, nosotros les ayudaremos a ustedes."

"Esperamos que haya una buena relación entre él y las máximas autoridades del pueblo."

"Esta decisión está sujeta a una posible revisión."

"Esperamos de todos ustedes fe y cooperación."

La última era la más reveladora. Gran Jim estaba seguro de que ese
hijo del demonio proabortista no sabía nada sobre la fe, para él no era
más que una palabra de moda, pero cuando hablaba de cooperación,
sabía exactamente qué decía, y también Jim Rennie: "Un guante de
seda, pero no hay que olvidar que dentro hay un puño de hierro".

El presidente ofrecía compasión y apoyo (había visto cómo una

Andrea Grinnell aturdida por los calmantes había estado a punto de romper a llorar mientras leía la carta), pero si leía entre líneas, era fácil ver la verdad. Era una amenaza, simple y llanamente. O cooperan o les quitamos el internet. Más les vale cooperar, porque vamos a hacer una lista de quién se ha portado bien y quién mal, y es mejor que no aparezcan en la lista de los malos cuando logremos atravesar la Cúpula. Porque no lo olvidaremos.

Coopera, amigo. O atente a las consecuencias.

Rennie pensó: *Jamás entregaré mi pueblo a un pinche de cocina que se atrevió a ponerle la mano encima a mi hijo y luego tuvo la osadía de cuestionar mi autoridad. Eso jamás ocurrirá, simio. Jamás.*

También pensó: *Tranquilo, calma.*

Había que dejar que el Coronel Papanatas explicara el gran plan militar. Si funcionaba, bien. Si no, el último coronel nombrado por el Ejército de Estados Unidos iba a descubrir un nuevo abanico de significados de la expresión "hallarse en territorio enemigo".

Gran Jim sonrió y dijo:

—Vamos adentro, ¿de acuerdo? Tenemos mucho de que hablar.

7

Junior estaba sentado a oscuras con sus amigas.

Era extraño, incluso a él se lo parecía, pero también relajante.

Cuando él y los demás nuevos ayudantes regresaron a la comisaría después del enorme problema en el campo de Dinsmore, Stacey Moggin (que aún llevaba puesto el uniforme y tenía aspecto de cansada) les dijo que podían hacer otro turno de cuatro horas si querían. Les iban a ofrecer un montón de horas extra, por lo menos durante un tiempo, y cuando llegara el momento de que el pueblo les pagase, Stacey dijo que estaba convencida de que también habría primas… seguramente sufragadas por un agradecido gobierno de Estados Unidos.

Carter, Mel, Georgia Roux y Frank DeLesseps aceptaron hacer esas horas extra. En realidad no lo hacían por el dinero, sino porque les encantaba el trabajo. A Junior también, pero le acechaba otra de sus migrañas, lo cual era desmoralizador después de haber estado todo el día de fábula.

Le dijo a Stacey que, si no le importaba, él iría a descansar. Ella le aseguró que no había ningún problema, pero le recordó que su turno empezaba de nuevo al día siguiente, a las siete.

—Habrá mucho trabajo —dijo Stacey.

En los escalones, Frankie se subió el cinturón y dijo:

—Creo que voy a pasar por casa de Angie. Seguramente ha ido a algún lado con Dodee, pero me da miedo que se haya resbalado dándose un baño, que esté paralizada en el suelo, o algo por el estilo.

Junior sintió una punzada en la cabeza. De pronto vio un punto blanco en el ojo izquierdo. Parecía que palpitaba al ritmo de su corazón, que se había acelerado.

—Si quieres voy yo —le dijo a Frankie—. Me queda de camino.

—¿De verdad? ¿No te importa?

Junior negó con la cabeza. El punto blanco del ojo izquierdo se movía frenéticamente cuando él también lo hacía. Entonces se detuvo.

Frankie bajó el tono de voz.

—Sammy Bushey se comportó un poco pesada conmigo cuando estábamos en la explanada.

—Vaya imbécil —dijo Junior.

—Y que lo digas. Va y me suelta: "¿Qué vas a hacer, detenerme?" —Frankie había elevado el tono de voz hasta un falsete irritante que a Junior le alteró los nervios. El punto blanco pareció volverse rojo, y por un instante sintió el arrebato de agarrar a su viejo amigo del cuello y estrangularlo para que él, Junior, no tuviera que volver a escuchar ese falsete jamás—. Me parece —prosiguió Frankie— que tal vez pasaré a verla luego. Para darle una lección. Ya sabes, para que aprenda a respetar el uniforme.

—Es escoria. Y también una jodida lesbiana.

—Eso no haría sino mejorar las cosas —Frankie hizo una pausa y miró hacia la extraña puesta de sol—. Quizá esta Cúpula tenga su lado positivo. Podemos hacer lo que queramos. Por lo menos, de momento. Piensa en ello, colega —Frankie se tocó el paquete.

—Claro —contestó Junior—, aunque no estoy muy cachondo.

Pero ahora lo estaba. Bueno, más o menos. Tampoco iba a cogérselas, ni nada por el estilo, pero...

—Pero aun así son mis amigas —dijo Junior en la oscuridad de la despensa. Al principio usó una linterna, pero luego la apagó. Era mejor la oscuridad—. ¿Verdad que sí?

No contestaron. *Si lo hicieran*, pensó Junior, *podría informar de un gran milagro a mi padre y al reverendo Coggins.*

Estaba sentado de espaldas a una pared llena de estantes de conservas. Angie estaba a su derecha y Dodee a la izquierda. *Ménage à trois*, como decían en el foro de *Penthouse*. Sus chicas no tenían muy buen aspecto con la linterna encendida, la cara hinchada y los ojos saltones, ocultos parcialmente tras el cabello, pero cuando la apagó... ¡ey! ¡Podrían haber sido un buen par!

Salvo por el olor, claro. Una mezcla de mierda reseca y comienzo de descomposición. Pero era soportable porque había otros olores más agradables: café, chocolate, melaza, frutos secos y, quizá, azúcar morena.

También un suave aroma a perfume. ¿De Dodee? ¿De Angie? No lo sabía. Lo único que sabía era que la migraña había mejorado y ese punto blanco tan molesto había desaparecido. Deslizó una mano y le acarició un pecho a Angie.

—No te importa que lo haga, ¿verdad, Angie? O sea, sé que eras la novia de Frankie, pero ya no y, ey, solo quiero saber lo que se siente. Además, siento decírtelo, pero creo que esta noche tiene pensado ponerte los cuernos.

Palpó con la otra mano y encontró una mano de Dodee. Estaba helada, pero aun así se la llevó al paquete.

—Oh, Dodee —exclamó—. Eres muy descarada. Pero haz lo que te apetezca; deja que tu lado malo se apodere de ti.

Tendría que enterrarlas, por supuesto. Pronto. La Cúpula acabaría estallando como una burbuja de jabón, o los científicos encontrarían un modo de disolverla. Cuando eso ocurriera, el pueblo sería tomado por la policía. Y si la Cúpula no desaparecía, era más que probable que se acabara formando una especie de comité encargado de ir casa por casa en busca de provisiones.

Muy pronto. Pero no en ese momento. Porque aquella situación era relajante.

También un poco excitante. La gente no lo entendería, por supuesto, pero tampoco sería necesario que lo entendieran. Porque...

—Este es nuestro secreto —susurró Junior en la oscuridad—. ¿Verdad, chicas?

No contestaron (aunque lo harían, más tarde).

Junior permaneció sentado, abrazando a las chicas a las que había asesinado, y en algún momento se quedó dormido.

8

Cuando Barbie y Brenda Perkins salieron del ayuntamiento a las once, la reunión aún no había acabado. Los dos recorrieron Main Street hasta Morin Street sin hablar demasiado al principio. Aún había un montón de ejemplares del número extra de una sola página del *Democrat* en la esquina de Main y Maple. Barbie levantó la piedra que los sujetaba y tomó uno. Brenda llevaba una pequeña linterna con forma de bolígrafo en el bolso y enfocó el titular.

—Al verlo impreso debería resultar más creíble, pero no es así —dijo ella.

—No —admitió Barbie.

—Julia y tú has colaborado en esto para asegurarte de que James no pudiera ocultarlo —dijo ella—. ¿Verdad?

Barbie negó con la cabeza.

—Ni siquiera lo habría intentado porque es imposible. Cuando el misil estalle, se producirá una explosión atronadora. Julia solo quería asegurarse de que Rennie no pudiera manipular la noticia a su antojo —señaló el periódico—. Para serte sincero, veo esto como una medida de prevención. El concejal Rennie debe de estar pensando: "Si él ya poseía esta información, ¿qué otras cosas debe de saber que yo desconozco?"

—James Rennie puede ser un adversario muy peligroso, amigo mío —echaron a andar de nuevo. Brenda dobló el periódico y se lo puso bajo el brazo—. Mi marido lo estaba investigando.

—¿Por qué motivo?

—No sé hasta dónde puedo contarte —respondió—. Imagino que las opciones son: o te lo cuento todo, o no te cuento nada. Y Howie no tenía ninguna prueba definitiva, de eso estoy segura. Aunque estaba cerca.

—No es cuestión de pruebas —dijo Barbie—. Es cuestión de que yo no acabe en la cárcel mañana si el experimento no sale bien. Si resulta que lo que sabes puede ayudarme…

—Si evitar la cárcel es lo único que te preocupa, me decepcionas.

No era lo único, y Barbie creía que la viuda Perkins lo sabía. Había escuchado con mucha atención durante la reunión, y aunque Rennie se había desvivido para mostrar su lado más conciliador, encantador y razonable, Barbie se quedó horrorizado. Creía que a pesar de todas esas expresiones mojigatas, Rennie era un carroñero. Pensaba ejercer todo el control hasta que se lo arrancaran de las manos; pensaba arrasar con todo lo que pudiera hasta que alguien lo detuviera. Eso lo convertía en alguien peligroso, no solo para Dale Barbara.

—Señora Perkins...

—Brenda, ¿lo recuerdas?

—Eso, Brenda. Míralo de este modo, Brenda: si la Cúpula no desaparece, este pueblo va a necesitar ayuda de alguien más aparte de un vendedor de coches de segunda mano con delirios de grandeza. Y no podré ayudar a nadie si estoy tras las rejas.

—Mi marido creía que Gran Jim se estaba ayudando a sí mismo.

—¿Cómo? ¿En qué sentido? ¿Y hasta qué punto?

Brenda respondió:

—Esperemos a ver qué ocurre con el misil. Si no funciona, te lo contaré todo. Si sale bien, me reuniré con el fiscal del condado cuando vuelva la calma... y, citando a Ricky Ricardo, James Rennie tendrá que explicar muchas cosas.

—No eres la única que está esperando ver qué ocurre con el misil. Esta noche Rennie ha montado una buena obra. Si el misil rebota contra la Cúpula en lugar de perforarla, creo que veremos su otro lado.

Brenda apagó la linterna y miró hacia arriba.

—Mira las estrellas —dijo—. Cómo brillan. Ahí está la Osa Mayor... Casiopea... Me reconfortan. ¿A ti no?

—Sí.

No dijeron nada durante un rato, se limitaron a observar la estela centelleante de la Vía Láctea.

—Pero también me hacen sentir muy pequeña y muy... muy fugaz —rio y añadió con un dejo de timidez—: ¿Te importa que te tome del brazo, Barbie?

—En absoluto.

Lo aferró del codo. Él le tomó la mano y la acompañó a casa.

9

Gran Jim decidió levantar la sesión a las once y veinte. Peter Randolph dio las buenas noches a todos y se fue. Quería iniciar la evacuación del lado oeste del pueblo a las siete de la mañana en punto, y esperaba haber despejado toda la zona alrededor de Little Bitch Road a mediodía. Andrea lo siguió; caminaba lentamente, con las manos en la espalda. Era una postura a la que todos se habían acostumbrado.

Aunque no podía quitarse de la cabeza su encuentro con Lester Coggins (y dormir; no le importaría entregarse al maldito sueño) Gran Jim le preguntó a Andrea si podía quedarse un momento.

Ella lo miró con recelo. Detrás de Rennie, Andy Sanders amontonaba las carpetas con grandes aspavientos para guardarlas en el archivador gris de acero.

—Y cierra la puerta —dijo Gran Jim en tono agradable.

Andrea obedeció con expresión preocupada. Andy siguió ordenando todo el papeleo de la reunión, pero tenía los hombros encorvados, como si intentara protegerse de un vendaval. Fuera lo que fuese de lo que quería hablar Jim, Andy ya lo sabía. Y a juzgar por su postura, no era bueno.

—¿Qué pasa, Jim? —preguntó Andrea.

—Nada serio —lo que significaba que lo era—. Pero me ha dado la sensación, Andrea, de que te tomabas muchas confianzas con ese tal Barbara antes de la reunión. Y también con Brenda.

—¿Con Brenda? Eso es… —quiso decir "ridículo" pero le pareció un poco demasiado fuerte—. Una tontería. La conozco desde hace treinta añ…

—Y al señor Barbara desde hace tres meses. Eso suponiendo que comer los waffles y el tocino que prepara un hombre implique que lo conoces.

—Creo que ahora es el coronel Barbara.

Gran Jim sonrió.

—Es difícil tomarse eso en serio cuando lo más parecido a un uniforme que lleva son unos pantalones de mezclilla y una camiseta.

—Ya has visto la carta del presidente.

—He visto algo que Julia Shumway podría haber escrito en su maldita computadora. ¿No es cierto, Andy?

—Así es —dijo Andy sin voltear. Seguía organizando el archivador. Y reorganizando lo que ya había organizado, a juzgar por sus gestos.

—Pero imaginemos que era del presidente —dijo Gran Jim, que ahora lucía una de esas sonrisas que tanto odiaba Andrea en su cara ancha y cachetona. La tercera concejala se fijó, acaso por primera vez, en que Rennie tenía barba de tres días, y entonces entendió por qué ese hombre se afeitaba con tanto cuidado. La barba estudiadamente descuidada le confería un aspecto nixoniano.

—Bueno... —la preocupación empezaba a transformarse en miedo. Se le pasó por la cabeza decirle que solo había sido amable, pero de hecho había sido un poco más que eso, y supuso que Jim lo había visto. Había visto mucho—. Bueno, es el Comandante en Jefe, ya sabes.

Gran Jim hizo un gesto de desdén.

—¿Sabes qué es un comandante, Andrea? Voy a decírtelo. Alguien que merece lealtad y obediencia porque puede proporcionar los recursos necesarios para ayudar a aquellos que los necesitan. Se supone que tiene que ser un intercambio justo.

—¡Sí! —respondió ella con entusiasmo—. ¡Recursos como ese misil de crucero!

—Y si funciona, todo será perfecto.

—¿Cómo no va a funcionar? ¡Ha dicho que podía estar cargado con una ojiva de casi quinientos kilos!

—Teniendo en cuenta lo poco que sabemos sobre la Cúpula, ¿cómo puedes estar tan segura tú o cualquiera de nosotros? ¿Cómo podemos estar seguros de que no hará estallar la Cúpula y dejará un cráter de dos kilómetros de profundidad en el lugar donde estaba Chester's Mill?

Andrea lo miró consternada. Tenía las manos en la espalda y no paraba de frotar y masajear la parte del cuerpo que le dolía.

—Bueno, eso está en manos de Dios —dijo Jim—. Y tienes razón, Andrea, podría funcionar. Pero si no es así, estamos en nuestra ciudad, y un Comandante en Jefe que no puede ayudar a sus ciudadanos no vale ni un chorrito de orina caliente en un orinal vacío, en lo que a mí respecta. Si no funciona, y si no nos envían a todos al cielo, alguien tendrá que asumir el control del pueblo. ¿Y lo hará un vagabundo nombrado con el dedo mágico del presidente, o lo harán los concejales elegidos por la gente y que ya ostentan sus cargos? ¿Entiendes a lo que me refiero?

—El coronel Barbara me ha parecido un hombre muy capaz —susurró ella.

—¡Deja de llamarlo así! —gritó Gran Jim.

A Andy se le cayó una carpeta y Andrea retrocedió y soltó un grito de miedo.

Luego la concejala se puso derecha, recuperando momentáneamente parte del temple yanqui que le dio el valor para presentarse al cargo de concejala.

—No me grites, Jim Rennie. Te conozco desde que recortabas fotografías del catálogo de Sears en primero y las pegabas en hojas de cartulina, así que no me grites.

—Oh, vaya, se ha ofendido —la temible sonrisa se extendía ahora de oreja a oreja y convertía la mitad superior de su rostro en una inquietante máscara de regocijo—. Pues qué condenada pena. Pero es tarde, estoy cansado y ya he repartido todos los caramelitos que traía, así que ahora escúchame y no me obligues a repetirme —miró su reloj—. Son las once y treinta y cinco y quiero estar en casa a medianoche.

—¡No entiendo qué quieres de mí!

Gran Jim puso los ojos en blanco, como si no pudiera dar crédito a la estupidez de esa mujer.

—¿En pocas palabras? Quiero saber que vas a estar de mi lado, del mío y de Andy, si ese disparatado plan del misil no funciona. Que no vas a apoyar a ese advenedizo lavalozas.

Andrea tensó los hombros y acto seguido relajó la espalda. Se armó de valor para mirar a Gran Jim a los ojos, pero le temblaban los labios.

—¿Y si resulta que creo que el coronel Barbara, o el señor Barbara, si lo prefieres, está mejor capacitado para gestionar la situación en un momento de crisis?

—Pues en tal caso, tengo que citar a Pepe Grillo —dijo Gran Jim—. Siempre tu conciencia mandará —dijo con un murmullo que resultó mucho más aterrador que su grito—. Pero recuerda que tomas unas pastillas. Esas OxyContins.

Andrea se quedó helada.

—¿Qué pasa con las pastillas?

—Andy ha apartado varias cajas de esas pastillas para ti, pero si

311

apuestas por el caballo equivocado en esta carrera, las pastillas po-drían desaparecer. ¿No es cierto, Andy?

Andy había empezado a lavar la cafetera. No parecía muy con-tento y no se atrevió a mirar a Andrea a los ojos, que estaba a pun-to de romper a llorar, pero respondió sin titubeos.

—Sí. En ese caso, tal vez tendría que echarlas por el retrete de la farmacia. Es peligroso tener medicamentos como esos ahora que el pueblo está aislado.

—¡No puedes hacerlo! —gritó Andrea—. ¡Tengo una receta!

Gran Jim respondió amablemente:

—La única receta que necesitas es ponerte del lado de la gente que sabe lo que le conviene al pueblo, Andrea. De momento, es la única receta que te hará bien.

—Jim, necesito mis pasillas —se dio cuenta del tono quejum-broso de su voz, tan parecido al de su madre durante los últimos años que pasó postrada en la cama, y se odió a sí misma—. ¡Las ne-cesito!

—Lo sé —dijo Gran Jim—. Dios te ha obligado a soportar un gran dolor —*Por no decir un gran peso*, pensó.

—Haz lo adecuado —terció Andy, que le lanzó una mirada tris-te y sincera—. Jim sabe qué le conviene al pueblo; siempre lo ha sa-bido. No necesitamos que ningún forastero nos diga lo que tene-mos que hacer.

—Si lo hago, ¿me seguirás dando los calmantes?

Andy esbozó una sonrisa.

—¡Por supuesto! Quizá incluso podría llegar a subirte un poco la dosis. No sé, ¿qué te parecerían cien miligramos más al día? ¿Verdad que te vendrían bien? Parece que el dolor te hace la vida imposible.

—Supongo que sí, que me vendría bien una dosis superior —ad-mitió Andrea con un hilo de voz. Agachó la cabeza. No había bebi-do alcohol, ni siquiera una copa de vino, desde la noche del baile de fin de curso, cuando se emborrachó; nunca había fumado un porro y solo había visto la cocaína en televisión. Era una buena persona. Una muy buena persona. Entonces, ¿cómo se había metido en ese lío? ¿Cuando se cayó en busca del correo? ¿Bastaba eso para con-vertir a alguien en drogadicto? En tal caso, era una injusticia. Algo horrible—. Pero solo cuarenta miligramos. Cuarenta más serían su-ficiente, creo.

—¿Estás segura? —preguntó Gran Jim.

No estaba nada segura. Ese era el problema.

—Tal vez ochenta —se corrigió, y se limpió las lágrimas de la cara. Y añadió con un susurro—: Me están chantajeando.

Fue un susurro apenas perceptible, pero Gran Jim lo oyó. La agarró. Andrea parpadeó, pero Rennie solo le tomó la mano. Suavemente.

—No —replicó él—. Eso sería pecado. Te estamos ayudando. Y lo único que queremos a cambio es que nos ayudes.

10

Se oyó un *bum*.

Sammy se despertó a pesar de que había fumado medio porro y había bebido tres de las cervezas de Phil antes de caer rendida a las diez. Siempre tenía unos cuantos paquetes de cerveza en el refrigerador y siempre las llamaba las "cervezas de Phil", a pesar de que él se había ido en abril. Sammy había oído rumores de que aún andaba por el pueblo, pero no hizo caso de ellos. Si estuviera en Chester's Mill lo habría visto alguna vez en los últimos seis meses, ¿no? Era un pueblo pequeño, como decía la canción.

¡Bum!

El ruido hizo que Sammy se incorporara de golpe, a la espera del llanto de Little Walter. Como no oyó nada, pensó *¡Oh, Dios, esa maldita cuna se rompió! Y si ni siquiera puede llorar...*

Apartó las sábanas y echó a correr hacia la puerta, pero se dio un golpe contra la pared y estuvo a punto de caer al suelo. ¡Maldita oscuridad! ¡Maldita compañía eléctrica! Maldito Phil por irse y dejarla así, sin nadie que la defendiera cuando tipos como Frank DeLesseps eran malos con ella y la asustaban y...

¡Bum!

Deslizó la mano por el tocador y encontró la linterna. La encendió y salió corriendo por la puerta. Se dirigió hacia la izquierda, para ir a la habitación donde dormía Little Walter, pero oyó de nuevo el *bum*, que no procedía de la izquierda, sino de delante, al otro lado de la sala de estar abarrotada de basura. Había alguien en la puerta del remolque. Y entonces oyó unas risas apagadas. Fuera quien fuese, parecía que había bebido.

Cruzó la sala, vestida únicamente con la camiseta que se ponía para dormir y que se ceñía alrededor de sus regordetes muslos (había engordado un poco desde que Phil se había marchado, unos veinte kilos, pero cuando se acabara todo aquel asunto de la Cúpula pensaba comenzar un plan de adelgazamiento de NutriSystem y recuperar el peso de la época de escuela), y abrió la puerta de par en par.

La luz de unas linternas, cuatro y potentes, la golpearon en la cara. Detrás de los haces de luz oyó más risas. Una de ellas se parecía al "nyuck-nyuck-nyuck" de Curly, el de Los Tres Chiflados. Y Sammy la reconoció ya que la había oído durante toda la preparatoria: era la de Mel Searles.

—¡Mírate! —exclamó Mel—. Tan preparada y sin nadie a quien chupársela.

Más risas. Sammy levantó un brazo para taparse los ojos, pero no sirvió de nada; solo veía formas detrás de las linternas. Pero una de las risas parecía femenina, y eso probablemente era bueno.

—¡Apaguen esas luces o me dejarán ciega! ¡Y guarden silencio! ¡Van a despertar al bebé!

Más risas, más fuertes que antes, pero tres de las cuatro linternas se apagaron. Sammy enfocó con su linterna hacia la puerta y lo que vio no la consoló: Frankie DeLesseps y Mel Searles flanqueando a Carter Thibodeau y a Georgia Roux. Georgia, la chica que le había aplastado el pecho con un pie esa tarde y que la había llamado "lesbiana". Una mujer, pero una mujer peligrosa.

Lucían sus placas. Y estaban muy borrachos.

—¿Qué quieren? Es tarde.

—Queremos "pasto" —dijo Georgia—. Tú lo vendes, así que danos un poco.

—Quiero meterme un viaje para volar por los cielos y reír hasta reventar —dijo Mel, y luego rio: nyuck, nyuck, nyuck.

—No tengo —respondió Sammy.

—Mentira, el remolque apesta a hierba —espetó Carter—. Véndenos un poco. No seas zorra.

—Sí —añadió Georgia. Bajo la luz de la linterna de Sammy, sus ojos tenían un destello plateado—. Da igual que seamos policías.

Todos estallaron en carcajadas. Acabarían despertando al bebé.

—¡No! —Sammy intentó cerrar la puerta, pero Thibodeau la abrió de nuevo. Lo hizo con la palma de la mano, sin ningún problema, pero Sammy retrocedió tambaleándose. Tropezó con el maldito tren de Little Walter y cayó de nalgas por segunda vez ese día. Se le levantó la camiseta.

—Oooh, pantaleta rosa, ¿esperas la visita de alguna de tus amigas? —preguntó Georgia, y todos estallaron en carcajadas de nuevo. Volvieron a encender las linternas y le enfocaron la cara.

Sammy se bajó la camiseta con tanta fuerza que estuvo a punto de rasgarse el cuello. Luego se puso en pie como pudo, mientras los haces de luz recorrían su cuerpo.

—Sé buena anfitriona e invítanos a pasar —dijo Frankie mientras entraba por la puerta—. Muchas gracias —iluminó la salita con su linterna—. Vaya pocilga.

—¡Una pocilga para una cerda! —gritó Georgia, y todos se echaron a reír de nuevo—. ¡Si yo fuera Phil, volvería del bosque solo para darte una paliza! —levantó el puño y Carter Thibodeau hizo chocar el suyo contra el de ella.

—¿Aún está escondido en la emisora de radio? —preguntó Mel—. ¿Drogándose? ¿Con sus paranoias sobre Jesús?

—No sé a qué te… —ya no estaba enfadada, solo asustada. Ese era el modo inconexo en que hablaba la gente en las pesadillas que podía tener uno si fumaba hierba mezclada con PCP—. ¡Phil se ha ido!

Los cuatro se miraron y rieron. El estúpido nyuck-nyuck-nyuck de Searles destacaba entre los demás.

—¡Se ha ido! ¡Se ha largado! —gritó Frankie.

—¡Y a quién carajos le extraña! —replicó Carter, y ambos entrechocaron sus puños.

Georgia levantó unos cuantos libros que Sammy tenía en la estantería y los hojeó.

—¿Nora Roberts? ¿Sandra Brown? ¿Stephanie Meyer? ¿Lees esto? ¿No sabes que Harry Potter es el puto amo? —estiró los brazos y dejó caer los libros al suelo.

El bebé aún no se había despertado. Era un milagro.

—¿Si les vendo pasto se marcharán? —preguntó Sammy.

—Claro —respondió Frankie.

—Y date prisa —dijo Carter—. Mañana nos toca empezar turno temprano. Hay que planear la eee-va-cua-ción. Así que mueve ese trasero gordo que tienes.

—Esperen aquí.

Fue a la cocina; abrió el congelador —estaba caliente, todo se había derretido y, por algún motivo, eso hizo que le entraran ganas de llorar— y tomó una de las bolsas con droga que guardaba ahí. Quedaban tres más.

Cuando iba a voltear, alguien la sujetó y le quitó la bolsa de la mano.

—Déjame ver otra vez esas pantaletas rosa —le dijo Mel al oído—. A ver si llevas escrita la palabra DOMINGO en el trasero —le levantó la camiseta hasta la cintura—. No, ya me lo imaginaba.

—¡Basta ya! ¡Detente!

Mel rio: nyuck, nyuck, nyuck.

La luz de una linterna la cegó, pero reconoció la estrecha cabeza que se ocultaba tras ella: Frankie DeLesseps.

—Hoy has sido muy mala conmigo —dijo—. Además, me has dado un bofetón y me has lastimado la mano. Y lo único que hice fue esto —estiró un brazo y le agarró un pecho de nuevo.

Sammy intentó apartarse. El rayo de luz que le iluminaba la cara subió momentáneamente hacia el techo y descendió rápidamente. Sintió una punzada de dolor en la cabeza. La había golpeado con la linterna.

—¡Ay! ¡Ay, duele! ¡DETENTE YA!

—Cállate, eso no te ha lastimado. Tienes suerte de que no te detenga por tráfico de drogas. Si no quieres que te vuelva a golpear quédate quieta.

—Esta hierba apesta —dijo Mel con naturalidad. Aún estaba detrás de ella y no le había bajado la camiseta.

—Como ella —añadió Georgia.

—Tengo que confiscarte la hierba, puta —dijo Carter—. Lo siento.

Frankie le estaba sobando el pecho.

—Estate quieta —le pellizcó el pezón—. Estate quieta de una vez —le ordenó con voz ronca y respiración agitada.

Sammy sabía qué iba a pasar. Cerró los ojos. *Que no se despierte el bebé*, pensó. *Y que no hagan nada más. O algo peor.*

—Venga —lo animó Georgia—. Enséñale lo que se ha perdido desde que se fue Phil.

Frankie señaló la sala de estar con la linterna.

—Ponte en el sofá. Y ábrete de piernas.

—¿No quieres leerle los derechos antes? —preguntó Mel, y rio: nyuck, nyuck, nyuck.

Sammy pensó que si escuchaba esa risa una vez más le estallaría la cabeza. Pero se dirigió hacia el sofá, con la cabeza gacha y los hombros caídos.

Carter la agarró, le hizo darse la vuelta y se iluminó la cara, que se convirtió en una máscara de trasgo.

—¿Hablarás sobre esto, Sammy?

—N-n-no.

La máscara de trasgo asintió.

—Haces bien. Porque, de todos modos, nadie te creería. Salvo nosotros, claro, y entonces tendríamos que volver y darte una paliza de las buenas.

Frankie la arrojó sobre el sofá de un empujón.

—Cógetela —dijo Georgia, excitada, mientras enfocaba a Sammy con la linterna—. ¡Cógete a esa perra!

Los tres muchachos lo hicieron. Frankie fue el primero.

—Tienes que aprender a mantener la boca cerrada excepto cuando estás de rodillas —le susurró mientras la embestía.

Carter fue el siguiente. Mientras la montaba, Little Walter despertó y empezó a llorar.

—¡Cállate, mocoso, o tendré que leerte los derechos! —gritó Mel Searles, y luego rio.

Nyuck, nyuck, nyuck.

11

Era casi medianoche.

Linda Everett estaba sumida en un profundo sueño en su mitad de la cama; había sido un día agotador, al día siguiente tenía una reunión a primera hora (para preparar la eee-va-cua-ción), y ni siquiera sus preocupaciones por Janelle pudieron mantenerla despierta. No llegaba lo que se dice a roncar, sino que emitía un suave cuip-cuip-cuip.

Rusty también había tenido un día agotador, pero no podía dormir, aunque no estaba preocupado por Jan. Creía que estaría bien, al menos durante un tiempo. Podía mantener sus ataques a raya si no empeoraban. Si se quedaba sin Zarontin en la farmacia del hospital, podría conseguir más en la de Sanders.

Pero no dejaba de pensar en el doctor Haskell. Y en Rory Dinsmore, por supuesto. Rusty no podía dejar de ver la cuenca ensangrentada y desgarrada en la que había estado alojado el ojo. No podía dejar de oír a Ron Haskell diciéndole a Ginny: "No me hagas perder al paciente… ¡La paciencia, quiero decir, demonios!".

Salvo que al final sí que lo había perdido.

Empezó a dar vueltas en la cama, intentando dejar atrás esos recuerdos, que fueron sustituidos por el murmullo de Rory "Es Halloween", que a su vez quedó tapado por la voz de su propia hija: "¡Es culpa de la Gran Calabaza! ¡Tienes que detener a la Gran Calabaza!".

Su hija había tenido un ataque. El hijo de los Dinsmore había recibido el impacto de una bala rebotada en el ojo, y el de un fragmento de bala en el cerebro. ¿Qué le decía eso a él?

No me dice nada. ¿Qué dijo el escocés de Lost*? ¿ "No confundas coincidencia con el destino"?*

Quizá había sido eso. Quizá sí. Pero hacía ya mucho tiempo de *Lost*. El escocés podría haber dicho "No confundas el destino con una coincidencia".

Se dio la vuelta hacia el otro lado y esta vez vio el titular en negrita del *Democrat*: **¡VAN A ESTALLAR LA BARRERA!**

Era inútil. Era imposible que se quedara dormido, y lo peor que podía hacer en una situación como esa era empezar a fustigarse para alcanzar el país de los sueños.

Abajo quedaba un pedazo del famoso pastel de naranja y arándanos de Linda; lo había visto al entrar. Rusty decidió que se comería un trozo en la mesa de la cocina y que hojearía el último número de *American Family Physician*. Si un artículo sobre la tos convulsa no lograba que le entrara sueño, nada lo lograría.

Se levantó. Un hombre alto vestido con la ropa de trabajo azul que acostumbraba usar como pijama. Salió sin hacer ruido para no despertar a Linda.

En mitad de la escalera, se detuvo y ladeó la cabeza.

Audrey estaba gimiendo, sin hacer apenas ruido. En la habitación de las niñas. Rusty bajó y abrió la puerta. El golden retriever, una sombra tenue entre las camas de las niñas, se volteó para mirarlo y emitió otro de esos chillidos.

Judy estaba de costado, con una mano bajo la mejilla, y tenía una respiración larga y pausada. Jannie era otra historia. No paraba de dar vueltas, de mover las sábanas con los pies y de murmurar. Rusty pasó por encima de la perra y se sentó junto a su cama, bajo el último póster de un grupo musical de chicos.

Estaba soñando. Y a juzgar por su expresión de preocupación estaba teniendo una pesadilla. Sus murmullos parecían una especie de protesta o queja. Rusty intentó averiguar qué decía, pero antes de que pudiera entender algo, su hija calló.

Audrey volvió a gemir.

Rusty le puso bien el camisón a Jan, la tapó con la colcha y le apartó el cabello de la frente. La niña movía los ojos muy rápido de un lado a otro bajo los párpados cerrados, pero Rusty no apreció ningún temblor en las extremidades, no movía los dedos ni se relamía los labios. Estaba casi seguro de que estaba en fase de sueño REM y que no se trataba de un ataque. Lo que planteaba una pregunta interesante: ¿los perros también podían oler las pesadillas?

Se inclinó sobre Jan y le dio un beso en la mejilla. Al hacerlo, ella abrió los ojos, pero Rusty no tenía muy claro que lo estuviera viendo. Quizá era un síntoma de *petit mal*, pero le parecía poco probable, ya que en tal caso Audi habría empezado a aullar, de eso estaba seguro.

—Vuelve a dormirte, cielo —dijo él.

—Tiene una pelota de beisbol dorada, papá.

—Lo sé, cielo, duérmete.

—Es una pelota mala.

—No. Es buena. Las pelotas de beisbol son buenas, sobre todo las doradas.

—Ah —dijo ella.

—Vuelve a dormir.

—Sí, papá —se giró y cerró los ojos. Tardó un instante en encontrar la postura, pero luego se quedó quieta. Audrey, que había estado todo el rato recostada en el suelo con la cabeza levantada, observándolos, apoyó el hocico en la pata y también se durmió.

Rusty se quedó un rato sentado, escuchando la respiración de sus hijas, diciéndose a sí mismo que no había nada de lo que asustarse, que la gente hablaba mucho en sueños. Se dijo a sí mismo que todo estaba bien, que solo tenía que mirar al perro que dormía en el suelo en caso de que tuviera alguna duda, pero resultaba difícil ser optimista en mitad de la noche. Cuando aún faltaban varias horas para el amanecer, los pensamientos asumían forma corpórea y echaban a caminar. En mitad de la noche los pensamientos se convertían en zombis.

Al final decidió que no le apetecía el pastel de naranja y arándanos. Lo que quería era acurrucarse junto al cuerpo cálido de su mujer dormida. Pero antes de salir de la habitación, acarició la sedosa cabeza de Audrey.

—Estate atenta —susurró.

Audi abrió un instante los ojos y lo miró.

Rusty pensó: *Golden retriever*. Y acto seguido, la conexión perfecta: *Una pelota de beisbol dorada. Una pelota de beisbol mala.*

Esa noche, a pesar de la intimidad femenina recién descubierta por la niña, Rusty dejó su puerta abierta.

12

Lester Coggins estaba sentado en el porche de Rennie cuando Gran Jim regresó. Coggins leía su Biblia con una linterna. La devoción del reverendo no inspiró a Gran Jim, cuyo humor, de por sí malo, no hizo sino empeorar.

—Que Dios te bendiga, Jim —dijo Coggins mientras se levantaba. Cuando Gran Jim le ofreció la mano, Coggins se la estrechó con un gesto ferviente.

—Que te bendiga a ti también —respondió Rennie, animosamente.

Coggins le estrechó la mano con fuerza una vez más y la soltó.

—Jim, he venido a verte porque he tenido una revelación. Anoche pedí tener una (sí, estaba atribulado), y esta tarde he obtenido la respuesta. Dios me ha hablado: de forma escrita y mediante ese chico.

—¿El hijo de los Dinsmore?

Coggins se besó las manos juntas y luego las alzó al cielo.

—El mismo. Rory Dinsmore. Que Dios lo tenga en su gloria toda la eternidad.

—Ahora mismo está cenando con Jesús —añadió Gran Jim automáticamente. Estaba observando al reverendo bajo la luz de su linterna, y lo que vio no le gustó. A pesar de que la noche empezaba a refrescar rápidamente, al reverendo Coggins le brillaba la piel a causa del sudor. Tenía los ojos muy abiertos, prácticamente solo se le veía lo blanco. Y el cabello rizado muy alborotado. Parecía un tipo que empezaba a perder la cordura y que podía quedarse tirado en la calle en cualquier momento.

Gran Jim pensó: *Esto se ve mal.*

—Sí —dijo Coggins—. No me cabe la menor duda. Estará disfrutando de un buen banquete… Envuelto en los brazos eternos…

Gran Jim pensó que debía de resultar difícil hacer ambas cosas a la vez, pero prefirió guardar silencio.

—Sin embargo, su muerte tenía una razón, Jim. Eso es lo que quiero decirte.

—Cuéntamelo adentro —dijo Gran Jim, y antes de que el reverendo pudiera replicar, le preguntó—: ¿Has visto a mi hijo?

—¿A Junior? No.

—¿Cuánto tiempo llevas aquí? —Gran Jim parpadeó bajo la luz del recibidor y bendijo al generador mientras lo hacía.

—Una hora. Quizá un poco menos. Sentado en los escalones… leyendo… rezando… meditando.

Rennie se preguntó si alguien lo había visto, pero prefirió no saberlo. Coggins ya estaba alterado, y una pregunta como esa podría alterarlo aún más.

—Vamos a mi estudio —dijo, y lo condujo por la casa, con la cabeza agachada, avanzando lentamente y a pasos grandes. Visto por detrás, parecía un oso vestido con ropa humana, un animal viejo y lento pero aún peligroso.

13

Además del cuadro del *Sermón en la montaña*, que ocultaba una caja fuerte detrás, las paredes del despacho de Gran Jim estaban llenas de placas que ensalzaban sus distintos servicios a la comunidad. También había una fotografía enmarcada en la que aparecía él mismo estrechándole la mano a Sarah Palin y otra en la que le daba la mano al Gran Número 3, Dale Earnhardt, en un acto organizado por este para recaudar fondos para alguna causa infantil en el Crash-A-Rama anual de Oxford Plains. Había incluso una fotografía en la que Gran Jim le estrechaba la mano a Tiger Woods, que le pareció un negro muy simpático.

En el escritorio tenía una pelota de beisbol bañada en oro sobre un soporte de acrílico. Debajo (también en acrílico) había una dedicatoria que decía: "¡A Jim Rennie, como agradecimiento por tu ayuda para organizar el Torneo de Beneficencia de Softbol de Western Maine de 2007!". Estaba firmada por Bill Lee, el Astronauta.

Mientras se sentaba al escritorio en su silla de respaldo alto, Gran Jim tomó la pelota del soporte y empezó a pasársela de una mano a otra. Era una buena idea juguetear con una pelota como esa, sobre todo porque estaba un poco alterado: era bonita y pesada, y las costuras doradas se ajustaban a la perfección a las palmas de sus manos. En ocasiones Gran Jim se preguntaba qué sentiría si tuviera una pelota de oro macizo. Tal vez intentaría conseguir una cuando hubiera acabado todo el asunto de la Cúpula.

Coggins se sentó al otro lado del escritorio, en la silla del cliente. En la silla del suplicante. Que era el lugar donde Gran Jim quería que estuviera. El reverendo movía los ojos de un lado a otro, como un hombre que estuviera viendo un partido de tenis. O tal vez el péndulo de un hipnotizador.

—¿De qué se trata todo esto, Lester? Cuéntamelo. Pero ve al grano, ¿de acuerdo? Necesito dormir. Mañana tengo una agenda apretada.

—¿Quieres rezar conmigo antes, Jim?

Rennie sonrió. Le lanzó una sonrisa aterradora, aunque algo contenida. Por lo menos de momento.

—¿Por qué no me cuentas lo que te ha ocurrido? Antes de arrodillarme me gusta saber por qué voy a rezar.

A pesar de su advertencia, Lester no fue al grano, pero Gran Jim no se dio cuenta. Escuchó con una consternación que fue en aumento, muy cercana al terror. El relato del reverendo era inconexo y estaba salpicado de citas bíblicas, pero el mensaje era claro:

había decidido que su pequeño negocio había disgustado tanto al Señor que este había cubierto el pueblo con un enorme cuenco de cristal. Lester había rezado para saber qué tenía que hacer al respecto, se había azotado (aunque tal vez los azotes habían sido metafóricos, tal como esperaba Gran Jim), y el Señor le había señalado unos versículos de la Biblia sobre la locura, la ceguera, los remordimientos, etc.

—El Señor dijo que me postraría una señal y…

—¿Te postraría? —Gran Jim enarcó sus pobladas cejas.

Lester no le hizo caso y prosiguió con el relato, sudando como un hombre con malaria mientras sus ojos seguían la pelota dorada. De un lado… al otro.

—Fue como cuando era adolescente y eyaculaba en sueños.

—Les, eso… es más información de la necesaria —y seguía pasándose la pelota de una mano a otra.

—Dios dijo que me enseñaría lo que es la ceguera, pero no la mía. Y esta tarde, en la explanada, ¡lo ha hecho! ¿Verdad?

—Bueno, supongo que esa es una de las posibles interpretaciones…

—¡No! —Coggins se puso en pie. Empezó a caminar en círculos sobre la alfombra, con la Biblia en una mano. Con la otra se mecía el cabello—. Dios dijo que cuando yo viera esa señal, tenía que contarles a mis fieles con todo detalle lo que habías hecho…

—¿Solo yo? —preguntó Gran Jim con voz meditativa. Ahora se lanzaba la bola un poco más rápido que antes. Plas. Plas. Plas. De un lado a otro, impactaba en unas manos carnosas pero duras.

—No —admitió Lester con una especie de gruñido. Ahora caminaba más rápido y ya no miraba la pelota. Con una mano sostenía la Biblia y con la otra intentaba arrancarse el cabello de raíz. A veces hacía lo mismo en el púlpito, cuando se dejaba ser de verdad. Ese espectáculo estaba bien en la iglesia, pero en su estudio le resultaba exasperante—. Fuimos tú, yo, Roger Killian, los hermanos Bowie y… —bajó la voz—. Y ese otro. El Chef. Creo que ese hombre está loco. Si no lo estaba cuando empezó la primavera pasada, lo está ahora.

Mira quién habla, amigo, pensó Gran Jim.

—Todos estamos involucrados, pero somos tú y yo los que tenemos que confesar, Jim. Eso es lo que me dijo el Señor. Eso es lo que significaba la ceguera del muchacho; es el motivo por el que murió. Confesaremos y quemaremos ese granero de Satán que hay detrás de la iglesia. Entonces Dios nos dejará ir en paz.

—¿Sabes a dónde vas a ir, Lester? De cabeza a la cárcel estatal de Shawshank.

—Aceptaré el castigo que me imponga Dios. Y con mucho gusto.

—¿Y yo? ¿Y Andy Sanders? ¿Y los hermanos Bowie? ¡Y Roger Killian! ¡Creo que tiene nueve hijos a los que mantener! ¿Y si resulta que a nosotros no nos hace tanta gracia?

—No puedo hacer nada —Lester empezó a golpearse en los hombros con la Biblia. Primero un lado y luego el otro. Gran Jim sincronizó los movimientos de la pelota dorada de beisbol con los golpes del predicador. Plaf… y plas. Plaf… y plas. Plaf… y plas—. El tema de los hijos de Killian es muy triste, por supuesto, pero… Éxodo veinte, versículo cinco: "Porque yo soy Yahvé, tu Dios, fuerte, celoso, que visito la maldad de los padres sobre los hijos hasta la tercera y cuarta generación de los que me aborrecen". Tenemos que someternos a esto. Tenemos que extirpar este mal por muy doloroso que sea; tenemos que hacer bien todo lo que hemos hecho mal. Eso significa confesión y purificación. Purificación mediante el fuego.

Gran Jim alzó la mano libre en ese momento.

—Ey, ey, ey. Piensa en lo que estás diciendo. En tiempos normales, este pueblo depende de mí, y de ti, por supuesto, pero en época de crisis, nos necesita —se levantó y apartó la silla hacia atrás. Había tenido un día muy largo y horrible, estaba cansado, y ahora eso. Se enfadó.

—Hemos pecado —insistió Coggins con tozudez, sin dejar de golpearse con la Biblia. Como si creyera que el hecho de tratar el libro sagrado de Dios de aquel modo fuera lo más normal del mundo.

—Lo que hicimos, Les, fue evitar que miles de niños africanos murieran de hambre. Invertimos suficiente dinero para tratar sus horribles enfermedades. También te hemos construido una iglesia nueva y tienes la emisora de radio cristiana más poderosa del nordeste.

—¡Y nos llenamos los bolsillos, no lo olvides! —gritó Coggins. Esta vez se golpeó en toda la cara con el libro sagrado. Empezó a caerle un hilo de sangre de la nariz—. ¡Nos los llenamos con el asqueroso dinero de la droga! —se golpeó de nuevo—. ¡Y la emisora de radio de Jesús está dirigida por un demente que prepara el veneno que los niños se inyectan en las venas!

—De hecho, creo que la mayoría lo fuma.

—¿Te parece gracioso?

Gran Jim rodeó el escritorio. Le palpitaban las sienes y se estaba poniendo rojo de ira. Sin embargo, lo intentó una vez más, habló con voz suave, como si estuviera dirigiéndose a un niño en pleno berrinche.

—Lester, el pueblo necesita mi autoridad. Y si sueltas la lengua, no podré imponer mi autoridad. Aunque tampoco es que todo el mundo vaya a creerte...

—¡Claro que me creerán! —gritó Coggins—. ¡Cuando vean ese taller del demonio que te he dejado construir detrás de mi iglesia, todo el mundo me creerá! Y Jim, ¿no lo comprendes?, cuando el pecado se haya revelado... cuando la llaga se haya extirpado... ¡Dios eliminará Su barrera! ¡La crisis acabará! ¡La gente no necesitará tu autoridad!

Fue entonces cuando James P. Rennie espetó:

—¡Siempre la necesitará! —bramó, y le golpeó con el puño con el que sujetaba la bola.

Le abrió una cortada en la sien izquierda mientras Lester giraba hacia él. Empezó a correrle un reguero de sangre por la cara. El ojo izquierdo refulgía entre tanta sangre. El reverendo se tambaleó con las manos en alto. Agitando la Biblia, cuyas páginas ondearon como una boca que no callaba. La sangre manchó la alfombra. El hombro izquierdo en la ropa de Lester ya estaba empapado.

—No, esta no es la voluntad del Seño...

—Es mi voluntad, energúmeno impertinente. —Gran Jim le propinó otro puñetazo, esta vez en la frente, justo en el centro. Rennie notó que el impacto subía hasta el hombro. Sin embargo, Lester se tambaleó agitando la Biblia. Parecía que intentaba hablar.

Gran Jim bajó la bola a un lado. Le dolía el hombro. Un reguero de sangre estaba cayendo en la alfombra, y a pesar de todo ese hijo del demonio no se caía; dio unos cuantos pasos al frente, intentando hablar y escupiendo una fina lluvia escarlata.

Coggins chocó con la parte frontal del escritorio —manchó de sangre el inmaculado rollo de papel absorbente— y empezó a rodearlo. Gran Jim intentó alzar la bola de nuevo, y no pudo.

Sabía que tanto lanzamiento de peso en la escuela me acabaría pasando factura, pensó.

Cambió la bola a la mano izquierda y lanzó un puñetazo de costado y hacia arriba. Impactó en la mandíbula de Lester, se la desencajó y tiñó de rojo la luz de la lámpara del techo. Unas cuantas gotas mancharon el cristal mate.

—¡Ddoh! —gritó Lester. Aún estaba intentando rodear el escritorio. Gran Jim se refugió bajo la mesa.

—¿Papá?

Junior estaba en la puerta, boquiabierto.

—¡Ddoh! —exclamó Lester, que volteó y se dirigió hacia la nueva voz. Sostenía la Biblia—. Ddoh... Ddoh... Dddiooos...

—¡No te quedes ahí parado, ayúdame! —le gritó Gran Jim a su hijo.

Lester se dirigió hacia Junior tambaleándose, blandiendo la Biblia de un modo desaforado. Tenía la ropa empapada; los pantalones se habían teñido de un café fangoso; la cara había quedado oculta bajo un charco de sangre.

Junior se abalanzó sobre el reverendo. Cuando Lester estuvo a punto de desplomarse, Junior lo agarró y lo sostuvo en pie.

—Ya lo tengo, reverendo Coggins, ya lo tengo, no se preocupe.

Entonces Junior agarró a Lester del cuello, pegajoso por culpa de la sangre, y empezó a estrangularlo.

14

Cinco interminables minutos después.

Gran Jim estaba sentado en la silla de su despacho, descompuesto, sin la corbata que se había ceñido especialmente para la reunión, y con la camisa desabrochada. Se estaba masajeando el pectoral izquierdo, bajo el cual el corazón seguía galopando desbocado, entre arritmias, pero sin llegar a mostrar síntomas claros de que fuera a sufrir un paro cardíaco.

Junior se marchó. Al principio Rennie pensó que iba a buscar a Randolph, lo que habría sido un error, pero se había quedado sin aliento y no podía llamar a su hijo, que regresó solo, con la lona de la parte posterior de la camioneta. Observó cómo Junior la extendía en el suelo, de un modo extraño, formal, como si lo hubiera hecho mil veces antes. *Son todas esas películas para adultos que ven ahora*, pensó Gran Jim mientras frotaba esa carne flácida que en el pasado había sido tan firme y dura.

—Te… ayudaré —murmuró, a sabiendas de que no podía.

—Quédate ahí sentado y recupera el aliento —su hijo, de rodillas, le lanzó una mirada turbia e inescrutable. Tal vez también era una mirada de amor, y así lo esperaba Gran Jim, pero estaba preñada de otros sentimientos.

¿"Te tengo"? ¿Era una mirada que le estaba diciendo "Te tengo"?

Junior envolvió a Lester con la lona, que crujió. El hijo de Gran Jim observó el cadáver, lo envolvió un poco más, y lo tapó con uno de los extremos. La lona era verde. Rennie la había comprado en una rebaja de Burpee's. Recordaba que Toby Manning le había dicho: "Se está llevando una ganga, señor Rennie".

—La Biblia —dijo Gran Jim. Aún jadeaba, pero se sentía un poco mejor. El corazón, gracias a Dios, empezaba a recuperar su ritmo normal. ¿Quién iba a imaginar que la cuesta se volvería tan empinada a partir de los cincuenta? Pensó: *Tengo que empezar a hacer ejercicio. Ponerme en forma de nuevo. Dios solo te da un cuerpo.*

—Sí, claro, bien visto —murmuró Junior. Tomó la Biblia ensangrentada, la metió entre los muslos de Coggins y acabó de envolver el cuerpo.

—Ha irrumpido en mi despacho, hijo. Estaba loco.

—Claro —Junior no parecía muy interesado en lo que le estaba diciendo su padre, su único objetivo era envolver bien el cuerpo… nada más.

—Era él o yo. Tendrás que… —otro sobresalto en el pecho. Jim dio un grito ahogado, tosió y se golpeó en el pecho. El corazón volvió a recuperar el ritmo normal—. Tendrás que llevarlo a la iglesia. Cuando lo encuentren, hay un tipo… quizá… —estaba pensando en el Chef, pero tal vez no era buena idea que el Chef pagara los platos rotos. Bushey sabía cosas. Por supuesto, era probable que opusiera resistencia a su detención. En tal caso quizá no lo atraparían vivo.

—Se me ocurre un lugar mejor —dijo Junior, que parecía mantener la serenidad—. Y si se te ha pasado por la cabeza la idea de encasquetarle el muerto a otro, tengo una idea mejor.

—¿A quién?

—Al puto Dale Barbara.

—Sabes que no me gusta que uses ese vocabulario…

Lo miró por encima de la lona, con ojos refulgentes, y lo repitió.

—Al puto… Dale… Barbara.

—¿Cómo?

—Aún no lo sé. Pero más vale que limpies esa maldita pelota de oro si quieres conservarla. Y tira ese rollo de papel.

Gran Jim se puso en pie. Se sentía mejor.

—Estás ayudando a tu padre; eres un buen hijo, Junior.

—Si tú lo dices —contestó el chico. Ahora había un burrito gigante sobre la alfombra. Los pies sobresalían por uno de los extremos. Junior los tapó con la lona, pero esta no se quedaba en su sitio—. Voy a necesitar cinta adhesiva.

—Si no piensas llevarlo a la iglesia, entonces ¿adónde?

—Eso da igual —replicó Junior—. Es un lugar seguro. El reverendo se quedará allí hasta que averigüemos cómo meter a Barbara en todo esto.

—Antes de hacer nada, tenemos que ver qué pasa mañana.

Junior lo miró con una expresión de desdén que Gran Jim nunca le había visto. Entonces se dio cuenta de que su hijo tenía mucho poder sobre él. Pero era imposible que su propio vástago…

—Tendremos que enterrar tu alfombra. Gracias a Dios ya no es ese tapete de pared a pared que tenías antes aquí. Y la parte positiva es que casi toda la sangre ha caído en él —entonces tomó el burrito gigante y lo arrastró por el pasillo. Al cabo de unos minutos Rennie oyó que se encendía el motor.

Gran Jim pensó en la bola de beisbol dorada. *Debería librarme de ella*, pensó, pero sabía que no lo haría. Era casi una reliquia de la familia.

Y, además, ¿qué daño podía causar? ¿Qué daño podía causarle si estaba limpia?

Cuando Junior regresó al cabo de una hora, la pelota de beisbol dorada volvía a relucir sobre su soporte de acrílico.

IMPACTO DE MISIL INMINENTE

1

"¡ATENCIÓN! ¡POLICÍA DE CHESTER'S MILL! ¡ESTA ZONA DEBE SER EVACUADA! ¡SI NOS OYE, DIRÍJASE HACIA NOSOTROS! ¡ESTA ZONA DEBE SER EVACUADA!"

Thurston Marshall y Carolyn Sturges se incorporaron en la cama, mientras escuchaban esa extraña voz estruendosa y se miraban uno al otro con los ojos abiertos como platos. Ambos daban clase en el Emerson College de Boston. Thurston era profesor titular de Inglés (y director invitado del último número de *Ploughshares*), y Carolyn era profesora adjunta del mismo departamento. Hacía seis meses que eran amantes, y aún no habían perdido ni un ápice de la pasión de los primeros tiempos. Estaban en la pequeña cabaña que Thurston tenían en Chester Pond, que se encontraba entre Little Bitch Road y el arroyo Prestile. Habían ido a pasar un largo fin de semana para recrearse en el bello follaje otoñal, pero el único follaje en el que se habían recreado desde el viernes por la tarde era de tipo púbico. En la cabaña no había televisión porque Thurston Marshall la odiaba. Había una radio, pero no la habían encendido. Eran las ocho y media de la mañana del lunes 23 de octubre. Ninguno de los dos tenía ni idea de lo que estaba ocurriendo hasta que una voz estruendosa los despertó de un susto.

"¡ATENCIÓN! ¡POLICÍA DE CHESTER'S MILL! ¡ESTA ZONA...!" —cerca. Cada vez más cerca.

—¡Thurston! ¡La hierba! ¿Dónde la has dejado?

—Tranquila —respondió él, pero el temblor de su voz dejaba entrever que era incapaz de seguir su propio consejo. Era un hombre espigado y con una melena canosa, que acostumbraba sujetar en una cola. Ahora lo llevaba suelto y le llegaba casi a la altura de los hombros. Tenía sesenta años; Carolyn, veintitrés—. Las otras cabañas están vacías en esta época del año, seguro que pasan de largo y regresan a Little Bitch Road.

Carolyn le dio un golpe en el hombro.

—¡El coche está estacionado delante! ¡Lo verán!

Thurston puso cara de "Oh, mierda".

"... EVACUADA! ¡SI NOS OYE, DIRÍJASE HACIA NOSOTROS! ¡ESTA ZONA DEBE SER EVACUADA!" Ahora estaba muy cerca. Thurston oyó otras voces amplificadas, gente que usaba megáfono, policías que usaban megáfonos, pero esa voz estaba casi a su lado. "¡ESTA ZONA DEBE SER EVAC...!" Hubo un momento de silencio. Entonces: "¡LOS DE LA CABAÑA! ¡SALGAN DE INMEDIATO! ¡AHORA!"

Oh, era una pesadilla.

—¿Dónde has dejado la hierba? —le preguntó ella de nuevo.

La hierba estaba en la otra habitación. En una bolsa que estaba medio vacía, junto a una charola con queso y demás bocadillos de la noche anterior. Si alguien entraba, sería la primera maldita cosa que vería.

"¡EL DEPARTAMENTO DE POLICÍA AL HABLA! ¡REPITO, ESTO NO ES UN SIMULACRO! ¡ESTA ZONA DEBE SER EVACUADA! ¡SI ESTÁN AHÍ DENTRO, SALGAN ANTES DE QUE ENTREMOS Y LOS SAQUEMOS A RASTRAS!"

Cerdos, pensó él. *Son unos cerdos pueblerinos y unos cabrones.*

Thurston saltó de la cama y cruzó la habitación a toda prisa, con el cabello ondeando y sus enjutas nalgas tensas.

Su abuelo había construido la cabaña después de la Segunda Guerra Mundial, y constaba solo de dos habitaciones: un gran dormitorio que daba al estanque y la sala de estar/cocina. Un viejo generador Henske proporcionaba la electricidad, pero Thurston lo había apagado antes de que se fueran a la cama; el estruendo que causaba no era muy romántico. Las ascuas de la hoguera de la noche anterior, que en realidad no era necesaria pero sí muy romántica, aún centelleaban en la chimenea.

Quizá me equivoqué y guardé la hierba en mi maletín...

Por desgracia, no. La hierba estaba ahí, junto a los restos de Brie que habían devorado antes de empezar el maratón de sexo de la noche anterior.

Se abalanzó sobre la bolsa y alguien llamó a la puerta. No, la golpeó.

—¡Un minuto! —gritó Thurston, loco de alegría. Carolyn estaba en la puerta del dormitorio, envuelta en una sábana, pero Thurston no se fijó en ella. En su cabeza, que aún sufría la paranoia residual de los excesos de la noche anterior, retumbaban pensamientos inconexos: la revocación de la plaza fija, la policía del pensamiento de *1984*, la revocación de la plaza fija, la reacción indignada de sus tres hijos (de dos esposas anteriores) y, por supuesto, la revocación de la plaza fija—. Un minuto, un segundo, déjenme que me vista…

Pero la puerta se abrió de golpe y, en una clara infracción de nueve garantías constitucionales, dos jóvenes irrumpieron en la sala. Uno de ellos llevaba un megáfono. Ambos iban vestidos con pantalones de mezclilla y camisa azul. La imagen de los jeans casi resultaba reconfortante, pero entonces vio las insignias y las placas de las camisas.

Lo que nos faltaba, placas policiales, pensó Thurston, medio atontado aún.

Carolyn gritó.

—¡Salgan de aquí!

—Mira, Junes —dijo Frankie DeLesseps—. Es *Cuando la perra cazó a la zorra*.

Thurston tomó la bolsa, la escondió detrás de la espalda y la tiró en el fregadero.

Junior observó el movimiento del miembro viril que provocó ese gesto.

—Es el pito más largo y delgado que he visto en mi vida —dijo. Tenía aspecto de estar cansado, y no trataba de ocultarlo, solo había dormido dos horas, pero se sentía bien, de fábula. No quedaba ni rastro de su migraña.

El trabajo le sentaba muy bien.

—¡FUERA! —gritó Carolyn.

Frankie replicó:

—Cierra el pico, cariño, y ponte algo. Tenemos que evacuar a toda la gente de esta parte del pueblo.

—¡Esto es propiedad privada! ¡FUERA DE AQUÍ AHORA MISMO!

Frankie no había dejado de sonreír, pero entonces paró. Pasó junto al hombre delgado y flacucho que se encontraba junto al fregadero (temblando junto al fregadero habría sido más preciso), agarró a Carolyn de los hombros y la zarandeó con fuerza.

—Ni se te ocurra enfadarte, querida. Estoy intentando salvarte el trasero. A ti y a tu nov…

—¡Quítame las manos de encima! ¡Irás a la cárcel por esto! ¡Mi padre es abogado! —intentó darle un bofetón, pero Frankie, que no tenía un despertar muy bueno, le agarró la mano y se la dobló. No lo hizo muy fuerte pero Carolyn gritó y la sábana cayó al suelo.

—¡Wow! ¡Vaya par de melones! —dijo Junior a Thurston Marshall, que estaba boquiabierto—. ¿Y tú le aguantas el ritmo a ese forro, viejo?

—Vístanse de una vez —dijo Frankie—. No sé si son idiotas, pero apostaría que sí porque aún están aquí. ¿Es que no lo saben…? —se calló.

Miró a la mujer y al hombre. Ambos estaban igual de aterrados. Perplejos.

—¡Junior! —dijo.

—¿Qué?

—El abuelo y la ricura no saben qué está pasando.

—No te atrevas a llamarme de ese…

Junior levantó las manos.

—Señora, vístase. Tienen que salir de aquí. Las Fuerzas Aéreas estadounidenses van a lanzar un misil de crucero contra esta parte del pueblo dentro de —se miró el reloj— un poco menos de cinco horas.

—¿ESTÁS LOCO? —gritó Carolyn.

Junior lanzó un suspiro y se dirigió hacia ella. Ahora entendía mejor en qué consistía ser policía. Era un gran trabajo, pero la gente podía ser tan estúpida…

—Si rebota, solo oirá un gran estruendo. Tal vez hará que se orine en los calzones, si usara, pero no le hará ningún daño. Sin embargo, si la atraviesa, es probable que quede carbonizada, ya que será un misil muy grande y usted se encuentra a menos de tres kilómetros del punto de impacto.

—¿Si rebota en qué, niño? —preguntó Thurston. Ahora que la hierba estaba en el fregadero, usaba una mano para taparse las partes… o como mínimo para intentarlo; su máquina del amor era muy larga y delgada.

—La Cúpula —respondió Frankie—. Y no me gusta el vocabulario que está usando —dio un paso al frente y le asestó un puñetazo en el estómago al actual editor invitado de *Ploughshares*.

Thurston lanzó un grito ronco, se dobló, se tambaleó, logró mantener el equilibrio, pero acabó hincando las rodillas y vomitó una masa blanca que aún olía a Brie.

Carolyn se acariciaba la muñeca hinchada.

—Irás a la cárcel por esto —amenazó a Junior con voz temblorosa—. Hace tiempo que Bush y Cheney han desaparecido. Ya no vivimos en los Estados Unidos de Corea del Norte.

—Lo sé —replicó Junior, haciendo alarde de una gran paciencia tratándose de un chico a quien no le importaría volver a estrangular a alguien; en su cerebro había un pequeño monstruo enloquecido y oscuro que creía que un estrangulamiento sería la mejor forma de empezar el día.

Pero no. No. Tenía que cumplir con su parte en la evacuación del pueblo. Había realizado el juramento del deber, fuera lo que eso significara.

—Lo sé —repitió—. Pero lo que ustedes no entienden, estúpidas ratas de Massachusetts, es que ya no están en los Estados Unidos de América, sino en el reino de Chester. Y si no se comportan, acabarán en la cárcel de Chester. Se lo prometo. Sin llamada telefónica, sin abogado y sin juicio. Estamos intentando salvarles la vida. ¿Es que son tan estúpidos para entenderlo?

Carolyn lo miraba asombrada. Thurston intentó ponerse en pie, pero no lo logró, de modo que fue gateando hasta ella. Frankie lo ayudó dándole una patada en el trasero. Thurston gritó de sorpresa y dolor.

—Eso es por hacernos perder el tiempo —dijo Frankie—. Admiro tu gusto en chicas, pero aún nos queda mucho por hacer.

Junior miró a la muchacha. Tenía una boca grande. Unos labios como Angelina. Seguro que era capaz de arrancar la capa de cromo del enganche de un remolque.

—Si no puede vestirse él solo, ayúdalo. Tenemos que echar un vistazo en otras cuatro cabañas, y cuando volvamos, más les vale estar en ese Volvo y de camino al pueblo.

—¡No entiendo nada de todo esto! —se quejó Carolyn.

—No me extraña —dijo Frankie, que levantó la bolsa de hierba del fregadero—. ¿No sabes que esto te hace idiota?

La chica empezó a llorar.

—Tranquila —le dijo Frankie—. La voy a confiscar y ya verás como dentro de unos días empiezas a notar que eres más lista.

—No nos has leído los derechos —replicó ella, entre sollozos.

Junior se quedó asombrado. Entonces estalló en carcajadas.

—Tienen derecho a largarse de aquí y a cerrar la puta boca, ¿me oyeron? En esta situación son los únicos derechos que les quedan. ¿Lo entiendes?

Frankie estaba examinando la droga confiscada.

—Junior —dijo—, apenas hay semillas en esto. Es de primera calidad.

Thurston había llegado hasta Carolyn. Se puso en pie y se le escofre un pedo. Junior y Frankie se miraron. Intentaron contenerse, al fin y al cabo eran representantes de la ley, pero no pudieron. Se desdoblaron de la risa al mismo tiempo.

—¡Charlie el Trombón ha vuelto al pueblo! —exclamó Frankie, que chocó la mano en alto con su compañero.

Thurston y Carolyn se quedaron en la puerta del dormitorio ocultando su desnudez mutua con un abrazo y sin quitar la vista de los intrusos burlones. De fondo, como las voces de una pesadilla, los megáfonos seguían anunciando que estaban evacuando la zona. Gran parte de las voces amplificadas se dirigían ahora hacia la Little Bitch Road.

—No quiero ver el coche cuando volvamos —dijo Junior—. De lo contrario van a conocerme.

Se fueron. Carolyn se vistió y ayudó a Thurston, a quien le dolía demasiado el estómago para inclinarse y ponerse los zapatos. Cuando acabaron, ambos estaban llorando. En el coche, mientras seguían el camino que llevaba a Little Bitch, Carolyn intentó hablar con su padre por teléfono. Solo había silencio.

En el cruce de Little Bitch Road y la 119 había un coche de policía estacionado. Una oficial corpulenta y pelirroja señalaba la orilla de la carretera y les hizo un gesto para que circularan por ahí. En lugar de obedecer, Carolyn detuvo el auto y bajó. Le enseñó su muñeca hinchada.

—¡Nos golpearon! ¡Dos tipos que se hacían pasar por policías! ¡Uno se llamaba Junior y el otro Frankie! Nos…

—¡Muevan el trasero y lárguense de aquí si no quieren que sea yo quien les dé una tunda! —dijo Georgia Roux—. Y no bromeo, chica.

Carolyn la observó pasmada. El mundo se había convertido en un episodio de *La dimensión desconocida* mientras ella dormía. Tenía que ser eso; ninguna otra explicación tenía el más mínimo sentido. Oiría la voz de Rod Serling en cualquier momento.

Regresó al Volvo (cuya descolorida calcomanía en el parachoques aún anunciaba: ¡OBAMA 2012! ¡SÍ, *AÚN* PODEMOS!) y pasó junto a la patrulla de policía. Había otro policía sentado en el interior, mayor, comprobando una lista. Por un momento pensó en recurrir a él, pero luego cambió de opinión.

—Enciende la radio —dijo Carolyn—. Averigüemos si está ocurriendo algo de verdad.

Thurston la encendió, pero solo se oía a Elvis Presley y a los Jordanaires cantando "Cuán grande es Él".

Carolyn la apagó, pensó en decir "La pesadilla es oficialmente real", pero no lo hizo. Lo único que quería era salir de ese pueblo de locos cuanto antes.

2

En el mapa, la carretera que llevaba a Chester Pond era un hilo fino con forma de gancho, apenas visible. Después de salir de la cabaña de Marshall, Junior y Frankie se sentaron un rato en el coche de Frankie para estudiar el plano.

—No puede haber nadie más aquí abajo —dijo Frankie—. En esta época del año no. ¿Qué te parece? ¿Volvemos al pueblo y nos olvidamos del asunto? —señaló la cabaña con el pulgar—. Ya se habrán alejado, y si no lo han hecho, a nadie le importará una mierda.

Junior meditó la respuesta un instante y negó con la cabeza. Habían realizado el juramento del deber. Además, no tenía mucha prisa en volver ya que su padre comenzaría a preguntarle qué había hecho con el cuerpo del reverendo. Coggins estaba haciendo compañía a sus novias en la despensa de McCain, pero no era necesario que su padre lo supiera. Por lo menos hasta que al viejo se le ocurriera una forma de involucrar a Barbara en el asunto. Y Junior creía que su padre hallaría alguna solución. Si había algo que se le daba bien a Gran Jim, era joder a la gente.

Ahora ya ni siquiera importa que se entere de que he dejado la facultad, pensó Junior, *porque sé algo peor de él. Mucho peor.*

El hecho de haber abandonado los estudios no le parecía importante; era una minucia en comparación con lo que estaba sucediendo en Chester's Mill. Aun así, debía tener cuidado. Junior no descartaba que su padre intentara joderlo si la situación lo requería.

—¿Junior? Tierra a Junior.

—Estoy aquí —dijo, levemente irritado.

—¿Volvemos al pueblo?

—Echemos un vistazo a las otras cabañas. Están a menos de medio kilómetro, y si regresamos al pueblo, Randolph nos pedirá otra cosa.

—No me importaría ir a comer algo.

—¿Dónde? ¿Al Sweetbriar? ¿Quieres matarratas con huevos revueltos cortesía de Dale Barbara?

—No se atrevería.

—¿Estás seguro?

—Bien —Frankie encendió el coche y dio marcha atrás. Las hojas de brillantes colores pendían inmóviles de los árboles, y el aire era sofocante. Parecía que estaban en julio, no en octubre—. A esas ratas de Massachusetts más les vale haberse ido cuando volvamos, porque si no tendré que presentarle a la tetona a mi vengador calvo.

—Me encantaría sujetarla —dijo Junior—. Yippee-ky-yi-yay, hijo de puta.

3

Las primeras tres cabañas estaban claramente vacías; ni siquiera se molestaron en bajar del coche. El camino se había convertido en un par de surcos con un montículo cubierto de hierba en el centro. Los árboles que crecían a ambos lados cubrían el sendero, y algunas de las ramas más bajas casi rozaban el techo del coche.

—Creo que la última está después de esta curva —dijo Frankie—. La carretera acaba en esta mierda de embarc…

—¡Cuidado! —gritó Junior.

Tomaron una curva muy cerrada y se encontraron con dos niños, un niño y una niña, en mitad de la carretera. No hicieron ningún amago de apartarse. Estupefactos, con la mirada perdida. Si Frankie no hubiera tenido miedo de dejar el tubo de escape en el montículo central del camino, si hubiera ido a toda velocidad, los habría arrollado. En lugar de eso, pisó el freno y el coche se detuvo a medio metro.

—Oh, Dios mío, casi los aplasto —dijo—. Creo que me va a dar un infarto.

—Si a mi padre no le dio, a ti tampoco —respondió Junior.

—¿Eh?

—Olvídalo. —Junior bajó del coche. Los niños no se habían movido. La niña era más alta y mayor. Debía de tener nueve años y el niño, cinco. Tenían la cara pálida y sucia. La niña tomaba de la mano al pequeño y miraba a Junior, pero el niño miraba al frente, como si estuviera viendo algo interesante en el faro del lado del conductor.

Junior vio la expresión de terror en el rostro de la niña y dobló una rodilla en el suelo, frente a ella.

—¿Estás bien, cielo?

Respondió el niño, sin apartar la mirada del faro.

—Quiero a mi mamá. Tengo hambre.

Frankie se les acercó.

—¿Son de verdad? —habló en un tono como si dijera "Bromeo pero no del todo". Alargó la mano y acarició el brazo de la niña.

La cría dio un respingo y lo miró.

—Mamá no ha vuelto —dijo en voz baja.

—¿Cómo te llamas, cielo? —preguntó Junior—. ¿Y quién es tu mamá?

—Me llamo Alice Rachel Appleton —respondió—. Y él es Aidan Patrick Appleton. Nuestra mamá es Vera Appleton. Nuestro papá es Edward Appleton, pero mamá y él se divorciaron el año pasado y ahora él vive en Plano, Texas. Nosotros vivimos en Weston, Massachusetts, en el número dieciséis de Oak Way. Nuestro número de teléfono es... —lo recitó con la inexpresiva precisión de un buzón de voz.

Junior pensó: *Diablos, más cretinos de Massachusetts.* Pero tenía sentido; ¿quién si no iba a quemar gasolina, con lo cara que estaba, solo para ver cómo caían las hojas de los putos árboles?

Frankie también se había arrodillado.

—Alice —dijo—, escúchame, cielo. ¿Dónde está tu madre?

—No lo sé —un reguero de lágrimas de goterones transparentes empezó a correr por las mejillas de la niña—. Vinimos a ver las hojas. También queríamos viajar en kayak. Nos gustan los kayaks, ¿verdad, Aide?

—Tengo hambre —dijo Aidan con voz lastimera, y también rompió a llorar.

Cuando vio a los hermanos en ese estado a Junior también le entraron ganas de llorar. Sin embargo, se recordó a sí mismo que era policía. Los policías no lloraban, por lo menos cuando estaban de servicio. Le preguntó de nuevo a la niña dónde estaba su madre, pero fue el hermano quien contestó.

—Fue a comprar telitos.

—Quiere decir pastelitos —añadió Alice—. Pero también fue a comprar otras cosas. Porque el señor Killian no cuidó de la cabaña como debía. Mamá dijo que yo podía vigilar a Aidan porque ya estoy grande y que no tardaría en regresar, que solo iba a Yoder's. Solo me dijo que no dejara que Aide se acercara al estanque.

Junior empezaba a entender lo que había sucedido. Al parecer la mujer esperaba encontrar la cabaña llena de comida, con algunos alimentos básicos, al menos, pero de haber conocido bien a Roger Killian no habría confiado en él. Ese hombre era un estúpido de primera categoría, y había transmitido su exigua capacidad intelectual a toda su prole. Yoder's era una tienda miserable que se encontraba pasando Tarker's Mills, especializada en cerveza, licores de café y fideos en lata. En condiciones normales, era un trayecto de veinte minutos. Pero la mujer no había regresado y Junior sabía por qué.

—¿Se fue el sábado por la mañana? —preguntó—. Fue el sábado, ¿verdad?

—¡Quiero a mi mamá! —gritó Aidan—. ¡Y quiero mi dezayuno! ¡Me duele la panza!

—Sí —respondió la niña—. El sábado por la mañana. Estábamos viendo caricaturas, pero ahora no podemos ver nada porque no hay electricidad.

Junior y Frankie se miraron. Dos noches a solas en la oscuridad. La niña debía de tener nueve años; el niño, cinco. A Junior le horrorizaba pensar en ello.

—¿Han comido algo? —le preguntó Frankie a Alice Appleton—. Cielo, ¿han comido algo?

—Había una cebolla —susurró la niña—. Comimos la mitad cada uno. Con azúcar.

—Demonios —exclamó Frankie, que añadió acto seguido—: No dije nada. No me escucharon. Un momento —regresó al coche, abrió la puerta del copiloto y empezó a hurgar en la guantera.

—¿A dónde iban, Alice? —preguntó Junior.

—Al pueblo. A buscar a mamá y algo para comer. Queríamos ir caminando hasta las otras cabañas y luego atravesar el bosque —señaló vagamente hacia el norte—. Me pareció que sería más rápido.

Junior sonrió, pero por dentro se quedó helado. La niña no señalaba hacia Chester's Mill, sino en dirección a TR-90. A una zona donde solo había vegetación y pozos negros. Y la Cúpula, claro. Lo más probable era que ambos hubieran muerto de hambre ahí fuera; Hansel y Gretel sin el final feliz.

Y estuvimos a punto de no subir hasta aquí. Demonios.

Frankie volvió del coche. Traía una barrita Milky Way. Parecía antigua y estaba aplastada, pero tenía el envoltorio intacto. Al ver cómo los niños clavaron la mirada en el chocolate, Junior pensó en los pequeños que se veían a veces en las noticias. Esa mirada en caras estadounidenses era irreal, horrible.

—Es lo único que he encontrado —dijo Frankie mientras arrancaba el envoltorio—. Ya conseguiremos algo más en el pueblo.

Partió el Milky Way en dos y les dio un pedazo a cada niño. La barra desapareció en cinco segundos. Cuando Aidan devoró su trozo, se metió los dedos en la boca para relamerlos. Las mejillas se hundían rítmicamente mientras rebañaba los últimos restos de chocolate.

Como un perro lamiendo la grasa de un palo, pensó Junior.

Volteó hacia Frankie.

—No podemos esperar a regresar al pueblo. Nos detendremos en la cabaña donde estaban el viejo y la chica, y les daremos a estos niños todo lo que encontremos.

Frankie asintió y levantó a Aidan en brazos. Junior hizo lo propio con la hermana. Podía oler su sudor, su miedo. Le acariciaba el cabello, como si con ese gesto fuera a hacer desaparecer el mal olor.

—No va a pasarles nada —dijo—. Ni a ti ni a tu hermano. Ya están a salvo.

—¿Me lo prometes?

—Sí.

La niña le echó los brazos al cuello. Era una de las mejores sensaciones que había sentido en toda su vida.

4

El lado oeste de Chester's Mill era la zona menos poblada del pueblo, y al cuarto para las nueve de la mañana había sido evacuado casi por completo. La única patrulla que quedaba en Little Bitch era la unidad Dos. Jackie Wettington iba al volante, y Linda Everett llevaba la escopeta. El jefe Perkins, un policía de pueblo de la vieja escuela, nunca habría enviado a patrullar a dos mujeres juntas, pero Perkins ya no estaba al mando y a las chicas les gustó la novedad. Los hombres, sobre todo los hombres policía y sus continuas bromitas, podían ser muy pesados.

—¿Estás lista para volver? —preguntó Jackie—. El Sweetbriar estará cerrado, pero si suplicamos tal vez nos den una taza de café.

Linda no contestó. Estaba pensando en el lugar en el que la Cúpula se cruzaba con Little Bitch Road. Ir hasta allí había sido una experiencia inquietante, y no solo porque los soldados seguían de espaldas a la Cúpula y no se habían inmutado cuando ella les dio los buenos días mediante el megáfono del toldo. Había sido inquietante porque ahora había una gran X roja pintada con aerosol en la Cúpula, suspendida en el aire como un holograma de ciencia ficción. Señalaba el punto de impacto previsto. Parecía imposible que un misil lanzado desde trescientos o cuatrocientos kilómetros de distancia pudiera impactar en un objetivo tan pequeño, pero Rusty le aseguró que era posible.

—¿Lin?

Linda regresó al aquí y al ahora.

—Sí, cuando quieras.

De pronto sonó la radio.

—Unidad Dos, unidad Dos, ¿me copias? Cambio.

Linda tomó el micrófono.

—Base, aquí Dos. Te oímos, Stacey, pero la recepción no es muy buena, cambio.

—Todo el mundo dice lo mismo —contestó Stacey Moggin—. Es peor cerca de la Cúpula, pero mejora a medida que te acercas al pueblo. Aún están en Little Bitch, ¿verdad? Cambio.

—Sí —respondió Linda—. Acabamos de echar un vistazo en casa de los Killian y los Boucher. Ambos se han ido. Si ese misil atraviesa la Cúpula, Roger Killian va a tener muchos pollos asados, cambio.

—Pues haremos un picnic. Pete quiere hablar contigo. El jefe Randolph, quiero decir, cambio.

Jackie orilló la patrulla. Hubo una pausa llena de interferencias y entonces habló Randolph, que no se molestaba en decir "cambio", nunca lo había hecho.

—¿Han ido a echar un vistazo a la iglesia, unidad Dos?

—¿A la del Santo Redentor? —preguntó Linda—. Cambio.

—Es la única que conozco por aquí, oficial Everett. A menos que haya aparecido una mezquita hindú de un día para otro.

A Linda le parecía que no eran los hindúes los que oraban en las mezquitas, pero no creyó que fuera el momento adecuado para enmendarle la plana a nadie. Randolph estaba cansado y malhumorado.

—La iglesia del Santo Redentor no estaba en nuestro sector. Tenían que encargarse de ella un grupo de los policías nuevos. Thibodeau y Searles, creo. Cambio.

—Vayan a echar un vistazo —ordenó Randolph, que parecía más irritado que nunca—. Nadie ha visto a Coggins, y un par de sus feligreses quieren besuquearse con él, o como se diga.

Jackie se puso un dedo en la sien y fingió que se disparaba. Linda, que quería regresar para ver cómo estaban sus hijos en casa de Marta Edmund, asintió.

—De acuerdo, jefe —dijo Linda—. Lo haremos. Cambio.

—Visiten también la casa del reverendo —hubo una pausa—. Y también por la emisora de radio; no ha parado de sonar, así que tiene que haber alguien.

—Lo haremos —iba a decir "cambio y fuera", pero entonces se le ocurrió algo—. Jefe, ¿han dicho algo en la televisión? ¿Ha hecho alguna declaración el presidente? Cambio.

—No tengo tiempo para escuchar todo lo que dice ese bocón. Busquen al reverendo y díganle que arrastre su trasero hasta aquí. Y ustedes hagan lo mismo. Fuera.

Linda dejó el micrófono en el soporte y miró a Jackie.

—¿Que arrastremos el trasero hasta allí? —se preguntó Jackie—. ¿El trasero?

—Retrasado —añadió Linda.

Su comentario debía de ser gracioso, pero no causó efecto alguno. Por un instante se quedaron sentadas en el coche, en silencio. Entonces Jackie, en voz tan baja que apenas la oyó su compañera, dijo:

—Esto es terrible.

—¿Te refieres a que hayan puesto a Randolph en el lugar de Perkins?

—Eso y la contratación de los nuevos policías —hizo el gesto de comillas al pronunciar la última palabra—. Son un puñado de niños. ¿Sabes? Cuando estaba haciendo mi papeleo, Henry Morrison me dijo que Randolph contrató a dos más esta mañana. Llegaron de la calle con Carter Thibodeau y Pete les hizo el contrato y listo, sin hacerles ninguna pregunta.

Linda sabía qué tipo de amistades frecuentaba Carter, ya fuera en el Dipper's o en Gasolina & Alimentación Mill, donde utilizaban la cochera para arreglar sus motos de empresa.

—¿Dos más? ¿Por qué?

—Pete le dijo a Henry que podríamos necesitarlos si la teoría del misil no funciona. "Para asegurarnos de que la situación no se nos salga de las manos", dijo. Y ya sabes quién le metió esa idea en la cabeza.

Linda lo sabía de sobra.

—Por lo menos no van por ahí con pistola.

—Hay un par de ellos que sí. Y no son reglamentarias, sino personales. Mañana, si esto no acaba hoy, todos tendrán una. Y lo que ha hecho Pete esta mañana, dejarlos patrullar juntos en lugar de ponerlos con un policía de verdad… ¿Qué pasa con el período de entrenamiento? Veinticuatro horas, lo tomas o lo dejas. ¿Te has dado cuenta de que ahora esos chicos nos superan en número?

Linda pensó en ello en silencio.

—Son las Juventudes Hitlerianas —dijo Jackie—. Eso es lo que pienso. Tal vez esté exagerando un poco, pero le pido a Dios que esto acabe hoy para que no tengamos que averiguarlo.

—No me imagino a Peter Randolph como Hitler.

—Yo tampoco. Lo veo más como un Hermann Goering. Es a Rennie a quien veo cuando pienso en Hitler —metió reversa, hizo un par de maniobras y tomaron el camino hacia la iglesia del Santo Cristo Redentor.

5

La iglesia estaba abierta y vacía, y el generador, apagado. En la casa del párroco reinaba el silencio, pero el Chevrolet del reverendo Coggins estaba estacionado en la pequeña cochera. Linda echó un vistazo en el interior y vio dos calcomanías en el parachoques. La de la derecha decía: ¡SI HOY ES EL DÍA DEL ARREBATAMIENTO, QUE ALGUIEN AGARRE EL VOLANTE DE MI COCHE! La de la izquierda decía: MI OTRO VEHÍCULO TIENE DIEZ VELOCIDADES.

Linda llamó la atención a Jackie sobre la segunda.

—Tiene una bicicleta, lo he visto en ella. Pero no está en la cochera, así que tal vez subió en ella para ir al pueblo y ahorrar gasolina.

—Tal vez —concedió Jackie—. Y tal vez deberíamos entrar a echar un vistazo en la casa para asegurarnos de que no ha resbalado en la bañera y se ha desnucado.

—¿Eso significa que quizá lo veamos desnudo?

—Nadie dijo que el trabajo de la policía fuera agradable —dijo Jackie—. Vamos.

La casa estaba cerrada, pero en ciudades en las que los residentes estacionales constituían una gran parte de la población, los policías eran expertos en entrar en las casas. Buscaron la llave en los sitios habituales. Jackie la encontró colgada de un gancho tras el postigo de una ventana de la cocina. La llave abrió la puerta trasera.

—¿Reverendo Coggins? —dijo Linda al asomar la cabeza—. Somos la policía, reverendo Coggins, ¿está en casa?

No hubo respuesta. Entraron. La planta baja estaba ordenada y limpia, pero Linda tuvo un extraño presentimiento. Se dijo a sí misma que se debía al hecho de estar en la casa de otra persona. En la casa de un hombre religioso, sin que nadie las hubiera invitado.

Jackie subió al piso superior.

—¿Reverendo Coggins? Somos la policía. Si está aquí, diga algo.

Linda se quedó al pie de la escalera, mirando hacia arriba. La casa le transmitía una sensación horrible. Eso la hizo pensar en Janelle temblando en pleno ataque; también había sido una sensación horrible. Una extraña certeza se apoderó de ella: si Janelle estuviera allí con ella, seguro que tendría otro de sus ataques. Sí, y empezaría a hablar de cosas extrañas. De Halloween y la Gran Calabaza, tal vez.

Era una escalera de lo más normal, pero no quería subir, solo quería que Jackie confirmara que la casa estaba vacía para que pudieran ir a la emisora de radio. Pero cuando su compañera le dijo que subiera, Linda lo hizo.

6

Jackie estaba en el centro del dormitorio de Coggins. Había una sencilla cruz de madera en una pared y una placa en otra que decía HIS EYE IS ON THE SPARROW. La colcha estaba a los pies de la cama. Había rastros de sangre en la sábana.

—Y esto —dijo Jackie—. Ven aquí.

Linda obedeció a regañadientes. En el suelo de madera pulida, entre la cama y la pared, había un trozo de cuerda con nudos manchados de sangre.

—Parece que le dieron una sacudida —dijo Jackie en tono grave—. Con fuerza suficiente para dejarlo inconsciente. Luego lo dejaron en la… —miró a su compañera—. ¿No?

—Veo que no te criaste en un hogar religioso —dijo Linda.

—Claro que sí. Adorábamos a la Santísima Trinidad: Santa Claus, el Conejo de Pascua y el Hada de los Dientes. ¿Y tú?

—Me crié en un hogar baptista, simple y llanamente. Pero oía hablar de cosas como esta. Creo que Coggins se flagelaba.

—¡Plug! Lo hacían para expiar los pecados, ¿no?

—Sí. Y creo que nunca ha pasado de moda del todo.

—Entonces todo esto tiene sentido. Más o menos. Ve al baño y echa un vistazo a la cisterna.

Linda ni se movió. La visión de la cuerda ya había sido lo bastante horrible, y la sensación que transmitía la casa —quizá demasiado vacía— era peor.

—Vamos, no te va a morder, y apuesto un dólar contra diez centavos a que has visto cosas peores.

Linda entró en el baño. Había dos revistas sobre la cisterna del retrete. Una era devota, *El cenáculo*. La otra se llamaba *Conchas orientales*. Linda dudaba que esa se vendiera en muchas librerías religiosas.

—Bueno —dijo Jackie—. Empezamos a formarnos una idea, ¿no? Se sienta en la taza, estrangula al ganso…

—¿Estrangula al ganso? —Linda rio a pesar de los nervios. O quizá debido a ellos.

—Así le decía mi madre —dijo Jackie—. Bueno, la cuestión es que cuando acaba, se da unos cuantos azotes para expiar sus pecados y luego se va a la cama y tiene dulces sueños asiáticos. Hoy por la mañana se ha levantado fresco y libre de todo pecado, ha rezado y se ha ido al pueblo en su bicicleta. ¿Tiene sentido?

Tenía. Pero no explicaba la sensación horrible que le transmitía la casa.

—Vamos a echar un vistazo a la emisora de radio —dijo—. Luego volvemos al pueblo y nos tomamos un café. Invito yo.

—Bien —convino Jackie—. El mío solo, de ser posible inyectado en la vena.

7

El estudio de la WCIK, acristalado y con el techo bajo, también estaba cerrado, pero en los altavoces que había bajo los aleros del edificio sonaba "Dulces sueños, Jesus mío", interpretada por el célebre cantante soul Perry Como. Tras el estudio se alzaba imponente la torre de transmisiones, coronada por la luz roja intermitente, apenas visible debido a la deslumbrante luz del sol matutino. Cerca de la torre había otro edificio, parecido a un granero. Linda dedujo que debía de albergar el generador de la emisora y el resto de suministros necesarios para seguir transmitiendo el milagro del amor de Dios hasta el oeste de Maine, el este de Nueva Hampshire y, con toda seguridad, los planetas interiores del sistema solar.

Jackie llamó a la puerta y luego la golpeó con fuerza.

—Creo que aquí dentro no hay nadie —dijo Linda… pero el lugar también le transmitía una sensación horrible. Y el aire tenía un aroma viciado y enrarecido. Le recordaba el olor de la cocina de su madre incluso después de que la airearan; su madre fumaba como una chimenea y creía que lo único que valía la pena comer eran las cosas fritas en una sartén caliente y con abundante manteca.

Jackie sacudió la cabeza.

—Hemos oído a alguien, ¿verdad?

Linda no respondió, porque era cierto. Habían estado escuchando la emisora durante el trayecto desde la casa del pastor, y habían oído la suave voz de un locutor que anunciaba el siguiente disco como: "Otro mensaje del amor de Dios en forma de canción".

En esta ocasión, la búsqueda de la llave les llevó algo más de tiempo, pero Jackie la encontró en un sobre pegado bajo el buzón. En el interior había además un pedazo de papel en el que alguien había garabateado **1 6 9 3**.

La llave era un duplicado, y estaba un poco pegajosa, pero tras unos forcejeos abrió la cerradura. En cuanto entraron, oyeron el pitido de la alarma. La consola estaba en la pared. Cuando Jackie tecleó los números, el ruido cesó. Ahora solo se oía música. Perry Como había dado paso a un tema instrumental; Linda pensó que era sospechosamente parecido al solo de órgano de "In-A-Gadda-Da-Vida". Los altavoces del interior eran mil veces mejores que los de fuera, y la música sonaba más fuerte, como si estuvieran vivos.

¿La gente trabaja en este santuario de mojigatería?, se preguntó Linda. *¿Contesta el teléfono? ¿Hace negocios? ¿Cómo pueden?*

Ese lugar también tenía algo horrible. Linda estaba convencida de ello. Era algo más que escalofriante; se palpaba el peligro. Cuando vio que Jackie había quitado la correa de su pistola automática reglamentaria, Linda hizo lo mismo. Le gustaba notar el tacto de la culata. *Tu vara y tu culata me infunden aliento*, pensó.

—¿Hola? —dijo Jackie—. ¿Reverendo Coggins? ¿Hay alguien? No hubo respuesta. El mostrador de recepción estaba vacío. A la izquierda había dos puertas cerradas. Enfrente, una ventana abarcaba un lado de la sala principal. Linda vio unas luces que parpadeaban en el interior. Supuso que era el estudio.

Jackie abrió con un pie las puertas cerradas, pero mantuvo una distancia más que prudencial. Tras una de ellas había una oficina. Detrás de la otra había una sala de reuniones equipada con un lujo sorprendente, dominada por un televisor gigante de pantalla plana. Estaba encendido, pero en silencio. Parecía que Anderson Cooper, casi a tamaño natural, estaba realizando uno de sus reportajes en Main Street de Castle's Rock. Los edificios estaban cubiertos de banderas y lazos amarillos. Linda vio una pancarta en la ferretería que decía: LIBÉRENLOS, y sintió escalofríos por todo el cuerpo. En la parte inferior de la pantalla se podía leer: FUENTES DEL DEPARTAMENTO DE DEFENSA AFIRMAN QUE EL IMPACTO DEL MISIL ES INMINENTE.

—¿Por qué está encendido el televisor? —preguntó Jackie.

—Porque quienquiera que estuviera aquí, lo dejó así cuando…

Una voz atronadora la interrumpió.

"Esa ha sido la versión de Raymond Howell de 'Cristo es mi Señor y mi Pastor'."

Las dos mujeres dieron un respingo.

"Y yo soy Norman Drake, y quiero recordarles tres hechos muy importantes: están escuchando *Hora de los clásicos* en la WCIK, Dios nos ama, y envió a su Hijo para que muriera por todos nosotros en la cruz del calvario. Son las nueve y veinticinco de la mañana y, tal como nos gusta recordarles, la vida es breve. ¿Ya entregaron su corazón al Señor? Volvemos en unos instantes."

Norman Drake dio paso a un demonio con pico de oro que vendía la Biblia en DVD, y lo mejor era que podías pagarla en mensualidades y devolverla si no quedabas tan contento como un niño con zapatos nuevos. Linda y Jackie se acercaron al cristal del estudio de emisiones y miraron dentro. No estaban ni Norman Drake ni el demonio del pico de oro, pero cuando se acabó el anuncio y regresó el locutor para anunciar la siguiente canción, una luz verde se volvió roja, y una roja se volvió verde. Cuando la música empezó a sonar, otra luz roja cambió al verde.

—¡Está todo automatizado! —exclamó Jackie—. ¡Todo el maldito sistema!

—Entonces, ¿por qué tenemos la sensación de que hay alguien aquí dentro? Y no me digas que a ti no te pasa.

Jackie no lo negó.

—Porque es raro. El locutor dice hasta la hora. ¡Cariño, este montaje debe de haber costado una fortuna! Esto sí que es el fantasma de la máquina... ¿Cuánto crees que durará?

—Seguramente hasta que se acabe el combustible y el generador muera.

Linda vio otra puerta cerrada y la abrió con el pie, como había hecho Jackie... Salvo que, a diferencia de su compañera, desenfundó la pistola y la mantuvo apuntando hacia abajo, sin quitarle el seguro.

Era un baño y estaba vacío. Sin embargo, en la pared había la imagen de un Jesús muy caucásico.

—No soy religiosa —dijo Jackie—, así que vas a tener que explicarme por qué quiere la gente que Jesús los observe mientras vacían el intestino.

Linda negó con la cabeza.

—Vámonos de aquí antes de que me dé algo —dijo—. Este lugar es la versión en radio del *Mary Celeste*.

Jackie miró alrededor, incómoda.

—Bueno, debo admitir que da miedo —de pronto alzó la voz y soltó un grito—: ¡Ey! ¡Hola! ¿Hay alguien? ¡Última oportunidad! —Linda se sobresaltó y le entraron ganas de decirle a Jackie que no gritara de aquel modo. Porque podía oírla alguien y salir a su encuentro. O algo por el estilo.

Nada. Nadie.

Cuando salieron al exterior, Linda respiró hondo.

—Una vez, cuando era una adolescente, unos cuantos amigos y yo fuimos a Bar Harbor y nos detuvimos a comer junto a un acantilado con unas vistas espectaculares. Éramos seis. Era un día despejado y se veía hasta la costa de Irlanda. Cuando acabamos de comer, dije que quería tomar una fotografía. Mis amigos saltaban y hacían boberías, por lo que yo tuve que ir retrocediendo, para intentar que salieran todos en la foto. De repente, una de las chicas, Arabella, mi mejor amiga por entonces, dejó de jugar con otra chica y gritó "¡Quieta, Linda, no te muevas!" Me detuve y miré atrás. ¿Sabes qué vi?

Jackie negó con la cabeza.

—El océano Atlántico. Había retrocedido hasta el borde del precipicio, en la zona de picnic. Había un cartel de advertencia, pero ninguna valla ni cerca. Un paso más y me habría caído. Y lo que sentí entonces es lo mismo que siento ahora.

—Lin, está vacío.

—No lo creo. Y me parece que tú tampoco.

—No voy a negar que es un lugar que da escalofríos, pero hemos mirado en todas las salas…

—En el estudio no. Además, la televisión estaba encendida y la música, demasiado alta. Y no creerás que la tienen a ese volumen habitualmente, ¿verdad?

—¿Cómo voy a saber lo que hacen esos santurrones? —preguntó Jackie—. Quizá estaban esperando el Apocalipo.

—Apocalipsis.

—Da igual. ¿Quieres que vayamos a echar un vistazo al granero?

—En absoluto —respondió Linda, lo que hizo reír a Jackie.

—Bien. Diremos que no hay ni rastro del reverendo, ¿de acuerdo?

—De acuerdo.

—Pues volvamos al pueblo. A tomar un café.

Antes de sentarse en el asiento del copiloto, Linda lanzó una última mirada al edificio del estudio, que se alzaba envuelto en la dicha musical que representaba al yanqui promedio. No se oía nada más; se dio cuenta de que no se oía cantar ni a un pájaro, y se preguntó si se habían muerto todos al chocar contra la Cúpula. Pero eso no era posible. ¿Verdad?

Jackie señaló el micrófono.

—¿Quieres que dé un último aviso por los altavoces? Si hay alguien escondido ahí dentro, debería regresar de inmediato al pueblo. Se me acaba de ocurrir que tal vez tenían miedo de nosotras.

—Lo que quiero es que dejes de fastidiar y que nos vayamos de aquí.

Jackie no replicó. Dio marcha atrás por el sendero que llevaba a Little Bitch Road y emprendieron el camino de vuelta a Chester's Mill.

8

El tiempo pasaba. La música religiosa seguía sonando. Norman Drake regresó y anunció que eran las 9:34, hora de la costa Este, y que Dios los amaba a todos. Posteriormente llegó un anuncio de Coches de Ocasión Jim Rennie, realizado por el propio segundo concejal: "¡Han llegado nuestras rebajas especiales de otoño, y tenemos coches para dar y prestar", dijo Gran Jim con voz falsamente compungida. "¡Tenemos Ford, Chevy y Plymouth! ¡Tenemos coches difíciles de encontrar como el Dodge Ram, y otros aún más difíciles de encontrar como el Mustang! ¡Amigos, estoy no junto a uno, ni dos, sino junto a tres Mustangs que están como nuevos, uno de ellos es el famoso convertible V6, y cada uno cuenta con la famosa Garantía Cristiana de Jim Rennie! Revisamos todos los coches que vendemos, financiamos la compra, y lo hacemos todo a precios muy, muy bajos. ¡Y ahora mismo —lanzó una risa más compungida que antes— tenemos que quitárnoslos TODOS de encima! ¡Así que visítenos! ¡La cafetera siempre está encendida, vecino, y, recuerda, con Gran Jim, siempre vamos a mil por hora!"

Una puerta que ninguna de las dos mujeres había visto se abrió en la parte posterior del estudio. En el interior había más luces, toda una galaxia. La habitación era poco más que un cuchitril lleno de cables, interruptores, *routers* y cajas de fusibles. Parecía que no había espacio para un hombre. Pero el Chef estaba más que delgado; estaba escuálido. Sus ojos eran apenas destellos hundidos en el cráneo. Tenía la piel pálida y llena de manchas. Tenía los labios doblados hacia dentro, sobre unas encías que habían perdido casi todos los dientes. Vestía una camisa y unos pantalones andrajosos, y sus caderas eran dos alas descarnadas; los días en los que el Chef usaba ropa interior no eran más que un lejano recuerdo. Es dudoso que Sammy Bushey hubiera reconocido a su marido desaparecido. Tenía un emparedado de crema de cacahuate y gelatina en una mano (ahora solo podía comer cosas blandas) y una Glock 9 en la otra.

Se acercó a la ventana que daba al estacionamiento pensando en que saldría corriendo y mataría a las intrusas si seguían allí; le había faltado poco para hacerlo cuando estaban dentro. Pero le dio miedo. No se podía matar a los demonios. Cuando sus cuerpos humanos morían, se apoderaban de otro. Cuando se encontraban en el momento de tránsito entre un cuerpo y otro, los demonios parecían mirlos. El Chef los había visto en unos sueños muy vívidos que tenía en las ocasiones, cada vez más raras, en que lograba dormir.

Pero se habían ido. Su *atman* había sido demasiado fuerte para ellas.

Rennie le había dicho que tenía que encerrarse detrás, y el Chef Bushey le había hecho caso, pero tal vez tendría que encender de nuevo algunos de los fogones, porque la semana anterior habían hecho un gran envío a Boston y se había quedado casi sin producto. Necesitaba humo. Era de lo que se alimentaba su *atman* esos días.

Sin embargo, de momento ya había tenido suficiente. Había renunciado al blues, que tan importante había sido para él en sus días como Phil Bushey —B. B. King, Koko y Hound Dog Taylor, Muddy y Howlin' Wolf, incluso el inmortal Little Walter—, y había renunciado al sexo; incluso había renunciado a hacer trabajar sus intestinos, estaba estreñido desde julio. Pero no importaba. Lo que humillaba al cuerpo alimentaba al *atman*.

Echó un vistazo al estacionamiento y a la carretera una vez más para asegurarse de que los demonios ya no rondaban por allí, luego se guardó la automática en el cinturón, en el hueco de la espalda, y se dirigió hacia el almacén, que en los últimos tiempos se había convertido, en realidad, en una fábrica. Una fábrica que estaba cerrada, pero él podía solucionar eso, y lo haría en caso de que fuera necesario.

El Chef fue a buscar su pipa.

9

Rusty Everett estaba de pie mirando el pequeño cobertizo que había detrás del hospital. Usaba una linterna porque Ginny Tomlinson (ahora jefa administrativa de los servicios médicos de Chester's Mill, a pesar de que era una locura) y él habían decidido cortar la electricidad de todas las secciones que no la necesitaban imperiosamente. A la izquierda, en su propio cobertizo, oía el rugido del gran generador alimentándose del enorme depósito de combustible.

"La mayoría de los tanques han desaparecido", había dicho Twitch, y vaya si era así. "Según la tarjeta de la puerta, debería haber siete, pero solo hay dos." Twitch se equivocaba en eso. Solo quedaba uno. Rusty enfocó con la linterna la inscripción **CR HOSP** que había en el costado del tanque, bajo el logotipo de Dead River, la compañía de suministro.

—Te lo dije —soltó Twitch desde detrás, lo que hizo que Rusty diera un respingo.

—Te equivocaste. Solo hay uno.

—¡Por favor! —Twitch entró en el cobertizo. Echó un vistazo en el interior mientras Rusty iluminaba las cajas de suministros que había alrededor de la zona central, vacía casi por completo—. Pues es verdad.

—Sí.

—Intrépido líder, alguien nos está robando el combustible.

Rusty no daba crédito, pero no encontró otra explicación.

Twitch se puso en cuclillas.

—Mira aquí.

Rusty se arrodilló. La extensión de un kilómetro cuadrado que había detrás del hospital se había asfaltado ese mismo verano, y puesto que el frío aún no había podido agrietarla, era una superficie suave y lisa. De modo que resultaba fácil ver las huellas de llantas que había frente a las puertas corredizas del cobertizo.

—Parecen las marcas de un camión volcador —observó Twitch.

—O de cualquier camión grande.

—Da igual, la cuestión es que hay que ir a echar un vistazo al almacén que hay detrás del ayuntamiento. Twitch no confía en Gran Jefe Rennie. Él mala persona.

—¿Por qué iba a robarnos gas? Los concejales tienen de sobra para ellos.

Se dirigieron hacia la puerta que conducía a la lavandería del hospital, también cerrada, por lo menos de forma temporal. Había un banco junto a la puerta. Un cartel pegado en los ladrillos decía A PARTIR DEL 1 DE ENERO ESTÁ PROHIBIDO FUMAR AQUÍ. ¡DÉJALO AHORA Y EVITA LAS PRISAS!

Twitch sacó su paquete de Marlboro y se lo ofreció a Rusty; éste lo rechazó con un gesto de la mano pero enseguida lo reconsideró y tomó un cigarrillo. Twich los encendió.

—¿Cómo lo sabes? —preguntó.

—¿Cómo sé qué?

—Que tienen de sobra para ellos. ¿Lo has comprobado?

—No —admitió Rusty—. Pero en caso de que quisieran robar, ¿por qué a nosotros? No es solo que robar algo del hospital local se considere un gesto de mala educación por parte de la gente más adinerada, sino que la oficina de correos está casi al lado. Allí también debe de haber.

—Tal vez Rennie y sus amigos ya han robado todo el de ahí. Además, ¿cuánto debía de haber? ¿Un tanque? ¿Dos? Una minucia.

—No entiendo para qué lo necesitan. No tiene sentido.

—Nada de lo que está sucediendo lo tiene —dijo Twitch, que lanzó un bostezo tan grande que Rusty oyó cómo le crujían las mandíbulas.

—Deduzco que ya has acabado la ronda —Rusty tuvo un instante para meditar sobre el matiz surrealista de la pregunta. Desde la muerte de Haskell, Rusty se había convertido en el médico jefe, y Twitch, que hasta hacía tres días era enfermero, ocupaba entonces el cargo de Rusty: médico asistente.

—Sí —Twitch lanzó un suspiro—. El señor Carty no llegará a mañana.

Rusty pensaba lo mismo acerca de Ed Carty, que sufría un cáncer de estómago terminal y aún aguantaba.

—¿Comatoso?

—Así es, *sensei*.

Twitch podía contar los demás pacientes con los dedos de una mano, lo cual, tal como sabía Rusty, era una suerte. Quizá hasta podría haberse sentido afortunado, si no hubiera estado tan cansado y preocupado.

—Diría que George Werner está estable.

Werner, residente en Eastchester, de sesenta años y obeso, había sufrido un infarto de miocardio el día de la Cúpula. Sin embargo, Rusty creía que sobreviviría… esta vez.

—En cuanto a Emily Whitehouse… —Twitch se encogió de hombros—. No tiene buen aspecto *sensei*.

Emmy Whitehouse, de cuarenta años y que no tenía ni cien gramos de sobrepeso, había sufrido un infarto una hora después del accidente de Rory Dinsmore. Su caso era mucho peor que el de George Werner porque la mujer era una fanática del ejercicio y padecía lo que el doctor Haskell llamaba un "colapso de gimnasio".

—La chica de los Freeman está mejorando, Jimmy Sirois se mantiene estable y Nora Coveland está bien. Le daremos el alta después de comer. En general, la situación no está muy mal.

—No —dijo Rusty—, pero empeorará. Te lo aseguro. Y... si sufrieras una herida muy grave en la cabeza, ¿querrías que te operara yo?

—Pues no —respondió Twitch—. No he perdido la esperanza de que aparezca en cualquier momento Gregory House.

Rusty apagó el cigarrillo en la lata y miró hacia el cobertizo del combustible, que estaba casi vacío. Quizá debería ir a echar un vistazo al almacén que había detrás del ayuntamiento. ¿Qué daño podía causarle?

En esta ocasión fue él quien bostezó.

—¿Cuánto tiempo aguantarás? —preguntó Twitch, con voz seria—. Solo lo pregunto porque en este momento eres él único médico del pueblo.

—Tanto como sea necesario. Lo que me preocupa es estar tan cansado que me equivoque. Y también tener que enfrentarme a algo que esté más allá de mis habilidades —pensó en Rory Dinsmore... Y en Jimmy Sirois. Pensar en Jimmy era peor, porque con Rory ya no se podía cometer errores médicos. Sin embargo, con Jimmy...

Rusty se vio a sí mismo de nuevo en el quirófano, escuchando el leve pitido de los aparatos de monitorización. Se vio a sí mismo mirando la pierna pálida y desnuda de Jimmy, con una línea negra dibujada en el lugar por el que iban a realizar la incisión. Pensó en Dougie Twitchell poniendo a prueba sus conocimientos de anestesiólogo. Sintió cómo Ginny Tomlinson le ponía un escalpelo en la mano enfundada en el guante de látex y luego lo miraba por encima de su mascarilla, con sus serenos ojos azules.

Dios no quiera que tenga que enfrentarme a eso, pensó.

Twitch le puso una mano en el brazo.

—Tranquilo —le dijo—. No pienses más allá del día de hoy.

—No pienso más allá de una hora —dijo Rusty, que se puso en pie—. Tengo que ir al centro de salud, a ver qué pasa. Gracias a Dios que esto no ha ocurrido en verano; tendríamos tres mil turistas y setecientos niños de campamento a nuestro cargo.

—¿Quieres que te acompañe?

Rusty negó con la cabeza.

—Ve a echar una mirada a Ed Carty. A ver si aún sigue en el reino de los vivos.

Rusty echó un último vistazo al cobertizo donde almacenaban el combustible, dobló la esquina del edificio y avanzó en diagonal hacia el centro de salud, en el extremo más alejado de Catherine Russell Drive.

10

Ginny estaba en el hospital, por supuesto; iba a pesar por última vez al bebé de la señora Cloveland antes de enviarlos a casa. La recepcionista de guardia era Gina Buffalino, una chica de diecisiete años que tenía exactamente seis semanas de experiencia médica. Como voluntaria. Cuando vio entrar a Rusty lo miró como un ciervo que se queda paralizado ante los faros de un coche, lo que provocó que al médico se le cayera el alma a los pies, pero la sala de espera estaba vacía, lo cual era una buena noticia. Muy buena.

—¿Alguna llamada? —preguntó Rusty.

—Una. De la señora Venziano, de Black Ridge Road. Su bebé metió la cabeza entre los barrotes del parque. Quería que le enviáramos una ambulancia. Le… Le dije que le untara la cabeza al bebé con aceite de oliva y que intentara sacarlo. Funcionó.

Rusty sonrió. Tal vez aún había esperanzas con esa chica. Gina le devolvió la sonrisa, aliviada.

—Por lo menos esto está vacío —dijo Rusty—. Lo cual está muy bien.

—No exactamente. La señora Grinnell está aquí… ¿Andrea? La he puesto en el consultorio tres —Gina titubeó—. Parecía bastante alterada.

La moral de Rusty, que había subido un poco, volvió a quedar por los suelos. Andrea Grinnell. Y alterada. Eso significaba que quería que le aumentara la dosis de OxyContin. Algo que él, apelando a su conciencia, no podía hacer, aunque Andy Sanders tuviera suficientes existencias en su farmacia.

—Bueno —se dirigió hacia el consultorio tres, pero antes de llegar se detuvo y volteó—. No has intentado localizarme.

Gina se sonrojó.

—Es que ella me dijo explícitamente que no lo hiciera.

Esa respuesta confundió a Rusty, pero solo un instante. Quizá Andrea tenía un problema con las pastillas, pero no era tonta. Sabía que si Rusty estaba en el hospital era probable que estuviera con Twitch. Y Dougie Twitchell resultaba ser su hermano menor, al que, a pesar de tener treinta y nueve años, había que proteger de todas las cosas malas de la vida.

Rusty se quedó junto a la puerta, en la que había un **3** negro pegado, intentando prepararse para la que le iba a caer encima. Iba a ser difícil. Andrea no era uno de esos borrachos desafiantes, a los que Rusty estaba acostumbrado, que afirmaban que el alcohol no formaba parte de sus problemas; tampoco era uno de esos adictos al cristal que habían ido apareciendo con una frecuencia cada vez mayor por el hospital durante el último año. Resultaba más difícil establecer con exactitud la responsabilidad de Andrea en su problema, lo cual complicaba el tratamiento. Sin duda, había sufrido grandes dolores desde su caída. Y el OxyContin era lo mejor para ella, ya que le permitía soportar el dolor para poder dormir e iniciar la terapia. Ella no tenía la culpa de que el medicamento que le permitía hacer esas cosas era el que los médicos llamaban a veces la "heroína de los tontos".

Abrió la puerta y entró, mientras ensayaba su negativa. *Amable pero firme*, se dijo a sí mismo. *Amable pero firme.*

Andrea estaba sentada en la silla de la esquina, bajo el póster del colesterol, con las rodillas juntas y la cabeza gacha, sin apartar la vista del bolso que tenía en el regazo. Era una mujer grande que en ese momento parecía pequeña. Como si se hubiera reducido de tamaño. Cuando alzó la cabeza para mirarlo y Rusty vio lo demacrada que tenía la cara —las arrugas que le enmarcaban la boca, las ojeras casi negras—, cambió de opinión y decidió escribir la receta en una de las libretas rosa del doctor Haskell. Cuando acabara la crisis de la Cúpula quizá intentaría inscribirla en un programa de desintoxicación; amenazarla con explicárselo a su hermano, si era necesario. Ahora, sin embargo, iba a darle lo que necesitaba. Porque en raras ocasiones había visto la necesidad reflejada en el rostro de alguien de un modo tan crudo.

—Eric... Rusty... Tengo problemas.

—Lo sé. Ya lo veo. Te haré una...

—¡No! —lo miró con una expresión cercana al horror—. ¡Ni aunque te lo suplique! ¡Soy una drogadicta y tengo que dejarlo! ¡Soy una yonqui! —la cara se le surcó de arrugas. Intentó tensar los músculos para borrarlas, pero no pudo, de modo que al final se la tapó con las manos. Unos sollozos desgarradores se colaron entre los dedos.

Rusty se le acercó, hincó una rodilla en el suelo y le puso un brazo alrededor de los hombros.

—Andrea, está muy bien que quieras dejarlo, es una decisión excelente, pero tal vez este no sea el mejor momento...

Lo miró con los ojos rojos y anegados en lágrimas.

—Tienes razón en eso, es el peor momento, ¡pero tiene que ser ahora! Y no se lo digas a Dougie ni a Rose. ¿Puedes ayudarme? ¿Crees que es posible? Porque no he podido lograrlo yo sola. ¡Esas malditas pastillas de color rosa! Las pongo en el botiquín y me digo "Es suficiente por hoy", ¡y al cabo de una hora las estoy tomando de nuevo! Nunca había estado así, en toda mi vida.

Bajó la voz como si fuera a revelarle un gran secreto.

—Creo que el problema ya no es de mi espalda, creo que mi cerebro le está diciendo a mi espalda que tiene que causarme dolor para que yo siga tomando esas malditas pastillas.

—¿Por qué ahora, Andrea?

Ella se limitó a mover la cabeza.

—¿Puedes ayudarme o no?

—Sí, pero si piensas dejarlo de golpe, no lo hagas. Por un motivo, porque es probable que... —por un instante vio a Jannie temblando en la cama, hablando sobre la Gran Calabaza—. Es probable que sufras ataques.

Ella no lo oyó o hizo caso omiso de sus palabras.

—¿Cuánto tiempo?

—¿Para superar la parte física? Dos semanas. Tal vez tres —*y eso si todo va bien*, pensó, pero no lo dijo.

Ella lo agarró del brazo. Tenía la mano muy fría.

—Es demasiado lento.

Un incómodo pensamiento empezó a tomar forma en la cabeza de Rusty. A lo mejor no era más que un ataque de paranoia causado por el estrés, pero aun así resultaba bastante convincente.

—Andrea, ¿te está chantajeando alguien?

—¿Bromeas? Todo el mundo sabe que tomo esas pastillas. Vivimos en un pueblo muy pequeño —algo que, en opinión de Rusty, no respondía a la pregunta—. ¿Cuál sería la duración mínima?

—Con inyecciones de B12, más tiamina y vitaminas, tal vez podría reducirse a diez días. Pero quedarías en un estado lamentable. No podrías dormir demasiado y tendrías el síndrome de la pierna inquieta. Pero, créeme, la inquietud no te afectaría únicamente a la pierna, sino al cuerpo entero. Y alguien tendría que suministrarte la dosis, cada vez menor, alguien que se haría cargo de las pastillas y no te las daría cuando se lo pidieras. Porque lo harás.

—¿Diez días? —parecía esperanzada—. Y para entonces esto habrá acabado, ¿verdad? Todo esto de la Cúpula.

—Quizá esta tarde. Es lo que todos esperamos.

—Diez días —dijo ella.

—Diez días.

Y, pensó Rusty, *durante el resto de tu vida seguirás queriendo esas malditas pastillas.* Pero tampoco lo dijo en voz alta.

11

En el Sweetbriar Rose había muchísimo trabajo para ser un lunes por la mañana… aunque, claro, en la historia del pueblo nunca había habido una mañana de lunes como esa. Aun así, los clientes se fueron de buena gana cuando Rose anunció que la parrilla estaba apagada y que no la encenderían hasta las cinco de la tarde.

—¡Y tal vez entonces ya puedan ir a Moxie's, a Castle Rock, a comer allí! —sentenció, lo que provocó un aplauso espontáneo, aunque Moxie's tenía fama de ser un antro grasiento.

—¿No hay comida? —preguntó Ernie Calvert.

Rose miró a Barbie, que alzó las manos a la altura de los hombros. A mí no me preguntes.

—Bocadillos —respondió Rose—. Hasta que se acaben.

Una respuesta que provocó aún más aplausos. La gente parecía sorprendentemente optimista esa mañana; había habido risas y bromas. Quizá la señal más clara de la mejora de la salud mental del pueblo se encontraba en la parte posterior del restaurante, donde la mesa del chismorreo volvía a estar en funcionamiento.

La televisión que había sobre la barra —sintonizada en ese momento con la CNN— tenía gran parte de la culpa. Los bustos parlantes solo podían ofrecer rumores, pero la mayoría eran esperanzadores. Varios de los científicos a los que habían entrevistado afirmaban que el misil de crucero tenía muchas posibilidades de atravesar la Cúpula y poner fin a la crisis. Uno de ellos calculaba que las probabilidades de éxito eran "superiores al ochenta por ciento". *Aunque, claro, él trabaja en el MIT de Cambridge*, pensó Barbie. *Puede permitirse el lujo de ser optimista*.

Entonces, mientras limpiaba la parrilla, alguien llamó a la puerta. Barbie se volvió y vio a Julia Shumway, flanqueada por tres chicos. Parecía una profesora de instituto que había salido de excursión con la clase. Barbie se dirigió hacia la puerta mientras se secaba las manos en el delantal.

—Si dejamos que entren todos los que quieren comer, nos quedaremos sin comida en menos que canta un gallo —espetó Anson, irritado, mientras limpiaba las mesas. Rose había ido al Food City a intentar comprar más carne.

—No creo que quieran comer —replicó Barbie, que tenía razón.

—Buenos día, coronel Barbara —dijo Julia con su sonrisita de Mona Lisa—. Me entran ganas de llamarte comandante Barbara. Como la…

—La obra de teatro, lo sé. —Barbie había escuchado esa broma unas cuantas veces. Unas diez mil—. ¿Es tu pelotón de soldados?

Uno de los chicos era muy alto y muy delgado, con una mata de pelo castaño; el otro era un muchacho que llevaba pantalones cortos muy anchos y una camiseta descolorida de 50 Cent; la tercera era una chica guapa con un relámpago en una mejilla. Era una calcomanía, no un tatuaje, le daba un aire de cierto desparpajo. Barbie se dio cuenta de que si le decía que parecía la versión de instituto de Joan Jett, la chica no sabría a quién se refería.

—Norrie Calvert —dijo Julia, poniendo una mano en el hombro a la *riot grrrl*—. Benny Drake. Y este palo largo de aquí es Joseph McClatchey. La manifestación de protesta de ayer fue idea suya.

—Pero yo no quería que nadie resultara herido —se apresuró a decir Joe.

—Tú no tuviste la culpa de que algunas personas acabaran en el hospital —dijo Barbie—. Así que no te preocupes por eso.

—¿Es usted el gran jefe? —preguntó Benny, mientras lo miraba.

Barbie rio.

—No —respondió—. Ni siquiera intentaré serlo, a menos que me vea obligado a ello.

—Pero conoce a los soldados que hay ahí fuera, ¿verdad? —preguntó Norrie.

—Bueno, no personalmente. Ellos son marines y yo serví en el ejército.

—Aún perteneces al ejército, según el coronel Cox —dijo Julia, que lucía su impasible sonrisita pero cuyos ojos centelleaban con emoción—. ¿Podemos hablar contigo? El joven señor McClatchey ha tenido una idea, y creo que es genial. Si funciona.

—Funcionará —afirmó Joe—. En cuestiones de informática, soy el put… soy el gran jefe.

—Pasen a mi oficina —dijo Barbie, que los acompañó a la barra.

12

Era un plan genial, sin duda, pero ya eran las diez y media, y si iban a lanzar el misil, debían apresurarse. Giró hacia Julia.

—¿Tienes el tel…?

Julia se lo puso en la palma de la mano antes de que Barbie acabara la pregunta.

—El número de Cox está en los contactos.

—Muy bien. Ahora solo me falta saber cómo se accede a los contactos.

Joe tomó el teléfono.

—¿De dónde has salido, de la Edad Media?

—¡Sí! —respondió Barbie—. Cuando había caballeros audaces y las damiselas no vestían ropa interior.

Norrie soltó una carcajada, levantó su pequeño puño y Barbie chocó el suyo.

Joe apretó unos cuantos botones del minúsculo teclado. Escuchó y le pasó el teléfono a Barbie.

Cox debía de estar esperando sentado con una mano sobre el teléfono, porque ya había respondido cuando Barbie se colocó el teléfono de Julia al oído.

—¿Cómo va, coronel? —preguntó Cox.

—En general, bien.

—No está mal.

Eso es fácil decirlo, pensó Barbie.

—Imagino que la situación seguirá bien hasta que el misil rebote en la Cúpula o la atraviese y cause grandes daños en los bosques y granjas que hay de nuestro lado. Algo que sería muy bien recibido por los habitantes de Chester's Mill. ¿Qué dicen sus muchachos?

—No mucho. Nadie se atreve a hacer predicciones.

—Pues no es eso lo que hemos oído en televisión.

—No tengo tiempo para estar al tanto de lo que dicen los periodistas —Barbie notó un dejo de desdén—. Tenemos esperanzas. Esperemos que no nos salga el tiro por la culata. Perdón por el juego de palabras.

Julia no paraba de abrir y cerrar las manos para que Barbie fuera al grano.

—Coronel Cox, estoy sentado aquí con cuatro amigos. Uno de ellos es un joven que se llama Joe McClatchey y que ha tenido una idea bastante buena. Le voy a pasar el teléfono ahora mismo…

Joe negó con la cabeza con tanta fuerza que se le alborotó el cabello, pero Barbie no le hizo caso.

—… para que se la explique.

Y le pasó el teléfono a Joe.

—Habla —le dijo.

—Pero…

—No discutas con el gran jefe, hijo. Habla.

Así lo hizo Joe, al principio tímidamente, con muchos "ah", "hum" y "ya sabe", pero a medida que se fue sintiendo más seguro, se expresó con mayor fluidez. Entonces escuchó. Al cabo de un instante sonrió. Y poco después dijo:

—¡Sí, señor! ¡Gracias, señor! —y le devolvió el teléfono a Barbie—. ¡Es increíble, van a intentar aumentar nuestra conexión wifi antes de que disparen el misil! ¡Dios, esto es jodidamente genial! —Julia lo agarró del brazo y Joe dijo—: Perdón, señorita Shumway, quería decir sólo genial.

—Ahora da igual, ¿crees que puedes prepararlo todo?

—¿Bromea? Sin problema.

—¿Coronel Cox? —dijo Barbie—. ¿Es cierto lo del wifi?

—No podemos impedir que ustedes intenten algo por su cuenta —respondió Cox—. Creo que fue usted quien me lo dijo en primer lugar. De modo que lo mejor será que les ayudemos. Tendrán la conexión a internet más rápida del mundo, por lo menos durante el día de hoy. Tienen ahí a un muchacho muy inteligente, por cierto.

—Sí, señor, comparto su opinión —dijo Barbie, que le hizo un gesto de aprobación con el pulgar a Joe. El chico estaba radiante de felicidad.

Cox añadió:

—Si la idea del chico funciona y ustedes lo graban, asegúrese de enviarnos una copia. Nosotros realizaremos nuestras propias grabaciones, por supuesto, pero los científicos al mando de todo esto querrán ver cómo es el impacto desde su lado de la Cúpula.

—Creo que podemos hacer algo mejor que todo eso —dijo Barbie—. Si Joe logra montar la infraestructura, creo que gran parte del pueblo podrá verlo en persona.

Esta vez fue Julia quien levantó el puño. Barbie sonrió e hizo chocar el suyo.

13

—Maldicióóón —exclamó Joe. La expresión de asombro de su rostro le hacía aparentar ocho años, en lugar de trece. El tono de confianza inquebrantable desapareció de su voz. Barbie y él se encontraban a unos treinta metros del lugar en que Little Bitch Road se cruzaba con la Cúpula. El muchacho no miraba a los soldados, que se habían girado para observarlos; era la cinta militar de aviso y la gran **X** roja lo que lo fascinaban.

—Han desplazado el campamento —dijo Julia—. Ya no están las tiendas.

—Claro. Dentro de unos… —Barbie miró su reloj— noventa minutos, hará bastante calor aquí. Muchacho, más vale que te pongas manos a la obra.

Pero ahora que estaban ahí, en la carretera desierta, Barbie empezó a preguntarse si Joe podría hacer lo que había prometido.

—Sí, pero… ¿ve los árboles?

Al principio Barbie no lo entendió. Miró a Julia, que se encogió de hombros. Entonces Joe señaló el lugar concreto y vio a qué se refería. Los árboles que se encontraban en el lado de Tarker de la Cúpula se mecían debido a una moderada brisa otoñal; las hojas caían en una lluvia de colores alrededor de los marines que observaban la escena. En el lado de Mill, las ramas apenas se movían y la mayoría de los árboles conservaban todo el follaje. Barbie estaba casi convencido de que el aire lograba atravesar la barrera, pero apenas con fuerza. La Cúpula amortiguaba la fuerza del viento. Pensó en cuando Paul Gendron, el tipo de la gorra de los Lobos Marinos, y él llegaron al arroyo y vieron cómo se amontonaba el agua.

Julia dijo:

—Las hojas de nuestro lado parecen… no sé… como lánguidas.

—Eso es porque en el otro lado sopla el viento y aquí apenas hay una débil brisa —replicó Barbie, que se preguntó si en verdad se debía a eso. O únicamente a eso. Pero ¿de qué servía especular sobre la calidad actual del aire de Chester's Mill cuando no podían hacer nada al respecto?—. Vamos, Joe. Manos a la obra.

Habían pasado a casa de los McClatchey con el Prius de Julia para tomar la PowerBook de Joe. (La señora McClatchey le había hecho jurar a Barbie que mantendría a su hijo a salvo, y Barbie lo hizo.) Ahora Joe señalaba hacia la carretera.

—¿Aquí?

Barbie alzó las manos a los lados de la cara y miró hacia la **X** roja.

—Un poco a la izquierda. ¿Puedes hacerlo? ¿Lo ves?

—Sí —Joe abrió la PowerBook y la encendió. El sonido de encendido de la Mac sonó tan elegante como siempre, pero Barbie pensó que nunca había visto nada tan surrealista como la plateada computadora sobre el asfalto corroído de Little Bitch con la pantalla abierta. Parecía resumir a la perfección los últimos tres días.

—La batería está bien cargada, así que debería aguantar como mínimo seis horas —dijo Joe.

—¿No hibernará? —preguntó Julia.

Joe le lanzó una mirada condescendiente, como diciendo "Por favor, mamá". Entonces giró de nuevo hacia Barbie.

—Si el misil quema mi computadora, ¿promete que me comprará otra?

—El Tío Sam se encargará de eso —le aseguró Barbie—. Yo mismo haré la petición.

—Genial.

Joe se inclinó sobre la PowerBook. Había un pequeño cilindro plateado sobre la pantalla. Joe les había dicho que era una joya de la informática llamada iSight. Deslizó el dedo sobre el *touchpad*, apretó INTRO, y la pantalla se inundó de repente con una imagen brillante de Little Bitch Road. A ras de suelo, cada bache e irregularidad del asfalto parecía una montaña. A media distancia, Barbie podía ver hasta la altura de las rodillas a los marines que estaban montando guardia.

—Señor, ¿tiene imagen, señor? —preguntó uno de ellos.

Barbie alzó la mirada.

—Escuche, marine, si yo estuviera pasando revista, usted estaría haciendo flexiones con mi bota pegada en su trasero. Tiene una mancha en la bota izquierda, algo inaceptable para un soldado que no está en combate.

El marine se miró la bota, que estaba manchada. Julia rio. Joe no. Estaba absorto en su cometido.

—Está demasiado bajo. Señorita Shumway, ¿tiene algo en el coche que podamos usar para...? —levantó la mano unos noventa centímetros.

—Sí —respondió ella.

—Y tráigame mi bolsa pequeña del gimnasio, por favor —siguió tecleando en la PowerBook y luego extendió la mano—. ¿Teléfono?

Barbie se lo entregó. Joe apretó los diminutos botones a una velocidad pasmosa. Entonces:

—¿Benny? Ah, Norrie, bien. ¿Están ahí?... Genial. Apuesto a

que jamás habían estado en un bar. ¿Están preparados? Perfecto. No cuelguen —escuchó y sonrió—. ¿En serio? Hermano, por lo que estoy viendo, esto es increíble. Tenemos una conexión wifi cabrona. Esto va a volar —cerró el teléfono y se lo devolvió a Barbie.

Julia regresó con la bolsa del gimnasio de Joe y una caja de cartón que contenía ejemplares no distribuidos de la edición especial del *Democrat* del domingo. Joe colocó la computadora sobre la caja (el aumento inesperado del plano hizo que Barbie tuviera una leve sensación de mareo), lo comprobó de nuevo y mostró su absoluta satisfacción. Hurgó en la bolsa del gimnasio, sacó una caja negra con una antena y la conectó al aparato. Los soldados se habían amontonado en su lado de la Cúpula y los observaban con interés. *Ahora sé cómo se siente un pez en su pecera*, pensó Barbie.

—Parece que está bien —murmuró Joe—. Me sale un foco verde.

—¿No deberías llamar a tus…?

—Si funciona, me llamarán —replicó Joe. Entonces añadió—: Oh, oh, creo que vamos a tener problemas.

Barbie creyó que se refería a la computadora, pero el muchacho ni siquiera lo estaba mirando. Barbie siguió su mirada y vio la patrulla verde del jefe de policía. No avanzaba muy rápido, pero tenía las luces encendidas. Pete Randolph salió del asiento del conductor, y del otro lado lo hizo (el coche se balanceó un poco cuando descendió el asiento del copiloto) Gran Jim Rennie.

—¿Qué carajo están haciendo? —preguntó.

El teléfono que Barbie tenía en las manos sonó; se lo entregó a Joe sin apartar la mirada del concejal y el jefe de policía, que se dirigían hacia ellos.

14

El cartel que había sobre la puerta del Dipper's decía ¡BIENVENIDOS AL MAYOR SALÓN DE BAILE DE MAINE!, y por primera vez en la historia de ese bar de carretera, el lugar estaba abarrotado a las once y cuarenta y cinco de la mañana. Tommy y Willow Anderson saludaban a la gente a medida que ésta cruzaba la puerta, un poco como si fueran pastores que daban la bienvenida a la iglesia a sus feligreses. En este caso, la Primera Iglesia de Bandas de Rock directa desde Boston.

Al principio el público permaneció en silencio porque únicamente aparecía una palabra de color azul en la gran pantalla: ESPERANDO. Benny y Norrie habían conectado su equipo y habían puesto el canal 4 del televisor. Entonces, de repente, apareció la Little Bitch Road a todo color, incluso se veía cómo caían las hojas alrededor de los marines.

La multitud estalló en aplausos y vítores.

Benny y Norrie chocaron la mano, pero aquello no bastaba para Norrie, que le plantó un beso en la boca, de lengua. Era el momento más feliz de la vida de Benny, más incluso que cuando logró permanecer en posición vertical mientras hacía un giro de tubo completo.

—¡Llámalo! —le dijo Norrie.

—Voy —respondió Bennie. Le ardía tanto la cara que creyó que comenzaría a incendiársele de un momento a otro, pero sonreía. Apretó la tecla de REMARCAR y se llevó el teléfono al oído—. ¡Hermano, lo tenemos! ¡La imagen es tan clara que...!

Joe lo interrumpió.

—Houston, tenemos un problema.

15

—No sé qué creen que están haciendo —dijo el jefe Randolph—, pero quiero una explicación, y van a apagar ese aparato hasta que me la obtenga —señaló la PowerBook.

—Disculpe, señor —dijo uno de los marines, que lucía grado de teniente—. Se trata del coronel Barbara y tiene autorización oficial del gobierno para esta operación.

Gran Jim respondió con su sonrisa más sarcástica. La vena del cuello le palpitaba con fuerza.

—Este hombre no es más que un coronel de alborotadores. Es el pinche del restaurante del pueblo.

—Señor, según mis órdenes...

Gran Jim hizo callar al soldado con un gesto del dedo.

—En Chester's Mill, el único gobierno oficial que reconocemos ahora mismo es el nuestro, soldado, y yo soy su representante —se giró hacia Randolph—. Jefe, si ese chiquito no apaga la computadora, desenchufa el cable.

—No veo ningún cable —replicó Randolph, que miró a Barbie, luego al teniente de los marines y finalmente a Gran Jim. Había empezado a sudar.

—¡Entonces rompe la dichosa pantalla de una patada! ¡Destrúyela!

Randolph se dirigió hacia el aparato. Joe, asustado pero decidido, se situó delante de la PowerBook. Aún tenía el teléfono en la mano.

—¡Ni lo intente! ¡Es mío y no he violado ninguna ley!

—Vuelva aquí, jefe —dijo Barbie—. Es una orden. Si aún reconoce el gobierno del país en el que vive, obedecerá.

Randolph miró alrededor.

—Jim, tal vez…

—Tal vez nada —replicó Gran Jim—. Ahora mismo, este es el país en el que vives. Apaga ese dichoso aparato.

Julia se abrió paso, tomó la PowerBook y le dio la vuelta para que la cámara iVision mostrara a los recién llegados. Unos cuantos mechones de cabello se habían desprendido de su práctico peinado y ahora resaltaban sobre sus mejillas sonrosadas. A Barbie le pareció que era muy hermosa.

—¡Pregúntale a Norrie si ven algo! —dijo Julia a Joe.

La sonrisa de Gran Jim se transformó en una mueca.

—¡Baja eso! —espetó el vendedor de coches usados.

—¡Pregúntale si ven algo!

Joe hizo la pregunta. Escuchó. Entonces dijo:

—Sí, están viendo al señor Rennie y al oficial Randolph. Norrie dice que quieren saber qué está pasando.

Randolph puso cara de consternación; Rennie de furia.

—¿Quién quiere saberlo? —preguntó Randolph.

Julia respondió:

—Hemos preparado una conexión en vivo con el Dipper's…

—¡Ese antro pecaminoso! —exclamó Gran Jim, que tenía las manos cerradas y las apretaba con fuerza. Barbie calculó que el hombre debía de tener un sobrepeso de unos cincuenta kilos, y vio que hizo una mueca cuando movió el brazo derecho, como si le hubiera dado un tirón, pero parecía que aún era capaz de soltar algún puñetazo. Y en ese instante parecía lo bastante furioso como para intentarlo… aunque no sabía si se atrevería con él, con Julia o con el chico. Tal vez Rennie tampoco.

—La gente lleva reunida allí desde las once y cuarto —dijo Julia—. Las noticias se propagan rápido —sonrió con la cabeza inclinada hacia un lado—. ¿Te gustaría saludar a tus posibles electores, Gran Jim?

—Es mentira —replicó Rennie.

—¿Por qué iba a mentir con algo tan fácil de comprobar? —volteó hacia Randolph—. Llama a uno de tus policías y pregúntale dónde ha tenido lugar la gran reunión del pueblo esta mañana —y giró de nuevo hacia Jim—. Si te atreves a apagar la computadora, cientos de personas sabrán que les impediste ver un acontecimiento que las afectaba directamente. De hecho, se trata de un acontecimiento del que podría depender su vida.

—¡No tienen autorización!

Barbie, que por lo general era capaz de mantener la calma, empezaba a perder la paciencia. No era que ese hombre fuera estúpido; estaba claro que no. Y eso era precisamente lo que sacaba de quicio.

—Pero ¿qué problema tienes? ¿Ves algún peligro? Porque yo no. La idea es preparar la computadora, dejarla transmitiendo y luego irnos.

—Si el plan del misil no funciona, podría desatar el pánico entre la gente. Saber que algo ha fracasado es una cosa; pero verlo de frente es otra. Quién sabe cuál podría ser la condenada reacción de la gente.

—No tienes muy buena opinión de la gente a la que gobiernas, concejal.

Gran Jim abrió la boca para replicar —tal vez algo del estilo de "Y con razones de sobra", pensó Barbie, pero entonces recordó que buena parte de los habitantes de Chester's Mill estaba presenciando ese enfrentamiento en una gran pantalla de televisión. Quizá en alta definición.

—Me gustaría que borraras esa sonrisa sarcástica de la cara, Barbara.

—¿Ahora también vas a controlar las expresiones de la gente? —preguntó Julia.

Joe "el Espantapájaros" se tapó la boca, pero no antes de que Randolph y Gran Jim vieran la sonrisa del chico. Y oyeran la risita que se coló entre los dedos.

—Oigan —dijo el teniente—, más les vale que despejen la zona. El tiempo pasa.

—Julia, enfócame con la cámara —dijo Barbie.

La periodista lo hizo.

16

El Dipper's nunca había estado tan lleno, ni siquiera en la memorable Nochevieja de 2009, cuando tocaron los Vatican Sex Kittens. Y nunca había reinado tal silencio. Más de quinientas personas, hombro con hombro y cadera con cadera, observaban la imagen mientras la cámara de la PowerBook de Joe giraba ciento ochenta grados para enfocar a Dale Barbara.

—Ahí está mi chico —murmuró Rose Twitchell, y sonrió.

—Hola a todos —dijo Barbie. La calidad de la imagen era tan buena que varias personas le devolvieron el saludo—. Soy Dale Barbara, y he vuelto a ser reclutado por el Ejército de Estados Unidos con el rango de coronel.

El anuncio fue recibido con un murmullo general de sorpresa.

—El montaje de esta cámara aquí, en Little Bitch Road, es únicamente mi responsabilidad, y como habrán deducido, existe cierta divergencia de opiniones entre el concejal Rennie y yo sobre la idoneidad de continuar con la transmisión.

Esta vez el murmullo fue más fuerte. Y no de felicidad.

—No tenemos tiempo para discutir los detalles sobre quién se encuentra al mando de la situación —prosiguió Barbie—. Vamos a enfocar la cámara hacia el punto en el que se supone que debe impactar el misil. Sin embargo, el permiso para retransmitir este acontecimiento depende de su segundo concejal. Si decide negarlo, deberán pedir cuentas a él. Gracias por su atención.

Barbara desapareció del plano. Por un instante, la multitud que se había congregado en la pista de baile solo vio el bosque, pero entonces la imagen rotó de nuevo, descendió y se posó en la X flotante. Tras ella, los marines estaban cargando su equipo en dos grandes camiones.

Will Freeman, propietario y trabajador de la concesionaria Toyota local (y que no era muy amigo de James Rennie), habló directamente al televisor.

—Deja de fastidiar, Jimmy, o la semana que viene habrá un nuevo concejal en Mill.

Hubo un murmullo general de aprobación. Los habitantes de Chester's Mill guardaban silencio sin apartar la mirada de la pantalla, a la espera de que el programa que estaban viendo, aburrido y sumamente emocionante al mismo tiempo, continuara o finalizara.

17

—¿Qué quieres que haga, Gran Jim? —preguntó Randolph. Sacó un pañuelo del bolsillo de la cadera y se secó el sudor de la nuca.

—¿Qué quieres hacer tú? —replicó Gran Jim.

Por primera vez desde que había tomado las llaves del coche verde de jefe de policía, Pete Randolph se dio cuenta de que se las entregaría encantado a cualquier otro. Lanzó un suspiro y dijo:

—Prefiero dejar las cosas como están.

Gran Jim asintió, con un gesto que parecía decir "tú sabrás lo que haces". Luego esbozó una sonrisa, si puede decirse algo así de la mueca que hizo con los labios, claro.

—Bueno, tú eres el jefe —giró hacia Barbie, Julia y Joe "el Espantapájaros"—. Han ganado la batalla. ¿No es cierto, señor Barbara?

—Puedo asegurarle que aquí no se está librando ninguna batalla, señor —respondió Barbie.

—Claro… Esto es una lucha por el poder, simple y llanamente. He visto muchas en mi vida. Algunas han tenido éxito… y otras han fracasado —se acercó a Barbie sin relajar el brazo derecho, que estaba hinchado.

De cerca, Barbie olió una mezcla de colonia y sudor. Rennie tenía la respiración entrecortada. Bajó el tono de voz. Quizá Julia no oyó lo que dijo a continuación, pero Barbie sí.

—Has hecho una apuesta muy arriesgada, hijo. Si el misil atraviesa la Cúpula, tú ganas. Pero si no lo logra… ten cuidado conmigo —por un instante sus ojos, casi enterrados en los pliegues de carne, pero que desprendían un claro destello de inteligencia fría, se clavaron en los de Barbie, que le aguantó la mirada. Entonces Rennie volteó—. Vamos, jefe Randolph. La situación ya es lo suficientemente complicada gracias al señor Barbara y a sus amigos. Volvamos al pueblo. Más vale que tus tropas estén preparadas en caso de que haya disturbios.

—¡Ese es el mayor disparate que he oído jamás! —exclamó Julia.

Gran Jim hizo un gesto de desdén con la mano sin girar hacia ella.

—¿Quieres ir al Dipper's, Jim? —preguntó Randolph—. Tenemos tiempo.

—Nunca se me ocurriría poner un pie en ese burdel —respondió Gran Jim. Abrió la puerta del copiloto—. Lo que quiero es echarme una siesta. Pero no podré porque estoy demasiado ocupado. Tengo grandes responsabilidades. No las he pedido, pero las tengo.

—Algunos hombres hacen grandes cosas, y otros se ven aplastados por ellas, ¿no es cierto, Jim? —preguntó Julia, que lucía su sonrisa impasible.

Gran Jim la miró, y la expresión de puro odio de su rostro la hizo retroceder un paso, pero Rennie se limitó a hacer un gesto de desprecio.

—Vamos, jefe.

La patrulla enfiló hacia Mill, con las luces aún encendidas en la luz neblinosa y de un leve tono estival.

—Vaya —dijo Joe—. Ese tipo da miedo.

—Es justo lo que yo pienso —admitió Barbie.

Julia miraba fijamente a Barbie sin el menor atisbo de sonrisa.

—Tenías un enemigo —dijo—. Ahora tienes un enemigo a muerte.

—Creo que tú también.

Ella asintió.

—Por nuestro bien, espero que la táctica del misil funcione.

El teniente de la marina dijo:

—Coronel Barbara, nos vamos. Me quedaría mucho más tranquilo si ustedes tres hicieran lo mismo.

Barbie asintió y, por primera vez desde hacía años, realizó el saludo militar.

18

Un B-52 que había despegado a primera hora de ese lunes de la base aérea militar de Carswell estaba sobrevolando Burlington, Vermont, desde las 10:40 (a la fuerza aérea le gusta llegar pronto a la fiesta siempre que sea posible). La misión había recibido el nombre clave de GRAN ISLA. El piloto comandante era el mayor Gene Ray, que había participado en las guerras del Golfo y de Iraq (en conversaciones privadas se refería a esta como la "Puta farsa del señor doble u"). Iba equipado con dos misiles de crucero Fasthawk; eran dos buenos proyectiles, más confiables y potentes que el antiguo Tomahawk, pero le resultaba muy extraño estar a punto de disparar con armamento real contra un objetivo estadounidense.

A las 12:53 una luz roja del panel de control se volvió ámbar. El COMCOM tomó el control del avión y lo situó en el nuevo rumbo. Debajo, Burlington desapareció bajo las alas.

Ray habló por el comunicador.

—Ha llegado el momento de empezar la función, señor.

En Washington, el coronel Cox respondió:

—Recibido, mayor. Buena suerte. Explote a esa cabrona.

—Así lo haré —respondió Ray.

A las 12:54 la luz ámbar empezó a parpadear. A las 12:54 y 55 segundos, se volvió verde. Ray apretó el interruptor marcado con un 1. No sintió nada, apenas un leve zumbido desde abajo, pero vio por vídeo cómo el Fasthawk iniciaba su vuelo. Aceleró rápidamente a máxima velocidad, y dejó tras de sí una estela en el cielo que parecía el arañazo de una uña.

Gene Ray se santiguó y acabó con un beso en el pulgar.

—Ve con Dios, hijo mío —dijo.

La velocidad máxima del Fasthawk era de cinco mil seiscientos kilómetros por hora. Situado a ochenta kilómetros de su objetivo (a unos cincuenta kilómetros al oeste de Conway, Nueva Hampshire, y ahora en el lado este de las Montañas Blancas), la computadora primero calculó y luego autorizó la aproximación final. La velocidad del misil bajó de cinco mil seiscientos kilómetros a casi tres mil mientras descendía. Enfiló la carretera 302, que es la calle principal de North Conway. Los peatones alzaron la vista hacia el cielo con inquietud mientras el Fasthawk pasaba por encima de ellos.

—¿No vuela muy bajo ese avión? —preguntó una mujer a su acompañante en el estacionamiento de Settlers Green Outlet Village, mientras se tapaba los ojos. Si el sistema de teledirección del Fasthawk pudiera haber hablado, quizá habría dicho: "Y aún no has visto nada, cielo".

Pasó por encima del límite entre Maine y Nueva Hampshire a una altura de poco más de novecientos metros y con un estruendo que hacía castañear los dientes y rompía los cristales de las ventanas. Cuando el sistema de teledirección tomó la 119, descendió primero a trescientos metros y luego a ciento cincuenta. Por entonces, la computadora funcionaba a toda máquina, analizando la información proporcionada por el sistema de teledirección y realizando mil correcciones de curso cada segundo.

En Washington, el coronel James O. Cox dijo:

—Fase final de la aproximación. Sujétense la dentadura postiza.

El Fasthawk tomó Little Bitch y descendió casi a nivel del suelo, todavía a una velocidad cercana a Mach 2, analizando cada colina y cada curva. La cola del proyectil refulgía con tal intensidad que era imposible mirarla directamente y dejaba tras de sí un hedor tóxico a propulsante. Arrancaba las hojas de los árboles, incluso quemaba algunas. Provocó la implosión de un puesto situado al pie de la carretera, en Tarker's Hollow, y varios tablones de madera y calabazas aplastadas salieron volando por los aires. El estruendo que siguió hizo que la gente se tirara al suelo con las manos en la cabeza.

Esto va a funcionar, pensó Cox. *¿Cómo no va a funcionar?*

19

Al final, se habían congregado ochocientas personas en el Dipper's. Nadie abría la boca, aunque los labios de Lissa Jamieson se movían en silencio mientras le rezaba al alma suprema *new age* que resultara ser objeto de su devoción en ese momento. En una mano tenía un cristal; la reverenda Piper Libby, por su parte, sostenía la cruz de su madre frente a los labios.

Ernie Calvert dijo:

—Ahí viene.

—¿Por dónde? —preguntó Marty Arsenault—. No veo nad...

—¡Escuchen! —exclamó Brenda Perkins.

Oyeron cómo se aproximaba: un zumbido de otro mundo en la zona oeste del pueblo, un *mmmm* que se convirtió en un *MMMMMM* en pocos segundos. En la gran pantalla de televisión apenas vieron algo hasta al cabo de media hora, mucho tiempo después de que el misil hubiera fracasado en su objetivo. Benny Drake pasó de nuevo la grabación a cámara lenta, fotograma a fotograma, para aquellos que aún estaban en el Dipper's. La gente vio cómo el misil enfilaba la curva de Little Bitch Road. Volaba a no más de un metro del suelo, casi rozando su propia sombra difuminada. En el siguiente fotograma, el Fasthawk, cargado con una ojiva de explosión por fragmentación diseñada para explotar al impactar en el objetivo, estaba congelado en el aire en el lugar donde los marines habían plantado el campamento.

En los siguientes fotogramas, la pantalla se llenó de un blanco tan intenso que todos los presentes tuvieron que taparse los ojos. Entonces, cuando el resplandor se atenuó, vieron los fragmentos del misil —un sinfín de puntos negros sobre la explosión—, y una gran quemadura en el lugar donde antes estaba la X roja. El misil había impactado exactamente en su objetivo.

Después de eso, la multitud del Dipper's vio cómo los árboles situados en el exterior de la Cúpula empezaban a arder. También observaron cómo el asfalto se deformaba y luego se fundía.

20

—Dispare el otro —dijo Cox sin entusiasmo, y Gene Ray obedeció. El misil rompió más ventanas y asustó a más gente del este de Nueva Hampshire y el oeste de Maine.

Pero el resultado fue el mismo.

YA ERES NUESTRO

1

En el 19 de Mill Street, hogar de la familia McClatchey, hubo un momento de silencio cuando finalizó la grabación. Entonces Norrie Calvert rompió a llorar. Benny Drake y Joe McClatchey, después de intercambiar miradas de "¿Y ahora qué hago?" por encima de la cabeza inclinada de su amiga, decidieron abrazarla para aplacar sus sollozos y se agarraron de las muñecas en una especie de sentido saludo.

—¿Eso es todo? —preguntó Claire McClatchey con incredulidad. La madre de Joe no lloraba, pero estaba al borde de las lágrimas; sus ojos se inundaron. Sostenía la fotografía de su marido en las manos, la había descolgado de la pared poco después de que Joe y sus amigos hubieran llegado con el DVD—. ¿Eso es todo?

Nadie respondió. Barbie estaba sentado en el brazo del sillón en el que estaba sentada Julia. *Podría estar metido en un buen problema*, pensó. Pero ese no fue su primer pensamiento. Lo primero que le vino a la cabeza fue que el pueblo tenía un buen problema.

La señora McClatchey se puso en pie. Seguía aferrada a la fotografía de su marido. Sam había ido al mercadillo que se organizaba en el circuito de Oxford cada sábado hasta que llegaba el invierno. Era un gran aficionado a la restauración de muebles, y a menudo encontraba material interesante en los puestos. Tres días después seguía en Oxford, compartiendo el Raceway Motel con un montón de periodistas y reporteros de televisión; Claire y él no podían hablar por teléfono, pero mantenían contacto por correo electrónico. Hasta el momento.

—¿Qué le ha pasado a tu computadora, Joey? —preguntó la mujer—. ¿Ha estallado?

Joe, que aún tenía el brazo sobre el hombro de Norrie, y agarraba a Benny de la muñeca, negó con la cabeza.

—No lo creo —dijo—. Seguramente se ha fundido —volteó hacia Barbie—. El calor podría provocar un incendio en el bosque de la zona. Alguien debería ocuparse de eso.

—No creo que haya ningún camión de bomberos en el pueblo —añadió Benny—. Bueno, quizá uno o dos de los antiguos.

—Ya me encargaré yo de eso —dijo Julia. Claire McClatchey era mucho más alta que ella; estaba claro de quién había heredado Joe su altura—. Barbie, creo que será mejor que me encargue de esto yo sola.

—¿Por qué? —Claire parecía desconcertada. Al final derramó una de las lágrimas, que corrió mejilla abajo—. Joe dijo que el gobierno lo había puesto al mando, señor Barbara. ¡El propio presidente!

—He tenido ciertas discrepancias con el señor Rennie y el jefe Randolph sobre la transmisión por vídeo —dijo Barbie—. La discusión subió un poco de tono y dudo que ninguno de los dos agradezca mis consejos en este momento. Julia, tampoco creo que reciban los tuyos con mucho entusiasmo. Por lo menos aún no. Si Randolph es medio competente enviará a un par de ayudantes especiales con los efectivos que queden en la vieja estación de bomberos. Tendría que haber, al menos, mangueras y bombas de agua.

Julia reflexionó y preguntó:

—¿Te importa acompañarme afuera un momento, Barbie?

Barbara miró a la madre de Joe, pero Claire ya no les prestaba atención. Había apartado a su hijo y estaba sentada junto a Norrie, que tenía la cara pegada en su hombro.

—Amigo, el gobierno me debe una computadora —dijo Joe mientras Barbie y Julia se dirigían hacia la puerta de la calle.

—Lo apuntaré —dijo Barbie—. Y gracias, Joe. Lo has hecho muy bien.

—Mucho mejor que el maldito misil —murmuró Benny.

En el porche de la casa de los McClatchey, Barbie y Julia permanecieron en silencio mirando hacia la plaza del pueblo, el arroyo Prestile y el Puente de la Paz. Entonces, con voz grave y furiosa, Julia exclamó:

—No lo es. Ese es el problema. Ese es el maldito problema.

—¿Quién no es qué?

—Peter Randolph no es ni medio competente. Ni siquiera un cuarto. Fui a la escuela con él, desde primaria, donde era un meón de campeonato, hasta bachillerato, donde formaba parte de la Brigada del Brasier, cuya misión era tirar de la cinta del sostén de las chicas y soltarla de golpe. Era un tipo que aprobaba solo porque su padre pertenecía a la junta de la escuela; y su capacidad intelectual no ha mejorado. Rennie se ha rodeado de tontos. Andrea Grinnell es una excepción, pero es una drogadicta. OxyContin.

—Problemas de espalda —añadió Barbie—. Me lo dijo Rose.

Las hojas habían caído de bastantes árboles y se veía Main Street. Estaba desierta, la mayoría de la gente debía de seguir en el Dipper's hablando sobre lo que acababan de ver, pero las banquetas no tardarían en llenarse de personas asombradas e incrédulas de regreso a sus casas. Hombres y mujeres que no se atreverían a preguntarse unos a otros qué iba a suceder a continuación.

Julia lanzó un suspiro y se pasó las manos por el cabello.

—Jim Rennie cree que si es capaz de mantener el control sobre todo, la situación acabará solucionándose. Al menos para él y sus amigos. Es un político de la peor calaña, egoísta, demasiado egocéntrico para darse cuenta de que la realidad lo sobrepasa, y un cobarde que se esconde bajo ese falso candor del que le gusta hacer gala. Cuando la situación sea crítica enviará el pueblo al demonio si cree que así puede salvar el pellejo. Un líder cobarde es el más peligroso de los hombres. Eres tú quien debería estar al frente de la situación.

—Agradezco tu confianza…

—Pero eso no va a suceder por mucho que el coronel Cox y el presidente de Estados Unidos así lo deseen. No va a suceder aunque se manifiesten cincuenta mil personas por la Quinta Avenida de Nueva York agitando pancartas con tu cara en ellas. Al menos mientras esa puta Cúpula siga estando sobre nuestras cabezas.

—Cuanto más te escucho, menos republicana me pareces —observó Barbie.

Ella le dio un puñetazo sorprendentemente fuerte en el bíceps.

—Esto no es una broma.

—No —admitió Barbie—. No lo es. Ha llegado el momento de

convocar elecciones. Y te pido que te presentes al cargo de segundo concejal.

Ella le lanzó una mirada de lástima.

—¿Crees que Jim Rennie va a permitir que se celebren elecciones mientras la Cúpula siga ahí? ¿En qué planeta vives, amigo mío?

—No subestimes la voluntad del pueblo, Julia.

—Y tú no subestimes a Jim Rennie. Lleva manejando el pueblo una eternidad y la gente ha acabado por aceptarlo. Además, posee un gran talento para encontrar chivos expiatorios. Alguien de fuera del pueblo sería perfecto en la actual situación. ¿Conoces a alguien así?

—Esperaba que me dieras alguna idea, no un análisis político.

Por un instante Barbie pensó que Julia iba a golpearlo de nuevo. Pero tomó aire, lo soltó, y sonrió.

—Pareces discreto pero también tienes tu carácter, ¿verdad?

La sirena del ayuntamiento empezó a emitir una serie de breves pitidos en el aire cálido y apacible de Chester's Mill.

—Alguien ha activado la alarma de incendios —dijo Julia—. Creo que ya sabemos dónde es.

Miraron hacia el oeste, donde el humo empezaba a teñir el azul del cielo. Barbie pensó que la mayoría debía de proceder del lado de la Cúpula de Tarker's Mills, pero que el calor habría provocado algún otro incendio pequeño en el lado de Chester también.

—¿Quieres una idea? Bien, aquí tienes una. Voy a ir a buscar a Brenda, que seguro está en casa o en el Dipper's con todo el mundo, y voy a proponerle que se ponga al mando de la operación de extinción del incendio.

—¿Y si dice que no?

—Estoy bastante segura de que aceptará. Al menos en este lado de la Cúpula no sopla el viento, por lo que seguramente solo están ardiendo la maleza y la hierba. Llamará a algunos hombres para que se encarguen de ello, y sabrá quiénes son los adecuados. Serán los que habría elegido Howie.

—Ninguno de los nuevos oficiales, supongo.

—Eso lo dejaré en sus manos, pero dudo que llame a Carter Thibodeau o a Melvin Searles. Tampoco a Freddy Denton. Lleva cinco años como policía, pero Brenda me dijo que Duke quería echarlo. Freddy se disfraza de Santa Claus todos los años en la escuela primaria y los niños lo adoran, sabe hacer muy bien el "jo, jo, jo". Pero también es una persona mezquina.

—Vas a ir a ver a Rennie de nuevo.

—Sí.

—La venganza puede ser muy perra.

—Puedo ser una perra cuando es necesario. Brenda también, si la enfurecen.

—Pues entonces manos a la obra. Y asegúrate de pedir ayuda a Burpee. Cuando se trata de apagar un incendio, confío más en él que en lo que pueda quedar en la vieja estación de bomberos. Tiene de todo en su tienda.

Julia asintió.

—Es una buena idea.

—¿Estás segura de que no quieres que te acompañe?

—Tienes otras cosas que hacer. ¿Te dio Bren la llave de Duke del refugio antinuclear?

—Sí.

—Entonces el incendio podría ser la distracción que necesitabas. Ve por el contador Geiger —Julia comenzó a caminar hacia su Prius, pero entonces se detuvo y dio media vuelta—. Encontrar el generador, suponiendo que exista, es seguramente la mejor posibilidad que tiene este pueblo de salvarse. Quizá la única. Y, Barbie…

—Dígame, señora —respondió él con una leve sonrisa que Julia no le devolvió.

—Hasta que no hayas oído el discurso de Gran Jim Rennie, no lo subestimes. Si ha aguantado tantos años donde está, es por una razón.

—Se le da muy bien azuzar a las masas, imagino.

—Sí. Y creo que esta vez va a ir a por ti.

Julia se metió en su coche y fue a ver a Brenda y a Romeo Burpee.

2

Aquellos que presenciaron el intento fallido de la Fuerza Aérea de atravesar la Cúpula salieron del Dipper's tal como Barbie había imaginado: lentamente, cabizbajos y sin apenas hablar. Muchos caminaban abrazados a otra persona; algunos lloraban. Había tres patrullas de policía estacionadas frente al Dipper's, al otro lado de la carretera, y media docena de policías apoyados en ellas, preparados para los problemas. Pero no los hubo.

El coche verde del jefe de policía estaba estacionado un poco más adelante, frente a la tienda de Brownie (donde había un cartel en la ventana, escrito a mano, que decía CERRADO HASTA QUE LA "¡LIBERTAD!" NOS PERMITA RECIBIR SUMINISTROS FRESCOS). El Jefe Randolph y Jim Rennie estaban sentados dentro del coche, observando.

—Ahí está —dijo Gran Jim con un dejo inconfundible de satisfacción—. Espero que estén contentos.

Randolph lo miró con curiosidad.

—¿No querías que funcionara?

Gran Jim hizo una mueca al sentir una punzada en el hombro dolorido.

—Claro que sí, pero estaba convencido de que fracasaría. Y ese tipo con nombre de chica y su nueva amiga Julia lograron exaltar a todo el mundo, hicieron que la gente albergara esperanzas, ¿no crees? Claro que sí. ¿Sabes que esa mujer nunca me ha apoyado como concejal en ese periodicucho que dirige? Ni una sola vez.

Señaló a los peatones que regresaban hacia el pueblo.

—Fíjate bien, amigo, eso que estás viendo es lo que provoca la incompetencia, las falsas esperanzas y el exceso de información. Ahora la gente está triste y decepcionada, pero cuando lo supere, enfurecerá. Vamos a necesitar más policías.

—¿Más? Ya tenemos dieciocho, contando a los que trabajan a tiempo parcial y a los ayudantes.

—No bastarán. Y debemos…

La sirena del pueblo inundó el aire con unos pitidos breves. Miraron hacia el oeste y vieron la columna de humo.

—Debemos dar las gracias de todo esto a Barbara y a Shumway —concluyó Gran Jim.

—Quizá deberíamos ir a echar un vistazo al incendio.

—Es problema de Tarker's Mills. Y del gobierno del país, claro. Ellos provocaron el fuego con el condenado misil; que se ocupen ellos del problema.

—Pero si el calor ha causado un incendio en este lado…

—Deja de quejarte como una anciana y llévame al pueblo. Tengo que encontrar a Junior. Tengo que hablar con él.

3

Brenda Perkins y la reverenda Piper Libby se encontraban en el estacionamiento del Dipper's, junto al Subaru de Piper.

—Nunca creí que fuera a funcionar —dijo Brenda—, pero mentiría si dijera que no me siento un poco desilusionada.

—Yo también —admitió Piper—. Tremendamente. Me gustaría llevarte de vuelta al pueblo, pero tengo que ir a ver a un feligrés.

—Espero que no esté cerca de Little Bitch Road —dijo Brenda. Señaló la columna de humo con el pulgar.

—No, queda en el otro extremo. En Eastchester. Se trata de Jack Evans. Perdió a su mujer el día que apareció la Cúpula. Un accidente espantoso. Aunque todo esto es espantoso.

Brenda asintió.

—Lo vi en el campo de Dinsmore; llevaba una pancarta con una fotografía de su mujer. Pobre hombre.

Piper se acercó a la ventanilla abierta del conductor, donde estaba Clover sentado al volante y observando a la multitud que regresaba a sus casas. Piper hurgó en los bolsillos, le dio un caramelo y le dijo:

—Apártate, Clove, sabes que reprobaste el último examen de conducir —y le confesó a Brenda—: Además, no sabe estacionarse de reversa.

El pastor alemán se sentó en el asiento del copiloto. Piper abrió la puerta del coche y miró hacia el humo.

—Estoy segura de que los bosques de Tarker's Mills están ardiendo, pero eso no debe preocuparnos —lanzó una sonrisa amarga a Brenda—. La Cúpula nos protege.

—Buena suerte —dijo Brenda—. Dale mis condolencias a Jack. Y todo mi cariño.

—Lo haré —dijo Piper, y se fue.

Brenda salía caminando del estacionamiento con las manos en los bolsillos de sus pantalones, preguntándose cómo iba a pasar el resto del día, cuando apareció Julia Shumway y se detuvo a su lado, para echarle una mano al respecto.

4

La explosión de los misiles contra la Cúpula no despertó a Sammy Bushey; fue el estruendo causado por la madera, seguido por los gritos de dolor de Little Walter, lo que la despertó.

Carter Thibodeau y sus amigos se habían llevado toda la droga del refrigerador, pero no registraron el remolque, de modo que la caja de zapatos con el rudimentario dibujo de la calavera seguía en el armario. También se podía leer el siguiente mensaje, escrito con los garabatos torcidos de Phil Bushey: ¡ES MI MIERDA! ¡TÓCALA Y TE MATO!

Dentro no había hierba (Phil siempre la había menospreciado porque la consideraba una "droga de coctel"), y a Sammy no le interesaba la bolsita de cristal. Estaba convencida de que los "ayudantes" habrían disfrutado fumándoselo, pero ella creía que el cristal era una droga demencial para gente demente, ¿quién, si no, podía ser capaz de inhalar un humo que contenía residuos de rascadores de cajas de fósforos marinados con acetona? Había otra bolsa más pequeña que contenía media docena de Dreamboats, y cuando la pandilla de Carter se fue, Sammy se tragó una de esas pastillas con cerveza caliente de la botella que tenía escondida bajo la cama en la que ahora dormía sola… salvo cuando se llevaba a Little Walter con ella, claro. O a Dodee.

Por un instante se le pasó por la cabeza la idea de tomarse todas las Dreamboats y poner fin a su asquerosa y desdichada vida de una vez por todas; y tal vez lo habría hecho de no ser por Little Walter. Si ella moría, ¿quién se ocuparía de él? Quizá incluso acababa muriendo de inanición en la cuna, lo cual era un pensamiento horrible.

De modo que desechó la posibilidad del suicidio, pero nunca en toda su vida se había sentido tan deprimida y triste y dolida. Y sucia. La habían degradado en otras ocasiones, bien lo sabía Dios, a veces Phil (a quien le gustaban los tríos mezclados con drogas antes de perder por completo el interés por el sexo), a veces otras personas, a veces ella misma; Sammy Bushey nunca había asimilado el concepto de que debía ser su propia mejor amiga.

Sin duda, había tenido sus aventuras de una noche, y en una ocasión, en preparatoria, cuando el equipo de basquetbol de los Gatos Monteses ganó el campeonato de la clase D, se acostó con cuatro jugadores titulares, uno tras otro, en la fiesta que se celebró después del partido (el quinto había perdido el conocimiento y estaba tirado en una esquina). Esa estúpida idea fue solo de ella. También había vendido lo que Carter, Mel y Frankie DeLesseps habían tomado por la fuerza. A menudo a Freeman Brown, propietario de la tienda de Brownie, donde hacía gran parte de sus compras porque Brownie le fiaba. Era viejo y no olía muy bien, pero era un pervertido, lo cual era una ventaja. Acababa rápido. Su límite acostumbraba a ser seis embestidas en el colchón del almacén, seguidas por un gruñido y un chorrito ridículo. No era el momento más destacado de la semana, pero le resultaba reconfortante saber que disponía de esa línea de crédito, sobre todo si llegaba sin dinero a final de mes y Little Walter necesitaba pañales.

Y Brownie nunca le había hecho daño.

Lo ocurrido la noche anterior era distinto. DeLesseps no se había pasado mucho, pero Carter le había hecho daño por arriba y la había hecho sangrar por abajo. Aunque lo peor llegó después, cuando Mel Searles se bajó los pantalones y dejó al descubierto una herramienta como las que había visto en las películas porno que ponía Phil antes de que su interés por el cristal superara a su interés por el sexo.

Searles le dio con todo, y aunque Sammy intentó recordar lo que Dodee y ella habían hecho dos días antes, no sirvió de nada. Siguió tan seca como un día de agosto sin lluvia. Hasta que, claro está, el escozor provocado por Carter Thibodeau se convirtió en un desgarro. Entonces sí que hubo lubricación. Sammy sintió claramente aquel fluido cálido y pegajoso. También se le mojó la cara, de las lágrimas que le corrían por las mejillas y se deslizaban hasta el oído.

Durante la interminable acometida de Mel Searles, se le pasó por la cabeza que tal vez no saliera viva de todo aquello. Si la mataban, ¿qué le pasaría a Little Walter?

Mientras pensaba en todo eso, la voz estridente de urraca de Georgia Roux no paraba de gritar: "¡Cógetela, cógete a esa perra! ¡Hazla gritar!".

Y Sammy gritó, vaya si lo hizo. Aulló y también lo hizo Little Walter desde su cuna, en la otra habitación.

Al final la amenazaron para que guardara el secreto y la dejaron sangrando en el sofá, herida pero viva. Sammy observó cómo los faros se deslizaron por el techo del remolque y luego desaparecieron de camino al pueblo. Se quedó a solas con Little Walter. Tuvo que levantarse para tomarlo en brazos y caminar de un lado a otro. Solo se detuvo una vez para ponerse unas pantaletas (las de color rosa no; no volvería a ponérselas jamás) y para colocarse papel higiénico en la entrepierna. Tenía támpax, pero se estremecía solo de pensar en meterse algo.

Al cabo de un rato Little Walter apoyó la cabeza en su hombro y sintió que empezaba a babear, una clara señal de que se había quedado dormido. Lo dejó en su cuna (rezando para que durmiera toda la noche), y tomó la caja de zapatos que tenía en el armario. Las Dreamboat, una especie de sedante bastante fuerte, aunque no sabía exactamente de qué tipo, le calmaron el dolor de la entrepierna y luego la dejaron fuera de combate. Durmió durante doce horas.

Ahora eso.

Los gritos de Little Walter eran como un rayo de luz deslumbrante que atravesaba una densa niebla. Saltó de la cama y fue corriendo a su habitación. Sabía que la maldita cuna, que Phil había construido medio drogado, finalmente se había desmontado. Little Walter no habría parado de revolverse en ella la noche anterior, mientras los "ayudantes especiales" estaban ocupados con ella. Eso debió de descoyuntarla casi del todo, de modo que cuando el bebé empezó a moverse por la mañana...

Little Walter estaba en el suelo, entre los restos de la cuna. Iba gateando hacia ella, con un hilo de sangre que manaba de un corte en la frente.

—¡Little Walter! —gritó Sammy, recogiéndolo en brazos.

Giró, tropezó con una tabla rota de la cuna, hincó una rodilla en el suelo, se levantó y fue corriendo al baño mientras el bebé no paraba de llorar. Abrió el agua y, por supuesto, no salió nada: no había electricidad para hacer funcionar la bomba del pozo. Tomó una toalla y le secó la cara, lo que le permitió ver el corte: no era profundo, pero sí largo e irregular. Le dejaría una buena cicatriz. Le apretó la toalla con toda la fuerza con la que se atrevió, intentando no hacer caso de los gritos de insoportable dolor de Little Walter. Notó que unas gotas de sangre del tamaño de una moneda de diez centavos le caían en los pies. Cuando miró hacia abajo, vio que las pantaletas azules que se había puesto después de que los "ayudantes especiales" se hubieran ido, estaban teñidas de un color púrpura sucio. Al principio creyó que era la sangre de Little Walter. Pero luego vio los regueros de sangre que le corrían por los muslos.

5

De algún modo logró que Little Walter se estuviera quieto durante el tiempo necesario para ponerle tres banditas de Bob Esponja en el corte, una camiseta y el último pañalero limpio que le quedaba (en la pechera lucía un bordado que decía DIABLILLO DE MAMÁ). Sammy se vistió mientras Little Walter gateaba dando vueltas en círculo por el suelo del dormitorio. Su llanto desconsolado se había reducido a un gimoteo indolente. Samantha tiró las pantaletas manchadas de sangre a la basura y visitó unas limpias. Se puso un trapo de cocina en la entrepierna, y tomó otro para más tarde. Aún sangraba. No a raudales, pero era un flujo mucho mayor que el de sus peores reglas. Y no había parado en toda la noche. La cama estaba empapada.

Preparó la bolsa de Little Walter y lo tomó en brazos. Pesaba bastante y Sammy sintió una punzada de dolor Ahí Abajo: el mismo dolor de barriga que sientes cuando has comido algo en mal estado.

—Iremos al centro de salud —dijo—. Y tranquilo, Little Walter, el doctor Haskell nos curará a los dos. Además, a los chicos no les importan tanto las cicatrices. Piensa que algunas chicas las consideran atractivas. Conduciré tan rápido como pueda y llegaremos en un santiamén —abrió la puerta—. Todo estará bien.

Pero su Toyota, ese viejo montón de chatarra, no estaba bien. Los "ayudantes especiales" no habían tocado las ruedas traseras, pero habían agujereado las delanteras. Sammy se quedó mirando el coche durante un buen rato, mientras sentía que una desesperación cada vez más fuerte se apoderaba de ella. Se le pasó por la cabeza una idea fugaz pero clara: podía compartir las Dreamboats que quedaban con Little Walter. Podía deshacer las de su hijo y ponerlas en uno de sus biberones Playtex, que él llamaba "bibis". Podía mezclarlas con leche con chocolate para que no notara el sabor. A Little Walter le encantaba la leche con chocolate. Al pensar en eso se acordó del título de uno de los viejos discos de Phil: *Nothing Matters and What If It Did?* Nada importa ¿y qué si importa?

Sin embargo, desechó esa idea al instante.

—No soy de ese tipo de madres —le dijo a su hijo.

Little Walter la miró de un modo que le recordó a Phil pero en el buen sentido: la misma expresión que en la cara de su marido parecía de estupidez perpleja, resultaba adorablemente tonta en la de su hijo. Le dio un beso en la nariz y el bebé sonrió. Eso estuvo bien, era una sonrisa bonita, pero las banditas de la frente se estaban tiñendo de rojo. Y eso ya no estaba tan bien.

—Pequeño cambio de planes —dijo Sammy, que entró de nuevo en casa.

Al principio no encontraba la mochila portabebés, pero luego la vio tras el sofá, que a partir de entonces siempre sería para ella el Sofá de la Violación. Logró meter a Little Walter en la mochila, pero al levantarlo notó un gran dolor. Le pareció que el trapo de cocina estaba empapado, lo cual no era un buen presagio, pero cuando se miró el holgado pantalón que llevaba no vio ninguna mancha. Lo cual era una buena señal.

—¿Listo para el paseo, Little Walter?

El bebé se limitó a apoyar la cabeza en el hombro de su madre. A veces su parquedad de palabras le preocupaba (tenía amigos cuyos bebés ya balbuceaban frases enteras a los dieciséis meses, y Little Walter apenas sabía nueve o diez palabras), pero no era el caso esa mañana. Esa mañana tenía otras cosas de las que preocuparse.

Era un día muy caluroso para ser la última semana de octubre; el cielo estaba teñido de un azul palidísimo y la luz parecía algo borrosa. Sintió cómo empezaba a correrle el sudor por la cara y el cuello casi al mismo tiempo; las punzadas de dolor de la entrepierna eran peores a cada paso que daba, y acababa de echar a andar. Pensó que tal vez debería regresar a casa por una aspirina, pero ¿no se suponía que éstas empeoraban las hemorragias? Además, no estaba segura de que tuviera.

También había algo más, algo que casi no se atrevía a admitir: sabía que si regresaba a la casa tal vez no tendría el valor de volver a salir.

Había un papel bajo el limpiaparabrisas izquierdo del Toyota. En la parte superior tenía impreso **Una nota de parte de SAMMY**, rodeado de margaritas. Lo habían arrancado de la libreta que tenía en la cocina. Esa idea le causó una sensación de agotadora indignación. Bajo las margaritas habían garabateado: "Si se lo cuentas a alguien te pincharemos algo más que las ruedas". Y debajo, con otra letra: "La próxima vez te daremos la vuelta y jugaremos en el otro lado".

—Ni en sueños, hijo de puta —dijo ella con voz lánguida y cansada.

Arrugó la nota, la tiró junto a una rueda ponchada —pobre Corolla, parecía casi tan ruinoso y triste como ella— y recorrió el camino hasta el buzón, donde se detuvo unos instantes. Sintió el metal caliente en contacto con la mano y los rayos de sol en la nuca. Apenas había un soplo de brisa. Se suponía que octubre era un mes fresco y vigorizante. *Quizá es por todo eso del calentamiento global*, pensó. Fue la primera que tuvo esa idea pero no la última, y al final la palabra que acabó calando no fue "global" sino "local".

Motton Road se extendía ante ella desierta y sin encanto. A un kilómetro y medio a su izquierda empezaban las bonitas y nuevas casas de Eastchester, a las que regresaban al final del día los padres trabajadores y las madres trabajadoras de clase alta de Mill tras finalizar su jornada laboral en las tiendas, las oficinas y los bancos de Lewiston-Auburn. A la derecha se extendía el centro de Chester's Mill. Y también se encontraba el centro de salud.

—¿Estás listo, Little Walter?

El bebé no respondió. Estaba roncando en el hombro de su madre y babeando sobre su camiseta de Donna the Buffalo. Sammy respiró hondo, intentó no hacer caso de las punzadas que sentía en el bajo vientre, agarró la mochila portabebés y comenzó a caminar en dirección al pueblo.

Al principio, cuando la sirena del ayuntamiento empezó a emitir los breves pitidos que anunciaban la propagación de un incendio, Sammy creyó que todo era fruto de su imaginación, lo cual era muy extraño. Entonces vio el humo, pero estaba lejos, hacia el oeste. Nada que pudiera afectarla a ella y a Little Walter... A menos que apareciera alguien que quisiera ir a echar un vistazo al incendio, claro. Si ocurría eso, era más que probable que la persona en cuestión fuera lo bastante amable como para acercarla al centro de salud, de camino al emocionante incendio.

Sammy se puso a cantar la canción de James McMurtry que tanto éxito había cosechado durante el verano, llegó hasta *"We roll up the sidewalks at quarter of eight, it's a small town, can't sell you no beer"*, y luego se calló. Tenía la boca demasiado seca para cantar. Parpadeó y vio que estaba a punto de caerse en la zanja del lado contrario a aquel por el que había empezado a caminar. Había cruzado la carretera, una forma excelente de que la atropellaran en lugar de que le echaran una mano.

Miró por encima del hombro con la esperanza de que apareciera algún coche. Pero no había ninguno. La carretera que llevaba a Eastchester estaba desierta; el asfalto no estaba tan caliente como para resplandecer.

Regresó al lado de la carretera que creía que era el suyo, tambaleándose, con piernas temblorosas. *Marinero borracho*, pensó. *¿Qué haces con un marinero borracho a estas horas de la mañana?* Pero no era de mañana, sino por la tarde. Había dormido demasiado, y cuando miró hacia abajo vio que la entrepierna de sus pantalones se había teñido de color púrpura, como las pantaletas que llevaba antes. *No podré lavar la mancha, y solo tengo dos pares más que me quedan bien.* Entonces recordó que uno de los otros tenía un agujero grande en el trasero y rompió a llorar. Sintió cómo las lágrimas frías corrían por sus mejillas calientes.

—No pasa nada, Little Walter —dijo—. El doctor Haskell nos curará a los dos. Todo va a estar bien. Como la seda. Como...

Entonces floreció una rosa negra ante sus ojos y sus últimas fuerzas abandonaron sus piernas. Sammy sintió que la dejaban, que salían de sus músculos como si fueran agua. Y cayó al suelo tras un último pensamiento: *¡Ponte de lado, de lado, no aplastes al bebé!*

Lo logró. Se quedó tirada de costado junto al camino en Motton Road, inmóvil bajo un sol y una calima más propios del mes de julio. Little Walter se despertó y empezó a llorar. Intentó salir de la mochila pero no pudo; Sammy lo había sujetado con mucho cuidado y estaba inmovilizado. Lloró con más fuerza. Una mosca se posó en su cabeza, probó la deliciosa sangre que rezumaba entre las imágenes de dibujos animados de Bob Esponja y Patricio Estrella, y se fue volando. Posiblemente para informar de aquel banquete en el cuartel general de las moscas y pedir refuerzos.

Las cigarras chirriaban en la hierba.

Sonó la sirena del pueblo.

Little Walter, atrapado con su madre inconsciente, lloró un rato más bajo el calor, luego calló y permaneció en silencio, mirando a su alrededor con apatía, mientras los goterones de sudor le empapaban el cabello.

6

Junto a la taquilla de madera del Globe Theater y bajo su marquesina combada (el Globe llevaba cinco años cerrado), Barbie tenía una buena visión del ayuntamiento y de la comisaría de policía. Su buen amigo Junior estaba sentado en los escalones de la comisaría masajeándose las sienes como si el estruendo rítmico de la sirena le diera dolor de cabeza.

Al Timmons salió del ayuntamiento y bajó corriendo a la calle. Vestía su ropa gris de conserje, unos binoculares colgados del cuello y aspersor manual vacío, a juzgar por la facilidad con la que la cargaba. Barbie dedujo que Al había hecho sonar la alarma de incendio.

Vete, Al, pensó Barbie. *¿Qué esperas?*

Aparecieron media docena de vehículos. Los dos primeros eran camionetas de carga, el tercero un camión. Los tres estaban pintados de un amarillo muy brillante, casi chillón. Las camionetas lucían calcas de la FERRETERÍA BURPEE en las puertas. En la caja del camión podía leerse el legendario eslogan VEN A BURPEES A TOMAR RASPADOS SLURPEES. Lo conducía el propio Romeo. Llevaba su típico peinado estilo Daddy Cool, con el cabello ensortijado a lo afro. Brenda Perkins iba de acompañante. En la parte

393

posterior de la camioneta había palas, mangueras y una bomba nueva, que aún llevaba las etiquetas del fabricante.

Romeo se detuvo junto a Al Timmons.

—Monta detrás, socio —dijo, y Al obedeció.

Barbie se ocultó tanto como pudo en la sombra de la marquesina del teatro vacío. No quería que lo reclutaran para ayudar a extinguir el incendio en Little Bitch; tenía cosas que hacer en el pueblo.

Junior no se había movido de los escalones de la comisaría, seguía frotándose las sienes y sosteniéndose la cabeza. Barbie esperó a que desaparecieran los camiones y cruzó la calle rápidamente. Junior no alzó la mirada, y al cabo de un instante ya quedaba oculto tras el edificio del ayuntamiento, cubierto de hiedras.

Barbie subió los escalones y se detuvo a leer el cartel del tablón de anuncios: REUNIÓN DEL PUEBLO EL JUEVES A LAS 19.00 SI LA CRISIS NO HA FINALIZADO. Pensó en las palabras de Julia "Hasta que no hayas oído el discurso de Gran Jim Rennie, no lo subestimes". Tal vez tendría oportunidad de escucharlo el jueves por la tarde; no le cabía la menor duda de que Rennie haría todo lo que estuviera en su mano para no ceder el control de la situación.

"Y más poder", la voz de Julia resonó en su cabeza. "También querrá eso, claro. Por el bien del pueblo."

El ayuntamiento se había construido con bloques de piedra ciento sesenta años antes, por lo que hacía una temperatura agradable en el vestíbulo, sumido en la penumbra. El generador estaba apagado y no había ninguna necesidad de encenderlo si no había nadie dentro.

Pero sí había alguien, en el vestíbulo principal. Barbie oyó voces, dos, de niño. Las altas puertas de roble estaban entreabiertas. Echó un vistazo al interior y vio a un hombre delgado y canoso sentado frente a la mesa de los concejales. Delante de él había una niña bonita de unos diez años. Los separaba un tablero de damas; el hombre, con la mejilla apoyada en una mano, estudiaba su próximo movimiento. Más allá, en el pasillo entre los bancos, una joven jugaba a saltar el burro con un niño de cuatro o cinco años. Los que estaban jugando a las damas permanecían concentrados; la mujer joven y el niño reían.

Barbie intentó apartarse, pero ya era demasiado tarde. La mujer alzó la cabeza.

—¿Hola? ¿Hola? —tomó al niño en brazos y se dirigió hacia él. El hombre y la niña también lo miraron. Al diablo con el sigilo.

La joven le tendió la mano con la que no sostenía al niño.

—Soy Carolyn Sturges. Ese caballero es mi amigo Thurston Marshall. Este pequeño es Aidan Appleton. Di hola, Aidan.

—Hola —dijo Aidan en voz baja, y se metió el pulgar en la boca. Miró a Barbie con unos ojos redondos y azules y con cierta curiosidad.

La niña se acercó corriendo a Carolyn Sturges. El hombre, con aspecto de intelectualoide, la siguió con más calma. Parecía cansado y abatido.

—Soy Alice Rachel Appleton —dijo la niña—. Soy la hermana mayor de Aidan. Saca el dedo de la boca, Aide.

Pero el niño no le hizo caso.

—Un gusto conocerlos —dijo Barbie, que no les dio su nombre. De hecho, en ese instante deseaba llevar puesto un granote postizo. Aunque quizá no estaba todo perdido. Estaba casi seguro de que esas cuatro personas no eran del pueblo.

—¿Trabaja usted en el ayuntamiento? —preguntó Thurston Marshall—. Si es así, quiero presentar una queja.

—Solo soy el conserje —respondió Barbie, que acto seguido recordó que probablemente habían visto salir a Al Timmons. Es más, incluso debían de haber hablado con él—. El otro conserje. Deben de haber visto a Al.

—Quiero a mi madre —dijo Aidan Appleton—. La extraño mucho.

—Lo hemos conocido —concedió Carolyn Sturges—. Nos ha dicho que el gobierno ha disparado unos misiles contra lo que nos tiene aislados pero que han rebotado y han causado un incendio.

—Es cierto —dijo Barbie, y antes de que pudiera añadir algo más, Marshall insistió en su asunto.

—Quiero presentar una queja. De hecho, quiero presentar una denuncia. Me ha agredido un supuesto oficial de policía. Me dio un puñetazo en el vientre. Me extirparon la vesícula biliar hace unos años y podría tener alguna herida interna. Además, también ha insultado a Carolyn. Se ha dirigido a ella en unos términos que la degradan sexualmente.

Carolyn le puso una mano en el brazo.

—Antes de presentar una denuncia, Thurse, quiero que recuerdes que teníamos H-I-E-R-B-A —dijo Carolyn, deletreando la palabra.

—¡Hierba! —exclamó Alice—. Nuestra madre fuma marihuana a veces porque le alivia el dolor de la R-E-G-L-A.

—Oh —dijo Carolyn—. Vale —esbozó una sonrisa.

Marshall se irguió por completo.

—La posesión de marihuana es una falta administrativa. ¡Lo que me hicieron a mí es un delito de agresión! ¡Y me lastimaron bastante!

Carolyn le lanzó una mirada colmada de afecto y exasperación. De pronto Barbie entendió la relación que mantenían esos dos. La atractiva joven, que se encontraba en la primavera de su vida, había conocido al intelectual, que ya había entrado en el otoño, y ahora estaban atrapados, eran unos refugiados en la versión de Nueva Inglaterra de *A puerta cerrada*.

—Thurse… No creo que se considere sólo una falta administrativa —miró a Barbie, como excusándose—. Teníamos bastante. Y se la llevaron.

—Quizá se fumen las pruebas —dijo Barbie.

Carolyn rio. A su novio canoso no le hizo tanta gracia y frunció sus espesas cejas.

—Aun así, pienso presentar una queja.

—Yo esperaría —le recomendó Barbie—. Ahora mismo la situación aquí… bueno, digamos que un puñetazo en el vientre no se considerará un asunto muy importante mientras sigamos atrapados bajo la Cúpula.

—Pues yo lo considero algo muy importante, estimado amigo conserje.

Ahora la mujer parecía haber adoptado una actitud más exasperada que afectuosa.

—Thurse…

—Lo bueno de todo esto es que nadie armará escándalo por un poco de hierba —dijo Barbie—. Lo comido por lo servido, como dice el refrán. ¿De dónde han salido los niños?

—Los policías que fueron a buscarnos a la cabaña de Thurston nos vieron en el restaurante —dijo Carolyn—. La propietaria nos dijo que tenían cerrado hasta la hora de la cena, pero se apiadó de nosotros cuando le dijimos que éramos de Massachusetts. Nos sirvió algo de comer y café.

—Nos dio un sándwich de crema de cacahuate y mermelada, y café —la corrigió Thurston—. No había elección, ni siquiera nos ofreció un sándwich de atún. Le dije que la crema de cacahuate se me pega en la dentadura, pero me contestó que había racionamiento. ¿No le parece que es la cosa más absurda que ha oído jamás?

A Barbie le parecía absurdo, pero como la idea había sido suya, no respondió.

—Cuando vi entrar a los policías, creía que iba a haber más problemas —dijo Carolyn—, pero parece que Aide y Alice los ablandaron.

Thurston gruñó:

—Pero no tanto como para disculparse. ¿O será que me perdí esa parte?

Carolyn lanzó un suspiro y giró hacia Barbie.

—Nos dijeron que tal vez la reverenda de la iglesia congregacional podría encontrarnos una casa vacía donde alojarnos hasta que acabara esto. Supongo que vamos a ser padres adoptivos, al menos durante un tiempo.

La mujer acarició el cabello de Aide. Thurston Marshall no parecía muy entusiasmado con la posibilidad de convertirse en padre adoptivo, pero rodeó a la niña con un brazo, un gesto que a Barbie le simpatizó.

—Uno de lo policías era Juuuunior —dijo Alice—. Es simpático. Y guapo. Frankie no es tan atractivo, pero también fue simpático. Nos dio una barrita de Milky Way. Mamá dice que no debemos aceptar dulces de desconocidos pero… —se encogió de hombros para expresar que las cosas habían cambiado, un hecho que Carolyn y ella parecían entender de forma más clara que Thurston.

—Pues antes no fueron muy simpáticos —dijo el hombre—. No fueron simpáticos cuando me golpearon en la barriga, Caro.

—No hay mal que por bien no venga —añadió Alice con tono filosófico—. Es lo que dice mi madre.

Carolyn rio. Barbie hizo lo propio, y al cabo de un momento también los acompañó Marshall, aunque se llevó las manos al vientre y le lanzó una mirada de reproche a su joven novia.

—Fui hasta la iglesia y llamé a la puerta —dijo Carolyn—. Como no respondía nadie, entré, la puerta no estaba cerrada con llave, pero la iglesia estaba vacía. ¿Tiene idea de cuándo regresará el reverendo?

Barbie negó con la cabeza.

—Yo que ustedes tomaría el tablero e iría hasta la casa parroquial, está a la vuelta de la esquina. Pregunten por una mujer llamada Piper Libby.

—*Cherchez la femme* —dijo Thurston.

Barbie se encogió de hombros y asintió.

—Es una buena persona, y Dios sabe que hay varias casas vacías en Mill. Casi podrán escoger. Y probablemente encontrarán provisiones en la despensa elijan la casa que elijan.

Aquello le hizo pensar de nuevo en el refugio antinuclear.

Alice, mientras tanto, había tomado las damas, que se guardó en los bolsillos, y el tablero.

—El señor Marshall me ha ganado todas las partidas —le dijo a Barbie—. Dice que es una actitud condescendiente dejar ganar a los niños solo porque son niños. Pero estoy mejorando, ¿verdad, señor Marshall?

La niña le sonrió y Thurston Marshall le devolvió la sonrisa. Barbie pensó que ese cuarteto tan insólito estaría bien.

—Sí, los niños tienen todo el derecho del mundo a pasarla bien, querida Alice. Pero no es necesario que les sirvamos todo en bandeja de plata.

—Quiero a mamá —dijo Aidan, enfurruñado.

—Ojalá hubiera algún modo de ponernos en contacto con ella —dijo Carolyn—. Alice, ¿estás segura de que no recuerdas su dirección de correo electrónico? —y le comentó a Barbie—: Su madre dejó el teléfono en la cabaña, de modo que no podemos llamarla.

—Sé que empezaba con "mujer" no sé qué —dijo Alice—. Y que es de hotmail. Es lo único que recuerdo. Mamá siempre dice que antes tenía otra que empezaba con "solteraydisponible", pero que papá la obligó a cambiarla.

Carolyn miró a su novio mayor.

—¿Nos ponemos en marcha?

—Sí. Vamos a la casa parroquial y esperemos que la mujer vuelva pronto de la obra de caridad que haya requerido de su atención.

—Es probable que su casa tampoco esté cerrada con llave —dijo Barbie—. Si lo está, busque bajo el tapete.

—Jamás me habría atrevido —replicó el hombre.

—Yo sí —exclamó Carolyn, y rio. Sus carcajadas hicieron sonreír al niño.

—¡Atrevido! —gritó Alice Appleton, que corrió por el pasillo central con los brazos estirados y agitando el tablero de las damas—. Atrevido, atrevido, venga, chicos, ¡atrevámonos!

Thurston lanzó un suspiro.

—Si rompes el tablero nunca me ganarás.

—¡Sí que te ganaré porque tengo derecho a divertirme! —exclamó la pequeña—. ¡Además, podríamos pegarlo con cinta adhesiva! ¡Vamos!

Aidan se revolvió impaciente en los brazos de Carolyn, que lo dejó en el suelo para que persiguiera a su hermana. La joven le tendió la mano.

—Gracias, señor...

—De nada —respondió Barbie, que le estrechó la mano. Entonces giró hacia Thurston, que le dio un apretón de manos flojo, típico de los hombres que conceden mucha más importancia al cultivo de la mente que al del cuerpo.

La pareja echó a caminar detrás de los niños. Al llegar a la puerta, Thurston Marshall volteó. Un rayo de sol difuso que entraba por un ventanal alto le iluminó la cara y pareció mucho mayor de lo que era. Como si tuviera ochenta años.

—Fui el editor del último número de *Ploughshares* —dijo con una voz que temblaba de indignación y pena—. Es una revista literaria muy buena, una de las mejores del país. No tenían derecho a golpearme ni a reírse de mí.

—No —admitió Barbie—. Por supuesto que no. Cuiden bien de esos niños.

—Lo haremos —dijo Carolyn, que agarró el brazo de su novio y lo apretó—. Vamos, Thurse.

Barbie esperó hasta que oyó cerrarse la puerta exterior, y entonces buscó la escalera que conducía a la sala de plenos del ayuntamiento y a la cocina. Julia le había dicho que el refugio antinuclear se encontraba ahí abajo.

7

Lo primero que a Piper le pasó por la cabeza fue que alguien había dejado una bolsa de basura a un costado de la carretera. Entonces se acercó un poco más y vio que era un cuerpo.

Detuvo el coche y bajó tan rápido que se le dobló una rodilla y se hizo un rasguño. Cuando se levantó, vio que no había un cuerpo sino dos: una mujer y un bebé. El niño, por lo menos, estaba vivo, agitaba los brazos sin energía.

Corrió hacia ellos y puso a la mujer boca arriba. Era joven, su rostro le resultaba vagamente familiar, pero no formaba parte de su congregación. Tenía varios moretones en la mejilla y en la frente. Piper soltó al niño de la mochila, y cuando lo levantó y le acarició el cabello sudado, empezó a llorar desconsoladamente.

La mujer abrió los ojos de repente al oír el llanto. Piper vio que tenía los pantalones manchados de sangre.

—Mi bebé —gimió la mujer, pero Piper no le entendió.

—¿Quieres beber? Tranquila, hay agua en el coche. No te muevas. Tengo a tu hijo, está bien —en realidad no sabía si eso era cierto—. Yo me encargaré de él.

—Mi bebé —repitió la mujer de los pantalones ensangrentados, y cerró los ojos.

Piper regresó corriendo al coche. El corazón le latía con tanta fuerza que sentía las palpitaciones en las órbitas de los ojos. La lengua le sabía a cobre. *Que Dios me ayude*, pensó, y como no se le ocurrió nada más, lo dijo de nuevo: *Dios, oh, Dios, ayúdame a ayudar a esa mujer.*

El Subaru tenía aire acondicionado pero no lo había utilizado a pesar del calor que hacía; casi nunca lo encendía. Creía que no era muy ecológico. Pero en ese momento decidió ponerlo en marcha, a toda potencia. Dejó al bebé en el asiento trasero, subió las ventanillas, cerró las puertas, y se dirigió de nuevo hacia la mujer que yacía en el polvo, pero un pensamiento horrible la hizo frenarse en seco: ¿y si el bebé lograba subirse al asiento, apretaba un botón y cerraba las puertas?

Dios, qué estúpida soy. La peor reverenda del mundo cuando estalla una crisis de verdad. Ayúdame a no ser tan estúpida.

Regresó corriendo junto al coche, abrió la puerta del conductor de nuevo, miró por encima del asiento, y vio que el bebé seguía donde lo había dejado, aunque ahora se estaba chupando el pulgar. La miró fugazmente y luego fijó la mirada en el techo, como si hubiera visto algo interesante. Tenía la camiseta empapada de sudor. Piper giró la llave electrónica hacia delante y hacia atrás hasta que logró quitarla del llavero. Entonces regresó junto a la mujer, que estaba intentando sentarse.

—No —le dijo Piper, que se arrodilló junto a ella y le puso un brazo sobre los hombros—. Creo que no deberías…

—Mi bebé —gimió la mujer.

¡Mierda! ¡He olvidado el agua! Dios, ¿por qué has permitido que me olvide del agua?

Ahora la mujer hacía esfuerzos por ponerse en pie. A Piper no le gustó la idea, contradecía todo lo que sabía sobre primeros auxilios, pero ¿qué otra opción tenía? La carretera estaba desierta y no podía dejarla con aquel sol abrasador, que no haría sino empeorar con el paso de las horas. De modo que en lugar de obligarla a sentarse, la ayudó a levantarse.

—Despacito —le dijo mientras la sujetaba por la cintura y la ayudaba a dar unos pasos tambaleantes—. Poco a poco, no hay prisa. En el coche estarás más fresca. Te daré agua.

—¡Mi bebé! —la mujer se balanceó, recobró el equilibrio e intentó caminar más rápido.

—Quieres beber —dijo Piper—. Bien. Entonces voy a llevarte al hospital.

—Centro… Salud.

Piper no le entendió y negó con la cabeza.

—Ni hablar, no vas a acabar en un ataúd, vas al hospital. Tu hijo y tú.

—Mi bebé —susurró la mujer, que se tambaleó. Tenía la cabeza gacha, la cara tapada por el cabello, mientras Piper abría la puerta del copiloto y la ayudaba a subir.

Piper tomó la botella de Poland Spring del tablero y retiró la tapa. La mujer se la arrancó antes de que Piper pudiera ofrecérsela, y bebió con tanta avidez que el agua le mojó el cuello, la barbilla y la camiseta.

—¿Cómo te llamas? —preguntó la reverenda.

—Sammy Bushey —y entonces, mientras sentía un calambre en

el estómago a causa del agua, apareció de nuevo la rosa negra frente a los ojos de Sammy. La botella cayó sobre el tapete, el agua se derramó, y ella perdió el conocimiento.

Piper se dirigió hacia el hospital a toda velocidad gracias a que Motton Road estaba desierta, pero cuando llegó al Cathy Russell descubrió que el doctor Haskell había muerto el día anterior y que el auxiliar médico, Everett, no estaba allí.

El célebre y experto médico Dougie Twitchel se encargó de examinar y hacer el ingreso de Sammy.

8

Mientras Ginny intentaba detener la hemorragia vaginal de Sammy Bushey, y Twitch suministraba líquidos por vía intravenosa a Little Walter, que estaba muy deshidratado, Rusty Everett estaba sentado tranquilamente en un banco de la plaza del pueblo, al lado del ayuntamiento. El banco se encontraba bajo las largas ramas de una alta pícea azul, por lo que el auxiliar médico creía que la sombra lo hacía invisible. Siempre que no se moviera demasiado, claro está.

Había varias cosas interesantes que observar.

Su plan inicial consistía en ir directamente al almacén que había detrás del ayuntamiento (Twitch lo había llamado "cabaña", pero el largo edificio de madera, que también albergaba los cuatro quitanieves del pueblo, era algo más que eso) para comprobar las reservas de gas, pero entonces apareció una patrulla, conducida por Frankie DeLesseps. Junior Rennie bajó del asiento del conductor. Ambos hablaron un instante, y luego DeLesseps se fue.

Junior subió los escalones de la comisaría, pero en lugar de entrar, se sentó ahí mismo y se frotó las sienes como si tuviera dolor de cabeza. Rusty decidió esperar. No quería que lo vieran comprobando las reservas energéticas del pueblo, y menos el hijo del segundo concejal.

Poco después Junior sacó su teléfono del bolsillo, lo abrió, escuchó, dijo algo, escuchó un poco más, dijo unas palabras y lo cerró de nuevo. Volvió a frotarse las sienes. El doctor Haskell había comentado algo sobre ese muchacho. ¿Migrañas y jaquecas, había dicho? Sin duda parecía que tenía migraña. No solo porque se frotaba las sienes, sino por cómo agachaba la cabeza.

Intenta que no le moleste el resplandor, pensó Rusty. *Debe de haber olvidado su Imitrex o Zomig en casa. Suponiendo que Haskell se los hubiera recetado.*

Rusty se disponía a levantarse con la intención de enfilar hacia Commonwealth Lane y dirigirse a la parte de atrás del ayuntamiento —estaba claro que Junior no se encontraba en actitud muy observadora—, cuando vio a otra persona y decidió sentarse de nuevo. Dale Barbara, el pinche que al parecer había sido ascendido al rango de coronel (por el propio presidente, según afirmaban algunos), estaba bajo la marquesina del Globe, más oculto en las sombras que el propio Rusty. Y Barbara también parecía estar observando a Junior Rennie.

Interesante.

A juzgar por su actitud, Barbara había llegado a la misma conclusión que Rusty: Junior no estaba observando sino esperando. Seguramente a alguien que debía ir a recogerlo. Barbara cruzó la calle y, cuando quedó fuera del ángulo de visión de Junior gracias al ayuntamiento, se detuvo para echar un vistazo al tablón de anuncios que había en el exterior. Luego entró.

Rusty decidió permanecer sentado un rato más. Era agradable permanecer bajo el árbol, y sentía curiosidad por saber a quién estaba esperando Junior. La gente aún estaba regresando del Dipper's (algunos se habrían quedado mucho más si hubiera corrido el alcohol). La mayoría, como el muchacho que estaba sentado en la escalera, caminaban con la cabeza gacha. Pero no por dolor, conjeturó Rusty, sino a causa del desánimo. O quizá eran lo mismo. Era una cuestión sobre la que debía reflexionar.

Entonces llegó un vehículo negro, de líneas rectas y derrochador de gasolina, que Rusty conocía de sobra: la Hummer de Gran Jim Rennie. Tocó el claxon con impaciencia para que las tres personas que caminaban por la calle se hicieran a un lado, las apartó como si fueran ovejas.

La Hummer se detuvo frente a la comisaría. Junior alzó la mirada pero no se levantó. Se abrieron las puertas del vehículo. Andy Sanders bajó del asiento del conductor, y Rennie del lado del acompañante. ¿Gran Jim permitiendo que Sanders condujera su amada perla negra? Sentado en el banco, Rusty enarcó las cejas. Nunca había visto a nadie, aparte de a Gran Jim, al volante de aquel monstruo. *Tal vez decidió ascender a Andy de botones a chofer*, pensó, pero cuando vio subir a Rennie los escalones hasta donde se encontraba su hijo, cambió de opinión.

Al igual que a la mayoría de los médicos veteranos, a Rusty se le daba bastante bien hacer diagnósticos a cierta distancia. Obviamente nunca habría recetado un tratamiento basándose tan solo en eso, pero simplemente por el modo de andar era capaz de decirte a quién le habían implantado una prótesis de cadera seis meses antes y quién sufría hemorroides; podía identificar un caso de tortícolis por el modo en que una mujer giraba todo el cuerpo en lugar de voltear solo la cabeza para mirar hacia atrás; podía identificar que un niño se había contagiado de piojos en un campamento de verano por cómo se rascaba la cabeza. Gran Jim apoyaba el brazo en su gran barriga mientras subía los escalones; era el típico lenguaje corporal de un hombre que había sufrido hacía poco un tirón en el hombro, en la parte superior del brazo, o en ambas. De modo que no resultaba tan sorprendente que hubiera delegado en Sanders la tarea de conducir la bestia.

Los tres hombres hablaron. Junior no se levantó, sino que fue Sanders quien se sentó a su lado, hurgó en el bolsillo y sacó un objeto que brilló en la luz de la tarde, enturbiada por la calima. Rusty tenía buena vista, pero estaba al menos a cincuenta metros, demasiado lejos para distinguir el objeto en cuestión. Tenía que ser de cristal o metálico; era lo único que tenía claro. Junior se lo guardó en el bolsillo y los tres hombres hablaron un poco más. Rennie señaló la Hummer —lo hizo con el brazo bueno— y Junior negó con la cabeza. Entonces fue Sanders quien señaló el vehículo. Junior volvió a hacer un gesto de negación, agachó la cabeza y se frotó las sienes. Los dos hombres se miraron, y Sanders estiró el cuello porque seguía sentado en los escalones. Y a la sombra de Gran Jim, una imagen que a Rusty le pareció muy apropiada. Gran Jim se encogió de hombros y extendió las manos en un "qué se le va a hacer". Sanders se puso en pie y los dos hombres entraron en la comisaría, aunque Gran Jim se detuvo junto a su hijo para darle una palmada en el hombro. Junior no reaccionó. Se quedó sentado donde estaba, como si tuviera intención de quedarse ahí eternamente.

Sanders asumió el papel de portero, cedió el paso a Gran Jim y lo siguió.

Los dos concejales acababan de abandonar la escena cuando un cuarteto salió del ayuntamiento: un caballero maduro, una mujer joven, una niña y un niño. La niña tomaba de la mano al pequeño y llevaba un tablero de ajedrez. El niño parecía casi tan desconsolado como Junior, pensó Rusty... y, ¡vaya!, también se frotaba las sienes con la mano libre. Los cuatro cruzaron Comm Lane y pasaron por delante del banco de Rusty.

—Hola —dijo la niña con alegría—. Me llamo Alice y él es Aidan.

—Vamos a vivir en la casa pasional —dijo el niño en tono adusto. No había dejado de frotarse la sien y parecía muy pálido.

—Será emocionante —dijo Rusty—. A veces me gustaría vivir en una casa pasional.

El hombre y la mujer alcanzaron a los niños. Iban tomados de la mano. Padre e hija, dedujo Rusty.

—De hecho, solo queremos hablar con la reverenda Libby —dijo la joven—. Por casualidad, ¿no sabrá si ya ha regresado?

—No tengo idea —respondió Rusty.

—Bueno, iremos allá y esperaremos. En la casa pasional —lanzó una sonrisa al hombre mayor al pronunciar esas palabras. Rusty pensó que tal vez no eran padre e hija, después de todo—. Es lo que el conserje nos dijo que hiciéramos.

—¿Al Timmons? —Rusty había visto a Al subir a la parte posterior de la camioneta de los Almacenes Burpee.

—No, el otro —dijo el hombre mayor—. Nos ha dicho que quizá la reverenda podría ayudarnos con el alojamiento.

Rusty asintió.

—¿Se llamaba Dale?

—Creo que no nos ha dicho cómo se llamaba —respondió la mujer.

—¡Vamos! —el niño soltó la mano de su hermana y se agarró a la de la joven—. Quiero jugar al otro juego que dijiste —pero parecía más cansado que ansioso por jugar. Tal vez se encontraba en un leve estado de *shock*. O padecía algún tipo de enfermedad. En tal caso, Rusty esperaba que solo fuera un resfriado. Lo último que necesitaba Mill en ese instante era una epidemia de gripe.

—Han perdido a su madre, temporalmente —dijo la joven en voz baja—. Por eso estamos cuidando de ellos.

—Es un buen detalle de su parte —aseguró Rusty, en serio—. Hijo, ¿te duele la cabeza?

—No.

—¿La garganta?

—No —respondió Aidan. Miraba a Rusty muy serio—. ¿Sabes? Si no celebramos Halloween este año no me molestaría.

—¡Aidan Appleton! —exclamó Alice, que parecía muy sorprendida.

Rusty dio un respingo en el banco; no pudo evitarlo. Entonces sonrió.

—Ah, ¿no? ¿Y por qué?

—Porque siempre salimos por dulces con mamá, y mamá ha ido por pensa.

—Quiere decir despensa —lo corrigió la hermana en tono indulgente.

—Ha ido por comida —dijo Aidan. Parecía un pequeño anciano, un pequeño anciano preocupado—. Me daía medo saír la noche de Halloween sin mamá.

—Vamos, Caro —terció el hombre mayor—. Deberíamos…

Rusty se levantó del banco.

—¿Le importa que hable con usted un instante, señora? Aquí mismo.

Caro parecía desconcertada y cautelosa, pero se acercó al árbol con Rusty.

—¿El niño ha sufrido algún tipo de ataque? —preguntó Rusty—. Eso incluye dejar de hacer de repente lo que estaba haciendo… ya sabe, simplemente quedarse quieto un rato… o con la mirada fija… chasqueando los labios…

—En absoluto —respondió el hombre mayor, que se unió a ellos dos.

—No —admitió Caro, que parecía asustada.

El hombre se dio cuenta y miró a Rusty con el ceño fruncido.

—¿Es usted médico?

—Auxiliar médico. Creía que quizá…

—Bueno, le agradecemos su preocupación, señor…

—Eric Everett. Pueden llamarme Rusty.

—Le agradecemos su preocupación, señor Everett, pero creo que está injustificada. Tenga en cuenta que estos niños no tienen a su madre...

—Y que han pasado dos noches solos, sin mucho que comer —añadió Caro—. Estaban intentando llegar al pueblo cuando esos dos... oficiales —arrugó la nariz como si la palabra oliera mal— los encontraron.

Rusty asintió.

—Entonces supongo que eso lo explicaría. Aunque la niña parece encontrarse mejor.

—Cada niño reacciona de un modo distinto. Es mejor que nos vayamos. Se están alejando demasiado, Thurse.

Alice y Aidan estaban correteando por el parque, dando patadas al colorido manto de hojas que lo cubría. La niña agitaba el tablero de ajedrez y gritaba "¡La casa pasional! ¡La casa pasional!". Aidan intentaba seguirle el ritmo y también gritaba.

El niño se ha despistado un momento y ya está, pensó Rusty. *Lo demás ha sido pura coincidencia. Ni siquiera eso; ¿qué niño estadounidense no se pasa la segunda quincena de octubre pensando en Halloween?* Una cosa estaba clara: si alguien les preguntaba algo a alguno de los cuatro más tarde, recordarían a la perfección dónde y cuándo habían visto a Eric "Rusty" Everett. Al diablo con la discreción.

El hombre de cabello cano alzó la voz.

—¡Niños! ¡Deténganse!

La joven pensó en lo que había dicho Rusty y le tendió la mano.

—Gracias por su preocupación, señor Everett. Rusty.

—Seguramente he exagerado un poco. Deformación profesional.

—Estás perdonado. Ha sido el fin de semana más loco de la historia del mundo. Se lo podemos atribuir a eso.

—Desde luego. Si me necesitan, vayan al hospital o al centro de salud —señaló en dirección al Cathy Russell, que aparecería entre los árboles cuando cayeran el resto de las hojas. Si caían.

—O a este banco —añadió ella, sin dejar de sonreír.

—O a este banco, claro —le devolvió la sonrisa.

—¡Caro! —Thurse estaba impaciente—. ¡Vamos!

Le dijo adiós a Rusty con la mano —un movimiento fugaz de

los dedos— y corrió tras los demás. Corría con agilidad y con garbo. Rusty se preguntó si Thurse sabía que las chicas que corren con agilidad y con garbo casi siempre huyen de sus amantes maduros tarde o temprano. Tal vez sí. Tal vez ya le había ocurrido en otras ocasiones.

Rusty vio cómo cruzaban la plaza del pueblo y se dirigían hacia la iglesia congregacional. Al final los árboles acabaron engulléndolos. Cuando volvió la mirada hacia la comisaría, Junior Rennie ya no estaba.

Rusty permaneció sentado donde estaba durante un rato, tamborileando con los dedos sobre los muslos. Entonces tomó una decisión y se levantó. Buscar en el almacén del pueblo los depósitos de combustible que habían desaparecido del hospital era algo que podía esperar. Sentía mayor curiosidad por saber qué estaba haciendo el único oficial del ejército de Chester's Mill en el ayuntamiento.

9

Lo que Barbie estaba haciendo mientras Rusty cruzaba Comm Lane para dirigirse al ayuntamiento era silbar de admiración. El refugio antinuclear era tan largo como el vagón restaurante de un tren, y los estantes estaban llenos de alimentos enlatados. La mayoría tenían aspecto extraño: montones de sardinas, hileras de salmón y varias cajas de algo llamado Almejas Fritas Snow que Barbie esperaba no tener que probar. Había cajas de comestibles no perecederos, incluidos muchos botes grandes de plástico en los que se podía leer ARROZ, TRIGO, LECHE EN POLVO y AZÚCAR. Había varias pilas de botellas con la etiqueta AGUA POTABLE. Contó diez cajas grandes de EXCEDENTES DE GALLETAS SALADAS DEL GOBIERNO DE EE.UU. Había dos más con la etiqueta EXCEDENTES DE BARRAS DE CHOCOLATE DEL GOBIERNO DE EE.UU. En la pared, sobre las cajas, había un cartel amarillo que decía CON 700 CALORÍAS AL DÍA, NO TENDRÁS HAMBRE EN LA VIDA.

—Ajá —murmuró Barbie.

Había una puerta en el otro extremo. La abrió y halló una oscuridad estigia. Palpó la pared y encontró un interruptor. Otra sala, no tan grande pero aun así de un tamaño considerable. Parecía vieja y en desuso —no estaba sucia, al menos Al Timmons debía de saber de su existencia, ya que alguien había quitado el polvo de los estantes y había barrido el suelo—, pero estaba abandonada, sin duda. Había agua almacenada en botellas de cristal, y no había visto ninguna de esas desde una breve estancia en Arabia Saudita.

En la segunda habitación había una docena de camas plegables, además de sábanas azules y colchones guardados en unas fundas de plástico transparente, aún sin estrenar. Había más suministros, incluidas media docena de cajas de cartón con la etiqueta HIGIENE PERSONAL, y otra docena de cajas en las que se leía MÁSCARILLAS DE AIRE. Había también un pequeño generador auxiliar que podía proporcionar un mínimo suministro de energía. Estaba activado; debía de haberse puesto en marcha cuando encendió las luces. A cada lado del generador había un estante. En uno había una radio que podría haber sido nueva cuando la canción de C. W. McCall "Convoy" era todo un éxito. En el otro estante había dos hornillos y una caja metálica pintada de un amarillo muy vivo. El logotipo del costado pertenecía a la época en la que CD no significaba "disco compacto". Era lo que había ido a averiguar.

Barbie la tomó y casi se le cayó al suelo; pesaba mucho. En la parte frontal había un indicador en el que decía CÓMPUTO POR SEGUNDO. Cuando se encendía el instrumento y apuntaba con el sensor hacia algo, la aguja podía quedarse en verde, moverse hasta el amarillo del centro… o llegar al rojo. Lo cual, supuso Barbie, no podía ser bueno.

Lo encendió. El pequeño foco indicador no se iluminó y la aguja permaneció inmóvil junto al 0.

—La batería se ha descargado —dijo alguien por detrás.

Barbie casi saltó. Se giró y vio a un hombre corpulento y alto, con el cabello rubio, en la puerta que separaba ambas habitaciones.

Por un instante fue incapaz de recordar su nombre, aunque el tipo iba al restaurante casi todos los domingos por la mañana, a veces con su mujer, pero siempre con sus dos hijas. Entonces lo recordó.

—Rusty Evers, ¿verdad?

—Casi, Everett —el recién llegado le tendió la mano. Barbie fue hacia él con cierta cautela y se la estrechó—. Te he visto entrar.

Y seguramente eso —dijo señalando con la cabeza el contador Geiger— no sea mala idea. Si lo tienen aquí, por algo será.

—Me alegro de que estés de acuerdo. Casi me da un infarto cuando has llegado. Aunque, bueno, supongo que estaría en buenas manos. Eres médico, ¿no?

—AM —dijo Rusty—. Eso significa...

—Sé lo que significa. Auxiliar médico.

—Muy bien, has ganado la batería de cocina —Rusty señaló el contador Geiger—. Ese aparato debe funcionar con una batería de seis voltios. Estoy casi seguro de que he visto alguna en Burpee's. Aunque no tan seguro de que esté abierto en este momento. Así que... ¿investigamos un poco más?

—¿Qué quieres investigar?

—La cabaña de suministros que hay en la parte de atrás.

—Y tenemos que hacer eso porque...

—Eso depende de lo que encontremos. Si es lo que ha desaparecido del hospital, tú y yo podríamos intercambiar cierta información.

—¿Y no quieres contarme lo que ha desaparecido?

—Gas combustible, amigo.

Barbie meditó un rato la respuesta.

—Qué demonios. Vamos a echar un vistazo.

10

Junior se encontraba al pie de la escalera desvencijada que había en un costado de la farmacia de Sanders preguntándose si sería capaz de subirlas teniendo en cuenta lo mucho que le dolía la cabeza. Quizá. Probablemente. Aunque también pensó que cuando llegara a la mitad podía estallarle la cabeza como un petardo en Nochevieja. La mancha había vuelto a aparecer frente a sus ojos, palpitando al ritmo de los latidos del corazón, pero ya no era blanca. Se había teñido de un rojo brillante.

Estaré bien en la oscuridad, pensó. *En la despensa, con mis amigas.*

Si todo salía bien, podría regresar allí. En ese momento, la despensa de la casa de los McCain, en Prestile Street, era el lugar en el que más le apetecía estar de toda la tierra. Coggins, por supuesto, también estaba allí, pero ¿y qué? Siempre podía apartar al estúpido predicador a un lado. Además, el reverendo debía permanecer escondido, al menos de momento. Junior no tenía ningún interés en proteger a su padre (no le sorprendió ni le afligió lo que había hecho su viejo; siempre había sabido que Gran Jim Rennie escondía a un asesino en potencia), pero tenía interés en darle su merecido a Dale Barbara.

Si lo hacemos bien, podemos lograr mucho más aparte de quitarlo de en medio, había dicho Gran Jim esa mañana. *Podemos utilizarlo para unir al pueblo en esta crisis. Y esa condenada periodista… También tengo un plan para ella.* Puso una mano caliente sobre el hombro de su hijo, en un gesto muy melodramático. *Somos un equipo.*

Tal vez no para siempre, pero de momento ambos trabajaban codo con codo. E iban a darle su merecido a Baaarbie. A Junior incluso se le ocurrió que Barbie era el responsable de sus dolores de cabeza. Si había estado en el extranjero, se rumoreaba que en Iraq, tal vez había vuelto con algún recuerdo raro de Oriente Medio. Un veneno, quizá. Junior había comido en el Sweetbriar Rose en muchas ocasiones. Barbara podía haberle echado unas gotitas de algo en la comida. O en el café. Y aunque Barbie no se encargara de la parrilla, podía haber convencido a Rose para hacerlo. Ese cabrón la tenía en el bolsillo.

Junior subió la escalera lentamente, deteniéndose cada cuatro pasos. No le explotó la cabeza, y cuando llegó arriba, hurgó en el bolsillo para tomar la llave del departamento que Andy Sanders le había dado. Le costó encontrarla y creyó que quizá la había perdido, pero al final sus dedos dieron con ella; estaba escondida bajo unas monedas.

Echó un vistazo alrededor. Unas cuantas personas volvían aún del Dipper's, pero nadie se fijó en él, que se encontraba en el rellano frente al departamento de Barbie. La llave giró en la cerradura y entró.

No encendió la luz, aunque era probable que el generador de Sanders abasteciera también el departamento. En la penumbra, el punto rojo palpitante era menos visible. Miró alrededor con curiosidad. Había libros: repisas y repisas de libros. ¿Acaso Baaarbie había pensado dejarlos allí cuando se largó del pueblo? ¿O le había pedido a alguien, probablemente a Petra Searles, que trabajaba con él abajo, que se los enviara a algún lugar? En tal caso, seguro que también le había pedido que le enviara la alfombra de la sala de estar, una reliquia que parecía de un jinete de camellos y que Barbie debía de haber comprado en el bazar local cuando no había sospechosos a los que torturar ni niños de los que abusar.

En realidad, no había dispuesto que le enviaran sus cosas, decidió Junior. No había sido necesario porque nunca había tenido la mínima intención de irse. Cuando se le ocurrió esa idea, Junior se preguntó por qué no se había dado cuenta antes. A Baaarbie le gustaba el pueblo; nunca se iría por voluntad propia. Era más feliz allí que un gusano en vómito de perro.

Encuentra algo que lo incrimine, le había ordenado Gran Jim. *Algo que solo pueda ser suyo. ¿Me entiendes?*

¿Acaso crees que soy estúpido, papá?, pensaba Junior ahora. *Si tan estúpido soy, ¿por qué fui yo quien te salvó la vida anoche?*

Sin embargo, cuando a su padre se le cruzaban los cables, enseguida se ponía a repartir golpes, eso era innegable. Nunca le había dado una bofetada ni lo había azotado cuando era pequeño, algo que Junior siempre había atribuido a la influencia positiva de su difunta madre. Y sospechaba que ahora tampoco lo hacía porque, en el fondo de su corazón, sabía que si empezaba quizá no podría parar.

—De tal palo, tal astilla —dijo Junior, y rio. Le dolía la cabeza, pero aun así rio. ¿Cuál era ese viejo refrán que decía que la risa era la mejor medicina?

Entró en el dormitorio de Barbie, vio que la cama estaba hecha, y por un instante pensó que sería maravilloso bajarse los pantalones y dejarle una cagada en medio de la cama. Sí, y luego podría limpiarse el trasero con la funda de la almohada. *¿Qué te parecería eso, Baaarbie?*

Sin embargo, fue hacia el tocador. Había tres o cuatro pares de pantalones en el cajón de arriba y dos pares de pantalones cortos caqui. Bajo estos había un teléfono y por un instante pensó que eso era lo que necesitaba. Pero no. Era un celular barato, de esos que son casi de usar y tirar. Barbie podía decir que no era suyo.

Había media docena de calzoncillos y cuatro o cinco pares de calcetines blancos en el segundo cajón. El tercero estaba vacío.

Miró debajo de la cama, y al agacharse sintió un martilleo en la cabeza; no había sido buena idea. Tampoco encontró nada ahí debajo, ni siquiera pelusas de polvo. Baaarbie era un maniático de la limpieza. Junior pensó en tomarse el Imitrex que llevaba en el bolsillo del reloj, pero no lo hizo. Ya se había tomado dos y no le habían hecho ningún efecto, salvo el regusto metálico. Sabía qué medicina necesitaba: la despensa oscura de Prestile Street. Y la compañía de sus amigas.

Mientras tanto, estaba ahí. Y allí tenía que haber algo.

—Algo —susurró—. Tengo que encontrar algo.

Mientras volvía hacia la sala de estar, se limpió una lágrima del ojo izquierdo, que no dejaba de palpitar (no se dio cuenta de que estaba teñida de sangre), y de repente se le ocurrió una idea y se detuvo. Regresó al tocador y abrió de nuevo el cajón de los calcetines y la ropa interior. Los calcetines estaban doblados con forma de bola. Cuando estaba en el bachillerato, Junior había escondido alguna vez un poco de hierba o unas cuantas anfetas en los calcetines; en una ocasión escondió un tanga de Adriette Nedeau. Los calcetines eran un buen escondite. Los fue sacando todos, de uno en uno, palpándolos.

Al tomar el tercero dio con algo que parecía una lámina de metal. No, había dos. Desenrolló los calcetines y sacudió el que más pesaba sobre el tocador.

Cayeron las placas de identificación del ejército de Dale Barbara. Y a pesar de su atroz dolor de cabeza, Junior sonrió.

Eres nuestro, Baaarbie, pensó. *Eres nuestro, cabrón.*

11

En el lado de Tarker's Mill del Little Bitch Road, los incendios provocados por los misiles Fasthawk aún ardían con intensidad, pero estarían extinguidos al anochecer; los bomberos de cuatro pueblos, ayudados por un destacamento mixto formado por personal del ejército y marines, estaban trabajando en ello, controlando la situación. Lo habrían extinguido antes, creía Brenda Perkins, si los bomberos no hubieran tenido que hacer frente también a fuertes ráfagas de viento. En el lado de Chester's Mill no tenían ese problema.

Reinaba la calma. Más tarde quizá se convirtiera en un infierno. Era imposible saberlo.

Brenda no pensaba permitir que esa cuestión la preocupara esa tarde; se sentía bien. Si alguien le hubiera preguntado esa misma mañana cuándo creía que volvería a sentirse bien, Brenda habría respondido: "Quizá el año que viene. Quizá nunca". Y era lo bastante inteligente para saber que esa sensación no duraría mucho. Los noventa minutos de ejercicio habían tenido mucho que ver; el ejercicio liberaba endorfinas, daba igual que se hubiera dedicado a correr o a apagar incendios con una pala. Pero aquella sensación no solo era cosa de las endorfinas. Estaba al frente de una tarea que era importante y que podía realizar.

Varios voluntarios habían acudido al humo. Catorce hombres y tres mujeres se congregaban a ambos lados de Little Bitch. Algunos aún sostenían las palas y las esteras de goma que habían utilizado para apagar las llamas, y otros se habían desprendido de los aspersores y se habían sentado en la orilla sin asfaltar de la carretera. Al Timmons, Johnny Carver y Nell Toomey estaban enrollando las mangueras y guardándolas en una de las camionetas de Burpee. Tommy Anderson, del Dipper's, y Lissa Jamieson, una mujer *new age* pero fuerte como un caballo, transportaban la bomba que habían utilizado para extraer agua del arroyo de Little Bitch Road a uno de los otros camiones. Brenda oyó risas y se dio cuenta de que no era la única que disfrutaba de la adrenalina.

Los arbustos a ambos lados de la carretera habían quedado tiznados y las ascuas aún no se habían apagado por completo. También habían ardido varios árboles, pero eso era todo. La Cúpula había bloqueado el viento y los había ayudado de otra forma, ya que había actuado a modo de presa con el arroyo y había convertido la zona en una especie de pantano. El incendio que ardía al otro lado era algo distinto. Los hombres que intentaban extinguirlo eran como espectros relucientes vistos a través del calor y el hollín acumulado en la Cúpula.

Romeo Burpee se acercó a Brenda. Sostenía una escoba empapada en una mano y una estera de goma en la otra. En la parte de abajo de la estera aún se veía la etiqueta del precio. Aunque estaba algo chamuscada aún podía leerse: ¡EN BURPEE'S TODOS LOS DÍAS HAY REBAJAS! La dejó caer y le tendió una mano sucia.

Brenda se quedó sorprendida, pero la aceptó y se la estrechó con fuerza.

—¿A qué se debe, Rommie?

—A que has hecho un gran trabajo —respondió él.

Brenda rio, avergonzada pero contenta.

—Cualquiera podría haberlo hecho, dadas las condiciones. Era un incendio pequeño y la tierra está tan mojada que seguramente se habría apagado por sí solo al atardecer.

—Quizá —dijo él, y luego señaló un claro entre los árboles atravesado por una pared de piedra en ruinas—. O quizá habría llegado hasta esa hierba alta de ahí, luego a los árboles del otro lado y luego vete a saber. Podría haber ardido durante una semana o un mes. Sobre todo porque no contamos con bomberos —volvió la cabeza hacia un lado y escupió—. Incluso aunque no sople viento, un incendio puede arder durante mucho tiempo siempre que tenga combustible. En el sur ha habido incendios en minas que han ardido durante veinte y treinta años. Lo leí en el *National Geographic*. Y bajo tierra no hay viento. Además, ¿cómo sabemos que de repente no va a soplar una ráfaga? No sabemos una mierda sobre lo que puede hacer o no esta cosa.

Ambos miraron hacia la Cúpula. El hollín y las cenizas la habían hecho visible hasta una altura de unos treinta metros. También les dificultaba la visión de lo que sucedía en el lado de Tarker's Mill, y eso a Brenda no le gustaba. No quería pensar detenidamente en ello porque podía poner fin a las buenas sensaciones que le habían quedado tras una tarde de trabajo intenso, pero no, no le gustaba. Le hacía pensar en la extraña y borrosa puesta de sol de la noche anterior.

—Dale Barbara tiene que llamar a su amigo de Washington —dijo Brenda— y decirle que, cuando hayan apagado el incendio de su lado, limpien lo que ha ensuciado la Cúpula, sea lo que sea. No podemos hacerlo desde nuestro lado.

—Buena idea —dijo Romeo, que, sin embargo, tenía otra cosa en mente—. ¿No ves algo extraño en tu equipo? Porque yo sí.

Brenda se quedó sorprendida.

—No son mi equipo.

—Claro que sí —respondió él—. Tú eras la que daba órdenes, eso los convierte en tu equipo. ¿Ves a algún policía?

Brenda echó un vistazo.

—Ni uno —dijo Romeo—. No está Randolph, ni Henry Morrison, ni Freddy Denton o Rupe Libby, ni Georgie Frederick... Tampoco está ninguno de los nuevos. Esos muchachos.

—Deben de estar ocupados con... —dejó la frase a medias.

Romeo asintió.

—Sí, claro. ¿Ocupados con qué? Tú no lo sabes y yo tampoco. Pero sea lo que sea lo que tengan entre manos, no creo que me guste. O que merezca su atención ahora mismo. Habrá una reunión del pueblo el jueves por la noche, y si esto continúa así, creo que debería haber cambios —hizo una pausa—. Quizá me meto donde no me llaman, pero creo que deberías postularte al cargo de jefa de policía y bomberos.

Brenda lo pensó un instante, pensó en la carpeta que había encontrado con el nombre de VADER, y negó lentamente con la cabeza.

—Es demasiado pronto para tomar una decisión como esa.

—¿Y si te postulas solo como jefa de bomberos? ¿Qué te parece? —le preguntó con un fuerte acento de Lewiston.

Brenda miró hacia las ascuas de los arbustos y a los árboles calcinados. Era una escena fea, sin duda, como la fotografía de una batalla de la Primera Guerra Mundial, pero ya no era peligroso. La gente que había acudido se había encargado de ello. El equipo. Su equipo.

Sonrió.

—Eso podría considerarlo.

12

La primera vez que Ginny Tomlinson apareció por el pasillo del hospital, lo hizo corriendo, en respuesta a un pitido fuerte que no presagiaba nada bueno, y Piper no pudo hablar con ella. Ni siquiera lo intentó. Había pasado suficiente tiempo en la sala de espera como para hacerse una idea de la situación: tres personas, dos enfermeros y una voluntaria adolescente llamada Gina Buffalino, a cargo de todo el hospital. Se encargaban, pero a duras penas. Cuando

Ginny regresó, caminaba lentamente. Con los hombros hundidos. Llevaba un historial médico en una mano.

—¿Ginny? —preguntó Piper—. ¿Estás bien?

Creyó que Ginny le respondería con brusquedad, pero le ofreció una sonrisa cansada en lugar de un gruñido. Y se sentó junto a ella.

—Estoy bien. Solo es el cansancio —hizo una pausa—. Y que Ed Carty acaba de morir.

Piper le tomó la mano.

—Lo siento mucho.

Ginny le apretó los dedos.

—Tranquila. ¿Sabes esas cosas que dicen las mujeres sobre el momento de dar a luz? ¿Cosas como esta ha tenido un parto fácil, esta ha tenido un parto muy largo?

Piper asintió.

—Pues la muerte es igual. El señor Carty ha estado de parto durante mucho tiempo, pero ahora ya se acabó.

A Piper le pareció una idea hermosa. Podría usarla en algún sermón... Aunque supuso que la gente no querría oír un sermón sobre la muerte ese domingo. No si la Cúpula seguía allí.

Se quedaron sentadas un rato, mientras Piper intentaba hallar la mejor forma de preguntarle lo que tenía que preguntarle. Al final, no fue necesario.

—La han violado —dijo Ginny—. Seguramente más de una vez. Me daba miedo que Twitch tuviera que poner a prueba sus dotes de sutura, pero al final conseguí controlar la hemorragia con una compresa vaginal —hizo una pausa—. No pude contener las lágrimas. Por suerte la chica estaba dormida y no se dio cuenta.

—¿Y el bebé?

—El pequeño de dieciocho meses está bien, pero nos dio un susto. Tuvo un pequeño ataque. Seguramente se debió a la exposición al sol. Además de la deshidratación... el hambre... y a que también tiene una herida —Ginny se tocó la frente.

Twitch bajó al vestíbulo y se sentó junto a ellas. No había rastro de su buen humor habitual.

—¿Los hombres que la violaron también hirieron al bebé? —preguntó Piper sin perder la calma, aunque en su cabeza se abrió una pequeña fisura roja.

—¿A Little Walter? Creo que lo único que le pasó fue que se cayó —respondió Twitch—. Sammy ha dicho algo sobre una cuna que se desmontó. No sé, no era muy coherente, pero estoy casi seguro de que fue un accidente. Por lo menos la parte que concierne al bebé.

Piper lo miró desconcertada.

—Eso es lo que me decía. Yo creía que quería beber.

—Estoy convencida de que tenía sed —terció Ginny—. Aunque tal vez también quería advertirte sobre el estado en que se encontraba Little Walter. Así es como se llama, Little es el primer nombre y Walter el segundo. Se lo pusieron por un músico de blues que tocaba la armónica, creo. Phil y ella… —Ginny hizo un gesto como si estuviera fumando un porro y tragándose el humo.

—Phil era mucho más que un fumador —intervino Twitch—. En lo que se refería a las drogas, Phil Bushey podía hacer frente a diversas tareas.

—¿Está muerto? —preguntó Piper.

Twitch se encogió de hombros.

—No lo he visto desde primavera. Si ha muerto, hasta nunca.

Piper le lanzó una mirada de reproche.

Twitch agachó un poco la cabeza.

—Lo siento, reverenda —volteó hacia Ginny—. ¿Hay noticias de Rusty?

—Necesitaba un descanso, así que le dije que se fuera. Pero seguro que volverá dentro de poco.

Piper estaba sentada entre ambos y mantenía una apariencia exterior de calma. Sin embargo, en su interior, la fisura roja se hacía más grande. Sentía un regusto amargo en la boca. Recordó una noche en la que su padre le prohibió ir a patinar al centro comercial porque se había pasado con su madre (de adolescente, Piper Libby creía tener respuestas para todo). Subió a su habitación, llamó a la amiga con la que había quedado para salir y le dijo, con voz pausada y tranquila, que le había surgido algo y que no podía ir con ella. ¿El próximo fin de semana? Claro, ajá, seguro, que te diviertas, no, estoy bien, adiós. Entonces destrozó su habitación. Acabó arrancando de la pared el póster de Oasis que tanto le gustaba y lo hizo pedazos. Por entonces lloraba desconsoladamente, no de pena, sino llevada por uno de esos ataques de cólera que, desde que había entrado en la adolescencia, arrasaban con ella como un huracán grado cinco. Su padre subió en algún momento de la fiesta y se quedó en la puerta, mirándola. Cuando Piper lo vio, le aguantó la mirada en actitud desafiante, jadeando, pensando en lo mucho que lo odiaba. En lo mucho que los odiaba a ambos. Si se morían, podría ir a vivir con su tía Ruth en Nueva York. Ella sí que sabía divertirse. No como otras personas. Su padre extendió los brazos hacia ella, con las manos abiertas. Fue un gesto humilde, que aplacó su ira y casi le destrozó el corazón.

"Si no controlas la ira, la ira te controlará a ti", le dijo, y luego se fue. Bajó por la escalera con la cabeza gacha. Piper no cerró la puerta de un portazo. Sino que lo hizo suavemente.

Ese año fue cuando convirtió en su principal prioridad el objetivo de dominar su mal temperamento. Si lograba acabar con él, sería como si acabara con una parte de sí misma, pero sabía que si no hacía una serie de cambios radicales en su vida, una parte importante de ella seguiría teniendo quince años durante mucho, mucho tiempo. Empezó a esforzarse para imponerse un férreo autocontrol, y la mayoría de las veces lo lograba. Cuando tenía la sensación de que iba a perder los estribos, recordaba lo que le había dicho su padre, y su gesto de las manos abiertas, y su lento andar por el pasillo del piso de arriba de la casa en la que había crecido. Nueve años después pronunció unas palabras en su funeral y dijo: "Mi padre me dijo lo más importante que he oído en mi vida". No dijo a qué se refería, pero su madre lo sabía; estaba sentada en la primera fila de la iglesia en la que oficiaba su hija.

Durante los últimos veinte años, cuando sentía la necesidad de enfrascarse a gritos con alguien, y a menudo la necesidad era casi incontrolable porque la gente podía ser muy idiota, tremendamente estúpida, recordaba las palabras de su padre: "Si no controlas la ira, la ira te controlará a ti".

Pero ahora la fisura roja se estaba haciendo más grande y sentía la vieja necesidad de ponerse a lanzar cosas. De rascarse la piel hasta sangrar.

—¿Preguntaste quién lo hizo?

—Sí, por supuesto —respondió Ginny—. No quiere decirlo. Está asustada.

Piper recordó que al principio creyó que la madre y el bebé que estaban tirados a un lado del camino eran una bolsa de basura. Y eso, claro está, era lo que pensaban de Sammy quienes le habían hecho aquello. Se puso en pie.

—Voy a hablar con ella.

—Tal vez no sea una buena idea ahora mismo —le advirtió Ginny—. Le dimos un sedante y…

—Deja que lo intente —terció Twitch. Estaba pálido. Tenía las manos entrelazadas entre las rodillas. Le crujieron los nudillos varias veces—. Que tenga suerte, reverenda.

13

Sammy tenía los ojos entrecerrados. Los abrió lentamente cuando Piper se sentó junto a su cama.

—Usted… ha sido quien…

—Sí —dijo Piper y le tomó la mano—. Me llamo Piper Libby.

—Gracias —dijo Sammy, que cerró lentamente los ojos.

—Agradécemelo diciéndome quién te violó.

En la penumbra de la habitación —hacía calor, el aire acondicionado del hospital estaba apagado—, Sammy negó con la cabeza.

—Me amenazaron —miró a Piper. Parecía la mirada de una ternera preñada de muda resignación—. Podrían lastimar a Little Walter.

Pipper asintió.

—Entiendo que tengas miedo —dijo—. Pero dime quiénes fueron. Dame sus nombres.

—¿Es que no escuchó? —apartó la mirada de Piper—. Dijeron que me last…

Piper no tenía tiempo para eso; la chica podía perder el conocimiento en cualquier momento. La sujetó de la muñeca.

—Quiero esos nombres, y me los vas a decir.

—No me atrevo —se le llenaron los ojos de lágrimas.

—Vas a hacerlo porque, si no te hubiera encontrado, ahora podrías estar muerta —hizo una pausa y clavó el puñal hasta el fondo. Quizá más tarde se arrepentiría, pero en ese momento no. La chica de la cama era un obstáculo que se interponía entre ella y lo que tenía que saber—. Por no hablar de tu bebé. Él también podría estar muerto. Les salvé la vida, a ti y a él, y quiero esos nombres.

—No —pero la chica empezaba a ceder, y una parte de la reverenda Piper Libby estaba disfrutando de la situación. Más tarde se daría asco; más tarde pensaría *No eres tan distinta de esos chicos, tú también la sometes*. Pero en ese instante, oh, sí, sentía placer, el mismo placer que la embargó al arrancar su preciado póster de la pared y romperlo en mil pedazos.

Me gusta porque es algo amargo, pensó. *Y porque es algo que llevo en el corazón.*

Se inclinó sobre la chica, que estaba llorando.

—Límpiate la cera de las orejas, Sammy, porque tienes que escuchar esto. Lo que han hecho una vez volverán a hacerlo. Y cuando eso suceda, cuando aparezca por aquí otra mujer con la vagina destrozada y probablemente embarazada con el hijo de un violador, iré a buscarte y te diré…

—¡No! ¡Basta!

—"Tú participaste en ello. Tú estuviste allí, animándolos."

—¡No! —gritó Sammy—. ¡Yo no, fue Georgia! ¡Era Georgia quien los animaba!

Piper sintió una gélida punzada de asco. Una mujer. Una mujer había estado ahí. La fisura roja de su cabeza se hizo más grande. Pronto empezaría a escupir lava.

—Dime sus nombres —le ordenó.

Y Sammy lo hizo.

14

Jackie Wettington y Linda Everett se estacionaron frente al Food City, que cerraba a las cinco en lugar de las ocho. Randolph las había enviado allí porque pensaba que adelantar la hora de cierre podría causar problemas. Una idea absurda, ya que el supermercado estaba casi vacío. Apenas había una docena de coches en el estacionamiento, y los pocos clientes que quedaban se movían aturdidos, como si compartieran la misma pesadilla. Las dos oficiales solo vieron a un cajero, un adolescente llamado Bruce Yardley. El muchacho tenía que operar con dinero en efectivo y hacer recibos a mano en lugar de pasar tarjetas de crédito. La carnicería estaba casi vacía, pero aún quedaba mucho pollo y los estantes de las conservas y los alimentos no perecederos estaban bien surtidos.

Estaban esperando a que saliera el último cliente cuando sonó el teléfono móvil de Linda. Echó un vistazo a la pantalla para ver quién la llamaba y sintió una punzada de miedo en el estómago. Era Marta Edmunds, que cuidaba de Janelle y Judy cuando ella y Rusty trabajaban, tal como había sucedido de forma casi ininterrumpida desde que apareció la Cúpula. Apretó el botón para contestar.

—¿Marta? —dijo, rezando para que no fuera nada, que solo la llamara para preguntarle si podía llevar a las niñas a la plaza del pueblo o algo por el estilo—. ¿Está todo bien?

—Bueno… sí. O sea, supongo —linda odió el dejo de preocupación que notó en la voz de Marta—. Pero… ¿sabes eso de los ataques?

—Oh, Dios, ¿ha tenido uno?

—Creo que sí —contestó Marta, que se apresuró a seguir con la explicación—: Ahora están bien, en la habitación, pintando.

—¿Qué pasó? ¡Cuéntamelo!

—Estaban en los columpios, mientras yo arreglaba las flores, preparándolas para el invierno…

—¡Marta, por favor! —exclamó Linda, y Jackie le puso una mano en el brazo.

—Lo siento. Audi empezó a ladrar, por lo que me di la vuelta. Le pregunté, "Cariño, ¿estás bien?". Y ella no respondió, bajó del columpio y se sentó debajo, ya sabes, donde está ese círculo que han dejado los pies. No se cayó ni nada por el estilo, tan solo se sentó. Se quedó mirando al frente, chasqueando los labios, lo que me dijiste que tenía que vigilar. Fui corriendo hasta ella… la sacudí un poco… y me dijo… déjame pensar…

Ya estamos, pensó Linda. *Detén Halloween, tienes que detener Halloween.*

Pero no. Era algo completamente distinto.

—Dijo: "Las estrellas rosadas están cayendo. Las estrellas rosadas están cayendo en líneas". Y luego añadió: "Está muy oscuro y todo huele mal". Entonces despertó y todo ha estado bien desde entonces.

422

—Gracias a Dios —dijo Linda, que pensó en su hija de cinco años—. ¿Está bien Judy? ¿Se ha alterado?

Hubo un largo silencio, luego Marta dijo:

—Oh.

—¿Oh? ¿Qué significa "oh"?

—Que fue Judy, Linda. No Janelle. Esta vez fue Judy.

15

"Quiero jugar al otro juego que dijiste", pidió Aidan a Carolyn Sturges cuando se detuvieron en la plaza del pueblo para hablar con Rusty. El otro juego que Carolyn tenía en mente era "un, dos, tres, zorro astuto es", aunque apenas recordaba las reglas, lo cual no era ninguna sorpresa ya que no lo había jugado desde que tenía seis o siete años.

Sin embargo, cuando se apoyó en el árbol del amplio jardín de la casa "pasional", las recordó. Y, de forma inesperada, también lo hizo Thurston, que no solo parecía dispuesto a jugar, sino también ansioso por hacerlo.

—Recuerden —dijo Thurston a los niños (no parecían haber disfrutado nunca de ese juego)—, Carolyn tiene que decir "Un, dos, tres, zorro astuto es" y puede hacerlo tan rápido como quiera. Si los atrapa moviéndose cuando voltee, tendrán que volver al principio.

—No me verá —dijo Alice.

—A mí tampoco —afirmó Aidan, categórico.

—Eso ya lo veremos —dijo Carolyn, que se puso de cara al árbol—: Un, dos, tres... ¡ZORRO ASTUTO ES!

Volteó. Alice estaba quieta, con una gran sonrisa y una pierna estirada en un paso de gigante. Thurston, que también sonreía, tenía las manos abiertas en una pose al estilo de *El fantasma de la ópera*. Vio que Aidan se movió un poquito, pero ni se le pasó por la cabeza la idea de obligarlo a retroceder. Parecía feliz, y no quería echarlo a perder.

—Muy bien —dijo Carolyn—. Son muy buenas estatuas. Empieza la segunda ronda —volteó hacia el árbol y contó de nuevo, embargada por el antiguo y delicioso miedo infantil de saber que había gente detrás de ella que se estaba moviendo—. ¡Undostrés zorroastutoes!

Giró. Alice ya solo estaba a unos veinte pasos. Aidan se encontraba a unos diez pasos de su hermana, temblaba, se apoyaba solo en un pie. Podía ver claramente la costra que tenía en la rodilla. Thurse estaba detrás del niño, con una mano en el pecho, como un orador, sonriendo. Alice sería la primera en llegar hasta ella, y eso estaba bien; en la siguiente partida le tocaría contar a Alice y su hermano sería entonces el ganador. Thurse y Carolyn se encargarían de ello.

Volteó de nuevo hacia el árbol.

—Undostrés…

Entonces Alice gritó.

Carolyn giró y vio a Aidan Appleton tirado en el suelo. Al principio creyó que seguía jugando. Tenía una rodilla, la de la costra, levantada, como si intentara correr con la espalda pegada al suelo. Miraba fijamente hacia el cielo. Los labios, fruncidos, formaban una pequeña O. Una mancha oscura se extendía por sus pantalones. Carolyn corrió hacia él.

—¿Qué le pasa? —preguntó Alice. Carolyn vio que las emociones del terrible fin de semana entubiaron la cara de la niña—. ¿Está bien?

—¿Aidan? —preguntó Thurse—. ¿Estás bien, muchacho?

Aidan siguió temblando; parecía como si estuviera chupando un popote invisible. Bajó la pierna doblada… Y dio una patada. Empezó a mover los hombros.

—Tiene un ataque —dijo Carolyn—. Seguramente se debe a las emociones tan fuertes que ha padecido. Creo que se recuperará si le damos unos…

—Las estrellas rosadas están cayendo —dijo Aidan—. Dejan unas líneas tras ellas. Es bonito. Da miedo. Todo el mundo está mirando. Ningún regalo, solo sustos. Es difícil respirar. Se hace llamar Chef. Es culpa suya. Es él.

Carolyn y Thurston se miraron. Alice estaba arrodillada junto a su hermano, tomándole la mano.

—Estrellas rosadas —dijo Aidan—. Caen, caen, ca…

—¡Despierta! —le gritó Alice a la cara—. ¡Deja de asustarnos!

Thurston Marshall le tocó el hombro.

—Cielo, no creo que eso sirva de nada.

Alice no le hizo caso.

—Despierta, despierta… ¡ESTÚPIDO!

Y Aidan despertó. Miró a su hermana, que tenía la cara empapada en lágrimas, confundido. Entonces miró a Carolyn y sonrió. Fue la sonrisa más dulce que había visto en toda su vida.

—¿Gané? —preguntó.

16

Al parecer nadie se había ocupado del mantenimiento del generador de la cabaña de suministros del ayuntamiento (alguien había puesto un recipiente de estaño bajo el aparato para recoger el aceite que perdía), y Rusty supuso que desde el punto de vista energético era tan eficiente como la Hummer de Gran Jim Rennie. Sin embargo, estaba más interesado en el depósito plateado que había al lado.

Barbie echó un vistazo al generador, hizo una mueca por el olor y se acercó al depósito.

—No es tan grande como esperaba —dijo… aunque era mucho mayor que los tanques que usaban en el Sweetbriar, o que el de Brenda Perkins.

—Es de "tamaño municipal" —dijo Rusty—. Lo recuerdo de la asamblea del pueblo que celebramos el año pasado. Sanders y Rennie nos llenaron la cabeza diciéndonos que los depósitos pequeños nos permitirían ahorrar un montón de dinero en estos "tiempos en los que la energía es tan cara". Cada uno tiene una capacidad de tres mil litros.

—Lo que equivale a un peso de… Tres mil kilos, más o menos, ¿no?

Rusty asintió.

—Más el peso del tanque. Para levantarlo se necesita una carretilla elevadora o un gato hidráulico, pero no para moverlo. Una camioneta puede transportar hasta tres mil cien kilos, aunque podría soportar un poco más. Uno de estos depósitos de tamaño medio cabría en la parte trasera. Sobresaldría un poco, pero eso es todo —Rusty se encogió de hombros—. Le pones una bandera roja y listo.

—Este es el único que queda —dijo Barbie—. Cuando se acabe, se apagarán las luces del pueblo.

—A menos que Rennie y Sanders sepan dónde hay más —añadió Rusty—. Y estoy seguro de que así es.

Barbie deslizó la mano por la placa azul del depósito: **CR HOSP**.

—Es el que han perdido.

—No lo perdimos; nos lo robaron. Eso es lo que creo. Pero debería haber cinco más como este; han desaparecido seis.

Barbie miró el interior de la cabaña. A pesar de los quitanieves y las cajas con piezas de refacción, el lugar parecía vacío. Sobre todo alrededor del generador.

—Da igual lo que robaran del hospital; ¿dónde están los demás depósitos de la ciudad?

—No lo sé.

—¿Y para qué los querrán?

—No lo sé —respondió Rusty—, pero pienso averiguarlo.

CAEN ESTRELLAS ROSADAS

1

Barbie y Rusty respiraron hondo al encontrarse al aire libre. Olía a humo a causa del incendio recién extinguido al oeste del pueblo, pero aun así parecía un aire muy fresco en comparación con los gases de la cabaña. Una brisa indolente les acarició las mejillas. Barbie llevaba el contador Geiger en una bolsa parda que había encontrado en el refugio antinuclear.

—Ese aparato no aguantará mucho —dijo Rusty, con semblante adusto y serio.

—¿Qué piensas hacer al respecto? —preguntó Barbie.

—¿Ahora mismo? Nada. Voy a regresar al hospital para hacer una ronda. Pero esta noche iré a ver a Jim Rennie para pedirle una maldita explicación. Más le vale tener una, y más le vale también tener el resto de nuestro combustible, porque de lo contrario pasado mañana el hospital se quedará a oscuras aunque apaguemos todos los aparatos que no son indispensables.

—Quizá pasado mañana ya se haya solucionado todo esto.

—¿Crees que será así?

En lugar de responder, Barbie dijo:

—Ahora mismo quizá sería peligroso presionar al concejal Rennie.

—¿Solo ahora? Se nota que eres un recién llegado. He oído esa misma basura durante los diez mil años que lleva Gran Jim gobernando el pueblo. Siempre envía a la gente al diablo o pide paciencia. "Por el bien del pueblo", dice. Es el número uno de su lista de éxitos. La asamblea del pueblo en marzo es una broma. ¿Moción para autorizar un nuevo sistema de drenaje? Lo siento, la gente no puede pagar esos impuestos. ¿Moción para crear más zonas comerciales? Buena idea, el pueblo necesita ingresos, construyamos un

429

Walmart en la 117. ¿Que un estudio ambiental de la Universidad de Maine dice que hay demasiadas aguas residuales en Chester Pond? Los concejales recomiendan posponer el debate porque todo el mundo sabe que esos estudios científicos los realiza un puñado de ateos humanistas radicales defensores de las causas perdidas. Pero el hospital es por el bien del pueblo, ¿no te parece?

—Sí, claro —Barbie se quedó un poco desconcertado ante su diatriba.

Rusty clavó la mirada en el suelo con las manos en los bolsillos traseros. Luego alzó la vista.

—Me han dicho que el presidente te ha puesto al mando de la situación. Creo que ha llegado el momento de que asumas el cargo.

—No es mala idea —Barbie sonrió—. Aunque… Rennie y Sanders tienen su fuerza policial; ¿dónde está la mía?

Antes de que Rusty pudiera contestar, sonó su teléfono. Lo abrió y miró la pantalla.

—¿Linda? ¿Qué?

Escuchó.

—De acuerdo, lo entiendo. Si estás segura de que están bien ahora… ¿Y dices que fue Judy? ¿No Janelle? —escuchó un rato más, y añadió—: Pues creo que son buenas noticias. Esta mañana revisé a dos niños más; ambos habían sufrido ataques transitorios que pasaron rápidamente, mucho antes de que yo los viera, y ambos estaban bien después. Y me llamaron tres padres más contándome casos idénticos. Ginny T. se ocupó de otro. Podría ser un efecto secundario de la fuerza que alimenta a la Cúpula.

Escuchó.

—Porque no he tenido tiempo de hacerlo —dijo en tono paciente, sin ganas de discutir.

Barbie imaginaba cuál era la pregunta que había suscitado su respuesta: "¿Ha habido más niños que han tenido ataques y me lo dices ahora?".

—¿Vas a recoger a las niñas? —preguntó Rusty. Escuchó—. Bien. Muy bien. Si ves que algo anda mal, llámame de inmediato. Iré volando. Y asegúrate de que Audi esté con ellas. Sí. Ajá. Yo también te amo —guardó el teléfono en el cinturón y se frotó el cabello con tanta fuerza que se le rasgron los ojos—. Demonios.

—¿Quién es Audi?

—Nuestra golden retriever.

—Háblame de esos ataques.

Rusty sació su curiosidad, no omitió lo que Jannie había dicho sobre Halloween y las referencias de Judy a las estrellas rosadas.

—Eso de Halloween se parece mucho a los desvaríos del hijo de los Dinsmore —sentenció Barbie.

—Es cierto.

—¿Y algunos de los otros niños ha hablado de Halloween? ¿O de estrellas rosadas?

—Los padres a los que he visto hoy me han dicho que sus hijos murmuraban algo mientras sufrían el ataque, pero estaban demasiado asustados para prestar atención.

—¿Y los niños no lo recuerdan?

—Los niños ni siquiera saben que han tenido un ataque.

—¿Y eso es normal?

—No es anormal.

—¿Existe alguna posibilidad de que tu hija pequeña haya imitando a la mayor? Tal vez... No sé... en busca de más atención.

A Rusty no se le había pasado esa posibilidad por la cabeza, pero tampoco había tenido tiempo para ello. Meditó la respuesta durante unos instantes.

—Es posible, pero no probable —señaló con la cabeza el antiguo contador Geiger amarillo de la bolsa—. ¿Vas a hacer lecturas con ese aparato?

—Yo no —respondió Barbie—. Este aparato es propiedad del pueblo, y a los mandamases no les caigo muy bien. No quiero que me vean con él —le ofreció la bolsa a Rusty.

—No puedo. Estoy muy ocupado.

—Lo sé —Barbie le dijo a Rusty lo que quería que hiciera. El auxiliar médico escuchó con atención y esbozó una sonrisa.

—De acuerdo —dijo—. Por mí no hay ningún problema. ¿Qué vas a hacer mientras yo te hago los mandados?

—Cocinar en el Sweetbriar. El plato especial de esta noche es pollo a la Barbara. ¿Quieres que envíe un poco al hospital?

—Genial —respondió Rusty.

2

En el camino de vuelta al Cathy Russell, Rusty hizo una parada en la oficina del *Democrat* y le dio el contador Geiger a Julia Shumway.

La periodista escuchó atentamente las instrucciones de Barbie y sonrió.

—Ese hombre sabe delegar, tengo que reconocerlo. Será un placer ocuparme de esto.

Rusty pensó en decirle que evitara que alguien la viera con el contador Geiger del pueblo, pero no fue necesario. La bolsa había desaparecido bajo la mesa.

De camino al hospital, llamó a Ginny Tomlinson y le preguntó por el niño que había sufrido un ataque.

—Se llama Jimmy Wicker. Llamó el abuelo. ¿Bill Wicker?

Rusty lo conocía. Bill era el cartero.

—Estaba cuidando de Jimmy mientras la madre iba a llenar el tanque del coche. Casi no queda gasolina normal, por cierto, y Johnny Carver ha tenido la decencia de subir el precio a once dólares el galón. ¡Once!

Rusty aguantó la perorata con paciencia mientras pensaba que habría podido mantener esa conversación con Ginny cara a cara. Estaba muy cerca del hospital. Cuando acabó de quejarse, le preguntó si el pequeño Jimmy había dicho algo durante el ataque.

—Pues sí. Bill dijo que murmuró un poco. Creo que dijo algo sobre unas estrellas rosadas. O Halloween. O quizá me confundo con lo que dijo Rory Dinsmore después de que le dispararan. La gente ha hablado mucho de eso.

Claro que sí, pensó Rusty con tristeza. *Y también hablará de esto, si lo descubren, lo cual es lo más probable.*

—De acuerdo —dijo—. Gracias, Ginny.

—¿Cuándo vas a volver, Red Ryder?

—Estoy aquí al lado.

—Fantástico. Porque tenemos una paciente nueva. Sammy Bushey. La han violado.

Rusty soltó un gruñido.

—Y eso no es todo. La trajo Piper Libby. Yo no pude sacarle el nombre de los violadores, pero creo que la reverenda sí. Ha salido de la habitación como si tuviera el cabello en llamas… —una pausa.

Ginny dio un bostezo tan largo que Rusty lo oyó perfectamente—, y estuviera a punto de arderle también el trasero.

—Ginny, cielo, ¿cuándo fue la última vez que dormiste un poco?

—Estoy bien.

—Ve a casa.

—¿Bromeas? —exclamó, aterrada.

—No. Ve a casa. Duerme. Y no pongas el despertador —entonces se le ocurrió una idea—. Pero de camino pasa por el Sweetbriar Rose. Van a hacer pollo. Lo sé de buena fuente.

—Pero Sammy…

—Le echaré un vistazo dentro de cinco minutos. Ahora quiero que salgas de ahí.

Y colgó el teléfono antes de que ella pudiera protestar.

3

Gran Jim Rennie se sentía increíblemente bien para ser un hombre que había cometido un asesinato la noche anterior, lo cual se debía, en parte, a que no lo consideraba un asesinato, del mismo modo que no consideraba un asesinato la muerte de su esposa. Fue el cáncer lo que acabó con ella. No se podía operar. Sí, con seguridad le había dado demasiados calmantes durante la última semana, y al final incluso había tenido que ayudarla tapándole la cara con una almohada (pero suave, muy suave, dificultándole la respiración, empujándola hacia los brazos de Jesús), pero lo había hecho por amor y afecto. Lo que le sucedió al reverendo Coggins fue algo más brutal, tenía que reconocerlo, pero es que el hombre se había comportado como un estúpido. Fue incapaz de anteponer el bienestar del pueblo al suyo.

—Bueno, ahora estará cenando con Jesucristo nuestro Señor —dijo Gran Jim—. Carne asada, puré de papas y tarta de manzana de postre.

Rennie estaba dando buena cuenta de un gran plato de *fettuccini* Alfredo, cortesía de los congelados Stouffer's. Supuso que contenían demasiado colesterol, pero el doctor Haskell no estaba ahí para molestarlo.

—Te he sobrevivido, viejo bobo —dijo Gran Jim a su estudio vacío, y soltó una carcajada.

Tenía el plato de pasta y el vaso de leche (Gran Jim Rennie no bebía alcohol) sobre el escritorio. Comía a menudo en el estudio, y no veía ningún motivo para cambiar de costumbre por el mero hecho de que Lester Coggins hubiera hallado la muerte allí. Además, la habitación volvía a estar decente y limpia como una sala de cirugía. Imaginaba que una de esas unidades de investigación que salían en la televisión podría encontrar muchos rastros de sangre con su luminol, sus luces especiales y todas esas cosas, pero ninguna de esas personas iba a aparecer por ahí en el futuro inmediato. En cuanto a la posibilidad de que Pete Randolph investigara el asunto… esa idea era de risa. Randolph era un idiota.

—Pero —dijo Gran Jim a la habitación vacía y en tono solemne—, es mi idiota.

Se zampó los últimos *fettuccini*, se limpió la barbilla con una servilleta, y empezó a escribir notas en la libreta que tenía en la mesa. Había escrito muchas notas desde el sábado; había mucho que hacer. Y si la Cúpula seguía allí, aún habría más trabajo.

En cierto modo Gran Jim esperaba que fuera así, por lo menos durante un tiempo. La Cúpula le ofrecía una serie de retos que estaba dispuesto a aceptar (con la ayuda de Dios, por supuesto). El primer punto del día era consolidar su control del pueblo. Para lograrlo necesitaba algo más que un chivo expiatorio; necesitaba un monstruo en el armario. La opción obvia era Barbara, el hombre que el comunista en jefe del partido demócrata había elegido para sustituir a James Rennie.

La puerta del estudio se abrió. Cuando Gran Jim levantó la mirada de las notas, vio a su hijo. Tenía la cara pálida y un rostro inexpresivo. Últimamente a Junior le pasaba algo. A pesar de lo ocupado que estaba con los asuntos del pueblo (y de su otra empresa, que también le había dado dolores de cabeza), Gran Jim se había dado cuenta de ello. Aun así, confiaba en el muchacho. Aunque Junior lo defraudara, estaba seguro de que podría soportarlo. Siempre se las había arreglado muy bien solo, y no iba a cambiar entonces.

Además, su hijo había trasladado el cadáver. Y eso lo convertía en cómplice, lo cual era bueno; de hecho, esa era la esencia de la vida de pueblo. En un pueblo pequeño como el suyo todo el mundo tenía que formar parte de todo. ¿Cómo lo decía esa canción tan tonta? "Todos apoyamos al equipo".

—Hijo, ¿estás bien? —preguntó.

—Sí —respondió Junior. No era verdad, pero se encontraba mejor, el último dolor de cabeza empezaba a calmarse. Le había ayudado el hecho de pasar un rato con sus amigas, tal como él sabía. La despensa de los McCain no olía muy bien, pero cuando ya llevaba un rato ahí, tomándolas de las manos, se acostumbró al olor. Creía que incluso podía llegar a gustarle.

—¿Has encontrado algo en su departamento?

—Sí.

Junior le contó lo que había hallado.

—Eso es excelente, hijo. Excelente de verdad. ¿Y ya puedes decirme dónde pusiste el… dónde lo pusiste?

Junior negó lentamente con la cabeza, pero sin mover ni un milímetro los ojos, clavados en el rostro de su padre. Daba un poco de miedo.

—No es necesario que lo sepas. Ya te lo dije. Es un lugar seguro, con eso basta.

—Así que ahora eres tú quien me dice lo que es necesario que sepa y lo que no —replicó el padre en tono tranquilo.

—En este caso, sí.

Gran Jim miró a su hijo con cautela.

—¿Estás seguro de que te encuentras bien? Estás pálido.

—Estoy bien. Solo es un dolor de cabeza. Ya se me está pasando.

—¿Por qué no comes algo? Hay más *fettuccini* en el congelador, y el microondas los deja perfectos —sonrió—. Mejor disfrutar de ellos mientras podamos.

Los ojos oscuros y escrutadores descendieron un instante hasta la salsa blanca del plato de Gran Jim y luego se posaron de nuevo en la cara de su padre.

—No tengo hambre. ¿Cuándo quieres que encuentre los cuerpos?

—¿Cuerpos? —Gran Jim lo miró fijamente—. ¿A qué te refieres con "cuerpos"?

Junior sonrió. Estiró los labios lo suficiente para enseñar un poco los dientes.

—Da igual. Te dará más credibilidad si te llevas la misma sorpresa que los demás. Digámoslo así: en cuanto apretemos el gatillo, el pueblo querrá colgar a Baaarbie de un manzano. ¿Cuándo quieres hacerlo? ¿Esta noche? Porque podría hacerlo.

Gran Jim meditó la cuestión. Echó un vistazo a la libreta. Estaba llena de notas (y de manchas de la salsa Alfredo), pero solo una tenía un círculo alrededor: "la zorra del periódico".

—Esta noche no. Podemos aprovecharlo para más cosas aparte de Coggins si jugamos bien nuestras cartas.

—¿Y si la Cúpula desaparece mientras dura la partida?

—No pasará nada —dijo Gran Jim, que pensaba *Y si el señor Barbara es capaz de encontrar una coartada, lo cual no es probable, pero las cucarachas siempre encuentran una rendija por la que escabullirse cuando se encienden las luces, ahí estarás tú. Tú y esos otros cuerpos*—. Ahora ve a comer algo, aunque solo sea una ensalada.

Sin embargo, Junior no se movió.

—No esperes mucho, papá —dijo.

—No lo haré.

Junior lo miró fijamente con esos ojos oscuros que ahora le resultaban tan extraños, y luego pareció perder interés. Bostezó.

—Subiré a mi habitación a dormir un poco. Ya comeré luego.

—Pero hazlo. Te estás quedando en los huesos.

—Está de moda —contestó su hijo, y le ofreció una sonrisa hueca aún más inquietante que sus ojos. A Gran Jim le pareció la sonrisa de una calavera. Le hizo pensar en el tipo que ahora se hacía llamar el Chef como si su vida anterior como Phil Bushey no hubiera existido. Cuando Junior salió del estudio, Gran Jim lanzó un suspiro de alivio sin siquiera ser consciente de ello.

Tomó el bolígrafo. Tenía muchas cosas que hacer. Las haría y las haría bien. No era imposible que cuando todo aquello hubiera acabado, publicaran su fotografía en la portada de la revista *Time*.

4

Con el generador aún encendido —no duraría mucho tiempo a menos que encontrara más tanques de combustible—, Brenda Perkins pudo encender la impresora de su marido y hacer una copia en papel de todo lo que contenía la carpeta VADER. La increíble lista de delitos que Howie había recopilado, y que estaba a punto de denunciar en el momento de su muerte, le parecía más real en papel que en la pantalla de una computadora. Y cuanto más la miraba, más parecía encajar con el Jim Rennie al que había conocido durante gran parte de su vida. Siempre había sabido que era un monstruo; pero no tan grande.

Incluso la información relacionada con la dichosa iglesia de Coggins encajaba… Aunque si lo había leído bien, no era una iglesia, en absoluto, sino una gran fachada que se dedicaba a blanquear dinero en lugar de a salvar almas. Dinero procedente de la fabricación de droga, una operación que era, según las palabras de su marido, "quizá una de las mayores de la historia de Estados Unidos".

Sin embargo, había algunos problemas que tanto el jefe de policía Howie "Duke" Perkins como el fiscal general del estado habían reconocido. Los problemas se debían a por qué había durado tanto la fase de recopilación de pruebas de la Operación Vader. Jim Rennie no era solo un gran monstruo; era un monstruo listo. Por eso siempre se había conformado con ser el segundo concejal. Tenía a Andy Sanders para que abriera camino por él.

Y para que hiciera de testaferro, eso también. Durante mucho tiempo, Howie solo tuvo pruebas concluyentes contra Andy. Con toda seguridad era el hombre de paja mientras se dedicaba a estrechar manos con fingido entusiasmo. Andy era el primer concejal, el primer diácono de la iglesia del Santo Redentor, el primero en el corazón de los habitantes del pueblo, y el destacado protagonista en una serie de documentos que acababan desapareciendo en los oscuros pantanos financieros de Nassau y la isla de Gran Caimán. Si Howie y el fiscal general del estado hubieran actuado demasiado pronto, también habría sido el primero en aparecer en una foto sosteniendo un cartelito con un número. Y quizá habría sido el único, si hubiera creído las inevitables promesas de Gran Jim de que todo estaría bien si se limitaba a mantener la boca cerrada. Y probablemente lo habría hecho. ¿A quién se le daba mejor callar y hacerse el tonto que a un tonto?

El verano anterior la situación tomó un rumbo que Howie creía que podía conducir al final de la partida. Fue cuando el nombre de Rennie empezó a aparecer en algunos de los papeles que el fiscal general había obtenido, sobre todo los relacionados con una empresa de Nevada llamada Empresas Municipales. El dinero de esa compañía había desaparecido en el oeste en lugar de en el este, no en el Caribe sino en la China continental, un país donde se podían comprar al por mayor los ingredientes principales de los medicamentos descongestionantes, sin que nadie hiciera ninguna o demasiadas preguntas.

¿Por qué se expuso de ese modo Rennie? A Howie Perkins solo se le ocurrió un motivo: habían ganado demasiado dinero y demasiado rápido y solo tenían una forma de blanquearlo. De modo que el nombre de Rennie apareció en varios documentos relacionados con media docena de iglesias fundamentalistas del nordeste. Town Ventures y las otras iglesias (por no mencionar media docena de otras emisoras de radio religiosas y locutores de AM, aunque ninguna tan grande como la WCIK) fueron los primeros errores de verdad que cometió Rennie, ya que dejaron hilos sueltos. Cualquiera podía tirar de los hilos sueltos, y tarde o temprano —en general temprano— todo se acababa desenredando.

No podías parar, ¿verdad?, pensó Brenda mientras permanecía sentada al escritorio de su marido, analizando los documentos. *Habías ganado millones de dólares, quizá decenas de millones, y los riesgos eran inmensos, pero aun así no podías parar. Como un mono al que atrapan porque no quiere soltar la comida. Habías amasado una fortuna y seguías viviendo en esa vieja casa de tres pisos y vendiendo coches en ese agujero que tienes junto a la 119. ¿Por qué?*

Sin embargo, sabía la respuesta. No era el dinero; era el pueblo. Lo que él consideraba su pueblo. Sentado en una playa de Costa Rica, o en una finca con guardas de seguridad en Namibia, Gran Jim se habría convertido en Small Jim. Porque un hombre sin un objetivo, aunque tenga las cuentas llenas a rebosar de dinero, siempre es un hombre pequeño.

Si le enseñaba todo lo que tenía, ¿lograría alcanzar un acuerdo con él? ¿Obligarlo a dimitir a cambio de su silencio? No estaba convencida. Y le daba miedo enfrentarse a él. Sería una situación fea, peligrosa. Querría que la acompañara Julia Shumway. Y Barbie. Pero Dale Barbara se había convertido en un objetivo de Gran Jim.

La voz de Howie, tranquila pero firme, resonó en su cabeza. *Puedes esperar un poco (yo estaba esperando a obtener unas cuantas pruebas definitivas más), pero yo no lo retrasaría demasiado, cariño. Porque cuanto más dure el asedio, más peligroso será Rennie.*

Pensó en Howie, en cómo dio marcha atrás por el camino, luego se detuvo para darle un beso en los labios bajo la luz del sol; una boca que ella conocía casi tan bien como la propia, y a la que había amado tanto. Se acarició el cuello como lo hizo él. Como si Howie supiera que se acercaba el final y una última caricia tuviera que valer por todas. Una triquiñuela romántica y facilona, seguro, pero casi se la creyó, y se le inundaron los ojos de lágrimas.

De pronto los papeles y todas las maquinaciones que contenían le parecieron menos importantes. Ni siquiera la Cúpula le parecía muy importante. Lo que importaba era el agujero que había surgido de repente en su vida y que estaba engullendo la felicidad que ella siempre había dado por sentado. Se preguntó si el pobre Andy Sanders sentía lo mismo. Supuso que sí.

Le daré veinticuatro horas. Si la Cúpula no ha desaparecido mañana por la noche, iré a ver a Rennie con todo esto, con copias de todo esto, y le diré que tiene que dimitir en favor de Dale Barbara. Le diré que si no lo hace, leerá toda la información sobre su operación de tráfico de drogas en el periódico.

—Mañana —murmuró Brenda, y cerró los ojos. Al cabo de dos minutos se quedó dormida en la silla de Howie.

En Chester's Mill había llegado la hora de la cena. Algunos platos (incluido el pollo al estilo del rey para unas cien personas) se prepararon en cocinas eléctricas o de gas gracias a los generadores del pueblo que aún funcionaban, pero hubo gente que recurrió a sus cocinas de leña, bien para no malgastar los generadores, bien porque la leña era lo único que tenían. El humo se alzó en el aire calmo desde cientos de chimeneas.

Y se extendió.

5

Después de entregar el contador Geiger —el receptor lo aceptó de buen grado, incluso con entusiasmo, y prometió empezar a hacer lecturas el martes a primera hora—, Julia se dirigió a los Almacenes Burpee's acompañada de Horace. Romeo le había dicho que tenía un par de fotocopiadoras Kyocera nuevas que aún no había sacado ni de las cajas. Podía quedarse las dos.

—También tengo una pequeña reserva de gas —dijo mientras le daba una palmadita a Horace—. Te daré el que necesites, al menos mientras pueda. Tenemos que seguir imprimiendo el periódico, ¿tengo razón? Es más importante que nunca, ¿no crees?

Era justo lo que ella creía y así se lo dijo. También le plantó un beso en la mejilla.

—Te debo una, Rommie.

—Espero un gran descuento en mi anuncio semanal cuando todo esto haya acabado —y se dio unos golpecitos con el dedo índice en la aleta de la nariz, como si tuvieran un gran secreto. Quizá lo tenían.

Cuando Julia salió de los almacenes, sonó su teléfono. Lo sacó del bolsillo del pantalón y contestó.

—Hola, Julia al habla.

—Buenas noches, señorita Shumway.

—Oh, coronel Cox, es maravilloso oír su voz —exclamó con alegría—. No se imagina lo contentos que estamos los ratones de campo de recibir llamadas del exterior. ¿Qué tal va la vida fuera de la Cúpula?

—La vida en general seguramente va bien —respondió—. Aunque en el lugar en el que yo me encuentro no tanto. ¿Sabe lo de los misiles?

—Vi cómo impactaban. Y rebotaban. Han provocado un bonito incendio en su lado...

—No es mi...

—...y uno más modesto en el nuestro.

—Llamaba porque quiero hablar con el coronel Barbara —dijo Cox—. Que a estas alturas debería llevar encima su maldito teléfono.

—¡Tiene usted toda la maldita razón! —exclamó con voz alegre—. ¡Y la gente que está en el maldito infierno debería tener un maldito vaso de agua con hielo! —Se detuvo frente a Gasolina & Alimentación Mill; estaba cerrado. El cartel escrito a mano de la ventana decía: **HORARIO DE MAÑANA: 11-14 H. ¡VENGA TEMPRANO!**

—Señorita Shumway...

—Hablaremos sobre el coronel Barbara dentro de un instante —dijo Julia—. En este momento quiero hablar de dos cosas. En primer lugar, ¿cuándo permitirán que la prensa acceda a la Cúpula? Porque el pueblo estadounidense merece saber algo más aparte de la versión parcial del gobierno, ¿no cree?

Esperaba que el coronel respondiera que no opinaba lo mismo, que no verían al *New York Times* o a la CNN en la Cúpula en un futuro próximo, pero Cox la sorprendió.

—Seguramente el viernes, si ninguna de las cartas que tenemos en la manga funciona. ¿Cuál es la otra cosa que quiere saber, señorita Shumway? Sea breve, no soy un oficial de prensa. Esa es otra escala salarial.

—Ha sido usted quien me ha llamado, así que tendría que aguantarme. Aguante, coronel.

—Señorita Shumway, con el debido respeto, el suyo no es el único teléfono móvil de Chester's Mill al que puedo llamar.

—No me cabe la menor duda, pero no creo que Barbie quiera hablar con usted si me hace enfadar. No está muy contento con su nuevo cargo de futuro comandante de prisión militar.

Cox suspiró.

—¿Qué desea saber?

—Quiero saber la temperatura en el lado sur o este de la Cúpula. La temperatura real, o sea, lejos del incendio que han provocado.

—¿Por qué…?

—¿Tiene la información o no? Porque yo creo que sí, o que puede obtenerla. Creo que en este instante está sentado frente a la pantalla de una computadora, y que tiene acceso a todo, incluso a la talla de mi ropa interior, probablemente —hizo una pausa—. Y si se atreve a decirme XL, esta llamada habrá terminado.

—¿Está haciendo gala de su sentido del humor, señorita Shumway, o siempre se comporta así?

—Estoy cansada y asustada. Lo puede atribuir a eso.

Cox permaneció en silencio unos instantes. A Julia le pareció oír que tecleaba algo en la computadora. Entonces dijo:

—La temperatura en Castle Rock es de ocho grados. ¿Le sirve?

—Sí —la diferencia no era tan grande como temía, pero aun así era considerable—. Estoy mirando el termómetro de la ventana de la gasolinera. Marca catorce. Hay una diferencia de seis grados entre dos localidades que están a menos de treinta kilómetros de distancia. A menos que se aproxime un frente cálido por el oeste de Maine esta noche, diría que aquí está ocurriendo algo. ¿Está de acuerdo conmigo?

El coronel no respondió a la pregunta, pero lo que dijo hizo que Julia se olvidara de la cuestión.

—Vamos a intentar otra cosa. Alrededor de las nueve de esta noche. Es lo que quería decirle a Barbie.

—Esperemos que el plan B funcione mejor que el plan A. En este momento, creo que la persona designada por el presidente está alimentando a la multitud en el Sweetbriar Rose. Pollo al estilo del rey, según dice el rumor —vio las luces de la calle y le rugieron las tripas.

—¿Puede escucharme y transmitirle un mensaje? —y oyó lo que el coronel no añadió: "Bruja bravucona".

—Me encantaría —respondió. Con una sonrisa. Porque era una bruja bravucona. Cuando tenía que serlo.

—Vamos a probar un ácido que aún está en fase experimental. Un compuesto fluorhídrico sintético. Nueve veces más corrosivo que el normal.

—Qué bien vivimos gracias a la química.

—Me han dicho que, en teoría, podría abrir un agujero de tres mil metros de profundidad en un lecho de roca.

—Trabaja para una gente muy divertida, coronel.

—Lo intentaremos en el cruce de Motton Road… —se oyó un crujido de papeles— con Harlow. En principio estaré ahí.

—Entonces le diré a Barbie que le pida a otro que lave los platos.

—¿También nos honrará con su compañía, señorita Shumway?

Abrió la boca para decir "No me lo perdería", cuando se oyó un estruendo en la calle, un poco más arriba.

—¿Qué está pasando? —preguntó Cox.

Julia no contestó. Colgó el teléfono, se lo guardó en el bolsillo y echó a correr hacia el lugar de donde provenían los gritos. Y algo más. Algo que sonaba como un gruñido.

El disparo se produjo cuando aún estaba a media manzana.

6

Piper regresó a la casa parroquial y se encontró con Carolyn, Thurston y los hermanos Appleton, que la estaban esperando. Se alegró de verlos porque le permitieron olvidarse de Sammy Bushey. Al menos un tiempo.

Escuchó con atención a Carolyn mientras le contaba el ataque que había sufrido Aidan Appleton, pero el niño parecía encontrarse bien; estaba devorando un paquete de galletas de higo Fig Newton. Cuando Carolyn le preguntó si creía que el niño debía ir a ver a un médico, Piper respondió:

—A menos que se repita, creo que podemos asumir que lo causó el hambre y la emoción del juego.

Thurston sonrió con arrepentimiento.

—Todos estábamos muy emocionados. Divirtiéndonos.

En lo que se refería al alojamiento, la primera posibilidad que se le pasó a Piper por la cabeza fue la casa de los McCain, que estaba cerca de la suya. Sin embargo, no sabía dónde podían tener escondida la llave de emergencia.

Alice Appleton estaba en el suelo dando migajas de galleta a Clover. El pastor alemán hacía el viejo truco de "te estoy poniendo el hocico en el tobillo porque soy tu mejor amigo" entre galleta y galleta.

—Es el mejor perro que he visto nunca —le dijo a Piper—. Ojalá pudiéramos tener un perro.

—Yo tengo un dragón —dijo Aidan, que estaba sentado cómodamente en el regazo de Carolyn.

Alice esbozó una sonrisa indulgente.

—Es su M-I-G-O invisible.

—Ya veo —afirmó Piper. Se dijo que bien podían romper el cristal de una ventana de la casa de los McCain si no había más remedio.

Pero cuando se levantó para ver si había café, se le ocurrió una idea mejor.

—Los Dumagen. ¿Cómo no se me ha ocurrido antes? Han ido a Boston a dar una conferencia. Coralee Dumagen me pidió que le regara las plantas mientras estaban fuera.

—Doy clases en Boston —dijo Thurston—. En Emerson. He editado el último número de *Ploughshares* —y suspiró.

—La llave está bajo una maceta, a la izquierda de la puerta —dijo Piper—. Me parece que no tienen generador, pero hay un horno de leña —dudó unos instantes al darse cuenta de que eran gente de ciudad—. ¿Sabrán usar el horno de leña sin prender fuego a la casa?

—Me crié en Vermont —respondió Thurston—. Me encargaba de mantener las estufas encendidas, de la casa y el granero, hasta que fui a la universidad. Quién lo iba a decir, todo vuelve —y suspiró de nuevo.

—Estoy segura de que habrá comida de sobra en la despensa —dijo Piper.

Carolyn asintió.

—Es lo que nos dijo el conserje del ayuntamiento.

—Y también Juuunior —añadió Alice—. Es policía. Y guapo.

Thurston puso cara triste.

—El policía guapo de Alice me agredió. Él o el otro. No pude distinguirlos.

Piper enarcó las cejas.

—Le dieron un puñetazo en la barriga —dijo Carolyn en voz baja—. Nos llamaron "ratas de Massachusetts", lo cual no es del todo falso, y se rieron de nosotros. Para mí, esa fue la peor parte, cómo se rieron de nosotros. Se comportaron mejor cuando encontraron a los niños, pero... —negó con la cabeza—. Estaban desquiciados.

Entonces, Piper volvió a acordarse de Sammy. Sintió una palpitación en el lado del cuello, muy lenta y fuerte, pero logró mantener un tono de voz pausado.

—¿Cómo se llamaba el otro policía?

—Frankie —respondió Carolyn—. Junior lo llamaba Frankie D. ¿Conoce a esos chicos? Debe conocerlos, ¿no?

—Efectivamente —admitió Piper.

7

Le indicó a la nueva y provisional familia dónde se encontraba la casa de los Dumagen, que tenía la ventaja de hallarse cerca del Cathy Russell si el pequeño volvía a sufrir otro ataque, y cuando se fueron se sentó un rato a la mesa de la cocina, a beber un té. Se lo tomó lentamente. Tomaba un sorbo y dejaba la taza. Tomaba un sorbo y dejaba la taza. Clover gemía. Mantenía un vínculo muy estrecho con su ama, y Piper supuso que el perro notaba su ira.

Quizá cambia mi olor. Lo hace más acre o algo parecido.

Una imagen empezó a tomar forma. Y no era muy agradable. Muchos de los nuevos policías, que eran muy jóvenes, habían jurado su cargo hacía menos de cuarenta y ocho horas y ya habían empezado a descontrolarse. Las licencias que se habían tomado con Sammy Bushey y Thurston Marshall no se extenderían a policías veteranos como Henry Morrison y Jackie Wettington, al menos Piper no lo creía, pero ¿qué ocurriría con Fred Denton? ¿Y con Toby Whelan? Quizá. Era probable. Mientras Duke estuvo al mando, todos esos tipos se habían comportado. No habían hecho gala de una actitud intachable, ya que eran de los que te incordian de forma innecesaria después de un alto de carretera, pero se comportaban. Sin duda, eran lo mejor que podía permitirse el presupuesto del pueblo. Pero su madre acostumbraba a decir "Lo barato sale caro". Y con Peter Randolph al mando…

Debía hacer algo.

Pero tenía que controlar su mal temperamento. Si no lo hacía, la acabaría controlando a ella.

Tomó la correa del perchero que había junto a la puerta. Clover se levantó de inmediato, meneando la cola, con las orejas erguidas y los ojos brillantes.

—Vamos, orejudo. Vamos a presentar una queja.

El pastor alemán seguía relamiéndose las migajas de galleta que le habían quedado en el hocico cuando salieron por la puerta.

8

Mientras cruzaba la plaza del pueblo con Clover a su derecha, Piper sentía que podía mantener a raya su genio. Se sintió así hasta que oyó las risas. Ocurrió cuando Clove y ella ya estaban cerca de la comisaría. Vio a los chicos cuyos nombres había logrado arrancarle a Sammy Bushey: DeLesseps, Thibodeau y Searles. Georgia Roux también estaba presente, Georgia, que los había azuzado, según Sammy: "Cógete a esa perra". También estaba ahí Freddy Denton. Estaban sentados en el último peldaño de las escaleras de piedra de la comisaría, bebiendo refrescos y charlando. Duke Perkins nunca lo habría permitido, y Piper pensó que si podía verlo desde dondequiera que estuviese, se estaría revolviendo en su tumba con tal fuerza como para prender fuego a sus restos.

Mel Searles dijo algo y todos estallaron en carcajadas y se dieron palmadas en la espalda. Thibodeau tenía un brazo sobre los hombros de Georgia y con la punta de los dedos acariciaba el pecho de la chica. Ella dijo algo y todos rieron con más fuerza aún.

Piper dedujo que se estaban riendo de la violación y de lo increíble que se la habían pasado, y a partir de ese momento el consejo de su padre perdió la batalla. La Piper que cuidaba de los pobres y los enfermos, la que oficiaba matrimonios y funerales, la que predicaba la caridad y la tolerancia los domingos, se vio desplazada de forma brusca a un segundo plano, desde donde solo podía observar lo que sucedía como si se encontrara tras un cristal deformado. Fue la otra Piper la que tomó el control, la que destrozó su habitación a los quince años, derramando lágrimas de ira más que de pena.

Entre el ayuntamiento y el edificio de ladrillo de la comisaría se encontraba la plaza del Monumento a los Caídos. En el centro había una estatua del padre de Ernie Calvert, Lucien Calvert, a quien le concedieron una Estrella de Plata póstuma por sus acciones heroicas en Corea. Los nombres de los otros habitantes de Chester's Mill que habían fallecido en una guerra, incluso los de la guerra civil, estaban grabados en el pedestal de la estatua. También había dos mástiles, uno con la bandera de las barras y las estrellas y otro con la bandera del estado, con su granjero, su marinero y su alce. Ambas colgaban flácidas en la luz que se iba tiñendo de rojo a medida que se acercaba la puesta de sol. Piper Libby pasó entre los mástiles como una mujer en un sueño, acompañada de Clover, que la seguía por el lado derecho, con las orejas erguidas.

Los "oficiales" sentados en las escaleras estallaron de nuevo en carcajadas, y a Piper le vinieron a la cabeza los trols de los cuentos de hadas que su padre le leía. Trols en una cueva, regodeándose ante una pila de oro robado. Entonces la vieron y callaron.

—Buenas tardes, reverenda —dijo Mel Searles, que se levantó, e hizo un gesto de engreído con el cinturón.

Se ha puesto de pie al ver a una mujer, pensó Piper. *¿Se lo ha enseñado su madre? Seguramente. Pero el delicado arte de la violación ha tenido que aprenderlo en otra parte.*

Searles no había dejado de sonreír cuando ella llegó a los escalones, pero entonces dudó y pareció vacilante; debía de haber visto su expresión. Aunque ni ella misma sabía qué cara ponía. La notaba paralizada. Inmóvil.

Vio que el mayor de todos la miraba fijamente, Thibodeau, con un rostro tan impertérrito como el suyo. *Es como Clover*, pensó ella. *Huele la ira que me domina.*

—¿Reverenda? —preguntó Mel—. ¿Está todo bien? ¿Hay algún problema?

Subió los escalones, ni muy rápido, ni muy despacio, seguida fielmente por Clover.

—Ustedes son el problema.

Le dio un empujón. Mel no lo esperaba. Aún tenía el refresco en las manos. Cayó en la falda de Georgia Roux, agitando los brazos inútilmente para mantener el equilibrio, y por un instante el refresco se convirtió en una oscura mantarraya que destacó sobre el cielo rojo. Georgia dio un grito de sorpresa cuando Mel cayó sobre ella. Se echó hacia atrás y derramó su vaso de soda sobre la losa de granito que había frente a la doble puerta de la comisaría. Piper olió whisky o bourbon. Habían aderezado la Coca-Cola con lo que el resto del pueblo ya no podía comprar. No le extrañó que rieran.

La fisura roja que había en el interior de su cabeza se hizo más grande.

—No puede… —intentó decir Frankie, que hizo ademán de levantarse, pero Piper le dio un empujón.

En una galaxia muy muy lejana, Clover, que por lo general era un perro muy dócil, empezó a gruñir.

Frankie cayó de espaldas, con los ojos abiertos como platos. Estaba asustado. Por un instante pareció el niño de catequesis que debió de ser en el pasado.

—¡La violación es el problema! —gritó Piper—. ¡La violación!

—Cállese —le espetó Carter. Aún estaba sentado, y aunque Georgia estaba encogida a su lado, mantuvo la calma. Los músculos de los brazos se le marcaban bajo la camisa azul de manga corta—. Cállese y váyase de aquí ahora mismo, si no quiere pasar la noche en una celda de…

—Eres tú quien se va a pudrir en una celda —replicó Piper—. Todos ustedes.

—Hazla callar —dijo Georgia. No gimoteaba pero casi—. Hazla callar, Cart.

—Señora… —era Freddy Denton.

Llevaba la camisa del uniforme por fuera y el aliento le olía a bourbon. Si Duke lo hubiera visto, lo habría echado a la puta calle. A él y a todos. Intentó ponerse en pie y esta vez fue él quien cayó al suelo, con una mirada que habría resultado graciosa en otras circunstancias. Por suerte todos estaban sentados mientras ella estaba de pie, lo cual facilitaba mucho las cosas. Pero, oh, sentía un martilleo en las sienes. Volvió a centrar la atención en Thibodeau, el más peligroso de todos. Seguía mirándola con una calma exasperante. Como si ella fuera un fenómeno de feria ambulante, y él hubiera pagado veinticinco centavos para verla. Pero la estaba mirando desde abajo, y eso suponía una gran ventaja para Piper.

—Pero no será una celda de la comisaría —le dijo directamente a Thibodeau—. Será en Shawshank, donde a los bravucones de preparatoria como ustedes los vejan como hicieron ustedes con esa chica.

—Maldita perra —dijo Carter, como si estuviera haciendo un comentario banal sobre el tiempo—. No nos hemos acercado a su casa.

—Es verdad —dijo Georgia, que se había vuelto a sentar. Tenía una mancha de Coca-Cola en una de las mejillas, donde todavía se podían apreciar las últimas marcas de un virulento caso de acné juvenil—. Y, además, todo el mundo sabe que Sammy Bushey no es más que una puta lesbiana mentirosa.

Piper esbozó una sonrisa y miró a Georgia, que retrocedió ante la mujer enloquecida que había aparecido de repente en los escalones mientras disfrutaban de la puesta de sol.

—¿Cómo sabes el nombre de esa puta lesbiana mentirosa? Yo no lo he dicho.

La boca de Georgia se abrió en una O de angustia. Y por primera vez algo alteró la calma de Carter Thibodeau. Lo que Piper no sabía era si fue el miedo o la cólera.

Frank DeLesseps se puso en pie con cautela.

—Es mejor que no vaya por ahí lanzando acusaciones de las que no tiene ninguna prueba, reverenda Libby.

—Y que tampoco agreda a oficiales de policía —dijo Freddy Denton—. Estoy dispuesto a pasarlo por alto esta vez, todos hemos estado sometidos a una gran tensión, pero debe retirar esas acusaciones ahora mismo —hizo una pausa y añadió de manera penosa—: Y dejar de empujarnos, por supuesto.

Piper no había apartado la mirada de Georgia; su mano aferraba con tal fuerza el asa de la cadena de Clover, que le palpitaba. El perro permanecía con las patas delanteras abiertas y la cabeza agachada, sin dejar de gruñir. Parecía un potente motor encendido y listo para liberar los pistones. Se le había erizado de tal modo el cabello de la nuca que no se veía el collar.

—¿Cómo sabes su nombre, Georgia?

—Yo... yo... lo he imaginado...

Carter le tomó el hombro y se lo apretó.

—Cállate, nena —y luego, mirando a Piper, aunque sin levantarse (*porque no quiere que vuelva a sentarlo de un empujón, el muy cobarde*), dijo—: No sé qué mosca le habrá picado, pero anoche estábamos todos juntos en la granja de Alden Dinsmore. Intentando que los soldados emplazados en la 119 nos dieran alguna información, algo que no logramos. Eso está en el extremo opuesto de la casa de Bushey. —Miró a sus amigos.

—Claro —dijo Frankie.

—Claro —aseguró Mel, que miró a Piper con recelo.

—¡Sí! —añadió Georgia. Carter la estaba abrazando. La chica recuperó la confianza y lanzó una mirada desafiante a Piper.

—Georgia dio por sentado que estaba hablando de Sammy —dijo Carter con la misma calma exasperante— porque Sammy es la mayor cerda mentirosa del pueblo.

Mel Searles soltó una carcajada estridente.

—Pero no usaron protección —replicó Piper. Sammy se lo había dicho y cuando vio cómo se le alteraba la cara a Thibodeau supo que era cierto—. No usaron protección y le han hecho las pruebas de violación —no tenía ni idea de si era cierto, y no le importaba. A juzgar por cómo abrieron los ojos, se lo habían creído, y con eso le bastaba—. Cuando comparen su ADN con el que encontraron...

—Ya basta —dijo Carter—. Cállese.

Piper le dedicó una sonrisa furibunda.

—No, señor Thibodeau. Esto no ha hecho más que empezar, hijo mío.

Freddy Denton intentó sujetarla. Piper le dio un empujón y entonces notó que alguien le agarraba el brazo y se lo retorcía.

Volteó y miró a Thibodeau a los ojos. Ya no había calma en ellos; ahora refulgían de ira.

Hola, hermano, fue el pensamiento incoherente que le pasó por la cabeza.

—Que te jodan, maldita perra —le espetó, y esta vez fue ella quien recibió el empujón.

Piper cayó de espaldas por la escalera. El instinto la llevó a encogerse para intentar rodar; no quería golpearse la cabeza con los peldaños ya que sabía que podían fracturarle el cráneo. Matarla o, peor aún, dejarla como un vegetal. Se golpeó en el hombro izquierdo y soltó un aullido de dolor. Un dolor familiar. Se había dislocado ese hombro jugando futbol en preparatoria veinte años atrás, y, maldición, acababa de sucederle otra vez.

Levantó las piernas por encima de la cabeza y dio una voltereta hacia atrás, se torció el cuello, se dio un golpe en las rodillas y se hizo una herida en ambas. Al final aterrizó boca abajo. Había llegado casi al final de la escalera. Tenía sangre en la mejilla, sangre en la nariz, sangre en los labios, le dolía el cuello, pero, oh, Dios, el hombro se había llevado la peor parte: salido hacia arriba y torcido de un modo que recordaba a la perfección. La última vez que lo había visto sí estaba cubierto por una casaca de nailon rojo de los Gatos Monteses. A pesar de todo, hizo un gran esfuerzo para ponerse en pie, y dio gracias a Dios de que aún tuviera fuerzas para mantenerse derecha; podría haber quedado paralizada.

Había soltado la cadena cuando caía por la escalera y Clover se abalanzó sobre Thibodeau. Le mordió en el pecho y en la barriga por debajo de la camisa, se la arrancó, derribó a Carter y atacó sus órganos vitales.

—¡Quítemelo de encima! —gritó Carter. Nada tranquilo ahora—. ¡Va a matarme!

Y sí, Clover lo estaba intentando. Había puesto las patas delanteras sobre sus muslos y las movía hacia arriba y hacia abajo mientras Carter se retorcía. Parecía un pastor alemán montando en bicicleta. Cambió el ángulo de ataque y le dio un mordisco en el hombro, lo que provocó otro grito. Entonces Clover se lanzó a su cuello. Carter logró ponerle las manos en el pecho justo a tiempo para que no le mordiera en la tráquea.

—¡Deténgalo!

Frank intentó tomar la correa, pero Clover giró y le dio una dentellada en los dedos. De modo que DeLesseps retrocedió y el perro pudo volver a centrarse en el hombre que había tirado a su ama por la escalera. Abrió el hocico, le mostró una doble hilera de dientes blancos y relucientes, y se le lanzó al cuello. Carter levantó la mano y profirió un grito de dolor cuando Clover la mordió y empezó zarandearla como si fuera uno de sus muñecos de trapo. Salvo que los muñecos no sangraban, y la mano de Carter sí.

Piper subió la escalera tambaleándose, sujetándose el brazo izquierdo sobre el diafragma. Su cara era una máscara de sangre. Un diente le colgaba de la comisura de los labios como un resto de comida.

—¡QUÍTEMELO DE ENCIMA, POR EL AMOR DE DIOS, QUÍTEME EL PUTO PERRO DE ENCIMA!

Piper estaba abriendo la boca para ordenarle a Clover que se detuviera cuando vio que Fred Denton desenfundaba su pistola.

—¡No! —gritó—. ¡Puedo detenerlo!

Fred volteó hacia Mel Searles y señaló al perro con la mano libre. Mel dio un paso al frente y le soltó una patada en la pata trasera. Fue una patada alta y dura, tal como había hecho (no hacía tanto tiempo) con balones de futbol americano. Clover cayó de lado y soltó la mano sangrante y llena de cortes de Thibodeau. Dos dedos apuntaban en direcciones extrañas, como señales torcidas de tránsito.

—¡NO! —gritó de nuevo Piper, con tanta fuerza e intensidad, que el mundo se tiñó de gris antes sus ojos—. ¡NO LASTIMES A MI PERRO!

Fred no le prestó atención. Cuando Peter Randolph atravesó de golpe la doble puerta, descamisado, con la cremallera del pantalón abajo, y sosteniendo el ejemplar de *Outdoors* que había estado leyendo en el baño, Fred tampoco le prestó atención. Apuntó con su pistola automática al perro y disparó.

Un sonido ensordecedor inundó la plaza. La bala reventó la cabeza de Clover, convirtiéndola en una masa de sangre y huesos. El perro dio un paso hacia su ama, que sangraba y no paraba de gritar, dio otro, y se derrumbó.

Fred, que aún tenía la pistola en la mano, se dirigió hacia Piper y la agarró del brazo herido. El bulto del hombro provocó un grito de queja. Sin embargo, la mujer no apartó la mirada del cuerpo de su perro, al que había criado desde que era un cachorro.

—Estás detenida, puta loca —dijo Fred. Acercó su cara, pálida, sudorosa, con los ojos desorbitados, a la de Piper para que le llegaran los salivazos—. Todo lo que digas puede y será usado en tu puta contra.

En el otro lado de la calle, los clientes del Sweetbriar Rose salieron del local, Barbie entre ellos; no se había quitado el delantal ni la gorra de beisbol. Julia Shumway llegó antes.

Captó la escena, no vio tanto los detalles como el todo: perro muerto; grupo de policías; mujer ensangrentada que gritaba y tenía un hombro más alto que el otro; un policía calvo, el maldito Freddy Denton, zarandeándola por el brazo conectado a ese hombro; más sangre en los escalones, lo que sugería que Piper había caído por ellos. O que la habían empujado.

Julia hizo algo que nunca había hecho: metió la mano en el bolso, abrió la cartera y, mientras subía los escalones, la mostró y gritó:

—¡Prensa! ¡Prensa! ¡Prensa!

Al menos logró que dejaran de zarandearla.

9

Diez minutos más tarde, en la oficia que hasta hacía poco había sido de Duke Perkins, Carter Thibodeau estaba sentado en el sofá bajo la fotografía y los certificados enmarcados de Duke, con el hombro vendado y la mano envuelta con toallitas de papel. Georgia estaba sentada a su lado. Thibodeau tenía la frente llena de gotas de sudor, pero después de decir "Creo que no tengo nada roto", guardó silencio.

Fred Denton se hallaba sentado en una silla de la esquina. Su pistola estaba en la mesa del jefe. La había entregado por propia voluntad y se limitó a decir: "Tuve que hacerlo, mira la mano de Cart".

Piper ocupaba la silla que ahora pertenecía a Peter Randolph. Julia le había limpiado casi toda la sangre de la cara con más toallitas de papel. La mujer, en estado de *shock*, temblaba de dolor, pero guardaba silencio, al igual que Thibodeau. Tenía la mirada clara.

—Clover solo lo atacó —señaló a Carter con la mandíbula— cuando él me arrojó por la escalera. El empujón hizo que soltara la correa. La reacción de mi perro fue justificada. Estaba protegiéndome de una agresión criminal.

—¡Fue ella quien nos atacó! —gritó Georgia—. ¡Esa puta loca nos atacó! Subió por la escalera soltando un montón de estupideces…

—Cállate —le ordenó Barbie—. Cállense todos de una puta vez —miró a Piper—. No es la primera vez que se te disloca el hombro, ¿verdad?

—Quiero que se vaya de aquí, señor Barbara —dijo Randolph… pero habló sin demasiada convicción.

—Puedo ocuparme de esto —le espetó Barbara—. ¿Puede

Randolph no contestó. Mel Searles y Frank DeLesseps se quedaron fuera, junto a la puerta. Parecían preocupados.

Barbie giró hacia Piper.

—Es una subluxación, una separación parcial. No es grave. Puedo encajártelo antes de ir al hospital…

—¿Hospital? —gruñó Fred Denton—. Está deten…

—Cierra el pico, Freddy —le ordenó Randolph—. Aquí nadie está detenido. Al menos de momento.

Barbie miró a Piper a los ojos.

—Pero tengo que hacerlo ahora, antes de que la hinchazón empeore. Si esperamos a que lo haga Everett en el hospital, tendrán que ponerte anestesia —se le acercó al oído y murmuró—: Mientras estés inconsciente, ellos darán su versión de los hechos, y tú no podrás dar la tuya.

—¿Qué le está diciendo? —preguntó Randolph bruscamente.

—Que va a dolerle —respondió Barbie—. ¿Lista, reverenda?

Piper asintió.

—Adelante. El entrenador Gromley lo hizo junto a la línea de banda, y era un inútil. Date prisa. Y hazlo bien, por favor.

Barbie dijo:

—Julia, toma un cabestrillo del botiquín de primeros auxilios y ayúdame a recostarla boca arriba.

Julia, que estaba muy pálida y mareada, hizo lo que le ordenó.

Barbie se sentó en el suelo, a la izquierda de Piper, se quitó un zapato, y le agarró el antebrazo, justo por encima de la muñeca, con ambas manos.

—No sé qué método utilizó el entrenador Gromley —dijo—, pero este es el que empleó un médico al que conocí en Iraq. Cuenta hasta tres y luego grita "granada".

—Granada —repitió Piper, desconcertada a pesar del dolor—. Bueno, tú eres el médico.

No, pensó Julia, *Rusty es ahora lo más parecido a un médico que tenemos.* Había llamado a Linda para pedirle el número de Rusty, pero enseguida le saltó el buzón de voz.

Todo el mundo estaba en silencio. Incluso Carter Thibodeau observaba la escena. Barbie hizo un gesto de asentimiento a Piper. Tenía la frente perlada con gotas de sudor, pero permanecía concentrada, lo que le hizo ganarse el respeto de Barbie. Le puso el pie descalzo en la axila izquierda, y apretó con fuerza. Entonces, mientras tiraba lenta pero firmemente del brazo, hizo presión con el pie.

—Bueno, ahí vamos. Empieza a contar.

—Uno… dos… tres… ¡GRANADA!

Cuando Piper gritó, Barbie tiró del brazo. Todos los presentes oyeron el ruido sordo que hizo la articulación al encajar de nuevo en su sitio. El bulto de la blusa de Piper desapareció como por arte de magia. La reverenda gritó pero no perdió el conocimiento. Barbie le puso el cabestrillo por el cuello y alrededor del brazo, y se lo inmovilizó tan bien como pudo.

—¿Mejor? —preguntó.

—Mejor —respondió ella—. Mucho mejor, gracias a Dios. Aún me duele, pero no tanto.

—Tengo aspirinas en el bolso —dijo Julia.

—Dale la aspirina y luego vete —le ordenó Randolph—. Todos, salvo Carter, Freddy, la reverenda y yo.

Julia le lanzó una mirada de incredulidad.

—¿Bromeas? Vamos a llevarla al hospital. ¿Puedes caminar?

Piper se puso en pie tambaleándose.

—Creo que sí. Pero no mucho.

—Siéntese, reverenda Libby —dijo Randolph, pero Barbie sabía que no iba a hacerle caso. Lo notó en el tono de voz del jefe de policía.

—¿Por qué no me obliga? —Piper levantó el brazo izquierdo con cautela y el cabestrillo que lo sujetaba. El brazo temblaba, pero

454

podía moverlo—. Estoy segura de que podría dislocármelo de nuevo, y muy fácilmente. Vamos. Enséñeles a estos... a estos chicos... que usted es como ellos.

—¡Y lo publicaré en el periódico! —exclamó Julia con alegría—. ¡Doblaremos la tirada!

Barbie añadió:

—Le sugiero que aplacemos este asunto hasta mañana, jefe. Permita que le den unos calmantes más fuertes que una aspirina a la señora, y que Everett eche un vistazo a los cortes de las rodillas. Con la Cúpula, dudo que exista riesgo de huida.

—Su perro intentó matarme —dijo Carter. A pesar del dolor, parecía haber recuperado la calma.

—Jefe Randolph, DeLesseps, Searles y Thibodeau son culpables de violación —dijo Piper, Julia la rodeó con un brazo, pero Piper habló con voz tranquila y clara—: Roux es cómplice de violación.

—¡De ninguna manera! —graznó Georgia.

—Deben ser suspendidos de inmediato.

—Está mintiendo —dijo Thibodeau.

El jefe Randolph parecía que estuviera viendo un partido de tenis. Al final, posó la mirada en Barbie.

—¿Me estás diciendo lo que tengo que hacer, jovencito?

—No, señor, solo es una sugerencia basada en mi experiencia como soldado en Iraq. Es usted quien debe tomar sus propias decisiones.

Randolph se relajó.

—De acuerdo, de acuerdo —bajó la mirada; fruncía el ceño. Todos vieron que se daba cuenta de que aún tenía la bragueta abajo y que solucionaba el problema. Entonces alzó la vista y dijo—: Julia, lleve a la reverenda Piper al hospital. En cuanto a usted, señor Barbara, me da igual a dónde vaya, pero lo quiero fuera de la comisaría. Esta noche les tomaré declaración a mis oficiales, y a la reverenda Libby mañana.

—Espere —dijo Thibodeau. Le mostró los dedos torcidos a Barbie—. ¿Puede hacer algo con ellos?

—No lo sé —respondió Barbie en tono que esperaba sonara agradable. La situación ya no era tan violenta como al principio, y había llegado el momento de la negociación política, tal como recordaba de la época en la que había tenido que tratar con policías iraquíes que no eran muy distintos del hombre sentado en el sofá y los demás que estaban amontonados junto a la puerta. Se trataba de llevarse bien con gente a la que te gustaría escupirle a la cara—. ¿Puedes decir "granada"?

10

Rusty había apagado el teléfono antes de llamar a la puerta de Gran Jim, que ahora se encontraba sentado detrás de su escritorio, y Rusty en la silla que había delante... La silla de los que iban a suplicar algo, o a pedir un puesto de trabajo.

En el estudio (probablemente Rennie lo hacía figurar como un despacho profesional en la declaración de la renta) reinaba un olor muy agradable, a pino, como si lo hubieran limpiado a fondo hacía poco, pero a Rusty no le gustaba. No era solo el cuadro de un Jesús agresivamente caucásico pronunciando un sermón en la montaña, o las placas de autocomplacencia, o el suelo de madera noble que debería haber estado protegido por una alfombra; eran todas esas cosas y algo más. A Rusty Everett apenas le interesaba ni creía en lo sobrenatural, pero aun así tenía la sensación de que ese despacho estaba embrujado.

Es porque te da un poco de miedo, pensó. *Eso es todo.*

Con la esperanza de que el miedo no se reflejara en su voz o en su cara, Rusty le contó a Rennie que habían desaparecido varios tanques de combustible del hospital. Que había encontrado uno de ellos en la cabaña de suministros de detrás del ayuntamiento, que actualmente estaba alimentando el generador del ayuntamiento. Y que era el único que había.

—De modo que tengo dos preguntas —dijo Rusty—. ¿Cómo es posible que haya llegado un tanque de combustible del hospital hasta el centro del pueblo? ¿Y dónde están los demás?

Gran Jim se meció en la silla, se llevó las manos a la nuca y miró hacia el techo en actitud meditativa. Rusty posó la mirada en el trofeo de beisbol que había en el escritorio de Rennie. Delante había una nota de Bill Lee, antiguo jugador de las Medias Rojas de Boston. La pudo leer porque estaba vuelta hacia fuera. Por supuesto. Para que la vieran los invitados y quedaran maravillados. Al igual que las fotografías de la pared, la pelota de beisbol proclamaba que Gran Jim Rennie se había codeado con gente famosa: "Fíjate en mis autógrafos, en lo imponentes que son, y desespérate". Para Rusty, la pelota de beisbol y la nota de cara a las visitas parecían resumir las malas sensaciones que albergaba sobre aquella habitación. Era todo apariencias, un pequeño tributo al prestigio y al poder pueblerino.

—No sabía que tenías permiso para meter las narices en nuestra cabaña de suministros —dijo Gran Jim sin apartar la vista del techo y con sus gordos dedos entrelazados detrás de la cabeza—. ¿Quizá eres un funcionario del ayuntamiento y no lo sabía? En tal caso, es culpa mía, lo siento, como dice Junior. Y yo que creía que no eras más que un enfermero con un talonario de recetas.

Rusty sabía que era la técnica habitual de Rennie, intentar enfadarlo. Distraerlo.

—No soy un funcionario del ayuntamiento —respondió—, pero sí un trabajador sanitario. Y un contribuyente.

—¿Y?

Rusty notó que la sangre empezaba a subirle a la cabeza.

—Pues que todo eso hace que la cabaña de los suministros también sea un poco mía —esperó para ver si Gran Jim reaccionaba, pero el hombre que había tras el escritorio se mantenía impertérrito—. Además, no estaba cerrado con llave. Lo cual tampoco viene al caso. Vi lo que vi, y me gustaría obtener una explicación. Como empleado del hospital.

—Y contribuyente. No lo olvides.

Rusty lo miró fijamente. Ni siquiera asintió con la cabeza.

—Pues no puedo dártela —respondió Rennie.

Rusty enarcó las cejas.

—¿De verdad? Creía que siempre le tenías tomado el pulso al pueblo. ¿No era eso lo que decías la última vez que te presentaste al cargo de concejal? ¿Y ahora me dices que no puedes explicarme qué ha pasado con el combustible del pueblo? No lo creo.

Por primera vez, Rennie pareció molesto.

—Me da igual que me creas o no. No sabía nada del asunto —pero desvió la mirada levemente hacia un lado, como si quisiera comprobar que su fotografía autografiada de Tiger Woods seguía en su sitio; el típico gesto de un mentiroso.

Rusty volvió a la carga:

—Al hospital apenas le queda gas. Sin él, los pocos de nosotros que aún estamos trabajando tendremos que hacerlo en unas condiciones dignas de un quirófano en pleno campo de batalla de la guerra civil. Los ingresados que tenemos ahora mismo, incluido un paciente que ha sufrido un infarto y un caso grave de diabetes que podría acabar en amputación, sufrirán graves problemas si nos quedamos sin electricidad. El posible amputado es Jimmy Sirois. Su coche está en el estacionamiento y tiene una calca en el parachoques que dice VOTA GRAN JIM.

—Lo investigaré —dijo Gran Jim, con el aire propio de un hombre que está concediendo un favor—. Lo más probable es que el combustible del pueblo esté almacenado en alguna otra propiedad del ayuntamiento. En cuanto al del hospital, no sé qué decirte.

—¿Qué otra propiedad? Sólo quedan la estación de bomberos y ese montón de arena y sal de God Creek Road; allí ni siquiera hay un cobertizo. Son las únicas propiedades del ayuntamiento, que yo sepa.

—Everett, soy un hombre ocupado. Vas a tener que disculparme.

Rusty se puso en pie. Le entraron ganas de cerrar las manos en forma de puño, pero se controló.

—Te lo voy a preguntar una última vez. De forma clara y directa. ¿Sabes dónde están los tanques que han desaparecido?

—No —esta vez los ojos de Rennie se posaron en Dale Earnhardt—. Y voy a pasar por alto las posibles insinuaciones de esa pregunta, hijo, porque si no lo hiciera me arrepentiría. Y ahora ¿por qué no te vas y compruebas cómo se encuentra Jimmy Sirois? Dile que Gran Jim le envía sus mejores deseos y que pasará a verlo en cuanto amainen un poco estos problemillas.

Rusty tuvo que hacer un gran esfuerzo para controlar su ira, pero era una batalla que estaba perdiendo.

—¿Que me vaya? Creo que has olvidado que eres un funcionario, no un dictador. Por el momento soy la máxima autoridad médica del pueblo, y quiero res…

Sonó el teléfono de Gran Jim, que lo contestó bruscamente. Escuchó. Las arrugas de su boca abierta se hicieron más profundas.

—¡Caray! En cuanto me despisto… —escuchó un poco más y añadió—: Si hay alguien más en tu oficina, Pete, cierra el pico antes de que se te escape algo y lo arruines. Llama a Andy. Estaré allí enseguida, y lo solucionaremos entre los tres.

Colgó el teléfono y se puso en pie.

—Tengo que ir a la comisaría. Se trata de una emergencia o de más problemillas, y no podré saberlo hasta que llegue allí. Y a ti te necesitan en el hospital o en el centro de salud, creo. Parece que la reverenda Libby ha tenido un problema.

—¿Por qué? ¿Qué le ha pasado?

Los fríos ojos de Gran Jim, encajados en sus órbitas pequeñas y angulosas, lo miraron fijamente.

—Estoy seguro de que ella te contará su versión. No sé cuánta verdad habrá en ella, pero te la contará. Así que ve a hacer tu trabajo, jovencito, y déjame hacer el mío.

Rusty bajó al vestíbulo y salió de la casa. Las sienes le palpitaban con fuerza. Hacia el oeste, la puesta de sol era una mancha sangrienta refulgente. Apenas soplaba una brisa de aire, pero aún se notaba el olor a humo. Al pie de la escalera, Rusty levantó un dedo y señaló al funcionario público que estaba esperando que abandonara su propiedad antes de que él, Rennie, hiciera lo propio. Gran Jim puso mala cara al ver el dedo, pero Rusty no lo bajó.

—Nadie tiene que decirme cuál es mi trabajo. Y una parte de él será buscar el combustible desaparecido. Si lo encuentro en el lugar equivocado, otra persona acabará ocupando tu cargo, concejal Rennie. Es una promesa.

Gran Jim hizo un gesto despectivo con la mano.

—Sal de aquí, hijo. Ve a trabajar.

11

Durante las primeras treinta y cinco horas de existencia de la Cúpula, más de dos docenas de niños sufrieron ataques. En algunos casos, como en el de las chicas Everett, los padres se dieron cuenta de lo sucedido. En muchos otros, no, y en los días posteriores se redujo drásticamente el número de ataques hasta que cesaron por completo. Rusty lo comparó con los pequeños *shocks* que experimentaba la gente cuando se acercaba demasiado a la Cúpula. La primera vez, sentías un escalofrío que te erizaba el cabello de la nuca;

luego, la mayoría de las personas no sentía nada. Era como si las hubieran inoculado.

—¿Me estás diciendo que la Cúpula es como la varicela? —le preguntó Linda más tarde—. ¿Que te contagia una vez y ya estás vacunado para siempre?

Janelle tuvo dos ataques, y también un niño pequeño llamado Norman Sawyer, pero en ambos casos el segundo ataque fue más suave que el primero, y no hubo balbuceos. La mayoría de los niños que había visto Rusty solo habían sufrido uno y, al parecer, no se produjeron efectos secundarios.

Solo dos adultos tuvieron ataques durante esas primeras treinta y cinco horas. Ambos ocurrieron al atardecer del lunes, y ambos tenían unas causas claras.

En el caso de Phil Bushey, también conocido como el Chef, la causa fue el consumo de altas dosis de su propio producto. Cuando Rusty y Gran Jim se separaron, Chef Bushey estaba sentado frente al granero de almacenamiento de la WCIK, embelesado con la puesta de sol (muy cerca del punto de impacto de los misiles, donde el escarlata del cielo quedó oscurecido por el hollín de la Cúpula), con la pipa para el cristal en una mano. Estaba de viaje por la ionosfera; quizá mil quinientos kilómetros más allá. En las pocas nubes bajas que flotaban bajo esa luz sangrienta, veía las caras de su madre, de su padre, de su abuelo; vio a Sammy y a Little Walter.

Todas las caras de las nubes sangraban.

Cuando se le empezó a mover el pie derecho, y cuando el izquierdo le siguió el ritmo, no hizo caso. Aquellos temblores eran parte del viaje, todo el mundo lo sabía. Pero entonces empezaron a temblarle las manos y se le cayó la pipa en la hierba alta (amarilla y marchita a causa de la actividad que se desarrollaba en la fábrica). Un instante después empezó a sacudir la cabeza de un lado a otro.

Ya está, pensó con una calma que en parte se convirtió en alivio. *Esta vez me he pasado. Voy a morir. Seguramente es lo mejor.*

Pero no falleció, ni siquiera perdió el conocimiento. Se recostó lentamente en un lado, entre temblores, viendo cómo el mármol negro se alzaba en el cielo rojo. Se expandió hasta convertirse en una bola bolos, y luego en una pelota de playa muy inflada. Y siguió creciendo hasta que engulló el cielo rojo.

El fin del mundo, pensó. *Seguramente es lo mejor.*

Por un instante pensó que se había equivocado, porque empezaron a brillar las estrellas. Pero eran de un color distinto. Eran rosadas. Y entonces, oh, Dios, empezaron a caer, dejando una larga estela rosa tras ellas.

Luego llegó el fuego. Un horno estruendoso, como si alguien hubiera abierto una trampilla escondida y el Infierno se hubiera cernido sobre Chester's Mill.

—Es nuestro regalo —murmuró con la pipa apretada contra el brazo, lo que le causó una quemadura que no vio ni notó hasta más tarde. Se quedó temblando en la hierba amarilla. El blanco de los ojos reflejaba la refulgente puesta de sol—. Es nuestro regalo de Halloween. Primero el susto… luego el regalo.

El fuego se convirtió en una cara, en una versión naranja de los rostros ensangrentados que había visto en las nubes justo antes de que le diera el ataque. Era el rostro de Jesús. Jesús lo miraba con el ceño fruncido.

Y habló. Le habló a él. Le dijo que el fuego era responsabilidad suya. Suya. El fuego y la… la…

—La pureza —murmuró, tendido en la hierba—. No… la purificación.

Jesús ya no parecía tan furioso. Y se estaba desvaneciendo. ¿Por qué? Porque el Chef lo había entendido. Primero llegaron las estrellas rosadas; luego el fuego purificador; y luego el sufrimiento acabaría.

El Chef se quedó quieto mientras el ataque daba paso a las primeras horas de sueño de verdad que había tenido en las últimas semanas, quizá meses. Cuando despertó, era noche cerrada: no quedaba ni rastro de rojo en el cielo. Estaba helado, pero no mojado.

Bajo la Cúpula ya no caía el rocío.

12

Mientras el Chef observaba el rostro de Cristo en la puesta de sol infecta, Andrea Grinnell, la tercera concejala, estaba sentada en el sofá intentando leer. Su generador se había apagado, pero ¿había llegado a funcionar en algún momento? No lo recordaba. Sin embargo, tenía un artilugio, una pequeña lámpara muy potente, que su hermana Rose le había puesto en el calcetín de Navidad el año pasado. Nunca había tenido ocasión de utilizarlo hasta entonces, aunque funcionaba bien. Bastaba con sujetarlo al libro y encenderlo. Muy sencillo. De modo que la luz no era un problema. Las palabras, por desgracia, sí. No paraban de moverse por la páginas, a veces intercambiaban el sitio con otras, y la prosa de Nora Roberts, que acostumbraba ser muy clara, no tenía el menor sentido. Sin embargo, Andrea seguía intentándolo porque no se le ocurría qué más hacer.

La casa apestaba a pesar de que las ventanas estaban abiertas. Tenía diarrea y la cisterna de su retrete no funcionaba. Tenía hambre pero no podía ingerir alimentos. Había intentado comer un emparedado alrededor de las cinco de la tarde —un inofensivo sándwich de queso— y lo había vomitado en el cesto de la basura de la cocina unos minutos después de haberlo acabado. Sudaba a mares (ya se había cambiado una vez de ropa, y seguramente tendría que volver a hacerlo si era capaz de ello) y le temblaban los pies.

Pues empiezo el proceso de desintoxicación con el pie izquierdo, pensó. *Y no podré ir a la reunión de emergencia de esta noche, si es que Jim no la ha anulado.*

Teniendo en cuenta cómo había ido la última conversación con Gran Jim y Andy Sanders, quizá era lo mejor; si aparecía, tratarían de intimidarla aún más, de obligarla a hacer cosas que no quería. Era mejor que se quedara en casa hasta que desapareciera esa… esa…

—Esta mierda —dijo, y se apartó el cabello húmedo de los ojos—. Hasta que desaparezca esta puta mierda de mi sistema.

Cuando volviera a ser ella misma, se enfrentaría a Jim Rennie. Hacía ya mucho que tendría que haber tomado la decisión. Y lo haría a pesar de su espalda dolorida, que le dolía bastante sin su Oxy-Contin (aunque no era la tortura que esperaba, lo cual fue una grata sorpresa). Rusty quería que tomara metadona. ¡Metadona, por el amor de Dios! ¡Aquello era heroína con otro nombre!

"Si estás pensando en dejarlo de golpe, no lo hagas —le había dicho Rusty—. Es probable que sufras algún ataque."

Le dijo que si seguía su método tardaría unos diez días, pero Andrea no podía esperar tanto. Al menos mientras aquella Cúpula espantosa siguiera cubriendo el pueblo. Era mejor cortar por lo sano. Cuando llegó a esa conclusión, tiró todas las pastillas por el retrete, no solo la metadona, sino también unas cuantas pastillas de OxyContin que había encontrado en el fondo de un cajón de la mesita de noche. Solo pudo tirar dos veces más de la cadena antes de que el depósito dejara de funcionar. Y ahora ahí estaba, sentada, temblando e intentando convencerse de que había hecho lo correcto.

Era lo único que podía hacer, pensó. *Aunque sea una solución que te obliga a pasar por lo mejor y lo peor.*

Intentó pasar la página del libro, pero golpeó la lámpara con su estúpida mano y cayó al suelo. El haz de luz iluminó el techo. Andrea miró hacia arriba y de repente empezó a elevarse por encima de sí misma. Y rápido. Era como ir en un ascensor expreso invisible. Solo tuvo un momento para mirar abajo y ver que su cuerpo aún seguía en el sofá, temblando sin poder contenerse. Un reguero de saliva le corría por la barbilla. Vio la mancha de humedad que se extendía por la entrepierna de sus pantalones y pensó: *Sí, por supuesto que voy a tener que cambiarme de nuevo. Si sobrevivo a esto, claro.*

Entonces atravesó el techo, la habitación que había arriba, el desván con sus cajas oscuras apiladas y sus lámparas, y salió a la noche. La Vía Láctea se extendía ante ella, pero era distinta. La Vía Láctea se había teñido de rosa.

Y entonces empezó a caer.

En algún lugar, muy muy lejos por debajo de ella, Andrea oyó el cuerpo que había dejado atrás. Estaba gritando.

13

Barbie creyó que Julia y él hablarían de lo que le había sucedido a Piper Libby mientras se alejaban del pueblo, pero permanecieron en silencio casi todo el rato, ensimismados en sus pensamientos. Ninguno de los dos dijo que se sintió aliviado cuando vio que aquella puesta de sol de un rojo tan poco natural empezaba a perder intensidad, pero ambos lo estaban.

Julia intentó poner la radio en una ocasión, pero solo se oía la WCIK, que emitía "Ha rezado", y la apagó de nuevo.

Barbie solo habló una vez, cuando abandonaron la 119 y se dirigieron hacia el oeste por la estrecha vía de Motton Road, flanqueada por unos bosques muy densos.

—¿He hecho lo correcto?

En opinión de Julia, había hecho muchas cosas correctas durante el enfrentamiento con el jefe de policía en su despacho, incluyendo el tratamiento satisfactorio de dos pacientes con dislocaciones, pero sabía a qué se refería.

—Sí. Era el momento perfectamente equivocado para imponer tu autoridad.

Barbie estaba de acuerdo, pero estaba cansado, desanimado y sentía que no estaba a la altura de la tarea que le habían encomendado.

—Estoy seguro de que los enemigos de Hitler dijeron lo mismo. Que lo dijeron en 1934, y tenían razón. En 1936, y tenían razón. También en 1938. "No es el momento adecuado para enfrentarnos a él", dijeron. Y cuando se dieron cuenta de que ya había llegado el momento, de repente estaban protestando en Auschwitz o en Buchenwald.

—No es lo mismo —replicó Julia.

—¿Crees que no?

Esta vez la periodista no contestó, pero entendió su punto de vista. Hitler había trabajado tapizando paredes, o eso se contaba; Jim Rennie era vendedor de coches de segunda mano.

Más adelante, los últimos rayos de resplandor se filtraban entre los árboles. Dibujaban un grabado de sombras sobre el asfalto de Motton Road.

Había varios camiones militares estacionados al otro lado de la Cúpula, en el pueblo de Harlow, y treinta o cuarenta soldados yendo de un lado al otro. Todos llevaban máscaras antigás colgando del cinturón. Había un camión con la advertencia **MUY PELIGROSO PROHIBIDO ACERCARSE** estacionado, casi tocando la puerta que habían pintado con aerosol en la Cúpula. Una manguera de plástico colgaba de una válvula en la parte posterior del tanque de combustible. Dos hombres manipulaban la manguera, que acababa en un tubo del tamaño de un bolígrafo Bic; llevaban casco y un traje completo hechos de un material brillante.

En el lado de Chester's Mill solo había un espectador. Lissa Jamieson, la bibliotecaria del pueblo, se encontraba junto a una bicicleta Schwinn. Era un modelo antiguo para mujeres, con una caja para la leche sobre la rueda trasera. En la parte posterior de la caja había una calca que decía CUANDO EL PODER DEL AMOR SEA

MÁS FUERTE QUE EL AMOR POR EL PODER, EL MUNDO HA-
LLARÁ LA PAZ – JIMI HENDRIX.

—¿Qué estás haciendo aquí, Lissa? —le preguntó Julia mientras salía de su coche. Se llevó una mano a los ojos para que no la
deslumbraran los focos.

Lissa estaba toqueteando el *anj* que llevaba en el cuello colgado
de una cadena de plata. Miró a Julia, a Barbie y de nuevo a Julia.

—Cuando estoy alterada o preocupada salgo a pasear en bicicleta. A veces lo hago hasta medianoche. Me ayuda a calmar el pneu-
ma. He visto las luces y me he acercado hasta aquí —dijo como si
estuviera pronunciando un conjuro, y soltó el *anj* para trazar un
extraño símbolo en el aire—. ¿Y qué hacen ustedes aquí?

—Hemos venido a ver el experimento —dijo Barbie—. Si funciona, podrás ser la primera en salir de Chester's Mill.

Lissa esbozó una sonrisa. Pareció un poco forzada, pero a Barbie le gustó que realizara aquel esfuerzo.

—Si lo hiciera me perdería el plato especial del martes por la noche del Sweetbriar. Pastel de carne, ¿no?

—Sí, ese es el plan —admitió; no añadió que si la Cúpula seguía
en su sitio al martes siguiente, la *spécialité de la maison* sería probablemente quiche de calabacín.

—No ceden —dijo Lissa—. Lo he intentado.

Un hombre achaparrado como un hidrante salió de detrás del
camión y se situó bajo la luz. Vestía pantalones caqui, un saco de-
portivo y un sombrero con el logo de los Osos Negros de Maine.
Lo primero que sorprendió a Barbie fue que James O. Cox había
engordado. Lo segundo, su pesado saco, abrochada hasta arriba,
peligrosamente cerca de algo parecido a una papada. Nadie más, ni
Barbie, ni Julia, ni Lissa, iba abrigado. No era necesario en su lado
de la Cúpula.

Cox hizo el saludo militar. Barbie se lo devolvió y se sintió bastante bien al hacerlo.

—Hola, Barbie —dijo Cox—. ¿Qué tal está Ken?

—Ken está perfecto —respondió Barbie—. Y sigo siendo esa
zorra que siempre se lleva la mejor parte.

—Esta vez no, coronel —replicó Cox—. Esta vez parece que se
ha quedado arruinado en el restaurante.

465

14

—¿Quién es? —susurró Lissa, que no dejaba de manosear el *anj*. De no soltar pronto la cadena, a Julia le entrarían ganas de arrancársela de un tirón—. ¿Y qué están haciendo?

—Intentando sacarnos de aquí —respondió Julia—. Y tras el espectacular fracaso del otro día, creo que han hecho bien en intentarlo de un modo discreto —dio un paso al frente—. Hola, coronel Cox, soy su directora de periódico favorita. Buenas noches.

La sonrisa de Cox no fue muy amarga, lo cual decía mucho en su favor, pensó Julia.

—Señorita Shumway. Es usted más guapa de lo que imaginaba.

—Pues debo admitir que es usted muy hábil con...

Barbie la detuvo cuando estaba a tres metros de Cox y la agarró de los brazos.

—¿Qué? —preguntó ella.

—La cámara —casi se había olvidado de que la llevaba colgada del cuello hasta que Barbara la señaló—. ¿Es digital?

—Claro, es la de Pete Freeman —iba a preguntar por qué cuando se dio cuenta—. Crees que la Cúpula la estropeará.

—Eso en el mejor de los casos —dijo Barbie—. Recuerda lo que le pasó al marcapasos del jefe Perkins.

—Mierda —exclamó ella—. ¡Mierda! Quizá aún tenga mi vieja Kodak en la cajuela.

Lissa y Cox se miraron el uno a la otra con igual fascinación, según le pareció a Barbie.

—¿Qué van a hacer? —preguntó Lissa—. ¿Va a haber otra explosión?

Cox dudó pero Barbie se apresuró a decir:

—Más le vale que se lo diga, coronel. Si no lo hace, lo haré yo.

Cox lanzó un suspiro.

—Insiste en su política de total transparencia, ¿verdad?

—¿Por qué no? Si esto sale bien, los habitantes de Chester's Mill lo pondrán por las nubes. El único motivo por el que no comunica las cosas es porque está acostumbrado a no hacerlo.

—No. Es lo que me han ordenado mis superiores.

—Están en Washington —dijo Barbie—. Y la prensa está en

Castle Rock, y lo más probable es que todos estén viendo porno en los canales de cable de pago. Aquí solo estamos nosotros.

Cox lanzó un suspiro y miró hacia la marca del tamaño de una puerta que habían hecho con aerosol en la Cúpula.

—Es el lugar en el que los hombres que llevan los trajes protectores derramarán nuestro compuesto experimental. Si tenemos suerte, el ácido abrirá un agujero en la Cúpula y luego podremos romper la zona marcada como uno rompe un trozo de cristal de una ventana después de usar un cortavidrios.

—¿Y si no tenemos suerte? —preguntó Barbie—. ¿Y si la Cúpula se descompone y desprende un gas venenoso que nos mata a todos? ¿Para eso son las máscaras?

—De hecho —respondió Cox—, los científicos creen que es más probable que el ácido cause una reacción química que provoque que la Cúpula empiece a arder —vio la expresión de pánico de Lissa y añadió—: Pero consideran que ambas posibilidades son muy remotas.

—Claro —exclamó Lissa, dando vueltas al *anj*—, porque no son ellos los que van a morir gaseados o quemados.

Cox añadió:

—Entiendo su preocupación, señora…

—Melissa —lo corrigió Barbie. De repente le pareció importante que Cox se diera cuenta de que esa gente que se encontraba bajo la Cúpula eran personas de verdad, algo más que unos cuantos miles de contribuyentes—. Melissa Jamieson. Lissa para los amigos. Es la bibliotecaria del pueblo. También es consejera académica y da clases de yoga, creo.

—Tuve que dejarlo —dijo Lissa con una sonrisa inquieta—. Demasiadas cosas a la vez.

—Encantado de conocerla, señora Jamieson —dijo Cox—. Mire, es un riesgo que vale la pena correr.

—Si opináramos lo contrario, ¿podríamos detenerlos? —preguntó ella.

Cox se escabulló con una evasiva.

—No hay ninguna prueba de que esta cosa, sea lo que sea, se esté debilitando o biodegradando. A menos que podamos atravesarla, creemos que podrían pasar una buena temporada ahí dentro.

—¿Tienen alguna idea de su origen? ¿Alguna teoría?

—Ninguna —respondió Cox, pero apartó la mirada como la había apartado Gran Jim en su conversación con Rusty Everett.

Barbie pensó: *¿Por qué miente? ¿Ha sido otra vez un acto reflejo? ¿Acaso cree que los civiles son como champiñones, que hay que mantenerlos a oscuras y darles mierda de comer?* Seguramente se debía a todo eso. Pero lo ponía nervioso.

—¿Es fuerte? —preguntó Lissa—. Su ácido... ¿es fuerte?

—Es el más corrosivo que existe, por lo que sabemos —contestó Cox, y Lissa retrocedió dos pasos.

Cox giró hacia los hombres que llevaban los trajes espaciales.

—¿Están listos?

Hicieron un gesto afirmativo con los pulgares, enfundados en guantes. Detrás de ellos, cesó toda actividad. Los soldados observaban inmóviles, con las manos sobre las máscaras antigás.

—Vamos a empezar —dijo Cox—. Barbie, le aconsejo que esas dos bellas damas y usted se alejen al menos unos cincuenta metros de...

—Vean las estrellas —dijo Julia con voz suave y atemorizada. Tenía la cabeza inclinada hacia atrás, y Barbie vio en su cara de asombro la niña que había sido treinta años atrás.

Barbara también alzó la cabeza y vio la Osa Mayor, Orión. Todas en su sitio... Sin embargo, parecían desenfocadas y se habían vuelto rosa. La Vía Láctea se había convertido en un chicle que abarcaba toda la bóveda celeste de la noche.

—Cox —dijo Barbie—. ¿Ve eso?

El coronel alzó la vista.

—¿Si veo qué? ¿Las estrellas?

—¿Qué aspecto tienen desde ahí fuera?

—Bueno... Brillan mucho, claro. Aquí no hay contaminación lumínica —entonces se le ocurrió algo y chasqueó los dedos—. ¿Ustedes qué ven? ¿Han cambiado de color?

—Son preciosas —dijo Lissa. Tenía los ojos muy abiertos y brillantes—. Pero también asustan.

—Son de color rosa —añadió Julia—. ¿Qué está ocurriendo?

—Nada —respondió Cox, pero parecía incómodo.

—¿Qué? —preguntó Barbie—. Dígalo —y añadió sin pensarlo—: Señor.

—Hemos recibido el informe meteorológico a las siete de la tarde. Ponía especial énfasis en el viento. Solo por si acaso… bueno, solo por si acaso. Dejémoslo ahí. Actualmente la corriente ha llegado hasta Nebraska o Kansas por el oeste, se ha extendido por el sur y luego llegará a la costa Este. Es un patrón habitual para finales de octubre.

—¿Y eso qué tiene que ver con las estrellas?

—A medida que se aproxima al norte, la corriente pasa por muchas ciudades y localidades industriales. Todo lo que arrastra de esos sitios se está quedando incrustado en la Cúpula en lugar de subir hasta el norte, hasta Canadá y el Ártico. Se ha acumulado tal cantidad que ha creado una especie de filtro óptico. Estoy convencido de que no es peligroso…

—Aún no —dijo Julia—. Pero ¿y dentro de una semana o un mes? ¿Regarán nuestro espacio aéreo a nueve kilómetros de altura cuando todo se oscurezca?

Antes de que Cox pudiera responder, Lissa Jamieson dio un grito y señaló el cielo. Luego se tapó la cara.

Las estrellas rosadas estaban cayendo y dejaban una estela rosada tras ellas.

15

—Más drogas —dijo Piper con voz ausente mientras Rusty le auscultaba el corazón.

El auxiliar médico le dio unas palmaditas en la mano derecha; en la izquierda tenía muchas heridas.

—Basta de drogas —dijo—. Oficialmente estás flotando.

—Jesús quiere que tome más drogas —dijo Piper con la misma voz soñadora—. Quiero drogarme para hacer un viaje a tierras desconocidas.

—El único viaje que vas a hacer es a tierras de Morfeo, pero lo tendré en cuenta.

Piper se incorporó. Rusty intentó que se recostará de nuevo, pero solo se atrevió a tocarle el hombro derecho, y eso no le bastó.

—¿Podré irme de aquí mañana? Tengo que ir a ver al jefe Randolph. Esos chicos violaron a Sammy Bushey.

—Y podrían haberte matado —replicó él—. Se te dislocara el hombro o no, tuviste mucha suerte de caer de ese modo. Ya me ocuparé yo de Sammy.

—Esos policías son peligrosos —piper le tomó la muñeca con la mano derecha—. No pueden seguir siendo policías. Harán daño a alguien más —se lamió los labios—. Tengo la boca muy seca.

—De eso ya me encargo yo, pero tendrás que recostarte.

—¿Tomaron muestras de esperma a Sammy? ¿Puedes compararlas con las de los chicos? Si puedes, acosaré a Peter Randolph hasta que los oblige a proporcionarlas. Lo acosaré día y noche.

—No tenemos la tecnología necesaria para comparar muestras de ADN —dijo Rusty. *Además, no hay muestras de esperma porque Gina Buffalino la aseo, a petición de la propia Sammy*—. Voy a buscarte algo de beber. Todos los congeladores, excepto los del laboratorio, están apagados para ahorrar energía, pero hay una hielera en la sala de enfermería.

—Jugo —dijo Piper, y cerró los ojos—. Sí, me gustaría tomar jugo. De naranja o manzana. Pero no quiero V8. Es muy salado.

—De manzana —dijo Rusty—. Esta noche solo puedes tomar líquidos.

Piper susurró:

—Echo de menos a mi perro —luego giró la cabeza hacia un lado. Rusty creía que cuando regresara con la bebida la encontraría dormida.

Cuando se encontraba en mitad del pasillo, Twitch dobló la esquina corriendo a toda prisa. Venía de la sala de enfermería.

—Vamos afuera, Rusty.

—En cuanto le haya llevado a la reverenda Libby un…

—No, ahora. Tienes que verlo.

Rusty regresó a la habitación 29 y echó un vistazo. Piper roncaba de un modo muy poco femenino, lo cual no era de extrañar teniendo en cuenta el hinchazón de la nariz.

Siguió a Twitch por el pasillo, casi corriendo para mantener el ritmo de sus largas zancadas.

—¿Qué pasa? —aunque en realidad quería decir "¿Y ahora qué?".

—No te lo puedo explicar, y probablemente no me creerías si lo hiciera. Tienes que verlo por ti mismo —abrió las puertas del vestíbulo de golpe.

En el camino que llevaba al hospital, más allá del lugar donde desembarcaban a los pacientes, estaban Ginny Tomlinson, Gina Buffalino y Harriet Granelow, una amiga a la que Gina había llamado para que les echara una mano. Las tres se abrazaban, como si quisieran darse ánimos, y miraban el cielo.

Estaba lleno de rosadas estrellas refulgentes, y muchas parecían caer y dejar tras de sí una estela casi fluorescente. Rusty sintió un escalofrío en la espalda. *Judy previó esto*, pensó. *"Las estrellas rosadas están cayendo en líneas."*

Y así era. Así era.

Parecía como si el cielo estuviera cayendo a su alrededor.

16

Alice y Aidan Appleton dormían profundamente cuando las estrellas rosadas empezaron a caer, pero Thurston Marshall y Carolyn Sturges no dormían. Estaban en el jardín trasero de la casa de los Dumagen viendo cómo trazaban esas brillantes líneas de color rosa. Algunas líneas se entrecruzaban y, cuando eso sucedía, formaban una especie de runas rosadas que destacaban en el cielo y luego se desvanecían.

—¿Es el fin del mundo? —preguntó Carolyn.

—En absoluto —dijo él—. Es un enjambre de meteoritos. Durante el otoño son muy habituales aquí, en Nueva Inglaterra. Creo que ya es tarde para las Perseidas, de modo que debe de ser una lluvia no recurrente. Tal vez sea polvo y fragmentos de roca de un asteroide que estalló hace un billón de años. ¡Piensa en eso, Caro!

Pero ella no quería.

—¿Las lluvias de meteoritos siempre son de color rosa?

—No —respondió él—. Creo que fuera de la Cúpula debe de verse blanca y que nosotros la estamos viendo a través de una capa de polvo y materia. En otras palabras, contaminación. Ha cambiado de color.

Carolyn pensó en eso mientras observaban aquella danza rosa y silenciosa del cielo.

—Thurse, el pequeño... Aidan... cuando tuvo ese ataque, o lo que fuera, dijo...

—Recuerdo lo que dijo. "Las estrellas rosadas están cayendo. Dejan unas líneas tras ellas."

—¿Cómo podía saberlo?

Thurston se limitó a mover la cabeza.

Carolyn lo abrazó con más fuerza. En ocasiones como esa (aunque nunca había pasado por una situación exactamente como aquella en toda su vida), se alegraba de que Thurston fuera lo bastante mayor como para ser su padre. En ese instante deseaba que fuera su padre.

—¿Cómo podía saber que iba a suceder esto? ¿Cómo podía saberlo?

17

Aidan había dicho algo más durante su trance profético: "Todo el mundo está mirando". Y a las nueve y media de esa noche de lunes, cuando la lluvia de meteoritos se encontraba en su punto culminante, esa afirmación se hizo realidad.

La noticia se extiende por teléfono y por correo electrónico, pero principalmente siguiendo el método antiguo: de boca en boca. Al cuarto para las diez, Main Street está atestada de gente que observa los silenciosos fuegos artificiales. La mayoría de los presentes también guarda silencio. Unas cuantas personas lloran. Leo Lamoine, un miembro fiel de la congregación del Santo Redentor del difunto reverendo Coggins, grita que ha llegado el Apocalipsis, que ve los cuatro jinetes en el cielo, que el arrebatamiento empezará enseguida, etcétera. Sam "el Andrajoso", que volvía a estar en la calle desde las tres de la tarde, sobrio y malhumorado, le dice a Leo que, como no deje de decir tonterías sobre el Papalipsis, será él quien vea sus propias estrellas. Rupe Libby, de la policía de Chester's Mill, con la mano en la culata de la pistola, les ordena que cierren el pico de una puta vez y que dejen de asustar a la gente. Como si no estuviera ya asustada. Willow y Tommy Anderson están en el estacionamiento del Dipper's; Willow llora con la cabeza apoyada en el hombro de Tommy. Rose Twitchell está junto a Anson Wheeler frente al Sweetbriar Rose; ambos llevan aún el delantal y también ponen un brazo sobre el hombro del otro. Norrie Calvert y Benny

Drake están con sus padres, y cuando la mano de Norrie se desliza hasta la de Benny, él la oprime con un estremecimiento que las estrellas rosadas no pueden igualar. Jack Cale, el actual gerente del Food City, está en el estacionamiento del supermercado. Jack llamó a Ernie Calvert, el antiguo director, a última hora de la tarde y le preguntó si le importaría ayudarle a hacer el inventario a mano. Estaban enfrascados en la tarea, con la esperanza de haber acabado para medianoche, cuando estalló el alboroto de Main Street. Ahora están uno junto al otro, observando la lluvia de estrellas rosadas. Stewart y Fernald Bowie se encuentran frente a su funeraria mirando hacia el cielo. Henry Morrison y Jackie Wettington están al otro lado de la funeraria con Chaz Bender, que da clases de historia desde primaria hasta preparatoria.

—No es más que una lluvia de meteoritos vista a través de cortina de contaminación —dice Chaz a Jackie y a Henry… pero él también parece sobrecogido.

El hecho de que la materia acumulada haya cambiado el color de las estrellas hace que la gente considere la situación de un modo distinto, y los llantos se extienden rápidamente. Es un murmullo suave, casi como la lluvia.

A Gran Jim no le interesa en absoluto ese puñado de luces sin importancia, sino la interpretación que hará la gente de ellas. Cree que esta noche todo el mundo se limitará a regresar a su casa. Sin embargo, mañana las cosas podrían ser distintas. Y el miedo que ve en la mayoría de los rostros tal vez no sea tan malo. La gente atemorizada necesita líderes fuertes, y si hay algo que Gran Jim Rennie sabe que puede proporcionar, es un liderazgo fuerte.

Está frente a las puertas de la comisaría de policía con el jefe Randolph y Andy Sanders. Por debajo de ellos, apiñados, se encuentran sus niños problemáticos: Thibodeau, Searles, Roux la mujerzuela, y el amigo de Junior, Frank. Gran Jim baja la escalera por la que había caído Libby unas horas antes (*Podría habernos hecho un favor a todos si se hubiera desnucado*, piensa) y le da una palmadita en el hombro a Frankie.

—¿Estás disfrutando del espectáculo, Frankie?

Con esa mirada asustada parece un niño de doce años en lugar de un muchacho de veintidós o los que tenga.

—¿Qué es, señor Rennie? ¿Lo sabe?

—Una lluvia de meteoritos. Es Dios, que saluda a Su gente.

Frank DeLesseps se relaja un poco.

—Vamos a volver adentro —dice Gran Jim, y señala con el pulgar a Randolph y a Andy, que aún están mirando el cielo—. Hablaremos un rato y luego los llamaré a los cuatro. Cuando entren, quiero escuchar la misma historia. ¿Lo has entendido?

—Sí, señor Rennie —responde Frankie.

Mel Searles mira a Gran Jim con los ojos como platos y boquiabierto. Gran Jim cree que el coeficiente intelectual de ese chico no supera los setenta. Aunque eso tampoco es algo malo.

—Parece el fin del mundo, señor Rennie —dice.

—Tonterías. ¿Estás salvado, hijo?

—Supongo —responde Mel.

—Entonces no tienes nada de lo que preocuparte —Gran Jim los mira de uno en uno y acaba en Carter Thibodeau—. Y esta noche, el camino a la salvación, muchachos, depende de que todos cuenten la misma historia.

No todo el mundo ve las estrellas rosadas. Al igual que los hermanos Appleton, las hijas de Rusty Everett duermen profundamente. Como Piper. Como Andrea Grinnell. Como el Chef, tendido en la hierba marchita que hay junto al que podría ser el mayor laboratorio de metanfetaminas de Estados Unidos. Y lo mismo puede decirse de Brenda Perkins, que se quedó dormida entre lágrimas en el sofá, con la copia impresa de la carpeta VADER sobre la mesita para el café que hay ante ella.

Los muertos tampoco las ven, a menos que estén mirando desde de un lugar más luminoso que esta llanura oscura donde unos ejércitos ignorantes libran batalla. Myra Evans, Duke Perkins, Chuck Thompson y Claudette Sanders permanecen ocultos en la Funeraria Bowie; el doctor Haskell, el señor Carty y Rory Dinsmore se encuentran en la morgue del Hospital Catherine Russell; Lester Coggins, Dodee Sanders y Angie McCain aún están en la despensa de los McCain. Al igual que Junior. Está entre Dodee y Angie, y les toma la mano. Le duele la cabeza, pero solo un poco. Cree que tal vez se quede a dormir ahí.

En Motton Road, en Eastchester (no muy lejos del lugar en el que se está llevando a cabo el intento de perforar la Cúpula con un compuesto ácido experimental a pesar del extraño cielo rosa), Jack

Evans, marido de la difunta Myra, está de pie en el jardín trasero con una botella de Jack Daniels en una mano y el arma que ha elegido para proteger su hogar, una Ruger SR9, en la otra. Bebe y ve cómo caen las estrellas rosadas. Sabe lo que son, y pide un deseo por cada una que ve, y desea la muerte, porque sin Myra su vida se ha convertido en un pozo sin fin. Tal vez sería capaz de vivir sin ella, y tal vez sería capaz de vivir como una rata en una jaula de cristal, pero las dos cosas a la vez no. Cuando la lluvia de meteoritos se vuelve más intermitente (lo que sucede alrededor de las diez y cuarto, unos cuarenta y cinco minutos después de que empezara) toma el último sorbo de Jack Daniels, arroja la botella en el césped y se revienta la cabeza. Es el primer suicidio oficial en Chester's Mill.

Y no será el último.

18

Barbie, Julia y Lissa Jamieson observaron en silencio cómo los dos soldados vestidos de astronauta quitaban el fino tubo del extremo de la manguera de plástico. Lo depositaron en una bolsa de plástico opaco con cierre hermético, y luego metieron la bolsa en un maletín metálico con la inscripción **MATERIALES PELIGROSOS**. Lo cerraron con dos llaves distintas, y se quitaron el casco. Parecían cansados, acalorados y desanimados.

Dos hombres mayores —demasiado para ser soldados— se alejaron con un aparato de aspecto muy complejo del lugar en el que se había llevado a cabo el experimento con el ácido en tres ocasiones. Barbie dedujo que los tipos, posiblemente científicos de la Agencia Nacional de Seguridad, habían hecho algún tipo de análisis espectrográfico. O que lo habían intentado. Se habían quitado la máscara antigás que habían utilizado durante el experimento y la llevaban sobre la cabeza, como si fuera un extraño sombrero. Barbie podría haberle preguntado a Cox qué conclusiones esperaban extraer de las pruebas, y quizá Cox podría haberle dado una respuesta directa, pero Barbie también estaba desanimado.

Encima de ellos, los últimos meteoroides rosados surcaban el cielo.

Lissa señaló hacia Eastchester.

—He oído algo que ha sonado como un disparo. ¿Y ustedes?

—Seguramente el tubo de escape de un coche o un chico que ha lanzado un cohete —dijo Julia, que también estaba cansada y ojerosa. Cuando quedó claro que el experimento, la prueba con el ácido, por así decirlo, no iba a funcionar, Barbie la vio secándose los ojos. Sin embargo eso no le impidió tomar fotografías con su Kodak.

Cox se acercó a ellos, acompañado por la sombra que los focos que habían instalado arrojaban en dos direcciones. Señaló el lugar donde habían hecho la marca con forma de puerta.

—Supongo que esta aventura le ha costado setecientos cincuenta mil dólares al contribuyente estadounidense, eso sin contar los gastos de I+D necesarios para desarrollar el compuesto ácido, que se ha comido la pintura que habíamos puesto aquí y no ha hecho una puta mierda más.

—No maldiga, coronel —dijo Julia con una sonrisa que no era más que una sombra de la habitual.

—Perdón, señorita editora —replicó Cox con amargura.

—¿De verdad creía que esto iba a funcionar? —preguntó Barbie.

—No, pero tampoco creía que viviría para ver llegar al hombre a Marte, y ahora los rusos dicen que van a enviar una tripulación de cuatro personas en 2020.

—Ah, ya lo entiendo —tercio Julia—. Los marcianos se enteraron y están furiosos.

—En tal caso, han tomado represalias contra el país equivocado —dijo Cox... y Barbie vio algo en su mirada.

—¿Está seguro, Jim? —preguntó con voz tranquila.

—¿Cómo dice?

—Que la Cúpula es obra de extraterrestres.

Julia dio dos pasos al frente. Estaba pálida y le brillaban los ojos.

—¡Díganos lo que sabe, maldita sea!

Cox levantó una mano.

—Basta. No sabemos nada. Sin embargo, hay una teoría. Sí. Marty, ven aquí.

Uno de los hombres mayores que habían llevado a cabo el experimento se acercó a la Cúpula. Llevaba la máscara antigás tomada de la correa.

—¿Cuál es tu análisis? —le preguntó Cox, y cuando se dio cuenta de los titubeos del hombre, añadió—: Habla con franqueza.

—Bueno... —Marty se encogió de hombros—. Hay rastros de minerales. De contaminantes de la tierra y transmitidos por el aire. Por lo demás, nada. Según el análisis espectrográfico, esa cosa no está ahí.

—¿Y qué hay del HY-908? —y añadió para Barbie y las mujeres—: El ácido.

—Ha desaparecido —respondió Marty—. La cosa que no está ahí se lo ha comido.

—Según tus conocimientos, ¿es eso posible?

—No. Pero según nuestros conocimientos la Cúpula tampoco es posible.

—¿Y eso te empuja a creer que la Cúpula podría ser la creación de alguna forma de vida con conocimientos más avanzados de física, química, biología o lo que sea? —al ver que Marty dudaba de nuevo, Cox repitió lo que le había dicho antes—: Habla con franqueza.

—Es una posibilidad. También es posible que algún supervillano terrestre la haya puesto ahí. Un Lex Luthor de verdad. O podría ser obra de algún país renegado, como Corea del Norte.

—¿Algún candidato más? —preguntó Barbie con escepticismo.

—Yo me inclino por el origen extraterrestre —confesó Marty. Golpeó la Cúpula con los nudillos y ni parpadeó; ya había recibido su descarga—. La mayoría de los científicos estamos trabajando en eso ahora mismo, si podemos decir que estamos trabajando cuando en realidad no estamos haciendo nada. Es la regla Sherlock: cuando eliminas lo imposible, lo que queda, por improbable que sea, es la respuesta.

—¿Algo o alguien ha aterrizado en un platillo volador y ha exigido que lo llevaran ante nuestro líder? —preguntó Julia.

—No —respondió Cox.

—¿Lo sabrían si hubiera ocurrido? —preguntó Barbie, que pensó: *¿Estamos teniendo esta conversación? ¿O estoy soñando?*

—No necesariamente —respondió Cox tras un breve titubeo.

—También podría ser meteorológico —añadió Marty—. Demonios, incluso biológico, alguna alimaña. Hay una escuela de pensamiento que cree que esta cosa es una especie de híbrido de la bacteria *E. coli*.

—Coronel Cox —dijo Julia en voz baja—, ¿somos el experimento de alguien? Porque esa es la sensación que tengo.

Lissa Jamieson, mientras tanto, miraba hacia las bonitas casas de la zona residencial de Eastchester. Casi todas las luces estaban apagadas, bien porque la gente que vivía allí no tenía generadores, bien porque ahorraban combustible.

—Eso ha sido un disparo —dijo—. Estoy segura de que ha sido un disparo.

ENRACHADO

1

Aparte de la política municipal, Gran Jim Rennie tenía un único vicio, y era el basquetbol femenil colegial: el basquetbol de las Gatas Montesas, para ser exactos. Tenía abono de temporada desde 1998 e iba al menos a una docena de partidos al año. En 2004, el año en que las Gatas Montesas ganaron el campeonato estatal Clase D, fue a todos los partidos. Y aunque los autógrafos en los que inevitablemente se fijaba la gente cuando los invitaba al estudio de su casa eran los de Tiger Woods, Dale Earnhardt y Bill "Astronauta" Lee, del que él se sentía más orgulloso —el que guardaba como un tesoro— era el de Hanna Compton, la pequeña poste de segundo grado que había conseguido que las Gatas Montesas se llevaran aquel único y preciado balón de oro.

Cuando posees un abono de temporada, acabas conociendo a los demás abonados que te rodean y las razones por las que son aficionados a ese deporte. Muchos son familiares de las jugadoras (y a menudo la fuerza motriz del Club de Apoyo, los que organizan ventas de pasteles y recaudan dinero para los partidos que se juegan "fuera", cada vez más caros). Otros son puristas del basquetbol que afirman —con cierta justificación— que los partidos de las chicas son sencillamente mejores. Las jóvenes jugadoras están dotadas de una ética de equipo que los chicos (a quienes les encanta presumir, excederse e intentar lanzamientos de larga distancia) rara vez igualan. El ritmo es más lento, lo cual te permite meterte dentro del juego y recrearte en cada bloqueo y en cada pase. Los seguidores del basquetbol femenil disfrutan con los bajísimos marcadores de los que se burlan los seguidores del basquetbol masculino afirmando que en el juego de las chicas tienen más relevancia la defensa y los tiros libres, que son la esencia misma del basquetbol de la vieja escuela.

También hay tipos a quienes lo que les gusta es ver a adolescentes de piernas largas corriendo por ahí con pantalones cortos.

Gran Jim compartía todas esas razones para disfrutar de ese deporte, pero su pasión nacía de algo completamente diferente, de algo que jamás verbalizaba cuando comentaba los partidos con los demás seguidores. No habría sido prudente hacerlo.

Las chicas se tomaban el juego como algo personal, y eso las convertía en maestras del odio.

Los chicos querían ganar, sí, y a veces los partidos se calentaban bastante si jugaban contra un adversario tradicional (en el caso de los equipos deportivos de los Gatos Monteses de Mills, los despreciados Cohetes de Castle Rock), pero a los chicos les interesaban sobre todo las hazañas individuales. En otras palabras, alardear. Y cuando se acababa, se acababa.

Las chicas, por el contrario, detestaban perder. Se llevaban la derrota a los vestidores y se amargaban con ella. Y, lo que es aún más importante, la detestaban y la odiaban como equipo. Gran Jim a menudo veía asomar la cabeza de ese odio; durante una lucha por balón reñido en la segunda parte y con el marcador ajustado, era capaz de captar las vibraciones de "Ni hablar, puta, esa bola es MÍA". Las captaba y las devoraba.

Antes de 2004, las Gatas Montesas solo habían conseguido llegar al torneo estatal una vez en veinte años, y había sido una aparición única contra Buckfield. Entonces llegó Hanna Compton. La mejor personificación del odio de todos los tiempos, en opinión de Gran Jim.

Siendo hija de Dale Compton, un escuálido leñador de Tarker's Mill que casi siempre estaba borracho y siempre era problemático, Hanna había desarrollado esa actitud de "quítate de en medio" de una forma bastante natural. Como estudiante de primer año, había jugado en infantil casi toda la temporada, pero el entrenador la había pasado al equipo principal en los últimos dos partidos, en los que había anotado más canastas que ninguna otra y había dejado a su homóloga de los Linces Rojos de Richmond retorciéndose sobre la cancha después de un juego defensivo duro pero dentro de los límites del reglamento.

Al terminar ese partido, Gran Jim abordó al entrenador Woodhead.

—Si esa chica no empieza el año que viene, estás loco —le dijo.

—No estoy loco —repuso el entrenador Woodhead.

Hanna había empezado quemando y había terminado ardiendo, dejando una estela abrasadora de la que los seguidores de las Gatas Montesas hablarían todavía años después (media de la temporada: 27,6 puntos por partido). Podía desmarcarse y encestar un triple cuando se le antojaba, pero lo que más le gustaba a Gran Jim era verla romper la defensa y avanzar hacia la canasta, una desdeñosa mueca de concentración en su rostro chato, sus brillantes ojos negros desafiando a cualquiera a interponerse en su camino, su cola de caballo sobresaliendo tras ella como un dedo medio bien levantado. El segundo concejal y principal vendedor de coches de segunda mano de Mill se había enamorado.

En la final de 2004, las Gatas Montesas les sacaban diez puntos de ventaja a las Cohetes cuando expulsaron a Hanna por faltas. Por suerte para las Gatas, solo quedaba un minuto cincuenta y seis de partido. Acabaron ganando por un solo punto. De los ochenta y seis puntos logrados por el equipo, Hanna Compton había anotado la increíble cifra de sesenta y tres. Esa primavera, su problemático padre había acabado conduciendo un Cadillac nuevecito que James Rennie Padre le había vendido con cuarenta por ciento de descuento. Los coches nuevos no eran negocio de Gran Jim, pero siempre que quería podía conseguir uno "directo del fabricante".

Sentado en la oficina de Peter Randolph mientras fuera seguía desvaneciéndose lo que quedaba de la lluvia rosada de meteoritos (y sus chicos en apuros esperaban —con impaciencia, imaginaba él— a que los convocaran para comunicarles su destino), Gran Jim recordó ese fabuloso partido de basquetbol, rotundamente mítico; en concreto los primeros ocho minutos de la segunda parte, que habían empezado con las Gatas Montesas perdiendo por nueve.

Hanna se había adueñado del partido con la misma resolución brutal con que Stalin se había apoderado de Rusia, sus ojos negros brillando (aparentemente fijos en un Nirvana del basquetbol que el común de los mortales no podía ver), su rostro con esa eterna expresión de desdén que decía: "Soy mejor que tú, soy la mejor de todas, quítate de en medio o te pisotearé como a una mierda".

Todo lo que lanzó durante esos ocho minutos entró, incluido un absurdo tiro desde la línea de media cancha que había intentado, al tropezar, solo para librarse de la bola y evitar que le marcaran falta por exceso de pasos sin rebotar.

Había varias expresiones para definir esa clase de juego, la más común era "estar inspirado". Pero la que le gustaba a Gran Jim era "enrachado", como en: "Ahora sí que está enrachado". Como si el juego fuese una especie de tejido divino que quedaba fuera del alcance de los jugadores corrientes (aunque a veces incluso los jugadores corrientes podían inspirarse y entonces, por un breve instante, se transformaban en dioses y diosas, y todos sus defectos corporales parecían desaparecer durante esa transitoria divinidad), un tejido que en noches especiales podía tocarse: una tela suntuosa y espléndida, tal como la que debía de adornar las salas de madera noble del Valhalla.

Hanna Compton no llegó a jugar el último año de preparatoria; ese partido de la final había sido su adiós. Aquel verano su padre se había matado junto con su mujer y sus tres hijas cuando regresaban a Tarker's Mill desde Brownie's, donde habían estado todos disfrutando unas malteadas de helado. El hombre conducía borracho. El Cadillac a precio de ganga había sido su ataúd.

El accidente con múltiples víctimas mortales había sido noticia de portada en todo el oeste de Maine —el *Democrat* de Julia Shumway publicó un número con listón negro esa semana—, pero a Gran Jim no lo había abatido la pena. Sospechaba que Hanna nunca habría jugado en la universidad; allí las chicas eran más grandes, y ella podría haberse visto encasillada como jugadora. Hanna nunca habría estado dispuesta a eso. Su odio tenía que alimentarse con una acción constante en la cancha. Gran Jim lo entendía a la perfección. Simpatizaba con ello a la perfección. Era el principal motivo por el que él nunca había pensado siquiera en marcharse de Mill. Puede que en el amplio y ancho mundo hubiese hecho más dinero, pero la riqueza era la cerveza de barril de la existencia. El poder era el champán.

Mandar en Mill estaba bien en los días corrientes, pero en momentos de crisis estaba mejor que bien. En momentos como esos podías volar con alas de pura intuición sabiendo que no podías cagarla, que no había forma de cagarla. Podías ver la estrategia de la defensa incluso antes de que la defensa se hubiese formado, y encestabas cada vez que tenías el balón. "Estabas en racha", y no había mejor momento para que eso sucediera que en una final.

Aquella era la final de Gran Jim y los problemas abundarían. Tenía la sensación —la convicción absoluta— de que nada podía salir mal durante esa mágica travesía; incluso las cosas que parecían torcidas se convertirían en oportunidades en lugar de ser trabas, como ese tiro desesperado de Hanna desde media cancha, que había puesto en pie a todo el Centro Cívico de Derry, los seguidores de Mill animando, los de Castle Rock despotricando sin poder creérselo.

Estaba enrachado. Por eso no estaba cansado, aunque debería estar exhausto. Por eso no estaba preocupado por Junior, a pesar de su reticencia, su palidez y su actitud siempre alerta. Por eso no estaba preocupado por Dale Barbara y su problemático círculo de amigos, sobre todo esa zorra del periódico. Por eso, cuando Peter Randolph y Andy Sanders lo miraron, atónitos, Gran Jim se limitó a sonreír. Podía permitirse sonreír. Estaba enrachado.

—¿Cerrar el supermercado? —preguntó Andy—. ¿Eso no enfadará a muchísima gente, Gran Jim?

—El supermercado y la gasolinera —corrigió Gran Jim, sonriendo aún—. Por Brownie's no hay que preocuparse, ya está cerrado. Además, mejor… es un sucio antro. —*Que vende revistillas sucias*, añadió para sí.

—Jim, el Food City todavía tiene muchas existencias —dijo Randolph—. Esta misma tarde he estado hablando con Jack Cale sobre eso. Queda poca carne, pero todo lo demás aún aguanta.

—Ya lo sé —dijo Gran Jim—. Sé interpretar un inventario, y Cale también. O debería, al fin y al cabo es judío.

—Bueno… Yo solo digo que hasta ahora todo ha transcurrido con calma porque la gente tenía la despensa bien provista —puso mejor cara—. Sí vería bien ordenar que el Food City abriera menos horas. Creo que a Jack podríamos convencerlo. Seguramente ya lo habrá pensado él mismo.

Gran Jim agitó la cabeza, todavía con una sonrisa. Ahí tenía otro ejemplo de cómo los retos se presentaban cuando estabas enrachado. Duke Perkins habría dicho que era un error someter a la ciudad a mayor tensión todavía, sobre todo después del inquietante acontecimiento celeste de esa noche. Pero Duke estaba muerto, y que así fuera era más que oportuno; era divino.

—Cerrados —repitió—. Los dos. Completamente. Y cuando vuelvan a abrir seremos nosotros los que repartamos las provisiones. Los alimentos durarán más y la distribución será más justa. Anunciaré un plan de racionamiento en la asamblea del jueves —hizo una pausa—. Si la Cúpula no ha desparecido para entonces, desde luego.

Andy, dubitativo, añadió:

—No estoy seguro de que tengamos autoridad para cerrar negocios, Gran Jim.

—En una crisis como esta, no solo tenemos la autoridad, tenemos la responsabilidad de hacerlo —dio unas efusivas palmadas a Pete Randolph en la espalda. El nuevo jefe de policía de Chester's Mill no lo esperaba y se le escofre un pequeño grito de sobresalto.

—¿Y si desencadenamos el pánico? —Andy fruncía el ceño.

—Bueno, es una posibilidad —dijo Gran Jim—. Cuando pateas un nido de ratones, lo más probable es que salgan todos corriendo. Si esta crisis no termina pronto, tal vez tengamos que incrementar nuestra fuerza policial. Sí, bastante.

Randolph no salía de su asombro.

—Ya vamos por veinte oficiales. Incluyendo… —ladeó la cabeza hacia la puerta.

—Pues sí —dijo Gran Jim—, y, hablando de esos chicos, será mejor que los hagas pasar, jefe, para que podamos terminar con esto y enviarlos a casa a dormir. Me parece que mañana les espera un día ajetreado.

Y si acaban dándoles una paliza, mejor. Se lo merecen por no ser capaces de guardar el arma dentro de la funda.

2

Frank, Carter, Mel y Georgia entraron arrastrando los pies como si fueran sospechosos en una línea de reconocimiento policial. Sus expresiones eran resueltas y desafiantes, pero ese desafío era inconsistente; Hanna Compton se habría reído de él. Tenían la mirada baja, estudiándose los zapatos. Gran Jim sabía que esperaban que los despidieran, o algo peor, y eso a él le parecía muy bien. El miedo era el sentimiento con el que más fácil resultaba trabajar.

—Bueno —dijo—. Aquí tenemos a los valerosos oficiales.

Georgia Roux masculló algo a media voz.

—Habla más alto, querida —Gran Jim se llevó una mano a la oreja.

—Digo que no hemos hecho nada malo —repitió ella, todavía mascullando y con esa actitud de "el profe se está pasando conmigo".

—Entonces, ¿qué hicieron exactamente? —y cuando Georgia, Frank y Carter se pusieron a hablar a la vez, señaló a Frankie—: Tú. —*Y que te salga bien, por lo que más quieras.*

—Sí que estuvimos allí —dijo Frank—, pero nos había invitado ella.

—¡Eso! —exclamó Georgia cruzando los brazos por debajo de su considerable pechera—. Ella…

—Calla —Gran Jim la señaló con el dedo con un gesto teatral—. Uno habla por todos. Así es como funcionan las cosas cuando se está un equipo. ¿Son un equipo?

Carter Thibodeau vio hacia dónde iba todo aquello.

—Sí, señor, señor Rennie.

—Me alegro de oírlo. —Gran Jim le hizo a Frank una señal con la cabeza para que prosiguiera.

—Nos dijo que tenía unas cervezas —dijo Frank—. Solo por eso salimos. En el pueblo no se puede comprar, como bien sabe usted. Bueno, el caso es que estábamos allí pasando el rato, bebiendo cerveza… Solo una lata cada uno, y ya prácticamente no estábamos de servicio…

—Ya hacía rato que no estaban de servicio —interpuso el jefe—. ¿No es eso lo que querías decir?

Frank asintió respetuosamente.

—Sí, señor, eso es lo que quería decir. Nos bebimos nuestra cerveza y entonces dijimos que sería mejor que nos fuéramos, pero ella dijo que valoraba mucho lo que hacíamos y que quería darnos las gracias. Entonces se abrió de piernas.

—Nos enseñó el producto, ya sabe —aclaró Mel con una enorme sonrisa vacía.

Gran Jim se estremeció y dio gracias en silencio por que Andrea Grinnell no estuviera allí. Drogadicta o no, podría haberse puesto de lo más políticamente correcta en una situación como esa.

—Nos hizo entrar en el dormitorio uno a uno —dijo Frankie—. Sé que fue una mala decisión, y todos lo sentimos, pero fue del todo voluntario de su parte.

—Estoy seguro de que sí —dijo el jefe Randolph—. Vaya reputación tiene esa chica. Y su marido. No encontraron drogas por ahí, ¿verdad?

—No, señor —un coro a cuatro voces.

—Y ¿no la lastimaron? —preguntó Gran Jim—. Tengo entendido que ella dice que la golpearon, entre otras cosas.

—Nadie la lastimó —dijo Carter—. ¿Puedo explicar lo que creo que pasó?

Gran Jim movió una mano en gesto afirmativo. Estaba empezando a pensar que el señor Thibodeau tenía posibilidades.

—Seguramente se cayó después de que nos fuimos. A lo mejor un par de veces. Estaba bastante borracha. Protección de Menores debería quitarle a ese bebé antes de que lo mate.

Nadie siguió por ese camino. En las circunstancias en que se encontraba el pueblo, la oficina de Protección de Menores de Castle Rock bien podía estar en la Luna…

—Así que, básicamente, están todos limpios —dijo Gran Jim.

—Como un quirófano —repuso Frank.

—Bueno, creo que nos damos por satisfechos. —Gran Jim miró en derredor—. ¿Nos damos por satisfechos, caballeros?

Andy y Randolph asintieron con cara de alivio.

—Bien —dijo Gran Jim—. Bueno, ha sido un día muy largo… un día lleno de acontecimientos… y todos necesitamos dormir un poco, estoy seguro. Los jóvenes oficiales lo necesitan más aún, porque regresarán al servicio mañana a las siete de la mañana. El supermercado y Gasolina & Alimentación Mill van a permanecer cerrados mientras dure esta crisis, y el jefe Randolph ha pensado que son los más apropiados para montar guardia en el Food City, por si la gente que acuda allí no se toma muy bien el nuevo orden de las cosas. ¿Cree que será capaz, señor Thibodeau? ¿Con su… herida de guerra?

Carter flexionó el brazo.

—Estoy bien. Ese perro no me ha rasgado un tendón ni nada.

—Podemos enviar también a Fred Denton con ellos —dijo el jefe Randolph, dejándose llevar por la atmósfera del momento—. En la gasolinera debería bastar con Wettington y Morrison.

—Jim —dijo Andy—, a lo mejor deberíamos poner a oficiales con más experiencia en el Food City, y a los más inexpertos en los establecimientos más pequeños…

—Yo no lo creo —dijo Gran Jim. Sonriendo. En racha—. Estos jóvenes son los que queremos en el Food City. Estos y no otros. Y una cosa más. Me ha dicho un pajarito que algunos de ustedes llevan armas en el coche, y que un par las han portado a pie, en público.

El silencio fue la respuesta.

—Son oficiales en período de prueba —dijo Gran Jim—. Tener un arma personal es su derecho como estadounidenses. Pero si me entero de que alguno va armado mañana cuando esté delante del Food City, delante de la buena gente de este pueblo, sus días como policías habrán terminado.

—Absolutamente cierto —dijo Randolph.

Gran Jim miró detenidamente a Frank, Carter, Mel y Georgia.

—¿Algún problema con eso?

No parecían muy contentos. Gran Jim no esperaba que lo estuvieran, pero no habían salido mal parados. Thibodeau no hacía más que flexionar el hombro y los dedos, poniéndolos a prueba.

—¿Y si las llevamos descargadas? —preguntó Frank—. ¿Y si solo las llevamos encima, ya sabe, como advertencia?

Gran Jim alzó un dedo de profesor.

—Te voy a decir lo que me decía mi padre, Frank: eso de un arma descargada no existe. Vivimos en un buen pueblo. La gente se comportará como es debido, y yo cuento con eso. Si ellos cambian, nosotros cambiaremos. ¿Entendido?

—Sí, señor, señor Rennie —Frank no parecía muy satisfecho. Eso a Gran Jim le bastaba.

Se levantó. Sin embargo, en lugar de encabezar la marcha, Gran Jim extendió las manos. Vio la vacilación de todos ellos y asintió, sonriendo aún:

—Vamos. Mañana será un gran día, y no dejaremos que el de hoy acabe sin unas palabras de oración. Así que tómense de las manos.

Así lo hicieron. Gran Jim cerró los ojos e inclinó la cabeza.

—Querido Dios…

Así estuvieron algún tiempo.

3

Barbie subió los escalones exteriores de su departamento unos minutos antes de la medianoche, con los hombros caídos por el agotamiento, pensando que lo único que quería en el mundo eran seis horas de inconsciencia antes de escuchar el despertador y levantarse para ir al Sweetbriar Rose a preparar desayunos.

El cansancio lo abandonó en cuanto encendió las luces, que, por cortesía del generador de Andy Sanders, todavía funcionaban.

Alguien había estado allí.

La señal era tan sutil que al principio no logró percibirla. Cerró los ojos, después volvió a abrirlos y dejó pasear la mirada sin presiones por su híbrido entre sala y cocina, intentando abarcarlo todo. Los libros que había pensado dejar atrás no habían cambiado de sitio en las repisas; las sillas estaban donde habían estado, una bajo la lámpara y la otra junto a la única ventana de la habitación, con su vista panorámica del callejón; la taza del café y el plato del desayuno seguían en el escurridor, junto al diminuto fregadero.

Entonces se le prendió el foco, como suele suceder con esas cosas si no se pone demasiado empeño. Era la alfombra, la que él consideraba su alfombra No Lindsay.

De aproximadamente metro y medio de largo y sesenta centímetros de ancho, la alfombra No Lindsay tenía un repetitivo diseño en diamante, azul, rojo, blanco y café. La había comprado en Bagdad, pero un policía iraquí en quien confiaba le había asegurado que era de fabricación kurda. "Muy antigua, muy bonita", había dicho el policía. Se llamaba Latif Abdaljaliq Hasan. Un buen oficial. "Parece turco, pero no no no." Sonrisa enorme. Dientes blancos. Una semana después de ese día en el mercado, la bala de un francotirador le voló los sesos a Latif Abdaljaliq Hasan y se los sacó por la nuca. "¡Nada de turco! ¡Iraquí!"

El mercader de alfombras vestía una camiseta amarilla en la que decía NO DISPARE, SOLO SOY EL PIANISTA. Latif lo había escuchado, asintiendo. Se habían reído juntos. Entonces el mercader había hecho un gesto obsceno sorprendentemente estadounidense y se habían reído con más ganas aún.

—¿De qué se trata? —preguntó Barbie.

—Dice que senador estadounidense compró cinco como esa. Lindsay Graham. Cinco alfombra, quinientos dólares. Quinientos encima la mesa, para prensa. Más por debajo. Pero todas alfombras de senadora falsas. Sí sí sí. Esta no falsa, esta de verdad. Yo, Latif Hasan, te lo digo, Barbie. Alfombra no Lindsay Graham.

Latif alzó la mano y Barbie chocó los cinco con él. Aquel había sido un buen día. Caluroso, pero bueno. Había comprado la alfombra por doscientos dólares estadounidenses, y un reproductor de DVD multirregión. La No Lindsay era su único *souvenir* de Iraq, y nunca la pisaba. Siempre la rodeaba. Había pensado dejarla allí al irse; imaginaba que, en el fondo, su intención había sido dejar atrás Iraq cuando se marchara de Mill, pero estaba visto que no tenía muchas probabilidades de conseguirlo... Allí adonde ibas, allí estabas. La gran verdad zen de todos los tiempos.

Él no la había pisado, era supersticioso con eso, siempre daba un rodeo para evitarla, como si pisándola fuese a activar alguna computadora en Washington y a encontrarse de nuevo en Bagdad o en la maldita ciudad de Faluya. Sin embargo, alguien la había pisado, porque la No Lindsay estaba torcida. Arrugada. Y un poco doblada. Esa mañana, hacía mil años, él la había dejado perfectamente alineada al salir.

Entró en el dormitorio. La colcha estaba tan lisa como siempre, pero la sensación de que alguien había estado allí era igual de fuerte. ¿Sería el resto de un olor a sudor? ¿Una vibración psíquica? Barbie no lo sabía, y tampoco le importaba. Fue a su cómoda, abrió el primer cajón y vio que el par de pantalones superdesgastados que había dejado en lo alto de la pila estaba ahora al fondo. Y sus pantalones cortos de soldado, que él había guardado con las cremalleras hacia arriba, estaban ahora con las cremalleras hacia abajo.

Inmediatamente fue al segundo cajón y a los calcetines. Tardó menos de cinco segundos en comprobar que sus placas de identificación habían desaparecido, y no le sorprendió. No, no le sorprendió en absoluto.

Tomó el teléfono desechable que también había pensado dejar allí y volvió a la habitación principal. La guía telefónica de Tarker's y Chester's Mill estaba en una mesita junto a la puerta, un libro tan delgado que casi era un panfleto. Buscó el número que quería, aunque en realidad no esperaba encontrarlo; los jefes de policía no solían permitir que sus números particulares aparecieran en las guías.

Salvo, por lo visto, en las ciudades pequeñas. Al menos en esa estaba, aunque la entrada era discreta: **H y B Perkins 28 Morin Street**. A pesar de que era más de medianoche, Barbie marcó el número sin dudarlo. No podía permitirse esperar. Tenía la impresión de que les quedaba poquísimo tiempo.

4

El teléfono estaba sonando. Sería Howie, sin duda, que la llamaba para decirle que iba a llegar tarde, que cerrara la casa con llave y se fuera a dormir...

Entonces todo se le vino otra vez encima como una lluvia de desagradables regalos que caía desde una piñata envenenada: el recuerdo de que Howie estaba muerto. No sabía quién podía estar llamándola —consultó su reloj— a las doce y veinte de la noche, pero no era Howie.

Se estremeció al sentarse, frotándose el cuello, maldiciéndose por haberse quedado dormida en el sofá, maldiciendo también a quienquiera que la hubiera despertado a una hora tan intempestiva para refrescarle el recuerdo de su nueva y extraña soledad.

Entonces se le ocurrió que solo podía haber una razón para que la llamaran tan tarde: o había desaparecido la Cúpula, o habían abierto un agujero en ella. Se dio un golpe en la pierna contra la mesita del café con suficiente fuerza para que los papeles que había en ella se desplazaran, luego cojeó hasta el teléfono, que estaba junto al sillón de Howie (cómo le dolía mirar ese sillón vacío) y descolgó.

—¿Sí? ¡¿Diga?!

—Soy Dale Barbara.

—¡Barbie! ¿Se cayó? ¿Se cayó la Cúpula?

—No. Ojalá llamara por eso, pero no.

—Entonces, ¿por qué llamas? ¡Son casi las doce y media de la madrugada!

—Has dicho que tu marido estaba investigando a Jim Rennie.

Brenda permaneció en silencio, asimilando aquello. Se llevó la palma de la mano a un lado del cuello, al lugar en el que Howie la había acariciado por última vez.

—Así es, pero te dije que no tenía absolutamente...

—Recuerdo lo que me has dicho —le dijo Barbie—. Tienes que escucharme, Brenda. ¿Puedes hacerlo? ¿Estás despierta?

—Ahora sí.

—¿Tu marido tenía notas?

—Sí. En su computadora. Las imprimí —estaba mirando los documentos de la carpeta VADER, esparcidos sobre la mesita del café.

—Bien. Mañana por la mañana quiero que metas esa copia impresa en un sobre y que se lo lleves a Julia Shumway. Dile que lo guarde en un lugar seguro. En una caja fuerte, si es que tienen o en un archivador con llave. Dile que solo debe abrirlo si nos sucediera algo a ti, a mí, o a los dos.

—Me estás asustando.

—No debe abrirlo bajo ningún otro concepto. Si le dices eso, ¿te hará caso? Mi instinto me dice que sí.

—Claro que me hará caso, pero ¿por qué no podemos dejar que lo vea?

—Porque si la directora del periódico local ve lo que tu marido tenía sobre Gran Jim, y Gran Jim se entera de que lo ha visto, habremos perdido casi toda la fuerza que tenemos. ¿Entiendes?

—S-sí... —se sorprendió deseando desesperadamente que fuera Howie quien estuviera manteniendo esa conversación pasada la medianoche.

—Ya te había dicho que a lo mejor me detenían hoy si el impacto del misil no funcionaba. ¿Recuerdas que te lo dije?

—Por supuesto.

—Bueno, pues no me han detenido. Ese gordo cabrón sabe esperar el momento más oportuno. Pero no esperará mucho más.

Estoy casi convencido de que sucederá mañana… hoy, más tarde, quiero decir. A menos, claro, que puedas detenerlo amenazándolo con airear cualquier mierda que desenterrara tu marido.

—¿De qué crees que te acusarán para arrestarte?

—Ni idea, pero no será por un simple robo. Y, en cuanto esté en la cárcel, creo que podría sufrir un accidente. Vi muchísimos accidentes de ese tipo en Iraq.

—Es una locura —pero tenía esa espantosa verosimilitud que Brenda a veces había experimentado en pesadillas.

—Piénsalo, Brenda. Rennie tiene algo que ocultar, necesita un chivo expiatorio y tiene al nuevo jefe de policía en el bolsillo. Los astros están alineados.

—Había pensado ir a verlo de todas formas —dijo Brenda—. Y pensaba llevar a Julia conmigo, por seguridad.

—No lleves a Julia —dijo él—, pero no vayas sola.

—¿No creerás de verdad que podría…?

—No sé lo que podría hacer, hasta dónde llegaría. ¿En quién confías además de en Julia?

Brenda recordó al instante aquella tarde, los incendios casi apagados, ella de pie junto a Little Bitch Road, sintiéndose bien a pesar de su dolor porque estaba llena de endorfinas. Romeo Burpee le había dicho que debería postularse al menos como jefa de bomberos.

—Rommie Burpee —dijo.

—De acuerdo, pues entonces él.

—¿Le cuento lo que tenía Howie contra…?

—No —dijo Barbie—. Él solo es tu póliza de seguros. Y otra cosa: guarda la computadora de tu marido bajo llave.

—Bien… Pero si guardo bajo llave la computadora y le doy a Julia lo que he imprimido, ¿qué voy a enseñarle a Jim? Supongo que podría imprimir una segunda copia…

—No. Con que haya una rondando por ahí ya es suficiente. Por ahora, al menos. Hacer que se sienta temeroso de Dios es una cosa. Si lo asustamos, se volverá demasiado impredecible. Brenda, ¿crees que maneja asuntos tubios?

No lo dudó:

—Con todo mi corazón —*Porque Howie lo creía… con eso me basta.*

—Y ¿recuerdas lo que dicen esos archivos?

—No las cantidades exactas ni los nombres de todos los bancos que han usado, pero sí lo suficiente.

—Entonces te creerá —dijo Barbie—. Con o sin una segunda copia en papel, te creerá.

5

Brenda metió los documentos de VADER en un sobre manila. En la parte delantera escribió el nombre de Julia. Dejó el sobre en la mesa de la cocina, después fue al estudio de Howie y guardó su computadora portátil en la caja fuerte. Era pequeña y tuvo que poner el aparato de lado, pero al final consiguió que cupiera. Terminó girando la rueda de combinaciones no solo una sino dos veces, como siguiendo las instrucciones de su difunto marido. Al hacerlo, se fue la luz. Por un momento, una parte primitiva de ella creyó que la había apagado ella dando esa vuelta de más a la rueda.

Después se dio cuenta de que el generador de la parte de atrás se había detenido.

6

Cuando llegó Junior a las seis con cinco minutos de la mañana del martes, con sus pálidas mejillas sin afeitar y el cabello alborotado como espinas de paja, Gran Jim estaba sentado a la mesa de la cocina con una bata blanca más o menos del tamaño de la vela mayor de un clíper. Estaba bebiendo una Coca-Cola.

Junior la señaló con un gesto de la cabeza.

—Un buen día empieza con un buen desayuno.

Gran Jim levantó la lata, dio un trago y la volvió a bajar.

—No hay café. Bueno, sí que hay, pero no hay electricidad. Al generador se le ha acabado el combustible líquido. ¿Por qué no tomas un refresco? Todavía están bastante fríos, y tienes aspecto de necesitar uno.

Junior abrió el refrigerador y escudriñó su oscuro interior.

—¿Se supone que tengo que creer que no puedes conseguir un tanque de gas cuando te dé la gana?

Gran Jim se sobresaltó un poco al oír eso, luego se relajó. Era una pregunta razonable, y no significaba que Junior supiera algo. *El culpable huye cuando nadie lo persigue*, se recordó Gran Jim.

—Digamos simplemente que en este preciso momento no sería prudente.

—Ajá.

Junior cerró la puerta del refrigerador y se sentó al otro lado de la mesa. Miró a su viejo con falso regocijo (que Gran Jim tomó por afecto).

La familia que mata unida, se mantiene unida, pensó Junior. *Al menos por el momento. Siempre y cuando sea...*

—Prudente —dijo.

Gran Jim asintió y estudió a su hijo, que estaba complementando su bebida matutina con una barrita de cecina Gran Jerk.

No preguntó "¿Dónde has estado?" No preguntó "¿Qué te pasa?", aunque era evidente, en la despiadada luz de primera hora de la mañana que inundaba la cocina, que algo le pasaba. Sin embargo, sí tenía una pregunta.

—Hay cadáveres. En plural. ¿Es así?

—Sí —junior dio un buen mordisco a la cecina y se la pasó con Coca-Cola. La cocina estaba extrañamente silenciosa sin el rumor del refrigerador ni el borboteo de la Mr. Coffee.

—Y todos esos cadáveres ¿se pueden dejar en la puerta del señor Barbara?

—Sí. Todos —otro bocado. Otra vez tragó. Junior lo miraba fijamente, frotándose la sien izquierda al hacerlo.

—¿Te ves capaz de descubrir esos cadáveres alrededor del mediodía de hoy?

—Ningún problema.

—Y las pruebas contra nuestro querido señor Barbara, desde luego.

—Sí —Junior sonrió—. Son buenas pruebas.

—No te presentes en la comisaría esta mañana, hijo.

—Debería —dijo Junior—. Podría parecer extraño si no lo hago. Además, no estoy cansado. He dormido con... —sacudió la cabeza—. He dormido, dejémoslo así.

Gran Jim tampoco preguntó "¿Con quién has dormido?" Tenía otras preocupaciones que no eran a quién podía estar estafando su hijo; simplemente se alegraba de que el chico no hubiera estado entre los que habían hecho sus cositas con ese asqueroso pedazo de basura de remolque en Motton Road. Hacer cosas con esa clase de chica era una buena forma de contagiarse de algo y enfermar.

Él ya está enfermo, susurró una voz en la cabeza de Gran Jim. Podría haber sido la mortecina voz de su esposa. *Míralo bien.*

Seguro que esa voz estaba en lo cierto, pero esa mañana tenía preocupaciones más acuciantes que el desorden alimenticio de Junior Rennie, o lo que fuera.

—No he dicho que te vayas a la cama. Quiero que patrulles, y quiero que hagas un trabajo para mí. Pero no te acerques al Food City. Me parece que allí va a haber problemas.

La mirada de Junior se turbó.

—¿Qué clase de problemas?

Gran Jim no respondió de forma directa.

—¿Podrías encontrar a Sam Verdreaux?

—Claro. Estará en esa cabaña de God Creek Road. Lo normal sería que estuviera durmiendo, pero hoy es más probable que se esté retorciendo por culpa del *delirium tremens* —Junior rio con malicia al imaginar la escena, después se estremeció y volvió a frotarse la sien—. ¿De verdad crees que soy el más adecuado para hablar con él? Ahora mismo no es mi mayor fan. Seguro que hasta me ha eliminado de Facebook.

—No te entiendo.

—Es una broma, papá. Olvídalo.

—¿Crees que te miraría con otros ojos si le ofrecieras tres litros de whisky? ¿Y más después, si hace bien su trabajo?

—Ese viejo cabrón apestoso me miraría con otros ojos solo con ofrecerle medio vaso de vino barato.

—Ve a Brownie's por el whisky —dijo Gran Jim. Además de tener cosas para matar el hambre y libros de bolsillo, Brownie's era uno de los tres establecimientos de Mill con licencia para vender alcohol, y la policía tenía llave de los tres. Gran Jim le pasó la llave por encima de la mesa—. Puerta trasera. Que nadie te vea entrar.

—¿Qué se supone que tiene que hacer Sam "el Andrajoso" a cambio del combustible?

Gran Jim se lo explicó. Junior escuchó sin inmutarse... salvo por sus ojos, inyectados en sangre, que estaban exultantes. Solo tenía una pregunta más: ¿funcionaría?

Gran Jim asintió.

—Funcionará. Estoy en racha.

Junior dio otro mordisco a su cecina y otro trago a su refresco.

—Yo también, papá —dijo—. Yo también.

7

Cuando Junior se hubo marchado, Gran Jim entró en su estudio con la bata ondeando majestuosamente a su alrededor. Sacó el teléfono del cajón central de su escritorio, donde lo tenía guardado siempre que era posible. Pensaba que eran unos aparatos impíos que no hacían más que fomentar un montón de conversaciones disolutas e inútiles... ¿Cuántas horas de trabajo se habían perdido en ratos inútiles con esos aparatos? Y ¿qué clase de rayos perniciosos te metían en la cabeza mientras te divertías?

Aun así, a veces venían bien. Suponía que Sam Verdreaux haría lo que Junior le dijera, pero también sabía que era estúpido no contratar un seguro.

Escogió un número del directorio "oculto" del celular, al que solo se podía acceder mediante un código numérico. El teléfono sonó una docena de veces antes de que contestaran.

—¡¿Hola?! —ladró el progenitor de la multitudinaria prole de los Killian.

Gran Jim se estremeció y apartó el teléfono de la oreja un momento. Cuando volvió a acercárselo, oyó unos suaves cloqueos al fondo.

—¿Estás en el gallinero, Rog?

—Ah... Sí, señor, Gran Jim, claro que sí. Hay que dar de comer a los pollos, lluvia, nieve o esté despejado —un giro de ciento ochenta grados, de la molestia al respeto. A Roger Killian más le valía ser respetuoso; Gran Jim lo había convertido en un condenado millonario. Si estaba desperdiciando lo que podría haber sido una buena vida sin preocupaciones económicas con su manía de seguir levantándose al amanecer para dar de comer a un puñado de pollos, era por voluntad de Dios. Roger era demasiado tonto para dejarlo. Esa era su bendita naturaleza, y sin duda le haría un buen servicio a Gran Jim ese día.

Y al pueblo, pensó él. *Es por este pueblo por quien lo hago. Por el bien del pueblo.*

—Roger, tengo un trabajo para ti y para tus tres hijos mayores.

—Solo tengo a dos en casa —dijo el hombre. Con su cerrado acento yanqui, *casa* sonó a "c'sa"—. Ricky y Randall están aquí, pero Roland estaba en Oxford comprando forraje cuando cayó esa Cúpula del diablo —se detuvo y pensó en lo que acababa de decir. Los pollos cloqueaban al fondo—. Perdón por la blasfemia.

—Seguro que Dios te perdona —dijo Gran Jim—. Tú y tus dos hijos mayores, entonces. ¿Puedes llevarlos al pueblo a eso de las…? —Gran Jim calculó. No tardó mucho. Cuando estaba enrachado, las decisiones se tomaban rápido—. ¿Digamos que a las nueve en punto, nueve y cuarto a más tardar?

—Tendré que despertarlos, pero claro que sí —dijo Roger—. ¿Qué vamos a hacer? Traer algo más de gas…

—No —dijo Gran Jim—, y ni una palabra sobre eso, Dios te bendiga. Tú escucha.

Gran Jim habló.

Roger Killian, Dios lo bendiga, escuchó.

De fondo, unos ochocientos pollos cloqueaban mientras se atiborraban de forraje rociado con esteroides.

8

—¿Qué? ¿Qué? ¿Por qué?

Jack Cale estaba sentado frente a su escritorio en la pequeña y apretada oficina del gerente del Food City. El escritorio estaba repleto de listas de inventario que Ernie Calvert y él habían terminado por fin a la una de la madrugada, ya que su esperanza de acabar antes se había hecho trizas con la lluvia de meteoritos. Entonces las recogió (listas escritas a mano en largas hojas pautadas amarillas) y las agitó delante de Peter Randolph, que estaba de pie en el umbral del despacho. El nuevo jefe de la policía se había engalanado con el uniforme completo para la visita.

—Mira esto, Pete, antes de que hagas una tontería.

—Lo siento, Jack. El súper queda cerrado. Abrirá otra vez el martes, como almacén de racionamiento. Lo mismo para todos. Nosotros llevaremos las cuentas, Food City Corp no perderá ni un centavo, te lo prometo...

—No se trata de eso —Jack lanzó algo muy parecido a un gemido. Era un treintañero con cara de niño y una mata de cabello áspero y rojizo a la que en esos momentos torturaba con la mano que no sostenía las hojas amarillas... las cuales Peter Randolph no daba muestras de querer aceptar—. ¡Toma! ¡Mira! ¿De qué me estás hablando, Peter Randolph, por Dios bendito?

Ernie Calvert llegó corriendo desde el almacén del sótano. Tenía una gran barriga, la cara roja, y llevaba el cabello gris muy corto al estilo militar, como lo había usado toda la vida. Vestía una bata verde de trabajo del Food City.

—¡Quiere cerrar el súper! —exclamó Jack.

—¿Por qué ibas a hacer eso, por Dios, si aún tenemos un montón de comida? —preguntó Ernie con enfado—. ¿Por qué asustar a la gente de esa manera? Bastante se asustarán cuando llegue el momento, si esto continúa. ¿De quién ha sido esta estúpida idea?

—Lo han votado los concejales —dijo Randolph—. Cualquier problema que tengan con el plan, presenten su queja en la asamblea municipal especial del jueves por la noche. Si esto no se ha acabado ya para entonces, claro.

—¿Qué plan? —gritó Ernie—. ¿Me estás diciendo que Andrea Grinnell está a favor de esto? ¡Ella no haría algo así!

—Tengo entendido que tiene gripe —dijo Randolph—. Guardando cama. Así que ha sido decisión de Andy. Gran Jim ha secundado la moción —nadie le había dicho que lo explicara así; nadie tenía que hacerlo. Randolph sabía cómo le gustaba que se hicieran las cosas a Gran Jim.

—Puede que el racionamiento tenga sentido llegados a cierto punto —dijo Jack—, pero ¿por qué ahora? —volvió a agitar sus papeles, con las mejillas casi tan rojas como su cabello—. ¿Por qué cuando aún tenemos tanto?

—Es el mejor momento para empezar a racionar —dijo Randolph.

—Eso es gracioso viniendo de un hombre con una lancha a motor en el lago de Sebago y una casa rodante de lujo Winnebago Vectra en el patio de casa —repuso Jack.

—No te olvides de la Hummer de Gran Jim —terció Ernie.

—Ya basta —dijo Randolph—. Los concejales lo han decidido…

—Bueno, dos de ellos lo han decidido —dijo Jack.

—Querrás decir uno —añadió Ernie—. Y ya sabemos cuál.

—… y yo he venido a comunicarlo, así que punto final. Pon un cartel en la entrada. SUPERMERCADO CERRADO HASTA NUEVO AVISO.

—Pete. Mira. Sé razonable —Ernie ya no parecía enfadado; ahora casi parecía suplicante—. Con esto la gente se va a llevar un susto de muerte. Si no hay forma de convencerte, ¿qué me dices de un CERRADO POR INVENTARIO, ABRIREMOS EN BREVE? A lo mejor podría añadirse SENTIMOS LAS MOLESTIAS TEMPORALES. Con el TEMPORALES en rojo, o algo así.

Peter Randolph sacudió la cabeza despacio y con gravedad.

—No puedo dejar que hagas eso, Ern. No podría aunque todavía estuvieras oficialmente empleado, como él —señaló con la cabeza a Jack Cale, que había dejado las hojas del inventario para poder torturar su cabello con ambas manos—. CERRADO HASTA NUEVO AVISO. Eso es lo que me han dicho los concejales, y yo cumplo sus órdenes. Además, con las mentiras siempre acaba saliendo el tiro por la culata.

—Sí, bueno, Duke Perkins les habría dicho que tomaran esa orden y se la metieran por la culata —dijo Ernie—. Debería darte vergüenza, Pete, hacerle los mandados a ese gordo de mierda. Si te dice que saltes, tú preguntas hasta dónde.

—Será mejor que cierres el pico ahora mismo si sabes lo que te conviene —dijo Randolph, señalándolo. El dedo le temblaba un poco—. A menos que quieras pasarte el resto del día tras una celda acusado de desacato a la autoridad, será mejor que cierres la boca y cumplas las órdenes. Esta es una situación de crisis…

Ernie lo miró con incredulidad.

—¿Acusado de desacato a la autoridad? ¡Eso no existe!

—Ahora sí. Si no me crees, ponme a prueba.

9

Más tarde —demasiado tarde para que sirviera de algo—, Julia Shumway lograría hacerse una idea bastante clara de cómo habían empezado los disturbios en el Food City, aunque no tuvo oportunidad de publicarlo. Y aunque lo hubiera publicado, lo habría tratado como un mero reportaje periodístico: qué, quién, cómo, cuándo, dónde y por qué. Si le hubiesen pedido que escribiera sobre el nudo emocional del suceso, se habría sentido perdida. ¿Cómo explicar que gente a la que conocía de toda la vida —gente a la que respetaba, a la que quería— se había convertido en una turba? Se dijo: *Podría haberme hecho una idea más clara si hubiese estado allí desde el principio y hubiese visto cómo empezó*, pero eso no era más que pura racionalización, la negativa a enfrentarse a esa fiera descerebrada que puede surgir cuando se provoca a un grupo de gente asustada. Había visto fieras así en las noticias de la televisión, normalmente en otros países. Jamás había esperado verlo en su propio pueblo.

Y tampoco había necesidad. Eso era lo que acababa pensando una y otra vez. El pueblo solo llevaba setenta horas aislado y estaba repleto de casi todo tipo de provisiones; por misterioso que pareciera, las únicas reservas que escaseaban eran las de gas combustible.

Más tarde se diría: *Fue el momento en que este pueblo por fin se dio cuenta de lo que estaba pasando*. Probablemente esa idea contenía parte de verdad, pero no la satisfizo. Lo único que podía decir con total certeza (y solo lo dijo para sí) era que había visto al pueblo enloquecer, y que después de eso ella ya no volvería a ser la misma persona.

10

Las dos primeras personas que ven el cartel son Gina Buffalino y su amiga Harriet Granelow. Las dos chicas van vestidas con el uniforme blanco de enfermera (ha sido idea de Ginny Tomlinson; le ha dado la sensación de que la bata blanca inspiraría más confianza entre los pacientes que los delantales de voluntarias sanitarias) y están muy guapas. También parecen cansadas a pesar de su juvenil capacidad de resistencia. Han sido dos días duros y tienen otro entero por delante después de una noche de pocas horas de sueño. Han ido a buscar barras de chocolate (comprarán suficientes para todo el mundo menos para el pobre Jimmy Sirois, que es diabético; ese es el plan) y están hablando de la lluvia de meteoritos. La conversación cesa cuando ven el cartel en la puerta.

—El súper no puede estar cerrado —dice Gina sin dar crédito—. Es martes por la mañana —pega la cara al cristal y se hace sombra con las manos a los lados para tapar el brillo del radiante sol matutino.

Mientras está ocupada en eso, Anson Wheeler llega con Rose Twitchell de copiloto. Han dejado a Barbie en el Sweetbriar, terminando con el servicio del desayuno. Rose baja de la pequeña camioneta, que tiene su nombre pintado en el costado, antes aún de que Anson haya apagado el motor. Lleva una larga lista de alimentos básicos y quiere conseguir todo lo que pueda lo más rápido que pueda. Entonces ve el CERRADO HASTA NUEVO AVISO colgado en la puerta.

—¿Qué diablos es esto? Si vi a Jack Cale anoche mismo y no me dijo ni una palabra…

Está hablando con Anson, que la sigue resoplando, pero es Gina Buffalino la que contesta.

—Además, todavía está lleno de cosas. En las estanterías hay de todo.

Otras personas se acercan. El súper tendría que abrir dentro de cinco minutos y Rose no es la única que había planeado empezar temprano con las compras; gente de diferentes puntos del pueblo ha despertado, ha visto que la Cúpula sigue en su lugar y ha decidido comprar alimentos. Cuando más tarde se le pregunte por esa repentina precipitación, Rose dirá: "Lo mismo sucede cada invierno cuando el departamento de climatología convierte una alerta de tormenta en alerta de tormenta de nieve. Sanders y Rennie no podrían haber escogido peor día para salir con esa tontería".

Entre los primeros en llegar están las unidades Dos y Cuatro de la policía de Chester's Mill. No muy por detrás de ellos llega Frank DeLesseps en su Nova (ha arrancado la calca de SEXO, DROGAS O DIÉSEL porque le ha dado la sensación de que no era muy adecuada para un oficial de la ley). Carter y Georgia van en la Dos; Mel

Searles y Freddy Denton en la Cuatro. Se estacionaron algo más allá, junto a LeClerc's Maison des Fleurs, por orden del jefe Randolph. "No tienen por qué llegar demasiado pronto", les ha informado. "Esperen hasta que en el estacionamiento haya una docena de coches más o menos. A lo mejor ven el cartel, se van a casa y ya está."

Eso no sucede, por supuesto, tal como Gran Jim sabía. Y la aparición de los oficiales, sobre todo de esos tan jóvenes e inexpertos, sirve de provocación más que de apaciguamiento. Rose es la primera que protesta. Escoge a Freddy y le enseña su larga lista de pendientes, luego señala por la ventana, donde la mayoría de las cosas que quiere se ven ordenadamente alineadas en las estanterías. Freddy se muestra educado al principio, consciente de que la gente (que todavía no es una multitud) los está mirando, pero es difícil mantener la calma con esa bravucona malhablada delante. ¿Es que no se da cuenta de que él solo está cumpliendo órdenes?

—¿Quién crees que está alimentando a esta ciudad, Fred? —pregunta Rose. Anson le pone una mano en el hombro. Rose se la quita de encima. Sabe que Freddy ve rabia en lugar de la profunda inquietud que siente ella, pero no puede evitarlo—. ¿Crees que un camión de distribuciones Sysco lleno de provisiones va a caernos en paracaídas desde el cielo?

—Señora...

—¡Ay, no me vengas con ésa! ¿Desde cuándo soy una "señora" para ti? Llevas veinte años viniendo a mi cafetería cuatro y cinco días a la semana a comer panqueques de arándanos y ese asqueroso tocino reblandecido que tanto te gusta, y siempre me has llamado Rosie. Pero mañana no vas a comerte ningún desayuno a menos que consiga algo de harina y un poco de manteca y algo de jarabe y... —se interrumpe—. ¡Por fin! ¡Algo de sensatez! ¡Gracias, Señor!

Jack Cale está abriendo una de las puertas dobles. Mel y Frank han ocupado posiciones justo delante, y Jack apenas tiene espacio para pasar entre ambos. Los posibles clientes (ya hay un par de docenas, aunque todavía falta un minuto para la hora oficial de apertura del supermercado, las nueve de la mañana) avanzan en tropel y solo se detienen cuando Jack escoge una llave del manojo que lleva en el cinturón y vuelve a cerrar. Se produce un gemido colectivo.

—¿Por qué carajos has hecho eso? —exclama Bill Wicker, indignado—. ¡Mi mujer me ha encargado huevos!

—Eso díselo a los concejales y al jefe Randolph —responde Jack. Su cabello parece querer escapar en todas direcciones. Le lanza una mirada lúgubre a Frank DeLesseps y otra más lúgubre aún a Mel Searles, que está intentando sin demasiada fortuna contener una sonrisa, quizá incluso su famosa risa nyuck-nyuck-nyuck—. Yo seguro que les diré un par de cosas. Pero de momento ya he tenido bastante de esta mierda. Me largo —echa a andar a grandes pasos entre la muchedumbre con la cabeza gacha y las mejillas más encendidas aún que su cabello.

Lissa Jamieson, que acaba de llegar con su bicicleta (todo lo que aparece en su lista cabría en la cesta que lleva en la parte de atrás; sus necesidades son pequeñas, casi minúsculas), tiene que virar para esquivarlo.

Carter, Georgia y Freddy están apostados frente al gran aparador de cristal, donde en un día normal Jack habría dispuesto las carretillas y el fertilizante. Carter lleva banditas en los dedos, y bajo la camisa se le ve un vendaje más grueso. Freddy se lleva la mano a la culata de la pistola mientras Rose Twitchell sigue riñéndole, y Carter desearía poder soltarle un gancho. Los dedos están bien, pero el hombro le duele bastante. El pequeño grupo de aspirantes a compradores se convierte en un grupo grande, y cada vez llegan más coches al estacionamiento.

Antes de que el oficial Thibodeau pueda estudiar bien a la muchedumbre, sin embargo, Alden Dinsmore invade su espacio personal. Alden está demacrado y parece haber perdido diez kilos desde la muerte de su hijo. Lleva una cinta negra de luto en el brazo izquierdo y parece aturdido.

—Tengo que entrar, hijo. Mi mujer quiere que compre unas latas —Alden no dice latas de qué. Seguramente latas de todo. O a lo mejor tan solo se ha puesto a pensar en la cama vacía del piso de arriba, la que nunca volverá a estar ocupada, y en esa maqueta de avión del escritorio, que nunca estará terminada, y se le ha olvidado por completo.

—Lo siento, señor Dimmesdale —dice Carter—. No puede hacerlo.

—Es Dinsmore —dice Alden con voz aturdida. Echa a andar hacia las puertas.

Están cerradas, no hay forma de entrar, pero aun así Carter propina al granjero un buen empujón hacia atrás. Por primera vez, Carter siente cierta comprensión hacia los profesores que solían castigarlo en la escuela; es muy molesto que no te hagan caso.

Además, hace calor y el hombro le duele a pesar de los dos Percocet que le dio su madre. Veinticuatro grados a las nueve de la mañana es algo raro en octubre, y el color azul tenue del cielo dice que aún hará más calor a mediodía, y más aún a las tres de la tarde.

Alden tropieza hacia atrás contra Gina Buffalino, y los dos se habrían caído de no ser por Petra Searles, que no es un peso ligero y los ayuda a recuperar la verticalidad. Alden no parece enfadado, solo desconcertado.

—Mi mujer me ha enviado por unas latas —le explica a Petra.

Se alza un murmullo desde la gente reunida. No es un sonido de enfado; todavía no. Han ido allí por comida, y la comida está allí pero la puerta está cerrada. Y ahora un mocoso que ha dejado la escuela y que la semana pasada era mecánico de coches acaba de empujar a un hombre.

Gina mira a Carter, Mel y Frank DeLesseps con los ojos muy abiertos. Señala.

—¡Esos son los que la violaron! —le dice a su amiga Harriet sin bajar la voz—. ¡Son los que violaron a Sammy Bushey!

A Mel le desaparece la sonrisa de la cara; se le han quitado las ganas de reírse.

—Calla —dice.

Al fondo del gentío, Ricky y Randall Killian han llegado en una camioneta Chevrolet Canyon. Sam Verdreaux llega no mucho después de ellos, a pie, claro está; a Sam le retiraron la licencia de conducir de forma indefinida en 2007.

Gina da un paso al frente mirando a Mel con los ojos bien abiertos. Junto a ella, Alden Dinsmore se ha convertido en un despojo, como un granjero robot que se ha quedado sin batería.

—¿Y ustedes, se supone son la policía? ¿Cómo pasó eso?

—Eso de la violación fue cosa de esa puta mentirosa —dice Frank—. Y será mejor que dejes de gritarlo antes de que te arreste por alterar el orden público.

—Vaya que sí —dice Georgia. Se ha acercado un poco más a Carter. Él no le hace caso. Está observando a la muchedumbre. Porque eso es lo que es. Si cincuenta personas constituyen una muchedumbre, entonces esto lo es. Y no dejan de llegar más. Carter desearía haber traído su pistola. No le gusta la hostilidad que está viendo.

Velma Winter, que dirige Brownie's (o dirigía, antes de que cerrara), llega con Tommy y Willow Anderson. Velma es una mujer grande, corpulenta, que se peina como Bobby Darin y que por su aspecto podría ser la reina guerrera de Lesbianalandia, pero ha enterrado a dos maridos, y lo que se cuenta en la mesa del chisme del Sweetbriar es que los mató montándolos en la cama, y que los miércoles va al Dipper's en busca del tercero; es la Noche del Karaoke Country, y atrae a un público más madurito. Ahora se planta frente a Carter, las manos en sus carnosas caderas.

—Cerrado, ¿eh? —dice con voz profesional—. Vamos a ver los papeles.

Carter está confuso, y sentirse confuso lo enfurece.

—Atrás, zorra. Yo no necesito papeles. Nos ha enviado el jefe. Lo han ordenado los concejales. Esto va a ser un almacén de alimentos.

—¿Racionamiento? ¿Es eso lo que quieres decir? —suelta un bufido—. No en mi pueblo —se abre paso entre Mel y Frank y empieza a empujar la puerta—. ¡Abran! ¡Los de dentro, abran ya!

—No hay nadie en casa —dice Frank—. Más te valdría detenerte.

Pero Ernie Calvert no se ha ido. Llega por el pasillo de la pasta, la harina y el azúcar. Velma lo ve y se pone a empujar con más fuerza.

—¡Abre, Ernie! ¡Abre!

—¡Abre! —las voces de la muchedumbre están de acuerdo.

Frank mira a Mel y asiente. Juntos, sujetan a Velma y apartan sus noventa kilos de la puerta a la fuerza. Georgia Roux se ha volteado y le hace señas a Ernie para que retroceda. Ernie no se va. Ese idiota se queda allí plantado.

—¡Abre! —brama Velma—. ¡Abre ya! ¡Abre ya!

Tommy y Willow se le unen. También Bill Wicker, el cartero. Y Lissa, con el rostro exultante; toda la vida ha esperado formar parte de una manifestación espontánea, y ahí tiene su oportunidad. Levanta un puño apretado y empieza a moverlo al ritmo: dos golpes pequeños en el "abre" y uno grande en el "ya". Otros la imitan. "Abre ya" se convierte en "¡A-bre YA! ¡A-bre YA! ¡A-bre YA!". Ahora todos agitan el puño siguiendo ese ritmo de dos más uno; puede que setenta personas, puede que ochenta, y más que no dejan de llegar. La delgada línea azul que hay frente al supermercado parece más delgada que nunca. Los cuatro jóvenes policías miran hacia Freddy Denton en busca de una idea, pero Freddy no tiene ninguna.

Lo que sí tiene, no obstante, es un arma. *Será mejor que dispares al aire cuanto antes, Calvito,* piensa Carter, *o esta gente nos va a arrollar.*

Otros dos policías —Rupert Libby y Toby Whelan— llegan en coche por Main Street desde la comisaría (donde han estado tomándose un café y viendo CNN), adelantando a toda marcha a Julia Shumway, que se acerca trotando con su cámara colgada al hombro.

Jackie Wettington y Henry Morrison también se dirigen hacia el supermercado, pero entonces el *walkie-talkie* del cinturón de Henry empieza a hacer ruido. Es el jefe Randolph, que dice que Henry y Jackie tienen que mantener su puesto en Gasolina & Alimentación Mill.

—Pero hemos oído que… —empieza a decir Henry.

—Esas son sus órdenes —dice Randolph, sin añadir que son órdenes que él solo comunica… procedentes de un poder superior, por así decir.

—¡A-bre YA! ¡A-bre YA! ¡A-bre YA! —la muchedumbre agita sus puños en el aire cálido a modo de poderoso saludo. Siguen asustados, pero también exaltados. Empiezan a dejarse llevar. El Chef los habría mirado y habría visto a un hatajo de neófitos del cristal a los que solo les hace falta una canción de los Grateful Dead en la banda sonora para completar la película.

Los chicos Killian y Sam Verdreaux se están abriendo camino entre la multitud. Entonan el cántico —no como camuflaje protector, sino porque la vibración de esa muchedumbre tirando a turba resulta demasiado poderosa para resistirse—, pero no se molestan en agitar los puños; tienen trabajo que hacer. Nadie les presta demasiada atención. Más tarde, solo unos cuantos recordarán haberlos visto.

La enfermera Ginny Tomlinson también está avanzando entre el gentío. Ha ido a decirles a las chicas que las necesitan en el Cathy Russell; hay nuevos pacientes, uno de ellos es un caso grave. Se trata de Wanda Crumley, de Eastchester. Los Crumley viven junto a los Evans, cerca del límite municipal de Motton. Cuando Wanda ha salido esta mañana a ver cómo estaba Jack, lo ha encontrado muerto ni a seis metros de donde la Cúpula le cortó la mano a su mujer. Jack estaba echado de espaldas con una botella junto a él y los sesos secándose en la hierba. Wanda ha regresado corriendo a su casa, gritando el nombre de su marido, y apenas había llegado junto a él cuando se ha desplomado de un infarto. Wendell Crumley ha tenido suerte de no estrellar su pequeño Subaru de camino al hospital; recorrió a ciento treinta casi todo el trayecto. Rusty está ahora con Wanda, pero Ginny no cree que Wanda —cincuenta años, sobrepeso, muy fumadora— sobreviva.

—Chicas —dice—. Las necesitamos en el hospital.

—¡Son esos, señora Tomlinson! —grita Gina. No tiene más remedio que gritar para que la oiga entre la vociferante muchedumbre. Señala a los policías y se echa a llorar, en parte por miedo y cansancio, pero sobre todo por indignación—. ¡Esos son los que la violaron!

Esta vez Ginny mira más allá de los uniformes y se da cuenta de que Gina tiene razón. Ginny Tomlinson no tiene el reconocido mal genio de Piper Libby, pero sí tiene mucho carácter, y aquí, además, hay un agravante: a diferencia de Piper, Ginny ha visto a la joven Bushey sin pantaleta. Su vagina lacerada e inflamada. Unos enormes moretones en los muslos que no vieron hasta que le limpiaron la sangre. Muchísima sangre.

Ginny se olvida de que en el hospital necesitan a las chicas. Se olvida de sacarlas de una situación peligrosa e imprevisible. Incluso se olvida del ataque al corazón de Wanda Crumley. Echa a andar hacia delante apartando a codazos a alguien que está en medio (resulta ser Bruce Yardley, el cajero-embolsador, que agita su puño como todos los demás), y se acerca a Mel y a Frank. Los dos observan con atención a la muchedumbre, cada vez más hostil, y no la ven llegar.

Ginny levanta las dos manos, por un momento parece el malo de una película de vaqueros entregándose al alguacil. Después mueve rápidamente ambas manos y les da sendos bofetones simultáneos.

—¡Malditos! —grita—. ¿Cómo pudieron? ¿Cómo pudieron ser tan cobardes? ¿Tan asquerosamente crueles? Irán a la cárcel por esto, todos usted…

Mel no piensa, solo reacciona. Le da un puñetazo en la cara y le rompe los anteojos y la nariz. Ella retrocede tambaleándose, sangrando, gritando. El anticuado gorrito de enfermera titular, liberado de los broches que lo sostenían, se le cae de la cabeza. Bruce Yardley, el joven cajero, intenta sostenerla pero no lo consigue. Ginny se estrella contra una hilera de carritos del súper, que comienzan a rodar como un trenecito. Cae de rodillas y se apoya en las manos, llorando de dolor y conmoción. Unas brillantes gotas de sangre de su nariz (que no solo está rota, sino destrozada) empiezan a caer sobre las grandes RC amarillas de NO ESTACIONARSE.

La muchedumbre se queda un momento en silencio, atónita, mientras Gina y Harriet corren hasta donde está encogida Ginny.

Entonces se alza la voz de Lissa Jamieson, una perfecta y clara voz de soprano:

—¡MALDITOS CERDOS!

Es en ese momento cuando vuela la piedra. El primer lanzador nunca será identificado. Puede que sea el único crimen del que Sam Verdreaux "el Andrajoso" ha salido impune.

Junior lo ha llevado hasta el punto más alto de la ciudad, y Sam, con visiones de whisky danzando en su mente, ha bajado explorando por la orilla este del arroyo Prestile para encontrar la piedra adecuada. Tiene que ser grande pero no demasiado, o no conseguirá lanzarla con puntería, aunque una vez (a veces parece que hace un siglo; otras parece que hace nada) fue el lanzador titular de los Gatos Monteses de Mills en el primer partido del torneo del estado de Maine. Por fin la ha encontrado, no muy lejos del Puente de la Paz: cuatrocientos, seiscientos gramos, y lisa como un huevo de ganso.

"Una cosa más", dijo Junior al dejar a Sam "el Andrajoso". Esa cosa más no es cosa de Junior, pero Junior no se lo ha dicho a Sam, igual que el jefe Randolph no les ha dicho a Wettington y a Morrison quién ha ordenado que se quedaran en su puesto. No habría sido prudente.

"Apunta a la chica." Esas han sido las últimas palabras de Junior para Sam "el Andrajoso" antes de dejarlo. "Se lo merece, así que no falles."

Cuando Gina y Harriet, con sus uniformes blancos, se arrodillan junto a la enfermera titular que llora y sangra a cuatro patas (y mientras todos los demás también tienen puesta la atención en ella), Sam toma impulso igual que lo hizo aquel lejano día de 1970, lanza y consigue su primer *strike* en más de cuarenta años.

Y en más de un sentido. El pedrusco de medio kilo de granito con cuarzo da de lleno a Georgia Roux en la boca, le destroza la mandíbula en cinco sitios y todos los dientes menos cuatro. La hace recular contra el cristal del aparador, la mandíbula le cuelga casi hasta el pecho de una forma grotesca, y un torrente incesante de sangre mana de su boca.

Un instante después vuelan otras dos piedras; una de Ricky Killian, otra de Randall. La de Ricky le da a Bill Allnut en la parte de atrás de la cabeza y tira al conserje al asfalto, no muy lejos de Ginny Tomlinson. *¡Mierda!*, piensa Ricky. *¡Tenía que darle a un puto policía!* No solo es que esas eran sus órdenes; más o menos era algo que siempre había querido hacer.

Randall tiene mejor puntería. Se la estampa a Mel Searles en plena frente. Mel cae como un saco de correos.

Se produce una pausa, un momento de aliento contenido. Pensemos en un coche haciendo equilibrios sobre dos ruedas, decidiendo si volcar o no. Vemos a Rose Twitchell mirando alrededor, perpleja y asustada, sin saber muy bien qué está pasando y menos aún qué hacer al respecto. Vemos a Anson pasarle un brazo por la cintura. Oímos a Georgia Roux aullar por su boca desencajada, sus gritos se parecen extrañamente al sonido que hace el viento al deslizarse por la cuerda encerada de una bramadera. La sangre mana por su lengua herida mientras ella brama. Vemos a los refuerzos. Toby Whelan y Rupert Libby (es el primo de Piper, aunque ella no hace alarde del parentesco) son los primeros en llegar a escena. La contemplan... luego retroceden. Después llega Linda Everett. Va a pie con otro oficial de media jornada, Marty Arsenault, que la sigue resoplando. Linda empieza a abrirse paso entre la multitud, pero Marty (que ni siquiera se ha puesto el uniforme esta mañana, solo se ha despegado de la cama y se ha ceñido un par de pantalones viejos) la agarra del hombro. Linda casi se libra de él, pero entonces piensa en sus hijas. Avergonzada de su propia cobardía, deja que Marty se la lleve hasta donde Rupe y Toby están observando cómo transcurren los hechos. De ellos cuatro, solo Rupe lleva un arma esta mañana, ¿dispararía? Claro que sí, maldición; puede ver a su propia esposa en esa muchedumbre, dándole la mano a su madre (a Rupe no le importaría disparar a su suegra). Vemos llegar a Julia justo después de Linda y Marty, intentando recobrar el aliento pero alzando ya el cañón, tirando la tapa del objetivo al suelo a causa de sus prisas por disparar. Vemos a Frank DeLesseps arrodillarse junto a Mel justo a tiempo para esquivar otra piedra, que pasa silbando por encima de su cabeza y abre un agujero en una de las puertas del supermercado.

Entonces...

Entonces alguien grita. Quién, nunca se sabrá; ni siquiera se pondrán de acuerdo sobre el sexo de quien gritó, aunque la mayoría cree que ha sido una mujer, y más tarde Rose le dirá a Anson que está casi segura de que fue Lissa Jamieson.

—¡ADENTRO!

Alguien más vocifera: "¡COMIDA!", y la muchedumbre se abalanza hacia delante.

Freddy Denton dispara su pistola una vez, al aire. Después la baja, el pánico hace que esté a punto de descargarla contra la multitud. Antes de que pueda hacerlo, alguien se la quita de la mano. Denton cae al suelo gritando de dolor. Entonces, la punta de una gran bota de granjero —la de Alden Dinsmore— impacta contra su sien. Las luces no se apagan del todo para el oficial Denton, pero sí se atenúan considerablemente y, para cuando vuelven a iluminarse, los Grandes Disturbios del Supermercado han terminado.

La sangre cala el vendaje del hombro de Carter Thibodeau, y unas pequeñas florecillas escarlatas surcan su camisa azul, pero él, al menos por el momento, no es consciente del dolor. No hace ningún intento por correr. Clava los pies y descarga contra la primera persona que se pone a tiro. Ese resulta ser Charles "Stubby" Norman, el dueño de la tienda de antigüedades del límite municipal de la 117. Stubby cae aferrándose la boca, de la que le mana sangre a chorros.

—¡Atrás, cabrones! —gruñe Carter—. ¡Atrás, hijos de puta! ¡Nada de saqueos! ¡Atrás!

Marta Edmunds, la niñera de Rusty, intenta ayudar a Stubby y por intentarlo se gana un puñetazo de Frank DeLesseps en el pómulo. Se tambalea, se lleva una mano a la cara y mira con incredulidad al joven que acaba de golpearla... y entonces es arrollada, y Stubby bajo ella, por una oleada de aspirantes a compradores a la carga.

Carter y Frank empiezan a repartir puñetazos, pero solo consiguen propinar tres golpes antes de que los distraiga un extraño aullido. Es la bibliotecaria de la ciudad; tiene el cabello alborotado alrededor del rostro, normalmente afable. Está empujando la hilera de carritos de supermercado y bien podría estar gritando "¡Banzai!" Frank salta para quitarse de en medio, pero los carritos embisten a Carter y lo lanzan volando por los aires. Él agita los brazos intentando no caer, y la verdad es que lo habría conseguido de no ser por los pies de Georgia. Tropieza con ellos, aterriza de espaldas y lo pisotean. Gira para ponerse boca abajo, entrelaza las manos sobre la cabeza y espera a que todo termine.

Julia Shumway aprieta el obturador una y otra y otra vez. Puede que las fotografías desvelen rostros de gente a quien conoce, pero ella en el visor solo ve a extraños. Una turba.

Rupe Libby levanta el brazo hasta la altura del hombro y dispara cuatro tiros al aire. El sonido de la descarga recorre la cálida mañana, plano y declamatorio, una línea de signos de exclamación auditivos. Toby Whelan vuelve a desaparecer en su coche, se da un golpe en la cabeza y pierde la gorra (AYUDANTE DE LA POLICÍA DE CHESTER'S MILL en amarillo en la parte de delante). Agarra el megáfono del asiento de atrás, se lo lleva a los labios y grita:

—¡DEJEN DE HACER ESO! ¡RETÍRENSE! ¡POLICÍA! ¡DETÉNGANSE! ¡ES UNA ORDEN!

Julia lo retrata.

La muchedumbre no hace caso ni de los tiros ni del megáfono. No hacen caso de Ernie Calvert cuando llega con su bata verde por un costado del edificio, forzando sus rodillas doloridas.

—¡Entren por detrás! —grita—. ¡No tienen por qué hacer eso, he abierto por detrás!

La muchedumbre está decidida a seguir con el allanamiento. Golpean las puertas, con sus anuncios de ENTRADA y SALIDA y OFERTAS TODOS LOS DÍAS. Al principio las puertas aguantan, después la cerradura cede bajo el peso de la multitud. Los que han llegado primero quedan aplastados contra las puertas y resultan heridos: dos personas con costillas rotas, un esguince de cuello, dos brazos rotos.

Toby Whelan se dispone a levantar el megáfono de nuevo, después simplemente lo deja con exquisito cuidado sobre el cofre del coche en el que han llegado Rupe y él. Recoge su gorra de AYUDANTE, la sacude, se la vuelve a poner. Rupe y él caminan hacia la tienda, pero se detienen, impotentes. Linda y Marty Arsenault se les unen. Linda ve a Marta y se la lleva hacia el pequeño grupo de policías.

—¿Qué pasó? —pregunta Marta, atónita—. ¿Alguien me golpeó? Tengo todo este lado de la cara muy caliente. ¿Quién está con Judy y Janelle?

—Tu hermana se las ha llevado esta mañana —dice Linda, y la abraza—. No te preocupes.

—¿Cora?

—Wendy —Cora, la hermana mayor de Marta, vive en Seattle desde hace un año. Linda se pregunta si Marta habrá sufrido una conmoción cerebral. Cree que debería verla el doctor Haskell, y entonces recuerda que Haskell está en la morgue del hospital o en la Funeraria Bowie. Ahora Rusty está solo, y hoy va a tener mucho trabajo.

Carter lleva a Georgia casi cargándola hacia la unidad Dos. La chica sigue aullando con esos espeluznantes gritos de bramadera. Mel Searles ha recobrado la conciencia, o algo parecido, turbio. Frankie lo lleva hacia donde están Linda, Marta, Toby y los demás policías. Mel intenta levantar la cabeza, después la vuelve a dejar caer sobre el pecho. De la frente abierta mana un reguero de sangre; tiene la camisa empapada.

La gente entra en el súper en tropel. Corren por los pasillos empujando carritos o haciéndose con cestas de una pila que hay junto al mostrador de sacos de carbón (¡ORGANICE UNA BARBACOA DE OTOÑO!, dice el cartel). Manuel Ortega, el jornalero de Alden Dinsmore, y su buen amigo Dave Douglas van directos a las cajas registradoras y empiezan a golpear las teclas de SIN VENTA, a tomar el dinero a puñados y a metérselo en los bolsillos; ríen como locos mientras lo hacen.

Ahora el supermercado está lleno; es día de ofertas. En la sección de congelados, dos mujeres se pelean por el último pastel de limón Pepperidge Farm. En la de *delicatessen*, un hombre golpea a otro con una salchicha *kielbasa* mientras le dice que deje un poco de carne para los demás, maldición. El carnívoro comprador gira y golpea en toda la nariz al que blande la *kielbasa*. No tardan en rodar por el suelo a puñetazo limpio.

Estallan otras peleas. Rance Conroy, propietario y único empleado de Servicios y Suministros Eléctricos de Western Maine Conroy ("Nuestra especialidad, la sonrisa"), le da un puñetazo a Brendan Ellerbee, un profesor de ciencias de la Universidad de Maine retirado, porque Ellerbee ha llegado antes que él al último saco grande de azúcar. Ellerbee cae, pero se aferra al saco de cinco kilos de Domino's y, cuando Conroy se agacha para quitárselo, Ellerbee gruñe: "¡Pues toma!", y le da en la cara con él. El saco de azúcar revienta y Rance Conroy desaparece en una nube blanca. El electricista cae contra una de las estanterías, tiene la cara blanca como la de un mimo y grita que no puede ver, que se ha quedado ciego. Carla Venziano, con su bebé mirando con ojos desorbitados por encima de su hombro desde la mochila que lleva a la espalda, empuja a Henrietta Clavard para apartarla del mostrador de arroz Texmati; al pequeño Steven le encanta el arroz, también le encanta jugar con el envase de plástico vacío, y Carla piensa llevarse todo el que pueda. Henrietta, que cumplió ochenta y cuatro años en enero, cae sobre el duro saco de huesos que solía ser su trasero. Lissa Jamieson quita de en medio de un empujón a Will Freeman, el dueño de la concesionaria local de Toyota, para poder hacerse con el último pollo del refrigerador. Antes de que consiga echarle mano, una adolescente que lleva una camiseta de RABIA PUNK se lo arrebata, le saca una lengua con perforación a Lissa y se larga tan contenta.

Se oye un ruido de cristales haciéndose añicos seguido de unos animados vítores compuestos (aunque no únicamente) por voces masculinas. Han logrado abrir el refrigerador de la cerveza. Muchos compradores, tal vez pensando en ORGANIZAR UNA BARBACOA DE OTOÑO, enfilan directos en esa dirección. En lugar de "¡A-bre YA!", ahora el cántico es "¡Cer-ve-za! ¡Cer-ve-za!"

Otros tipos se cuelan en los almacenes del sótano y de la parte de atrás. Pronto hay hombres y mujeres sacando botellas y cajas de vino. Algunos cargan los cajones de tinto sobre la cabeza como si fueran nativos de la selva de una vieja película.

Julia, cuyos zapatos crujen sobre migajas de cristal, toma fotos y fotos y fotos.

Fuera, el resto de los policías van acercándose, Jackie Wettington y Henry Morrison incluidos, que han abandonado su puesto en Gasolina & Alimentación Mill de mutuo acuerdo. Se unen a los demás oficiales en un grupo apretado y preocupado que se hace a un lado para limitarse a mirar. Jackie ve la cara de espanto de Linda Everett y la protege entre sus brazos. Ernie Calvert se les une y grita:

—¡Esto era innecesario! ¡Completamente innecesario! —mientras unas lágrimas surcan sus regordetas mejillas.

—¿Y ahora qué hacemos? —pregunta Linda, con la mejilla apretada contra el hombro de Jackie.

Marta está a su lado, mirando como hechizada el supermercado y apretándose con una mano la contusión amarillenta que tiene en la cara y que se inflama rápidamente. Delante de ellos, el Food City bulle de ruidos, risas, algún que otro grito de dolor. Se lanzan objetos; Linda ve un rollo de papel higiénico desenrollándose como una festiva serpentina al sobrevolar en parábola el pasillo de artículos del hogar.

—Cielo —dice Jackie—, no lo sé.

11

Anson le arrebató la lista de la compra a Rose y entró corriendo en el súper con ella en la mano antes de que su jefa pudiera impedírselo. Rose se quedó junto a la camioneta-restaurante, dudando, cerrando y abriendo los puños, preguntándose si ir tras él o no. Acababa de decidir que se quedaría allí plantada cuando sintió un brazo sobre los hombros. Dio un respingo, después giró la cabeza y vio a Barbie. La intensidad de su alivio llegó a aflojarle las rodillas. Le apretó el brazo; en parte como consuelo, sobre todo para no desmayarse.

Barbie sonreía sin demasiado humor.

—Qué divertido, ¿verdad, amiga?

—No sé qué hacer —dijo ella—. Anson está ahí dentro... absolutamente todos están ahí dentro... y la policía está ahí, mirando y nada más.

—Seguro que no quieren recibir más castigo del que han recibido ya. Y no me extraña. Esto estaba bien planeado y ha sido deliciosamente ejecutado.

—¿De qué estás hablando?

—No importa. ¿Quieres que intentemos pararlo antes de que empeore más aún?

—¿Cómo?

Levantó el megáfono que había recogido del cofre del coche, donde lo había dejado Toby Whelan. Cuando se lo tendió, Rose retrocedió y se llevó las manos al pecho.

—Hazlo tú, Barbie.

—No. Eres tú la que lleva años dándoles de comer, es a ti a quien conocen, es a ti a quien escucharán.

Rose tomó el megáfono, aunque con ciertas dudas.

—No sé qué decir. No se me ocurre nada en absoluto que pueda detenerlos. Toby Whelan ya lo intentó y lo ignoraron.

—Toby intentó ordenarles —dijo Barbie—. Dar órdenes a una turba es como dar órdenes a un hormiguero.

—Aun así, no sé qué…

—Yo te lo diré —Barbie habló con calma, y eso la tranquilizó.

Se detuvo el tiempo suficiente para saludar con un gesto a Linda Everett. Ella y Jackie se acercaron juntas, una con el brazo en la cintura de la otra.

—¿Puedes ponerte en contacto con tu marido? —preguntó Barbie a Linda.

—Si tiene el teléfono encendido…

—Dile que venga… con una ambulancia si es posible. Si no contesta al teléfono, toma una patrulla y ve al hospital.

—Tiene pacientes…

—Tiene unos cuantos pacientes más aquí mismo. Solo que no lo sabe —Barbie señaló a Ginny Tomlinson, que estaba sentada con la espalda apoyada contra la pared lateral de hormigón del supermercado y apretándose la cara, que le sangraba, con las manos. Gina y Harriet Granelow estaban a su lado, agachadas, pero cuando Gina intentó contener con un pañuelo la hemorragia de la nariz brutalmente deformada de Ginny, esta soltó un grito de dolor y apartó la cabeza—. Empezando por una de las dos enfermeras cualificadas que le quedan, si no me equivoco.

—¿Y tú qué vas a hacer? —preguntó Linda mientras sacaba el teléfono del cinto.

—Rose y yo vamos a detenerlos. ¿Verdad, Rose?

12

Rose se detuvo nada más pasar la puerta, atónita ante el caos que tenía delante. Un acre olor a vinagre flotaba en el aire mezclado con aromas a salmuera y cerveza. Había mostaza y cátsup esparcidos sobre el suelo de linóleo del pasillo 3, como un charco de vómito de colores chillones. Una nube de azúcar y harina flotaba sobre el pasillo 5. La gente empujaba a través de ella sus cargados carritos, muchos tosían y se frotaban los ojos. Algunos carritos viraban bruscamente al pasar por encima de un montón de frijoles secos desparramados.

—Quédate aquí un momento —dijo Barbie, aunque Rose no daba muestras de querer moverse; estaba hipnotizada, aferrando el megáfono entre sus pechos.

Barbie encontró a Julia sacando fotografías de las cajas registradoras saqueadas.

—Deja eso y ven conmigo —dijo.

—No, tengo que hacerlo, no hay nadie más. No sé dónde está Pete Freeman, y Tony…

—No tienes que fotografiarlo, tienes que detenerlo. Antes de que pase algo mucho peor —señaló a Fern Bowie, que pasaba por delante de ellos con una cesta cargada en una mano y una cerveza en la otra. Tenía la ceja abierta y le corría sangre por la cara, pero Fern parecía muy contento.

—¿Cómo?

La llevó junto a Rose.

—¿Preparada, Rose? Ha llegado la hora del espectáculo.

—Es que… Bueno…

—Recuerda: serena. No intentes detenerlos; solo intenta bajar la temperatura.

Rose respiró hondo, después se llevó el megáfono a la boca:

—HOLA A TODOS, SOY ROSE TWITCHELL, DEL SWEET-BRIAR ROSE.

Hay que decir en su favor que sonó serena. La gente miró alrededor al oír su voz; no porque sonara apremiante, como sabía Barbie, sino todo lo contrario. Lo había visto en Tikrit, Faluya, Bagdad. Sobre todo después de bombardeos en lugares públicos, cuando llegaban la policía y las tropas.

—POR FAVOR, TERMINEN SUS COMPRAS LO MÁS RÁPIDA Y CALMADAMENTE POSIBLE.

Unas cuantas personas soltaron una risa al oír eso, después se miraron unos a otros como si volvieran en sí. En el pasillo 7, Carla Venziano, avergonzada, ayudó a Henrietta Clavard a ponerse de pie. *Hay suficiente Texmati para las dos*, se dijo Carla. *Pero ¿en qué estaba pensando, por el amor de Dios?*

Barbie asintió con la cabeza para decirle a Rose que continuara y movió los labios formando la palabra "café". Oyó, a lo lejos, la dulce sirena de una ambulancia que se acercaba.

—CUANDO HAYAN ACABADO, PASEN A SWEETBRIAR A TOMAR UN CAFÉ. ESTARÁ RECIÉN HECHO, INVITA LA CASA.

Unos cuantos aplaudieron. Un vozarrón soltó:

—¿Y quién quiere café? ¡Tenemos CERVEZA! —la ocurrencia fue recibida con risas y vítores.

Julia pellizcó a Barbie en el brazo. Tenía la frente arrugada, con un ceño que a Barbie le pareció muy republicano.

—No están comprando; están robando.

—¿Quieres escribir un editorial o sacarlos de aquí antes de que maten a alguien por un paquete de Blue Mountain Torrefacto? —preguntó.

Ella lo pensó mejor y asintió, su ceño dio paso a esa sonrisa introspectiva que a Barbie empezaba a gustarle muchísimo.

—Tiene usted algo de razón, coronel —dijo.

Barbie giró hacia Rose, gesticuló como si diera vueltas a una manivela, y Rose empezó otra vez. Acompañó a las dos mujeres recorriendo todos los pasillos, empezando por las secciones prácticamente arrasadas de *delicatessen* y lácteos, en busca de alguien que pudiera estar lo bastante encendido para ofrecer resistencia. No había nadie. Rose ganaba confianza y el súper se iba calmando. La gente se marchaba. Muchos empujaban carritos cargados con los productos del saqueo, pero Barbie seguía tomándolo por una buena señal. Cuanto antes salieran de allí, mejor, no importaba cuántas porquerías se llevaran con ellos... y la clave era que oyeran que los llamaban compradores en lugar de ladrones. Devuélvele a un hombre o a una mujer el respeto por sí mismo, en la mayoría de los casos —no siempre, pero sí en la mayoría— también le estarás devolviendo la capacidad de pensar con algo de claridad.

Anson Wheeler se unió a ellos empujando un carrito lleno de provisiones. Parecía algo avergonzado y le sangraba un brazo.

—Alguien me lanzó un frasco de aceitunas —explicó—. Ahora huelo a sándwich italiano.

Rose le pasó el megáfono a Julia, que se puso a transmitir el mismo mensaje en el mismo tono agradable: Terminen, compradores, y salgan de manera ordenada.

—No podemos llevarnos todo esto —dijo Rose, señalando el carro de Anson.

—Pero lo necesitamos, Rosie —dijo él. Su tono parecía de disculpa, pero sonó firme—. Lo necesitamos de verdad.

—Pues entonces dejaremos algo de dinero —dijo ella—. Bueno, si es que no me han robado el bolso de la camioneta.

—Humm... No creo que vaya a funcionar —dijo Anson—. Unos tipos han robado el dinero de las cajas —había visto qué tipos eran, pero no quería decirlo. Al menos mientras la directora del periódico local caminaba a su lado.

Rose estaba horrorizada.

—¿Qué pasó aquí? En el nombre de Dios, pero ¿qué ha pasado?

—No lo sé —respondió Anson.

Fuera, la ambulancia llegó y su sirena se extinguió en un gruñido. Uno o dos minutos después, mientras Barbie, Rose y Julia seguían peinando los pasillos con el megáfono (la muchedumbre ya iba decreciendo), alguien detrás de ellos dijo:

—Ya basta. Denme eso.

Barbie no se sorprendió al ver al jefe Randolph en acción y con su uniforme de gala. Por fin se presentaba, a buena hora... Como estaba previsto.

Rose estaba al megáfono ensalzando las virtudes del café gratis del Sweetbriar. Randolph se lo quitó de las manos e inmediatamente se puso a dar órdenes y soltar amenazas:

—¡MÁRCHENSE! ¡LES HABLA EL JEFE PETER RANDOLPH, LES ORDENO QUE SE MARCHEN YA! ¡DEJEN LO QUE LLEVAN EN LAS MANOS Y MÁRCHENSE YA! ¡SI SUELTAN LO QUE LLEVAN EN LAS MANOS Y SE VAN, TODAVÍA PUEDEN EVITAR QUE LOS DENUNCIEN!

Rose miró a Barbie, consternada. Él se encogió de hombros. No importaba. El frenesí de la turba ya había desaparecido. Los policías que seguían en pie (Carter Thibodeau incluido, tambaleándose pero en pie) empezaron a apremiar a la gente para que saliera. Cuando los "compradores" no quisieron dejar sus cestas llenas, los policías tiraron al suelo unas cuantas, y Frank DeLesseps volcó un carro repleto. Lucía un rostro adusto, pálido, enfadado.

—¿Quiere decirles a esos chicos que dejen de hacer eso? —le dijo Julia a Randolph.

—No, señorita Shumway, no quiero —respondió Randolph—. Esa gente son saqueadores y como tales se los trata.

—¿De quién es la culpa? ¿Quién ha cerrado el súper?

—Apártese de en medio —dijo Randolph—. Tengo trabajo que hacer.

—Qué lástima que no estuviera aquí cuando han entrado a la fuerza —comentó Barbie.

Randolph lo observó fijamente. Su mirada era hostil pero parecía satisfecha. Barbie suspiró. En algún lugar había un reloj que no se detenía. Él lo sabía, y Randolph también. Pronto sonaría la alarma. De no ser por la Cúpula, podría huir. Sin embargo, claro está, de no ser por la Cúpula nada de eso estaría pasando.

Allá delante, Mel Searles intentaba quitarle a Al Timmons su cesta cargada. Como Al no quiso dársela, Mel se la arrebató... y luego tiró al anciano al suelo. Al gritó de dolor, vergüenza e indignación. El jefe Randolph rio. Fue un sonido breve, cortante, sin gracia (¡Ja! ¡Ja! ¡Ja!), y en él Barbie creyó oír aquello en lo que pronto se convertiría Chester's Mill si la Cúpula no desaparecía.

—Vamos, señoras —dijo—. Salgamos de aquí.

Rusty y Twitch estaban alineando a los heridos, más o menos una docena en total, a lo largo de la pared de hormigón del supermercado cuando salieron Barbie, Julia y Rose. Anson estaba de pie junto a la camioneta del Sweetbriar, apretándose la herida sangrante del brazo con una toallita de papel.

La expresión de Rusty era adusta, pero al ver a Barbie se animó un poco.

—Ey, compañero. Tú te quedas conmigo esta mañana. De hecho, eres mi nuevo enfermero titulado.

—Sobrevaloras mi criterio para atender pacientes —dijo Barbie, pero se acercó.

Linda Everett pasó corriendo junto a Barbie y se lanzó a los brazos de Rusty. Él la estrechó brevemente.

—¿Te puedo ayudar, cielo? —le preguntó. A quien Linda estaba mirando era a Ginny, y con horror. Ginny vio su mirada y cerró los ojos con cansancio.

—No —dijo Rusty—. Tú haz lo que tengas que hacer. Cuento con Gina y con Harriet, y cuento con el enfermero Barbara.

—Haré lo que pueda —dijo Barbie, y casi añadió: *Por lo menos hasta que me detengan.*

Linda se inclinó para hablarle a Ginny.

—Lo siento muchísimo.

—Estaré bien —repuso ella, pero no abrió los ojos.

Linda besó a su marido, lo miró con preocupación y regresó hasta donde estaba Jackie Wettington, con una libreta en la mano, tomándole declaración a Ernie Calvert. Ernie no paraba de frotarse los ojos mientras hablaba.

Rusty y Barbie trabajaron codo con codo durante más de una hora mientras los oficiales colocaban cinta policial amarilla delante del súper. En cierto momento, Andy Sanders se acercó a inspeccionar los daños chasqueando la lengua y sacudiendo la cabeza. Barbie oyó que le preguntaba a alguien a dónde iría a parar el mundo cuando sus propios conciudadanos podían llegar a una cosa así. También le estrechó la mano al jefe Randolph y le dijo que estaba haciendo un trabajo excelente.

Excelente.

Cuando estás enrachado, la necesidad de descansar desaparece. El conflicto se convierte en tu amigo. La mala suerte se convierte en buena, de la de sacarte la lotería. Y todas esas cosas no las aceptas con gratitud (un sentimiento reservado para peleles y fracasados, en opinión de Gran Jim Rennie), sino como algo que te corresponde. Estar enrachado es como llevar unas alas mágicas, y uno debería (una vez más, en opinión de Gran Jim) planear imperiosamente.

Si hubiera salido un poco más tarde o un poco antes de la vieja rectoría de Mill Street donde vivían los Rennie, no habría visto lo que vio, y habría tratado con Brenda Perkins de una forma muy diferente. Sin embargo, salió exactamente en el momento oportuno. Así eran las cosas cuando estabas en racha; la defensa se venía abajo y tú te colabas por ese mágico hueco recién creado para encestar con un gancho fácil.

Fueron los cánticos de "¡A-bre YA! ¡A-bre YA!" los que lo sacaron de su estudio, donde había estado tomando notas para lo que él planeaba llamar la Administración del Desastre... en la cual el alegre y sonriente Andy Sanders sería el titular y Gran Jim sería el poder tras el trono. "Si no está roto, para qué arreglarlo" era la Regla Número Uno del manual del usuario de política de Gran Jim, y tener a Andy dando la cara había funcionado siempre a las mil maravillas. En Chester's Mill casi todos sabían que era un idiota, pero no importaba. A la gente se le podía hacer el mismo juego una y otra vez, porque el noventa y ocho por ciento de ellos eran aún más idiotas. Y aunque Gran Jim nunca había preparado una campaña política a tan gran escala (sería comparable a una dictadura municipal), no tenía duda alguna de que funcionaría.

No había incluido a Brenda Perkins en su lista de posibles factores problemáticos, pero no importaba. Cuando estabas enrachado, los factores problemáticos acababan por desaparecer. También eso lo aceptabas como algo que te correspondía.

Caminó por la banqueta hasta la esquina de Mill y Main Street, una distancia de no más de unos cien pasos, con su barriga oscilando plácidamente por delante de él. La plaza del pueblo estaba justo ahí. Algo más allá, colina abajo, en el otro lado de la calle estaban el ayuntamiento y la comisaría, con el Monumento a los Caídos entre ambos.

No podía ver el Food City desde la esquina, pero sí veía toda la zona de comercios de Main Street. Y vio a Julia Shumway. Salía a toda prisa de las oficinas del *Democrat* con una cámara en la mano. Corrió calle abajo, hacia el sonido de los cánticos, intentando echarse la cámara al hombro sin detenerse. Gran Jim la siguió con la mirada. Era divertido, la verdad; qué ansiosa estaba por llegar al último desastre.

Cada vez era más divertido. Julia se detuvo, dio media vuelta, volvió corriendo, comprobó la puerta de las oficinas del periódico, vio que estaba abierta y la cerró con llave. Después echó a correr otra vez, impaciente por ver a sus amigos y vecinos enloquecer.

Por primera vez se está dando cuenta de que en cuanto la fiera ha salido de la jaula es capaz de morder a cualquiera en cualquier lugar, pensó Gran Jim. *Pero no te preocupes, Julia..., yo cuidaré de ti, como he hecho siempre. Puede que tenga que bajarle los humos a ese periodicucho tan desagradable que tienes, pero ¿no es un precio muy bajo a cambio de tu seguridad?*

Claro que lo era. Y si la chica se empeñaba...

—A veces suceden cosas —dijo Gran Jim. Estaba de pie en la esquina, con las manos en los bolsillos, sonriendo. Y al oír los primeros gritos... el sonido de cristales rotos... los disparos... su sonrisa se hizo mayor. "Suceden cosas" no era exactamente como lo había expresado Junior, pero Gran Jim consideraba que se le acercaba bastante...

Su sonrisa se convirtió en una mueca al ver a Brenda Perkins. La mayoría de la gente que había en Main Street iba hacia el Food City a ver qué era todo aquel alboroto, pero Brenda caminaba calle arriba en lugar de calle abajo. Tal vez incluso iba a casa del propio Rennie... lo cual no podía significar nada bueno.

¿Qué puede querer de mí esta mañana? ¿Qué puede ser tan importante que supere a un saqueo en el supermercado local?

Era del todo posible que lo último en lo que Brenda estuviera pensando fuese en él, pero el radar de Gran Jim estaba sonando, así que la vigiló de cerca.

Ella y Julia pasaron por lados diferentes de la calle. Ninguna se fijó en la otra. Julia intentaba correr mientras se colocaba la cámara. Brenda iba mirando la mole roja y destartalada de Almacenes Burpee's. Llevaba una bolsa de la compra de tela que se balanceaba junto a su rodilla.

Cuando llegó a Burpee's, Brenda intentó abrir la puerta sin éxito. Después retrocedió y miró en derredor, como quien encuentra un obstáculo inesperado en sus planes e intenta decidir qué debe hacer a continuación. Puede que aún hubiera visto a Shumway si hubiera mirado hacia atrás, pero no lo hizo. Brenda miró a derecha e izquierda, y luego al otro lado de Main Street, a las oficinas del *Democrat*.

Después de echarle otro vistazo a Burpee's, cruzó hacia el periódico y probó suerte con esa puerta. Cerrada también, por supuesto; Gran Jim había visto a Julia cerrarla. Brenda volvió a intentarlo, tironeando del picaporte por si acaso. Llamó. Miró dentro. Después se apartó, las manos en las caderas, la bolsa colgando. Cuando echó a andar de nuevo por Main Street (con paso vacilante, sin mirar ya en derredor), Gran Jim retrocedió hacia su casa a paso raudo. No sabía muy bien por qué no quería que Brenda lo viera curioseando… pero no tenía por qué saberlo. Cuando estabas enrachado solo tenías que actuar siguiendo tus instintos. Eso era lo bonito.

Lo que sí sabía era que, si Brenda llamaba a su puerta, él estaría preparado para recibirla. Quisiera lo que quisiese.

15

"Mañana por la mañana quiero que le lleves la copia impresa a Julia Shumway", le había dicho Barbie. Pero las oficinas del *Democrat* estaban cerradas con llave y no había luz dentro. Era casi seguro que Julia estaría en lo que fuera aquel alboroto que se oía en el súper. Seguramente Pete Freeman y Tony Guay también estarían allí.

De manera que ¿qué se suponía que tenía que hacer con los documentos VADER? Si en las oficinas hubiese habido un buzón para el correo, podría haber metido el sobre manila en su bolsa de tela por la ranura. Pero no había buzón para el correo.

Brenda supuso que tendría que ir a buscar a Julia al súper, o volver a casa a esperar hasta que las cosas se calmaran y Julia regresara a las oficinas. Como no estaba de un ánimo muy lógico, ninguna de las dos opciones la atraía demasiado. En cuanto a la primera, parecía que en el Food City se estuvieran produciendo unos disturbios a gran escala, y Brenda no quería involucrarse. En cuanto a la última...

Era sin duda la mejor opción. La opción sensata. ¿No era "La paciencia es la madre de la ciencia" uno de los dichos preferidos de Howie?

Pero ser paciente nunca había sido el fuerte de Brenda, y su madre tenía otro dicho: "No dejes para mañana lo que puedas hacer hoy". Eso era lo que quería hacer en ese momento. Enfrentarse a él, esperar a que despotricara, que lo negara, que se justificara, y después darle dos opciones: dimitir en favor de Dale Barbara o ver publicados sus sucios negocios en el *Democrat*. Esa confrontación era para ella como un medicamento amargo, y lo mejor con los medicamentos amargos eran tragarlos lo más deprisa que pudieras y enjuagarte la boca después. Ella pensaba enjuagársela con un bourbon doble, y no esperaría hasta mediodía para hacerlo.

Solo que...

"No vayas sola." Barbie también le había dicho eso. Y cuando le había preguntado en quién más confiaba, ella había dicho que en Romeo Burpee. Pero Burpee's también estaba cerrado. ¿Qué le quedaba?

La cuestión era si Gran Jim sería capaz de lastimarla o no, y Brenda pensó que la respuesta era no. Creyó que estaba físicamente a salvo de Gran Jim, por mucho que Barbie pudiera preocuparse; esa preocupación era, sin duda, consecuencia de sus experiencias en la guerra. Aquel fue un terrible error de cálculo de su parte; no era la única que se aferraba a la idea de que el mundo seguía siendo tal como había sido antes de que cayera la Cúpula.

16

Lo cual todavía le dejaba el problema de los documentos VADER.

Seguramente Brenda tenía más miedo de la lengua de Gran Jim que de un posible daño físico, pero sabía que era una locura presentarse en su puerta con el archivo aún en su poder. Él podría quitárselo, aunque le dijera que no era la única copia. No podía permitírselo.

A mitad de la cuesta del Ayuntamiento, torció por Prestile Street y atajó por la parte de arriba de la plaza. La primera casa era la de los McCain. La siguiente era la de Andrea Grinnell. Y aunque Andrea estaba casi siempre eclipsada por sus homólogos varones de la junta de concejales, Brenda sabía que era honrada y que no apreciaba a Gran Jim. Por extraño que pareciera, era a Andy Sanders a quien Andrea rendía pleitesía, aunque Brenda era incapaz de comprender cómo podía nadie tomarse en serio a ese hombre.

A lo mejor la tiene sometida por alguna parte, dijo la voz de Howie en su cabeza.

Brenda casi se echó a reír. Era ridículo. Lo importante de Andrea era que había sido una Twitchell antes de que Tommy Grinnell se casara con ella, y los Twitchell eran fuértes, incluso los más apocados de ellos. Brenda pensó que podía dejarle a Andrea el sobre con los documentos VADER... suponiendo que su casa no estuviera también cerrada y vacía. No creía que fuera así. ¿No había oído decir que Andrea estaba en casa con gripe?

Cruzó Main Street pensando en lo que le diría: *¿Podrías guardarme esto? Volveré a buscarlo dentro de una media hora. Si no vuelvo a buscarlo, llévaselo a Julia al periódico. Y asegúrate, además, de que Dale Barbara lo sepa.*

¿Y si le preguntaba por qué venía tanto misterio? Brenda decidió que sería sincera. A Andrea, la noticia de que pretendía obligar a Jim Rennie a dimitir seguramente le sentaría mejor que una dosis doble de Theraflu.

A pesar de su deseo de abordar cuanto antes su desagradable encargo, Brenda se detuvo un momento frente a la casa de los McCain. Parecía desierta, pero eso no tenía nada de extraño; muchas familias se encontraban fuera del pueblo cuando cayó la Cúpula. Era otra cosa. Un tenue olor, para empezar, como si allí dentro hubiese comida caducada. De repente el día le pareció más caluroso, el aire más pegajoso, los sonidos de lo que fuera que sucedía en el Food City sonaban más lejanos. Brenda se dio cuenta de por qué: se sentía observada. Se quedó quieta pensando en lo mucho que se parecían esas ventanas con las persianas bajadas a unos ojos cerrados. Aunque no cerrados del todo, no. Unos ojos que espiaban.

Déjate de tonterías, mujer. Tienes cosas que hacer.

Siguió camino hasta la casa de Andrea; se detuvo una vez para mirar atrás por encima del hombro. No vio más que una casa triste con las persianas bajadas y envuelta en el ligero hedor de sus alimentos podridos. Solo la carne olía tan mal tan pronto. Pensó que Henry y LaDonna debían de tener mucha guardada en el congelador.

17

Era Junior el que observaba a Brenda, Junior de rodillas, Junior vestido solo con ropa interior mientras la cabeza le palpitaba y le martilleaba. Miraba desde la sala, espiaba por el borde de una persiana cerrada. Cuando Brenda se marchó, él regresó a la despensa. Pronto tendría que abandonar a sus amigas, lo sabía, pero de momento las quería para sí. Y quería la oscuridad. Quería incluso el hedor que emanaba de su piel ennegrecida.

Cualquier cosa, cualquier cosa que le aliviara ese feroz dolor de cabeza.

18

Después de dar tres vueltas al anticuado timbre de manivela, Brenda al final se resignó a volver a casa. Estaba dando media vuelta cuando oyó unos pasos lentos y arrastrados que se acercaban a la puerta. Preparó una sonrisita de "Hola, vecina", pero se le congeló en el rostro al ver a Andrea: mejillas pálidas, oscuras ojeras bajo los ojos, cabello hecho un desastre, cintura apretada por el cinturón de una bata, pijama debajo. Esa casa no olía a carne putrefacta sino a vómito.

Andrea le dedicó una sonrisa tan pálida como sus mejillas y su frente.

—Ya sé que no tengo buen aspecto —dijo. Las palabras salieron en forma de graznido—. Será mejor que no te invite a pasar. Voy mejorando, pero puede que todavía se contagie.

—¿Te ha visto el doctor...? —no, claro que no. El doctor Haskell estaba muerto—. ¿Te ha visto Rusty Everett?

—Desde luego que sí —dijo Andrea—. Pronto todo estará bien, eso me ha dicho.

—Estás sudando.

—Todavía tengo un poco de fiebre, pero ya casi ha pasado. ¿Te puedo ayudar en algo, Bren?

Estuvo a punto de decir que no, no quería cargar a una mujer que seguía claramente enferma con una responsabilidad como la que llevaba en su bolsa de la compra, pero entonces Andrea dijo algo que le hizo cambiar de opinión. Los grandes acontecimientos a menudo avanzan sobre pequeñas ruedas.

—Siento mucho lo de Howie. Era un buen hombre.

—Gracias, Andrea —*no solo por tu compasión, sino por llamarlo Howie en lugar de Duke.*

Para Brenda siempre había sido Howie, su querido Howie, y los documentos VADER eran su última obra. Seguramente su mayor obra. Brenda de pronto decidió ponerla en marcha, y sin más demora. Metió la mano en la bolsa y sacó el sobre manila con el nombre de Julia escrito en el anverso.

—¿Podrías guardarme esto, cielo? ¿Solo durante un rato? Tengo que hacer un recado y no quiero llevarlo encima.

Brenda habría respondido a cualquier pregunta que Andrea le hubiera hecho, pero por lo visto Andrea no tenía ninguna pregunta. Se limitó a aceptar el grueso sobre con un gesto de distraída gentileza. Y así estaba bien. Así tardarían menos. Además, de esa forma Andrea quedaba fuera del enredo, lo cual podía ahorrarle repercusiones políticas en algún momento futuro.

—Encantada —dijo Andrea—. Y ahora… si me perdonas… creo que será mejor que me acueste un rato. ¡Pero no voy a dormir! —añadió, como si Brenda hubiese puesto objeciones a ese plan—. Te oiré cuando vuelvas.

—Gracias —dijo Brenda—. ¿Estás bebiendo jugo?

—A litros. No tengas reparo, cielo… Cuidaré bien de tu sobre.

Brenda iba a darle otra vez las gracias, pero la tercera concejala de Mill ya había cerrado la puerta.

19

Hacia el final de su conversación con Brenda, el estómago de Andrea había empezado a agitarse. Luchó por controlarlo, pero era una lucha que iba a perder. Balbuceó algo sobre beber jugo, le dijo a Brenda que no se preocupara y luego le cerró la puerta en cara y echó a correr hacia su apestoso baño produciendo unos sonidos de cloaca desde lo más profundo de la garganta.

Junto al sofá de la sala había una mesita, y hacia allí lanzó a ciegas el sobre manila mientras pasaba corriendo. El sobre se deslizó por la pulida superficie y cayó por el otro lado, por el hueco oscuro que quedaba entre la mesita y el sofá.

Andrea consiguió llegar al baño pero no al retrete... aunque daba lo mismo: estaba casi lleno de esa papilla cenagosa y hedionda que su cuerpo había estado expulsando durante la interminable noche que acababa de pasar. Se inclinó, esta vez sobre el excusado, y soportó las arcadas hasta que tuvo la sensación de que se le saldría el esófago y se desparramaría sobre la salpicada porcelana, aún caliente y palpitante.

Eso no sucedió, pero el mundo se volvió gris y se alejó de ella tambaleándose sobre tacones altos, cada vez más pequeño y menos tangible, mientras ella se balanceaba intentando no desmayarse. Cuando se sintió algo mejor, recorrió el pasillo despacio, con piernas de goma, pasando una mano a lo largo de la madera para mantener el equilibrio. Temblaba y oía el castañear nervioso de sus dientes, un sonido horrible que Andrea parecía percibir no desde los oídos sino desde la parte de atrás de los ojos.

Ni siquiera se le ocurrió intentar llegar a su dormitorio, en el piso de arriba; prefirió ir al porche de la parte de atrás, que había mandado cerrar. En el porche tendría que hacer demasiado frío para estar cómoda tan avanzado octubre, pero ese día hacía mucho bochorno. No se tendió en la vieja *chaise longue*, sino que se derrumbó en su abrazo mohoso pero en cierto modo reconfortante.

Me levantaré dentro de un minuto, se dijo. *Sacaré la última botella de agua Poland Spring del refrigerador y me enjuagaré este sabor asqueroso de la bo...*

Pero sus pensamientos se perdieron ahí. Cayó en un sueño profundo, pesado, del que ni siquiera la despertaron las agitadas convulsiones de sus pies y sus manos. Tuvo muchos sueños. Uno fue un incendio terrible del que la gente huía, tosiendo y vomitando, en busca de algún lugar donde pudieran encontrar aire todavía fresco y limpio. Otro fue que Brenda Perkins iba a verla a casa y le daba un sobre. Cuando Andrea lo abrió, de él salió un manantial inagotable de pastillas rosadas de OxyContin. Para cuando despertó, era por la tarde y los sueños estaban olvidados.

Igual que la visita de Brenda Perkins.

20

—Pasa a mi estudio —dijo Gran Jim con alegría—. ¿O quieres antes algo de beber? Tengo Coca-Cola, aunque me temo que está algo caliente. Mi generador se rindió anoche. Ya no hay combustible.

—Pero imagino que sabes dónde conseguir más —dijo ella.

Él enarcó las cejas en una mueca inquisitiva.

—La metanfetamina que fabricas —siguió ella con paciencia—. Tengo entendido, según las notas de Howie, que es eso lo que has estado cocinando en grandes lotes. "Cantidades que lo dejan a uno pasmado", escribió. Eso debe de consumir muchísimo gas combustible.

Ahora que por fin se había metido en ello, descubrió que los temblores habían desaparecido. Incluso sintió cierto placer frío al observar cómo ascendía el rubor por las mejillas de Gran Jim y seguía por su frente sin detenerse.

—No tengo la menor idea de qué me estás hablando. Creo que tu dolor... —suspiró, extendió sus manos de dedos rechonchos—. Pasa. Hablaremos de esto y te tranquilizaré.

Brenda sonrió. El hecho de que pudiera sonreír fue algo así como una revelación, y la ayudó a imaginar más aún que Howie la estaba viendo... desde algún lugar. Y también que le decía que tuviera cuidado. Era un consejo que pensaba seguir.

En el jardín delantero de Rennie había dos sillas Adirondack entre las hojas caídas.

—Estoy muy bien aquí fuera —dijo ella.

—Prefiero hablar de negocios adentro.

—¿Preferirías ver tu fotografía en la portada del *Democrat*? Porque puedo encargarme de eso.

Gran Jim se estremeció como si le hubiera asestado un golpe y, por un breve instante, Brenda vio odio en esos ojos pequeños, hundidos, de cerdo.

—A Duke nunca le agradé, y supongo que es natural que sus sentimientos se hayan transmitido a su...

—¡Se llamaba Howie!

Gran Jim alzó las manos de golpe, como dando a entender que no había forma de razonar con algunas mujeres, y la llevó hacia las sillas que miraban hacia Mill Street.

Brenda Perkins estuvo hablando casi media hora; a medida que hablaba se sentía más fría y más enfadada. El laboratorio de metanfetamina, con Andy Sanders y (casi con seguridad) Lester Coggins como socios silenciosos. La escalofriante magnitud de todo aquel negocio. Su posible establecimiento. Los intermediarios a los que se les había prometido inmunidad a cambio de información. El camino que seguía el dinero. Cómo la operación se había hecho tan grande que el farmacéutico local ya no podía seguir suministrando con seguridad los componentes necesarios y requerían de importaciones exteriores.

—La mercancía llegaba a la ciudad en camiones de la Sociedad Bíblica Gideon —dijo Brenda—. El comentario de Howie al respecto fue: "Se han pasado de listos".

Gran Jim estaba sentado, mirando hacia la silenciosa calle residencial. Brenda sentía la rabia y el odio que irradiaba. Era como el calor que desprende una fuente de horno.

—No puedes demostrar nada de eso —dijo al cabo.

—Eso no importará si los documentos de Howie aparecen en el *Democrat*. No es el procedimiento reglamentario, pero tú mejor que nadie entenderás que nos saltemos un pequeño detalle como ese.

Gran Jim sacudió una mano.

—Claro, seguro que tienes algún documento —dijo—, pero mi nombre no aparece en ninguno.

—Aparece en los papeles de las Empresas Municipales —repuso ella, y Gran Jim se balanceó en su silla como si Brenda le hubiera dado un puñetazo en la sien—. Empresas Municipales, constituidas en Carson City. Y desde Nevada, el camino que sigue el dinero lleva a Chongqing City, la capital farmacéutica de la República Popular China —sonrió—. Te creías muy listo, ¿verdad? Mucho.

—¿Dónde están esos documentos?

—Le he dejado una copia a Julia esta mañana —meter a Andrea en eso era lo último que quería. Y, si él pensaba que estaban en manos de la directora del periódico, conseguiría hacerlo caer mucho más deprisa. A lo mejor creía que Andy Sanders o él podrían coaccionar a Andrea.

—¿Hay más copias?

—¿Tú qué crees?

Gran Jim lo pensó un momento y luego dijo:

—Siempre lo he mantenido fuera del pueblo.

Ella no replicó.

—Ha sido por el bien del pueblo.

—Has hecho mucho bien a esta localidad, Jim. Tenemos el mismo drenaje que teníamos en 1960, el estanque de Chester está asqueroso, el distrito empresarial, moribundo… —se había erguido en su asiento y aferraba los brazos de la silla—. Eres un gusano de porquería con pretensiones de superioridad moral.

—¿Qué quieres? —miraba al frente, a la calle vacía. En la sien le latía una vena enorme.

—Que anuncies tu dimisión. Barbie ocupará el cargo, tal como el presidente ha…

—Jamás dimitiré en favor de ese condenado —giró para mirarla. Gran Jim sonreía. Era una sonrisa atroz—. No le has dado nada a Julia, porque Julia se había ido al súper a presenciar la batalla de la comida. Puede que tengas los documentos de Duke a buen resguardo en algún sitio, pero no le has dejado ninguna copia a nadie. Lo has intentado con Rommie, luego con Julia, y luego has venido aquí. Te he visto subir por la cuesta del Ayuntamiento.

—Sí que se los he dado —contestó ella—. Los llevaba conmigo —¿y si le decía dónde los había dejado? Mala suerte para Andrea. Se dispuso a levantarse—. Has tenido tu oportunidad. Ahora me marcho.

—Tu otro error ha sido pensar que estarías a salvo aquí fuera, en la calle. En una calle vacía —su voz casi era amable y, cuando le tocó el brazo, ella volteó para mirarlo. La agarró de la cara. Y se la retorció.

Brenda Perkins oyó un crujido penetrante, como cuando una rama cargada de hielo se rompe a causa del peso, y siguió ese sonido hacia una gran oscuridad, intentando gritar el nombre de su marido mientras avanzaba.

21

Gran Jim entró y tomó una gorra de propaganda de Coches de Ocasión Jim Rennie del armario de la entrada. También unos guantes. Y una calabaza de la despensa. Brenda seguía en su silla Adirondack, con la barbilla sobre el pecho. Gran Jim miró alrededor. Nadie. El mundo era suyo. Le puso la gorra en la cabeza (bajando mucho la visera), los guantes en las manos y la calabaza en el regazo. Con eso habría de sobra, pensó, hasta que Junior regresara y se la llevara a un lugar donde pudiera pasar a formar parte de la factura de la carnicería de Dale Barbara. Hasta entonces, no era más que otro muñeco de Halloween.

Miró en la bolsa de la compra. Contenía el bolso de Brenda, un peine y una novela de bolsillo. Bueno, ahí todo en orden. Estaría bien en el sótano, detrás de la caldera apagada.

La dejó con la gorra medio torcida en la cabeza y la calabaza en el regazo, y entró para esconder la bolsa y esperar a su hijo.

A LA SOMBRA

1

La suposición del concejal Rennie de que nadie había visto a Brenda entrando en su casa esa mañana era correcta. Pero sí que la habían visto durante sus paseos matutinos, y no una sola persona, sino tres, incluida una que vivía en Mill Street. Si Gran Jim lo hubiese sabido, ¿habría logrado esa información impedir sus actos? Dudosamente; en aquel momento ya se había fijado un rumbo y era demasiado tarde para dar marcha atrás. Sin embargo, podría haberle hecho reflexionar (ya que era un hombre reflexivo, a su manera) sobre las similitudes entre el asesinato y las papas fritas Sabritas: no podrás comer solo una.

2

Gran Jim no reparó en los que lo estaban mirando cuando bajó hasta la esquina de Mill Street con Main Street. Tampoco Brenda los había visto al subir por la cuesta del Ayuntamiento. Eso fue porque no querían ser vistos. Se habían refugiado en una de las entradas del Puente de la Paz, que resultaba ser una construcción clausurada. Sin embargo, eso no era lo peor. Si Claire McClatchey hubiera visto los cigarrillos, se habría quedado pasmada. De hecho, podría haberse quedado impactada. Y está claro que no habría dejado que Joe siguiera siendo amigo de Norrie Calvert, por mucho que el destino del pueblo dependiera de su camaradería, porque había sido Norrie la que había llevado los cigarros: unos Winston muy retorcidos y espachurrados que había encontrado en una repisa de la cochera. Su padre había dejado de fumar el año anterior y el paquete estaba cubierto de una fina capa de polvo, pero a

Norrie le pareció que los cigarrillos que había dentro estaban en buen estado. Solo había tres, pero tres era perfecto: uno para cada uno. "Haremos que sea como un ritual de buena suerte", fueron sus instrucciones.

—Fumaremos como los indios cuando les rezan a los dioses para que les concedan una buena cacería. Después nos pondremos manos a la obra.

—Suena bien —dijo Joe. Siempre había sentido curiosidad por fumar. No lograba verle el atractivo, pero alguno debía de tener, porque un montón de gente seguía haciéndolo.

—¿A qué dioses? —preguntó Benny Drake.

—A los dioses que tú quieras —respondió Norrie, mirándolo como si fuera la criatura más tonta del Universo—. Dios dios, si ese es el que más te gusta —vestida con unos pantalones cortos de mezclilla descolorida y una camiseta rosa sin mangas, el cabello suelto y enmarcando su astuta carita en lugar de estirado hacia atrás y recogido en esa habitual cola de caballo con la que trotaba por el pueblo, los dos chicos pensaban que se veía hermosa. Totalmente espectacular, de hecho—. Yo le rezaré a la Mujer Maravilla.

—La Mujer Maravilla no es una diosa —dijo Joe mientras sacaba uno de los viejos Winston y lo enderezaba con suavidad—. La Mujer Maravilla es un superhéro —lo pensó un momento—. O quizá una superheroína.

—Para mí es una diosa —repuso Norrie con una sinceridad y una mirada grave que no admitían ser refutadas, y menos aún ridiculizadas. También ella enderezó su cigarrillo con cuidado. Benny dejó el suyo tal cual estaba; pensó que un cigarrillo retorcido le daba cierto aire genial—. Tuve los Brazaletes de la Mujer Maravilla hasta los nueve años, pero después los perdí. Creo que me los robó esa perra de Yvonne Nedeau.

Encendió un fósforo y lo acercó primero al cigarrillo de Joe "el Espantapájaros", luego al de Benny. Cuando intentó usarlo para encender el suyo, Benny lo apagó.

—¿Por qué lo hiciste? —preguntó ella.

—Tres con fósforo es de mala suerte.

—¿Crees en esas cosas?

—No demasiado —dijo Benny—, pero hoy vamos a necesitar

toda la suerte que podamos reunir —miró hacia la bolsa de la compra que había en la cesta de su bicicleta, después le dio una calada al cigarrillo. Inhaló un poco y echó el humo tosiendo. Le lloraban los ojos—. ¡Esto sabe a popó de pantera!

—¿Y has fumado mucho de eso? —preguntó Joe. Dio una calada a su cigarrillo. No quería parecer un enclenque, pero tampoco quería ponerse a toser y a lo mejor acabar vomitando. El humo quemaba, pero de una forma casi agradable. A lo mejor al final aquello tenía algo. Aunque ya se sentía un poco atontado.

Tranquilito cuando aspires, pensó. *Desmayarte sería casi tan humillante como vomitar.* A menos, quizá, que se desmayara en el regazo de Norrie Calvert. Eso estaría muy bien.

Norrie rebuscó en el bolsillo de sus pantalones cortos y sacó el tapón de una botella de jugo Verifine.

—Podemos usar esto como cenicero. Quiero fumar para hacer el ritual indio, pero no quiero incendiar el Puente de la Paz —entonces cerró los ojos. Sus labios empezaron a moverse. Tenía el cigarrillo entre los dedos, cada vez con más ceniza.

Benny miró a Joe, se encogió de hombros y entonces él también cerró los ojos.

—GI Joe todopoderoso, por favor, escucha la súplica de tu humilde soldado raso Drake…

Norrie le dio una patada sin abrir los ojos.

Joe se levantó (algo mareado, aunque no demasiado; incluso se atrevió a dar otra calada cuando estuvo de pie) y caminó hasta más allá de donde habían dejado las bicis, hacia el extremo del corredor techado que daba a la plaza del pueblo.

—¿A dónde vas? —preguntó Norrie sin abrir los ojos.

—Rezo mejor mirando la naturaleza —respondió Joe, pero en realidad solo quería respirar un poco de aire fresco. No era por el humo del tabaco; eso más o menos le gustaba. Eran los demás olores del interior del puente: madera putrefacta, alcohol rancio y un agrio aroma químico que parecía subir desde el Prestile, debajo de ellos (un olor que, como le habría dicho el Chef, podías llegar a amar).

El aire del exterior tampoco era precisamente maravilloso; olía como a "usado", y a Joe le recordó la visita que había hecho con sus padres a Nueva York el año anterior. Allí el metro olía un poco así, sobre todo al final del día, cuando estaba repleto de gente que volvía a casa.

Se echó la ceniza en la mano. Al esparcirla, vio a Brenda Perkins subiendo por la cuesta.

Un momento después, una mano le tocó en el hombro. Demasiado ligera y delicada para ser la de Benny.

—¿Quién es esa? —preguntó Norrie.

—La conozco solo de vista, no sé cómo se llama —dijo él.

Benny se les unió.

—Es la señora Perkins. La viuda del alguacil.

Norrie le dio un codazo.

—Jefe de policía, idiota.

Benny se encogió de hombros.

—Lo que sea.

La estuvieron observando, sobre todo porque no tenían a nadie más a quien mirar. El resto de la ciudad estaba en el supermercado celebrando la mayor guerra de comida del mundo, según parecía. Los tres niños habían ido a investigar, pero desde lejos; no necesitaron que nadie les convenciera de que no se acercaran, dado el valioso equipo que había sido confiado a su cuidado.

Brenda cruzó Main Street hacia Prestile Street, se detuvo frente a la casa de los McCain y después siguió hasta la de la señora Grinnell.

—¿Por qué no nos vamos ya? —preguntó Benny.

—No podemos irnos hasta que se haya ido ella —respondió Norrie.

Benny se encogió de hombros.

—¿Cuál es el problema? Si nos ve, no somos más que unos niños perdiendo el tiempo en la plaza del pueblo. Además, ¿saben qué? Seguramente no nos vería ni aunque nos estuviera mirando de frente. Los adultos nunca ven a los niños —pensó en eso—. A no ser que vayan en patineta.

—O que estén fumando —añadió Norrie.

Todos miraron sus cigarrillos.

Joe enganchó con un pulgar el asa de la bolsa de la compra que estaba en la cesta del manubrio de la Schwinn High Plains de Benny.

—También suelen ver a los niños que pierden el tiempo con propiedad municipal de mucho valor.

Norrie se colocó el cigarrillo en la comisura de los labios. Parecía maravillosamente dura, maravillosamente hermosa y maravillosamente adulta.

Los chicos siguieron mirando. La viuda del jefe de policía se había puesto a hablar con la señora Grinnell. No fue una conversación muy larga. La señora Perkins había sacado un gran sobre pardo de su bolsa de tela mientras subía los escalones, y entonces vieron cómo se lo daba a la señora Grinnell. Unos segundos después, la señora Grinnell prácticamente le cerraba la puerta en la cara.

—Vaya, qué maleducada —dijo Benny—. Una semana de castigo.

Joe y Norrie rieron.

La señora Perkins se quedó un momento donde estaba, como desconcertada, después bajó los escalones. Esta vez caminaba de cara a la plaza, y los tres niños se retiraron instintivamente a las sombras del puente. Eso hizo que la perdieran de vista, pero Joe encontró una rendija muy oportuna en el lado de madera y pudo seguir espiando.

—Vuelve a Main —informó—. Bien, ahora está subiendo la cuesta… ahora cruza otra vez…

Benny hizo como que sostenía un micrófono imaginario.

—Las imágenes, en el informativo de las once.

Joe no le hizo caso.

—¡Ahora va hacia mi calle! —giró hacia Benny y Norrie—. ¿Creen que irá a ver a mi madre?

—Mill Street tiene cuatro manzanas, colega —dijo Benny—. ¿Qué probabilidades hay?

Joe se sintió aliviado, aunque no se le ocurría ningún motivo por el que la visita de la señora Perkins a su madre pudiera ser algo malo. Solo que su madre estaba bastante preocupada porque su padre se encontraba fuera del pueblo, y a Joe no le apetecía verla más alterada de lo que ya estaba. Casi le había prohibido hacer esa expedición. Gracias a Dios que la señorita Shumway le había quitado aquella idea de la cabeza, sobre todo diciéndole que Dale Barbara había pensado específicamente en Joe para ese trabajo (en el cual Joe —igual que Benny y Norrie— prefería pensar como en "la misión").

—Señora McClatchey —había dicho Julia—, Barbie cree que seguramente nadie puede hacer uso de ese artefacto mejor que su hijo. Podría ser muy importante.

Eso había hecho que Joe se sintiera bien, pero al mirar a su madre a la cara (preocupada, alicaída) de pronto se había sentido mal. Ni siquiera habían pasado tres días desde que la Cúpula los había encerrado, pero ya había perdido peso. Y que no soltara nunca la fotografía de su padre… eso también hacía que se sintiera mal. Era como si pensara que estaba muerto, en lugar de atrapado en un motel en alguna parte, seguramente bebiendo cerveza y viendo HBO.

Su madre, sin embargo, había estado de acuerdo con la señorita Shumway.

—Es un chico muy listo y tiene un don para las máquinas, desde luego. Siempre lo ha tenido —lo había recorrido con la mirada de la cabeza a los pies y luego había suspirado—. ¿Cuándo creciste tanto, hijo?

—No sé —había respondido él con total sinceridad.

—Si te dejo hacer esto, ¿tendrás cuidado?

—Y lleva a tus amigos contigo —dijo Julia.

—¿A Benny y a Norrie? Claro.

—Otra cosa —había añadido Julia—, sean un poco discretos. ¿Sabes lo que significa eso, Joe?

—Sí, señora, claro que sí.

Significaba que no te atraparan.

3

Brenda desapareció tras el grupo de árboles que bordeaban Mill Street.

—Bien —dijo Benny—. Vamos —aplastó con cuidado el cigarrillo en el cenicero improvisado y después sacó la bolsa de la compra de la cesta de la bici.

Dentro de la bolsa llevaban el anticuado contador Geiger de color amarillo que había pasado de Barbie a Rusty, a Julia… y finalmente a Joe y su pandilla.

Joe tomó el tapón de la botella de jugo y apagó también su cigarrillo; pensó que le gustaría probarlo otra vez cuando tuviera tiempo para concentrarse en la experiencia. Por otra parte, quizá fuera mejor no hacerlo. Ya era adicto a las computadoras, las novelas gráficas de Brian K. Vaughan y la patineta. A lo mejor con eso ya tenía bastantes asuntos de los que ocuparse.

—Va a venir gente —les dijo a Benny y a Norrie—, puede que un montón de gente, en cuanto se cansen de jugar en el supermercado. Lo único que podemos hacer es esperar que no se fijen en nosotros.

Por dentro, oyó a la señorita Shumway diciéndole a su madre lo importante que podría ser aquello para el pueblo. A él no tuvo que decírselo; seguramente Joe lo comprendía mejor que ellos mismos.

—Pero si se acerca algún poli… —dijo Norrie.

Joe asintió.

—Lo metemos otra vez en la bolsa. Y sacamos el Frisbee.

—¿De verdad crees que hay una especie de generador alienígena enterrado bajo la plaza del pueblo? —preguntó Benny.

—Yo he dicho que podría haberlo —respondió Joe, más brusco de lo que había sido su intención—. Todo es posible.

En realidad, Joe creía que era más que posible; lo creía probable. Si la Cúpula no tenía un origen sobrenatural, entonces era un campo de fuerza. Un campo de fuerza tenía que ser generado. A él le parecía una situación que solo requería confirmación, pero no quería que sus amigos se hicieran muchas ilusiones. Ni él mismo, para el caso.

—Empecemos a buscar —dijo Norrie. Salió colándose por debajo de la cinta amarilla de precinto policial—. Solo espero que los dos hayan rezado lo suficiente.

Joe no creía en rezar por cosas que podía hacer él mismo, pero había elevado una breve oración por un tema algo diferente: que, si encontraban el generador, Norrie Calvert le diera otro beso. Uno dulce y largo.

4

Esa misma mañana, algo más temprano, durante su reunión preexploración en la sala de los McClatchey, Joe "el Espantapájaros" se había quitado el tenis derecho y luego el calcetín blanco que vestía debajo.

—Truco o trato, huéleme el zapato, dame algo rico que comer dentro de un rato —entonó Benny con alegría.

—Calla, imbécil —repuso Joe.

—No llames imbécil a tu amigo —dijo Claire McClatchey, pero le dirigió a Benny una mirada de reproche.

Norrie, por su parte, no añadió ninguna réplica y se limitó a mirar con interés a Joe, que estaba colocando el calcetín sobre la alfombra de la sala y lo alisaba con la palma de la mano.

—Esto es Chester's Mill —dijo Joe—. La misma forma, ¿verdad?

—Claro —convino Benny—. Nuestro destino es vivir en un pueblo que se parece a uno de los calcetines de Joe McClatchey.

—O al zapato de la anciana del cuento —añadió Norrie.

—"Había una vez una anciana que vivía en un zapato" —recitó la señora McClatchey. Estaba sentada en el sofá con la fotografía de su marido en el regazo, igual que cuando la señorita Shumway se había presentado con el contador Geiger, ya entrada la tarde del día anterior—. "Tenía tantos hijos que no sabía qué hacer."

—Muy buena, mamá —dijo Joe, intentando no reírse. La versión de su escuela había modificado el cuento a: "Tenía tantos hijos que ya se le había aflojado el agujero".

Volvió a mirar el calcetín.

—Bueno, ¿tiene centro un calcetín?

Benny y Norrie lo pensaron. Joe les dio tiempo. El hecho de que tal pregunta pudiera interesarles era una de las cosas que le gustaban de ellos.

—No como un círculo o un cuadrado —dijo Norrie al final—. Eso son formas geométricas.

Benny añadió:

—Supongo que un calcetín también es una forma geométrica, técnicamente, aunque no sé cómo se llamaría. ¿Un calcetágono?

Norrie rio. Incluso Claire sonrió un poco.

—En el mapa, Mill se parece más a un hexágono —dijo Joe—, pero eso no importa. Usemos solo el sentido común.

Norrie señaló el lugar del calcetín donde el final de la forma del pie se unía a la recta de la pierna.

—Ahí. Ese es el centro.

Joe lo marcó con la punta de un plumón.

—Me parece que esa mancha no se quitará, jovencito —Claire suspiró—. Pero de todas formas necesitas unos nuevos, supongo —y, antes de que el niño pudiera hacer la siguiente pregunta, dijo—: En un mapa, eso sería más o menos donde está la plaza del pueblo. ¿Es ahí donde vas a buscar?

—Es donde buscaremos primero —dijo Joe, algo desinflado al ver que lo habían dejado sin su bomba informativa.

—Porque, si hay un generador —caviló la señora McClatchey—, crees que debería estar en el centro de la localidad. O lo más cerca posible del centro.

Joe asintió.

—Genial, señora McClatchey —dijo Benny, que levantó una mano—. Venga esos cinco, madre de mi hermano del alma.

Con una débil sonrisa, sosteniendo aún la fotografía de su marido, Claire McClatchey chocó los cinco con Benny. Después dijo:

—Al menos la plaza del pueblo es un lugar seguro —se detuvo a pensarlo; frunció un poco el ceño—. Eso espero, por lo menos, aunque en realidad, ¿quién puede saberlo?

—No se preocupe —dijo Norrie—. Yo los vigilaré.

—Solo prométanme que, si al final encuentran algo, dejarán que los expertos se ocupen de todo —dijo Claire.

Mamá, pensó Joe, *me parece que a lo mejor resulta que los expertos somos nosotros.* Pero no lo dijo. Sabía que eso la alteraría más aún.

—Tiene mi palabra —dijo Benny, y volvió a levantar la mano—. Esos cinco otra vez, oh, madre de mi...

Esta vez la mujer no despegó las manos de la fotografía.

—Te quiero, Benny, pero a veces me agotas.

El niño sonrió con tristeza.

—Eso mismo me dice mi madre.

5

Joe y sus amigos caminaron cuesta abajo hacia el quiosco que había en el centro de la plaza del pueblo. Detrás de ellos, el Prestile murmuraba. Ya estaba más bajo, la Cúpula hacía de presa en el punto por el que el río entraba en Chester's Mill, en el noroeste. Si la Cúpula seguía allí al día siguiente, Joe creía que aquello se convertiría en un lodazal.

—Bien —dijo Benny—. Ya basta de perder el tiempo. Es hora de que los chicos de las tablas salven Chester's Mill. Enciende ese aparato.

Con cuidado (y con verdadera reverencia), Joe sacó el contador Geiger de la bolsa de la compra. Hacía tiempo que la pila que lo alimentaba era un soldado muerto y que las conexiones estaban llenas de porquería, pero un poco de bicarbonato había despejado la corrosión, y Norrie había encontrado no solo una, sino tres baterías de seis voltios en el armario de las herramientas de su padre. "Está obsesionado con las baterías —había confesado Norrie—, y se matará intentando aprender a patinar en tabla, pero lo quiero."

Joe puso el pulgar sobre el interruptor de encendido y luego los miró muy serio.

—¿Saben? Puede ser que esto no detecte nada y, aun así, que el generador exista, aunque sería uno que emita ondas alfa o bet…

—¡Enciéndelo ya, por el amor de Dios! —exclamó Benny—. Tanto suspenso me está matando.

—Tiene razón —dijo Norrie—. Vamos.

Pero sucedió algo interesante. Habían probado el contador Geiger un montón de veces por la casa de Joe y funcionaba bien: cuando lo probaron sobre un viejo reloj con esfera de radio, la aguja se había agitado considerablemente. Lo habían probado todos por turnos. Sin embargo, ahora que estaban ahí fuera (in situ, por así decir), Joe se quedó paralizado. Tenía la frente perlada de sudor. Sentía cómo las gotas aparecían y se preparaban para deslizarse.

Podría haberse quedado allí quieto un buen rato si Norrie no hubiera puesto una mano encima de la suya. Luego Benny añadió también la de él. Los tres acabaron pulsando juntos el interruptor. La aguja de CÓMPUTO POR SEGUNDO saltó de inmediato a +5, y Norrie le apretó el hombro a Joe. Después descendió hasta +2, y la niña aflojó la mano. No tenían experiencia con medidores de radiación, pero todos supusieron que no estaban viendo más que una medición de radiación de fondo.

Poco a poco, Joe caminó alrededor del quiosco de música alargando el sensor Geiger-Müller, sujeto por un cable en espiral estilo telefónico. La luz de encendido emitía una lucecita ámbar claro y la aguja bailaba un poco de vez en cuando, pero casi siempre estaba cerca del extremo cero del cuadrante. Los pequeños saltitos que veían debían de causarlos sus propios movimientos. Joe no estaba sorprendido (parte de él sabía que no iba a ser tan fácil), pero al mismo tiempo se sentía amargamente decepcionado. Era realmente asombroso lo bien que se complementaban la decepción y la ausencia de sorpresa; eran como el Gordo y el Flaco.

—Déjame a mí —dijo Norrie—. A lo mejor tengo más suerte.

Joe se lo cedió sin protestar. Durante toda la hora siguiente, más o menos, peinaron la plaza del pueblo sosteniendo el contador Geiger por turnos. Vieron un coche que bajaba por Mill Street, pero no vieron a Junior Rennie (que volvía a encontrarse mejor) al volante. Tampoco él los vio a ellos. Una ambulancia bajó a toda prisa por la cuesta del Ayuntamiento en dirección al Food City, con las luces del toldo encendidas y la sirena aullando. A la ambulancia sí que le prestaron unos instantes de atención, pero volvían a estar absortos en lo suyo cuando Junior reapareció poco después, esta vez al volante de la Hummer de su padre.

No llegaron a utilizar el Frisbee que habían llevado para disimular; estaban demasiado concentrados. Tampoco importó. Pocos de los vecinos que volvían a sus casas se molestaron en mirar hacia la plaza. Algunos estaban heridos. La mayoría acarreaban alimentos liberados, y algunos empujaban carritos de supermercado cargados hasta el tope. Casi todos parecían avergonzados de sí mismos.

Hacia el mediodía, Joe y sus amigos estaban dispuestos a rendirse. También tenían hambre.

—Vamos a mi casa —dijo Joe—. Mamá nos preparará algo de comer.

—Genial —dijo Benny—. Espero que sea chop suey. Tu madre hace un chop suey de muerte.

—Antes, ¿podemos cruzar por el Puente de la Paz e intentarlo en el otro lado? —preguntó Norrie.

Joe se encogió de hombros.

—Bueno, pero allí no hay nada más que bosque. Además, nos alejaremos del centro.

—Sí, pero… —no acabó la frase.

—Pero ¿qué?

—Nada. Es solo una idea. Seguramente estúpida.

Joe miró a Benny. Benny se encogió de hombros y pasó el contador Geiger a Norrie.

Regresaron al Puente de la Paz y se colaron bajo la floja cinta de precinto policial. El paso estaba en penumbra, pero no tanto para que Joe no pudiera mirar por encima del hombro de Norrie y ver que la aguja del contador Geiger empezó a moverse en cuanto pasaron de la mitad, caminando en fila india para no sobrecargar demasiado los tablones podridos. Cuando salieron por el otro lado, un cartel les informó: ESTÁN ABANDONANDO LA PLAZA DEL PUEBLO DE CHESTER'S MILL, CONST. 1808. Un sendero hollado subía por una ladera de robles, fresnos y hayas. Su follaje otoñal colgaba sin vida, parecía más sombrío que alegre.

Cuando llegaron al pie de ese sendero, la aguja de CÓMPUTO POR SEGUNDO estaba entre +5 y +10. Más allá de +10, el calibrado del medidor ascendía abruptamente a +500 y luego a +1.000. El límite superior del cuadrante estaba marcado en rojo. La aguja estaba a kilómetros por debajo de eso, pero Joe estaba bastante seguro de que la posición de esos momentos indicaba algo más que un cómputo de radiación de fondo.

Benny miraba el temblor de la aguja, pero Joe miraba a Norrie.

—¿Cuál era esa idea? —le preguntó—. No tengas miedo de decirla, al final no parece que haya sido una idea tan estúpida.

—No —convino Benny. Dio unos golpecitos al medidor de CÓMPUTO POR SEGUNDO. La aguja saltó, después volvió a estabilizarse en +7 u +8.

—Pienso que un generador y un transmisor son prácticamente lo mismo —dijo Norrie—. Y un transmisor no tiene por qué estar en el centro, solo debe estar muy alto.

—La torre de la WCIK no lo está —dijo Benny—. Simplemente se halla en un claro, aturdiendo a todo el mundo con su Radio Jesús. La he visto.

—Sí, pero esa cosa es…, no sé, superpoderosa —repuso Norrie—. Mi padre dijo que tiene cien mil vatios o algo así. A lo me-

jor lo que estamos buscando tiene un radio de acción más pequeño. Así que entonces he pensado: "¿Cuál es la parte más alta del
pueblo?".

—Black Ridge —dijo Joe.

—Black Ridge —repitió ella, y alzó un pequeño puño.

Joe lo golpeó con el suyo, luego señaló:

—Por allí, a un kilómetro y medio. Puede que dos —dirigió el
sensor Geiger-Müller hacia aquel lugar y los tres contemplaron,
fascinados, cómo la aguja subía a +10.

—No me jodas… —dijo Benny.

—Quizá cuando cumplas los cuarenta —dijo Norrie. Dura como
siempre… aunque se había puesto colorada. Solo un poco.

—En Black Ridge Road hay un campo de árboles frutales
—dijo Joe—. Desde allí se ve todo Chester's Mill… También el
TR-90. Al menos eso es lo que dice mi padre. Podría estar allí. Norrie, eres una genio —al final no tuvo que esperar a que ella lo besara. Él mismo hizo los honores, aunque no se atrevió a acercarse más
que a la comisura de sus labios.

A ella pareció gustarle, pero entre sus ojos seguía habiendo una
línea ceñuda.

—A lo mejor no significa nada. Tampoco es que la aguja se esté
volviendo loca. ¿Podemos ir hasta allí con las bicis?

—¡Claro! —exclamó Joe.

—Después de comer —añadió Benny. Se consideraba el sensato del grupo.

6

Mientras Joe, Benny y Norrie estaban comiendo en casa de los
McClatchey (sí que había chop suey) y Rusty Everett, con ayuda
de Barbie y de las dos adolescentes, se ocupaba de los heridos de
los disturbios del supermercado en el Cathy Russell, Gran Jim Rennie estaba sentado en su estudio, repasando una lista en la que iba
marcando los puntos solucionados.

Vio que su Hummer llegaba de nuevo por el camino de entrada y marcó otro punto: ya habían dejado a Brenda con los demás.
Pensó que estaba preparado; al menos todo lo preparado que po-

día estar. Aunque la Cúpula desapareciera esa misma tarde, creía que tenía el trasero a buen resguardo.

Junior entró y dejó las llaves de la Hummer en el escritorio de Gran Jim. Estaba pálido y le hacía falta una buena afeitada más que nunca, pero ya no parecía un muerto viviente. Tenía el ojo izquierdo rojo, pero no llameante.

—¿Todo arreglado, hijo?

Junior asintió.

—¿Iremos a la cárcel? —hablaba casi con curioso desinterés.

—No —dijo Gran Jim. La idea de que pudiera ir a la cárcel nunca se le había pasado por la cabeza, ni siquiera cuando esa bruja de Brenda Perkins se había presentado allí y había empezado a soltar acusaciones. Sonrió—. Pero Dale Barbara sí.

—Nadie creerá que ha matado a Brenda Perkins.

Gran Jim siguió sonriendo.

—Lo creerán. Están asustados y lo creerán. Así funcionan estas cosas.

—¿Cómo lo sabes?

—Porque soy un estudioso de la historia. Alguna vez deberías probarlo —a punto estuvo de preguntarle a Junior por qué había dejado Bowdoin; ¿lo había dejado, lo habían suspendido o lo habían invitado a marcharse? Sin embargo, aquel no era el momento ni el lugar. En vez de eso, le preguntó a su hijo si podía hacerle otro mandado.

Junior se frotó la sien.

—Supongo. Ya que estamos, uno más...

—Necesitarás ayuda. Imagino que podrás llevarte a Frank, aunque yo preferiría a ese tal Thibodeau, si es que hoy es capaz de moverse por ahí. Pero Searles no. Es buen tipo, pero es estúpido.

Junior no abrió la boca. Gran Jim se preguntó otra vez qué le pasaba al chico. Aunque ¿de verdad quería saberlo? A lo mejor cuando esa crisis hubiera terminado. Mientras tanto, tenía muchas cazuelas en el fuego y la cena iba a servirse pronto.

—¿Qué quieres que haga?

—Déjame comprobar antes una cosa —Gran Jim sacó su teléfono. Cada vez que lo hacía, esperaba encontrarlo averiado y tener que tirarlo a la basura, pero seguía funcionando. Al menos para realizar llamadas dentro del pueblo, que era lo único que le importaba. Seleccionó el número de la comisaría. El teléfono sonó tres veces en la estación de policía antes de que Stacey Moggin contestara. Parecía agobiada, no respondió con voz profesional como siempre. A Gran Jim no le sorprendió, dado el ajetreo de la mañana; de fondo se oía un buen alboroto.

—Policía —dijo ella—. Si no es una emergencia, por favor, cuelgue y llame más tarde. Estamos muy oc...

—Soy Jim Rennie, cariño —sabía que Stacey detestaba que la llamaran "cariño". Por eso lo hacía—. Comunícame con el jefe. Y deprisa.

—Ahora mismo está intentando separar a dos que se están peleando a puñetazos delante del mostrador —contestó ella—. A lo mejor podría llamar más tar...

—No, no puedo llamar más tarde —replicó Gran Jim—. ¿Crees que estaría llamando si esto no fuera importante? Tú ve allí, cariño, y rocía al más agresivo de los dos con el gas pimienta. Después envía a Pete a su oficina para que...

Stacey no le dejó terminar y tampoco lo puso en espera. El teléfono golpeó el mostrador con gran estrépito. Gran Jim no perdió la compostura; cuando sacaba a alguien de sus casillas, le gustaba saberlo. Muy a lo lejos, oyó que alguien llamaba a alguien "maldito ladrón". Eso lo hizo sonreír.

Un momento después sí que lo pusieron en espera, pero Stacey no se molestó siquiera en informarle. Gran Jim escuchó un rato los instructivos consejos de McGruff, el Perro Comisario. Después alguien tomó el teléfono. Era Randolph, que parecía estar sin aliento.

—Habla deprisa, Jim, porque esto es una casa de locos. Los que no han acabado en el hospital con varias costillas rotas o algo parecido están que echan humo. Cada uno culpa al otro. Estoy intentando no ocupar las celdas de abajo, pero es como si la mitad de ellos quisieran acabar ahí metidos.

—¿Aumentar los efectivos de la policía te parece mejor idea hoy, jefe?

—Sí, por Dios. Nos han dado una paliza. Tengo a uno de los nuevos oficiales, esa Roux, en el hospital con la mitad inferior de la cara rota. Parece la novia de Frankenstein.

La sonrisa de Gran Jim aumentó hasta convertirse en una mueca.

Sam Verdreaux lo había logrado. Pero, desde luego, eso era otra de las cosas que sucedían cuando estabas enrachado; si había que pasar el balón, en esas raras ocasiones en que no podías lanzar tú mismo, siempre se lo pasabas a la persona adecuada.

—Alguien le lanzó una piedra. También a Mel Searles. Ha estado un rato inconsciente, pero parece que ya está bien. La herida tenía mal aspecto, así que lo he enviado al hospital para que lo reparen.

—Vaya, es una vergüenza —dijo Gran Jim.

—Alguien cazó a mis muchachos. Más de uno, creo. Gran Jim, ¿de verdad podemos conseguir más voluntarios?

—Me parece que encontrarás un montón de voluntariosos reclutas entre los jóvenes íntegros de esta ciudad —dijo Gran Jim—. De hecho, conozco a varios de la congregación de Cristo Redentor. Los chicos de los Killian, por ejemplo.

—Jim, los chicos de los Killian no podrían ser más tontos.

—Ya lo sé, pero son fuertes y saben cumplir órdenes —hizo una pausa—. Además, saben disparar.

—¿Vamos a darles armas? —Randolph parecía dudoso y a la vez esperanzado.

—¿Después de lo que ha pasado hoy? Desde luego. Yo estaba pensando en diez o doce buenos jóvenes de confianza para empezar. Frank y Junior pueden ayudar a elegirlos. Y necesitaremos a más aún si esto no se arregla para la semana que viene. Págales con vales. Dales primero vales de alimentos para cuando empiece el racionamiento, si es que empieza. Para ellos y para sus familias.

—De acuerdo. Envíame a Junior, ¿quieres? Frank está aquí, y también Thibodeau. Ha recibido unos cuantos golpes en el súper y le tuvieron que cambiar el vendaje del hombro, pero está bien como para seguir en marcha —Randolph bajó la voz—. Dice que el vendaje se lo ha cambiado Barbara. Y que ha hecho un buen trabajo.

—Qué encanto, pero nuestro señor Barbara no cambiará más vendajes en mucho tiempo. Y tengo otro trabajo para Junior. También para el oficial Thibodeau. Envíamelo aquí.

—¿Para qué?

—Si hiciera falta que lo supieras, te lo diría. Tú envíamelo. Junior y Frank ya harán una lista de posibles nuevos reclutas más tarde.

—Bueno… si tú lo di…

Randolph fue interrumpido por un nuevo alboroto. Algo se había caído o lo habían tirado al suelo. Se oyó un estrépito cuando alguna otra cosa se hizo añicos.

—¡Deténganse de una vez! —rugió Randolph.

Sonriente, Gran Jim se apartó el teléfono de la oreja. Aun así, podía oírlo a la perfección.

—¡Detén a esos dos! … ¡Esos dos no, idiota, los OTROS dos! … ¡NO, no quiero que los arrestes! ¡Quiero verlos fuera de aquí, maldición! Si no hay forma de que se larguen, ¡sácalos a patadas!

Un momento después volvía a hablar con Gran Jim.

—Recuérdame por qué quería este trabajo, porque se me está empezando a olvidar.

—Se solucionará —lo tranquilizó Gran Jim—. Mañana tendrás cinco oficiales nuevos, jovencitos y muy frescos, y otros cinco para el jueves. Otros cinco al menos. Ahora envíame aquí al joven Thibodeau. Y asegúrate de que esa celda del fondo esté preparada para recibir a un nuevo ocupante. El señor Barbara va a necesitarla esta misma tarde.

—¿Con qué cargos?

—¿Qué te parecen cuatro asesinatos, más incitación a la violencia en el supermercado local? ¿Te sirve?

Colgó antes de que Randolph pudiera contestar.

—¿Qué quieres que hagamos Carter y yo? —preguntó Junior.

—¿Esta tarde? Primero, un poco de reconocimiento del terreno y planificación. Yo ayudaré con la planificación. Después detendrán a Barbara. Lo disfrutarán, creo.

—Claro que sí.

—En cuanto Barbara esté a la sombra, el oficial Thibodeau y tú deberán prepararse una buena cena, porque su auténtica labor será la de esta noche.

—¿Cuál?

—Incendiar las oficinas del *Democrat*… ¿Qué tal te suena?

Junior abrió los ojos como platos.

—¿Por qué?

Le decepcionó que su hijo tuviera que preguntarlo.

—Porque, para el futuro inmediato, tener un periódico no es lo más conveniente para el pueblo. ¿Alguna objeción?

—Papá… ¿Alguna vez se te ha ocurrido que podrías estar loco?

Gran Jim asintió.

—Como un genio —dijo.

7

—Tantas veces he estado en esta sala —dijo Ginny Tomlinson con su nueva voz brumosa—, y ni una sola vez me había imaginado en la camilla.

—Aunque lo hubieras hecho, seguramente no habrías imaginado que te estaría tratando el mismo sujeto que te sirve los huevos revueltos por las mañanas —Barbie intentaba conservar el buen ánimo, pero no había parado de remendar y vendar desde que había llegado al Cathy Russell con el primer viaje de la ambulancia y se sentía cansado. Sospechaba que mucha culpa la tenía el estrés: le daba un miedo horrible dejar a alguien peor, en lugar de mejor de lo que estaba. Veía esa misma inquietud en los rostros de Gina Buffalino y Harriet Granelow, y eso que ellas no tenían el reloj de Jim Rennie avanzando inexorablemente sobre sus cabezas para empeorar las cosas.

—Creo que pasará un tiempo antes de que sea capaz de masticar bien —dijo Ginny.

Rusty le había arreglado la nariz antes de atender a ningún otro paciente. Barbie le había ayudado sosteniendo la cabeza de Ginny por los lados con toda la suavidad de la que había sido capaz y murmurándole palabras de ánimo. Rusty le había metido unas gasas empapadas de medicina por los orificios nasales, había dado diez minutos al anestésico para que hiciera efecto (tiempo aprovechado para tratar una muñeca con una grave distensión y colocar un vendaje elástico en la rodilla inflamada de una mujer obesa), después había sacado las tiras de gasa con unas pinzas y había empuñado un escalpelo. El auxiliar médico había sido admirablemente rápido. Antes de que Barbie pudiera pedirle a Ginny que dijera "treinta y tres", Rusty le había metido el mango del escalpelo por el orificio nasal más despejado, lo había presionado contra el tabique y lo había usado de palanca.

Como si hiciera palanca para sacar el tapón de una llanta, pensó Barbie al percibir el crujido tenue pero perfectamente audible que hizo la nariz de Ginny al recuperar algo aproximado a su posición normal. No gritó, pero sus uñas abrieron agujeros en el papel protector que cubría la camilla y le cayeron lágrimas por las mejillas.

Ya estaba más calmada, porque Rusty le había dado un par de Percocets, pero todavía le caían lágrimas del ojo menos hinchado. Tenía las mejillas de un violeta inflamado. Barbie pensó que se parecía un poco a Rocky Balboa después de la pelea con Apollo Creed.

—Piensa en la parte buena —dijo.

—¿Tiene?

—Sin duda. A esa Roux le espera un mes entero de sopa y papillas.

—¿Georgia? He oído decir que le arrojaron una piedra. ¿Está muy mal?

—Sobrevivirá, pero pasará mucho tiempo antes de que vuelve a verse hermosa.

—Esa nunca iba a ser Señorita Primavera —y, en voz más baja—: ¿Era ella la que gritaba?

Barbie asintió. Por lo visto los alaridos de Georgia se habían oído en todo el hospital.

—Rusty le dio morfina, pero tardó mucho en hacer efecto. Debe de tener una constitución de caballo.

—Y una conciencia de caimán —añadió Ginny con su voz brumosa—. No le desearía a nadie lo que le ha pasado, pero aun así es un argumento de mil demonios en favor del castigo kármico. ¿Cuánto tiempo llevo aquí? Esta mierda de reloj está rota.

Barbie consultó el suyo.

—Ahora son las catorce treinta. Así que supongo que llevas unas cinco horas y media en ruta hacia la recuperación —giró hacia uno y otro lados las caderas, oyó cómo le crujía la espalda y sintió que se le desentumecía un poco. Decidió que Tom Petty tenía razón: la espera era lo más duro. Supuso que se sentiría más tranquilo en cuanto estuviera en una celda. A menos que estuviera muerto. Se le había pasado por la cabeza que podía resultar conveniente que lo mataran mientras se resistía a la detención.

—¿Por qué sonríes? —preguntó Ginny.

—Por nada —alzó unas pinzas—. Ahora estate quieta y déjame hacer esto. Cuanto antes empecemos, antes habremos terminado.

—Debería levantarme y echar una mano.

—Si lo intentas, el que te echará una mano seré yo: al cuello.

Ginny miró las pinzas.

—¿Sabes lo que se hace con eso?

—Claro. Gané una medalla de oro en Extracción de Cristales categoría olímpica.

—Tu coeficiente de tonterías es aún mayor que el de mi ex marido —sonreía un poco.

Barbie supuso que le dolía, incluso a pesar del cargamento de analgésicos, y la mujer le agradó por ello.

—No serás una de esas pesadas del mundillo médico que se convierte en una tirana cuando le toca a ella recibir tratamiento, ¿verdad? —preguntó.

—Ese era el doctor Haskell. Una vez se clavó una astilla enorme bajo la uña del pulgar y, cuando Rusty se ofreció para quitársela, el Mago dijo que quería a un especialista —se rio, luego se estremeció y gimió.

—Por si te sientes mejor, al policía que te golpeó le arrojaron una piedra en la cabeza.

—Más karma. ¿Está levantado y en marcha?

—Pues sí —Mel Searles había salido andando del hospital hacía dos horas con un vendaje alrededor de la cabeza.

Cuando Barbie se inclinó con las pinzas, ella apartó la cabeza instintivamente. Él la regresó hacia sí, apretando la mano (con mucha delicadeza) contra la mejilla que tenía menos hinchada.

—Sé que tienes que hacerlo —dijo Ginny—, pero soy como una niña cuando se trata de los ojos.

—Viendo lo fuerte que te ha dado, has tenido suerte de que los cristales se te hayan clavado alrededor y no adentro.

—Ya lo sé. Pero no me lastimes, ¿de acuerdo?

—De acuerdo —respondió él—. Podrás levantarte dentro de nada, Ginny. Seré rápido.

Se pasó un trapo por las manos para asegurarse de que estaban secas (no había querido guantes, no confiaba en su habilidad con ellos) y luego se inclinó. Ginny tenía media docena de pequeñas esquirlas de los cristales de sus gafas incrustadas en las cejas y alrededor de los ojos, pero lo que más le preocupaba era una daga en miniatura que se le había clavado justo debajo del ángulo exterior del ojo derecho. Barbie estaba seguro de que Rusty lo habría extraído él mismo de haberlo visto, pero se había concentrado en la nariz.

Hazlo rápido, pensó. *El que duda está arruinado.*

Sacó el fragmento con las pinzas y lo dejó caer en una palangana de plástico que había en la repisa. Una minúscula perla de sangre afloró donde había estado alojado el cristal. Barbie respiró tranquilo.

—Bien. Los demás no son de cuidado. Esto va a ser sencillo.

—Dios te oiga —dijo Ginny.

Acababa de extraer la última esquirla cuando Rusty abrió la puerta de la sala de diagnósticos y le dijo a Barbie que necesitaba un poco de ayuda. Llevaba en una mano una cajita de metal de Sucrets, caramelos para la garganta.

—¿Ayuda con qué?

—Con una hemorroide con patas —dijo Rusty—. Esa úlcera anal quiere marcharse de aquí con sus ganancias ilegítimas. En circunstancias normales me encantaría ver su miserable trasero saliendo por la puerta, pero ahora mismo es probable que lo necesite.

—¿Estás bien, Ginny? —preguntó Barbie.

Ella hizo un gesto con la mano en dirección a la puerta. Él ya estaba allí, a punto de seguir a Rusty, cuando Ginny lo llamó:

—¡Ey, guapo!

Barbie giró, y ella le lanzó un beso.

Barbie lo atrapó.

8

En Chester's Mill solo había un dentista. Se llamaba Joe Boxer. Su consultorio estaba al final de Strout Lane y desde su sillón dental se disfrutaba de una vista panorámica del arroyo Prestile y el Puente de la Paz. Lo cual era agradable si estabas sentado. La mayoría de los que visitaban el sillón en cuestión estaban en posición reclinada, sin nada que mirar salvo las varias docenas de fotografías del chihuahua de Joe Boxer que había pegadas en el techo. "En una de ellas, parece que el condenado perro está defecando —le había dicho Dougie Twitchell a Rusty después de una visita—. A lo mejor solo es la forma de sentarse de ese tipo de perros, pero no lo creo. Creo que pasé media hora mirando a ese pequeño granuja soltando mierda mientras ese Box me arrancaba de la mandíbula dos muelas del juicio. Creo que con un destornillador, por el daño que me ha hecho."

El cartel que colgaba junto a la puerta del consultorio del doctor Boxer era como unos pantalones de basquetbol lo bastante grandes para un gigante de cuento. Estaban pintados de dorado y verde chillón: los colores de los Gatos Monteses Mills. En el cartel decía JOSEPH BOXER, DENTISTA. Y debajo de eso: **¡BOXER NO SE DEMORA!** Es cierto que era bastante rápido, en eso todo el mundo estaba de acuerdo, pero no trabajaba sin pago adelantado y solo aceptaba efectivo. Si un leñador entraba con las encías supurando y las mejillas infladas como las de una ardilla con la boca llena de nueces y empezaba a hablarle de su seguro dental, Boxer le decía que les sacara el dinero a Anthem o a Blue Cross o a quienesquiera que fuesen los del seguro y que luego volviera a verle.

Quizá un poco de competencia en la localidad le hubiera obligado a suavizar sus políticas draconianas, pero la media docena de dentistas que habían probado suerte en Mill desde principios de los noventa habían desistido. Se especulaba que Jim Rennie, buen amigo de Joe Boxer, podía haber tenido algo que ver con esa escasez de competencia, pero no había pruebas. Mientras tanto se podía ver a Boxer paseándose un día cualquiera en su Porsche, con la calca de ¡MI OTRO COCHE TAMBIÉN ES UN PORSCHE! en el parachoques.

Cuando Rusty llegó por el pasillo seguido de Barbie, Boxer iba de camino a las puertas de entrada. O lo intentaba; Twitch lo tenía agarrado del brazo. Colgando del otro brazo, el doctor Boxer llevaba una cesta llena de *waffles* Eggo. Nada más; solo paquetes y más paquetes de Eggo. Barbie se preguntó, y no por primera vez, si en realidad no estaría tirado en la zanja que corría detrás del estacionamiento del Dipper's, con los huesos molidos y viviendo una horrible pesadilla causada por las lesiones cerebrales.

—¡Que no me quedo! —ladró Boxer—. ¡Tengo que llevarme esto a casa para meterlo en el congelador! De todas formas, lo que me estás proponiendo no tiene casi ninguna posibilidad de funcionar, así que quítame las manos de encima.

Barbie observó el vendaje en mariposa que surcaba una de las cejas de Boxer y la otra venda, más grande, que le cubría el antebrazo derecho. El dentista, por lo visto, había librado una encarnizada batalla por sus *waffles* congelados.

—Dile a este matón que me quite las manos de encima —le dijo a Rusty—. Ya me atendieron y ahora me voy a mi casa.

—Todavía no —dijo Rusty—. Lo atendieron gratis, y yo espero que lo pague de alguna manera.

Boxer era un tipo bajito, de no más de uno sesenta y dos, pero se irguió cuan alto era e infló el pecho.

—Pues espera sentado. No veo yo que la cirugía dental (que, por cierto, el estado de Maine no me ha autorizado a practicar) sea un justo *quid pro quo* a cambio de un par de vendas. Yo me gano la vida trabajando, Everett, y espero que me paguen por mi trabajo.

—Se lo pagarán en el cielo —dijo Barbie—. ¿No es eso lo que diría su amigo Rennie?

—Él no tiene nada que ver con es…

Barbie se acercó un paso más y miró en la cesta de la compra de plástico verde que llevaba Boxer. Tenía las palabras **PROPIEDAD DE FOOD CITY** impresas en el asa. Boxer intentó, sin demasiado éxito, proteger la cesta de su mirada.

—Hablando de pagar, ¿ha pagado esos *waffles*?

—No sea ridículo. Todo el mundo se llevaba de todo. Yo no tomé más que esto —miró a Barbie con actitud desafiante—. Tengo un congelador muy grande, y resulta que me gustan los *waffles*.

—"Todo el mundo se llevaba de todo" no será una defensa muy buena si lo acusan de saqueo —dijo Barbie con gentileza.

Era imposible que Boxer se irguiera más de lo que se había erguido ya y, aun así, lo consiguió. Tenía la cara tan roja que casi estaba violeta.

—¡Pues que me lleven a los tribunales! ¿Qué tribunales? ¡Caso cerrado! ¡Ja!

Iba a dar media vuelta cuando Barbie alargó la mano y lo agarró, no del brazo sino de la cesta.

—Entonces solo le confiscaré esto, ¿de acuerdo?

—¡No puede hacer eso!

—¿No? Pues que me lleven a los tribunales —Barbie sonrió—. Ah, se me olvidaba... ¿Qué tribunales?

El doctor Boxer lo fulminó con la mirada, sus labios apretados dejaban ver las puntas de unos dientecillos perfectos.

—Tostaremos esos viejos *waffles* en la cafetería —dijo Rusty—. ¡Mmm! ¡Deliciosos!

—Eso mientras tengamos electricidad con que tostarlos —masculló Twitch—. Después, podemos clavarlos en tenedores y asarlos sobre el incinerador de la parte de atrás.

—¡No pueden hacer eso!

Barbie dijo:

—Deje que me exprese con claridad: a menos que haga usted lo que sea que Rusty quiere que haga, no tengo ninguna intención de soltar sus Eggo.

Chaz Bender, que llevaba una bandita en el puente de la nariz y otra en un lado del cuello, rio. Y no con demasiada amabilidad.

—¡Pague, Doc! —exclamó—. ¿No es eso lo que dice usted siempre?

Boxer volteó, fulminó primero a Bender y luego a Rusty con la mirada.

—Lo que quieres apenas tiene probabilidades de funcionar. Debes saberlo.

Rusty abrió la cajita de Sucrets y se la pasó. Dentro había seis dientes.

—Torie McDonald los recogió en la entrada del supermercado. Se arrodilló y rebuscó entre charcos de sangre de Georgia Roux para encontrarlos. Y, si quiere usted desayunar Eggo en un futuro cercano, Doc, va a volver a colocárselos a la chica en la boca.

—¿Y si me voy?

Chaz Bender, el profesor de historia, dio un paso adelante. Tenía los puños cerrados.

—En ese caso, mi mercenario amigo, le daré una buena golpiza cuando salga.

—Yo le ayudo —dijo Twitch.

—Yo no —dijo Barbie—, pero miraré.

Se oyeron risas y algunos aplausos. Barbie sintió al mismo tiempo alegría y náuseas.

Boxer dejó caer los hombros. De repente no era más que un hombrecillo atrapado en una situación que le venía grande. Tomó la cajita de Sucrets y luego miró a Rusty.

—Un cirujano dental trabajando en condiciones óptimas podría conseguir reimplantar estos dientes, y puede que llegaran a enraizar, aunque tendría la precaución de no darle ninguna garantía al paciente. Si lo hago, tendrá suerte si recupera uno o dos. Lo más probable es que acaben cayéndole tráquea abajo y asfixiándola.

Una mujer corpulenta con una mata de cabello muy pelirrojo apartó a Chaz Bender de un codazo.

—Yo me sentaré junto a ella y me aseguraré de que eso no suceda. Soy su madre.

El doctor Boxer soltó un suspiro.

—¿Está inconsciente?

Antes de que pudiera ir más lejos, dos unidades policiales de Chester's Mill, una de ellas el coche verde del jefe de policía, se estacionaron en la zona de carga y descarga. Freddy Denton, Junior Rennie, Frank DeLesseps y Carter Thibodeau salieron de la primera patrulla. El jefe Randolph y Jackie Wettington salieron del coche del jefe. La esposa de Rusty salió de la parte de atrás. Todos iban armados y, al acercarse a las puertas de la entrada del hospital, empuñaron las pistolas.

La pequeña muchedumbre que había presenciado la confrontación con Joe Boxer murmuró y se hizo atrás, algunos de ellos esperando sin duda que los arrestaran por robo.

Barbie giró hacia Rusty Everett.

—Mírame —dijo.

—¿Qué quieres de…?

—¡Que me mires! —Barbie levantó los brazos y los giró para mostrar ambos lados. Después se levantó la camiseta, enseñando primero su vientre plano y luego volteando para exhibir su espalda—. ¿Ves marcas? ¿Contusiones?

—No…

—Asegúrate de que ellos lo sepan —dijo Barbie.

No tuvo tiempo para más. Randolph hizo entrar a sus oficiales por la puerta.

—¿Dale Barbara? Un paso al frente.

Antes de que Randolph pudiera levantar el arma para apuntarle, Barbie obedeció. Porque a veces suceden accidentes. A veces adrede.

Barbie vio el desconcierto de Rusty, y su ingenuidad hizo que le cayera aún mejor. Vio a Gina Buffalino y a Harriet Granelow con los ojos muy abiertos. Pero reservó la mayor parte de su atención para Randolph y sus refuerzos. Todos los rostros eran de piedra, pero en el de Thibodeau y el de DeLesseps vio una innegable satisfacción. Para ellos, aquello representaba la revancha por la noche en el Dipper's. Y la revancha iba a ser una pesadilla.

Rusty se puso delante de Barbie, como para protegerlo.

—No hagas eso —murmuró Barbie.

—¡Rusty, no! —gritó Linda.

—¿Peter? —preguntó Rusty—. ¿Qué está pasando? Barbie me ha estado ayudando, y ha estado haciendo un trabajo excelente, maldición.

Barbie temía apartar al gran auxiliar médico, incluso tocarlo. En lugar de eso, levantó los brazos, muy despacio, con las palmas extendidas.

Al ver que alzaba los brazos, Junior y Freddy Denton se le echaron encima, y deprisa. Junior le dio un golpe a Randolph al pasar junto a él, y la Beretta que el jefe aferraba en su puño apretado se disparó. El sonido resultó ensordecedor en el vestíbulo de recepción. La bala se clavó en el suelo a unos ocho centímetros del zapato derecho de Randolph y abrió un agujero asombrosamente grande. El olor a pólvora fue inmediato y sorprendente.

Gina y Harriet gritaron y echaron a correr de vuelta al pasillo principal, saltando con agilidad por encima de Joe Boxer, que estaba a gatas, con la cabeza gacha y el cabello —siempre tan bien peinado— colgándole por delante de la cara. Brendan Ellerbee, al que le habían recolocado la mandíbula ligeramente dislocada, dio una patada al dentista en el antebrazo al pasar junto a él en plena huida. La cajita de Sucrets salió volando de la mano de Boxer, chocó contra el mostrador principal y se abrió: los dientes que Torie McDonald tan cuidadosamente había recogido quedaron esparcidos por el suelo.

Junior y Freddy sujetaron a Rusty, que no intentó resistirse. Parecía completamente desconcertado. Lo empujaron a un lado y enviaron al auxiliar médico tambaleándose por el vestíbulo principal, intentando mantener el equilibrio. Linda quiso sostenerlo y acabaron cayendo juntos al suelo.

—¿Qué diablos? —vociferaba Twitch—. Pero ¿qué mierda?

Cojeando ligeramente, Carter Thibodeau se acercó a Barbie, que vio lo que se le venía encima pero siguió con las manos levantadas. Bajarlas podía significar su muerte. Y tal vez no solo la suya. Ahora que ya se había disparado un arma, las probabilidades de que se disparasen otras eran mucho mayores.

—¿Qué hay, amiguito? —preguntó Carter—. Se ve que has estado bastante ocupado… —le dio un puñetazo en el estómago.

Barbie había tensado los músculos anticipando el golpe, pero de todas formas se dobló por la mitad. Ese cabrón era fuerte.

—¡Deténganse! —bramó Rusty. Todavía parecía desconcertado, pero ahora también enfadado—. ¡Deténganse ahora mismo, maldición!

Intentó levantarse, pero Linda lo rodeó con los dos bazos y lo mantuvo en el suelo.

—No lo hagas —le dijo—. No lo hagas, es un tipo peligroso.

—¿Qué? —Rusty giró la cabeza y la miró con incredulidad—. ¿Te has vuelto loca?

Barbie seguía con las manos en alto, mostrándoselas a los policías. Encorvado como estaba, parecía estarles dedicando una reverencia.

—Thibodeau, atrás —ordenó Randolph—. Ya basta.

—¡Guarda esa pistola, imbécil! —gritó Rusty a Randolph—. ¿Quieres matar a alguien?

Randolph le dirigió una breve mirada de desdeñoso desprecio y después giró hacia Barbie.

—Enderézate, hijo.

Barbie obedeció. Le dolía, pero lo consiguió. Sabía que, si no se hubiera preparado para el puñetazo de Thibodeau habría quedado hecho un ovillo en el suelo, boqueando para conseguir respirar. ¿Habría intentado Randolph que se pusiera de pie a patadas? ¿Se le habrían unido los demás oficiales a pesar de que en el vestíbulo había testigos, algunos de los cuales ya volvían a acercarse a rastras para ver mejor? No era de extrañar, ya les bullía la sangre en las venas. Así eran esas cosas.

Randolph dijo:

—Quedas arrestado por los asesinatos de Angela McCain, Dorothy Sanders, Lester A. Coggins y Brenda Perkins.

Cada uno de esos nombres sorprendió a Barbie, pero el último fue el golpe más fuerte. El último fue un puñetazo. Esa dulce mujer. Había olvidado que debía ser prudente. Barbie no podía culparla (todavía estaba hundida a causa de la pena por la muerte de su marido), pero sí podía culparse a sí mismo por haber dejado que fuera a ver a Rennie. Por animarla.

—¿Qué ha sucedido? —le preguntó a Randolph—. ¿Qué les han hecho, por el amor de Dios?

—Como si no lo supieras —le espetó Freddy Denton.

—¿Qué clase de psicópata eres? —preguntó Jackie Wettington. Tenía la cara alterada en una máscara de odio, los ojos entornados con ira.

Barbie no les hizo caso. Estaba mirando fijamente a Randolph con las manos todavía levantadas por encima de la cabeza. Bastaría la menor de las excusas para que se le echaran encima. Incluso Jackie —normalmente una mujer de lo más agradable— podía unírseles, aunque le haría falta una razón, no solo una excusa. O tal vez no. A veces incluso la gente buena estallaba.

—Yo tengo una pregunta mejor —le dijo a Randolph—. ¿Qué le han permitido a Rennie? Porque este alboroto es cosa suya, y lo sabes. Sus huellas están por todas partes.

—Calla —Randolph giró hacia Junior—. Espósalo.

Junior fue por Barbie, pero antes de que pudiera tocar siquiera una de las muñecas alzadas, Barbie puso las manos a la espalda y se volteó. Rusty y Linda Everett seguían en el suelo; Linda rodeaba el pecho de su marido con un abrazo de oso que lo tenía inmovilizado.

—Recuérdalo —dijo Barbie a Rusty mientras le ponían las esposas de plástico… y se las apretaban hasta que se hundieron en la escasa carne que tenía justo bajo la base de las palmas de las manos.

Rusty se puso de pie. Cuando Linda intentó impedírselo, él la apartó y le dirigió una mirada que su mujer no había visto antes. En ella había severidad, y reproche, pero también lástima.

—Peter —dijo, y cuando Randolph ya se giró de espaldas, alzó la voz hasta gritar—: ¡Estoy hablando contigo! ¡Mírame cuando lo hago!

Randolph volteó. Su rostro era de piedra.

—Barbara sabía que venían por él.

—Claro que lo sabía —dijo Junior—. Puede que esté loco, pero no es estúpido.

Rusty no le hizo caso.

—Me ha enseñado los brazos, la cara, se ha levantado la camisa para enseñarme el torso y la espalda. No tiene una sola marca, a menos que le salga una donde Thibodeau le ha propinado ese golpe bajo.

Carter dijo:

—¿Tres mujeres? ¿Tres mujeres y un predicador? Se lo merecía.

Rusty no apartó la mirada de Randolph.

—Esto es un montaje.

—Con el debido respeto, Eric, este asunto queda fuera de tu jurisdicción —dijo Randolph. Había enfundado el arma. Lo cual era todo un alivio.

—Es verdad —replicó Rusty—. Yo soy coseheridas, no policía ni abogado. Lo que te estoy diciendo es que, si tengo ocasión de volver a echarle un vistazo mientras esté bajo su custodia y le han aparecido cortes y magulladuras, que Dios les ayude.

—¿Qué vas a hacer? ¿Llamar a la Unión Estadounidense por las Libertades Civiles? —preguntó Frank DeLesseps. Tenía los labios pálidos de furia—. Aquí tu amigo ha matado a cuatro personas. Brenda Perkins tiene el cuello roto. Una de las chicas era mi prometida, y sufrió abusos sexuales. Es probable que después de muerta además de antes, por lo que parece —la mayor parte de la gente que se había dispersado con el disparo había vuelto arrastrándose para mirar, y entre ellos se alzó entonces un gemido tenue y horrorizado—. ¿Ese es el hombre al que defiendes? ¡Tú mismo tendrías que ir a la cárcel!

—¡Frank, cállate! —dijo Linda.

Rusty miró a Frank DeLesseps, el niño al que había atendido cuando tuvo varicela, sarampión, cuando se contagió de piojos en el campamento de verano, cuando se rompió la muñeca al lanzarse hacia una segunda base, y una vez, cuando tenía doce años, que llegó con un caso especialmente virulento de urticaria. Vio muy poco parecido entre aquel niño y ese hombre.

—¿Y si me encerraran? Entonces, ¿qué, Frankie? ¿Y si tu madre tuviera otro ataque de vesícula biliar, como el año pasado? ¿Espero a que lleguen las horas de visita en la cárcel para tratarla?

Frank dio un paso adelante y levantó una mano para soltarle un bofetón o un puñetazo. Junior lo detuvo.

—Recibirá su merecido, no te preocupes. Como todos los del bando de Barbara. Cada cual a su tiempo.

—¿Bandos? —Rusty parecía sinceramente desconcertado—. ¿De qué estás hablando? ¿Cómo que bandos? Esto no es un puto partido de futbol.

Junior sonrió como si supiera un secreto.

Rusty giró hacia Linda.

—Los que hablan son tus compañeros. ¿Te gusta lo que están diciendo?

Por un momento no pudo mirarlo. Después, haciendo un esfuerzo, lo consiguió.

—Están furiosos, eso es todo, y no les culpo. También yo lo estoy. Cuatro personas, Eric… ¿Es que no lo has oído? Las mató, y es casi seguro que violó al menos a dos de las mujeres. Ayudé a sacarlas de la carroza fúnebre en la funeraria. Vi las manchas.

Rusty negó con la cabeza.

—Acabo de pasar toda la mañana con él, viendo cómo ayudaba a la gente, no cómo les hacía daño.

—Déjalo —dijo Barbie—. Quédate al margen, campeón. No es momen…

Junior lo golpeó en las costillas. Con fuerza.

—Tienes derecho a permanecer en silencio, saco de mierda.

—Lo hizo él —dijo Linda. Alargó una mano hacia Rusty, vio que él no iba a tomarla y la dejó caer a un lado—. Han encontrado su placa de identificación en la mano de Angie McCain.

Rusty se quedó sin habla. Solo pudo mirar mientras empujaban a Barbie hacia la patrulla del jefe de policía y lo encerraban en el asiento de atrás con las manos todavía esposadas a la espalda. En cierto momento, los ojos de Barbie se encontraron con los de Rusty. Barbie negó con la cabeza. Fue un único movimiento, pero fuerte y firme.

Después se lo llevaron.

El vestíbulo quedó en silencio. Junior y Frank se habían ido con Randolph. Carter, Jackie y Freddy Denton se dirigieron hacia la otra patrulla. Linda miraba a su marido con cara suplicante y con rabia. Después la rabia desapareció. Caminó hacia él levantando los brazos, quería que la abrazara aunque fuera solo unos segundos.

—No —dijo él.

Linda se detuvo.

—¿Qué te pasa?

—¿Qué te pasa a ti? ¿Es que no has visto lo que acaba de ocurrir?

—¡Rusty, la chica tenía su placa de identificación!

Él asintió, despacio.

—Muy oportuno, ¿no te parece?

El rostro de Linda, cuya expresión había sido de dolor y esperanza, se endureció. Comprendió que seguía con los brazos extendidos, y los bajó.

—Cuatro personas —dijo—, tres de ellas fueron golpeadas tanto que apenas se les reconoce. Sí que hay bandos, y tú vas a tener que pensar a cuál perteneces.

—Tú también, querida —dijo Rusty.

Desde fuera, Jackie gritó:

—¡Linda, vamos!

De pronto Rusty se dio cuenta de que tenían público y de que muchos de los presentes habían votado por Jim Rennie en repetidas ocasiones.

—Piénsalo, Lin, y piensa también para quién trabaja Pete Randolph.

—¡Linda! —llamó Jackie.

Linda Everett salió con la cabeza gacha. No miró atrás. Rusty estuvo bien hasta que la vio subir al coche. Entonces empezó a temblar. Tenía la sensación de que, si no se sentaba pronto, podría derrumbarse.

Una mano cayó en su hombro. Era Twitch.

—¿Estás bien, jefe?

—Sí —como si con decirlo fuese a ser cierto… Se habían llevado a Barbie a la cárcel y él había tenido la primera pelea de verdad con su mujer en… ¿cuánto?… ¿cuatro años? En realidad seis. No, no estaba bien.

—Tengo una pregunta —dijo Twitch—. Si esas personas han sido asesinadas, ¿por qué se han llevado los cadáveres a la Funeraria Bowie en lugar de traerlos aquí para que les hagan un examen *post mortem*? ¿De quién ha sido esa idea?

Antes de que Rusty pudiera contestar, las luces se apagaron. El generador del hospital por fin había agotado el combustible.

9

Después de ver cómo los niños devoraban lo que quedaba del chop suey (que contenía su última hamburguesa), Claire les indicó con un gesto que se pusieran de pie delante de ella en la cocina. Los miró con solemnidad y ellos le devolvieron la mirada: tan jóvenes y resueltos que daba miedo. A continuación, con un suspiro, le entregó a Joe su mochila. Benny miró dentro y vio tres sándwiches de crema de cacahuate y mermelada, tres huevos cocidos con salsa picante, tres botellas de té Snapple y media docena de galletas de avena y pasas. Aunque todavía estaba lleno de la comida, se alegró.

—¡Esto es genial, señora McC.! Es usted una verdadera...

La mujer no le hizo caso; tenía puesta toda su atención en Joe.

—Comprendo que esto podría ser importante, así que iré con ustedes. Los llevaré en coche si...

—No tienes por qué, mamá —dijo Joe—. Es fácil llegar.

—Y también es seguro —añadió Norrie—. No hay casi nadie en las carreteras.

Los ojos de Claire no se apartaban de los de su hijo; era una de esas Miradas Maternas Mortales.

—Pero necesito que me prometan dos cosas. Primera, que habrán vuelto antes de que anochezca... y no me refiero al último estertor del crepúsculo, me refiero a cuando el sol aún no se haya puesto. Segundo, que si encuentran algo, marcarán el lugar y luego lo dejarán tal como esté. Acepto que a lo mejor resulta que ustedes tres son los más adecuados para buscar ese lo que sea, pero hacerse cargo de ello es un trabajo para adultos. Así que ¿tengo su palabra? O me la dan o tendré que acompañarlos.

Benny pareció dudar.

—Yo nunca he estado en Black Ridge Road, señora McC., pero he pasado por allí al lado. No creo que su Civic estuviera, no sé, a la altura de las circunstancias.

—Bueno, pues prométanlo o no se moverán de aquí, ¿qué te parece?

Joe lo prometió. También los otros dos niños. Norrie incluso se persignó.

Joe se echó la mochila al hombro y Claire le metió dentro su teléfono.

—No lo pierdas, jovencito.

—No, mamá —Joe no podía quedarse quieto, estaba impaciente por salir.

—Norrie… ¿Puedo confiar en ti para que eches el freno si estos dos se vuelven locos?

—Sí, señora —dijo Norrie Calvert, como si no hubiera desafiado a la muerte o a la desfiguración un millar de veces solo en el último año con su tabla de patinaje—. Claro que sí.

—Eso espero —dijo Claire—. Eso espero —se frotó las sienes como si empezara a dolerle la cabeza.

—¡Una comida fantástica, señora McC.! —exclamó Benny, y levantó la mano—. Choque esos cinco.

—Por Dios bendito, ¿qué estoy haciendo? —preguntó Claire. Después chocó esos cinco.

10

Detrás del mostrador principal del vestíbulo de la comisaría, un mostrador que llegaba a la altura del pecho y donde la gente iba a quejarse de problemas tales como robos, vandalismo y de que el perro del vecino no dejaba de ladrar, se encontraba la sala de oficiales. En ella había escritorios, casilleros y un rincón cafetería donde un malhumorado cartel anunciaba que EL CAFÉ Y LAS DONAS NO SON GRATIS. También era donde fichaban a los detenidos. Allí Freddy Denton fotografió a Barbie, y Henry Morrison le tomó las huellas dactilares mientras Peter Randolph y Denton hacían guardia junto a él empuñando sus armas.

—¡Relaja, relaja los músculos! —gritó Henry. No era el mismo hombre al que le había gustado conversar con Barbie sobre la rivalidad entre los Medias Rojas y los Yanquis durante la comida en el Sweetbriar Rose (siempre un sándwich de tocino, lechuga y jitomate con unos cuantos pepinillos al eneldo como guarnición). Ese tipo parecía tener ganas de plantarle a Dale Barbara un puñetazo en la nariz—. ¡No los presionas tú, te los presiono yo, así que relaja los músculos!

Barbie pensó en decirle a Henry que era difícil relajar los dedos cuando se estaba tan cerca de hombres armados, sobre todo si sabías que esos hombres no tenían ningún problema en usar las armas. Pero en lugar de eso mantuvo la boca cerrada y se concentró en relajar los músculos para que Henry pudiera presionarle los dedos y tomarle las huellas. Y no se le daba nada mal, en absoluto. En otras circunstancias, Barbie podría haberle preguntado por qué se molestaban en todo aquello, pero se mordió la lengua y tampoco dijo nada de eso.

—Muy bien —dijo Henry cuando creyó que las huellas estaban bastante claras—. Llévenlo abajo. Quiero lavarme las manos. Me siento sucio solo de tocarlo.

Jackie y Linda se habían mantenido algo apartadas. De pronto, cuando Randolph y Denton enfundaron las pistolas para agarrar a Barbie de los brazos, las dos mujeres sacaron las suyas. Apuntaban al suelo pero estaban listas.

—Si pudiera, vomitaría todo lo que me has dado de comer —dijo Henry—. Me das asco.

—No fui yo —dijo Barbie—. Piénsalo, Henry.

Morrison simplemente miró a otro lado. *Pensar es algo que hoy escasea por aquí*, pensó Barbie. Lo cual, estaba convencido, era justo lo que quería Rennie.

—Linda —dijo—. Señora Everett.

—No me hables —tenía el rostro blanco como el papel, salvo por una oscuras medialunas violáceas debajo de los ojos. Parecían moretones.

—Vamos, chico —dijo Freddy, y le hundió a Barbie un nudillo en la parte baja de la espalda, justo por encima del riñón—. Tu *suite* espera.

11

Joe, Benny y Norrie iban en sus bicis en dirección norte por la carretera 119. Era una tarde de calor estival, había bruma y el aire estaba cargado de humedad. No soplaba ni una ligera brisa. Los grillos cantaban adormilados entre la hierba alta que había a ambos lados de la carretera. El cielo, en el horizonte, era de un tono amarillento que Joe al principio creyó que estaba provocado por las nubes. Después se dio cuenta de que era la mezcla de polen y contaminación que había en la superficie de la Cúpula. Allí el arroyo Prestile corría muy cerca de la carretera, y tendrían que haber oído sus gorjeos mientras fluía en dirección sudeste, hacia Castle Rock, ansioso por unirse al poderoso Androscoggin, pero solo se oía a los grillos y a unos cuantos cuervos graznando con indolencia desde los árboles.

Pasaron de Deep Cut Road y llegaron a Black Ridge Road un kilómetro y medio más adelante. Era de tierra, tenía muchísimos baches y estaba señalizada por dos carteles inclinados y cuarteados a causa de las heladas. El de la izquierda decía SE RECOMIENDA TRACCIÓN DE 4 RUEDAS. El de la derecha añadía LÍMITE DE PESO EN EL PUENTE 4 TONELADAS AVISO PARA CAMIONES DE CARGA. Ambos carteles estaban acribillados de agujeros de bala.

—Me gustan los pueblos donde la gente hace prácticas de tiro —dijo Benny—. Hace que me sienta a salvo de El Caide.

—Es Al-Qaeda, torpe —lo corrigió Joe.

Benny negó con la cabeza, sonriendo con indulgencia.

—Hablo de El Caide, el terrible bandido mexicano al que trasladaron al oeste de Maine para evitar…

—Vamos a ver qué dice el contador Geiger —dijo Norrie, bajando de la bici.

El contador volvía a estar en la cesta de la High Plains Schwinn de Benny. Lo habían acomodado entre unas cuantas toallas viejas del cesto de ropa inservible de Claire. Benny lo sacó y se lo dio a Joe; su carcasa amarilla era lo más brillante en aquel neblinoso paisaje. La sonrisa de Benny había desaparecido.

—Hazlo tú. Yo estoy demasiado nervioso.

Joe se quedó mirando el contador Geiger y luego se lo pasó a Norrie.

—Cobarde —dijo ella, aunque sin mala intención, y lo encendió.

La aguja se puso inmediatamente en +50. Joe le clavó la mirada y sintió que de pronto el corazón le latía en la garganta en lugar de en el pecho.

—¡Caray! —dijo Benny—. ¡Hemos despegado!

Norrie miró la aguja, que se mantenía estable (aunque todavía a medio cuadrante de distancia del color rojo), y luego miró a Joe.

—¿Seguimos?

—Mierda, claro —dijo él.

12

En la comisaría no había problemas con la electricidad; al menos todavía. Un pasillo de baldosas verdes recorría el sótano todo a lo largo, bajo unas lámparas que proyectaban una luz deprimente e inalterable. Al amanecer o en noche cerrada, allí abajo siempre había un resplandor de mediodía. El jefe Randolph y Freddy Denton escoltaban a Barbie (si es que podía usarse esa palabra, teniendo en cuenta que sus manos lo aferraban con fuerza de los brazos) mientras bajaba la escalera. Las dos oficiales mujeres, empuñando aún sus armas, los seguían por detrás.

A la izquierda quedaba la sala de archivo. A la derecha había un pasillo con cinco celdas; dos a cada lado y una al fondo. Esa última era la más pequeña, con un estrecho camastro que prácticamente colgaba encima del retrete de acero inoxidable sin taza, y a esa era a la que lo arrastraban.

Siguiendo órdenes de Pete Randolph (que a su vez las había recibido de Gran Jim), incluso los personajes más violentos de los disturbios del supermercado habían quedado en libertad bajo su propia responsabilidad (¿adónde iban a ir?), y se suponía que todas las celdas estaban vacías. De manera que fue una sorpresa que Melvin Searles saliera disparado de la número 4, donde había estado esperando agazapado. Tenía la venda de la cabeza medio caída y se había puesto unas gafas de sol para disimular dos ojos moradísimos. Con una mano blandía una calceta que tenía dentro algo en la punta: un arma casera. La primera y borrosa impresión de Barbie fue que estaba a punto de ser atacado por el Hombre Invisible.

—¡Cabrón! —gritó Mel, y asestó un golpe con su arma.

Barbie se agachó. La calceta silbó por encima de su cabeza y golpeó a Freddy Denton en el hombro. Freddy gritó y soltó a Barbie. Tras ellos, las mujeres chillaron.

—¡Asesino! ¿A quién le pagaste para que me abriera la cabeza? ¿Eh? —Mel tomó impulso de nuevo y esta vez conectó a Barbie en el bíceps del brazo izquierdo. El brazo pareció caer inerte.

Dentro del calcetín no había arena, sino un pisapapeles o algo por el estilo. Algo de cristal o de metal, seguramente, pero al menos era romo. Si hubiese tenido algún ángulo, Barbie habría sangrado.

—¡Hijo de puta! —rugió Mel, y volvió a agitar su calcetín cargado.

El jefe Randolph se hizo atrás, soltando también al prisionero. Barbie tomó el calcetín por la parte hueca e hizo una mueca de dolor cuando el peso de dentro chocó contra su muñeca. Tiró con fuerza y consiguió arrebatarle a Mel Searles su arma casera. Al mismo tiempo, a Mel se le cayó la venda por encima de las gafas de sol y le cubrió los ojos.

—¡Basta, basta! —gritó Jackie Wettington—. ¡Detente, prisionero, solo te lo advertiré una vez!

Barbie sintió un pequeño círculo frío entre sus dos omóplatos. No lo veía, pero supo sin mirar que Jackie lo había encañonado con su arma. *Si me dispara, la bala entrará por ahí. Y es capaz de disparar, porque en una pequeña localidad donde casi no saben lo que son los problemas de verdad, hasta los profesionales son aficionados.*

Soltó el calcetín. Lo que fuera que tenía dentro cayó dando un golpe en el linóleo. Después levantó las manos.

—¡Señora, ya lo solté! —dijo—. ¡Señora, estoy desarmado, por favor, baje la pistola!

Mel se apartó de los ojos la venda, que le cayó por la espalda, desenrollándose como si fuera el extremo del turbante de un *swami*. Le dio dos golpes a Barbie, uno en el plexo solar y otro en el hueco del estómago. Esta vez Barbie no estaba preparado, y el aire salió de sus pulmones como con una explosión, produciendo un sonido áspero: *¡PAH!* Se dobló sobre sí mismo, después cayó de rodillas. Mel le descargó un puñetazo en la nuca (o quizá fuera Freddy; por lo que Barbie sabía, podría haber sido el Jefe Sin Miedo en persona) y él se desplomó mientras el mundo se hacía cada vez más vago e impreciso. Salvo por una muesca en el linóleo. Eso sí lo veía muy bien. Con una claridad sobrecogedora, de hecho, y ¿por qué no? Estaba a solo un par de centímetros de sus ojos.

—¡Alto, deténganse, dejen de golpearlo! —la voz provenía de muy lejos, pero Barbie estaba bastante seguro de que era la de la mujer de Rusty—. Se ha desplomado, ¿no ven que se ha desplomado?

A su alrededor, varios pies se arrastraron ejecutando una complicada danza. Alguien le pisó el trasero, tropezó, gritó "¡Maldición!" y luego le dieron una patada en la cadera. Todo sucedía muy lejos. Quizá más tarde le dolería, pero en ese momento no era para tanto.

Unas manos lo agarraron y lo pusieron de pie. Barbie intentó levantar la cabeza, pero en general era más fácil dejarla colgando sin más. Lo empujaron casi a rastras por el pasillo hacia la celda del final, el linóleo verde resbalaba entre sus pies. ¿Qué había dicho Denton arriba? "Tu *suite* espera."

Pero dudo que haya chocolates bajo la almohada y que me hayan apartado las sábanas de la cama, pensó Barbie. Tampoco le importaba. Lo único que quería era que lo dejaran solo para lamerse las heridas.

A la entrada de la celda, alguien le puso un zapato en el trasero para que se diera prisa. Voló hacia delante, levantó el brazo derecho para evitar aterrizar de cara contra la pared de bloques de hormigón color verde. Intentó levantar también el brazo izquierdo, pero todavía lo tenía dormido desde el codo hacia abajo. Sin embargo, había conseguido protegerse la cabeza, y eso estaba bien. Rebotó, se tambaleó y después volvió a caer de rodillas, esta vez junto al catre, como si estuviera a punto de rezar antes de acostarse. Detrás de él, la puerta de la celda sonaba mientras se cerraba avanzando por su riel.

Barbie apoyó las manos en el camastro y se incorporó, el brazo izquierdo ya empezaba a funcionar un poco. Giró justo a tiempo para ver a Randolph alejándose con un agresivo paso jactancioso; los puños apretados, la cabeza gacha. Más allá de él, Denton estaba desenrollando lo que quedaba del vendaje de Searles mientras este lo fulminaba con la mirada (la fuerza de esa mirada perdía cierta efectividad debido a las gafas de sol, que se sostenían torcidas sobre su nariz). Más allá de los oficiales varones, al pie de la escalera, estaban las mujeres. Ambas tenían idéntica expresión de consternación y confusión. El rostro de Linda Everett estaba más pálido que nunca, y Barbie creyó ver el brillo de las lágrimas en sus pestañas.

Intentó reunir toda su fuerza de voluntad y la llamó:

—¡Oficial Everett!

La mujer dio un respingo, sobresaltada. ¿La había llamado alguien oficial Everett alguna vez? Puede que los niños de la escuela, cuando le tocaba estar de servicio ayudándolos a cruzar la calle, lo cual seguramente había sido su mayor responsabilidad como policía de media jornada. Hasta esa semana.

—¡Oficial Everett! ¡Señora! ¡Por favor, señora!

—¡Cállate! —dijo Freddy Denton.

Barbie no le hizo caso. Creyó que iba a perder el conocimiento, o al menos la capacidad de reacción, pero de momento lograba aguantar con todas sus fuerzas.

—¡Dígale a su marido que examine los cadáveres! ¡Sobre todo el de la señora Perkins! ¡Oficial, tienen que examinar los cadáveres! ¡No los llevarán al hospital! ¡Rennie no dejará que…!

Peter Randolph se adelantó. Barbie vio lo que había sacado del cinturón de Freddy Denton e intentó levantar los brazos para protegerse la cara, pero le pesaban demasiado.

—Ya has dicho suficiente, hijo —dijo Randolph. Metió el gas pimienta entre los barrotes y apretó el rociador.

13

Cuando iba por la mitad del oxidado puente de Black Ridge, Norrie detuvo la bicicleta y se quedó mirando el otro lado del precipicio.

—Será mejor que sigamos —dijo Joe—. Hay que aprovechar la luz mientras haya.

—Ya lo sé, pero mira —dijo Norrie, señalando.

Al otro lado, justo al pie de un desnivel muy escarpado, tirados en el lodazal que había acabado siendo el Prestile (antes de que la Cúpula empezara a asfixiarlo discurría caudaloso por ese lugar), había cuatro ciervos muertos: un macho, dos hembras y un cervatillo. Todos eran de buen tamaño; el verano había sido agradable en Mill y se habían alimentado bien. Joe vio nubes de moscas flotando sobre los cadáveres, incluso podía oír su zumbido somnoliento. Era un sonido que en un día normal habría quedado tapado por el del agua del río.

—¿Qué les ha pasado? —preguntó Benny—. ¿Creen que tiene algo que ver con lo que estamos buscando?

—Si te refieres a la radiación —dijo Joe—, no creo que afecte tan deprisa.

—A menos que sea una radiación alta de verdad —dijo Norrie, intranquila.

Joe señaló la aguja del contador Geiger.

—A lo mejor, pero esto todavía no ha subido mucho. Aunque llegara hasta el final del rojo, no creo que pudiera matar un animal tan grande como un ciervo en solo tres días.

Benny dijo:

—Ese ciervo tiene una pata rota, se ve desde aquí.

—Estoy bastante segura de que una de las hembras tiene rotas dos patas —dijo Norrie. Se protegía los ojos del sol con una mano—. Las delanteras. ¿Ven cómo están dobladas?

Joe pensó que parecía que la hembra había muerto mientras intentaba realizar un extenuante ejercicio gimnástico.

—Yo creo que saltaron —dijo Norrie—. Saltaron desde el borde, como hacen esa especie de ratas pequeñas.

—Los leggings —dijo Benny.

—¡Lemmings, cabeza hueca! —dijo Joe.

—¿Intentaban huir de algo? —preguntó Norrie—. ¿Era eso lo que hacían?

Ninguno de los chicos contestó. Los dos parecían ese día más jóvenes que la semana anterior, eran como niños obligados a escuchar una historia de campamento que les daba demasiado miedo. Los tres se quedaron de pie junto a sus bicicletas, mirando los ciervos muertos y escuchando el somnoliento zumbido de las moscas.

—¿Seguimos? —preguntó Joe.

—Me parece que deberíamos seguir —dijo Norrie. Pasó una pierna sobre la horquilla de la bici y se quedó de pie a horcajadas.

—De acuerdo —dijo Joe, y también él montó en su bicicleta.

—Ay, Ollie —dijo Benny—, vaya problema en el que me has vuelto a meter.

—¿Qué dices?

—No importa —dijo Benny—. Avanza, hermano del alma, vamos.

Al llegar al otro lado del puente, vieron que todos los ciervos tenían alguna pata rota. El cervatillo, además, tenía el cráneo aplastado, seguramente porque había caído sobre una gran roca que en un día normal habría estado cubierta por el agua.

—Vuelve a probar el contador Geiger —dijo Joe.

Norrie lo encendió. Esta vez la aguja se movió hasta justo por debajo de +75.

14

Pete Randolph exhumó una vieja grabadora de cintas de uno de los cajones del escritorio de Duke Perkins, la probó y vio que las pilas todavía funcionaban. Cuando Junior Rennie entró, Randolph apretó el REC y dejó la pequeña Sony en una esquina del escritorio, donde el joven pudiera verla bien.

La última migraña de Junior había remitido hasta convertirse en un murmullo sordo en la parte izquierda de la cabeza. Se sentía bastante tranquilo; su padre y él lo habían estado repasando y Junior sabía lo que tenía que decir. "Sólo será un paseo —había dicho Gran Jim—. Una formalidad."

Y así fue.

—¿Cómo has encontrado los cadáveres, hijo? —preguntó Randolph, balanceándose hacia atrás en la silla giratoria, al otro lado del escritorio. Había retirado todos los objetos personales de Perkins y los había metido en un archivador que había en el otro extremo de la sala. Ahora que Brenda estaba muerta, suponía que podía tirarlos a la basura. Los efectos personales no servían de nada cuando no había familiares cercanos.

—Bueno —dijo Junior—, volvía de patrullar en la 117… Me he perdido todo lo del supermercado…

—Has tenido suerte —dijo Randolph—. Fue un desastre, para ser francos. ¿Café?

—No, gracias, señor. Padezco migrañas y el café por lo visto las empeora.

—De todas formas es una mala costumbre. No tanto como los cigarrillos, pero es malo. ¿Sabías que yo fumaba hasta que Dios me salvó?

—No, señor, no tenía ni idea —Junior esperaba que ese idiota dejara de parlotear y le permitiera explicar su historia para poder largarse de allí.

—Pues sí, gracias a Lester Coggins —Randolph se llevó las manos abiertas al pecho—. Una inmersión de cuerpo entero en el Prestile. Le entregué mi corazón a Jesús allí mismo, en aquel momento. No he sido un feligrés tan practicante como otros, está claro que no soy tan devoto como tu padre, pero el reverendo Coggins era un buen hombre —Randolph agitó la cabeza—. Dale Barbara tiene mucho que cargar en su conciencia. Siempre suponiendo que lo haya hecho él solo.

—Sí, señor.

—Y también muchas preguntas que responder. Lo he rociado con gas pimienta, y eso no ha sido más que un pequeño adelanto de lo que le espera. Bueno. Volvías de tu patrulla ¿y?

—Entonces recordé que alguien me había dicho que habían visto el coche de Angie en su cochera. Ya sabe, la de los McCain.

—¿Quién te había dicho eso?

—¿Frank? —Junior se frotó una sien—. Creo que a lo mejor fue Frank.

—Sigue.

—Bueno, como sea, me asomé por una de las ventanas de la cochera y resulta que su coche que estaba allí. Fui a la puerta principal y toqué el timbre, pero nadie acudió a abrir. Después di la vuelta a la casa hasta la parte de atrás porque estaba preocupado. Entonces percibí… un olor.

Randolph asintió con comprensión.

—Básicamente, has seguido tu olfato. Ha sido un buen trabajo policial, hijo.

Junior miró a Randolph con dureza, preguntándose si era un chiste o una indirecta maliciosa, pero en los ojos del jefe no parecía haber nada más que sincera admiración. Junior se dio cuenta de que su padre quizá había encontrado un ayudante (en realidad, la primera palabra que le vino a la mente fue "cómplice") aún más imbécil que Andy Sanders. No lo habría creído posible.

—Sigue, termina. Sé que te resulta doloroso. Es doloroso para todos.

—Sí, señor. Básicamente es como usted ha dicho. La puerta trasera no estaba cerrada con llave y he seguido mi olfato directamente hasta la despensa. Casi no podía creer lo que encontré allí.

—¿Ha sido entonces cuando has visto la placa de identificación?

—Sí. No. Más o menos. He visto que Angie tenía algo en la mano… con una cadena… pero no podía distinguir lo que era, y tampoco quería tocar nada —Junior bajó la mirada con modestia—. Sé que solo soy un novato.

—Bien hecho —dijo Randolph—. Muy sensato. Ya sabes que, si estuviéramos en circunstancias normales, tendríamos aquí a todo un equipo de forenses de la oficina del Fiscal General del Estado. Tendríamos a Barbara en bandeja de plata, pero no estamos en circunstancias normales. Aun así, yo diría que con lo que tenemos es suficiente. Ha sido un imbécil al no darse cuenta de lo de la placa.

—Tomé el teléfono y llamé a mi padre. Por todo lo que había oído por la radio, supuse que usted estaría ocupado aquí…

—¿Ocupado? —Randolph puso los ojos en blanco—. Hijo, no sabes ni la mitad del asunto. Has hecho bien llamando a tu padre. Prácticamente es miembro del cuerpo.

—Mi padre ha llamado a dos oficiales, Fred Denton y Jackie Wettington, quienes a casa de los McCaine. Linda Everett se nos unió mientras Freddy fotografiaba la escena del crimen. Después Stewart Bowie y su hermano se han presentado con la carroza fúnebre. Mi padre pensó que era lo mejor porque en el hospital había mucho movimiento con lo de los disturbios y eso.

Randolph asintió.

—Bien hecho. Ayudar a los vivos, retirar a los muertos. ¿Quién ha encontrado la placa?

—Jackie. Le abrió la mano a Angie con un lápiz y enseguida cayó al suelo. Freddy lo fotografió todo.

—Será muy útil en el juicio —dijo Randolph—, y tendremos que celebrarlo nosotros mismos si esa Cúpula no desaparece. Pero podemos hacerlo. Ya sabes lo que dice la Biblia: con fe, podemos mover montañas. ¿A qué hora encontraste los cadáveres, hijo?

—A eso del mediodía —*después de tomarme un tiempo para despedirme de mis amigas.*

—Y ¿has llamado a tu padre enseguida?

—Enseguida no —Junior miró a Randolph con franqueza—. Primero salí a vomitar. Estaban muy desfigurados. En toda mi vida no había visto algo parecido —dejó escapar un suspiro y tuvo cuidado de añadir un ligero temblor. Seguramente la grabadora no registraría ese temblorcillo, pero Randolph sí que lo recordaría—. Cuando terminé de devolver fue cuando llamé a mi padre.

—Bien, creo que eso es todo lo que necesito —ninguna pregunta más sobre la secuencia temporal ni sobre su "patrulla matutina"; ni siquiera la petición de que Junior redactara un informe (lo cual estaba muy bien, porque últimamente cada vez que se ponía a escribir acababa doliéndole la cabeza). Randolph se inclinó hacia delante para apagar la grabadora—. Gracias, Junior. ¿Por qué no te tomas el resto del día libre? Ve a casa y descansa. Pareces destrozado.

—Quisiera estar aquí cuando lo interroguen, señor. A Barbara.

—Bueno, no tienes que preocuparte por perderte eso hoy. Vamos a darle veinticuatro horas para que se torture un poco. Ha sido idea de tu padre, una buena idea. Lo interrogaremos mañana por la tarde o por la noche, y tú estarás aquí. Te doy mi palabra. Lo vamos a interrogar como Dios manda.

—Sí, señor. Bien.

—Nada de esa tontería de leerle sus derechos.

—No, señor.

—Y, gracias a la Cúpula, tampoco se lo entregaremos al alguacil del condado —Randolph miró a Junior con entusiasmo—. Hijo, este caso va a ser de verdad uno de esos de "lo que pasa en Las Vegas, se queda en Las Vegas".

Junior no sabía si responder a eso "Sí, señor" o "No, señor" porque no tenía ni idea de lo que le estaba diciendo el idiota del otro lado del escritorio.

Randolph le sostuvo la mirada con entusiasmo durante unos segundos, o incluso algo más, como para asegurarse de que se estaban entendiendo. Luego dio una palmada y se puso en pie.

—Vete a casa, Junior. Tienes que estar afectado.

—Sí, señor, lo estoy. Y creo que lo conseguiré. Descansar, quiero decir.

—Tenía un paquete de cigarrillos en el bolsillo cuando el reverendo Coggins me sumergió —dijo Randolph en un nostálgico tono de recuerdo. Pasó un brazo por los hombros de Junior mientras caminaban hacia la puerta. El joven mantuvo su expresión de respeto y atención, aunque el peso de ese brazo enorme le daba ganas de gritar. Era como llevar una corbata de carne—. Se deshicieron, por supuesto. Y nunca volví a comprar otro paquete. Salvado de la hierba del demonio por el Hijo de Dios. ¿Qué te parece esa gracia divina?

—Espectacular —logró decir Junior.

—Brenda y Angie serán las que más atención reciban, desde luego, y es natural. Una ciudadana prominente y una joven con toda la vida por delante. Pero el reverendo Coggins también tenía sus seguidores. Por no hablar de la numerosa congregación que tanto lo quería.

Junior veía la mano de dedos rechonchos de Randolph con el rabillo del ojo. Se preguntó qué haría el jefe de policía si de repente girara la cabeza y se los mordiera. Si le arrancara de un mordisco esos dedos, tal vez, y los escupiera en el suelo.

—No se olvide de Dodee —no tenía ni idea de por qué lo había dicho, pero funcionó. La mano de Randolph cayó de su hombro. El hombre parecía conmocionado. Junior se dio cuenta de que sí se había olvidado de Dodee.

—Ay, Dios mío —dijo Randolph—. Dodee. ¿Alguien ha llamado a Andy para decírselo?

—No lo sé, señor.

—¿Tu padre no lo habrá hecho?

—Ha estado muy ocupado.

Eso era cierto. Gran Jim estaba en casa, en su estudio, preparando su discurso para la asamblea municipal del jueves por la noche. El que pronunciaría justo antes de que los vecinos votaran los poderes que tendrían los concejales en el gobierno de emergencia que se instauraría hasta que terminara la crisis.

—Será mejor que lo llame —dijo Randolph—. Aunque quizá sería mejor que antes rezara por ellos. ¿Quieres arrodillarte conmigo, hijo?

Junior habría preferido verterse líquido de encendedor en los pantalones y prenderse fuego en los testículos, pero no lo dijo.

—Habla con Dios a solas, y le oirás responder con más claridad. Es lo que dice siempre mi padre.

—De acuerdo, hijo. Es un buen consejo.

Antes de que Randolph pudiera decir nada más, Junior salió raudo de allí, primero del despacho, luego de la comisaría. Se fue a casa caminando, absorto en sus pensamientos, lamentándose por las amigas que había perdido y preguntándose si podría encontrar a alguna otra. Tal vez más de una.

Bajo la Cúpula, todo tipo de cosas eran posibles.

15

Pete Randolph intentó rezar, pero tenía demasiadas cosas en la cabeza. Además, el Señor ayudaba a quienes se ayudaban. No creía que la Biblia dijera eso, pero de todas formas era cierto. Marcó el número de Andy Sanders, que figuraba en una lista de teléfonos que colgaba de una tachuela en el tablón de anuncios de la pared. Deseó que no respondiera nadie, pero el concejal contestó al primer tono; ¿acaso no ocurría eso siempre?

—Hola, Andy. Soy el jefe Randolph. Tengo una noticia dura para ti, amigo. Quizá sea mejor que te sientes.

Fue una conversación difícil. Endemoniada, de hecho. Cuando por fin terminó, Randolph se quedó sentado, tamborileando con los dedos sobre su escritorio. Pensó (de nuevo) que no lamentaría demasiado si Duke Perkins todavía estuviera sentado tras esa mesa. Puede que no lo lamentara en absoluto. Había resultado ser un trabajo mucho más duro y sucio de lo que había imaginado. La obligación de solucionar tantos problemas no compensaba el hecho de tener una oficina privada. Ni siquiera la patrulla verde de jefe de policía lo compensaba; cada vez que se ponía al volante y su trasero se colocaba en el hueco que las carnosas ancas de Duke habían dejado antes que él, pensaba lo mismo: *No estás a la altura.*

Sanders vendría. Quería enfrentar a Barbara. Randolph había intentado disuadirlo, pero justo cuando estaba sugiriéndole que haría mejor en emplear su tiempo arrodillándose para rezar por las almas de su esposa y su hija (y pedir fuerzas para soportar su cruz, desde luego), Andy cortó la conversación telefónica.

Randolph suspiró y marcó otro número. Después de dos tonos, la malhumorada voz de Gran Jim resonó en su oído:

—¿Sí? ¡¿Diga?!

—Soy yo, Jim. Sé que estás trabajando y siento muchísimo interrumpirte, pero ¿podrías venir? Necesito ayuda.

16

Los tres niños estaban inmóviles en la luz casi abismal de la tarde, bajo un cielo que a esas horas se había decidido por un tinte amarillento, y miraban al oso muerto que había al pie del poste de teléfonos. El poste estaba peligrosamente torcido. A poco más de un metro de su base, la madera con creosota estaba astillada y embadurnada de sangre. Y también de otras cosas. Algo blanco que Joe supuso que serían fragmentos de hueso. Algo grisáceo y harinoso que tenían que ser ses...

Volteó e intentó controlar las náuseas. Y casi lo había conseguido, pero entonces Benny vomitó (con un fuerte sonido acuoso: *yurp*) y Norrie le siguió enseguida. Joe se rindió y se unió al club.

Cuando volvieron a recuperar el control, Joe se quitó la mochila, sacó las botellas de Snapple y las repartió. Utilizó el primer trago para enjuagarse y lo escupió. Norrie y Benny hicieron lo mismo. Después bebieron. El té dulce estaba caliente, pero de todas formas a Joe y a su garganta irritada les supo a gloria.

Norrie dio dos pasos cautelosos hacia la mole negra cubierta de moscas zumbantes que había al lado del poste de teléfonos.

—Igual que los ciervos —dijo—. El pobre no tenía ningún río al que saltar, así que se ha destrozado los sesos al chocar contra el poste de teléfonos.

—A lo mejor tenía rabia —dijo Benny, apenas sin voz—. A lo mejor los ciervos también.

Joe supuso que técnicamente era una posibilidad, pero no lo creía probable.

—He estado pensando en eso del suicidio —no le gustó nada el temblor que oyó en su propia voz, pero no parecía que pudiera evitarlo—. Las ballenas y los delfines lo hacen... encallan, lo he visto en la tele. Y mi padre dice que los calamares también.

—Pulpos —dijo Norrie—. Son los pulpos.

—Lo que sea. Mi padre me dijo que, cuando su entorno se contamina, se comen sus propios tentáculos.

—Amigo, ¿quieres hacerme vomitar otra vez? —preguntó Benny con voz quejumbrosa y cansada.

—¿No es eso lo que está pasando aquí? —dijo Norrie—. ¿Que el entorno está contaminado?

Joe levantó la mirada hacia el cielo amarillento. Después señaló hacia el sudoeste, donde el negro residuo del incendio provocado por el impacto del misil emborronaba el aire. La mancha parecía estar a entre sesenta y noventa metros de altura y a kilómetro y medio de distancia. Puede que más.

—Sí —se respondió ella misma—, pero es diferente. ¿Verdad?

Joe se encogió de hombros.

—Si vamos a sentir una necesidad repentina de matarnos, a lo mejor deberíamos volver —dijo Benny—. Yo tengo mucho por lo que vivir. Todavía no he conseguido terminar *Warhammer*.

—Prueba el contador Geiger en el oso —dijo Norrie.

Joe acercó el tubo del sensor al cadáver del oso. La aguja no bajó, pero tampoco subió más.

Norrie señaló hacia el este. Por delante de ellos, la carretera salía de la espesa franja de robles negros que daban nombre a la cresta de Black Ridge. En cuanto estuvieran fuera del bosque, Joe creía que alcanzarían a ver el campo de manzanos que había en lo alto.

—Sigamos al menos hasta salir de los árboles —dijo la chica—. Desde allí haremos una lectura y, si sigue subiendo, volveremos a la ciudad y se lo diremos al doctor Everett, o a ese Barbara, o a los dos. Y que ellos decidan.

Benny parecía dudoso.

—No sé…

—Si sentimos cualquier cosa extraña, daremos la vuelta enseguida —dijo Joe.

—Si va a servir de algo, deberíamos seguir —dijo Norrie—. Yo quiero salir de este pueblo antes de enloquecer.

Sonrió para demostrar que aquello era un chiste, pero no había sonado a broma, y Joe no lo tomó como tal. Un montón de gente hacía bromas sobre lo pequeño que era Chester's Mill —seguro que por eso allí había tenido tanto éxito la canción de James McMurtry—, y lo era, intelectualmente hablando, eso suponía él. También demográficamente. Solo era capaz de recordar a una chica de origen asiático (Pamela Chen, que a veces ayudaba a Lissa Jamieson en la biblioteca) y no había ni un solo negro desde que la familia Laverty se mudó a Auburn. No había ningún McDonald's, menos aún un Starbucks, y el cine había cerrado. Sin embargo, hasta entonces siempre le había parecido geográficamente grande, había tenido la sensación de disponer de un montón de espacio por el que pasearse. Era sorprendente lo mucho que había encogido en su cabeza en cuanto se había dado cuenta de que su madre, su padre y él no podrían subir al coche familiar y desplazarse hasta Lewiston para disfrutar de unas almejas fritas y un helado en Yoder's. Además, el pueblo tenía muchísimos recursos, pero no durarían eternamente.

—Tienes razón —dijo—. Es importante. Vale la pena arriesgarse. Al menos eso creo. Puedes quedarte aquí si quieres, Benny. Esta parte de la misión es estrictamente voluntaria.

—No, yo también voy —dijo Benny—. Si los dejo ir sin mí, colegas, después se burlarán.

—¡Eso ya lo hacemos! —gritaron Joe y Norrie al unísono. Después se miraron y comenzaron a reír.

17

—¡Eso es, llora!

La voz procedía de muy lejos. Barbie intentaba voltear hacia ella, pero le costaba abrir los ojos, le ardían.

—¡Tienes muchísimo por lo que llorar!

Parecía que el hombre que hacía esas declaraciones también estuviera llorando. Y la voz le resultaba familiar. Barbie intentó mirar, pero sentía los párpados hinchados y pesados. Los ojos, debajo de ellos, le latían al ritmo del corazón. Tenía los senos tan obstruidos que los oídos le crujían al tragar.

—¿Por qué la mataste? ¿Por qué mataste a mi niña?

Algún cabrón me roció gas pimienta. ¿Denton? No, Randolph.

Barbie consiguió abrir los ojos apretándose las cejas con la base de las manos y tirando hacia arriba. Vio a Andy Sanders de pie al otro lado de los barrotes, con lágrimas en las mejillas. ¿Qué veía

Sanders? Un tipo en una celda; un tipo en una celda siempre parecía culpable.

Sanders gritó:

—¡Era todo lo que me quedaba!

Randolph, con gesto abochornado, estaba detrás de él y no dejaba de arrastrar los pies, como un niño al que hacía veinte minutos que deberían haber dejado ir al baño. A pesar de que le escocían los ojos y le martilleaban los senos frontales, a Barbie no le sorprendió que Randolph hubiese dejado bajar a Sanders allí. No porque Sanders fuera el primer concejal de la ciudad, sino porque a Peter Randolph le resultaba casi imposible decir que no.

—Bueno, Andy —dijo Randolph—. Ya basta. Querías verlo y aquí estás, aunque va en contra de lo que me dicta el sentido común. Ahora está a la sombra y pagará por lo que ha hecho. Así que vamos arriba y te serviré una taza de…

Andy agarró a Randolph por la pechera del uniforme. Era diez centímetros más bajo que él, pero aun así Randolph parecía asustado. Barbie no podía culparlo. Veía el mundo a través de una película de color rojo oscuro, pero podía distinguir la furia de Andy Sanders con bastante claridad.

—¡Dame tu pistola! ¡Un juicio sería demasiado bueno para él! ¡De todas formas, seguro que se libra! Tiene amigos en las altas esferas, ¡eso dice Gran Jim! ¡Quiero una retribución! ¡Merezco una retribución, así que dame tu pistola!

Barbie no creía que el deseo de Randolph de ser complaciente llegara tan lejos para entregarle un arma a Andy y que este pudiera dispararle en esa celda como a una rata en un depósito de aguas pluviales, pero no estaba completamente seguro; a lo mejor había alguna otra razón, además de la cobarde compulsión de complacer, para que Randolph hubiese dejado bajar allí a Sanders, y que lo hubiera dejado bajar solo.

Se puso en pie como pudo.

—Señor Sanders —parte del gas pimienta le había entrado en la boca. Tenía la lengua y la garganta hinchadas, su voz era un graznido nasal nada convincente—. Yo no he matado a su hija, señor. No he matado a nadie. Si lo piensa bien, se dará cuenta de que su amigo Rennie necesita un chivo expiatorio y que yo soy el más conveniente…

Pero Andy no estaba en condiciones de pensar nada. Sus manos se abalanzaron sobre la pistolera de Randolph y empezó a tirar de la Glock. Alarmado, Randolph luchó por que no la sacara de donde estaba.

En ese momento, una figura de gran barriga bajó la escalera moviéndose con gracia a pesar de su gran mole.

—¡Andy! —vociferó Gran Jim—. Andy, amigo… ¡Ven aquí!

Extendió los brazos. Andy dejó de pelear por la pistola y corrió hacia él como un niño hacia los brazos de su padre. Gran Jim lo estrechó en un abrazo.

—¡Quiero una pistola! —farfulló Andy alzando su rostro cubierto de lágrimas y de mocos hacia Gran Jim—. ¡Consígueme una pistola, Jim! ¡Ya! ¡Ahora mismo! ¡Quiero darle un tiro por lo que ha hecho! ¡Como padre tengo ese derecho! ¡Asesinó a mi niñita!

—Puede que no solo a ella —dijo Gran Jim—. Puede que tampoco solo a Angie, a Lester y a la pobre Brenda.

Eso detuvo la cascada de palabras. Andy alzó la mirada hacia la losa que era el rostro de Gran Jim, atónito. Fascinado.

—Puede que también a tu mujer. A Duke. A Myra Evans. A todos los demás.

—¿Qué…?

—Alguien es el responsable de esta Cúpula, amigo… ¿Tengo razón?

—S… —Andy no fue capaz de más, pero Gran Jim asintió con benevolencia.

—Y a mí me parece que la gente que lo haya hecho debe de tener como mínimo a un infiltrado aquí dentro. Alguien que mezcle el guiso. Y ¿quién mejor para hacerlo que un cocinero? —le pasó un brazo por los hombros y guió a Andy hacia el jefe Randolph. Gran Jim volteó y miró a Barbie a la cara, roja e hinchada, como si estuviera mirando a alguna especie de insecto—. Encontraremos las pruebas. No me cabe ninguna duda. Ya ha demostrado que no es lo bastante listo para encubrir sus huellas.

Barbie centró su atención en Randolph.

—Esto es un montaje —dijo con su vozarrón nasal—. Puede que empezara solo porque Rennie tenía que salvarse el trasero, pero ahora ya es un golpe de estado en toda regla. Puede que usted no sea prescindible todavía, jefe, pero cuando lo sea, también usted caerá.

—Calla —dijo Randolph.

Rennie le acariciaba el cabello a Andy. Barbie pensó en su madre y en cómo solía acariciar a su cocker spaniel, Missy, cuando la perra se hizo mayor, estúpida e incontinente.

—Pagará por ello, Andy, tienes mi palabra. Pero antes vamos a descubrir todos los detalles: el qué, el dónde, el porqué y quién más está metido en esto. Porque no está solo, puedes apostar tu bala a que es cierto. Tiene cómplices. Pagará por ello, pero antes le sacaremos toda la información.

—¿Cómo pagará? —preguntó Andy. Miraba a Gran Jim casi en estado de éxtasis—. ¿Cómo pagará por ello?

—Bueno, si sabe cómo levantar la Cúpula, y yo no lo veo descabellado, supongo que tendremos que contentarnos con verlo encerrado en Shawshank. Cadena perpetua sin fianza.

—Eso no es suficiente —susurró Andy.

Rennie seguía acariciándole la cabeza.

—¿Si la Cúpula no desaparece? —sonrió—. En ese caso tendremos que juzgarlo nosotros mismos. Y cuando lo declaremos culpable, lo ejecutaremos. ¿Te gusta más eso?

—Mucho más —susurró Andy.

—A mí también, amigo.

Caricia. Caricia.

—A mí también.

18

Salieron del bosque en fila de a tres, se detuvieron y alzaron la mirada hacia el campo de manzanos.

—¡Allí arriba hay algo! —dijo Benny—. ¡Lo veo! —su voz sonaba exaltada, pero a Joe, además, le pareció que procedía de extrañamente lejos.

—Yo también —dijo Norrie—. Parece un… un… "radiofaro" era la palabra que quería decir, pero no logró pronunciarla. Solo consiguió emitir un sonido de rrr-rrr-rrr, como un niño pequeño jugando con cochecitos sobre un montón de arena. Después se cayó de la bici y quedó tendida en el camino sufriendo convulsiones en brazos y piernas.

—¿Norrie? —Joe la observó atento (más con asombro que con alarma), y luego miró a Benny.

Sus ojos se encontraron solo un momento, y entonces también Benny se desplomó y la bicicleta le cayó encima. Empezó a sacudirse y a apartar la High Plains a patadas. El contador Geiger cayó en el camino con el señalizador hacia abajo.

Joe corrió hasta él y extendió un brazo que parecía estirarse como si fuera de goma. Dio la vuelta a la caja amarilla. La aguja había saltado a +200, justo por debajo de la zona roja de peligro. El muchacho lo vio y acto seguido cayó en un agujero negro lleno de llamas de color naranja. Le pareció que procedían de un enorme montón de calabazas: una pira funeraria de ardientes linternas de Halloween. En algún lugar había voces que gritaban: perdidas y aterradas. Después se lo tragó la oscuridad.

19

Cuando Julia llegó a las oficinas del *Democrat* después de marcharse del supermercado, Tony Guay, el antiguo reportero de la sección deportiva que había pasado a componer el departamento de redacción al completo, estaba escribiendo en su computadora portátil. Ella le dio la cámara y dijo:

—Deja lo que estés haciendo y revela esto.

Se sentó frente a su computadora para escribir el artículo. Lo había estado repasando mentalmente durante todo el trayecto por Main Street: "Ernie Calvert, antiguo gerente de Food City, permitió que la gente entrara por la parte de atrás. Dijo que les había abierto las puertas, pero para entonces ya era demasiado tarde. Los disturbios estaban servidos". Era un buen comienzo. El problema era que no lograba escribirlo. No hacía más que apretar las teclas equivocadas.

—Ve arriba y acuéstate —dijo Tony.

—No, tengo que redactar…

—No vas a redactar nada en ese estado. Estás temblando como un flan. Es por el susto. Acuéstate una hora. Yo revelaré las fotografías y las dejaré en el escritorio junto a tu computadora. También transcribiré tus notas. Vamos, ve arriba.

A Julia no le gustaba lo que estaba diciendo Tony, pero reconocía que era lo más sensato. Solo que al final resultó ser más de una hora. Llevaba desde la noche del viernes sin dormir bien, lo cual parecía que había sido hacía un siglo, y no tuvo más que apoyar la cabeza en la almohada para quedar profundamente dormida.

Al despertar, vio con pavor que las sombras de su dormitorio eran muy alargadas. Era por la tarde. ¡Y Horace! Se habría orinado en cualquier rincón y la miraría con ojos abochornados, como si fuera culpa de él y no de ella.

Se calzó los zapatos y corrió a la cocina, pero su corgi no estaba junto a la puerta, gimiendo para que lo dejaran salir, sino apaciblemente dormido en su camita de mantas, entre la cocina y el refrigerador. En la mesa de la cocina había una nota apoyada contra el salero y el pimentero.

las 3 de la tarde

Julia:

Pete F. y yo hemos colaborado para redactar el artículo del supermercado. No es una maravilla, pero lo será cuando tú le añadas tu toque. Las fotos que has sacado tampoco están mal. Rommie Burpee se ha pasado por aquí y dice que todavía le queda mucho papel, así que todo OK en cuanto a eso. Además, dice que tienes que escribir un editorial sobre lo que ha pasado. "Ha sido totalmente innecesario", ha dicho. "Y totalmente negligente. A menos que quisieran que pasara. Yo a ese tipo lo veo capaz, y no me refiero a Randolph." Pete y yo estamos de acuerdo en que debería salir un editorial, pero tenemos que andarnos con cuidado hasta que se conozcan todos los hechos. También estábamos de acuerdo en que necesitabas dormir un poco para poder escribir esto como hay que escribirlo. ¡Más que bolsas tenías maletas bajo los ojos, jefa! Me voy a casa a pasar un rato con mi mujer y mis niños. Pete se ha ido a comisaría. Dice que ha ocurrido "algo grande" y quiere averiguar qué.

TONY G.

¡PD! He sacado a pasear a Horace. Ha liberado sus pendientes.

Julia, que no quería que Horace olvidara que ella formaba parte de su vida, lo despertó un momento, justo para que engullera media Beggin' Strip, y después bajó para teclear la noticia y escribir el editorial que le habían sugerido Tony y Pete. Acababa de empezar cuando el teléfono sonó.

—Shumway, el *Democrat.*

—¡Julia! —era Pete Freeman—. Creo que será mejor que vengas. Marty Arsenault está en el mostrador de la comisaría y no quiere dejarme pasar. ¡Me ha dicho que espere afuera, maldición! No es policía, no es más que un imbécil que conduce camiones madereros y se saca un dinero extra dirigiendo el tránsito en verano, pero ahora se porta como si fuera el Jefe Gran Verga de Montaña Ardiente.

—Pete, tengo una tonelada de cosas que hacer aquí, así que a menos que...

—Brenda Perkins está muerta. Y también Angie McCain, Dodee Sanders...

—¡¿Qué?! —se levantó tan deprisa que volcó la silla.

—... y Lester Coggins. Los han matado. Y agárrate: han detenido a Dale Barbara por los asesinatos. Está abajo, encarcelado.

—Voy ahora mismo.

—Aaah, mierda —dijo Pete—. Ahora llega Andy Sanders, y viene llorando como un condenado. ¿Intento conseguir alguna declaración o...?

—No. El hombre ha perdido a su hija tres días después de perder a su mujer. No somos el *New York Post.* Ahora mismo voy.

Colgó el teléfono sin esperar una contestación. Al principio se mantuvo bastante calmada. Incluso se acordó de cerrar la oficina con llave, pero en cuanto estuvo en la banqueta, al sentir el calor y verse bajo el emborronado cielo color tabaco, perdió la calma y echó a correr.

20

Joe, Norrie y Benny estaban tirados en la Black Ridge Road, sacudiéndose bajo una luz demasiado difusa. Un calor demasiado ardiente se vertía sobre ellos. Un cuervo, ni mucho menos suicida, se posó en un cable telefónico y los observó con ojos brillantes, inteligentes. Graznó una vez, después se alejó aleteando por el extraño aire de la tarde.

—Halloween —musitó Joe.

—Que dejen de gritar —gimió Benny.

—No hay sol —dijo Norrie. Sus manos intentaban agarrar el aire. Estaba llorando—. No hay sol, ay Dios mío, ya no hay sol.

En lo alto de Black Ridge, en el campo de manzanos desde el que se veía todo Chester's Mill, se produjo un fogonazo de una intensa luz malva.

Cada quince segundos, el resplandor iteraba.

21

Julia subió corriendo los peldaños de la comisaría, todavía tenía la cara hinchada a causa del sueño, y el cabello alborotado por detrás. Cuando Pete consiguió alcanzarla, Julia sacudió la cabeza.

—Tú mejor quédate aquí. Puede que te llame cuando consiga la entrevista.

—Me encanta el pensamiento positivo, pero será mejor que esperes sentada —dijo Pete—. No mucho después de Andy ha aparecido... ¿adivinas quién? —señaló la Hummer estacionada delante del hidrante.

Linda Everett y Jackie Wettington estaban allí cerca, enfrascadas en una conversación. Las dos mujeres parecían más que asustadas.

Dentro de la comisaría, lo primero que sorprendió a Julia fue el calor que hacía; habían apagado el aire acondicionado, seguramente para ahorrar combustible. Lo siguiente fue la cantidad de jóvenes que había sentados por allí, incluidos dos de los hermanos Killian, que a saber cuántos eran; no había confusión posible con esas narices y esas cabezas de calabacín. Todos los chicos parecían estar rellenando formularios.

—¿Y si no tienes un último puesto de trabajo? —le preguntó uno a otro.

Desde abajo llegaban gritos llorosos: Andy Sanders.

Julia se fue directa a la sala de los oficiales; la había visitado con frecuencia a lo largo de los años, incluso había contribuido para comprar el bote para café y donas (una cestita de mimbre). Nunca antes le habían impedido el paso, pero esta vez Marty Arsenault dijo:

—No puede usted entrar ahí, señorita Shumway. Órdenes —lo dijo con una voz conciliadora que seguramente no había usado con Pete Freeman. Como pidiendo disculpas.

Justo entonces, Gran Jim Rennie y Andy Sanders subieron por la escalera desde lo que los oficiales de la policía de Mill llamaban el Gallinero. Andy lloraba. Gran Jim lo rodeaba con un brazo y le hablaba para tranquilizarlo. Peter Randolph subió tras ellos. El uniforme de Randolph estaba resplandeciente, pero el rostro del que lo vestía era el de un hombre que ha escapado por muy poco de la explosión de una bomba.

—¡Jim! ¡Pete! —exclamó Julia—. ¡Quiero hablar con ustedes, para el *Democrat*!

Gran Jim volteó el tiempo suficiente para dirigirle una mirada que decía que las almas condenadas en el infierno también querían agua helada. Después se llevó a Andy hacia el despacho del jefe de policía. Rennie le estaba diciendo que rezarían.

Julia intentó pasar corriendo al otro lado del mostrador. Aún con cara de disculpa, Marty la sujetó del brazo.

Julia dijo:

—Cuando me pediste que no publicara en el periódico aquel pequeño altercado con tu mujer, Marty, lo hice. Porque, si no, habrías perdido tu trabajo. Así que, si tienes una pizca de gratitud, suéltame.

Marty la soltó.

—Quise detenerla pero no me hizo caso —masculló—. Recuérdelo.

Julia cruzó la sala de los oficiales a la carrera.

—Solo un minuto, maldita sea —le dijo a Gran Jim—. El jefe Randolph y usted son funcionarios municipales y tienen que hablar conmigo.

Esta vez, la mirada que le lanzó Gran Jim fue furiosa además de despectiva.

—No. No vamos a hablar. No tienes nada que hacer aquí.

—¿Y él sí? —preguntó, y señaló a Andy Sanders con la cabeza—. Si lo que he oído decir de Dodee es cierto, es la última persona a la que debería permitírsele estar ahí abajo.

—¡Ese hijo de puta mató a mi niña! —bramó Andy.

Gran Jim apuntó a Julia con un dedo.

—Tendrás tu historia cuando estemos listos para dártela. No antes.

—Quiero ver a Barbara.

—Está arrestado por cuatro asesinatos. ¿Te has vuelto loca?

—Si el padre de una de sus supuestas víctimas puede bajar a verlo, ¿por qué yo no?

—Porque no eres una víctima ni un familiar —dijo Gran Jim. Su labio superior se retrajo y dejó a la vista sus dientes.

—¿Ya tiene abogado?

—Terminé de hablar contigo, muj...

—¡No hay que buscarle ningún abogado, hay que ahorcarlo! ¡MATÓ A MI PRECIOSA NIÑA!

—Vamos, amigo —dijo Gran Jim—. Se lo contaremos al Señor en nuestras oraciones.

—¿Qué clase de pruebas tienen? ¿Ha confesado? Si no ha confesado, ¿qué clase de coartada presentó? ¿Cómo concuerda con las horas de las muertes? ¿Saben siquiera a qué horas se produjeron las muertes? Si acaban de descubrirse los cuerpos, ¿cómo pueden saberlo? ¿Fue con arma de fuego, con arma blanca o...?

—Pete, encárgate de esta señora —dijo Gran Jim sin voltear—. Si no quiere marcharse, la echas. Y dile a quienquiera que esté en el mostrador que está despedido.

Marty Arsenault se estremeció y se pasó una mano por los ojos. Gran Jim acompañó a Andy al despacho del jefe y cerró la puerta.

—¿Ha sido imputado? —le preguntó Julia a Randolph—. No pueden acusarlo sin un abogado, lo sabes. No es legal.

Y aunque todavía no parecía peligroso, solo aturdido, Pete Randolph dijo algo que le heló el corazón.

—Hasta que la Cúpula desaparezca, Julia, supongo que es legal todo lo que nosotros decidamos que lo es.

—¿Cuándo los mataron? Dime eso por lo menos.

—Bueno, parece que las dos chicas fueron las pri...

La puerta del despacho se abrió y Julia no tuvo ninguna duda de que Gran Jim había estado de pie al otro lado, escuchando. Andy estaba sentado detrás de lo que ahora era el escritorio de Randolph, con la cara hundida entre las manos.

—¡Sácala de aquí! —rugió Gran Jim—. No quiero tener que repetírtelo.

—¡No pueden tenerlo incomunicado y no pueden negarle la información a la gente de este pueblo! —gritó Julia.

—Te equivocas en ambas cosas —dijo Gran Jim—. ¿Alguna vez has oído ese dicho de "Si no eres parte de la solución, eres parte del problema"? Bueno, pues no solucionas nada estando aquí. Eres una entrometida de la peor calaña. Siempre lo has sido. Y, si no te marchas, vas a acabar arrestada. Estás advertida.

—¡Genial! ¡Arréstame! ¡Enciérrame en una celda ahí abajo! —Extendió las manos con las muñecas juntas, como para que la esposaran.

Por un momento creyó que Jim Rennie iba a golpearla. En su rostro se veía claramente el deseo de hacerlo. En lugar de eso, Gran Jim habló con Pete Randolph.

—Por última vez, saca de aquí a esta entrometida. Si se resiste, échala a patadas —y cerró de un portazo.

Sin mirarla a los ojos y con las mejillas del color de un ladrillo recién cocido, Randolph la agarró del brazo. Esta vez, Julia no se resistió. Al pasar junto al mostrador, Marty Arsenault, más con desconsuelo que con ira, dijo:

—¡Estarás contenta! Perdí mi trabajo y se lo darán a uno de estos imbéciles que no saben distinguirse el codo del culo.

—No vas a perder el trabajo, Marts —dijo Randolph—. Puedo convencerlo.

Un momento después, Julia estaba fuera, parpadeando a la luz del sol.

—Bueno —dijo Pete Freeman—. ¿Cómo te fue?

22

Benny fue el primero en recuperarse. Y, aparte del calor que tenía —la camiseta se le había pegado a su nada heroico torso—, se encontraba bien. Se arrastró hasta Norrie y la zarandeó. La niña abrió los ojos y lo miró aturdida. Tenía el cabello pegado a las sudorosas mejillas.

—¿Qué pasó? —preguntó—. Creo que me quedé dormida. Tuve un sueño, pero no recuerdo qué era. Aunque era algo malo. Eso sí lo recuerdo.

Joe McClatchey se dio la vuelta y consiguió ponerse de rodillas.

—¿Estás bien, Jo-Jo? —preguntó Benny. No llamaba Jo-Jo a su amigo desde que iban en cuarto grado.

—Sí. Las calabazas ardían.

—¿Qué calabazas?

Joe sacudió la cabeza. No lo recordaba. Lo único que sabía era que quería buscar una sombra y beber el resto de su Snapple. Después pensó en el contador Geiger. Lo rescató de la orilla y vio con alivio que seguía funcionando; por lo visto, en el siglo XX se fabricaban cosas muy resistentes.

Le enseñó a Benny la lectura de +200 e intentó enseñársela también a Norrie, pero ella estaba mirando colina arriba, hacia el campo de manzanos que había en lo alto de Black Ridge.

—¿Qué es eso? —preguntó, y señaló.

Al principio Joe no vio nada. Después se produjo un fogonazo de una luz púrpura muy brillante. Casi resplandecía demasiado para mirarla directamente. Poco después volvió a encenderse otra vez. Joe consultó su reloj para intentar cronometrar los fogonazos, pero su reloj se había detenido a las 16:02.

—Me parece que es lo que estábamos buscando —dijo mientras se ponía de pie. Esperaba sentir las piernas como de goma, pero no fue así. Salvo por el exceso de calor, se encontraba bastante bien—. Larguémonos de aquí antes de que esa cosa nos deje estériles o algo parecido.

—Amigo —dijo Benny—. ¿Quién quiere tener hijos? Podrían parecerse a mí —aun así, montó en la bicicleta.

Volvieron por el mismo camino por el que habían llegado y no pararon para descansar ni para beber hasta que cruzaron el puente y se encontraron otra vez en la 119.

SAL

1

Las oficiales que estaban de pie junto a la H3 de Gran Jim seguían hablando (Jackie daba caladas nerviosas a un cigarrillo), pero interrumpieron su conversación cuando Julia Shumway pasó ofendida junto a ellas.

—¿Julia? —preguntó Linda con voz temblorosa—. ¿Qué es lo que ha...?

Julia siguió andando. Lo último que quería hacer mientras siguiera furiosa era hablar con otro representante de la ley y el orden como los que de pronto parecía que había en Chester's Mill. Estaba ya a medio camino de las oficinas del *Democrat* cuando se dio cuenta de que no era solo enfado lo que sentía. El enfado ni siquiera constituía la mayor parte de sus emociones. Se detuvo bajo el toldo de Libros Nuevos y Usados Mill (CERRADO HASTA NUEVO AVISO, decía el letrero escrito a mano que había en el aparador), en parte para esperar a que se le calmara el corazón, que le latía a toda velocidad, pero sobre todo para mirar en su interior. No tardó mucho.

—Solo estoy asustada, nada más —dijo, y se sobresaltó un poco al oír el sonido de su propia voz. No pretendía decirlo en voz alta.

Pete Freeman la alcanzó.

—¿Te encuentras bien?

—Sí —era mentira, pero lo pronunció con bastante firmeza. Desde luego, ella no podía ver lo que decía su rostro. Levantó una mano e intentó alisarse el cabello de la parte de atrás de la cabeza, que aún llevaba revuelto por el sueño... pero los mechones volvieron a alborotarse. *Y, por si no fuera suficiente con todo lo demás, estoy despeinada*, pensó. *Qué bonito. El toque final.*

—Pensaba que Rennie de verdad iba a hacer que el nuevo jefe de policía te arrestara —dijo Pete. Tenía los ojos muy abiertos y en ese momento parecía mucho más joven que el hombre de treinta y tantos años que era.

—Eso quería yo —Julia encuadró con sus manos un titular invisible—. UNA REPORTERA DEL *DEMOCRAT* CONSIGUE UNA ENTREVISTA EXCLUSIVA EN LA CÁRCEL CON EL ACUSADO DE LOS ASESINATOS.

—Julia… ¿Qué está pasando aquí? Aparte de la Cúpula, quiero decir. ¿Viste a todos esos chicos rellenando formularios? Asusta un poco.

—Sí que los he visto —dijo Julia—, y tengo intención de escribir sobre ello. Tengo intención de escribir sobre todo esto. Además, no creo que sea la única que tendrá serias preguntas para James Rennie en la asamblea municipal del jueves por la noche.

Le puso una mano en el brazo a Pete.

—Voy a ver qué puedo descubrir sobre esos asesinatos, después escribiré lo que tenga. Además el editorial más duro que me vea capaz de redactar sin que resulte sedicioso —profirió un ladrido sin humor en lugar de una risa—. Cuando se trata de agitar a las masas, Jim Rennie cuenta con la ventaja de jugar en su cancha.

—No entiendo qué…

—No pasa nada, tú ponte a trabajar. Necesito un par de minutos para recuperar el dominio de mí misma. Después, a lo mejor seré capaz de decidir con quién tengo que hablar primero. Porque no tenemos precisamente mucho tiempo si queremos enviar algo a la prensa esta noche.

—A la fotocopiadora —repuso él.

—¿Qué?

—Enviarlo a la fotocopiadora esta noche.

Julia le dirigió una sonrisa débil y lo mandó a hacer sus cosas con un gesto de las manos. Al llegar a la puerta de las oficinas del periódico, Tony miró atrás. Ella lo saludó con la mano para hacerle ver que estaba bien, después miró el polvoriento aparador de la librería. El cine del centro llevaba media década cerrado, y el autocine de las afueras había desaparecido hacía tiempo (el estacionamiento auxiliar de Rennie estaba ahora donde su gran pantalla se alzaba antaño sobre la 119), pero Ray Towle había conseguido de alguna forma que su pequeño y sucio *emporium galorium* siguiera renqueando. Parte de lo que exhibía en su aparador consistía en libros de autoayuda. El resto de la vitrina estaba abarrotada de ediciones de bolsillo en cuyas cubiertas se veían mansiones envueltas en niebla, damas en apuros y sujetos bravíos a pie o caballo. Muchos de esos fortachones blandían espadas y parecía que iban vestidos solo con ropa interior. ¡OSCURAS TRAMAS QUE TE HARÁN ENTRAR EN CALOR!, decía el cartel de ese lado.

Oscuras tramas, justamente.

Por si con la Cúpula no teníamos suficiente, suficiente para enloquecer, tenemos también al Concejal del Infierno.

Comprendió entonces que lo que más le preocupaba (lo que más la asustaba) era lo deprisa que estaba sucediendo todo. Rennie se había acostumbrado a ser el gallo más grande y más cruel del corral, y ella contaba con que en algún momento intentaría incrementar su control sobre el pueblo... después de llevar, digamos una semana o un mes incomunicados del mundo exterior. Pero solo habían pasado tres días y unas horas. ¿Y si Cox y sus científicos conseguían abrir una brecha en la Cúpula esa noche? ¿Y si desaparecía por sí misma, incluso? Gran Jim se encogería de inmediato hasta recuperar su tamaño anterior, solo que también se le caería la cara de vergüenza.

—¿Qué vergüenza? —se preguntó, mirando todavía hacia las OSCURAS TRAMAS—. Simplemente diría que ha estado haciendo todo lo que estaba en su mano en unas circunstancias muy difíciles. Y le creerían.

Seguramente eso era cierto. Pero, aun así, no explicaba por qué el hombre no había esperado para ejecutar su jugada.

Porque algo salió mal y se ha visto obligado. Además...

—Además, no creo que esté del todo cuerdo —dijo a los libros de bolsillo apilados—. No creo que nunca lo haya estado.

Aunque eso fuera cierto, ¿cómo podía explicarse que gente que todavía tenía la despensa llena hubiese protagonizado esos disturbios en el supermercado local? No tenía ningún sentido, a menos que...

—A menos que él lo haya instigado.

Era ridículo, el Especial del Día del Café Paranoia. ¿O quizá no? Julia supuso que podía preguntar a algunas de las personas que habían estado en el Food City qué habían visto allí, pero ¿no eran más importantes los asesinatos? Ella era la única reportera de verdad que tenía, a fin de cuentas, y...

—¿Julia? ¿Señorita Shumway?

Julia estaba tan metida en sus elucubraciones que casi perdió los mocasines del salto que dio. Giró en redondo y se habría caído si Jackie Wettington no la hubiera sujetado. Linda Everett también estaba allí; había sido ella la que la había llamado. Las dos parecían asustadas.

—¿Podemos hablar con usted? —preguntó Jackie.

—Desde luego. Escuchar a la gente es mi trabajo. La parte negativa es que escribo lo que me cuentan. Ustedes, señoras, ya lo saben, ¿verdad?

—Pero sin nombres —dijo Linda—. Si no accede a eso, no hablaremos.

—Por lo que a mí respecta —dijo Julia, sonriendo—, ustedes dos no son más que una fuente cercana a la investigación. ¿Les parece bien así?

—Si promete responder también a nuestras preguntas —dijo Jackie—. ¿Lo hará?

—Está bien.

—Estuvo en el supermercado, ¿verdad? —preguntó Linda.

La cosa se ponía cada vez más curiosa.

—Sí. Igual que ustedes dos. Así que hablemos. Comparemos nuestras notas.

—Aquí no —dijo Linda—. En la calle no. Es un sitio demasiado público. Y en las oficinas del periódico tampoco.

—Tranquilízate un poco, Lin —dijo Jackie, y le puso una mano en el hombro.

—Tranquilízate tú —contestó Linda—. No eres tú la que tiene un marido que cree que acabas de ayudar a que condenen injustamente a un hombre inocente.

—Yo no tengo marido —dijo Jackie, y Julia pensó que era razonable y afortunada; los maridos muchas veces eran un factor que lo complicaba todo—. Pero conozco un lugar al que podemos ir. Tendremos intimidad y siempre está abierto —lo pensó un momento—. O al menos lo estaba. Desde la Cúpula, no sé.

Julia, que hacía un momento estaba reflexionando sobre a quién entrevistar primero, no tenía ninguna intención de dejar que esas dos se le escaparan.

—Vamos —dijo—. Caminaremos por diferentes banquetas hasta que hayamos pasado la comisaría, ¿qué les parece?

Al oír eso, Linda consiguió sonreír.

—Qué buena idea —dijo.

2

Piper Libby se agachó con cuidado frente al altar de la Primera Iglesia Congregacional y se estremeció de dolor a pesar de que había colocado un almohadón en el banco para apoyar las rodillas, magulladas e hinchadas. Se agarró con la mano derecha; mantenía el brazo izquierdo, el que le habían dislocado hacía poco, pegado contra el costado. Parecía que ya estaba mucho mejor (le dolía menos que las rodillas, de hecho), pero no pensaba ponerlo a prueba cuando no había necesidad. Tenía demasiadas probabilidades de dislocárselo fácilmente otra vez; le habían informado de ello (y con seriedad) después de la lesión que sufrió cuando jugaba futbol en bachillerato. Unió las manos y cerró los ojos. Su lengua fue de inmediato al agujero, ocupado hasta el día anterior por un diente. Sin embargo, en su vida había un agujero más horrible.

—Hola, Inexistencia —dijo—. Vuelvo a ser yo, otra vez estoy aquí para servirme una ración de tu amor y tu misericordia —una lágrima cayó desde debajo de un párpado hinchado y resbaló por una mejilla hinchada (y huelga decir que amoratada)—. ¿Está mi perro por ahí? Solo te lo pregunto porque lo echo mucho de menos. Si está por ahí, espero que le des el equivalente espiritual de un hueso para morder. Se merece uno.

Vinieron más lágrimas, lentas, calientes y lacerantes.

—Seguramente no está. Casi todas las religiones mayoritarias coinciden en que los perros no van al cielo, aunque hay algunas sectas minoritarias (y el *Reader's Digest*, tengo entendido) que no están de acuerdo.

Desde luego, si el cielo existía o no era una cuestión discutible, y la idea de esa existencia sin paraíso, de esa cosmología sin paraíso, era el lugar en el que lo que quedaba de su fe parecía sentirse como en casa. A lo mejor lo que había era el olvido; a lo mejor algo peor. Una vasta llanura inexplorada bajo un cielo blanco, por poner un ejemplo, un lugar donde la hora siempre era ninguna, el destino ningún lugar y nadie tu acompañante. Solo la gran Inexistencia de siempre, en otras palabras; para policías malos, para señoras predicadoras, para niños que se mataban accidentalmente de un tiro y para pastores alemanes bobalicones que morían intentando proteger a sus amas. No había ningún Ser que separara el trigo de la paja. Rezarle a un concepto así tenía algo de histriónico (cuando no directamente blasfemo), pero de vez en cuando ayudaba.

—Pero la cuestión no es si hay cielo —dijo, retomando el hilo—. La cuestión ahora mismo es intentar descubrir hasta qué punto lo que le pasó a Clover fue mi culpa. Sé que tengo parte de responsabilidad, que me dejé llevar por mi mal temperamento. Otra vez. Mi formación religiosa me hace pensar que, para empezar, tú me hiciste con este genio, y que yo debo ocuparme de él, pero detesto esa idea. No es que la rechace por completo, pero la detesto. Me recuerda a cuando llevas el coche al mecánico y los del taller siempre encuentran la forma de echarte la culpa del problema. Lo has andado demasiados kilómetros, no has andado suficientes kilómetros, olvidaste quitar el freno de mano, olvidaste cerrar la ventanilla y la lluvia entró en el circuito eléctrico. Y ¿sabes qué es lo peor de todo? Que si tú eres una Inexistencia, ni siquiera puedo echarte una parte pequeñita de la culpa. Entonces, ¿qué me queda? ¿La maldita genética?

Suspiró.

—Lamento la blasfemia. ¿Por qué no finges que No Ha Pasado? Eso es lo que hacía siempre mi madre. Mientras tanto, tengo otra pregunta: ¿qué hago ahora? Este pueblo está pasando por una situación terrible y me gustaría hacer algo para ayudar, solo que no consigo decidir el qué. Me siento tonta y débil y confundida. Supongo que si fuera uno de esos eremitas del Antiguo Testamento te diría que necesito una señal. En estos momentos, incluso CEDA EL PASO o MODERE LA VELOCIDAD ZONA ESCOLAR me parecería bien.

Nada más decir eso, la puerta de entrada se abrió y se cerró de golpe. Piper dirigió la mirada por encima del hombro, casi esperando ver a un ángel, con sus alas y su arremolinada túnica blanca y todo. *Si quiere luchar, antes tendrá que curarme el brazo*, pensó.

No era un ángel; era Rommie Burpee. Llevaba la mitad de la camisa fuera del pantalón, colgando por la pierna casi hasta la mitad del muslo, y parecía casi tan abatido como estaba en realidad. Empezó a caminar por el pasillo central, después vio a Piper y se detuvo, tan sorprendido de verla a ella como ella de verlo a él.

—¡Ay, madre! —dijo el hombre, solo que con su acento *on parle* de Lewiston sonó a "ay, madgue"—. Lo siento, no sabía que estuviera usted aquí. Volveré más tarde.

—No —dijo ella, y se puso en pie con esfuerzo, valiéndose de nuevo solo de su brazo derecho—. De todas formas, ya había terminado.

—Yo en realidad soy católico —dijo (*Claro*, pensó Piper)—, pero no hay iglesia católica en Mill..., seguro que eso usted ya sabe, siendo pastora como es... y ya sabe lo que dicen de cualquier puerto en una tempestad. Pensé en pasar por aquí y rezar un poco por Brenda. Siempre me simpatizó esa mujer —se frotó la mejilla con una mano. El rasgueo de la palma contra el rastrojo de barba sonó exageradamente fuerte en el silencio hueco de la iglesia. Su peinado a lo Elvis se le había desmadejado—. Le quería, en realidad. Nunca se lo dije, pero yo creo que ella lo sabía.

Piper lo miraba cada vez con mayor horror. No había salido de la casa parroquial en todo el día y, aunque sabía lo que había sucedido en el Food City (muchos de sus parroquianos la habían llamado), no se había enterado de lo de Brenda Perkins.

—¿Brenda? ¿Qué le ha pasado?

—La asesinaron. Y también a otros. Dicen que ha sido ese tal Barbie. Ya lo detuvieron.

Piper se tapó la boca con una mano y se balanceó como si fuera a perder el equilibrio. Rommie corrió hacia ella y le pasó un brazo por la cintura para sostenerla. Y así era como estaban, de pie ante el altar, casi como un hombre y una mujer a punto de casarse, cuando la puerta de la entrada volvió a abrirse y Jackie hizo pasar a Linda y a Julia.

—A lo mejor resulta que este sitio no es tan bueno como yo creía —dijo Jackie.

La iglesia era una caja de resonancia y, aunque no había hablado en voz muy alta, Piper y Romeo Burpee la oyeron perfectamente.

—No se vayan —dijo Piper—. No, si es por lo que ha sucedido. No puedo creer que el señor Barbara… Habría pensado que ese hombre era incapaz de algo así. Me colocó el brazo en su sitio cuando me lo dislocaron. Fue muy delicado todo el tiempo —se detuvo a pensarlo un poco—. Todo lo amable y delicado que podía ser, dadas las circunstancias. Vengan aquí. Por favor, vengan aquí delante.

—Algunas personas pueden recolocar un brazo dislocado y, aun así, ser capaces de cometer un asesinato —dijo Linda, pero se estaba mordiendo el labio y no dejaba de darle vueltas a su alianza.

Jackie le puso la mano en la muñeca.

—Íbamos a mantener todo esto entre nosotras, Lin… ¿Recuerdas?

—Ya es demasiado tarde para eso —dijo Linda—. Nos han visto con Julia. Si escribe un artículo y estos dos dicen que nos han visto con ella, nos echarán la culpa.

Piper no tenía una idea demasiado clara de a qué se refería Linda, pero captó el sentido general. Levantó el brazo derecho y barrió la sala con un gesto.

—Están en mi iglesia, señora Everett, y lo que se dice aquí no sale de aquí.

—¿Lo promete? —preguntó Linda.

—Sí. Así que ¿por qué no hablamos de ello? Justamente estaba rezando para pedir una señal, y aquí están todos ustedes.

—Yo no creo en esas cosas —dijo Jackie.

—Yo tampoco, en realidad —dijo Piper, y rio.

—Esto no me gusta —añadió Jackie, dirigiéndose a Julia—. No importa lo que diga la reverenda, aquí hay demasiada gente. Perder el trabajo, como Marty, es una cosa. Eso podría sobrellevarlo, total el sueldo es una porquería. Pero conseguir que Jim Rennie se enfade y la tome conmigo… —negó con la cabeza—. Eso no es buena idea.

—No somos demasiados —dijo Piper—. Somos justo la cantidad idónea. Señor Burpee, ¿sabe usted guardar un secreto?

Rommie Burpee, que en su época había cerrado una buena

cantidad de negocios turbios, asintió y se llevó un dedo a los labios.

—Seré una tumba —dijo. "Seré" sonó "segué".

—Vamos a la casa parroquial —propuso Piper. Cuando vio que Jackie aún parecía dudosa, la reverenda alargó la mano izquierda hacia ella… con mucho cuidado—. Vamos, razonemos todos juntos. ¿Ayudados por una copita de whisky, quizá?

Y al oír eso, Jackie por fin se convenció.

3

31 ARDE LIMPIA ARDE LIMPIA
LA BESTIA SERÁ LANZADA VIVA DENTRO
DE UN LAGO DE FUEGO QUE ARDE (AP 19:20)
"Y SERÁN ATORMENTADOS DÍA & NOCHE
X LOS SIGLOS DE LOS SIGLOS" (AP 20:10)
ARDAN LOS MALVADOS
PURIFÍQUENSE LOS PIADOSOS
ARDE LIMPIA ARDE LIMPIA 31

31 VIENE EL JESUCRISTO DE FUEGO 31

Los tres hombres que se apretaban en la cabina del estruendoso camión de Obras Públicas se quedaron mirando el críptico mensaje con cierto asombro. Alguien lo había escrito en el edificio del almacén que había detrás de los estudios de la WCIK, negro sobre rojo y en unas letras tan grandes que casi cubrían toda la superficie.

El hombre sentado en medio era Roger Killian, el dueño de la granja de pollos que tenía una prole con cabezas apepinadas. Volteó hacia Stewart Bowie, que era quien estaba al volante del camión.

—¿Eso qué quiere decir, Stewie?

Fue Fern Bowie el que respondió.

—Quiere decir que ese condenado de Phil Bushey está más loco que nunca, eso es lo que quiere decir —abrió la guantera del camión, sacó un par de guantes de trabajo grasientos y tras ellos apareció un revólver del 38. Comprobó que estuviera cargado, después volvió a encajar el cilindro en su lugar con un rápido movimiento de muñeca y se guardó el arma en el cinturón.

—Ya sabes, Fernie —dijo Stewart—, que esa es una forma excelente de volarte de un tiro la fábrica de bebés.

—Tú no te preocupes por mí, preocúpate por él —dijo Fern, señalando hacia atrás, hacia los estudios. Desde allí llegaba flotando hasta ellos el leve sonido de una música gospel—. Lleva casi un año drogándose con su propio producto y es más o menos igual de estable que la nitroglicerina.

—Ahora a Phil le gusta que le llamen el Chef —dijo Roger Killian.

Primero se habían estacionado a la entrada de los estudios y Stewart había tocado la enorme bocina del camión de Obras Públicas... no una, sino varias veces. Phil Bushey no había salido. Tal vez estuviera allí dentro escondido; tal vez hubiera salido a dar una vuelta por el bosque que había detrás de la emisora; incluso era posible, pensó Stewart, que estuviera en el laboratorio. Paranoico. Peligroso. Lo cual seguía sin hacer que el revólver fuera una buena idea. Se inclinó hacia delante, lo sacó del cinturón de Fern y lo guardó debajo del asiento del conductor.

—¡Oye! —exclamó Fern.

—No vas a disparar un arma ahí dentro —dijo Stewart—. Podrías hacernos volar a todos hasta la luna —y le preguntó a Roger—: ¿Cuándo fue la última vez que viste a ese hijo de puta esquelético?

Roger lo rumió un poco.

—Hará unas cuatro semanas, como poco... desde el último gran cargamento que salió del pueblo. Cuando hicimos que viniera ese gran helicóptero Chinook —lo pronunció "Shin-uuuk". Rommie Burpee lo habría entendido.

Stewart lo pensó un momento. Aquello no era buena señal. Si Bushey estaba en el bosque, no pasaba nada. Si estaba encogido de miedo en los estudios, paranoico y pensando que habían llegado los federales, seguramente tampoco habría ningún problema... a menos que decidiera salir disparando, claro.

Si estaba en el almacén, sin embargo... Eso sí que podía ser un problema.

Stewart le dijo a su hermano:

—En la parte de atrás del camión hay unos cuantos troncos de madera de buen tamaño. Toma uno. Si Phil aparece y se pone hecho un energúmeno, lo echas a dormir.

—¿Y si tiene una pistola? —preguntó Roger con bastante sensatez.

—No tiene pistola —dijo Stewart. Y, aunque en realidad no estaba seguro de eso, tenía órdenes que cumplir: entregar dos tanques de gas combustible en el hospital sin perder tiempo. "Y, en cuanto podamos, vamos a sacar de allí todo lo que queda", había dicho Gran Jim. "Hemos dejado oficialmente el negocio del cristal."

Aquello era todo un alivio, en parte; cuando se acabara ese asunto de la Cúpula, Stewart tenía la intención de dejar también el negocio de la funeraria. Se trasladaría a algún lugar donde hiciera calor, como Jamaica o Barbados. No quería volver a ver ningún cadáver más. Sin embargo, tampoco quería ser él quien le dijera al "Chef" Bushey que cerraban la fábrica, y así se lo había expresado a Gran Jim. "Deja que sea yo quien se ocupe del Chef", había dicho Gran Jim.

Stewart rodeó el edificio en el gran camión naranja y estacionó dando marcha atrás frente a las puertas traseras. Dejó el motor encendido para poder maniobrar el cabrestante y el montacargas.

—¡No te lo pierdas! —soltó Roger Killian, maravillado. Miraba fijamente hacia el oeste, donde el sol se estaba poniendo convertido en una preocupante mancha roja. Pronto se hundiría en el gran borrón negro que había dejado el incendio del bosque y quedaría tachado por un eclipse de suciedad—. Es para desarmarse...

—Deja de mirar embobado —dijo Stewart—. Quiero hacer esto y largarme de aquí. Fernie, toma un madero. Escoge uno bueno.

Fern se subió al montacargas y eligió un tablón más o menos igual de largo que un bat de beisbol. Lo sostuvo con ambas manos y lo blandió en el aire para probarlo.

—Este servirá —dijo.

—Baskin-Robbins —dijo Roger con voz soñadora. Entrecerraba los ojos y se los protegía con una mano mientras seguía mirando hacia el oeste. No estaba precisamente guapo con los ojos entrecerrados. Parecía un trol.

Stewart se detuvo un momento mientras abría la puerta de atrás, un proceso complicado en el que estaban implicados un dispositivo táctil y dos cerraduras.

—¿De qué mierda hablas?

—Treinta y un sabores —dijo Roger. Sonrió y dejó ver unos cuantos dientes putrefactos a los que ni Joe Boxer, ni seguramente ningún otro dentista, les había echado nunca un vistazo.

Stewart no tenía la menor idea de a qué se refería Roger, pero su hermano sí.

—No creo que eso en el costado del edificio sea un anuncio de helados —dijo Fern—. A menos que en el libro del Apocalipsis salga algún Baskin-Robbins.

—Silencio, los dos —dijo Stewart—. Fernie, párate ahí con el madero preparado —empujó la puerta para abrirla y miró dentro—. ¿Phil?

—Llámalo Chef —aconsejó Roger—. Como ese cocinero negro de *South Park*. Eso es lo que le gusta.

—¿Chef? —llamó Stewart—. ¿Estás ahí dentro, Chef?

No hubo respuesta. Stewart metió un brazo a tientas en la penumbra, casi esperando que una mano lo agarrara en cualquier momento, y encontró el interruptor de la luz. La encendió e iluminó una sala que ocupaba más o menos unas tres cuartas partes de la superficie total del edificio. Las paredes eran de madera desnuda y sin acabados, los espacios entre los listones estaban rellenos de espuma aislante de color rosa. Casi toda la sala estaba llena de depósitos de gas líquido y tanques de todos los tamaños y todas las marcas. Stewart no tenía ni idea de cuántos había en total, pero si se hubiera visto obligado a dar una cantidad, habría dicho un número entre cuatrocientos y seiscientos.

Stewart empezó a caminar despacio por el pasillo central, mirando de reojo hacia las letras troqueladas de los depósitos. Gran Jim le había dicho exactamente cuáles tenían que llevarse, le había dicho que estaban hacia el fondo, y por Dios que allí estaban. Se detuvo al llegar a los cinco depósitos de tamaño municipal que tenían **HOSP CR** escrito en el costado. Estaban entre unos depósitos que habían birlado de la oficina de correos y otros que llevaban la inscripción **ESCUELA SECUNDARIA DE MILL** en los lados.

—Se supone que tenemos que llevarnos dos —le dijo a Roger—. Trae la cadena y los engancharemos. Fernie, tú acércate ahí y prueba con la puerta del laboratorio. Si no está cerrada, echa llave —le lanzó el llavero a su hermano.

Fern podría haber pasado sin tener que ocuparse de eso, pero era un hermano obediente. Recorrió el pasillo que había entre todos aquellos depósitos de gas combustible, que llegaban hasta unos tres metros de la puerta del fondo… y la puerta, tal como vio en ese momento con el corazón encogido, estaba entreabierta. Detrás de él oyó el estrépito de la cadena, después el gemido del cabrestante y el grave golpeteo del primer depósito que arrastraban hacia la caja del camión. Sonaba como si estuviera sucediendo muy lejos, sobre todo al imaginar al Chef agazapado al otro lado de esa puerta, enajenado y con los ojos rojos. Fumado hasta las cejas y armado con una TEC-9.

—¿Chef? —preguntó—. ¿Estás ahí, amigo?

No hubo respuesta. Y, aunque no tenía ningún motivo para ello (seguramente él mismo estaba loco por hacerlo), la curiosidad se apoderó de él y utilizó su bat improvisado para empujar la puerta y abrirla del todo.

Los focos del laboratorio estaban encendidos, pero, por lo demás, esa parte del almacén de Cristo Rey parecía vacía. La veintena de fogones que había allí (grandes parrillas eléctricas, cada una conectada a su propia campana de extracción y su tanque de gas) estaban apagados. Todos los botes, los vasos de precipitados y los caros matraces estaban en las estanterías. Aquel sitio apestaba (siempre había apestado y siempre apestaría, pensó Fern), pero el suelo estaba barrido y no había señal alguna de desorden. En una pared había un calendario de Coches de Ocasión Rennie, todavía en la página de agosto. *Seguramente fue cuando el muy cabrón acabó de perder el contacto con la realidad*, pensó Fern. *Se fue en su glooobooo*. Se aventuró a entrar un poco más en el laboratorio. Ese sitio los había hecho a todos hombres ricos, pero a él nunca le había gustado. Aquel olor le recordaba demasiado a la sala de preparación del sótano de la funeraria.

Un rincón había sido dividido mediante un pesado panel de acero. En el centro del panel había una puerta. Allí, como sabía Fern, era donde se almacenaba el producto del Chef, cristal de metanfetamina en largas barras que no se guardaban en bolsitas de plástico herméticas Baggies, sino en grandes bolsas de basura Hefty. Y no era una porquería de cristal. Ningún adicto al polvo habría sido capaz de costearse esas existencias. Cuando aquel sitio estaba lleno, había allí bastante como para suministrar a todo Estados Unidos durante meses, quizá incluso un año.

¿Por qué lo dejó Gran Jim fabricar tanto, maldición?, se preguntó Fern. *Y ¿por qué nos subimos todos al carro? ¿En qué estábamos pensando?* La única respuesta que encontraba para esa pregunta era la más evidente: porque podían. El coctel del genio de Bushey con todos esos ingredientes chinos tan baratos los había emborrachado. Además, financiaba la CIK Corporation, que llevaba a cabo la obra de Dios a lo largo de toda la costa Este. Cuando alguien cuestionaba aquello, Gran Jim siempre se lo recordaba, y solía citar las Escrituras: "Porque el obrero es digno de su salario" (evangelio según san Lucas) y "No pondrás bozal al buey cuando trille" (Deuteronomio 25:4).

Fern nunca había acabado de entender esa cita de los bueyes.

—¿Chef? —avanzó aún un poco más—. ¿Compañero?

Nada. Miró hacia arriba y vio las galerías de madera desnuda que recorrían dos lados del edificio. Las utilizaban para almacenaje, y el contenido de las cajas de cartón apiladas ahí arriba les habría interesado muchísimo al FBI, la FDA y el ATF. Ahí arriba no había nadie, pero Fern vio algo que le pareció nuevo: un cable blanco que corría a lo largo de las barandillas de las dos galerías fijado a la madera mediante gruesas grapas. ¿Sería cable eléctrico? ¿Para alimentar qué? ¿Es que ese demente había instalado más cocinas allí arriba? Si era así, Fern no las veía. El cable parecía demasiado grueso para alimentar solo un electrodoméstico como un televisor o una ra...

—¡Fern! —exclamó Stewart, haciéndolo saltar del susto—. ¡Si no está ahí dentro, ven a echarnos una mano! ¡Quiero irme de aquí! ¡Han dicho que iban a dar una noticia en la tele a las seis y quiero ver si esa gente ha descubierto algo!

En Chester's Mill, "esa gente" estaba empezando a querer decir cada vez más cualquier cosa o cualquier persona del mundo que estuviera al otro lado del límite municipal.

Fern echó a andar sin mirar por encima de la puerta, por lo que no vio a qué estaban enchufados los nuevos cables eléctricos: un gran ladrillo de un material blanco que parecía arcilla colocado en una pequeña estantería para él solo. Era un explosivo.

Receta personal del Chef.

4

Mientras volvían al pueblo con el camión, Roger dijo:

—Halloween. Eso también es un treinta y uno.

—Eres una fuente inagotable de información —dijo Stewart.

Roger se dio unos golpecitos a un lado de esa cabeza de tan lamentable forma.

—Lo almaceno —dijo—. No lo hago a propósito. Es una habilidad que tengo.

Stewart pensó: *Jamaica. O Barbados. Algún lugar cálido, eso seguro. En cuanto la Cúpula desaparezca. No quiero volver a ver a ningún Killian. Ni a nadie de este pueblo.*

—También hay treinta y una cartas en una baraja —dijo Roger.

Fern se le quedó mirando.

—¿Qué demonios estás…?

—Era una broma, solo lo decía en broma —dijo Roger, y profirió un espantoso alarido de risa que se clavó dolorosamente en la cabeza de Stewart.

Ya estaban llegando al hospital. Stewart vio un Ford Taurus gris saliendo del Catherine Russell.

—Ey, ese es el doctor Rusty —dijo Fern—. Seguro que se alegrará de que le traigamos este cargamento. Toca el claxon, Stewie.

Stewart tocó el claxon.

5

Cuando los impíos se hubieron marchado, Chef Bushey soltó por fin el control remoto de apertura de la puerta de la cochera. Había estado vigilando a los hermanos Bowie y a Roger Killian desde la ventana del baño de caballeros de los estudios. Su pulgar no se había separado en ningún momento del botón mientras habían estado en el almacén rebuscando entre sus cosas. Si hubieran salido con producto, el Chef habría apretado el botón y habría hecho saltar por los aires toda la fábrica.

—Está en tus manos, Jesús —había mascullado—. Como solíamos decir cuando éramos niños, no quiero hacerlo pero lo haré.

Y Jesús se había hecho cargo de todo. El Chef había tenido la sensación de que así sería al oír a George Dow y los Gospel-Tones cantando "Dios, qué bien cuidas de mí" en la radio satélite, y había sido una sensación muy real, una verdadera Señal del Cielo. Esos tres no habían ido a buscar cristal largo, sino dos míseros depósitos de gas líquido.

Vio cómo se alejaban en el camión, después recorrió arrastrando los pies el camino que iba desde la parte posterior de los estudios hasta el complejo laboratorio-almacén. Ese edificio era suyo, ese era su cristal largo, al menos hasta que llegara Jesucristo y se lo llevara todo para él.

Quizá en Halloween.

Quizá antes.

Había muchísimo en que pensar, y últimamente le resultaba más fácil pensar cuando había fumado.

Mucho más fácil.

6

Julia daba pequeños sorbos de su vasito de whisky, lo hacía durar, en cambio las oficiales de policía vaciaron los suyos de golpe, como dos heroínas. No era como para emborracharse, pero les soltaría la lengua.

—El caso es que estoy horrorizada —dijo Jackie Wettington. Tenía la mirada baja y jugaba con su vaso de jugo vacío, pero, cuando Piper le ofreció otro traguito, dijo que no con la cabeza—. Esto nunca habría sucedido si Duke siguiera vivo. Eso es en todo lo que pienso. Aunque hubiese tenido razones para creer que Barbara había asesinado a su mujer, habría seguido el procedimiento correcto. Así era él. Y ¿permitir que el padre de una víctima bajara al Gallinero y se enfrentara con el homicida? ¡Jamás! —Linda asentía, dándole la razón—. Me da miedo lo que pueda pasarle a ese tipo. Además…

—Si puede pasarle a Barbie, ¿puede pasarnos a cualquier de nosotros? —preguntó Julia.

Jackie asintió. Mordiéndose los labios. Jugando con su vaso.

—Si le sucediera algo… no me refiero necesariamente a una barbaridad como un linchamiento, solo un accidente en su celda… no estoy segura de que pudiera volver a ponerme este uniforme nunca más.

La preocupación básica de Linda era más simple y más directa. Su marido creía que Barbie era inocente. En un primer momento de furia (sintiendo aún la repugnancia por lo que había visto en la despensa de los McCain), había rechazado aquella idea: al fin y al cabo, habían encontrado la placa de identificación de Barbie en la mano gris y rígida de Angie McCain. Sin embargo, cuanto más lo pensaba, más preocupada estaba. En parte porque respetaba la capacidad que tenía Rusty de juzgar las cosas, siempre lo había hecho, pero también por lo que había gritado Barbie justo antes de que Randolph lo rociara con gas pimienta. "Dígale a su marido que examine los cadáveres! ¡Tiene que examinar los cadáveres!"

—Y una cosa más —dijo Jackie, todavía dándole vueltas a su vaso—. No se ataca a un prisionero con gas pimienta solo porque grita. Ha habido sábados por la noche, sobre todo después de un partido importante, en que aquello de allí abajo parecía el zoológico a la hora de la comida. Se les deja gritar y ya está. Al final se cansan y se quedan dormidos.

Julia, mientras tanto, estudiaba a Linda. Cuando Jackie hubo terminado, dijo:

—Dígame otra vez lo que dijo Barbie.

—Quería que Rusty examinara los cadáveres, sobre todo el de Brenda Perkins. Ha dicho que no estarían en el hospital. Él lo sabía. Están en la Funeraria Bowie, y eso no está bien.

—Si los han asesinado, es raro como una mierda —dijo Romeo—. Perdón por la palabrota, reve.

Piper le quitó importancia con un ademán.

—Si los ha matado él, no logro entender por qué su preocupación más acuciante es que alguien examine esos cadáveres. Por otro lado, si no ha sido él, a lo mejor ha pensado que una autopsia podría exonerarlo.

—Brenda ha sido la víctima más reciente —dijo Julia—. ¿No es así?

—Sí —dijo Jackie—. Presentaba *rigor mortis*, pero no completo. Al menos a mí no me lo ha parecido.

—No —replicó Linda—. Y, puesto que el rigor empieza a aparecer unas tres horas después de la muerte, minutos arriba, minutos abajo, seguramente Brenda ha muerto entre las cuatro y las ocho de la mañana. Yo diría que hacia las ocho. Pero yo no soy médico —suspiró y se pasó las manos por el cabello—. Tampoco Rusty lo es, desde luego, pero él podría haber determinado con mucha más exactitud la hora de la muerte si lo hubieran llamado. Nadie lo ha hecho. Y eso me incluye a mí. Es que estaba tan sobrepasada... estaban pasando tantas cosas...

Jackie dejó su vaso a un lado.

—Escuche, Julia, usted estaba con Barbara esta mañana en el supermercado, ¿verdad?

—Sí.

—A las nueve y pocos minutos. Fue entonces cuando comenzaron los disturbios.

—Sí.

—¿Había llegado él antes o llegó usted primero? Porque yo no lo sé.

Julia no lo recordaba, pero tenía la sensación de que ella había llegado primero; que Barbie había llegado más tarde, poco después de Rose Twitchell y Anson Wheeler.

—Hemos conseguido calmar los ánimos —dijo—. Pero fue él quien nos dijo cómo hacerlo. Seguramente salvó a mucha gente de acabar gravemente herida. A mí eso no me cuadra con lo que han encontrado en esa despensa. ¿Tienen alguna idea del orden en que se produjeron las muertes? ¿Aparte de que Brenda ha sido la última?

—Angie y Dodee primero —dijo Jackie—. La descomposición estaba menos avanzada en Coggins, así que él fue después.

—¿Quién los encontró?

—Junior Rennie. Sospechó algo porque vio el coche de Angie en el garaje. Pero eso no es lo que importa. Aquí lo que importa es Barbara. ¿Está segura de que ha llegado después de Rose y Anse? Porque eso no le ayuda demasiado.

—Estoy segura porque no iba en la camioneta de Rose. De ahí solo han bajado ellos dos. Así que, suponiendo que no estaba ocupado matando a gente, entonces ¿estaría en…? —era evidente—. Piper, ¿puedo usar tu teléfono?

—Desde luego.

Julia consultó un momento la guía telefónica tamaño panfleto del pueblo y luego llamó al restaurante con el teléfono de Piper. El saludo de Rose fue cortante:

—El Sweetbriar está cerrado hasta nuevo aviso. Una panda de cabrones arrestaron a mi cocinero.

—¿Rose? Soy Julia Shumway.

—Ah. Julia —Rose parecía solo un poco menos malhumorada—. ¿Qué quieres?

—Estoy intentando comprobar una posible secuencia temporal para la coartada de Barbie. ¿Te interesa ayudar?

—Ya te puedes jugar el cuello. La idea de que Barbie ha asesinado a esa gente es ridícula. ¿Qué quieres saber?

—Quiero saber si estaba en el restaurante cuando empezaron los disturbios en el Food City.

—Claro que sí —Rose parecía desconcertada—. ¿Dónde más iba a estar justo después del desayuno? Cuando Anson y yo salimos, él se quedó fregando las parrillas.

7

El sol se estaba ocultando y, a medida que las sombras se alargaban, Claire McClatchey se iba poniendo cada vez más nerviosa. Al final se fue a la cocina para hacer lo que llevaba un rato retrasando: usar el teléfono de su marido (que él había dejado allí olvidado el sábado por la mañana; siempre se lo olvidaba) para llamar al suyo. Le aterraba pensar que sonaría cuatro veces y que luego oiría su propia voz, alegre y animada, grabada antes de que el pueblo en el que vivía se convirtiera en una cárcel de barrotes invisibles. "Hola, este es el buzón de voz de Claire. Por favor, deja un mensaje después del bip."

Y ¿qué diría? ¿"Joey, llámame si no estás muerto"?

Empezó a apretar botones, después vaciló. *Recuerda, si no contesta a la primera es porque va en la bicicleta y no le da tiempo de sacar el teléfono de la mochila antes de que salte el buzón de voz. Cuando llames la segunda vez, estará preparado porque sabrá que eres tú.*

Pero ¿y si la segunda vez también saltaba el buzón de voz? ¿Y la tercera? En qué mala hora se le había ocurrido dejarlo salir… Debía de estar loca.

Cerró los ojos y vio una imagen de pesadilla con toda claridad: los postes telefónicos y los aparadores de las tiendas de Main Street empapelados con fotografías de Joe, Benny y Norrie, igual que esos niños que se veían en los tablones de anuncios de las áreas de servicio de las autopistas, donde la leyenda siempre decía VISTO POR ÚLTIMA VEZ EL…

Abrió los ojos y marcó deprisa, antes de que pudiera perder los nervios. Estaba preparada para dejar un mensaje: "Volveré a llamar dentro de diez segundos y esta vez más te vale contestar, jovencito", y se quedó de piedra cuando su hijo respondió, alto y claro, a mitad del tercer tono.

—¡Mamá! ¡Hola, mamá! —vivo y más que vivo: desbordante de entusiasmo, a juzgar por el sonido de su voz.

"¿Dónde estás?", intentó decir, pero al principio no fue capaz de pronunciar palabra. Ni una sola. Sentía las piernas como si fueran de goma, elásticas; se apoyó contra la pared para no caerse al suelo.

—¿Mamá? ¿Estás ahí?

De fondo se oyó un coche que pasaba y la voz de Benny, tenue pero clara, saludando a alguien:

—¡Doctor Rusty! ¡Hola, amigo, ¿cómo estás?!

Claire por fin logró arrancar unas palabras.

—Sí. Estoy aquí. ¿Dónde estás?

—En lo alto de la cuesta del Ayuntamiento. Iba a llamarte porque está empezando a oscurecer, para decirte que no te preocuparas, y entonces el teléfono me sonó en la mano. Me llevé un susto de muerte.

Bueno, eso sí que era poner patas arriba la vieja tradición de reprimenda materna, ¿a que sí? *En lo alto de la cuesta del Ayuntamiento. Estarán aquí dentro de diez minutos. Benny seguramente querrá otro kilo y medio de comida. Gracias, Dios mío.*

618

Norrie estaba hablando con Joe. Parecía que decía algo así como "Díselo, díselo". Entonces volvió a oír la voz de su hijo, una voz tan fuerte y exultante que Claire tuvo que apartarse un poco el teléfono de la oreja.

—¡Mamá, creo que lo hemos encontrado! ¡Estoy casi seguro! ¡Está en el campo de manzanos de lo alto de Black Ridge!

—¿Qué han encontrado, Joey?

—No estoy del todo seguro, no quiero precipitarme a sacar conclusiones, pero seguramente es el aparato que genera la Cúpula. Tiene que ser eso. Vimos una señal intermitente, como las que ponen en lo alto de las torres de radio para advertir a los aviones, solo que esta estaba en el suelo y era violeta en lugar de roja. No nos acercamos lo bastante para poder ver algo más. Nos desmayamos: los tres. Cuando despertamos bien, pero estaba empezando a hacerse un poco tar...

—¿Cómo que se desmayaron? —Claire casi lo gritó—. ¿Qué quieres decir con que se desmayaron? ¡Ven a casa! ¡Ven a casa ahora mismo para que pueda verte!

—No pasa nada, mamá —dijo Joe con voz tranquilizadora—. Me parece que es como... ¿Sabes como cuando la gente toca la Cúpula por primera vez y le da una pequeña descarga y luego ya no les pasa nada más? Creo que es algo así. Creo que la primera vez te desmayas y luego te quedas como... inmunizado. Preparado para la acción. Eso es lo que cree Norrie también.

—¡No me importa ni lo que crea ella ni lo que creas tú, jovencito! ¡Ven a casa ahora mismo para que pueda ver que estás bien o seré yo la que te inmunice el trasero!

—Sí, pero tenemos que ponernos en contacto con ese tal Barbara. Fue a él a quien se le ocurrió lo del contador Geiger antes que a nadie y ¡demonios, vaya si ha dado en el clavo...! También tendríamos que hablar con el doctor Rusty. Acaba de pasar en coche por aquí. Benny ha intentado llamarlo, pero no se detuvo. Les diremos al señor Barbara y a él que vengan a casa, ¿de acuerdo? Tenemos que pensar cuál será nuestro próximo movimiento.

—Joe... El señor Barbara está... —Claire se detuvo. ¿Iba a decirle a su hijo que ese tal Barbara (al que algunas personas habían empezado a llamar coronel Barbara) había sido detenido, acusado de varios asesinatos?

—¿Qué? —preguntó Joe—. ¿Qué pasa con el señor Barbara? —la felicidad del éxito que se oía en su voz había sido reemplazada por la angustia. Claire supuso que su hijo era tan capaz de interpretar sus estados de ánimo como ella los de él. Y estaba claro que Joe había depositado muchísimas esperanzas en Barbara; Benny y Norrie seguramente también. Aquella no era una noticia que pudiera ocultarles (por mucho que le hubiera gustado), pero no tenía por qué dársela por teléfono.

—Vengan a casa —dijo—. Hablaremos aquí. Y, Joe… Estoy orgullosísima de ti.

8

Jimmy Sirois murió a última hora de la tarde, mientras Joe "el Espantapájaros" y sus amigos regresaban al pueblo en sus bicicletas.

Rusty estaba sentado en el pasillo, rodeando a Gina Buffalino con un brazo y dejándola llorar sobre su pecho. Hubo una época en la que se habría sentido sumamente incómodo estando así sentado con una chica que apenas tenía diecisiete años, pero los tiempos habían cambiado. Bastaba echar un vistazo a ese pasillo (iluminado por siseantes focos Coleman en lugar de por las bombillas de silencioso resplandor del techo de paneles) para saber que los tiempos habían cambiado. Su hospital se había convertido en una galería de sombras.

—No fue culpa tuya —dijo—. No fue culpa tuya, ni mía, ni siquiera de él. Él no pidió tener diabetes.

Aunque Dios sabía que había personas que coexistían con la diabetes durante años. Personas que se cuidaban. Jimmy, un medio ermitaño que había vivido solo en God Creek Road, no había sido de esos. Cuando por fin había subido al coche para ir al Centro de Salud (eso había sido el jueves anterior), ni siquiera había podido bajar del vehículo, se había limitado a tocar el claxon hasta que Ginny había salido a ver quién era y qué pasaba. Al quitarle los pantalones al pobre viejo, Rusty había visto que su fofa pierna derecha estaba ya de un azul frío y muerto. Aunque todo hubiera ido bien con Jimmy, los daños del sistema nervioso seguramente habrían sido irreversibles.

"No me duele nada de nada, Doc", le había asegurado el viejo a Ron Haskell justo antes de caer en coma. Desde entonces había ido recuperando y perdiendo la conciencia mientras la pierna no dejaba de empeorar, y Rusty había ido retrasando la amputación, aunque sabía que tarde o temprano tendría que suceder, si Jimmy quería tener alguna posibilidad.

Cuando se quedaron sin electricidad, los goteros que suministraban antibióticos a Jimmy y a otros dos pacientes continuaron goteando, pero los medidores de flujo se detuvieron, de manera que no hubo forma de regular las dosis. Peor aún, el monitor cardíaco y el respirador de Jimmy fallaron. Rusty desconectó el respirador, puso la mascarilla sobre la cara del viejo y le dio a Gina un curso de actualización sobre cómo utilizar el resucitador manual Ambu. La chica lo hizo bien, era muy constante, pero de todas formas Jimmy falleció a eso de las seis.

Gina estaba desconsolada.

Levantó la cara anegada en lágrimas del pecho de Rusty y dijo:

—¿Le insuflé demasiado aire? ¿Demasiado poco? ¿Lo asfixié y por eso murió?

—No. Seguramente Jimmy iba a morir de todas formas, y de esta manera se ha ahorrado una amputación bastante horrible.

—No creo que pueda seguir haciendo esto —dijo, echándose a llorar otra vez—. Me da mucho miedo. Ahora mismo es horroroso.

Rusty no sabía cómo reaccionar ante eso, pero no tuvo que hacerlo.

—Pronto estarás bien —dijo una voz áspera y gangosa—. Tienes que estar bien, cielo, porque te necesitamos —era Ginny Tomlinson, que se les acercaba caminando despacio por el pasillo.

—No deberías estar levantada —dijo Rusty.

—Seguramente no —convino Ginny, y se sentó al otro lado de Gina con un suspiro de alivio. Se tocó la nariz; con las tiras adhesivas que llevaba bajo los ojos parecía un portero de hockey después de un partido complicado—. Pero de todas formas vuelvo a estar de servicio.

—A lo mejor mañana… —empezó a decir Rusty.

—No, ahora mismo —le dio la mano a Gina—. Y tú también, cielo. En mis tiempos de la escuela de enfermería, había una vieja y curtida enfermera titulada que tenía un dicho: "Puedes marcharte cuando la sangre está seca y el rodeo ha terminado".

—¿Y si cometo algún error? —susurró Gina.

—Le pasa a todo el mundo. El truco es cometer los menos posibles. Y yo te ayudaré. A ti y también a Harriet. Así que, ¿qué dices?

Gina miró el rostro hinchado de Ginny con vacilación, las heridas se veían acentuadas por un par de gafas viejas que había encontrado en algún sitio.

—¿Está segura de que ya se encuentra bien para esto, señorita Tomlinson?

—Tú me ayudas, yo te ayudo. Gina y Ginny, Mujeres al Ataque —levantó un puño.

Obligándose a sonreír un poco, Gina hizo chocar sus nudillos con los de Ginny.

—Todo esto es genial, muy yupi-yupi —dijo Rusty—, pero si empiezas a sentirte débil, busca una cama y recuéstate un rato. Órdenes del doctor Rusty.

Ginny se estremeció cuando la sonrisa que sus labios intentaban esbozar le tiró de las aletas de la nariz.

—Ni hablar de camas, pido el viejo sofá de Ron Haskell en la sala de médicos.

Sonó el teléfono de Rusty. Les hizo un gesto a las mujeres para que se fueran. Ellas se marcharon hablando, Gina con un brazo en la cintura de Ginny.

—Sí, aquí Eric —contestó.

—Aquí la esposa de Eric —dijo una voz apagada—. Llama para pedirle perdón a Eric.

Rusty entró en una sala de diagnósticos en la que no había nadie y cerró la puerta.

—No hace falta ninguna disculpa —dijo… aunque no estaba muy seguro de que fuera verdad—. Fue un momento de exaltación. ¿Lo han soltado ya? —a él le parecía una pregunta perfectamente razonable tratándose del Barbie al que había empezado a conocer.

—Preferiría no hablar de esto por teléfono. ¿Puedes venir a casa, cariño? ¿Por favor? Tenemos que hablar.

Rusty suponía que la verdad era que sí, que podía. Había tenido a un solo paciente en estado crítico, y le había simplificado bastante la vida profesional muriéndose. Además, aunque le tranquilizaba volver a estar bien con la mujer a la que amaba, no le gustaba ese tono precavido que oía en su voz.

—Sí que puedo —dijo—, aunque no mucho rato. Ginny vuelve a estar en pie, pero si no la vigilo hará más de la cuenta. ¿Para la cena?

—Sí —parecía aliviada. Rusty se alegró—. Descongelaré un poco de sopa de pollo. Será mejor que consumamos todo lo que podamos de la comida que teníamos congelada mientras siga habiendo electricidad para conservarla en buen estado.

—Una cosa. ¿Todavía crees que Barbie es culpable? No me importa lo que piensen los demás, pero ¿tú?

Una larga pausa. Después, Linda dijo:

—Hablaremos cuando llegues —y, dicho eso, colgó.

Rusty estaba en la sala de diagnósticos, apoyado en la camilla. Sostuvo el teléfono frente a sí con una mano durante un momento y luego apretó el botón de colgar. Había muchas cosas de las que no estaba seguro en ese preciso instante (se sentía como un hombre que nada en un mar de perplejidad), pero de una cosa estaba convencido: su mujer creía que alguien podía estar escuchándolos. Pero ¿quién? ¿El ejército? ¿Seguridad Nacional?

¿Gran Jim Rennie?

—Ridículo —dijo Rusty a la sala vacía. Después se fue a buscar a Twitch para decirle que se marchaba un rato del hospital.

9

Twitch accedió a no perder de vista a Ginny y asegurarse de que no hiciera más de la cuenta, pero había un *quid pro quo*: antes de marcharse, Rusty tenía que examinar a Henrietta Clavard, que había resultado herida durante el tumulto en el supermercado.

—¿Qué le pasa? —preguntó Rusty, temiendo lo peor. Henrietta era una señora mayor, fuerte y sana, pero ochenta y cuatro años eran ochenta y cuatro años.

—Dice, y cito textualmente, que "Una de esas despreciables hermanas Mercier me rompió el recondenado trasero". Cree que fue Carla Mercier. Que ahora es Venziano.

—Bien —dijo Rusty, y luego murmuró sin que viniera al caso—: Es una ciudad pequeña, y todos apoyamos al equipo. ¿Y es así?

—¿Qué cosa, *sensei*?

—Si se lo rompieron.

—Yo qué sé. A mí no quiere enseñármelo. Dice, y vuelvo a citar textualmente, que "Solo mostraré mi orgullo a los ojos de un profesional".

Los dos echaron a reír efusivamente, intentando sofocar las carcajadas.

Desde el otro lado de la puerta cerrada, la voz cascada y lastimera de una anciana dijo:

—Lo que me rompieron es el trasero, no los tímpanos. Los escucho.

Rusty y Twitch rieron más aún. Twitch se había puesto de un rojo alarmante.

Desde detrás de la puerta, Henrietta dijo:

—Si fuera su trasero, amigos míos, no se estarían riendo tan alegremente.

Rusty entró, todavía con una sonrisa en la cara.

—Lo siento, señora Clavard.

La mujer estaba de pie, en lugar de sentada, y, para gran alivio de Rusty, también ella sonreía.

—Bah —exclamó—. En todo este alboroto tiene que haber algo divertido. Qué más da que sea yo —lo pensó un momento—. Además, estaba allí dentro robando como todos los demás. Seguramente me lo merezco.

10

El trasero de Henrietta resultó estar muy magullado, pero no roto. Y eso era bueno, porque un coxis aplastado no era algo para reírse. Rusty le dio una pomada analgésica, le preguntó si en casa tenía Advil, para el dolor, y le dio el alta, cojeando pero satisfecha. O, al menos, todo lo satisfecha que podía estar una señora de su edad y su temperamento.

En su segundo intento de huida, unos quince minutos después de la llamada de Linda, Harriet Granelow lo detuvo justo antes de que llegara a la puerta del estacionamiento.

—Ginny dice que deberías saber que Sammy Bushey se ha ido.

—¿Adónde se ha ido? —preguntó Rusty, teniendo siempre en mente ese viejo dicho de escuela primaria de que la única pregunta estúpida es la que no se hace.

—Nadie lo sabe. Pero no está.

—A lo mejor fue a Sweetbriar a ver si servían la cena. Espero que sea eso, porque si intenta volver caminando hasta su casa, seguro que se le abren los puntos.

Harriet parecía alarmada.

—¿Podría, no sé, morir desangrada? Morir desangrándote por el chirri… tiene que ser espantoso.

Rusty había oído muchos términos para "vagina", pero ese era nuevo para él.

—Seguramente no, pero acabaría aquí otra vez, y para una estancia más larga. ¿Y su niño?

Harriet lo miró con espanto. Era una joven muy seria que, cuando se ponía nerviosa, parpadeaba como una loca tras las gruesas lentes de sus gafas; el tipo de chica, pensó Rusty, que acabaría con una crisis mental quince años después de licenciarse *suma cum laude* en Smith o Vassar.

—¡El niño! ¡Ay, Dios mío, Little Walter! —se fue corriendo por el pasillo antes de que Rusty pudiera detenerla y al poco regresó algo más tranquila—. Sigue aquí. No está muy activo, pero parece que ese es su carácter.

—Entonces seguro que Sammy vuelve. No importa cuáles sean sus otros problemas, quiere al niño. Aunque sea de una forma distraída.

—¿Cómo? —más parpadeo furioso.

—No importa. Volveré en cuanto pueda, Hari. Que no decaiga.

—¿Que no decaiga qué? —sus párpados parecían a punto de echar humo.

Rusty estuvo a punto de soltar: "Quiero decir que arriba y adelante", pero eso tampoco lo entendería.

—Manténte ocupada —dijo.

Harriet lo miró con alivio.

—Eso puedo hacerlo, doctor Rusty, ningún problema.

Rusty volteó con intención de irse, pero de pronto se encontró con un hombre plantado frente a él: era delgado y, una vez superabas la nariz aguileña y la melena canosa recogida en una cola de caballo, no era feo. Se parecía un poco al difunto Timothy Leary. Rusty empezaba a preguntarse si al final conseguiría salir de allí.

—¿En qué puedo ayudarle, señor?

—La verdad es que estaba pensando que a lo mejor yo podría ayudarles a ustedes —le tendió una mano huesuda—. Thurston Marshall. Mi compañera y yo estábamos pasando el fin de semana en el estanque de Chester y nos hemos quedado atrapados en este lo que sea.

—Siento oír eso —dijo Rusty.

—El caso es que tengo algo de experiencia médica. Fui objetor de conciencia durante el desastre de Vietnam. Pensé en irme a Canadá, pero tenía planes... bueno, no importa. Me inscribí como objetor de conciencia y serví dos años como camillero en un hospital de veteranos de Massachusetts.

Aquello era interesante.

—¿El Edith Nourse Rogers?

—El mismo. Seguramente mis conocimientos están un poco anticuados...

—Señor Marshall, aquí hay trabajo para usted.

11

Mientras se incorporaba a la 119, Rusty oyó un claxon. Miró por el retrovisor y vio uno de los camiones de Obras Públicas preparándose para torcer por el camino de entrada del Catherine Russell. Era difícil asegurarlo con la luz rojiza de la puesta del sol, pero le pareció ver que Stewart Bowie iba al volante. Lo que vio cuando miró una segunda vez le alegró el corazón: en la caja del camión parecían llevar un par de depósitos de gas líquido. Ya se preocuparía más adelante por saber de dónde habían salido, a lo mejor incluso les haría unas cuantas preguntas, pero de momento simplemente se sentía aliviado al saber que las luces pronto volverían a encenderse y que los respiradores y los monitores volverían a funcionar. Quizá no durante mucho tiempo, pero sus planes no alcanzaban más allá de un día.

En lo alto de la cuesta del Ayuntamiento vio a su antiguo paciente y patineto Benny Drake con un par de amigos. Uno de ellos era el chico de los McClatchey, el que había preparado la retransmisión en directo del impacto del misil. Benny lo saludó con los brazos y gritó, evidentemente con la intención de que parara y conversar un poco. Rusty le devolvió el saludo, pero no frenó. Estaba impaciente por ver a Linda. También por escuchar lo que tenía que decir, desde luego, pero sobre todo por verla, estrecharla entre sus brazos y acabar de hacer las paces con ella.

12

Barbie necesitaba orinar pero se aguantó. Había llevado a cabo interrogatorios en Iraq y sabía cómo funcionaban allí las cosas. No sabía si en esa celda sería igual, pero tal vez sí. Las cosas estaban yendo muy deprisa y Gran Jim había demostrado una implacable habilidad para avanzar con los tiempos. Igual que los más grandes demagogos, nunca subestimaba la disposición de su público a aceptar algo absurdo.

Barbie también tenía mucha sed, y no se sorprendió demasiado cuando uno de los nuevos oficiales se presentó con un vaso de agua en una mano y una hoja de papel con un bolígrafo sujeto a ella en la otra. Sí, así funcionaban esas cosas; así funcionaban en Faluya, Tikrit, Hila, Mosul y Bagdad. Así funcionaban también ahora en Chester's Mill, por lo visto.

El nuevo oficial era Junior Rennie.

—Vaya, mírate —dijo Junior—. Ahora mismo ya no pareces tan dispuesto a dar ninguna golpiza con tus espectaculares truquitos del ejército —levantó la mano en la que llevaba la hoja de papel y se frotó la sien izquierda con la punta de los dedos. El papel hizo ruido.

—Tú tampoco tienes muy buen aspecto.

Junior bajó la mano.

—Estoy sano como una rosa.

Eso sí que era raro, pensó Barbie; había quien decía "estoy sano como una manzana" y había quien simplemente decía "estoy como una rosa", pero no había nadie, que él supiera, que dijera "sano como una rosa". A lo mejor no quería decir nada, pero…

—¿Estás seguro? Tienes el ojo muy rojo.

—Estoy de puta madre. Y no he venido aquí para hablar de mí.

Barbie, que sabía muy bien para qué había ido Junior, dijo:

—¿Eso es agua?

Junior bajó la mirada hasta el vaso, como si se hubiera olvidado de él.

—Sí. El jefe ha dicho que a lo mejor tenías sed. *Sed* buenos, ya sabes —rio a carcajada limpia, como si esa incongruencia fuera lo más ingenioso que hubiera salido alguna vez de su boca—. ¿Quieres?

—Sí, por favor.

Junior le tendió el vaso. Barbie alargó una mano. Junior lo retiró. Por supuesto. Así era como funcionaban esas cosas.

—¿Por qué los mataste? Tengo curiosidad, Baaarbie. ¿Angie ya no quería coger más contigo? Después, cuando lo intentaste con Dodee, ¿descubriste que le gustaba más merendar rajitas que comer verga? ¿A lo mejor Coggins vio algo que no tenía que haber visto? Y Brenda empezó a sospechar. ¿Por qué no? Ella misma era policía, ¿sabes? ¡Por inyección!

Junior soltó gorgoritos de risa, pero debajo de esa hilaridad no se escondía más que un lúgubre estado de alerta. Y dolor. Barbie estaba bastante seguro de ello.

—¿Qué? ¿No tienes nada que decir?

—Ya lo he dicho. Me gustaría beber. Tengo sed.

—Sí, seguro que debes de tener sed. Ese gas pimienta es duro, ¿a que sí? Tengo entendido que serviste en Iraq, ¿cómo era aquello?

—Hacía calor.

Junior volvió a gorjear. Parte del agua se vertió en su muñeca. ¿Le temblaban un poco las manos? Y por el rabillo de ese ojo izquierdo en llamas caían lágrimas. *Junior, ¿qué te pasa, maldición? ¿Migrañas? ¿O alguna otra cosa?*

—¿Mataste a alguien?

—Solo con la comida que cocinaba.

Junior sonrió como diciendo "Muy buena, muy buena".

—Pero allí no eras cocinero, Baaarbie. Eras oficial de enlace. Por lo menos esa era la descripción de tu cargo. Mi padre te buscó por internet. No salen muchas cosas, pero sí algunas. Mi padre cree que eras de los de interrogatorios. A lo mejor eras de los de operaciones encubiertas. ¿Eras como el Jason Bourne del ejército?

Barbie no dijo nada.

—Venga, ¿mataste a alguien? ¿O debería preguntar a cuántos mataste? Además de los que has matado aquí, quiero decir.

Barbie no dijo nada.

—Caray, esta agua tiene que estar buena. La saqué del refri de arriba. ¡Fresquita fresquita!

Barbie no dijo nada.

—Los que han sido como tú vuelven con toda clase de problemas. Al menos eso es lo que tengo entendido y lo que veo por la tele. ¿Verdadero o falso? ¿Verdad o mentira?

No es una migraña lo que le lleva a hacer esto. Al menos ninguna migraña de la que yo haya oído hablar.

—Junior, ¿cuánto te duele la cabeza?

—No me duele.

—¿Cuánto hace que tienes esos dolores de cabeza?

Junior dejó el vaso en el suelo con mucho cuidado. Esa noche llevaba un arma de mano. La sacó y apuntó a Barbie entre los barrotes. El cañón temblaba un poco.

—¿Quieres seguir jugando al doctor?

Barbie miró la pistola. La pistola no estaba en el guion, de eso estaba seguro; Gran Jim tenía planes para él, y seguramente no eran planes agradables, pero no incluían que Dale Barbara muriera de un tiro en una celda de comisaría cuando cualquiera podía bajar corriendo desde el piso de arriba y ver que la puerta de la celda seguía cerrada y que la víctima estaba desarmada. Sin embargo, no podía confiar en que Junior siguiera el guion, porque Junior estaba enfermo.

—No —dijo—. Nada de doctores. Lo siento mucho.

—Sí, claro que lo sientes. Eres un imbécil de mierda arrepentido —pero parecía satisfecho. Volvió a meter el arma en la funda y volvió a levantar el vaso de agua—. Tengo la teoría de que has regresado hecho una puta mierda por culpa de todo lo que viste e hiciste allí. Ya sabes, TEPT, ETS, SPM, alguna cosa de esas. Tengo la teoría de que sencillamente has estallado. ¿No es más o menos eso lo que ha pasado?

Barbie no dijo nada.

Junior no parecía muy interesado en saberlo, de todas formas. Le acercó el vaso por entre los barrotes.

—Anda, tómalo.

Barbie quiso tomar el vaso creyendo que Junior volvería a retirarlo, pero no lo hizo. Probó el agua. No estaba fría y tampoco era potable.

—Sigue —dijo Junior—. Solo le eché medio salero, eso puedes soportarlo, ¿verdad? Tú le echas sal al pan, ¿verdad?

Barbie se quedó mirando a Junior.

—¿No le echas sal al pan? ¿Le echas sal, hijo de puta? ¿Eh?

Barbie le devolvió el vaso por entre los barrotes.

—Quédatelo, quédatelo —dijo Junior con magnanimidad—. Y quédate también con esto —le pasó el papel y el bolígrafo.

Barbie los tomó y miró el papel. Era más o menos lo que había esperado. Abajo del todo había un lugar en el que tenía que firmar.

Hizo ademán de devolvérselo. Junior retrocedió ejecutando lo que fue casi un paso de baile, sonriendo y negando con la cabeza.

—Quédatelo. Mi padre ha dicho que no querrías firmarlo de buenas a primeras, pero tú piénsatelo. Y piensa en lo que sería tener un vaso de agua en el que no hayan echado sal. Y algo de comer. Una enorme y rica hamburguesa con queso. El paraíso. A lo mejor una Coca-Cola. Hay algunas frías en el refrigerador de arriba. ¿No te apetecería una rica cola Coca?

Barbie no dijo nada.

—¿No le echas sal al pan? Vamos, no seas tímido. ¿Le echas, cabrón?

Barbie no dijo nada.

—Acabarás por convencerte. Cuando tengas suficiente hambre y suficiente sed, ya te convencerás. Eso es lo que dice mi padre, y normalmente en estas cosas tiene razón. Ciao, Baaarbie.

Echó a andar por el pasillo y luego dio media vuelta.

—Nunca tendrías que haberme puesto la mano encima, ¿sabes? Ese fue tu gran error.

Mientras subía la escalera, Barbie se fijó en que Junior cojeaba un poco… o arrastraba los pies. Eso era, se arrastraba hacia la izquierda y con la mano derecha se agarraba a la barandilla y tiraba de sí para compensarlo. Se preguntó qué pensaría Rusty Everett de esos síntomas. Se preguntó si alguna vez tendría ocasión de consultárselo.

Barbie se quedó mirando la confesión sin firmar. Le habría gustado romperla en pedazos y esparcirlos por el suelo frente a la celda, pero eso habría sido una provocación innecesaria. Estaba atrapado en las garras del gato y lo mejor que podía hacer era quedarse quieto. Dejó la hoja en el camastro, con el bolígrafo encima. Después tomó el vaso de agua. Sal. Lleno de sal. Podía olerla. Eso le hizo pensar en lo que había acabado siendo Chester's Mill... aunque ¿no era ya antes? ¿Antes de la Cúpula? ¿No hacía tiempo que Gran Jim y sus amigos se dedicaban a sembrar la tierra con sal? Barbie pensaba que sí. También pensaba que, si llegaba a salir vivo de aquella comisaría, sería un milagro.

No obstante, eran unos aficionados; no habían pensado en el retrete. Seguramente ninguno de ellos había estado nunca en un país en el que hasta un pequeño charco en una zanja podía tener buen aspecto cuando cargabas con cuarenta kilos de equipo y soportabas una temperatura de cuarenta y seis grados. Barbie vertió el agua con sal en un rincón de la celda. Después meó en el vaso y lo guardó debajo del camastro. Se arrodilló frente al retrete como un hombre rezando sus oraciones y bebió hasta que sintió que la barriga se le hinchaba.

13

Linda estaba sentada en los escalones de la entrada cuando Rusty estacionó el coche. En el jardín trasero, Jackie Wettington empujaba a las pequeñas J en los columpios, y las niñas le pedían que empujara más fuerte y las hiciera subir más alto.

Linda se acercó a él con los brazos extendidos. Le dio un beso en la boca, se hizo atrás para mirarlo, después volvió a besarlo con las manos en sus mejillas y la boca abierta. Él sintió el breve y húmedo contacto de su lengua, e inmediatamente empezó a ponérsele dura. Linda lo sintió y se apretó contra él.

—Caray —dijo Rusty—. Tendremos que pelearnos en público más a menudo. Y, si no paras, también acabaremos haciendo otra cosa en público.

—Lo haremos, pero no en público. Primero… ¿tengo que volver a decirte que lo siento?

—No.

Linda le tomó la mano y se lo llevó hacia los escalones.

—Bien. Porque tenemos cosas de que hablar. Cosas serias.

Él puso su otra mano sobre la de ella.

—Te escucho.

Linda le explicó lo que había sucedido en la comisaría, cómo habían echado a Julia de allí después de permitir que Andy Sanders bajara a enfrentarse con el detenido. Le dijo que Jackie y ella habían ido a la iglesia para poder hablar con Julia en privado, y le explicó la posterior conversación en la casa parroquial, con Piper Libby y Rommie Burpee añadidos al grupo. Cuando le habló del principio de rigor que habían observado en el cadáver de Brenda Perkins, Rusty aguzó los oídos.

—¡Jackie! —gritó Rusty—. ¿Estás segura de eso del *rigor mortis*?

—¡Bastante! —respondió ella.

—¡Hola, papá! —exclamó Judy—. ¡Jannie y yo vamos a dar una vuelta mortal!

—Ni hablar —le dijo Rusty. Les envió dos besos soplando desde las palmas de las manos. Cada niña atrapó uno; no había quien las ganara atrapando besos—. ¿A qué hora viste los cadáveres, Lin?

—A eso de las diez treinta, creo. El alboroto del supermercado se había acabado hacía ya un buen rato.

—Y si Jackie está segura de que el rigor estaba empezando a presentarse… Pero no podemos estar absolutamente seguros de eso, ¿verdad?

—No, pero escucha. He hablado con Rose Twitchell. Barbara llegó a Sweetbriar al diez para las seis de la mañana. Desde entonces hasta que se han descubierto los cuerpos tiene coartada. Así que habría tenido que matarla… ¿Cuándo? ¿A las cinco? ¿Cinco y media? ¿Qué probabilidades hay de que fuera así, si cinco horas después de eso el rigor solo estaba empezando a aparecer?

—No hay muchas probabilidades pero no es imposible. El *rigor mortis* se ve afectado por toda clase de variables. La temperatura del lugar donde está el cadáver, para empezar. ¿Qué temperatura había en la despensa?

632

—Hacía calor —admitió ella, después cruzó los brazos por encima de sus pechos y alzó los hombros—. Hacía calor y olía mal.

—¿Ves lo que quiero decir? En esas circunstancias podría haberla matado en algún otro lugar a las cuatro de la madrugada y luego haberla llevado allí y haberla metido en la…

—Pensaba que estabas de su parte.

—Lo estoy, la verdad es que no es muy probable que sucediera algo así porque la temperatura de la despensa habría sido mucho menor a las cuatro de la madrugada. Además, ¿por qué habría estado con Brenda a las cuatro de la madrugada? ¿Qué diría la policía? ¿Que se la estaba cogiendo? Aunque le gustaran las mujeres mayores que él (mucho mayores)… ¿tres días después de la muerte del que había sido su marido durante más de treinta años?

—Dirían que no fue una relación consentida —repuso ella sombríamente—. Dirían que fue una violación. Igual que están diciendo ya de esas dos chicas.

—¿Y Coggins?

—Si quieren tenderle una trampa, se les ocurrirá cualquier cosa.

—¿Julia va a publicar todo esto?

—Va a escribir el artículo y a hacer algunas preguntas, pero se reservará todo eso de que el rigor estaba en las primeras fases. Puede que Randolph sea demasiado estúpido para sospechar de dónde ha salido esa información, pero Rennie lo sabría.

—Aun así, podría ser peligroso —dijo Rusty—. Si le callan la boca, no va a poder acudir a la Unión Estadounidense por las Libertades Civiles, ni mucho menos.

—No creo que le importe. Está hecha una furia. Incluso cree que los disturbios del supermercado han podido ser provocados.

Seguramente así ha sido, pensó Rusty, pero lo que dijo fue:

—Demonios, ojalá hubiera visto esos cadáveres.

—A lo mejor todavía estás a tiempo.

—Sé lo que estás pensando, cariño, pero Jackie y tú podrían perder el trabajo. O algo peor, si todo esto es porque Gran Jim quiere librarse de un estorbo que le incordia.

—Pero no podemos dejarlo así…

—Además, puede que no sirviera de nada. Seguramente no serviría de nada. Si Brenda Perkins empezó a presentar rigor entre las cuatro y las ocho, es muy probable que a estas alturas el *rigor mortis* sea completo y el cadáver no pueda decirnos gran cosa. Tal vez el médico forense de Castle County pudiera descubrir algo, pero está tan fuera de nuestro alcance como la Unión Americana por las Libertades Civiles.

—A lo mejor encuentras alguna otra cosa. Algo que tenga su cadáver o alguno de los otros. ¿No conoces ese cartel que cuelga en algunas salas de autopsia? ¿"Aquí es donde los muertos hablan con los vivos"?

—Es una posibilidad muy remota. ¿Sabes qué sería lo mejor? Que alguien hubiese visto a Brenda viva después de que Barbie se presentara a trabajar a las cinco y cuarto de esta mañana. Eso abriría un boquete tan grande en la barca que no lo podrían tapar.

Judy y Janelle, vestidas en pijama, llegaron a todo correr para que les dieran sus abrazos de buenas noches. Rusty cumplió con su deber en ese punto. Jackie Wettington, que las seguía a poca distancia, oyó ese último comentario de Rusty y dijo:

—Preguntaré por ahí.

—Pero sé discreta —dijo él.

—Por descontado. Y, para que quede constancia, yo sigo sin estar del todo convencida. ¡Su placa de identificación estaba en la mano de Angie!

—¿Y él no se ha dado cuenta de que no la tenía en todo el tiempo que ha pasado desde que la perdió hasta que se han encontrado los cuerpos?

—¿Qué cuerpos, papá? —preguntó Jannie.

Rusty suspiró.

—Es complicado, cielo. Y no es para niñas pequeñas.

Los ojos de la niña le dijeron que con eso bastaba. Su hermana pequeña, mientras tanto, se había alejado para recoger unas cuantas flores marchitas, pero volvió con las manos vacías.

—Se están muriendo —informó—. Están todas pardas y caídas en los bordes.

—Seguramente hace demasiado calor para ellas —dijo Linda, y por un momento Rusty creyó que iba a echarse a llorar, así que se interpuso ante el abismo.

—Niñas, vayan adentro y cepíllense los dientes. Tomen un poco de agua de la jarra que hay en la barra. Jannie, tú eres la regadora oficial. Vamos, adentro —giró de nuevo hacia las mujeres. Hacia Linda en concreto—. ¿Estás bien?

—Sí. Es solo que… no deja de afectarme, y cada vez de una forma distinta. Pienso: "Esas flores no tendrían por qué morirse", y luego pienso: "Nada de esto tendría por qué haber pasado, para empezar".

Se quedaron callados un momento, pensando en eso. Después fue Rusty el que habló:

—Deberíamos esperar a ver si Randolph me pide que examine los cadáveres. Si lo hace, podré verlos sin arriesgarnos a que a ustedes dos las reprendan. Si no lo hace, eso ya nos dirá algo.

—Mientras tanto, Barbie está en la cárcel —dijo Linda—. Ahora mismo podrían estar intentando sacarle una confesión.

—Supón que sacaras tu placa y consiguieras meterme en la funeraria —dijo Rusty—. Supón también que yo encontrara algo que exonerase a Barbie. ¿Crees que simplemente dirían "Perdón, nos equivocamos", y lo dejarían libre? ¿Y que luego dejarían que tomara el mando? Porque eso es lo que quiere el gobierno, se habla de ello en todo el pueblo. ¿Crees que Rennie permitiría que…?

Su teléfono empezó a sonar.

—Estos aparatos son el peor invento de la historia —dijo, pero al menos la llamada no era del hospital.

—¿Señor Everett? —una mujer. Conocía la voz pero no lograba ponerle nombre.

—Sí, pero, a menos que sea una emergencia, ahora estoy algo ocupado con mis…

—No sé si es una emergencia, pero es muy, muy importante. Y ya que el señor Barbara… o coronel Barbara, supongo…, ha sido arrestado, usted es el único que puede ocuparse de ello.

—¿Señora McClatchey?

—Sí, pero es con Joe con quien tiene que hablar. Ahora se lo comunico.

—¿Doctor Rusty? —la voz era apremiante, estaba casi sin aliento.

—Hola, Joe. ¿Qué pasa?

—Creo que hemos encontrado el generador. ¿Ahora qué se supone que tenemos que hacer?

La tarde se hizo noche tan de repente que los tres ahogaron un grito de asombro y Linda tomó el brazo de Rusty. Sin embargo, no era más que el gran borrón de humo del lado occidental de la Cúpula. El sol se había ocultado tras él.

—¿Dónde?

—En Black Ridge.

—¿Había radiación, hijo? —sabía que tenía que haberla; ¿cómo, si no, lo habían encontrado?

—La última lectura era de más de doscientos —dijo Joe—. No entraba del todo en la zona de peligro. ¿Qué hacemos ahora?

Rusty se pasó la mano libre por el cabello. Estaban sucediendo demasiadas cosas. Demasiadas y demasiado deprisa. Más aún para un "chico lento" que nunca se había considerado demasiado bueno tomando decisiones, y mucho menos un líder.

—Esta noche, nada. Ya casi ha oscurecido. Nos ocuparemos de ello mañana. Mientras tanto, Joe, tienes que prometerme una cosa. No hables de esto con nadie. Lo sabes tú, lo saben Benny y Norrie, y lo sabe tu madre. Mantenlo así.

—Vale —Joe parecía contenido—. Tenemos muchas cosas que explicarle, pero supongo que puede esperar hasta mañana —respiró hondo—. Da un poco de miedo, ¿verdad?

—Sí, hijo —convino Rusty—. Da un poco de miedo.

14

El hombre que gobernaba el destino y la suerte de Mill estaba sentado en su estudio comiendo carne en conserva con pan de centeno a grandes mordiscos, con afán, cuando entró Junior. Algo antes, Gran Jim se había echado una reconstituyente siesta de cuarenta y cinco minutos. Se sentía con las energías renovadas y listo una vez más para la acción. La superficie de su escritorio estaba salpicada de hojas de papel pautado amarillo, notas que más tarde quemaría en el incinerador de la parte de atrás. Más valía prevenir que lamentar.

El estudio estaba iluminado por siseantes focos Coleman que proyectaban un brillante resplandor blanco. Dios sabía que, si quería, podía conseguir mucho combustible (suficiente para iluminar la casa entera y hacer funcionar los electrodomésticos durante cincuenta años), pero de momento era mejor ceñirse a los Coleman. Cuando la gente pasara por delante, Gran Jim quería que vieran el brillante resplandor blanco y supieran que el concejal Rennie no estaba disfrutando de ninguna ventaja especial. Que el concejal Rennie era igual que ellos, solo que más digno de confianza.

Junior cojeaba. Tenía el rostro demacrado.

—No confesó.

Gran Jim no había esperado que Barbara confesara tan pronto y no hizo caso del comentario.

—¿A ti qué te pasa? Estás pálido a más no poder.

—Otra vez dolor de cabeza, pero ya se me está pasando —era verdad, aunque el dolor lo había estado matando durante su conversación con Barbie. Esos ojos azul grisáceo o veían o parecían ver demasiado.

Sé lo que les hiciste en la despensa, decían. *Lo sé todo.*

Había tenido que echar mano de toda su fuerza de voluntad para no apretar el gatillo de la pistola y oscurecer para siempre esa deplorable mirada entrometida.

—También cojeas.

—Eso es por esos niños que encontramos junto al estanque de Chester. Estuve llevando a cuestas a uno de ellos y creo que me dio un tirón muscular.

—¿Estás seguro de que no hay nada más? Thibodeau y tú tienen un trabajo que hacer dentro de… —Gran Jim consultó su reloj— dentro de tres horas y media, y no pueden arruinarlo. Tiene que salir a la perfección.

—¿Por qué no en cuanto oscurezca?

—Porque la bruja está allí dentro, componiendo su periódico con sus dos pequeños trols. Freeman y el otro. Ese reportero de deportes que siempre la trae contra los Gatos Monteses.

—Tony Guay.

—Sí, ese. No es que me preocupe demasiado que salgan heridos, sobre todo ella… —el labio superior de Gran Jim se elevó, perpetrando su perruna imitación de sonrisa—. Pero no puede haber ningún testigo. Ningún testigo ocular, quiero decir. Lo que la gente oiga… eso es harina de otro costal.

—¿Qué es lo que quieres que oigan, papá?

—¿Estás seguro de que estás en forma para esto? Porque puedo enviar a Frank con Carter, en lugar de a ti.

—¡No! ¡Yo te ayudé con Coggins y te he ayudado esta mañana con la vieja! ¡Merezco hacer esto!

Gran Jim parecía estar sopesándolo. Después asintió con la cabeza.

—Está bien. Pero no pueden atraparte, ni siquiera pueden verte.

—No te preocupes. ¿Qué es lo que quieres que oigan los… los testigos auditivos?

Gran Jim se lo explicó. Gran Jim se lo explicó todo. Junior pensó que estaba bien. Tenía que admitirlo: a su querido y viejo padre no se le escapaba ni una.

15

Cuando Junior se fue arriba para "descansar la pierna", Gran Jim se terminó el sándwich, se limpió la grasa de la barbilla y luego llamó al teléfono de Stewart Bowie. Empezó por la pregunta que todo el mundo hace cuando llama a un teléfono celular:

—¿Dónde están?

Stewart dijo que iban de camino a la funeraria, a beber algo. Como sabía cuál era la opinión de Gran Jim acerca de las bebidas alcohólicas, lo dijo con una actitud de desafío obrero: *Ya he hecho mi trabajo, ahora déjame que disfrute de mis placeres.*

—Está bien, pero asegúrate de que solo sea un trago. Aún tienes trabajo que hacer esta noche. Y Fern y Roger también.

Stewart protestó enérgicamente.

Cuando hubo acabado de decir lo suya, Gran Jim prosiguió.

—Los quiero a los tres en la escuela secundaria a las nueve y media. Allí habrá unos cuantos oficiales nuevos (incluidos los chicos de Roger, por cierto) y quiero que también ustedes asistan —tuvo una inspiración—. De hecho, los voy a nombrar sargentos honoríficos de la Fuerza de Seguridad Municipal de Chester's Mill.

Stewart le recordó a Gran Jim que Fern y él tenían cuatro nuevos cadáveres de los que ocuparse. Con su fuerte acento yanqui, la palabra sonó a "c'dávres".

—Esa gente de casa de los McCain puede esperar —dijo Gran Jim—. Están muertos. Nosotros tenemos aquí entre manos una situación de emergencia, por si no te habías dado cuenta. Hasta que esto haya pasado, todos hemos de arrimar el hombro. Poner de nuestra parte. Apoyar al equipo. A las nueve y media en la escuela secundaria. Pero hay otra cosa que quiero que hagan antes. Pásame a Fern.

Stewart le preguntó a Gran Jim por qué quería hablar con Fern, a quien él consideraba (con cierta justificación) el hermano tonto.

—No es de tu incumbencia. Tú pásamelo.

Fern dijo hola. A Gran Jim le dio igual.

—Solías ser del Cuerpo de Voluntarios, ¿verdad? Hasta que fueron disueltos.

Fern dijo que claro que había estado con ese apéndice extraoficial de los bomberos de Chester's Mill, no añadió que lo había dejado un año antes de que los Voluntarios fueran disueltos (después de que los concejales recomendaran que no se les asignara ninguna partida en los presupuestos municipales de 2008). Tampoco añadió que se había salido porque se había dado cuenta de que las actividades de los Voluntarios para recaudar fondos los fines de semana le quitaban tiempo para emborracharse.

Gran Jim dijo:

—Quiero que vayas a la comisaría y consigas la llave de la estación de bomberos. Después, mira si esos aspersores de agua que Burpee usó ayer están en el almacén. Me dijeron que allí es donde los dejaron la mujer de Perkins y él, y será mejor que así sea.

Fern dijo que creía que las bombas habían salido de Burpee's, lo cual seguramente las convertía en propiedad de Rommie. Los Voluntarios habían tenido unas cuantas, pero las habían vendido en eBay cuando se desmanteló el cuerpo.

—Puede que fueran de Burpee, pero ya no lo son —dijo Gran Jim—. Hasta que termine esta crisis, son propiedad del pueblo. Haremos lo mismo con cualquier otra cosa que necesitemos. Por el bien de todos. Y si Romeo Burpee cree que va a conseguir montar otra vez el Cuerpo de Voluntarios, le espera otra sorpresa.

Fern dijo, con cautela, que había oído comentar que Rommie había hecho muy buen trabajo apagando el incendio en Little Bitch Road después del impacto de los misiles.

—Eso no eran más que unas cuantas colillas de cigarrillo con la brasa encendida en un cenicero —se mofó Gran Jim. Tenía una vena

639

que le palpitaba en la sien, el corazón le latía con demasiada fuerza. Sabía que había comido demasiado deprisa (otra vez), pero no podía evitarlo. Cuando tenía hambre, tragaba hasta que todo lo que tenía delante se había terminado. Así era él—. Cualquiera podría haberlo apagado. Hasta tú podrías haberlo sofocado. El caso es que sé quiénes votaron por mí la última vez, y también sé quiénes no. Los que no recibieron ningún condenado caramelo.

Fern le preguntó a Gran Jim lo que se suponía que él, Fern, tenía que hacer con los aspersores de agua.

—Tú simplemente comprueba que están en el almacén de la estación de bomberos. Después ve a la escuela. Estaremos en el gimnasio.

Fern dijo que Roger Killian quería decirle algo.

Gran Jim puso ojos de exasperación, pero esperó.

Roger quería saber cuáles de sus chicos iban a entrar en la policía.

Gran Jim suspiró, escarbó entre el vertedero de papeles que cubría su escritorio y encontró el que tenía escrita la lista de nuevos oficiales. La mayoría eran estudiantes de bachillerato y todos eran muy jóvenes. El más pequeño, Mickey Wardlaw, tenía solo quince años, pero era grande como un armario. Tackle derecho del equipo de futbol americano hasta que lo expulsaron por beber.

—Ricky y Randall.

Roger protestó diciendo que eran los mayores de sus chicos y los únicos con los que podía contar para el encargo. Preguntó entonces quién iba a ayudarlo con los pollos.

Gran Jim cerró los ojos y rezó a Dios para que le diera fuerzas.

16

Sammy era muy consciente del grave y retumbante dolor que sentía en la barriga (parecido a las molestias premenstruales) y de las punzadas mucho más intensas que venían de ahí abajo. Habría sido muy difícil pasarlas por alto porque sentía una a cada paso que daba. No obstante, seguía avanzando por la 119 como podía, en dirección a Motton Road. No se detendría por mucho que le doliera. Tenía un destino en mente, y no era precisamente su casa rodante. Lo que quería no estaba en su remolque, pero sabía dónde podía encontrarlo. Caminaría hasta dar con ello, aunque tardara toda la noche. Si el dolor se ponía muy feo, en el bolsillo de los pantalones tenía cinco comprimidos de Percocet y podía masticarlos. El efecto era más rápido si los masticabas. Se lo había dicho Phil.

Cógetela.

Entonces tendríamos que volver y darte una paliza de las buenas.

Cógete a esa perra.

Tienes que aprender a mantener la boca cerrada excepto cuando estás de rodillas.

Cógetela, cógete a esa perra.

De todos modos, nadie te creería.

Pero la reverenda Libby sí le había creído, y mira lo que le había pasado. Un hombro dislocado; un perro muerto.

Cógete a esa perra.

Sammy pensó que oiría esa exaltada voz de cerdo chillando en el interior de su cabeza hasta que muriera.

Así que siguió andando. Por encima de ella relucían las primeras estrellas de color rosa, chispas vistas a través de un cristal sucio.

Aparecieron unos faros y su sombra alargada saltó sobre la carretera, por delante de ella. Una camioneta de granja vieja y estrepitosa invadió la orilla del camino y se detuvo.

—Ey, oye, sube —dijo el hombre que iba al volante. Sonó algo así como "ey-yesube", porque era Alden Dinsmore, padre del difunto Rory, y estaba borracho.

Fuera como fuese, Sammy subió… moviéndose con la precaución de una inválida.

Alden no pareció darse cuenta. Tenía una lata de medio litro de cerveza entre las piernas y había una caja medio vacía a su lado. Las latas vacías rodaron y chocaron alrededor de los pies de Sammy.

—¿'dónde ibas? —preguntó Alden—. ¿Por'land? ¿Bos'on? —rio para demostrar que, borracho o no, sabía hacer un chiste.

—Solo a Motton Road, señor. ¿Va en esa dirección?

—En la d'rección que tú queras —dijo Alden—. Solo conduzco. Conduzco y pienso'n mi chico. Murió'l sábado.

—Lo acompaño en el sentimiento.

El hombre asintió y bebió.

—Mi pa're murió el 'nvierno pasado, ¿sabías? Boqueó 'sta caer muerto, el pobre viejo. 'nfi-se-ma. Pasó los últimos cuatro años con 'xígeno. Rory siempre le cambiaba el d'pósito. Quería musho a ese v'ejo cabrrrón.

—Lo siento —ya le había dado el pésame, pero ¿qué más se podía decir?

Una lágrima resbaló por la mejilla del hombre.

—Iré a donde 'sted me diga, Missy Lou. No voy a parar de conducir 'sta que se t'rmine la cerveza. ¿Quie's 'na cerveza?

—Sí, por favor —la cerveza estaba caliente, pero ella la bebió con ansia. Tenía muchísima sed. Sacó uno de los Perc que llevaba en el bolsillo y lo engulló con otro largo trago. Sintió que la droga le subía a la cabeza. Estaba bien. Sacó otro Perc y se lo ofreció a Alden.

—¿Quiere uno de estos? Lo hacen sentir a uno mejor.

El hombre aceptó y se lo tragó con cerveza sin molestarse en preguntar qué era. Allí estaba Motton Road. El hombre vio la intersección demasiado tarde y torció trazando una amplia curva, con lo que derribó el buzón de los Crumley. A Sammy no le importó.

—Tómate otra, Missy Lou.

—Gracias, señor —tomó otra lata de cerveza y la abrió.

—¿Quier's ver a mi shico? —en el resplandor de las luces del tablero, los ojos de Alden se veían amarillentos y húmedos. Eran los ojos de un perro que había metido la pata en un agujero y se la había roto—. ¿Quier's ver a mi Rory?

—Sí, señor —dijo Sammy—. Claro que quiero. Yo estaba allí, ¿sabe?

—Todo el mundo 'staba allí. Les alquilé mi campo. S'guramente ayudé a matarlo. No lo sabía. 'so nunca se sabe, ¿verdad?

—No —dijo Sammy.

Alden rebuscó en el bolsillo frontal de su traje de campo y sacó una cartera desgastada. Apartó las dos manos del volante para abrirla, mirando de reojo y rebuscando entre los pequeños bolsillos de celuloide.

—Mis chicos me r'galaron 'sta cartera —dijo—. Ro'y y Orrie. Orrie 'stá vivo.

—Es una cartera muy bonita —dijo Sammy, inclinándose para sujetar el volante. Había hecho lo mismo por Phil cuando vivían juntos. Muchas veces. La camioneta del señor Dinsmore iba dando bandazos, trazando arcos lentos y hasta cierto punto solemnes, y poco le faltó para derribar otro buzón. Pero no importaba; el pobre viejo solo iba a treinta, y Motton Road estaba desierta. En la radio, la WCIK sonaba a poco volumen: "Dulce anhelo es el Cielo", de los Blind Boys of Alabama.

Alden le tiró la cartera a la chica.

—Ahí 'tá. Ese's mi chico. Con su 'buelo.

—¿Conducirá mientras yo lo miro? —preguntó Sammy.

—Claro —Alden volvió a asir el volante. La camioneta empezó a moverse un poco más deprisa y un poco más en línea recta, aunque más o menos iba cabalgando sobre la línea blanca.

La fotografía era una borrosa instantánea a color de un niño pequeño y un anciano que se estaban abrazando. El viejo llevaba puesta una gorra de los Medias Rojas y una máscarilla de oxígeno. El niño tenía una gran sonrisa en el rostro.

—Es un niño muy guapo, señor —dijo Sammy.

—Sí, un niño 'uapo. Un niño 'uapo y listo —Alden profirió un alarido de dolor sin lágrimas. Sonó como un rebuzno de burro. De sus labios salió volando algo de baba. La camioneta se descontroló y luego se enderezó otra vez.

—Yo también tengo un niño muy guapo —dijo Sammy. Se echó a llorar. Una vez, recordó entonces, había disfrutado torturando Bratz. De pronto sabía qué se sentía cuando eras tú la que estaba dentro del microondas. Ardiendo en el microondas—. Cuando lo vea le daré un beso. Volveré a darle besos.

—Dale besos —dijo Alden.

—Eso haré.

—Dale besos y 'brázalo y mímalo.

—Eso haré, señor.

—Yo le d'ría besos a mi shico si p'diera. Un b'sito en el 'achete frío-frío.

—Ya sé que sí, señor.

—Pero l'hemos enterrado. 'sta mañana. Ahí mismo.

—Lo acompaño en el sentimiento.

—Tómate otra c'rveza.

—Gracias —se tomó otra cerveza. Estaba empezando a emborracharse. Era genial estar borracha.

De esta forma siguieron avanzando mientras las estrellas de color rosa se hacían más brillantes por encima de ellos, centelleando pero sin caer: esa noche no había lluvia de meteoritos. Pasaron de largo y sin reducir la velocidad junto a la casa rodante de Sammy, a la que nunca regresaría.

17

Eran más o menos las siete cuarenta y cinco cuando Rose Twitchell llamó dando unos golpecitos en el cristal de la puerta del *Democrat*. Julia, Pete y Tony estaban de pie junto a una mesa montando los números de la última invectiva de cuatro páginas del periódico. Pete y Tony agrupaban páginas; Julia las engrapaba y las apilaba.

Al ver a Rose, Julia la saludó enérgicamente con la mano. Rose abrió la puerta y luego se tambaleó un poco.

—Madre mía, qué calor hace aquí dentro.

—Hemos apagado el aire acondicionado para ahorrar combustible —dijo Pete Freeman—, y la fotocopiadora se calienta cuando se usa demasiado. Y eso es lo que ha pasado esta tarde —parecía orgulloso. Rose pensó que todos parecían orgullosos.

—Creía que estarías desbordada en el restaurante —dijo Tony.

—Justo lo contrario. Esta noche se podría organizar una caza del ciervo ahí dentro. Me parece que mucha gente prefiere no tener que verme porque a mi cocinero lo han arrestado por asesinato. Y también creo que mucha gente prefiere no tener que ver a mucha otra gente por lo que ha pasado esta mañana en el Food City.

—Vente aquí y toma una copia del periódico —dijo Julia—. Eres chica de portada, Rose.

En lo alto de la página, en rojo, se leían las palabras **GRATIS** EDICIÓN CRISIS DE LA CÚPULA **GRATIS**. Y debajo de eso, en una letra tamaño dieciséis que Julia nunca había usado hasta las últimas dos ediciones del *Democrat*:

**DISTURBIOS Y ASESINATOS:
LA CRISIS SE AGRAVA**

La fotografía era de la mismísima Rose. Tenía el megáfono en los labios y le caía un mechón de cabello despeinado por la frente. Estaba extraordinariamente atractiva. Al fondo se veía el pasillo de la pasta y los jugos, con varios botes de lo que parecía salsa de espaguetis estrellados en el suelo. El pie de foto decía: **Disturbios tranquilos: Rose Twitchell, dueña y propietaria del Sweetbriar Rose, aplaca el saqueo de alimentos con la ayuda de Dale Barbara, quien ha sido detenido por asesinato (ver el artículo de más abajo y el Editorial, p. 4).**

—Dios mío —exclamó Rose—. Bueno… al menos me has sacado del lado bueno. Si es que puede decirse que tenga uno.

—Rose —dijo Tony Guay con solemnidad—, te pareces a Michelle Pfeiffer.

Rose soltó un bufido y lo abucheó. Ya estaba pasando la página para ver el editorial.

AHORA PÁNICO, DESPUÉS VERGÜENZA
Por Julia Shumway

No todo el mundo en Chester's Mill conoce a Dale Barbara (es prácticamente un recién llegado a nuestro pueblo), pero casi todos hemos comido lo que cocina en el Sweetbriar Rose. Quienes lo conocen habrían dicho, antes de hoy, que era toda una adquisición para la comunidad: se turnó para hacer de árbitro en los partidos de *softbol* de julio y agosto, colaboró en la Campaña de Libros para la Escuela Secundaria y recogió basura el Día de la Limpieza Municipal, hace apenas dos semanas.

Después, hoy, "Barbie" (tal como lo llaman quienes lo conocen) ha sido detenido por cuatro espantosos asesinatos. Asesinatos de gente muy conocida y muy querida en este pueblo. Gente que, al contrario que Dale Barbara, había vivido aquí durante toda o casi toda su vida.

En circunstancias normales, "Barbie" habría sido trasladado al Centro Penitenciario de Castle County, se le habría ofrecido hacer una llamada telefónica y se le habría facilitado un abogado si él no hubiera podido costearse uno. Lo habrían acusado y habría comenzado la búsqueda de pruebas (realizada por expertos que saben hacer bien su trabajo).

Nada de eso ha sucedido, y todos sabemos por qué: a causa de la Cúpula que ha dejado a nuestro pueblo incomunicado del resto del mundo. Sin embargo, ¿hemos quedado también aislados del correcto proceder y del sentido común? Por muy espantosos que sean esos crímenes, una acusación sin prueba alguna no es excusa suficiente para tratar a Dale Barbara como se le ha tratado, ni para explicar la negativa del nuevo jefe de la policía a responder a preguntas o a permitir que esta corresponsal verificara que Dale Barbara siguiera vivo. A pesar de que al padre de Dorothy Sanders —el primer concejal Andrew Sanders— se le permitió no solo visitar a ese prisionero que no ha sido formalmente acusado, sino agredirlo...

—Vaya... —dijo Rose, alzando la mirada—. ¿De verdad vas a publicar esto?

Julia hizo un gesto señalando las copias apiladas.

—Ya está publicado. ¿Por qué? ¿Tienes algo que objetar?

—No, pero... —Rose leyó rápidamente por encima el resto del editorial, que era extenso y cada vez más favorable a Barbie. Terminaba con un llamamiento para que todo el que pudiera tener información sobre los crímenes lo hiciera saber, y la insinuación de que, cuando la crisis terminara, como sin duda sucedería, el comportamiento de los ciudadanos de la localidad en relación con esos asesinatos sería sometido a un duro escrutinio, no solo en Maine y en Estados Unidos, sino en todo el mundo—. ¿No te da miedo meterte en líos?

—Libertad de prensa, Rose —dijo Pete, aunque en un tono bastante inseguro.

—Es lo que habría hecho Horace Greeley —replicó Julia con firmeza, y, al oír su nombre, su corgi (que había estado durmiendo en su camita del rincón) alzó la mirada. Vio a Rose y se le acercó para recibir una o dos caricias, que la mujer estuvo encantada de dedicarle.

—¿Tienes algo más, aparte de lo que sale aquí? —preguntó Rose dando unos golpecitos sobre el editorial.

—Algo tengo —dijo Julia—. Lo estoy reservando. Espero conseguir más.

—Barbie jamás sería capaz de hacer algo así, pero de todas formas tengo miedo por él.

Sonó uno de los teléfonos que había sobre la mesa. Tony lo atrapó.

—*Democrat*, Guay —escuchó y luego le pasó el teléfono a Julia—. El coronel Cox. Para ti. No parece que esté de buen humor.

Cox. Julia se había olvidado por completo de él. Tomó el teléfono.

—Señorita Shumway, necesito hablar con Barbie e informarme sobre los progresos que está teniendo en la toma del control administrativo del pueblo.

—No creo que tenga ocasión de hacerlo en una buena temporada —dijo Julia—. Está en la cárcel.

—¿Cómo que en la cárcel? ¿Acusado de qué?

—Asesinato. Cuatro personas, para ser exactos.

—Lo dice en broma.

—¿Le parece que hablo en broma, coronel?

Siguió un momento de silencio. Julia oyó muchas voces al fondo. Cuando Cox volvió a hablar, lo hizo en voz baja:

—Explíqueme eso.

—No, coronel Cox, me parece que no. Llevo las últimas dos horas escribiendo sobre lo sucedido y, como solía decirme mi madre cuando era pequeña, no me gusta tener que malgastar saliva. ¿Sigue usted en Maine?

—En Castle Rock. Allí está nuestro puesto de avanzada.

—Entonces le propongo que nos veamos donde nos vimos la otra vez. En Motton Road. No puedo darle una copia del *Democrat* de mañana, aunque es gratis, pero puedo sostener el periódico contra la Cúpula para que lo lea por sí mismo.

—Mándemelo por correo electrónico.

—No. Creo que el correo electrónico no es ético con el negocio de la prensa escrita. En eso soy muy anticuada.

—Tratar con usted es irritante, querida señora.

—Puede que sea irritante, pero no soy su querida señora.

—Dígame una cosa: ¿ha sido un montaje? ¿Algo que ver con Sanders y Rennie?

—Coronel, por lo que usted ha podido comprobar, ¿dos más dos son cuatro?

Silencio. Después Cox dijo:

—Nos veremos dentro de una hora.

—Iré acompañada. La jefa de Barbie. Me parece que le interesará escuchar lo que tiene que decir.

—De acuerdo.

Julia colgó el teléfono.

—¿Quieres dar una vuelta conmigo en coche hasta la Cúpula, Rose?

—Si es para ayudar a Barbie, desde luego que sí.

—Podemos tener esperanzas, pero me inclino a pensar que estamos más bien solos en esto —Julia volvió entonces su atención hacia Pete y Tony—. ¿Terminarían de engrapar esos ejemplares? Déjenlos junto a la puerta y cierren cuando salgan. Duerman bien esta noche, porque mañana todos nos convertiremos en repartidores. Este periódico está adoptando formas de la vieja escuela. Lo entregaremos en todas las casas del pueblo. Y en las granjas más cercanas. También en Eastchester, desde luego. Allí hay muchísima gente nueva, teóricamente menos susceptible a la mística de Gran Jim.

Pete enarcó las cejas.

—El equipo de nuestro querido señor Rennie juega en casa —dijo Julia—. Ese hombre se subirá a la tribuna en la asamblea municipal de emergencia del jueves por la noche e intentará darle cuerda a este pueblo como si fuera un reloj de bolsillo. Los visitantes, sin embargo, son los que tienen el saque de honor —señaló a los periódicos—. Ese es nuestro saque. Si conseguimos que lo lean suficientes personas, Rennie tendrá que responder a algunas duras preguntas antes de ponerse a soltar su discursito. A lo mejor conseguimos hacerle perder un poco el ritmo.

—O a lo mejor mucho, si descubrimos quiénes tiraron las piedras en el Food City —dijo Pete—. Y ¿sabes una cosa? Creo que lo descubriremos. Creo que este asunto ha sido organizado demasiado deprisa. Tiene que haber cabos sueltos.

—Solo espero que Barbie siga con vida cuando empecemos a tirar de ellos —dijo Julia. Consultó su reloj—. Vamos, Rosie, vayamos a dar una vuelta en coche. ¿Quieres venir, Horace?

Horace sí quería.

18

—Puede dejarme bajar aquí, señor —dijo Sammy. Era una agradable propiedad estilo rancho de Eastchester. Aunque la casa estaba a oscuras, el césped estaba iluminado, porque ya se encontraban muy cerca de la Cúpula, donde habían instalado potentes focos en el límite municipal entre Chester's Mill y Harlow.

—¿Quier's 'tra c'rveza para'l camino, Missy Lou?

—No, señor, mi camino termina aquí —aunque no era verdad. Todavía tenía que volver al pueblo. En el amarillento resplandor que proyectaban las luces de la Cúpula, Alden Dinsmore parecía tener ochenta y cinco años en lugar de cuarenta y cinco. La chica nunca había visto una cara tan triste… salvo quizá la suya, en el espejo de su habitación del hospital, antes de embarcarse en ese viaje. Se inclinó y le dio un beso en la mejilla. La sombra de barba le pinchó en los labios. El hombre se llevó una mano al lugar donde le había dado el beso y hasta consiguió sonreír un poco.

—Debería volver ya a casa, señor. Tiene que pensar en su mujer. Y tiene que cuidar de su otro niño.

—S'pongo que tien's razón.

—Sí que tengo razón.

—¿'starás bien?

—Sí, señor —bajó y luego volteó para mirarlo—. ¿Y usted?

—Lo intentaré —repuso el hombre.

Sammy cerró la puerta de un golpe y se quedó de pie al final del camino de entrada mirando cómo daba la vuelta. El hombre se metió en la zanja, pero estaba seca y salió de allí sin problemas. Volvió a poner rumbo hacia la 119, zigzagueando al principio. Después los faros de detrás consiguieron seguir una línea más o menos recta. Volvía a ir por el centro de la carretera —la puta línea blanca, habría dicho Phil—, pero Sammy pensó que no le pasaría nada. Ya eran casi las ocho y media, estaba completamente oscuro, y pensó que seguramente no se encontraría con nadie.

Cuando los faros traseros desaparecieron de su vista, la chica caminó hacia la oscura casa del rancho. No era gran cosa, comparada con algunos de los elegantes y antiguos hogares de la cuesta del Ayuntamiento, pero era más bonita que ninguna de las casas en las que ella había vivido. También por dentro era agradable.

Había estado allí una vez con Phil, en aquellos días en que lo único que hacía él era vender un poco de hierba y cocinar un poco de cristal para su propio consumo en la parte de atrás del remolque. Mucho antes de que empezara a tener aquellas extrañas ideas sobre Jesucristo y a acudir a aquella mierda de iglesia donde creían que todo el mundo iría al infierno menos ellos. La religión era por donde habían empezado los problemas de Phil. Así había llegado hasta Coggins, y Coggins o algún otro lo habían convertido en el Chef.

La gente que había vivido en esa casa no estaba enganchada al cristal; unos adictos a la metanfetamina no habrían sido capaces de conservar una casa como esa durante mucho tiempo, se habrían fumado la hipoteca. Lo que sí les gustaba a Jack y a Myra Evans era un poquito de tabaco de la risa de vez en cuando, y Phil Bushey había estado encantado de proporcionárselo. Eran unas personas muy agradables, y Phil los había tratado muy bien. En aquellos días todavía era capaz de tratar bien a la gente.

Myra les había ofrecido café helado. Sammy estaba embarazada de Little Walter por aquel entonces, de unos siete meses, bastante rellenita, y Myra le había preguntado si quería un niño o una niña. No la había mirado por encima del hombro ni nada de eso. Jack se había llevado a Phil a su pequeño despacho-estudio para pagarle, y Phil la había llamado. "¡Ven, cariño, no te pierdas esto!"

Parecía que había sucedido hacía muchísimo tiempo.

Intentó abrir la puerta de entrada. Estaba cerrada. Tomó una de las piedras decorativas que bordeaban el arriate de flores de Myra y se quedó de pie delante del ventanal con ella en la mano, sopesándola. Después de pensarlo un poco, en lugar de arrojar la piedra dio la vuelta a la casa. Saltar por una ventana le sería difícil en sus condiciones. Y aunque lo consiguiera (con cuidado), podría hacerse un corte lo bastante grave para truncar sus planes del resto de la noche.

Además, era una casa bonita. No quería destrozarla si no había necesidad.

Y no la había. Ya se habían llevado el cuerpo de Jack —el pueblo seguía funcionando bien para esas cosas—, pero nadie había tenido la precaución de cerrar con llave la puerta de atrás. Sammy entró sin problemas. No había generador y aquello estaba más oscuro que el agujero de un mapache, pero había una caja de fósforos junto a los fogones, y el primero que encendió le mostró una linterna en la mesa de la cocina. Funcionaba. El haz de luz de la linterna iluminó lo que parecía ser una mancha de sangre en el suelo. Sammy apartó de allí la luz a toda prisa y se puso a buscar el despacho-estudio de Jack Evans. Daba directamente a la sala de estar, un cuchitril tan pequeño que realmente no había sitio más que para un escritorio y una vitrina de cristal.

Sammy paseó el haz de la linterna por el escritorio, después lo levantó y vio cómo se reflejaba en los ojos de cristal del más preciado trofeo de Jack: la cabeza de un alce al que había cazado hacía tres años en el TR-90. La cabeza del alce era lo que Phil había querido que viera cuando la había llamado aquel día.

"Ese año me tocó el último número que jugué a la lotería —les había explicado Jack—. Y lo cacé con eso." Había señalado el rifle de la vitrina. Era una cosa aterradora con mira telescópica.

Myra se había quedado en el umbral, mientras el hielo se resquebrajaba en su vaso de café helado, con aspecto de ser elegante y bonita y de estar pasándolo bien: el tipo de mujer que ella, Sammy, sabía que no sería nunca. "Costó una barbaridad, pero dejé que se lo comprara después de que me prometiera que me llevaría a las Bermudas una semana entera el próximo diciembre."

—Las Bermudas —dijo Sammy al verse frente a la cabeza de alce—. Pero nunca llegó a ir. Es muy triste.

Mientras se guardaba el sobre con el dinero en el bolsillo de atrás, Phil había dicho: "Un rifle precioso, pero no es lo mejor para la protección del hogar".

"Eso también lo tengo cubierto —había contestado Jack y, aunque no le había enseñado a Phil exactamente cómo lo tenía cubierto, había dado unos golpecitos muy elocuentes sobre su escritorio—. Tengo un par de armas de mano de puta madre."

Phil había respondido asintiendo con la cabeza con la misma elocuencia. Myra y ella habían cruzado una mirada de perfecta armonía, como diciendo: "Estos hombres… siempre serán unos niños". Sammy todavía recordaba lo bien que le había hecho sentirse esa mirada, se había sentido integrada, y suponía que en parte por eso había acudido allí en lugar de intentarlo en cualquier otro lugar, en algún lugar más cerca del pueblo.

Se había detenido a masticar otro Percocet y entonces empezó a abrir cajones del escritorio. No estaban cerrados con llave, como tampoco lo estaba la caja de madera que encontró en el tercero que abrió y que contenía el arma especial del difunto Jack Evans: una pistola automática Springfield XD del 45. La tomó y, después de jugar un poco con ella, extrajo el cargador. Estaba lleno, y había otro más de repuesto. También se lo llevó. Después volvió a la cocina para buscar una bolsa en la que guardar el arma. Y llaves, desde luego. Las llaves de lo que fuera que estuviera estacionado en el garage de los difuntos Jack y Myra. No tenía ninguna intención de volver al pueblo caminando.

19

Julia y Rose estaban hablando sobre lo que el futuro podría depararle a su pueblo cuando a su presente le faltó poco para terminar. Habría terminado, de hecho, si se hubieran encontrado con la vieja camioneta de granja en el recodo de Esty Bend, más o menos a dos kilómetros y medio de su destino. Sin embargo, Julia salió de la curva a tiempo para ver que la camioneta iba por el mismo carril que ella y que se les acercaba de frente.

Sin pensarlo, giró bruscamente el volante de su Prius hacia la izquierda, invadiendo el otro carril, y los dos vehículos pasaron sin rozarse por unos centímetros. Horace, que había ido sentado en el asiento de atrás con su habitual cara de deleite ("Oh, caray, nos vamos de paseo"), cayó al suelo profiriendo un gritito de sorpresa. Ese fue el único sonido. Ninguna de las dos mujeres gritó, ni siquiera un poco. Todo sucedió demasiado deprisa para reaccionar. La muerte (o las heridas graves) pasó junto a ellas un instante y desapareció.

Julia volvió a girar el volante para recuperar su carril, después estacionó en la orilla y dejó el Prius en punto muerto. Miró a Rose. Rose le devolvió la mirada, toda ella grandes ojos y boca abierta. En la parte de atrás, Horace subió otra vez de un salto al asiento y soltó un único ladrido, como si quisiera preguntar por qué se estaban retrasando. Al oír ese sonido, las dos mujeres se echaron a reír y Rose empezó a darse palmaditas en el pecho, por encima de su prominente busto.

—Mi corazón, mi corazón —dijo.

—Sí —admitió Julia—, el mío también. ¿Has visto lo cerca que ha pasado?

Rose volvió a reír, temblorosa.

—¿Bromeas? Cielo, si hubiese ido con el brazo apoyado en la ventanilla, ese hijo de perra me habría amputado el codo.

Julia movió la cabeza.

—Borracho, seguramente.

—Borracho, con toda seguridad —dijo Rose, y soltó un bufido.

—¿Estás bien como para continuar?

—¿Y tú? —preguntó Rose.

—Sí —respondió Julia—. ¿Y tú qué dices, Horace?

Horace, a ladridos, contestó que estaba listo para un bombardeo.

—Ver pasar la muerte tan cerca aleja la mala suerte —dijo Rose—. Eso es lo que solía decir el abuelo Twitchell.

—Espero que tuviera razón —dijo Julia, y volvió a poner el coche en movimiento. Miró con atención por si veía algún faro acercándose, pero no vieron más luz hasta encontrar la de los reflectores colocados en el borde de la Cúpula que daba con Harlow. No vieron a Sammy Bushey. Sammy sí las vio; estaba delante del garage de los Evans, con las llaves del Malibu de los Evans en la mano. Cuando hubieron pasado, levantó la puerta del garage (tuvo que hacerlo manualmente y le dolió bastante) y se sentó al volante.

20

Entre Almacenes Burpee's y Gasolina & Alimentación Mill había una callejuela que conectaba Main Street con West Street. La utilizaban sobre todo los camiones de reparto. A las nueve y cuarto de esa noche, Junior Rennie y Carter Thibodeau caminaban por ese callejón sumidos en una oscuridad casi perfecta. Carter llevaba una lata de veinte litros, roja y con una línea diagonal amarilla en el costado. En la otra mano llevaba un megáfono de baterías. El aparato había sido blanco, pero Carter lo había envuelto con cinta protectora de color negro para que no llamara la atención si alguien miraba hacia ellos antes de que pudieran volver a desaparecer por el callejón.

Junior llevaba una mochila. Ya no le dolía la cabeza y la cojera prácticamente había desaparecido. Estaba convencido de que su cuerpo por fin estaba venciendo a lo que fuera que lo había jodido. Quizá había sido un virus persistente de algún tipo. En la universidad se podía uno contagiar de cualquier porquería, y que lo hubieran expulsado por golpear a aquel chico seguramente había sido una bendición encubierta.

Desde la boca de la callejuela tenían una buena vista del *Democrat*. Su luz se derramaba sobre la banqueta vacía; dentro, vieron a Freeman y a Guay moviéndose y acarreando pilas de papeles hacia la puerta, donde las iban amontonando. La vieja construcción de madera que albergaba la sede del periódico y la vivienda de Julia se encontraba entre la farmacia de Sanders y la librería, pero estaba separada de ambos: por un sendero pavimentado del lado de la librería y, del lado de la farmacia, por un callejón igual al que Carter y él se encontraban acechando en aquel momento. Era una noche sin viento y Junior pensó que, si su padre movilizaba a las tropas con suficiente rapidez, no habría que lamentar ningún daño colateral. No es que le importara. Si ardía toda la banqueta este de Main Street, a Junior ya le parecería bien. Solo serían más problemas para Dale Barbara. Todavía podía sentir esos ojos fríos y escrutadores fijos en él. No estaba bien que te miraran así, y menos cuando el hombre que te miraba estaba entre barrotes. El puto Baaarbie.

—Tendría que haberle disparado —masculló Junior.

—¿Qué? —preguntó Carter.

—Nada —se pasó una mano por la frente—. Que hace calor.

—Sí. Frankie dice que si esto sigue así terminaremos estofados como castañas. ¿Cuándo se supone que tenemos que hacerlo?

Junior se encogió de hombros con irritación. Su padre se lo había dicho, pero no se acordaba muy bien. A las diez en punto, tal vez. Pero ¿qué importaba? Por él, que ardieran aquellos dos allí dentro. Y si la puta del periódico estaba en el piso de arriba (quién sabe si relajándose con su consolador preferido después de un duro día), que ardiera ella también. Más problemas para Baaarbie.

—Hagámoslo ahora —dijo.

—¿Estás seguro, hermano?

—¿Ves a alguien en la calle?

Carter miró. Main Street estaba desierta y casi toda ella a oscuras. Los únicos generadores que se oían eran los de detrás de las oficinas del periódico y de la farmacia. Se encogió de hombros.

—Está bien. ¿Por qué no?

Junior desató las hebillas de la mochila y levantó la solapa superior. Arriba había dos pares de guantes finos. Le dio a Carter un par y él se puso el otro. Debajo había un bulto envuelto en una toalla de baño. Lo desenvolvió y dejó cuatro botellas de vino vacías sobre el asfalto. En el fondo de la mochila había un embudo de hojalata. Junior lo puso en una de las botellas de vino y fue por la gasolina.

—Mejor deja que lo haga yo, hermano —dijo Carter—. A ti te tiemblan las manos.

Junior se las miró con sorpresa. No se sentía tembloroso, pero sí, le temblaban.

—No tengo miedo, por si es lo que estás pensando.

—Yo no he dicho eso. Es un problema de cabeza. Cualquiera se daría cuenta. Tienes que ir a que te vea Everett; tú tienes algo y él es lo más parecido a un médico que tenemos ahora mismo.

—Estoy bi...

—Calla antes de que te oiga alguien. Tú ocúpate de la puta toalla mientras yo hago esto.

Junior sacó la pistola de la funda y le disparó a Carter en un ojo. La cabeza explotó, sangre y sesos por todas partes. Después Junior se irguió por encima de él y volvió a dispararle una y otra vez, y otra vez, y otra v...

—¿Junes?

Junior sacudió la cabeza para borrar esa visión (tan realista que había sido casi una alucinación) y se dio cuenta de que incluso tenía la mano cerrada sobre la culata de la pistola. Tal vez todavía no había acabado de expulsar ese virus de su organismo.

Quizá al final resultaba que no era un virus.

Y, entonces, ¿qué es? ¿Qué?

El aromático olor de la gasolina le golpeó en los orificios nasales con tanta fuerza que le escocieron los ojos. Carter había empezado a llenar la primera botella. Glugluglú, hacía la lata de gasolina. Junior abrió la cremallera de un bolsillo lateral de la mochila y sacó un par de tijeras de costura de su madre. Las utilizó para cortar cuatro jirones de la toalla. Metió uno de ellos en la primera botella, después tiró de él, lo sacó y volvió a meter el otro extremo, dejando colgar toda una tira de tela de toalla empapada en gasolina. Repitió el proceso con las demás botellas.

Las manos no le temblaban demasiado para eso.

21

El coronel Cox de Barbie había cambiado desde la última vez que Julia lo había visto. Iba muy bien afeitado para ser casi las nueve y media y se había peinado, pero los pantalones de soldado habían perdido su pulcro planchado y esa noche su saco parecía hacerle bolsas, como si hubiera perdido peso. Estaba de pie delante de unos cuantos manchones de pintura en aerosol que habían quedado del experimento fallido con el ácido; miraba con el ceño fruncido esa forma de corchete, como si pensara que si se concentrase lo suficiente podría atravesarla andando.

Cierra los ojos y da tres golpecitos con los talones, pensó Julia. *Porque en ningún sitio se está como en la Cúpula.*

Presentó Rose a Cox y Cox a Rose. Durante la breve conversación de toma de contacto entre ambos, Julia miró alrededor y lo que vio no le gustó. Las luces seguían en su sitio, iluminando el cielo como si señalaran un glamouroso estreno de Hollywood, y había un ronroneante generador que las alimentaba, pero los camiones ya no estaban allí, ni tampoco la gran tienda verde del cuartel general que habían montado a treinta y cinco o cuarenta y cinco metros de la carretera. Una parcela de hierba aplastada señalaba el lugar que había ocupado. Junto a Cox había dos soldados, pero tenían esa expresión de "no estoy para apariciones en horario de máxima audiencia" que Julia asociaba con asesores o agregados. Seguramente la guardia seguía estando por allí, pero debían de haber ordenado a los soldados que retrocedieran, estableciendo el perímetro a una distancia segura para evitar que cualquier pobre gandul que llegara vagando desde el lado de Mill les preguntara qué pasaba.

Primero pide, suplica después, pensó Julia.

—Póngame al día, señorita Shumway —dijo Cox.

—Primero responda a una pregunta.

El coronel puso ojos de exasperación (ella pensó que si hubiese podido llegar hasta él le habría dado un bofetón por esa mirada; todavía tenía los nervios de punta por el susto que se habían dado con la camioneta de camino hacia allí). Pero el hombre le dijo que preguntara lo que quisiera.

—¿Nos han abandonado a nuestra suerte?

—Negativo. En absoluto —respondió sin demora, pero no acababa de mirarla a los ojos.

Julia pensó que aquello era peor señal que el extraño aspecto desértico de lo que se veía al otro lado de la Cúpula: como si allí hubiese habido un circo pero se hubiera marchado.

—Lea esto —dijo, y desplegó la primera plana del periódico del día siguiente contra la superficie invisible de la Cúpula, como una mujer colgando un anuncio de venta en el aparador de una tienda. Sintió en los dedos un cosquilleo leve y fugaz, como la electricidad estática que se siente al tocar metal una fría mañana de invierno, cuando el aire está seco. Después de eso, nada.

El coronel leyó todo el periódico, le pidió que fuera pasando las páginas. Le llevó diez minutos. Cuando hubo terminado, Julia dijo:

—Como seguramente habrá notado, los espacios publicitarios han bajado mucho, pero me felicito porque la calidad de los artículos ha mejorado bastante. Está claro que esta puta mierda ha sacado lo mejor de mí.

—Señorita Shumway...

—Ay, ¿por qué no me tutea? Prácticamente somos viejos amigos.

—Bien, tú eres Julia y yo seré J. C.

—Intentaré no confundirte con aquel otro que caminaba sobre las aguas.

—¿Crees que nuestro querido Rennie se está convirtiendo en un dictador? ¿Una especie de Manuel Noriega del Downeast?

—Es la progresión hacia Pol Pot lo que me preocupa.

—¿Crees que eso es posible?

—Hace dos días esa idea me habría hecho reír: cuando no dirige los plenos de los concejales, se dedica a vender coches usados. Pero hace dos días no habíamos vivido los disturbios de la comida. Tampoco sabíamos lo de esos asesinatos.

—Barbie no haría eso —dijo Rose, sacudiendo la cabeza con obcecado hastío—. Jamás.

Cox no hizo caso de esas palabras; no porque ninguneara a Rose, según le pareció a Julia, sino porque la idea le parecía demasiado ridícula para merecer siquiera atención. Eso hizo que lo mirara con ojos más amables, al menos un poco.

—¿Crees que Rennie ha cometido los asesinatos, Julia?

—He estado pensando sobre eso. Todo lo que ha hecho desde que ha aparecido la Cúpula (desde prohibir la venta de alcohol hasta nombrar jefe de policía a un completo idiota) han sido medidas políticas dirigidas a aumentar su propia influencia.

—¿Estás diciendo que el asesinato no se encuentra en su repertorio?

—No necesariamente. Cuando su mujer falleció, corrieron rumores de que él le había echado una mano. No digo que fuesen ciertos, pero el hecho de que se rumoreara algo así ya dice bastante sobre la imagen que tiene la gente del hombre en cuestión.

Cox gruñó con aquiescencia.

—Pero, por más que lo intento, no veo qué estrategia política puede haber en asesinar y abusar sexualmente de dos adolescentes.

—Barbie jamás haría algo así —volvió a decir Rose.

—Lo mismo sucede con Coggins, aunque ese servicio religioso que tenía (sobre todo la parte de la emisora de radio) cuenta con una dotación económica sospechosamente generosa. Ahora bien, ¿Brenda Perkins? Eso sí que podría haber sido una medida política.

—Y no pueden enviarnos a los marines para detenerlo, ¿verdad? —preguntó Rose—. Lo único que pueden hacer es mirar. Como niños contemplando un acuario donde el pez más grande acapara toda la comida y luego empieza a comerse a los más pequeños.

—Puedo cortar el servicio de telefonía móvil —reflexionó Cox—. También internet. Eso puedo hacerlo.

—La policía tiene *walkie-talkies* —dijo Julia—. Pasarían a ese sistema. Y en la asamblea del jueves por la noche, cuando la gente se queje de que han perdido la comunicación con el mundo exterior, él te echará la culpa.

—Estábamos preparando una rueda de prensa para el viernes. Podría borrarla del mapa.

Julia se quedó helada solo con pensarlo.

—Ni te atrevas. Entonces no tendría que dar explicaciones ante el mundo exterior.

—Además —dijo Rose—, si nos deja sin teléfono y sin internet, nadie podrá contarle a usted ni a nadie más lo que Rennie está haciendo.

Cox guardó silencio un momento, mirando al suelo. Después levantó la cabeza.

—¿Qué hay de ese hipotético generador que mantiene la Cúpula activa? ¿Ha habido suerte?

Julia no estaba segura de querer explicarle a Cox que habían encomendado a un alumno de secundaria la tarea de buscarlo. Pero resultó que no tuvo que decírselo, porque fue entonces cuando se disparó la alarma de incendios del pueblo.

22

Pete Freeman dejó caer la última pila de periódicos junto a la puerta. Después se enderezó, apoyó las manos en la parte baja de la espalda y estiró la columna. Tony Guay oyó el crujido desde la otra punta de la sala.

—Eso ha sonado a que ha tenido que doler.

—Pues no, sienta muy bien.

—Mi mujer ya estará acostada —dijo Tony—, y tengo una botella escondida en el garage. ¿Quieres venir a echar un trago de camino a casa?

—No, creo que me iré… —empezó a decir Pete, y ahí fue cuando la primera botella atravesó el cristal de la ventana. Vio la mecha llameante con el rabillo del ojo y dio un paso hacia atrás. Solo uno, pero ese paso lo salvó de sufrir graves quemaduras, tal vez de arder vivo.

Tanto la ventana como la botella se rompieron. La gasolina se inflamó y ardió formando una manta brillante. Pete se agachó y giró al mismo tiempo. La manta de fuego le pasó volando por encima y prendió una manga de su camisa antes de aterrizar en la alfombra, delante del escritorio de Julia.

—¡¡Qué caraj…!! —empezó a decir Tony, pero entonces otra botella entró con una trayectoria parabólica por el mismo agujero. Esta cayó en el escritorio de Julia y rodó sobre él, esparciendo fuego entre los papeles que había desperdigados por allí y vertiendo más fuego aún en el suelo por la parte de delante. El olor a gasolina ardiendo era intenso y abrasador.

Pete corrió hacia el garrafón de agua fría que había en un rincón mientras se golpeaba la manga de la camisa contra el costado. Levantó el garrafón con torpeza, apoyándolo contra sí, y luego puso la camisa en llamas (sentía el brazo que recubría esa manga como si se lo hubiera quemado tomando el sol) bajo la boca del garrafón.

Otro coctel molotov levantó el vuelo en la noche. Cayó enseguida y se estrelló en la banqueta, donde encendió una pequeña hoguera sobre el cemento. Unos zarcillos de gasolina en llamas fluyeron hasta la alcantarilla y se extinguieron.

—¡Vierte el agua en la alfombra! —gritó Tony—. ¡Viértela antes de que todo arda!

Pete no hacía más que mirarlo, boquiabierto y sin aliento. El garrafón seguía derramando agua en una parte de la alfombra que, por desgracia, no necesitaba humedecerse.

Aunque como reportero de deportes nunca pasaría de informar sobre partidos universitarios, Tony Guay había sido un premiado atleta preparatoriano. Diez años después, sus reflejos seguían prácticamente intactos. Le arrebató a Pete el garrafón del que seguía saliendo agua, y lo sostuvo primero sobre el escritorio de Julia y después sobre las llamas de la alfombra. El fuego ya se estaba extendiendo, pero a lo mejor… si se daba prisa… y si en el pasillo del armario de suministros hubiera uno o dos garrafones más…

—¡Más! —le gritó a Pete, que no dejaba de mirarse como hipnotizado los restos humeantes de la manga de la camisa—. ¡En el pasillo!

Al principio Pete no pareció entenderle, pero de pronto lo captó y salió disparado hacia allí. Tony fue rodeando el escritorio de Julia, vertiendo el último par de vasos de agua sobre las llamas, intentando cerrarles el paso ahí.

Entonces el molotov definitivo entró volando desde la oscuridad, y ese fue el que de verdad hizo daño. Impactó directamente sobre las pilas de periódicos que los dos hombres habían dejado junto a la puerta principal. La gasolina encendida se coló bajo el zócalo de la pared delantera de las oficinas y el fuego saltó hacia arriba. Vista a través de las llamas, Main Street era un espejismo tembloroso. Más allá de ese espejismo, al otro lado de la calle, Tony creyó entrever dos figuras. El creciente calor hacía que pareciera que estaban bailando.

—¡LIBEREN A DALE BARBARA O ESTO NO SERÁ MÁS QUE EL PRINCIPIO! —vociferó una voz amplificada—. ¡SOMOS MUCHOS, Y ACRIBILLAREMOS TODO ESTE PUTO PUEBLO CON BOMBAS INCENDIARIAS! ¡LIBEREN A DALE BARBARA O PAGUEN EL PRECIO!

Tony miró hacia abajo y vio un ardiente arroyo de fuego que corría entre sus pies. No tenía más agua con que apagarlo. El fuego no tardaría en engullir el tapete y empezaría a lamer la vieja madera seca que había debajo. Mientras tanto, toda la parte frontal de las oficinas estaba ya en llamas.

Tony tiró el botellón vacío de agua y dio unos pasos atrás. El calor era intenso; sentía cómo se le estiraba la piel. *Si no fuera por esos condenados periódicos, podría haber…*

Pero ya era demasiado tarde para pensar en lo que "podría haber…" Se giró y vio a Pete, que volvía del pasillo de atrás con otro garrafón de Poland Spring en los brazos, de pie en el umbral. Se le había caído la mayor parte de la manga de la camisa chamuscada y la piel de debajo estaba de un rojo vivo.

—¡Demasiado tarde! —gritó Tony, y, levantando un brazo para protegerse la cara del calor, dio un rodeo para evitar el escritorio de Julia, que ya se había convertido en una columna de llamas que ascendían hasta el techo—. ¡Demasiado tarde, vayamos por detrás!

Pete Freeman no necesitó que se lo gritaran dos veces. Lanzó el botellón al creciente incendio y echó a correr.

Carrie Carver rara vez tenía nada que ver con Gasolina & Alimentación Mill; aunque la pequeña tienda 24 horas había hecho que su marido y ella se ganaran bastante bien la vida durante muchos años, ella consideraba que estaba Por Encima de Todo Eso. Sin embargo, cuando Johnny le propuso que se acercaran con la camioneta para llevarse a casa los alimentos enlatados que quedaban ("para guardarlos", con esa delicadeza lo expresó su marido), ella enseguida estuvo de acuerdo. Y aunque normalmente no le gustaba demasiado trabajar (ver el programa de la juez Judy en la tele era más su estilo), se había ofrecido para ayudarlo. No había estado en el Food City, pero, cuando se había acercado más tarde por allí para inspeccionar los daños con su amiga Leah Anderson, los aparadores destrozados y la sangre que todavía había en la banqueta la habían asustado muchísimo. Esas cosas habían hecho que le diera miedo el futuro.

Johnny sacaba a rastras cajas de sopas, guisados, frijoles y salsas; Carrie las colocaba en la parte de atrás de su Dodge Ram. Habían hecho más o menos la mitad de la tarea cuando vieron fuego calle abajo. Los dos oyeron la voz amplificada. Carrie creyó ver a dos o tres figuras corriendo por la callejuela que había junto a Burpee's, pero no estaba segura. Más adelante sí que lo estaría, y elevaría el número de imprecisas figuras hasta al menos cuatro. Tal vez incluso cinco.

—¿Qué quiere decir eso? —preguntó—. Cariño, ¿qué significa eso?

—Que ese condenado cabrón asesino no está solo —dijo Johnny—. Significa que tiene una banda.

Carrie le había puesto una mano en el brazo y entonces le clavó las uñas. Johnny se zafó de su garra y salió corriendo hacia la comisaría gritando "¡Fuego!" con todas sus fuerzas. En lugar de seguirlo, Carrie Carver continuó cargando la camioneta. El futuro le aterraba más que nunca.

Además de Roger Killian y de los hermanos Bowie, en las gradas del gimnasio de la escuela secundaria había diez nuevos oficiales de lo que había dado en llamarse Fuerza de Seguridad Municipal de Chester's Mill. Gran Jim apenas acababa de empezar su discurso sobre la gran responsabilidad que tenían en sus manos cuando se disparó la alarma de incendios. *El chico se ha adelantado*, pensó. *No puedo confiar en él para salvar mi alma. Nunca he podido, pero ahora está mucho peor.*

—Bueno, muchachos —dijo, dirigiendo su atención hacia el joven Mickey Wardlaw en concreto (¡Dios, vaya fortachón!)—. Tenía mucho más que decir, pero parece que nos espera algo de diversión. Fern Bowie, ¿sabes si tenemos aspersores de agua en el almacén de la estación de bomberos?

Fern dijo que había echado un vistazo en la estación de bomberos esa misma tarde, solo para ver con qué clase de equipo contaban, y que había visto casi una docena de esos aparatos. Y todos ellos llenos, además, lo cual les venía muy bien.

Gran Jim, pensando que el sarcasmo había que reservarlo para gente con suficientes luces como para saber que lo era, dijo que eso quería decir que el buen Dios velaba por todos ellos. También dijo que, si se trataba de algo más que de una falsa alarma, él tomaría el mando de la situación, con Stewart Bowie como segundo de a bordo.

Para que aprendas, bruja fisgona, pensó mientras los nuevos oficiales, todos ellos ansiosos y con los ojos inyectados en sangre, se levantaban de las gradas. *A ver qué te parece ahora meterte en mis asuntos.*

—¿Adónde irás? —preguntó Carter.

Habían ido en su coche (con los faros apagados) hasta el cruce en el que West Street desembocaba en la carretera 117. El edificio que se erguía allí era una gasolinera Texaco que había cerrado en 2007. Estaba cerca de la ciudad pero ofrecía un buen lugar para esconderse, lo cual les resultaba muy conveniente. En el lugar del que venían, la alarma de incendios aullaba como una energúmena y las primeras luces del incendio, de un tono más rosado que naranja, ascendían ya por el cielo.

—¿Eh? —Junior estaba mirando el creciente fulgor. Lo ponía cachondo. Hacía que deseara seguir teniendo novia.

—Te pregunté que adónde irás. Tu padre ha dicho que busquemos una coartada.

—He dejado la unidad Dos detrás de correos —dijo Junior, apartando la mirada del fuego muy a desgana—. Freddy Denton y yo estábamos juntos. Y él dirá que hemos estado juntos. Toda la noche. Puedo librarme. A lo mejor vuelvo por West Street. Iré a ver cómo alza el fuego —profirió una risilla muy aguda, una risilla casi de chica que hizo que Carter lo mirara extrañado.

—No te quedes demasiado tiempo. A los pirómanos siempre los atrapan porque vuelven a contemplar sus incendios. Lo he visto en *Los más buscados*.

—El único que pagará por todo esto va a ser Baaarbie —dijo Junior—. ¿Y tú qué vas a hacer? ¿Adónde irás?

—A casa. Mi madre dirá que he estado allí toda la noche. Le pediré que me cambie el vendaje del hombro… el mordisco del puto perro duele mucho. Me tomaré una aspirina. Después me acercaré al centro, a ayudar con el fuego.

—En el Centro de Salud y en el hospital tienen cosas más fuertes que la aspirina. Y en la farmacia también. Tendríamos que ir a echar un vistazo.

—Claro que sí —dijo Carter.

—O… ¿te gusta el cristal? Creo que puedo conseguir un poco.

—¿Metanfetamina? Yo de eso no me meto. Pero no me importaría tomar un poco de Oxy.

—¡Oxy! —exclamó Junior. ¿Cómo es que nunca se le había ocurrido? Seguramente eso funcionaría mucho mejor para el dolor de cabeza que el Zomig o el Imitrex—. ¡Sí, hermano! ¡Buena idea!

Levantó el puño. Carter lo hizo chocar con el suyo, pero no tenía ninguna intención de ir a drogarse con Junior. El hijo de Gran Jim estaba muy raro.

—Será mejor que te des prisa, Junes.

—Sí, me voy. —Junior abrió la puerta y se alejó, todavía cojeaba un poco.

Carter se sorprendió de lo aliviado que se sintió al ver desaparecer a su amigo.

26

Barbie se despertó con el sonido de la alarma de incendios y vio a Melvin Searles de pie frente a la puerta de su celda. El chico se había bajado la bragueta y sostenía su enorme pene en la mano. Al ver que gozaba de la atención de Barbie, empezó a orinar. Estaba claro que su objetivo era alcanzar el camastro. No acababa de conseguirlo, así que se conformó con dibujar una S de salpicaduras en el suelo de cemento.

—Vamos, Barbie, bebe —dijo—. Debes de tener mucha sed. Está un poco salado, pero qué importa…

—¿Qué se quema?

—Como si no lo supieras —dijo Mel, sonriendo. Todavía estaba pálido (debía de haber perdido bastante sangre), pero tenía el vendaje de la cabeza seco y sin una mancha.

—Haz como si no.

—Tus amigos han incendiado el periódico —dijo Mel, y esta vez su sonrisa le enseñó los dientes. Barbie se dio cuenta de que estaba furioso. Y también asustado—. Intentan asustarnos para que te dejemos salir de aquí. Pero nosotros… no… tenemos… miedo.

—¿Por qué iba a incendiar yo el periódico? ¿Por qué no el ayuntamiento? Y ¿quiénes se supone que son esos amigos míos?

Mel estaba guardándose otra vez el pito bajo los pantalones.

—Mañana no pasarás sed, Barbie. No te preocupes por eso. Tenemos un balde lleno de agua con tu nombre escrito y una esponja a juego.

Barbie permaneció callado.

—¿Viste hacer la técnica del submarino en Iraq? —Mel asintió como si supiera que Barbie lo había visto—. Ahora podrás experimentarlo en primera persona —lo señaló con un dedo por entre los barrotes—. Vamos a descubrir quiénes son tus cómplices, cabrón. Y vamos a descubrir qué has hecho para dejar encerrado a este pueblo. Nadie es capaz de soportar esa mierda del submarino.

Hizo como que se iba, pero de repente volteó de nuevo.

—Y nada de agua dulce, no creas. Salada. A primera hora. Piensa en ello.

Mel se marchó con pasos pesados y la cabeza vendada agachada. Barbie se sentó en el camastro, miró la serpiente que había dibujado en el suelo la orina de Mel, secándose ya, y escuchó la alarma de incendios. Pensó en la chica de la camioneta. La joven rubia que estuvo a punto de llevarlo pero que luego cambió de opinión. Cerró los ojos.

CENIZAS

1

Rusty se encontraba en la calle, frente a la entrada del hospital, viendo cómo se alzaban las llamas en algún lugar de Main Street, cuando empezó a sonar la melodía del teléfono que llevaba sujeto al cinturón. Twitch y Gina estaban con él; la enfermera tomó a Twitch del brazo en un gesto protector. Ginny Tomlinson y Harriet Granelow dormían en la sala de personal. El tipo que se había ofrecido como voluntario, Thurston Marshall, hacía la ronda para repartir la medicación, algo que se le daba sorprendentemente bien. Las luces y todos los aparatos volvían a funcionar y, de momento, la situación parecía estable. Hasta que sonó la alarma de incendios, Rusty había tenido la osadía de sentirse bien.

Vio LINDA en la pantalla del teléfono y contestó:

—¿Cariño? ¿Está todo bien?

—Aquí sí. Las niñas están durmiendo.

—¿Sabes qué se incen…?

—El periódico. Ahora calla y escucha porque voy a desconectar el teléfono dentro de un minuto y medio: no quiero que me llamen y tener que ir a apagar el incendio. Jackie está aquí y cuidará de las niñas. Tienes que reunirte conmigo en la funeraria. Stacey Moggin también irá. Ha pasado antes por aquí y me ha dicho que está con nosotros.

El nombre, aunque familiar, no se asoció de inmediato con una cara en la cabeza de Rusty. Sin embargo, lo que resonó en su interior fue el "está con nosotros". Empezaba a haber bandos, empezaba a haber un "con nosotros" y un "con ellos".

—Lin…

—Nos vemos allí. Dentro de diez minutos. Mientras estén apagando el incendio estaremos a salvo porque los hermanos Bowie forman parte del cuerpo de bomberos voluntarios. Lo dice Stacey.

—¿Cómo han logrado crear un grupo de voluntarios tan ráp…?

—No lo sé y no me importa. ¿Puedes ir?

—Sí.

—Bien. No utilices el estacionamiento lateral. Ve al que se encuentra en la parte trasera, al pequeño —y se cortó la voz.

—¿Qué se incendia? —preguntó Gina—. ¿Lo sabes?

—No —respondió Rusty—. Porque no ha llamado nadie —miró detenidamente a ambos.

Gina no lo comprendió, pero Twitch sí.

—Absolutamente nadie.

—Acabo de irme, probablemente para atender una emergencia, pero no saben adónde. No les dije. ¿De acuerdo?

Gina aún parecía confundida, pero asintió. Porque ahora esa gente era su gente, y no cuestionó ese hecho. ¿Por qué iba a hacerlo? Solo tenía diecisiete años. *Nosotros y ellos*, pensó Rusty. *Es un mal ejemplo, sobre todo para alguien de diecisiete años.*

—A atender una emergencia —repitió la chica—. No sabemos adónde.

—No —Twitch asintió—. Tú saltamontes, nosotros humildes hormigas.

—Tampoco le den mucha importancia —dijo Rusty. Pero era importante, lo sabía. Iba a haber problemas. Gina no era la única menor implicada; Linda y él tenían dos niñas que estaban durmiendo plácidamente y no sabían que papá y mamá zarpaban hacia una tormenta demasiado fuerte para su pequeño bote.

Y aun así…

—Volveré —prometió Rusty con la esperanza de que no fuera una vana ilusión.

2

Sammy Bushey circulaba con el Malibu de los Evans por la calle del Catherine Russell poco después de que Rusty partiera en dirección a la Funeraria Bowie, y ambos se cruzaron en la cuesta del Ayuntamiento.

Twitch y Gina habían regresado junto a los pacientes, y la entrada del hospital estaba desierta, pero Sammy no se detuvo ahí; el hecho de llevar una pistola en el asiento del copiloto la convertía en una chica precavida. (Phil habría dicho "paranoica".) Se dirigió hacia la parte posterior y se estacionó en el espacio reservado para los empleados. Tomó la 45, se la metió en la cintura de los pantalones y la cubrió con la blusa. Cruzó el estacionamiento, se detuvo frente a la puerta de la lavandería y leyó un cartel que decía A PARTIR DEL 1 DE ENERO QUEDA PROHIBIDO FUMAR AQUÍ. Miró la manija de la puerta y supo que si no giraba, cejaría en su empeño. Sería una señal de Dios. Si, por el contrario, la puerta no estaba cerrada con llave…

No lo estaba. Entró, un fantasma pálido y renqueante.

3

Thurston Marshall estaba cansado —exhausto— pero hacía años que no se sentía tan satisfecho. Era, sin duda, una sensación retorcida; Thurston era un profesor titular, había publicado varios libros de poesía y era el editor de una prestigiosa revista literaria. Compartía cama con una mujer preciosa, inteligente y que lo adoraba. Que dar pastillas, aplicar ungüentos y vaciar orinales (por no mencionar que le había limpiado el trasero al hijo de Sammy Bushey hacía una hora) lo hiciera más feliz que todas esas cosas, casi tenía que ser retorcido, y sin embargo era una realidad. Los pasillos del hospital con sus olores a desinfectante y abrillantador lo transportaban a su juventud. Esa noche los recuerdos habían sido muy vívidos, desde el aroma penetrante a esencia de pachulí del departamento de David Perna, a la cinta de cabello con estampado de cachemir que Thurse lució en la ceremonia conmemorativa con velas celebrada en memoria de Bobby Kennedy. Hizo la ronda tarareando "Gran Leg Woman" en voz muy baja.

Echó un vistazo a la sala de personal y vio a la enfermera con la nariz rota y a la guapa ayudante —se llamaba Harriet— dormidas en los catres que habían puesto ahí. El sofá estaba vacío; o aprovecharía para dormir unas cuantas horas en él o regresaría a la casa de

Highland Avenue, que se había convertido en su hogar. Seguramente se decantaría por esta última opción.

Extraños cambios.

Extraño mundo.

Sin embargo, antes pasaría a ver una vez más a los que ya consideraba sus pacientes. No le llevaría demasiado tiempo en ese pequeño hospital. Además, la mayoría de las habitaciones estaban vacías. Bill Allnut, que se había visto obligado a permanecer despierto hasta las nueve debido a la herida que había sufrido en los altercados del Food City, dormía ahora profundamente y roncaba, de lado para aliviar la presión de la larga cortada que tenía en la parte posterior de la cabeza.

Wanda Crumley estaba dos habitaciones más allá. El monitor cardíaco emitía los pitidos normales y la presión sanguínea había mejorado un poco, pero le estaban suministrando cinco litros de oxígeno y Thurse temía que fuera una causa perdida. Pesaba mucho y había fumado mucho. Su marido y su hija menor estaban sentados a su lado. Thurse alzó dos dedos en una V de la victoria (que en sus años mozos había sido el signo de la paz) en dirección a Wendell Crumley; la muchacha sonrió resueltamente y se lo devolvió.

Tansy Freeman, la apendicectomía, estaba leyendo una revista.

—¿Por qué está sonando la sirena de incendios? —le preguntó.

—No lo sé, cielo. ¿Qué tal va el dolor?

—En una escala del uno al diez sería un tres —respondió ella con naturalidad—. Quizá un dos. ¿Podré irme a casa mañana?

—Eso depende del doctor Rusty, pero por lo que veo en mi bola de cristal, diría que sí —y al ver cómo a ella se le iluminaba la cara le entraron ganas de llorar, sin ningún motivo que él pudiera entender.

—La madre del bebé ha vuelto —dijo Tansy—. La he visto pasar.

—Bien —dijo Thurse. El bebé no había dado demasiados problemas. Había llorado una o dos veces, pero se había pasado casi todo el rato durmiendo, comiendo o mirando apáticamente al techo desde su cuna. Se llamaba Walter (Thurse no sabía que el "Little" que aparecía en la tarjeta formaba parte de su nombre), pero Thurston Marshall pensaba en él como El Niño Thorazine.

Entonces abrió la puerta de la habitación 23, la que tenía el cartel amarillo de BEBÉ A BORDO pegado con una ventosa, y vio que la chica —una víctima de violación, le había susurrado al oído Gina— estaba sentada en la silla junto a la cama. Tenía al bebé en el regazo y le daba un biberón.

—¿Se encuentra bien —Thurse miró el otro nombre que había en la tarjeta de la puerta—, señora Bushey?

Lo pronunció *Bouchez*, pero Sammy no se molestó en corregirlo o en decirle que en primaria los niños la llamaban Bushey Pechos Grandes.

—Sí, doctor —respondió.

Thurse tampoco se molestó en corregir el malentendido. Esa dicha no definida, la que llega acompañada de unas lágrimas ocultas, se hizo mayor. Cuando pensaba en lo cerca que había estado de no ofrecerse como voluntario... Si Caro no lo hubiera animado... se habría perdido todo eso.

—El doctor Rusty se alegrará de que haya vuelto. Y Walter también. ¿Necesita algún calmante?

—No —era cierto. Aún le dolían sus partes, sentía punzadas, pero aquello quedaba lejos. Se sentía como si estuviera flotando por encima de sí misma, atada a la tierra por un cordel finísimo.

—Muy bien. Eso significa que está mejorando.

—Sí —respondió Sammy—. Dentro de poco ya estaré bien.

—Cuando haya acabado de darle el biberón, métase en la cama, ¿de acuerdo? El doctor Rusty pasará a verla por la mañana.

—Muy bien.

—Buenas noches, señora Bouchez.

—Buenas noches, doctor.

Thurse cerró la puerta con mucho cuidado y siguió recorriendo el pasillo. Al final se encontraba la habitación de Georgia Roux. Tan solo un vistazo y se iría a dormir.

Tenía los ojos vidriosos pero estaba despierta. El chico que había ido a verla, no. Estaba sentado en una esquina, dormitando en la única silla de la habitación con una revista de deportes en el regazo y las largas piernas estiradas.

Georgia le hizo una seña, y cuando Thurse se inclinó sobre ella, le susurró algo. Como lo hizo en voz baja y apenas le quedaban dientes sanos, solo entendió una palabra o dos. Se acercó un poco más.

—No o 'sperte —aquella voz le recordó a la de Homero Simpson—. Ej e único ca venido a visita'me.

Thurse asintió. Hacía mucho que se habían acabado las horas de visita, por supuesto, y teniendo en cuenta la camisa azul y el arma que llevaba, era probable que al chico le cayera una buena bronca por no acudir a la llamada de la sirena antiincendios, pero aun así, ¿qué daño iba a causar? Un bombero más o menos no supondría una gran diferencia, y si el chico dormía tan profundamente como para no oír la sirena, tampoco sería de gran ayuda de todos modos. Thurse se llevó un dedo a los labios y dedicó un "chis" a la chica para demostrarle que eran cómplices. Ella intentó sonreír, pero hizo una mueca de dolor.

Thurston, sin embargo, no le ofreció ningún calmante; según el historial que había a los pies de la cama, había recibido la dosis máxima y no podía suministrarle más hasta las dos de la madrugada. De modo que salió, cerró la puerta con cuidado y recorrió el pasillo. No se dio cuenta de que la puerta con el cartel de BEBÉ A BORDO estaba entreabierta.

El sofá lo atrajo con sus cantos de sirena cuando pasó por delante, pero Thurston había decidido regresar a la casa de Highland Avenue.

Y ver cómo estaban los niños.

4

Sammy permaneció sentada junto a la cama con Little Walter en el regazo hasta que el nuevo doctor se fue. Entonces besó a su hijo en ambas mejillas y en los labios.

—Pórtate bien —le dijo—. Mamá te verá en el cielo si la dejan entrar. Creo que la dejarán. Ya ha pasado mucho tiempo en el infierno.

Lo dejó en la cuna y abrió el cajón de la mesita de noche. Había guardado la pistola dentro para no clavársela a Little Walter mientras lo tenía en brazos y le daba de comer por última vez. Entonces la sacó.

5

La parte baja de Main Street estaba cortada por dos patrullas estacionadas frente a frente y con las luces encendidas. Una multitud, silenciosa y pacífica, casi triste, se había arremolinado tras ellos, observando la situación.

Horace, el corgi, solía ser un perro silencioso, su repertorio vocal se limitaba a una serie de ladridos para dar la bienvenida a casa y algún que otro ladrido agudo para recordar a Julia que existía y quería que le hiciera caso. Pero cuando Julia se detuvo junto a la Maison des Fleurs, el perro profirió un largo aullido desde el asiento posterior. Julia estiró la mano hacia atrás para acariciarle la cabeza con cariño. Para consolarlo y consolarse.

—Julia, Dios mío —dijo Rose.

Salieron. La intención original de Julia era dejar a Horace en el coche, pero cuando este profirió otro de aquellos aullidos breves y desconsolados, como si supiera lo que había sucedido, como si lo supiera de verdad, ella metió la mano bajo el asiento del acompañante, tomó la correa, abrió la puerta para que saliera, y sujetó la correa al collar. Antes de cerrar la puerta, tomó su cámara personal, una Casio de bolsillo, del compartimento que había junto al asiento. Horace se abrió paso entre la muchedumbre de transeúntes que había en la banqueta; tiraba de la correa.

El primo de Piper Libby, Rupe, un policía a tiempo parcial que había llegado a Chester's Mill cinco años antes, intentó detenerlas.

—Nadie puede pasar a partir de aquí, señoras.

—Es mi casa —dijo Julia—. Arriba se encuentran todas mis posesiones, ropa, libros, objetos personales, todo. Abajo está el periódico que fundó mi bisabuelo. En más de ciento veinte años solo ha faltado a su cita con los lectores en cuatro ocasiones. Y ahora va a quedar reducido a cenizas. Si quieres evitar que vea de cerca cómo sucede, vas a tener que dispararme.

Rupe parecía inseguro, pero cuando Julia echó a caminar de nuevo (seguida de Horace, que miró al hombre calvo con recelo), el policía se hizo a un lado. Aunque solo momentáneamente.

—Usted no —le ordenó a Rose.

—Yo, sí. A menos que quieras que te eche laxante en el próximo chocolate frapé que pidas.

—Señora... Rose... Tengo que obedecer órdenes.

—Al diablo con esas órdenes —exclamó Julia, con un tono más cansado que desafiante. Tomó a Rose del brazo y la arrastró por la banqueta. No se detuvo hasta que sintió que el calor le abrasaba la cara.

El *Democrat* era un infierno. La docena de policías presentes ni siquiera intentaban sofocarlo, a pesar de que tenían aspersores (algunos todavía lucían las calcas que Julia podía leer fácilmente a la luz de las llamas: ¡OTRO PRODUCTO ESPECIAL DE LAS REBAJAS DE BURPEE!) y estaban mojando la farmacia y la librería. Dada la ausencia de viento, Julia pensó que podrían salvar ambas tiendas... Y de ese modo el resto de los negocios del lado este de Main Street.

—Es fantástico que hayan aparecido tan rápido —dijo Rose.

Julia no abrió la boca, se limitó a observar las llamas, que se alzaban en la oscuridad y ocultaban las estrellas de color rosa. Estaba demasiado aturdida para llorar.

Todo, pensó. *Todo.*

Entonces recordó el paquete de periódicos que había guardado en la cajuela antes de partir para reunirse con Cox y se corrigió: *Casi todo.*

Pete Freeman se abrió camino entre los policías que estaban sofocando el incendio que afectaba a la fachada norte de la farmacia de Sanders. Las lágrimas habían logrado abrir unos surcos limpios en aquel rostro sucio de hollín.

—¡Lo siento mucho, Julia! —el hombre estaba al borde del llanto—. Casi lo habíamos controlado... Lo habríamos conseguido... pero entonces la última... la última botella que lanzaron esos cabrones impactó en los periódicos que había junto a la puerta y... —se limpió la cara con la manga de la camisa y se embadurnó de hollín—. ¡Lo siento muchísimo!

Julia lo recibió como si Pete fuera un bebé, aunque medía quince centímetros más y pesaba cuarenta y cinco kilos más que ella. Lo estrechó contra sí poniendo cuidado en no lastimarle más el brazo herido, y le preguntó:

—¿Qué ha pasado?

—Cocteles molotov —respondió Pete, entre sollozos—. Ese cabrón de Barbara.

—Está tras las rejas, Pete.

—¡Sus amigos! ¡Han sido sus malditos amigos! ¡Lo han hecho ellos!

—¡¿Cómo?! ¿Los has visto?

—Los he oído —contestó, y dio un paso atrás para mirarla—. Habría sido muy difícil no oírlos. Tenían un megáfono. Decían que si Dale Barbara no era liberado, quemarían todo el pueblo —sonrió con amargura—. ¿Liberarlo? Deberíamos colgarlo. Denme una soga y lo haré yo mismo.

Gran Jim se acercó caminando. Las llamas le teñían de naranja las mejillas. Sus ojos resplandecían. Lucía una sonrisa tan grande que casi llegaba, literalmente, de oreja a oreja.

—¿Qué te parece ahora tu amigo Barbie, Julia?

Julia se acercó a Gran Jim, y debió de hacerlo con una expresión extraña, porque Rennie retrocedió un paso, como si le diera miedo que le soltara un puñetazo.

—Esto no tiene sentido. Ninguno. Y lo sabes.

—Oh, yo creo que sí. Si eres capaz de aceptar la idea de que Dale Barbara y sus amigos fueron los responsables de la aparición de la Cúpula, creo que tiene mucho sentido. Fue un atentado terrorista, simple y llanamente.

—Y un carajo. Yo estaba de su lado, lo que significa que el periódico también. Él lo sabía.

—Pero esos chicos dijeron… —intentó decir Pete.

—Sí —lo interrumpió ella, sin mirarlo. Tenía los ojos clavados en el rostro de Rennie, iluminado por las llamas—. Esos chicos dijeron, esos chicos dijeron, ¿pero quién demonios son esos chicos? Pregúntate eso, Pete. Pregúntate esto: si no fue Barbie, que no tenía ningún motivo, ¿quién tenía alguna razón para hacer algo así? ¿Quién se beneficia de que Julia Shumway se vea obligada a cerrar la boca y dejar de dar problemas?

Gran Jim se volteó y se dirigió hacia dos de los nuevos oficiales de policía, solo identificables como tal por los pañuelos azules que llevaban atados alrededor de los bíceps. Uno era un muchacho enorme y alto con cara de ser poco más que un niño a pesar de su tamaño. El otro solo podía ser un Killian; esa cabeza con forma de pepino era tan característica como un sello conmemorativo.

—Mickey, Richie. Saquen a estas dos mujeres de la escena.

Horace estaba agazapado, gruñendo a Gran Jim, que le lanzó una mirada desdeñosa.

—Y si no se van por propia voluntad, tienen permiso para someterlas contra el cofre de la patrulla más cercano.

—Esto no ha acabado —dijo Julia señalándolo con un dedo. Estaba empezando a llorar, pero eran unas lágrimas demasiado exaltadas para ser de dolor—. Esto no ha acabado, hijo de puta.

La sonrisa de Gran Jim apareció de nuevo. Tan reluciente como la cera con la que abrillantaba su Hummer. Y tan oscura.

—Sí que ha acabado —replicó él—. Tema zanjado.

6

Gran Jim regresó al incendio —quería verlo hasta que solo quedara un montón de cenizas del periódico de esa entrometida— y tragó una bocanada de humo. De repente se le detuvo el corazón y el mundo se difuminó frente a él, como si fuera un efecto especial. Luego empezó a latir de nuevo, pero de un modo irregular que lo hizo jadear. Se dio un puñetazo en el lado izquierdo del pecho y tosió con fuerza, una solución rápida para las arritmias que le había enseñado el doctor Haskell.

Al principio el corazón continuó con su galope irregular (latido… pausa… latido… pausa), pero entonces recuperó el ritmo normal. Por un instante lo vio recubierto de un denso glóbulo de grasa amarilla, como un órgano que ha sido enterrado vivo y lucha por liberarse antes de que se le acabe todo el aire. Sin embargo, borró esa imagen de su cabeza rápidamente.

Estoy bien. Trabajo demasiado. No es nada que no puedan curar siete horas de sueño.

El jefe Randolph se le acercó con un aspersor sujeto a su ancha espalda. Tenía la cara empapada en sudor.

—¿Jim? ¿Estás bien?

—Sí —respondió Gran Jim. Y lo estaba. Lo estaba. Se encontraba en la cúspide de la vida, era el momento ideal para alcanzar la grandeza, un hito que siempre se había considerado capaz de lograr. No pensaba permitir que unos problemillas de corazón se lo impidieran—. Solo estoy cansado. Llevo todo el día de un lado para otro, sin parar.

—Vete a casa —le aconsejó Randolph—. Nunca creí que llegaría a dar gracias a Dios por la Cúpula, y no voy a hacerlo ahora, pero como mínimo funciona como barrera contra el viento. Todo saldrá bien. He enviado a unos cuantos hombres al tejado de la farmacia y de la librería por si salta alguna chispa, así que puedes...

—¿A qué hombres? —el corazón se estaba calmando, calmando. Bien.

—A Henry Morrison y a Toby Whelan a la librería. A Georgie Frederick y a uno de los chicos nuevos al de la farmacia. Uno de los hijos de Killian, creo. Rommie Burpee se ha ofrecido como voluntario para subir con ellos.

—¿Tienes el *walkie*?

—Claro que sí.

—¿Y Frederick tiene el suyo?

—Todos los oficiales originales lo tienen.

—Pues dile a Frederick que no le quite el ojo de encima a Burpee.

—¿A Rommie? ¿Por qué, por el amor de Dios?

—No confío en él. Podría ser amigo de Barbara —aunque no era Barbara quien preocupaba a Gran Jim en lo referente a Burpee. Romeo había sido amigo de Brenda, y era un tipo listo.

Randolph tenía la cara sudorosa surcada de arrugas.

—¿Cuántos crees que son? ¿Cuántos están del lado del hijo de puta?

Gran Jim meneó la cabeza.

—Es difícil de decir, Pete, pero esto es más grande de lo que creemos. Deben de haberlo estado planeando desde hace mucho tiempo. No podemos fijarnos solo en los recién llegados al pueblo y decir que tienen que ser ellos. Algunas de las personas involucradas podrían llevar aquí años. Décadas, incluso. Deben de haberse infiltrado entre nosotros.

—Cielos. Pero ¿por qué, Jim? ¿Por qué, por el amor de Dios?

—No lo sé. Para hacer pruebas, quizá, y utilizarnos como conejillos de Indias. O quizá es un plan de los de arriba. No me extrañaría que al bravucón de la Casa Blanca se le ocurriera algo así. Lo que importa es que vamos a tener que reforzar la seguridad y vigilar muy de cerca a los mentirosos que intenten socavar nuestros esfuerzos para mantener el orden.

—¿Crees que ella…? —señaló con la cabeza a Julia, que estaba viendo cómo ardía su negocio con su perro sentado a su lado jadeando a causa del calor.

—No estoy seguro, pero después de ver cómo se ha comportado esta tarde… Cómo ha entrado en la comisaría gritando que quería verlo… ¿Qué te dice eso?

—Sí —admitió Randolph. Lanzó hacia Julia una mirada de recelo—. Y luego ha quemado su propia casa. No hay coartada mejor que esa.

Gran Jim lo señaló con un dedo, como diciendo "Ahí podrías haber dado en el blanco".

—Tengo que ponerme en marcha. Debo llamar a George Frederick y decirle que vigile de cerca a Lewiston Canuck.

—De acuerdo —Randolph tomó el *walkie-talkie*.

Detrás de ellos Fernald Bowie gritó:

—¡El tejado se desploma! ¡Los de la calle, apártense! ¡Los que están en el techo de los otros edificios, atentos, atentos!

Con una mano en la puerta de su Hummer, Gran Jim observó cómo se desplomaba el tejado del *Democrat*, que lanzó una lluvia de chispas al cielo negro. Los hombres apostados en los edificios adyacentes comprobaron que los aspersores de sus compañeros estuvieran bien cebados, y permanecieron en posición de descanso, esperando a que saltaran las chispas, dispuestos a rociarlas con agua.

La expresión del rostro de Julia Shumway cuando se derrumbó el tejado del *Democrat* hizo más bien al corazón de Gran Jim que todas las condenadas medicinas y los marcapasos del mundo. Durante años había tenido que aguantar sus invectivas semanales, y aunque nunca habría admitido que aquella mujer le daba miedo, no cabía duda de que había logrado hacerlo enfadar.

Pero mírala ahora, pensó Gran Jim. *Parece como si hubiera regresado a casa y hubiera encontrado a su madre muerta en el baño.*

—Tienes mejor aspecto —dijo Randolph—. Te volvió el color a la cara.

—Me siento mejor —admitió Gran Jim—. Pero aun así iré a casa, a dormir un poco.

—Buena idea —dijo Randolph—. Te necesitamos, amigo mío. Ahora más que nunca. Y si la Cúpula no desaparece… —movió la cabeza sin dejar de mirar a Gran Jim con sus ojos de basset hound—. No sé cómo nos las arreglaríamos sin ti, digámoslo así. Quiero a Andy Sanders como si fuera un hermano, pero no tiene mucho cerebro, que digamos. Y Andrea Grinnell es poco más que un cero a la izquierda desde que se lastimó la espalda. Eres el pegamento que mantiene unido a Chester's Mill.

Esas palabras conmovieron a Gran Jim. Tomó a Randolph del brazo y se lo apretó.

—Daría mi vida por este pueblo. Imagínate cuánto lo quiero.

—Lo sé. Yo también. Y nadie va a robárnoslo.

—Bien dicho —sentenció Gran Jim.

Puso el coche en marcha y se subió a la banqueta para sortear el control policial que habían puesto en el extremo norte de la zona comercial. El corazón volvía a latirle con normalidad (bueno, casi), pero aun así estaba preocupado. Tendría que ir a ver a Everett, y la idea no le gustaba; Rusty era otro entrometido con ganas de causar problemas en un entrometido en el que el pueblo tenía que mantenerse unido. Además, no era médico. Gran Jim casi se sentiría más cómodo confiándole sus problemas médicos a un veterinario, pero no había ninguno en el pueblo. Así pues, no le cabía más que esperar que si necesitaba un medicamento, algo que le regulara el ritmo cardíaco, Everett supiera cuál era el más adecuado.

Bueno, pensó, *me dé lo que me dé, siempre puedo consultárselo a Andy.*

Sí, pero no era ese el mayor problema que lo acuciaba. Se trataba de otra cosa que había dicho Pete: "Y si la Cúpula no desaparece…"

A Gran Jim no le preocupaba eso. Sino lo contrario. Si la Cúpula desaparecía (es decir, si desaparecía demasiado pronto), estaría metido en un buen problema aunque no se descubriera el laboratorio de anfetaminas. Con seguridad habría más de un condenado que cuestionaría sus decisiones. Una de las reglas de la vida política que había abrazado desde siempre era "Los que pueden, lo hacen; los que no pueden, cuestionan las decisiones de los que pueden". Quizá no entenderían que todo lo que había hecho u ordenado hacer, incluso el lanzamiento de piedras del supermercado esa misma mañana, había sido por el bien del pueblo. Los amigos de Barbara de fuera mostrarían cierta tendencia a buscar el malentendido, porque no querrían entender nada. El hecho de que ese Barbara tenía amigos fuera, y muy poderosos, era algo que Gran Jim no había cuestionado desde que había visto la carta del presidente. Pero de momento no podían hacer nada. Situación que Rennie pretendía que se alargara durante unas cuantas semanas más. Tal vez un mes o dos.

Lo cierto era que le gustaba la Cúpula.

No como algo a largo plazo, por supuesto, pero ¿hasta que hubieran redistribuido el gas combustible de la emisora de radio? ¿Hasta que hubieran desmontado el laboratorio y hubieran reducido a cenizas el granero que lo había albergado (otro crimen que podrían imputar a los compañeros de conspiración de Barbara)? ¿Hasta que Barbara pudiera ser juzgado y ejecutado por el pelotón de fusilamiento de la policía? ¿Hasta que las culpas por el modo en que se había actuado durante la crisis pudieran repartirse entre el máximo número posible de personas, y todo el mérito recayera en una única persona, a saber, él mismo?

Hasta entonces la Cúpula estaba bien donde estaba.

Gran Jim decidió que se arrodillaría y rezaría por todo ello antes de acostarse.

7

Sammy avanzó cojeando por el pasillo del hospital. Miraba los nombres de las puertas y echaba un vistazo en el interior de las habitaciones sin nombre para asegurarse de que no había nadie dentro. Empezaba a preocuparle que esa perra no estuviera allí, cuando llegó a la última y vio una postal que le deseaba una rápida mejoría clavada con una tachuela. El dibujo de un perro decía "Me han dicho que no te sientes muy bien".

Sammy sacó la pistola de Jack Evans de los pantalones (que ahora le quedaban un poco flojos, por fin había logrado adelgazar, más vale tarde que nunca) y usó el cañón de la automática para abrir la postal. En el interior, el perro se estaba lamiendo las partes y decía: "¿Necesitas una limpieza de bajos?" Estaba firmada por Mel, Jim Jr., Carter y Frank, y era exactamente el tipo de mensaje de buen gusto que Sammy habría esperado de ellos.

Abrió la puerta con el cañón del arma. Georgia no estaba sola, hecho que no alteró la profunda calma que Sammy sentía, la sensación de paz casi alcanzada. La situación podría haber sido distinta si el hombre que dormía en el rincón hubiera sido un inocente, el padre o el tío de la muy perra, por ejemplo, pero se trataba de Frankie Mano Larga. El primero que la había violado, el que le había dicho que debía aprender a tener la boca cerrada excepto cuando estaba de rodillas. El hecho de que estuviera durmiendo no cambiaba nada. Porque los chicos como él siempre despertaban y empezaban de nuevo con sus tonterías.

Georgia no estaba dormida; tenía demasiado dolor, y el melenudo que había ido a verla no le había ofrecido más drogas. Vio a Sammy y abrió los ojos como platos.

—Tú... —dijo—. Zal d'aquí.

Sammy sonrió.

—Hablas como Homero Simpson —le dijo.

Georgia vio la pistola y abrió más los ojos. Abrió la boca, sin apenas un diente, y gritó.

Sammy siguió sonriendo. Era una sonrisa que cada vez se hacía más y más grande. El grito sonó como música para sus oídos y fue un bálsamo para sus heridas.

—Cógete a esa perra —dijo—. ¿Verdad, Georgia? ¿No es eso lo que dijiste, puta desalmada?

Frank despertó y miró alrededor desconcertado y con los ojos desorbitados. Había movido el trasero hasta el borde de la silla, y cuando Georgia gritó de nuevo, dio un respingo y cayó al suelo. Llevaba un arma en el cinturón, como todos, y se llevó la mano a la pistola.

—Baja el arma, Sammy, bájala, aquí somos todos amigos, seamos amigos.

Sammy respondió:

—Deberías mantener la boca cerrada excepto cuando estás de rodillas, tragándote el pito de tu amigo Junior —entonces apretó el gatillo de la Springfield. La detonación de la automática sacudió la pequeña habitación. El primer disparo pasó por encima de la cabeza de Frankie e hizo añicos la ventana. Georgia gritó de nuevo.

Estaba intentando bajar de la cama y se había arrancado la vía intravenosa y los cables de los monitores. Sammy le dio un empujón y cayó de espaldas.

Frankie aún no había sacado la pistola. Atenazado por el miedo y la confusión, estaba tirando de la funda en lugar de del arma, y solo logró levantarse el cinturón por el lado derecho. Sammy dio dos pasos hacia él, agarró la pistola con ambas manos, como había visto en la televisión, y disparó de nuevo. El lado izquierdo de la cabeza de Frankie estalló. Un fragmento de cuero cabelludo impactó en la pared y se quedó pegado allí. Se llevó la mano a la herida. La sangre empezó a manar entre los dedos. Entonces desapareció la mano, que se hundió en la esponja supurante donde había estado su cráneo.

—¡Detente! —gritó con los ojos fuera de las órbitas y llenos de lágrimas—. ¡No, detente! ¡No me lastimes! —y entonces—: ¡Mamá! ¡Maaaami!

—Tranquilo, tu mami no te educó muy bien —dijo Sammy, y le disparó de nuevo, esta vez en el pecho. Frankie se estampó contra la pared. Apartó la mano de la cabeza y la dejó caer al suelo; salpicó en el charco de sangre que había empezado a formarse. Le estalló un tiro por tercera vez, este en el órgano con el que la había herido. Entonces giró hacia Georgia.

La chica estaba hecha un ovillo. El monitor que había encima de ella pitaba sin parar, probablemente porque se había arrancado los cables. El cabello le tapaba los ojos. Georgia gritaba y gritaba.

—¿No es eso lo que dijiste? —preguntó Sammy—. Cógete a esa perra, ¿verdad?

—¡Lo hiento!

—¿Qué?

Georgia lo intentó de nuevo.

—¡Lo hiento! ¡Lo hiento, Hammy! —y, entonces, el *summum* de lo absurdo—: ¡Lo 'etiro!

—No puedes —Sammy disparó a Georgia en la cara y luego en el cuello. La chica salió despedida hacia atrás como Frankie, y se quedó quieta.

Sammy oyó ruido de pasos y gritos en el pasillo. También gritos somnolientos de preocupación en algunas de las habitaciones. Sentía causar ese alboroto, pero en ocasiones no había otra elección.

En ocasiones había que hacer las cosas. Y una vez hechas, llegaba la paz.

Se llevó la pistola a la sien.

—Te quiero, Little Walter. Mamá quiere a su niño.

Y apretó el gatillo.

8

Rusty tomó West Street para sortear el incendio, y luego regresó a Main Street en el cruce con la 117. La Funeraria Bowie estaba a oscuras salvo por unas velas eléctricas que había en el aparador. Se dirigió a la parte de atrás, al estacionamiento pequeño, tal como le había pedido su mujer, y se detuvo junto a la carroza fúnebre Cadillac, largo y gris. En algún lugar no muy lejos de allí, sonaba el martilleo de un generador.

Estaba a punto de poner la mano en la manija de la puerta cuando sonó su teléfono. Lo apagó sin mirar quién podía llamarle, y cuando alzó la vista de nuevo, había un policía junto a la ventana. Un policía que había desenfundado la pistola.

Era una mujer. Cuando esta se inclinó, Rusty vio una cascada de cabello rubio ensortijado, y por fin apareció la cara asociada al nombre que su mujer había mencionado. La telefonista y recepcionista de la policía durante el turno de día. Rusty dio por sentado que la habían obligado a pasarse a jornada completa el día de la Cúpula o justo después. También dio por sentado que ella misma se había asignado la misión que tenía entre manos en ese momento.

La policía guardó la pistola.

—Ey, doctor Rusty. Soy Stacey Moggin. Me curó una urticaria hace… ¿dos años? Ya sabe, en el… —se dio unas palmadas en el trasero.

—Lo recuerdo. Me alegra verla con los pantalones puestos, señora Moggin.

Rio del mismo modo en que hablaba: en voz baja.

—Espero no haberlo asustado.

—Un poco. Estaba apagando el teléfono, y entonces apareció usted.

—Lo siento. Entre, Linda ya está esperando. No tenemos mucho tiempo. Me quedaré montando guardia. Le haré un doble clic a Lin por el *walkie* si viene alguien. Si son los Bowie, dejarán el coche en el estacionamiento lateral, por lo que podremos salir por East Street sin que nos vean —ladeó la cabeza y sonrió—. Bueno... quizá peco de optimista, pero al menos no podrán identificarnos. Si tenemos suerte.

Rusty la siguió, se orientaba por los destellos de su melena.

—¿Has forzado la cerradura, Stacey?

—No, por Dios. Había una llave en la comisaría. La mayoría de las tiendas de Main Street nos dan una copia.

—¿Y por qué te has metido en esto?

—Porque la gente se ha dejado arrastrar por un montón de estupideces fruto del miedo. Duke Perkins habría puesto fin a todo esto mucho antes. Ahora, venga. Y hágalo rápido.

—Eso no puedo prometértelo. De hecho, no puedo prometerte nada. No soy patólogo.

—Pues tan rápido como pueda.

Rusty la siguió al interior. Un instante después, Linda lo rodeaba con sus brazos.

9

Harriet Granelow gritó dos veces y se desmayó. Gina Buffalino se quedó mirando la escena con la mirada vidriosa a causa del impacto.

—Saquen a Gina de aquí —ordenó Thurse. Había llegado al estacionamiento, oyó los disparos y regresó corriendo. Y encontró eso. Esa masacre.

Ginny le puso un brazo alrededor de los hombros a Gina y la acompañó al pasillo, donde se encontraban los pacientes ambulatorios, entre ellos Bill Allnut y Tansy Freeman, con los ojos desorbitados y aterrorizados.

—Sácala de aquí —le dijo Thurse a Twitch, señalando a Harriet—. Y bájale la falda, que la chica no pierda la dignidad.

Twitch obedeció. Cuando Ginny y él regresaron a la habitación, Thurse estaba arrodillado junto al cuerpo de Frank DeLesseps, que había muerto porque había ido a cuidar de Georgia en lugar de su novio y se había pasado las horas de visita. Thurse había tapado a Georgia con una sábana en la que habían empezado a florecer amapolas de sangre.

—¿Hay algo que podamos hacer, doctor? —preguntó Ginny. Sabía que no era médico, pero estaba tan alterada que le salió de forma automática. Estaba mirando el cuerpo tendido de Frank y se tapó la boca con la mano.

—Sí —Thurse se levantó y sus rodillas huesudas crujieron como dos pistolas—. Llamen a la policía. Esto es la escena de un crimen.

—Todos los que se encuentren de servicio estarán sofocando el incendio —dijo Twitch—. Y los que no estén allí, irán de camino o estarán durmiendo con el teléfono desconectado.

—Pues llamen a quien sea, por el amor de Dios, y averigüen si se supone que debemos hacer algo antes de limpiar este desastre. Tomen fotografías, o yo qué sé. Tampoco es que haya muchas dudas acerca de lo ocurrido. Discúlpenme un minuto, voy a vomitar.

Ginny se apartó para que Thurston pudiera entrar en el minúsculo baño de la habitación. Cerró la puerta, pero aun así se oyó perfectamente el sonido de sus arcadas, el sonido de un motor en plena aceleración pero atascado debido a la suciedad.

Ginny notó una leve sensación de mareo que pareció elevarla de forma liviana. Logró contenerla y, cuando miró a Twitch, este estaba cerrando el teléfono.

—Rusty no contestó —dijo—. Le dejé un mensaje de voz. ¿Alguien más? ¿Rennie?

—¡No! —casi se estremeció—. Él no.

—¿Mi hermana? Me refiero a Andi.

Ginny se le quedó mirando.

Twitch aguantó la mirada pero acabó agachando la cabeza.

—Tal vez no —murmuró.

Ginny le tocó el brazo, junto a la muñeca. Twitch tenía la piel fría. Pero imaginaba que ella también.

—Si te sirve de consuelo —dijo Ginny—, creo que está intentando desengancharse. Vino a ver a Rusty, y estoy casi segura que fue por eso.

Twitch se pasó las manos por ambos lados de la cara y por un instante la convirtió en una máscara de dolor de una ópera bufa.

—Esto es una pesadilla.

—Sí —se limitó a admitir Ginny. Entonces sacó su teléfono de nuevo.

—¿A quién vas a llamar? —Twitch logró esbozar una sonrisa—. ¿A los Cazafantasmas?

—No. Si Andi y Gran Jim están descartados, ¿quién nos queda?

—Sanders, pero es un puto inútil y lo sabes. ¿Por qué no limpiamos todo esto y ya está? Thurston tiene razón, es obvio lo que ha ocurrido aquí.

Thurston salió del baño. Se estaba limpiando la boca con una toalla de papel.

—Porque existen ciertas reglas, jovencito. Y teniendo en cuenta las actuales circunstancias, es más importante que nunca que las sigamos. O, como mínimo, que pongamos todo nuestro empeño en ello.

Twitch alzó la cabeza y vio el cerebro de Sammy Bushey en lo alto de una pared, secándose. Lo que la chica había utilizado para pensar parecía ahora un coágulo de granos de avena. Rompió a llorar.

10

Andy Sanders estaba sentado en el departamento de Dale Barbara, en un lado de la cama. La ventana estaba teñida del resplandor naranja de las llamas del edificio del *Democrat*, que se encontraba al lado. Por encima de él oyó pasos y voces amortiguadas; supuso que había hombres en el tejado.

Andy había subido por la escalera interior desde la farmacia. Abrió la bolsa parda y sacó el contenido: un vaso, una botella de agua Dasani y un frasco de pastillas: OxyContin. La etiqueta decía PARA A. GRINNELL. Eran rosa y había unas veinte. Sacó unas cuantas, las contó, y sacó más. Veinte. Cuatrocientos miligramos. Tal vez no serían suficientes para matar a Andrea, que había logrado desarrollar cierta tolerancia, pero estaba convencido de que bastarían para él.

El calor del incendio del edificio de al lado atravesaba la pared. Estaba empapado en sudor. Debía de estar cuando menos a cuarenta grados. Quizá más. Se secó la cara con la colcha.

No tendré que aguantarlo mucho más. En el cielo soplará una brisa agradable y todos cenaremos juntos a la mesa del Señor.

Usó el fondo del vaso para machacar las pastillas y asegurarse de que todas causaban efecto al mismo tiempo. Como un martillazo en la cabeza de un buey. Solo tenía que recostarse en la cama, cerrar los ojos, y luego buenas noches, dulce farmacéutico, que un coro de ángeles te acompañe hacia el descanso celestial.

Yo... y Claudie... y Dodee. Juntos para la eternidad.

No lo creo, hermano.

Era la voz de Coggins, en su tono más sombrío y declamatorio. Andy hizo una pausa en el proceso de machacado de las pastillas.

Los suicidas no cenan con sus seres amados, amigo mío; van al infierno y cenan brasas ardientes que queman eternamente en su estómago. ¿Vas a decir "aleluya" ahora? ¿Vas a decir "amén"?

—Sandeces —susurró Andy, que siguió moliendo las pastillas—. Tú enseguida corriste a meter el hocico en el comedero, como todos nosotros. ¿Por qué iba a creerte?

Porque digo la verdad. Tu mujer y tu hija te están mirando ahora mismo, suplicándote que no lo hagas. ¿Acaso no las oyes?

—No —respondió Andy—. Y eso tampoco eres tú. Es una parte de mi mente que se comporta con cobardía. Ha intentado dirigirme toda la vida. Así es como Gran Jim se adueñó de mi voluntad. Así es como me metí en este lío de las anfetaminas. No necesitaba el dinero, ni siquiera soy capaz de asimilar semejantes cantidades de dinero, pero no sabía cómo decir no. Pero ahora puedo decirlo. No, señor. No me queda nada por lo que vivir, y quiero irme. ¿Tienes algo que decir al respecto?

Parecía que Lester Coggins se había quedado sin palabras. Andy acabó de reducir las pastillas a polvo y llenó el vaso de agua. Vertió el polvo rosa en el vaso usando el costado de la mano y luego lo revolvió todo con el dedo. Lo único que se oía eran las llamas y los gritos amortiguados de los hombres que intentaban extinguirlas desde arriba, el bum-bum-bum de los hombres que caminaban por el tejado.

—De un trago —dijo... pero no bebió.

Tenía la mano en el vaso, sin embargo esa parte cobarde de su ser, esa parte que no quería morir a pesar de que no le quedaba nada importante por lo que vivir, fue incapaz de moverlo.

—No, esta vez no vas a ganar —dijo, pero soltó el vaso para poder secarse con la colcha el sudor que le corría por la cara—. No ganas siempre, y no vas a ganar ahora.

Se llevó el vaso a los labios. Una dulce promesa de olvido flotaba en su interior. Pero volvió a dejarlo en la mesita de noche.

Esa parte cobarde aún lo dominaba. Maldita fuera.

—Envíame una señal, Señor —susurró—. Envíame una señal para que sepa que puedo beber esto. Aunque solo sea porque es la única forma que tengo de salir de este pueblo.

En el edificio de al lado, el tejado del *Democrat* se vino abajo con una lluvia de chispas. Por encima de él, alguien —parecía Romeo Burpee— gritó:

—¡Estén listos, chicos, preparados, maldición!

"Estén listos." Esa era la señal, sin duda. Andy Sanders levantó el vaso de la muerte de nuevo, y esta vez la parte cobarde de su ser no se lo pudo impedir. La parte cobarde parecía haberse rendido.

En su bolsillo, su teléfono hizo sonar las primeras notas de "You're Beautiful", una mierda de canción sentimental que había elegido Claudie. Por un instante estuvo a punto de beber el contenido del vaso, pero entonces una voz le susurró que aquello también podía ser una señal. No sabía si era la voz de su parte cobarde, o la de Coggins, o la de su corazón. Y puesto que no lo sabía, contestó a la llamada.

—¿Señor Sanders? —era la voz de una mujer, cansada, desdichada y asustada. Andy la identificó—. Soy Virginia Tomlinson, del hospital.

—¡Ginny, claro! —exclamó con su habitual tono alegre y servicial. Era muy raro.

—Me temo que tenemos un problema. ¿Puede venir?

La luz logró atravesar la confusa oscuridad de la cabeza de Andy. Lo llenó de sorpresa y gratitud. Alguien le había preguntado "¿Puede venir?". ¿Había olvidado lo bien que le hacían sentir esas cosas? Supuso que sí, pero ese era el motivo que lo había impulsado a presentarse al cargo de concejal en primera instancia. Ese y no el mero hecho de poseer cierto poder; aquello era cosa de Gran Jim. Tan solo quería echar una mano. Así era como había empezado; y quizá como iba a acabar.

—¿Señor Sanders? ¿Está ahí?

—Sí. Tranquila, Ginny. Llego enseguida —hizo una pausa—. Y no me llames señor Sanders. Soy Andy. Esto nos afecta a todos, lo sabes.

Colgó, llevó el vaso al baño y tiró el contenido al retrete. La buena sensación que lo había embargado, la sensación de luz y asombro, duró hasta que tiró de la cadena. Entonces la depresión cayó sobre él como un abrigo viejo y maloliente. ¿Lo necesitaban? Era muy extraño. No era más que el viejo y estúpido Andy Sanders, el títere cuyos hilos movía Gran Jim. El portavoz. La marioneta. El hombre que leía las mociones y propuestas de Gran Jim como si fueran suyas. El hombre que era útil cada dos años, más o menos, para hacer campaña y hacer gala de su encanto sureño. Algo que Gran Jim era incapaz de hacer o no estaba dispuesto.

Había más pastillas en el frasco. Había más Dasani en el refrigerador de abajo. Pero Andy no meditó en serio sobre esa posibilidad; le había hecho una promesa a Ginny Tomlinson, y era un hombre de palabra. Sin embargo, no había descartado el suicidio, tan solo lo había postergado. Lo había pospuesto, tal como se decía en el mundillo de la política local. Y más le valía salir de esa habitación que a punto había estado de convertirse en su cámara mortuoria.

Estaba empezando a llenarse de humo.

11

La sala de trabajo del depósito de cadáveres de los Bowie se encontraba bajo tierra, y Linda se sintió lo bastante segura para encender las luces. Rusty las necesitaba para llevar a cabo el examen.

—Vaya porquería —dijo él, y señaló el suelo de baldosas, sucio y lleno de pisadas, las latas de cerveza y refrescos que había sobre las mesas, un balde de la basura en un rincón sobre el que revoloteaban unas cuantas moscas—. Si la Junta Estatal de Servicios Funerarios viera esto, o el Departamento de Salud, lo cerrarían en menos que canta un gallo.

—En menos que canta un gallo vamos a tener que salir nosotros de aquí si no queremos que nos atrapen —le recordó Lisa. Estaba mirando la mesa de acero inoxidable que había en el centro de la habitación. La superficie estaba sucia debido a una serie de sustancias que, con toda seguridad, era mejor no identificar, y había un envoltorio de Snickers hecho bola junto a uno de los desagües—. Vamos, date prisa, Eric, este lugar apesta.

—Y no solo en el sentido literal —replicó Rusty. Aquel desorden lo ofendía; es más, lo indignaba. Habría sido capaz de darle un puñetazo en la boca a Stewart Bowie solo por el envoltorio del caramelo tirado en la mesa en la que drenaban la sangre a los fallecidos del pueblo.

En el otro extremo de la habitación había seis refrigeradores mortuorios de acero inoxidable. Detrás de ellos se oía el zumbido continuo del equipo de refrigeración.

—Aquí no escasea el combustible —murmuró Rusty—. Los hermanos Bowie no reparan en gastos.

No había nombres en las ranuras para las tarjetas de la parte frontal de los refrigeradores —otro signo de falta de profesionalismo—, de modo que Rusty abrió los seis. Los primeros dos estaban vacíos, lo cual no le sorprendió. La mayoría de las personas que habían muerto desde la aparición de la Cúpula, incluido Ron Haskell y los Evans, habían sido enterrados rápidamente. Jimmy Sirois, que no tenía ningún familiar cercano, seguía en la pequeña morgue del Cathy Russell.

En los otros cuatro refrigeradores se encontraban los cuerpos que había ido a ver. El olor a descomposición lo golpeó en cuanto sacó las camillas. El hedor aplastó los olores desagradables pero menos agresivos de los conservantes y los ungüentos funerarios. Linda se apartó, le dieron arcadas.

—No vomites, Linny —dijo Rusty, y se dirigió a los armarios que había en el otro lado de la habitación. En el primer cajón que abrió solo había números atrasados de *Field & Stream*, y Rusty lanzó una maldición. Sin embargo, en el de debajo encontró lo que necesitaba. Metió la mano debajo de un trocar, que tenía toda la pinta de que nunca lo habían limpiado, y sacó un par de mascarillas verdes de plástico que aún estaban en su funda. Le dio una a Linda y se puso la otra. Miró en el siguiente cajón y sacó un par de guantes de goma. Eran de color amarillo brillante, endemoniadamente alegres.

—Si crees que a pesar de la mascarilla vas a vomitar, sube arriba con Stacey.

—Estoy bien. Debo ser testigo.

—No estoy muy seguro de que tu testimonio sirviera de mucho; a fin de cuentas, eres mi esposa.

Ella insistió:

—Debo ser testigo. Tú date toda la prisa que puedas.

Las camillas donde reposaban los cuerpos daban asco, lo cual no le sorprendió después de haber visto el estado en el que se encontraba el resto de la zona de trabajo, pero aun así le repugnaba. Linda se había acordado de llevar una vieja grabadora de cinta magnética que había encontrado en el garage. Rusty apretó el botón de GRABAR, probó el sonido y le sorprendió que no fuera demasiado malo. Dejó la pequeña Panasonic en una de las camillas vacías. Entonces se puso los guantes. Tardó más de lo previsto ya que le sudaban las manos. Debía de haber talco en alguna parte, pero no tenía intención de perder más tiempo buscándolo. Ya se sentía como un ladrón. Qué diablos, era un ladrón.

—Bueno, ahí vamos. Son las diez y cuarenta y cinco de la noche del veinticuatro de octubre. Este examen está teniendo lugar en la sala de trabajo de la Funeraria Bowie. Que está asquerosa, por cierto. Da vergüenza. Veo cuatro cuerpos, tres mujeres y un hombre. Dos de las mujeres son jóvenes, y deben de tener alrededor de veinte años. Se trata de Angela McCain y Dodee Sanders.

—Dorothy —dijo Linda desde el otro lado de la mesa de trabajo—. Se llama… llamaba… Dorothy.

—Me corrijo. Dorothy Sanders. La tercera mujer es de edad madura. Se trata de Brenda Perkins. El hombre tiene unos cuarenta años. Es el reverendo Lester Coggins. Para que conste, puedo identificar a todas estas personas.

Hizo un gesto a su mujer y señaló los cuerpos. Ella los miró y se le llenaron los ojos de lágrimas. Levantó un poco la mascarilla, lo suficiente para decir:

—Soy Linda Everett, del departamento de policía de Chester's Mill. Mi número de placa es el siete, siete, cinco. También reconozco los cuatro cuerpos —volvió a ponerse la mascarilla. Por encima, los ojos lanzaban una mirada suplicante.

Rusty le hizo un gesto para que retrocediera. Era todo una farsa. Él lo sabía e imaginaba que Linda también. No obstante, no se sentía deprimido. Desde que era niño había anhelado seguir la carrera de Medicina, y habría acabado siendo médico si no hubiera tenido que abandonar los estudios para ocuparse de sus padres. Lo mismo que lo había impulsado a diseccionar ranas y ojos de vaca en clase de biología durante su primer año en bachillerato, le servía también de acicate ahora: la simple curiosidad. La necesidad de saber. Y pensaba lograr su objetivo. Tal vez no acabaría sabiéndolo todo, pero sí algunas cosas.

Aquí es donde los muertos ayudan a los vivos. ¿Había dicho eso Linda?

Daba igual. Estaba convencido de que lo ayudarían si podían.

—A simple vista, parece que no han maquillado los cuerpos, pero los cuatro han sido embalsamados. No sé si el proceso se ha completado, pero sospecho que no, porque las punciones de la arteria femoral aún están en su sitio.

»Angela y Dodee, perdón, Dorothy, han sido víctimas de una golpiza y están en avanzado estado de descomposición. Coggins también ha recibido castigo, salvaje, a juzgar por el aspecto que tiene, y también está en estado de descomposición, aunque no tan avanzada; la musculatura facial y de los brazos ha empezado a desprenderse. Brenda, Brenda Perkins, quiero decir… —dejó la frase inacabada.

—¿Rusty? —preguntó Linda, nerviosa—. ¿Cielo?

Estiró una mano enfundada en el guante, se lo pensó dos veces, se quitó el guante y le palpó la garganta. Entonces le levantó la cabeza y notó el nudo monstruosamente grande que tenía justo debajo de la nuca. Volvió a dejar la cabeza sobre la mesa y puso el cuerpo de costado para poder examinar la espalda y las nalgas.

—Cielos —dijo.

—¿Rusty? ¿Qué?

Para empezar, aún está cubierta de mierda, pensó… Pero aquello no podía constar en la grabación. Aunque Randolph o Rennie solo escucharan los primeros sesenta segundos antes de aplastar la cinta con un tacón y quemar los restos. No quería añadir ese detalle de su profanación.

Pero lo recordaría.

—¿Qué?

Se humedeció los labios y dijo:

—Brenda Perkins muestra *livor mortis* en las nalgas y los muslos, lo que indica que lleva muerta al menos doce horas, probablemente catorce. Tiene contusiones en ambas mejillas. Son huellas de manos. No cabe la menor duda al respecto. Alguien la agarró de la cara y le retorció la cabeza hacia la izquierda con fuerza, lo que causó la fractura de las vértebras cervicales atlas y axis, C1 y C2. Probablemente también le fracturó la columna vertebral.

—Oh, Rusty —gimió Linda.

Rusty le abrió primero un párpado, luego el otro. Vio lo que temía.

—Las contusiones en las mejillas y las petequias en esclera, manchas de sangre en el blanco de los ojos, sugieren que la muerte no fue instantánea. La víctima no podía respirar y murió asfixiada. Podría haber estado o no consciente. Esperemos que no. Es lo único que puedo decir, por desgracia. Las chicas, Angela y Dorothy, son las que llevan más tiempo muertas. El estado de descomposición sugiere que sus cadáveres permanecieron almacenados en un lugar cálido.

Apagó la grabadora.

—En otras palabras, no veo nada que exonere por completo a Barbie y nada que no supiéramos ya.

—¿Y si sus manos no encajan con las contusiones de la cara de Brenda?

—Las marcas son demasiado difusas para estar seguros. Lin, me siento como el hombre más estúpido de la Tierra.

Volvió a guardar los cadáveres de las chicas —que en ese momento deberían haber estado paseando por el centro comercial de Auburn, mirando collares, comprando ropa en Deb, hablando de novios— en el interior de los refrigeradores y se giró hacia Brenda.

—Dame un trapo. He visto un montón junto al fregadero. Hasta parecían limpios, lo cual es un milagro en una pocilga como esta.

—¿Qué piensas...?

—Dame un trapo y ya está. Mejor que sean dos. Mójalos.

—¿Tenemos tiempo para...?

—Vamos a tener que conseguirlo como sea.

Linda observó en silencio cómo su marido limpiaba con cuidado las nalgas y la parte posterior de los muslos de Brenda Perkins. Cuando acabó, tiró los trapos sucios en una esquina, y pensó que si los hermanos Bowie hubieran estado ahí, le habría metido uno en la boca a Stewart y otro en la del puto Fernald.

Posó un beso en la helada frente de Brenda y guardó el cadáver en el refrigerador. Iba a hacer lo mismo con Coggins, pero se detuvo. La cara del reverendo solo había recibido una limpieza muy superficial; aún tenía sangre en las orejas, en las narinas, y la frente estaba manchada de hollín.

—Linda, humedece otro trapo.

—Cielo, ya llevamos aquí casi diez minutos. Te quiero porque muestras un gran respeto por los muertos, pero también tenemos que preocuparnos de los vivos...

—Tal vez encontré algo. Coggins no murió del mismo modo. Puedo verlo incluso sin... Humedece un trapo.

Linda no discutió, mojó otro trapo, lo escurrió y se lo dio a su marido. Luego observó cómo Rusty limpiaba los restos de sangre de la cara del cadáver con gestos suaves pero exentos del cariño que había mostrado con Brenda.

Linda nunca había sido una admiradora de Lester Coggins (que en una ocasión había afirmado en su programa semanal de la radio que los niños que veían a Miley Cyrus corrían el riesgo de acabar en el infierno), pero aun así le dolió ver lo que Rusty dejó al descubierto.

—Dios mío, parece un espantapájaros que ha servido de blanco a un puñado de niños armados con piedras.

—Ya te lo había dicho. No recibió el mismo tipo de golpiza. Estas contusiones no son de puñetazos o patadas.

Linda señaló una parte de la cabeza.

—¿Qué es eso que hay en la sien?

Rusty no respondió. Por encima de la mascarilla, sus ojos asomaban con un destello de asombro. Y también de algo más: un atisbo de comprensión.

—¿Qué pasa, Eric? Parece... No lo sé... Puntos de sutura.

—Exacto —la mascarilla se deformó cuando la boca dibujó una sonrisa. No de felicidad, sino de satisfacción. Del tipo más lúgubre—. Y también hay en la frente. ¿Los ves? Y en la mandíbula. Esa contusión le fracturó la mandíbula.

—¿Qué arma deja una marca como esa?

—Una bola de beisbol —dijo Rusty, cerrando el cajón—. Y no

una normal, sino… ¿una bañada en oro? Sí. Lanzada con suficiente fuerza, creo que podría. De hecho, creo que así fue.

Inclinó la frente sobre la de su mujer. Las mascarillas se rozaron. La miró a los ojos.

—Jim Rennie tiene una. La vi en su escritorio cuando fui a hablar con él sobre el combustible desaparecido. No sé en cuanto a los demás, pero creo que sabemos dónde murió Lester Coggins. Y quién lo mató.

12

Cuando el tejado se derrumbó, a Julia le resultó imposible permanecer allí observando la escena.

—Ven conmigo a casa —le ofreció Rose—. La habitación de huéspedes es tuya durante el tiempo que necesites.

—Gracias pero no. Necesito estar sola, Rosie. Bueno, ya sabes… con Horace. Tengo que pensar.

—¿Dónde te quedarás? ¿Estarás bien?

—Sí —respondió sin saber si iba a ser cierto o no. Su cabeza estaba bien, todos los procesos mentales estaban en orden, pero se sentía como si alguien les hubiera dado un toque de novocaína a sus emociones—. Quizá pase a verte luego.

Cuando Rosie se fue —cruzó a la otra banqueta y giró para decirle adiós con la mano con gesto preocupado—, Julia regresó al Prius, sentó a Horace en el asiento del copiloto y se puso al volante. Buscó a Pete Freeman y a Tony Guay y no los vio por ningún lado. Quizá Tony había llevado a Pete al hospital para que le pusieran algún ungüento en el brazo. Era un milagro que ninguno de los dos hubiera resultado herido de gravedad. Y si no se hubiera llevado con ella a Horace cuando fue a ver a Cox, el perro habría acabado incinerado con todo lo demás.

Cuando le vino a la cabeza ese pensamiento, se dio cuenta de que sus emociones no estaban dormidas sino escondidas. Empezó a emitir un sonido, una especie de lamento. Horace aguzó las orejas y la miró con preocupación. Julia intentó parar pero no pudo.

El periódico de su padre.

El periódico de su abuelo.

De su bisabuelo.

Hecho cenizas.

Bajó por West Street y cuando llegó al estacionamiento abandonado que había tras el Globe, se detuvo. Apagó el motor, acercó a Horace hacia ella, y lloró sobre el omóplato musculoso y peludo de su perro durante cinco minutos. Horace, dicho sea en su honor, aguantó la escena con paciencia.

Cuando acabó de llorar, se sintió mejor. Más calmada. Tal vez era la calma posterior a la conmoción, pero al menos podía pensar de nuevo. Y pensó en el único paquete de periódicos que quedaba, y que estaba en la cajuela. Se inclinó junto a Horace (que le dio un lametón cariñoso en el cuello) y abrió la guantera. Estaba llena de papeles, pero sabía que en algún lugar… seguramente…

Y como un regalo de Dios, ahí estaba. Una cajita de plástico llena de cintas de goma, tachuelas y clips para papel. Las cintas de goma y los clips no le servían para lo que tenía en mente, pero las tachuelas…

—Horace —dijo—. ¿Quieres salir a dar un paseíto?

Horace respondió con un ladrido que quería salir a dar un paseíto.

—Perfecto. Yo también.

Tomó los periódicos y regresó a Main Street. El edificio del *Democrat* era un montón de escombros en llamas que los policías estaban sofocando con agua (*con esos aspersores tan prácticos*, pensó Julia, *cargados y listos para ser utilizados*). Le partía el corazón ver aquello, por supuesto, pero no tanto ahora que tenía un plan.

Recorrió la calle seguida de Horace y colgó una copia del último número del *Democrat* en todos los postes telefónicos. El titular: **DISTURBIOS Y ASESINATOS: LA CRISIS SE AGRAVA**, parecía relumbrar a la luz del fuego. Ahora prefería haber elegido una única palabra: **CUIDADO**.

Siguió adelante hasta que se le acabaron los periódicos.

13

Al otro lado de la calle, el *walkie-talkie* de Peter Randolph sonó tres veces: "breico, breico, breico". Urgente. Aunque tenía miedo de lo que pudiera oír, apretó el botón y dijo:

—Aquí el jefe Randolph. Adelante.

Era Freddy Denton, que, como oficial al mando del turno de noche, era el ayudante del jefe de facto.

—Acabo de recibir una llamada del hospital, Pete. Doble homicidio...

—¿QUÉ? —gritó Randolph. Uno de los oficiales nuevos, Mickey Wardlaw, se lo quedó mirando boquiabierto como un idiota mongol en su primera feria del condado.

Denton prosiguió en tono calmado o engreído. Si era la segunda opción, que Dios lo ayudara.

—...y un suicidio. La homicida es esa chica que decía que la habían violado. Y las víctimas son de los nuestros, jefe. Roux y De-Lesseps.

—¡Debes... estar... BROMEANDO!

—He enviado a Rupe y a Mel Searles —dijo Freddy—. Lo bueno es que ya se ha acabado todo y no tenemos que encerrarla con Barb...

—Deberías haber ido tú, Fred. Eres el oficial de mayor antigüedad.

—¿Y entonces quién atendería la comisaría?

Randolph no halló una respuesta a esa pregunta, era demasiado inteligente o demasiado estúpida. Supuso que más le valía irse al Cathy Russell a toda marcha.

Ya no quiero este trabajo. No. No me gusta ni un poco.

Pero era demasiado tarde. Y gracias a la ayuda de Gran Jim, saldría adelante. Tenía que concentrarse en eso; Gran Jim lo mantendría a flote.

Marty Arsenault le dio un golpecito en el hombro. Randolph estuvo a punto de agarrarlo y golpearlo. Arsenault no se dio cuenta; estaba mirando hacia la otra acera, por donde Julia paseaba a su perro. Paseaba al perro y... ¿qué?

Clavaba periódicos, eso era lo que estaba haciendo. Clavándolos en los malditos postes de teléfono.

—Esa zorra no piensa rendirse —murmuró.

—¿Quieres que vaya y la obligue a que lo haga? —preguntó Arsenault.

Marty parecía entusiasmado con la tarea, y Randolph estuvo a punto de encargársela. Pero negó con la cabeza.

—Empezaría a molestar con los malditos derechos civiles. Parece que no se da cuenta de que meterle el miedo en el cuerpo a todo el mundo no es algo que beneficie especialmente al pueblo —negó con la cabeza—. Seguramente no se da cuenta… Esa mujer es increíblemente… —había una palabra que la describía, una palabra francesa que había aprendido en sus años de escuela. Cuando ya había perdido las esperanzas de recordarla, le vino a la cabeza—: Increíblemente naif.

—Voy a detenerla, jefe, pienso hacerlo. ¿Qué puede hacer ella, llamar a su abogado?

—Deja que se divierta. Al menos así no nos molestará por ahora. Tengo que ir al hospital. Denton dice que Sammy Bushey ha asesinado a Frank DeLesseps y a Georgia Roux y que luego se dio un tiro.

—Cielos —susurró Marty, que empezó a ponerse pálido—. ¿Crees que también es culpa de Barbara?

Randolph iba a responder que no, pero cambió de opinión. Le vino a la cabeza la acusación de violación de la chica. Su suicidio confería cierta verosimilitud a la cuestión, y los rumores de que oficiales de la policía de Chester's Mill pudieran haber hecho algo así serían perjudiciales para la moral del departamento y, por lo tanto, para el pueblo. No necesitaba que Jim Rennie se lo dijera.

—No lo sé —dijo—, pero es posible.

A Marty se le empezaron a saltar las lágrimas, bien por el humo, bien por la pena. Quizá por ambas cosas.

—Hay que informar a Gran Jim de esto, Pete.

—Lo haré. Mientras tanto —Randolph señaló con la cabeza a Julia—, no la pierdas de vista, y cuando se canse y se vaya, arranca todos esos periódicos de mierda y tíralos donde deberían estar —señaló la pira en la que se había convertido la oficina del periódico—. Y pon cualquier otra cosa en su lugar.

Marty soltó una risita burlona.

—Oído, jefe.

Y eso es lo que hizo el oficial Arsenault. Pero no antes de que varias personas hubieran tomado unos cuantos periódicos (media docena, tal vez diez) para leerlos bajo una luz más adecuada. Pasaron de mano en mano durante los dos o tres días posteriores, y los leyeron hasta que literalmente se deshicieron.

14

Cuando Andy llegó al hospital, Piper Libby ya se encontraba allí. Estaba sentada en un banco del vestíbulo, hablando con dos chicas que llevaban medias blancas y el vestido de enfermera… aunque a Andy le parecieron demasiado jóvenes para ser enfermeras de verdad. Ambas habían llorado y daba la sensación de que podían volver a deshacerse en lágrimas en cualquier momento, pero Andy vio que la reverenda Libby tenía un efecto balsámico en ellas. Si algo se le daba bien era juzgar las emociones humanas. Aunque a veces habría preferido tener mejor capacidad de raciocinio.

Ginny Tomlinson estaba cerca, charlando en voz baja con un tipo de aspecto mayor. Ambos parecían aturdidos y afectados. Ginny vio a Andy y se dirigió hacia él. El tipo de aspecto mayor la siguió. Se lo presentó, le dijo que se llamaba Thurston Marshall y que les estaba echando una mano.

Andy sonrió y le dio un cordial apretón de manos.

—Encantado de conocerte, Thurston. Soy Andy Sanders. Primer concejal.

Piper los miró desde el banco y dijo:

—Si de verdad fueras el primer concejal, Andy, serías capaz de contener al segundo.

—Soy consciente de que has pasado unos días muy duros —replicó Andy sin dejar de sonreír—. Al igual que todos.

Piper le lanzó una extraña mirada gélida, y luego preguntó a las chicas si les apetecía ir a la cafetería con ella a tomar un té.

—No me vendría nada mal una taza —dijo ella.

—La he llamado después de llamarte a ti —dijo Ginny, a modo de disculpa, cuando la reverenda y las dos jóvenes enfermeras se habían ido—. Y también he llamado a la policía. He hablado con Fred Denton —frunció la nariz, como hace la gente cuando algo huele mal.

—Ah, Freddy es un buen tipo —dijo Andy muy serio. No estaba del todo allí (se sentía como si todavía estuviera sentado en la cama de Dale Barbara mientras se preparaba para beberse aquella agua rosa envenenada), pero aun así las viejas costumbres volvieron a hacer acto de presencia poco a poco. La necesidad de hacer bien las cosas, de calmar las aguas turbulentas, resultó ser como montar en bicicleta—. Dime qué ha ocurrido.

Ginny obedeció. Andy la escuchó haciendo gala de una sorprendente serenidad, pensando en que conocía a la familia DeLesseps de toda vida y que en preparatoria hasta había tenido una cita con la madre de Georgia Roux (Helen le dio un beso con lengua, lo que le gustó, pero le apestaba el aliento, lo que no le gustó). Se dio cuenta de que su estabilidad emocional se debía al hecho de que sabía que si su teléfono no hubiera sonado cuando lo hizo, en ese momento estaría inconsciente. Tal vez muerto. Y eso le ayudaba a mirar las cosas desde otro punto de vista.

—Dos de nuestros oficiales nuevos —dijo. Su propia voz le sonó como las grabaciones que utilizaban los cines cuando uno llamaba para saber los horarios de las distintas sesiones—. Uno resultó herido grave mientras intentaba poner orden en el supermercado. Cielos, cielos.

—Quizá no sea el mejor momento para decirlo, pero no estoy lo que se dice contento con la actuación de sus policías —dijo Thurston—. Aunque como el oficial que me dio un puñetazo está muerto, presentar una queja sería cuando menos discutible.

—¿Qué oficial? ¿Frank o Georgia Roux?

—El joven. Lo reconocí a pesar de la... de la desfiguración.

—¿Que Frank DeLesseps le dio un puñetazo? —Andy no podía creérselo. Frankie había sido el repartidor del *Sun* de Lewiston durante cuatro años y no le falló ni un día. Bueno, sí, pensándolo bien, uno o dos, pero por culpa de una tormenta de nieve. Y en una ocasión había tenido sarampión. ¿O habían sido paperas?

—Si se llamaba así...

—Bueno, cielos... es... —¿es qué? ¿Y acaso importaba? ¿Importaba algo? Aun así, Andy prosiguió con ánimo—. Es lamentable, señor. En Chester's Mill creemos que debemos estar a la altura de nuestras responsabilidades. Que hay que hacer lo adecuado. Pero ahora mismo estamos sometidos a una gran presión. Nos vemos afectados por una serie de circunstancias que escapan a nuestro control.

—Lo sé —dijo Thurse—. En lo que a mí respecta, es agua pasada. Pero, señor... esos oficiales eran muy jóvenes. Y su comportamiento estuvo muy fuera de lugar —hizo una pausa—. Mi compañera también fue agredida.

Andy no podía creer que ese hombre le estuviera diciendo la verdad. Los policías de Chester's Mill no hacían daño a la gente a menos que fueran víctimas de una provocación (de una gran provocación); ese comportamiento era típico de las grandes ciudades, donde la gente era incapaz de llevarse bien. Aunque, claro, también habría dicho que el hecho de que una chica asesinara a dos policías y luego se quitara la vida era el tipo de cosas que no ocurría en Chester's Mill.

Da igual, pensó Andy. *No es simplemente alguien de fuera del pueblo, sino de fuera del estado. Se deberá a eso.*

Ginny dijo:

—Ahora que estás aquí, Andy, no estoy muy segura de lo que puedes hacer. Twitch se está ocupando de los cuerpos y...

Antes de que pudiera acabar la frase, se abrió la puerta. Entró una mujer joven, acompañada de dos niños medio dormidos, tomados de la mano. El hombre mayor, Thurston, la abrazó mientras los niños, una chica y un niño, los miraban. Ambos estaban descalzos y llevaban camisetas a modo de pijama. En la del niño, que le llegaba hasta los tobillos, se podía leer PRISIONERO 9091 y PROPIEDAD DE LA PRISIÓN ESTATAL DE SHAWSHANK. La hija de Thurston y los nietos, dedujo Andy, lo que hizo que volviera a echar de menos a Claudette y a Dodee. Pero se quitó ese pensamiento de la cabeza de inmediato. Ginny lo había llamado para pedirle ayuda, y saltaba a la vista que la necesitaba, lo que implicaba tener que escucharla mientras contaba toda la historia de nuevo, no por su bien, sino por el de la propia Ginny. Así podría sacar la verdad del asunto y empezar a hacer las paces. A Andy no le importaba. Siempre se le había dado muy bien escuchar a los demás, y eso era mejor que ver tres cadáveres, uno de ellos el de su antiguo repartidor de periódicos. Cuando te empeñabas, escuchar era algo muy sencillo, hasta un idiota podía hacerlo, sin embargo Gran Jim nunca había dominado el asunto. Tenía mucha labia, eso sí. Y también era un experto haciendo planes. Tenían suerte de contar con alguien como él en unos momentos como los que estaban viviendo.

Mientras Ginny acababa de explicar su versión de los hechos por segunda vez, Andy tuvo una idea. Probablemente una buena idea.

—¿Alguien le ha…?

Thurston regresó seguido de los recién llegados.

—Concejal Sanders, Andy, esta es mi compañera, Carolyn Sturges. Y estos son los niños a los que estamos cuidando. Alice y Aidan.

—Quiero mi chupón —dijo Aidan no de muy buen humor.

Alice respondió:

—Eres muy mayor para un chupón —y le dio un codazo.

Aidan hizo una mueca pero no lloró.

—Alice —dijo Carolyn Sturges—, eso está muy mal. ¿Y qué decimos de la gente que se porta mal?

A la niña se le iluminó la cara.

—¡La gente que se porta mal es tonta! —gritó, y rompió a llorar.

Tras meditarlo un instante, el hermano hizo lo propio.

—Lo siento —le dijo Carolyn a Andy—. No podía dejarlos con nadie, y Thurse parecía tan angustiado cuando ha llamado…

Resultaba difícil de creer, pero era posible que el abuelo se estuviera merendando a la chica. Andy no prestó demasiada atención a la idea, aunque en otras circunstancias la habría tomado en mayor consideración, habría reflexionado sobre las distintas posturas, se habría preguntado si la chica lo besaba con su lengua húmeda, etc. Ahora, sin embargo, tenía otras cosas en la cabeza.

—¿Alguien ha informado al marido de Sammy que su mujer ha muerto? —preguntó.

—¿A Phil Bushey? —inquirió Dougie Twitchell, que se dirigía hacia la recepción por el pasillo. Caminaba con los hombros caídos y no tenía muy buena cara—. Ese hijo de puta la dejó y se fue del pueblo. Hace meses —miró a Alice y Aidan Appleton—. Lo siento, niños.

—No pasa nada —dijo Caro—. En casa no nos mordemos la lengua. Así es todo más veraz.

—Es verdad —añadió Alice—. Podemos decir "mierda" y "orinar" siempre que queramos, al menos hasta que vuelva mamá.

—Pero no "puta" —se apresuró a decir Aidan—. "Puta" es ex-ista.

Caro no hizo caso de la plática que estaban manteniendo los hermanos.

—¿Qué ha pasado, Thurse?

—Delante de los niños, no —respondió él—. No es una cuestión de morderse la lengua o no.

—Los padres de Frank están fuera del pueblo —dijo Twitch—, pero me he puesto en contacto con Helen Roux, que se lo ha tomado con bastante calma.

—¿Estaba bebida? —preguntó Andy.

—Hasta los bordes.

Andy se alejó por el pasillo. Había unos cuantos pacientes, vestidos con la bata de hospital y las sandalias, de pie y de espaldas a él. Estaban mirando la escena del crimen, supuso. No tenía ganas de imitarlos, y se alegró de que Dougie Twitchell se hubiera ocupado de todo lo necesario. Era farmacéutico y político. Su trabajo consistía en ayudar a los vivos, no en ocuparse de los muertos. Y sabía algo más que todas esas personas ignoraban. No podía decirles que Phil Bushey aún se encontraba en el pueblo, viviendo como un ermitaño en la emisora de radio, pero podía decirle a Phil que su esposa, de la que se había separado, estaba muerta. Podía y debía. Obviamente, resultaba imposible saber cuál sería su reacción; desde hacía un tiempo Phil estaba fuera de sí. Era capaz de llegar a los golpes. Quizá incluso de matar al portador de malas noticias. ¿Pero sería algo tan terrible? Los suicidas iban al infierno y cenaban sobre brasas ardientes para la eternidad, pero las víctimas de asesinato, Andy estaba convencido de ello, iban al cielo y comían rosbif y pastel de durazno a la mesa del Señor por los siglos de los siglos.

Con sus seres queridos.

15

A pesar de la siesta que se había echado durante el día, Julia nunca había estado tan cansada, o esa era la sensación que tenía. Y, a menos que aceptara la oferta de Rosie, no tenía adónde ir. Salvo a su coche, claro.

Regresó al Toyota, le quitó la correa a Horace para que pudiera saltar al asiento del copiloto, y se puso al volante para intentar pensar. Rose Twitchell le caía bien, pero la mujer querría repasar todo lo sucedido durante ese día tan largo y angustioso. Y también querría saber qué podían hacer, si es que podían hacer algo, por Dale Barbara. Y recurriría a Julia para que le diera alguna idea, pero Julia no tenía ninguna.

Mientras tanto Horace la miraba fijamente y le preguntaba con las orejas gachas y los ojos brillantes cuál iba a ser el siguiente paso. Le hizo pensar en la mujer que había perdido a su perro: Piper Libby. La reverenda la acogería y le daría una cama sin agobiarla con una lluvia de cuestionamientos. Y quizá después de dormir una noche entera podría volver a pensar de nuevo. Incluso planear algo.

Arrancó el Prius y fue hasta la iglesia congregacional. Pero la casa parroquial estaba a oscuras y había una nota clavada en la puerta. Julia quitó la tachuela, regresó con la nota al coche y la leyó bajo la luz interior:

"Fui al hospital. Hubo un tiroteo allí."

Julia rompió a llorar de nuevo, pero cuando Horace empezó a gemir, como si quisiera armonizar con sus quejidos, hizo un esfuerzo para contener el llanto. Dio marcha atrás y después puso punto muerto el tiempo justo para dejar la nota donde la había encontrado, por si algún otro feligrés que sintiera el peso del mundo sobre los hombros acudiera en busca de la única consejera espiritual que quedaba en Chester's Mill.

¿Y ahora adónde iba? ¿A casa de Rosie, finalmente? ¿Quizá ya se había acostado. ¿Al hospital? Julia se habría obligado a ir allí, a pesar de lo alterada y lo cansada que estaba, si hubiera servido de algo, pero ahora no había periódico en el que informar de lo que sucedía, y sin ello, ningún motivo para exponerse a nuevos horrores.

Salió de la casa parroquial y enfiló la cuesta del Ayuntamiento sin tener ni idea de adónde se dirigía hasta que llegó a Prestile Street.

Tres minutos después estaba estacionado frente al garage de Andrea Grinnell. No obstante, la casa también se hallaba a oscuras. Nadie respondió a sus golpes en la puerta. Como no tenía modo de saber que Andrea estaba en la cama, en el piso de arriba, sumida en un profundo sueño por primera vez desde que había dejado los calmantes, Julia dio por sentado que o se había ido a casa de su hermano Dougie, o estaba pasando la noche en casa de una amiga.

Mientras tanto, Horace se había sentado en el tapete y la miraba, a la espera de que tomara una decisión, como siempre hacía. Sin embargo, Julia se sentía muy vacía por dentro para tomar una decisión y estaba muy cansada para seguir adelante. Estaba casi convencida de que se saldría de la carretera y se matarían, ella y el perro, si intentaba ir a algún lado.

En lo que no podía dejar de pensar no era en el edificio en llamas donde había estado almacenada su vida, sino en la cara que puso el coronel Cox cuando le preguntó si los habían abandonado.

"Negativo —había respondido—. En absoluto." Pero había sido incapaz de mirarla a los ojos mientras lo decía.

Había una mecedora de jardín en el porche. En caso necesario, podía acurrucarse en ella y dormir. Pero quizá…

Giró la manija de la puerta y resultó que no estaba cerrada con llave. Dudó; Horace no. Convencido de que era bienvenido en todas partes, entró de inmediato. Julia lo siguió, arrastrada por la cadena, pensando: *Ahora es mi perro quien toma las decisiones. Adónde iré a parar.*

—¿Andrea? —dijo en voz baja—. Andi, ¿estás aquí? Soy Julia.

En el piso de arriba, recostada boca arriba y roncando como un camionero tras un viaje de cuatro días, solo una parte de Andrea se movía: el pie izquierdo, que aún sufría las sacudidas y los temblores del síndrome de abstinencia.

La sala estaba en penumbra, pero no a oscuras; Andi había dejado una lámpara de baterías encendida en la cocina. Y olía a algo. Las ventanas estaban abiertas, pero como no soplaba ni una triste brisa, el olor a vómito no había desaparecido por completo. ¿Le había dicho alguien que Andrea estaba enferma? ¿Que tenía gripe, tal vez?

Quizá es gripe, pero si se ha quedado sin sus pastillas bien podría estar con el síndrome de abstinencia.

Fuera lo que fuese, una enfermedad era una enfermedad, y por lo general los enfermos no querían estar solos, lo que significaba que la casa estaba vacía. Y ella estaba muy cansada. En el otro extremo de la sala había un sofá largo y bonito que la llamaba. Si Andi llegaba al día siguiente y encontraba allí a Julia, lo entendería.

—Quizá incluso me haga una taza de té —dijo—. Nos reiremos un poco —aunque en ese momento la idea de volver a reírse de algo en toda su vida le parecía improbable—. Vamos, Horace.

Le quitó la correa y cruzó la sala. Horace la observó hasta que se recostó en el sofá y se puso una almohada bajo la cabeza. Entonces él también se echó y puso el hocico sobre la pata.

—Pórtate bien —le dijo Julia, y cerró los ojos. Lo que vio entonces fue la mirada huidiza de Cox. Porque Cox creía que iban a permanecer bajo la Cúpula durante mucho tiempo.

Sin embargo, el cuerpo es más piadoso que la mente. Julia se quedó dormida con la cabeza a poco más de un metro del sobre que Brenda había intentado entregarle esa misma mañana. En algún momento, Horace se subió al sofá y se acurrucó entre sus rodillas. Y así los encontró Andrea cuando bajó la mañana del 25 de octubre; se sentía ella misma, mucho más que en los últimos años.

16

Había cuatro personas en la sala de estar de Rusty: Linda, Jackie, Stacey Moggin y el propio Rusty. Sirvió vasos de té helado y acto seguido realizó un resumen de lo que había encontrado en el sótano de la Funeraria Bowie. Stacey hizo la primera pregunta, meramente práctica.

—¿Recordaron cerrar con llave?

—Sí —respondió Linda.

—Entonces devuélvemela. Tengo que dejarla en su sitio.

Nosotros y ellos, pensó Rusty de nuevo. *En torno a esto va a girar la conversación. Ya está siendo así. Nuestros secretos. Su poder. Nuestros planes. Sus intenciones.*

Linda le entregó la llave y le preguntó a Jackie si las niñas le habían causado algún problema.

—No han tenido ningún ataque, si es eso lo que te preocupa. Han dormido todo el rato como corderitos.

—¿Qué vamos a hacer con esto? —preguntó Stacey. Era una mujer pequeña pero decidida—. Si quieren que detengan a Rennie, vamos a tener que convencer a Randolph entre los cuatro para que lo haga. Nosotras tres como oficiales, y Rusty como patólogo.

—¡No! —exclamaron Jackie y Linda al unísono; esta con miedo, aquella con decisión.

—Tenemos una hipótesis, pero ninguna prueba de verdad —dijo Jackie—. No estoy muy segura de que Pete Randolph nos creyera aunque tuviéramos fotografías en las que se viera a Gran Jim rompiéndole el cuello a Brenda. Rennie y él están en el ajo, saldrán a flote o se hundirán, pero lo harán juntos. Y la mayoría de los policías se pondría del bando de Pete.

—Sobre todo los nuevos —dijo Stacey, que se atusó la melena rubia—. En general no son muy brillantes, pero sí fieles. Y les gusta ir por ahí con armas. Además —se inclinó hacia delante—, esta noche hay siete u ocho más. Chicos de preparatoria. Grandulones, estúpidos y entusiastas. La verdad es que me dan miedo. Y otra cosa: Thibodeau, Searles y Junior Rennie están pidiendo a los novatos que les recomienden más candidatos. Como esto siga así, dentro de unos días no tendremos un cuerpo de policía, sino un ejército de adolescentes.

—¿Nadie nos escucharía? —preguntó Rusty. No exactamente con incredulidad, sino para saber con quién podían contar—. ¿Nadie en absoluto?

—Tal vez Henry Morrison —respondió Jackie—. Ve lo que está sucediendo y no le convence. Pero ¿los demás? Están con Gran Jim. En parte porque tienen miedo y en parte porque les gusta el poder. Para chicos como Toby Whelan y George Frederick se trata de una sensación nueva; y otros como Freddy Denton sencillamente son malas personas.

—¿Y eso qué significa? —preguntó Linda.

—Significa que, de momento, no vamos a decir nada a nadie. Si Rennie ha matado a cuatro personas, es muy, muy peligroso.

—La espera lo convertirá en alguien más peligroso, no menos —objetó Rusty.

—Debemos pensar en Judy y Janelle, Rusty —dijo Linda. Se estaba mordiendo las uñas, algo que Rusty no le había visto hacer desde hacía años—. No podemos arriesgarnos a que les pase algo. No pienso hacerlo y no pienso permitir que lo hagas.

—Yo también tengo un hijo —afirmó Stacey—. Calvin. Solo tiene cinco años. Esta noche tuve que hacer acopio de todo mi valor para montar guardia en la funeraria. El mero hecho de pensar en ir a contarle todo esto al idiota de Randolph… —no fue necesario que acabara la frase; la palidez de sus mejillas era elocuente.

—Nadie te lo pidió —dijo Jackie.

—En este momento lo único que puedo demostrar es que se usó la pelota de beisbol para acabar con Coggins —dijo Rusty—. Pero podría haberlo hecho cualquiera. Hasta su propio hijo, demonios.

—Lo cual no me sorprendería demasiado —añadió Stacey—. Últimamente Junior se comporta de un modo extraño. Lo echaron de Bowdoin por pelearse. No sé si su padre está enterado, pero llamaron a la policía desde el gimnasio donde ocurrió, y vi el informe en la computadora. Y las dos chicas… Si fueron crímenes sexuales…

—Lo fueron —sentenció Rusty—. Terribles. Es mejor que no sepas los detalles.

—Pero Brenda no fue víctima de una agresión sexual —dijo Jackie—. Eso significa que Coggins y Brenda murieron en circunstancias distintas a las chicas.

—Quizá Junior mató a las chicas y su padre a Brenda y a Coggins —dijo Rusty, que esperó que alguien riera. Pero nadie lo hizo—. En tal caso, ¿por qué?

Todos negaron con la cabeza.

—Tuvo que haber un motivo —dijo Rusty—, pero dudo que fuera el sexo.

—Crees que tiene algo que ocultar —afirmó Jackie.

—Sí, lo creo. Y me parece que hay alguien que podría saber de qué se trata. Está encerrado en el sótano de la comisaría.

—¿Barbara? —preguntó Jackie—. ¿Por qué iba a saberlo Barbara?

—Porque habló con Brenda. Tuvieron una charla bastante privada en el jardín posterior de la casa de Brenda el día después de que apareciera la Cúpula.

—¿Cómo demonios lo sabes? —preguntó Stacey.

—Porque los Buffalino viven al lado de los Perkins y la ventana del dormitorio de Gina da al jardín de los Perkins. Resulta que los vio y me lo dijo —se dio cuenta de que Linda lo miraba y se encogió de hombros—. ¿Qué puedo decir? Vivimos en un pueblo muy pequeño. Todos apoyamos al equipo.

—Espero que le dijeras que cerrara la boca —le advirtió Linda.

—No lo hice porque cuando me lo contó no tenía ningún motivo para sospechar que Gran Jim podía haber matado a Brenda. O machacado la cabeza a Lester Coggins con una bola de beisbol de coleccionista. Ni siquiera sabía que estaban muertos.

—Aún no sabemos si Barbie sabe algo —dijo Stacey—. O sea, además de cómo hacer un omelette de champiñones y queso que está para chuparse los dedos.

—Alguien va a tener que preguntárselo —dijo Jackie—. Me propongo.

—Aunque sepa algo, ¿de qué servirá? —preguntó Linda—. Ahora mismo vivimos casi en una dictadura. Acabo de darme cuenta. Supongo que soy lenta de reflejos.

—Más que lenta de reflejos, eres una persona confiada —la corrigió Jackie—, y por lo general ser confiada no tiene nada de malo. En cuanto al coronel Barbara, no sabemos si servirá de algo hasta que no se lo preguntemos —hizo una pausa—. Y esa no es realmente la cuestión, lo sabes. Es inocente. Esa es la cuestión.

—¿Y si lo matan? —preguntó Rusty sin rodeos—. Podrían dispararle mientras intenta escapar.

—Estoy convencida de que eso no ocurrirá —replicó Jackie—. Gran Jim quiere montar un juicio-espectáculo. Eso es lo que se dice en la comisaría —Stacey asintió—. Quieren hacer creer a la gente que Barbara es una araña que está tejiendo una gran tela conspirativa. Así podrán ejecutarlo. Pero aunque actúen con mucha rapidez, tardarán días en hacerlo. Semanas, si tenemos suerte.

—No seremos tan afortunados —dijo Linda—. No si Rennie quiere moverse rápido.

—Tal vez tengas razón, pero antes Rennie tiene que asistir a la asamblea extraordinaria del pueblo el jueves. Y seguro que querrá interrogar a Barbara. Si Rusty sabe que ha estado con Brenda, entonces Rennie también.

—Claro que lo sabe —dijo Stacey, con impaciencia—. Estaban juntos cuando Barbara le enseñó a Jim la carta del presidente.

Pensaron en silencio sobre ello un minuto.

—Si Rennie está ocultando algo —murmuró Linda—, necesitará tiempo para librarse de ello.

Jackie rio. La carcajada sonó casi espeluznante en la tensión que reinaba en el lugar.

—Pues que tenga buena suerte. Sea lo que sea, no puede meterlo en el remolque de un camión y sacarlo del pueblo.

—¿Algo que ver con el combustible? —preguntó Linda.

—Quizá —admitió Rusty—. Jackie, estuviste en el ejército, ¿verdad?

—Así es. En dos períodos. En la policía militar. Nunca llegué a entrar en combate, aunque vi muchas bajas, sobre todo la segunda vez. En Würzburg, Alemania, Primera División de Infantería. Ya sabes, la del uno grande y rojo. Principalmente me dediqué a poner paz en peleas de bar o a hacer guardia frente al hospital. Conocí a tipos como Barbie y daría lo que fuera por sacarlo de la celda y tenerlo en nuestro bando. Si el presidente lo ha puesto al mando de la situación, o lo ha intentado, será por algún motivo —hizo una pausa—. Tal vez podríamos ayudarlo a fugarse. Vale la pena considerarlo.

Las otras dos mujeres, oficiales de policía y madres, no abrieron la boca, pero Linda se estaba mordiendo las uñas de nuevo y Stacey jugueteaba con el cabello.

—Lo sé —dijo Jackie.

Linda negó con la cabeza.

—A menos que tus hijos estén durmiendo arriba y que dependan de ti para que les prepares el desayuno mañana, no lo sabes.

—Quizá no, pero hazte esta pregunta: si estamos aislados del mundo exterior, y así es, y si el hombre que está al mando es un asesino demente, que podría serlo, ¿crees que es probable que las cosas mejoren si nos quedamos sentados sin hacer nada?

—Si lo liberan —dijo Rusty—, ¿qué harían con él? No pueden ponerlo en el Programa de Protección de Testigos.

—No lo sé —admitió Jackie; suspiró—. Lo único que sé es que el presidente le ordenó que se hiciera cargo de la situación, y que ese cabrón de Gran Jim Rennie le tendió una trampa para poder acusarlo de asesinato y dejarlo fuera de circulación.

—No harán nada de inmediato —dijo Rusty—. Ni siquiera correrán el riesgo de tratar de hablar con él. Hay que tener en cuenta otra cosa más que podría cambiarlo todo.

Les contó lo del contador Geiger, cómo había llegado hasta él, a quién se lo había pasado, y lo que Joe McClatchey afirmaba haber averiguado gracias al aparato.

—No lo sé —dijo Stacey en tono dubitativo—. Parece algo demasiado bueno para ser real. ¿Cuántos años tiene el niño de los McClatchey…? ¿Catorce?

—Trece, creo. Pero es un chico inteligente, y si dice que detectaron un pico de radiación en Black Ridge Road, lo creo. Si han encontrado lo que genera la Cúpula y podemos apagarlo…

—¡Entonces acabará todo esto! —gritó Linda, a quien le brillaban los ojos—. ¡Y Jim Rennie se desinflará como un… como un globo de Macy's de Acción de Gracias con un agujero!

—Sería fantástico —añadió Jackie Wettington—. Y hasta podría creerlo si saliera en televisión.

17

—¿Phil? —dijo Andy—. ¿Phil?

Tuvo que alzar la voz para hacerse oír. Bonnie Nandella and The Redemption estaban interpretando "Mi alma atestigua" a todo volumen. Todos aquellos "ooo-oooh" y "whoa-yeah" resultaban un poco desorientadores. Incluso la luz brillante que había en el interior del edificio de la WCIK era desorientadora; hasta que se encontró bajo aquellos focos, Andy no se había dado cuenta de lo oscuro que estaba el resto de Chester's Mill. Y de cómo se había adaptado a aquella oscuridad.

—¿Chef?

Sin respuesta. Echó un vistazo al televisor (la CNN sin sonido), y miró hacia el estudio de radio a través del ventanal. Las luces del interior estaban encendidas y todos los equipos en funcionamiento (la imagen le dio escalofríos, a pesar de que Lester Coggins le había explicado con gran orgullo cómo la computadora lo manejaba todo), pero no había rastro de Phil.

De pronto le llegó un olor a sudor, rancio y acre. Se dio la vuelta y vio a Phil, que estaba justo detrás de él, como si hubiera salido de repente del suelo. En una mano tenía algo que parecía el control de una puerta de garage. En la otra, una pistola, con la que le apuntaba al pecho. El dedo que rodeaba el gatillo era pálido, y el nudillo y el cañón temblaban ligeramente.

—Hola, Phil —lo saludó Andy—. Chef, quiero decir.

—¿Qué haces aquí? —preguntó Chef Bushey, cuyo sudor desprendía un fuerte olor a levadura. Llevaba unos pantalones de mezclilla y una camiseta de la WCIK que estaban hechos una porquería. Estaba descalzo (lo cual explicaba que no lo hubiera oído llegar) y tenía los pies mugrientos. En cuanto al cabello, debía de hacer un año que no se lo lavaba. O más. Sin embargo, sus ojos eran lo peor, inyectados en sangre y de mirada angustiada—. Más te vale que me lo cuentes rápido, viejo amigo, o no podrás volver a contarle nada a nadie jamás.

Andy, que había burlado la muerte en forma de agua rosa hacía poco, encajó la amenaza del Chef con serenidad, cuando no con alegría.

—Haz lo que debas, Phil. Chef, quiero decir.

El Chef enarcó las cejas, sorprendido. Tenía los ojos vidriosos, pero parecía que Andy hablaba en serio.

—Ah, ¿sí?

—Por supuesto.

—¿Qué haces aquí?

—Vengo a traerte malas noticias. Lo siento mucho.

El Chef pensó en lo que acababa de decirle y esbozó una sonrisa que reveló los pocos dientes que le quedaban.

—No hay malas noticias. Jesucristo va a volver, y eso es una buena noticia que se traga a todas las malas. Es el *bonus track* de las buenas noticias. ¿Estás de acuerdo?

—Sí, y digo aleluya. Por desgracia, o por suerte, supongo, imagino que deberías decir por suerte, tu mujer ya está con Él.

—¿Qué?

Andy estiró el brazo y bajó el cañón de la pistola para que apuntara al suelo. El Chef no hizo ningún esfuerzo por oponerse.

—Samantha está muerta, Chef. Lamento decirte que se ha quitado la vida esta noche.

—¿Sammy? ¿Muerta? —el Chef tiró la pistola en la bandeja de un escritorio que había cerca. También bajó la mano del control de garage, pero no lo soltó; no se había desprendido de él desde hacía dos días, ni siquiera durante sus períodos de sueño, cada vez más escasos.

—Lo siento, Phil. Chef.

Andy le relató las circunstancias de la muerte de Sammy tal como se las habían contado a él, y concluyó con la reconfortante noticia de que "el bebé" estaba bien. (A pesar de su desesperación, Andy era una persona que siempre veía el vaso medio lleno.)

El Chef hizo un gesto de desdén con el control de cochera al oír la noticia sobre el estado de Little Walter.

—¿Mató a dos putos policías?

Andy se irguió al oír su reacción.

—Eran oficiales de policía, Phil. Dos seres humanos. Ella estaba destrozada, no me cabe la menor duda, pero aun así es un acto reprochable. Debes retirar eso.

—¿El qué?

—No pienso permitir que insultes a nuestros policías.

El Chef meditó sobre ello.

—Sí, sí, bien, lo retiro.

—Gracias.

El Chef se inclinó desde su nada despreciable altura (fue como la reverencia de un esqueleto) y miró a Andy a la cara.

—Eres un cabrón muy valiente. ¿Verdad?

—No —respondió Andy, con sinceridad—. Lo que ocurre es que ya no me importa.

Al Chef le pareció ver algo que lo preocupó. Tomó a Andy del hombro.

—¿Estás bien, hermano?

Andy rompió a llorar y se dejó caer en una silla bajo un cartel que decía: CRISTO VE TODOS LOS CANALES, CRISTO ESCUCHA TODAS LAS LONGITUDES DE ONDA. Apoyó la cabeza en la pared, bajo aquel siniestro lema, llorando como un niño al que han castigado por robar jamón. Era el hermano quien lo había hecho; ese hermano tan inesperado.

715

El chef tomó la silla del escritorio del director de la emisora y observó a Andy con la expresión de un naturalista que observa un animal exótico en plena naturaleza. Al cabo de un rato dijo:

—¡Sanders! ¿Has venido aquí para que te matara?

—No —respondió Andy entre sollozos—. Quizá. Sí. No sé. Pero mi vida terminó. Mi mujer y mi hija están muertas. Creo que Dios podría estar castigándome por vender esa mierda…

El Chef asintió.

—Es posible.

—… y estoy buscando respuestas. O el fin. O algo. Por supuesto, también quería contarte lo de tu esposa, es importante hacer lo correcto…

El Chef le dio una palmadita en el hombro.

—Y lo has hecho, hermano. Te estoy muy agradecido. No era buena cocinera, y tenía la casa como una pocilga, pero cuando estaba drogada cogía como una puta reina. ¿Qué tenía contra esos dos polis?

A pesar de su pena, Andy no tenía intención de mencionar la acusación de violación.

—Supongo que estaba disgustada por la Cúpula. ¿Sabes lo de la Cúpula, Phil, Chef?

El Chef volvió a hacer un gesto con la mano, al parecer en sentido afirmativo.

—Lo que dices sobre las metanfetaminas es correcto. Venderlas está mal. Es una afrenta. Pero fabricarlas… esa es la voluntad de Dios.

Andy dejó caer los brazos y miró al Chef con los ojos hinchados.

—¿Eso crees? Porque no estoy muy seguro de que esté bien.

—¿Alguna vez has tomado alguna?

—¡No! —gritó Andy. Fue como si el Chef le hubiera preguntado si había mantenido relaciones sexuales con un cocker spaniel.

—¿Te tomarías un medicamento si te lo recetara el médico?

—Bueno… sí, claro… pero…

—Las metanfetaminas son medicina —el Chef lo miró con solemnidad, y le dio unos golpecitos en el pecho con el dedo para dar mayor énfasis a sus palabras. Bushey se había mordido las uñas y ahora le sangraban—. Las metanfetaminas son medicina. Dilo.

—Las metanfetaminas son medicina —repitió Andy en tono agradable.

—Así es. —El Chef se puso en pie—. Son un medicamento para la melancolía. Es de Ray Bradbury. ¿Has leído algo de él?

—No.

—Era un genio, demonios. Sabía lo que decía. Escribió el mejor puto libro. Di aleluya. Ven conmigo. Voy a cambiarte la vida.

18

El primer concejal de Chester's Mill se entregó a las metanfetaminas, como una rana a las moscas.

Había un sofá viejo y raído tras los fogones; allí sentados, bajo un cuadro de Jesucristo montado en moto (titulado: *El mejor compañero de carretera*), Andy y Chef Bushey se pasaban la pipa el uno al otro. Mientras queman, las metanfetaminas huelen a orín que lleva tres días atascado, pero después de la primera calada, Andy se convenció de que el Chef tenía razón: venderlo quizá era obra de Satán, pero la droga en sí era obra de Dios. El mundo apareció bajo una luz exquisita y delicadamente temblorosa que nunca había visto. Su ritmo cardíaco aumentó, los vasos sanguíneos del cuello se dilataron y se convirtieron en cables palpitantes, sentía un cosquilleo en las encías y un delicioso hormigueo en los huevos, como no le sucedía desde que era adolescente. Pero lo mejor de todo aquello era que la fatiga que se había apoderado de sus hombros y que lo había confundido desapareció. Sentía que podía mover montañas con una carretilla.

—En el Jardín del Edén había un árbol —dijo el Chef mientras le pasaba la pipa, de la que salían volutas de humo verde por ambos extremos—. El Árbol del Bien y el Mal. ¿Lo sabes?

—Sí. Está en la Biblia.

—Por supuesto. Y en ese Árbol había una Manzana.

—Así es, así es —Andy dio una calada tan pequeña que en realidad fue un sorbo. Quería más, lo quería todo, pero tenía miedo de que si daba una calada muy grande su cabeza saliera disparada y volara por el laboratorio como un cohete, lanzando gases abrasadores desde la base.

—La carne de esa Manzana es la Verdad, y la piel es la Metanfetamina —dijo el Chef.

Andy lo miró.

—Es increíble.

El Chef asintió.

—Sí, Sanders. Lo es —tomó de nuevo la pipa—. ¿Es o no buena esta mierda?

—Es una mierda increíble.

—Jesucristo va a regresar en Halloween —dijo el Chef—. Probablemente unos días antes; no sé. Ya estamos en temporada de Halloween, ¿sabes? La temporada de la puta bruja —le pasó la pipa a Andy, y luego señaló con la mano en la que sostenía el control de cochera—. ¿Ves eso? Al fondo de la galería. Sobre la puerta del almacén.

Andy miró.

—¿Qué? ¿Ese bulto blanco? Parece arcilla.

—No lo es —respondió el Chef—. Es el Cuerpo de Cristo, Sanders.

—¿Y esos cables que salen de él?

—Vasos por los que circula la Sangre de Cristo.

Andy reflexionó sobre el concepto y le pareció brillante.

—Muy bien —pensó un rato más—. Te quiero, Phil. Chef, quiero decir. Me alegro de haber venido aquí.

—Yo también —dijo el Chef—. Escucha, ¿quieres ir a dar una vuelta? Tengo un coche en algún lado, creo, pero no me siento del todo bien.

—Claro —respondió Andy. Se puso en pie. El mundo se balanceó un instante y luego se estabilizó—. ¿Adónde quieres ir?

El Chef se lo dijo.

19

Ginny Tomlinson estaba durmiendo en el mostrador de recepción con la cabeza sobre la portada de la revista *People*; Brad Pitt y Angelina Jolie retozaban en las olas de una tórrida isla en la que los camareros servían bebidas con pequeñas sombrillas de papel. Cuando algo la despertó al cuarto para las dos de la madrugada del miércoles, encontró una aparición ante ella: un hombre alto y escuálido, con los ojos hundidos y el cabello apelmazado y alborotado. Vestía una camiseta de la WCIK y unos pantalones de mezclilla que colgaban de sus escuálidas caderas. Al principio Ginny creyó que estaba temiendo una pesadilla de muertos vivientes, pero entonces percibió el olor. Ningún sueño olía tan mal.

—Soy Phil Bushey —dijo la aparición—. He venido a buscar el cuerpo de mi esposa. Voy a enterrarla. Enséñame dónde está.

Ginny no se negó. Le habría entregado todos los cuerpos con tal de librarse de él. Pasaron frente a Gina Buffalino, que se encontraba junto a una camilla, mirando al Chef con pálida aprehensión. Cuando Bushey volteó para mirarla, la enfermera retrocedió.

—¿Ya tienes tu disfraz de Halloween? —preguntó el Chef.

—Sí...

—¿De qué será?

—De Glinda —respondió la chica con un hilo de voz—. Aunque imagino que no iré a la fiesta porque es en Motton.

—Yo voy a ir de Jesús —dijo el Chef. Siguió a Ginny como un fantasma sucio con unos Converse raídos de talón alto. Entonces volteó. Estaba sonriendo. Con una mirada vacía—. Y estoy muy enojado.

20

Diez minutos después, Chef Bushey salía del hospital llevando en brazos el cuerpo de Sammy, envuelto en sábanas. Un pie descalzo, con las uñas pintadas con esmalte rosa apenas visible, se balanceaba. Ginny le sostuvo la puerta. No miró para ver quién estaba al volante del coche estacionado frente a la entrada, algo por lo que Andy se mostró vagamente agradecido. Esperó hasta que la chica regresó adentro, entonces salió y le abrió una de las puertas posteriores al Chef, que manejaba la carga con gran facilidad para ser un hombre que parecía un montón de piel sobre un armazón de huesos. *Quizá*, pensó Andy, *las metanfetaminas también dan fuerza.* En tal caso, él empezaba a flaquear. La depresión volvía a apoderarse de él. Y la fatiga.

—Bueno —dijo el Chef—. Ponte al volante. Pero antes pásame eso.

Le había dado a Andy el control de garage para que se lo guardara, y el concejal se lo devolvió.

—¿A la funeraria?

El Chef lo miró como si estuviera loco.

—Iremos a la emisora de radio. Ahí es donde aparecerá Jesucristo cuando regrese.

—En Halloween.

—Así es —dijo el Chef—. O quizá antes. Mientras tanto, ¿me ayudarás a enterrar a esta hija de Dios?

—Por supuesto —respondió Andy. Luego añadió con timidez—: Tal vez antes podríamos fumar un poco más.

El Chef rio y le dio una palmada en el hombro.

—Te gusta, ¿verdad? Lo sabía.

—Es un medicamento para la melancolía —añadió Andy.

—Tienes razón, hermano. Tienes toda la razón.

21

Barbie estaba en la cama, esperando el amanecer y lo que llegara luego. Durante el tiempo que estuvo destinado en Iraq se había entrenado para no preocuparse por lo que viniera, y aunque en el mejor de los casos era una habilidad limitada, había logrado dominarla hasta cierto punto. Al final, solo había dos reglas para convivir con el miedo (creía que vencer el miedo era un mito), y las repetía para sus adentros mientras esperaba.

Debo aceptar las cosas sobre las que no tengo control.

Debo convertir las adversidades en ventajas.

La segunda regla implicaba que debía administrar con sumo cuidado todos los recursos y llevar a cabo la planificación con ellos en mente.

Tenía un recurso escondido en el colchón: su navaja del ejército suizo. Era pequeña, solo tenía dos hojas, pero incluso con la pequeña podría degollar a un hombre. Era muy afortunado de tenerla y lo sabía.

Fueran cuales fuesen los procedimientos sobre el ingreso de detenidos que hubiera seguido Howard Perkins, estos habían desaparecido desde su muerte y el ascenso de Peter Randolph. Las conmociones que había sufrido el pueblo en los últimos cuatro días habrían dejado fuera de combate a cualquier cuerpo de policía, supuso Barbie, pero en el caso de Chester's Mill había algo más. El problema era que Randolph era un hombre estúpido y descuidado, y en cualquier burocracia la tropa seguía el ejemplo del hombre que estaba al mando.

Le habían tomado fotografías y las huellas dactilares, pero pasaron cinco horas hasta que Henry Morrison, con aspecto cansado y asqueado, bajó a los calabozos y se detuvo a dos metros de la celda de Barbie. Fuera de su alcance.

—¿Has olvidado algo? —preguntó Barbie.

—Vacía los bolsillos y échalo todo al pasillo —le ordenó Henry—. Luego quítate los pantalones y hazlos pasar entre los barrotes.

—Si lo hago, ¿me darás algo para beber para que no tenga que sorber de la taza del retrete?

—¿De qué hablas? Junior te bajó agua. Yo mismo lo vi hacerlo.

—Le echó sal.

—Bien. Pues sí —pero Henry no las tenía todas consigo. Quizá aún quedaba un rastro de inteligencia humana en algún lugar—. Haz lo que te he dicho, Barbie. Barbara, quiero decir.

Barbie vació los bolsillos: la cartera, las llaves, las monedas, un pequeño fajo de billetes y la medalla de san Cristóbal que llevaba como amuleto de buena suerte. Por entonces la navaja del ejército suizo ya estaba oculta en el colchón.

—Por mí puedes llamarme Barbie cuando me aten una soga alrededor del cuello y me cuelguen. ¿Es eso lo que tiene en mente Rennie? ¿Colgarme? ¿O será un pelotón de fusilamiento?

—Cierra el pico y mete los pantalones entre los barrotes. La camisa también —hablaba como un bravucón de pueblo, pero Barbie creía que parecía más inseguro que nunca, lo cual era una buena noticia. No estaba mal para empezar.

Bajaron dos de los nuevos policías jovencísimos. Uno sostenía un bote de gas pimienta Mace; el otro una pistola de electrochoque Taser.

—¿Necesita ayuda, oficial Morrison? —preguntó uno de ellos.

—No, pero pueden permanecer ahí, al pie de la escalera, y vigilarlo hasta que yo haya acabado —respondió Henry.

—Yo no maté a nadie —dijo Barbie en voz baja y con toda la sinceridad de que fue capaz—. Y creo que lo sabes.

—Lo que sé es que más vale que cierres el pico, a menos que quieras que te hagamos un enema con la Taser.

Henry estaba hurgando en la ropa, pero no le había pedido que se quitara los calzoncillos y se abriera de piernas. Lo cacheaba tarde y mal, pero Barbie le reconoció cierto mérito por haberse acordado; había sido el único.

Cuando Henry acabó, dio una patada a los pantalones —bolsillos vacíos y cinturón confiscado— hacia los barrotes.

—¿No me devuelves la medalla?

—No.

—Henry, piénsalo bien. ¿Por qué mata...?

—Cierra el pico.

Henry se abrió paso entre los dos jovencitos con la cabeza gacha y los efectos personales de Barbie en las manos. Los chicos lo siguieron, pero uno se detuvo el tiempo justo para lanzar una sonrisa burlona a Barbie y pasarse un dedo por el cuello.

Desde entonces había estado solo, sin nada que hacer salvo permanecer en la cama y mirar por la rendija de una ventana (de cristal opaco y reforzado con alambre), esperando el amanecer y preguntándose si intentarían hacerle el submarino o si lo de Searles no había sido más que una fanfarronada. Si eran tan descuidados haciéndole el submarino como en los procedimientos de ingreso de nuevos presos, había muchas posibilidades de que lo ahogaran.

También se preguntó si bajaría alguien antes del amanecer. Alguien con una llave. Alguien que se acercara demasiado a la puerta. Con la navaja, la fuga no era una idea descabellada, pero seguramente lo sería en cuanto despuntara el alba. Quizá debería haberlo intentado cuando Junior le pasó el vaso de agua salada entre los barrotes... Aunque Junior tenía muchas ganas de usar su arma. Además, habría tenido pocas probabilidades de éxito, y Barbie no estaba tan desesperado. Al menos aún.

Y luego... ¿adónde habría ido?

Aunque hubiera logrado escapar y desaparecer, podría haber metido a sus amigos en muchos problemas. Después de un agotador "interrogatorio" por parte de policías como Melvin y Junior, podrían considerar la Cúpula el menor de sus problemas. Gran Jim estaba al mando, y cuando los tipos como él se hacían con el poder, no se andaban con rodeos. No paraban hasta lograr su objetivo.

Se sumió en un sueño muy ligero e intranquilo. Soñó con la rubia de la vieja camioneta Ford. Soñó que ella se detenía a recogerlo y que lograban salir de Chester's Mill a tiempo. Que se desabrochaba la blusa para mostrar las copas de un brasier de encaje azul lavanda cuando una voz dijo:

—Ey, tú, imbécil. Despierta de una vez.

22

Jackie Wettington se quedó a pasar la noche en casa de los Everett, y aunque los niños guardaban silencio y la habitación de huéspedes era cómoda, no podía dormir. A las cuatro de la madrugada decidió lo que iba a hacer. Era consciente de los riesgos; también era consciente de que no podría descansar mientras Barbie siguiera en una celda de la comisaría. Si ella misma había sido capaz de dar un paso al frente y organizar una especie de resistencia —o tan solo una investigación seria de los asesinatos—, pensó que ya había empezado todo. Sin embargo, se conocía demasiado bien a sí misma para considerar esa idea. Todo lo que hizo en Guam y en Alemania se le dio muy bien (principalmente se trataba de sacar a soldados borrachos de los bares, de perseguir a los que se habían ido sin permiso y de limpiar accidentes de coche en la base), pero lo que estaba ocurriendo en Chester's Mill excedía con creces la escala salarial de un sargento mayor. O de la única oficial de calle a tiempo completo que trabajaba con un puñado de pueblerinos que la llamaban la Tetona de la Comisaría a sus espaldas. Creían que no lo sabía, pero los había oído. Pero en ese momento el comportamiento sexista de nivel preparatoria era la menor de sus preocupaciones. Aquello tenía que acabar, y Dale Barbara era el hombre que había elegido el presidente de Estados Unidos para ponerle fin. Ni siquiera el placer del comandante en jefe era la parte más importante. La primera regla era que no podías abandonar a tus chicos. Eso era algo sagrado, algo sabido y aceptado.

Tenía que empezar haciéndole saber a Barbie que no estaba solo. De ese modo él podría planear sus propias acciones en consecuencia.

Cuando Linda bajó al piso de abajo en camisón a las cinco de la madrugada, los primeros rayos de luz habían empezado a filtrarse por las ventanas y mostraban que los árboles y los arbustos estaban completamente inmóviles. No soplaba la menor brisa.

—Necesito un recipiente —dijo Jackie—. Con forma de cuenco. Debería ser pequeña, y tiene que ser opaca. ¿Tienes algo parecido?

—Claro, pero ¿por qué?

—Porque vamos a llevarle el desayuno a Dale Barbara —respondió Jackie—. Cereal. Y le pondremos una nota en el fondo.

—¿De qué hablas? No puedo hacerlo. Tengo hijos.

—Lo sé, pero no puedo hacerlo por mi cuenta porque no me dejarán bajar ahí sola. Tal vez sí, si fuera un hombre, pero con estas no —se señaló los pechos—. Te necesito.

—¿Qué tipo de nota?

—Voy a sacarlo de allí mañana por la noche —dijo Jackie con más calma de la que en realidad sentía—. Durante la gran asamblea de mañana. No necesitaré que me eches una mano…

—¡Pero no pensaba ayudarte en eso! —Linda se agarró el cuello del camisón.

—Baja la voz. Había pensado en Romeo Burpee, si puedo convencerle de que Barbie no mató a Brenda. Nos pondremos pasamontañas o algo por el estilo para que no puedan identificarnos. Nadie se sorprenderá; todo el pueblo sabe que Barbara tiene sus defensores.

—¡Estás loca!

—No. Durante la asamblea habrá muy pocos oficiales en la comisaría, tres o cuatro chicos. Quizá solo un par. Estoy segura.

—¡Pues yo no!

—Pero aún falta mucho para la noche de mañana. Tendrá que aguantarlos al menos hasta entonces. Dame el recipiente.

—Jackie, no puedo hacerlo.

—Sí puedes —era Rusty, que estaba junto a la puerta y parecía enorme con los pantalones cortos de gimnasio que vestía y la camiseta de los Patriotas de Nueva Inglaterra—. Ha llegado el momento de empezar a asumir riesgos, haya hijos de por medio o no. Estamos solos, y hay que poner fin a todo esto.

Linda lo miró por un instante y se mordió el labio. Luego se agachó para abrir uno de los armarios.

—Los recipientes están aquí.

23

Cuando llegaron a la comisaría, el mostrador de recepción estaba vacío —Freddy Denton se había ido a casa a dormir un rato—, pero media docena de los oficiales más jóvenes estaban sentados, bebiendo café y hablando, emocionados por estar despiertos a una hora que pocos habían vivido en un estado consciente. Entre ellos, Jackie vio a dos chicos de la multitudinaria prole de los Killian, a una motocicleta de pueblo y asidua del Dipper's llamada Lauren Conree, y a Carter Thibodeau. No sabía cómo se llamaban los demás, pero reconoció a dos que nunca iban a clase y habían cometido pequeños delitos relacionados con las drogas y los vehículos automotores. Los nuevos "oficiales", los más nuevos de los nuevos, no llevaban uniforme, sino una tira de tela azul atada al brazo.

Todos llevaban pistola, excepto uno.

—¿Qué hacen aquí tan temprano? —preguntó Thibodeau caminando hacia ellas—. Yo tengo excusa, se me han acabado los calmantes.

Los demás se carcajearon como trols.

—Le trajimos el desayuno a Barbara —dijo Jackie. Tenía miedo de mirar a Linda, miedo de la expresión que pudiera ver en su cara.

Thibodeau echó un vistazo al recipiente.

—¿Sin leche?

—No la necesita —respondió Jackie, que escupió en el cuenco de Special K—. Ya los mojo yo.

Los demás estallaron en vítores. Varios aplaudieron.

Jackie y Linda llegaron a la escalera cuando Thibodeau dijo:

—Dame eso.

Por un instante, Jackie se quedó helada. Se vio a sí misma entregándole el recipiente y luego intentando huir. Lo que la detuvo fue un hecho muy sencillo: no tenían adónde huir. Aunque hubieran logrado salir de la comisaría, las habrían alcanzado antes de que llegaran al Monumento a los Caídos.

Linda le arrancó el cuenco de las manos y se le dio a Thibodeau, quien, en lugar de buscar una amenaza entre el cereal, escupió en él.

—Ahí va mi contribución —dijo.

—Espera un momento, espera un momento —dijo Lauren Conree. Era una pelirroja alta y delgada con cuerpo de modelo y las mejillas picadas por el acné. Hablaba con voz nasal porque se había metido un dedo en la nariz, hasta la segunda falange—. Yo también tengo algo para él —el dedo resurgió con un gran moco en la punta. La señorita Conree lo depositó sobre el cereal, lo que le valió aplausos y el grito "¡Laurie se dedica a la extracción de petróleo verde!".

—Se supone que dentro de todas las cajas de cereales hay un juguete —dijo la chica con una sonrisa ausente. Se llevó la mano a la culata de la 45. Con lo delgada que era, Jackie pensó que si alguna vez tenía ocasión de dispararla el retroceso la haría caer de nalgas.

—Todo listo —sentenció Thibodeau—. Las acompañaré.

—Bien —dijo Jackie. Cuando pensó que había estado a punto de ponerse la nota en el bolsillo para intentar dársela a Barbie en mano, sintió un escalofrío. De repente, le pareció que el riesgo que estaban corriendo era una locura… no obstante, ya era demasiado tarde—. Pero quédate en la escalera. Y, Linda, mantente detrás de mí. Es mejor que no corramos ningún riesgo.

Pensó que tal vez Thibodeau intentaría rebatir sus órdenes, pero no lo hizo.

24

Barbie se incorporó. Al otro lado de los barrotes se encontraba Jackie Wettington con un cuenco de plástico blanco en una mano. Tras ella, Linda Everett sostenía la pistola con ambas manos, apuntando al suelo. Carter Thibodeau era el último de la fila, y se quedó al pie de la escalera; llevaba el cabello apelmazado, como si acabara de despertarse, y la camisa azul de uniforme desabrochada para mostrar el vendaje del hombro que le cubría el mordisco del perro.

—Hola, oficial Wettington —dijo Barbie. Una tenue luz blanca empezaba a filtrarse por la rendija de la ventana. Eran esos primeros rayos de luz del día que hacen que la vida parezca la broma de todas las bromas—. Soy inocente de todas las acusaciones. No se pueden calificar de cargos porque aún no me han...

—Cállate —le espetó Linda—. No nos interesa.

—Muy bien, rubia —dijo Carter—. Así se hace —bostezó y se rascó el vendaje.

—Siéntate ahí —le ordenó Jackie a Barbie—. No muevas ni un músculo.

Barbara obedeció. La oficial hizo pasar el cuenco entre los barrotes. Era pequeña y pasó justo.

Barbie tomó el cuenco. Estaba lleno de cereal que parecía Special K. Un escupitajo brillaba sobre las hojuelas secas. Había algo más: un moco grande, verde, húmedo y manchado de sangre. Y aun así, su estómago rugió. Tenía mucha hambre.

También se sentía dolido, muy a su pesar. Porque Jackie Wettington, a quien reconoció como exmilitar la primera vez que la vio (en parte por el corte de cabello, pero sobre todo por su porte), lo había decepcionado. Le resultó fácil asimilar la indignación de Henry Morrison. Sin embargo lo de Jackie era más difícil. Y la otra mujer policía, la que estaba casada con Rusty Everett, lo miraba como si fuera un animal raro o un insecto con aguijón. Había albergado ciertas esperanzas de que al menos algunos de los oficiales...

—Come y calla —le ordenó Thibodeau desde la escalera—. Lo hemos preparado con todo el cariño para ti. ¿Verdad, chicas?

—Así es —convino Linda. Hizo una mueca apenas perceptible con la boca. Las comisuras de los labios se curvaron hacia abajo. Fue algo más que un tic, pero a Barbie le dio un vuelco el corazón. Creyó que Linda estaba fingiendo. Quizá era creer demasiado, pero...

Linda se movió un poco y se interpuso en la línea de visión entre Thibodeau y Jackie... aunque en realidad no había ninguna necesidad. El chico estaba muy atareado intentando mirar por debajo de su vendaje.

Jackie miró hacia atrás para asegurarse de que tenía vía libre, entonces señaló el cuenco, levantó las manos con las palmas hacia arriba y enarcó las cejas: *Lo siento*. Luego señaló a Barbie con dos dedos. *Presta atención*.

Él asintió.

—Disfruta del desayuno, imbécil —le espetó Jackie—. Ya te traeremos algo mejor a mediodía. Quizá una hamburguesa orinada.

Thibodeau soltó una carcajada desde la escalera, donde se estaba arreglando el vendaje.

—Eso si te queda algún diente —añadió Linda. No sonó despiadada, ni siquiera enfadada. Solo pareció asustada: una mujer que prefería estar en cualquier otra parte antes que ahí. Sin embargo, Thibodeau no se dio cuenta. Seguía analizando el estado de su hombro.

—Vamos —dijo Jackie—. No quiero ver cómo traga.

—¿Están demasiado secos? —preguntó Thibodeau. Se puso en pie mientras las mujeres recorrían el pasillo que había entre las celdas y la escalera. Linda guardó la pistola—. Porque si es así... —carraspeó con fuerza para arrancarse las flemas.

—Ya me las arreglo —dijo Barbie.

—Claro que sí —replicó Thibodeau—. De momento. Luego ya veremos.

Subieron por la escalera. Thibodeau, que iba el último, le dio una palmada en el trasero a Jackie. Ella rio y le dio un inocente manotazo. Era buena, mucho mejor que Linda. Pero ambas acababan de demostrar que tenían agallas. Muchas agallas.

Barbie tomó el moco y lo tiró hacia la esquina en la que había orinado. Se limpió la mano con la camisa. Luego hurgó en el cereal y, en el fondo, encontró un trozo de papel.

"Intenta aguantar hasta mañana por la noche. Si podemos sacarte, ve pensando en algún lugar seguro. Ya sabes qué hacer con esto."

Barbie lo hizo.

25

Una hora después de haberse comido la nota y el cereal, oyó unos pasos que descendían lentamente por la escalera. Era Gran Jim Rennie, vestido de traje y corbata, listo para empezar otro día al frente del gobierno bajo la Cúpula. Entró seguido de Carter Thibodeau y de otro tipo, uno de los Killian, a juzgar por la forma de la cabeza. El muchacho llevaba una silla que le creaba bastantes problemas; era lo que los yanquis de antaño habrían llamado un "garrulo". Le dio la silla a Thibodeau, que la puso frente a la celda, al final del pasillo. Rennie se sentó, pero antes se subió las perneras con sumo cuidado, para no arrugar la raya.

—Buenos días, señor Barbara —había cierto matiz de satisfacción en el uso de aquel tratamiento civil.

—Concejal Rennie —dijo Barbie—. ¿Qué puedo hacer por usted aparte de darle mi nombre, mi rango y número de serie... que no estoy seguro de poder recordar?

—Confesar. Ahorrarnos unos cuantos problemas y aliviar las penas de su propia alma.

—Anoche el señor Searles mencionó la tortura del submarino —dijo Barbie—. Me preguntó si la había visto en Iraq.

Rennie esbozó una sonrisa que parecía decir "Cuéntame más, los animales que hablan son muy interesantes".

—De hecho, sí. No tengo ni idea de la frecuencia con la que se utilizó esta técnica en el campo de batalla, los informes discrepaban, pero fui testigo de su uso en dos ocasiones. Uno de los hombres acabó hablando, aunque su confesión no sirvió de nada. El hombre al que identificó como fabricante de bombas de Al-Qaeda resultó ser un maestro que había huido hacia Kuwait catorce meses antes. El otro hombre al que se le practicó el submarino tuvo una convulsión y sufrió daños cerebrales, por lo que no pudimos obtener ninguna confesión de él. Aunque en caso de que hubiera sido capaz de hablar, estoy seguro de que habría confesado. Todo el mundo canta cuando se le somete al submarino, por lo general en cuestión de minutos. Estoy seguro de que yo también lo haría.

—Pues ya sabe cómo ahorrarse todo ese dolor —replicó Gran Jim.

—Parece cansado, señor. ¿Se encuentra bien?

La pequeña sonrisa fue sustituida por una expresión ligeramente ceñuda. Surgía de la profunda arruga que había entre las cejas de Rennie.

—Mi estado actual no le concierne. Permítame que le dé un consejo, señor Barbara: si usted deja de hacernos perder nuestro tiempo, no nos ensañaremos con usted. Lo que debería preocuparle es su estado actual. Quizá de momento esté bien, pero eso podría cambiar. En cuestión de minutos. Mire, estoy pensando en ordenar a mis chicos que le hagan el submarino. Es más, lo estoy pensando muy seriamente. De modo que es mejor que confiese esos asesinatos. Ahórrese un montón de dolor y de problemas.

—Creo que no. Y si me torturan, tal vez empiece a hablar de todo tipo de cosas. Supongo que debería tener eso en mente cuando decida quién quiere que esté en la habitación cuando empiece a hablar.

Rennie pensó en eso. Aunque estaba muy arreglado, sobre todo para ser tan temprano, tenía mal color de cara y círculos púrpura alrededor de los ojos. No tenía buen aspecto. Si Gran Jim caía muerto en ese preciso instante, Barbie preveía dos posibles escenarios. En uno de ellos el feo ambiente político de Chester's Mill se calmaba sin que se produjeran más altercados. En el otro se desataba un caótico baño de sangre en el que la muerte de Barbie (probablemente por linchamiento, más que ante un pelotón de fusilamiento) era seguida por una purga de sus supuestos cómplices de conspiración. Julia podría ser la primera de la lista. Y Rose la segunda; la muchedumbre asustada creía sin reparo en la culpa por asociación.

Rennie volteó hacia Thibodeau.

—Aléjate un poco, Carter. Quédate en la escalera, por favor.

—Pero si intenta atacarlo…

—Entonces lo matarás. Y lo sabe. ¿Verdad, señor Barbara?

Barbie asintió.

—Además, no pienso acercarme más. Por este motivo quiero que te alejes un poco. Vamos a mantener una conversación privada.

Thibodeau obedeció.

—Dígame, señor Barbara, ¿de qué cosas hablaría?

—Lo sé todo sobre el laboratorio de metanfetaminas —dijo Barbie en voz baja—. El jefe Perkins lo sabía y estaba a punto de detenerlo. Brenda encontró el archivo en su computadora. Por eso usted la mató.

Rennie sonrió.

—Es una fantasía ambiciosa.

—Al fiscal general del estado no se lo parecerá, dado su móvil. No se trata de un improvisado laboratorio en un remolque; estamos hablando de la General Motors de las metanfetaminas.

—Antes de que acabe el día —dijo Rennie—, la computadora de Perkins será destruida. Y el de su mujer también. Supongo que habrá una copia de ciertos papeles en la caja fuerte de Duke (sin importancia, por supuesto; un montón de basura tendenciosa recopilada con fines políticos, el fruto de la mente de un hombre que siempre me odió); en tal caso, la caja fuerte se abrirá y los documentos serán quemados. Por el bien del pueblo, no el mío. Estamos en una situación de crisis. Tenemos que mantenernos unidos.

—Brenda pasó una copia de ese archivo antes de morir.

Gran Jim sonrió y mostró una doble hilera de pequeños dientes.

—Una fabulación merece otra, señor Barbara. ¿Quiere que fabule yo también?

Barbie extendió las manos con las palmas hacia arriba: *Faltaría más, adelante.*

—En mi fabulación, Brenda viene a verme y me cuenta lo mismo. Me dice que le ha dado la copia de la que habla a Julia Shumway. Pero sé que es una mentira. Tal vez tuvo la intención de hacerlo, pero no lo hizo. Y aunque fuera cierto… —se encogió de hombros—. Sus partidarios quemaron el periódico de Julia anoche. Fue una mala decisión por su parte. ¿O acaso fue idea suya?

Barbara repitió:

—Hay otra copia. Sé dónde está. Si me torturan, confesaré dónde se encuentra. A voz en grito.

Rennie rio.

—Se expresa con gran sinceridad, señor Barbara, pero me he pasado toda la vida regateando, y reconozco una farsa cuando la oigo. Tal vez debería ordenar que lo ejecutaran sumariamente y listo. El pueblo lo celebraría.

—¿Hasta qué punto lo celebraría si antes usted no descubriera a mis cómplices de conspiración? Incluso Peter Randolph podría cuestionar la decisión, y eso que no es más que un lamebotas estúpido y temeroso.

Gran Jim se puso en pie. Sus mejillas sebosas se habían teñido del color del ladrillo viejo.

—No sabe con quién está jugando.

—Claro que sí. Me cansé de ver a tipos de su calaña en Iraq. Llevaban turbante en lugar de corbata, pero por lo demás eran iguales. Incluso en lo que se refiere a ese montón de estupideces sobre Dios.

—Bueno, me ha convencido para que no lo torturemos con el submarino —dijo Gran Jim—. Y es una pena, porque tenía ganas de verlo en persona.

—No me cabe duda.

—De momento lo dejaremos en esta celda tan acogedora, ¿de acuerdo? No creo que vaya a comer mucho, porque si come no podrá pensar. ¿Quién sabe? Si le da por el pensamiento constructivo, tal vez se le ocurran mejores motivos para que le permita seguir con vida. Los nombres de la gente del pueblo que está contra mí, por ejemplo. Una lista completa. Le doy cuarenta y ocho horas. Entonces, si no me convence de lo contrario, será ejecutado en la plaza del Monumento a los Caídos, ante todo el pueblo. Servirá de ejemplo para los demás.

—De verdad que no tiene muy buen aspecto, concejal.

Rennie lo miró muy serio.

—La gente de su calaña es la que causa la mayoría de los problemas del mundo. Si no creyera que su ejecución serviría de fuerza unificadora y catarsis necesaria para el pueblo, haría que el señor Thibodeau le disparara en este preciso instante.

—Hágalo y todo saldrá a la luz —replicó Barbie—. Todos los habitantes del pueblo conocerán su operación. Y entonces a ver cómo logra el consenso en la maldita asamblea de mañana, tirano de pacotilla.

Las venas de los costados del cuello de Gran Jim se hincharon; otra palpitación en el centro de la frente. Por un instante pareció que estaba a punto de explotar. Entonces sonrió.

—Sobresaliente en esfuerzo, señor Barbara. Pero miente.

Se fue. Se fueron todos. Barbie se sentó en la cama, sudando. Sabía que estaba muy cerca del límite. Rennie tenía motivos para mantenerlo con vida, pero no eran sólidos. Y luego estaba la nota que le habían entregado Jackie Wettington y Linda Everett. La expresión del rostro de la señora Everett sugería que sabía lo suficiente para sentirse aterrorizada, y no solo por sí misma. Habría sido más seguro para él que hubiera intentado huir usando la navaja. Dado el nivel de profesionalismo del cuerpo de policía de Chester's Mill, creyó que podría lograrlo. Necesitaría un poco de suerte, pero era factible.

Sin embargo, no tenía ningún modo de decirles que lo dejaran intentarlo solo.

Se recostó y se puso las manos en la nuca. Una pregunta lo acuciaba más que las otras: ¿qué había pasado con la copia del archivo VADER destinado a Julia? Porque ella no lo había recibido; estaba seguro de que Rennie había dicho la verdad al respecto.

No tenía forma de saberlo, y lo único que podía hacer era esperar.

Recostado, mirando el techo, Barbie puso manos a la obra.

PLAY THAT DEAD BAND SONG

1

Cuando Linda y Jackie regresaron de la comisaría, Rusty y las niñas estaban sentados en el escalón delantero esperándolas. Las niñas aún llevaban la pijama (de algodón ligero, no de franela como era habitual en esa época del año). A pesar de que aún no eran las siete de la mañana, el termómetro que había en la parte exterior de la ventana de la cocina marcaba ya dieciocho grados.

Por lo general, las niñas echaban a correr por el camino del jardín para abrazar a su madre mucho antes que Rusty, pero esa mañana su padre les sacó varios metros. Agarró a Linda de la cintura y ella le echó los brazos al cuello con tanto ímpetu que casi le hizo daño; no fue un abrazo de "hola, guapo", sino el de alguien que se estaba ahogando.

—¿Estás bien? —le susurró Rusty al oído.

El cabello de Linda rozaba la mejilla de su marido mientras asentía. Entonces se apartó. Le brillaban los ojos.

—Estaba convencida de que Thibodeau hurgarías en el cereal, Jackie tuvo la idea de escupir en el cuenco, una genialidad, pero estaba segura...

—¿Por qué llora mamá? —preguntó Judy, que parecía a punto de romper a llorar también.

—No estoy llorando —respondió Linda; luego se secó los ojos—. Bueno, quizá un poco. Es que me alegro mucho de ver a papá.

—¡Todos nos alegramos de verlo! —dijo Janelle a Jackie—. ¡Porque mi papá ES GENIAL!

—Eso es nuevo —dijo Rusty, y acto seguido besó a Linda en la boca de forma apasionada.

—¡Se están besando en la boca! —exclamó Janelle, fascinada.

Judy se tapó los ojos y rio.

—Vamos, chicas, a los columpios —dijo Jackie—. Luego tendrán que vestirse para ir a la escuela.

—¡QUIERO DAR UNA VOLTERETA! —gritó Janelle, que encabezó la marcha.

—¿A la escuela? —preguntó Rusty—. ¿En serio?

—En serio —respondió Linda—. Solo los pequeños, a la escuela primaria de East Street. Medio día. Wendy Goldstone y Ellen Vanedestine se han ofrecido voluntarias para dar clase. Hasta los tres años en una clase, y de cuatro a seis en otra. No sé si aprenderán algo, pero tendrán un lugar al que ir y cierta sensación de normalidad. Quizá —miró hacia el cielo, que estaba despejado pero tenía un tono amarillento. *Como un ojo azul con cataratas*, pensó ella—. No me vendría mal un poco de normalidad. Fíjate en el cielo.

Rusty alzó la vista brevemente, luego apartó un poco a su mujer para poder mirarla con detenimiento.

—¿Lo lograron? ¿Estás segura?

—Sí, pero casi nos atrapan. Estas cosas son divertidas en las películas de espías, pero en la vida real son horribles. No participaré en su escape, cariño. Por las niñas.

—Los dictadores siempre toman a los niños como rehenes —dijo Rusty—. En algún momento la gente debe plantarse y decir que eso ya no funciona.

—Pero no aquí ni ahora. Esto ha sido idea de Jackie, que se ocupe ella. No pienso tomar parte en ello, y tampoco permitiré que tú lo hagas.

Sin embargo, Rusty sabía que, si se lo pedía, su mujer sería incapaz de negarse; era la expresión que se ocultaba bajo su expresión. Si aquello lo convertía en el jefe, entonces no quería serlo.

—¿Vas a ir a trabajar? —le preguntó Rusty.

—Por supuesto. Los niños van a ir con Marta, Marta los lleva a la escuela, Linda y Jackie se enfrentan a otro día de trabajo como policías bajo la Cúpula. Cualquier otra cosa parecería rara. Odio tener que pensar así —lanzó un suspiro—. Además, estoy cansada —miró alrededor para asegurarse de que las niñas no podían oírla—. Estoy jodida. Apenas pude dormir. ¿Tú vas a ir al hospital?

Rusty negó con la cabeza.

—Ginny y Twitch estarán solas al menos hasta mediodía... Aunque con la ayuda de ese hombre recién llegado no creo que pasen muchos apuros. Parece que a Thurston le gusta un poco la onda *new age*, pero es bueno. Iré a ver a Claire McClatchey. Tengo que hablar con los chicos y debo ir hasta el lugar donde detectaron el pico de radiación con el contador Geiger.

—¿Qué le digo a la gente que me pregunte dónde estás?

Rusty meditó la respuesta.

—La verdad, supongo. Al menos en parte. Diles que estoy investigando un posible generador de la Cúpula. Tal vez eso ponga a Rennie a pensar antes de dar el siguiente paso.

—¿Y cuando me pregunten por la ubicación? Porque lo harán.

—Di que no lo sabes, pero que crees que es en la zona oeste del pueblo.

—Black Ridge está al norte.

—Lo sé. Si Rennie le dice a Randolph que envíe a su policía montada, quiero que vayan al lugar equivocado. Si alguien te pregunta por ello más tarde, dile que estabas cansada y que te confundiste. Y escucha, cariño, antes de ir a la comisaría haz una lista de la gente que podría considerar a Barbie inocente de los asesinatos —volvía a pensar de nuevo en términos de "nosotros y ellos"—. Tenemos que hablar con esas personas antes de la asamblea de mañana. Con mucha discreción.

—Rusty, ¿estás seguro de esto? Porque después del incendio de anoche, todo el mundo estará al acecho de los amigos de Dale Barbara.

—¿Que si estoy seguro? Sí. ¿Me gusta? Desde luego que no.

Linda alzó de nuevo la vista hacia el cielo teñido de amarillo, luego miró los dos robles de su jardín delantero, cuyas hojas colgaban lacias e inmóviles; se habían deslavado y sus vívidos colores se habían transformado en un café apagado. Suspiró.

—Si Rennie le tendió una trampa a Barbara, lo más probable es que también sea el responsable del incendio del periódico. Lo sabes, ¿no?

—Sí.

—Y si Jackie puede sacar a Barbara de la cárcel, ¿dónde lo esconderá? ¿En qué lugar del pueblo estará seguro?

—Tendré que pensar en ello.

—Si puedes encontrar el generador y apagarlo, todo estos juegos de espías serán innecesarios.

—Reza para que así sea.

—Lo haré. ¿Y qué hay con la radiación? No quiero que acabes teniendo leucemia o algo así.

—Se me ocurrió una idea al respecto.

—¿Puedo preguntar?

Rusty sonrió.

—Mejor que no. Es una idea un poco loca.

Linda tomó de la mano a su marido y entrelazaron los dedos.

—Ten cuidado.

Él le dio un beso fugaz.

—Tú también.

Ambos miraron a Jackie, que estaba empujando a las chicas en los columpios. Debían tener cuidado con muchas cosas. Aun así, Rusty se dio cuenta de que el riesgo se estaba convirtiendo en un factor importante de su vida. Eso si quería seguir mirando su reflejo todas las mañanas en el espejo del baño mientras se afeitaba.

2

A Horace el corgi le gustaba la comida de los humanos.

De hecho, a Horace el corgi le encantaba la comida de los humanos. Sin embargo, como sufría cierto sobrepeso (por no mencionar la manchita gris que le había salido en el hocico en los últimos años), se suponía que no podía probarla, y Julia había dejado de dársela después de que el veterinario le dijera claramente que su generosidad estaba reduciendo la esperanza de vida de su compañero de departamento. Esa conversación había tenido lugar dieciséis meses antes; desde entonces la dieta de Horace se limitaba a la comida para perros Bil-Jac y alguno que otro bocado canino prescrito. Las golosinas en cuestión parecían envoltorios de espuma de poliestireno, y a juzgar por la mirada de reproche que le lanzaba Horace antes de comérselas, su sabor debía de hacer honor a su aspecto. No obstante, Julia se mantuvo firme: se acabó la piel de pollo frito, se acabaron los Cheez Doodles y se acabaron los mordiscos a su dona del desayuno.

Eso limitaba el consumo de Horace de alimentos *verboten*, pero no lograba ponerle fin por completo; el régimen impuesto reducía su dieta a forraje, lo que gustaba a Horace, ya que lo devolvía a la naturaleza cazadora de sus parientes zorrunos. En sus paseos matutinos y nocturnos abundaban especialmente los placeres culinarios. Era increíble lo que la gente dejaba en las alcantarillas de Main y West Street que conformaban su ruta habitual. Había papas fritas, papas de bolsa, galletas con crema de cacahuate a medio comer, algún que otro envoltorio de helado con restos de chocolate. En una ocasión encontró una tarta entera de Table Talk. La arrancó de la bandejita y se la zampó en un abrir y cerrar de ojos antes de que alguien pudiera decir "colesterol".

Sin embargo, no siempre lograba zamparse las golosinas que encontraba; a veces Julia veía uno de los objetivos de Horace y tiraba de la correa antes de que pudiera ingerirlo. Aun así, el corgi se salía con la suya en muchas ocasiones porque Julia lo paseaba a menudo sosteniendo en una mano un libro o una copia doblada del *New York Times*. El hecho de que no le hiciera caso en favor del *Times* no era siempre bueno —como cuando quería que le rascara la barriga a conciencia, por ejemplo—, pero durante los paseos ese ninguneo era una bendición. Para un corgi pequeño y amarillo, ninguneo significaba aperitivo.

Esa mañana nadie le hacía caso. Julia y la otra mujer, la propietaria de la casa, cuyo olor lo impregnaba todo, en especial la zona cercana al cuarto al que iban los humanos a depositar sus cacas y marcar territorio, estaban hablando. De pronto la otra mujer se puso a llorar y Julia la abrazó.

—Estoy mejor, pero no bien del todo —dijo Andrea. Estaban en la cocina. Horace podía oler el café que estaban bebiendo. Café frío, no caliente. También olía los pastelitos. Eran de los glaseados—. Aún lo quiero —si se refería al pastelito glaseado, Horace también.

—Ese anhelo podría durar mucho tiempo —dijo Julia—, y eso ni siquiera es lo más importante. Celebro tu valor, Andi, pero Rusty tenía razón, el síndrome de abstinencia es peligroso, es insensato provocártelo. Tienes suerte de no haber sufrido convulsiones.

—Por lo que sé, alguna he padecido —Andrea tomó un trago de su café. Horace oyó el sorbo—. He tenido unos cuantos sueños condenadamente vívidos. En uno había un incendio. Muy grande. En Halloween.

—Pero estás mejor.

—Un poco. Empiezo a pensar que lo conseguiré. Julia, me gustaría que te quedaras conmigo, pero creo que podrías encontrar un lugar mejor. El olor…

—Sobre el olor podemos hacer algo. Compraremos un ventilador de batería en Burpee's. Si la oferta de alojamiento completo es firme, e incluye a Horace, la acepto. Nadie que está dejando una adicción debería hacerlo solo.

—No creo que haya ningún otro método, cielo.

—Ya sabes a lo que me refiero. ¿Por qué lo has hecho?

—Porque los habitantes de este pueblo podrían necesitarme por primera vez desde que me eligieron. Y porque Jim Rennie me amenazó con no darme pastillas si me oponía a sus planes.

Horace desconectó del resto de la charla. Estaba más interesado en un olor que llegaba a su sensible olfato procedente del espacio entre la pared y el sofá. Era en ese sofá en el que a Andrea le gustaba sentarse en tiempos mejores (aunque también más medicados) para ver programas como *The Hunted Ones* (una ingeniosa continuación de *Lost*) y *Bailando con las estrellas*, y a veces una película en HBO. Las noches de cine acostumbraba a comer palomitas hechas en el microondas. Ponía el tazón en la mesita desplegable. Como la gente drogada no destaca por su pulcritud, había unas cuantas palomitas bajo la mesa. Eso era lo que había olido Horace.

Dejó a las mujeres con su parloteo y se escurrió bajo la mesa, hasta el hueco junto al sofá. Era un espacio estrecho, pero la mesita formaba un puente natural y él era un perro estrechito, sobre todo desde que se había convertido en una versión corgi de Weight Watchers. Las primeras palomitas estaban justo detrás de la carpeta VADER, que se encontraba en el interior del sobre de papel manila. De hecho, Horace estaba sobre el nombre de su ama (escrito con la letra clara de la difunta Brenda Perkins), dando buena cuenta de aquel inesperado manjar, sorprendentemente delicioso, cuando Andrea y Julia regresaron a la sala de estar.

Una mujer dijo: "Llévaselo a ella".

Horace alzó la mirada, con las orejas erguidas. No había sido Julia ni la otra mujer; sino una voz muerta. Horace, al igual que todos los perros, oía voces muertas a menudo, y en ocasiones veía a sus propietarios. Los muertos estaban por todas partes, pero los vivos no los veían, del mismo modo que no podían oler los más de diez mil aromas que los rodeaban cada minuto del día.

"Llévaselo a Julia, lo necesita, es suyo."

Aquello era absurdo. Julia jamás comería algo que hubiera estado en su boca, Horace lo sabía por experiencia. Aunque se lo acercara con el hocico, ella no lo comería. Era comida de humanos, sí, pero también era comida del suelo.

"Las palomitas no. El..."

—¿Horace? —preguntó Julia con ese tono brusco que significaba que se estaba portando mal, como si le dijera "Oh, qué perro tan malo eres, sabes portarte mejor", bla, bla, bla—. ¿Qué estás haciendo ahí? Sal ahora mismo.

Horace retrocedió. Le dedicó su sonrisa más simpática, en plan, "Oh, Julia, te quiero mucho", con la esperanza de que no tuviera ninguna palomita pegada en la punta del hocico. Se había comido unas cuantas, pero le daba la sensación de que solo había encontrado una mínima parte del tesoro.

—¿Estabas hurgando por ahí en busca de comida?

Horace se sentó y la observó con una expresión de adoración absolutamente sincera; quería mucho a Julia.

—¿O debería preguntarte qué estabas comiendo? —se agachó para mirar en el hueco que había entre el sofá y la pared.

Antes de lograr su objetivo, a la otra mujer le entraron arcadas. Se abrazó en un intento de detener los espasmos, pero no lo logró. Su olor cambió. Horace sabía que iba a vomitar. La miró atentamente. En ocasiones los vómitos de la gente contenían cosas buenas.

—¿Andi? —preguntó Julia—. ¿Estás bien?

Qué pregunta tan tonta, pensó Horace. *¿Acaso no notas el olor?* Pero esa también era una pregunta tonta. Julia apenas percibía su propio olor cuando estaba sudada.

—Sí. No. No debería haber comido ese bollo con pasas. Voy a... —salió corriendo de la habitación. El hedor a caca y orines de aquella casa iba a empeorar, supuso Horace. Julia la siguió. Por un instante Horace dudó, no sabía si meterse bajo la mesa, pero su sentido del olfato detectó la preocupación de Julia y corrió tras ella.

Había olvidado por completo la voz muerta.

3

Rusty llamó a Claire McClatchey desde el coche. Era pronto, pero ella contestó al primer tono, lo cual no le sorprendió. Nadie en Chester's Mill dormía demasiado últimamente, al menos sin ayuda farmacológica.

Le prometió que Joe y sus amigos estarían en casa a las ocho y media cuando muy tarde, que iría a recogerlos ella misma si era necesario. Bajó un poco la voz y añadió:

—Creo que Joe está enamorado de la chica de los Calvert.

—Sería tonto si no lo estuviera —respondió Rusty.

—¿Los llevarás ahí?

—Sí, pero no a la zona de mayor radiación. Se lo prometo, señora McClatchey.

—Claire. Si voy a permitir que mi hijo te acompañe a una zona en la que, al parecer, los animales se suicidan, creo que deberíamos tutearnos.

—Consigue que Benny y Norrie estén en tu casa a la hora acordada y prometo que cuidaré de ellos durante la excursión. ¿De acuerdo?

Claire se mostró conforme. Cinco minutos después de colgar el teléfono, Rusty dejaba la inquietantemente desierta Motton Road y enfilaba Drummond Lane, una calle corta flanqueada por las casas más bonitas de Eastchester. La más bonita entre las bonitas era la que tenía un buzón en el que se leía BURPEE. Unos instantes después Rusty se encontraba en la cocina de Romeo, bebiendo café (caliente; el generador de los Burpee aún funcionaba) con Romeo y su mujer, Michela. Ambos estaban pálidos y tenían un semblante adusto. Rommie ya estaba vestido para salir, pero su esposa aún estaba en bata.

—¿Crees que Bagbie se tgonó a Bren? —preguntó Rommie—. Pogque si lo hiso, amigo mío, lo mataré yo mismo.

Michela le puso una mano en el brazo.

—No seas tonto, cariño.

—No lo creo —respondió Rusty—. Creo que le tendieron una trampa. Pero si le cuentas a la gente lo que acabo de decir, todos podríamos meternos en problemas.

—Rommie apreciaba mucho a esa mujer —Michela sonreía pero hablaba en tono gélido—. A veces pienso más que a mí.

Romeo no confirmó ni negó la acusación; de hecho, hizo como si no la hubiera oído. Se inclinó hacia Rusty y lo miró fijamente con sus ojos castaños.

—¿De qué hablas? ¿Cómo le tendiegon la trampa?

—Preferiría no entrar en detalles. He venido aquí por otra cuestión. Y me temo que también es secreta.

—Entonces prefiero no oírlo —dijo Michela, que salió de la cocina y se llevó la taza con ella.

—Creo que esta noche me va a dejag a pan y agua —dijo Rommie.

—Lo siento.

Romeo se encogió de hombros.

—Tengo una amiga en el otro lado del pueblo. Misha lo sabe, pego no dise nada. Dime qué otro asunto te traes entre manos, doctog.

—Hay unos niños que creen que pueden haber encontrado la fuente que genera la Cúpula. Son jóvenes pero inteligentes. Confío en ellos. Llevaron con ellos un contador Geiger y detectaron un pico de radiación en Black Ridge Road. No en la zona de peligro, no se acercaron tanto.

—¿Asercagse a qué? ¿Qué viegon?

—Unos destellos de luz púrpura. ¿Sabes dónde está aquel viejo campo de manzanos?

—Diablos, sí. De los McCoy. De joven llevaba ahí a las chicas en mi coche. Se ve todo el pueblo. Tenía un Jeep Willys antiguo… —lanzó una fugaz mirada nostálgica—. Bueno, eso da igual. ¿No egan más que destellos?

—También encontraron muchos animales muertos, entre ellos un ciervo y un oso. Les pareció que se habían suicidado.

Rommie lo miró muy serio.

—Te acompaño.

—Por mí perfecto… hasta cierto punto. Uno de nosotros tiene que ir hasta arriba, y ese debería ser yo. Pero necesito un traje antirradiación.

—¿Qué tienes en mente?

Rusty se lo dijo. Cuando acabó, Rommie sacó un paquete de Winston y le ofreció uno.

—Mi marca favorita, siempre que el paquete no sea mío —dijo Rusty, y tomó uno—. Bueno, ¿qué me dices?

—De acuegdo, te echagé una mano —respondió Rommie mientras prendía los cigarros con el encendedor—. En mis almacenes tengo de todo, como bien saben todos los habitantes del pueblo —señaló a Rusty con su cigarrillo—. Pego mejog que no salga ninguna fotografía tuya en el pegiódico, pogque tendrás un aspecto gidículo.

—Eso no me preocupa —dijo Rusty—. Anoche quemaron el periódico.

—Eso escuché. Otra ves Bagbara. Sus amigos.

—¿Eso crees?

—Soy un alma credula. Cuando Bush dijo que había agmas nucleages en Iraq, lo creí. Yo le desía a la gente: "Ese hombre sabe lo que dise". También creo que Oswald actuó solo.

Desde la habitación contigua Michela dijo:

—Deja de hablar con ese falso acento francés.

Rommie le lanzó una sonrisa burlona a Rusty, como diciendo "Ya ves lo que tengo que aguantar".

—Sí, querida —dijo sin el menor rastro de su acento franchute, luego volteó de nuevo hacia Rusty—. Deja tu coche aquí. Iremos en mi camioneta, que es más espaciosa. Llévame a la tienda y después ve a buscar a esos niños. Yo me encargo de confeccionar tu traje antirradiación. Pero en cuanto a los guantes… No sé qué hacer.

—Tenemos guantes de plomo en el armario de la sala de rayos X del hospital. Llegan hasta el codo. También puedo tomar uno de los mandiles…

—Buena idea, no quiero que pongas en peligro tu recuento de esperma…

—Quizá también haya un par de las gafas de plomo que utilizaban los técnicos y los radiólogos en los setenta. Aunque puede que las tiraran. Lo único que espero es que la radiación no supere demasiado la última lectura que obtuvieron los chicos, que aún se encontraba en la zona verde.

—Sin embargo has dicho que no se acercaron mucho a la fuente.

Rusty lanzó un suspiro.

—Si la aguja del contador Geiger llega o ochocientos o mil, mi fertilidad será la última de mis preocupaciones.

Antes de que se fueran, Michela, que se había puesto una minifalda y un suéter sumamente cómodo, regresó a la cocina y regañó a su marido por ser tan tonto. Iba a meterlos en problemas. Lo había hecho en el pasado e iba a hacerlo de nuevo. Sin embargo, en esa ocasión las consecuencias podían ser mucho más graves de lo que él creía.

Rommie la abrazó y le contestó en un francés apresurado. Ella le contestó en el mismo idioma, escupiendo las palabras. Él replicó. Michela le dio dos golpes con el puño en el hombro, rompió a llorar y lo besó. Una vez fuera, Rommie volteó hacia Rusty y se encogió de hombros en un gesto de disculpa.

—No puede evitarlo —dijo Romeo—. Tiene el alma de un poeta y el carácter de un dóberman.

4

Cuando Rusty y Romeo Burpee llegaron a los almacenes, Toby Manning ya estaba allí, esperando para abrir las puertas y servir al público, si tal era el deseo de Rommie. Petra Searles, que trabajaba en la farmacia de Andy, se encontraba junto a Toby. Ambos estaban sentados en unas sillas de jardín, de las que colgaba una etiqueta que decía GRANDES REBAJAS DE FIN DE VERANO.

—¿Seguro que no quieres contarme cómo vas a fabricar ese traje antirradiación antes de —Rusty miró el reloj— las diez?

—Es mejor que no —dijo Romeo—. Me dirías que estoy loco. Tú vete. Toma los guantes, las gafas y el mandil. Habla con los chicos. Así me darás un poco de tiempo.

—¿Vamos a abrir, jefe? —preguntó Toby cuando Rommie bajó de la camioneta.

—No lo sé. Tal vez por la tarde. Voy a estar un poco ocupado esta mañana.

Rusty se puso en marcha. Se encontraba en la cuesta del Ayuntamiento cuando se dio cuenta de que tanto Toby como Petra llevaban brazaletes azules.

5

Encontró guantes, mandiles y un par de gafas de plomo en el fondo del armario de la sala de rayos X, cuando ya casi estaba a punto de rendirse. La cinta de las gafas estaba rota, pero se dijo que seguro que Rommie podría engraparla. Lo bueno fue que no tuvo que explicarle a nadie qué se traía entre manos. Todo el hospital parecía estar durmiendo.

Salió de nuevo a la calle, aspiró el aire de la mañana —anodino, aunque con un desagradable regusto a humo— y miró hacia el oeste, hacia el manchón negro que habían dejado los misiles. Parecía un tumor de piel. Era consciente de que él se estaba concentrando en Barbie, en Gran Jim y en los asesinos porque eran el elemento humano, cosas que más o menos entendía. Pero olvidarse de la Cúpula sería un error potencialmente catastrófico. Tenía que desaparecer, y pronto, o sus pacientes con asma o enfermedades pulmonares obstructivas crónicas empezarían a tener problemas. Y todas esas personas eran solo los canarios de la mina de carbón.

Ese cielo manchado de nicotina.

—No es bueno —murmuró y tiró lo que había levantado a la parte de atrás de la camioneta—. No es bueno en absoluto.

6

Los tres chicos se encontraban en casa de los McClatchey cuando Rusty llegó. Estaban extrañamente tranquilos para ser unos adolescentes que ese mismo miércoles, si les sonreía la suerte, podían ser aclamados como héroes nacionales.

—¿Están listos? —preguntó Rusty con mayor entusiasmo del que en realidad sentía—. Antes de dirigirnos a nuestro destino, tenemos que parar en los almacenes de Burpee, pero no nos entretendremos dem…

—Antes quieren decirte algo —le cortó Claire—. Sabe Dios que preferiría que no fuera así. Esto no hace más que empeorar. ¿Te apetece un jugo de naranja? Estamos intentando acabarlo antes de que se estropee.

Rusty respondió con un gesto del pulgar y el índice que indicaba que solo quería un sorbo. No le entusiasmaba el jugo de naranja, pero quería que la mujer saliera de la habitación y tenía la sensación de que ella quería irse. Estaba pálida y parecía asustada. Rusty sospechaba que el asunto no estaba relacionado con lo que los chicos habían encontrado en Black Ridge; era algo distinto.

Justo lo que necesitaba, pensó.

Cuando Claire se hubo ido, Rusky dijo:

—Vamos, escúpelo.

Benny y Norrie giraron hacia Joe, que lanzó un suspiro, se apartó el cabello de la frente y suspiró a su vez. Ese joven adolescente serio y el chico buscapleitos que agitaba pancartas en el campo de Alden Dinsmore tres días antes guardaban poco parecido. Estaba tan pálido como su madre, y unas cuantas espinillas, quizá las primeras, habían aparecido en su frente. Rusty había visto ese tipo de erupciones con anterioridad. Era acné causado por el estrés.

—¿Qué pasa, Joe?

—La gente dice que soy inteligente —respondió Joe, y Rusty se asustó al ver que el chico estaba al borde de las lágrimas—. Supongo que lo soy, pero a veces preferiría no serlo.

—Tranquilo —le dijo Benny—, en otros aspectos eres muy estúpido.

—Cierra el pico, Benny —le ordenó Norrie amablemente.

Joe no hizo caso de los comentarios.

—Empecé a vencer a mi padre al ajedrez cuando tenía seis años, y a mi madre a los ocho. En la escuela obtengo solo notas excelentes. Siempre gano los concursos de Ciencias. Hace dos años que escribo mis propios programas computacionales. No estoy fanfarroneando. Sé que tengo talento.

Norrie sonrió y puso una mano sobre la suya. Joe se la agarró.

—Pero me limito a establecer relaciones. Eso es todo. Si A, entonces B. Si A no, entonces B se puede ir de viaje. Y seguramente todo el alfabeto.

—¿De qué estamos hablando exactamente, Joe?

—No creo que el cocinero sea el autor de todos esos asesinatos. Es decir, no lo creemos.

Pareció aliviado cuando Norrie y Benny asintieron. Pero no fue nada en comparación con la mirada de alegría (entremezclada con incredulidad) que le iluminó la cara cuando Rusty admitió:

—Yo tampoco.

—Les dije que tenía agallas —dijo Benny—. Y cose las heridas.

Claire regresó con un vasito de jugo. Rusty dio un sorbo. Estaba caliente pero se podía beber. Si seguían sin generador, al día siguiente ya no estaría bebible.

—¿Por qué crees que no fue él? —preguntó Norrie.

—Ustedes primero.

El generador de Black Ridge había quedado temporalmente en un segundo plano para Rusty.

—Ayer por la mañana vimos a la señora Perkins —dijo Joe—. Estábamos en la plaza del pueblo haciendo lecturas con el contador Geiger. Vimos a la señora Perkins subir por la cuesta del Ayuntamiento.

Rusty dejó el vaso en la mesa que había junto a la silla y se inclinó hacia delante con las manos entre las rodillas.

—¿A qué hora fue?

—Mi reloj se paró el domingo cuando estaba junto a la Cúpula, así que no puedo decirlo con exactitud, pero la vimos mientras tenía lugar el alboroto en el supermercado. De modo que debían de ser, más o menos, las nueve y cuarto. No podía ser más tarde.

—Ni más temprano. Porque los disturbios ya habían empezado. Los escucharon.

—Sí —afirmó Norrie—. Gritaban mucho.

—¿Y están seguros de que era Brenda Perkins? ¿De que no podría haber sido otra mujer? —el corazón le latía con fuerza. Si la habían visto con vida durante los disturbios, entonces Barbie estaba libre de toda sospecha.

—Todos la conocemos —dijo Norrie—. Era la jefa de mi grupo de exploradoras antes de que yo lo dejara —el hecho de que en realidad la hubieran expulsado por fumar no le pareció relevante, de modo que lo omitió.

—Y sé por mi madre lo que dice la gente sobre los asesinatos —añadió Joe—. Me contó todo lo que sabe. Lo de las placas de identificación y eso.

—Tu madre no quería contarte todo lo que sabía —terció Claire—, pero mi hijo puede ser muy insistente y el asunto me pareció importante.

—Lo es —le aseguró Rusty—. ¿Adónde fue la señora Perkins? Benny respondió a la pregunta.

—Primero a casa de la señora Grinnell, no sabemos qué le dijo pero no fue nada bonito porque le cerró la puerta en la cara.

Rusty frunció el entrecejo.

—Es cierto —dijo Norrie—. Creo que la señora Perkins le entregó correspondencia o algo parecido. Le dio un sobre; la señora Grinnell lo tomó y cerró de un portazo. Tal como ha dicho Benny.

—Vaya —murmuró Rusty. Desde el viernes anterior no había habido reparto de correo en Chester's Mill. Pero lo que parecía importante era que Brenda estaba viva y haciendo recados en un momento en el que Barbie tenía coartada—. Luego ¿adónde fue?

—Cruzó Main Street y subió por Mill Street —respondió Joe.

—Esta calle.

—Así es.

Rusty giró hacia Claire.

—¿Vino…?

—No vino aquí —respondió Claire—. A menos que lo hiciera mientras yo estaba en el sótano comprobando cuántas latas de comida me quedaban. Estuve una media hora. Quizá cuarenta minutos. Yo… quería huir del alboroto del supermercado.

Benny repitió lo que había dicho el día anterior.

—Mill Street tiene cuatro manzanas. Eso son muchas casas.

—Para mí eso no es lo importante —terció Joe—. Llamé a Anson Wheeler, que era un patineto empedernido y a veces aún va a The Pit, en Oxford. Le pregunté si Barbara fue a trabajar ayer por la mañana y me dijo que sí, que fue al Food City cuando empezaron los disturbios. Estuvo con Anson y con la señorita Twitchell a partir de entonces. De modo que Barbara tiene coartada para el asesinato de la señora Perkins, ¿y recuerdas lo que dije de que si A no, entonces B no? ¿Y tampoco el resto del alfabeto?

Rusty creía que la metáfora era un poco demasiado matemática para asuntos humanos, pero entendía lo que decía Joe. Había otras víctimas para las que quizá Barbie no tendría coartada, pero el hecho de que la mayoría de los asesinados hubiera muerto en circunstancias similares apuntaba claramente a que eran víctimas del mismo homicida. Y si Gran Jim había matado a una de las víctimas, cuando menos, tal como sugerían los costurones de la cara de Coggins, lo más probable era que las hubiera matado a todas.

O quizá había sido Junior, que ahora iba por ahí armado con una pistola y lucía una placa.

—Tenemos que ir a la policía, ¿verdad? —preguntó Norrie.

—Eso me da mucho miedo —dijo Claire—. Me da muchísimo miedo. ¿Y si Rennie mató a Brenda Perkins? También vive en esta calle.

—Eso es lo que dije ayer —le recordó Norrie.

—¿Y no les parece probable que si fue a ver a una concejala y esta le cerró la puerta en la cara, luego fuera a probar suerte con el otro concejal de la calle?

Joe respondió con cierta indulgencia:

—Dudo que exista una relación entre ambos hechos, mamá.

—Quizá no, pero aun así podría haber ido a ver a Jim Rennie. Y Peter Randolph... —la mujer negó con la cabeza—. Cuando Gran Jim le dice que salte, él pregunta hasta dónde.

—¡Muy buena, señora McClatchey! —exclamó Benny—. Es usted la más lista, oh, madre de mi...

—Gracias, Benny, pero en este pueblo el más listo es Jim Rennie, que es quien manda.

—¿Y qué hacemos? —Joe lanzó una mirada de preocupación a Rusty.

El auxiliar médico pensó de nuevo en la mancha. En el cielo amarillo. En el olor a humo que impregnaba el aire. También pensó en la determinación de Jackie Wettington para sacar a Barbie de la cárcel. A pesar de lo peligroso que pudiera ser, seguramente era una opción más acertada que confiar en el efecto que pudiera surtir el testimonio de tres chicos, sobre todo cuando el jefe de policía que debía escucharlos era incapaz de limpiarse el trasero sin un manual de instrucciones.

—Ahora mismo, nada. Dale Barbara está seguro donde está. —Rusty esperaba que eso fuera cierto—. Tenemos que ocuparnos del otro asunto. Si de verdad han encontrado el generador de la Cúpula, y podemos apagarlo…

—El resto de los problemas se solucionarán por sí solos —dijo Norrie Calvert, que pareció muy aliviada.

—Podría suceder así —admitió Rusty.

7

Después de que Petra Searles regresara a la farmacia (a hacer inventario, dijo), Toby Manning le preguntó a Rommie si podía ayudarle en algo, pero su jefe negó con la cabeza.

—Vete a casa a echar una mano a tu padre y a tu madre.

—Solo está mi padre —dijo Toby—. Mi madre fue al supermercado de Castle Rock el sábado por la mañana. Dice que el Food City es muy caro. ¿Qué va a hacer?

—No mucho —respondió Rommie, sin precisar—. Dime una cosa, Toby, ¿por qué llevan Petra y tú esos pedazos de tela de color azul en el brazo?

Toby miró la tela como si se hubiera olvidado de que la llevaba.

—Es solo para demostrar solidaridad —respondió—. Después de lo que ocurrió anoche en el hospital… después de todo lo que ha sucedido…

Rommie asintió.

—¿No los nombraron ayudantes de policía ni nada por el estilo?

—Qué va. Es algo más parecido a… ¿recuerdas que tras los atentados del 11-S parecía que todo el mundo tenía una camiseta y una gorra de los bomberos y la policía de Nueva York? Pues es algo por el estilo —meditó unos instantes—. Supongo que si necesitaran ayuda me gustaría echar una mano, pero parece que están bien. ¿Seguro que no quiere que me quede?

—Sí. Vamos, fuera de aquí. Ya te llamaré si decido abrir esta tarde.

—Bueno —a Toby le brillaban los ojos—. Quizá podríamos organizar las Rebajas de la Cúpula. Ya sabe lo que dicen: cuando la vida te da limones, haz limonada.

—Quizá, quizá —dijo Rommie, pero dudaba que fuera a haber tales rebajas. Esa mañana estaba muy poco interesado en deshacerse de mercancías de mala calidad a unos precios que parecieran gangas. Tenía la sensación de que había experimentado grandes cambios en los últimos tres días; no tanto de carácter, sino de perspectiva. Parte de esos cambios estaban relacionados con la extinción del incendio y el compañerismo que surgió después. Todo el pueblo se había implicado, pensó. La gente había mostrado su mejor cara, lo cual se debía, en gran parte, al asesinato de su antigua amante, Brenda Perkins… a quien Rommie aún recordaba como Brenda Morse. Era una mujer muy atractiva, y si descubría quién la había matado, suponiendo que Rusty tuviera razón y no hubiera sido Dale Barbara, esa persona pagaría por ello. Rommie Burpee se encargaría personalmente.

En el fondo de su tenebroso almacén se encontraba la sección Reparaciones del Hogar, situada, de forma muy conveniente, junto a la sección Hágalo Usted Mismo. Rommie tomó en esta un par de cizallas de uso industrial, entró en aquella y se dirigió al rincón más alejado, oscuro y polvoriento de su reino de la venta al por menor. Allí encontró veinticuatro rollos de veinte kilos de plomo en lámina de la marca Santa Rosa; normalmente se utilizaban para construir tejados, como tapajuntas y como aislamiento para chimeneas. Metió dos rollos (y las cizallas) en un carro y recorrió la tienda hasta llegar a la sección Deportes. Una vez allí, se puso a hurgar y rebuscar. Estalló varias veces en carcajadas. Iba a funcionar, sí, pero Rusty Everett estaría *très amusant*.

Cuando acabó, enderezó la espalda para relajar los músculos y las vértebras y vio el cartel en el que aparecía un punto de mira sobre un ciervo en el otro extremo de la sección Deportes. Sobre el ciervo aparecía el siguiente recordatorio: LA TEMPORADA DE CAZA ESTÁ A PUNTO DE EMPEZAR: ¡HORA DE ARMARSE!

Dado el modo en que se estaban desarrollando los acontecimientos, a Rommie le pareció buena idea pertrecharse. Sobre todo si Rennie o Randolph decidían confiscar todas las armas que no pertenecieran a los polis.

Tomó otro carro, se acercó a las vitrinas donde estaban los rifles, y buscó, guiándose solo por el tacto, la llave en el manojo que le colgaba del cinturón. Burpee solo vendía productos Winchester, y como faltaba una semana para el inicio de la temporada de caza del ciervo, Rommie creyó que podría justificar unos cuantos huecos en sus existencias si alguien preguntaba algo. Escogió un Wildcat 22, una Black Shadow que incorporaba el sistema *speed-pump* de cerrojo giratorio y dos Black Defenders, equipadas también con el *speed-pump*. A estas armas añadió una Model 70 Extreme Weather (con mira telescópica) y un 70 Featherweight (sin mira). Tomó munición para todas las armas, luego llevó el carro hasta su despacho y guardó los rifles en la vieja caja fuerte de color verde de la marca Defender que ocultaba en el suelo.

Esto es una paranoia, lo sé, pensó mientras giraba la ruedecilla.

Pero no se sentía paranoico. Y mientras se dirigía hacia el exterior para esperar a Rusty y a los chicos, se acordó de atarse un pedazo de tela azul en el brazo. Tenía que decirle a Rusty que hiciera lo mismo. El camuflaje no era mala idea.

Cualquier cazador de ciervos lo sabía.

8

A las ocho en punto de esa mañana, Gran Jim se encontraba de nuevo en el estudio de su casa. Carter Thibodeau, que iba a ser su guardaespaldas mientras la Cúpula no desapareciera, estaba enfrascado en la lectura de un número de *Car and Driver*, en concreto en una comparación entre el 2012 BMW H y el 2011 Ford Vesper R/T. Ambos parecían unos coches magníficos, pero cualquiera que no supiera que los BMW eran los mejores estaba loco. Lo mismo podía decirse, pensaba, de todo aquel que no supiera que el señor Rennie era ahora el BMW H de Chester's Mill.

Gran Jim se sentía bastante bien, en parte porque había dormido una hora más después de visitar a Barbara. Iba a necesitar muchas más siestas revitalizadoras en los próximos días. Tenía que mantenerse en forma, seguir siendo el primero. No iba a admitir que también le preocupaba la posibilidad de sufrir alguna arritmia más.

El hecho de tener a Thibodeau a su lado lo tranquilizaba considerablemente, sobre todo desde que Junior mostraba un comportamiento tan errático (*Por decirlo de algún modo*, pensó). Thibodeau tenía pinta de matón, pero parecía encajar bien en el papel de ayuda de campo. Gran Jim aún no estaba seguro del todo, pero creía que Thibodeau podía ser más inteligente que Randolph.

De modo que decidió ponerlo a prueba.

—¿Cuántos hombres hay vigilando el supermercado, hijo? ¿Lo sabes?

Carter dejó la revista y sacó una libretita desgastada del bolsillo trasero, un gesto que a Gran Jim le gustó.

Después de pasar unas cuantas hojas, respondió:

—Anoche había cinco, tres oficiales de plantilla y dos de los nuevos. No han tenido ningún problema. Hoy solo habrá tres. Todos de los nuevos. Aubrey Towle (su hermano es el propietario de la librería, ya sabe), Todd Wendlestat y Lauren Conree.

—¿Y convienes en que bastará solo con tres?

—¿Eh?

—Que si estás de acuerdo, Carter. Convenir significa estar de acuerdo.

—Sí, me parece bien porque es de día.

No hizo una pausa para pensar en lo que tal vez desearía oír el jefe. A Rennie le gustó su actitud.

—Muy bien. Ahora escucha. Quiero que hables con Stacey Moggin esta mañana. Dile que llame a todos los oficiales que tengamos en plantilla. Quiero que se presenten en el Food City esta tarde, a las siete. Voy a hablar con ellos.

De hecho, iba a pronunciar otro discurso, en esta ocasión sin cortapisas, a tumba abierta. Quería azuzarlos como a una jauría de perros.

—De acuerdo —Carter tomó nota de ello en su libro de ayuda de campo.

—Y diles a todos que cada uno debe traer a un voluntario más.

Carter deslizó el lápiz mordisqueado por la lista.

—Ya tenemos… a ver… veintiséis.

—Tal vez no sean suficientes. Recuerda lo que ocurrió ayer por la mañana en el supermercado, y lo del periódico de Julia Shumway anoche. Somos nosotros o la anarquía, Carter. ¿Sabes lo que significa esa palabra?

—Hum, sí, señor —Carter estaba casi seguro de que tenía algo que ver con un campo de tiro con arco, y supuso que su nuevo jefe le estaba diciendo que Chester's Mill podría convertirse en una galería de tiro o algo por el estilo si no controlaban la situación con mano dura—. Quizá deberíamos hacer un recorrido en busca de armas, o algo así.

Gran Jim sonrió. Sí, era un chico encantador en muchos sentidos.

—Eso está en la orden del día, seguramente se llevará a cabo la semana que viene.

—Si la Cúpula sigue ahí. ¿Cree que será así?

—Lo creo —tenía que seguir. Aún quedaba mucho por hacer. Debía repartir de nuevo las reservas de gas combustible por el pueblo. Debía borrar todos los rastros del laboratorio de metanfetaminas que había tras la emisora de radio. Además, y eso era crucial, aún no había alcanzado la grandeza. Aunque estaba en camino de lograrlo—. Mientras tanto, envía a un par de oficiales, de los de plantilla, a los almacenes de Burpee para que confisquen todas las armas. Si Romeo se opone, que le digan que debemos mantenerlas fuera del alcance de los amigos de Dale Barbara. ¿Lo has entendido?

—Sí —Carter tomó nota—. Enviaré a Denton y Wettington. ¿De acuerdo?

Gran Jim frunció el entrecejo. Wettingon, la chica de los grandes pechos. No confiaba en ella. Seguramente era que no le gustaba ningún policía con pechos, las mujeres no podían tener lugar en un cuerpo de oficiales de la ley, pero había algo más. Era el modo en que ella lo miraba.

—Freddy Denton sí, Wettington no. Tampoco Henry Morrison. Envía a Denton y a George Frederick. Diles que guarden las armas en la cámara acorazada de la comisaría.

—Entendido.

Sonó el teléfono de Rennie y las arrugas de su frente se hicieron aún más profundas. Respondió a la llamada y dijo:

—Concejal Rennie.

—Hola, concejal. Soy el coronel James O. Cox. Estoy al mando del llamado Proyecto Cúpula. Me parece que ya es hora de que hablemos.

Gran Jim se reclinó en la silla con una sonrisa en los labios.

—Pues diga usted, coronel, y que Dios lo bendiga.

—Según la información que me ha llegado, han detenido al hombre designado por el presidente de Estados Unidos para asumir el mando de la situación en Chester's Mill.

—Es correcto, señor. El señor Barbara está acusado de asesinato. Se le imputan cuatro cargos. No creo que el presidente quiera que un asesino en serie esté al mando de la situación. Esa decisión no le beneficiaría demasiado en las encuestas.

—De modo que es usted quien está al mando ahora.

—Oh, no —replicó Rennie, que sonrió de oreja a oreja—. No soy más que un humilde segundo concejal. Andy Sanders es quien manda, y Peter Randolph, nuestro nuevo jefe de policía, como ya sabrá, fue el oficial que lo detuvo.

—En otras palabras, tiene las manos limpias. Esa será su posición cuando la Cúpula desaparezca y empiece la investigación.

Gran Jim se regodeó de la frustración que detectó en la voz de aquel condenado. Ese hijo de la Gran Bretaña estaba acostumbrado a dar órdenes; el hecho de recibirlas era una nueva experiencia para él.

—¿Por qué iba a tenerlas sucias, coronel Cox? Las placas de Barbara se encontraron en una de las víctimas. No creo que haya prueba más concluyente que esa.

—Ni conveniente.

—Llámelo como quiera.

—Si sintoniza cualquier canal de noticias por cable —dijo Cox—, verá que se están planteando interrogantes muy serios sobre la detención de Barbara, sobre todo en vista de su historial militar, que es ejemplar. También se están planteando interrogantes sobre su propio historial, que no es tan ejemplar.

—¿Cree que todo eso me sorprende? A ustedes se les da muy bien manejar a los medios de comunicación a su antojo. Llevan haciéndolo desde Vietnam.

—La CNN ha destapado una historia sobre una investigación a la que se le sometió por prácticas de publicidad engañosa a finales de la década de 1990. La NBC está informando de que también se le investigó en 2008 por la concesión de créditos no éticos. ¿Es posible que lo acusaran de imponer unos tipos de interés ilegales? ¿De alrededor del cuarenta por ciento? ¿Y de embargar coches y camiones que ya se habían pagado dos y hasta tres veces? Seguramente sus votantes estarán viendo las noticias en este momento.

Todas esas acusaciones habían desaparecido. Había pagado una buena cantidad de dinero para hacerlas desaparecer.

—La gente de mi pueblo sabe que esos programas son capaces de inventar cualquier cosa con tal de vender unos cuantos tubos más de ungüento para las hemorroides y más botes de somníferos.

—La cosa no acaba aquí. Según el fiscal general del estado de Maine, el antiguo jefe de policía, el que murió el sábado pasado, lo estaba investigando por evasión de impuestos, apropiación indebida de propiedades y fondos públicos, y por participación en tráfico de drogas. No hemos transmitido esta información a la prensa aún, y no tenemos intención de hacerlo… si está dispuesto a llegar a un acuerdo. Dimita como concejal. El señor Sanders debería hacer lo mismo. Nombren a Andrea Grinnell, la tercera concejala, responsable al mando de la situación, y a Jacqueline Wettington representante del presidente en Chester's Mill.

El poco buen humor que le quedaba a Gran Jim se fue al demonio.

—Pero ¿es que se volvió loco? ¡Andi Grinnell es una drogadicta enganchada al OxyContin, y en la condenada cabeza de Jacqueline Wettington no hay rastro de su cerebro!

—Te aseguro que eso no es cierto, Rennie —se acabaron los tratamientos de cortesía; la era de los buenos sentimientos había quedado atrás—. Wettington recibió una mención especial por ayudar a desarticular una red que se dedicaba al tráfico de drogas en el Sexagesimoséptimo Hospital de Apoyo en Combate en Wurzburgo, Alemania, y fue recomendada especialmente por un hombre llamado Jack Reacher, el policía militar más duro que ha servido jamás en el ejército, demonios, según mi humilde opinión.

—Usted no tiene nada de humilde, señor, y no me gusta su lenguaje sacrílego. Soy cristiano.

—Un cristiano que vende droga, según mi información.

—A palabras necias, oídos sordos; sobre todo si vienen de usted —*sobre todo mientras yo siga bajo la Cúpula*, pensó Gran Jim, que sonrió—. ¿Tiene alguna prueba?

—Vamos, Rennie, de tipo duro a tipo duro, ¿acaso importa? Para la prensa, la Cúpula es un acontecimiento mayor que el 11-S. Y está despertando compasión. Si no empiezas a ceder, te emplumaré de tal manera que parecerás una gallina toda tu vida. En cuanto desaparezca la Cúpula te llevaré ante un subcomité del Senado, un gran jurado y a la cárcel. Te lo prometo. Pero si decides mantenerte al margen, nos olvidaremos de todo. Eso también te lo prometo.

—En cuanto desaparezca la Cúpula —murmuró Rennie—. ¿Y eso cuándo sucederá?

—Quizá antes de lo que crees. Pienso ser el primero en entrar, y la primera orden que daré será que te pongan las esposas y que te escolten hasta un avión que te llevará directo a Fort Leavenworth, en Kansas, donde serás huésped de Estados Unidos, a la espera de juicio.

Gran Jim quedó sin habla por unos instantes debido al descaro de su interlocutor. Entonces rio.

—Si de verdad quisieras lo mejor para el pueblo, Rennie, te mantendrías al margen. Mira lo que ha ocurrido durante tu mandato: seis asesinatos, dos en el hospital anoche, por lo que sabemos, un suicidio y unos disturbios desencadenados por los alimentos. No estás a la altura de la misión.

Gran Jim agarró la bola de beisbol con fuerza y la apretó. Carter Thibodeau lo miraba con el entrecejo fruncido y semblante de preocupación.

Si estuviera aquí, coronel Cox, le haría lo mismo que a Coggins. Lo haría con Dios como testigo.

—¿Rennie?

—Estoy aquí —hizo una pausa—. Y usted ahí —otra pausa—. Y la Cúpula no va a desaparecer. Creo que ambos lo sabemos. Pueden tirar la bomba atómica más grande que tengan, convertir los pueblos de nuestro alrededor en lugares inhabitables durante doscientos años, matar a todos los habitantes de Chester's Mill con la radiación si atraviesa la Cúpula, y aun así no desaparecerá —se le había acelerado la respiración, pero el corazón le latía con fuerza y de forma constante en el pecho—. Porque la Cúpula es la voluntad de Dios.

Rennie, en lo más profundo de su corazón, creía en eso. Del mismo modo que creía que también era deseo de Dios que él tomara las riendas del pueblo para sacarlo adelante durante las semanas, meses y años por venir.

—¿Qué?

—Ya me ha oído —era consciente de que lo estaba apostando todo, su futuro, a la existencia continuada de la Cúpula. Era consciente de que algunas personas creerían que estaba loco al hacerlo.

También era consciente de que esas personas eran un puñado de infieles no creyentes. Como el condenado coronel James O. Cox.

—Rennie, sé razonable. Por favor.

A Gran Jim le gustó ese "por favor"; le permitió recuperar el buen humor de golpe.

—Es mejor que recapitulemos, ¿le parece, coronel Cox? Andy Sanders está al mando de la situación, no yo. Sin embargo agradezco la llamada de cortesía de un mandamás como usted, por supuesto. Y aunque estoy convencido de que Andy también agradecerá su oferta para gestionar la situación, por persona interpuesta, por así decirlo, creo que hablo por él cuando digo que puede tomar su oferta y metérsela ahí donde no brilla el sol. Los habitantes de Chester's Mill estamos solos, y vamos a manejar la situación solos.

—Estás loco —dijo Cox con perplejidad.

—Es lo que siempre dicen los infieles a los religiosos. Es su último argumento contra la fe. Estamos acostumbrados, y no se lo echo en cara —lo cual era mentira—. ¿Puedo hacerle una pregunta?

—Adelante.

—¿Va a cortarnos el teléfono y la conexión a internet?

—Es lo que te gustaría, ¿verdad?

—Por supuesto que no —otra mentira.

—Los teléfonos e internet van a seguir funcionando. Y también se mantiene la rueda de prensa del viernes. En la que vas a tener que responder a unas cuantas preguntas difíciles, te lo aseguro.

—No pienso asistir a ninguna rueda de prensa en el futuro más próximo, coronel. Y tampoco lo hará Andy. Y la señora Grinnell sería incapaz de realizar ninguna declaración comprensible, la pobre. Así que ya puede ir anulando su…

—Oh, no. En absoluto —¿era una sonrisa lo que le pareció detectar en el tono de voz de Cox?—. La rueda de prensa se celebrará el viernes a mediodía, de modo que tenemos tiempo de sobra para vender ungüento para las hemorroides en las noticias de la noche.

—¿Y quién de nuestro pueblo espera que asista?

—Todo el mundo, Rennie. No faltará nadie. Porque permitiremos que sus familiares se acerquen hasta la Cúpula desde el lado de Motton, en el lugar donde sucedió el accidente aéreo en el que murió la esposa de Sanders, tal como recordarás. La prensa también acudirá para grabarlo todo. Va a ser como un día de visita en la prisión del estado, aunque en este caso nadie es culpable de nada. Excepto tú quizá.

Rennie volvió a enfurecerse.

—¡No puede hacerlo!

—Oh, claro que sí —ahí estaba la sonrisa—. Si vas, puedes sentarte en tu lado de la Cúpula y hacerme gestos de burla con la mano; yo me sentaré en mi lado y haré lo mismo. La gente formará a una hilera alrededor de la Cúpula y estoy convencido de que muchos llevarán camisetas que digan DALE BARBARA ES INOCENTE y LIBERTAD PARA DALE BARBARA y DESTITUCIÓN DE JAMES RENNIE. Habrá reencuentros bañados en lágrimas, manos que intentarán acariciar las manos que estarán al otro lado de la Cúpula, quizá algún intento de beso. Será un material excelente para la televisión y una propaganda excelente. Y lo que es más importante: hará que la gente de Chester's Mill se pregunte por qué tiene que aguantar a un incompetente como tú al mando de la situación.

La voz de Gran Jim se convirtió en un gruñido cavernoso.

—No lo permitiré.

—¿Cómo piensas evitarlo? Habrá más de mil personas. No puedes dispararle a todas —cuando el coronel habló de nuevo, lo hizo con un tono calmado y razonable—. Vamos, concejal, arreglemos la situación. Aún puedes salir limpio de todo esto. Solo tienes que soltar el mando.

Gran Jim vio a su hijo avanzar por el pasillo hacia la puerta de la calle, como un fantasma, todavía vestido con el pantalón del pijama y las sandalias; apenas reparó en él. Junior podría haber caído muerto en el pasillo y Gran Jim habría permanecido encorvado sobre el escritorio, con la bola de beisbol de oro en una mano y el teléfono en la otra. Un pensamiento le martilleaba la cabeza: poner a Andrea Grinnell al mando de la situación, y a la oficial Pechos de segunda de a bordo.

Era una broma.

De mal gusto.

—Coronel Cox, váyase al demonio.

Colgó, hizo girar la silla del escritorio y lanzó la bola de oro, que impactó en la fotografía autografiada de Tiger Woods. El cristal se partió en añicos, el marco cayó al suelo, y Carter Thibodeau, que estaba acostumbrado a infundir miedo en los corazones de los demás pero no a sentirlo en carne propia, se puso en pie de un salto.

—¿Señor Rennie? ¿Se encuentra bien?

No tenía muy buen aspecto. Unas manchas de color púrpura le motearon las mejillas. Sus pequeños ojos estaban abiertos como platos y sobresalían de sus órbitas de grasa sólida. La vena de la frente le latía.

—Nunca me quitarán el pueblo —susurró Gran Jim.

—Claro que no —dijo Carter—. Sin usted, nos hundimos.

La reacción de Thibodeau relajó a Gran Jim hasta cierto punto. Tomó de nuevo el teléfono y entonces recordó que Randolph se había ido a dormir. El nuevo jefe apenas había pegado ojo desde el inicio de la crisis y le había dicho a Carter que pensaba dormir al menos hasta mediodía. Lo cual no suponía ningún problema. De todos modos, aquel hombre era un inútil.

—Carter, escribe una nota, y enséñasela a Morrison (si es el jefe de la comisaría esta mañana) y luego déjala en el escritorio de Randolph. Después, regresa aquí —hizo una pausa para meditar, y frunció el entrecejo—. Y mira si Junior anda por ahí también. Se ha ido mientras hablaba por teléfono con el coronel Haz-lo-que-yo-te-diga. No salgas a la calle a buscarlo si no lo ves en la comisaría, pero si está ahí, comprueba que esté bien.

—Claro. ¿Qué mensaje quiere que deje?

—"Estimado jefe Randolph: Jacqueline Wettington debe ser depuesta de su cargo de oficial de policía de Chester's Mill de forma inmediata."

—¿Eso significa despedida?

—Sí, claro.

Carter tomaba nota en su libreta y Gran Jim le dio tiempo para que lo apuntara todo. Volvía a sentirse bien. Más que bien. Se sentía en la gloria.

—Añade: "Estimado oficial Morrison: Cuando Wettington llegue hoy, haga el favor de informarle de que ha sido relevada de su cargo y dígale que debe vaciar su casillero. Si pregunta por la causa, dígale que estamos reorganizando el departamento y que ya no requerimos de sus servicios".

—¿ "Servicios" se escribe con be, señor Rennie?

—No es la ortografía lo que importa, sino el mensaje.

—De acuerdo. Entendido.

—Si Wettington tiene más preguntas, que venga a verme.

—Muy bien. ¿Eso es todo?

—No. Diles que quien la vea primero debe quitarle la placa y la pistola. Si se pone tonta y dice que la pistola es de su propiedad, que le den un recibo y le prometan que se la devolverán o se la pagarán cuando haya acabado la crisis.

Carter acabó de tomar nota y luego alzó la vista.

—¿Qué problema hay con Junes, señor Rennie?

—No lo sé. Es un presentimiento, imagino. Sea lo que sea, no tengo tiempo para ocuparme de ello en este momento. Hay asuntos más acuciantes que requieren mi atención —señaló la libreta—. Déjame leer eso.

Carter obedeció. Su letra era como los garabatos de un niño de tercero de primaria, pero había tomado nota de todo. Rennie lo firmó.

9

Carter llevó los frutos de su labor como secretario a la comisaría. Henry Morrison los recibió con una incredulidad que rayó en el motín. Thibodeau también echó un vistazo en busca de Junior, pero el hijo de Gran Jim no estaba allí y nadie lo había visto. Le pidió a Henry que estuviera atento por si lo veía.

Entonces, le dio un arrebato y bajó a ver a Barbie, que estaba tendido en el camastro, con las manos tras la cabeza.

—Llamó tu jefe —le dijo—. Ese tal Cox. Rennie lo llama el coronel "Haz-lo-que-yo-te-diga".

—Seguro que sí —afirmó Barbie.

—El señor Rennie lo ha enviado al demonio. ¿Y sabes qué? Que tu amigo del ejército ha tenido que joderse y aguantarse. ¿Qué te parece eso?

—No me sorprende —Barbie seguía sin apartar la vista del techo. Parecía calmado. Era irritante—. Carter, ¿has pensado hacia dónde se dirige todo esto? ¿Has intentado pensar a largo plazo?

—No hay largo plazo, Baaarbie. Ya no.

Barbie se limitaba a mirar el techo con una sonrisita que dibujaba unos hoyuelos en la comisura de sus labios. Como si supiera algo que Carter ignoraba. A Thibodeau le entraron ganas de abrir la puerta de la celda y darle un puñetazo a ese imbécil. Entonces recordó lo que había sucedido en el estacionamiento del Dipper's. Prefería dejar que Barbie se enfrentara con sus trucos sucios a un pelotón de fusilamiento. A ver cómo le iba.

—Ya nos veremos, Baaarbie.

—Seguro —dijo Barbie, que no se molestó en mirarlo—. Vivimos en un pueblo pequeño, hijo, y todos apoyamos al equipo.

10

Cuando sonó el timbre de la casa parroquial, Piper Libby aún llevaba la camiseta de los Osos Pardos y los pantalones cortos que utilizaba como pijama. Abrió la puerta. Suponía que sería Helen Roux, que llegaba una hora antes a su cita de las diez para hablar sobre los preparativos del funeral y el entierro de Georgia. Pero era Jackie Wettington. Vestía el uniforme, pero no llevaba la placa en el pecho izquierdo ni pistola en la cadera. Parecía aturdida.

—¿Jackie? ¿Qué pasa?

—Me han despedido. Ese cabrón la trae contra mí desde la fiesta de Navidad de la comisaría, cuando intentó meterme mano y le di un manotazo, pero dudo que me hayan echado por eso, dudo incluso que haya influido mínimamente en la decisión...

—Entra —dijo Piper—. He encontrado un pequeño hornillo de gas, del anterior pastor, creo, en uno de los armarios de la despensa y, por increíble que parezca, aún funciona. ¿No te apetece una taza de té?

—Sería fantástico —respondió Jackie. Tenía los ojos inundados en lágrimas, que empezaron a correrle por las mejillas. Se las limpió con un gesto casi furioso.

Piper la hizo pasar a la cocina y encendió la Brinkman que había sobre la barra.

—Ahora cuéntamelo todo.

Jackie lo hizo, y no se olvidó del pésame de Henry Morrison, poco delicado pero sincero.

—Esa parte la susurró —dijo mientras tomaba la taza que Piper le ofreció—. Ahora mismo la comisaría parece el cuartel general de la maldita Gestapo. Perdón por el lenguaje.

Piper le quitó importancia con un ademán.

—Henry dice que si protesto en la asamblea del pueblo de mañana, no haré más que empeorar las cosas, que Rennie sacará a relucir un puñado de acusaciones por incompetencia inventadas. Seguramente tiene razón. Pero el mayor incompetente que hay esta mañana en la comisaría es el que está al mando. En cuanto a Rennie… Está llenando la comisaría de oficiales que le serán fieles en caso de que haya alguna protesta organizada en contra de su forma de dirigir la situación.

—Desde luego —dijo Piper.

—La mayoría de los nuevos policías no tienen la edad legal para comprar cerveza pero van por ahí con pistola. Se me pasó por la cabeza la posibilidad de decirle a Henry que él podría ser el siguiente en saltar, ha realizado ciertos comentarios sobre la forma en que Randolph dirige la comisaría, y está claro que los lamebotas habrán soltado la lengua, pero a juzgar por la expresión de su cara, ya lo sabía.

—¿Quieres que vaya a ver a Rennie?

—No serviría de nada. De hecho, no lamento estar fuera, lo que no soporto es que me hayan despedido. El gran problema es que lo que va a suceder mañana por la noche podría afectarme. Tal vez debería desaparecer con Barbie. Eso si encontráramos un escondite en el que ocultarnos.

—No entiendo de qué hablas.

—Lo sé pero voy a contártelo. Y aquí es donde empiezan los riesgos. Si no guardas el secreto, acabaré en la cárcel. Quizá me pongan al lado de Barbie cuando Rennie mande formar su pelotón de fusilamiento.

Piper la miró muy seria.

—Tengo cuarenta y cinco minutos antes de que llegue la madre de Georgia Roux. ¿Es tiempo suficiente para que me cuentes lo que tengas que contarme?

—De sobra.

Jackie empezó con el examen de los cuerpos en la funeraria. Describió la marca de las puntadas de la cara de Coggins y la bola de beisbol de oro que Rusty había visto. Respiró hondo y a continuación le contó su plan para sacar a Barbie de la cárcel durante la asamblea extraordinaria que se iba a celebrar la noche siguiente.

—Aunque no tengo ni idea de dónde puedo esconderlo si logramos sacarlo de allí —tomó un sorbo de té—. ¿Qué te parece?

—Que necesito otra taza. ¿Tú?

—Estoy bien, gracias.

Desde la barra Piper dijo:

—Su plan es peligrosísimo, supongo que no necesitas que te lo diga, pero quizá no exista otro modo de salvarle la vida a un inocente. Nunca he creído que Dale Barbara fuera culpable de esos asesinatos, y después de mi encontronazo con las fuerzas del orden del pueblo, la idea de que intenten ejecutarlo para evitar que se haga con el mando de la situación no me sorprende demasiado —luego añadió, recurriendo al razonamiento de Barbie, aunque sin saberlo—: Rennie no sabe adoptar una perspectiva a largo plazo, y los policías tampoco. Lo único que les preocupa es quién es el amo del gallinero. Ese tipo de actitud está destinada al fracaso.

Regresó a la mesa.

—El día en que volví aquí para hacerme cargo de la casa parroquial, que era mi ambición desde niña, me di cuenta de que Rennie era un monstruo en fase embrionaria. Ahora, y disculpa si la expresión te parece muy melodramática, ha nacido el monstruo.

—Gracia a Dios —dijo Jackie.

—¿Gracias a Dios que ha nacido el monstruo? —Piper sonrió y enarcó las cejas.

—No, gracias a Dios que lo ves así.

—Hay más, ¿verdad?

—Sí. A menos que no quieras formar parte de ello.

—Cielo, ya estoy implicada. Si pueden meterte en la cárcel por conspiración, a mí podrían hacerme lo mismo por no denunciarlo. Somos lo que a nuestro gobierno le gusta llamar "terroristas autóctonos".

Jackie asimiló la idea en un silencio sombrío.

—Tú no estás hablando solamente de liberar a Dale Barbara, ¿verdad? Quieres organizar un movimiento de resistencia activa.

—Supongo que sí —admitió Jackie, y lanzó una risa de impotencia—. Después de estar seis años en el ejército, nunca me lo habría imaginado, siempre he apoyado a mi país ciegamente, sin importarme que estuviera bien o no lo que hiciera, pero... ¿Se te ha pasado por la cabeza la posibilidad de que la Cúpula no desaparezca? ¿Ni este otoño, ni este invierno? ¿Quizá ni siquiera el año que viene ni en toda nuestra vida?

—Sí —Pipper mantenía la calma, pero tenía las mejillas pálidas—. He pensado en ello. Como la mayoría de los habitantes de Chester's Mill, aunque solo sea por encima.

—Entonces piensa en esto: ¿quieres vivir durante un año, o cinco, en una dictadura gobernada por un idiota homicida? Suponiendo que vayamos a tener cinco años.

—Por supuesto que no.

—Entonces quizá sea esta la única oportunidad de detenerlo. Tal vez ya no sea un embrión, pero lo que está construyendo, esta máquina, aún está en pañales. Es el mejor momento —Jackie hizo una pausa—. Si ordena a la policía que empiece a confiscar las armas de los ciudadanos de a pie, podría ser nuestra única oportunidad.

—¿Qué quieres que haga?

—Celebremos una reunión en la casa parroquial. Esta noche. Estas personas, si vienen todas —sacó del bolsillo trasero la lista que Linda Everett y ella habían preparado.

Piper desdobló la hoja de papel y la leyó. Había ocho nombres. Alzó la vista.

—¿Lissa Jamieson, la bibliotecaria? ¿Ernie Calvert? ¿Estás segura de estos dos?

—¿Quién mejor que una bibliotecaria cuando tienes que enfrentarte a un dictador novato? En cuanto a Ernie... En mi opinión, después de lo que sucedió en el supermercado ayer, si se encontrara a Jim Rennie en la calle, envuelto en llamas, ni siquiera se molestaría en orinar para apagarlo.

—Algo vago desde el punto de vista pronominal, pero por lo demás es una descripción muy pintoresca.

—Quería pedirle a Julia Shumway que sondeara a Ernie y a Lissa, pero ahora podré hacerlo por mí misma. Creo que voy a tener mucho tiempo libre.

Sonó el timbre de la puerta.

—Es probable que sea la afligida madre —dijo Piper, que se puso en pie—. Imagino que llegará medio entonada. Le gusta mucho el licor de café, pero dudo que alivie el dolor.

—No me has dicho lo que piensas sobre la asamblea —le dijo Jackie.

Piper Libby sonrió.

—Dile a nuestro grupo de amigos de terroristas autóctonos que se presenten aquí entre las nueve y las nueve y media. Deberían venir a pie y de uno en uno; son técnicas habituales de la resistencia francesa. No es necesario que hagamos publicidad de lo que estamos haciendo.

—Gracias —dijo Jackie—. Muchas gracias.

—De nada. También es mi pueblo. Si no te importa, preferiría que salieras por la puerta trasera.

11

Había una pila de trapos limpios en la parte de atrás de la camioneta de Rommie Burpee. Rusty tomó un par y se los ató a modo de pañuelo en la mitad inferior de la cara, a pesar de lo cual seguía teniendo la nariz, la garganta y los pulmones impregnados del hedor del oso muerto. Los primeros gusanos habían incubado en sus ojos, en la boca abierta y en el cerebro.

Se puso en pie, retrocedió y se tambaleó un poco. Rommie lo tomó del hombro.

—Si se desmaya, sostenlo —dijo Joe, nervioso—. Quizá esa cosa afecta más a los adultos.

—Es solo el olor —se justificó Rusty—. Ya estoy bien.

Pero a pesar de que se alejaron del oso, seguía oliendo muy mal: un hedor muy fuerte a humo lo impregnaba todo, como si Chester's Mill se hubiera convertido en una gran habitación sin ventilar. Además del olor a humo y a animal descompuesto, percibía la vegetación putrefacta y la fetidez que desprendía el lecho moribundo del Prestile. *Ojalá soplara un poco de viento*, pensó, pero tan solo había una débil brisa de vez en cuando que solo traía más malos olores. Hacia el oeste se habían formado unas nubes —debía de estar cayendo un buen chaparrón en Nueva Hampshire—, pero cuando llegaron a la Cúpula se disgregaron como un río que se divide al encontrar una roca grande que sobresale en su curso. Rusty empezaba a albergar grandes dudas de que llegara a llover bajo la Cúpula. Tenía que echar un vistazo a alguna página web de predicciones meteorológicas... si encontraba algún momento. Llevaba una vida terriblemente ajetreada e inquietantemente desestructurada.

—¿Crees que el oso murió de rabia, doctor? —preguntó Rommie.

—Lo dudo. Creo que sucedió justamente lo que dijeron los chicos: un simple suicidio.

Entraron en la camioneta, con Rommie al volante, e iniciaron el lento ascenso por Black Ridge Road. Rusty llevaba el contador Geiger en el regazo. La aguja subía de forma constante y vio cómo se acercaba a la marca de +200.

—¡Deténgase aquí, señor Burpee! —gritó Norrie—. ¡Antes de salir del bosque! Si va a perder el conocimiento, preferiría que no lo hiciera mientras conduce, aunque sea a quince kilómetros por hora.

Rommie obedeció y detuvo la camioneta.

—Bajen, chicos. Seré su niñera. A partir de aquí el doctor seguirá solo —volteó hacia Rusty—. Llévate la camioneta, pero ve despacio y detente en cuanto la radiación alcance un nivel peligrosamente alto. O cuando empieces a sentirte mareado. Caminaremos detrás de ti.

—Tenga cuidado, señor Everett —dijo Joe.

Benny añadió:

—No se preocupe si se desmaya en la camioneta. Lo empujaremos hasta la carretera cuando vuelva en sí.

—Gracias —dijo Rusty—. Son un amor.

—¿Eh?

—Da igual.

Rusty se puso al volante y cerró la puerta del conductor. El contador Geiger seguía funcionando en el asiento del copiloto. Salió del bosque muy lentamente. Enfrente, Black Ridge Road se alzaba hacia el campo de manzanos. Al principio no vio nada fuera de lo normal, y sintió una profunda decepción. Entonces una luz púrpura brillante lo cegó y pisó el freno de golpe. Había algo ahí, sin duda, algo brillante entre las copas de los árboles medio abandonados.

Justo detrás de él, por el espejo retrovisor de la camioneta, vio que los demás se detenían.

—¿Rusty? —preguntó Rommie—. ¿Está todo bien?

—Lo veo.

Contó hasta quince y la luz púrpura emitió un nuevo destello. Iba a tomar el contador Geiger cuando Joe se asomó a la ventanilla del copiloto. Los nuevos granos destacaban en la cara del chico como estigmas.

—¿Siente algo? ¿Como si estuviera atontado o le diera vueltas la cabeza?

—No —respondió Rusty.

Joe señaló hacia delante.

—Ahí es donde perdimos el conocimiento. Justo ahí —Rusty vio las marcas en la tierra, en el lado izquierdo de la carretera.

—Vayan hasta ahí —le pidió Rusty—. Los cuatro. A ver si pierden el conocimiento de nuevo.

—Mierda —dijo Benny, que se acercó hasta Joe—. ¿Qué soy, un conejillo de Indias?

—De hecho, creo que el conejillo de Indias es Rommie. ¿Qué me dices, te atreves?

—Sí —Rommie volteó hacia los chicos—. Si pierdo el conocimiento y ustedes no, arrástrenme hasta aquí, que parece una zona fuera de peligro.

El cuarteto se dirigió hacia el lugar donde estaban las marcas. Rusty los miró atentamente desde la camioneta. Casi habían llegado a su destino cuando Rommie aminoró la marcha y se tambaleó. Norrie y Benny lo agarraron de un lado para que no perdiera el equilibrio, y Joe del otro. Pero Rommie no se cayó. Al cabo de un instante se irguió de nuevo.

—No sé si ha sido algo real o solo… ¿cómo se dice…? El poder de la sugestión, pero ya me siento bien. Por un instante me sentí aturdido. ¿Notan algo, chicos?

Los tres negaron con la cabeza. A Rusty no le sorprendió. Era como la varicela: una enfermedad leve que contraían sobre todo los niños y solo una vez.

—Sigue avanzando, Rusty —le dijo Rommie—. No tienes que subir con todas esas láminas de plomo hasta ahí arriba si no es necesario, pero ve con cuidado.

Rusty siguió avanzando lentamente. Oyó los "clics" acelerados del contador Geiger pero no sintió nada extraordinario. La luz de la cima de la colina emitía destellos a intervalos de quince segundos. Llegó hasta Rommie y los chicos y los dejó atrás.

—No siento nad... —empezó a decir, y entonces sucedió: no se le fue la cabeza exactamente, pero tuvo una sensación rara, de extraña claridad. Mientras duró, sintió que su cabeza era un telescopio y que podía ver cualquier cosa que deseara, por muy lejos que estuviera. Si quería podía ver a su hermano realizando su trayecto matutino habitual en coche hasta San Diego.

En algún lugar, en un universo adyacente, oyó que Benny gritaba:

—¡Oigan, el doctor Rusty está perdiendo el conocimiento!

Sin embargo, no era cierto; aún podía ver la tierra de la carretera a la perfección. Divinamente bien. Todas las piedras y esquirlas de mica. Si había dado un volantazo —y suponía que lo había hecho— fue para esquivar al hombre que había aparecido de repente ahí. Era un tipo escuálido que parecía más alto de lo que era debido a un ridículo sombrero de chistera de color rojo y blanco ladeado de un modo cómico. Vestía unos pantalones campiranos y una camiseta que decía *SWEET HOME ALABAMA PLAY THAT DEAD BAND SONG*.

Eso no es un hombre, es un muñeco de Halloween.

Sí, seguro. ¿Qué otra cosa podía ser con esas palas de jardinero a modo de manos, un saco de arpillera por cabeza y unas cruces blancas cosidas como ojos?

—¡Doc! ¡Doc! —era Rommie.

El muñeco de Halloween empezó a arder.

Al cabo de un instante, desapareció. Ahora solo estaban la carretera, la colina y la luz púrpura, que resplandecía a intervalos de quince segundos, y parecía decir "Ven, ven, ven".

12

Rommie abrió la puerta del conductor.

—Doc... Rusty... ¿Estás bien?

—Sí. Fue pasajero. Imagino que a ti te pasó lo mismo. ¿Viste algo, Rommie?

—No. Por un instante percibí aroma a fuego, pero creo que es porque el aire está impregnado de olor a humo.

—Yo vi una hoguera de calabazas ardiendo —dijo Joe—. Se lo dije, ¿no?

—Sí —Rusty no le había concedido demasiada importancia a ese hecho, a pesar de que lo había oído por boca de su propia hija. En ese momento sí que le prestó atención.

—Yo oí gritos —dijo Benny—, pero he olvidado lo demás.

—Yo también —añadió Norrie—. Era de día, pero aún estaba un poco oscuro. Oí gritos y vi, creo, que me caía hollín en la cara.

—Doc, quizá sería mejor que volviéramos —observó Rommie.

—De eso nada —dijo Rusty—. Al menos mientras exista la posibilidad de sacar a mis hijas, y a los hijos de los demás, de aquí.

—Seguro que a algunos adultos también les gustaría irse —añadió Benny. Joe le dio un codazo.

Rusty miró el contador Geiger. La aguja estaba fija en la marca de +200.

—Quédense aquí —les ordenó.

—Doc —dijo Joe—, ¿y si la radiación le afecta y pierde el conocimiento? Entonces, ¿qué hacemos?

Rusty meditó la respuesta.

—Si aún estoy cerca, arrástrenme hasta aquí. Pero tú no, Norrie. Solo los hombres.

—¿Por qué yo no? —preguntó ella.

—Porque quizá algún día quieras tener hijos. Y que solo tengan dos ojos y las extremidades en los lugares correspondientes.

—De acuerdo. Yo me quedo aquí —dijo Norrie.

—En cuanto a los demás, la exposición durante un breve período de tiempo no entraña peligros. Pero me refiero a muy poco tiempo. Si recorro la mitad del camino o llego al campo de manzanos, déjenme.

—Eso es duro, Doc.

—No me refiero a que me abandonen —dijo Rusty—. Tienes más rollos de láminas de plomo en la tienda, ¿verdad?

—Sí. Deberíamos haberlos traído.

—Estoy de acuerdo, pero no es imposible pensar en todo. Si ocurre lo peor, toma el resto del plomo, pégalo en las ventanas del coche que elijas y ven por mí. Aunque quizá por entonces ya vuelva a estar de nuevo en pie y de camino hacia el pueblo.

—Sí. O tal vez sigas tirado en el suelo sometido a una exposición letal.

—Mira, Rommie, seguramente nos estamos preocupando de forma innecesaria. Creo que los mareos, o las pérdidas de conocimiento en el caso de los chicos, son como los demás fenómenos relacionados con la Cúpula. Los sientes una vez, y luego ya está.

—Podrías estar jugándote la vida.

—Tarde o temprano tendremos que empezar a apostar.

—Buena suerte —dijo Joe, y le acercó su puño por la ventana. Rusty se lo chocó con suavidad e hizo lo mismo con Norrie y Benny. Rommie también le ofreció el suyo.

—Si es bueno para los chicos, también lo es para mí.

13

Veinte metros más allá del lugar en el que Rusty había tenido la visión del muñeco con la chistera, los "clics" del contador Geiger se convirtieron en un rugido desquiciado. Vio que la aguja marcaba +400 y se adentraba en la zona roja.

Detuvo la camioneta y sacó el equipo que preferiría no tener que ponerse. Miró a los demás.

—Una advertencia —dijo—. Y esto va por ti, sobre todo, Benny Drake. Si se ríen, volverán a casa a pie.

—No me reiré —prometió Benny, pero al cabo de poco estallaron todos en carcajadas, hasta el propio Rusty. Se quitó los jeans y se puso unos pantalones de entrenamiento de futbol americano por encima de los calzoncillos. En el lugar donde deberían haber ido las protecciones de los muslos y los glúteos, metió unas piezas cortadas de lámina de plomo. Luego se puso un par de espinilleras de receptor de beisbol y las cubrió con más lámina de plomo. Acto seguido se puso un collarín y un delantal de plomo para proteger la glándula tiroides y los testículos respectivamente. Era el delantal más grande que tenían, y colgaba hasta las brillantes espinilleras de color naranja. Había pensado en ponerse otro delantal por la espalda (en su opinión, tener un aspecto ridículo era mejor que morir de cáncer de pulmón), pero al final decidió no hacerlo. Ya había aumentado su peso hasta más de ciento treinta y cinco kilos. Y la radiación no disminuía. Creía que no tendría ningún problema si debía llegar hasta la fuente.

Bueno. Quizá.

Llegados a ese punto, Rommie y los chicos habían logrado reprimir las carcajadas y reducirlas a unas risitas discretas y contenidas. Estuvieron a punto de perder la compostura cuando Rusty se puso un gorro de baño de la talla XL con dos láminas de plomo, pero cuando se enfundó los guantes hasta los codos y se puso las gafas estallaron de nuevo en carcajadas.

—¡Vive! —gritó Benny, que se puso a caminar con los brazos estirados, como el monstruo de Frankenstein—. ¡Amo, vive!

Rommie se dirigió a trompicones a un lado de la carretera y, riéndose a carcajadas, se sentó en una roca. Joe y Norrie se tiraron al suelo y se pusieron a rodar como un par de pollos revolcándose en la tierra.

—Ya pueden empezar a caminar hacia casa —dijo Rusty, pero sonreía mientras subía, no sin ciertas dificultades, de nuevo a la camioneta.

Frente a él, la luz púrpura brillaba como un faro.

14

Henry Morrison salió de la comisaría cuando el alboroto que los nuevos reclutas armaban en los vestidores, como si estuvieran en el medio tiempo de un partido, le resultó insoportable. La situación no hacía más que empeorar. Supuso que lo sabía incluso antes de que Thibodeau, el bravucón que ahora hacía de guardaespaldas del concejal Rennie, apareciera con una orden firmada para despedir a Jackie Wettington, una buena oficial y aún mejor persona.

Henry consideró que era el primer paso de lo que seguramente iba a ser una campaña exhaustiva para eliminar del cuerpo a los oficiales mayores, a los que Rennie debía de ver como partidarios de Duke Perkins. Él sería el próximo. Freddy Denton y Rupert Libby tenían posibilidades de quedarse; Rupe era un imbécil del montón; Denton, un caso perdido. Echarían a Linda Everett. Seguramente también a Stacey Moggin. Y entonces la comisaría de Chester's Mill volvería a ser un club masculino, salvo por Lauren Conree, que era del género tonto.

Recorría lentamente Main Street, casi vacía, como la calle de un pueblo fantasma de un *western*. Sam "el Andrajoso" estaba sentado bajo la marquesina del Globe; la botella que tenía entre las rodillas no debía de contener Pepsi-Cola, pero Henry no se detuvo. Que el viejo borrachín disfrutara de un trago.

Johnny y Carrie Carver estaban tapando con tablones las ventanas delanteras de Gasolina & Alimentación Mill. Ambos lucían los brazaletes azules que se habían extendido por todo el pueblo y que a Henry le ponían la piel de gallina.

Se arrepentía de no haber aceptado la plaza en la policía de Orono cuando se la ofrecieron el año anterior. No habría sido un ascenso en su carrera, y sabía que tratar con universitarios borrachos o drogados habría sido un fastidio, pero el sueldo era mayor y Frieda le dijo que las escuelas de Orono eran mucho mejores.

Sin embargo, al final Duke lo convenció de que se quedara con la promesa de que le conseguiría un aumento de cinco de los grandes en la siguiente asamblea del pueblo y la confesión de que iba a despedir a Peter Randolph si este no se jubilaba de forma voluntaria. "Ascenderías a ayudante del jefe de policía, y eso son diez de los grandes más al año —le dijo Duke—. Cuando me jubile, puedes optar a mi puesto, si eso es lo que quieres. La alternativa, claro, es ser taxista de universitarios con los pantalones sucios de vómito reseco y llevarlos de vuelta a su residencia. Piénsalo."

La propuesta le pareció bien a él, le pareció bien (bueno… bastante bien) a Frieda y, por supuesto, tranquilizó a los niños, que no soportaban la idea de tener que mudarse. Sin embargo, ahora Duke estaba muerto, Chester's Mill se encontraba bajo la Cúpula y la comisaría se estaba convirtiendo en un lugar que transmitía muy malas sensaciones y olía aún peor.

Dobló por Prestile Street y vio a Junior frente a la cinta policial amarilla con la que habían acordonado la casa de los McCain. El hijo de Rennie llevaba pantalones de pijama, sandalias y nada más. Se balanceaba de un modo ostensible y el primer pensamiento que le vino a la cabeza a Henry fue que Junior y Sam "el Andrajoso" tenían mucho en común.

El segundo pensamiento fue sobre el cuerpo de policía. Quizá no le quedaba mucho tiempo en él, pero aún pertenecía al cuerpo, y una de las reglas inquebrantables de Duke Perkins era: "Nunca permitan que el nombre de un oficial de policía de Chester's Mill aparezca en la columna sobre tribunales del *Democrat*". Y Junior, tanto si a Henry le gustaba como si no, era un oficial.

Detuvo la unidad Tres y se dirigió hacia el lugar en el que Junior se balanceaba hacia delante y hacia atrás.

—Ey, Junes, ¿por qué no volvemos a la comisaría y te tomas un café? A ver si se te pasa… —"la borrachera" era lo que quería decir, pero entonces reparó en que los pantalones del pijama del chico estaban empapados. Junior se había orinado.

Alarmado y asqueado —nadie debía verlo, Duke se retorcería en su tumba—. Henry alargó el brazo y agarró a Junior del hombro.

—Vamos, hijo. Estás haciendo el ridículo.

—Eran mis almiiigas —dijo Junior sin voltear. Se balanceaba más rápido. Por lo poco que podía ver Henry, tenía cara de distraído y ausente—. Las metí en la defensa para sorberlas. Sin metérlela, solo lengua —se rio, luego escupió. O lo intentó. Un reguero blanco y espeso le colgaba de la barbilla, como un péndulo.

—Ya basta, voy a llevarte a casa.

Esta vez Junior volteó y Henry vio que no estaba borracho. Tenía el ojo izquierdo teñido de un rojo brillante. La pupila muy dilatada. El lado izquierdo de la boca, abierto hacia abajo, mostraba algunos de sus dientes. Aquella mirada gélida le hizo pensar fugazmente en *El barón Mr. Sardonicus*, una que lo aterrorizó de niño.

Junior no tenía que ir a la comisaría a tomar un café, y no tenía que ir a casa a dormir la siesta. Junior tenía que ir al hospital.

—Vamos, chico —dijo—. Camina.

Al principio Junior pareció dispuesto a obedecer y Henry lo acompañó casi hasta el coche, pero el chico se detuvo de nuevo.

—Olían igual y me gustaba —dijo—. Amos, amos, amos, está a punto de empezar a nevar.

—Sí, sin duda —Henry quería que rodeara el cofre del coche y meterlo en el asiento delantero, pero ahora le parecía una solución poco práctica. Tendría que conformarse con ir detrás, aunque los asientos traseros de las patrullas acostumbraban estar impregnados de un olor peculiar. Junior miró por encima del hombro, hacia la casa de los McCain, y una expresión de anhelo se apoderó de su rostro medio congelado.

—¡Almiiigas! —gritó Junior—. ¡Sin metérlela, solo lengua! ¡Solo lengua! —sacaba la lengua y hacía trompetillas. Era un ruido parecido al que hace el Correcaminos antes de dejar atrás al Coyote, envuelto en una nube de polvo. Entonces rio y se dirigió de nuevo hacia la casa.

—No, Junior —dijo Henry, que lo agarró de la cintura de los pantalones del pijama—. Tenemos que…

Junior se dio la vuelta a una velocidad sorprendente. Ya no reía; su cara se había transformado en una mueca felina de odio y furia. Se abalanzó sobre Henry agitando los puños. Sacó la lengua y se la mordió con los dientes. Parloteaba en un extraño idioma que parecía no tener vocales.

Henry hizo lo único que se le ocurrió: apartarse a un lado. Junior se precipitó contra el coche y se enfrascó a puñetazos con las luces del techo; rompió una de ellas y se hizo varios cortes en los nudillos. En ese instante la gente empezó a salir de sus casas para ver qué estaba ocurriendo.

—¡Gthn bnnt mnt! —gritó Junior—. ¡Mnt! ¡Mnt! ¡Gthn! ¡Gthn!

Apoyó el pie en el borde de la banqueta, resbaló y lo metió en la alcantarilla. Se tambaleó pero al final logró mantener el equilibrio. Un hilo de sangre y saliva le colgaba de la barbilla; tenía varios cortes en las manos; sangraban abundantemente.

—¡Me estaba volviendo loco! —gritó Junior—. ¡Le pagué con la rodilla para que se cayera y se pagó encima! ¡Mierda por todos lados! Yo… Yo… —se calló. Pareció meditar sobre lo sucedido y dijo—: Necesito ayuda —entonces hizo "pum" con la boca, un ruido tan fuerte como la detonación de una pistola del calibre 22 en un entorno de silencio, se desplomó hacia delante y cayó entre el coche de policía estacionado y la banqueta.

Henry lo llevó al hospital con las luces y la sirena encendidas. Lo que no hizo fue pensar en las últimas palabras que había dicho Junior, unas palabras que casi tenían sentido. No quería ir tan lejos.

Ya tenía suficientes problemas.

15

Rusty subía lentamente por Black Ridge, mirando continuamente el contador Geiger, que ahora rugía como una radio de AM sintonizada entre emisoras. La aguja subió de +400 a +1K. Rusty estaba convencido de que llegaría a +4K cuando alcanzara la cima de la cresta. Sabía que eso no podía significar nada bueno —su "traje antirradiación" podía considerarse una solución improvisada, en el mejor de los casos—, pero seguía avanzando, recordándose que los rads eran acumulativos; si actuaba con rapidez no se vería sometido a una cantidad de radiación letal. *Tal vez pierda algo de cabello durante un tiempo, pero no será algo letal. Hay que pensar en ello como si fuera una misión de bombardeo: alcanzar el objetivo, hacer lo que haya que hacer y regresar.*

Encendió la radio, oyó a los Mighty Clouds of Joy en la WCIK, y la apagó de inmediato. Las gotas de sudor le entraron en los ojos y tuvo que parpadear para que no le nublaran la vista. Incluso con el aire acondicionado al máximo, hacía muchísimo calor en la camioneta. Echó un vistazo por el espejo retrovisor y vio a sus compañeros de exploración apiñados. Parecían muy pequeños.

El rugido del contador Geiger cesó. Miró hacia el aparato y la aguja había caído hasta el cero.

Rusty estuvo a punto de frenar, pero cayó en la cuenta de que Rommie y los chicos creerían que tenía problemas. Además, debía ser la batería. Pero cuando miró de nuevo el contador, vio que el indicador de encendido aún brillaba con fuerza.

En la cima de la colina, la carretera acababa frente a un granero rojo y largo delante del cual había espacio suficiente para que los vehículos dieran la vuelta. Había un camión viejo y un tractor aún más viejo que se aguantaba en una única rueda. El granero parecía en bastante buenas condiciones, aunque algunas de las ventanas estaban rotas. Detrás del edificio se alzaba una granja desierta con parte del tejado derruido, seguramente a causa del peso de la nieve.

Uno de los extremos del granero estaba abierto, e incluso con las ventanas cerradas y el aire acondicionado a toda marcha, Rusty podía oler el aroma a sidra de las manzanas viejas. Se detuvo junto a los escalones que conducían a la casa. Había una cadena que impedía el paso y de la que colgaba un cartel que decía: PROHIBIDO

EL PASO. El cartel estaba oxidado, era viejo y, a todas luces, inútil. Había latas de cerveza desparramadas por el porche en el que la familia McCoy debía de sentarse en las tardes de verano para disfrutar de la brisa y de las vistas: a la derecha el pueblo entero de Chester's Mill, y a la izquierda hasta el estado de Nueva Hampshire. Alguien había escrito con pintura en aerosol LOS GATOS MONTESES SON LOS MEJORES en una pared antaño roja pero ahora teñida de un rosa deslucido. En la puerta, con aerosol de otro color, podía leerse GUARIDA DE ORGÍAS. Rusty supuso que la pintada expresaba los deseos de algún adolescente hambriento de sexo. O quizá era el nombre de un grupo de heavy-metal.

Tomó el contador Geiger y le dio unos golpecitos. La aguja se movió y el aparato hizo ruido. Parecía que funcionaba pero que no detectaba radiación.

Salió de la camioneta y, tras un breve debate interior, se quitó gran parte de las protecciones caseras; se dejó únicamente el delantal, los guantes y las gafas. Luego recorrió un costado del granero sosteniendo el sensor del contador Geiger delante de él mientras se prometía que regresaría por el resto de su "traje" en cuanto la aguja hiciera el menor movimiento.

Sin embargo, cuando llegó a la esquina del granero y la luz resplandeció a poco más de cuarenta metros de él, la aguja no se movió. Parecía imposible, si es que la radiación estaba relacionada con la luz. A Rusty solo se le ocurría una explicación: el generador había creado una zona de radiación para ahuyentar a los exploradores como él. Era una medida de protección. Quizá lo mismo podía decirse de la sensación de mareo que había sentido y de la pérdida de conocimiento de los chicos. Era una medida de protección, como las púas de un puercoespín o el hedor de un zorrillo.

¿No es más probable que el contador no funcione bien? Tal vez te estés sometiendo a una cantidad letal de rayos gama en este preciso instante. Este aparato es una reliquia de la Guerra Fría.

Pero mientras se acercaba al campo de manzanos, Rusty vio una ardilla que corría por la hierba y se trepaba a un árbol. Se detuvo en una rama doblada por el peso de la fruta y se quedó mirando al bípedo intruso con ojos brillantes y la cola ahuecada. A Rusty le pareció que estaba perfectamente, y no vio ningún cuerpo de animal muerto en la hierba, ni entre la vegetación que rodeaba los árboles: no había ningún rastro de suicidio ni de posibles víctimas de la radiación.

Ahora estaba muy cerca de la luz, cuyos destellos eran tan deslumbrantes que casi lo obligaban a cerrar los ojos. A la derecha, parecía que el mundo entero se extendía a sus pies. Podía ver el pueblo, que parecía una maqueta perfecta, a seis kilómetros de distancia. La cuadrícula de las calles; la aguja de la iglesia congregacional; el centelleo de unos cuantos coches en circulación. Veía el edificio bajo de ladrillo del hospital Catherine Russell, y, hacia el oeste, la mancha negra del lugar en el que habían impactado los misiles. Estaba suspendida en el cielo, como un lunar en la mejilla del día. El cielo era de un azul apagado, casi su color normal, pero en el horizonte el azul se convertía en un amarillo venenoso. Opinaba que ese color se debía, en parte, a la contaminación, la misma mierda que había teñido de rosa las estrellas, pero sospechaba que tal vez la verdadera causa era algo tan poco siniestro como el polen otoñal que se había pegado a la superficie invisible de la Cúpula.

Se puso en marcha de nuevo. Cuanto más rato estuviera ahí arriba, sobre todo fuera del alcance de la vista de sus amigos, más nerviosos se pondrían. Quería ir directamente a la fuente de la luz, pero salió del manzanar y se dirigió al borde de la colina. Desde ahí vio a los otros; no eran más que unos puntos a lo lejos. Dejó el contador Geiger en el suelo y agitó lentamente ambas manos por encima de la cabeza para demostrarles que estaba bien. Rommie y los chicos le devolvieron el gesto.

—Bien —dijo. Tenía las manos empapadas en sudor a causa de los pesados guantes—. A ver qué encontramos aquí.

16

Era la hora del almuerzo en la escuela primaria de East Street. Judy y Janelle Everett estaban sentadas al fondo del patio con su amiga Deanna Carver, que tenía seis años, de modo que encajaba a la perfección entre ambas hermanas en lo que respecta a la edad. Deanna llevaba un pequeño brazalete azul en la manga izquierda de su camiseta. Había insistido que Carrie se lo atara antes de ir a la escuela, para ser igual que sus padres.

—¿Para qué es? —le preguntó Janelle.

—Significa que me gusta la policía —dijo Deanna, que siguió masticando su Fruit Roll-Up.

—Quiero uno —dijo Judy—, pero amarillo —pronunció esta palabra con mucho cuidado. Una vez, cuando era más pequeña, dijo "amalilo" y Jannie se rio de ella.

—De color amarillo no hay —dijo Deanna—, solo azul. Estos Roll-Up están buenos. Ojalá tuviera un millón.

—Engordarías mucho —dijo Janelle—. Explotarías.

Las niñas rieron y luego permanecieron en silencio un rato, mientras observaban a los niños mayores. Las hermanas mordisqueaban sus galletitas saladas caseras untadas con crema de cacahuate. Algunas chicas jugaban al avioncito. Los chicos trepaban por una estructura con forma de puente colgante, y la señorita Goldstone empujaba a las gemelas Pruitt en los columpios. La señora Vanedestine había organizado un partido de kickball.

Janelle pensó que todo parecía bastante normal, pero no era así. Nadie gritaba, nadie lloraba por un rasguño en la rodilla, Mindy y Mandy Pruitt no le suplicaban a la señorita Goldstone que admirara sus peinados idénticos. Parecía que todo el mundo se limitaba a fingir que era la hora del almuerzo, incluso los adultos. Y todo el mundo, incluida ella, lanzaba miradas furtivas hacia el cielo, que debería haber sido azul y no lo era, del todo.

Sin embargo, lo peor no era nada de eso. Lo peor era, desde el inicio de los primeros ataques, la agobiante certeza de que iba a suceder algo malo.

Deanna dijo:

—Iba a disfrazarme de Sirenita en Halloween, pero ahora ya no. No voy a ir de nada. No quiero salir. Halloween me da miedo.

—¿Has tenido una pesadilla? —le preguntó Janelle.

—Sí —Deanna le ofreció su Fruit Roll-Up—. ¿Lo quieres? No tengo tanta hambre como creía.

—No —respondió Janelle, que ni siquiera quería el resto de su galletita con crema de cacahuate, lo que era muy poco habitual en ella. Y Judy solo había comido la mitad de la suya. Janelle recordó que en una ocasión vio cómo Audrey arrinconaba a un ratón en el garage de su casa. Recordó que Audrey ladró, se abalanzó sobre el ratón cuando este intentó escabullirse. Aquello la entristeció y llamó a su madre para que se llevara a Audrey y no pudiera comerse el ratoncito. Su madre rio, pero lo hizo.

Ahora ellas eran los ratones. Jannie había olvidado gran parte de los sueños que había tenido durante los ataques, pero eso aún lo recordaba.

Ahora eran ellas las que estaban arrinconadas.

—Me quedaré en casa —dijo Deanna. Tenía una lágrima en el ojo izquierdo, brillante, límpida y perfecta—. Me quedaré en casa durante todo Halloween. No vendré ni a la escuela. No. Nadie me obligará.

La señora Vanedestine dejó el partido de kickball e hizo sonar el timbre para que todos regresaran a la clase, pero al principio ninguna de las tres niñas se levantó.

—Ya es Halloween —dijo Judy—. Mira —señaló al otro lado de la calle, en dirección al porche de los Wheelers, donde había una calabaza—. Y mira —esta vez señaló un par de fantasmas de cartulina que flanqueaban las puertas de la oficina de correos—. Y mira.

Señaló el jardín de la biblioteca, donde había un muñeco de peluche que había puesto Lissa Jamieson. Sin duda lo había hecho con intención de que fuera algo divertido, pero a menudo lo que divierte a los adultos asusta a los niños, y Janelle pensó que tal vez el muñeco del jardín de la biblioteca iría a hacerle una visita esa misma noche mientras permanecía recostada en la oscuridad y esperaba a quedarse dormida.

La cabeza estaba hecha con un saco de arpillera y los ojos eran unas cruces blancas de hilo. El sombrero era como el que llevaba el gato en el cuento del Dr. Seuss. Tenía palas de jardinero a manera de manos (*Unas manos malas, viejas y que todo lo agarran*, pensó Janelle) y una camiseta con una inscripción. No entendía lo que significaba, pero era capaz de leerlo: *SWEET HOME ALABAMA PLAY THAT DEAD BAND SONG*.

—¿Lo ves? —Judy no lloraba, pero tenía los ojos muy abiertos y una expresión muy seria; era una mirada consciente de un pensamiento demasiado complejo y oscuro para expresarlo—. Ya es Halloween.

Janelle tomó a su hermana de la mano y la puso en pie.

—No, aún no —la corrigió… pero tenía miedo de que sí lo fuera. Iba a suceder algo malo, algo relacionado con el fuego. Nada de truco o trato. Trucos feos. Trucos malos.

—Vámonos adentro —dijo a Judy y a Deanna—. A cantar canciones. Será bonito.

Normalmente era bonito, pero ese día no. Incluso antes de la gran explosión en el cielo, no era bonito. Janelle no dejaba de pensar en el muñeco con los ojos con forma de cruz. Y en aquella camiseta horrible: *PLAY THAT DEAD BAND SONG*.

17

Cuatro años antes de que apareciera la Cúpula, el abuelo de Linda Everett murió y dejó a cada uno de sus nietos una pequeña pero nada despreciable cantidad de dinero. El cheque de Linda ascendió a 17 232.04 dólares. Gran parte del dinero fue a parar a la cuenta de ahorro para la universidad de las niñas, pero le pareció más que justificado gastar unos cuantos cientos de dólares en un regalo para Rusty. Se acercaba su cumpleaños y desde que habían salido al mercado unos años antes, siempre había querido un Apple TV.

A lo largo de su relación le había comprado regalos más caros, pero nunca uno que le hubiera gustado más. La idea de poder descargar películas de la red y luego verlas en la televisión en lugar de estar encadenado a la pantalla más pequeña de su computadora lo colmó de alegría. El artilugio en cuestión era un rectángulo blanco de plástico de dieciocho centímetros de lado y dos centímetros de grosor. El objeto que Rusty encontró en Black Ridge se parecía tanto a su Apple TV que al principio creyó que era uno… salvo que modificado, por supuesto, para poder mantener prisionero a todo un pueblo y emitir *La sirenita* en tu televisor vía wi-fi y en alta definición.

El aparato que había en el manzanar de los McCoy era de color gris oscuro, no blanco, y en lugar del logotipo familiar de la manzana, Rusty vio este símbolo algo desconcertante:

Sobre el símbolo había una excrecencia cubierta con un capuchón, del tamaño del nudillo de su dedo meñique. Dentro de la tapa había una lente de vidrio o cristal. Y era esta lente la que emitía los destellos púrpura intermitentes.

Rusty se inclinó y tocó la superficie del generador (si es que era un generador). Sintió de inmediato una fuerte descarga que le subió por el brazo y se extendió por todo el cuerpo. Intentó apartarse pero no pudo. Tenía los músculos agarrotados. El contador Geiger emitió un sonido estridente y se quedó en silencio. Rusty no sabía si la aguja había alcanzado la zona de peligro porque tampoco podía mover los ojos. De pronto el mundo empezó a oscurecerse, la luz se disipaba, desaparecía como el agua que se cuela por el desagüe de una bañera, y pensó con súbita y calma lucidez: *Voy a morir. Qué forma tan estúpida de i...*

Entonces, en esa oscuridad, surgieron unas caras, pero no eran rostros humanos, y más tarde no estaría muy seguro de que fueran caras. Eran unos cuerpos sólidos geométricos que parecían recubiertos de cuero. Las únicas partes de esos seres que parecían remotamente humanas eran las marcas con forma de diamante que tenían en los costados y que podrían haber sido las orejas. Las cabezas (si eran cabezas) se miraron las unas hacia las otras, como si fueran a debatir algo, o en una actitud similar. Creyó oír risas. Creyó percibir cierta emoción. Vio a niños en el patio de la escuela primaria de East Street —sus hijas, quizá, y su amiga Deanna Carver— intercambiando comida y secretos en el recreo.

Todo sucedió en pocos segundos, no más de cuatro o cinco. Luego se desvaneció. La descarga desapareció de forma tan brusca como cuando la gente tocaba por primera vez la superficie de la Cúpula; tan rápido como la sensación de mareo y la visión del muñeco con la chistera ladeada. Estaba arrodillado en la cima de la cresta desde la que se dominaba el pueblo, sofocado debido al traje de plomo.

A pesar de todo, la imagen de los cabeza de cuero permaneció. Apoyados unos contra otros y riendo, como una confabulación obscenamente infantil.

Los otros están ahí abajo observándome. Saluda. Demuéstrales que estás bien.

Alzó ambas manos por encima de la cabeza —ahora las movía con soltura—, y las agitó lentamente hacia delante y hacia atrás, como si el corazón no le latiera desbocado en el pecho, como si los regueros de sudor acre no le corrieran por el pecho.

Abajo, en la carretera, Rommie y los chicos le devolvieron el saludo.

Rusty respiró hondo varias veces para calmarse y luego acercó el sensor del contador Geiger al cuadrado plano y gris que se encontraba sobre una alfombra de hierba esponjosa. La aguja no llegaba a +5. Era radiación de fondo, nada más.

Rusty estaba casi convencido de que ese objeto cuadrado y plano era la fuente de todos sus problemas. Unas criaturas —no seres humanos, sino criaturas— lo estaban usando para mantenerlos prisioneros, pero eso no era todo. También lo estaban utilizando para observarlos.

Y para divertirse. Esos cabrones se estaban riendo. Los había oído.

Rusty se quitó el delantal, cubrió con él la caja, de la que sobresalía la lente, se levantó y retrocedió. Por un instante no sucedió nada. Entonces el delantal empezó a arder. Desprendió un olor acre y repugnante. Observó que la superficie brillante se llenaba de ampollas y burbujas, observó cómo aparecieron las llamas. Acto seguido, el delantal, que en realidad no era más que un trozo de plástico recubierto con una lámina de plomo, se deshizo. De repente varios trozos ardieron, el mayor de los cuales se encontraba aún encima de la caja. Al cabo de un instante, el delantal, o lo que quedaba de él, se desintegró. Solo quedaron unos cuantos remolinos de ceniza y el olor, pero por lo demás… puuf. Había desaparecido.

¿Eso pasó?, se preguntó Rusty, y luego lo dijo en voz alta, se lo preguntó al mundo. Percibía el olor del plástico quemado y otro olor más fuerte; dedujo que era el del plomo fundido, lo cual era una locura, algo imposible, pero el delantal había desaparecido.

—¿De verdad eso pasó?

Como respondiendo a su pregunta, la luz púrpura emitió un destello desde el capuchón del tamaño de un nudillo que había sobre la caja. ¿Eran aquellos fogonazos una forma de renovar la Cúpula, del mismo modo en que al apretar la tecla de una computadora se

786

actualiza la pantalla? ¿O acaso permitían que los cabeza de cuero observaran el pueblo? ¿Ambas cosas? ¿Ninguna?

Se dijo que no debía acercarse a la caja plana de nuevo. Se dijo que lo más sensato que podía hacer era regresar a la camioneta (sin el peso del delantal podría correr), luego huir de allí a toda prisa, deteniéndose únicamente para recoger a sus compañeros, que lo esperaban más abajo.

Pero lo que hizo fue acercarse otra vez a la caja y arrodillarse ante ella, una postura que para su gusto recordaba demasiado a un gesto de adoración.

Se quitó uno de los guantes, tocó el suelo alrededor de la cosa y apartó la mano rápidamente. Estaba caliente. Los pedazos del mandil quemado habían chamuscado algunos fragmentos de hierba. Entonces alargó la mano para tocar la caja y se armó de valor para sufrir otra quemadura o descarga… aunque no era eso lo que más le preocupaba: tenía miedo de ver aquellas formas de cuero, que parecían cabezas sin llegar a serlo, reunidas unas junto a otras urdiendo una conspiración de risas.

Pero no sucedió nada. No tuvo visiones y no sintió calor. La caja gris resultaba fría al tacto, a pesar de que había visto cómo bullía y ardía el delantal de plomo.

La luz púrpura volvió a destellar. Rusty fue precavido y no puso la mano delante. En lugar de eso, agarró la cosa por los lados mientras se despedía mentalmente de su mujer y sus hijas y les pedía perdón por ser tan rematadamente estúpido. Esperaba verse envuelto en llamas y arder. Cuando eso no sucedió, intentó levantar la caja. Aunque era del tamaño de un plato llano, y no mucho más grueso, no pudo moverla. Era como si estuviera soldada a un pilar que se hundía treinta metros en el lecho de roca de Nueva Inglaterra; sin embargo, no era así. Descansaba sobre una alfombra de hierba, y cuando Rusty deslizó los dedos por ambos lados, se tocaron por debajo. Los entrelazó e intentó levantar la cosa. No hubo descarga, visiones, ni calor; tampoco ningún movimiento. Ni la más mínima vibración.

Pensó: *Estoy agarrando una especie de artilugio extraterrestre. Una máquina de otro mundo. Puede que incluso haya visto fugazmente a los seres que la operan.*

Desde un punto de vista intelectual la idea era increíble, maravillosa incluso, pero no le emocionaba, quizá porque estaba demasiado aturdido, demasiado abrumado por un exceso de información que no podía asimilar.

¿Y ahora qué hago? ¿Ahora qué demonios hago?

No lo sabía. Sin embargo, se dio cuenta de que no debía de estar tan emocionalmente impasible como creía porque sintió que un arrebato de desesperación empezaba a hacer mella en él y a duras penas logró evitar la vocalización de ese sentimiento en un grito. Los cuatro compañeros que estaban abajo podían oírlo y creer que tenía problemas. Algo que, por supuesto, era cierto. Pero no estaba solo.

Se puso en pie, a pesar de que le temblaban las piernas y estas amenazaban con ceder en cualquier momento. El aire, denso y caliente, parecía pegarse a su piel como una capa de aceite. Regresó lentamente hacia la camioneta, entre los manzanos cargados de fruta. Lo único de lo que estaba convencido era de que Gran Jim Rennie no podía de ninguna de las maneras conocer la existencia del generador. No porque fuera a intentar destruirlo, sino porque seguramente ordenaría que montaran guardia junto a él para asegurarse de que nadie lo destruyera. Para asegurarse de que siguiera haciendo lo que estaba haciendo, y así él pudiera seguir haciendo lo que estaba haciendo. A Gran Jim le gustaban las cosas tal como estaban, al menos de momento.

Rusty abrió la puerta de la camioneta y fue entonces cuando, a poco más de un kilómetro al norte de Black Ridge, una gran explosión lo sacudió todo. Fue como si Dios se hubiera inclinado hacia abajo y hubiera disparado una escopeta celestial.

Rusty soltó un grito de sorpresa y miró hacia arriba. Se tapó los ojos de inmediato para protegérselos de la intensa bola de fuego que ardía en el cielo, en el límite entre el TR-90 y Chester's Mill. Otro avión se había estrellado contra la Cúpula. Aunque en esta ocasión no fue un mero Seneca V. Una columna de humo negro se alzó en el punto de impacto; Rusty calculó que debía de encontrarse cuando menos a seis mil metros. Si la marca negra dejada por los impactos de los misiles era como un lunar en la mejilla del día, esa nueva marca era un tumor de piel. Un tumor que se había ido extendiendo de manera desenfrenada.

Rusty se olvidó del generador. Se olvidó de las cuatro personas que lo esperaban. Se olvidó de sus propias hijas, a pesar de las cuales había corrido el riesgo de acabar ardiendo en llamas y luego desintegrarse. Por un espacio de dos minutos, en su cabeza solo hubo lugar para un sobrecogimiento teñido de negro.

Los restos del aparato caían al suelo en el otro lado de la Cúpula. Tras el frente aplastado del avión caía un motor en llamas; tras el motor caía una cascada de asientos azules, muchos de los cuales arrastraban consigo a los pasajeros, atados con el cinturón; tras los asientos caía una gran ala brillante que descendía zigzagueando como una hoja de papel en una corriente de aire; tras el ala caía la cola de lo que debía de ser un 767. Era de color verde oscuro. Encima había un dibujo color verde claro. A Rusty le pareció un trébol.

No es un trébol cualquiera, sino el trébol irlandés, el shamrock.

Entonces el fuselaje del avión se estrelló contra el suelo como una flecha defectuosa y provocó un incendio en el bosque.

18

La onda expansiva sacude el pueblo entero y todo el mundo sale a ver qué ha sucedido. Todo Chester's Mill se lanza a la banqueta. La gente se queda frente a su casa, en el camino de entrada, en la acera, en medio de Main Street. Y aunque el cielo al norte de su cárcel está bastante nublado, tienen que taparse los ojos para que no los deslumbre el fulgor de lo que a Rusty le pareció, desde la cima de Black Ridge, un segundo sol.

Ven lo que es, por supuesto; los que tienen mejor vista incluso pueden leer el nombre del fuselaje del avión que se desploma antes de que desaparezca tras los árboles. No es nada sobrenatural; es algo que ya ha sucedido antes esa misma semana (aunque a menor escala, claro está). Sin embargo, desata una sombría sensación de pavor que se apodera de toda la población de Chester's Mill y que no la abandonará hasta el final.

Todo aquel que ha atendido a un paciente terminal sabe que llega un momento, un punto de inflexión, en el que la negación da paso a la aceptación. Para la mayoría de los habitantes de Chester's Mill, el punto de inflexión llegó el 25 de octubre, a media mañana, mientras se encontraban a solas, o acompañados por sus vecinos, viendo cómo más de trescientas personas caían a los bosques del núcleo urbano TR-90.

Esa misma mañana, un poco antes, alrededor de un quince por ciento de la población debía de lucir brazalete azul de "solidaridad"; al atardecer de ese miércoles de octubre, la cifra se duplicaría. Cuando salga el sol mañana, lo llevará más del cincuenta por ciento de la población.

La negación da paso a la aceptación; la aceptación genera dependencia. Todo aquel que ha atendido a un paciente terminal lo sabe. Los enfermos necesitan a alguien que les lleve las pastillas y los vasos de jugo dulce y frío con que tragarlas. Necesitan a alguien que les alivie el dolor de las articulaciones con árnica. Necesitan a alguien que se siente con ellos cuando cae la noche y las horas se alargan. Necesitan a alguien que les diga: "Duerme un poco, por la mañana te sentirás mejor. Estoy aquí, así que duerme. Duerme un poco. Duerme y deja que me encargue de todo".

"Duerme."

19

El oficial Henry Morrison llevó a Junior al hospital —por entonces el chico se encontraba en un estado más próximo a la conciencia, aunque aún decía cosas sin sentido— y Twitch se lo llevó en una camilla. Fue un alivio ver cómo se alejaba.

Henry llamó al servicio de información telefónica para pedir los números de teléfono de Gran Jim de su casa y del ayuntamiento, pero no respondió nadie porque eran líneas fijas. Estaba escuchando a una máquina que le decía que el número celular de James Rennie no constaba en su base de datos cuando el avión explotó. Salió corriendo junto con todos los que no se encontraban postrados en una cama, y se quedó frente a la puerta de entrada del hospital mirando la nueva marca negra de la superficie invisible de la Cúpula. Los últimos restos del avión aún no habían llegado al suelo.

Gran Jim sí que se encontraba en su oficina del ayuntamiento, pero había desconectado el teléfono para poder preparar ambos discursos —el que daría a los policías esa misma noche, y el que pronunciaría a todo el pueblo la noche siguiente— sin interrupciones. Oyó la explosión y salió corriendo afuera. El primer pensamiento que le vino a la cabeza fue que Cox había lanzado una bomba nuclear. ¡Una condenada bomba nuclear! ¡Si atravesaba la Cúpula, arrasaría con todo!

Se encontraba junto a Al Timmons, el conserje del ayuntamiento. Al señaló hacia el norte, en lo alto del cielo, donde aún se alzaba una columna de humo. A Gran Jim le pareció la explosión de un proyectil antiaéreo en una película antigua de la Segunda Guerra Mundial.

—¡Fue un avión! —gritó Al—. ¡Y era grande! ¡Dios mío! ¿Es que no los previnieron?

Gran Jim sintió una prudente sensación de alivio, y el martillo que le machacaba el pecho aminoró el ritmo. Si era un avión… tan solo un avión y no una bomba nuclear o algún tipo de supermisil…

Sonó su teléfono. Lo sacó del bolsillo del abrigo y lo abrió.

—¿Peter? ¿Eres tú?

—No, señor Rennie. Soy el coronel Cox.

—¿Qué ha hecho? —gritó Rennie—. ¿Qué han hecho ahora, por el amor de Dios?

—Nada —respondió Cox. En su voz no había el tono autoritario de antes; parecía aturdido—. No ha tenido nada que ver con nosotros. Ha sido… Espere un momento.

Rennie esperó. Main Street estaba atestada de gente que miraba hacia el cielo boquiabierta. A Rennie le parecieron ovejas vestidas con ropa humana. Al día siguiente se amontonarían en el ayuntamiento y empezarían "beee, beee, beee", ¿cuándo va a mejorar la situación? Y "beee, beee, beee", cuida de nosotros hasta entonces. Y él lo haría. No porque quisiera, sino porque era la voluntad de Dios.

Cox regresó al aparato. Ahora parecía cansado además de aturdido. No era el mismo hombre que había intimidado a Gran Jim para que dimitiera. *Y así es como quiero que te dirijas a mí,* pensó Rennie. *Exactamente así.*

—Según la información inicial de la que dispongo, el vuelo 179 de Air Ireland impactó contra la Cúpula y explotó.

"Salió de Shannon y se dirigía hacia Boston. Tenemos dos testigos que afirman haber visto un trébol en la cola, y un equipo de la ABC que estaba grabando junto a la zona de cuarentena de Harlow podría haber... Un segundo.

Fue mucho más que un segundo; más que un minuto. El corazón de Gran Jim estaba a punto de recuperar su ritmo normal (si ciento veinte latidos por minuto pueden considerarse como tal), pero volvió a acelerarse y sufrió otra arritmia. Rennie tosió y se golpeó el pecho. Parecía que el corazón se le había estabilizado cuando sufrió una arritmia descomunal. Notó cómo el sudor empezaba a brotarle en la frente. El día, que hasta entonces se presentaba como aburrido, de repente era demasiado trepidante.

—¿Jim? —era Al Timmons, y aunque estaba justo al lado de Gran Jim, su voz parecía provenir de una galaxia muy, muy lejana—. ¿Estás bien?

—Bien —respondió Gran Jim—. Quédate aquí. Tal vez te necesite.

Cox retomó la conversación.

—Se confirma que era un vuelo de Air Ireland. Acabo de ver la grabación del accidente que ha hecho la ABC. Había una periodista realizando una crónica y la explosión sucedió detrás de ella. Lo grabaron todo.

—Estoy convencido de que incrementará su audiencia.

—Señor Rennie, tal vez hayamos tenido nuestras diferencias, pero confío en que transmitirá a sus electores el mensaje de que lo sucedido no debería preocuparles en absoluto.

—Dígame cómo es posible que una cosa así... —el corazón le hizo de nuevo un movimiento extraño. Se le agitó la respiración, y luego se le cortó. Se golpeó en el pecho por segunda vez, más fuerte, y se sentó en un banco junto al camino de ladrillo que llevaba del ayuntamiento a la banqueta.

Al lo miraba a él en lugar de mirar la cicatriz que el accidene había dejado en la Cúpula; tenía la frente surcada de arrugas de preocupación y —pensó Gran Jim— miedo. Incluso entonces, a pesar de lo que estaba sucediendo, se alegraba de ver esa reacción, se alegraba de ver que lo consideraban alguien indispensable. De que las ovejas necesitaran un pastor.

—¿Rennie? ¿Está ahí?

—Estoy aquí —y también su corazón, aunque distaba mucho de encontrarse en la mejor situación posible—. ¿Cómo ha sucedido? ¿Cómo es posible? Creía que habían advertido a todo el mundo.

—No estamos seguros y no podremos estarlo hasta que recuperemos la caja negra, pero tenemos una teoría bastante plausible. Emitimos una directriz para avisar a todas las compañías aéreas comerciales de que se alejaran de la Cúpula, que se encuentra en la ruta habitual del 179. Creemos que alguien se olvidó de reprogramar el piloto automático. Tan sencillo como eso. En cuanto tengamos información más detallada se la transmitiremos, pero ahora mismo lo importante es sofocar cualquier estallido de pánico antes de que este se extienda.

Sin embargo, en ciertas circunstancias, el pánico podía ser algo bueno. En ciertas circunstancias, podía —como los disturbios por la comida o los incendios provocados— tener un efecto beneficioso.

—Ha sido una estupidez a gran escala, pero aun así no deja de ser un simple accidente —dijo Cox—. Asegúrese de que la gente de Chester's Mill lo sepa.

Sabrán lo que yo les diga y creerán lo que yo quiera, pensó Rennie.

El corazón de Rennie se estremeció como un pedazo de carne al caer sobre una plancha caliente, recuperó un ritmo más normal, y luego se estremeció de nuevo. Gran Jim apretó el botón rojo para colgar el teléfono sin responder a Cox y se guardó el teléfono en el bolsillo. Entonces miró a Al.

—Necesito que me lleves al hospital —dijo con toda la calma de que fue capaz—. Tengo ciertas molestias.

Al, que llevaba un brazalete de solidaridad, parecía más alarmado que nunca.

—Por supuesto, Jim. Quédate ahí sentado mientras voy a por mi coche. No podemos permitir que te ocurra nada. El pueblo te necesita.

Bien lo sé, pensó Gran Jim, sentado en el banco, mientras miraba la gran mancha negra que había en el cielo.

—Encuentra a Carter Thibodeau y dile que se reúna conmigo en el Cathy Russell. Quiero tenerlo cerca.

Quería dar más instrucciones, pero el corazón se le detuvo por completo. Por un instante que se hizo eterno, se abrió a sus pies un abismo claro y negro. Rennie dio un grito ahogado y se golpeó en el pecho. El corazón latió desbocado. Pensó: *Ni se te ocurra dejarme ahora, tengo mucho que hacer. No te atrevas, condenado. No te atrevas.*

20

—¿Qué fue eso? —preguntó Norrie con voz aguda e infantil, y acto seguido se respondió—: fue un avión, ¿verdad? Un avión lleno de gente —rompió a llorar. Los chicos intentaron contener sus propias lágrimas, pero no pudieron. A Rommie también le entraron ganas de llorar.

—Sí —dijo—. Creo que eso fue.

Joe se giró para mirar hacia la camioneta, que ahora se dirigía hacia ellos. Al llegar al pie de la cresta aceleró, como si Rusty tuviera mucha prisa. Cuando llegó junto a ellos y salió del vehículo, Joe vio que tenía otro motivo para ir tan rápido: no llevaba el delantal de plomo.

Antes de que Rusty pudiera decir algo, sonó su teléfono. Lo abrió, miró el número y contestó la llamada. Creía que sería Ginny, pero era el recién llegado, Thurston Marshall.

—Sí, ¿qué? Si es por el avión, lo he visto… —escuchó, torció el gesto y asintió—. De acuerdo, sí. Bien. Voy ahora. Dile a Ginny o a Twitch que le den dos miligramos de Valium por vía intravenosa. No, mejor que sean tres. Y dile que se calme. Es algo ajeno a su naturaleza, pero dile que lo intente. A su hijo denle cinco miligramos.

Colgó el teléfono y miró a sus compañeros.

—Los dos Rennie están en el hospital, el padre con una arritmia; las había padecido antes. Ese estúpido necesita un marcapasos desde hace dos años. Thurston dice que el hijo muestra los síntomas propios de un glioma. Espero que se equivoque.

Norrie volteó hacia Rusty su rostro surcado de lágrimas. Tenía un brazo alrededor de Benny Drake, que se estaba secando los ojos con afán. Cuando Joe se puso al otro lado de la chica, ella también lo abrazó.

—Eso es un tumor cerebral, ¿verdad? —preguntó Norrie—. Y de los malignos.

—Cuando afectan a chicos de la edad de Junior, la mayoría son malignos.

—¿Qué encontraste ahí arriba? —preguntó Rommie.

—¿Y qué le pasó a su delantal? —preguntó Benny.

—Encontré lo que Joe creía que encontraría.

—¿El generador? —preguntó Rommie—. Doc, ¿estás seguro?

—Sí. No se parece a nada que haya visto antes. Y estoy convencido de que nadie en toda la Tierra ha visto algo así.

—Es un objeto de otro planeta —dijo Joe en voz tan baja que pareció un susurro—. Lo sabía.

Rusty le lanzó una mirada seria.

—No puedes hablar del tema. Ninguno de nosotros debe hacerlo. Si les preguntan, digan que hemos estado buscando y no hemos encontrado nada.

—¿Ni siquiera a mi madre? —preguntó Joe en tono lastimero.

Rusty estuvo a punto de ceder, pero permaneció firme. Era un secreto que ya conocían cinco personas, muchas más de lo deseable. Pero los chicos merecían saberlo, y Joe McClatchey lo había adivinado desde el principio.

—Ni siquiera a ella, por lo menos de momento.

—No puedo mentirle —dijo Joe—. No me sale. Tiene visión de madre.

—Entonces dile que te hice jurar que guardarías el secreto y que es lo mejor para ella. Si te presiona, dile que hable conmigo. Vamos, tengo que volver al hospital. Rommie, conduce tú. Tengo los nervios destrozados.

—¿No vas a…? —preguntó Rommie antes de que Rusty lo cortara.

—Les contaré todo. De camino al hospital. Quizá incluso podamos decidir qué demonios vamos a hacer al respecto.

21

Una hora después de que el 767 de Air Ireland se estrellara contra la Cúpula, Rose Twitchell entraba en la comisaría de Chester's Mill con un plato cubierto con una servilleta. Stacey Moggin volvía a estar sentada al escritorio, tan distraída y cansada como se sentía Rose.

—¿Qué es eso? —preguntó Stacey.

—La comida. Para mi cocinero. Dos sándwiches de tocino, lechuga y jitomate.

—Rose, se supone que no puedo dejarte bajar. Se supone que no puedo dejar bajar a nadie.

Mel Searles estaba hablando con dos de los nuevos policías sobre un espectáculo de *monster trucks* que había visto en el Civic Center de Portland la primavera anterior, pero dejó la conversación a medias y volteó.

—Yo se lo llevo, señora Twitchell.

—Ni hablar —replicó Rose.

Mel se quedó sorprendido. Y un poco dolido. Siempre le había caído bien Rose, y creía que el sentimiento era mutuo.

—Me da miedo que se te caiga el plato —le explicó, aunque eso no era del todo cierto; la verdad era que no confiaba ni un poco en él—. Te he visto jugar futbol americano, Melvin.

—Oh, vamos, no soy tan torpe.

—Además, quiero ver si está bien.

—No puede recibir visitas —dijo Mel—. Lo dijo el jefe Randolph, que recibió órdenes directas del concejal Rennie.

—Bueno, pues voy a bajar. Y tendrás que utilizar la Taser para detenerme, y si lo haces, jamás volveré a prepararte los *waffles* de fresa tal como te gustan, con la masa del centro poco cocida —miró alrededor y preguntó con desdén—: Además, no veo a ninguno de los dos por aquí. ¿O acaso me equivoco?

A Mel se le pasó por la cabeza la idea de hacerse el duro, aunque solo fuera para impresionar a los novatos, pero decidió no hacerlo. Rose le caía bien. Y le gustaban sus *waffles*, sobre todo cuando estaban poco cocidos y se le deshacían en la boca. Se subió el cinturón y dijo:

—De acuerdo. Pero la acompañaré y no le dará nada hasta que yo haya echado un vistazo bajo esa servilleta.

Rose la levantó. Debajo había dos sándwiches de tocino, lechuga y jitomate, y una nota escrita en el dorso de una cuenta del Sweetbriar Rose. "Aguanta, confiamos en ti", decía.

Mel tomó la nota, la arrugó y la tiró a la papelera. Falló y uno de los oficiales novatos se apresuró a recogerla.

—Vamos —dijo Mel; tomó medio sándwich y le dio un buen mordisco—. De todas maneras, tampoco se lo habría comido todo —le dijo a Rose.

Rose no respondió, pero mientras Mel bajaba la escalera, se le pasó por la cabeza la idea de estrellarle el plato en la cara.

La dueña del Sweetbriar había recorrido la mitad del pasillo cuando Mel dijo:

—No dejaré que se acerque más, señorita Twitchell. Yo le acercaré la comida.

Rose le entregó el plato y observó con tristeza cómo Mel se arrodillaba, hacía pasar los sándwiches entre los barrotes y anunciaba:

—La comida está servida, "mesié".

Barbie no le hizo caso. Miraba a Rose.

—Gracias. Aunque si los hizo Anson, no sé si estaré tan agradecido después del primer mordisco.

—Los preparé yo —respondió ella—. Barbie, ¿por qué te golpearon? ¿Intentabas huir? Tienes muy mal aspecto.

—No fue porque intentara huir, sino porque ofrecí resistencia a la autoridad. ¿Verdad, Mel?

—Deja de hacerte el listillo o entraré ahí y te quitaré los sándwiches.

—Bueno, podrías intentarlo —replicó Barbie—, y así zanjamos la cuestión —Mel no mostró intención alguna de aceptar su oferta, por lo que Barbie volvió a dirigirse a Rose—. ¿Fue un avión? A juzgar por el ruido, lo parecía. Y de los grandes.

—La ABC dice que era una avión de Air Ireland. Cargado de pasajeros.

—Déjame adivinarlo. Se dirigía hacia Boston o Nueva York y algún cerebrito menos listo de lo que se creía olvidó reprogramar el piloto automático.

—No lo sé. Aún no han dicho nada sobre esa parte.

—Vamos —Mel se acercó a Rose y la agarró del brazo—. Ya basta de charla. Tiene que irse antes de que me meta en problemas.

—¿Estás bien? —preguntó Rose a Barbie, sin hacer caso de la orden, por lo menos en un principio.

—Sí —respondió Barbara—. ¿Y tú? ¿Ya has hecho las paces con Jackie Wettington?

¿Cuál era la respuesta correcta a esa pregunta? Por lo que ella sabía, no tenía que hacer las paces con Jackie. Le pareció ver que Barbie sacudía de forma imperceptible la cabeza, y esperó que no fuera solo fruto de su imaginación.

—Aún no —respondió Rose.

—Deberías hacerlo. Dile que deje de comportarse como una bruja.

—Como si eso fuera posible —murmuró Mel, que agarró a Rose del brazo con fuerza—. Vamos, no me obligue a arrastrarla.

—Dile que creo que eres buena —exclamó Barbie mientras Rose subía la escalera, esta vez seguida de Mel—. Deberían hablar. Y gracias por los sándwiches.

"Dile que creo que eres buena."

Ese era el mensaje. Estaba convencida de ello. Creía que Mel no lo había comprendido; siempre había sido un poco lerdo, y no parecía haberse vuelto más inteligente desde la aparición de la Cúpula. Seguramente por eso Barbie decidió arriesgarse.

Rose comprendió que tenía que encontrar a Jackie cuanto antes y transmitirle el mensaje: "Barbie cree que soy buena. Barbie cree que puedes hablar conmigo".

—Gracias, Mel —dijo Rose cuando llegaron a la sala de los oficiales—. Fue un gran detalle que me dejaras bajar.

Mel echó un vistazo alrededor y no vio a nadie de rango superior, así que se relajó.

—No pasa nada, pero no piense que la dejaré bajar con la cena, porque eso no sucederá —meditó sobre lo que había dicho y le salió la vena filosófica—: Aunque supongo que merece algún plato sabroso. La semana que viene a estas horas estará más tieso que el plato en el que le ha traído los sándwiches.

Eso ya lo veremos, pensó Rose.

22

Andy Sanders y el Chef estaban sentados junto al granero de almacenamiento de la WCIK fumando cristal. Enfrente de ellos, en el campo que rodeaba la torre de la radio, había un montículo de tierra marcado con una cruz hecha con listones de cajas. Bajo el montículo se encontraba Sammy Bushey, torturadora de Bratz, víctima de una violación, madre de Little Walter. El Chef dijo que más tarde quizá robaría una cruz de verdad del cementerio que había junto al estanque de Chester. Si tenía tiempo. Quizá no.

Levantó el control remoto de la puerta del garage como para dar énfasis a su afirmación.

A Andy le daba pena lo que le había sucedido a Sammy, como le daban pena Claudette y Dodee, aunque ahora era una pena fría y aséptica, almacenada en el interior de su propia Cúpula: la podías ver, apreciar su existencia, pero no podías llegar hasta ella, lo cual era positivo. Intentó explicarle todo eso a Chef Bushey, pero se trataba de un concepto complejo y se enredó. A pesar de todo, el Chef asintió y le pasó una gran pipa de cristal a Andy. Grabadas en el costado podían leerse las palabras: **PROHIBIDA SU VENTA.**

—Es bueno, ¿verdad? —preguntó el Chef.

—¡Sí! —exclamó Andy.

Durante un rato debatieron sobre los dos grandes temas de los fumadores: que la droga que estaban fumando estaba de puta madre, y lo jodidos que los estaba dejando esa droga tan de puta madre. En cierto momento hubo una gran explosión hacia el norte. Andy se tapó los ojos, que le quemaban por culpa del humo. Estuvo a punto de tirar la pipa, pero el Chef la rescató.

—¡Carajo, eso fue un avión! —Andy intentó ponerse en pie, pero a pesar de que estaba rebosante de energía, le flaquearon las piernas y se dejó caer.

—No, Sanders —dijo el Chef; dio una calada a la pipa. Sentado con las piernas abiertas y dobladas, y los pies planta contra planta, a Andy le pareció que era un jefe indio con la pipa de la paz.

Apoyados en el costado de la cabaña entre Andy y el Chef había cuatro AK-47 automáticos, de fabricación rusa pero importados de China, al igual que muchos otros objetos almacenados en aquel lugar. También había cinco cajas apiladas con cargadores de treinta balas y una caja con granadas RGD-5. El Chef le ofreció a Andy una traducción de los ideogramas que aparecían en la caja de las granadas: "Que no se te caiga esta cabrona".

Entonces el Chef levantó uno de los AK y se lo puso sobre las rodillas.

—Eso no fue un avión —dijo en voz bien alta.

—Ah, ¿no? ¿Entonces qué fue?

—Una señal de Dios —el Chef miró hacia la pared lateral del granero en la que había hecho un par de pintas: dos citas (interpretadas de forma bastante libre) del Apocalipsis en las que destacaba el número 31 en grande. Entonces miró de nuevo a Andy. Al norte, la columna de humo empezaba a disiparse. Debajo de ella se alzaba una nueva columna en el lugar en el que había caído el avión—. Interpreté mal la fecha —dijo con voz siniestra—. Halloween va a llegar antes este año. Quizá hoy, quizá mañana, quizá pasado mañana.

—O quizá el día después de pasado mañana —añadió Andy amablemente.

—Quizá —admitió el Chef—, pero creo que será antes. ¡Sanders!

—¿Qué, Chef?

—Toma un arma. Ahora perteneces al Ejército del Señor. Eres un soldado cristiano. Tus días de besarle el trasero a ese apóstata hijo de puta han acabado.

Andy tomó un AK y lo dejó sobre sus muslos desnudos. Su peso y su calidez le resultaban agradables. Comprobó que el seguro estaba puesto.

—¿A qué apóstata hijo de puta te refieres?

El Chef le lanzó una mirada de absoluto desdén, pero cuando Andy alargó la mano para tomar la pipa, se la entregó de buen grado. Había de sobra para los dos, habría hasta el final, y sí, en verdad, el final no estaba muy lejos.

—A Rennie. Ese apóstata hijo de puta.

—Es amigo mío, colega, pero puede ser muy cabrón —admitió Andy—. Cielos, este cristal está de puta madre.

—Lo está —admitió el Chef con aire taciturno, y tomó la pipa (a la que Andy ahora llamaba la pipa de la paz)—. Es la más larga de las pipas largas de cristal, la más pura de las puras, ¿y qué es, Sanders?

—¡Un medicamento para la melancolía! —respondió Andy rápidamente.

—¿Y qué es eso? —señaló la marca negra que el avión había dejado en la Cúpula.

—¡Una señal! ¡De Dios!

—Sí —dijo el Chef, más calmado—. Eso es justamente lo que es. Hemos emprendido un viaje por Dios, Sanders. ¿Sabes qué ocurrió cuando Dios abrió el séptimo sello? ¿Has leído el Apocalipsis?

Andy tenía algún recuerdo, de la época del campamento al que había asistido de adolescente, de unos ángeles saliendo de ese séptimo sello como los payasos que salen de un coche demasiado pequeño en el circo, pero prefirió no expresarlo de ese modo. El Chef podría considerarlo una blasfemia. Se limitó a negar con la cabeza.

—Ya lo imaginaba —dijo el Chef—. Seguro que escuchaste muchos sermones en el Santo Redentor, pero sermonear no es educar. Los sermones no son mierda visionaria de verdad. ¿Lo entiendes?

Lo que Andy entendía era que quería otra calada, pero asintió con la cabeza.

—Cuando se abrió el séptimo sello, aparecieron siete ángeles con siete trompetas. Y cada vez que uno la tocaba, una plaga asolaba la Tierra. Toma, dale una calada, te ayudará a concentrarte.

¿Cuánto tiempo llevaban fumando? Tenía la sensación de que hacía horas. ¿Habían visto un accidente de avión de verdad? Andy creía que sí, pero no estaba del todo convencido. Le parecía algo muy inverosímil. Quizá debería echarse una siesta. Sin embargo, el mero hecho de estar ahí con el Chef, drogándose y recibiendo enseñanzas, era una sensación maravillosa, rayana en el éxtasis.

—Estuve a punto de suicidarme, pero Dios me salvó —le dijo el Chef. El pensamiento era tan maravilloso que se le inundaron los ojos de lágrimas.

—Sí, sí, eso es obvio. Pero esto que te voy a contar, no. Así que escucha.

—Eso hago.

—El primer ángel tocó la trompeta y desató una lluvia de sangre en la Tierra. El segundo ángel tocó la trompeta y una montaña de fuego se precipitó en el mar. De ahí los volcanes y toda esa mierda.

—¡Sí! —gritó Andy, que apretó sin querer el gatillo del AK-47 que tenía en el regazo.

—Ten cuidado —le advirtió el Chef—. Si no hubiera tenido puesto el seguro, me habrías clavado el pito en ese pino. Dale una calada a esto —le pasó la pipa. Andy ni siquiera recordaba habérsela dado, pero debía de haberlo hecho. ¿Y qué hora era? Parecía media tarde, pero ¿cómo era posible? No había tenido hambre a la hora del almuerzo, y siempre tenía hambre a mediodía, era su momento de la comida preferido.

—Ahora escucha, Sanders, porque esta es la parte importante.

El Chef citó de memoria porque se había volcado en el Apocalipsis cuando se trasladó a la emisora de radio; lo leyó y releyó de forma obsesiva, a veces hasta que despuntaba el alba.

—"¡El tercer ángel tocó la trompeta, y cayó del cielo una gran estrella! ¡Ardiendo como una antorcha!"

—¡Es lo que acabamos de ver!

El Chef asintió. Tenía los ojos clavados en la mancha negra en la que el 179 de Air Ireland había encontrado su fin.

—"Y el nombre de la estrella es Ajenjo. Y la tercera parte de las aguas se convirtió en ajenjo; y muchos hombres murieron a causa de esas aguas, porque se hicieron amargas." ¿Tú eres un hombre amargado, Sanders?

—¡No! —exclamó Andy.

—No. Somos personas sosegadas. Pero ahora que la estrella Ajenjo ha refulgido en el cielo, llegarán los hombres amargados. Me lo dijo Dios, Sanders, y no son tonterías. Ponme a prueba, si quieres, y verás que no me interesan las tonterías. Intentarán quitárnoslo todo. Rennie y sus compinches de mierda.

—¡Ni hablar! —gritó Andy. Un súbito ataque de paranoia, horriblemente intenso, se apoderó de él. ¡Quizá ya estaban ahí! ¡Esos compinches de mierda arrastrándose entre los árboles! ¡Esos compinches de mierda avanzando por Little Bitch Road en una hilera de camiones! Ahora que El Chef había sacado el tema, entendía por qué Rennie quería hacerlo. Lo llamaría "eliminar las pruebas".

—¡Chef! —agarró a su nuevo amigo del hombro.

—Afloja, Sanders, me haces daño.

Soltó un poco.

—Gran Jim ya habló de venir a buscar los depósitos de gas combustible, ¡ese es el primer paso!

El Chef asintió.

—Ya vinieron una vez. Se llevaron dos depósitos. Los dejé —hizo una pausa y dio unas palmaditas a las granadas—. Pero no se lo volveré a permitir. ¿Estás conmigo?

Andy pensó en los kilos de droga que había en el edificio en el que estaban apoyados y le dio al Chef la respuesta que este esperaba.

—Hermano mío —dijo, y lo abrazó.

El Chef tenía calor y estaba pegajoso, pero Andy lo abrazó con entusiasmo. Las lágrimas le corrían por la cara; por primera vez en veinte años no se había afeitado a pesar de ser un día entre semana. Era genial. Era… era…

¡Algo que los unía!

—Hermano mío —le susurró al Chef al oído, entre sollozos.

El Chef lo apartó un poco y lo miró muy serio.

—Somos oficiales del Señor —dijo.

Y Andy Sanders, solo en el mundo salvo por el escuálido profeta que estaba sentado a su lado, dijo amén.

23

Jackie encontró a Ernie Calvert detrás de su casa, arrancando las malas hierbas del jardín. A pesar de lo que le había dicho a Piper, le preocupaba un poco cómo abordarlo, pero al final todo resultó fácil. Ernie la agarró de los hombros, con unas manos sorprendentemente fuertes para un hombre tan bajo y corpulento, y le brillaban los ojos.

—¡Gracias a Dios, por fin alguien ve lo que trama ese charlatán! —dejó caer las manos—. Lo siento. Le manché la blusa.

—Descuide.

—Es un tipo peligroso, oficial Wettington. Lo sabe, ¿verdad?

—Sí.

—Y listo. Organizó los disturbios del supermercado del mismo modo en que un terrorista pondría una bomba.

—No me cabe la menor duda.

—Pero también es estúpido. Listo y estúpido, una combinación terrible. Puede convencer a la gente de que lo siga. Hasta el infierno. ¿Se acuerda de Jim Jones?

—Logró que todos sus seguidores bebieran veneno. Entonces, ¿vendrá a la asamblea?

—Puede estar segura. ¡Faltaba más! A menos que quiera que hable yo con Lissa Jamieson; no me importaría.

Antes de que Jackie pudiera responder, sonó su teléfono. Era el personal; había devuelto el del cuerpo de policía junto con la placa y la pistola.

—¿Diga? Jackie al habla.

—*Mihi portatoe vulneratos*, sargento Wettington —dijo una voz desconocida.

El lema de su antigua unidad de Wurzburgo ("Tráigannos a nuestros heridos"), y Jackie respondió sin pensarlo:

—En camillas, muletas o bolsas, nosotros los curamos con saliva y harapos. ¿Quién demonios llama?

—El coronel James Cox, sargento.

Jackie apartó el teléfono de la boca.

—¿Me permites un instante, Ernie?

El hombre asintió y regresó a su jardín. Jackie se dirigió hacia la valla.

—¿Qué puedo hacer por usted, coronel? ¿Estamos hablando por una línea segura?

—Sargento, si su hombre, Rennie, puede intervenir las llamadas hechas desde fuera de la Cúpula, es que vivimos en un mundo que da pena.

—No es mi hombre.

—Me alegra saberlo.

—Y ya no pertenezco al ejército. El Sexagesimoséptimo ni siquiera aparece en mi retrovisor, señor.

—Bueno, eso no es del todo cierto, sargento. Por orden del presidente de Estados Unidos se ha reincorporado usted a filas. Bienvenida.

—Señor, no sé si darle las gracias o enviarlo a freír espárragos.

Cox rio sin muchas ganas.

—Saludos de parte de Jack Reacher.

—¿Es él quien le dio mi número?

—Me dio su número y la recomendó personalmente. Y una recomendación de Reacher puede llegar muy lejos. Me preguntó qué puede hacer por mí. La respuesta es doble, y ambas partes son sencillas. En primer lugar, ayude a Dale Barbara a salir del lío en que se encuentra. A menos que crea que es culpable de los cargos que se le imputan.

—No, señor, estoy convencida de que no lo es. Es decir, de que no lo somos. Nos acusan a varios.

—Bien. Muy bien —hubo un claro tono de alivio en la voz del hombre—. En segundo lugar, puede bajarle los humos a ese cabrón de Rennie.

—Eso sería trabajo de Barbie. Si... ¿está seguro de que esta línea es segura?

—Seguro.

—Si podemos sacarlo.

—En eso andan, ¿no es cierto?

—Sí, señor, eso creo.

—Excelente. ¿Cuántos camisas pardas tiene Rennie?

—Ahora mismo, unos treinta, pero no ha parado de contratar oficiales. Y los de Chester's Mill son camisas azules, pero le entiendo. No infravalore a Rennie, coronel. Tiene a gran parte del pueblo en el bolsillo. Intentaremos sacar a Barbie, y más le vale desearnos suerte, porque no creo que pueda enfrentarme a Gran Jim a solas. Derrocar a dictadores sin ayuda del mundo exterior está muy por encima de mi rango. Y, para que lo sepa, mis días como oficial de policía de Chester's Mill han acabado. Rennie me echó a la calle.

—Téngame al corriente de lo que sucede siempre que pueda. Saquen a Barbara de la cárcel y cédale el mando de la operación de resistencia. Ya veremos quién acaba en la calle.

—Le gustaría estar aquí, ¿verdad, señor?

—Con todo mi corazón —respondió sin el menor atisbo de duda—. Me libraría de ese hijo de puta en doce horas.

Jackie tenía sus dudas al respecto; las cosas eran distintas bajo la Cúpula. La gente de fuera no podía entenderlo. Incluso el tiempo era distinto. Hacía tan solo cinco días, todo era normal. Sin embargo, ahora...

—Una cosa más —añadió el coronel Cox—. Encuentre un hueco en su apretada agenda para mirar la televisión. Vamos a esforzarnos al máximo para hacerle la vida un poco más difícil a Rennie.

Jackie se despidió, colgó y se acercó a Ernie, que seguía arrancando malas hierbas.

—¿Tiene un generador? —preguntó.

—Se le acabó el combustible anoche —dijo Ernie en tono un tanto amargo.

—Bueno, pues vayamos a algún lugar donde haya un televisor que funcione. Mi amigo me ha dicho que deberíamos mirar las noticias.

Se dirigieron Sweetbriar Rose. Por el camino, se encontraron a Julia Shumway y continuaron los tres juntos.

ATRAPADO

1

El Sweetbriar estaría cerrado hasta las cinco de la tarde, hora a la que Rose pensaba ofrecer una cena ligera, principalmene a base de sobras. Estaba preparando una ensalada de papa mientras miraba el televisor sobre la barra, cuando llamaron a la puerta. Eran Jackie Wettington, Ernie Calvert y Julia Shumway. Rose atravesó el restaurante vacío, secándose las manos con el delantal, y abrió la puerta. Horace el corgi siguió a su dueña con las orejas tiesas y una sonrisa amigable. Rose comprobó que el cartel de CERRADO seguía en su sitio y volvió a cerrar la puerta con llave.

—Gracias —dijo Jackie.

—De nada —contestó Rose—. De todos modos, quería verte.

—Hemos venido por eso —dijo Jackie señalando el televisor—. Estaba en casa de Ernie y hemos encontrado a Julia mientras veníamos hacia aquí. Estaba sentada en la banqueta frente a su casa, mirando las ruinas, embobada.

—No estaba embobada —replicó Julia—. Horace y yo intentábamos decidir cómo vamos a publicar el periódico después de la asamblea. Tendrá que ser pequeño, probablemente de solo dos páginas, pero habrá periódico. Pondré todo mi empeño en ello.

Rose devolvió la mirada al televisor. En la pantalla aparecía una mujer joven en una conexión en directo. Bajo ella apareció IMÁGENES GRABADAS DE HOY. De repente se produjo una explosión y una bola de fuego inundó el cielo. La periodista parpadeó, gritó y dio media vuelta. En ese instante, el cámara dejó de enfocar a la reportera e hizo un acercamiento a los fragmentos del avión de Air Ireland que se precipitaban hacia el suelo.

—No paran de repetir las imágenes del accidente del avión —dijo Rose—. Si no las han visto, ahí las tienen. Jackie, fui a ver a Barbie a mediodía. Le llevé unos sándwiches y me dejaron bajar a las celdas. Aunque Melvin Searles bajó conmigo.

—Qué suerte —dijo Jackie.

—¿Cómo está? —preguntó Julia—. ¿Se encuentra bien?

—Parece la imagen de la cólera de Dios, pero creo que sí. Me dijo... Quizá deberíamos mantener esta conversación en privado, Jackie.

—Sea lo que sea, creo que puedes decirlo delante de Ernie y Julia.

Rose lo meditó, pero solo un instante. Si no podía confiar en Ernie Calvert y Julia Shumway, no podía confiar en nadie.

—Me dijo que debía hablar contigo. Hacer las paces; como si nos hubiéramos peleado. Me dijo que te diga que soy buena.

Jackie volteó hacia Ernie y Julia. A Rose le pareció oír cuchicheos, una pregunta y la consiguiente respuesta.

—Si Barbie lo dice, es que lo eres —afirmó Jackie, y Ernie asintió enérgicamente—. Cariño, vamos a celebrar una pequeña reunión esta noche. En la parroquia congregacional. Es más o menos secreta...

—Más o menos no, es secreta —la corrigió Julia—. Y dado el actual estado de cosas en el pueblo, es mejor que el secreto no se difunda.

—Si es sobre lo que creo que es, me apunto —acto seguido Rose bajó la voz—. Pero Anson no. Lleva uno de esos malditos brazaletes.

Justo entonces apareció en la televisión el mensaje de NOTICIA DE ÚLTIMA HORA de la CNN, acompañado por la molesta música en tono menor para desastres que la cadena empleaba para acompañar todas las noticias relacionadas con la Cúpula. Rose esperaba ver a Anderson Cooper o a su amado Wolfie —ambos se encontraban en Castle Rock—, pero apareció Barbara Starr, la corresponsal en el Pentágono. Se encontraba frente a un poblado formado por tiendas de campaña y camiones que hacía las veces de puesto de avanzada del ejército en Harlow.

—Don, Kyra: el coronel James O. Cox, el portavoz del Pentágono desde la aparición de ese monumental misterio conocido como la Cúpula el sábado pasado, está a punto de celebrar una rueda de prensa por segunda vez desde el inicio de la crisis. Acaban de comunicarnos el tema y va a movilizar a decenas de miles de estadounidenses que tienen a seres queridos en la población sitiada de Chester's Mill. Nos han dicho… —prestó atención a algo que le decían por el auricular—. Ahí está el coronel Cox.

Los cuatro se sentaron en taburetes de la barra mientras las imágenes mostraban el interior de una gran tienda de campaña. Debía de haber unos cuarenta periodistas sentados en sillas plegables, y varios más de pie, al fondo. Cuchicheaban entre ellos. En uno de los extremos de la tienda se había montado una tarima. En ella había un atril con micrófonos flanqueado por banderas estadounidenses. Detrás había una pantalla blanca.

—Es bastante profesional para ser una operación improvisada —dijo Ernie.

—Oh, creo que esto lo han tramado con tiempo —replicó Jackie, que recordaba su conversación con Cox: "Vamos a esforzarnos al máximo para hacerle la vida un poco más difícil a Rennie".

Se abrió una entrada en el lado izquierdo de la tienda y un hombre bajito, canoso y con aspecto de estar en buena forma se encaminó con brío hacia la tarima. A nadie se le había ocurrido poner una escalerilla, o un par de cajas, lo cual no supuso, sin embargo, ningún problema para el orador, que dio un salto con naturalidad, sin perder el ritmo. Llevaba un uniforme de batalla de color caqui. Si tenía medallas, no las lucía. En la camisa, una pequeña tarjeta decía CNEL. J. COX. No llevaba notas. Los periodistas guardaron silencio de inmediato y Cox esbozó una sonrisa.

—Este tipo debería haber dado las ruedas de prensa desde el principio —dijo Julia—. Tiene buena planta.

—Cállate, Julia —le espetó Rose.

—Damas y caballeros, gracias por venir —dijo Cox—. Seré breve y luego aceptaré unas cuantas preguntas. La situación en lo que respecta a Chester's Mill y lo que ahora llamamos la Cúpula no ha variado: el pueblo sigue aislado, aún no sabemos cuál es la causa de esta situación, y aún no hemos logrado atravesar la barrera. En caso contrario ya lo sabrían, por supuesto. Los mejores científicos de Estados Unidos, los mejores de todo el mundo, están trabajando en el caso, y estamos barajando diversas opciones. No me pregunten cuáles porque ahora mismo no puedo responderles.

Un murmullo de descontento se extendió por la tienda. Cox no intervino. Debajo de él, apareció un mensaje de la CNN: DE MOMENTO NO HABRÁ RESPUESTAS. Cuando el murmullo cesó, Cox prosiguió.

—Tal como saben, hemos creado una zona prohibida alrededor de la Cúpula. En un principio era de un kilómetro y medio, el domingo la ampliamos a tres y el martes, a seis. Existen varios motivos que nos han llevado a tomar esta decisión, pero el más importante es que la Cúpula es peligrosa para la gente que lleva ciertos implantes, como marcapasos. Un segundo motivo es que nos preocupaba que el campo que generaba la Cúpula pudiera tener efectos perjudiciales más difíciles de detectar.

—¿Se refiere a la radiación, coronel? —preguntó alguien.

Cox lo fulminó con la mirada, y cuando creyó que ya había recibido suficiente castigo (Rose se alegró al ver que no era Wolfie, sino ese charlatán medio calvo de FOX News), prosiguió.

—Ahora creemos que no existen efectos perjudiciales, al menos a corto plazo, de modo que hemos designado el viernes 27 de octubre, pasado mañana, como el día de visitas a la Cúpula.

Esta declaración desencadenó un aluvión de preguntas. Cox esperó a que amainara la tormenta, y cuando los periodistas se calmaron, tomó un control remoto del atril y apretó un botón. En la pantalla blanca apareció una imagen en alta resolución (demasiado buena para haber sido descargada de Google Earth, pensó Julia) que mostraba Chester's Mill y los dos pueblos con los que limitaba al sur: Motton y Castle Rock. Cox dejó el control remoto y sacó un puntero láser.

En pantalla podía leerse: VIERNES DESIGNADO DÍA DE BISITAS LA CÚPULA. Julia sonrió. El coronel había tomado a la CNN con el corrector ortográfico desactivado.

—Creemos que podemos aceptar mil doscientas visitas —declaró Cox de manera concisa—. Los elegidos deberán ser familiares cercanos, al menos en esta ocasión… y todos esperamos y rezamos para que no tenga que haber otra. Los puntos de encuentro serán aquí, en el recinto ferial de Castle Rock, y aquí, en la gran extensión del circuito de Oxford —señaló ambas ubicaciones—. Dispondremos de dos docenas de autobuses en cada punto. Los vehículos serán proporcionados por los distritos escolares de los alrededores, que anularán las clases ese día para contribuir en este esfuerzo, motivo por el cual les transmitimos nuestro más sincero agradecimiento. Habrá un autobús más a disposición de la prensa en Shiner's Bait and Tackle, en Motton —y añadió con sequedad—: Como Shiner's es una licorería, estoy seguro de que la mayoría de ustedes la conocerán. También se permitirá la participación de una, repito, una unidad móvil de televisión. Ustedes mismos se encargarán de redistribuir las imágenes, damas y caballeros, pero el afortunado se elegirá mediante sorteo.

Los periodistas lanzaron un gruñido no demasiado sincero.

—En el autobús de la prensa hay cuarenta y ocho plazas, y salta a la vista que en esta tienda hay cientos de representantes de los medios de comunicación de todo el mundo...

—¡Miles! —exclamó un hombre canoso, lo que desató una oleada de carcajadas.

—Me alegra que alguien se divierta —comentó Ernie Calvert con amargura.

Cox no pudo reprimir una sonrisa.

—Acepto la corrección, señor Gregory. Los asientos se adjudicarán según el medio de comunicación al que pertenezcan (cadenas de televisión, Reuters, Tass, AP, etc.) y serán las respectivas empresas las encargadas de elegir a su representante.

—Más vale que la CNN elija a Wolfie, no digo más —afirmó Rose.

Un murmullo de emoción se extendió entre los periodistas.

—¿Puedo continuar? —preguntó Cox—. Los que estén enviando mensajes de texto, hagan el favor de detenerse.

—Oooh —exclamó Jackie—. Me gustan los hombres con carácter.

—¿Se dan ustedes cuenta de que no son los protagonistas de la noticia? ¿Se comportarían de este modo si estuvieran cubriendo el derrumbe de una mina, o el salvamento de las víctimas atrapadas entre los escombros tras un terremoto?

La reprimenda del coronel fue recibida con silencio, el mismo que se apodera de una clase de cuarto de primaria cuando el maestro ha perdido los nervios. Sin duda, era un hombre de carácter, pensó Julia, que por un instante deseó con todo su corazón que Cox estuviera ahí bajo la Cúpula, al mando de la situación. Pero, claro, si los cerdos tuvieran alas, el tocino volaría.

—Su trabajo, damas y caballeros, es doble: por un lado deben ayudarnos a hacer correr la voz, y por otro deben ayudarnos para que todo transcurra sin problemas durante el día de visita.

El mensaje sobreimpreso de la CNN cambió: PRESIÓN PARA AYUDAR A LAS BISITAS EL VIERNES.

—Lo último que queremos es provocar una estampida de familiares de todo el país en dirección a Maine. Ya tenemos casi a diez mil familiares de personas atrapadas bajo la Cúpula en la zona; los hoteles, moteles y sitios para acampar están llenos a reventar. El mensaje que queremos transmitir a los familiares que se encuentran en otras partes del país es: "Si no está aquí, no venga". No solo no le concederán un pase de visita, sino que le obligarán a dar media vuelta en los puntos de control que hay aquí, aquí, aquí y aquí. —Señaló Lewiston, Auburn, North Windham, y Conway, Nueva Hampshire.

"Los familiares que se encuentren actualmente en la zona deberían dirigirse a los oficiales encargados de la inscripción, que ya se hallan en el recinto ferial y el circuito de carreras. Si a alguien se le ha pasado por la cabeza la idea de subirse al coche en este momento, que no lo haga. Esto no son las rebajas del hogar de Filene, el hecho de ser el primero de la cola no le garantiza nada. Los visitantes se elegirán mediante sorteo, y deben inscribirse para poder participar en él. Todos los interesados en realizar la inscripción necesitarán dos documentos identificativos con fotografía. Intentaremos dar prioridad a los que tengan dos o más familiares en Chester's Mill, pero no podemos hacer ninguna promesa al respecto. Y una advertencia a todo el mundo: todo aquel que se presente el viernes en los autobuses y no tenga un pase, o haya falsificado uno, en otras palabras, todo aquel que entorpezca nuestra operación, acabará en la cárcel. No nos pongan a prueba.

"Los elegidos podrán empezar a subir a los autobuses a partir de las ocho de la mañana. Si todo transcurre sin complicaciones, tendrán, al menos, cuatro horas para estar con sus seres queridos, tal vez más. Si alguien entorpece la operación, todo el mundo dispondrá de menos tiempo junto a la Cúpula. Los autobuses partirán de la Cúpula a las cinco de la tarde.

—¿Dónde tendrá lugar el encuentro? —preguntó una mujer a voz en grito.

—Estaba a punto de explicarlo, Andrea —Cox tomó de nuevo el control remoto y aumentó la imagen en la zona de la carretera 119.

Jackie conocía bien esa área; había estado a punto de romperse la nariz ahí. Reconoció los tejados de la granja de los Dinsmore, los cobertizos y los establos de las vacas.

—Hay un mercadillo en el lado de Motton de la Cúpula —Cox lo señaló con el puntero—. Los autobuses estacionarán aquí y los visitantes irán a pie hasta la Cúpula. Hay una gran extensión de campo a ambos lados. Los restos de los diversos siniestros se han retirado.

—¿Los visitantes podrán acercarse hasta la Cúpula?—preguntó un periodista.

Cox volvió a mirar a la cámara para dirigirse de forma directa a los posibles afectados. Rose se imaginaba las esperanzas y el miedo que debían de estar sintiendo esas personas mientras seguían la rueda de prensa por la televisión de un bar o un motel, o por la radio de su coche. Ella misma sentía ambas cosas.

—Los visitantes podrán acercarse a dos metros de la Cúpula —dijo Cox—. Consideramos que se trata de una distancia segura, aunque no podemos garantizarlo. No estamos hablando de una atracción que ha superado todas las pruebas de seguridad. La gente que tenga implantes electrónicos debe mantenerse alejada. Cada uno es responsable de sus actos; no podemos desnudar de cintura para arriba a todo el mundo en busca de una cicatriz reveladora de un marcapasos. Los visitantes también deberán dejar en el autobús cualquier aparato electrónico, incluidos, entre otros, iPods, teléfonos celulares y BlackBerry. Los periodistas con micrófonos y cámaras se mantendrán a cierta distancia. El espacio más cercano a la Cúpula estará reservado para los visitantes, y lo que suceda entre ellos y sus seres queridos es asunto suyo y de nadie más. Damas y caballeros, esto funcionará si ustedes nos ayudan. Si me permiten expresarme como en *Star Trek*: ayúdennos a conseguirlo —dejó el puntero—. Ahora responderé unas cuantas preguntas. Muy pocas. Señor Blitzer.

A Rose se le iluminó la cara. Levantó una taza de café recién hecho y brindó con un gesto hacia el televisor.

—¡Tienes buen aspecto, Wolfie! Como dice la canción "Puedes comer galletas en mi cama cuando quieras".

—Coronel Cox, ¿tienen intención de celebrar una rueda de prensa con las autoridades del pueblo? Tenemos entendido que el segundo concejal, James Rennie, está al mando de la situación. ¿Qué está sucediendo?

—Estamos intentando organizar una rueda de prensa con el señor Rennie y cualquier otra autoridad del pueblo que asista. Nuestra idea es celebrarla a mediodía, si todo se ajusta al horario que tenemos en mente.

La noticia fue recibida con aplausos por parte de los periodistas. Nada les gustaba más que una rueda de prensa, salvo un político de las altas esferas encontrado en la cama con una prostituta de lujo.

Cox añadió:

—Nuestra intención es que la rueda de prensa tenga lugar allí mismo, en la carretera: con los portavoces del pueblo, sean quienes sean, al otro lado, y ustedes, damas y caballeros, a este.

Murmullo de emoción. Las posibilidades visuales del acontecimiento les gustaron.

Cox señaló a un periodista.

—Señor Holt.

Lester Holt, de la NBC, se puso en pie.

—¿Está seguro de que el señor Rennie asistirá? Lo pregunto porque han aparecido unos informes que lo acusan de haber llevado a cabo una mala gestión financiera, y se sabe de la existencia de una especie de investigación criminal de sus negocios por parte del fiscal general del estado de Maine.

—He oído hablar sobre esos informes —declaró Cox—. No estoy en disposición de analizar su contenido, aunque tal vez el señor Rennie desee hacerlo —hizo una pausa y esbozó algo muy parecido a una sonrisa—. Si estuviera en su lugar, lo haría, sin duda.

—Rita Braver, coronel Cox, de la CBS. ¿Es cierto que Dale Barbara, el hombre al que nombraron administrador de emergencia en Chester's Mill, ha sido detenido por asesinato? ¿Y que la policía de Chester's Mill cree que es un asesino en serie?

Silencio absoluto entre los periodistas; todas las miradas clavadas en él. Las cuatro personas sentadas a la barra del Sweetbriar Rose reaccionaron de igual modo.

—Es cierto —respondió Cox. Un leve murmullo se extendió entre los periodistas—. Pero no podemos verificar estas acusaciones ni examinar las pruebas que puedan existir. Lo que tenemos son los mismos rumores que ustedes han recibido, damas y caballeros, por teléfono e internet. Dale Barbara es un oficial condecorado. Nunca ha sido arrestado. Lo conozco desde hace muchos años y he respondido por él ante el presidente de Estados Unidos. No tengo ningún motivo para afirmar que me equivocara, basándome en la información de que dispongo ahora mismo.

—Ray Suárez, coronel, de la PBS. ¿Cree que en las acusaciones contra el teniente Barbara, ahora coronel Barbara, podría haber motivaciones políticas? ¿Que James Rennie lo ha encarcelado para evitar que asuma el control, tal como ordenó el presidente?

Y este era el objetivo de la segunda parte de este circo, se dio cuenta Julia. *Cox ha convertido los medios de comunicación en la Voice of America, y nosotros somos el pueblo que se encuentra tras el muro de Berlín.* Se sentía tremendamente admirada.

—Si tiene oportunidad de plantearle esta pregunta al concejal Rennie el viernes, señor Suárez, no olvide hacerlo —Cox habló con una calma gélida—. Damas y caballeros, hasta aquí mis declaraciones.

Bajó de la tarima con la misma rapidez con la que subió, y antes de que los periodistas pudieran empezar a lanzar más preguntas a gritos, Cox había desaparecido.

—Caray —murmuró Ernie.

—Sí —asintió Jackie.

Rose apagó el televisor. Parecía entusiasmada, como si hubiera cargado la batería.

—¿A qué hora es la asamblea? Estoy de acuerdo en todo lo que ha dicho el coronel Cox, pero quizá le haya complicado la existencia a Barbie.

2

Barbie se enteró de la rueda de prensa que había dado Cox cuando Manuel Ortega, con la cara encendida, bajó y se lo contó. Ortega, que había trabajado para Alden Dinsmore, llevaba una camisa azul, un botón de hojalata que parecía de fabricación casera, y una pistola del 45 en un segundo cinturón, por debajo de la cintura, al estilo de los pistoleros. Barbie lo consideraba un tipo afable —con entradas y una piel permanentemente quemada por el sol— al que le gustaba pedir platos típicos del desayuno a la hora del almuerzo —panqueques, tocino y huevos fritos— y hablar sobre vacas; su raza favorita era la Belted Galloways, pero nunca había logrado convencer al señor Dinsmore para que comprara una. A pesar de su nombre era yanqui hasta la médula, y poseía un sentido del humor muy mordaz y yanqui. A Barbie siempre le había caído bien. Sin embargo, el que tenía frente a él era otro Manuel, un desconocido sin sentido del humor. Le transmitió las noticias de los últimos acontecimientos, la mayoría a gritos a través de los barrotes, acompañados por una lluvia de saliva. Su rostro parecía casi radiactivo a causa de la ira.

—Ni una palabra de que encontraron tus placas de identificación en la mano de esa pobre chica, ¡ni una puta palabra sobre eso! ¡Y luego ese cabrón va y ataca a Jim Rennie, que ha mantenido unido al pueblo por sí solo desde que empezó todo! ¡Por sí solo! ¡Con esfuerzo y sin apenas medios!

—Tranquilízate, Manuel —le dijo Barbie.

—¡Llámame oficial Ortega, cabrón!

—De acuerdo. Oficial Ortega —Barbie estaba sentado en el camastro, pensando en lo fácil que sería para Ortega desenfundar la vieja Schofield del 45 que llevaba en el cinturón y empezar a disparar—. Yo estoy aquí y Rennie, ahí fuera. En lo que a él respecta, seguro que está bien.

—¡CÁLLATE! —gritó Manuel—. ¡TODOS estamos aquí dentro! ¡Bajo la puta Cúpula! Alden no hace más que beber, el hijo que le queda no come, y la señora Dinsmore no para de llorar por Rory. Jack Evans se voló los sesos, ¿lo sabías? Y a esos cerdos del ejército no se les ocurre nada mejor que empezar a echar mierda. ¡Un montón de mentiras e historias inventadas mientras tú creas disturbios en el supermercado y quemas nuestro periódico! ¡Seguramente para que la señorita Shumway no pueda publicar LO QUE ERES!

Barbie permaneció en silencio. Creía que si abría la boca para defenderse, acabaría con un tiro entre ceja y ceja.

—Eso es lo que hacen con los políticos que no les gustan —dijo Manuel—. ¿Quieren que asuma el mando del pueblo un asesino en serie y un violador, un hombre que viola cadáveres en lugar de un cristiano? Nunca habían caído tan bajo.

Manuel desenfundó la pistola, la levantó y apuntó a través de los barrotes. A Barbie la boca del cañón le pareció tan grande como la entrada de un túnel.

—Si la Cúpula desaparece antes de que hayamos tenido tiempo de llevarte al paredón —prosiguió Manuel—, yo mismo me encargaré de hacerlo. Soy el primero de la cola, y ahora mismo en Chester's Mill la cola de gente con ganas de dispararte es muy larga.

Barbie permaneció callado, en espera de que le llegara la muerte o de que pudiera seguir conteniendo el aliento. Los sándwiches de Rose Twitchell iniciaron el recorrido inverso al esperado y se le atragantaron.

—Estamos intentando sobrevivir y lo único que se les ocurre es echarle mierda encima al hombre que está evitando que el pueblo se suma en el caos —Manuel guardó la pistola en la funda con un gesto brusco—. Que te den por el trasero. No lo mereces.

Dio media vuelta y subió la escalera, encorvado y con la cabeza gacha.

Barbie se apoyó contra la pared y lanzó un suspiro. Tenía la frente empapada en sudor. Levantó una mano para secárselo y se dio cuenta de que le temblaba.

3

Cuando la camioneta de Romeo Burpee tomó el camino de entrada de la casa de los McClatchey, Claire salió corriendo. Estaba llorando.

—¡Mamá! —gritó Joe, que bajó antes de que Rommie pudiera poner el freno de mano. Los demás saltaron en tropel—. ¿Qué pasa, mamá?

—Nada —respondió Claire entre sollozos; lo agarró y le dio un fuerte abrazo—. ¡Va a haber un día de visita! ¡El viernes! ¡Creo que podremos ver a tu padre, Joey!

Joe dio un grito de alegría y se puso a bailar. Benny abrazó a Norrie... y Rusty vio que aprovechó la oportunidad para robarle un beso fugaz. Vaya diablillo descarado.

—Llévame al hospital, Rommie —dijo Rusty. Dijo adiós con la mano a Claire y los chicos mientras daban marcha atrás. Se alegraba de poder escapar de la señora McClatchey sin tener que hablar con ella; quizá la visión de madre también funcionaba con los auxiliares médicos—. ¿Y te importaría hacerme el favor de hablar en inglés en lugar de utilizar ese ridículo acento francés de historieta?

—Hay gente que no tiene un patrimonio cultural al que recurrir —dijo Rommie—, y sienten celos de los que sí lo tienen.

—Sí, y tu madre calza suecos —dijo Rusty.

—Es cierto, pero solo cuando llueve.

El teléfono de Rusty sonó una vez: un mensaje de texto. Lo abrió y lo leyó: REUNIÓN A 2130 PARROQUIA CONGREGACIÓN SI NO VIENES TÚ TE LO PIERDES JW.

—Rommie —dijo, mientras cerraba el teléfono—. Si sobrevivo a los Rennie, ¿te apetecería asistir a una reunión conmigo esta noche?

4

En el hospital, Ginny se cruzó con él en el vestíbulo.

—Es el día de los Rennie en el Cathy Russell —exclamó, como si el hecho no le desagradara en exceso—. Thurse Marshall ya les echó un vistazo. Rusty, ese hombre es un regalo de Dios. Salta a la vista que Junior no le agrada (Frankie y Junior fueron los que se metieron con él en la cabaña), pero aun así ha mantenido una actitud de lo más profesional. Ese tipo está desaprovechado en un departamento de Lengua de una universidad; debería dedicarse a esto —bajó un poco la voz—. Se le da mejor que a mí. Y mucho mejor que a Twitch.

—¿Dónde está ahora?

—Ha regresado a la casa en la que se alojan para ver a esa novia jovencita y a los dos niños que tienen a su cargo. Parece que también se preocupa mucho por los niños.

—Oh, Dios mío, Ginny se ha enamorado —dijo Rusty con una sonrisa.

—No seas tonto —lo fulminó con la mirada.

—¿En qué habitaciones están los Rennie?

—Junior en la siete y su padre en la diecinueve. El padre llegó acompañado de Thibodeau, pero debe de haberlo enviado a hacer recados porque estaba solo cuando fue a ver a su hijo —sonrió con cinismo—. Fue una visita breve. Se ha pasado gran parte del tiempo en el teléfono. Junior simplemente permanece sentado en la habitación, aunque parece mejor. Cuando lo trajo Henry Morrison, no estaba en sus cinco.

—¿Y la arritmia de Gran Jim? ¿Qué me dices de eso?

—Thurston ha logrado estabilizarlo.

De momento, pensó Rusty, no sin cierta satisfacción. *Cuando se le pasen los efectos del Valium, su corazón volverá a bailar el jitterbug.*

—Ve a ver primero al chico —dijo Ginny. Estaban solos en el vestíbulo, pero le hablaba en voz muy baja—. No me agrada, nunca me ha agradado, pero ahora siento pena por él. No creo que dure mucho.

—¿Le contó Thurston algo a Rennie sobre el estado de Junior?

—Sí, que la cosa puede ser grave. Pero, al parecer, no tanto como todas esas llamadas que está haciendo. Alguien debe de haberle contado lo del día de visita del viernes. Rennie está un poco enfadado.

Rusty pensó en la caja de Black Ridge, solo un rectángulo muy delgado con una superficie de menos de tres metros cuadrados, a pesar de lo cual no pudo levantarlo. Ni siquiera moverlo un poco. También pensó en los cabeza de cuero que había visto fugazmente, y en sus risas.

—Hay gente a la que no le agradan las visitas —dijo.

5

—¿Qué tal te sientes, Junior?

—Bien. Mejor —parecía apático. Vestía un pijama del hospital y estaba sentado junto a la ventana. La luz mostraba sin piedad su rostro demacrado. Parecía un hombre de cuarenta años que no había tenido una vida fácil.

—Cuéntame lo que ocurrió antes de que perdieras el conocimiento.

—Iba a la facultad pero antes pasé a ver a Angie. Quería decirle que hiciera las paces con Frank, que últimamente solo se dedica a vagar.

Rusty pensó en preguntarle si sabía que Frank y Angie estaban muertos, pero no lo hizo, ¿de qué habría servido? En lugar de eso, le preguntó:

—¿Ibas a la facultad? ¿Y qué hay de la Cúpula?

—Ah, claro —la misma voz inalterable, indiferente—. Se me había olvidado.

—¿Cuántos años tienes?

—Veinti... ¿uno?

—¿Cómo se llamaba tu madre?

Junior meditó las respuesta.

—Jason Giambi —dijo al final, y soltó una carcajada estridente sin que se le alterara el rostro apático y demacrado.

—¿Cuándo apareció la Cúpula?

—El sábado.

—¿Y cuánto hace de eso?

Junior frunció el entrecejo.

—¿Una semana? —respondió al cabo de un rato. Y añadió—: ¿Dos semanas? Hace ya un poco, eso seguro —giró hacia Rusty. Los ojos le brillaban a causa del Valium que Marshall le había inyectado—. ¿Te dijo Baaarbie que me hagas todas estas preguntas? Él las mató, lo sabes —asintió—. Encontramos sus playas de indefinición —hizo una pausa—. Placas de identificación.

—Barbie no me pidió que te pregunte nada —replicó Rusty—. Está en la cárcel.

—Dentro de poco estará en el infierno —dijo Junior en un tono de lo más natural—. Lo juzgaremos y lo ejecutaremos. Lo dice mi padre. En Maine no hay pena de muerte, pero dice que la situación que vivimos es como si estuviéramos en guerra. La ensalada de huevo tiene demasiadas calorías.

—Eso es cierto —admitió Rusty. Tenía un estetoscopio, un tensiómetro y un oftalmoscopio. Le puso el brazalete en el brazo—. ¿Puedes decirme el nombre de los tres últimos presidentes, por orden?

—Claro. Bush, Push y Tush —soltó una carcajada sin que se le alterara el semblante.

Tenía la presión a 147 y 120. Rusty esperaba algo peor.

—¿Recuerdas quién vino a verte antes de que llegara yo?

—Sí. El viejo al que Frankie y yo vimos en la cabaña antes de encontrar a los niños. Espero que estén bien. Eran muy divertidos.

—¿Recuerdas cómo se llaman?

—Aidan y Alice Appleton. Fuimos al antro y esa chica pelirroja me la jaló por debajo de la mesa. Creía que iba a parar antes de alabar —hizo una pausa—. Acabar.

—Ajá —Rusty le miró los ojos con el oftalmoscopio. El derecho estaba bien. El nervio óptico del izquierdo estaba inflamado, era una afección conocida como papiledema. Se trataba de un síntoma habitual en los tumores cerebrales avanzados y las hinchazones que estos provocaban.

—¿Ves algo verde, McQueen?

—No —Rusty dejó el oftalmoscopio y estiró el dedo índice frente a Junior—. Quiero que me toques el dedo índice con tu dedo y que luego te toques la nariz.

Junior obedeció. Rusty empezó a mover el dedo lentamente hacia delante y hacia atrás.

—Sigue.

Junior logró tocarse la nariz una vez. Luego alcanzó el dedo de Rusty pero se tocó la mejilla. La tercera vez fue incapaz de llegar al dedo y se tocó la ceja derecha.

—Ya está. ¿Más? Podría estar así todo el día.

Rusty empujó la silla hacia atrás y se puso en pie.

—Le voy a decir a Ginny Tomlinson que te traiga una receta.

—Cuando la tenga, ¿podré irme a pasa? A casa, quiero decir.

—Esta noche te quedarás aquí, Junior. En estado de observación.

—Pero estoy bien, ¿no? Antes he tenido una de mis migrañas, una muy fuerte, pero ya se me pasó. Estoy bien, ¿verdad?

—Ahora no puedo decirte nada —dijo Rusty—. Quiero hablar con Thurston Marshall y consultar un par de libros.

—Ey, ese sujeto no es médico. Es profesor de lengua.

—Quizá, pero te ha tratado bien. Mejor de lo que lo trataron Frank y tú a él, por lo que me han contado.

Junior hizo un gesto de desdén con la mano.

—Solo estábamos jugando. Además, nos portamos geniales con los niños, ¿verdad?

—Eso no te lo discuto. Ahora relájate, Junior. ¿Por qué no ves un rato la tele?

Junior pensó en ello y luego preguntó:

—¿Qué hay para cenar?

6

En tales circunstancias, lo único que a Rusty se le ocurrió que podía administrarle a Junior Rennie para reducirle la presión del cerebro era manitol intravenoso. Tomó el historial clínico de la puerta y vio una nota pegada, escrita con una caligrafía muy redondeada y desconocida:

> Estimado Dr. Everett: ¿Le parece bien que le administremos manitol a este paciente? No lo he hecho porque ignoro la dosis correcta.
>
> THURSE

Rusty apuntó la dosis. Ginny tenía razón; Thurston Marshall era bueno.

7

La puerta de la habitación de Gran Jim estaba abierta, pero dentro no había nadie. Rusty oyó la voz del segundo concejal. Procedía del refugio favorito del difunto doctor Haskell para tomar la siesta. Rusty recorrió el pasillo. No pensó en echar un vistazo al historial de Gran Jim, un despiste que más tarde lamentaría.

Gran Jim estaba vestido y sentado junto a la ventana, con el teléfono pegado a la oreja, a pesar de que en el cartel de la pared aparecía un teléfono rojo tachado con una gran X, para los analfabetos. Rusty pensó que le proporcionaría un gran placer ordenar a Gran Jim que colgara. Tal vez no era la forma más diplomática de empezar lo que iba a ser una mezcla de análisis médico y discusión, pero pensaba hacerlo. Se dirigió hacia el concejal, pero de repente se detuvo. En seco.

Le vino a la cabeza un recuerdo: no podía dormir, se levantó para comer un trozo del pastel de arándanos y naranja de Linda, oyó que Audrey sollozaba en la habitación de las niñas. Fue a ver cómo estaban. Se sentó en la cama de Jannie, bajo Hannah Montana, su ángel de la guarda.

¿Por qué había tardado tanto en recordar eso? ¿Por qué no le había sucedido durante su reunión con Gran Jim en el estudio de la casa de Rennie?

Porque entonces no estaba al corriente de los asesinatos; estaba obcecado con el gas combustible. Y porque Janelle no tenía un ataque, tan solo estaba en la fase REM del sueño. Hablaba en sueños.

"Tiene una pelota de beisbol dorada, papá. Es una pelota mala."

Ese recuerdo no le acudió al pensamiento ni siquiera la noche anterior, en la funeraria. Lo hacía entonces, cuando ya casi era demasiado tarde.

Pero piensa en lo que significa: quizá ese artilugio de Black Ridge solo emita una cantidad de radiación limitada, pero está transmitiendo algo más. Llamémoslo precognición inducida, o tal vez sea algo que ni siquiera tiene nombre, pero sea lo que sea, está ahí. Y si Jannie tenía razón sobre la pelota de beisbol dorada, entonces todos los niños que han hablado en tono profético sobre un desastre en Halloween quizá también tengan razón. Pero ¿significa eso que será actualmente ese día? ¿O podría ser antes?

Rusty consideraba esta última opción la más probable. Para los niños del pueblo, entusiasmados por los dulces que iban a conseguir, ya era Halloween.

—Me da igual lo que tengas entre manos, Stewart —decía Gran Jim. Los tres miligramos de Valium no parecían haberlo dulcificado, era el mismo gruñón recalcitrante de siempre—. Quiero que Fernald y tú vayan allí arriba, y lleven a Roger con usted… ¿Eh? ¿Qué? —escuchó—. No tendría ni que decírtelo. ¿Es que no has visto la condenada televisión? Si se pone muy gallito, le…

Alzó la mirada y vio a Rusty en la puerta. Por un instante, la mirada asustada de Gran Jim fue la de un hombre que está repitiendo mentalmente la conversación para averiguar hasta dónde puede haber oído el recién llegado.

—Stewart, ha llegado una persona. Te llamaré más tarde, y cuando hablemos, más vale que me digas lo que quiero oír —colgó sin despedirse, alzó el teléfono hacia Rusty y esbozó una sonrisa que mostró la hilera superior de dientes—. Lo sé, lo sé, he sido muy malo, pero los asuntos del pueblo no pueden esperar —suspiró—. No es fácil ser el hombre del que depende todo el mundo, sobre todo cuando no te sientes bien.

—Debe de ser difícil —admitió Rusty.

—Dios me ayuda. ¿Quieres saber cuál es mi filosofía de vida? *No.*

—Claro.

—Cuando Dios cierra una puerta, abre una ventana.

—¿Eso crees?

—Lo sé. Y algo que nunca olvido es que cuando rezas para pedir algo que quieres, Dios hace oídos sordos. Pero cuando rezas para pedir algo que necesitas, Dios es todo oídos.

—Ajá —Rusty entró en la sala de personal. El televisor de la pared estaba sintonizado en la CNN, aunque sin sonido. En ese momento había una fotografía de James Rennie padre, que se alzaba por detrás del busto parlante: era una imagen en blanco y negro, no muy favorecedora. En ella Gran Jim aparecía con un dedo y el labio superior alzado. No se trataba de una sonrisa, sino de una mueca de hiena. En el mensaje inferior podía leerse: ¿ERA EL PUEBLO DE LA CÚPULA UN REFUGIO DE TRAFICANTES DE DROGA? Ahora la pantalla mostraba un anuncio de la concesionaria de Jim Rennie, aquel tan irritante que siempre acababa con la imagen de un vendedor (nunca el propio Gran Jim) gritando "¡Con Gran Jim TODO irá sobre RUEDAS!"

Rennie señaló el televisor y esbozó una sonrisa triste.

—¿Ves lo que me están haciendo los amigos de Barbara de ahí afuera? Aunque, ¿a quién le sorprende? Cuando Jesucristo vino a redimir a la humanidad, lo obligaron a cargar con Su propia cruz hasta el monte Calvario, donde murió lleno de sangre y polvo.

Rusty pensó, y no por primera vez, que el Valium era un medicamento muy extraño. No sabía si en el *vino* había *veritas*, pero sí que la había en el Valium. Cuando lo administraba a la gente, sobre todo si era por vía intravenosa, acostumbraba a oír exactamente lo que las personas en cuestión pensaban sobre sí mismas.

Rusty acercó una silla y se preparó para auscultar a Rennie con el estetoscopio.

—Levántate la camisa —cuando Gran Jim dejó el teléfono para obedecer a Rusty, este se lo guardó en el bolsillo del pecho—. Si no te importa, me llevo esto. Lo dejaré en el mostrador del vestíbulo, una zona donde está permitido hablar por teléfono. Las sillas no están tan bien tapizadas como estas, pero no son incómodas.

Temía que Gran Jim se quejara, que estallara incluso, pero ni siquiera abrió la boca; dejó al descubierto su prominente barriga de buda, y sus pechos grandes y flácidos. Rusty se inclinó y lo auscultó. Estaba mucho mejor de lo que esperaba. Se habría conformado con ciento diez latidos por minuto y una fibrilación ventricular moderada. Sin embargo, el corazón de Gran Jim latía a noventa pulsaciones por minuto, sin arritmias.

—Me siento mucho mejor —afirmó Rennie—. Era el estrés. He estado sometido a un estrés brutal. Me quedaré a descansar un par de horas (¿te das cuenta de que se ve todo el pueblo desde esta ventana, amigo?), y le haré otra visita a Junior. Luego me iré y…

—No es solo el estrés. Tienes sobrepeso y no estás en forma.

Gran Jim volvió a mostrarle la hilera de dientes superiores con su falsa sonrisa.

—Dirijo un negocio y un pueblo, amigo; ambos en números rojos, por cierto. Eso me deja poco tiempo para caminadoras, para StairMasters y aparatos por el estilo.

—Hace dos años te presentaste aquí con síntomas de TAP, Rennie. Eso es taquicardia auricular paroxística.

—Sé lo que significa. Lo busqué en WebMD y decía que la gente sana a veces experimenta…

—Ron Haskell no se anduvo con rodeos y te dijo que debías controlar el peso, que debías controlar la arritmia con medicación, y que si los medicamentos no eran efectivos, habría que tener en cuenta la vía quirúrgica para corregir el problema subyacente.

Gran Jim puso cara de niño infeliz que está sentado en su silla y no puede bajar de ella.

—¡Dios me dijo que no lo hiciera! ¡Dios me dijo no al marcapasos! ¡Y Dios tenía razón! ¡Duke Perkins tenía marcapasos y mira lo que le pasó!

—Por no hablar de su viuda —añadió Rusty en voz baja—. Ella también tuvo suerte. Debía de estar en el lugar equivocado en el momento equivocado.

Gran Jim lo escrutó con sus ojos de cerdo. Luego alzó la vista al techo.

—Vuelven a tener luz, ¿verdad? Les di el combustible, tal como me pediste. Hay gente que no sabe lo que es la gratitud. Aunque, claro, un hombre en mi situación se acostumbra a eso.

—Mañana por la noche se nos habrá acabado otra vez.

Gran Jim negó con la cabeza.

—Mañana por la noche tendrás suficiente combustible para mantener el hospital en funcionamiento hasta Navidad si es necesario. Te lo prometo, por haberme tratado de forma tan agradable y por ser un tipo tan bueno en todos los aspectos.

—Me resulta difícil ser agradecido cuando la gente me devuelve lo que era mío. Imagino que soy un poco raro en ese aspecto.

—Ah, vaya, ¿así que ahora te comparas con el hospital? —rezongó Gran Jim.

—¿Por qué no? Tú acabas de ponerte a la misma altura que Jesucristo. Pero regresemos a tu estado médico, ¿te parece?

Gran Jim agitó sus manos grandes y gruesas en un gesto de indignación.

—El Valium no es un remedio. Si sales de aquí, podrías volver a tener arritmias a las cinco de la tarde. O directamente un infarto. Lo bueno de todo esto es que podrías reunirte con tu salvador antes de la puesta de sol.

—¿Y qué me recomiendas? —preguntó Rennie con calma. Había recuperado la compostura.

—Podría darte algo que solucionaría el problema, al menos a corto plazo. Es un medicamento.

—¿Cuál?

—Pero tiene un precio.

—Lo sabía —dijo Gran Jim en voz baja—. Sabía que estabas del lado de Barbara desde el día en que viniste a mi despacho con tu "dame esto y dame aquello".

Lo único que hizo Rusty fue pedirle gas, pero decidió pasar por alto el comentario del concejal.

—¿Cómo sabías que había un bando de partidarios de Barbara? Aún no se habían descubierto los asesinatos, ¿cómo sabías que tenía un bando?

Los ojos de Gran Jim se iluminaron con un destello de paranoia o de regocijo, o quizá de ambas cosas.

—Tengo mis métodos, amigo. Bueno, ¿cuál es el precio? ¿Qué quieres que te dé a cambio del medicamento que impedirá que me dé un infarto? —y antes de que Rusty pudiera responder, añadió—: Déjame adivinarlo. Quieres la libertad de Barbara, ¿verdad?

—No. La gente del pueblo lo lincharía en cuanto pusiera un pie en la calle.

Gran Jim soltó una carcajada.

—De vez en cuando das muestras de tener un poco de sentido común.

—Quiero que dimitas y te mantengas al margen de todo. Y Sanders también. Deja que Andrea Grinnell tome el mando, y que Julia Shumway le eche una mano hasta que Andi se haya desenganchado de las pastillas.

Esta vez Gran Jim soltó una carcajada aún más sonora y se dio una palmada en el muslo.

—Yo creía que Cox estaba loco (quería que la pechugona ayudara a Andrea), pero tú aún estás peor. ¡Shumway! ¡Esa hija del demonio no entiende la misa ni en primera fila!

—Sé que mataste a Coggins.

No quería decirlo, pero le salió antes de que pudiera retractarse. ¿Y qué problema había? Estaban solos, a menos que contaran a John Roberts, de la CNN, que los miraba desde el televisor de la pared. Además, valió la pena por las consecuencias. Por primera vez desde que aceptó la existencia de la Cúpula, Gran Jim sufrió una conmoción. Intentó mantener un semblante neutro, pero no lo consiguió.

—Estás loco.

—Sabes que no es así. Anoche fui a la Funeraria Bowie y examiné los cuerpos de las cuatro víctimas de asesinato.

—¡No tenías derecho a hacerlo! ¡No eres patólogo! ¡No eres ni un condenado médico!

—Cálmate, Rennie. Cuenta hasta diez. Acuérdate de tu corazón —Rusty hizo una pausa—. Pensándolo bien, que tu corazón se vaya al demonio. Después del lío que has montado y del que estás montando ahora, que se vaya de paseo. Coggins tenía toda la cara y la cabeza llena de marcas muy raras pero fáciles de identificar. Eran puntadas. Y no me cabe la menor duda de que encajan con la bola de beisbol que vi en tu escritorio.

—Eso no significa nada —pero Rennie echó un vistazo hacia la puerta abierta del baño.

—Significa muchas cosas. Sobre todo si tenemos en cuenta los otros cuerpos que se encontraron en el mismo lugar. Para mí eso significa que el asesino de Coggins fue el asesino de los demás. Creo que fuiste tú. O quizá fueron Junior y tú. ¿Formaron un equipo de padre e hijo? ¿Fue así?

—¡Me niego a escuchar esto! —intentó levantarse pero Rusty lo obligó a sentarse de nuevo, algo que le resultó sorprendentemente fácil—. ¡Vamos a quedarnos quietos! —gritó Rennie—. ¡Vamos a quedarnos quietos, maldita sea!

Rusty le preguntó:

—¿Por qué lo mataste? ¿Amenazó con tirar de la manta y revelar tu operación de tráfico de drogas? ¿Acaso formaba parte de ella?

—¡Vamos a quedarnos quietos! —repitió Rennie, a pesar de que Rusty ya se había sentado. No se le ocurrió que Gran Jim tal vez no se dirigía a él.

—Puedo cerrar la boca —dijo Rusty—. Y puedo darte algo más eficaz que el Valium para la TAP. Pero *quid pro quo*. A cambio debes mantenerte al margen de todo. Mañana durante la asamblea anuncia tu dimisión, por motivos de salud, en favor de Andrea. Y quedarás como un héroe.

No podía negarse, pensó Rusty; estaba entre la espada y la pared.

Rennie volteó de nuevo hacia la puerta del baño abierta y dijo:

—Ya pueden salir.

Carter Thibodeau y Freddy Denton salieron del baño, donde estaban escondidos, y donde lo habían escuchado todo.

8

—¡Maldición! —exclamó Stewart Bowie.

Su hermano y él estaban en el sótano de la funeraria. Stewart había estado maquillando a Arletta Coombs, el último suicidio de Chester's Mill y la última clienta de la Funeraria Bowie.

—Maldito hijo de puta, listillo de mierda.

Dejó el teléfono en la mesa y sacó un paquete de Mini Ritz con sabor a crema de cacahuate del amplio bolsillo delantero de su delantal de goma. A Stewart le daba por comer cuando estaba disgustado, y siempre había sido muy sucio con la comida ("Aquí han comido cerdos", acostumbraba a decir su padre cuando el joven Stewie se levantaba de la mesa); ahora una lluvia de migajas de Ritz caía sobre el rostro de Arletta, que no tenía una expresión muy plácida; si la mujer creyó que bebiendo Liquid-Plumr lograría salir de forma rápida e indolora de la Cúpula, se llevó un gran desengaño. El maldito desatascador le licuó el estómago y salió por la retaguardia.

—¿Qué pasa? —preguntó Fern.

—¿Por qué carajos tuve que hacer negocios con Rennie?

—¿Por dinero?

—¿De qué sirve ahora el dinero? —le espetó Stewart—. ¿Qué voy a hacer, ir a gastarme todo el puto cambio a los Almacenes Burpee's? ¡Seguro que eso me encantaría!

Abrió la boca de la anciana viuda y le echó el resto de Mini Ritz.

—Ahí tienes, perra, es la hora del aperitivo.

Stewart agarró su teléfono, apretó el botón de CONTACTOS y seleccionó un número.

—Si no está —dijo, quizá a Fern, aunque lo más probable era que hablara consigo mismo—, saldré a buscarlo y cuando lo encuentre le meteré uno de sus pollos por el jodido tra…

Sin embargo Roger Killian sí que estaba. Y en su maldita granja de pollos. Stewart los oía cloquear. También oía los violines avasalladores de Mantovani que sonaban en el equipo de sonido de la granja. Cuando los chicos andaban por ahí, ponían Metallica o Pantera.

—¿Sí?

—Roger. Soy Stewie. ¿Estás drogado, hermano?

—No —respondió Roger, lo que seguro significaba que había estado fumando cristal, pero qué más daba.

—Baja al pueblo. Reúnete con Fern y conmigo en el estacionamiento. Vamos a llevar dos camiones grandes, de los que tienen grúa, a la WCIK. Hay que trasladar de nuevo todo el gas al pueblo. No podemos hacerlo en un día, pero Gran Jim dice que tenemos que empezar ya. Mañana reclutaré a seis o siete chicos más de confianza, algunos del maldito ejército privado de Jim, si nos los presta, y acabaremos el traslado.

—Oh, Stewart, no… ¡Tengo que dar de comer a los pollos! ¡Todos mis hijos trabajan ahora de policías!

Lo que significa, pensó Stewart, *que quieres quedarte sentado en ese despachito que tienes, fumando cristal, escuchando esa mierda de música y mirando videos de lesbianas cachondas en la computadora.* No entendía cómo podía excitarse con aquel hedor a mierda de pollo tan denso que se podría cortar con un cuchillo, pero Roger Killian lo conseguía.

—No es una misión voluntaria, hermano mío. He recibido órdenes, y yo te las doy a ti. Dentro de media hora. Y si ves a alguno de tus hijos por ahí, reclútalo para la causa.

Colgó antes de que Roger se pusiera a lloriquear de nuevo, y por un instante se quedó ahí, enfurruñado. Lo último que le apetecía hacer esa tarde de miércoles era cargar depósitos de gas combustible en camiones… pero eso era justamente lo que iba a hacer. Qué remedio.

Agarró la manguera del fregadero, la metió entre la dentadura postiza de Arletta Coomb y abrió el agua. Era una manguera de alta presión y el cadáver dio una sacudida en la mesa.

—Para que bajen las galletitas, abuela —gruñó—. No quiero que te atragantes.

—¡Detente! —gritó Fern—. Saldrá todo por el agujero de…

Demasiado tarde.

9

Gran Jim miró a Rusty y lanzó una sonrisa que parecía decir "Ya verás la que te espera". Entonces giró hacia Carter y Freddy Denton.

—¿Han oído cómo intentaba coaccionarme el señor Everett?

—Sin duda —respondió Freddy.

—¿Han oído cómo me amenazaba con negarme cierto medicamento que podría salvarme la vida si me negaba a dimitir?

—Sí —respondió Carter, que miró a Rusty con odio. El auxiliar médico se preguntaba cómo podía haber sido tan estúpido. *Ha sido un día muy largo, se lo puedo atribuir a eso.*

—El medicamento en cuestión podría haber sido verapamil, que el tipo del cabello largo me administró por vía intravenosa —Gran Jim mostró sus dientes con otra desagradable sonrisa.

Verapamil. Por primera vez Rusty se maldijo por no haber echado un vistazo al historial de Gran Jim, que se encontraba en la puerta. No sería la última vez.

—¿Qué delitos consideran que se han cometido? —preguntó Gran Jim—. ¿Un delito de amenazas?

—Por supuesto, y extorsión —añadió Freddy.

—Al diablo con eso, ha sido un intento de homicidio —afirmó Carter.

—¿Y quién creen que lo ha incitado?

—Barbie —respondió Carter, y le dio un puñetazo en la boca a Rusty. Este no tuvo tiempo de reaccionar, ni siquiera pudo protegerse. Se tambaleó, chocó con una de las sillas y cayó de costado. Le sangraba la boca.

—Eso ha sido resistencia a la autoridad —observó Gran Jim—. Pero no basta. Pónganlo en el suelo, chicos. Lo quiero en el suelo.

Rusty intentó huir, pero apenas logró levantarse de la silla antes de que Carter lo agarrara de un brazo y lo obligara a darse la vuelta. Freddy colocó un pie detrás de sus piernas. Carter le dio un empujón. *Como los niños en el patio de la escuela,* pensó Rusty mientras caía.

Carter se arrodilló a su lado y Rusty lanzó una bocanada de aire que rozó la mejilla izquierda del policía. Thibodeau se pasó la mano con un gesto de impaciencia, como alguien que intenta espantar a una mosca molesta. Al cabo de un instante estaba sentado sobre el pecho de Rusty con una sonrisa burlona en los labios. Sí, como en el patio, salvo que allí no había ningún monitor que fuera a obligarlo a detenerse.

Giró la cabeza hacia Rennie, que estaba de pie.

—Es mejor que no sigas —dijo Rusty entre jadeos. El corazón le latía con fuerza. Apenas le llegaba el aire. Thibodeau pesaba mucho. Freddy Denton estaba arrodillado junto a ambos. A Rusty le pareció que era como el árbitro de uno de esos combates de lucha libre de pantomima.

—Pues voy a hacerlo, Everett —replicó Gran Jim—. De hecho, Dios te bendiga, tengo que hacerlo. Freddy, toma mi teléfono. Lo tiene en el bolsillo del pecho y no quiero que se rompa. Ese cabrón me lo robó. Puedes añadirlo al informe cuando lo arrastren a la comisaría.

—Hay más gente que lo sabe —añadió Rusty. Nunca se había sentido tan indefenso. Ni tan estúpido. Tampoco le sirvió de mucho decirse que no era el primero que subestimaba a James Rennie padre—. Hay más gente que sabe lo que has hecho.

—Quizá —admitió Gran Jim—. Pero ¿quiénes son? Otros amigos de Dale Barbara. Los mismos que causaron los disturbios en el supermercado, los mismos que quemaron el periódico. Los mismos que han creado la Cúpula, no me cabe la menor duda. Una especie de experimento del gobierno, eso es lo que creo. Pero no somos un puñado de ratas encerradas en una jaula, ¿verdad? ¿Verdad, Carter?

—No.

—Freddy, ¿qué esperas?

Denton había escuchado a Gran Jim con una expresión que decía "Ahora lo entiendo". Tomó el teléfono de Gran Jim del bolsillo del pecho de Rusty y lo lanzó a uno de los sofás. Luego giró hacia Everett.

—¿Cuánto tiempo llevan planeando esto? ¿Cuánto tiempo llevan planeando encerrarnos en el pueblo para observar cómo reaccionábamos?

—Freddy, escucha lo que dices —le pidió Rusty. Las palabras brotaron entre resuellos. Por Dios, Thibodeau pesaba mucho—. Es una locura. No tiene sentido. ¿Es que no ves…?

—Sujétale la mano en el suelo —ordenó Gran Jim—. La izquierda.

Freddy obedeció la orden. Rusty intentó apartarla, pero no pudo hacer palanca para zafarse porque Thibodeau le inmovilizaba los brazos.

—Siento tener que hacer esto, amigo, pero los habitantes de este pueblo tienen que entender que debemos someter a los elementos terroristas.

Rennie ya podía ir diciendo que lo sentía, pero en cuanto pisó el puño izquierdo de Rusty con el talón de su zapato, y con sus ciento cinco kilos de peso, Rusty vio que tras los pantalones de gabardina del segundo concejal asomaba un motivo distinto. Estaba disfrutando de la situación, y no solo en un sentido cerebral.

El talón le apretaba y machacaba la mano: fuerte, más fuerte, con toda la fuerza posible. Gran Jim hizo una mueca de esfuerzo. Le aparecieron unas manchas de sudor bajo los ojos. Se mordía la lengua.

No grites, pensó Rusty. *Atraerías a Ginny y entonces ella también se vería involucrada en todo el lío. Además, es lo que quiere Rennie. No le des esa satisfacción.*

Sin embargo, cuando oyó el primer crujido bajo el talón de Gran Jim, gritó. No pudo evitarlo.

Hubo otro crujido. Luego un tercero.

Gran Jim retrocedió, satisfecho.

—Levántenlo y enciérrenlo. Que le haga una visita a su amigo.

Freddy echó un vistazo a la mano de Rusty, que ya se estaba hinchando. Tres de los cuatro dedos estaban dislocados y tenían un aspecto espantoso.

—Te atrapamos —dijo con gran satisfacción.

Ginny apareció en la puerta con los ojos desorbitados.

—¿Qué están haciendo, por el amor de Dios?

—Detener a este hijo de puta por extorsión, por amenazas y por intento de homicidio —dijo Freddy Denton mientras Carter ponía a Rusty en pie—. Y eso es solo el principio. Mostró resistencia a la autoridad y hemos tenido que reducirlo. Ahora, apártese, señora. Por favor.

—¡Están locos! —gritó Ginny—. ¡Rusty, la mano!

—Estoy bien. Llama a Linda. Dile que estos matones...

No pudo decir nada más. Carter lo agarró del cuello, lo sacó por la puerta, con la cabeza gacha y le susurró al oído:

—Si estuviera seguro de que ese abuelo sabe tanto de medicina como tú, te mataría yo mismo.

Todo esto en poco más de cuatro días, pensó Rusty mientras Carter lo arrastraba por el pasillo, tambaleándose y doblado casi por la mitad debido a la fuerza con que lo agarraba del cuello. Su mano izquierda ya no era una mano, sino un amasijo de carne que le causaba un dolor insoportable. *En poco más de cuatro días*.

Se preguntó si los cabeza de cuero, fueran lo que fuesen, o quienes fuesen, estaban disfrutando del espectáculo.

10

Era media tarde cuando Linda se encontró con la bibliotecaria de Chester's Mill. Lissa circulaba en bicicleta por la carretera 17. Le dijo que había estado hablando con los centinelas de la Cúpula, intentando sonsacarles algo más de información sobre el día de visita.

—Se supone que no deben hablar con nosotros, pero algunos lo hacen. Sobre todo si te desabrochas los tres primeros botones de la blusa. Parece una forma muy fácil de iniciar una conversación. Con los chicos del ejército, al menos. Porque los marines... Creo que podría desnudarme y ponerme a bailar "Macarena", y aun así no dirían ni mu. Esos chicos parecen inmunes a las incitaciones sexuales —sonrió—. Aunque tampoco soy Kate Winslet.

—¿Obtuviste algo interesante?

—No —Lissa estaba montada en la bicicleta y miraba a Linda a través de la ventanilla del copiloto—. No saben nada. Pero están muy preocupados por lo que nos pueda pasar; eso me conmovió. Y oyen los mismos rumores que nosotros. Uno de ellos me ha preguntado si era cierto que ya se habían suicidado más de cien personas.

—¿Puedes subir al coche un momento?

Lissa sonrió de oreja a oreja.

—¿Estoy detenida?

—Quiero hablar contigo de algo.

Lissa puso el soporte a la bicicleta y entró en el coche, después de apartar la carpeta de citaciones y la pistola radar estropeada de Linda.

Esta le contó la visita clandestina que hicieron a la funeraria y lo que encontraron allí, y luego le habló de la reunión que iban a celebrar en la parroquia. La reacción de Lissa fue inmediata y vehemente.

—Pienso asistir, y no intentes evitarlo.

En ese momento la radio carraspeó y se oyó la voz de Stacey.

—Unidad Cuatro, unidad Cuatro. Breico, breico, breico.

Linda tomó el comunicador. No pensaba en Rusty, sino en sus hijas.

—Aquí unidad Cuatro, Stacey. Adelante.

Lo que le dijo Stacey Moggin transformó su inquietud en una absoluta sensación de terror.

—Tengo malas noticias, Lin. Debería decirte que te prepararas para lo que voy a contarte, pero no creo que puedas prepararte para algo así. Han detenido a Rusty.

—¿Qué? —exclamó Linda, casi gritando, pero solo la oyó Lissa, ya que no había apretado el botón lateral del micrófono.

—Lo han encerrado abajo, con Barbie. Está bien, pero creo que tiene la mano rota; se la sujetaba contra el pecho y estaba muy hinchada —bajó la voz—. Dijeron que ofreció resistencia durante la detención. Cambio.

En esta ocasión Linda recordó apretar el botón del micrófono.

—Voy ahora mismo. Avísale. Cambio.

—No puedo —dijo Stacey—. Ya no dejan bajar a nadie, solo a los oficiales que están en una lista especial… y no soy uno de ellos. Lo acusan de muchas cosas, entre otras de intento de homicidio y cómplice de homicidio. Tómatelo con calma cuando regreses al pueblo. No te permitirán verlo, así que no hace falta que te calientes la cabeza por el camino…

Linda apretó el botón del comunicador tres veces: breico, breico, breico. Acto seguido dijo:

—Lo veré.

Pero no lo vio. El jefe Peter Randolph, que parecía recién despertado de la siesta, salió a su encuentro en los escalones de la comisaría y le dijo que entregara la placa y la pistola; como esposa de Rusty, también era sospechosa de haber atentado contra el gobierno legítimo del pueblo y de fomentar la insurrección.

A Linda le entraron ganas de espetarle a Randolph: "Muy bien. Detenme, llévame abajo con mi marido". Pero entonces pensó en las niñas, que ya debían de estar en casa de Marta, esperando a que las recogiera, y con ganas de contarle lo que habían hecho en la escuela durante el día. También pensó en la reunión que iban a mantener en la parroquia esa misma noche, y a la que no podría asistir si la encerraban en una celda. En ese momento la reunión era más importante que nunca.

Si iban a liberar a un prisionero al día siguiente por la noche, ¿por qué no a dos?

—Dile que le quiero —le pidió Linda, que se desabrochó el cinturón y se quitó la funda de la pistola. Nunca le había hecho mucha gracia tener que cargar con el arma. Ayudar a cruzar a los más pequeños de camino a la escuela, decir a los chicos de secundaria que tiraran los cigarrillos y que no maldijeran… Ese tipo de cosas eran su fuerte.

—Le transmitiré el mensaje.

—¿Alguien ha echado un vistazo a su mano? Me han dicho que podría tenerla rota.

Randolph frunció el entrecejo.

—¿Quién se lo ha dicho, señora Everett?

—No sé quién me ha llamado. No se ha identificado. Creo que ha sido uno de nuestros chicos, pero la recepción no es demasiado buena en la 117.

Randolph meditó sobre la respuesta de Linda, pero decidió no seguir insistiendo.

—La mano de Rusty está bien —dijo—. Y nuestros chicos ya no son sus chicos. Váyase a casa. Estoy seguro de que tendremos que hacerle unas cuantas preguntas más adelante.

A Linda le entraron ganas de llorar, pero se contuvo.

—¿Y qué voy a contarles a mis hijas? ¿Que su padre está en la cárcel? Sabes que Rusty es uno de los buenos; lo sabes. ¡Dios, fue quien te diagnosticó los problemas de vesícula el año pasado!

—Me temo que no puedo serle de gran ayuda, señora Everett —dijo Randolph. Parecía que el llamarla Linda ya era cosa del pasado—. Pero le sugiero que no les explique que su papá conspiró con Dale Barbara para perpetrar el asesinato de Brenda Perkins y Lester Coggins. No estamos muy seguros sobre los demás, ya que fueron crímenes sexuales y tal vez Rusty no sabía nada sobre ellos.

—¡Es una locura!

Randolph prosiguió como si no la hubiera oído.

—También ha intentado matar al concejal Rennie, ya que lo amenazó con no proporcionarle un medicamento vital para él. Por suerte, Gran Jim tuvo la precaución de ocultar a un par de oficiales en el baño —movió la cabeza—. Amenazó con no proporcionarle un medicamento vital a un hombre que se ha puesto enfermo debido a la gran preocupación que ha mostrado por este pueblo. Así se comporta su buen chico, ese es su maldito buen chico.

Linda estaba en apuros, y lo sabía. Se fue antes de que la situación empeorase. Tenía cinco horas antes de la reunión en la parroquia. No se le ocurría ningún lugar al que ir ni nada que hacer.

Pero entonces tuvo una idea.

11

La mano de Rusty no estaba bien, ni mucho menos. Hasta Barbie podía verlo, y había tres celdas vacías entre ellos.

—Rusty… ¿puedo hacer algo?

Everett logró esbozar una sonrisa.

—No, a menos que tengas unas cuantas aspirinas y me las puedas pasar. Un Darvocet sería aún mejor.

—Intenta relajarte. ¿No te han dado nada?

—No, pero el dolor ha bajado un poco. Sobreviviré —sus palabras fueron más optimistas de lo que en realidad sentía; el dolor era atroz, y estaba a punto de aumentar aún más—. Pero tengo que hacer algo con los dedos.

—Buena suerte.

Por increíble que pareciera, no tenía ningún dedo roto, tan solo un hueso de la mano, un metacarpiano, el quinto. Lo único que podía hacer al respecto era arrancar unos cuantos jirones de la camiseta y utilizarlos como vendaje. Pero antes…

Se agarró el dedo índice izquierdo, dislocado en la articulación interfalángica proximal. En las películas siempre se hacía rápido porque así era más espectacular. Por desgracia, si se precipitaba podía empeorar las cosas en lugar de mejorarlas. De modo que se aplicó una presión lenta, constante y cada vez mayor. El dolor era insoportable; sintió cómo le subía hasta la mandíbula. Oyó los crujidos del dedo, como las bisagras de una puerta que no se ha abierto en mucho tiempo. En algún lugar, cerca y al mismo tiempo muy lejos, vio a Barbie apoyado en la puerta de su celda, observándolo.

Entonces, de repente, el dedo volvía a estar recto, como por arte de magia, y el dolor había disminuido. Al menos el de ese dedo. Se sentó en el camastro; jadeaba como si acabara de finalizar una carrera.

—¿Ya está? —preguntó Barbie.

—Aún no. También tengo que volver a encajar el dedo de "métetelo por atrás". Podría necesitarlo.

Rusty se agarró el segundo dedo y se puso manos a la obra. Y de nuevo, cuando parecía que el dolor no podía aumentar, la articulación dislocada regresó a su sitio. Solo le faltaba recolocar el meñique, que estaba torcido, como si se dispusiera a hacer un brindis.

Y lo haría si pudiera, pensó. *"Por el día más jodido de la historia."* De la historia de Eric Everett, al menos.

Empezó a envolverse el dedo. También le dolió, y no había una solución rápida.

—¿Qué has hecho? —preguntó Barbie, y chasqueó los dedos dos veces. Señaló al techo y se llevó una mano a la oreja. ¿Sabía a ciencia cierta que había micrófonos en las celdas, o solo lo sospechaba? Rusty decidió que daba igual, que lo mejor era comportarse como si los hubiera, aunque resultaba difícil creer que se le hubiera ocurrido a alguien en aquel caos.

—He cometido el error de intentar obligar a dimitir a Gran Jim —respondió Rusty—. Estoy convencido de que añadirán una docena de acusaciones o más, pero me encerraron aquí por decirle que dejara de meter mano en todo o acabaría teniendo un infarto.

Por supuesto, no hizo referencia alguna al caso de Coggins; Rusty creyó que sería más beneficioso para su salud.

—¿Qué tal es la comida aquí?

—No está mal —dijo Barbie—. Rose me trajo el almuerzo. Pero ten cuidado con el agua. A veces está un poco salada.

Estiró los dedos índice y medio de la mano derecha en una V, se señaló los ojos y luego la boca: "Mira".

Rusty asintió.

"Mañana por la noche", movió los labios sin pronunciar una palabra.

"Lo sé", Rusty hizo lo propio. Marcó las sílabas de un modo tan exagerado que se le agrietaron los labios y volvieron a sangrarle. Barbie añadió: "Necesitamos… un… escondite… seguro".

Gracias a Joe McClatchey y a sus amigos, Rusty pensó que tenía esa parte solucionada.

12

Andy Sanders tuvo un ataque.

En realidad, fue inevitable; no estaba acostumbrado al cristal y había fumado mucho. Se encontraba en el estudio de la WCIK, escuchando cómo la sinfonía de "El pan nuestro de cada día" se alzaba por encima de "Cuán grande es Él", y movía las manos como si fuera un director de orquesta. Se vio a sí mismo descendiendo entre cuerdas eternas de violín.

El Chef estaba en algún lado con la pipa, pero le había dejado un buen suministro de cigarrillos híbridos a los que llamaba "petardos".

—Tienes que ir con cuidado con estos, Sanders —le dijo—. Son dinamita. "Aquellos que no están acostumbrados a la bebida deben hacerlo con moderación", Timoteo 1. Eso también se puede aplicar a los petardos.

Andy asintió muy serio, pero se puso a fumar como un loco en cuanto el Chef se fue: dos petardos, seguidos. Dio una calada tras otra hasta que solo quedaron las colillas, que le quemaban los dedos. El olor a orín de gato del cristal alcanzaba ya los primeros puestos de su lista de grandes éxitos de aromaterapia. Iba por el tercer petardo, y seguía dirigiendo la orquesta como Leonard Bernstein, cuando dio una calada muy grande y perdió el conocimiento al instante. Se cayó al suelo y empezó a temblar en una marea de música sacra. Le salió espuma entre los dientes, a pesar de que los tenía apretados. Los ojos, entreabiertos, giraban en las órbitas, viendo cosas que no estaban ahí. Por lo menos, aún no.

Al cabo de diez minutos se despertó de nuevo, lo suficientemente animado para recorrer el camino entre el estudio y el gran edificio rojo de suministros que había detrás.

—¡Chef! —gritó—. Chef, ¿dónde estás? ¡YA VIENEN!

Chef Bushey salió por la puerta lateral del edificio de suministros. Tenía el cabello parado y muy grasiento. Vestía unos pantalones de pijama mugrientos, con una mancha de orina en la entrepierna y otra de hierba en el trasero. Estampados con ranas de dibujos animados que decían RIBBIT, colgaban de forma precaria de sus caderas huesudas, y dejaban al descubierto una mata de vello púbico por delante y la línea de las nalgas por detrás. Sujetaba su AK-47 con una mano. En la culata había pintado con sumo cuidado las palabras GUERRERO DE DIOS. Sostenía el control del garage con la otra mano. Dejó el Guerrero de Dios, pero no el control remoto de Dios. Agarró a Andy de los hombros y lo sacudió con fuerza.

—Basta ya, Anders, estás histérico.

—¡Ya vienen! ¡Los hombres amargados! ¡Como tú has dicho!

El Chef meditó en silencio.

—¿Te ha llamado alguien para avisarte?

—¡No, ha sido una visión! ¡He perdido el conocimiento y he tenido una visión!

El Chef abrió los ojos como platos. El recelo dio paso al respeto. Su mirada pasó de Andy a Little Bitch Road, y luego de nuevo a Andy.

—¿Qué has visto? ¿Cuántos son? ¿Vienen todos o solo unos cuantos, como la última vez?

—Yo… Yo… Yo…

El Chef lo sacudió de nuevo, pero en esta ocasión con más tacto.

—Cálmate, Sanders. Ahora perteneces al Ejército del Señor y…

—¡Soy un soldado cristiano!

—Sí, sí, sí. Y yo soy tu superior. Así que informa.

—Vienen en dos camiones.

—¿Solo dos?

—Sí.

—¿Naranja?

—¡Sí!

El Chef se subió los pantalones del pijama, que regresaron a su anterior posición de forma casi inmediata, y asintió.

—Camiones del ayuntamiento. Seguramente esos tres estúpidos: los Bowie y Don Pollo.

—¿Don…?

—Killian, Sanders, ¿quién, si no? Fuma cristal pero no entiende el objetivo del cristal. Es un idiota. Vienen a buscar más combustible.

—¿Deberíamos escondernos? ¿Escondernos y dejar que se lo lleven?

—Eso es lo que hice la última vez. Pero esta vez no. Estoy cansado de esconderme y dejar que la gente se lleve cosas. Ajenjo ha refulgido. Ha llegado el momento de que los hombres de Dios enarbolen su bandera. ¿Estás conmigo?

Andy, que desde la aparición de la Cúpula había perdido todo lo que era más importante para él, no dudó.

—¡Sí!

—¿Hasta el final, Sanders?

—¡Hasta el final!

—¿Dónde dejaste el arma?

Por lo que podía recordar, estaba en el estudio, apoyada en un póster de Pat Robertson en el que este abrazaba a Lester Coggins.

—Vamos por ella —dijo el Chef, que levantó su GUERRERO DE DIOS y comprobó el cargador—. A partir de ahora, llévala siempre contigo. ¿Lo entiendes?

—Sí.

—¿Tienes una caja de munición?

—Sí —Andy había traído una de esas cajas una hora antes. Al menos, creía que había sido una hora antes; los petardos tenían la capacidad de distorsionar el tiempo.

—Un momento —dijo el Chef. Se acercó a la caja de las granadas chinas y regresó con tres. Le dio dos a Andy y le dijo que se las guardara en el bolsillo. Chef colgó la tercera granada de la boca de GUERRERO DE DIOS, por la anilla—. Sanders, me dijeron que después de quitar el pasador teníamos siete segundos para librarnos de esos cabrones, pero cuando hice pruebas en el foso de grava de ahí detrás, fueron cuatro. No puedes confiar en las razas orientales. Recuérdalo.

Andy dijo que lo haría.

—Venga, vamos a buscar tu arma.

Pero Sanders le preguntó, con cierta indecisión:

—¿Las usaremos?

El Chef pareció sorprenderse.

—No, a menos que sea necesario.

—Bien —dijo Andy. A pesar de todo, no quería hacer daño a nadie.

—Pero si la situación se complica, haremos lo que sea necesario. ¿Lo entiendes?

—Sí —respondió Andy.

El Chef le dio una palmada en el hombro.

13

Joe le preguntó a su madre si Benny y Norrie podían quedarse a pasar la noche. Claire le dijo que a ella le parecía bien si sus padres les daban permiso. Sería, de hecho, incluso un alivio. Después de su aventura en Black Ridge, a Claire le gustaba la idea de tenerlos cerca. Podían hacer palomitas en la cocina de leña y continuar con la escandalosa partida de Monopoly que habían empezado una hora antes. De hecho, era demasiado ruidosa; sus conversaciones y silbidos tenían un tono alegre y descarado que no la convencía.

La madre de Benny dio permiso a su hijo y, sorprendentemente, la de Norrie hizo lo propio con su hija.

—Es buena idea —dijo Joanie Calvert—. Tengo ganas de emborracharme desde que empezó todo esto. Parece que esta noche va a ser mi gran oportunidad. Y, Claire, dile a mi hija que vaya a ver a su abuelo mañana y que le dé un beso.

—¿Quién es su abuelo?

—Ernie. Conoces a Ernie, ¿no? Todo el mundo lo conoce. Se preocupa por ella. Y yo también, a veces. Ese patinaje… —Claire notó el estremecimiento en la voz de Joanie.

—Se lo diré.

La madre de Joe acababa de colgar cuando llamaron a la puerta. Al principio no reconoció a la mujer de mediana edad, pálida y rostro alterado. Entonces cayó en la cuenta de que era Linda Everett, que solía estar en el paso de cebra de la escuela y ponía multas a los coches que alargaban su estancia en las zonas de estacionamiento de Main Street más allá de dos horas. Y no era una mujer de mediana edad. Ese era el aspecto que tenía en ese momento.

—¡Linda! —exclamó Claire—. ¿Qué pasa? ¿Es Rusty? ¿Le pasó algo a Rusty? —pensaba en la radiación… Al menos de forma consciente. En el inconsciente empezaban a tomar forma ideas mucho peores.

—Lo encarcelaron.

La partida de Monopoly de la sala de estar se interrumpió. Los participantes se arremolinaron junto a la puerta de la salita y miraban a Linda con aire serio.

—Le imputan una lista de acusaciones interminable, incluyendo complicidad criminal en los asesinatos de Lester Coggins y Brenda Perkins.

—¡No! —gritó Benny.

Claire pensó en decir a los niños que se fueran de la sala, pero se dio cuenta de que sería inútil. Intuía el motivo de la visita de Linda, y lo entendía, pero aun así sentía cierto odio hacia ella por haber acudido a su casa. Y también hacia Rusty por haber involucrado a los chicos en todo aquello. Aunque, bueno, todos estaban involucrados, ¿no? Bajo la Cúpula, no podías elegir si te involucrabas o no.

—Ha intentado detener a Rennie —dijo Linda—. Eso es lo que pasó. Y eso es lo único que le importa a Gran Jim en estos momentos: quién intenta detenerlo y quién no. Se ha olvidado de la terrible situación que estamos viviendo aquí. No, es algo peor que eso. Se está aprovechando de la situación.

Joe miró a Linda con seriedad.

—Señora Everett, ¿sabe el señor Rennie adónde hemos ido esta mañana? ¿Conoce la existencia de la caja? Creo que no debería enterarse.

—¿Qué caja?

—La que encontramos en Black Ridge —dijo Norrie—. Nosotros solo vimos la luz que emite, pero Rusty subió hasta arriba y le echó un vistazo.

—Es el generador —dijo Benny—. Pero no pudo desconectarlo. Ni siquiera levantarlo, y eso que era muy pequeño.

—No sé nada de todo eso —afirmó Linda.

—Entonces Rennie tampoco —añadió Joe. Parecía que se había quitado un gran peso de encima.

—¿Cómo lo sabes?

—Porque habría enviado a los polis para que nos interrogaran —respondió el chico—. Y si no hubiéramos respondido a las preguntas, nos habrían encerrado.

Se oyeron dos detonaciones a lo lejos. Claire ladeó la cabeza y frunció el entrecejo.

—¿Han sido cohetes o disparos?

Linda no lo sabía, y como no procedían del pueblo —fue un ruido demasiado débil—, no les prestó demasiada atención.

—Chicos, cuéntenme lo que pasó en Black Ridge. Cuéntenmelo todo. Lo que vieron ustedes y lo que vio Rusty. Y esta noche quizá tengan que contarlo a más gente. Ha llegado el momento de aunar esfuerzos y revelar todo lo que sabemos. De hecho, deberíamos haberlo hecho antes.

Claire abrió la boca para decir que no quería involucrarse, pero no lo hizo. Porque no había elección. Al menos, ella no veía ninguna otra posibilidad.

14

El estudio de la WCIK se encontraba alejado de Little Bitch, y el camino que conducía hasta la emisora (pavimentado, y en mucho mejor estado que la propia carretera) era de unos cuatrocientos metros. En el extremo donde confluía con Little Bitch Road estaba flanqueado por un par de robles centenarios. Su follaje otoñal, que en una estación normal refulgía de tal modo que resultaba digno de un calendario o un folleto de turismo, colgaba ahora mustio y pardo. Andy Sanders se situó detrás de uno de aquellos troncos almenados. El Chef se escondió tras el otro. Oían el rugido de los camiones diésel que se aproximaban. Andy se limpió las gotas de sudor de los ojos.

—¡Sanders!

—¿Qué?

—¿Retiraste el seguro?

Andy lo comprobó.

—Sí.

—De acuerdo. Presta atención, a ver si lo entiendes a la primera. Si te digo que empieces a disparar, ¡acribilla a esos cabrones! ¡De arriba abajo, de proa a popa! Si no te digo que dispares, te quedas ahí quieto. ¿Lo entiendes?

—Sí.

—No creo que vayamos a matar a nadie.

Gracias a Dios, pensó Andy.

—Eso si solo vienen los Bowie y Don Pollo. Pero no estoy seguro. Si tengo que intentar algo, ¿me apoyarás?

—Sí —sin titubeos.

—Y quita el dedo del maldito gatillo o te volarás la cabeza.

Andy bajó la mirada y vio que tenía el dedo enroscado en el gatillo de la AK, de modo que se apresuró a retirarlo.

Esperaron. Andy oía los latidos de su corazón en la cabeza. Se dijo que era una estupidez tener miedo (de no haber sido por una llamada de teléfono inesperada, estaría muerto), pero no sirvió de nada. Porque un nuevo mundo se abría ante él. Sabía que existía la posibilidad de que al final resultara un mundo falso (¿acaso no había visto los efectos que habían tenido los calmantes en Andi Grinnell?), pero era mejor que el mundo de mierda en que había vivido hasta entonces.

Dios, por favor, haz que se vayan, rezó. *Por favor.*

Aparecieron los camiones, avanzando lentamente, escupiendo bocanadas de humo negro en el silencioso atardecer. Andy asomó la cabeza por detrás del árbol y vio a dos hombres en el interior del primer camión. Debían de ser los Bowie.

El Chef permaneció inmóvil durante un buen rato. Andy empezaba a pensar que había cambiado de opinión y que iba a permitir que se llevaran el combustible. Entonces, el Chef salió y disparó dos ráfagas rápidas.

Estuviera o no drogado, tenía buena puntería. Las dos ruedas delanteras del primer camión se desinflaron. El frente del vehículo subió y bajó tres o cuatro veces, y al final se detuvo por completo. El camión de detrás estuvo a punto de chocar con él. Andy oía el leve sonido de la música, una especie de himno, y supuso que el conductor del segundo vehículo no había oído los disparos por culpa de la radio. La cabina del camión delantero, mientras tanto, parecía vacía. Ambos hombres se habían agachado.

Chef Bushey, que aún estaba descalzo y solo llevaba puesto su pijama de ranas (el control remoto de la puerta del garage colgaba de la cintura como si fuera un localizador), salió de su escondite.

—¡Stewart Bowie! —gritó—. ¡Fern Bowie! ¡Salgan de ahí a hablar conmigo! —apoyó el GUERRERO DE DIOS contra el roble.

No se apreció movimiento alguno en la cabina del primer camión, pero se abrió la puerta del conductor del segundo y descendió Roger Killian.

—¿Por qué nos detuvimos? —preguntó a gritos—. Tengo que regresar para dar de comer a mis po… —entonces vio al Chef—. Ey, Philly, ¿qué cuentas?

—¡Agáchate! —gritó uno de los Bowie—. ¡Ese loco hijo de puta está disparando!

Roger miró al Chef y luego el AK-47 apoyado en el árbol.

—Antes quizá sí, pero ahora ha dejado el fusil. Además, está él solo. ¿Qué pasa, Phil?

—Ahora soy el Chef. Llámame Chef.

—De acuerdo, Chef, ¿qué pasa?

—Sal, Stewart —le ordenó el Chef—. Tú también, Fern. Nadie va a resultar herido; supongo.

Las puertas del camión se abrieron. Sin voltear, el Chef dijo:

—¡Sanders! Si alguno de esos estúpidos tiene un arma, abre fuego. Y no solo un tiro; déjalos como un colador.

Pero ninguno de los Bowie tenía un arma. Fern bajó con las manos en alto.

—¿Con quién hablas, colega? —preguntó Stewart.

—Sal de ahí, Sanders —dijo el Chef.

Andy obedeció. Ahora que parecía que la amenaza de una carnicería se había esfumado, empezaba a disfrutar. Si se le hubiera ocurrido llevar consigo uno de los petardos del Chef, seguro que aún habría gozado mucho más.

—¿Andy? —dijo Stewart, atónito—. ¿Qué haces aquí?

—He sido reclutado por el Ejército del Señor. Y ustedes son unos hombres amargados. Estamos al corriente de todas sus fechorías, y aquí no hay lugar para ustedes.

—¿Eh? —preguntó Fern. Bajó las manos.

El frente del primer camión se inclinaba lentamente hacia la carretera mientras las ruedas delanteras se desinflaban.

—Bien dicho, Sanders —lo felicitó el Chef. Luego se dirigió a Stewart—: Suban los tres al segundo camión, den media vuelta y arrastren su asqueroso trasero hasta el pueblo. Cuando lleguen allí, digan a ese apóstata hijo del demonio que ahora la WCIK es nuestra. Eso incluye el laboratorio y todos los suministros.

—¿De qué mierda hablas, Phil?

—Chef.

Stewart agitó una mano en un gesto de desdén.

—Puedes llamarte como te dé la gana, pero cuéntame ahora qué dem...

—Sé que tu hermano es estúpido —dijo el Chef— y que probablemente Don Pollo es incapaz de atarse los zapatos sin un manual de instrucciones...

—¡Ey! —exclamó Roger—. ¡Cuidado con lo que dices!

Andy levantó su AK. Pensó que, en cuanto tuviera ocasión, escribiría la palabra CLAUDETTE en la culata.

—No, eres tú quien debe tener cuidado con lo que dices.

Roger Killian palideció y retrocedió un paso. Aquello nunca sucedía cuando Andy hablaba en los plenos del ayuntamiento, y resultaba muy gratificante.

El Chef siguió hablando como si no hubiera habido ninguna interrupción.

—Pero tú, al menos, tienes medio cerebro, Stewart, así que utilízalo. Dejen ese camión donde está y regresen al pueblo con el otro. Digan a Rennie que todo esto ya no le pertenece, que ahora es propiedad de Dios. Digan que Ajenjo ha refulgido y que si no quiere que el Apocalipsis llegue antes de tiempo, más le vale que nos deje en paz —meditó sobre lo que había dicho—. También pueden decirle que seguiremos programando música. Dudo que eso le preocupe, pero quizá a algunos habitantes de Chester's Mill les resulte reconfortante.

—¿Sabes cuántos polis tiene ahora? —preguntó Stewart.

—Me importa una mierda.

—Creo que unos treinta. Es probable que mañana sean cincuenta. Y la mitad de la gente lleva brazaletes de apoyo de color azul. A Rennie no le costaría nada ordenarles que vinieran aquí.

—Tampoco le serviría de mucho —replicó el Chef—. Tenemos fe en el Señor y una fuerza que vale por diez.

—Bueno —dijo Roger, haciendo gala de su habilidad para las matemáticas—, entonces son veinte, pero aun así los superan en número.

—Cierra el pico, Roger —dijo Fern.

Stewart lo intentó de nuevo.

—Phil, quiero decir Chef, cálmate un poco, amigo, porque así no podemos seguir. Rennie no quiere la droga, solo el gas. La mitad de los generadores de la ciudad se han quedado sin combustible. El fin de semana serán tres cuartas partes. Deja que nos llevemos el gas.

—Lo necesito para cocinar. Lo siento.

Stewart lo miró como si se hubiera vuelto loco. *Probablemente ha perdido el juicio,* pensó Andy. *Probablemente lo hemos perdido ambos.* Aunque Jim Rennie también se había trastocado, de modo que estaban empatados.

—Ahora, márchense —ordenó el Chef—. Y díganle que si se atreve a enviar tropas para liquidarnos, se arrepentirá.

Stewart pensó en las palabras del Chef y se encogió de hombros.

—Por mí muy bien. Vámonos, Fern. Yo conduzco, Roger.

—Encantado —replicó Roger Killian—. Odio los vehículos así —lanzó una última mirada de recelo al Chef y a Andy, y se dirigió al segundo camión.

—Que Dios los bendiga, chicos —dijo Andy.

Stewart les lanzó una mirada fulminante por encima del hombro.

—Que Dios te bendiga a ti también. Porque bien sabe Dios que lo vas a necesitar.

Los nuevos propietarios del mayor laboratorio de metanfetaminas de Norteamérica permanecieron uno al lado del otro viendo cómo el gran camión naranja daba marcha atrás, realizaba una torpe maniobra para dar la vuelta, y luego se alejaba.

—¡Sanders!

—¿Sí, Chef?

—Quiero poner música más animada, y quiero hacerlo ya. Este pueblo necesita un poco de Mavis Staples. También de las Clark Sisters. Cuando lo haya solucionado, fumaremos.

A Andy se le saltaron las lágrimas. Puso un brazo sobre los hombros huesudos del hombre antes conocido como Phil Bushey y lo abrazó.

—Te quiero, Chef.

—Gracias, Sanders. Yo también. Acuérdate de tener siempre el arma cargada. A partir de ahora tendremos que montar guardia.

15

Gran Jim estaba sentado junto a la cama de su hijo mientras la puesta de sol teñía el cielo de naranja. Douglas Twitchell había ido a ponerle una inyección a Junior, que ahora dormía profundamente. Gran Jim sabía que, en cierto sentido, sería mejor que Junior muriera; vivo y con un tumor que le oprimía el cerebro, resultaba imposible saber lo que era capaz de hacer o decir. Era sangre de su sangre, claro, pero tenía que pensar en el bien común; el bien del pueblo. Una de las almohadas que había en el armario le serviría...

Entonces sonó su teléfono. Miró el nombre de la pantalla y frunció el entrecejo. Algo había salido mal. De lo contrario, Stewart no le llamaría tan pronto.

—Qué.

Escuchó con una estupefacción que fue en aumento. ¿Andy estaba ahí? ¿Andy con un fusil?

Stewart esperaba su respuesta. Esperaba que le dijera lo que debía hacer. *Fórmate en la cola, amigo*, pensó Gran Jim, y lanzó un suspiro.

—Dame un minuto. Necesito pensar. Ya te llamaré.

Colgó y meditó sobre el nuevo problema que le había surgido. Podía ir al laboratorio con un puñado de policías esa misma noche. En cierto sentido, resultaba una idea atractiva: podía azuzarlos en el Food City y luego encabezar el asalto él mismo. Si Andy moría, mucho mejor. Aquello convertiría a James Rennie padre en el único representante del gobierno del pueblo.

Sin embargo, la asamblea extraordinaria del pueblo iba a celebrarse al día siguiente por la noche. Todo el mundo asistiría y habría preguntas. Estaba convencido de que podría echarle la culpa a Barbara y a los Amigos de Barbara de lo sucedido en el laboratorio de metanfetaminas (para Gran Jim, Andy Sanders se había convertido en amigo oficial de Barbara), pero aun así... no.

No.

Quería asustar al rebaño, no sumirlo en un estado de pánico. El pánico no le serviría para llevar a cabo su objetivo, que consistía en hacerse con el control absoluto del pueblo. Y si permitía que Andy y Bushey se quedaran donde estaban durante un tiempo, ¿qué daño podían causar? Quizá, incluso, resultara beneficioso. Bajarían la guardia. Quizá creerían que se habían olvidado de ellos, porque las drogas los volvería estúpidos.

El viernes, sin embargo, pasado mañana, era el condenado día de la visita designado por Cox. Todo el mundo acudiría de nuevo en tropel a la granja de Dinsmore. Burpee montaría otro puesto de hotdogs. Mientras se organizaba ese lío de tres pares de cajones y mientras Cox celebraba su rueda de prensa a solas, Gran Jim podía encabezar un grupo de dieciséis o dieciocho policías, dirigirse a la emisora de radio y eliminar a esos dos pendencieros drogadictos.

Sí, esa era la respuesta.

Llamó a Stewart y le dijo que se fuera de allí.

—Pero creía que querías el combustible —dijo Stewart.

—Ya lo recuperaremos —replicó Gran Jim—. Y podrás ayudarnos a librarnos de esos dos, si quieres.

—Claro que quiero. Ese hijo de puta, perdona, Gran Jim, ese hijo de la Gran Bretaña de Bushey debe recibir su merecido.

—Lo recibirá. El viernes por la tarde. No conciertes ninguna cita.

Gran Jim volvía a sentirse bien, el corazón latía de forma lenta y regular en el pecho, ni el menor atisbo de palpitaciones. Era una buena señal, porque tenía mucho que hacer, empezando por la charla a los policías de esa misma noche en el Food City: el entorno adecuado para resaltar la importancia de contratar a más oficiales. Nada como un escenario de destrucción para que la gente siguiera a su líder a ciegas.

Estaba saliendo de la habitación, pero de pronto regresó y le dio un beso en la mejilla a su hijo, que seguía durmiendo. Quizá fuera necesario deshacerse también de Junior, pero de momento eso podía esperar.

16

Cae otra noche en el pequeño pueblo de Chester's Mill; otra noche bajo la Cúpula. Pero no hay descanso para nosotros; tenemos que asistir a dos reuniones, y también deberíamos ir a echar un vistazo a Horace el corgi antes de irnos a dormir. Esta noche Horace le hace compañía a Andrea Grinnell, y aunque está esperando a que llegue el momento oportuno, no se ha olvidado de las palomitas desperdigadas entre el sofá y la pared.

Así que vámonos, tú y yo, mientras la noche se extiende por el cielo como un paciente anestesiado sobre la mesa de operaciones. Vámonos mientras aparecen las primeras estrellas descoloridas. Es el único pueblo en un área que abarca cuatro estados en el que la gente sale esta noche. La lluvia se ha extendido por el norte de Nueva Inglaterra, y los espectadores de canales de noticias por cable no tardarán en ver unas fotografías extraordinarias tomadas por satélite que muestran un agujero en las nubes, que reproduce a la perfección la forma de calcetín de Chester's Mill. Aquí las estrellas brillan, pero son estrellas sucias porque la Cúpula está sucia.

Caen fuertes chubascos en Tarker's Mill y en la parte de Castle Rock conocida como The View; el meteorólogo de la CNN, Reynolds Wolf (que no guarda relación alguna con el Wolfie de Rose Twitchell), dice que, a pesar de que aún nadie puede afirmarlo a ciencia cierta, parece probable que la corriente de aire en dirección oeste-este empuje las nubes contra el lado occidental de la Cúpula y las esté aplastando como esponjas antes de que estas se deslicen hacia el norte y el sur. Lo califica de "fenómeno fascinante".

Suzanne Malveaux, la presentadora, le pregunta cómo podría ser el tiempo a largo plazo bajo la Cúpula si la crisis continúa.

—Suzanne —dice Reynolds Wolf—, es una buena pregunta. Lo único de lo que estamos seguros es de que esta noche no va a llover en Chester's Mill, aunque la superficie de la Cúpula es lo bastante permeable para que se filtre un poco de humedad en las zonas en las que los chubascos son más fuertes. Los científicos de la NOAA me han dicho que las previsiones de precipitación bajo la Cúpula no son muy buenas. Y sabemos que su principal vía fluvial, el Prestile, está prácticamente seca —sonríe y muestra una hilera perfecta de dientes televisivos—. ¡Gracias a Dios que existen los pozos artesianos!

—Ya lo creo, Reynolds —dice Suzanne, y entonces aparece la salamanquesa de Geico en las pantallas de los televisores de Estados Unidos.

Basta ya de noticias por cable; nos deslizamos por calles medio desiertas, pasamos frente a la iglesia congregacional y la parroquia (la reunión aún no ha empezado, pero Piper ha cargado la gran cafetera, y Julia está haciendo emparedados a la luz sibilante de una lámpara Coleman), frente a la casa de los McCain rodeada por la triste cinta policial medio caída, bajamos por la cuesta del Ayuntamiento, donde el conserje Al Timmons y un par de amigos limpian y lo arreglan todo para la asamblea extraordinaria que se va a celebrar mañana, frente al Monumento a los Caídos, donde la estatua de Lucien Calvert (el bisabuelo de Norrie; seguro no es necesario que te lo diga) sigue de guardia.

Nos detenemos solo un instante para comprobar qué tal están Barbie y Rusty, ¿de acuerdo? Será fácil llegar abajo; solo hay tres policías en la sala de oficiales, y Stacey Moggin, que se encuentra en la recepción, duerme con la cabeza apoyada en el antebrazo. El resto de los policías están en el Food City, escuchando el sermón incendiario de Gran Jim, pero daría igual que estuvieran aquí, porque somos invisibles. Cuando pasáramos junto a ellos no sentirían más que una leve brisa.

No hay mucho que ver en las celdas porque la esperanza es tan invisible como nosotros. Lo único que pueden hacer ambos hombres es esperar hasta mañana por la noche y confiar en que las cosas cambien de rumbo. A Rusty le duele la mano, pero menos de lo que creía, y la hinchazón también es menor de lo que temía. Además, Stacey Moggin, que Dios la bendiga, le ha dado un par de Excedrin a escondidas alrededor de las cinco de la tarde.

De momento, estos dos hombres, o héroes, supongo, están sentados en sus camastros y jugando a las Veinte Preguntas. Le toca adivinar a Rusty.

—¿Animal, vegetal o mineral? —pregunta.

—Ninguna de las tres —responde Barbie.

—¿Cómo puede ser? Tiene que ser una de esas cosas.

—No lo es —insiste Barbie, que está pensando en Papá Pitufo.

—Te burlas de mí.

—No.

—Es imposible.

—Deja de quejarte y empieza a preguntar.

—¿Me das una pista?

—No. Es la primera respuesta. Te quedan diecinueve.

—Espera un minuto, maldición. No es justo.

Los dejaremos para que disfruten de las próximas veinticuatro horas como puedan, ¿de acuerdo? Ahora pasamos frente a los escombros humeantes que antes eran el *Democrat* (que, ¡ay!, ya no informa al "Pequeño pueblo con forma de bota"), frente a la farmacia de Sanders (algo chamuscado, pero que aún se tiene en pie, a pesar de lo cual Andy Sanders no volverá a entrar por sus puertas nunca más), frente a la librería y la Maison des Fleurs de LeClerc, donde todas las *fleurs* están muertas o moribundas. Pasamos bajo el semáforo apagado que señala la intersección de las carreteras 119 y 117 (lo rozamos; siempre con mucho cuidado, luego se queda quieto de nuevo), y atravesamos el estacionamiento del Food City. Somos tan silenciosos como la respiración de un niño dormido.

Los grandes aparadores del supermercado están tapiados con láminas de madera contrachapada confiscadas de la maderería de Tabby Morrell, y aunque Jack Cale y Ernie Calvert han fregado el suelo para intentar limpiar lo peor, el Food City está hecho un asco, y hay comida seca y cajas tiradas por todas partes. El resto de las mercancías (las que la gente no se ha llevado a sus despensas ni ha almacenado en el estacionamiento que hay detrás de la comisaría, en otras palabras) están esparcidas de forma caótica por las repisas. Los refrigeradores de refrescos, cervezas y helados están destruidos. Apesta a vino. Este caos es justamente lo que Gran Jim quiere que vean sus nuevos (y en gran parte espantosamente jóvenes) oficiales. Quiere que se den cuenta de que todo el pueblo podría acabar igual, y es lo bastante astuto para saber que no tiene que decirlo directamente. Los chicos lo entenderán: es lo que ocurre cuando el pastor fracasa en su cometido y el rebaño huye en estampida.

¿Es necesario que escuchemos su discurso? No. Escucharemos a Gran Jim mañana por la noche, y con eso bastará. Además, todos sabemos cómo funciona esto: las dos grandes especialidades de Estados Unidos son los demagogos y el rock and roll, y hemos escuchado ejemplos de sobra de ambas cosas en nuestra vida.

Sin embargo, antes de irnos sí que deberíamos examinar los rostros de los presentes. Fíjate en lo embelesados que están, y recuerda que muchos de ellos (Carter Thibodeau, Mickey Wardlaw y Todd Wendlestat, por nombrar solo a tres) son unos idiotas, incapaces de pasar una semana sin que los castigaran en la escuela por armar alboroto en clase o iniciar peleas en los baños. Pero Rennie los tiene hipnotizados. En las distancias cortas nunca ha destacado especialmente, pero cuando está frente a una multitud… Ay, caray, que se agarren los cinturones, como decía el anciano Clayton Brasse, cuando aún le funcionaban unas cuantas neuronas. Gran Jim les está hablando de las "fuerzas del orden" y del "orgullo de arrimar el hombro con sus compañeros" y les dice que "el pueblo depende de ustedes". Y más cosas. Esas palabras encantadoras que nunca pierden su efecto.

Gran Jim pasa a hablar de Barbie. Les dice que los amigos de Barbara aún están ahí fuera, sembrando la discordia y fomentando el desacuerdo para alcanzar sus malvados fines. Entonces baja la voz y añade:

—Intentarán desacreditarme. Sus mentiras no tendrán fin.

Sus palabras son recibidas con un gruñido de desagrado.

—¿Escucharán sus mentiras? ¿Permitirán que me desacrediten? ¿Permitirán que este pueblo siga adelante sin un líder fuerte en esta época de gran necesidad?

La respuesta, por supuesto, es un ¡NO! atronador. Y aunque Gran Jim sigue hablando (como a la mayoría de los políticos, le gusta no solo rizar el rizo sino hacer toda la permanente), podemos marcharnos.

Nos dirigimos por las calles desiertas hacia la iglesia congregacional. ¡Y mira! Por ahí va alguien a quien podemos acompañar: una chica de trece años que lleva unos pantalones desgastados y una camiseta Winged Ripper de patineta. Esta noche, el característico mohín de esta *riot grrrl* tan dura, y que tanto desespera a su madre, ha desaparecido del rostro de Norrie Calvert. Ha sido sustituido por una expresión de asombro que le confiere el aspecto de la niña de ocho años que era hasta hace no mucho. Seguimos su mirada y vemos una inmensa luna llena que surge entre las nubes al este del pueblo. Tiene el mismo color y la misma forma que una toronja rosa recién cortada.

—Oh… Dios… mío… —susurra Norrie. Se lleva un puño entre sus incipientes pechos mientras dirige la mirada hacia la insólita luna rosa. Luego sigue caminando, pero no tan atónita como antes, y se acuerda de mirar a su alrededor de vez en cuando para asegurarse de que no la ve nadie. Es lo que le pidió Linda Everett: tenían que ir solos, sin llamar la atención, y debían asegurarse por completo de que no los seguía nadie.

"Esto no es un juego", les había dicho Linda. A Norrie le impresionó más su rostro pálido y surcado de arrugas que sus palabras. "Si nos atrapan, no se limitarán a quitarnos puntos de vida o a hacernos perder un turno. ¿Comprenden?"

"¿Puedo ir con Joe?", había preguntado la señora McClatchey, que estaba casi tan pálida como la señora Everett.

Linda negó con la cabeza.

"Es mala idea." Y esa respuesta fue lo que más impresionó a Norrie. No, no era un juego; quizá su vida dependía de ello.

Ah, pero ahí está la iglesia, y la casa parroquial, a la derecha. Norrie puede ver el resplandor blanco y brillante de las lámparas Coleman en la parte de atrás, donde debe de estar la cocina. Dentro de poco estará allí, fuera del alcance de la mirada de esa luna rosa horrible. Dentro de poco estará a salvo.

Eso es lo que piensa cuando una sombra sale entre las sombras más oscuras y la toma del brazo.

17

Norrie se llevó un susto tan grande que no pudo gritar, lo cual fue una suerte; cuando la luna rosa iluminó la cara del hombre que la abordó, vio que se trataba de Romeo Burpee.

—Me diste un susto de muerte —susurró la chica.

—Lo siento. Solo estaba vigilando —Rommie le soltó el brazo y miró alrededor—: ¿Dónde están tus noviecillos?

Norrie sonrió al oírlo.

—No lo sé. Nos dijeron que viniéramos por separado y por distintos caminos. Es lo que nos pidió la señora Everett —miró cuesta abajo—. Creo que se acerca Joey. Deberíamos entrar.

Se dirigieron hacia la luz de las lámparas. La puerta de la casa parroquial estaba abierta. Rommie golpeó sin hacer demasiado ruido el marco de la mosquitera y dijo:

—Rommie Burpee y una amiga. Si hay que dar un santo y seña no nos lo han dicho.

Piper Libby abrió y los dejó entrar. Miró a Norrie con curiosidad.

—¿Y tú quién eres?

—Que me azoten si no es mi nieta —dijo Ernie al entrar en la sala. Tenía un vaso de limonada en una mano y una sonrisa en la cara—. Ven aquí, querida. Te he echado mucho de menos.

Norrie le dio un fuerte abrazo y un beso, tal como le había pedido su madre. No esperaba tener que obedecer esas órdenes tan pronto, pero se alegró de hacerlo. Y a él podía contarle la verdad que, de otro modo, no le habrían arrancado delante de sus amigos ni torturándola.

—Abuelo, tengo mucho miedo.

—A todos nos pasa lo mismo, cariño —el anciano la abrazó con más fuerza y luego la miró a la cara—. No sé qué haces aquí, pero ya que has venido, ¿te apetece una limonada?

Norrie vio la cafetera y dijo:

—Preferiría un café.

—Yo también —dijo Piper—. La cargué de café bien fuerte y luego me di cuenta de que no tengo electricidad —meneó la cabeza como si necesitara aclararse las ideas—. Me pasa una y otra vez.

Alguien más llamó a la puerta; entró Lissa Jamieson con las mejillas sonrosadas.

—He escondido la bicicleta en su garage, reverenda Libby. Espero que no le importe.

—Perfecto. Y ya que nos vamos a embarcar en una conspiración criminal, tal como sin duda afirmarían Rennie y Randolph, más vale que me llames Piper.

18

Todos llegaron pronto, y Piper abrió la sesión del Comité Revolucionario de Chester's Mill cuando acababan de dar las nueve. Lo primero que la impresionó fue la desigualdad en cuanto a división de sexos: había ocho mujeres y solo cuatro hombres. Y de los cuatro, uno había sobrepasado la edad de jubilación y dos no podían ir al cine a ver películas para mayores de diecisiete años. Tuvo que recordarse que cientos de guerrillas de todo el mundo habían entregado armas a mujeres y niños de la misma edad, o aún menores, que los asistentes a la reunión de esa noche. Eso no significaba que fuera lo correcto, pero en ocasiones lo correcto y lo necesario entraban en conflicto.

—Me gustaría que todos agacháramos la cabeza durante un minuto —dijo Piper—. No voy a rezar porque ya no estoy segura de con quién hablo cuando lo hago. Pero quizá cada uno quiera dedicarle unas palabras a su Dios, porque esta noche necesitamos toda la ayuda posible.

Todos obedecieron. Algunos aún tenían la cabeza agachada y los ojos cerrados cuando Piper alzó la vista para mirarlos: dos mujeres policía que habían sido despedidas hacía muy poco, un gerente de supermercado jubilado, una periodista que ya no tenía periódico para el que escribir, una bibliotecaria, la propietaria del restaurante del pueblo, una viuda por culpa de la Cúpula que no dejaba de darle vueltas a la alianza de matrimonio, el magnate de los grandes almacenes del pueblo y tres chicos, con un rostro en el que se reflejaba una inusitada solemnidad, apretujados en el sofá.

—Bueno, amén —dijo Piper—. Voy a ceder el turno de palabra a Jackie Wettington, que sabe lo que se hace.

—Creo que pecas de optimismo —afirmó Jackie—. Por no decir de precipitación. Porque voy a cederle la palabra a Joe McClatchey.

Joe se sorprendió.

—¿Yo?

—Pero antes de que empiece —prosiguió la mujer—, voy a pedirles a sus amigos que monten guardia. Norrie delante y Benny detrás —Jackie vio la mueca de descontento que se dibujó en sus rostros y alzó una mano para adelantarse a las quejas—. No se trata de una excusa para hacerlos salir de la sala; es importante. No es necesario que les diga que si Rennie y sus hombres descubren nuestro cónclave, podríamos meternos en un gran problema. Ustedes dos son los más pequeños. Encuentren algún buen escondite entre las sombras y ocúltense. Si se acerca alguien con aspecto sospechoso, o si aparece alguna patrulla, aplaudan así —aplaudió una vez, luego dos y luego otra vez—. Les explicaremos todo más tarde, se los prometo. La nueva política es información sin barreras, nada de secretos.

Cuando se fueron, Jackie volteó hacia Joe.

—Cuéntales a todos lo de la caja. Tal como se lo explicaste a Linda. De cabo a rabo.

Joe obedeció y se puso en pie, como si estuviera en la escuela, respondiendo a las preguntas del profesor.

—Luego regresamos al pueblo —dijo para finalizar—. Y el cabrón de Rennie ordenó la detención de Rusty —se secó el sudor de la frente y se sentó de nuevo en el sofá.

Claire le puso un brazo sobre los hombros.

—Joe dice que sería negativo que Rennie se enterara de la existencia de la caja —añadió la madre—. Cree que a Gran Jim podría interesarle que siguiera funcionando en lugar de intentar desconectarla o destruirla.

—Comparto su opinión —terció Jackie—. Así que su existencia y ubicación es nuestro primer secreto.

—No sé… —afirmó Joe.

—¿Qué? —preguntó Julia—. ¿Crees que lo sabe?

—Quizá. Más o menos. Tengo que pensar.

Jackie continuó sin presionarlo más.

—Este es el segundo punto del orden del día. Quiero intentar liberar a Barbie y a Rusty. Mañana por la noche, durante la gran asamblea del pueblo. Barbie es el hombre elegido por el presidente para ponerse al mando de la situación…

—Quien sea, excepto Rennie —gruñó Ernie—. Ese hijo de puta incompetente se cree el amo del pueblo.

—Hay una cosa que se le da muy bien —dijo Linda—. Crear problemas cuando le conviene. Los disturbios del supermercado y el incendio del periódico… Me parece que las dos cosas las ordenó él.

—Claro que sí —exclamó Jackie—. Alguien que sea capaz de matar a su pastor…

Rose la miró con ojos desorbitados.

—¿Estás diciendo que Rennie mató a Coggins?

Jackie les contó lo que habían visto en el sótano de la funeraria, y que las marcas de la cara de Coggins encajaban con la pelota de beisbol de oro que Rusty había visto en el estudio de Rennie. Todos la escucharon con consternación pero sin incredulidad.

—¿A las chicas también? —preguntó Lissa Jamieson con un hilo de voz horrorizada.

—Creo que eso es obra del hijo —respondió Jackie de forma casi precipitada—. Y es probable que esos asesinatos no estuvieran relacionados con las maquinaciones políticas de Gran Jim. Junior ha perdido el conocimiento esta mañana. Y, por casualidad, resulta que se encontraba frente a la casa de los McCain, el lugar donde se hallaron los cuerpos. Donde él los encontró.

—Vaya coincidencia —dijo Ernie.

—Ahora está en el hospital. Ginny Tomlinson dice que están casi convencidos de que padece un tumor cerebral, lo que podría ser la causa de su comportamiento violento.

—¿Un equipo de asesinos de padre e hijo? —Claire abrazó a Joe con más fuerza que nunca.

—No creo que formen un equipo —dijo Jackie—. Yo diría que comparten la misma conducta, como si fuera algo genético y que sale a relucir cuando se ven sometidos a mucha presión.

Linda añadió:

—Sin embargo, el hecho de que los cuerpos se encontraran en el mismo sitio indica de forma bastante clara que si hubo dos asesinos, trabajaron juntos. La cuestión es que Dale Barbara y mi marido han sido encarcelados, con toda probabilidad, por un asesino que los está utilizando para construir una gran teoría de la conspiración. El único motivo por el que aún no los han matado es porque Rennie quiere que sirvan de escarmiento para los demás. Quiere ajusticiarlos en público —por un instante se le arrugó la cara mientras intentaba contener las lágrimas.

—No puedo creer que haya llegado tan lejos —dijo Lissa mientras daba vueltas al *anj*—. Es un vendedor de coches usados, por el amor de Dios.

Sus palabras fueron acogidas con silencio.

—Ahora escuchen —dijo Jackie después de dejar pasar un tiempo prudencial—. Al contarles lo que Linda y yo pensamos hacer, he convertido todo esto en una conspiración de verdad. Voy a pedir que hagamos una votación. Si quieren formar parte de esto, levanten la mano. Aquellos que no la alcen, pueden marcharse, pero deben prometer que no contarán lo que hemos hablado. Algo que, de todos modos, tampoco les conviene; si no le cuentan a nadie quién estaba aquí y de qué se habló, tampoco tendrán que explicar cómo se enteraron del asunto. Esto es peligroso. Podríamos acabar en la cárcel o algo peor. Así que, votemos. ¿Quién se queda?

Joe fue el primero en alzar la mano, pero Piper, Julia, Rose y Ernie Calvert lo imitaron enseguida. Linda y Rommie levantaron la mano a la vez. Lissa miró a Claire McClatchey, que lanzó un suspiro y asintió. Ambas mujeres se unieron a los demás.

—Así se hace, mamá —dijo Joe.

—Si le cuentas a tu padre que te permití involucrarte en todo esto —dijo Claire—, no será necesario que te ejecute James Rennie porque lo haré yo misma.

19

—Linda no puede entrar en la comisaría —dijo Rommie a Jackie.

—Entonces, ¿quién?

—Tú y yo, cielo. Linda asistirá a la asamblea. De ese modo seiscientas u ochocientas personas podrán testificar que la vieron.

—¿Por qué no puedo ir yo? —preguntó Linda—. Es a mi marido a quien tienen encerrado.

—Precisamente por eso —respondió Julia.

—¿Cómo quieres hacerlo? —le preguntó Rommie a Jackie.

—Bueno, creo que deberíamos ponernos una máscara...

—No, ¿en serio? —exclamó Rose, que hizo una mueca.

Todos rieron.

—Por suerte para nosotros —dijo Rommie—, tengo una gran variedad de máscaras de Halloween en la tienda.

—Quizá elija la de la Sirenita —dijo Jackie en tono pensativo. Entonces se dio cuenta de que todo el mundo la miraba y se sonrojó—. Bueno, eso da igual. En cualquier caso, necesitaremos armas. En casa tengo una Beretta. ¿Tú tienes algo, Rommie?

—He escondido unos cuantos fusiles y escopetas en la caja fuerte de la tienda. Al menos una tiene mirilla telescópica. No estoy diciendo que todo esto se veía venir, pero algo me pareció atisbar en el horizonte.

Joe intervino:

—También necesitarán un vehículo para la huida. Y tu camioneta no sirve, Rommie, porque todo el mundo la conoce.

—Tengo una idea al respecto —terció Ernie—: ¿por qué no tomamos prestado un vehículo del estacionamiento de Jim Rennie? La primavera pasada compró media docena de camionetas, con muchos kilómetros, de una compañía telefónica. Están en la parte de atrás. Utilizar uno de sus vehículos sería, ¿cómo se dice? Justicia poética.

—¿Y cómo piensas conseguir la llave? —preguntó Rommie—. ¿Vas a forzar la puerta de su oficina en la concesionaria?

—Si el vehículo que elegimos no tiene arranque electrónico, puedo hacer un puente —dijo Ernie. Frunció el entrecejo, miró a Joe y añadió—: Preferiría que no le contaras esto a mi nieta, jovencito.

Joe hizo el gesto de cerrarse los labios y todos rieron.

—La asamblea extraordinaria del pueblo está programada a las siete de la tarde de mañana —dijo Jackie—. Si entramos en la comisaría a las ocho…

—Tenemos que organizarnos mejor —la interrumpió Linda—. Ya que debo asistir a la maldita asamblea, me gustaría ayudar en algo. Me pondré un vestido con bolsillos grandes y llevaré mi radio de policía, la que aún tengo en mi coche personal. Ustedes dos estarán en la camioneta, listos para ponerse en marcha.

La tensión se apoderaba de la sala. Aquello empezaba a ser real.

—En la zona de carga de mi tienda —dijo Rommie—. Fuera del alcance de todas las miradas.

—Cuando Rennie empiece a pronunciar su discurso —dijo Linda—, haré un triple breico por la radio. Será la señal para que se pongan en marcha.

—¿Cuántos policías habrá en la comisaría? —preguntó Lissa.

—Quizá consiga que Stacey Moggin me lo diga —respondió Jackie—. Aunque no habrá muchos. ¿Qué iban a hacer ahí? En lo que respecta a Gran Jim, él cree que Barbie no tiene amigos de verdad, piensa que solo existen los hombres de paja que él mismo ha inventado.

—También querrá asegurarse de que su trasero está bien protegido —añadió Julia.

Hubo unas pocas risas, pero la madre de Joe parecía muy preocupada.

—Aun así, habrá algunos policías en la comisaría. ¿Qué harán si oponen resistencia?

—No sucederá —respondió Jackie—. Los encerraremos en sus propias celdas antes de que se den cuenta de lo que está sucediendo.

—Pero ¿y si lo hacen?

—Entonces intentaremos no matarlos —Linda habló con voz calmada, pero tenía la mirada de una criatura que se ha armado de valor en un último esfuerzo desesperado para salvarse—. De todos modos, lo más probable es que acabe habiendo muertos si la Cúpula sigue activa mucho tiempo más. La ejecución de Barbie y de mi marido frente al Monumento de los Caídos no será más que el inicio.

—Imaginemos que logran liberarlos —dijo Julia—. ¿Adónde los llevarán? ¿Aquí?

—Ni hablar —se apresuró a decir Piper. Se tocó la boca, que aún estaba hinchada—. Ya estoy en la lista negra de Rennie. Por no hablar del chico que ahora es su guardaespaldas. Thibodeau. Mi perro lo mordió.

—Ningún lugar del centro del pueblo es buena idea —dijo Rose—. Podrían llevar a cabo un registro puerta a puerta. Bien sabe Dios que no les faltan policías.

—Además, todo el mundo lleva brazaletes azules —añadió Rommie.

—¿Y las cabañas de verano de Chester Pond? —preguntó Julia.

—Quizá —dijo Ernie—, pero también se les podría ocurrir a Rennie y sus hombres.

—Aun así, quizá sea la apuesta más segura —afirmó Lissa.

—Señor Burpee —intervino Joe—. ¿Le quedan más rollos de lámina de plomo?

—Claro, un montón. Y llámame Rommie.

—Si el señor Calvert puede robar una camioneta mañana, ¿podría ocultarla detrás de su tienda y meter unos cuantos trozos de lámina de plomo cortada en la parte de atrás? Trozos lo bastante grandes para cubrir las ventanas.

—Supongo…

Joe miró a Jackie.

—¿Y podría localizar al coronel Cox en caso de que fuera necesario?

—Sí —Jackie y Julia respondieron al unísono y se miraron sorprendidas.

A Rommie se le iluminó la cara.

—Estás pensando en la antigua propiedad de los McCoy, ¿verdad? En Black Ridge. Donde está la caja.

—Sí. Tal vez no sea buena idea, pero si todos tuviéramos que huir... si todos estuviéramos allí arriba... podríamos defender la caja. Sé que parece una locura porque es lo que está causando todos los problemas, pero no podemos permitir que Rennie la obtenga.

—Espero que no acabe siendo una recreación de la batalla del Álamo en un campo de manzanos —dijo Rommie, pero entiendo tu punto de vista.

—También podríamos hacer otra cosa —dijo Joe—. Es un poco arriesgado y tal vez no funcione, pero...

—Suéltalo —dijo Julia, que miraba a Joe McClatchey con una mezcla de respeto y desconcierto.

—Bueno... ¿todavía tienes el contador Geiger en la camioneta, Rommie?

—Eso creo, sí.

—Quizá alguien podría devolverlo a su sitio, en el refugio antinuclear —Joe se giró hacia Jackie y Linda—. ¿Alguna de ustedes podría entrar ahí? Sé que las despidieron.

—Creo que Al Timmons nos dejaría entrar —dijo Linda—. Y sin duda dejaría entrar a Stacey Moggin, que está con nosotros. Si no ha venido esta noche es porque le toca turno. ¿Por qué quieres correr tantos riesgos, Joe?

—Porque... —hablaba de un modo extraño, muy lento, como si avanzara a tientas—. Bueno... en Black Ridge hay radiación. Muy nociva. Pero solo es un cinturón; estoy seguro que podría atravesarse sin ninguna protección y sin sufrir daños, siempre que se haga rápido y no se intente a menudo. Sin embargo ellos lo ignoran. El problema es que no saben que hay radiación ahí arriba. Y no lo sabrán si no tienen el contador Geiger.

Jackie frunció el entrecejo.

—Es buena idea, pero no me gusta la parte de indicarle a Rennie adónde vamos. No encaja con mi concepto de refugio seguro.

—No tiene por qué ser así —dijo Joe, que aún hablaba despacio, buscando los puntos débiles de su plan—. No exactamente. Una de ustedes podría ponerse en contacto con Cox, ¿verdad? Y decirle que llame a Rennie y le diga que han detectado una zona de radiación. El coronel podría decir algo así como: "No podemos señalar el lugar exacto porque aparece y desaparece, pero el índice de radiactividad es bastante alto, quizá incluso letal, así que vayan con cuidado. No tendrán un contador Geiger por casualidad, ¿verdad?".

Se hizo un largo silencio mientras todos reflexionaban sobre aquello. Entonces Rommie dijo:

—Llevamos a Barbara y a Rusty a la granja de los McCoy. Nosotros mismos iremos allí si es necesario… Y es probable que lo sea. Y si intentan subir ahí arriba…

—El contador Geiger les marcará un pico de radiación que los hará volver corriendo al pueblo con las manos sobre sus despreciables gónadas —exclamó Ernie con voz áspera—. Claire McClatchey, tu hijo es un genio.

Claire abrazó con fuerza a Joe, esta vez con ambos brazos.

—Si también ordenara su habitación, ya sería… —dijo.

20

Horace estaba recostado en la alfombra de la sala de estar de Andrea Grinnell, con el hocico apoyado en una pata y sin quitarle ojo a la mujer con la que lo había dejado su dueña. Por lo general, Julia se lo llevaba a todas partes; era un perro tranquilo y nunca causaba problemas, ni cuando había gatos, animales a los que ignoraba debido al mal olor que desprendían. Sin embargo, esa noche Julia pensó que a Piper Libby podía resultarle doloroso ver que Horace estaba vivo cuando su perro había muerto. Además, también se había percatado de que a Andi le gustaba Horace, y creyó que el corgi podría ayudarla a distraerse para olvidar los síntomas del síndrome de abstinencia, que habían disminuido pero no desaparecido.

Durante un rato, funcionó. Andi encontró una pelota de goma en la caja de los juguetes que aún conservaba para su único nieto (que ya había dejado atrás la etapa de las cajas de juguetes). Horace levantaba la pelota obedientemente y se la devolvía, tal como se esperaba de él, a pesar de que aquel juego no le resultaba muy estimulante; prefería las pelotas que se podían agarrar al vuelo. Pero un trabajo es un trabajo, y obedeció hasta que Andi empezó a temblar, como si tuviera frío.

—Oh. Oh, mierda, ya estamos otra vez.

Se tendió en el sofá; temblaba de pies a cabeza. Agarró uno de los cojines sobre el pecho y clavó la mirada en el techo. Poco después empezaron a castañearle los dientes; un ruido muy molesto, en opinión de Horace.

El corgi le devolvió la pelota con la esperanza de distraerla, pero Andi lo apartó.

—Ahora no, cielo, ahora no. Tengo que pasar por esto.

Horace dejó la pelota frente al televisor apagado. Los temblores de la mujer disminuyeron, así como el olor a vómito. Los brazos aferrados al cojín se relajaron cuando Andi se quedó dormida y empezó a roncar.

Eso significaba que era la hora de comer.

Horace se deslizó bajo la mesa y pasó por encima del sobre de papel manila que contenía los documentos de la carpeta VADER. Más allá se encontraba el nirvana de las palomitas. ¡Qué perro tan afortunado!

Horace seguía enfrascado en su banquete, meneando su trasero sin rabo con un placer que rayaba en el éxtasis (las palomitas tenían muchísima mantequilla, muchísima sal y, lo mejor de todo, habían envejecido hasta alcanzar la perfección), cuando la voz muerta habló de nuevo.

"Llévaselo a ella."

Pero no podía. Su dueña había salido.

"La otra 'ella'."

La voz muerta no toleró otra negativa y, además, ya casi había acabado las palomitas. Horace dejó las pocas que quedaban para más tarde, y retrocedió hasta tener el sobre delante de él. Por un instante olvidó qué debía hacer. Entonces lo recordó y agarró el sobre con la boca.

"Buen perro."

21

Algo frío dio un lametón en la mejilla de Andrea. Lo apartó y se puso de lado. Por un instante estuvo a punto de sumirse de nuevo en un sueño reparador, pero oyó un ladrido.

—Cállate, Horace —se tapó la cabeza con el cojín.

Otro ladrido y, acto seguido, los quince kilos de corgi aterrizaron en sus piernas.

—¡Ah! —gritó Andi al tiempo que se incorporaba. Clavó la mirada en un par de ojos brillantes, color avellana y un rostro astuto y sonriente. Sin embargo, había algo que interrumpía esa sonrisa. Un sobre pardo de papel manila. Horace lo dejó sobre el estómago de la mujer y bajó al suelo de un salto. En teoría solo podía subir a sus propios muebles, pero la voz muerta le dio a entender que se trataba de una emergencia.

Andrea tomó el sobre; tenía las marcas de los dientes de Horace y unas manchas apenas visibles de sus patas. También había una palomita pegada; la quitó de un manotazo. El contenido abultaba bastante. En el anverso, impresas en mayúscula, podían leerse las palabras CARPETA VADER. Debajo, también impresas: JULIA SHUMWAY.

—¿Horace? ¿De dónde sacaste esto?

El corgi no pudo responder, claro, pero no fue necesario. La palomita fue reveladora. De pronto le vino a la cabeza un recuerdo tan difuso e irreal que le pareció un sueño. ¿Había sido un sueño o realmente Brenda Perkins había llamado a su puerta tras esa terrible primera noche de síndrome de abstinencia, mientras tenían lugar los disturbios en el otro extremo del pueblo?

"¿Podrías guardarme esto, cielo? Solo durante un rato. Tengo que hacer un recado y no quiero llevarlo encima."

—Estuvo aquí —le dijo a Horace—, y llevaba este sobre. Lo tomé... al menos creo que lo hice... pero de repente me entraron ganas de vomitar. De nuevo. Quizá lo arrojé en la mesa mientras corría hacia el baño. ¿Se cayó? ¿Lo encontraste en el suelo?

Horace dio un ladrido agudo. Quizá fue un asentimiento; o quizá fue un "Estoy listo para seguir jugando con la pelota si quieres".

—Bueno, gracias —dijo Andrea—. Eres un buen perro. Se lo daré a Julia en cuanto regrese.

Ya no tenía sueño, ni tampoco, de momento, temblores. Pero sentía curiosidad. Porque Brenda había muerto. Asesinada. Y debían de haberla matado poco después de que le entregara el sobre. Un hecho que tal vez lo convertía en algo importante.

—Solo voy a echar un vistazo, ¿de acuerdo? —dijo.

Horace ladró de nuevo. A Andi Grinnell le pareció un "¿Y por qué no?".

Andrea abrió el sobre y la mayoría de los secretos de Gran Jim Rennie cayeron en su regazo.

22

Claire fue la primera en llegar a casa. Luego Benny y después Norrie. Los tres estaban sentados juntos en el porche del hogar de los McClatchey cuando llegó Joe, atajando por los jardines, al amparo de las sombras. Benny y Norrie bebían una lata de Dr. Brown's Cream Soda caliente. Claire sostenía una botella de la cerveza de su marido mientras se balanceaba lentamente en la mecedora. Joe se sentó junto a ella y Claire rodeó sus hombros huesudos con un brazo. *Es frágil*, pensó. *No lo sabe, pero lo es. Tan frágil como un pajarito.*

—Amigo —dijo Benny tendiéndole la bebida que le estaban guardando—. Empezábamos a preocuparnos.

—La señorita Shumway tenía más preguntas sobre la caja —dijo Joe—. Más de las que podía responder, en realidad. Jo, qué calor hace, ¿no? Parece una noche de verano —alzó la mirada hacia el cielo—. Y miren la luna.

—No quiero —replicó Norrie—. Asusta.

—¿Estás bien, cariño? —preguntó Claire.

—Sí, mamá. ¿Y tú?

La mujer sonrió.

—No lo sé. ¿Funcionará el plan? ¿Qué opinan, chicos? Quiero decir qué opinan de verdad.

Por un instante nadie respondió, y esa reacción la asustó. Entonce Joe le dio un beso en la mejilla y dijo:

—Funcionará.

—¿Estás seguro?

—Sí.

Claire siempre sabía cuándo mentía, aunque también sabía que quizá acabaría perdiendo esa facultad con el paso del tiempo, pero le pareció que en esa ocasión decía la verdad. Le devolvió el beso, con su aliento cálido y hasta cierto punto paternal, debido a la cerveza.

—Mientras no haya derramamiento de sangre…

—Nada de sangre —le aseguró Joe.

Ella sonrió.

—De acuerdo; con eso me basta.

Permanecieron un rato sentados en la oscuridad, sin apenas abrir la boca. Luego entraron en casa, mientras el pueblo conciliaba el sueño bajo la luna rosa.

Era poco más de medianoche.

SANGRE POR TODAS PARTES

1

Eran las doce y media de la madrugada del 26 de octubre cuando Julia entró en casa de Andrea. Lo hizo sin hacer ruido, aunque no había ninguna necesidad; oía la música de la pequeña radio portátil de Andi, los Staples Singers pateando traseros santurrones con "Endereza Iglesia".

Horace salió corriendo a recibirla por el pasillo, meneando el trasero y dedicándole esa sonrisa ligeramente enajenada de la que solo los corgis son capaces. Se inclinó ante ella con las patas extendidas y Julia le rascó brevemente detrás de las orejas: ese era su punto débil.

Andrea estaba sentada en el sofá bebiendo un vaso de té frío.

—Perdona por la música —dijo mientras bajaba el volumen—. No podía dormir.

—Estás en tu casa, cielo —replicó Julia—. Y, para ser la WCIK, eso que suena tiene buen ritmo.

Andi sonrió.

—Llevan desde la tarde poniendo gospel movidito. Me siento como si me hubiera tocado la lotería. ¿Qué tal ha ido tu reunión?

—Bien —Julia se sentó.

—¿Quieres que hablemos de ello?

—A ti no te hacen falta más preocupaciones. Necesitas concentrarte en tu recuperación. Y ¿sabes una cosa? Te ves un poco mejor.

Era cierto. Andi todavía estaba pálida y demasiado delgada, pero las oscuras ojeras de los últimos días se habían borrado un poco y brillaba una chispa en sus ojos.

—Gracias por decírmelo.

—¿Se portó bien Horace?

—Muy bien. Jugamos a la pelota y luego dormimos un poco los dos. Si estoy mejor, seguramente es por eso. Nada como una siesta para embellecer a una chica.

—¿Qué tal la espalda?

Andrea sonrió. Fue una extraña sonrisa de complicidad en la que no había demasiado humor.

—Mi espalda está bien. Apenas siento una pequeña punzada, incluso cuando me agacho. ¿Sabes qué creo?

Julia negó con la cabeza.

—Creo que, cuando se trata de medicamentos, el cuerpo y la mente se unen para conspirar. Si el cerebro quiere fármacos, el cuerpo le ayuda y dice: "No te preocupes, no te sientas culpable, a mí de verdad me duele". No estoy hablando exactamente de ser hipocondríaco, no es tan sencillo mentalmente. Es más como que… —perdió el hilo, y también su mirada se perdió en algún lugar mientras ella se alejaba mentalmente de allí.

¿Adónde irá?, se preguntó Julia.

Entonces regresó.

—La naturaleza humana puede ser destructiva. Dime, ¿crees que un pueblo es igual que un cuerpo?

—Sí —respondió Julia al instante.

—¿Y que puede decir que le duele algo para que el cerebro le dé esos fármacos que ansía?

Julia lo pensó y luego asintió con la cabeza.

—Sí.

—Y, ahora mismo, Gran Jim Rennie es el cerebro de este pueblo, ¿verdad?

—Sí, cielo. Yo diría que sí.

Andrea se quedó sentada en el sofá con la cabeza gacha. Después apagó la pequeña radio de baterías y se puso en pie.

—Me parece que voy a subir a acostarme. Y, ¿sabes?, creo que a lo mejor hasta conseguiré dormir un poco.

—Eso está bien —y después, sin que pudiera pensar en ninguna razón para hacerlo, Julia preguntó—: Andi, ¿pasó algo mientras salí?

Andrea pareció sorprendida.

—Pues claro. Horace y yo jugamos a la pelota —se agachó sin mostrar el menor gesto de dolor (un movimiento que apenas una semana antes habría dicho que era incapaz de realizar) y alargó una mano. Horace se le acercó y dejó que le acariciara la cabeza—. Es muy bueno jugando a traer cosas.

2

En su habitación, Andrea se sentó en la cama, abrió el sobre de VADER y empezó a leer de nuevo los documentos. Esta vez con más atención. Cuando por fin volvió a meter las hojas en el sobre de papel manila, eran cerca de las dos de la madrugada. Guardó el sobre en el cajón de la mesita que tenía junto a la cama, donde tenía también el revólver calibre 38 que su hermano Douglas le había regalado por su cumpleaños hacía dos años. Ella se había sentido consternada, pero Dougie había insistido en que una mujer que vivía sola necesitaba protección.

Tomó el revólver, abrió el tambor y comprobó las recámaras. La que se colocaría bajo el percutor cuando apretara el gatillo por primera vez, siguiendo las instrucciones de Twitch, estaba vacía. Las otras cinco estaban cargadas. Andrea guardaba más balas en el estante de arriba del armario, pero no tendría ocasión de recargar el arma. El pequeño ejército de policías de ese hombre la abatiría antes.

Además, si no era capaz de matar a Rennie con cinco tiros, probablemente de todas formas no merecía seguir viviendo.

—Al fin y al cabo —murmuró al volver a dejar el arma en el cajón—, ¿para qué, si no, vuelvo a sentirme firme? —la respuesta parecía muy clara ahora que tenía el cerebro limpio de Oxy: se sentía firme para disparar con firmeza—. Amén a eso —dijo, y apagó la luz.

Cinco minutos después, dormía.

3

Junior estaba más que despierto. Estaba sentado en la única silla que había en la habitación del hospital, junto a la ventana, mirando cómo esa extraña luna rosa descendía y se escurría tras un manchón negro de la Cúpula que era nuevo para él. Ese era más grande y estaba mucho más arriba que el que habían dejado los impactos fallidos de los misiles. ¿Habrían realizado algún otro intento de atravesar la Cúpula mientras estaba inconsciente? No lo sabía y tampoco le importaba. La cuestión era que la Cúpula aún resistía. De no ser así, el pueblo estaría iluminado como si fuera Las Vegas y plagado de GI Joes. Bueno, había alguna luz aquí y allá señalando a unos cuantos insomnes impenitentes, pero la mayor parte de Chester's Mill dormía. Eso estaba bien, porque Junior tenía cosas en que pensar.

Concretamente en Baaarbie y en los amigos de Barbie.

Junior, sentado junto a la ventana, ya no tenía dolor de cabeza y había recuperado sus recuerdos, pero sabía muy bien que era un chico enfermo. Sentía una sospechosa debilidad en toda la parte izquierda del cuerpo, y de vez en cuando le caía baba por la comisura de los labios. Si se la limpiaba con la mano derecha, unas veces sentía piel contra piel y otras veces no. Además de eso, veía una mancha oscura con forma de cerradura, bastante grande, flotando a la izquierda de su campo de visión. Como si se le hubiera reventado algo dentro del globo ocular. Supuso que así era.

Recordaba la rabia salvaje que sintió el día de la Cúpula; recordaba haber perseguido a Angie por el pasillo y hasta la cocina, haberla lanzado contra el refrigerador y haberle clavado la rodilla en la cara. Recordaba el sonido que produjo, como si detrás de esos ojos se escondiera una bandeja de porcelana y su rodilla la hubiera hecho añicos. Esa rabia ya había desaparecido. Su lugar lo ocupaba una ira sedosa que recorría su cuerpo y manaba de una fuente insondable que nacía en lo más profundo de su cabeza, un manantial que lo helaba y lo despejaba al mismo tiempo.

El viejo imbécil al que Frankie y él habían hecho salir corriendo en Chester Pond se había presentado allí esa mañana para examinarlo. El viejo imbécil se había comportado con mucha profesionalidad, le había tomado la temperatura y la presión sanguínea, le había preguntado qué tal el dolor de cabeza e incluso le había comprobado los reflejos de la rodilla con un pequeño martillo de goma. Después, cuando se marchó, Junior oyó comentarios y risas. Oyó mencionar el nombre de Barbie y se arrastró hasta la puerta.

Eran el viejo cabrón y una de las enfermeras voluntarias, esa espagueti atractiva que se llamaba Buffalo o algo parecido a Buffalo. El viejo cabrón le desabrochaba la parte de arriba y le acariciaba los pechos. Ella le bajaba la cremallera y le chupaba el pito. Una perniciosa luz verde los envolvía.

—Junior y su amigo me golpearon —decía el viejo cabrón—, pero ahora su amigo está muerto y él pronto lo estará también. Órdenes de Barbie.

—Me gusta chuparle la verga a Barbie como si fuera un helado —dijo la tal Buffalo, y al viejo cabrón le pareció gracioso.

Después, al parpadear, Junior los vio simplemente hablando en el pasillo. Sin aura verde, sin hacer porquerías. Así que a lo mejor había sido una alucinación. Por otro lado, tal vez no lo fuera. Una cosa estaba clara: todos ellos estaban juntos en eso. Todos estaban con Baaarbie. De momento seguía en la cárcel, pero eso solo era temporal. Para ganarse simpatías, seguramente. Todo formaba parte del plaaan de Baaarbie. Además, seguro que pensaba que en la cárcel estaría a salvo de Junior.

—Se equivoca —susurró mientras seguía sentado junto a la ventana, mirando fuera, a la noche, con su visión defectuosa—. Se equivoca completamente.

Junior sabía muy bien qué le había pasado; lo había visto claro en un arrebato de lucidez y tenía una lógica irrefutable. Padecía una intoxicación por talio, lo mismo que le había pasado a aquel ruso en Inglaterra. Las placas de identificación de Barbie estaban recubiertas de polvo de talio, Junior las había manoseado y ahora se estaba muriendo. Además, había sido su padre quien lo había enviado al departamento de Barbie, y eso quería decir que también él estaba con el milico. Era otro de los de Barbie... otro... ¿cómo se llamaban esos sujetos...?

—Subalternos —susurró Junior—. Nada más que otro de los suba al tren dos de Gran Jim Rennie.

Si uno se ponía a pensarlo (si pensaba con la mente clara), tenía mucho sentido. Su padre quería cerrarle la boca por lo de Coggins y Perkins. De ahí la intoxicación por talio. Todo estaba relacionado.

Fuera, más allá del césped de la entrada, un lobo cruzó el estacionamiento a la carrera. En el césped había dos mujeres desnudas haciendo el 69. "Sesenta y nueve, ¡chupa y huele!", solían entonar Frankie y él cuando eran niños y veían a dos chicas paseando juntas; no sabían qué quería decir, solo que era indebido. Una de esas chicas se parecía a Sammy Bushey. La enfermera (se llamaba Ginny) le había dicho que Sammy había muerto, lo cual evidentemente era mentira y quería decir que Ginny también estaba involucrada; pertenecía al equipo de Baaarbie.

¿Es que no había nadie en todo el pueblo que no estuviera con él? ¿En quien pudiera confiar?

Sí, se dio cuenta de que había dos personas. Los niños que Frank y él habían encontrado en el Pond, Alice y Aidan Appleton. Recordaba sus ojos asustados y cómo la niña se abrazó a él cuando la levantó en brazos. Al decirle que estaba a salvo, ella le preguntó: "¿Me lo prometes?", y Junior le respondió que sí. Esa promesa le hizo sentirse muy bien. El confiado peso de la niña también le hizo sentirse bien.

De repente tomó una decisión: iba a matar a Dale Barbara. Y si alguien se interponía en su camino, también lo mataría. Después buscaría a su padre y acabaría con él…, algo que llevaba años soñando con hacer, aunque nunca había llegado a admitirlo del todo —ni siquiera para sus adentros— hasta ese momento.

Cuando se hubiera encargado de todo, iría a buscar a Aidan y a Alice. Si alguien intentaba detenerlo, también lo mataría. Se llevaría a los niños otra vez a Chester Pond y se ocuparía de ellos. Cumpliría la promesa que le había hecho a Alice. Si lo hacía, no moriría. Dios no dejaría que muriera de intoxicación por talio mientras se ocupaba de aquellos niños.

Y entonces Angie McCain y Dodee Sanders cruzaron el estacionamiento haciendo volteretas, vestidas con falditas de porristas y sudaderas de los Gatos Monteses de Mills con dos grandes GM en el pecho. Las chicas lo vieron y empezaron a mover las caderas y a levantarse las faldas. Sus rostros se deshacían en una tonta sonrisilla podrida. Estaban cantando: "¡Ven a la despensa, no seas mojigato! ¡Ven a la despensa y cogeremos un rato! ¡Vamos… EQUIPO!".

Junior cerró los ojos. Los abrió. Sus amigas ya no estaban. Otra alucinación, igual que el lobo. De las chicas haciendo el 69 no estaba tan seguro.

Pensó que quizá al final no se llevaría a los niños al Pond. Quedaba bastante lejos del pueblo. Quizá, en lugar de eso, se los llevaría a la despensa de los McCain. La despensa quedaba más cerca. Había mucha comida.

Y, por supuesto, estaba oscuro.

—Yo me ocuparé de ustedes, niños —dijo Junior—. Conmigo estarán a salvo. En cuanto Barbie esté muerto, toda la conspiración se vendrá abajo.

Al cabo de un rato apoyó la frente en el cristal y también él se durmió.

4

Puede que el trasero de Henrietta Clavard solo estuviera muy magullado pero no roto, sin embargo le dolía como el demonio (a sus ochenta y cuatro años todo lo malo que le pasaba le dolía como el demonio) y al principio creyó que había sido su trasero lo que la había despertado ese jueves por la mañana. Pero por lo visto el Tylenol que se había tomado a las tres de la madrugada todavía le hacía efecto. Además, había encontrado el cojín con forma de flotador de su difunto marido (John Clavard padecía de hemorroides), y eso la había ayudado considerablemente. No, era otra cosa, y poco después de despertarse se dio cuenta de qué.

El setter irlandés de los Freeman, Buddy, estaba aullando. Buddy nunca aullaba. Jamás. Era el perro más educado de todo Battle Street, una corta calle contigua al camino de entrada del Catherine Russell. Además, el generador de los Freeman se había ahogado. Henrietta pensó que tal vez era eso lo que la había despertado, y no el perro. Lo cierto es que esa noche había logrado conciliar el sueño gracias a esa máquina de sus vecinos. Era uno de esos cacharros estruendosos que expulsaban al aire un gas azulado; producía un ronroneo grave y constante que, a decir verdad, resultaba bastante relajante. Henrietta suponía que era caro, pero los Freeman podían permitírselo. Will era el propietario de la concesionaria Toyota que había codiciado Gran Jim Rennie, y, a pesar de que los tiempos eran difíciles para casi todos los vendedores de coches, Will siempre había parecido la excepción que confirmaba la regla. El año anterior, precisamente, Lois y él habían construido una bonita ampliación de muy buen gusto a la casa.

Pero esos aullidos… Parecía que el perro estuviera herido. Una mascota herida era una de esas cosas de las que la gente agradable como los Freeman se ocupaban enseguida, así que… ¿cómo es que no lo habían hecho ya?

Henrietta se levantó de la cama (estremeciéndose un poco cuando el trasero salió del cómodo agujero de la rosquilla de espuma) y se acercó a la ventana. Veía perfectamente bien la casa de dos pisos de los Freeman, aunque la luz era grisácea y mortecina en lugar de clara y brillante como solía serlo por la mañana a finales de octubre. Desde la ventana oía mejor aún a Buddy, pero no veía a nadie moviéndose por allí. La casa estaba a oscuras, ni siquiera había una lámpara Coleman encendida en alguna ventana. Henrietta habría concluido que no estaban en casa, pero los dos coches seguían estacionados en el camino de entrada. Además, ¿adónde podrían haber ido?

Buddy no dejaba de aullar.

Henrietta se puso su bata y las sandalias y salió fuera. Cuando estaba ya en la banqueta, vio acercarse un coche. Era Douglas Twitchell, que sin duda iba hacia el hospital. Tenía los ojos hinchados. Bajó del vehículo sin soltar una taza de café para llevar con el logo del Sweetbriar Rose.

—¿Está usted bien, señora Clavard?

—Sí, pero en casa de los Freeman pasa algo raro. ¿Lo oyes?

—Sí.

—Pues ellos también deberían oírlo. Sus coches están ahí, así que ¿por qué no lo hacen callar?

—Iré a echar un vistazo —Twitch dio un sorbo a su café y después lo dejó en el cofre del coche—. Usted quédese aquí.

—Qué tontería —dijo Henrietta Clavard.

Recorrieron unos veinte metros de banqueta, después torcieron por el camino de entrada de los Freeman. El perro no paraba de aullar. A Henrietta ese sonido le helaba la piel a pesar de la lánguida calidez de la mañana.

—El aire está fatal —dijo—. Huele igual que olía Rumford cuando yo estaba recién casada y la fábrica de papel aún funcionaba. Esto no puede ser bueno para la gente.

Twitch masculló algo y tocó el timbre de los Freeman. Al ver que no abrían, primero llamó a la puerta con la mano, después con el puño.

—Mira a ver si está cerrado con llave —dijo Henrietta.

—No sé si debería, señora…

—¡Ay, a un lado! —lo apartó a un lado y probó suerte con la manija. Giró. Abrió la puerta. La casa que había al otro lado estaba en silencio y llena de profundas sombras matutinas—. ¿Will? —llamó—. ¿Lois? ¿Están ahí?

No hubo más respuesta que los aullidos.

—El perro está fuera, en la parte de atrás —dijo Twitch.

Habría sido más rápido atravesar por dentro, pero a ninguno de los dos les atraía la idea, así que salieron por el camino de entrada y recorrieron el estrecho pasadizo techado que unía la casa y el garage en el que Will guardaba, no sus coches, sino sus juguetes: dos motonieves, una cuatrimoto, una Yamaha de motocross y una abultada Honda Gold Wing.

El patio trasero de los Freeman estaba rodeado por una valla alta. La puerta quedaba al final del pasadizo. Twitch la abrió y se le echaron encima treinta y dos kilos de desesperado setter irlandés. Gritó con sorpresa y levantó las manos, pero el perro no quería morderlo; la actitud de Buddy no decía más que "¡Sálvame, por favor!". Apoyó las patas en la parte delantera de la última bata limpia de Twitch, manchándola de tierra, y empezó a babosearle la cara.

—¡Detente! —gritó él. Empujó a Buddy, que bajó, pero enseguida volvió a saltarle encima, a dejar más huellas en su bata y a babearle las mejillas con una larga lengua rosada.

—¡Buddy, abajo! —ordenó Henrietta, y Buddy se sentó al instante sobre sus ancas, gimiendo y desplazando su mirada al uno y al otro. Bajo el animal empezó a extenderse un charco de orina.

—Señora Clavard, esto no tiene buen aspecto.

—No —convino Henrietta.

—A lo mejor debería quedarse con el pe…

Henrietta volvió a exclamar "¡A un lado!" y entró con paso firme en el patio de atrás de los Freeman; Twitch tuvo que correr para alcanzarla. Buddy los siguió con sigilo; la cabeza gacha, la cola entre las patas, gimiendo desconsoladamente.

Vieron una zona delimitada por piedras en la que había una barbacoa. Estaba muy bien resguardada por una lona en la que se leía LA COCINA ESTÁ CERRADA. Más allá, donde acababa el césped, había una plataforma de secuoya, y sobre esa plataforma los Freeman tenían su *jacuzzi*. Twitch supuso que habían instalado aquella valla tan alta para poder bañarse desnudos, puede que incluso para *divertirse* un poco si les entraban ganas.

Will y Lois estaban allí dentro, pero sus días de divertirse habían llegado a su fin. Los dos tenían una bolsa de plástico transparente en la cabeza, y parecía que la llevaban sujeta al cuello con un cordel o con goma elástica parda. Las bolsas se habían empañado por la parte de dentro, pero no tanto como para que Twitch no pudiera distinguir sus rostros violáceos. Entre los restos mortales de Will y de Lois Freeman, sobre la superficie de secuoya, había una botella de whisky y una pequeña ampolleta de un medicamento.

—Un momento —dijo. No sabía si hablaba consigo mismo o si se lo decía a la señora Clavard, o quizá incluso a Buddy, que acababa de proferir otro aullido de pena. En todo caso, seguro que no se lo decía a los Freeman.

Henrietta no esperó un momento. Se acercó al *jacuzzi*, subió los dos escalones con la espalda recta como un soldado, observó los rostros descoloridos de sus sumamente agradables vecinos (y sumamente normales, habría dicho ella), miró la botella de whisky, vio que era Glenlivet (al menos se habían despedido con estilo) y luego recogió la ampolleta de medicamento; llevaba una etiqueta de la farmacia de Sanders.

—¿Ambien o Lunesta? —preguntó Twitch haciendo un esfuerzo.

—Ambien —contestó la mujer, y se sintió complacida al ver que la voz que salió de su garganta y su boca seca sonaba normal—. De ella. Aunque supongo que anoche lo compartieron.

—¿Hay alguna nota?

—Aquí no. A lo mejor dentro.

Pero no la había, al menos no en los lugares más evidentes, y a ninguno de los dos se le ocurrió un motivo para esconder una nota de suicidio. Buddy los siguió de habitación en habitación, no aullaba, sino que emitía un grave gemido gutural.

—Supongo que me lo llevaré a casa conmigo —dijo Henrietta.

—Tendrá que hacerlo. Yo no puedo llevarlo al hospital. Llamaré a Stewart Bowie para que venga y… se los lleve —señaló hacia atrás con el pulgar por encima del hombro. Tenía el estómago revuelto, pero eso no era lo peor; lo peor era el desánimo que empezaba a invadirlo y a proyectar una sombra sobre su alma, normalmente tan luminosa.

—No entiendo por qué lo han hecho —dijo Henrietta—. Si lleváramos un año bajo la Cúpula… o al menos un mes… sí, quizá. Pero no ha pasado ni una semana… No es así como la gente cuerda reacciona ante los problemas.

Twitch pensó que él sí lo entendía, pero no quiso decírselo a Henrietta: tarde o temprano se cumpliría un mes, tarde o temprano se cumpliría un año. Más, quizá. Y sin lluvia, cada vez con menos recursos y un aire más nauseabundo. Si a esas alturas el país más avanzado tecnológicamente del mundo no había sido capaz de desentrañar qué había sucedido en Chester's Mill (y menos aún de solucionar el problema), seguro que la cosa no iba a resolverse pronto. Will Freeman debió de comprenderlo. O quizá había sido idea de Lois. Tal vez, al apagarse para siempre el generador, ella dijo: "Hagámoslo antes de que el agua del *jacuzzi* se enfríe demasiado, cielo. Salgamos de esta Cúpula ahora que todavía tenemos el estómago lleno. ¿Qué me dices? Un último bañito, con unas cuantas copas como despedida".

—Quizá fue el avión lo que los empujó al abismo —dijo Twitch—. El Air Ireland que se estrelló ayer contra la Cúpula.

Henrietta no respondió con palabras; carraspeó y escupió una flema en el fregadero de la cocina. Fue un gesto de rechazo algo chocante. Volvieron a salir.

—Habrá más gente que haga esto, ¿verdad? —preguntó la mujer cuando llegaron al final del camino de entrada—. Porque el suicidio a veces se contagia por el aire. Como los microbios del resfriado.

—Hay quien ya lo ha hecho —Twitch no sabía si el suicidio era indoloro, como decía la canción de "Suicide is Painless", pero en determinadas circunstancias sin duda podía ser contagioso. Quizá especialmente contagioso cuando la situación no tenía precedentes y el aire empezaba a ser tan nauseabundo como lo era esa mañana sin viento y con un calor tan poco natural.

—Los suicidas son cobardes —dijo Henrietta—. Esa es una regla que no tiene excepciones, Douglas.

Twitch, cuyo padre había sufrido una muerte larga y agónica a consecuencia de un cáncer de estómago, se permitió dudarlo, pero no dijo nada.

Henrietta se agachó hacia Buddy con las manos sobre sus rodillas huesudas. Buddy estiró el cuello para olisquearla.

—Vente a la casa de al lado, amiguito peludo. Tengo tres huevos. Puedes comértelos antes de que se echen a perder.

Empezó a caminar, pero entonces volteó hacia Twitch.

—Son cobardes —dijo, poniendo mucho énfasis en cada palabra.

5

Jim Rennie salió del Cathy Russell, durmió profundamente en su propia cama y se despertó como nuevo. Aunque no lo habría admitido delante de nadie, en parte durmió bien porque sabía que Junior no estaba en la casa.

Eran ya las ocho en punto, su Hummer negra estaba estacionada una o dos casas más allá del restaurante de Rosie (delante de un hidrante para, pero qué importaba, en esos momentos no había cuerpo de bomberos). Estaba desayunando con Peter Randolph, Mel Searles, Freddy Denton y Carter Thibodeau. Carter ocupaba el que empezaba a ser su lugar habitual, a la derecha de Gran Jim. Esa mañana llevaba dos armas: la suya en la cadera, y en una pistolera de hombro la Beretta Taurus que Linda Everett había devuelto hacía poco.

El quinteto se había instalado en la mesa del chisme, la del fondo del restaurante, destronando sin ningún reparo a los habituales. Rose no quiso acercarse; envió a Anson a que tratara con ellos.

Gran Jim pidió tres huevos fritos, doble ración de salchicha y pan tostado casero frito en grasa de tocino, como solía prepararla su madre. Sabía que debía intentar reducir el colesterol, pero ese día iba a necesitar toda la energía que fuera capaz de reunir. Los próximos días, de hecho. Después de eso, tendría la situación bajo control; ya se dedicaría entonces a intentar bajar el colesterol (un cuento que llevaba años contándose).

—¿Dónde están los Bowie? —preguntó a Carter—. Quería ver aquí a esos dichosos Bowie, así que ¿dónde están?

—Han tenido que atender un aviso en Battle Street —dijo Carter—. El señor y la señora Freeman se han suicidado.

—¿Ese condenado se mató? —exclamó Gran Jim. Los pocos clientes que había (casi todos ellos en la barra, viendo la CNN) voltearon para mirar y luego apartaron la vista—. ¡Bueno, vaya! ¡No me sorprende en absoluto!

Se le ocurrió entonces que la concesionaria de Toyota podría ser suya si lo quería... pero ¿para qué iba a quererla? Le había caído del cielo un botín aún mayor: el pueblo entero. Ya había empezado a esbozar una lista de órdenes que empezarían a entrar en vigor en cuanto le concedieran plenos poderes ejecutivos. Eso sucedería esa misma noche. Y, además, hacía años que odiaba a ese meloso hijo de la Gran Bretaña de Freeman y a la mala hierba pechugona de su mujer.

—Chicos, Lois y él están desayunando en el cielo —se detuvo, después estalló en carcajadas. No fue muy apropiado, pero no pudo evitarlo—. En las dependencias del servicio, no me cabe ninguna duda.

—Cuando los Bowie ya habían salido, recibieron otra llamada —dijo Carter—. La granja de Dinsmore. Otro suicidio.

—¿Quién? —preguntó el jefe Randolph—. ¿Alden?

—No. Su mujer. Shelley.

Eso sí que era una lástima, la verdad.

—Inclinemos la cabeza durante un minuto —dijo Gran Jim, y extendió las manos.

Carter le estrechó una mano; Mel Searles, la otra; Randolph y Denton se unieron a la cadena.

—Ohdios, bendiceporfavoraesaspobresalmas, enelnombrede-Cristoamén —dijo Gran Jim, y alzó la cabeza—. Ocupémonos un poco de los negocios, Peter.

Peter sacó su libreta. La de Carter ya estaba abierta junto a su plato; a Gran Jim cada vez le agradaba más ese chico.

—Encontré el combustible que faltaba —anunció Gran Jim—. Está en la WCIK.

—¡Jesús! —exclamó Randolph—. ¡Tendremos que enviar allí unos cuantos camiones para que lo traigan!

—Sí, pero hoy no —dijo Rennie—. Mañana, cuando todo el mundo esté visitando a la familia. Ya comencé a trabajar en eso.

Volverán a ir los Bowie y Roger, pero necesitaremos también a unos cuantos oficiales. Fred, Mel y tú. También voy a elegir a otros cuatro o cinco. Tú no, Carter, a ti te quiero conmigo.

—¿Por qué necesitas policías para ir a buscar unos cuantos depósitos de gas? —preguntó Randolph.

—Bueno —dijo Jim, rebañando la yema de huevo con un trozo de pan frito—, eso nos lleva de nuevo hasta nuestro amigo Dale Barbara y sus planes para desestabilizar este pueblo. En la emisora hay un par de hombres armados y, según parece, podrían estar protegiendo una especie de laboratorio de drogas. Creo que Barbara lo tenía montado desde mucho antes de que se presentara aquí en persona; esto estaba bien planificado. Uno de los encargados actuales es Philip Bushey.

—Ese fracasado —gruñó Randolph.

—El otro, y siento decirlo, es Andy Sanders.

Randolph estaba ensartando papas fritas. En ese instante dejó caer el tenedor con estruendo.

—¡Andy!

—Triste pero cierto. Barbara lo metió en el negocio; lo sé de buena fuente, pero no me preguntes por ella, pidió mantenerse en el anonimato —Gran Jim suspiró, después se embutió en la boca un pedazo de pan frito cubierto de yema de huevo. ¡Por Dios bendito, qué bien se sentía esa mañana!—. Supongo que Andy necesitaba dinero. Tengo entendido que el banco estaba a punto de ejecutarle la hipoteca de su farmacia. La verdad es que nunca ha tenido mucha cabeza para los negocios.

—Ni para gobernar un pueblo —añadió Freddy Denton.

A Gran Jim no solía gustarle que un inferior lo interrumpiera, pero esa mañana disfrutaba con todo.

—Lamentablemente cierto —dijo, y después se inclinó sobre la mesa todo lo que se lo permitió su barrigota—. Bushey y él dispararon contra uno de los camiones que envié allí ayer. Le reventaron las ruedas delanteras. Esos condenados son peligrosos.

—Drogadictos con armas —dijo Randolph—. Una pesadilla para el cuerpo de policía. Los hombres que salgan para allá tendrán que llevar chaleco.

—Buena idea.

—Y no puedo responder por la seguridad de Andy.

—Dios te bendiga, ya lo sé. Haz lo que tengas que hacer. Necesitamos ese combustible. El pueblo lo pide a gritos, y en la asamblea de esta noche tengo la intención de anunciar que hemos encontrado una nueva fuente de suministro.

—¿Está seguro de que yo no puedo ir, señor Rennie? —preguntó Carter.

—Ya sé que será aburrido, pero mañana te quiero conmigo, no donde van a celebrar la fiesta de las visitas. Randolph creo que sí. Alguien debe coordinar este asunto, que tiene toda la pinta de terminar convirtiéndose en un lío de tres pares de cajones. Tendremos que intentar evitar que la gente acabe pisoteada. Aunque seguramente sucederá, porque la gente no sabe comportarse. Será mejor que le digamos a Twitchell que vaya allí con la ambulancia.

Carter lo anotó.

Mientras lo hacía, Gran Jim volteó de nuevo hacia Randolph y puso cara larga y lastimera.

—Me duele mucho decir esto, Pete, pero mi informante ha insinuado que a lo mejor Junior también está metido en lo del laboratorio de drogas.

—¿Junior? —dijo Mel—. No lo creo, Junior no.

Gran Jim asintió y se enjugó un ojo seco con el pulpejo de la mano.

—A mí también me cuesta creerlo. No quiero creerlo, pero ¿sabes que está en el hospital?

Todos asintieron.

—Sobredosis —susurró Rennie inclinándose más aún sobre la mesa—. Esa parece ser la explicación más probable de lo que tiene —se enderezó y volvió a clavar sus ojos en Randolph—. No intenten acercarse desde la carretera principal, es lo que esperan. Más o menos a kilómetro y medio al este de la emisora de radio hay una carretera de acceso…

—Ya sé cuál dice —interrumpió Freddy—. Sam Verdreaux "el Andrajoso" tenía allí la parcela de bosque antes de que el banco se la quitara. Me parece que ahora todo eso es del Cristo Redentor.

Gran Jim sonrió y asintió, aunque en realidad la tierra pertenecía a una empresa de Nevada de la cual él era presidente.

—Entren por allí y luego acérquense a la emisora desde atrás. Casi todo aquello es bosque viejo y no deberían tener ningún problema.

Sonó el teléfono de Gran Jim, que consultó la pantalla y estuvo a punto de dejarlo sonar hasta que saltara el buzón de voz, pero después pensó: *Qué más da.* Tal como se sentía esa mañana, oír a Cox echando espuma por la boca podía resultar agradable.

—Aquí Rennie. ¿Qué quiere, coronel Cox?

Escuchó, y su sonrisa se desvaneció un poco.

—¿Cómo sé yo que me está diciendo la verdad sobre eso?

Escuchó un poco más, después colgó sin despedirse. Se quedó allí sentado un momento, con el entrecejo fruncido, procesando lo que había oído. Después levantó la cabeza y le habló a Randolph.

—¿Tenemos un contador Geiger? ¿Tal vez en el refugio nuclear?

—Caray, pues no lo sé. Al Timmons seguramente lo sabrá.

—Búscalo y dile que lo compruebe.

—¿Es importante? —preguntó Randolph y, al mismo tiempo, Carter añadió:

—¿Es radiación, jefe?

—No es nada de lo que haya que preocuparse —dijo Gran Jim—. Como diría Junior, solo intenta hacerme desvariar un poco. Estoy convencido. De todas formas, comprueba lo de ese contador Geiger. Si tenemos uno y todavía funciona, tráemelo.

—Está bien —dijo Randolph con cara de susto.

Gran Jim deseó entonces haber dejado que el buzón de voz contestara a la llamada. O haber tenido la boca cerrada. Searles era capaz de contarlo por ahí y hacer correr el rumor. Condenados, incluso Randolph era capaz. Y seguramente no sería nada, solo ese dichoso coronel buscapleitos con sombrero de hojalata que intentaba estropearle un buen día. El día más importante de su vida, quizá.

Por lo menos Freddy Denton seguía concentrado en el asunto que se traían entre manos.

—¿A qué hora quiere que asaltemos la emisora de radio, señor Rennie?

Gran Jim hizo un repaso mental de lo que sabía sobre el programa del día de visita, después sonrió. Fue una sonrisa genuina que alegró su mandíbula ligeramente grasienta y dejó ver sus diminutos dientes.

—A las doce en punto. A esa hora todo el mundo estará por la carretera 119 y el pueblo se habrá quedado vacío. Entren ahí, y saquen a esos condenados que han acaparado nuestro combustible, cuando el sol esté en lo más alto. Como en esos westerns antiguos.

6

A las once y cuarto de ese jueves por la mañana, la camioneta de Sweetbriar Rose traqueteaba por la 119 en dirección sur. Al día siguiente, la carretera estaría bloqueada por los coches y apestaría a humo de tubo de escape, pero en ese momento estaba inquietantemente desierta. La que conducía era la propia Rose. Ernie Calvert ocupaba el asiento del copiloto. Norrie iba sentada entre ambos, encima del compartimento del motor, aferrada a su patineta cubierta de calcas con logos de grupos punk desaparecidos tiempo ha, como Stalag 17 y los Dead Milkmen.

—El aire huele fatal —dijo Norrie.

—Es el Prestile, cielo —afirmó Rose—. Donde antes cruzaba hacia Motton se ha convertido en un enorme pantano apestoso —sabía que era algo más que el simple hedor del río moribundo, pero no lo dijo. Tenían que respirar, así que de nada servía preocuparse por lo que pudieran estar inhalando—. ¿Hablaste con tu madre?

—Sí —respondió Norrie con desánimo—. Vendrá, aunque la idea no le entusiasma.

—¿Traerá toda la comida que tenga cuando llegue el momento?

—Sí. En la cajuela del coche —lo que Norrie no añadió fue que Joanie Calvert cargaría primero toda la bebida que tenía guardada; las provisiones alimentarias tendrían un papel secundario—. ¿Qué haremos con la radiación, Rose? No podemos forrar con lámina de plomo todos los coches que suban allí.

—Si la gente sube solo una o dos veces, no les pasará nada. —Rose lo había corroborado por sí misma buscando en internet. También había descubierto que la seguridad, en casos de radiación, dependía de la fuerza de los rayos, pero no veía qué sentido tenía preocuparse por cosas que no podían controlar—. Lo importante es limitar la exposición… y Joe dice que el cinturón no es muy ancho.

—La madre de Joey no querrá venir —dijo Norrie.

Rose suspiró. Eso ya lo sabía. El día de visita era una bendición a medias. Les serviría para encubrir sus operaciones, pero todos aquellos que tenían familiares al otro lado querrían ir a verlos. *A lo mejor a McClatchey no le toca la lotería*, pensó.

Por delante se veía ya Coches de Ocasión Jim Rennie con su gran cartel: ¡CON GRAN JIM TODOS A MIL! **¡PÍDANO$ CRÉDITO!**

—Recuerden… —empezó a decir Ernie.

—Ya lo sé —dijo Rose—. Si vemos a alguien, damos la vuelta en la entrada y regresamos al pueblo.

Sin embargo, en la concesionaria de Rennie hasta el último estacionamiento RESERVADO PARA EL PERSONAL estaba libre, la sala de exposición estaba desierta y en la puerta principal colgaba un tablero blanco en el que se leía el mensaje de CERRADO HASTA NUEVO AVISO. Rose condujo a toda prisa hacia la parte de atrás. Allí había hileras de coches y camiones que tenían en las ventanillas carteles con precios y frases del estilo de VALOR SEGURO, ESTOY COMO NUEVO y ¡EY! ÉCHAME UN VISTAZO (con esa O convertida en un femenino ojo de largas y sexys pestañas). Aquellos eran los caballos maltratados del establo de Gran Jim, en nada parecidos a los llamativos purasangres de Detroit y Alemania que tenía expuestos en la parte delantera. En el extremo más alejado del estacionamiento, junto a la valla de tela metálica que separaba la propiedad de Gran Jim de un terreno de bosque replantado lleno de basura, había una hilera de camionetas de la compañía telefónica, algunas de las cuales todavía conservaban el logo de AT&T.

—Esas —dijo Ernie mientras buscaba algo detrás de su asiento. Sacó una tira de metal larga y delgada.

—Eso es una ganzúa para abrir coches —dijo Rose, riendo a medias a pesar de los nervios—. ¿Cómo es que tienes una herramienta para abrir coches, Ernie?

—De cuando trabajaba en el Food City. Te sorprendería la cantidad de gente que cierra el coche con las llaves dentro.

—¿Por dónde vas a empezar, abuelo? —preguntó Norrie.

Ernie esbozó una sonrisa.

—Ya se me ocurrirá algo. Detente aquí, Rose.

Bajó y corrió hacia la primera camioneta; se movía con una agilidad sorprendente para un hombre que rondaba los setenta. Miró por la ventanilla, negó con la cabeza y se dirigió hacia la siguiente de la hilera. Después a la tercera... pero esa tenía una rueda ponchada. Tras echar un vistazo a la cuarta camioneta, volteó hacia Rose y levantó los pulgares.

—Vamos, Rose. Muévete.

A Rose le dio la sensación de que Ernie no quería que su nieta lo viera abriendo un coche con una ganzúa. Emocionada, regresó hacia la parte de delante sin decir nada. Allí volvió a detenerse.

—¿Todo esto te parece bien, corazón?

—Sí —dijo Norrie mientras bajaba—. Si no consigue que arranque, volveremos al pueblo andando.

—Son casi cinco kilómetros. ¿Podrá recorrerlos?

Norrie estaba pálida pero consiguió sonreír.

—Mi abuelo me gana andando. Camina seis kilómetros y medio todos los días, dice que así mantiene las articulaciones bien lubricadas. Márchese antes de que venga alguien y la vea.

—Eres una chica muy valiente —dijo Rose.

—Pues yo no me siento nada valiente.

—La gente valiente nunca se siente valiente, cielo.

Rose volvió al pueblo con la camioneta. Norrie la siguió con la mirada hasta que desapareció, después se puso a hacer trucos de patineta en el estacionamiento delantero. Había una ligera pendiente, así que solo tenía que molestarse en empujar con el pie en una dirección... aunque estaba tan acelerada que le parecía que podría subir con la tabla hasta lo alto de la cuesta del Ayuntamiento sin enterarse siquiera. ¿Y si aparecía alguien? Bueno, había salido a dar un paseo con su abuelo, que quería echarles un vistazo a las camionetas. Ella solo lo estaba esperando; después volverían al pueblo dando otro paseo. A su abuelo le encantaba caminar, todo el mundo sabía eso. Para lubricar las articulaciones. Solo que Norrie no creía que fuera solamente por eso, ni siquiera en buena parte. A su abuelo le dio por salir a pasear cuando su abuela empezó a confundir las cosas (nadie daba un paso al frente y decía que era Alzheimer, pero todos lo sabían). Norrie pensaba que caminar le servía para mitigar las penas. ¿Era posible algo así? Ella creía que sí. Sabía que, cuando subía a su tabla y conseguía hacer un doble *kink* genial en la pista de Oxford, en su interior no había espacio para nada que no fuera alegría y miedo, y la alegría se convertía en la reina de la casa. El miedo vivía en el cobertizo de la parte de atrás.

Después de un rato que le pareció larguísimo, la antigua camioneta de la compañía telefónica salió de detrás del edificio con su abuelo al volante. Norrie se puso la tabla debajo del brazo y subió de un salto. Su primer viaje en un vehículo robado.

—Abuelo, eres fenomenal —dijo, y le dio un beso.

7

Joe McClatchey iba a la cocina porque quería una de las últimas latas de jugo de manzana que había en su difunto refrigerador cuando oyó que su madre decía "Pelvis" y se quedó quieto.

Sabía que sus padres se habían conocido estudiando la carrera en la Universidad de Maine y que por aquel entonces a Sam McClatchey sus amigos lo conocían como "Pelvis", pero su madre ya casi nunca lo llamaba así, y, cuando lo hacía, se echaba a reír y se ruborizaba, como si el apodo tuviera alguna clase de sucio trasfondo. Joe no sabía nada de eso. Lo que sí sabía era que ese resbalón —ese resbalón hacia atrás— significaba que estaba muy afectada.

Se acercó un poco más a la puerta de la cocina. Estaba abierta y calzada con una cuña, y Joe vio a su madre y a Jackie Wettington, que ese día vestía una blusa y unos pantalones deslavados en lugar del uniforme. Si hubieran levantado la mirada lo habrían visto. Joe no tenía ninguna intención de escucharlas a escondidas; eso no le divertía, y menos si su madre estaba disgustada. Pero por el momento las dos mujeres simplemente se miraban. Estaban sentadas a la mesa de la cocina. Jackie tenía las manos de Claire entre las suyas. Joe vio los ojos húmedos de su madre y eso hizo que él sintiera ganas de llorar también.

—No puedes —estaba diciendo Jackie—. Ya sé que quieres, pero no puedes. No, si esta noche las cosas salen tal como se supone.

—¿No puedo al menos llamarle y decirle por qué no estaré allí? ¡O escribirle un correo electrónico! ¡Podría hacer eso!

Jackie dijo que no con la cabeza. Su expresión era amable pero firme.

—Él podría explicárselo a alguien, y lo que dijera podría llegar a oídos de Rennie. Si Rennie huele algo antes de que saquemos a Barbie y a Rusty de ahí, todo podría acabar en un completo desastre.

—Si le digo que no se lo cuente absolutamente a nadie...

—Pero, Claire, ¿no lo ves? Hay demasiado en juego. Las vidas de dos hombres. Y las nuestras también —hizo una pausa—. La de tu hijo.

Los hombros de Claire se hundieron, después volvió a enderezarse.

—Entonces, llévate a Joe. Yo iré después del día de visita. Rennie no sospechará de mí; no conozco de nada a Dale Barbara, y a Rusty tampoco, salvo de saludarlo por la calle. Siempre he ido con el doctor Hartwell, en Castle Rock.

—Pero Joe sí conoce a Barbie —dijo Jackie con paciencia—. Joe fue el que preparó la conexión de vídeo cuando dispararon el misil. Y Gran Jim lo sabe. ¿No crees que podría detenerte e interrogarte hasta que le dijeras adónde ha ido?

—No se lo diría —dijo Claire—. No se lo diría nunca.

Joe entró en la cocina. Claire se enjugó las lágrimas de las mejillas e intentó sonreír.

—Ah, hola, cariño. Solo estábamos hablando del día de visita y...

—Mamá, puede que no solo te interrogue —dijo Joe—. Puede que te torture.

Claire parecía perpleja.

—¡Oh, cómo va a hacer eso! Ya sé que no es un hombre agradable, pero es uno de los concejales del pueblo, al fin y al cabo, y...

—Era concejal del pueblo —dijo Jackie—. Ahora está haciendo méritos para convertirse en emperador. Y, tarde o temprano, todo el mundo habla. ¿Quieres que Joe esté en algún lugar imaginándose cómo te arrancan las uñas?

—¡Basta ya! —exclamó Claire—. ¡Eso es horrible!

Jackie no le soltó las manos cuando Claire intentó liberarlas.

—Es todo o nada, y ya es demasiado tarde para que sea nada. Esto está en marcha y nosotros tenemos que movernos al mismo ritmo que todo lo demás. Si Barbie se escapara solo, sin ayuda por nuestra parte, puede que Gran Jim lo dejara marchar. Porque todo dictador necesita a su monstruo en el armario. Pero no lo hará él solo, ¿verdad? Y eso quiere decir que intentará encontrarnos, y eliminarnos.

—Ojalá no me hubiera metido nunca en esto. Ojalá no hubiera ido a esa reunión y no hubiera dejado ir a Joe.

—¡Pero tenemos que detenerlo! —protestó Joe—. ¡El señor Rennie está intentando convertir Mill en, bueno, en un estado policial!

—¡Yo no puedo detener a nadie! —dijo Claire, casi gimiendo—. ¡Soy una maldita ama de casa!

—Por si te sirve de consuelo —dijo Jackie—, seguramente tenías ya boleto para este viaje desde que los niños encontraron la caja.

—Eso no es un consuelo. No lo es.

—En cierto modo, incluso tenemos suerte —siguió diciendo Jackie—. No hemos arrastrado a demasiados inocentes a esto, al menos por el momento.

—Rennie y su fuerza policial nos encontrarán de todas formas —dijo Claire—. ¿Es que no lo ves? Este pueblo no es más que el que es.

Jackie sonrió con amargura.

—Para entonces seremos más. Y tendremos más armas. Y Rennie lo sabrá.

—Tenemos que ocupar la emisora de radio lo antes posible —dijo Joe—. La gente tiene que oír la otra parte de la historia. Tenemos que retransmitir la verdad.

A Jackie se le encendió la mirada.

—¡Esa es una idea fantástica, Joe!

—Ay, Dios mío —dijo Claire. Y se tapó la cara con las manos.

8

Ernie estacionó la camioneta de la compañía telefónica en la zona de carga de Almacenes Burpee. *Ahora soy un delincuente*, pensó.

Y mi nieta de doce años es mi cómplice. ¿O ya tiene trece? No importaba; no creía que Peter Randolph fuera a tratarla como a una menor si los atrapaban.

Rommie abrió la puerta, vio que eran ellos y salió a la zona de carga con pistolas en las dos manos.

—¿Tuvieron algún problema?

—Todo suave como la seda —dijo Ernie mientras subía los escalones de la zona de carga—. No hay nadie en las carreteras. ¿Tienes más armas?

—Pues sí. Unas cuantas. Dentro, detrás de la puerta. Ayude usted también, señorita Norrie.

Norrie tomó dos rifles y se los pasó a su abuelo, que los metió en la parte trasera de la camioneta. Rommie salió con una carretilla en la que había una docena de rollos de lámina de plomo.

—No tenemos por qué cargar esto ahora mismo —dijo—. Solo cortaré algunos trozos para las ventanas. El parabrisas lo cubriremos cuando lleguemos allí. Dejaremos una rendija —"guendija"— para poder ver, como en un viejo tanque alemán, y poder conducir. Norrie, mientras Ernie y yo hacemos esto, ve a ver si puedes sacar esa otra carretilla. Si no puedes, déjalo y ya vendremos después por ella.

La otra carretilla estaba cargada de cajas de cartón con provisiones, la mayoría era comida enlatada o sobres de concentrado especiales para excursionistas. Había una caja llena de sobres de bebida en polvo de ocasión. La carretilla pesaba, pero en cuanto consiguió moverla rodó fácilmente. Frenarla era otra cosa; si Rommie no se hubiera apartado de donde estaba, junto a la parte de atrás de la camioneta, la carretilla podría haberlo derribado.

Ernie había terminado de tapar las pequeñas ventanillas traseras de la camioneta robada con trozos de lámina de plomo y una generosa porción de cinta adhesiva. Se limpió la frente y dijo:

—Corremos un gran riesgo, Burpee. Estamos organizando una condenada comitiva hacia el campo de los McCoy.

Rommie se encogió de hombros y luego empezó a cargar cajas de provisiones y a apilarlas contra las paredes de la camioneta, dejando el centro vacío para los pasajeros. En la parte de atrás de su camisa empezó a crecer un árbol de sudor.

—Lo único que nos queda es esperar que, si lo hacemos deprisa y sin armar barullo, la gran asamblea nos cubrirá. No tenemos muchas más opciones.

—¿Julia y la señora McClatchey también pondrán plomo en las ventanillas de sus coches? —preguntó Norrie.

—Sí. Esta tarde. Yo las ayudaré, y luego tendrán que dejarlos estacionados detrás de la tienda. No pueden pasearse por el pueblo con las ventanillas recubiertas de plomo, la gente haría preguntas.

—¿Y tu Escalade? —preguntó Ernie—. Ese coche se tragará el resto de las existencias sin soltar un solo eructo. Tu mujer podría sacarlo de ca...

—Misha no quiere venir —dijo Rommie—. No quiere saber nada de todo esto. Se lo pedí, lo intenté todo menos ponerme de rodillas y suplicarle, pero es como si estuviera en la sala de la casa oyendo llover. Supongo que yo ya lo sabía, porque no le conté más que lo que ella misma ya sabía... lo cual no es mucho, aunque no le evitará problemas si Rennie va a buscarla. Pero ella no quiere aceptarlo.

—¿Por qué no? —preguntó Norrie con los ojos muy abiertos, sin darse cuenta de que la pregunta podía ser impertinente hasta después de haberla soltado y ver el ceño de su abuelo.

—Porque es un bombón testarudo. Le dije que a lo mejor la lastiman. "Que lo intenten", respondió. Así es mi Misha. Bueno, qué diablos. Si más adelante tengo ocasión, a lo mejor iré a ver si cambió de idea. Dicen que las mujeres siempre tienen derecho a cambiar de opinión en el último momento. Vamos, tenemos que meter alguna caja más. Y no cubras las armas, Ernie. A lo mejor las necesitamos.

—No puedo creer que te haya metido en esto, pequeña —dijo Ernie.

—No pasa nada, abuelo. Prefiero estar dentro que fuera —y al menos eso era cierto.

9

BONK. Silencio.
BONK. Silencio.
BONK. Silencio.

Ollie Dinsmore estaba sentado con las piernas cruzadas a poco más de un metro de la Cúpula con su mochila de chico explorador junto a él. La mochila estaba llena de piedras que había recogido a la entrada de su casa; estaba de hecho tan llena que había llegado hasta allí tambaleándose más que caminando, pensando que el fondo de lona cedería, se abriría y esparciría su munición. Pero eso no había sucedido, y allí estaba él. Escogió otra piedra, una bonita y lisa, pulida por algún antiguo glaciar, y la lanzó por encima de su cabeza contra la Cúpula, donde chocó contra lo que parecía ser solo aire y rebotó. Ollie la recogió y volvió a lanzarla.

BONK. Silencio.

Pensó que la Cúpula tenía un punto bueno. Puede que fuera la causa por la que su hermano y su madre habían muerto, pero, por el buen Dios todopoderoso, con una carga de munición había suficiente para todo el día.

Boomerangs de piedra, pensó, y sonrió. Fue una sonrisa sincera, pero con lo delgada que tenía la cara le dio un aspecto horrible. No había comido demasiado, y pensaba que pasaría una buena temporada antes de que volviera a tener ganas de comer. Oír un tiro y luego encontrar a tu madre en el suelo, junto a la mesa de la cocina, con el vestido arriba, enseñando los calzones y con media cabeza reventada... una cosa así no contribuía demasiado a abrir el apetito de un niño.

BONK. Silencio.

En el otro lado de la Cúpula había una actividad frenética; allí delante había crecido una ciudad de tiendas de campaña. Jeeps y camiones iban de aquí para allá sin parar, y cientos de soldado del ejército se afanaban por todas partes mientras sus superiores gritaban órdenes y despotricaban, a menudo sin respirar entre una cosa y la otra.

Además de las tiendas que ya habían montado, estaban preparando otras tres nuevas, alargadas. Los carteles que ya habían clavado ante ellas decían: PUESTO DE RECEPCIÓN de visitaNTES 1, PUESTO DE RECEPCIÓN de visitaNTES 2 y PUESTO DE PRIMEROS AUXILIOS. Había otra tienda aún más larga, con un cartel delante que decía REFRIGERIOS. Y poco después de que Ollie se sentara y empezara a lanzar su alijo de piedras contra la Cúpula, habían llegado dos camiones de cargados con retretes portátiles. En ese momento había allí dos hileras de alegres cagaderos de color azul, bastante apartados de la zona donde se situarían los familiares para hablar con sus seres queridos, a los que podrían ver pero no tocar.

Aquella cosa que había salido de la cabeza de su madre le pareció una mermelada de fresa enmohecida, y lo que Ollie no podía entender era por qué su madre se había matado así y en aquel lugar. ¿Por qué en la habitación donde hacían casi todas las comidas? ¿Estaba ya tan ida que no se había dado cuenta de que tenía otro hijo, y que ese hijo volvería a comer (suponiendo que no muriera antes de inanición) pero nunca olvidaría el horror de lo que había visto tirado en aquel suelo?

Pues sí, pensó. *Tan ida. Porque Rory siempre fue su preferido, su niño bonito. Casi nunca se daba cuenta de que yo estaba por ahí, a no ser que me hubiera olvidado de dar de comer a las vacas o de limpiar los establos mientras ellos estaban en el campo. O si llegaba a casa con una mala nota. Porque él nunca sacaba nada que no fueran buenas calificaciones.*

Lanzó una piedra.

BONK. Silencio.

Había muchos soldados del ejército clavando carteles de dos en dos allí delante, cerca de la Cúpula. Los que miraban hacia Mill decían:

¡CUIDADO!
¡POR SU PROPIA SEGURIDAD!
¡MANTÉNGANSE A 2 METROS DE LA CÚPULA!

Ollie suponía que los carteles que miraban en la otra dirección decían lo mismo; en el otro lado tal vez sirvieran de algo, porque en el otro lado habría un montón de milicos para mantener el orden. De su lado, sin embargo, habría ochocientas personas del pueblo y unas dos docenas de oficiales, la mayoría de ellos nuevos en el cuerpo. Mantener alejada a la gente de ese lado sería como intentar proteger un castillo de arena cuando sube la marea.

Le vio los calzones mojados, y le vio también un charco entre sus piernas extendidas. Se había orinado justo antes de apretar el gatillo o justo después. Ollie pensó que seguramente después.

Lanzó otra piedra.

BONK. Silencio.

Había un soldado allí cerca. Era bastante joven. No llevaba ninguna clase de insignia en las mangas, así que Ollie imaginó que era un soldado raso. Parecía que tenía unos dieciséis años, pero supuso que debía de ser mayor. Había oído hablar de chicos que mentían sobre su edad para alistarse, pero creía que eso era antes de que todo el mundo tuviera computadoras para comprobar esas cosas.

El soldado miró en derredor, vio que nadie lo miraba y habló en voz baja. Tenía acento sureño.

—¿Chico? ¿Por qué no te detienes? Me estás volviendo loco.

—Pues vete a otra parte —dijo Ollie.

BONK. Silencio.

—No puedo. Órdenes.

Ollie no contestó. En lugar de eso, lanzó otra piedra.

BONK. Silencio.

—¿Por qué lo haces? —preguntó el soldado. Fingía que arreglaba los dos carteles que estaba clavando para poder hablar con Ollie.

—Porque tarde o temprano una no rebotará. Y cuando eso pase, me levantaré, echaré a andar y nunca volveré a ver esta granja. Nunca volveré a ordeñar una vaca. ¿Qué tal el aire de ahí fuera?

—Está bien. Aunque un poco frío. Yo soy de Carolina del Sur. En Carolina del Sur no hace este tiempo en octubre, eso sí que te lo digo.

Donde estaba Ollie, a menos de tres metros del chico sureño, el aire era muy caliente. Y apestaba.

El soldado señaló más allá de Ollie.

—¿Por qué no dejas las piedras y haces algo con esas vacas? —Pronunció "'sasvacas"—. Haz que entren en el establo y ordéñalas o frótales las ubres con alguna mierda de ungüento; algo así.

—No tenemos que hacerlas entrar. Ellas saben adónde tienen que ir. Lo que pasa es que ahora ya no hay que ordeñarlas, y tampoco necesitan Bag Balm. Tienen las ubres secas.

—¿Sí?

—Sí. Mi padre dice que a la hierba le pasa algo. Dice que la hierba está mala porque el aire está malo. Aquí dentro no huele bien, ¿sabes? Huele a mierda.

—¿Sí? —el soldado parecía fascinado. Dio un par de golpes con su martillo encima de esos dos carteles que se daban la espalda, aunque ya parecían estar bien clavados.

—Sí. Mi madre se mató esta mañana.

El soldado había levantado el martillo para dar otro golpe, pero bajó el brazo y lo dejó colgando a un lado.

—¿Te estás burlando, chico?

—No. Se disparó en la mesa de la cocina. La encontré yo.

—Diablos, qué mierda —el soldado se acercó a la Cúpula.

—Cuando murió mi hermano, este domingo, lo llevamos al pueblo porque todavía estaba vivo, un poco, pero mi madre estaba más muerta que muerta, así que la enterramos en la loma. Mi padre y yo. A ella le gustaba ese sitio. Era un sitio bonito antes de que todo se pusiera tan asqueroso.

—¡Dios bendito, chico! ¡Has pasado un infierno!

—Sigo ahí —dijo Ollie, y, como si esas palabras hubieran accionado una válvula en algún lugar de su interior, empezó a llorar. Se levantó y se acercó a la Cúpula. El joven soldado y él estaban a menos de treinta centímetros, uno frente al otro. El soldado levantó la mano, se estremeció un poco cuando la descarga pasajera lo recorrió y luego lo abandonó. Puso la mano sobre la Cúpula, los dedos extendidos. Ollie levantó la suya y la apretó contra la Cúpula por su lado. Sus manos parecían tocarse, dedo con dedo y palma con palma, pero no lo hacían. Era un gesto inútil que al día siguiente sería repetido una y otra vez: cientos, miles de veces.

—Chico…

—¡Soldado Ames! —vociferó alguien—. ¡Aleje de ahí su asqueroso trasero!

El soldado Ames se sobresaltó como un niño al que encontraron robando mermelada.

—¡Venga aquí ahora mismo! ¡A paso ligero!

—Aguanta, chico —dijo el soldado Ames, y corrió a recibir su reprimenda.

Ollie imaginaba que no sería muy dura, suponía que no se podía degradar a un soldado raso. Además, no iban a meterlo en la prisión militar o lo que fuera solo por hablar con uno de los ani-

900

males del zoológico. *Ni siquiera me ha lanzado unos cacahuates*, pensó Ollie.

Por un momento levantó la mirada hacia las vacas que ya no daban leche, que ya apenas comían hierba siquiera, y luego se sentó otra vez junto a su mochila. Buscó y encontró otra piedra buena, redondeada. Pensó en el esmalte desportillado de las uñas de la mano extendida de su madre muerta, la que tenía al lado la pistola aún humeante. Después lanzó la piedra. Chocó contra la Cúpula y rebotó. BONK. Silencio.

10

A las cuatro de la tarde de ese jueves, mientras en todo el norte de Nueva Inglaterra el cielo seguía cubierto y en Chester's Mill el sol caía como un foco empañado por el agujero con forma de calcetín que se abría en las nubes, Ginny Tomlinson fue a ver cómo se encontraba Junior. Le preguntó si necesitaba algo para el dolor de cabeza. Él dijo que no, pero después cambió de opinión y pidió un poco de Tylenol o de Advil. Cuando la enfermera regresó y el chico cruzó la habitación para tomarlo. Ginny escribió en su historial: "Sigue presentando cojera, pero parece haber mejorado".

Cuando Thurston Marshall asomó la cabeza cuarenta y cinco minutos después, la habitación estaba vacía. Supuso que Junior había bajado a la sala de estar, pero, cuando fue allí a mirar, solo encontró a Emily Whitehouse, la paciente del ataque al corazón. Emily se estaba recuperando muy bien. Thurse le preguntó si había visto a un joven de cabello rubio oscuro y que cojeaba un poco. La mujer dijo que no. Thurse volvió a la habitación de Junior y miró en el armario. Estaba vacío. El chico con un posible tumor cerebral se había vestido, se había ahorrado todo el papeleo y se había dado el alta él mismo.

11

Junior se fue a casa andando. La cojera desapareció por completo en cuanto sus músculos entraron en calor. Además, la sombra con forma de cerradura que flotaba en la parte izquierda de su campo visual encogió hasta convertirse en una bola del tamaño de una canica. A lo mejor al final resultaba que no le habían administrado una dosis completa de talio. Era difícil de decir. Sea como fuere, tenía que mantener la promesa que le había hecho a Dios. Si él se ocupaba de los pequeños Appleton, Dios se ocuparía de él.

Al salir del hospital (por la puerta de atrás), el primer punto de su lista de tareas pendientes era matar a su padre. Sin embargo, cuando por fin llegó a casa (la casa en la que había muerto su madre, la casa donde habían muerto Lester Coggins y Brenda Perkins), había cambiado de opinión. Si mataba ya a su padre, la asamblea municipal extraordinaria quedaría cancelada. Junior no quería que eso sucediera, porque la asamblea de la ciudad le proporcionaría una buena coartada para su misión principal. La mayoría de los polis estarían allí, y eso le haría más fácil colarse en las celdas. Le hubiera gustado tener esas placas envenenadas. Habría disfrutado metiéndoselas a Baaarbie por su garganta agonizante.

De todas formas, Gran Jim no estaba en casa. El único ser viviente que había allí dentro era el lobo que había visto cruzar corriendo el estacionamiento del hospital a altas horas de la madrugada. Estaba en mitad de la escalera, mirándolo, y emitía un profundo gruñido que le nacía del pecho. Tenía el pelaje desgreñado y los ojos amarillos. Del cuello le colgaban las placas de identificación de Dale Barbara.

Junior cerró los ojos y contó hasta diez. Cuando volvió a abrirlos, el lobo había desaparecido.

—Ahora el lobo soy yo —susurró a la casa cálida y vacía—. Soy el hombre lobo, y he visto a Lon Chaney bailando con la reina.

Subió la escalera cojeando de nuevo, aunque no era consciente de ello. En el armario tenía el uniforme y también su pistola: una Beretta 92 Taurus. El departamento de policía contaba con una docena de ellas, casi todas pagadas con dinero federal de Seguridad Nacional. Comprobó el cargador de quince balas de la pistola y vio que estaba lleno. Metió el arma en su funda, se ciñó el cinturón alrededor de su menguante cintura y salió de la habitación.

Se detuvo en lo alto de la escalera preguntándose adónde iría hasta que la asamblea hubiera empezado y él pudiera poner en marcha su plan. No quería hablar con nadie, ni siquiera quería que nadie lo viera. Entonces se le ocurrió: un buen escondite que además estaba cerca de donde se desarrollaría la acción. Bajó los escalones con cuidado (esa condenada cojera había vuelto otra vez, y además tenía la parte izquierda de la cara tan dormida que era como si se le hubiera quedado paralizada) y se arrastró por el pasillo. Se detuvo un momento en la puerta del estudio de su padre, preguntándose si debería abrir la caja fuerte y quemar el dinero que había dentro. Decidió que no merecía la pena tomarse tantas molestias. Recordaba vagamente un chiste sobre unos banqueros que habían ido a parar a una isla desierta y se habían hecho ricos vendiéndose la ropa los unos a los otros, y profirió una corta carcajada animal, aunque no recordaba exactamente cómo terminaba el chiste y, de todas formas, nunca lo había entendido del todo.

El sol se había ocultado tras las nubes que pendían al oeste de la Cúpula y el día quedó sumido en la penumbra. Junior salió de la casa y desapareció en la oscuridad.

12

A las cinco y cuarto, Alice y Aidan Appleton, que estaban en el patio de atrás, entraron en la casa en la que vivían de prestado. Alice preguntó:

—Caro... ¿Nos llevarás a Aidan y a yo... a mí... a la gran asamblea?

Carolyn Sturges, que estaba preparando unos sándwiches de crema de cacahuate y mermelada para la cena en la barra de Coralee Dumagen con el pan de Coralee Dumagen (algo duro pero comestible), miró a los pequeños con sorpresa. Nunca antes había oído que unos niños quisieran asistir a una reunión de adultos; si alguien le hubiese preguntado su opinión, habría dicho que seguramente echarían a correr en dirección contraria para evitar un acto tan aburrido. Se sintió tentada. Porque, si los niños iban, también ella podría asistir.

—¿Están seguros? —preguntó, agachándose—. ¿Los dos?

Antes de esos últimos días, Carolyn habría dicho que no le interesaba tener hijos, que lo que quería era labrarse una carrera como profesora y escritora. Quizá como novelista, aunque tenía la sensación de que escribir novelas era bastante arriesgado: ¿y si te pasabas todo ese tiempo escribiendo un volumen de mil páginas y luego era un asco? La poesía, sin embargo… recorrer todo el país (en moto, tal vez)… realizando lecturas y ofreciendo seminarios, libre como un pájaro… eso sí que sería genial. Quizá conocer a unos cuantos hombres interesantes, beber vino y discutir sobre Sylvia Plath en la cama. Alice y Aidan le habían hecho cambiar de opinión. Se había enamorado de ellos. Quería que la Cúpula se abriera, desde luego que sí, pero devolver esos niños a su madre le iba a partir el corazón. En cierto modo esperaba que también a ellos les doliese un poco. Seguramente era cruel, pero así era.

—¿Ade? ¿Es eso lo que quieres? Porque las asambleas de adultos pueden ser muy, largas y aburridas.

—Yo quiero ir —dijo Aidan—. Quiero ver a todo el mundo.

Entonces Carolyn lo entendió. Lo que les interesaba no era la discusión sobre los recursos ni sobre cómo los utilizaría el pueblo en adelante, ¿por qué habría de interesarles? Alice tenía nueve años y Aidan cinco. Pero que quisieran ver a todo el mundo reunido, como si fueran una gran familia… eso sí tenía sentido.

—¿Se portarán bien? ¿Permanecerán quietecitos y sin murmurar todo el tiempo?

—Claro que sí —respondió Alice con dignidad.

—¿Y orinarán todo lo necesario antes de salir?

—¡Sí! —esta vez la niña puso los ojos en blanco para expresar que Caro se estaba comportando como una pesada insoportable… y a ella le encantó esa reacción.

—Entonces, lo que voy a hacer es envolver estos sándwiches para llevárnoslos. Y hay dos latas de refresco para los niños que se portan bien y saben beber con popote. Suponiendo que los niños en cuestión hayan orinado todo lo necesario antes de volver a llenarse con más líquido, claro.

—Yo sé beber muy bien con popote —dijo Aidan—. ¿Hay Woops?

—Quiere decir pastelitos Whoopie Pies —aclaró Alice.

—Ya sé lo que quiere decir, pero no hay. Me parece que a lo mejor quedan algunas galletitas integrales. De esas que tienen azúcar y canela encima.

—Las galletas de canela son ricas —dijo Aidan—. Te quiero, Caro.

Carolyn sonrió. Pensó que ningún poema que había leído jamás le parecía tan bonito. Ni siquiera ese de Williams sobre las ciruelas frías.

13

Andrea Grinnell bajó la escalera despacio pero con paso seguro mientras Julia la miraba con asombro. Andi había sufrido una transformación. En parte porque se había maquillado y se había peinado lo que antes era la espantosa maraña de su melena, pero eso no era todo. Al mirarla, Julia se dio cuenta del tiempo que había pasado desde la última vez que había visto a la tercera concejala del pueblo siendo ella misma. Esa noche se había puesto un impresionante vestido rojo con un cinturón que le ceñía el talle (parecía de Ann Taylor) y llevaba un gran bolso de tela que se cerraba con un pliegue.

Incluso Horace se quedó boquiabierto.

—¿Qué tal estoy? —preguntó Andi cuando llegó al pie de la escalera—. ¿Da la impresión de que podría ir a la asamblea volando si tuviera una escoba?

—Estás fantástica. Veinte años más joven.

—Gracias, cielo, pero arriba tengo un espejo.

—Pues si no has visto lo mucho que has mejorado, prueba a mirarte en el de aquí abajo, que la luz es mejor.

Andi se cambió el bolso de brazo, como si le pesara mucho.

—Bueno. Supongo que sí. Al menos un poco.

—¿Estás segura de que tienes suficientes fuerzas para esto?

—Me parece que sí, pero si empiezo a temblar y a tiritar me escaparé por la puerta lateral —Andi no tenía ninguna intención de escaparse, temblara o no.

—¿Qué llevas en el bolso?

La comida de Jim Rennie, pensó Andrea. *Y pienso hacérsela tragar delante de todo este pueblo.*

—Siempre me llevo la labor para tejer cuando voy a la asamblea municipal. A veces resultan muy pesadas y aburridas.

—No creo que la de hoy vaya a ser aburrida —dijo Julia.

—Tú también vienes, ¿verdad?

—Hum, supongo que sí —respondió Julia con vaguedad. Esperaba estar bien lejos del centro de Chester's Mill antes de que la asamblea llegara a su fin—. Antes tengo unas cuantas cosas que hacer. ¿Podrás llegar tú sola?

Andi le dedicó una cómica mirada de "Mamá, por favor".

—Voy hasta el final de la calle, bajo la cuesta y ya estoy allí. Llevo años haciéndolo.

Julia consultó su reloj. Eran las seis menos quince.

—¿No sales demasiado pronto?

—Si no me equivoco, Al abrirá las puertas a las seis en punto, y quiero asegurarme de encontrar un buen asiento.

—Como concejala, deberías ocupar un sitio en el estrado —dijo Julia—. Si quieres, claro.

—No, creo que no —Andi volvió a cambiarse el bolso de brazo. Sí que llevaba dentro sus labores; pero también los documentos de VADER y el 38 que le había regalado su hermano Twitch para que protegiera su casa. Pensó que serviría igual de bien para proteger el pueblo. Un pueblo era como un cuerpo, pero contaba con una ventaja sobre el cuerpo humano: si un pueblo tenía un cerebro defectuoso, podía llevarse a cabo un trasplante. Y a lo mejor no hacía falta llegar a asesinar a nadie. Rezó para que no hiciera falta.

Julia la miraba con socarronería. Andrea se dio cuenta de que se había quedado abstraída.

—Me parece que esta noche me sentaré con la gente. Pero, cuando llegue el momento, me haré escuchar. Puedes estar segura.

14

Andi tenía razón en eso de que Al Timmons abriría las puertas a las seis. A esas horas, Main Street (que había estado prácticamente vacía durante todo el día) empezaba a llenarse de ciudadanos que iban hacia la sala de plenos. Había más gente aún bajando en pequeños grupos por la cuesta del Ayuntamiento desde las calles residenciales. Empezaron a llegar coches desde Eastchester y Northchester, casi todos con los asientos ocupados. Por lo visto, esa noche nadie quería estar solo.

Andi llegó lo bastante pronto para poder elegir asiento y escogió uno en la tercera fila desde el estrado, junto al pasillo central.

Por delante de ella, en la segunda fila, estaban Carolyn Sturges y los pequeños Appleton. Los niños miraban todo y a todo el mundo fijamente y con los ojos muy abiertos. El chiquillo sostenía algo que parecía una galletita integral.

Linda Everett fue otra de las que llegaron temprano. Julia le había explicado a Andi que habían detenido a Rusty (era completamente absurdo) y sabía que su mujer debía de estar destrozada, pero lo ocultaba muy bien tras el maquillaje y un bonito vestido con grandes bolsillos de parche. Dado el estado en que se encontraba ella (boca seca, dolor de cabeza, estómago revuelto), Andi admiró su valentía.

—Ven, siéntate conmigo, Linda —dijo al tiempo que daba unas palmaditas en el asiento de al lado—. ¿Cómo está Rusty?

—No lo sé —respondió Linda. Pasó frente a Andrea y se sentó. Algo que llevaba en esos divertidos bolsillos hizo ruido al chocar con la madera—. No me dejan verlo.

—Esa situación se rectificará —dijo Andrea.

—Sí —convino Linda con gravedad—. Se rectificará —después se inclinó hacia delante—. Hola, niños, ¿cómo se llaman?

—Este es Aidan —dijo Caro—, y esta es…

—Yo me llamo Alice —la niñita alargó una mano regia: de reina a fiel súbdita—. Yo y Aidan… Aidan y yo… somos Cupuérfanos. Quiere decir "Huérfanos de la Cúpula". Lo inventó Thurston. Sabe hacer trucos de magia, como sacarte monedas de detrás de la oreja y cosas así.

—Vaya, parece que les ha ido muy bien —dijo Linda, sonriendo. No le apetecía sonreír; no había estado tan nerviosa en toda su vida. Pero "nerviosa" era una palabra demasiado suave. Se cagaba de miedo.

15

A las seis y media, el estacionamiento de detrás del ayuntamiento ya estaba repleto. Después de eso se llenaron las plazas de Main Street, y también las de West y East Street. Al cuarto para las siete, incluso los estacionamientos de correos y de la estación de bomberos estaban completos.

Gran Jim había previsto la posibilidad de aglomeración, y Al Timmons, ayudado por algunos de los oficiales más nuevos, había sacado al césped unos cuantos bancos del Salón de Veteranos. APOYA A NUESTRAS TROPAS, se leía grabado en algunos; ¡JUEGA BINGO!, en otros. También habían instalado unos grandes altavoces Yamaha a un lado y otro de la puerta principal.

Casi toda la fuerza policial del pueblo (y todos los oficiales experimentados, salvo uno) estaba allí para mantener el orden. Cuando los últimos en llegar protestaron porque tenían que sentarse fuera (o quedarse de pie, cuando hasta los bancos del césped se hubieron llenado), el jefe Randolph les dijo que tendrían que haber llegado antes: si te duermes, te lo pierdes. Además, añadía, hacía una noche muy buena, agradable y calurosa, y más tarde seguramente disfrutarían de otra gran luna rosa.

—Agradable si no te molesta este olor —dijo Joe Boxer. El dentista estaba de un humor de perros desde la confrontación en el hospital a causa de esos *waffles* que había hurtado—. Espero que lo oigamos todo bien a través de esos cacharros —señaló los altavoces.

—Lo oirán bien —dijo Randolph—. Los hemos traído del Dipper's. Tommy Anderson dice que son lo último de lo último, y los instaló él mismo. Imagínese que esto es un autocine pero sin la película.

—Me imaginaré que es un grano que me ha salido en el trasero —exclamó Joe Boxer, luego cruzó las piernas y se frotó con nerviosismo la raya de los pantalones.

Junior los veía llegar desde su escondite en el Puente de la Paz, donde espiaba a través de una rendija entre los tablones. Se quedó pasmado al ver a tanta gente del pueblo en el mismo sitio y al mismo tiempo, y dio gracias por los altavoces. Así podría oírlo todo desde donde estaba, y en cuanto su padre hubiese entrado en materia, él iniciaría su maniobra.

Que Dios asista al que se interponga en mi camino, pensó.

Era imposible no ver la mole barriguda de su padre aun en la creciente penumbra. Además, el ayuntamiento estaba completamente iluminado y la luz de una de las ventanas proyectaba un rectángulo justo donde se encontraba Gran Jim, en el límite del abarrotado estacionamiento. Carter Thibodeau estaba junto a él.

Gran Jim no tenía la sensación de estar siendo observado; o, mejor dicho, tenía la sensación de que todo el mundo lo observaba, lo cual venía a ser lo mismo. Consultó su reloj y vio que solo eran las siete. Su sentido político, agudizado a lo largo de muchísimos años, le decía que una reunión importante tenía que empezar siempre diez minutos tarde; más no, pero tampoco menos. Lo cual quería decir que era hora de que enfilara hacia la tarima. Llevaba consigo una carpeta en la que guardaba su discurso, pero en cuanto tomara impulso no lo necesitaría. Sabía lo que iba a decir. Tenía la sensación de haber pronunciado el discurso ya en sueños la noche anterior, no una sino varias veces, y cada vez le había salido mejor.

Dio un codazo a Carter.

—Es hora de poner en marcha el espectáculo.

—De acuerdo —Carter se acercó corriendo hasta donde estaba Randolph en los escalones del ayuntamiento (*Seguro que cree que se parece al condenado Julio César*, pensó Gran Jim), y volvió con el jefe de policía.

—Entraremos por la puerta lateral —dijo Gran Jim. Consultó su reloj—. Dentro de cinco… no, de cuatro minutos. Tú irás delante, Peter; yo iré el segundo; Carter, tú detrás de mí. Iremos directos al estrado, ¿de acuerdo? Caminen con firmeza… nada de arrastrar los dichosos pies. Habrá aplausos. Manténganse en posición de "firmes" hasta que empiecen a decaer. Después siéntense. Peter, tú a mi izquierda. Carter, a mi derecha. Yo me adelantaré al atril. Primero rezaremos, luego todo el mundo se pondrá en pie para cantar el himno nacional. Después de eso, hablaré y repasaré el orden del día a toda marcha. Votarán que sí a todo. ¿Está claro?

—Estoy nervioso como una colegiala —confesó Randolph.

—Pues no lo estés. Todo va a salir bien.

En eso desde luego se equivocaba.

16

Mientras Gran Jim y su séquito se encaminaban hacia la puerta lateral del ayuntamiento, Rose torcía por el camino de entrada de los McClatchey con la camioneta de su restaurante. Detrás de ella iba el sencillo Chevrolet sedán que conducía Joanie Calvert.

Claire salió de la casa con una maleta en una mano y una bolsa de lona llena de comida en la otra. Joe y Benny Drake también llevaban maletas, aunque la mayoría de la ropa que había en la de Benny había salido de los cajones de Joe. Benny llevaba otra bolsa de lona, más pequeña, cargada con todo lo que había podido encontrar en la despensa de los McClatchey.

Desde el pie de la cuesta llegó el sonido amplificado de unos aplausos.

—Dense prisa —dijo Rose—. Ya están empezando. Es hora de poner pies en polvorosa —Lissa Jamieson iba con ella. Deslizó la puerta de la camioneta para abrirla y empezó a cargar bultos dentro.

—¿Tenemos lámina de plomo para cubrir las ventanas? —le preguntó Joe a Rose.

—Sí, y también unos trozos de sobra para el coche de Joanie. Llegaremos hasta donde tú digas que es seguro y luego taparemos las ventanillas. Dame esa maleta.

—Esto es una locura, ¿sabes? —dijo Joanie Calvert. Caminó desde su coche hasta la camioneta del Sweetbriar en una línea bastante recta, lo cual hizo pensar a Rose que solo se había tomado una o dos copas para infundirse valor. Eso era buena señal.

—Seguramente tienes razón —dijo Rose—. ¿Estás preparada?

Joanie suspiró y después pasó un brazo sobre los flacos hombros de su hija.

—¿Para qué? ¿Para ir de cabeza al desastre? ¿Por qué no? ¿Cuánto tiempo tendremos que quedarnos allí arriba?

—No lo sé —dijo Rose.

Joanie soltó otro suspiro.

—Bueno, al menos no hace frío.

Joe le preguntó a Norrie:

—¿Dónde está tu abuelo?

—Con Jackie y el señor Burpee en la camioneta que robamos en Coches Rennie. Esperará fuera mientras ellos entran a sacar a Rusty y al señor Barbara —le dedicó una sonrisa muerta de miedo—. Será su hombre al volante.

—No hay tonto más tonto que un viejo tonto —comentó Joanie Calvert.

A Rose le dieron ganas de armarse de valor y soltarle una bofetada, y al mirar a Lissa se dio cuenta de que ella había sentido lo mismo, pero no era momento de ponerse a discutir, y menos aún de enfrascarse a golpes.

910

O vencemos unidos o caemos por separado, pensó Rose.

—¿Y Julia? —preguntó Claire.

—Viene con Piper. Y con su perro.

Desde el centro llegó la voz amplificada del Coro Unido de Chester's Mill (y las voces de los que estaban sentados en los bancos del exterior) cantando "The Star-Spangled Banner".

—Vamos —dijo Rose—. Yo iré adelante.

Joanie Calvert repitió con triste buen humor:

—Al menos no hace frío. Vamos, Norrie, sé el copiloto de tu vieja madre.

17

Al sur de la Maison des Fleurs de LeClerc había un callejón, y allí estaba estacionada la camioneta robada de la compañía telefónica, con el frente asomando. Ernie, Jackie y Rommie Burpee estaban sentados dentro escuchando el himno nacional que llegaba desde calle abajo. Jackie sintió una punzada en los ojos y vio que no era la única que se había emocionado: Ernie, al volante, había sacado un pañuelo del bolsillo trasero y estaba secándose los ojos.

—Supongo que no necesitamos que Linda nos dé la voz de alarma —"alagma", dijo Rommie—. No esperaba esos altavoces. De mi almacén no han salido.

—Aun así, está bien que la gente la vea en la asamblea —dijo Jackie—. ¿Tienes la máscara, Rommie?

Él levantó la careta de Dick Cheney estampada en plástico. A pesar de sus diversas existencias, Rommie no había podido proporcionarle a Jackie una careta de Ariel, la Sirenita, así que tuvo que conformarse con la de la amiguita de Harry Potter, Hermione. La máscara de Darth Vader de Ernie estaba detrás de su asiento. Jackie pensó que si llegaba a tener que ponérsela, seguramente estarían en graves apuros, pero no lo dijo.

Además, ¿qué importa? Cuando de pronto ya no estemos en el pueblo, todo el mundo comprenderá bastante bien por qué nos hemos marchado.

Sin embargo, sospechar no era lo mismo que saber, y si la sospecha era lo único que tenían Rennie y Randolph, tal vez los amigos y familiares a quienes dejaban atrás no se verían sometidos más que a un severo interrogatorio.

Tal vez. Jackie comprendía que, en circunstancias como esas, "tal vez" eran palabras mayores.

El himno terminó. Se oyeron más aplausos y luego el segundo concejal del pueblo tomó la palabra. Jackie comprobó la pistola que llevaba encima (la suya personal) y pensó que los siguientes minutos seguramente serían los más largos de toda su vida.

18

Barbie y Rusty estaban junto a la puerta de sus respectivas celdas escuchando a Gran Jim embarcarse en su discurso. Gracias a los altavoces que habían instalado en la puerta principal del ayuntamiento, lo oían bastante bien.

—¡Gracias! ¡Gracias a todos y cada uno de ustedes! ¡Gracias por venir! ¡Y gracias por ser los ciudadanos más valientes, más fuertes y más resistentes de estos Estados Unidos de América!

Aplausos entusiastas.

—Damas y caballeros… y niños también, puesto que veo unos cuantos entre el público…

Risas bondadosas.

—Nos encontramos en un aprieto terrible. Ya lo saben. Esta noche tengo intención de explicarles cómo hemos llegado a esta situación. No lo sé todo, pero compartiré con ustedes lo que sé, porque se lo merecen. Cuando haya terminado de ponerlos al corriente, tenemos un orden del día breve pero importante que repasar. Sin embargo, primero y ante todo, quiero decirles lo muy ORGULLOSO que estoy de ustedes, lo HUMILDE que me siento de ser el hombre que Dios (y ustedes) han elegido para ser su líder en esta crítica encrucijada, y quiero ASEGURARLES que juntos superaremos esta prueba. Juntos y con la ayuda de Dios ¡saldremos de esto MÁS FUERTES y MÁS JUSTOS y MEJORES de lo que hemos sido nunca! Puede que ahora seamos israelitas en el desierto…

Barbie puso cara de exasperación y Rusty cerró el puño y le dedicó una obscenidad.

—… ¡pero pronto llegaremos a CANAÁN y nos deleitaremos con el banquete de leche y miel que el Señor y nuestros compatriotas sin duda nos tendrán preparado!

Aplausos efusivos. Parecía una ovación de las de tener al público en pie. Barbie, bastante seguro de que, aunque hubiera un micrófono oculto en la cárcel, los tres o cuatro polis de arriba estarían apretados en la puerta de la comisaría escuchando a Gran Jim, dijo:

—Prepárate, amigo.

—Ya lo estoy —dijo Rusty—. Créeme, lo estoy.

Siempre que Linda no sea una de los que planean asaltar esto, pensó. No quería que matara a nadie, pero, más que eso, no quería que se arriesgara a que la mataran. Por él no. *Que se quede donde está, por favor. Puede que ese hombre esté loco, pero si Linda se queda con el resto del pueblo al menos estará a salvo.*

Eso fue lo que pensó justo antes de que empezaran los disparos.

19

Gran Jim estaba exultante. Los tenía exactamente donde quería: en la palma de la mano. Cientos de personas, los que lo habían votado y los que no. Nunca había visto a tanta gente en esa sala, ni siquiera cuando habían discutido sobre el precepto de las oraciones en la escuela o el presupuesto de la escuela. Estaban sentados muslo contra muslo y hombro contra hombro, fuera igual que dentro, y hacían mucho más que escucharlo. Con Sanders desaparecido en combate y Grinnell sentada entre los asistentes (era difícil pasar por alto ese vestido rojo de la tercera fila), el público era todo para él. Sus ojos le suplicaban que cuidara de ellos. Que los salvara. Y lo que colmaba aún más su dicha era tener a su guardaespaldas junto a él y ver las filas de policías (sus policías) alineados a ambos lados de la sala. No todos vestían uniforme todavía, pero sí estaban armados. Al menos otras cien personas del público llevaban brazaletes azules. Era como tener su propio ejército privado.

—Mis queridos conciudadanos, la mayoría de ustedes sabe que hemos detenido a un hombre llamado Dale Barbara…

Se levantó una tempestad de abucheos y silbidos. Gran Jim esperó a que remitiera, con expresión grave por fuera, sonriendo por dentro.

—… por los asesinatos de Brenda Perkins, Lester Coggins y dos niñas encantadoras a las que todos conocíamos y queríamos: Angie McCain y Dodee Sanders.

Más abucheos salpicados de gritos de "¡Que lo cuelguen!" y "¡Terrorista!". La que gritaba "terrorista" parecía ser Velma Winter, la encargada de Brownie's durante el día.

—Lo que no saben —siguió diciendo Gran Jim— es que la Cúpula es el resultado de una conspiración perpetrada por un grupo de élite de científicos canallas y financiada encubiertamente por un grupo escindido del gobierno. ¡Somos conejillos de Indias de un experimento, queridos conciudadanos, y Dale Barbara era el hombre designado para planear y dirigir la ejecución de ese experimento desde dentro!

Esas palabras fueron recibidas por un silencio de estupefacción. Después se oyó un rugido de indignación.

Cuando cesó, Gran Jim prosiguió; las manos plantadas a un lado y otro del atril, su enorme rostro brillando de sinceridad (y tal vez hipertensión). Tenía su discurso delante, pero no había desplegado el papel. No necesitaba mirarlo. Dios se valía de sus cuerdas vocales y le movía la lengua.

—Puede que se pregunten a qué me refiero cuando hablo de un financiamiento encubierto. La respuesta es terrorífica pero simple. Dale Barbara, ayudado por un número de conciudadanos todavía desconocido, montó una fábrica de estupefacientes que ha estado suministrando enormes cantidades de cristal de metanfetamina a los señores de la droga, algunos con contactos en la CIA, a lo largo de toda la costa Este. Y aunque todavía no nos ha dado los nombres de todos sus compañeros de conspiración, uno de ellos (y me parte el corazón decir esto) parece ser Andy Sanders.

Barullo y gritos de asombro entre el público. Gran Jim vio que Andi Grinnell hacía ademán de levantarse de su asiento pero luego volvía a sentarse. *Eso es*, pensó. *Quédate ahí sentada. Si eres lo bastante temeraria para poner en duda lo que digo, te comeré viva. O te señalaré con el dedo y te acusaré. Y entonces serán ellos quienes te comerán viva.*

A decir verdad, se sentía como si pudiera hacerlo.

—El jefe de Barbara, su mando, es un hombre al que todos han visto en las noticias. Dice ser coronel del Ejército de Estados Unidos, pero en realidad es un alto cargo de los consejos de científicos y funcionarios gubernamentales responsables de este experimento satánico. Tengo aquí mismo la confesión de Barbara al respecto —se dio unos golpecitos en la chamarra, en cuyo bolsillo interior llevaba la cartera y un Nuevo Testamento de pequeño formato con las palabras de Cristo impresas en rojo.

Mientras tanto se habían elevado más gritos de "¡Que lo cuelguen!". Gran Jim levantó una mano, la cabeza gacha, el rostro serio, y los gritos se acallaron por fin.

—Votaremos el castigo de Barbara como pueblo: un cuerpo unido y entregado a la causa de la libertad. Está en sus manos, damas y caballeros. Si votan que sea ejecutado, será ejecutado. Sin embargo, no habrá ningún ahorcamiento mientras yo sea su dirigente. Lo ejecutará un pelotón de fusilamiento de la policía…

Lo interrumpieron unos aplausos exaltados, y casi toda la asamblea se puso en pie. Gran Jim se inclinó hacia el micrófono.

—… pero ¡solo después de haber sacado hasta el último ápice de información que sigue escondiendo el CORAZÓN DE ESE MISERABLE TRAIDOR!

En ese momento casi todo el mundo estaba en pie. Andi, sin embargo, no; ella seguía sentada en la tercera fila, junto al pasillo central, clavándole una mirada que debería haber sido ausente, brumosa y confusa, pero que no lo era. *Mírame cuanto quieras*, pensó Rennie. *Mientras aguantes ahí sentadita como una niña buena.*

Entretanto se deleitó con ese aplauso.

20

—¿Ya? —preguntó Rommie—. ¿Tú que dices, Jackie?

—Espera un poco más.

Era instinto, solo eso, y normalmente podía confiar en sus instintos.

Después se preguntaría cuántas vidas podrían haberse salvado si le hubiera dicho a Rommie: "Bien, vamos".

A través de la rendija de la pared del Puente de la Paz, Junior vio que incluso la gente que estaba sentada en los bancos de fuera se había puesto en pie, y el mismo instinto que le había dicho a Jackie que esperara un poco más, a él le dijo que era hora de ponerse en marcha. Salió cojeando del puente por el lado de la plaza del pueblo y cruzó hacia la banqueta. Cuando el ser que lo había engendrado volvió a tomar la palabra, él echó a andar hacia la comisaría. La mancha negra del lado izquierdo de su campo de visión había vuelto a expandirse, pero tenía la mente clara.

Ya voy, Baaarbie. Voy por ti.

—Esa gente son maestros de la desinformación —siguió diciendo Gran Jim— y, cuando se acerquen a la Cúpula a ver a sus seres queridos, la campaña contra mí irá ya a toda máquina. Cox y sus subalternos no se detendrán ante nada con tal de desacreditarme. Dirán que soy un mentiroso y un ladrón, incluso puede que digan que fui yo quien organizó su operación de fabricación de drogas...

—Sí que fuiste tú —dijo una voz nítida y clara.

Era Andrea Grinnell. Todas las miradas se fijaron en ella cuando se puso en pie; un signo de exclamación humano con su vestido rojo chillón. Miró un instante a Gran Jim con una expresión de frío desprecio, después volteó para contemplar a esas personas que la habían elegido tercera concejala cuando el viejo Billy Cale, el padre de Jack Cale, murió de un derrame cerebral hacía cuatro años.

—Conciudadanos, dejen a un lado sus miedos por un momento —dijo—. Si lo hacen, verán que la historia que está explicando Jim Rennie es absurda. Cree que se puede hacerlos salir en estampida como al ganado en una tormenta. Yo he vivido con ustedes toda mi vida, y creo que se equivoca.

Gran Jim esperó oír exclamaciones de protesta. No las hubo. Eso no quería decir necesariamente que la gente del pueblo la creyeran, solo que se habían quedado atónitos ante ese repentino giro de los acontecimientos. Alice y Aidan Appleton se habían dado la vuelta y estaban arrodillados en sus bancos, mirando boquiabiertos a la mujer de rojo. Caro estaba igual de pasmada.

—¿Un experimento secreto? ¡Vaya tontería! Nuestro gobierno se ha involucrado en cosas bastante horrorosas durante estos últimos cincuenta años, y yo soy la primera en admitirlo, pero ¿tener prisionero a todo un pueblo con una especie de campo de fuerza? ¿Solo para ver qué hacemos? Es una idiotez. Solo una gente aterrorizada lo creería. Rennie lo sabe, y por eso ha estado orquestando el terror.

Gran Jim había perdido el ritmo por un momento, pero entonces volvió a encontrar la voz. Y, desde luego, él tenía el micrófono.

—Damas y caballeros, Andrea Grinnell es una buena mujer, pero esta noche no es ella misma. Está tan conmocionada como el resto de nosotros, desde luego, pero, además, siento decir que tiene un grave problema de dependencia de los medicamentos a consecuencia de una caída y de su subsiguiente consumo de un fármaco extremadamente adictivo llamado…

—Hace días que no tomo nada más fuerte que aspirinas —dijo Andrea con una voz clara y nítida—. Y han llegado a mi poder unos documentos que demuestran…

—¡Melvin Searles! —vociferó Gran Jim—. ¿Querrían usted y varios de sus compañeros sacar gentil pero firmemente a la concejala Grinnell de la sala y acompañarla a su casa? O quizá al hospital, para que la examinen. No es ella misma.

Se oyeron unos murmullos de aprobación, pero no el clamor que Gran Jim esperaba. Por otra parte, Mel Searles solo había dado un paso adelante cuando Henry Morrison extendió su mano hacia el pecho de Mel y lo envió de vuelta a la pared, donde se dio un golpe que incluso se oyó.

—Dejémosla terminar —dijo Henry—. Ella también es concejala, así que dejémosla terminar.

Mel miró a Gran Jim, pero Gran Jim estaba mirando a Andi, casi hipnotizado, y vio cómo sacaba de su gran bolso un sobre manila de color pardo. Supo lo que era nada más verlo. *Brenda Perkins*, pensó. *Oh, la muy condenada. Aun muerta sus tonterías continúan.*

Cuando Andi sostuvo el sobre en alto, el papel empezó a agitarse atrás y adelante. Los temblores volvían, esos temblores de mierda. No podían haber escogido peor momento, pero a ella no le sorprendía; de hecho, casi podría haberlo esperado. Era el estrés.

—Los documentos de este sobre llegaron a mí a través de Brenda Perkins —dijo, y por fin su voz sonó firme—. Fueron reunidos por su marido y por el fiscal general del estado. Duke Perkins estaba investigando a James Rennie por una larga lista de faltas y delitos graves.

Mel miró a su amigo Carter en busca de consejo, y Carter le devolvió una mirada de ojos brillantes, muy abiertos y casi divertidos. Señaló a Andrea, después se llevó una mano a la garganta en posición horizontal: "Córtala". Esta vez, cuando Mel se adelantó, Henry Morrison no lo detuvo. Igual que casi todo el mundo en la sala, Henry estaba atónito mirando a Andrea Grinnell.

Marty Arsenault y Freddy Denton se unieron a Mel, que corría frente a la tarima, agachado como si cruzara por delante de la pantalla de un cine. Todd Wendlestat y Lauren Conree también se habían puesto en marcha desde el otro lado de la sala. La mano de Wendlestat aferraba un pedazo de bastón de nogal serrado que empuñaba a modo de garrote; la de Conree agarraba la culata de su arma.

Andi los vio venir, pero no calló.

—La prueba está en este sobre, y creo que demuestra... —"que Brenda Perkins murió por esto", tenía intención de decir para terminar la frase, pero en ese momento a su mano temblorosa y cubierta de sudor se le resbaló el cordón que cerraba su bolso. Cayó al pasillo, y el cañón de su 38 de protección personal asomó por la boca fruncida de la bolsa como un periscopio.

En el silencio de la sala, todo el mundo oyó con claridad cómo Aidan Appleton decía:

—¡Cuidado! ¡Esta señora tiene una pistola!

Siguieron otros instantes de atónito silencio. Entonces, Carter Thibodeau saltó de su asiento y corrió a ponerse delante de su jefe gritando:

—¡Un arma! ¡Un arma! ¡UN ARMA!

Aidan salió al pasillo para investigar más de cerca.

—¡No, Ade! —gritó Caro, y se inclinó para agarrarlo justo cuando Mel disparaba el primer tiro.

La bala abrió un agujero en el suelo pulido, unos cuantos centímetros por delante de Carolyn Sturges. Volaron astillas. Una de ellas se le clavó a la joven justo debajo del ojo derecho, y la sangre empezó a resbalarle por la cara. Ella se dio cuenta vagamente de que todo el mundo se había puesto a gritar. Se arrodilló en el pasillo, tomó a Aidan de los hombros y lo protegió entre sus muslos como si fuera un balón de futbol americano. El niño regresó a toda prisa a la fila en la que había estado sentado, sorprendido pero ileso.

—¡UN ARMA! ¡TIENE UN ARMA! —gritó Freddy Denton, y apartó a Mel de en medio. Más tarde juraría que la joven intentaba alcanzar la pistola y que él solo tuvo la intención de herirla.

23

Gracias a los altavoces, las tres personas que aguardaban en la camioneta robada oyeron el cambio de rumbo de las festividades del ayuntamiento. El discurso de Gran Jim y los aplausos que lo acompañaban habían sido interrumpidos por una mujer que hablaba en voz alta pero que estaba demasiado lejos del micrófono para que sus palabras pudieran entenderse desde fuera. Su voz había quedado ahogada por un murmullo general que culminó en gritos. Después se oyó un disparo.

—¿Qué demonios es eso? —dijo Rommie.

Más disparos. Dos, quizá tres. Y gritos.

—No importa —dijo Jackie—. Arranca, Ernie, y deprisa. Si vamos a hacerlo, tenemos que hacerlo ya.

24

—¡No! —gritó Linda, poniéndose en pie de un salto—. ¡No disparen! ¡Hay niños! ¡HAY NIÑOS!

En el ayuntamiento estalló un pandemónium. Es posible que por unos instantes hubieran dejado de ser ganado, pero ya volvían a serlo. La estampida hacia las puertas principales estaba servida. Unos cuantos, los primeros, consiguieron salir. Después la multitud se atascó. Algunas personas que habían conservado una pizca de sentido común echaron a andar por los pasillos laterales y el central hacia las salidas que flanqueaban la tarima, pero fueron una minoría.

Linda se acercó a Carolyn Sturges con la intención de tirar de ella hacia la relativa seguridad de los bancos cuando Toby Manning, que corría por el pasillo central, chocó contra ella. Su rodilla impactó con la parte de atrás de la cabeza de Linda y la mujer cayó hacia delante, aturdida.

—¡Caro! —Alice Appleton gritaba desde muy lejos—. ¡Caro, levántate! ¡Caro, levántate! ¡Caro, levántate!

Carolyn quiso ponerse en pie, y fue entonces cuando Freddy Denton le disparó entre los ojos y la mató al instante. Los niños gritaron. Sus rostros estaban salpicados de sangre.

Linda notó vagamente que le daban patadas y la pisaban. Se puso a gatas (ponerse de pie quedaba descartado) y se arrastró hacia la fila contraria a la que había ocupado. Su mano se manchó de la sangre de Carolyn.

Alice y Aidan intentaban llegar hasta Caro. Como Andi sabía que podían herirlos gravemente si salían al pasillo (y no quería que vieran cómo había quedado la mujer que ella suponía que era su madre), se inclinó hacia el banco de delante para agarrarlos. Había dejado caer el sobre de VADER.

Era lo que Carter Thibodeau había estado esperando. Todavía se encontraba de pie delante de Rennie, protegiéndolo con su propio cuerpo, pero había desenfundado el arma y la sostenía sobre el antebrazo. En ese momento apretó el gatillo y la problemática mujer del vestido rojo (la que había provocado todo ese lío) salió disparada hacia atrás.

El ayuntamiento estaba sumido en el caos, pero a Carter no le importó. Bajó los escalones y caminó con firmeza hacia donde había caído la mujer del vestido rojo. Cuando la gente que corría por el pasillo central chocaba con él, los empujaba para apartarlos, primero a la izquierda y luego a la derecha. La niñita, que estaba llorando, intentó aferrarse a su pierna, pero Carter se la quitó de encima de una patada, sin mirarla siquiera.

Le costó un poco ver el sobre. Pero lo localizó. Estaba en el suelo, junto a una de las manos abiertas de la señora Grinnell. Encima de la palabra VADER quedó estampada una gran huella impresa en sangre. Sereno aun en mitad del caos, Carter miró en derredor y vio a Rennie, que contemplaba con cara de asombro e incredulidad cómo se arrastraba su público. Bien.

Carter se sacó la camisa del pantalón. Una mujer que gritaba (era Carla Venziano) chocó con él y él la lanzó a un lado. Después se metió el sobre de VADER bajo el cinturón, en la espalda, y volvió a meterse la camisa para ocultarlo.

Siempre era bueno tomar algunas precauciones.

Reculó hacia el escenario caminando hacia atrás para no perder el control visual de la situación. Cuando llegó a los escalones, volteó y los subió corriendo. Randolph, el intrépido jefe de policía del pueblo, seguía sentado con las manos plantadas en sus carnosos muslos. Podría haber pasado por una estatua de no ser por el palpitar de una vena en mitad de la frente.

Carter se llevó a Gran Jim del brazo.

—Vamos, jefe.

Gran Jim lo miró como si no supiera muy bien dónde estaba ni quién era. Entonces su mirada se aclaró un poco.

—¿Grinnell?

Carter señaló el cuerpo de la mujer, tendido en el pasillo central, y el charco creciente que se extendía bajo su cabeza, a juego con su vestido.

—De acuerdo, bien —dijo Gran Jim—. Salgamos de aquí. Bajemos. Tú también, Peter. Levántate —y al ver que Randolph seguía sentado y mirando a la muchedumbre enloquecida, Gran Jim le dio una patada en la espinilla—. ¡Que te muevas!

En aquel pandemónium, nadie oyó los tiros del edificio de al lado.

25

Barbie y Rusty se miraron.

—Mierda, ¿qué está pasando ahí? —preguntó Rusty.

—No lo sé —dijo Barbie—, pero nada bueno.

Se oyeron más disparos en el ayuntamiento, y después otro mucho más cerca: en el piso de arriba. Barbie esperó que fuera de los suyos… Y luego oyó gritar a alguien:

—¡No, Junior! ¿Te has vuelto loco? ¡Wardlaw, cúbreme!

Siguieron más disparos. Cuatro, tal vez cinco.

—Mierda —dijo Rusty—. Tenemos problemas.

—Lo sé —dijo Barbie.

26

Junior se detuvo en los escalones de la comisaría y miró por encima del hombro hacia el tumulto que acababa de estallar en el ayuntamiento. Los de los bancos de fuera estaban de pie y alargaban el cuello, pero no alcanzaban a ver nada. Ni ellos ni él. A lo mejor alguien había asesinado a su padre (eso esperaba, así le habrían ahorrado la molestia), pero mientras tanto tenía cosas que hacer en la comisaría. En las celdas, para ser exactos.

Junior empujó la puerta, en la que se leía TRABAJAMOS JUNTOS: LA POLICÍA DE TU PUEBLO Y TÚ. Stacey Moggin salió corriendo hacia él. Rupe Libby la seguía. En la sala de los oficiales, de pie delante del malhumorado cartel que decía EL CAFÉ Y LAS DONAS NO SON GRATIS, estaba Mickey Wardlaw. Por muy mole que fuera, se veía asustado e inseguro.

—No puedes entrar aquí, Junior —dijo Stacey.

—Claro que puedo —"claro" sonó "Caaa'o". Tenía todo un lado de la boca entumecido. ¡La intoxicación por talio! ¡Barbie!—. Estoy en el cuerpo. —"'stoy 'nel c'erbo."

—Estás borracho, eso es lo que estás. ¿Qué está pasando ahí? —pero, entonces, quizá al decidir que Junior no sería capaz de ofrecerle una respuesta coherente, la muy zorra le dio un empujón en mitad del pecho. Hizo que se tambaleara sobre la pierna mala y casi lo tiró al suelo—. Márchate, Junior —miró atrás por encima del hombro y pronunció las últimas palabras que diría en este mundo—. Quédate donde estás, Wardlaw. Nadie va a bajar ahí.

Cuando se giró con la intención de obligar a Junior a salir de la comisaría, se encontró mirando la boca de una Beretta reglamentaria. Le dio tiempo a pensar una sola cosa más (*Oh, no, no será capaz...*), y entonces un guante de boxeo indoloro le golpeó entre los pechos y la empujó. Vio la cara de asombro de Rupe

Libby del revés cuando la cabeza se le inclinó hacia atrás. Después ya no vio nada.

—¡No, Junior! ¿Te has vuelto loco? —gritó Rupe mientras intentaba sacar la pistola—. ¡Wardlaw, cúbreme!

Pero Mickey Wardlaw se quedó allí de pie, mirándolos como pasmado mientras Junior le metía cinco balas en el cuerpo al primo de Piper Libby. Tenía la mano izquierda entumecida, pero la derecha todavía le funcionaba bien; ni siquiera necesitaba apuntar demasiado con un blanco inmóvil a solo dos metros. Los primeros dos tiros se hundieron en la barriga de Rupe y lo lanzaron contra el escritorio de Stacey Moggin, que volcó. El chico se puso en pie, doblado, aferrándose el estómago. El tercer disparo de Junior no acertó, pero los dos siguientes entraron por la parte superior de la cabeza de Rupe, que cayó en una grotesca postura de ballet, las piernas separadas, y la cabeza (lo que quedaba de ella) descansando sobre el suelo, como si realizara una última gran reverencia.

Junior entró en la sala de los oficiales cojeando y sosteniendo la Beretta humeante ante sí. No recordaba exactamente cuántas balas había gastado; creía que siete. Ocho, quizá. O tremendamil... ¿Quién podía saberlo con exactitud? Volvía a dolerle la cabeza.

Mickey Wardlaw levantó una mano. Su rostro mostraba una gran sonrisa asustada y conciliadora.

—Yo no te daré problemas, hermano —dijo—. Haz lo que tengas que hacer —y le hizo la señal de la paz.

—Eso haré —dijo Junior—. Hermano.

Disparó a Mickey. El grandulón cayó al suelo, y la señal de la paz enmarcó el agujero de su cabeza que hasta hacía poco había contenido un ojo. El otro ojo levantó la mirada para contemplar a Junior con la estúpida humildad de una oveja que mira el redil donde la van a esquilar. Junior le disparó otra vez, solo para asegurarse. Después miró alrededor. Por lo visto, tenía todo aquel sitio para él solo.

—Bien —dijo—. Muy-bien.

Fue hacia la escalera, después regresó junto al cadáver de Stacey Moggin. Comprobó que tenía una Beretta Taurus como la de él y le sacó el cargador a la suya. Lo reemplazó con uno lleno del cinturón de la oficial.

Junior volteó, se tambaleó, cayó apoyándose en una rodilla y volvió a levantarse. La mancha negra del lado izquierdo de su campo visual era ya tan grande como una tapa de alcantarilla, y eso le hizo pensar que debía de tener el ojo izquierdo bastante jodido. Bueno, no pasaba nada; de todas formas, si necesitaba más de un ojo para disparar a un hombre encerrado en una celda, es que no valía ni medio pepino. Cruzó la sala de oficiales, resbaló con la sangre del difunto Mickey Wardlaw y casi se cayó otra vez, pero logró agarrarse a tiempo. La cabeza le martilleaba, pero él lo agradeció. *Me mantiene despierto*, pensó.

—Hola, Baaarbie —gritó hacia el final de la escalera—. Sé lo que me hiciste y voy por ti. Si tienes alguna oración que rezar, más te vale que sea corta.

27

Rusty vio las piernas que bajaban cojeando la escalera metálica. Percibió el olor a pólvora de los disparos, y también a sangre, y comprendió con claridad que le había llegado la hora de morir. El hombre que cojeaba había ido a buscar a Barbie, pero estaba casi seguro de que no se dejaría por el camino a cierto asistente médico encerrado entre barrotes. Nunca volvería a ver a Linda ni a las pequeñas J.

Entonces apareció el pecho de Junior, después el cuello, luego la cabeza. Rusty le vio la boca, que tenía el lado izquierdo caído y como paralizado en una expresión lasciva, y el ojo izquierdo, que derramaba lágrimas de sangre, y pensó: *Está del otro lado. Es un milagro que todavía se tenga en pie, y una lástima que no haya esperado solo un poco más. Un poco más y no habría sido capaz ni de cruzar la calle.*

Tenuemente, como en otro mundo, oyó una voz que llegaba desde el ayuntamiento, amplificada por un megáfono:

—¡NO CORRAN¡ ¡QUE NO CUNDA EL PÁNICO! ¡YA NO HAY PELIGRO! ¡SOY EL OFICIAL HENRY MORRISON Y, REPITO, YA NO HAY PELIGRO!

Junior resbaló, pero ya había llegado al último escalón, así que en lugar de caerse y partirse el cuello, solo se quedó arrodillado. Así descansó unos momentos, en la misma pose que un boxeador profesional esperando la obligada cuenta hasta ocho para retomar el combate. Rusty albergaba una sensación de afecto por todo lo que lo rodeaba muy cercana y nítida. Este valiosísimo mundo, que de pronto se había vuelto etéreo e inaprensible, ya no era más que una simple gasa que lo separaba de lo que fuera que había después. Si es que después había algo.

Cáete del todo, pensó, hablándole a Junior. *Cáete de cara. Desmáyate, hijo de puta.*

Pero Junior consiguió ponerse en pie con gran esfuerzo, miró la pistola que apretaba en una mano, fijamente, como si nunca antes hubiera visto nada parecido, y después dirigió la mirada hacia el pasillo y la celda del fondo, donde Barbie aferraba los barrotes con ambas manos y le devolvía la mirada.

—Baaarbie —dijo Junior en un susurro cantarín, y empezó a andar.

Rusty se hizo atrás; pensó que a lo mejor Junior no lo veía al pasar por delante y que a lo mejor se pegaba un tiro después de terminar con Barbie. Sabía que eran ideas de cobarde, pero también sabía que eran realistas. No podía hacer nada por su compañero de celda, pero a lo mejor lograría sobrevivir.

Y podría haber funcionado si hubiera estado en una de las celdas del lado izquierdo del pasillo, porque ese era el lado ciego de Junior. Sin embargo, lo habían encerrado en una de las de la derecha, y Junior lo vio moverse. Se detuvo y fijó la mirada hacia él. Su cara medio paralizada reflejaba una mezcla de malicia y desconcierto.

—Rústico —dijo—. ¿Así te llamas? ¿O era Berrick? No me acuerdo.

Rusty quería suplicar que le perdonara la vida, pero tenía la lengua pegada al paladar superior. Además, ¿de qué serviría suplicar? El chico ya estaba levantando la pistola. Junior iba a matarlo. No había poder en la Tierra capaz de detenerlo.

La mente de Rusty, como último recurso, buscó una huida que muchas otras mentes habían encontrado en sus últimos momentos de conciencia: antes de que el interruptor se accionara, antes de que se abriera la trampa, antes de que la pistola que encañonaba la sien escupiera fuego. *Esto es un sueño*, pensó. *Todo esto. La Cúpula, la locura del campo de Dinsmore, los disturbios de la comida; también*

este chico. Cuando apriete el gatillo, el sueño terminará y desperta-
ré en mi cama una mañana fresca y clara de otoño. Voltearé hacia
Linda y le diré: "¡No vas a creer la pesadilla que tuve!".

—Cierra los ojos, Rústico —dijo Junior—. Será mejor así.

28

Lo primero que pensó Jackie Wettington al entrar en el vestíbulo de la comisaría fue: *Oh, Dios bendito, hay sangre por todas partes.*

Stacey Moggin estaba apoyada contra la pared, debajo del tablón de anuncios para uso de la comunidad, con su mata de cabello rubio esparcida sobre los ojos blancos, que miraban al techo. Otro policía (no supo decir quién era) estaba tirado boca abajo frente a la mesa de recepción, que había volcado, abierto de piernas como un bailarín imposible. Más allá, en la sala de los oficiales, un tercer policía yacía muerto de lado. Ese tenía que ser Wardlaw, uno de los chicos nuevos de la oficina. Tan grande, solo podía ser él. El cartel que había sobre la cafetera había quedado salpicado por la sangre y los sesos del chico. Ahora decía EL C FÉ Y LAS DO N SON GRATIS.

Jackie oyó un tenue ruido tras ella. Se dio la vuelta sin ser consciente de que había levantado el arma hasta que tuvo a Rommie Burpee a tiro. El hombre ni siquiera se dio cuenta de que Jackie lo apuntaba; estaba mirando los cuerpos de los tres policías muertos. El ruido lo había hecho su máscara de Dick Cheney. Se la quitó y la dejó caer al suelo.

—Jesús, ¿qué pasó aquí? —preguntó—. ¿Esa es...?

Antes de que pudiera terminar, desde las celdas llegó un grito:

—¡Toma, cabrón! Te di tu merecido, ¿verdad? ¡Te di lo que buscabas!

Y entonces, por increíble que fuera, una risa. Era muy aguda, maníaca. Por un momento, Jackie y Rommie solo pudieron mirarse uno al otro, incapaces de moverse.

Después Rommie dijo:

—Creo que es Barbara —"Bagbaga."

29

Ernie Calvert estaba sentado al volante de la camioneta de la compañía telefónica y aguardaba con el motor encendido junto a una banqueta en la que podía leerse RESERVADO POLICÍA SOLO 10 MINS. Había cerrado el seguro de todas las puertas por miedo a que alguna o varias de las personas que corrían aterrorizadas por Main Street, huyendo del ayuntamiento, se metieran en la camioneta. Sostenía el rifle que Rommie había dejado detrás del asiento del conductor, aunque no estaba muy seguro de que pudiera dispararle a nadie si intentaban entrar; conocía a aquellas personas, les había vendido alimentos durante años. El terror había deformado sus caras, pero no las había vuelto irreconocibles.

Vio a Henry Morrison corriendo de aquí para allá en el césped frente al ayuntamiento. Parecía un perro de presa rastreando una pista. Gritaba por su megáfono e intentaba poner un poco de orden en aquel caos. Alguien lo tiró al suelo y Henry, que Dios lo bendiga, volvió a levantarse.

Entonces vio aparecer a otros: Georgie Frederick, Marty Arsenault, ese chico… Searles (lo reconoció por el vendaje que llevaba en la cabeza), los dos hermanos Bowie, Roger Killian y un par de novatos más. Freddy Denton bajaba con decisión los anchos escalones del ayuntamiento con el arma empuñada. Ernie no veía a Randolph; cualquiera que no supiera cómo eran las cosas por allí habría esperado ver al jefe de la policía al mando de la brigada de pacificación, la cual también estaba a punto de rendirse al caos.

Sin embargo, Ernie sí sabía cómo eran las cosas por allí. Peter Randolph siempre había sido un torpe inútil y fanfarrón, y no verlo en aquel desastre garrafal no le sorprendió en absoluto. Tampoco le preocupó. Lo que le preocupaba era que de la comisaría no salía nadie, y se habían oído más disparos. Habían sonado amortiguados, como si se hubieran producido en el sótano, donde tenían a los prisioneros.

Ernie, que no era mucho de oraciones, se puso a rezar. Para que nadie de los que huían del ayuntamiento se fijara en el viejo que esperaba sentado al volante de la camioneta en marcha. Para que Jackie y Rommie salieran sanos y salvos, con o sin Barbara y Everett.

Se le ocurrió entonces que también podía, simplemente, marcharse de allí con la camioneta, y le sorprendió lo tentadora que resultaba la idea.

Sonó su teléfono.

Por un momento se quedó sentado sin saber muy bien qué estaba oyendo, después se lo sacó del cinturón tirando de él. Al abrirlo, leyó JOANIE en la pantalla. Pero no era su nuera; era Norrie.

—¡Abuelo! ¿Estás bien?

—Bien —dijo él mirando el caos que tenía delante.

—¿Los sacaron ya?

—Lo están haciendo ahora mismo, cielo —dijo, y esperó que fuera verdad—. No puedo hablar. ¿Están a salvo? ¿Están en… en el sitio?

—¡Sí! ¡Abuelo, de noche brilla! ¡El cinturón de radiación! ¡Y los coches también, pero luego han dejado de brillar! ¡Julia dice que cree que no es peligroso! ¡Dice que cree que es falso, para espantar a la gente!

Será mejor que no contemos con eso, pensó Ernie.

Llegaron otros dos disparos amortiguados, sordos, desde el interior de la comisaría. En las celdas había muerto alguien; tenía que ser eso.

—Norrie, ahora no puedo hablar.

—¿Todo saldrá bien, abuelo?

—Sí, sí. Te quiero, Norrie.

Cerró el teléfono. *Brilla*, pensó, y se preguntó si llegaría a ver ese brillo. Black Ridge estaba cerca (en un pueblo pequeño, todo está cerca), pero en ese preciso instante parecía lejísimos. Miró fijamente hacia las puertas de la comisaría, intentando obligar a sus amigos a salir y, al ver que no lo hacían, bajó de la camioneta. No podía quedarse ahí sentado durante más tiempo. Tenía que entrar y ver qué estaba pasando.

30

Barbie vio cómo Junior levantaba el arma. Oyó a Junior decirle a Rusty que cerrara los ojos. Gritó sin pensar, sin tener idea de lo que iba a decir hasta que las palabras le salieron de la boca.

—¡Toma, cabrón! Te di tu merecido, ¿verdad? ¡Te di lo que buscabas! —la risa que soltó a continuación sonó como la risa de un chiflado que ha dejado de tomarse sus medicinas.

O sea que así es como me río cuando estoy a punto de morir, pensó Barbie. *Tendré que recordarlo.* Lo cual lo hizo reír más aún.

Junior se giró hacia él. El lado derecho de su cara mostraba sorpresa; el izquierdo estaba paralizado en una mueca adusta. A Barbie le recordó a algún supervillano sobre el que había leído de joven, pero no recordaba cuál. Seguramente alguno de los enemigos de Batman, esos eran siempre los más espeluznantes. Después recordó que cuando su hermano pequeño, Wendell, quería decir "villanos", siempre le salía "billones". Eso lo hizo reír más que nunca.

Podría haber formas peores de acabar, pensó mientras sacaba las dos manos por entre los barrotes y levantaba los dos dedos medios. *¿Recuerdas a Stubb de* Moby Dick? *"No sé lo que me espera, pero iré hacia allá riendo."*

Junior vio que Barbie le estaba dedicando un gesto grosero con el dedo medio (en estéreo) y se olvidó completamente de Rusty. Avanzó por el corto pasillo empuñando la pistola por delante de él. Barbie estaba muy alerta, pero no se confiaba. Seguramente la gente que creía oír en el piso de arriba —moviéndose y hablando— no eran más que imaginaciones suyas. Aun así, cada cual tenía que interpretar su melodía hasta el final. Al menos, podría conseguirle a Rusty unas cuantas respiraciones y algo más de tiempo.

—Eso es, cabrón —dijo—. ¿Te acuerdas de la golpiza que te di aquella noche en el Dipper's? Llorabas como una colegiala.

—No lloré —sonó como el exótico plato especial de un menú chino.

La cara de Junior era un poema. La sangre que derramaba su ojo izquierdo goteaba por una mejilla con sombra de barba. A Barbie se le ocurrió que a lo mejor ahí tenía una oportunidad. Quizá no muy buena, pero una oportunidad mala era mejor que una inexistente. Empezó a caminar de un lado para otro delante de su camastro y su retrete, al principio despacio, pero cada vez más deprisa. *Ahora ya sabes lo que siente un pato mecánico en una galería de tiro*, pensó. *Esto también tendré que recordarlo.*

Junior seguía sus movimientos con el ojo bueno.

—¿Te la cogiste? ¿Te cogiste a Angie? —"¿Te 'a c'gi'te? ¿Te cogi'te a An'yi?"

Barbie rio. Fue una risa demente que seguía sin reconocer como propia pero que nada tenía de falsa.

—¿Que si me la cogí? ¡¿Que si me la cogí?! Junior, me la cogí por delante y por atrás, no dejé agujero limpio. Me la cogí hasta hacerla cantar "Hail to the Chief" y "Bad Moon Rising". Me la cogí hasta que se puso a golpear el suelo suplicándome que le diera más. Me la...

Junior inclinó la cabeza hacia la pistola. Barbie lo vio y brincó hacia la izquierda sin perder un segundo. Junior disparó. La bala impactó en la pared de ladrillos del fondo de la celda. Unas esquirlas de color rojo oscuro salieron volando. Algunas se estrellaron contra los barrotes (Barbie oyó el golpeteo metálico mientras la detonación del arma resonaba aún en sus oídos), pero ninguna de ellas le dio a Junior. Mierda. Desde el fondo del pasillo, Rusty gritó algo, seguramente intentando distraerlo, pero Junior ya no se dejaba distraer. Junior tenía a su blanco principal en la mira.

No, todavía no lo tienes, pensó Barbie. Aún se reía. Era una locura, era demencial, pero se reía. *Todavía no me tienes, maldito adefesio tuerto hijo de puta.*

—Me dijo que a ti no se te para, Junior. Te llamó el Vergacoja Supremo. Solíamos reírnos de eso mientras estábamos... —saltó hacia la derecha en el mismo momento en que Junior disparaba. Esta vez oyó la bala pasar junto a su cabeza: el ruido fue "zzzzzz". Más esquirlas de ladrillo que salieron volando. Una le dio a Barbie en el cuello—. Vamos, Junior, ¿qué te pasa? Disparar se te da igual de bien que las matemáticas a una marmota. ¿Eres un tarado? Eso es lo que decían siempre Angie y Frankie...

Barbie se movió hacia la derecha y luego corrió hacia la izquierda de la celda. Junior disparó tres veces; explosiones ensordecedoras, un hedor a pólvora fuerte e intenso. Dos de las balas se sepultaron en el ladrillo, la tercera dio en el retrete metálico del suelo y produjo un clang. Empezó a manar agua. Barbie se golpeó con tanta fuerza contra la pared contraria de la celda que le vibraron los dientes.

—Ya te tengo —resolló Junior. "'a 'e 'engo". Pero en el fondo, con lo que quedaba de su recalentada maquinaria pensante, lo dudaba. Tenía el ojo izquierdo ciego, y con el derecho veía borroso. No veía un Barbie, sino tres.

Ese odioso hijo de puta se lanzó sobre el camastro justo cuando Junior disparó, y también esa bala erró el tiro. En el centro de la almohada que había en la cabecera se abrió un pequeño ojo negro. Pero al menos ya lo había derrumbado. Ya no más corretos de aquí para allá. *Gracias a Dios que he cambiado el cargador*, pensó Junior.

—Me envenenaste, Baaarbie.

Barbie no tenía ni idea de qué decía, pero enseguida le dio la razón.

—Eso es, asqueroso títere de mierda, claro que sí.

Junior metió la Beretta entre los barrotes y cerró el ojo malo, el izquierdo; eso redujo el número de Barbies que veía a dos. Tenía la lengua atrapada entre los dientes. El sudor y la sangre le corrían por la cara.

—Veamos cómo corres ahora, Baaarbie.

Barbie no podía correr, pero sí podía arrastrarse, y eso hizo, directo hacia Junior. La siguiente bala pasó silbando por encima de su cabeza y él sintió una leve quemadura en una nalga justo cuando la bala rozó los pantalones y los calzoncillos y arrancó la capa más superficial de la piel que había bajo ellos.

Junior retrocedió, tropezó, estuvo a punto de caerse, se agarró a los barrotes de la celda que tenía a la derecha y volvió a enderezarse.

—¡Estate quieto, hijo de puta!

Barbie rodó sobre el camastro para buscar a tientas la navaja que tenía ahí debajo. Había olvidado por completo la puta navaja.

—¿Quieres que te meta una bala en la espalda? —preguntó Junior, detrás de él—. Bien, a mí no me importa.

—¡Dispara! —gritó Rusty—. ¡Dispara, DISPARA!

Antes de oír el siguiente tiro, Barbie tuvo tiempo de pensar: *Por el amor de Dios, Everett, ¿de qué lado estás?*

31

Jackie bajó la escalera seguida de Rommie. Le dio tiempo a ver la humareda de los disparos alrededor de los focos del techo y a oler la pólvora quemada, y entonces Rusty Everett empezó a gritar "Dispara, dispara".

Vio a Junior Rennie al final del pasillo, apretado contra los barrotes de la celda del fondo, la que los oficiales a veces llamaban "el Ritz". Estaba gritando algo, pero apenas se le entendía.

No lo pensó. No le dijo a Junior que levantara las manos y se volteara. Le metió dos tiros en la espalda, sin más. Uno le entró por el pulmón derecho; el otro le perforó el corazón. Junior ya estaba muerto antes de caer al suelo con la cara apresada entre dos barrotes, los ojos estirados hacia arriba en una mueca tan retorcida que parecía una máscara funeraria japonesa.

Cuando su cuerpo cayó, ante ella apareció Dale Barbara, agazapado en su camastro y aferrando en una mano la navaja que tan cuidadosamente había ocultado. Ni siquiera había tenido ocasión de abrirla.

32

Freddy Denton agarró del hombro al oficial Henry Morrison. Denton no era su persona preferida esa noche, y nunca lo sería. *Como si lo hubiera sido alguna vez*, pensó Henry con acritud.

Denton señaló.

—¿Qué hace ese viejo idiota de Calvert entrando en la comisaría?

—¿Cómo carajos quieres que lo sepa? —preguntó Henry, y sujetó a Donnie Barbeau cuando pasó corriendo por allí gritando cualquier mierda sin sentido sobre unos terroristas.

—¡Detente! —le vociferó Henry a la cara—. ¡Ya terminó! ¡Todo está bien!

Donnie llevaba diez años cortándole el cabello y contándole los mismos chistes trasnochados dos veces al mes, pero en ese momento miró a Henry como si fuera un completo desconocido. Después se zafó de él y corrió en dirección a East Street, donde estaba su barbería. Quizá tuviera intención de refugiarse allí.

—Ningún civil tiene nada que hacer en la comisaría esta noche —dijo Freddy. Mel Searles, junto a él, también se estaba enfadando.

—Bueno, ¿por qué no vas a ver qué pasa, asesino? —le preguntó Henry—. Llévate a este pasmarote contigo, porque ninguno de los dos hacen ningún servicio aquí, maldición.

—Esa chica iba a sacar la pistola —dijo Freddy; fue la primera de las muchas veces que lo diría—. Y no pretendía matarla. Yo solo quería, no sé, herirla.

Henry no tenía ninguna intención de discutir con él.

—Entren ahí y díganle a ese viejo que se largue. También asegúrense de que no hay nadie intentando liberar a los prisioneros mientras nosotros estamos aquí fuera corriendo de un lado para otro como un puñado de gallinas con las cabezas cortadas.

En los ojos pasmados de Freddy Denton se encendió una luz.

—¡Los prisioneros! ¡Mel, vamos!

Se pusieron en marcha, pero se quedaron petrificados por la voz de Henry, amplificada por el megáfono, a tres metros de ellos:

—¡Y GUARDEN ESAS ARMAS, IDIOTAS!

Freddy obedeció las órdenes de la voz amplificada. Mel hizo lo mismo. Cruzaron por delante del Monumento a los Caídos y subieron corriendo los escalones de la comisaría con las armas enfundadas, lo cual seguramente fue algo muy bueno para el abuelo de Norrie.

33

Sangre por todas partes, pensó Ernie, igual que había pensado Jackie. Se quedó mirando aquella carnicería, consternado, y luego se obligó a moverse. Todo el contenido de la mesa de recepción había quedado esparcido por ahí cuando Rupe Libby la había volcado. En mitad de aquel desorden, Ernie vio un rectángulo de plástico rojo y rezó por que los de abajo todavía estuvieran a tiempo de utilizarlo.

Se estaba agachando para recogerlo (repitiéndose que no debía vomitar, repitiéndose que de momento aquello seguía siendo mucho mejor que el valle de A Shau, en Vietnam) cuando alguien, detrás de él, dijo:

—¡Con un demonio, mierda! En pie, Calvert, despacio. Las manos encima de la cabeza.

Pero Freddy y Mel todavía estaban desenfundando cuando Rommie subió por la escalera para buscar lo que Ernie ya había encontrado. Llevaba el rifle Black Shadow que solía guardar en su caja fuerte y apuntó con él a los dos policías sin dudarlo un instante.

—Ustedes, caballeros, será mejor que vayan hasta el fondo —dijo—. Y no se separen. Hombro con hombro. Si veo luz entre ustedes, disparo. No pienso andarme con tonterías —"tonteguías."

—Guarde eso —dijo Freddy—. Somos policías.

—Unos cabrones de primera, eso es lo que son. Pónganse ahí de pie, junto a ese tablón de anuncios. Y que sus hombros se toquen mientras van hacia allí. Ernie, ¿qué mierda estás haciendo aquí dentro?

—Escuché disparos. Estaba preocupado —levantó la tarjeta de acceso de color rojo que abría las celdas—. Van a necesitar esto, creo. A menos… a menos que estén muertos.

—No están muertos, pero faltó poco, maldita sea. Baja con Jackie. Yo vigilaré a estos tipos.

—No pueden soltarlos, son prisioneros —dijo Mel—. Barbie es un asesino. El otro intentó chantajear al señor Rennie con unos documentos… o algo así.

Rommie ni siquiera se molestó en contestarle.

—Vamos, Ernie. Date prisa.

—Y ¿qué van a hacer con nosotros? —preguntó Freddy—. No pensará matarnos, ¿verdad?

—¿Por qué iba a matarte, Freddy? Todavía me debes dinero de ese motocultivador que me compraste la primavera pasada. Además, andas retrasado en los pagos, si mal no recuerdo. No, solo los encerraremos allá abajo. A ver si les gusta. Huele un poco a orines, pero ¿quién sabe? A lo mejor se acomodan.

—¿Tenía que matar a Mickey? —preguntó Mel—. No era más que un chico tonto.

—Nosotros no hemos matado a nadie —dijo Rommie—. Esto lo hizo su querido colega Junior —*aunque seguro que nadie lo creerá mañana por la noche*, pensó.

—¡Junior! —exclamó Freddy—. ¿Dónde está?

—Yo diría que peleando carbón en el infierno —contestó Rommie—. Ahí es donde envían a los recién llegados.

34

Barbie, Rusty, Jackie y Ernie subieron por la escalera. Los dos recientes exprisioneros parecía que no acababan creer que seguían vivos. Rommie y Jackie escoltaron a Freddy y a Mel a su celda. Cuando Mel vio el cuerpo de Junior tendido en el suelo, dijo:

—¡Lamentarán haber hecho esto!

Rommie contestó:

—Cierra el pico y entra en tu nueva casa. Los dos en la misma celda. Al fin y al cabo son grandes amigos.

En cuanto Rommie y Jackie volvieron arriba, los dos jóvenes empezaron a vociferar.

—Salgamos de aquí ahora que todavía podemos —dijo Ernie.

35

En los escalones de la comisaría, Rusty levantó la mirada hacia las estrellas rosadas e inspiró ese aire hediondo y al mismo tiempo impregnado de un olor increíblemente dulce. Volteó hacia Barbie.

—Pensaba que ya no volvería a ver el cielo.

—Yo también. Larguémonos del pueblo mientras aún tengamos una oportunidad. ¿Qué tal te suena Miami Beach?

Rusty todavía se estaba riendo cuando subió a la camioneta. En el césped del ayuntamiento había varios policías, y uno de ellos (Todd Wendlestat) miró hacia allí. Ernie levantó la mano para saludar; Rommie y Jackie siguieron su ejemplo. Wendlestat les devolvió el saludo y luego se inclinó para ayudar a una mujer que había quedado tendida en la hierba porque sus tacones altos la habían traicionado.

Ernie se sentó al volante y unió los cables eléctricos que colgaban por debajo del tablero. El motor se puso en marcha, la puerta lateral se deslizó hasta cerrarse de golpe y la camioneta se alejó de la banqueta. Subió despacio por la cuesta del Ayuntamiento, esquivando a unas cuantas personas aturdidas que habían asistido a la asamblea y que caminaban por el medio de la calle. Enseguida dejaron atrás el centro y pusieron rumbo a Black Ridge, cada vez a más velocidad.

HORMIGAS

1

Empezaron a ver el resplandor al otro lado de un puente viejo y herrumbroso que se extendía sobre un lecho fangoso. Barbie se inclinó hacia delante entre los asientos frontales de la camioneta.

—¿Qué es eso? Parece el reloj Indiglo más grande del mundo.

—Es radiación —respondió Ernie.

—No te preocupes —añadió Rommie—. Tenemos lámina de plomo de sobra.

—Norrie llamó desde el teléfono de su madre mientras los esperaba —dijo Ernie—. Me contó lo del resplandor. Dice que Julia cree que no es más que una especie de… espantapájaros; supongo que podría decirse así. Que no es peligroso, vamos.

—Creía que Julia estaba licenciada en Periodismo, no en Ciencias —dijo Jackie—. Es una mujer muy agradable, e inteligente, pero aun así vamos a proteger la camioneta, ¿verdad? No me gustaría que uno de los regalos de mi cuarenta cumpleaños fuera un cáncer de mama o de ovarios.

—Lo atravesaremos deprisa —dijo Rommie—. Si eso ayuda a que te sientas más segura, métete un trozo de lámina de plomo por debajo de los pantalones.

—Eso es tan gracioso que se me olvidó reír —replicó ella, y entonces se imaginó con unas pantaletas de plomo, muy sexys, y rio.

Llegaron al oso muerto que se encontraba junto al poste telefónico. Lo habrían visto incluso con los faros apagados, porque la luz combinada de la luna rosa y del cinturón de radiación era tan fuerte que casi se hubiera podido leer un periódico.

Mientras Rommie y Jackie tapaban las ventanillas de la camioneta con lámina de plomo, los demás se acercaron a observar al oso en descomposición.

—No fue la radiación —murmuró Barbie.

—No —concedió Rusty—. Suicidio.

—Y hay más.

—Sí. Pero los animales más pequeños parecen estar a salvo. Los chicos y yo vimos muchos pájaros, y en el campo de manzanos había una ardilla rebosante de vida.

—Entonces Julia podría tener razón —admitió Barbie—. El resplandor es un espantapájaros y los animales muertos, otro. Es la vieja táctica del cinturón y los tirantes.

—No comprendo, amigo —dijo Ernie.

Sin embargo Rusty, que aprendió la táctica del cinturón y los tirantes cuando estudiaba medicina, enseguida lo entendió.

—Dos advertencias para mantener alejados a los desconocidos —dijo—. Los animales muertos de día, y un cinturón de radiación brillante de noche.

—Por lo que sé —dijo Rommie, que se unió a ellos en un lado de la carretera—, la radiación solo brilla en las películas de ciencia ficción.

Rusty sintió la tentación de decirle que estaban viviendo en una película de ciencia ficción y que Rommie se daría cuenta de ello cuando se acercara a la extraña caja que había en la cresta. Pero Burpee, por supuesto, tenía razón.

—Se supone que debemos verlo —dijo—. Y lo mismo con los animales muertos. Se supone que debemos decir "Demonios, si hay una especie de rayos suicidas que afectan a los grandes mamíferos, más vale que me aleje. A fin de cuentas, soy un gran mamífero".

—Pero los chicos no se echaron atrás —terció Barbie.

—Porque son chicos —replicó Ernie. Luego, tras meditar sus palabras, añadió—: Y también son patinetos. Pertenecen a una raza distinta.

—Aun así, no me gusta —dijo Jackie—, pero como no tenemos ningún otro lugar al que ir, quizá podríamos atravesar el cinturón de Van Allen antes de que pierda el poco valor que me queda. Después de lo sucedido en la comisaría, siento que me faltan las fuerzas.

—Un momento —dijo Barbie—. Aquí hay algo que no encaja. Sé lo que es pero necesito unos segundos para expresarlo.

Todos esperaron. La luz de la luna y la radiación iluminaban los restos del oso. Barbie lo miraba fijamente. Al final alzó la cabeza.

—Bien, esto es lo que me preocupa: hay un "ellos". Lo sabemos porque la caja que encontró Rusty no es un fenómeno natural.

—Exacto, es algo manufacturado —dijo Rusty—. Pero no de origen terrestre. Apostaría mi vida en ello —entonces pensó en lo cerca que había estado de perderla hacía menos de una hora y se estremeció. Jackie le dio un apretón en el hombro.

—Olvídate de esa parte ahora —dijo Barbie—. Existe un "ellos", y si quisieran detenernos, podrían hacerlo. Aislaron a Chester's Mill de todo el mundo. Si quisieran impedir que nos acercáramos a la caja, ¿por qué no han creado una pequeña Cúpula alrededor de ella?

—O un sonido armónico que nos friera el cerebro como un muslo de pollo en el microondas —sugirió Rusty, que empezaba a imbuirse del espíritu de la situación—. O, para el caso, radiación de verdad, carajo.

—Quizá sea radiación de verdad —replicó Ernie—. De hecho, el contador Geiger que emplearon lo confirmó.

—Sí —admitió Barbie—, pero ¿qué significa eso, que lo que detecta el contador es peligroso? Rusty y los chicos no están sufriendo lesiones, no se les ha caído el cabello, no están vomitando hasta el hígado.

—Aún no —dijo Jackie.

—Qué alentador —añadió Romeo.

Barbie no hizo caso de sus comentarios.

—Lo que está claro es que si pueden crear una barrera tan fuerte que repele el impacto de los mejores misiles de Estados Unidos, también podrían crear un cinturón de radiación que nos matara rápidamente, quizá al instante. Quizá incluso les conviniera. Un par de víctimas humanas desalentaría más a los exploradores que un puñado de animales muertos. No, creo que Julia tiene razón, y que el supuesto cinturón de radiación no es más que un resplandor inofensivo modificado convenientemente para que lo registren nuestros aparatos de detección. Deben de parecerles muy primitivos, si de verdad son extraterrestres.

—Pero ¿por qué? —Rusty estalló—. ¿Por qué una barrera? ¡No he podido levantarla ni siquiera moverla un poco! Y cuando la tapé con el delantal de plomo, el mandil ardió. ¡A pesar de que la caja es fría al tacto!

—Si la están protegiendo, tiene que haber alguna forma de destruirla o desconectarla —dijo Jackie—. Sin embargo...

Barbie le lanzó una sonrisa. Sentía algo extraño, como si flotara por encima de sí mismo.

—Vamos, Jackie, dilo.

—Sin embargo no la están protegiendo, ¿verdad? No de la gente que está decidida a acercarse a ella.

—Hay más —añadió Barbie—. ¿No podríamos decir que nos están señalando el camino para llegar hasta ella? Joe McClatchey y sus amigos casi siguieron un rastro de migajas.

—Aquí está, insignificantes terrícolas —dijo Rusty—. ¿Qué pueden hacer con ella, ustedes que son lo bastante valientes para acercaros hasta aquí?

—Tiene sentido —dijo Barbie—. Vamos, subamos ahí arriba.

2

—Es mejor que me dejes conducir a partir de aquí —le dijo Rusty a Ernie—. Los chicos perdieron el conocimiento un poco más adelante. A Rommie también estuvo a punto de pasarle, y yo sentí algo. Tuve una especie de alucinación. Un muñeco de Halloween que empezaba a arder.

—¿Otra advertencia? —preguntó Ernie.

—No lo sé.

Rusty se detuvo en el lugar donde acababa el bosque y empezaba la pendiente desnuda y rocosa que conducía hasta el campo de los McCoy. Frente a ellos, el aire refulgía con tal intensidad que tenían que entrecerrar los ojos, pero no se veía la fuente de aquella luz; el resplandor simplemente estaba ahí, flotando. A Barbie le pareció que era como la luz de las luciérnagas pero un millón de veces más potente. El cinturón debía de tener unos cincuenta metros de ancho. Tras él, el mundo volvía a sumirse en la oscuridad, salvo por el resplandor rosa de la luz de la luna.

—¿Estás seguro de que no volverás a desmayarte? —preguntó Barbie.

—Parece que es como cuando tocas la Cúpula: la primera vez te vacuna —Rusty se puso cómodo, cambió de marcha y dijo—: Agárrense la dentadura postiza, damas y caballeros.

Pisó a fondo el acelerador y las ruedas traseras patinaron. La camioneta se adentró en el resplandor. Sus ocupantes no pudieron ver lo que sucedió a continuación ya que el vehículo iba muy bien protegido por las láminas de plomo; sin embargo, los que estaban en la cresta presenciaron la escena —con creciente ansiedad— desde el límite del campo de manzanos. Durante un instante la camioneta fue claramente visible, como si la estuvieran iluminando con un foco. Cuando salió del cinturón de resplandor siguió brillando durante unos segundos, como si la hubieran rociado con radio. Y dejó una estela de cometa tras de sí, como gases de escape.

—Demonios —exclamó Benny—. Son los mejores efectos especiales que he visto.

Entonces el resplandor que rodeaba la camioneta se fue apagando y la estela despareció.

3

Mientras atravesaban el cinturón de luz, Barbie sintió un leve mareo; nada más. Para Ernie, el mundo real de la camioneta y sus ocupantes fue sustituido por una habitación de hotel que olía a pino y en la que se oía el estruendo de las cataratas del Niágara. Y ahí estaba la que era su mujer desde hacía solo doce horas: se dirigía hacia él vestida únicamente con un camisón que no era más que un soplo de aroma de lavanda; le agarró las manos, se las llevó a los pechos y le dijo: "Esta vez no tenemos que detenernos, cariño".

Entonces oyó los gritos de Barbie y recuperó la conciencia.

—¡Rusty! ¡Jackie tiene un ataque! ¡Detente!

Ernie miró a Jackie y vio que temblaba, tenía los ojos en blanco y los dedos abiertos.

—¡Sostiene una cruz y todo arde! —gritó ella. Le caía un hilo de saliva de la boca—. ¡El mundo está ardiendo! ¡LA GENTE ESTÁ ARDIENDO! —el grito resonó en la camioneta.

Rusty frenó en seco, detuvo el vehículo en medio de la carretera, bajó de un salto y corrió hasta la puerta lateral. Cuando Barbie la abrió, Jackie se estaba limpiando la saliva de la barbilla con la mano ahuecada. Rommie la había rodeado con un brazo.

—¿Estás bien? —preguntó Rusty.

—Ahora sí. Es que… todo… estaba en llamas. Era de día, pero estaba oscuro. La gente a-a-ardía… —rompió a llorar.

—Dijiste algo de un hombre con una cruz —dijo Barbie.

—Una cruz grande y blanca. Colgada de un cordel, o de una tira de cuero. La llevaba en el pecho. El pecho desnudo. Entonces la sostuvo frente a su cara —respiró hondo y exhaló el aire a breves intervalos—. Los recuerdos se desvanecen. Pero… Mierda.

Rusty le enseñó dos dedos y le preguntó cuántos veía. Jackie respondió correctamente y siguió el pulgar con la mirada cuando lo movió a derecha y a izquierda, y luego arriba y abajo. Rusty le dio una palmadita en el hombro y lanzó una mirada de recelo hacia el cinturón de luz. ¿Qué es lo que dijo Gollum de Bilbo Bolsón? "Es artero, mi tesoro."

—¿Y tú, Barbie? ¿Estás bien?

—Sí. Experimenté un leve mareo durante unos segundos, eso es todo. ¿Ernie?

—Vi a mi mujer. Y la habitación del hotel de nuestra luna de miel. Era una imagen tan nítida como si fuera de día.

Pensó de nuevo en el momento en que ella se dirigía hacia él. Hacía años que no le venía esa imagen a la cabeza; era una pena haber relegado al olvido un recuerdo tan fantástico. Sus muslos blancos bajo el escueto camisón; el triángulo oscuro y nítido de su vello púbico; los pezones erectos al rozar con la seda, como si fueran a arañarle la palma de las manos mientras ella hundía la lengua en su boca y le lamía por dentro el labio inferior.

"Esta vez no tenemos que detenernos, cariño."

Ernie se reclinó en el asiento y cerró los ojos.

4

Rusty subió hasta la cresta, esta vez lentamente, y estacionó la camioneta entre el granero y la granja destartalada. La camioneta del

Sweetbriar Rose ya estaba allí, así como la de los Almacenes Burpee y un Chevrolet Malibu. Julia había estacionado su Prius dentro del granero. Horace el corgi estaba sentado junto al parachoques trasero, como si montara guardia. No parecía un perro feliz y no se acercó a saludarlos. En el interior de la granja había un par de lámparas Coleman encendidas.

Jackie señaló la camioneta en la que se podía leer ¡EN BURPEE'S TODOS LOS DÍAS HAY REBAJAS! en uno de los costados.

—¿Cómo llegó eso hasta aquí? ¿Es que tu esposa cambió de opinión?

Rommie esbozó una sonrisa.

—Si crees eso es que no conoces a Misha. No, tengo que darle las gracias a Julia, que ha reclutado a sus dos reporteros estrella. Esos chicos...

Se calló en cuanto Julia, Piper y Lissa Jamieson aparecieron entre las sombras del campo iluminadas por la luna. Avanzaban a trompicones, una junto a la otra, tomadas de la mano, llorando.

Barbie corrió hasta Julia y la agarró de los hombros. Ella estaba en el extremo de la hilera, y la linterna que sostenía con la mano libre cayó al suelo cubierto de maleza, frente a la puerta del jardín. Lo miró a la cara e intentó sonreír.

—Veo que te liberaron, coronel Barbara. Uno a cero para el equipo de casa.

—¿Qué te pasó? —preguntó Barbie.

Entonces llegaron corriendo Joe, Benny y Norrie, seguidos de sus madres. Los gritos de los chicos cesaron de golpe cuando vieron el estado en que se encontraban las tres mujeres. Horace se abalanzó ladrando sobre su ama. Julia se arrodilló y hundió la cara en su pelaje. Horace la olisqueó y, de repente, retrocedió. Se sentó y aulló. Julia lo miró y se tapó la cara como si estuviera avergonzada. Norrie agarraba a Joe de la mano con la izquierda y a Benny con la derecha. Estaban serios y asustados. Pete Freeman, Tony Guay y Rose Twitchell salieron de la casa pero no se acercaron a los recién llegados, permanecieron junto a la puerta de la cocina.

—Fuimos a verla —dijo Lissa con indolencia. No había ni rastro de su típica alegría "je-el-mundo-es-maravilloso"—. Nos arrodillamos alrededor. Tiene un símbolo que no había visto nunca... no es de la cábala...

—Es horrible —dijo Piper mientras se limpiaba los ojos—. Julia la tocó. Fue la única, pero todas… todas…

—¿Los vieron? —preguntó Rusty.

Julia dejó caer los brazos y le dirigió una mirada de asombro.

—Sí. Yo los vi, todas los vimos. A ellos. Horrible.

—Los cabeza de cuero —dijo Rusty.

—¿Qué? —preguntó Piper. Entonces asintió—. Supongo que podríamos llamarlos así. Caras sin caras. Caras altas.

Caras altas, pensó Rusty. No sabía qué significaba, pero sabía que era cierto. Pensó de nuevo en sus hijas y su amiga Deanna intercambiando secretos y caramelos. Entonces pensó en su mejor amigo de la infancia —al menos durante una temporada, ya que Georgie y él tuvieron una pelea muy fuerte en segundo— y una sensación de pánico sobrecogedor se apoderó de él.

Barbie lo sujetó.

—¿Qué? —le preguntó casi a gritos—. ¿Qué pasa?

—Nada. Es que… Cuando era pequeño tenía un amigo. George Lathrop. Un año le regalaron una lupa por su cumpleaños. Y a veces… en el patio…

Rusty ayudó a Julia a ponerse en pie. Horace había regresado a su lado, como si aquello que lo asustaba se hubiera desvanecido, al igual que el resplandor de la camioneta.

—¿Qué hacían? —le preguntó Julia, que volvía a hablar casi con calma—. Cuéntanoslo.

—Íbamos a la antigua escuela primaria de Main Street. Solo había dos clases, una para los de primero a cuarto, y otra para los de quinto a octavo. El patio no estaba pavimentado —rio con voz temblorosa—. Demonios, ni siquiera había agua corriente, solo un retrete, al que llamábamos…

—La Casa de la Miel —dijo Julia—. Yo también fui a esa escuela.

—George y yo pasábamos los columpios y nos acercábamos hasta la valla. Íbamos a un lugar donde había hormigueros, y quemábamos hormigas.

—No se ponga así, Doc —dijo Ernie—. Muchos niños han hecho eso y cosas aún peores —el propio Ernie, junto con unos cuantos amigos, había untado con queroseno el rabo de un gato callejero y le había prendido fuego. Era un recuerdo que nunca había compartido con nadie, como tampoco compartía con nadie los detalles de su noche de bodas.

Sobre todo por cómo nos reímos cuando el gato echó a correr, pensó. *Vaya, cuánto nos reímos.*

—Sigue —le pidió Julia.

—Ya está.

—No está —dijo ella.

—Mira —intervino Joanie Calvert—. Estoy segura de que todo es muy psicológico, pero no creo que sea el momento apropiado para…

—Calla, Joanie —le ordenó Claire.

Julia no había apartado la mirada de Rusty en ningún momento.

—¿Por qué te importa tanto? —preguntó Rusty. En ese momento se sintió como si no tuvieran espectadores. Como si ellos dos estuvieran solos.

—Cuéntamelo.

—Un día, mientras hacíamos… eso… me di cuenta de que las hormigas también tienen su pequeña vida. Sé que suena sentimental…

Barbie dijo:

—Millones de personas de todo el mundo creen eso mismo. Al pie de la letra.

—Bueno, el caso es que pensé: "Las estamos lastimando. Las estamos quemando en el suelo, quizá las estamos achicharrando en su casa subterránea". Desde luego, así era en lo que respecta a las víctimas de la acción directa de la lupa de Georgie. Algunas dejaban de moverse, pero la mayoría empezaba a arder.

—Es horrible —dijo Lissa, que volvía a retorcer el *anj.*

—Sí. Pero entonces un día le pedí a Georgie que se detuviera. No me hizo caso. Me dijo: "Es una guerra jukular". Lo recuerdo muy bien. No nuclear, sino jukular. Intenté quitarle la lupa, pero cuando me di cuenta ya estábamos revolcándonos, y su lupa de cristal se rompió.

Hizo una pausa.

—Eso no es la verdad, aunque es lo que dije entonces, y ni siquiera la tunda que me dio mi padre me hizo cambiar la historia. Lo que George le contó a sus padres fue lo que de verdad pasó: rompí la maldita lupa a propósito —señaló hacia la oscuridad—. Como rompería esa caja si pudiera. Porque ahora nosotros somos las hormigas y la caja es la lupa.

Ernie pensó de nuevo en el gato con la cola en llamas. Claire McClatchey recordó que su mejor amiga de tercero y ella se sentaron sobre una niña llorona a la que odiaban. La niña acababa de llegar a la escuela y tenía un curioso acento sureño; cuando hablaba parecía que tenía la boca llena de puré de papa. Cuanto más gritaba la niña, más se reían ellas. Romeo Burpee recordó la borrachera que se puso la noche en que Hillary Clinton lloró en Nueva Hampshire, cómo alzó la copa hacia el televisor y dijo: "Se acabó la función, nena, apártate y deja que un hombre haga el trabajo de un hombre".

Barbie recordó cierto gimnasio: el calor del desierto, el olor a mierda y el sonido de las risas.

—Quiero verlo yo mismo —dijo—. ¿Quién me acompaña?

Rusty suspiró.

—Yo.

5

Mientras Barbie y Rusty se acercaban a la caja del extraño símbolo y de la luz brillante e intermitente, el concejal James Rennie se encontraba en la celda en la que Barbie había estado encarcelado hasta esa misma noche.

Carter Thibodeau lo ayudó a poner el cuerpo de Junior sobre el camastro.

—Déjame a solas con él —le ordenó Gran Jim.

—Jefe, sé lo mal que debe de sentirse, pero hay cientos de asuntos que requieren su atención en este momento.

—Soy consciente de ello. Y me ocuparé de todo. Pero antes quiero dedicarle unos momentos a mi hijo. Cinco minutos. Luego ve a buscar a unos cuantos compañeros y llévenlo a la funeraria.

—De acuerdo. Lamento su pérdida. Junior era un buen chico.

—No lo era —respondió Gran Jim en aquel tono moderado de "Solo digo las cosas como son"—. Pero era mi hijo y lo amaba. Y esto no es tan malo, lo sabes.

Carter reflexionó.

—Lo sé.

Gran Jim sonrió.

—Sé que lo sabes. Empiezo a pensar que eres el hijo que debería haber tenido.

Carter, halagado, se sonrojó, luego subió al trote la escalera en dirección a la sala de los oficiales.

Cuando se fue, Gran Jim se sentó en el camastro y puso la cabeza de Junior en su regazo. Su hijo no tenía ni un rasguño en la cara, y Carter le había cerrado los ojos. De no ser por la sangre que le empapaba la camisa, podría haber estado durmiendo.

Era mi hijo y lo amaba.

Era cierto. Había estado a punto de sacrificar a Junior, sí, pero existía un precedente para eso; bastaba recordar lo que había sucedido en el monte Calvario. Y al igual que Jesucristo, su hijo había muerto por una causa. Fueran cuales fuesen los daños causados por el desvarío de Andrea Grinnell, serían reparados en cuanto el pueblo se diera cuenta de que Barbie había matado a varios oficiales de policía entregados a su trabajo, incluido el único hijo de su líder. El hecho de que Barbie anduviera suelto, y seguramente estuvieran planeando nuevas maldades, suponía un beneficio político para él.

Gran Jim permaneció sentado un rato más, peinándole el cabello a Junior con los dedos, embelesado con su rostro sosegado. Entonces empezó a cantarle en voz baja la misma canción que su madre le cantaba a él de pequeño en la cuna, mientras observaba el mundo con ojos curiosos y muy abiertos. "La barca de mi bebé es una luna plateada, que navega por el cielo; navega por el mar de rocío, entre las nubes alza el vuelo… navega, bebé, navega… por el mar…"

Se detuvo ahí. No recordaba cómo seguía. Le levantó la cabeza a Junior y se puso en pie. El corazón le dio un vuelco y contuvo la respiración… pero enseguida recuperó el ritmo normal. Imaginaba que al final tendría que ir por más verapaloquefuera a la farmacia de Andy, pero de momento tenía cosas que hacer.

6

Dejó a Junior y subió lentamente por la escalera, agarrándose a la barandilla. Carter estaba en la sala de los oficiales. Se habían llevado los cadáveres y estaban secando la sangre de Mickey Wardlaw con hojas de periódico.

—Vayamos al ayuntamiento antes de que esto se llene de policías —le dijo a Carter—. El día de visita empieza oficialmente dentro de —miró su reloj— unas doce horas. Tenemos mucho que hacer antes de eso.

—Lo sé.

—Y no te olvides de mi hijo. Quiero que los Bowie lo hagan bien. Que presenten los restos de forma respetuosa y utilicen un buen ataúd. Dile a Stewart que como si veo a Junior en una de esas cajas baratas que tienen detrás, lo mataré yo mismo.

Carter lo apuntó en su libreta.

—Yo me encargo de todo.

—Y dile a Stewart que iré a hablar con él dentro de poco —varios oficiales entraron por la puerta principal. Parecían aturdidos, un poco asustados, muy jóvenes y verdes. Gran Jim se levantó, no sin ciertas dificultades, de la silla en la que se había sentado para recuperar el aliento—. Hora de ponerse en marcha.

—Por mí perfecto —dijo Carter, pero no se movió.

Gran Jim miró alrededor.

—¿En qué piensas, hijo?

"Hijo". A Carter le gustó cómo sonaba ese "hijo". Su padre había muerto cinco años antes, cuando estrelló su camioneta contra uno de los puentes gemelos de Leeds; no fue una gran pérdida. Había maltratado a su esposa y a sus dos hijos (el hermano mayor de Carter servía en el ejército), pero a Thibodeau eso no le importaba demasiado; su madre recurrió al licor de café para sumirse en un estado de letargo, y Carter siempre fue capaz de encajar unos cuantos golpes. Odiaba a su padre porque era un cobarde y un estúpido. La gente daba por sentado que Carter también lo era, hasta Junes lo creía, pero no era cierto. El señor Rennie lo entendía y, sin duda, no era un cobarde.

Carter descubrió que tenía claro cuál debía ser su siguiente paso.

—Tengo algo que tal vez le interese.

—Ah, ¿sí?

Gran Jim siguió a Carter al piso inferior, el chico quería ir a su casillero. Lo abrió, sacó el sobre que tenía impresa la palabra VADER y se lo ofreció a Gran Jim. La huella de sangre que había en el sobre parecía brillar.

Gran Jim lo abrió.

—Jim —dijo Peter Randolph, que había entrado sin que se dieran cuenta y se encontraba junto al escritorio de recepción vuelto del revés; parecía cansado—. Creo que logramos controlar la situación, pero no consigo encontrar a varios de los nuevos oficiales. Me parece que han desertado.

—Era de esperar —replicó Gran Jim—. Pero será temporal. Volverán cuando recuperemos la calma y se den cuenta de que Dale Barbara no va a regresar al pueblo con una panda de caníbales sanguinarios para comérselos vivos.

—Pero ahora con el maldito día de visita...

—Pete, mañana casi todo el mundo se comportará mejor que nunca, y estoy convencido de que tendremos suficientes oficiales para ocuparnos de todos aquellos que no lo hagan.

—¿Y qué hacemos con la rueda de pre...?

—¿Qué no ves que estoy un poco ocupado? ¡Por el amor de Dios! Ve a la sala de plenos del ayuntamiento dentro de media hora y hablaremos de todo lo que quieras. Pero ahora, déjame en paz.

—Claro. Lo siento —Pete se fue, tenso y ofendido, como su voz.

—Alto —dijo Rennie.

Randolph se detuvo.

—No me has expresado tu pésame por mi hijo.

—Lo... Lo siento mucho.

Gran Jim escrutó a Randolph con la mirada.

—Por supuesto que lo sientes.

Cuando Randolph se marchó, Rennie sacó los papeles del sobre, les echó un vistazo y volvió a meterlos. Lanzó una mirada a Carter de sincera curiosidad.

—¿Por qué tardaste tanto en dármelo? ¿Acaso querías quedártelo?

Ahora que le había entregado el sobre, Carter vio que no le quedaba más remedio que contarle la verdad.

—Sí. Al menos durante un tiempo. Por si acaso.

—Por si acaso ¿qué?

Thibodeau se encogió de hombros.

Gran Jim no insistió. Siendo un hombre acostumbrado a tener archivos sobre todo aquel que fuera susceptible de causarle problemas, no fue necesario. Otra cuestión le interesaba más.

—¿Por qué cambiaste de opinión?

A Carter le pareció de nuevo que no le quedaba más remedio que contarle la verdad.

—Porque quiero ser su hombre de confianza, jefe.

Gran Jim enarcó sus pobladas cejas.

—¿Tú? ¿Más que él? —señaló con la cabeza la puerta por la que acababa de salir Randolph.

—¿Él? Es un inútil.

—Sí —Gran Jim le puso una mano en un hombro—. Lo es. Vámonos. Y cuando lleguemos al ayuntamiento, el primer punto del día será quemar estos papeles en la estufa de leña de la sala de prensa.

7

Eran muy altas. Y horribles.

Barbie las vio en cuanto la descarga que pasó por sus brazos se desvaneció. Su primer impulso fue soltar la caja, pero se contuvo y siguió agarrándola, mirando las criaturas que los mantenían cautivos. Que los mantenían cautivos y los torturaban por placer, si Rusty estaba en lo cierto.

Sus caras, si es que eran caras, eran angulosas, pero los ángulos estaban acolchados y parecían cambiar por momentos, como si la realidad subyacente no tuviera una forma fija. No sabía cuántos había ni dónde estaban. Al principio pensó que había cuatro; luego ocho; luego solo dos. Inspiraban una profunda sensación de odio en él, quizá porque eran tan extrañas que no podía percibirlas bien. La región de su cerebro encargada de interpretar la información sensorial que recibía era incapaz de descodificar los mensajes que enviaban sus ojos.

Mis ojos no podían verlos ni siquiera con un telescopio. Estas criaturas se encuentran en una galaxia muy, muy lejana.

No había forma de saberlo (la razón le decía que los propietarios de la caja tanto podían tener una base bajo el hielo en el Polo Sur como orbitar alrededor de la Luna con su versión de la nave estelar *Enterprise*), pero él lo sabía. Estaban en casa... fuera cual fuese su casa. Los observaban. Y se estaban divirtiendo.

Con seguridad esos hijos de puta se estaban riendo.

Entonces regresó al gimnasio de Faluya. Hacía calor porque no había aire acondicionado, solo unos ventiladores en el techo que removían el aire pegajoso y viciado. Habían soltado a todos los interrogados salvo a dos Abdules que cometieron la imprudencia de burlarse de ellos un par de días después de que dos artefactos explosivos mataran a seis estadounidenses y un francotirador asesinara a uno más, un chico de Kentucky que caía bien a todo el mundo: Carstairs. De modo que la emprendieron a patadas con los Abdules por todo el gimnasio, y los desnudaron, y a Barbie le habría gustado decir que salió, pero no lo hizo. Le habría gustado decir que no participó, pero lo hizo. Todos estaban muy alterados. Recordó cómo propinó una patada en el trasero huesudo y manchado de mierda de uno de los Abdules, y la huella roja que dejó su bota. Ambos Abdules estaban ya desnudos por entonces. Recordó que Emerson le dio una patada tan fuerte en los bajos al otro que se los retorció de un modo espantoso, y que acto seguido le dijo: "Esto es por Carstairs, puto talibán de mierda". Pocos días después alguien le entregaría una bandera a su madre mientras ella permanecía sentada en una silla plegable junto a la tumba; la misma historia de siempre. Y entonces, mientras Barbie tomaba conciencia de que técnicamente él estaba al mando de esos hombres, el sargento Hackermeyer agarró a uno de los retenidos de la *kufiya* deshilachada, la única prenda que llevaba puesta, y lo puso contra la pared y le apuntó a la cabeza con la pistola e hizo una pausa y nadie dijo "No" en la pausa y nadie dijo "No lo hagas" en la pausa y el sargento Hackermeyer apretó el gatillo y la sangre impactó contra la pared como lo ha hecho durante tres mil años y más, y eso fue todo, adiós, Abdul, no te olvides de escribirnos cuando estés desvirgando a esas vírgenes.

Barbie soltó la caja e intentó ponerse en pie, pero le fallaron las piernas. Rusty lo agarró hasta que recuperó las fuerzas.

—Demonios —exclamó Barbie.

—Los viste, ¿verdad?

—Sí.

—¿Son niños? ¿Qué opinas?

—Quizá —pero no lo dijo convencido, no era lo que le decía el corazón—. Podría ser.

Regresaron lentamente hasta donde se encontraban los demás, arremolinados frente a la granja.

—¿Estás bien? —preguntó Rommie.

—Sí —dijo Barbie. Tenía que hablar con los chicos. Y con Jackie. También con Rusty. Pero aún no. Antes debía recuperar el control sobre sí mismo.

—¿Estás seguro?

—Sí.

—Rommie, ¿te queda más lámina de plomo en la tienda? —preguntó Rusty.

—Sí. La dejé en la zona de carga.

—Muy bien —dijo Rusty. Tomó prestado el teléfono de Julia. Esperaba que Linda estuviera en casa y no en la sala de interrogatorios de la comisaría, pero albergar esperanzas era lo único que podía hacer.

8

La llamada de Rusty fue necesariamente breve, duró menos de treinta segundos, lo suficiente para que ese horrible jueves diera un giro de ciento ochenta grados para Linda Everett y se convirtiera en un día radiante. Se sentó a la mesa de la cocina, se tapó la cara con las manos y lloró. Intentó hacerlo en silencio porque había cuatro niños arriba, no solo dos. Se había llevado a casa a los Appleton, de modo que ahora tenía a los A y a las J.

Alice y Aidan estaban alteradísimos —¿cómo no iban a estarlo, por Dios?—, pero la compañía de Jannie y Judy les había ayudado. Así como las dosis de Benadryl. A petición de las niñas, Linda había puesto las bolsas de dormir en el suelo de la habitación, y ahora los cuatro dormían como troncos entre las camas; Judy y Aidan abrazados el uno al otro.

Mientras recuperaba el sosiego, alguien llamó a la puerta de la cocina. Al principio creyó que se trataba de la policía, aunque teniendo en cuenta el baño de sangre y el caos que imperaba en el centro del pueblo, no esperaba que fueran a verla tan pronto. Sin embargo, el golpeteo no fue en absoluto autoritario.

Se dirigió hacia la puerta, pero se detuvo para tomar un trapo de la barra con el que secarse la cara. Al principio no reconoció al hombre que había ido a verla, en gran parte porque tenía el cabello diferente. Ya no lo tenía recogido en una cola, sino que caía sobre los hombros de Thurston Marshall, enmarcando su cara; parecía una anciana lavandera que ha recibido malas noticias, noticias horribles, tras un largo y duro día de trabajo.

Linda abrió la puerta. Por un instante Thurse permaneció en la entrada.

—¿Caro murió? —preguntó con voz grave y áspera. *Como si se hubiera desgañitado en Woodstock cantando el "Fish Cheer" y no hubiera recuperado la voz*, pensó Linda—. ¿De verdad ha muerto?

—Me temo que sí —respondió Linda, en voz baja, por miedo a despertar a los niños—. Lo siento mucho, señor Marshall.

Thurse permaneció inmóvil bajo el dintel. Entonces enredó los dedos en los rizos canosos que colgaban a ambos lados de su cara y empezó a balancearse hacia delante y hacia atrás. Linda no creía en los romances entre personas con mucha diferencia de edad; en ese aspecto estaba algo chapada a la antigua. Habría dado a Marshall y a Caro Sturges dos años cuando mucho, quizá solo seis meses (el tiempo que tardaran sus órganos sexuales en desfogarse) pero esa noche no cabía la menor duda en cuanto a los sentimientos de ese hombre. En cuanto a su pérdida.

Fuera lo que fuese lo que había entre ellos, esos niños intensificaron el sentimiento, pensó Linda. *Y la Cúpula también*. Vivir bajo la Cúpula lo intensificaba todo. A Linda le parecía que llevaban varios años en aquella situación, no días. El mundo exterior se desvanecía como un sueño al despertarse.

—Entre —le dijo—. Pero no haga ruido, señor Marshall. Los niños están durmiendo. Los míos y los suyos.

Le dio un vaso de té hecho al sol; no estaba helado, ni siquiera un poco frío, pero era lo mejor que podía ofrecerle en esas circunstancias. Él se bebió la mitad, dejó el vaso, y se frotó los ojos con los puños, como un niño que sigue despierto mucho después de su hora de irse a la cama. Linda supo lo que era, un esfuerzo por mantener el control sobre sí mismo, y se sentó en silencio, a la espera.

Thurse respiró hondo, expulsó el aire, y metió la mano en el bolsillo de la vieja camisa azul que llevaba. Sacó una cinta de cuero y se ató el cabello. Linda lo consideró una buena señal.

—Cuénteme lo que ha ocurrido —le pidió Thurse—. Y cómo ocurrió.

—No lo vi todo. Alguien me golpeó en la cabeza mientras intentaba apartar… a Caro… de en medio.

—Pero un policía le disparó, ¿no es cierto? Un policía de este maldito pueblo al que tanto le gustan los policías y las armas.

—Sí —Linda estiró el brazo y le tomó la mano—. Alguien gritó "pistola". Y había una pistola. Era de Andrea Grinnell. Tal vez la llevó a la asamblea con la intención de matar a Rennie.

—¿Cree que eso justifica lo que le pasó a Caro?

—Cielos, no. Y lo que le pasó a Andi fue claramente homicidio.

—Caro murió intentando proteger a los niños, ¿verdad?

—Sí.

—Unos niños que ni siquiera eran suyos.

Linda no respondió.

—Aunque sí. Suyos y míos. Llamémoslo vicisitudes de guerra o vicisitudes de la Cúpula, pero eran nuestros, los niños que, de otro modo, nunca habríamos tenido. Y hasta que la Cúpula desaparezca, si es que eso llega a suceder, son míos.

Los pensamientos bullían en la cabeza de Linda. ¿Podía confiar en ese hombre? Creía que sí. Rusty había confiado en él; dijo que era muy buen enfermero para llevar tanto tiempo sin practicar. Y Thurston odiaba a los que ostentaban el poder bajo la Cúpula. Tenía motivos para que fuera así.

—Señora Everett…

—Por favor, llámame Linda.

—Linda, ¿puedo dormir en tu sofá? Me gustaría estar aquí si se despiertan en mitad de la noche. Si no lo hacen, y espero que así sea, me gustaría que me vieran por la mañana cuando bajen.

—No hay ningún problema. Desayunaremos todos juntos. Toca cereal. La leche aún no se ha agriado, pero le falta poco.

—Me parece perfecto. En cuanto hayan desayunado los chicos, te dejaremos en paz. Perdóname si eres del pueblo de toda la vida, pero estoy hasta la coronilla de Chester's Mill. No puedo alejarme tanto como me gustaría, pero pienso esforzarme al máximo. El único paciente del hospital que se encontraba en estado grave era el hijo de Rennie, y se ha ido esta tarde por su propio pie. Regresará, lo que tiene en la cabeza lo hará volver, pero de momento…

—Está muerto.

Thurston no pareció muy sorprendido.

—Un ataque, supongo.

—No. Un disparo. En las celdas de la comisaría.

—Me gustaría decir que lo siento, pero no es así.

—Yo tampoco —dijo Linda. No estaba segura de lo que había hecho Junior allí, pero imaginaba que el afligido padre se las ingeniaría para darle la vuelta a lo sucedido.

—Volveré con los niños al estanque donde estábamos Caro y yo cuando empezó todo. Es un lugar tranquilo y estoy seguro de que encontraré suficiente comida para unos cuantos días. Quizá bastantes. Tal vez encuentre incluso una cabaña con generador. Pero en lo que se refiere a la vida en comunidad —pronunció estas últimas palabras con ironía—, estoy en paz. Alice y Aidan también.

—Quizá yo conozca un lugar mejor al que ir.

—¿De verdad? —y cuando Linda no dijo nada, Thurse estiró una mano y le acarició la suya—. Tienes que confiar en alguien. Y podría ser yo.

De modo que Linda se lo contó todo, incluso cómo pararon en la tienda de Burpee para recoger más lámina de plomo antes de partir hacia Black Ridge. Hablaron hasta casi medianoche.

El extremo norte de la granja de los McCoy era inservible (debido a las fuertes nevadas del invierno anterior, el tejado ocupaba ahora la sala) pero en el lado oeste había un comedor de estilo rústico casi tan largo como un vagón, y fue ahí donde se reunieron los fugitivos de Chester's Mill. Para empezar, Barbie preguntó a Joe, Norrie y Benny por lo que habían visto, o soñado, cuando perdieron el conocimiento en lo que llamaban el cinturón de luz.

Joe recordó las calabazas en llamas. Norrie dijo que todo se tiñó de negro y que el sol desapareció. En un primer momento, Benny afirmó que no recordaba nada. Entonces se llevó la mano a la boca.

—Había gritos —dijo—. Oí gritos. Fue horrible.

Todos meditaron sobre las palabras de Benny en silencio. Entonces Ernie dijo:

—Las calabazas en llamas no nos permiten estrechar demasiado el círculo, si eso es lo que intenta, coronel Barbara. En todos los graneros del pueblo debe haber un montón de calabazas. Fue una buena temporada —hizo una pausa—. Al menos lo era.

—Rusty, ¿y tus hijas?

—Más o menos lo mismo —respondió Rusty, y les contó lo que recordaba.

—Detener Halloween, detener la Gran Calabaza —murmuró Rommie.

—Amigos, creo que veo un patrón —exclamó Benny.

—No digas, Sherlock —dijo Rose, y todos rieron.

—Te toca, Rusty —terció Barbie—. ¿Qué viste al perder el conocimiento mientras subías aquí?

—No llegué a perder el conocimiento —dijo Rusty—. Y todo esto podría explicarse por la presión a la que hemos estado sometidos. La histeria colectiva, incluidas las alucinaciones en grupo, son habituales cuando la gente está sometida a una gran tensión.

—Gracias, doctor Freud —dijo Barbie—. Ahora cuéntanos lo que viste.

Rusty llegó hasta la chistera con sus rayas patrióticas cuando Lissa Jamieson exclamó:

—¡Es el muñeco del jardín de la biblioteca! Viste una vieja camiseta mía con una cita de Warren Zevon...

—"*Sweet home Alabama, play that dead band's song*" —dijo Rusty—. Y unas palas de jardinero a modo de manos. La cuestión es que empezó a arder y, luego, punuf, desapareció. Y también la sensación de mareo.

Miró a los demás. Todos lo observaban con los ojos como platos.

—Tranquilos, relájense, seguramente vi el muñeco antes de que sucediera todo esto, y mi subconsciente lo sacó a la luz —señaló a Barbie—. Y si vuelves a llamarme doctor Freud, te ganarás un puñetazo.

—¿Lo habías visto antes? —preguntó Piper—. ¿Quizá cuando fuiste a recoger a tus hijas a la escuela? ¿La biblioteca está enfrente del patio.

—Que yo recuerde, no —Rusty no añadió que no había ido a recoger a sus hijas desde principios de mes, y dudaba que entonces la biblioteca ya hubiera puesto la decoración de Halloween.

—Ahora tú, Jackie —dijo Barbie.

Ella se humedeció los labios.

—¿Tan importante es?

—Creo que sí.

—Gente en llamas —dijo ella—. Y humo, y un fuego que desprendía un brillo que atravesaba el humo cuando este cambiaba de dirección. Parecía que el mundo ardía.

—Sí —intervino Benny—. La gente gritaba porque se estaba quemando. Ahora lo recuerdo —con un gesto brusco pegó la cara contra el hombro de Alva Drake, que lo abrazó.

—Aún faltan cinco días para Halloween —dijo Claire.

—No lo creo —repuso Barbie.

11

La estufa que había en un rincón de la sala de plenos del ayuntamiento estaba llena de polvo y en no muy buen estado, pero se podía utilizar. Gran Jim se aseguró de que el agujero de la chimenea estuviera abierto (chirrió un poco), y entonces sacó los papeles de

Duke Perkins del sobre con la huella de sangre. Echó un vistazo a las hojas, hizo una mueca al leer lo que decían y las arrojó a la estufa. Sin embargo, decidió guardar el sobre.

Carter estaba hablando por teléfono con Stewart Bowie; le dijo lo que Gran Jim quería para su hijo y le ordenó que se pusiera manos a la obra de inmediato. *Es un buen chico*, pensó Gran Jim. *Quizá llegue lejos. Siempre que sepa dónde le aprieta el zapato.* La gente que no lo sabía, pagaba un precio. Andrea Grinnell lo había descubierto esa misma noche.

Había una caja de fósforos en el estante, junto a la estufa. Gran Jim encendió uno y lo acercó a la esquina de las "pruebas" de Duke Perkins. Dejó la portezuela de la estufa abierta para ver cómo ardía. Fue muy satisfactorio.

Carter se acercó hasta él.

—Tengo a Stewart Bowie al teléfono. ¿Le digo que le llamará luego?

—Dame eso —dijo Gran Jim, que extendió la mano para tomar el teléfono.

Carter señaló el sobre.

—¿No va a quemarlo?

—No. Quiero que pongas dentro unas cuantas hojas en blanco de la fotocopiadora.

Carter tardó un instante en comprenderlo.

—Esa mujer sufrió alucinaciones, ¿verdad?

—Pobrecilla —dijo Gran Jim—. Baja al refugio antinuclear, hijo. Por ahí —señaló con el pulgar una discreta puerta (salvo por una vieja placa metálica con unos triángulos negros sobre fondo amarillo) no lejos de la estufa—. Hay dos habitaciones. Al fondo de la segunda verás un pequeño generador.

—De acuerdo…

—Delante del generador hay una trampilla. Cuesta verla, pero si miras bien la encontrarás. Levántala y echa un vistazo en el interior. Debería haber ocho o diez tanques de combustible. Al menos estaban ahí la última vez que miré. Compruébalo y dime cuántos quedan.

Esperó a ver si Carter preguntaba por qué, pero no lo hizo. Tan solo dio media vuelta para cumplir con las órdenes que le habían dado. De modo que Gran Jim se lo dijo.

—Solo una precaución, hijo. Sé minucioso y concienzudo, ese es el secreto del éxito. Y tener a Dios de tu parte, claro.

Cuando Carter se marchó, Gran Jim apretó el botón de llamada en espera... si Stewart no seguía ahí, iba a meterse en un gran problema.

Stewart contestó.

—Jim, siento mucho que hayas perdido a tu hijo —dijo. Fue lo primero; un punto a su favor—. Nos ocuparemos de todo. Había pensado en el ataúd Descanso Eterno; es de roble y puede durar mil años.

Sigue y ofréceme el otro, pensó Gran Jim, pero no dijo nada.

—Y lo haremos lo mejor que sepamos. Parecerá que está a punto de levantarse y sonreír.

—Gracias, amigo —dijo Gran Jim, que pensó *Más te vale*.

—En cuanto al asalto de mañana... —dijo Stewart.

—Iba a llamarte por eso. Te estás preguntando si sigue en pie. Y sigue.

—Pero con todo lo que ha sucedido...

—No ha sucedido nada —replicó Gran Jim—. Debemos dar gracias a Dios por la piedad que ha tenido. ¿No vas a decir amén, Stewart?

—Amén —dijo Stewart obedientemente.

—No ha sido más que un lío de tres pares de cajones causado por una mujer con las facultades mentales alteradas y que llevaba una pistola encima. En este instante está cenando con Jesús y todos los santos, no me cabe la menor duda, porque nada de lo que ha sucedido era culpa suya.

—Pero Jim...

—No me interrumpas cuando hablo, Stewart. Fueron los fármacos. Esas malditas drogas le pudrieron el cerebro. La gente se dará cuenta de eso en cuanto se calme un poco. Por fortuna, la gente de Chester's Mill es sensata y valiente. Confío en que se sobrepondrán a lo sucedido, siempre lo han hecho y siempre lo harán. Además, el único pensamiento que tienen ahora en la cabeza es ver a sus seres más queridos. Nuestra operación se pondrá en marcha a mediodía, tal como acordamos. Fern, Roger y tú. Melvin Searles. Fred Denton estará al mando. Puede llamar a cuatro o cinco hombres más si los necesita.

—¿Es el mejor candidato que has encontrado? —preguntó Stewart.

—Fred está bien —respondió Gran Jim.

—¿Y Thibodeau? Ese chico que te hace de guardaes...

—Stewart Bowie, cada vez que abres la boca, te pones en evidencia. Por una vez, calla y escucha. Estamos hablando de un drogadicto enclenque y un farmacéutico que no podrían asustar ni a una gallina. Quiero oír cómo dices amén.

—Sí, amén.

—Utilicen los camiones del pueblo. Habla con Fred en cuanto cuelgue, tiene que andar por ahí, y dile cuál es el plan. Dile que deben ir bien armados, solo por si a caso. Tenemos todo eso del departamento de Seguridad Nacional en el almacén de la comisaría (chalecos antibalas y no sé cuántas cosas más), así que haremos bien en utilizarlos. Luego entren allí y saquen a esos dos tipos. Necesitamos el combustible.

—¿Y el laboratorio? Pensaba que quizá deberíamos quemarlo...

—¿Estás loco? —Carter, que acababa de entrar en la sala, lo miró sorprendido—. ¿Con todos los productos químicos que hay almacenados ahí? Una cosa es el periódico de Julia Shumway; ese almacén es harina de otro costal. Más te vale que vayas con cuidado, amigo, o empezaré a pensar que eres tan tonto como Roger Killian.

—De acuerdo —Stewart parecía malhumorado, pero Gran Jim creía que haría lo que le había ordenado. Además, ya no podía dedicarle más tiempo; Randolph llegaría en cualquier momento.

Este desfile de bobos no acaba nunca, pensó.

—Ahora quiero escuchar un "alabado sea Dios" a la antigua usanza —dijo Gran Jim. En su cabeza se vio sentado sobre la espalda de Stewart aplastándole la cara en el suelo. Era una imagen alentadora.

—Alabado sea Dios —murmuró Stewart Bowie.

—Amén, hermano —dijo Gran Jim, y colgó.

12

El jefe Randolph entró al cabo de poco, tenía aspecto cansado pero no parecía descontento.

—Creo que hemos perdido definitivamente a unos cuantos de los oficiales más jóvenes, no hay rastro de Dodson, Rawcliffe y el chico de los Richardson. Pero la mayoría se han quedado. Y he traído savia nueva: Joe Boxer... Stubby Norman... Aubrey Towle... Su hermano es el propietario de la librería, ya sabes...

Gran Jim escuchó la ristra de nombres con paciencia pero sin prestar demasiada atención. Cuando Randolph acabó, Rennie le pasó el sobre VADER por encima de la mesa pulida.

—Esto es lo que agitaba la pobre Andrea. Échale un vistazo.

Randolph dudó, abrió el cierre y sacó el contenido.

—Aquí no hay nada, solo papel en blanco.

—Tienes razón, toda la razón del mundo. Cuando reúnas a tus hombres mañana (a las siete en punto, en la comisaría, porque puedes creer a tu tío Jim cuando dice que las hormigas empezarán a salir del hormiguero pronto) no te olvides de decirles que la pobre mujer estaba tan loca como el anarquista que disparó al presidente McKinley.

—¿Eso no es una montaña? —preguntó Randolph.

Gran Jim se tomó un instante para preguntarse de qué árbol se habría caído de pequeño el hijo de la señora Randolph. Luego continuó. Esa noche no iba a poder dormir ocho horas, pero con la bendición tal vez serían cinco. Y las necesitaba. Su viejo y pobre corazón las necesitaba.

—Utiliza todas las patrullas. Dos oficiales en cada vehículo. Asegúrate de que todo el mundo lleve gas pimienta y pistolas de descarga eléctrica. Pero si alguien dispara un arma de fuego delante de los periodistas, las cámaras de televisión y el dichoso mundo exterior... Utilizaré sus tripas como liga.

—Sí, señor.

—Que conduzcan junto al camino de la 119, junto a la multitud. Sin sirenas, pero con las luces encendidas.

—Como en un desfile —dijo Randolph.

—Sí, Pete, como en un desfile. Deja la carretera para la gente. Diles a los que vayan en coche que bajen y caminen. Utiliza los altavoces. Quiero que estén rendidos cuando lleguen. La gente cansada es bien portada.

—¿No crees que deberíamos apartar a unos cuantos hombres para que dieran caza a los prisioneros huidos? —vio cómo a Gran Jim se le encendían los ojos y levantó una mano—. Solo preguntaba, solo preguntaba.

—De acuerdo, y mereces una respuesta. Al fin y al cabo, eres el jefe. ¿No es así, Carter?

—Sí —respondió Thibodeau.

—La respuesta es "no", jefe Randolph, porque... escúchame atentamente... no pueden escapar. Hay una Cúpula que rodea Chester's Mill y es total... y absolutamente imposible... que escapen. ¿Lo entiendes? —vio cómo Randolph se sonrojaba y dijo—: Cuidado con lo que respondes. Yo, al menos, lo tendría.

—Lo entiendo.

—Entonces a ver si entiendes esto también: ahora que Dale Barbara anda suelto, por no hablar de su amigo conspirador Everett, la gente recurrirá con aún mayor fervor a las fuerzas de seguridad pública en busca de protección. Y por mucha que sea la presión a la que estamos sometidos, estaremos a la altura de la situación, ¿verdad?

Randolph por fin lo entendió. Tal vez no sabía que había un presidente —así como una montaña— llamado McKinley, pero sí parecía entender que un Barbie suelto por los bosques les era mucho más útil que un Barbie en la cárcel.

—Sí —respondió—. Lo estaremos. No te quepa la menor duda. ¿Y qué sucede con la rueda de prensa? Si no vas a asistir, ¿quieres nombrar a...?

—No, en absoluto. Estaré aquí, en mi sitio, donde me corresponde estar, controlando cómo se desarrolla la situación. En cuanto a la prensa, por mí puede intentar entrevistar a las mil personas que se amontonarán en el lado sur del pueblo, como los mirones que se detienen ante una obra en la calle. Les deseo suerte para traducir los balbuceos de la gente.

—Quizá algunas personas digan cosas que no nos dejen muy bien —insinuó Randolph.

Gran Jim le lanzó una sonrisa gélida.

—Para eso Dios nos dio estos grandes hombros, amigo. Además, ¿qué va a hacer ese condenado de Cox? ¿Entrar aquí y sacarnos de la comisaría?

Randolph soltó una obediente risa, se dirigió hacia la puerta y, entonces, se le ocurrió algo más.

—Se juntará mucha gente y durante un largo período de tiempo. Los militares han instalado retretes portátiles en su lado. ¿No deberíamos hacer algo así en el nuestro? Creo que tenemos unos cuantos en el edificio de suministros. Para las patrullas de carretera, principalmente. Quizá Al Timmons podría...

Gran Jim le dirigió una mirada que dejaba entrever que el nuevo jefe de policía había perdido la razón.

—Si de mí dependiera, la gente de Chester's Mill estaría mañana en sus casas, a salvo, en lugar de huir del pueblo como los israelitas de Egipto —hizo una pausa dramática—. Si a alguien le da un apretón, que vaya al dichoso bosque.

13

Cuando Randolph se marchó, Carter dijo:

—Si juro que no le estoy lamiendo las bolas, ¿puedo decirle algo?

—Sí, por supuesto.

—Me encanta verlo trabajar, señor Rennie.

Gran Jim sonrió de oreja a oreja; una sonrisa que le iluminó toda la cara.

—Bueno, dentro de poco tendrás tu oportunidad, hijo; has aprendido de la gente del montón, ahora aprenderás del mejor.

—Eso pienso hacer.

—Ahora mismo necesito que me lleves a casa. Pasa a buscarme a las ocho de la mañana en punto. Vendremos aquí y veremos CNN. Pero antes nos sentaremos en la cuesta del Ayuntamiento para observar el éxodo. Muy triste, de verdad; israelitas sin un Moisés.

—Hormigas sin hormiguero —añadió Carter—. Abejas sin colmena.

—Pero antes de recogerme, quiero que vayas a ver a unas cuantas personas. O que lo intentes; he apostado conmigo mismo que se habrán ausentado sin permiso.

—¿Quiénes?

—Rose Twitchell y Linda Everett. La esposa del médico.

—Sé quién es.

—También convendría que buscaras a Julia Shumway. He oído que tal vez esté en casa de Libby, la predicadora y dueña de aquel perro con tan malas pulgas. Si encuentras a alguna de las tres, pregúntales por el paradero de nuestros fugitivos.

—¿Por las buenas o por las malas?

—Ni lo uno ni lo otro. No quiero capturar a Everett y Barbara de inmediato, pero no me importaría saber dónde están.

Una vez fuera, Gran Jim respiró hondo aquel aire maloliente y lanzó un suspiro que pareció de satisfacción. Carter también se sentía muy satisfecho consigo mismo. Hacía tan solo una semana estaba cambiando mofles, con gafas protectoras para evitar que las esquirlas de óxido de los tubos de escape corroídos por la sal le entraran en los ojos. En ese momento era un hombre influyente y con un buen cargo. El aire maloliente era el pequeño precio que debía pagar por ello.

—Me gustaría hacerte una pregunta —dijo Gran Jim—. Si no quieres responder, no pasa nada.

Carter lo miró.

—Es sobre Sammy Bushey —dijo Rennie—. ¿Cómo fue? ¿Estuvo bien?

Carter titubeó y respondió:

—Al principio un poco seca, pero enseguida lubricó a la perfección.

Gran Jim rio. Fue una risa metálica, como el sonido de las monedas al caer en la bandeja de una máquina tragamonedas.

14

Medianoche, y la luna rosa que desciende hacia el horizonte de Tarker's Mill, donde dormitará hasta que salga el sol, se convierte en un fantasma y luego desaparece por completo.

Julia se abrió camino por el campo de manzanos, hasta el punto en que este descendía por la ladera oeste de Black Ridge, y no se sorprendió al ver una sombra oscura sentada junto a uno de los árboles. A la derecha de Julia, la caja del extraño símbolo grabado en la parte superior emitía un destello cada quince segundos: el faro más pequeño y extraño de todo el mundo.

—Barbie —dijo Julia en voz baja—. ¿Cómo está Ken?

—Se marchó a San Francisco para participar en el desfile del Orgullo Gay. Siempre supe que ese amigo no era hetero.

Julia rio, le tomó la mano y se la besó.

—Amigo mío, me alegro muchísimo de que estés bien.

Barbie la abrazó y le plantó dos besos en las mejillas antes de soltarla. Fueron dos besos intensos. De los de verdad.

—Amiga mía, yo también.

Julia rio, pero un escalofrío le recorrió el cuerpo, del cuello a las rodillas. Era una sensación que conocía, pero que no sentía desde hacía mucho tiempo. *Cálmate*, pensó. *Es tan joven que podría ser tu hijo.*

Bueno, sí… si se hubiera embarazado a los trece.

—Los demás duermen —dijo Julia—. Incluso Horace. Está dentro, con los niños. Han estado jugando con él, lanzándole palos, hasta dejarlo con la lengua afuera. Seguro que cree que se ha muerto y se ha ido al cielo.

—Intenté dormir, pero no pude.

Estuvo a punto de quedarse dormido en dos ocasiones, y en ambas se vio en su celda frente a Junior Rennie. La primera vez Barbie tropezaba en lugar de lanzarse hacia la derecha, y caía sobre la cama, lo que lo convertía en un blanco perfecto. La segunda vez, Junior lo alcanzaba a través de los barrotes con un brazo de plástico increíblemente largo, lo agarraba y lo inmovilizaba durante tanto tiempo que acababa muriendo tras darse por vencido. Después de ese segundo sueño, Barbie salió del granero donde dormían los hombres al exterior. El aire aún olía como una habitación en la que seis meses antes hubiera muerto un fumador de toda la vida, pero era mejor que el aire del pueblo.

—Hay muy pocas luces encendidas —dijo ella—. En una noche normal habría nueve veces más luz, incluso a esta hora. Las farolas parecerían un collar con dos hileras de perlas.

—Pero tenemos eso —Barbie la rodeaba con un brazo, pero levantó la mano libre y señaló el cinturón de luz. Julia pensó que de no ser por la Cúpula, que cortaba el cinturón de forma abrupta, habría sido un círculo perfecto. Tal como era, parecía una herradura.

—Sí. ¿Por qué crees que Cox no lo mencionó? En sus fotos de satélite deben de verlo —reflexionó un instante—. Al menos a mí no me dijo nada. Quizá a ti sí.

—No, y lo habría hecho. Lo que significa que no lo ven.

—¿Crees que la Cúpula…? ¿Lo oculta?

—Algo así. Cox, las cadenas de noticias, el mundo exterior… no lo ven porque no necesitan verlo. Y supongo que nosotros sí.

—¿Crees que Rusty tiene razón? ¿Somos simples hormigas, víctimas de unos niños crueles con una lupa? ¿Qué tipo de raza superior permitiría que sus hijos hicieran algo así a una raza inteligente?

—Nosotros creemos que somos inteligentes pero ¿lo piensan ellos? Sabemos que las hormigas son insectos sociales, construyen casas, colonias y son unas arquitectas increíbles. Trabajan con tanto denuedo como nosotros. Incluso libran guerras por cuestiones de raza, las negras contra las rojas. Sabemos todo eso, pero no las consideramos inteligentes.

Julia tiró del brazo de Barbie para que la abrazara con más fuerza, aunque no hacía frío.

—Inteligentes o no, está mal.

—Estoy de acuerdo. Y la mayoría de la gente lo estaría. Rusty incluso lo sabía de pequeño, pero la mayoría de los niños no tienen una visión moral del mundo. Tardan años en desarrollarla. Cuando llegamos a la edad adulta, la mayoría dejamos atrás las actitudes infantiles, entre las que se incluyen quemar hormigas con una lupa o arrancar alas a las moscas. Seguramente sus adultos han hecho lo mismo. Es decir, si llegan a darse cuenta de nuestra existencia. ¿Cuándo fue la última vez que te agachaste para examinar un hormiguero?

—Pero aun así… sin encontráramos hormigas en Marte, o incluso microbios, no los destruiríamos. La vida en el Universo es un bien muy escaso. Los demás planetas de nuestro sistema solar son un páramo, por el amor de Dios.

Barbie pensó que si la NASA encontraba vida en Marte, no tendría el menor reparo en destruirla para ponerla bajo un microscopio y estudiarla, pero no lo dijo.

—Si fuéramos más avanzados científicamente, o espiritualmente, quizá sea eso lo que se necesita para poder viajar por el gran espacio exterior, podríamos ver que hay vida en todas partes. Que hay tantos mundos habitados y formas de vida inteligentes como hormigueros en este pueblo.

¿Era la mano de Barbie la que se encontraba junto a su pecho? Julia sabía que sí. Hacía mucho tiempo que un hombre no ponía una mano ahí, y disfrutaba la sensación.

—Lo único de lo que estoy seguro es de que hay otros mundos aparte de los que podemos ver con nuestros telescopios de risa. O incluso con el Hubble. Y… no están aquí, ya lo sabes. No se trata de una invasión. Solo están mirando. Y… quizá… jugando.

—Sé a lo que te refieres —dijo Julia—. A que jueguen contigo.

Dale la miraba. Estaba muy cerca. A distancia de beso. A ella no le habría importado que la besara; en absoluto.

—¿A quién te refieres? ¿A Rennie?

—¿Crees que existen ciertos momentos clave en la vida de una persona? ¿Acontecimientos que marcan un hito y nos cambian?

—Sí —respondió Barbie; pensaba en la sonrisa roja que su bota había dejado en el trasero de Abdul. La nalga normal y corriente de un hombre que llevaba una vida normal y corriente—. Sin duda.

—A mí me sucedió en cuarto grado. En la escuela primaria de Main Street.

—Cuéntamelo.

—No hay mucho que contar. Fue la tarde más larga de mi vida, pero es una historia muy corta.

Barbara esperó.

—Yo no era más que una niña. Mi padre era el dueño del periódico local, tenía unos cuantos periodistas y un promotor comercial, pero, por lo demás, era casi un hombre orquesta, y eso era lo que le gustaba. Nunca hubo duda de que yo lo sustituiría cuando se jubilara. Él lo creía, mi madre lo creía, mis profesores lo creían y, por supuesto, yo lo creía. Mi educación universitaria estaba planificada. Nada de una universidad de segunda como la de Maine, eso era inconcebible para la hija de Al Shumway. La hija de Al Shumway iría a Princeton. Cuando estaba en cuarto grado, tenía un banderín de Princeton colgado sobre mi cama y casi ya tenía las maletas hechas.

"Todo el mundo, y no me excluyo, adoraba el suelo que pisaba. Salvo mis compañeros de clase, claro. Entonces no entendí las causas, pero ahora me pregunto cómo pude pasarlas por alto. Yo era esa que se sentaba en la primera fila y siempre levantaba la mano cuando la señora Connaught hacía una pregunta, y siempre daba la respuesta correcta. Entregaba los trabajos antes de tiempo si podía, y me ofrecía como voluntaria para conseguir más créditos. Era la sabelotodo de la clase y un poco aduladora. En una ocasión, cuando la señora Connaught regresó al aula después de tener que dejarnos a solas durante unos minutos, Jessie Vachon sangraba por la nariz. La señora Connaught nos dijo que tendríamos que quedarnos todos después de clase a menos que alguien le dijera quién lo había hecho. Levanté la mano y dije que había sido Andy Manning. Andy le había dado un puñetazo en la nariz a Jessie porque no le había prestado su goma de borrar. En ese momento me pareció que no había ningún problema en contar lo que había sucedido, porque era la verdad. ¿Te haces una idea?

—Perfectamente.

—Ese pequeño episodio fue la gota que colmó el vaso. Un día, no mucho después, pasaba por la plaza del pueblo de vuelta a casa y un puñado de chicas me esperaba en el Puente de la Paz. Eran seis. La cabecilla era Lila Strout, que ahora es Lila Killian (se casó con Roger, lo que estaba cantado). Que nadie te diga nunca que tus hijos no arrastrarán sus rencillas y rencores hasta la edad adulta.

"Me llevaron hasta el quiosco. Al principio me resistí, pero dos de ellas (Lila fue una, y Cindy Collins, la madre de Toby Manning, la otra) me dieron un puñetazo. Y no en el hombro, como acostumbran a hacer los niños. Cindy me golpeó en la mejilla y Lila en el pecho derecho. ¡Cuánto me dolió! Me estaban empezando a crecer los pechos y me dolían.

"Rompí a llorar. Esa es la señal, entre niños, al menos, de que las cosas ya han llegado demasiado lejos. Pero aquel día no fue así. Cuando empecé a gritar, Lila dijo: "Cállate o aún será peor". Además, estábamos solas y nadie podía detenerlas. Era una tarde fría y lluviosa, y la plaza estaba desierta.

"Lila me propinó un bofetón tan fuerte que me hizo sangrar por la nariz y me dijo: "¡Soplona, soplona! ¡Se te acabó la suerte, ahora empiezan los tiempos difíciles!". Y las demás se rieron. Me dijeron que era porque había delatado a Andy, y entonces pensé que era por eso, pero ahora me doy cuenta de que fue por todo, hasta por la forma en que mis faldas, mis blusas e incluso mis listones del cabello coordinaban. Ellas llevaban ropa, yo uniformes. Andy fue la gota que colmó el vaso.

—¿Te lastimaron mucho?

—Me dieron unos cuantos bofetones más. Me jalaron el cabello. Y… me escupieron. Entonces me fallaron las piernas y me caí al suelo. Estaba llorando más fuerte que nunca, y me tapaba la cara con las manos, pero aun así sentí que me escupían. La saliva es caliente, ¿sabes?

—Sí.

—Me decían cosas como la "niña mimada de la maestra" y "niña consentida" y "eres tan creída que crees que tu caca huele a rosas". Y entonces, justo cuando creía que habían acabado, Corrie Macintosh dijo: "¡Hay que quitarle los pantalones!" Porque ese día llevaba unos pantalones muy bonitos que me había comprado mi madre por catálogo. Me encantaban. Eran el tipo de pantalones que debían de llevar las universitarias en la residencia de Princeton. Al menos eso era lo que creía entonces.

"Me enfrenté a ellas con fuerza, pero me doblegaron, claro. Me sujetaron entre cuatro mientras Lila y Corrie me quitaban los pantalones. Entonces Cindy Collins empezó a reírse, a señalarme y dijo: "¡Usa calzones de Winnie Pooh!" Lo cual era cierto, y también de Ígor y Rito. Todas se carcajearon a morir, y… Barbie… me fui haciendo cada vez más pequeña… y más pequeña… y más pequeña. Hasta que el suelo del quiosco se convirtió en un vasto desierto y yo en un insecto atrapado en él. Muriéndome en mitad del desierto.

—Como una hormiga bajo una lupa, en otras palabras.

—¡Oh, no! ¡Barbie! Hacía frío, no calor. Me estaba helando. Se me puso la carne de gallina en las piernas. Corrie dijo: "¡Vamos a quitarle también los calzones!", pero al final resultó que no estaban preparadas para llegar tan lejos. Como segunda opción, Lila tomó mis pantalones y los lanzó sobre el tejado del quiosco. Después, se fueron. Lila fue la última, y me dijo: "Si nos acusas, tomaré el cuchillo de mi hermano y te cortaré esa nariz de zorra que tienes".

—¿Qué ocurrió? —preguntó Barbie. Y sí, su mano reposaba, sin duda alguna, en el costado de su pecho.

—Lo que sucedió al principio fue que una chica asustada se acurrucó en el quiosco y se preguntó cómo iba a regresar a su casa sin que medio pueblo viera su ridícula ropa interior de bebé. Me sentía como la niña más pequeña y tonta de toda la historia. Al final decidí esperar hasta que oscureciera. Mis padres se preocuparían, quizá incluso llamarían a la policía, pero me daba igual. Estaba decidida a esperar hasta que oscureciera y luego volver a casa a hurtadillas, por calles poco transitadas. Me escondería detrás de los árboles si se acercaba alguien.

"Debí quedarme dormida un rato, porque de repente apareció Kayla Bevins a mi lado. Había estado con las otras, dándome bofetadas, jalándome el cabello y escupiéndome. No habló tanto como las demás, pero participó en todo. Ayudó a sujetarme mientras Lila y Corrie me quitaban los pantalones, y cuando vieron que una de las perneras colgaba del borde del tejado, Kayla se subió a la barandilla y la echó hacia arriba, para que no pudiera alcanzarla.

"Le supliqué que no me lastimara más. Había renunciado a cosas como el orgullo y la dignidad. Le supliqué que no me quitara los calzones. Le imploré que me ayudara. Ella se quedó quieta y me escuchó, como si fuera insignificante. Y lo era. Fue entonces cuando lo comprendí. Supongo que con el paso de los años lo había olvidado, pero he vuelto a conectar con esa desagradable verdad como consecuencia de la experiencia de la Cúpula.

"Al final me eché al suelo y me quedé ahí gimoteando. Me miró un rato más y luego se quitó el suéter que llevaba. Era una prenda vieja y muy ancha de color café que casi le llegaba hasta las rodillas. Kayla era una chica grande, de modo que era un suéter grande. Me lo echó encima y me dijo: 'Póntelo para que vuelvas a casa, parecerá que es un vestido'.

"Fue todo lo que dijo. Y aunque fui a la escuela con ella durante ocho años más, hasta que me gradué en el Mills High no volvimos a hablar. Sin embargo, a veces en sueños aún oigo cómo me dice: 'Póntelo para que vuelvas a casa, parecerá que es un vestido'. Y veo su rostro. No hay odio ni ira, pero tampoco compasión. No lo hizo por compasión, ni para que me callara. No sé por qué lo hizo. Ni siquiera sé por qué regresó. ¿Tú lo sabes?

—No —respondió él, y la besó en la boca. Fue un beso breve, pero cálido, húmedo y fantástico.

—¿Y esto?

—Porque me pareció que lo necesitabas, y sé que yo también. ¿Qué sucedió luego, Julia?

—Que me puse el suéter y me fui a casa, ¿qué iba a suceder? Y mis padres estaban esperándome.

Alzó la barbilla en un gesto de orgullo.

—Nunca les conté lo sucedido y nunca lo averiguaron. Durante una semana, más o menos, de camino a la escuela vi los pantalones tirados sobre el tejado cónico del quiosco. Y cada vez que los veía sentía la vergüenza y el dolor; como una puñalada en mi corazón. Entonces un día desaparecieron, lo cual no logró que también desapareciera el dolor, pero con el tiempo mejoró. Se convirtió en un dolor poco intenso en lugar de punzante.

»Nunca delaté a esas chicas, a pesar de que mi padre se puso furioso y me castigó hasta junio; podía ir a la escuela pero nada más. Incluso me prohibió asistir al viaje de toda la clase al Museo de Arte de Portland, algo que llevaba esperando todo el año. Me dijo que me permitiría ir de viaje y me levantaría el castigo si le daba el nombre de las chicas que me habían 'maltratado'. Esa fue la palabra que utilizó. Sin embargo, no lo hice, y no fue únicamente porque guardar silencio sea la versión infantil del credo de los apóstoles.

—Lo hiciste porque, en el fondo, creías que merecías lo que te ocurrió.

—"Merecer" no es la palabra adecuada. Creía que me lo había buscado y que había pagado por ello, que no es lo mismo. A partir de entonces mi vida cambió. Seguí sacando buenas notas, pero ya no levantaba tanto la mano. No dejé de sacar buenas notas, pero ya no presumía de ello. Podría haber sido la alumna encargada de pronunciar el discurso en la ceremonia de graduación, pero me mantuve en un discreto segundo plano durante el segundo semestre del último año. Lo suficiente para asegurarme de que Carlene Plummer fuera la elegida. No lo quería. Ni el discurso ni la atención que conllevaba. Hice algunos amigos, los mejores de la zona de fumadores que había detrás de la preparatoria.

»El mayor cambio fue ir a la Universidad de Maine en lugar de a Princeton… donde, en realidad, me aceptaron. Mi padre se puso hecho una furia, gritó que su hija no iría a una universidad de pueblerinos, pero me mantuve firme.

Julia sonrió.

—Bastante firme. Pero el compromiso es el ingrediente secreto del amor, y yo quería mucho a mi padre. Y a mi madre. Mi plan era ir a la Universidad de Maine, en Orono, pero durante el verano, después de graduarme de bachillerato, envié una solicitud en el último momento a Bates, es lo que se llama una solicitud en circunstancias especiales, y me aceptaron. Mi padre me obligó a pagar con mi propio dinero la multa de la inscripción por haber presentado la solicitud tan tarde, pero lo hice encantada ya que al final se vislumbraba un atisbo de paz en la familia tras dieciséis meses al borde de la guerra entre el país de los Padres Controladores y el principado, más pequeño pero bien fortificado, de la Adolescente Obstinada. Me licencié en Periodismo y eso acabó de cicatrizar la herida que se había abierto el día en que me humillaron en el quiosco. Sin embargo, mis padres nunca supieron por qué. No estoy aquí, en Chester's Mill, por ese día (estaba predestinada a acabar en el *Democrat*), pero soy quien soy, en gran parte, debido a lo ocurrido entonces.

Las lágrimas asomaban a los ojos de Julia; le lanzó una mirada desafiante.

—Pero no soy una hormiga. No soy una hormiga.

Barbara la besó de nuevo. Ella lo abrazó con fuerza y le devolvió el beso. Y cuando la mano de él le levantó la blusa que llevaba metida por dentro de los pantalones, y se deslizó por su vientre hasta alcanzar el pecho, ella usó la lengua. Cuando se separaron, Julia respiraba agitadamente.

—¿Quieres? —preguntó él.

—Sí. ¿Y tú?

Dale le tomó la mano y se la puso en sus pantalones, donde era tan evidente lo mucho que él deseaba aquello.

Al cabo de un minuto, él estaba sobre ella, apoyado en los codos. Ella lo guió con la mano.

—Tómeselo con calma, coronel Barbara. Ya he olvidado un poco cómo funcionan estas cosas.

—Es como montar en bicicleta —dijo Barbie.

Resultó que tenía razón.

15

Cuando acabaron, ella permaneció con la cabeza apoyada en el brazo de Barbara, mirando las estrellas rosadas, y le preguntó en qué pensaba.

Barbie suspiró.

—Los sueños. Las visiones. Sean lo que sean. ¿Tienes su teléfono contigo?

—Siempre. Y aún le queda bastante batería, pero no sé cuánto durará. ¿A quién quieres llamar? A Cox, supongo.

—Supones bien. ¿Tienes su número grabado?

—Sí.

Julia levantó sus pantalones tirados en el suelo y tomó el teléfono del cinturón. Llamó a COX y le entregó el aparato a Barbie, que empezó a hablar casi de inmediato. Cox debió de responder al primer timbrazo.

—Hola, coronel. Soy Barbie. Estoy fuera. Voy a arriesgarme y te voy a decir nuestra ubicación. Estamos en Black Ridge. En el antiguo campo de los McCoy. ¿Aparece en sus…? Sí. Claro que sí. Y tienes imágenes por satélite del pueblo, ¿verdad?

Escuchó, luego le preguntó a Cox si las imágenes mostraban una herradura de luz que rodeaba la cresta y finalizaba en el límite del TR-90. Cox respondió con una negación, y entonces, juzgando por el modo en que Barbie lo escuchaba, le pidió más detalles.

—Ahora no —dijo Barbie—. En este momento necesito que me hagas un favor, Jim, y cuanto antes mejor. Necesitarás un par de Chinooks.

Le explicó lo que quería. Cox escuchó y luego contestó.

—No puedo entrar en muchos detalles en este momento —dijo Barbie—, y no creo que tuviera mucho más sentido si lo hiciera. Confía en mí, lo que está ocurriendo aquí es una puta locura, y lo peor aún está por venir. Quizá no suceda hasta Halloween, si tenemos suerte. Pero no creo que vayamos a ser tan afortunados.

16

Mientras Barbie hablaba con el coronel James Cox, Andy Sanders estaba sentado, apoyado en la pared lateral del edificio de suministros que había tras la WCIK, con la mirada fija en aquellas estrellas anómalas. Estaba feliz como una lombriz, sereno como el cielo, más colgado que un murciélago; se le hubieran podido aplicar varios símiles más. Sin embargo, tenía un poso de honda tristeza (extrañamente plácida, casi reconfortante), que lo agitaba como una fuerte corriente subterránea. En su aburrida práctica y prosaica vida nunca había tenido una premonición. Sin embargo ahora tenía una. Esa iba a ser su última noche en la tierra. Cuando llegaran los hombres amargados, Chef Bushey y él morirían. Era muy simple, y no era en absoluto malo.

—Estoy jugando la partida extra —dijo—. Desde que estuve a punto de tomarme esas pastillas.

—¿Qué es eso, Sanders? —El Chef llegó por el camino que salía de la parte posterior de la emisora; iluminaba con una linterna el suelo que pisaba con sus pies descalzos. Los pantalones de pijama con estampado de ranas aún se aferraban precariamente a sus huesudas caderas, pero había algo nuevo: una gran cruz blanca. La llevaba atada al cuello con una tira de cuero. De su hombro colgaba su GUERRERO DE DIOS. De la culata pendía otra tira de cuero con dos granadas más. En la otra mano llevaba el control remoto de la puerta del garage.

—Nada, Chef —respondió Andy—. Solo hablaba conmigo. Parece que últimamente soy el único que escucha.

—Eso es una tontería, Sanders. Una total y absoluta estupidez. Dios escucha. Dios acoge las almas del mismo modo que el FBI interviene los teléfonos. Yo también escucho.

La belleza de aquello, y el consuelo, hicieron que la gratitud manara del corazón de Andy. Le ofreció la pipa.

—Dale una calada a esta mierda. Ya verás cómo te enciende la caldera.

El Chef soltó una carcajada ronca, dio una gran calada a la pipa de cristal, se tragó el humo y lo expulsó tosiendo.

—¡Bazoom! —exclamó—. ¡El poder de Dios! ¡El poder que nunca te abandona, Sanders!

—Tienes razón —admitió Andy. Era lo que siempre decía Dodee, y al pensar en ella se le rompió el corazón de nuevo. Se limpió las lágrimas con un gesto distraído—. ¿De dónde sacaste la cruz?

El Chef señaló la emisora de radio con la linterna.

—Coggins tiene una oficina y la cruz estaba en su escritorio. El primer cajón estaba cerrado, pero lo forcé. ¿Sabes qué más había? Las revistas más perversas que he visto jamás.

—¿De niños? —preguntó Andy. No le sorprendería. Cuando el diablo tenía un predicador, era más que probable que este cayera muy bajo. Lo bastante como para ponerse un sombrero de copa y meterse bajo una serpiente de cascabel.

—Peor, Sanders —bajó la voz—. Orientales.

El Chef tomó el AK-47 que Andy tenía sobre los muslos. Iluminó la culata, donde Andy había escrito con cuidado la palabra CLAUDETTE con uno de los marcadores de la emisora de radio.

—Mi esposa —dijo Andy—. Fue la primera víctima de la Cúpula.

El Chef lo agarró del hombro.

—Eres un buen hombre porque la recuerdas, Sanders. Me alegro de que Dios haya unido nuestros caminos.

—Yo también —Andy tomó la pipa—. Yo también, Chef.

—Sabes qué es lo más probable que ocurra mañana, ¿verdad?

Andy agarró la culata de CLAUDETTE. Esa fue su respuesta.

—Supongo que usarán chalecos antibalas, de modo que si tenemos que ir a la guerra, apunta a la cabeza. Nada de dispararles un tiro, debes acribillarlos. Y si parece que van a vencernos… ya sabes lo que debes hacer, ¿verdad?

—Verdad.

—¿Hasta el final, Sanders? —el Chef alzó el control remoto de la puerta del garage frente a su cara y la iluminó con la linterna.

—Hasta el final —dijo Andy. Tocó el control con el cañón de CLAUDETTE.

17

Ollie Dinsmore se despertó de golpe de una pesadilla, consciente de que algo iba mal. Permaneció en la cama, mirando la luz pálida y en cierto sentido sucia de los primeros rayos de sol que se filtraban por la ventana, intentando convencerse de que solo era un sueño, una pesadilla horrible que no podía recordar del todo. Fuego y gritos era lo único que le venía a la cabeza.

Gritos no. Chillidos.

Su despertador barato marcaba la hora en la mesita de noche. Lo levantó. Cuarto para las seis y no oía a su padre en la cocina. Y lo que era más revelador, no olía a café. Su padre siempre estaba levantado y vestido a las cinco y cuarto de la mañana ("Las vacas no esperan" era la frase favorita de Alden Dinsmore), y alrededor de las cinco y media el café ya estaba preparado.

Esa mañana no.

Ollie se levantó y se puso los pantalones del día anterior.

—¿Papá?

No hubo respuesta. Nada salvo el tictac del reloj y, a lo lejos, el mugido de una vaca insatisfecha. El terror se apoderó de él. Se dijo que no había motivo para ello, que su familia —todos juntos y felices hacía solo una semana— había sufrido ya todas las tragedias que Dios podía permitir, al menos durante una temporada. Se lo dijo pero no se lo creyó.

—¿Papá?

El generador trasero aún funcionaba y, cuando entró en la cocina, vio las pequeñas pantallas verdes del horno y el microondas, pero la cafetera estaba apagada, vacía. La sala de estar también estaba vacía. Su padre estaba viendo la televisión cuando Ollie regresó la noche anterior, y el aparato seguía encendido, aunque en silencio. Un tipo que tenía muy mal aspecto hacía una demostración del nuevo y mejorado ShamWow. "Está gastando cuarenta billetes al mes en papel de cocina y tirando su dinero", dijo el sujeto de extraño aspecto desde el otro mundo, donde esas cosas tal vez importaban.

Salió a dar de comer a las vacas, eso es todo.

Pero, en tal caso, ¿no habría apagado la televisión para ahorrar electricidad? Tenían un depósito grande de combustible, pero no iba a durar eternamente.

—¿Papá?

No hubo respuesta. Ollie se acercó a la ventana y miró en dirección al granero. No había nadie. Con un temor cada vez mayor, recorrió el pasillo en dirección al dormitorio de sus padres armándose de valor para llamar a la puerta; pero no fue necesario. La puerta estaba abierta. La gran cama de matrimonio estaba revuelta (parecía que su padre hacía la vista gorda con el desorden en cuanto salía del granero) pero vacía. Ollie empezó a darse la vuelta cuando vio algo que lo asustó. Desde que tenía uso de razón, recordaba que en la habitración había habido un retrato de boda. Sin embargo, no estaba, solo quedaba la marca brillante en el papel de la pared.

Eso no asusta.

Pero sí que lo asustaba.

Ollie siguió avanzando por el pasillo. Había una puerta más, y esta, que había permanecido abierta durante el último año, se encontraba cerrada. Había algo amarillo pegado. Una nota. Antes de acercarse lo suficiente para leerla, Ollie reconoció la letra de su padre. Era normal; cuando Rory y él regresaban de la escuela a menudo encontraban notas escritas con esos garabatos, y siempre acababan igual.

"Barran el granero, luego salgan a jugar. Arranquen las malas hierbas de los tomates, luego salgan a jugar. Cuelguen la ropa que lavó su madre y tengan cuidado de no arrastrarla por el suelo. Luego salgan a jugar."

La hora de los juegos terminó, pensó Ollie sombríamente.

Pero entonces se le ocurrió algo esperanzador: quizá estaba soñando. ¿Acaso no era posible? Tras la muerte de su hermano por la bala que rebotó y tras el suicidio de su madre, ¿por qué no podía soñar que se despertaba en una casa vacía?

La vaca mugió de nuevo, e incluso eso fue como un sonido que uno podría oír en sueños.

La habitación que había al otro lado de la puerta con la nota había sido la del abuelo Tom. El hombre, que padeció el lento sufrimiento de una insuficiencia cardíaca congestiva, se fue a vivir con ellos cuando ya no pudo valerse por sí mismo. Durante un tiempo el anciano fue capaz de desplazarse hasta la cocina para comer con la familia, pero al final quedó postrado en la cama, primero con una cosa de plástico metida por la nariz —se llamaba candela o algo por el estilo—, y luego con una mascarilla de plástico durante la mayor parte del tiempo. Una vez Rory dijo que parecía el astronauta más viejo del mundo, y mamá lo abofeteó para reprenderlo.

Al final se turnaban para cambiarle los tanques de oxígeno, y una noche mamá lo encontró muerto en el suelo, como si hubiera intentado levantarse y hubiera muerto a consecuencia del esfuerzo. Mamá gritó para llamar a Alden, que llegó, lo miró, le auscultó el pecho y apagó el oxígeno. Shelley Dinsmore rompió a llorar. Desde entonces, la habitación había permanecido cerrada.

"Lo siento" era lo que decía la nota de la puerta. "Ve al pueblo, Ollie. Los Morgan, los Denton o la reverenda Libby se encargarán de ti."

Ollie miró la nota durante un buen rato, luego giró el picaporte con una mano que le parecía que no era la suya, con la esperanza de que no encontraría un gran desastre.

No lo encontró. Su padre yacía en la cama del abuelo con las manos entrelazadas sobre el pecho. Se había peinado como hacía siempre que bajaba al pueblo. Sostenía el retrato de su boda. En la esquina aún había uno de los viejos tanques de oxígeno del abuelo; Alden había colgado su gorra de los Medias Rojas, la que decía CAMPEONES DE LA SERIE MUNDIAL, sobre la válvula.

Ollie agarró a su padre del hombro. Olía a alcohol, y durante unos segundos la esperanza (siempre pertinaz, en ocasiones odiosa) vivió de nuevo en su corazón. Quizá solo estaba borracho.

—¿Papá? ¿Papi? ¡Despierta!

Ollie no notó el aliento en su mejilla, y se dio cuenta de que los ojos de su padre no estaban cerrados por completo; pequeñas medialunas blancas sobresalían entre los párpados. También olía a lo que su madre llamaba "eau de pipí".

Su padre se había peinado, pero, al igual que su difunta esposa, se había meado encima mientras agonizaba. Ollie se preguntó si el hecho de saberlo podría haber impedido que se suicidara.

Se alejó lentamente de la cama. Ahora que quería sentir que tenía una pesadilla, resultó que no era así. Lo que tenía era una pesadilla real de lo que no podía despertarse. Se le hizo un nudo en el estómago y una columna de bilis trepó por su garganta. Fue corriendo al baño, donde encontró a un intruso de mirada brillante. Estaba a punto de gritar cuando de pronto se reconoció en el espejo que había sobre el lavamanos.

Se arrodilló frente al retrete, se agarró a la que Rory y él llamaban la barandilla de tullidos del abuelo, y vomitó. Cuando acabó, tiró de la cadena (gracias al generador y a un buen pozo profundo, pudo hacerlo), bajó la tapa y se sentó en ella; temblaba de pies a cabeza. Junto a él, en el lavamanos, había dos botes de pastillas del abuelo Tom y una botella de Jack Daniels. Los tres recipientes estaban vacíos. Ollie levantó uno de los botes de pastillas. PERCO-CET, decía la etiqueta. No se molestó en mirar el otro.

—Ahora estoy solo —dijo.

Los Morgan, los Denton o la reverenda Libby se encargarán de ti.

Sin embargo, no quería que nadie se encargara de él, eso era lo que se hacía con los animales de granja. En ocasiones odiaba la granja, pero en general siempre la había amado. La granja lo tenía a él. La granja, las vacas y el montón de leña. Eran suyos y él era suyo. Lo sabía del mismo modo que sabía que Rory habría hecho una carrera brillante y repleta de éxitos, primero en la universidad y luego en alguna ciudad lejos de allí, donde habría asistido al teatro, a galerías de arte y cosas por el estilo. Su hermano había sido lo bastante listo para labrarse un buen futuro en aquel mundo tan grande; Ollie quizá habría sido lo bastante inteligente para mantenerse al margen de los préstamos bancarios y las tarjetas de crédito, pero mucho no mucho más.

Decidió salir para dar de comer a las vacas. Les daría ración doble si se la comían. Tal vez habría una o dos que querrían que las ordeñara. En tal caso, a lo mejor bebería directamente de la ubre, como hacía de pequeño.

Después de eso, caminaría por el campo hasta donde pudiera y arrojaría piedras contra la Cúpula hasta que la gente empezara a llegar para ver a sus familiares. "Vaya cosa", habría dicho su padre. Pero Ollie no tenía ganas de ver a nadie, salvo, tal vez, al soldado Ames de Ca'olina del Sur. Sabía que a lo mejor la tía Lois y el tío Scooter iban a verlo (vivían en Nueva Gloucester), pero ¿qué les diría si aparecían? ¿"Hola amigo, están todos muertos menos yo, gracias por venir"?

No, se dio cuenta de que, cuando empezara a llegar la gente del exterior, tendría que ir hasta donde estaba enterrada su madre y cavar un nuevo hoyo al lado. Así se mantendría ocupado y, quizá cuando llegara la hora de ir a la cama, podría conciliar el sueño.

La mascarilla de oxígeno del abuelo Tom colgaba del gancho de la puerta del baño. Su madre la había lavado con sumo cuidado y la había dejado ahí; nadie sabía por qué. Al mirarla, la verdad acabó desplomándose sobre él y fue como un piano que cae sobre un suelo de mármol. Sentado en el retrete, Ollie se llevó las manos a la cara y empezó a balancearse hacia delante y hacia atrás, llorando.

18

Linda Everett llenó dos bolsas de tela con latas de comida; al principio pensó en ponerlas junto a la puerta de la cocina, pero luego decidió dejarlas en la despensa hasta que Thurse, los niños y ella estuvieran listos para irse. Cuando vio que Thibodeau se dirigía hacia la casa, se alegró de haber tomado esa decisión. Aquel muchacho le daba pánico, pero Linda habría tenido mucho más que temer si Carter hubiera visto las dos bolsas llenas de sopa, alubias y atún.

"¿Va a alguna parte, señora Everett? Hablemos de ello."

El problema era que de todos los policías nuevos a los que Randolph había contratado, Thibodeau era el único inteligente.

¿Por qué Rennie no envió a Searles?

Porque Melvin Searles era tonto. Elemental, querido Watson.

Miró hacia el jardín trasero por la ventana de la cocina y vio que Thurston estaba empujando a Jannie y a Alice en los columpios. Audrey estaba recostada cerca de las niñas, con el hocico apoyado en una pata. Judy y Aidan jugaban en la arena. Su hija rodeaba con el brazo al pequeño de los Appleton, como si lo estuviera consolando. A Linda le emocionó la escena. Esperaba poder librarse del señor Carter Thibodeau antes de que Thurse y los niños se dieran cuenta de que había estado ahí. No había actuado desde que interpretó a Stella en *Un tranvía llamado Deseo* en la universidad, pero esa mañana iba a subir al escenario de nuevo. La única buena crítica que ansiaba era su libertad y la de los que se encontraban en el jardín.

Cruzó la sala de estar y antes de abrir la puerta intentó que su cara reflejara una mirada apropiada de preocupación. Carter se encontraba sobre el tapete de BIENVENIDOS con el puño en alto, dispuesto a llamar. Tuvo que alzar la vista para mirarlo a la cara; ella medía un metro setenta y cinco, pero Thibodeau le sacaba quince centímetros.

—Vaya, a quién tenemos aquí —dijo él con una sonrisa—. Rebosante de energía y entusiasmo, y aún no son ni las siete y media de la mañana.

Sin embargo, no tenía muchas ganas de sonreír; la mañana no había sido muy productiva. La predicadora se había esfumado, la zorra del periódico se había esfumado, sus reporteros falderos habían desaparecido, al igual que Rose Twitchell. El restaurante estaba abierto y Wheeler atendía el negocio, pero dijo que no tenía ni idea de dónde podía estar Rose. Carter lo creyó. Anse Wheeler parecía un perro que había olvidado dónde había enterrado su hueso favorito. A juzgar por el asqueroso olor que llegaba de la cocina, tampoco tenía ni idea de cocinar. Carter fue a echar un vistazo a la parte de atrás, para comprobar si estaba la camioneta del local. Pero había desaparecido, lo cual no le sorprendió.

Después del restaurante fue hasta los almacenes. Llamó a la puerta de delante, y luego a la de atrás, donde un empleado poco cuidadoso había dejado un montón de material de aislamiento de tejados para que cualquiera con las manos largas lo robara. Sin embargo, ¿quién se iba a tomar la molestia de robar material de aislamiento en un pueblo en el que ya no llovía?

Carter creía que la casa de Everett también estaría vacía, pero fue hasta allí para poder decir que había obedecido las órdenes del jefe al pie de la letra. Sin embargo, oyó a los niños en el jardín trasero mientras se dirigía hacia la puerta. Además, la camioneta de Linda también estaba en su sitio. Era la suya, sin duda; tenía una de esas luces de quita y pon en el tablero. El jefe le había dicho que los sometiera a un interrogatorio moderado, pero puesto que Linda Everett era la única a la que había encontrado, a Carter le pareció que podía llegar al extremo más duro dentro de los límites de la moderación. Le gustara o no, y no iba a gustarle, Everett tendría que responder, además de por sí misma, por todos aquellos a los que no había podido encontrar. Sin embargo, antes de que Thibodeau pudiera abrir la boca, Linda lo avasalló. No solo con palabras, sino que lo agarró de la mano y tiró de él y lo hizo entrar en casa.

—¿Lo encontraron? Por favor, Carter, ¿está bien Rusty? Si no está bien… —le soltó la mano—. Si no está bien, no alces la voz, los niños están ahí detrás y no quiero que se lleven más disgustos.

Carter pasó junto a ella, entró en la cocina y miró por la ventana que había sobre el fregadero.

—¿Qué hace el doctor *hippy* aquí?

—Trajo a los niños que están a su cuidado. Caro los llevó a la asamblea de anoche y… ya sabes lo que le ocurrió.

Ese recibimiento abrumador era lo último que Carter esperaba. Quizá Linda no sabía nada. El hecho de que hubiera asistido a la asamblea la noche anterior y de que aún estuviera en casa esa mañana parecía confirmar esa posibilidad. O tal vez solo intentaba despistarlo y era un… ¿cómo se llamaba…? Ataque preventivo. Era posible; era una mujer inteligente. Bastaba con mirarla. También era bastante atractiva para una madurita.

—¿Lo encontraron? ¿Acaso Barbara…? —le resultó fácil hablar con voz entrecortada—. ¿Acaso Barbara lo lastimó? ¿Lo lastimó y lo dejó tirado en algún lado? Puedes contarme la verdad.

Giró hacia ella y esbozó una sonrisa en la luz tenue que entraba por la ventana.

—Tú primero.

—¿Qué?

—He dicho que tú primero. Cuéntame la verdad.

—Lo único que sé es que desapareció —dejó caer los hombros—. Y tú no sabes dónde está. Ya veo que no lo sabes. ¿Y si Barbara lo mata? ¿Y si ya lo mat…?

Carter la sujetó, le dio la vuelta como habría hecho con una pareja de baile country, y le retorció y levantó el brazo por detrás de la espalda hasta que le crujió el hombro. Lo hizo tan rápido y con tanta decisión que Linda no se dio cuenta de sus intenciones hasta que ya era tarde.

¡Lo sabe! ¡Lo sabe y va a lastimarme! Va a lastimarme hasta que le diga…

Notó el cálido aliento de Carter en el oído. Sintió el cosquilleo de su barba de tres días en la mejilla, y se estremeció de pies a cabeza.

—No intentes timar a un timador, mami —fue poco más que un susurro—. Wettington y tú siempre han sido muy unidas, cadera con cadera y pecho con pecho. ¿Me estás diciendo que no sabías que iba a liberar a tu marido? ¿Es eso lo que me estás diciendo?

Le levantó aún más el brazo y Linda tuvo que morderse el labio para reprimir un grito. Los niños estaban ahí al lado; Jannie le estaba pidiendo a Thurse que la empujara más fuerte. Si oían un grito procedente de la casa…

—Si me lo hubiera dicho, habría avisado a Randolph —dijo entre jadeos—. ¿Crees que me arriesgaría a que Rusty resultara herido cuando él no ha hecho nada?

—Vaya que si ha hecho… Amenazó al jefe con no darle sus medicamentos si no dimitía. Fue un puto chantaje. Lo oí —le retorció un poco más el brazo y Linda soltó un gemido—. ¿Tienes algo que decir sobre eso? ¿Mami?

—Quizá lo hizo. No lo he visto ni he hablado con él, ¿así que cómo iba a saberlo? Pero aun así, es lo más parecido a un médico que hay en el pueblo. Rennie nunca lo habría ejecutado. A Barbie, quizá, pero no a Rusty. Lo sabía, y tú también debes saberlo. Ahora suéltame.

Por un instante estuvo a punto de hacerlo. Todo encajaba. Entonces se le ocurrió una idea mejor y la empujó hacia el fregadero.

—Inclínate, mami.

—¡No!

Le retorció el brazo de nuevo. Linda creyó que le iba a zafar el húmero.

—Inclínate. Como si fueras a lavarte tu bonita melena rubia.

—¿Linda? —la llamó Thurston—. ¿Está todo bien?

Por favor, Dios, que no pregunte por la comida. Por favor, Dios.

Entonces le vino otro pensamiento a la cabeza: ¿dónde estaban las maletas de los niños? Las niñas habían preparado una pequeña maleta de viaje cada una. ¿Y si las habían dejado en la sala de estar?

—Dile que estás bien —le ordenó Carter—. No querrás meter al *hippy* en todo esto. Ni a los niños. ¿Verdad?

Dios, no. Pero ¿dónde estaban sus maletas?

—¡Bien! —respondió ella.

—¿Ya terminaste? —preguntó él.

¡Oh, Thurse, cállate!

—¡Necesito cinco minutos!

Thurston se quedó donde estaba, como si fuera a decir algo más, pero entonces volvió a empujar a las niñas.

—Buen trabajo —Carter se restregó contra ella; se había excitado. Linda notaba el roce contra su trasero enfundado en los pantalones. Parecía tan grande como una llave inglesa. Entonces Carter se apartó—. ¿Ya casi terminaste con qué?

Linda estuvo a punto de decir "De preparar el desayuno", pero los platos sucios estaban en el fregadero. Por un instante se quedó en blanco y casi deseó que Carter volviera a restregarle el pene, porque cuando los hombres estaban cachondos, el cerebro pasaba a modo automático y toda la sangre fluía hacia la entrepierna.

Pero volvió a retorcerle el brazo.

—Responde, mami. Haz feliz a papi.

—¡Galletas! —dijo con la respiración entrecortada—. Le dije que haría galletas. ¡Me lo pidieron los niños!

—Galletas sin electricidad —murmuró él—. El mejor truco de la semana.

—¡Son de las que no se hornean! ¡Mira en la despensa, hijo de puta! —si miraba, encontraría la mezcla para galletas de avena que no hacía falta hornear. Pero si bajaba la vista, también vería las conservas en las bolsas que había preparado. Y era algo muy probable, ya que había muchas estanterías medio vacías o vacías del todo.

—No sabes dónde está tu marido —se le volvió a poner dura, pero Linda apenas notó la erección a causa del dolor punzante del hombro—. ¿Estás segura?

—Sí. Creía que tú lo sabías. Creía que habías venido a decirme que estaba herido o mu…

—Creo que intentas engañarme —le retorció aún más el brazo; el dolor era insoportable y las ganas de gritar, irreprimibles. Sin embargo, logró contenerse—. Creo que sabes mucho, mami. Y si no me lo cuentas todo, te dislocaré el brazo. Es tu última oportunidad. ¿Dónde está?

Linda se resignó a que le rompiera el brazo o el hombro. Quizá ambos. La cuestión era si lograría contener los gritos, algo que haría que las niñas y Thurston entraran corriendo en casa. Con la cabeza gacha y el cabello colgando sobre el fregadero, dijo:

—En mi trasero. ¿Por qué no me lo besas, hijo de puta? Quizá así asomará la cabeza y te saludará.

En lugar de romperle el brazo, Carter rio. Era una buena respuesta. Y la creyó. Linda nunca se atrevería a hablarle así a menos que dijera la verdad. Solo lamentó que la mujer de Rusty llevara puestos unos Levi's. Si hubiera tenido falda, seguramente tampoco habría podido cogérsela, pero habría estado mucho más cerca de su objetivo. Aun así, una corrida no era la peor forma de empezar el día de visita, aunque tuviera que restregarse contra unos pantalones, en lugar de unas pantaletas suaves y bonitas.

—Quédate quieta y cierra la boca —le dijo—. Si obedeces, tal vez salgas de esta sana y salva.

Linda oyó el tintineo de la hebilla del cinturón y el sonido de la cremallera. Entonces el miembro que se había frotado contra ella volvía a hacer lo mismo, salvo que en esta ocasión había menos ropa entre ellos. Una pequeña parte de Linda se alegraba de haberse puesto unos pantalones de mezclilla nuevos; esperaba que el pene le quedara en carne viva después de restregárselo.

Siempre que las niñas no entren y me vean así.

De pronto Carter se apretó con más fuerza. Con la mano libre le frotó los pechos.

—Ey, mami —murmuró—. Ah, ah, oh, oh… —Linda sintió el espasmo, aunque no el flujo que lo siguió como el día sigue a la noche; los pantalones eran gruesos, gracias a Dios. Al cabo de un instante la presión sobre su brazo se aflojó. Linda podría haber llorado de alivio, pero no lo hizo. No pensaba hacerlo. Dio media vuelta. Carter se estaba abrochando el cinturón de nuevo.

—Será mejor que vayas a cambiarte los pantalones antes de que te pongas a hacer las galletas. Al menos, yo que tú lo haría —se encogió de hombros—. Pero quién sabe, quizá a ti te gusta. Sobre gustos no hay nada escrito.

—¿Así es como van a hacer respetar la ley ahora? ¿Son estos los métodos que le gustan a tu jefe?

—Es un hombre de amplias perspectivas —Carter giró hacia la despensa, y a Linda se le detuvo el corazón. Entonces Thibodeau miró el reloj y se subió la cremallera—. Llama al señor Rennie o a mí si tu marido se pone en contacto contigo. Es lo mejor, créeme. Si no lo haces y me entero, la próxima descarga entrará por la retaguardia. Y me dará igual que las niñas estén mirando. No me molesta tener público.

—Sal de aquí antes de que entren.

—Di por favor, mami.

Su garganta no parecía dispuesta a colaborar, pero sabía que Thurston no tardaría en ir a ver cómo estaba, de modo que lo dijo:

—Por favor.

Carter se dirigió a la puerta, echó un vistazo a la sala de estar y se detuvo. Había visto las maletas pequeñas. Linda estaba segura.

Pero el muchacho tenía otra cosa en mente.

—Y devuelve la luz de la policía que tienes en la camioneta. Por si ya lo olvidaste, fuiste despedida.

19

Linda estaba en el piso de arriba cuando Thurston y los niños entraron en casa tres minutos más tarde. Lo primero que hizo fue mirar en la habitación de las niñas. Las bolsas de viaje estaban en sus camas. El osito de Judy asomaba por una de ellas.

—¡Niños! —los llamó con alegría. *Toujours gaie*, así era ella—. ¡Entreténganse con los libros ilustrados y enseguida bajo!

Thurston se acercó al pie de las escaleras.

—Deberíamos ponernos...

Le vio la cara y se calló. Linda le hizo señas.

—¿Mamá? —la llamó Janelle—. ¿Podemos tomarnos la última Pepsi si la compartimos?

En circunstancias normales no les habría permitido tomarse un refresco tan pronto, pero dijo:

—¡De acuerdo, pero que no se les caiga ni una gota!

Thurse subió medio tramo de escaleras.

—¿Qué ha pasado?

—Baja la voz. Vino un policía. Carter Thibodeau.

—¿El alto y de las espaldas anchas?

—Ese mismo. Ha venido a interrogarme...

Thurse se quedó pálido y Linda se dio cuenta de que el hombre estaba repitiendo mentalmente lo que le había dicho cuando creía que estaba sola.

—Creo que no se dio cuenta —lo tranquilizó ella—, pero tienes que asegurarte de que se ha alejado de verdad. Iba a pie. Echa un vistazo en la calle y por encima de la valla para comprobar que no esté en el jardín de los Edmund. Tengo que cambiarme los pantalones.

—¿Qué te hizo?

—¡Nada! —susurró ella—. Tú comprueba que se fue, y si es así, nos largamos ahora mismo.

20

Piper Libby soltó la caja y se sentó, tenía la mirada fija en el pueblo y los ojos anegados en lágrimas. Pensaba en todas aquellas plegarias a la Inexistencia a altas horas de la noche. Ahora sabía que todo había sido una broma estúpida y pretenciosa, y ahora resultaba que la víctima de la broma era ella. Había una Existencia, un alguien. Pero no era Dios.

—¿Los viste?

Dio un respingo. Norrie Calvert estaba ahí. Parecía más delgada. Y también mayor, y Piper vio que en un futuro cercano sería muy hermosa. Seguramente para sus dos amigos ya lo era.

—Sí, cariño, los vi.

—¿Barbie y Rusty están bien? ¿La gente que solo son niños?

Piper pensó: *Quizá hay que ser niño para reconocer a otro niño.*

—No estoy completamente segura, cariño. Inténtalo tú.

Norrie la miró.

—¿Sí?

Y Piper, que no sabía si hacía lo correcto o no, asintió.

—Sí.

—Si me… no lo sé… si hago algo raro, ¿me alejarás?

—Sí. Y no tienes que hacerlo si no quieres. No es un reto.

Sin embargo para Norrie lo era. Y sentía muchísima curiosidad. Se arrodilló en la hierba y agarró la caja firmemente con ambas manos. Se quedó electrizada al instante. Echó la cabeza hacia atrás con tanta fuerza que Piper oyó el crujido de las vértebras del cuello como si fueran los nudillos. Intentó tocarla, pero apartó la mano en cuanto Norrie se relajó. Apoyó la barbilla en el esternón y abrió los ojos, cerrados con fuerza hasta entonces. Tenía la mirada ausente y perdida.

—¿Por qué lo hacen? —preguntó—. ¿Por qué?

A Piper se le puso la piel de gallina.

—¡Díganmelo! —derramó una lágrima, que cayó sobre la caja, donde chisporroteó y desapareció—. ¡Díganmelo!

Siguió un silencio. Pareció muy largo. Luego soltó la caja y se dejó caer hasta apoyar las nalgas en los talones.

—Niños.

—¿Segura?

—Segura. No sé cuántos había. Todo cambiaba. Usaban sombreros de cuero. Y hablan con groserías. Tenían una especie de gafas protectoras y miraban su propia caja. Pero la suya es como un televisor. Lo ven todo, todo el pueblo.

—¿Cómo lo sabes?

Norrie negó con la cabeza en un gesto de impotencia.

—No lo sé, pero estoy convencida de que es así. Son niños malos que dicen cosas malas. No quiero volver a tocar esa caja nunca más. Me siento sucia —rompió a llorar.

Piper le tomó la mano.

—Cuando les preguntaste por qué lo hacían, ¿qué respondieron?

—Nada.

—¿Crees que te entendieron?

—Sí, pero no les importó.

A sus espaldas oyeron un zumbido que se hacía cada vez más fuerte. Se acercaban dos helicópteros de transporte por el norte; casi rozaban las copas de los árboles del TR-90.

—¡Más les vale que tengan cuidado con la Cúpula o chocarán como el avión! —gritó Norrie.

Los helicópteros no chocaron. Llegaron hasta el límite del espacio aéreo seguro, a unos tres kilómetros de distancia, y empezaron a descender.

21

Cox le había hablado a Barbie de una antigua carretera de abastecimiento que iba del campo de los McCoy hasta el límite del TR-90, y le había dicho que aún parecía transitable. Barbie, Rusty, Rommie, Julia y Pete Freeman circulaban por ella a las siete y media de la mañana del viernes. Barbie confiaba en Cox, pero no necesariamente en las imágenes de un camino para camiones tomadas desde trescientos kilómetros de altura, por lo que subieron a la camioneta que Ernie Calvert había robado de la concesionaria de Rennie. Barbie estaba dispuesto a abandonarla si se quedaban encallados. Pete se había quedado sin su cámara; su Nikon digital había dejado de funcionar cuando se acercó a la caja.

—A los extraterrestres no les gustan los *paparazzi*, hermano —dijo Barbie. Le pareció una forma divertida de expresarlo, pero Pete no tenía sentido del humor cuando se trataba de su cámara.

La antigua camioneta de la compañía telefónica llegó a la Cúpula, y los cinco ocupantes observaron cómo los dos enormes CH-47 se dirigían hacia un campo de heno situado al lado del TR-90. La carretera se extendía más allá, y los rotores de los Chinooks levantaron una gran nube de polvo. Barbie y los demás se taparon los ojos, pero fue una reacción instintiva e innecesaria; el polvo llegaba hasta la Cúpula y se amontonaba al otro lado.

Los helicópteros se posaron en el suelo con el lento decoro del que harían gala unas damas con problemas de sobrepeso al ocupar sus butacas en el teatro, un poco demasiado pequeñas para sus posaderas. Barbie oyó el chirrido metálico del roce de uno de los aparatos contra una roca, y el helicóptero de la izquierda se desplazó treinta metros hacia un lado antes de intentarlo de nuevo.

Un hombre saltó del primer helicóptero y atravesó la nube de arenilla intentando abrirse paso con grandes aspavientos. Barbie habría reconocido en cualquier parte a ese chaparro que nunca se andaba con rodeos. Cox aminoró el paso cuando se acercó, y extendió una mano como un ciego que avanza a tientas en busca de obstáculos. Entonces limpió el polvo de su lado.

—Me alegra verlo al aire libre, coronel Barbara.

—Sí, señor.

Cox miró a los demás.

—Hola, señorita Shumway. Hola a los demás amigos de Barbara. Quiero oírlo todo, pero tendrán que darse prisa; hemos montado un pequeño circo al otro lado del pueblo, y quiero llegar antes de que empiece la función.

Cox señaló con un pulgar por encima de su hombro, donde los demás hombres habían empezado a descargar los helicópteros: docenas de ventiladores Air Max con generadores incorporados. Barbie comprobó con alivio que eran de los grandes, de los que usaban para secar las pistas de tenis y las zonas de *pit* de los circuitos de carreras tras fuertes lluvias. Cada uno estaba sujeto a una plataforma de dos ruedas. Los generadores debían tener unos veinte caballos como máximo. Esperaba que fuera suficiente.

—En primer lugar, quiero que me digas que esos aparatos no van a ser necesarios.

—No estoy seguro —dijo Barbie—, pero me temo que podríamos necesitarlos. Tal vez deberían poner unos cuantos en el lado de la 119, donde se va a reunir la gente del pueblo con sus familiares.

—Tendrá que ser esta noche —dijo Cox—. Es lo único que puedo prometer.

—Lleven algunos de estos —replicó Rusty—. Si los necesitamos todos, significará que estaremos con la mierda al cuello.

—No puede ser. Lo haríamos si pudiéramos atravesar el espacio aéreo de Chester's Mill, pero en tal caso no existiría el problema que nos ha reunido aquí, ¿verdad? Y poner una hilera de ventiladores industriales alimentados por generadores en el lugar donde van a estar las visitas va en contra de nuestros propios intereses. Nadie podría oír nada. Estos cacharros son bastante ruidosos —miró el reloj—. ¿Hasta dónde puedes contarme en quince minutos?

HALLOWEEN SE ADELANTA

1

A las siete cuarenta y cinco, el Honda Odyssey verde casi nueva de Linda Everett se acercó a la zona de carga de la parte trasera de Almacenes Burpee. Thurse iba en el asiento del copiloto. Los niños (demasiado callados para ser unos niños que se habían embarcado en una aventura) ocupaban el asiento de atrás. Aidan se había abrazado a la cabeza a Audrey, que con toda seguridad sentía el nerviosismo del pequeño y lo soportaba con paciencia.

A pesar de las tres aspirinas, Linda todavía notaba un dolor punzante en el hombro y no conseguía quitarse de la cabeza la cara de Carter Thibodeau. Ni su olor: una mezcla de sudor y colonia. Tenía miedo de que apareciera detrás de ella en cualquier momento con una de las patrullas y les impidiera la huida. "La próxima descarga entrará por la retaguardia. Y me dará igual que las niñas estén mirando."

Y ese tipo era capaz. Lo haría. Aunque no podía largarse del pueblo, Linda estaba impaciente por alejarse todo lo posible del nuevo Viernes de Rennie.

—Toma un rollo entero y las cizallas —le dijo a Thurse—. Están debajo de esa caja de leche. Eso me dijo Rusty.

Thurston abrió la puerta, pero se detuvo.

—No puedo hacerlo. ¿Y si alguien más lo necesita?

Linda no pensaba discutir; seguramente acabaría gritándole y asustando a los niños.

—Lo que tú quieras, pero date prisa. Esto es como una emboscada.

—Iré lo más rápido que pueda.

Aun así, pareció tardar una eternidad en recortar algunos trozos de lámina de plomo, y Linda tuvo que contenerse para no asomarse por la ventanilla y preguntarle si era una vieja remilgada ya de nacimiento o si se había convertido en una con los años.

Guarda silencio. Anoche perdió a alguien a quien amaba.

Sí, y, si no se daban prisa, ella podía perderlo todo. En Main Street ya había gente que salía hacia la 119 y la granja lechera de Dinsmore, dispuestos a conseguir los mejores sitios. Linda daba un respingo cada vez que un altavoz de la policía vociferaba: "¡NO SE PERMITEN COCHES EN LA CARRETERA! A MENOS QUE SE ENCUENTREN FÍSICAMENTE IMPEDIDOS, DEBEN SEGUIR A PIE".

Thibodeau era listo, se había olido algo. ¿Y si regresaba y veía que su camioneta ya no estaba? ¿Saldría a buscarla? Mientras tanto, Thurse no hacía más que cortar trozos de lámina de plomo para aislar tejados. Volteó, y ella creyó que ya había terminado, pero solo estaba midiendo visualmente el parabrisas. Se puso a cortar otra vez. Arrancó otro trozo de un tirón. Tal vez sí que estaba intentando volverla loca. Una idea tonta, pero desde que se le había metido en la cabeza no había forma de hacerla desaparecer.

Todavía sentía a Thibodeau restregándose contra sus nalgas. El cosquilleo de su rastrojo de barba. Los dedos estrujándole los pechos. Se había dicho que no miraría lo que le había dejado en la parte de atrás de los pantalones cuando se los quitara, pero no pudo evitarlo. Lo que le vino a la mente fue "leche", y había librado una breve y dura batalla por mantener el desayuno en el estómago. Lo cual a él, de haberlo sabido, le habría encantado.

El sudor afloró a su frente.

—¿Mamá? —Judy, justo en su oído. Linda gritó al sobresaltarse—. Lo siento, no quería asustarte. ¿Puedo comer algo?

—Ahora no.

—¿Por qué no deja de hablar ese hombre por el altavoz?

—Cielo, ahora mismo no puedo atenderte.

—¿Estás cansada?

—Sí. Un poco. Siéntate bien.

—¿Vamos a ver a papá?

—Sí —*a no ser que nos atrapen y me violen delante de ustedes*—. Siéntate bien.

Thurse por fin regresaba. Gracias a Dios por los pequeños favores. Parecía que llevaba suficientes recortes de plomo cuadrados y rectangulares para blindar un tanque.

—¿Lo ves? No ha sido tan terri... Ay, mierda.

Los niños estallaron en risitas; para Linda fueron gruesas limas que le rasparon el cerebro.

—Una moneda al frasco de las groserías, señor Marshall —dijo Janelle.

Thurse miró hacia abajo divertido. Se había guardado las cizallas en el cinturón.

—Volveré a dejarlas bajo la caja de leche...

Linda se las arrebató antes de que pudiera terminar la frase, dominó el impulso momentáneo de hundírselas hasta el mango en su delgado torso (*Un dominio admirable*, pensó) y bajó para guardarlas ella misma.

Mientras lo hacía, un vehículo se colocó detrás de la camioneta y les bloqueó el acceso a West Street, la única salida del callejón.

2

La Hummer de Jim Rennie estaba estacionado pero en marcha en lo alto de la cuesta del Ayuntamiento, justo por debajo de la intersección en **Y** donde se bifurcaban Highland Avenue y Main Street. Desde abajo llegaban amplificadas exhortaciones para que todo el mundo dejara los coches y siguiera a pie, a menos que se encontraran impedidos. Las banquetas eran un río de gente, muchos de ellos con una mochila a la espalda. Gran Jim los contemplaba con esa especie de sufrido desdén que sienten los cuidadores que hacen su trabajo no por amor sino por deber.

El que iba a contracorriente era Carter Thibodeau. Avanzaba a grandes pasos por el centro de la calle, apartando de vez en cuando a alguien de en medio. Cuando llegó a la Hummer, subió al asiento del pasajero y se secó el sudor de la frente con el brazo.

—Vaya, qué bien sienta el aire acondicionado. No son ni las ocho de la mañana y ahí fuera debemos de estar ya a veinticuatro grados. Además, el aire huele como un maldito cenicero. Perdón por las palabras, jefe.

—¿Qué tanta suerte tuviste?

—No tanta. Hablé con la oficial Everett. Exoficial Everett. Los demás se han esfumado.

—¿Sabe algo?

—No. No ha tenido noticias del médico. Y Wettington la trató como a un champiñón: la tuvo a oscuras, alimentándola con mierda.

—¿Estás seguro?

—Sí.

—¿Sus hijas estaban con ella?

—Pues sí. Y también el *hippy*. El que le arregló a usted el corazón. Además de los dos niños que Junior y Frankie encontraron en el Pond —Carter lo pensó un poco—. Ahora que la amiguita de él está muerta y el marido de ella desaparecido, ese tipo y Everett seguramente acabarán cogiendo como conejos antes de que termine esta semana. Si quiere que le dé otro repaso a esa mujer, jefe, lo haré.

Gran Jim levantó un solo dedo del volante para indicar que no sería necesario. Había concentrado su atención en otro lugar.

—Míralos, Carter.

Carter no podía hacer otra cosa. La afluencia de gente que salía del pueblo era mayor a cada minuto que pasaba.

—Casi todos estarán en la Cúpula a eso de las nueve, y sus condenados familiares no llegarán hasta las diez. Cuando muy pronto. Para entonces ya empezarán a tener sed. A mediodía, los que no hayan pensado en llevar agua estarán bebiendo orines de vaca del estanque de Alden Dinsmore, Dios los bendiga. Y la verdad es que debe de haberlos bendecido, porque la mayoría son demasiado idiotas para trabajar y están demasiado nerviosos para robar.

Carter rio con un ladrido.

—A eso nos enfrentamos —dijo Rennie—. A la turba. La dichosa muchedumbre. ¿Ellos qué quieren, Carter?

—No lo sé, jefe.

—Claro que sí. Quieren comida, Oprah, música country y una cama caliente donde descansar cuando se pone el sol. Para poder fabricar más de su especie. Madre mía, ahí viene otro miembro de la tribu.

Era el jefe Randolph; subía la cuesta trabajosamente y se enjugaba la cara, de un rojo encendido, con un pañuelo.

Gran Jim estaba completamente inmerso en su discurso.

—Nuestro trabajo, Carter, es cuidar de ellos. Puede que no nos guste, puede que no siempre creamos que lo merecen, pero es la labor que Dios nos ha encomendado. Solo que, para cumplirla, antes tenemos que ocuparnos de nosotros mismos, y por eso almacenamos gran cantidad de fruta y verdura fresca del Food City en la oficina del secretario del ayuntamiento hace dos días. No lo sabías, ¿verdad? Bueno, no pasa nada. Vas un paso por delante de ellos y yo voy un paso por delante de ti, y así es como se supone que debe de ser. La lección es sencilla: el Señor ayuda a quienes se ayudan.

—Sí, señor.

Llegó Randolph. Iba con la lengua fuera, tenía ojeras y parecía haber perdido peso. Gran Jim pulsó el botón que bajaba su ventanilla.

—Entra, jefe, y disfruta de un poco de aire acondicionado —y, cuando Randolph fue hacia el asiento del copiloto, Gran Jim añadió—: Ahí no, ahí está Carter —sonrió—. Sube atrás.

3

No era una patrulla la que se había estacionado detrás del Odyssey; era una ambulancia del hospital. Dougie Twitchell iba al volante. Ginny Tomlinson ocupaba el asiento del copiloto con un bebé dormido en su regazo. Las puertas de atrás se abrieron y de allí salió Gina Buffalino. Todavía llevaba puesto el uniforme de enfermera voluntaria. La chica que la siguió, Harriet Granelow, vestía pantalones de mezclilla y una camiseta que decía EQUIPO OLÍMPICO DE BESOS DE ESTADOS UNIDOS.

—¿Qué...? ¿Qué...? —era lo único que Linda lograba decir. El corazón le latía a toda velocidad y la sangre le subía a la cabeza con tanta fuerza que tenía la sensación de notar cómo le vibraban los tímpanos.

Twitch dijo:

—Rusty llamó y nos dijo que vayamos al campo de manzanos de Black Ridge. Yo ni siquiera sabía que hubiese un manzanar allí arriba, pero Ginny sí, y... ¿Linda? Cielo, estás blanca como un fantasma.

—Estoy bien —dijo ella, y se dio cuenta de que estaba a punto de desmayarse. Se pellizcó el lóbulo de las orejas, un truco que le había enseñado Rusty hacía mucho tiempo. Igual que muchos de los remedios caseros de su marido (aplastar los quistes sebáceos con el lomo de un libro contundente era otro), funcionó. Cuando volvió a hablar, su voz sonó más cercana y, en cierto modo, más real—. ¿Les dijo que vinieran antes aquí?

—Sí. Para cargar un poco de eso —señaló la lámina de plomo que había en el muelle—. Solo por curarnos en salud, es lo que dijo. Pero necesitaré esas cizallas.

—¡Tío Twitch! —gritó Janelle, y corrió a sus brazos.

—¿Qué pasa, bomboncito? —la abrazó, dio unas vueltas con ella en brazos y la dejó en el suelo. Janelle se asomó a la ventanilla del copiloto para ver al bebé.

—¿Cómo se llama la niña?

—Es un niño —dijo Ginny—. Se llama Little Walter.

—¡Genial!

—Jannie, vuelve al coche, tenemos que irnos —dijo Linda.

Thurse preguntó:

—¿Quién cuida del fuerte, chicos?

Ginny parecía avergonzada.

—Nadie. Pero Rusty dijo que no nos preocupáramos a menos que hubiera alguien que necesitara cuidados intensivos. Aparte de Little Walter, no había nadie más. Así que tomé al bebé y nos pusimos en marcha. Twitch dice que a lo mejor podemos volver más tarde.

—Espero que alguien pueda hacerlo —dijo Thurse, pesimista. Linda se había fijado en que el pesimismo parecía ser la actitud por defecto de Thurston—. Tres cuartas partes de la ciudad van a pata hacia la Cúpula por la 119. La calidad del aire es mala y alcanzaremos los treinta grados a eso de las diez, que será más o menos la hora a la que llegarán los autobuses con los visitantes. Si Rennie y sus cohortes se han ocupado de preparar algún tipo de cobijo, yo no estoy enterado. Seguramente antes de que se ponga el sol habrá un montón de enfermos en Chester's Mill. Con suerte solo serán golpes de calor y asma, pero también podría haber ataques al corazón.

—Chicos, quizá deberíamos volver —dijo Gina—. Me siento como una rata escapando de un barco que naufraga.

—¡No! —gritó de repente Linda; todos, incluso Audi, la miraron—. Rusty dijo que va a pasar algo malo. Puede que no sea hoy... pero dijo que podría pasar. Corten plomo para las ventanillas de la ambulancia y márchense. Yo no me quedaría mucho más por aquí. Uno de los matones de Rennie vino a verme esta mañana y, si patrulla frente a la casa y ve que el coche no está...

—Vamos, pónganse en marcha —dijo Twitch—. Me echaré para atrás para que puedan salir. No te molestes en intentar ir por Main Street, ya es un caos.

—¿Main Street, por delante de la estación de policía? —Linda casi se estremeció—. No, gracias. El taxi de mamá subirá por West Street hacia Highland.

Twitch se sentó al volante de la ambulancia y las dos jóvenes reclutas sanitarias volvieron a subir. Gina dirigió a Linda una última mirada dubitativa por encima del hombro.

Linda se detuvo, miró primero al niño dormido y sudoroso, después a Ginny.

—A lo mejor Twitch y tú podrían volver al hospital esta noche a ver cómo van las cosas por allí. Pueden decir que salieron a atender una llamada en algún lugar apartado, que estaban en Northchester o algo así. Pero, hagan lo que hagan, no mencionen Black Ridge.

—No.

Ahora es fácil decirlo, pensó Linda. *Si Carter Thibodeau te arrincona contra un fregadero, tal vez no te resulte tan fácil encubrirnos.*

Empujó a Audrey, cerró la puerta deslizante y subió al asiento del conductor de su Odyssey.

—Salgamos de aquí —dijo Thurse, ocupando el otro asiento—. No estaba tan paranoico desde mis días de "¡Muerte a los polis!"

—Bien —contestó ella—. Porque paranoia total significa concentración total.

Dio marcha atrás con el auto, rodeó la ambulancia y enfiló por West Street.

—Jim —dijo Randolph desde el asiento trasero de la Hummer—, he estado pensando en esa redada.

—Vaya, vaya… ¿Por qué no nos concedes el honor de compartir tus pensamientos, Peter?

—Soy el jefe de la policía. Si se trata de elegir entre controlar a la muchedumbre en la granja de Dinsmore y capitanear una redada en un laboratorio de drogas donde puede haber adictos armados protegiendo sustancias ilegales… bueno, tengo muy claro cuál es mi deber. Digámoslo así.

Gran Jim descubrió que no quería discutir ese punto. Discutir con idiotas era contraproducente. Randolph no tenía ni idea de qué clase de armas podía haber almacenadas en la emisora de radio. A decir verdad, ni siquiera el propio Gran Jim lo sabía (no tenía forma de saber lo que Bushey había cargado en la cuenta de la empresa), pero al menos podía imaginar lo peor; una hazaña mental de la que ese charlatán con uniforme parecía incapaz. ¿Y si le sucedía algo a Randolph…? Bueno, ¿acaso no había decidido ya que Carter sería un sustituto más que adecuado?

—Está bien, Pete —dijo—. Nada más lejos de mi intención que interponerme a tu deber. Eres el nuevo oficial al mando de la operación, con Fred Denton de segundo. ¿Te satisface eso?

—¡Puedes estar seguro de que sí, camarada! —Randolph infló el pecho. Parecía un gallo hinchado y a punto de cantar. Gran Jim, aunque no era conocido por su sentido del humor, tuvo que ahogar una risa.

—Entonces, baja a la comisaría y empieza a organizar a tu equipo. Camiones municipales, recuerda.

—¡Correcto! ¡El asalto será a mediodía! —agitó un puño en el aire.

—Vayan por el bosque.

—Verás, Jim, yo quería hablar contigo de eso. Parece un poco complicado. Ese bosque de detrás de la emisora es bastante impenetrable, habrá hiedra venenosa… y zumaque venenoso, que es aún pe…

—Hay un camino de acceso —dijo Gran Jim. Se le estaba agotando la paciencia—. Quiero que avancen por allí. Que los ataquen desde el punto ciego.

—Pero…

—Una bala en la cabeza sería mucho peor que la hiedra venenosa. Ha sido un placer hablar contigo, Pete. Me alegro de verte tan… —pero ¿tan qué? ¿Presuntuoso? ¿Ridículo? ¿Imbécil?

—Tan absolutamente entusiasmado —dijo Carter.

—Gracias, Carter, justo lo que estaba pensando. Pete, dile a Henry Morrison que pasa a ser el encargado de controlar a la muchedumbre en la 119. ¡Y entren por ese camino de acceso!

—De verdad, creo que…

—Carter, ábrele la puerta.

5

—Ay, Dios mío —dijo Linda, y giró bruscamente hacia la izquierda con la minivan, que dio un salto al salir del camino a menos de cien metros del lugar en que se bifurcaban Main y Highland. Las tres niñas se rieron al sentir la sacudida, pero el pobrecillo Aidan puso cara de susto y volvió a agarrarse a la cabeza de la sufrida Audrey.

—¿Qué? —soltó Thurse—. ¡¿Qué?!

Linda se estacionó en el jardín de alguien, detrás de un árbol. Era un roble de buen tamaño, pero el auto también era grande y el árbol había perdido la mayoría de sus hojas muertas. Ella quería creer que los ocultaba, pero no podía.

—La Hummer de Jim Rennie está ahí arriba, en mitad de ese maldito cruce de mierda.

—Dijiste una grosería de las feas —dijo Judy—. Dos monedas en el frasco de las groserías.

Thurse estiró el cuello.

—¿Estás segura?

—¿Crees que alguien más en este pueblo tiene un vehículo tan descomunal?

—Carajo —dijo Thurston.

—¡Al frasco de las groserías! —esta vez Judy y Jannie lo dijeron a la vez.

Linda sintió que se le secaba la boca y que la lengua se le pegaba al paladar. Thibodeau bajó entonces por la puerta del copiloto y, si miraba hacia donde estaban ellos…

Si nos ve, lo atropello, pensó. La idea le infundió una calma aviesa.

Thibodeau abrió una de las puertas de la Hummer. Peter Randolph bajó del coche.

—Ese hombre se está sacando los calzones del trasero —informó Alice Appleton a todo el grupo—. Mamá dice que si haces eso te sacas la fruta.

Thurston Marshall estalló en carcajadas, y Linda, que habría jurado que ya no quedaba risa en su interior, se unió a él. Pronto estuvieron todos riendo, incluso Aidan, que, evidentemente, no sabía qué era lo que les hacía tanta gracia. Linda tampoco estaba muy segura.

Randolph empezó a bajar la cuesta, tirando todavía del pantalón de su uniforme. No había ningún motivo para que eso los hiciera reír, lo cual lo hacía más gracioso todavía.

Audrey, que no quería quedarse al margen, se puso a ladrar.

6

En algún lugar había un perro ladrando.

Gran Jim lo oyó, pero no se molestó en buscarlo con la mirada. Ver a Peter Randolph marchar cuesta abajo lo llenaba de satisfacción.

—Mire cómo se saca los calzones del trasero —comentó Carter—. Mi padre solía decir que así te sacas la fruta.

—Lo único que va a sacar es a esos drogadicto de la WCIK —dijo Gran Jim— y, si no olvida esa tontería de realizar un asalto frontal, es muy probable que sea el último lugar al que vaya jamás. Bajemos al ayuntamiento a ver un rato ese carnaval por la tele. Cuando nos cansemos, quiero que vayas a buscar a ese médico *hippy* y le digas que, si intenta ir a algún sitio, lo encerraremos en la cárcel.

—Sí, señor —era un trabajo que no le importaba hacer. A lo mejor podía hacerle otra visita a la exoficial Everett, esta vez quitándole antes los pantalones.

Gran Jim soltó el freno y la Hummer empezó a moverse cuesta abajo, despacio, mientras él iba dando bocinazos a cualquiera que no se apartara enseguida de en medio.

En cuanto llegó al camino de entrada del ayuntamiento, la Odyssey cruzó la intersección y se alejó del pueblo. No había peatones en Upper Highland Street, así que Linda aceleró enseguida. Thurse Marshall empezó a entonar una canción infantil, "El puente de Londres se va a caer", y al cabo de nada todos los niños estaban cantando con él.

7

El día de visita llegó a Chester's Mill y una impaciencia ansiosa impregna el ánimo de las personas que salen caminando por la carretera 119 hacia la granja de Dinsmore, donde tan mal terminó la manifestación de Joe McClatchey hace solo cinco días. Se sienten esperanzados (aunque no exactamente felices), a pesar de ese recuerdo; también a pesar del calor y el hedor del aire. El horizonte, más allá de la Cúpula, se ve ahora borroso, y por encima de los árboles el cielo se ha oscurecido a causa de las partículas de materia acumuladas. Cuando se mira directamente hacia arriba no se nota tanto, pero aun así el cielo no está del todo bien; el azul tiene un tinte amarillento, como una catarata cubriendo el ojo de un anciano.

—Así solía estar el cielo cuando las fábricas de papel funcionaban todo el día allá por los años setenta —dice Henrietta Clavard (la del trasero no del todo roto). Le ofrece su botella de *ginger ale* a Petra Searles, que camina junto a ella.

—No, gracias —dice Petra—. Traje un poco de agua.

—¿Y tiene vodka? —se interesa Henrietta—. Porque esta sí. Mitad y mitad, corazón; yo lo llamo "Bomba de Canada Dry". Petra acepta la botella y le da un buen trago.

—¡Vaya! —exclama.

Henrietta asiente con gesto profesional.

—Sí. No es sofisticado, pero le alegra a una el día.

Muchos de los peregrinos llevan pancartas que tienen pensado exhibir ante sus visitas del mundo exterior (y ante las cámaras, desde luego), como el público de un programa matutino en vivo de la televisión. Pero todos los carteles de los programas matutinos son alegres. La mayoría de estos no lo son. Algunos, reciclados de la manifestación del domingo pasado, dicen REVÉLATE CONTRA EL PODER y ¡¡DÉJENNOS SALIR, MALDICIÓN!! Hay algunos nuevos, que dicen EXPERIMENTO DEL GOBIERNO: *¿¿¿POR QUÉ???*, FIN DEL SECRETISMO y SOMOS SERES HUMANOS, NO CONEJILLOS DE INDIAS. El de Johnny Carver dice ¡DETENGAN LO QUE ESTÁN HACIENDO, EN EL NOMBRE DE DIOS! ¡¡ANTES D Q SEA DEMASIADO TARDE!! El de Frieda Morrison pregunta (agramatical pero apasionadamente) ¿POR CULPA DE CUÁLES CRÍMENES ESTAMOS MURIENDO? El de Bruce Yardley es el único que entona una nota completamente positiva. Va sujeto a una vara de dos metros envuelta con papel crepé azul (en la Cúpula sobresaldrá por encima de todos los demás) y dice ¡HOLA MAMÁ Y PAPÁ EN CLEVELAND! ¡LOS QUEREMOS!

Unos nueve o diez carteles contienen referencias bíblicas. Bonnie Morrell, esposa del propietario del almacén de maderas del pueblo, lleva uno que proclama ¡**NO** LOS PERDONES, PORQUE **SÍ** SABEN LO QUE HACEN! En el de Trina Cole pone EL SEÑOR ES MI PASTOR debajo de un dibujo que probablemente sea un cordero, aunque es difícil asegurarlo.

El de Donnie Baribeau solo tiene escrito RECEN POR NOSOTROS.

Marta Edmunds, que a veces hace de niñera para los Everett, no se encuentra entre los peregrinos. Su exmarido vive en South Portland, pero duda que se presente, y ¿qué le diría si se presentara? ¿"Te estás retrasando con la pensión alimenticia, cabrón"? Sale por Little Bitch en lugar de por la 119. La ventaja es que no tiene que caminar, va con su Acura (y pone el aire acondicionado a toda potencia). Su destino es la agradable casita donde Clayton Brassey ha pasado sus últimos años. Él es su tío bisabuelo segundo (o alguna tontería por el estilo) y, aunque no está muy segura de su parentesco ni de su grado de separación, sí sabe que el viejo tiene un generador. Si todavía funciona, podrá ver la tele. También quiere asegurarse de que el tío Clayt sigue bien; o todo lo bien que se puede estar cuando se tienen ciento cinco años y el cerebro se te ha convertido en granos de avena Quaker.

No está bien. Clayton Brassey ya entregó el testigo de ser el habitante de mayor edad del pueblo. Está sentado en la sala, en su sillón preferido, con su orinal de esmalte desportillado en el regazo y el Bastón del *Boston Post* apoyado en la pared de al lado, y está frío como el hielo. No hay ni rastro de Nell Toomey, su tataranieta y principal cuidadora; la chica salió hacia la Cúpula con su hermano y su cuñada.

Marta dice:

—Oh, amigo... Lo siento, pero seguramente ya era tu hora.

Entra en el dormitorio, saca una sábana limpia del armario y cubre al anciano con ella. El resultado se asemeja un poco a una pieza de mobiliario cubierta en una casa abandonada. Una cómoda alta, quizá. Marta oye el generador consumiendo combustible en la parte de atrás y piensa que qué demonios. Enciende el televisor, sintoniza la CNN y se sienta en el sofá. Lo que aparece en la pantalla casi consigue hacerle olvidar que está acompañada por un cadáver.

Es un plano aéreo tomado con un potente teleobjetivo desde un helicóptero que se cierne por encima del mercadillo de Motton, donde dejarán los autobuses de las visitas. Los más madrugadores del interior de la Cúpula ya están allí. Detrás de ellos llega el *haj*: dos carriles de asfalto llenos de gente hasta el Food City. No puede pasarse por alto la similitud de los habitantes del pueblo con hormigas.

Un locutor no hace más que parlotear utilizando palabras como "maravilloso" y "sorprendente". La segunda vez que dice "Nunca había visto algo igual", Marta quita el sonido y piensa: *Nadie había visto nunca algo igual, pedazo de alcornoque.* Está pensando en levantarse a ver qué encuentra en la cocina para comer (a lo mejor no es apropiado, con un cadáver en la habitación, pero ella tiene hambre, qué se le va a hacer), y entonces la imagen de la pantalla se divide. En la mitad izquierda, otro helicóptero sigue ahora la hilera de autobuses que salen de Castle Rock, y la leyenda de la parte inferior de la pantalla dice LOS VISITANTES LLEGARÁN POCO DESPUÉS DE LAS 10:00 H.

Al final tendrá tiempo de prepararse alguno. Marta encuentra galletas saladas, crema de cacahuate y (lo mejor de todo) tres botellas frías de Bud. Lo lleva de vuelta a la sala en una bandeja y se sienta.

—Gracias —dice.

Aun sin sonido (sobre todo sin sonido), las imágenes yuxtapuestas son fascinantes, hipnóticas. Cuando la primera cerveza empieza a subírsele a la cabeza (¡qué felicidad!), Marta se da cuenta de que es como esperar que una fuerza irrefrenable se tope con un objeto inamovible, preguntándose si se producirá una explosión cuando se encuentren.

No muy lejos de la muchedumbre que se está reuniendo, en el montículo donde está cavando la tumba de su padre, Ollie Dinsmore se apoya en su pala y observa el gentío que se acerca: doscientos, después cuatrocientos, luego ochocientos. Ochocientos al menos. Ve a una mujer que lleva a un bebé a la espalda en una de esas mochilas para infantes y se pregunta si está mal de la azotea, sacar a un niño tan pequeño con el calor que hace, sin un gorro siquiera para protegerle la cabeza. Los vecinos que van llegando se quedan de pie bajo el neblinoso sol, mirando y esperando con impaciencia los autobuses. Ollie piensa en lo lento y triste que será el paseo de vuelta, cuando la fiesta haya terminado. Todo el trayecto hasta el pueblo bajo el calor abrasador de la tarde. Después retoma el trabajo que tiene entre manos.

Detrás de la creciente muchedumbre, a ambos lados de la 119, la policía (una docena de oficiales, casi todos nuevos, comandados por Henry Morrison) estaciona sus patrullas con las luces del techo encendidas. Los últimos dos vehículos llegan más tarde porque Henry les ha ordenado que carguen en la cajuela botellones de la agua que sacaron de la estación de bomberos, donde, según ha descubierto, el generador no solo sigue funcionando, sino que parece que aguantará un par de semanas más. No será agua suficiente, ni mucho menos (es una cantidad absurdamente ridícula, de hecho, dado el gentío), pero es cuanto pueden hacer. La reservarán para los que se desmayen bajo el sol. Henry espera que no sean muchos, pero sabe que algunos caerán, y maldice a Jim Rennie por la falta de preparativos. Sabe que es porque a Rennie le importa un comino y, en opinión de Henry, eso hace que la negligencia sea aún más grave.

Él fue hasta allí con Pamela Chen, la única de los nuevos "ayudantes especiales" en quien confía por completo, y cuando ve esa afluencia de gente, le dice que llame al hospital. Quiere la ambulancia allí cerca, esperando. La chica vuelve cinco minutos después con una información que a Henry le resulta tan increíble como absolutamente esperable. Una paciente contestó el teléfono de recepción, dice Pamela, una joven que se había roto la muñeca. Dice que todo el personal médico no está y que la ambulancia tampoco.

—Vaya, pues comenzamos bien —dice Henry—. Espero que tengas frescos tus conocimientos de primeros auxilios, Pammie, porque a lo mejor vas a tener que ponerlos en práctica.

—Sé aplicar resucitación cardiopulmonar.

—Bien —señala a Joe Boxer, el dentista con debilidad por los Eggo. Boxer lleva un brazalete azul y gesticula con arrogancia para que la gente se aparte hacia uno y otro lados de la carretera (la mayoría no le hacen caso)—. Y si a alguien le duele una muela, que se la arranque ese cabrón engreído.

—Eso será si tienen dinero en efectivo para pagarle —dice Pamela. Tuvo su experiencia con Joe Boxer cuando le salieron las muelas del juicio. El hombre le dijo algo de "intercambiar un servicio por otro" mientras le miraba los pechos de una forma que a ella no le gustó en absoluto.

—Me parece que tengo una gorra de los Medias Rojas en el asiento de atrás del coche —dice Henry—. Si la encuentras, ¿te importaría llevársela? —señala a la mujer a la que Ollie ya ha visto, la del bebé con la cabeza descubierta—. Pónsela a la niña y dile a esa mujer que es idiota.

—Le llevaré la gorra, pero no pienso decirle nada por el estilo —contesta Pamela con tranquilidad—. Es Mary Lou Costas. Tiene diecisiete años, lleva un año casada con un camionero que casi le duplica la edad y seguramente espera que haya venido a verla.

Henry suspira.

—Aun así, sigue siendo una idiota, pero supongo que a los diecisiete todos lo somos.

Y siguen llegando. Ven a un hombre que no parece llevar agua, pero sí carga con un gran radiocasetera que retransmite a todo volumen el gospel de la WCIK. Dos de sus amigos despliegan una pancarta. Las palabras están flanqueadas por unos bastoncillos de algodón gigantescos y torpemente dibujados. ¡X FAVOR, SÁLVENNOS!, dice.

—Esto va a acabar mal —dice Henry, y tiene razón, desde luego, solo que aún ignora qué tan mal va a acabar.

La creciente muchedumbre aguarda bajo el sol. Los que tienen la vejiga pequeña se acercan a los matorrales que quedan al oeste de la carretera para orinar. La mayoría acaban llenos de arañazos antes de poder descargar. Una mujer obesa (Mabel Alston; también padece lo que ella llama "la diabetes") se esguinza el tobillo y cae ahí mismo aullando hasta que un par de hombres se le acercan y consiguen que se levante sobre el pie que le queda sano. Lennie Meechum, el jefe de la oficina de correos del pueblo (al menos hasta esa semana, cuando las entregas del servicio postal de Estados Unidos han quedado suspendidas hasta nuevo aviso), consigue que le presten un bastón. Después le dice a Henry que Mabel necesita que la lleven al pueblo. Henry dice que no puede proporcionarle un coche. Tendrá que descansar en la sombra, dice.

Lennie gesticula con los brazos hacia ambos lados de la carretera.

—Por si no te habías dado cuenta, hay pastos para las vacas a un lado y zarzas al otro. No hay ninguna sombra a la vista.

Henry señala el establo de ordeño de Dinsmore.

—Allí hay mucha sombra.

—¡Queda a más de cuatrocientos metros! —exclama Lennie, indignado.

Está a doscientos metros cuando mucho, pero Henry no se lo discute.

—Siéntala en el asiento del copiloto de mi coche.

—Hará un calor horroroso al sol —dice Lennie—. Tendré que poner el aire.

Sí, Henry sabe que la mujer necesitará el aire acondicionado, lo cual quiere decir poner el motor en marcha, lo que quiere decir más consumo de gasolina. Por el momento no hay escasez (suponiendo que puedan bombearla de los depósitos de Gasolina & Alimentación Mill, claro) e imagina que ya se preocuparán de eso más adelante.

—La llave está en el contacto —dice—. No lo pongas a mucha potencia, ¿entendido?

Lennie dice que sí y vuelve con Mabel, pero la mujer, aunque el sudor le cae por las mejillas y tiene la cara muy colorada, no está dispuesta a moverse.

—¡Todavía no he orinado! —vocifera—. ¡Tengo que hacer pipí!

Leo Lamoine, uno de los nuevos oficiales, se acerca a Henry caminando con tranquilidad. Henry podría pasar perfectamente sin su compañía; el chico tiene el mismo cerebro que un rábano.

—¿Cómo llegó esa mujer hasta aquí, compañero? —pregunta. Leo Lamoine es la clase de hombre que llama "compañero" a todo el mundo.

—No lo sé, pero llegó —dice Henry con hastío. Está empezando a dolerle la cabeza—. Reúne a unas cuantas mujeres para que la acompañen hasta detrás de mi patrulla y la sujeten mientras orina.

—¿A cuáles, compañero?

—A las más grandes —dice Henry, y se aleja antes de que el repentino y fuerte impulso de darle un puñetazo en la nariz sea superior a él.

—¿Qué clase de policía es esta? —pregunta una mujer mientras, junto con otras cuatro, escolta a Mabel hasta detrás de la unidad Tres, donde la señora orinará apoyándose en el parachoques, con las demás de pie delante de ella por aquello del pudor.

Gracias a Rennie y a Randolph, nuestros intrépidos líderes, es una policía improvisada, le hubiera gustado contestar a Henry, pero no lo hace. Sabe que ya tuvo problemas por hablar de más anoche, cuando se pronunció a favor de que dejaran hablar a Andrea Grinnell. Lo que dice es:

—La única que tenemos.

Para ser justos, la mayoría de la gente, como la femenina guardia de honor de Mabel, está más que dispuesta a ayudar al prójimo. Los que recordaron llevar agua la comparten con los que no, y la mayoría beben con moderación. En toda muchedumbre hay idiotas, no obstante, y los de esta se dedican a tragar agua profusamente sin detenerse a pensar. Hay quien mastica galletitas dulces y saladas que luego les darán más sed. La niña de Mary Lou Costas empieza a llorar con ansiedad bajo la gorra de los Medias Rojas, que le queda demasiado grande. Mary Lou tiene una botella de agua y empieza a echarle gotitas en las mejillas sofocadas y el cuello. La botella pronto estará vacía.

Henry sujeta a Pamela Chen y vuelve a señalar a Mary Lou.

—Toma esa botella y llénala con el agua que trajimos. Intenta que no te vea mucha gente, o se terminará antes del mediodía.

Ella cumple las órdenes, y Henry piensa: *Al menos tengo a una persona que sí podría convertirse en una buena policía de pueblo, si es que algún día le interesa el trabajo.*

Nadie se molesta en mirar adónde va Pamela. Eso está bien. Cuando lleguen los autobuses, esa gente se olvidará por completo de que tiene calor y sed. Durante un rato. Pero luego, en cuanto las visitas se hayan ido… y con una larga caminata de vuelta al pueblo por delante…

Henry tiene una idea. Echa un vistazo a sus "oficiales" y ve a un montón de tarados pero a poca gente en quien confíe; Randolph se ha llevado a la mayoría de los medio decentes a una especie de misión secreta. Henry cree que tiene algo que ver con la fábrica de drogas que Andrea acusó a Rennie de haber montado, pero no le importa de qué se trata. Lo único que sabe es que no están ahí y que él no puede encargarse en persona de lo que se le ha ocurrido.

Pero sabe quién sí, y le hace una señal para que se acerque.

—¿Qué quieres, Henry? —pregunta Bill Allnut.

—¿Tienes las llaves de la escuela?

Allnut, que es el conserje de la escuela secundaria desde hace treinta años, asiente con la cabeza.

—Aquí mismo —el llavero que le cuelga del cinturón reluce bajo la neblinosa luz del sol—. Siempre las tengo conmigo, ¿por qué?

—Llévate la unidad Cuatro —dice Henry—. Vuelve al pueblo lo más deprisa que puedas sin atropellar a ninguno de los rezagados. Sube a uno de los autobuses escolares y tráelo aquí. Uno de esos de cuarenta y cuatro plazas.

Allnut no parece contento. Su mandíbula adopta una expresión yanqui que Henry (yanqui también) ha visto toda la vida, conoce bien y detesta. Es una expresión miserable que dice "Tengo c'ocuparme mis cosas, 'migo".

—No puedes meter a toda esta gente en un autobús escolar, ¿te has vuelto loco?

—A todos no —dice Henry—, solo a los que no puedan volver por su propio pie —está pensando en Mabel y en la niña sofocada de esa tal Corso, pero para las tres de la tarde habrá más personas que no puedan volver caminando hasta el pueblo, por supuesto. Que no puedan dar un paso siquiera, quizá.

La mandíbula de Bill Allnut adopta todavía mayor rigidez; ahora su barbilla sobresale como la proa de un barco.

—¡No, señor! Van a venir mis dos hijos y sus mujeres, eso me han dicho. Traen a los niños. No quiero perdérmelos. Además, no pienso dejar sola a mi señora. Está muy afectada.

A Henry le gustaría zarandear a ese hombre por su cerrazón (y estrangularlo por su egoísmo). En lugar de eso, le pide a Allnut las llaves y que le enseñe cuál abre el estacionamiento. Después le dice que vuelva con su mujer.

—Lo siento, Henry —se disculpa el hombre—, pero tengo que ver 'mis hijos y nietos. Me lo merezco. Yo no he pedido que vinieran los cojos, los inválidos y los ciegos, y no tengo por qué pagar por su'stupidez.

—Sí, eres un buen ciudadano, de eso no hay duda —dice Henry—. Fuera de mi vista.

Allnut abre la boca para protestar, cambia de opinión (puede que sea por algo que ha visto en la expresión del oficial Morrison) y se aleja arrastrando los pies. Henry llama a Pamela a gritos y la chica no protesta cuando le dice que tiene que volver al pueblo, solo pregunta adónde, qué y por qué. Henry se lo explica.

—Bien, pero… ¿esos autobuses escolares tienen palanca de cambios manual? Porque yo solo sé conducir automáticos.

Henry le repite la pregunta a voz en grito a Allnut, que está de pie junto a la Cúpula con su mujer, Sarah, ambos observando con impaciencia la carretera vacía del otro lado del límite municipal de Motton.

—¡El número dieciséis es manual! —exclama Allnut en respuesta—. ¡Todos los demás son automáticos! ¡Y dile que tenga en cuenta el bloqueo de seguridad! ¡Los camiones no arrancan a menos que el conductor se abroche el cinturón!

Henry despide a Pamela diciéndole que se dé toda la prisa que le permita la prudencia. Quiere ese autobús allí cuanto antes.

Al principio la gente está de pie junto a la Cúpula, escrutando con impaciencia la carretera vacía. Después la mayoría se sientan. Los que llevaron mantas las extienden. Algunos se protegen la cabeza del neblinoso sol con sus carteles. La conversación empieza a decaer, y se oye con bastante claridad cuando Wendy Goldstone pregunta a su amiga Ellen dónde están los grillos: no se los oye cantar en la alta hierba.

—¿O será que me quedé sorda?

No, no está sorda. Los grillos están callados o muertos.

En el amplio (y agradablemente fresco) espacio central de los estudios de la WCIK resuena la voz de Ernie "El Barril" Kellogg y el Delight Trio interpretando su "Me llamaron del Cielo y era Jesús". Los dos hombres que hay allí no los están escuchando; están viendo la televisión, tan paralizados por la imagen dividida de la pantalla como Marta Edmunds (que va por su segunda Bud y se ha olvidado completamente de que el cadáver del viejo Clayton Brassey sigue bajo la sábana). Tan paralizados como todos los habitantes de Estados Unidos y, sí, del resto del mundo.

—Míralos, Sanders —jadea el Chef.

—Eso hago —dice Andy. Tiene a CLAUDETTE en su regazo. El Chef le ofreció también un par de granadas de mano, pero esta vez Andy las rechazó. Tiene miedo de tirar de la anilla de una y luego no poder reaccionar. Lo vio una vez en una película—. Es asombroso, pero ¿no crees que será mejor que nos preparemos para recibir a nuestras visitas?

El Chef sabe que Andy tiene razón, pero cuesta mucho apartar la mirada del ángulo de la pantalla en el que se ven los autobuses y el gran camión de la prensa que encabeza el desfile, enfocados desde el helicóptero. Reconoce todos los lugares por los que van pasando; resultan identificables incluso vistos desde arriba. Los visitantes ya están cerca.

Todos estamos cerca, piensa.

—¡Sanders!

—¿Qué, Chef?

El Chef le ofrece una cajita de Sucrets.

—Ni la roca nos esconde de ellos, ni el árbol muerto ofrece cobijo, ni el grillo alivio alguno. No consigo recordar de qué libro es eso.

Andy abre la cajita, ve los seis gruesos cigarrillos enrollados allí apretados y piensa: *Son soldados del éxtasis*. Es lo más poético que ha pensado en toda su vida, y siente ganas de llorar.

—¿Puedes darme un amén, Sanders?

—Amén.

El Chef apaga el televisor con el control remoto. Le gustaría ver llegar los autobuses (drogado o no, paranoico o no, las historias de felices reencuentros le encantan), pero esos hombres amargados podrían llegar en cualquier momento.

—¡Sanders!

—Sí, Chef.

—Voy a sacar del garage el cristiano camión de Comida Sobre Ruedas y lo estacionaré al otro lado del edificio de suministros. Puedo quedarme detrás de él y así tendré una visión clara del bosque —se aferra al GUERRERO DE DIOS. Las granadas sujetas al rifle oscilan y se balancean—. Cuanto más lo pienso, más seguro estoy de que es por ahí por donde vendrán. Hay un camino de acceso. Seguramente piensan que no lo conozco, pero... —sus rojos ojos brillan—... el Chef sabe más de lo que la gente cree.

—Ya lo sé. Te quiero, Chef.

—Gracias. Yo también te quiero. Si vienen por el bosque, esperaré a que salgan a campo abierto y entonces los segaré como si fueran espigas de trigo en época de cosecha. Pero no podemos jugárnoslo todo a una sola carta. Así que quiero que vayas a la parte de delante, donde estuvimos el otro día. Si alguno viene por ahí...

Andy levanta a CLAUDETTE.

—Eso es, Sanders. Pero no te precipites. Deja salir a todos los que puedas antes de empezar a disparar.

—Así lo haré —a veces Andy tiene la sensación de que está viviendo un sueño; esta es una de esas veces—. Como si fueran espigas de trigo en época de cosecha.

—Sí, en verdad te digo. Pero escucha, porque esto es importante, Sanders. No salgas enseguida si oyes que empecé a disparar. Y yo no saldré enseguida si te oigo empezar a ti. Podrían descubrir que no estamos juntos, ese truco ya me lo sé. ¿Sabes silbar?

Andy se mete un par de dedos en la boca y profiere un silbido penetrante.

—Eso está muy bien, Sanders. Asombroso, de hecho.

—Aprendí a hacerlo en primaria —y no añade: *Cuando la vida era mucho más sencilla.*

—No lo hagas a menos que estés en peligro de caer. Entonces acudiré. Y, si tú me oyes silbar a mí, ven corriendo como un condenado para reforzar mi posición.

—Entendido.

—Sellémoslo con un cigarrillo, Sanders, ¿qué me dices?

Andy secunda la moción.

En Black Ridge, junto al campo de manzanos de McCoy, las siluetas de diecisiete exiliados del pueblo se recortan en el horizonte emborronado como indios en un western de John Ford. La mayoría contemplan en fascinado silencio el mudo desfile de personas que avanza por la carretera 119. Están a casi diez kilómetros de distancia, pero es tal la muchedumbre que es imposible no verla.

Rusty es el único que se ha fijado en algo que queda más cerca y que le llena de un alivio tan grande que parece cantar en su interior. Una camioneta Odyssey plateada se acerca a toda velocidad por Black Ridge Road. Cuando el vehículo se aproxima a la orilla del bosque y el cinturón de luz, que ahora vuelve a ser invisible, Rusty aguanta la respiración. Ha llegado el momento de pensar en lo horrible que sería que quienquiera que vaya conduciendo (supone que es Linda) perdiera el conocimiento y el vehículo se estrellara, pero pasan enseguida el punto de mayor peligro. Puede que se haya producido un ligerísimo viraje, pero Rusty sabe que hasta eso podrían haber sido imaginaciones suyas. Pronto habrán llegado.

Todos ellos se encuentran unos noventa metros a la izquierda de la caja; aun así, a Joe McClatchey le parece sentirla: una pequeña pulsación que se hunde en su cerebro cada vez que destella esa luz color lavanda. Tal vez solo sea su mente, pero no lo cree.

Barbie está junto a él, rodeando con el brazo a la señorita Shumway. Joe le da unos golpecitos en el hombro y dice:

—Esto me da mala espina, señor Barbara. Toda ese gente reunida. Me pone los pelos de punta.

—Sí —dice Barbie.

—Nos están observando. Los cabeza de cuero. Los siento.

—Yo también —dice Barbie.

—Y yo —añade Julia con una voz tan débil que apenas se oye.

En la sala de plenos del ayuntamiento, Gran Jim y Carter Thibodeau miran en silencio cómo la pantalla dividida de la televisión da paso a un plano tomado a nivel del suelo. Al principio la imagen aparece entrecortada, como el vídeo de un tornado que se acerca o los instantes inmediatamente posteriores a la explosión de un coche bomba. Se ve el cielo, gravilla, pies que corren. Alguien farfulla: "¡Vamos, deprisa!".

Wolf Blitzer dice:

"Llegó el camión de la prensa. Está claro que avanzan tan rápido como pueden, pero seguro que en un momento... sí. Madre mía, miren eso."

La imagen de la cámara se estabiliza y enfoca a los cientos de habitantes de Chester's Mill que esperan en la Cúpula justo cuando todos se ponen en pie. Es como ver a un gran grupo de fieles levantándose tras sus oraciones al aire libre. Los de más atrás empujan contra la Cúpula a los que están delante; Gran Jim ve narices, mejillas y labios aplastados, como si los vecinos estuvieran apretados contra una pared de cristal. Siente un momento de vértigo y entonces comprende por qué: es la primera vez que lo está viendo desde el exterior. Por primera vez toma conciencia de la enormidad y la realidad del asunto. Por primera vez está asustado de verdad.

Tenuemente, algo amortiguado por la Cúpula, llega el sonido de unos disparos de pistola.

"Creo que oigo un tiroteo —dice Wolf—. Anderson Cooper, ¿escuchaste disparos? ¿Qué está sucediendo?"

Tenuemente, como el sonido de una llamada por teléfono vía satélite que llega desde la zona más remota del campo australiano, Cooper contesta:

"Wolf, todavía no hemos llegado, pero tengo un pequeño monitor y parece que..."

"Ahora lo veo —dice Wolf—. Parece ser..."

—Es Morrison —dice Carter—. Ese tipo tiene agallas...

—A partir de mañana está despedido —contesta Gran Jim.

Carter lo mira levantando las cejas.

—¿Por lo que dijo anoche en la asamblea?

Gran Jim lo señala con un dedo.

—Sabía que eras un chico listo.

En la Cúpula, Henry Morrison no está pensando en la asamblea de anoche, ni en ser valiente, ni siquiera en cumplir con su deber; está pensando que la gente se va a aplastar contra la Cúpula si no hace algo, y deprisa. Así que dispara su pistola al aire. Imitando su ejemplo, muchos otros policías (Todd Wendlestat, Rance Conroy y Joe Boxer) hacen lo propio.

Las voces que gritan (y los alaridos de dolor de la gente de las primeras filas, que está quedando aplastada) dan paso a un silencio de estupefacción. Henry hace uso de su megáfono:

—¡DISPÉRSENSE! ¡DISPÉRSENSE, MALDITA SEA! ¡HAY SITIO PARA TODOS, SOLO TIENEN QUE SEPARARSE UN POCO, MALDICIÓN!

Ese reniego tiene entre ellos un efecto más aleccionador que los disparos, y aunque los más testarudos se quedan en la carretera (Bill y Sarah Allnut son algunos de los más destacados; al igual que Johnny y Carrie Carver), los demás empiezan a repartirse a lo largo de la Cúpula. Algunos van hacia la derecha, pero la mayoría se desplaza hacia la izquierda, al campo de Alden Dinsmore, donde resulta más fácil avanzar. Henrietta y Petra están entre ellos, tambaleándose un poco a causa de las generosas dosis de "Bomba de Canada Dry".

Henry enfunda su arma y les dice a los demás oficiales que hagan lo mismo. Wendlestat y Conroy obedecen, pero Joe Boxer continúa empuñando su 38 de brillante cañón: una Saturday-Night Special, si la vista no engaña a Henry.

—Oblígame —dice con sorna, y Henry piensa: *Todo esto es una pesadilla. Pronto despertaré en mi cama, me acercaré a la ventana y me quedaré allí mirando el bonito y nítido día de otoño.*

Muchos de los que han preferido no acercarse a la Cúpula (una cantidad inquietante de personas se han quedado en el pueblo porque empiezan a tener problemas respiratorios) lo pueden ver por televisión. Treinta o cuarenta han ido al Dipper's. Tommy y Willow Anderson están en la Cúpula, pero han dejado el bar abierto y la gran pantalla de televisión encendida. Todos los que se han reunido sobre el suelo de madera del local para ver la tele están tranquilos, aunque algunos lloran. Las imágenes de la pantalla de alta resolución son muy nítidas. Son desoladoras.

Ellos no son los únicos a quienes afecta la visión de ochocientas personas repartidas a lo largo de una barrera invisible, algunas con las manos plantadas en lo que parece no ser más que aire. Wolf Blitzer dice:

"Nunca había visto tanta nostalgia en unos rostros humanos. Yo… —se queda sin voz—. Creo que será mejor dejar que las imágenes hablen por sí mismas."

Enmudece, y eso está bien. La escena no necesita comentarios.

En la rueda de prensa, Cox había dicho: "Los visitantes podrán acercarse a dos metros de la Cúpula. Consideramos que se trata de una distancia segura". No es eso lo que sucede, por supuesto. En cuanto las puertas de los autobuses se abren, la gente baja en tropel gritando los nombres de sus seres queridos. Algunos caen y son pisoteados con fuerza (en esa estampida, una persona morirá y catorce resultarán heridas, media docena de ellas de gravedad). Los soldados que intentan hacer respetar la zona prohibida de delante de la Cúpula son arrollados y se hacen a un lado. Las cintas amarillas de PROHIBIDO EL PASO caen y desaparecen en el polvo que levantan los pies al correr. La marabunta de recién llegados avanza y se extiende por su lado de la Cúpula, la mayoría llorando y todos llamando a su esposa, marido, abuelo, hijo, hija, prometido. Cuatro personas han mentido acerca de sus aparatos médicos electrónicos o se olvidaron de ellos. Tres de esas personas mueren inmediatamente; la cuarta, un hombre que no ha visto en la lista de dispositivos prohibidos su audífono implantado (que funciona con baterías), pasará una semana en coma y fallecerá a causa de hemorragias cerebrales múltiples.

Poco a poco se dispersan, y las cámaras de televisión de la prensa lo ven todo. Observan a los vecinos del pueblo y a los visitantes uniendo sus manos con la barrera invisible de por medio; los captan intentando besarse; examinan a hombres y mujeres que lloran al mirarse a los ojos; toman nota de los que se desmayan, tanto dentro como fuera de la Cúpula, y de los que caen de rodillas y se ponen a rezar unos frente a otros levantando las manos unidas; graban al hombre del exterior que empieza a dar puñetazos contra esa cosa que lo separa de su esposa embarazada, y golpea hasta que la piel se le abre y su sangre queda suspendida en el aire en forma de gotas; espían a la anciana que intenta acariciar la frente de su llorosa nieta con los dedos (las yemas blancas a causa de la presión que ejerce contra la superficie invisible que las separa).

El helicóptero de la prensa despega y sobrevuela la zona, enviando imágenes de una doble serpiente humana que se extiende a lo largo de cuatrocientos metros. Del lado de Motton, el follaje encendido baila y reluce con los colores de finales de octubre; del lado de Chester's Mill, las hojas penden inertes. Detrás de los vecinos del pueblo (en la carretera, en los campos, enredados en los arbustos) hay decenas de carteles abandonados. En ese momento de la reunión (o casi reunión), la política y las protestas han quedado olvidadas.

Candy Crowley dice:

"Wolf, este es, sin lugar a dudas, el acontecimiento más triste y más extraño del que he sido testigo en todos mis años como reportera."

Sin embargo, los seres humanos son, ante todo, adaptables, y poco a poco el nerviosismo y la extrañeza empiezan a desvanecerse. La muchedumbre se concentra en el acto de la visita en sí. Todos los que no han resistido la impresión (a ambos lados de la Cúpula) son apartados del gentío. En el lado de Mill no hay ninguna carpa de la Cruz Roja a la que arrastrarlos. Los policías los van llevando a la escasa sombra que proyectan las patrullas, a la espera de que Pamela Chen llegue con el autobús escolar.

En la comisaría, el equipo de la redada está viendo la televisión con la misma muda fascinación que todos los demás. Randolph se los permite; todavía tienen algo de tiempo. Comprueba los nombres en su tabla sujetapapeles y después hace una señal a Freddy Denton para que salga con él a los escalones de la entrada. Había creído que a Freddy le molestaría que le hubiera quitado el papel de mandamás principal (Peter Randolph lleva toda la vida juzgando a los demás según su propio carácter), pero de eso nada. Esta operación es algo muchísimo más grande que echar a viejos borrachos asquerosos de la tienda 24 horas, y Freddy está encantado de ceder la responsabilidad. No le importaría llevarse los méritos si las cosas salen bien, pero ¿y si no es así? Randolph no tiene ese tipo de reparos. ¿Un desempleado alborotador y un farmacéutico afable que no diría "mierda" ni aunque le saliera en el cereal? ¿Qué puede salir mal?

Y Freddy, de pie en los escalones por los que cayó Piper Libby no hace mucho, descubre que no va a conseguir librarse del todo de su responsabilidad. Randolph le da una hoja de papel. En ella hay siete nombres. Uno es el de Freddy. Los otros seis son Mel Searles, George Frederick, Marty Arsenault, Aubrey Towle, Stubby Norman y Lauren Conree.

—Tú llevarás este grupo por el camino de acceso —dice Randolph—. ¿Sabes cuál digo?

—Sí, el que sale de Little Bitch Road de este lado del pueblo. El padre de Sam "el Andrajoso" abrió ese pequeño cam...

—No me importa quién lo abrió —dice Randolph—, tú llévalos hasta el camino. A mediodía, tus hombres y tú cruzarán el bosque por allí. Avanzarán hasta la parte trasera de la emisora de radio. A mediodía, Freddy. Eso no quiere decir ni un minuto antes ni un minuto después.

—Pensaba que iríamos todos por ahí, Pete.

—Los planes cambiaron.

—¿Sabe Gran Jim que cambiaron?

—Gran Jim es concejal, Freddy. Yo soy el jefe de la policía. También soy tu superior, así que ¿quieres hacer el favor de cerrar la boca y prestar atención?

—Lo sieeento —dice Freddy, y se lleva las manos a las orejas, haciendo bocina de una forma que como poco resulta insolente.

—Yo estaré estacionado en la carretera, delante de la emisora. Tendré conmigo a Stewart y a Fern, y también a Roger Killian. Si Bushey y Sanders son tan imbéciles como para ofrecer resistencia (en otras palabras, si oímos disparos procedentes de la parte de atrás de la emisora), los cuatro correremos en su ayuda y los atacaremos desde atrás. ¿Lo tienes?

—Sí —la verdad es que a Freddy le parece muy buen plan.

—Está bien, sincronicemos los relojes.

—Hum... ¿Cómo?

Randolph suspira.

—Debemos asegurarnos de que tenemos la misma hora, así será mediodía en el mismo momento para los dos.

Freddy todavía parece perplejo, pero accede.

Desde el interior de la comisaría, alguien (parece que Shubby) grita:

—¡Vaya, otro que muerde el polvo! ¡A los que se desmayan los van apilando detrás de esos coches como si fueran leños! —el comentario es recibido con risas y aplausos. Todos están exultantes, entusiasmados por haber sido convocados a lo que Melvin Searles llama "Operación con posible tiroteo".

—Saldremos a las once y cuarto —le dice Randolph a Freddy—. Eso nos deja casi cuarenta y cinco minutos para ver el espectáculo por la tele.

—¿Quiere palomitas? —pregunta Freddy—. Tenemos montones en el armario de encima del microondas.

—Bueno, puede que sí.

Fuera, en la Cúpula, Henry Morrison se acerca a su coche y bebe un trago de agua fresca. Tiene el uniforme empapado de sudor y no recuerda haberse sentido nunca tan cansado (piensa que en gran parte se debe a la mala calidad del aire; le parece que no consigue respirar del todo bien), pero en general está satisfecho con sus hombres y consigo mismo. Han logrado evitar que la muchedumbre acabe aplastada contra la Cúpula, en su lado nadie ha muerto (todavía) y la gente se está tranquilizando. En el lado de Motton, media docena de cámaras de televisión corren de aquí para allá, grabando todas las enternecedoras estampas de reencuentro que pueden. Henry sabe que es una invasión de la intimidad, pero supone que Estados Unidos y el resto del mundo tienen derecho a verlo. Además, en general no parece que a nadie le moleste. A algunos incluso les gusta; están disfrutando de sus quince minutos de fama. Henry no tiene tiempo de buscar a sus propios padres, aunque no le sorprende no verlos; viven en Derry, en el quinto infierno, y ya empiezan a ser mayores. Duda que hayan incluido siquiera sus nombres en el sorteo de las visitas.

Un nuevo helicóptero llega zumbando desde el oeste y, aunque Henry no lo sabe, en él va el coronel James Cox, que tampoco está del todo descontento con la forma en que se está desarrollando el día de visita. Le comunicaron que no parece que en el lado de Chester's Mill se estén preparando para dar una rueda de prensa, pero eso ni le sorprende ni le incomoda. Basándose en los extensos informes que ha ido acumulando, le habría sorprendido más que Rennie hubiera hecho acto de presencia. Cox se ha enfrentado con muchos hombres a lo largo de los años y puede oler a un charlatán cobarde a varios kilómetros.

Entonces ve la larga hilera de visitantes y vecinos atrapados, unos frente a otros. Esa imagen lo hace olvidar a James Rennie.

—¿No es increíble? —murmura—. ¿No es lo más increíble que se haya visto nunca?

En el lado de la Cúpula, el ayudante especial Toby Manning grita:

—¡Aquí viene el autobús!

Aunque los civiles apenas se dan cuenta (están ensimismados, hablando con sus familiares o buscándolos todavía), los policías estallan de júbilo.

Henry se dirige a la parte de atrás de su vehículo y, ciertamente, ve un gran autobús escolar amarillo pasando justo por delante de Coches de Ocasión Jim Rennie. Puede que Pamela Chen no pese más de cuarenta y siete kilos, pero llega montada en el tren del éxito, bueno, en el autobús.

Henry consulta su reloj y ve que pasan veinte minutos de las once. *Lo conseguiremos*, piensa. *Conseguiremos salir bien parados de esta.*

En Main Street, tres grandes camiones de color naranja se dirigen hacia la cuesta del Ayuntamiento. Peter Randolph va apretujado en el tercero junto a Stew, Fern y Roger (que apesta a pollos). Mientras salen por la 119 en dirección norte hacia Little Bitch y la emisora de radio, Randolph se acuerda de algo y casi no consigue contenerse y darse una palmada en la frente.

Tienen mucha potencia de fuego, pero olvidaron los cascos y los chalecos antibalas.

¿Y si regresan a buscarlos? Si lo hacen, no estarán en su posición hasta las doce y cuarto o incluso más tarde. Además, de todas formas seguramente los chalecos resultarán una precaución innecesaria. Son once contra dos, y seguro que esos dos están drogados hasta el copete.

Debería ser un paseo, la verdad.

8

Andy Sanders estaba apostado detrás del mismo roble que había utilizado para cubrirse en la primera visita de los hombres amargados. Aunque no tenía una granada, en la parte frontal de su cinturón guardaba seis cargadores de munición, llevaba cuatro más remetidos en la espalda y, en la caja de madera que tenía a sus pies, había otras dos docenas. Suficiente para enfrentar a un ejército... aunque suponía que, si Gran Jim enviaba de verdad un ejército, lo eliminarían en un segundo. A fin de cuentas, él no era más que un farmacéutico.

Una parte de él no podía creer que estuviera haciendo eso, pero otra parte (un aspecto de su carácter que jamás habría sospechado que existiera sin la metanfetamina) estaba más que encantada. E indignada también. Los Gran Jim del mundo no podían tenerlo todo, no podían llevárselo todo. Esta vez no habría negociación, ni politiqueo, ni vuelta atrás. Apoyaría a su amigo. A su hermano del alma. Andy comprendía que su estado mental era nihilista, pero no le importaba. Había pasado toda la vida calculando las consecuencias, y el "me importa un carajo" que le hacía sentir el cristal era un delirante cambio para mejor.

Oyó que se acercaban unos camiones y consultó su reloj. Se había detenido. Miró arriba, al cielo, y por la posición de ese goterón blanco amarillento que antes era el sol dedujo que debía de ser cerca del mediodía.

Prestó atención al creciente sonido de los motores diésel y, cuando el ruido se bifurcó, Andy supo que su *compadre* había interceptado bien la jugada: la había predicho con tanto acierto como un buen liniero ofensivo una tarde de domingo. Algunos camiones estaban dando la vuelta hacia la parte de atrás de la emisora y el camino de acceso que había allí.

Andy dio otra profunda calada al petardo, contuvo la respiración todo lo que pudo y luego exhaló. Con pesar, tiró la colilla y la pisó. No quería que el humo (por muy deliciosamente que lo despejara) delatara su posición.

Te quiero, Chef, pensó Andy Sanders, y quitó el seguro de su Kalashnikov.

9

Una delgada cadena cerraba el paso al camino de acceso, lleno de surcos. Freddy, que estaba al volante del primer camión, no lo dudó, simplemente la embistió y se la llevó por delante. Su camión y el que lo seguía (pilotado por Mel Searles) se internaron en el bosque.

Stewart Bowie conducía el tercer vehículo. Lo detuvo en mitad de Little Bitch Road, señaló la torre de radio de la WCIK y luego miró a Randolph, que estaba apretado contra la puerta con su HK semiautomática entre las rodillas.

—Continúa otros ochocientos metros —ordenó Randolph—, después detente y apaga el motor —eran solo las once treinta y cinco. Fantástico. Tenían muchísimo tiempo.

—¿Cuál es el plan? —preguntó Fern.

—El plan es esperar hasta el mediodía. Cuando oigamos disparos, nos acercamos corriendo y atacamos desde atrás.

—Estos camiones son bastante escandalosos —dijo Roger Killian—. ¿Y si esos tipos los oyen llegar? Perderemos el... comosellama... el tractor sorpresa.

—No nos oirán —dijo Randolph—. Estarán en la emisora, viendo la televisión muy a gusto bajo el aire acondicionado. No sabrán lo que les espera.

—¿No tendríamos que habernos puesto los chalecos antibalas o algo? —preguntó Stewart.

—¿Por qué cargar con tanto peso en un día de tanto calor? Dejen de preocuparse. Esos dos *hippies* fumados de ahí dentro estarán en el infierno antes de que se enteren de que han muerto.

10

Poco antes de las doce, Julia miró alrededor y vio que Barbie no estaba. Cuando volvió a la granja, lo encontró cargando latas de comida en la parte de atrás de la camioneta del Sweetbriar Rose. También había metido muchas bolsas en la camioneta robada de la compañía telefónica.

—¿Qué estás haciendo? Las descargamos anoche...

Barbie volteó hacia ella con una expresión tensa y nada sonriente.

—Ya lo sé, y me parece que nos equivocamos al hacerlo. No sé si es porque estamos muy cerca de la caja, pero de repente me parece sentir ese cristal de lupa del que hablaba Rusty justo encima de la cabeza, y dentro de nada saldrá el sol y sus rayos empezarán a quemarnos a través de él. Espero equivocarme.

Julia lo miró con detenimiento.

—¿Quedan más cosas? Si es así, te ayudaré. Siempre podemos volver a descargarlo después.

—Sí —dijo Barbie, y le dirigió una sonrisa tensa—. Siempre podemos volver a descargarlo después.

11

Al final del camino de acceso había un pequeño claro con una casa abandonada desde hacía mucho tiempo. El equipo de la redada estacionó allí los dos grandes camiones de color naranja y bajó. En grupos de dos, fueron descargando largos y pesados sacos de lona con las palabras **SEGURIDAD NACIONAL** pintadas con plantilla. En uno de los sacos, algún gracioso había añadido en marcador RECUERDEN EL ÁLAMO. Dentro había más HK semiautomáticas, dos escopetas Mossberg con capacidad para ocho cartuchos y munición, munición, munición.

—Hum, Fred… —era Stubby Norman—. ¿No tendríamos que ponernos chalecos o algo así?

—Vamos a asaltarlos desde atrás, Stubby. No te preocupes. —Freddy esperaba haber transmitido más tranquilidad de la que sentía. Tenía el estómago lleno de mariposas.

—¿Les damos una oportunidad para rendirse? —preguntó Mel—. Quiero decir que como el señor Sanders es concejal y todo eso…

Freddy ya había pensado en eso. También había pensado en el Muro de Honor, donde colgaban las fotografías de los tres policías de Chester's Mill que habían muerto en el cumplimiento del deber desde la Segunda Guerra Mundial. No tenía ninguna prisa por ver su fotografía en ese muro y, puesto que el jefe Randolph no le había dado órdenes específicas en cuanto a eso, se sintió libre de dar las suyas.

—Si levantan las manos, viven —dijo—. Si no van armados, viven. En cualquier otro caso, carajo, mueren. ¿Alguien tiene algún problema con eso?

1026

Nadie lo tenía. Eran las once cincuenta y seis. Casi la hora de levantar el telón.

Pasó revista con la mirada a sus hombres (y a Lauren Conree, que con sus duros rasgos y su pequeño busto casi podría haber pasado por uno), respiró hondo y dijo:

—Síganme. En fila india. Nos detendremos en la orilla del bosque a echar un vistazo.

Los reparos de Randolph en cuanto a la hiedra y el zumaque venenosos resultaron infundados, y los árboles estaban lo suficientemente espaciados para que pudieran avanzar con facilidad incluso cargados con pertrechos. Freddy pensó que su pequeño destacamento se movía entre los matojos de enebro con una agilidad y un sigilo admirables. Estaba empezando a sentir que aquello saldría bien. De hecho, casi tenía ganas de que empezara la acción. Ahora que ya estaban en marcha, las mariposas de su estómago se habían ido volando a otro lado.

Con calma, pensó. *Con calma y en silencio. Y entonces, ¡bang! Ni siquiera sabrán qué les cayó encima.*

12

El Chef, agazapado detrás del camión azul de reparto que había estacionado en la hierba alta de la parte de atrás del edificio de suministros, los oyó casi en cuanto salieron del claro, donde la casa del viejo Verdreaux se hundía poco a poco en la tierra. Para sus oídos aguzados por la droga y su cerebro con Aviso de Amenaza Grave, eran como una manada de búfalos buscando el abrevadero más cercano.

Caminó con sigilo hacia el frente del camión y se arrodilló con el arma apoyada en el parachoques. Las granadas que colgaban del cañón del GUERRERO DE DIOS habían quedado en el suelo, detrás de él. El sudor brillaba en su espalda escuálida y plagada de granos. Cargaba el control remoto de la puerta colgado del cinturón de su pijama de ranas.

Ten paciencia, se aconsejó. *No sabes cuántos son. Deja que salgan a campo abierto antes de empezar a disparar, después acaba con todos sin perder tiempo.*

Esparció ante sí unos cuantos cargadores de repuesto para el GUERRERO DE DIOS y esperó, pidiendo a Dios que Andy no tuviera que silbar. Pidiéndole que tampoco él tuviera que hacerlo. Todavía era posible que lograran salir de esa y vivir para luchar otro día.

13

Freddy Denton llegó a la orilla del bosque, apartó una rama de abeto con el cañón de su fusil y miró fuera. Vio un campo de heno crecido con la torre de la radio en el centro; emitía un leve zumbido, y a Freddy le parecía que lo sentía en los empastes de las muelas. Estaba rodeada por una valla en la que había colgados carteles que decían ALTO VOLTAJE. A la izquierda de su posición, más allá, se hallaba el edificio de ladrillo de un piso que albergaba la emisora, pero antes había un gran cobertizo rojo. Supuso que era un almacén. O un laboratorio de drogas. O las dos cosas.

Marty Arsenault llegó junto a él. Unos círculos de sudor manchaban la camisa de su uniforme. Tenía una mirada aterrorizada.

—¿Qué hace ahí ese camión? —preguntó, señalando con el cañón del fusil.

—Es el camión de Comida Sobre Ruedas —dijo Freddy—. Para enfermos confinados en su casa y gente así. ¿No lo has visto por el pueblo?

—Lo he visto y he ayudado a cargarlo —dijo Marty—. Dejé a los católicos por el Cristo Redentor el año pasado. Tendría que estar estacionado en el cobertizo, ¿no? —dijo ese "naaa" yanqui que sonaba como el balido de una oveja descontenta.

—¿Cómo voy a saberlo? Y, además, ¿a mí qué me importa? —preguntó Freddy—. Ellos están en el estudio.

—¿Cómo lo sabes?

—Porque ahí es donde está el televisor, y el gran espectáculo de la Cúpula se transmite en todas las cadenas.

Marty levantó su AK.

—Déjame descargarle varios tiros a ese camión, solo para asegurarnos. Podría ser una trampa. Podrían estar ahí dentro.

Freddy le bajó el cañón.

—Dios nos proteja, ¿te has vuelto loco? No saben que estamos aquí ¿y tú quieres delatarnos? ¿Tu madre tuvo algún hijo que no fuera tonto?

—Púdrete —dijo Marty. Lo pensó un momento—. Y que se pudra tu madre también.

Freddy miró hacia atrás por encima del hombro.

—Vamos, chicos. Atajaremos por el campo en dirección al estudio. Miren por las ventanas de atrás para confirmar su posición —sonrió—. Será pan comido.

Aubrey Towle, hombre de pocas palabras, dijo:

—Ya veremos.

14

En el camión que se había quedado en Little Bitch Road, Fern Bowie dijo:

—No oigo nada.

—Ya lo oirás —contestó Randolph—. Tú espera.

Eran las doce y dos minutos.

15

El Chef seguía vigilando cuando los hombres amargados salieron al descubierto y empezaron a avanzar en diagonal cruzando el campo hacia la parte de atrás del estudio. Tres de ellos vestían incluso el uniforme de la policía; los otros cuatro llevaban una camisa azul que el Chef supuso que debía de pasar por uniforme. Reconoció a Lauren Conree (antigua cliente en sus días de traficante de hierba) y a Stubby Norman, el pepenador del pueblo. También reconoció a Mel Searles, otro antiguo cliente y amigo de Junior. Amigo también del difunto Frank DeLesseps, lo cual seguramente quería decir que era uno de los cabrones que violaron a Sammy. Bueno, pues después de esa mañana, ya no violaría a nadie más.

Siete. Al menos por ese lado. Por el de Sanders, a saber.

Esperó por si veía a otros y, como no salió nadie más, se puso de pie, plantó los codos en el cofre del camión de reparto y gritó:

—¡HE AQUÍ LLEGADO EL DÍA DEL SEÑOR, DÍA CRUEL, CON FURIA Y ARDIENTE IRA, PARA CONVERTIR EN DESOLACIÓN LA TIERRA!

Giraron la cabeza al instante, pero por un momento se quedaron paralizados, no intentaron levantar las armas ni dispersarse. El Chef supo entonces que no eran policías; solo eran pajarillos en el suelo, demasiado tontos para echar a volar.

—¡Y EXTERMINAR DE ELLA A SUS PECADORES! ¡ISAÍAS TRECE! ¡*SELAH*, HIJOS DE PUTA!

Con esa homilía y ese llamamiento a la conciencia de cada cual, el Chef abrió fuego y los barrió de izquierda a derecha. Dos de los policías de uniforme y Stubby Norman salieron volando hacia atrás como muñecas rotas y embadurnaron los hierbajos con su sangre. La parálisis de los supervivientes terminó. Dos de ellos dieron media vuelta y huyeron hacia el bosque. Conree y el último de los polis de uniforme corrieron hacia los estudios. El Chef los siguió y abrió fuego otra vez. El Kalashnikov eructó una breve ráfaga y el cartucho se acabó.

Conree se llevó la mano plana a la nuca, como si lo hubiera picado algo, cayó de bruces sobre la hierba, dio dos patadas y quedó inmóvil. El otro (un tipo calvo) consiguió llegar a la parte de atrás de los estudios. Al Chef no le preocupaban demasiado los dos que habían huido hacia el bosque, pero no iba a dejar que el calvito se le escapara. Si el calvito daba la vuelta por la esquina del edificio, seguramente vería a Sanders y le dispararía por la espalda.

El Chef tomó un cargador nuevo y lo encajó con la base de la mano.

16

Frederick Howard Denton, conocido también como "el calvito", no tenía pensado ningún plan cuando llegó a la parte de atrás de los estudios de la WCIK. Había visto a esa chica, Conree, caer con la garganta reventada, y en ese momento habían terminado todas sus consideraciones racionales. Lo único que sabía era que no quería que su fotografía colgara en el Muro de Honor. Tenía que ponerse a cubierto, y eso quería decir entrar en el edificio. Había una puerta. Tras ella se oía a un grupo de gospel cantando "Nos tomaremos de las manos a la diestra del Señor".

Freddy tomó el picaporte, pero no había forma de hacerlo girar.

Estaba cerrado con llave.

Tiró el arma, levantó la mano con la que la había sostenido y gritó:

—¡Me rindo! ¡No dispares, me rin…!

Recibió tres puñetazos en la parte baja de la espalda. Vio que una salpicadura de color rojo manchaba la puerta y le dio tiempo para pensar: *Tendríamos que haber traído los chalecos.* Después se desmoronó, aferrando todavía la manija con una mano mientras el mundo se alejaba de él a toda prisa. Todo lo que era y todo lo que había conocido jamás se redujo a un único punto de luz ardiente. Entonces se apagó. Su mano resbaló del picaporte. Murió de rodillas, apoyado contra la puerta.

17

Melvin Searles tampoco pensó en nada. Había visto cómo derribaban a Marty Arsenault, a George Frederick y a Stubby Norman delante de él, había sentido el siseo de por lo menos una bala justo delante de sus putos ojos, y esa clase de cosas no fomentaban la reflexión.

Mel se limitó a correr.

Se zambulló de nuevo en el bosque sin hacer caso de las ramas que le azotaban la cara, cayó y volvió a levantarse, y finalmente llegó al claro donde estaban los camiones. Poner uno en marcha y alejarse de allí habría sido la salida más razonable, pero Mel y la razón habían roto relaciones. Seguramente habría echado a correr por el camino de acceso hasta Little Bitch Road si el otro superviviente del equipo de la redada no lo hubiera agarrado del hombro y lo hubiera lanzado contra el tronco de un gran pino.

Era Aubrey Towle, el hermano del dueño de la librería; un grandulón desgarbado y pálido que a veces ayudaba a su hermano Ray a llenar las estanterías pero que rara vez decía algo. En el pueblo había gente que pensaba que Aubrey era un poco simple, pero en ese momento no lo parecía. Tampoco parecía asustado.

—Voy a volver a por ese hijo de perra —informó a Mel.

—Que tengas buena suerte, amigo —se apartó del árbol y giró de nuevo hacia el camino de acceso.

Aubrey Towle volvió a empujarlo, esta vez con más dureza. Se apartó el cabello de los ojos y luego apuntó al estómago de Mel con su fusil Heckler & Koch.

—Tú no vas a ninguna parte.

A lo lejos sonó otra ráfaga de disparos. Y gritos.

—¿Oyes eso? —preguntó Mel—. ¿Quieres volver a meterte ahí?

Aubrey lo miró con paciencia.

—No tienes que venir conmigo, pero vas a cubrirme. ¿Lo entiendes? O lo haces o te disparo yo mismo.

18

La cara del jefe Randolph se partió en una tensa sonrisa.

—El enemigo está ocupado en la retaguardia de nuestro objetivo. Todo va según el plan. Vamos, Stewart. Por el camino de entrada. Nos bajamos y entraremos por los estudios.

—¿Y si están en el almacén? —preguntó Stewart.

—Aun así, de todas formas podremos atacarlos desde atrás. ¡Vamos, avanza! ¡Antes de que perdamos la oportunidad!

Stewart Bowie avanzó.

19

Andy oyó los disparos de la parte de atrás del edificio del almacén, pero el Chef no había silbado, así que se quedó donde estaba, agazapado tras su árbol. Esperaba que todo estuviera yendo bien ahí atrás, porque ahora él tenía sus propios problemas: un camión municipal se disponía a torcer por el camino de entrada de la emisora.

Andy rodeó su árbol mientras se acercaban, siempre con el roble entre el camión y él. El vehículo se detuvo. Las puertas se abrieron y bajaron cuatro hombres. Andy estaba bastante seguro de que tres de ellos eran los mismos que ya habían estado allí antes… Sobre el señor Pollo no tenía ninguna duda. Habría reconocido esas botas de goma verdes y llenas de porquería en cualquier lugar. Hombres amargados. No iba a dejar que atacaran al Chef por el punto ciego.

Salió de detrás del árbol y echó a andar por el centro mismo del camino, aferrando a CLAUDETTE cruzada delante del pecho en posición de "presenten armas". Sus pasos crujían sobre la gravilla, pero otros muchos ruidos lo cubrían: Stewart había dejado el camión en marcha, y de la emisora salía música gospel a todo volumen.

Levantó el Kalashnikov, pero se obligó a esperar. *Deja que se agrupen, si ese es su plan.* Cuando se acercaron a la puerta de entrada de los estudios ya se habían agrupado.

—Vaya, pero si tenemos aquí al señor Pollo y a todos sus amigos —dijo Andy arrastrando las palabras en una aceptable imitación de John Wayne—. ¿Cómo les va, muchachos?

Los hombres hicieron amago de voltear. *Por ti, Chef*, pensó Andy, y abrió fuego.

Con la primera descarga mató a los dos hermanos Bowie y al señor Pollo. A Randolph solo lo hirió. Andy extrajo el cargador tal como el Chef le había enseñado, sacó otro del resorte de los pantalones y lo encajó en su sitio. El jefe Randolph se arrastraba hacia la puerta de los estudios, le sangraban el brazo y la pierna izquierda. Miró hacia atrás por encima del hombro, unos ojos fijos, muy abiertos y brillantes en un rostro sudado.

—Por favor, Andy —susurró—. Teníamos órdenes de no hacerte daño, solo de llevarte de vuelta para que pudieras trabajar con Jim.

—Seguro —dijo Andy, e incluso rio—. No intentes engañarme. Querían llevarse todo esto…

Una larga y tableteante ráfaga de fusil estalló tras los estudios. Tal vez el Chef tenía problemas, podía necesitarlo. Andy levantó a CLAUDETTE.

—¡Por favor, no me mates! —gritó Randolph, tapándose la cara con una mano.

—Tú solo piensa en el filete que cenarás hoy con Jesús —dijo Andy—. Vamos, dentro de tres segundos estarás desdoblando la servilleta.

La prolongada ráfaga del Kalashnikov empujó a Randolph casi hasta la puerta del estudio. Después, Andy corrió hacia la parte de atrás del edificio. Mientras avanzaba, expulsó el cargador gastado en parte e insertó uno nuevo.

Desde el campo de heno llegó un silbido agudo y penetrante.

—¡Ya voy, Chef! —gritó Andy—. ¡Aguanta, ya voy!

Se oyó una explosión.

20

—Tú cúbreme —dijo Aubrey, sombrío, en la orilla del bosque. Se había quitado la camisa, la había cortado en dos y se había atado una mitad alrededor de la frente, por lo visto quería parecerse a Rambo—. Y si estás pensando en joderme, será mejor que te salga bien a la primera, porque, si no, volveré y te cortaré el maldito pescuezo.

—Te cubriré —prometió Mel. Y pensaba hacerlo. Allí, en la orilla del bosque, al menos estaba a salvo.

Seguramente.

—Ese drogadicto loco no va a salirse con la suya —dijo Aubrey. Respiraba muy deprisa, mentalizándose—. Ese fracasado. Ese cabrón yonqui —y, levantando la voz, dijo—: ¡Voy por ti, maldito cabrón yonqui!

El Chef había salido de detrás del camión de Comida Sobre Ruedas para localizar a su presa. Redirigió su atención hacia el bosque justo en el momento en que Aubrey Towle salía de allí gritando con todas sus fuerzas.

Entonces Mel empezó a disparar y, aunque la ráfaga no pasó ni un poco cerca de él, el Chef se agachó instintivamente. Al hacerlo, el control remoto de la puerta del garage cayó de la floja cintura de su pijama a la hierba. Se agachó para recogerlo y fue entonces cuando Aubrey abrió fuego con su fusil automático. Los agujeros de bala dibujaron una trayectoria demencial en el costado del camión de Comida Sobre Ruedas, haciendo un hueco repiqueteo metálico, y la ventanilla del copiloto quedó convertida en destellantes añicos. Una bala gimió al rozar la tira metálica sobrte el parabrisas.

El Chef se olvidó del control remoto y correspondió al fuego, pero el factor sorpresa había desaparecido y Aubrey Towle ya no era un patito en una galería de tiro. Corría en zigzag hacia la torre de la radio. No le serviría para ponerse a cubierto, pero así le dejaría libre la línea de fuego a Searles.

A Aubrey se le agotó el cargador, pero su última bala hizo una muesca en el lado izquierdo de la cabeza del Chef. La sangre empezó a manar, y un mechón de cabello cayó sobre uno de sus escuálidos hombros, donde se quedó pegado por el sudor. El Chef se desplomó sobre su trasero y por un momento perdió el control del GUERRERO DE DIOS. Después lo recuperó. No creía que la herida fuera grave, pero ya era hora de que Sanders llegara, si es que todavía podía hacerlo. Chef Bushey se metió dos dedos en la boca y silbó.

Aubrey Towle llegó a la valla que rodeaba la torre de la radio justo cuando Mel abría fuego otra vez desde la orilla del bosque. En esta ocasión, el blanco de Mel era la parte trasera del camión de Comida Sobre Ruedas. Los impactos abrieron ganchos y flores de metal. El tanque del combustible explotó y la mitad trasera del camión se alzó sobre un colchón de llamas.

El Chef sintió que un calor monstruoso le abrasaba la espalda, pero tuvo tiempo de acordarse de las granadas. ¿Explotarían? Vio al hombre que le estaba apuntando junto a la torre de la radio y de repente comprendió claramente su disyuntiva: corresponder al fuego o recuperar el control remoto. Escogió el control y, mientras su mano se cerraba con fuerza sobre él, de pronto el aire a su alrededor se llenó de zumbantes abejas invisibles. Una le picó en el hombro; otra le perforó el costado y le revolvió los intestinos. Chef Bushey se tambaleó y cayó rodando, de manera que volvió a perder el control remoto. Intentó alcanzarlo de nuevo, pero otro enjambre de abejas invadió el aire a su alrededor. Se arrastró hacia la hierba alta, dejando el aparato donde estaba y esperando solamente la llegada de Sanders. El hombre de la torre de la radio (*Un solo valiente entre siete hombres amargados*, pensó el Chef, *sí, en verdad*) caminaba hacia él. El GUERRERO DE DIOS le pesaba mucho, todo su cuerpo pesaba, pero el Chef consiguió ponerse de rodillas y apretar el gatillo.

No sucedió nada.

O el cargador estaba vacío o se había atascado.

—Ey, adicto de mierda —dijo Aubrey Towle—. Maldito yonqui. Métete esto, cabr…

—¡Claudette! —gritó Sanders.

Towle giró media vuelta, pero ya era demasiado tarde. Una breve y dura ráfaga de disparos y cuatro balas chinas 7.62 le arrancaron casi toda la cabeza de encima de los hombros.

—¡Chef! —gritó Andy, y corrió hasta donde estaba su amigo, arrodillado en la hierba y sangrando del hombro, el costado y la sien. El Chef tenía todo el lado izquierdo de la cara rojo y húmedo—. ¡Chef! ¡Chef! —cayó de rodillas y lo abrazó. Ninguno de los dos vio a Mel Searles, el último que quedaba en pie, salir del bosque y acercarse a ellos sigilosamente.

—El detonador —susurró Chef.

—¿Qué? —Andy bajó la mirada un momento hacia el gatillo de CLAUDETTE, pero era evidente que el Chef no se refería a eso.

—El control del garage —susurró el Chef. Su ojo izquierdo se ahogaba en sangre; el otro lo miraba con una intensidad brillante y lúcida—. El control remoto, Sanders.

Andy vio el aparato tirado en la hierba. Lo recogió y se lo dio al Chef, que lo envolvió con su mano.

—Tú... también... Sanders.

Andy cerró su mano sobre la del Chef.

—Te quiero, Chef —dijo, y besó los labios secos y salpicados de sangre de Bushey.

—Yo... también... te quiero... Sanders.

—¡Ey, maricas! —gritó Mel con una jovialidad algo delirante. Estaba en pie a solo nueve metros—. ¡Encuentren una habitación! ¡No, espera, tengo una idea mejor! ¡Que les den una en el infierno!

—Ahora... Sanders... ¡Ahora!

Mel abrió fuego.

Las balas abatieron a Andy y al Chef, pero, antes de separarse, sus manos unidas apretaron el botón blanco marcado con la palabra ABRIR.

La explosión fue pura y omnipotente.

21

Junto al campo de manzanos, los exiliados de Chester's Mill están disfrutando de una comida estilo picnic cuando estallan los disparos; no en la 119, donde las visitas siguen su curso, sino en el sudoeste.

—Eso ha sido en Little Bitch Road —dice Piper—. Dios, ojalá tuviéramos unos binoculares.

Pero no los necesitan para ver la flor amarilla que se abre cuando explota el camión de Comida Sobre Ruedas. Twitch está comiendo pollo picante con una cuchara de plástico.

—No sé qué está pasando ahí abajo, pero aquello es la emisora de radio, seguro —dice.

Rusty aferra el hombro de Barbie.

—¡Ahí es donde está el combustible! ¡Lo habían acumulado para el laboratorio de metal! ¡Ahí es donde está el gas!

Barbie vive un momento de claro terror premonitorio; un momento en el que lo peor está aún por llegar. Entonces, a algo más de seis kilómetros de distancia, una brillante chispa blanca destella en el cielo brumoso, como un relámpago que se dirige hacia arriba en lugar de hacia abajo. Un instante después, una titánica explosión abre un agujero justo en mitad del día. Una bola de fuego rojo arrasa primero la torre de la radio, luego los árboles que hay más allá y después el horizonte entero, a medida que se extiende hacia el norte y el sur.

La gente de Black Ridge grita, pero no pueden oír sus propios gritos por encima del descomunal, chirriante y creciente rugido que se produce cuando treinta y seis kilos de explosivo plástico y treinta y ocho mil litros de gas combustible sufren una transformación fulminante. Se cubren los ojos y se tambalean hacia atrás, pisotean los sándwiches y derraman la bebida. Thurston estrecha a Alice y a Aidan contra sí y, por un momento, Barbie ve su rostro contra el cielo que se oscurece: el rostro alargado y aterrado de un hombre que ve abrirse las Puertas del Infierno y el océano de fuego que aguarda tras ellas.

—¡Tenemos que volver a la granja! —grita Barbie.

Julia está aferrada a él, llorando. Junto a ella, Joe McClatchey trata de ayudar a su llorosa madre a levantarse. Esa gente no va a ir a ningún sitio, al menos durante un buen rato.

Hacia el sudoeste, donde la mayor parte de Little Bitch dejará de existir en el transcurso de los siguientes tres minutos, el cielo azul amarillento se está volviendo negro, y Barbie, con una calma total, tiene tiempo de pensar: *Ahora sí que estamos bajo la lupa.*

La onda expansiva destroza todas las ventanas del centro, casi desierto, y hace volar postigos, inclina postes telefónicos, arranca puertas de sus bisagras, aplasta buzones. En todo Main Street saltan las alarmas de los coches. Gran Jim y Carter Thibodeau sienten como si la sala de plenos fuera sacudida por un terremoto.

La televisión sigue encendida. Wolf Blitzer, en tono de verdadera alarma, pregunta:

"¿Qué es eso? ¿Anderson Cooper? ¿Candy Crowley? ¿Chad Myers? ¿Soledad O'Brien? ¿Alguien sabe qué demonios fue eso? ¿Qué está pasando?"

En la Cúpula, las más recientes estrellas de la televisión estadounidense miran en derredor, mostrando únicamente la espalda a las cámaras mientras se protegen los ojos con las manos y miran hacia el pueblo. Una cámara enfoca un momento hacia arriba y muestra una monstruosa columna de humo negro y escombros que se arremolinan en el horizonte.

Carter se levanta. Gran Jim lo sujeta de la muñeca.

—Un vistazo rápido —dice Gran Jim—. Para ver lo grave que es. Después vuelve a traer tu trasero aquí abajo. Puede que tengamos que ir al refugio nuclear.

—Entendido.

Carter sube la escalera corriendo. Los cristales rotos de la puerta de entrada, prácticamente desintegrada, crujen bajo sus botas mientras cruza corriendo el vestíbulo. Lo que ve cuando sale a los escalones supera tantísimo cualquier cosa que haya podido imaginar que le hace retroceder a la infancia y, por un momento, se queda paralizado donde está, pensando: *Es como la tormenta más grande y más horrible que nadie haya visto jamás, solo que peor.*

El cielo, hacia el oeste, es un infierno rojo anaranjado rodeado por gigantescas nubes del ébano más profundo. El aire apesta a combustible líquido quemado. El sonido es como el rugido de una docena de plantas de laminación de acero funcionando a toda potencia.

Justo encima de él, los pájaros que huyen han oscurecido el cielo.

Esa visión —pájaros que no tienen adónde ir— es lo que hace reaccionar a Carter. Eso y el viento creciente que siente contra la cara. En Chester's Mill no ha habido viento desde hace seis días, y este es caliente y repugnante, apesta a gas y a madera carbonizada.

Un enorme roble arrancado de cuajo aterriza en Main Street, llevándose por delante varios cabos de cable eléctrico muerto.

Carter vuelve corriendo por el pasillo. Gran Jim está en lo alto de la escalera, su gruesa cara pálida parece asustada y, por una vez, indecisa.

—Abajo —dice Carter—. Al refugio. Viene hacia aquí. El fuego viene y, cuando llegue, se va a comer vivo este pueblo.

Gran Jim gime.

—¿Qué hicieron esos idiotas?

A Carter no le importa. Lo que sea que han hecho, hecho está. Si no se mueven con rapidez, tampoco ellos tendrán vuelta atrás.

—¿Hay alguna máquina para purificar el aire ahí abajo, jefe?

—Sí.

—¿Conectada al generador?

—Sí, claro.

—Gracias a Dios. Quizá tengamos una posibilidad.

Mientras ayuda a Gran Jim a bajar la escalera para que avance más deprisa, Carter solo espera que no queden cocinados vivos ahí dentro.

Las puertas del Dipper's, junto a la carretera, se mantenían abiertas gracias a unas cuñas, pero la fuerza de la explosión las rompió y las cerró de golpe. El cristal se rompe y las astillas salen disparadas hacia el interior, donde se clavan en muchas de las personas que estaban al fondo de la pista de baile. Al hermano de Henry Morrison, Whit, le seccionan la yugular.

La gente corre en estampida hacia las puertas, olvidando por completo la gran pantalla de televisión. Pisotean al pobre Whit Morrison, que agoniza en el suelo sobre el creciente charco de su propia sangre. Llegan a las puertas, donde más gente resulta herida al intentar salir por los cortantes agujeros irregulares que se han abierto en el cristal.

—¡Pájaros! —grita alguien—. ¡Oh, Dios mío, miren todos esos pájaros!

Pero la mayoría de ellos miran al oeste en lugar de hacia arriba: al oeste, donde la muerte abrasadora rueda hacia ellos bajo un cielo que es ya de un negro medianoche, lleno de aire envenenado.

Los que pueden, siguen el ejemplo de los pájaros y echan a correr, a trotar o a galopar directamente por el centro de la 117. Muchos otros se abalanzan hacia sus coches, y se producen varios choques en el estacionamiento de grava donde, érase una vez, en un tiempo muy lejano, Dale Barbara recibió una golpiza. Velma Winter sube a su vieja camioneta Datsun y, después de sortear a los autos de choque del estacionamiento, descubre que la salida a la carretera está bloqueada por los peatones que huyen. Mira a la derecha —a la tormenta de fuego que se les acerca, creciendo como un gigantesco vestido de llamas, devorando los bosques que hay entre Little Bitch Road y el centro del pueblo— y acelera a ciegas, hacia delante, a pesar de la gente que se interpone en su camino. Atropella a Carla Venziano, que huía con su bebé en brazos. Velma siente cómo la camioneta se bambolea al pasar por encima de sus cuerpos y decide hacer oídos sordos a los gritos de Carla cuando le parte la columna y su pequeño Steven muere aplastado bajo su madre. Velma solo sabe que tiene que salir de allí. De alguna forma tiene que salir de allí.

En la Cúpula, un aguafiestas apocalíptico ha puesto fin a los reencuentros. Ahora mismo, los que están dentro tienen algo más importante de lo que ocuparse que de sus parientes: la nube con forma de hongo gigante que está creciendo al noroeste de donde se encuentran, alzándose sobre una columna de fuego que ya tiene kilómetro y medio de alto. La primera brizna de viento (el viento que ha impulsado a Carter y a Gran Jim a correr en busca del refugio nuclear) llega hasta ellos, que se encogen contra la Cúpula, la mayoría sin pensar ya en la gente que tienen detrás. En cualquier caso, la gente que tienen detrás está retrocediendo. Tienen suerte; ellos pueden.

Henrietta Clavard siente que una mano fría se cierra sobre la suya. Gira y ve a Petra Searles. El cabello de Petra ha perdido los broches que lo sujetaban y cuelga lacio sobre sus mejillas.

—¿Tienes un poco más de ese jugo de la alegría? —pregunta Petra, y consigue esbozar una espectral sonrisa de "Vámonos de fiesta".

—Lo siento, se me terminó —dice Henrietta.

—Bueno… Seguramente no importa.

—No te separes de mí, cielo —dice Henrietta—. Tú no te separes de mí. No nos va a pasar nada.

Pero, cuando Petra se asoma al fondo de los ojos de la anciana, no ve en ellos convicción ni esperanza. La fiesta casi ha llegado a su fin.

Ahora mira esto; fíjate bien. Ochocientas personas se aprietan contra la Cúpula, la cabeza levantada hacia arriba y los ojos muy abiertos, mirando cómo su inevitable final se acerca a toda velocidad.

Ahí están Johnny y Carrie Carver, y Bruce Yardley, que trabajaba en el Food City. Ahí están Tabby Morrell, pripietario de un almacén de maderas que pronto habrá quedado reducido a remolinos de cenizas, y su mujer, Bonnie; Toby Manning, que despachaba en los almacenes; Trina Cole y Donnie Baribeau; Wendy Goldstone con su amiga, y profesora como ella, Ellen Vanedestine; Bill Allnut, quien no quiso ir por el autobús, y su mujer, Sarah, que grita "Por el amor de Dios" mientras ve acercarse el fuego. Ahí están Todd Wendlestat y Manuel Ortega, alzando el rostro bobamente hacia el oeste, donde el mundo desaparece entre todo ese humo. Tommy y Willow Anderson, que nunca volverán a traer a ningún grupo de Boston a su local. Contémplalos a todos, un pueblo entero de espaldas a una pared invisible.

Detrás de ellos, los visitantes pasan de retroceder a batirse en retirada, y de la retirada a la huida. No se detienen en los autobuses e invaden la carretera en dirección a Motton. Unos cuantos soldados mantienen su posición, pero la mayoría arrojan las armas, echan a correr tras la muchedumbre y no miran atrás más de lo que Lot miró atrás huyendo de Sodoma.

Cox no huye. Cox se acerca a la Cúpula y grita:

—¡Ey, escúcheme! ¡Oficial al mando!

Henry Morrison voltea, camina hacia donde está el coronel y apoya las manos en una dura e inescrutable superficie que no puede ver. Respirar se ha hecho muy difícil; un viento viciado, impulsado por la tormenta de fuego, golpea la Cúpula y se arremolina allí antes de rebotar otra vez hacia ese gigante ávido que se aproxima: un lobo negro con ojos rojos. Aquí, en el límite municipal de Motton, está el redil de corderos en el que saciará su apetito.

—Ayúdenos —pide Henry.

Cox mira hacia la tormenta de fuego y calcula que no tardará más de quince minutos en llegar al emplazamiento actual de la multitud, puede que no más de tres. No es un incendio ni una explosión; en ese ecosistema cerrado y ya contaminado, es un cataclismo.

—Señor, no puedo hacer nada —responde él.

Antes de que Henry logre decir algo más, Joe Boxer lo toma del brazo y farfulla algo atropelladamente.

—Déjalo, Joe —dice Henry—. No tenemos adonde huir, lo único que podemos hacer es rezar.

Pero Joe Boxer no reza. Todavía tiene en la mano esa estúpida pistolita de casa de empeños y, tras dirigir una última mirada enajenada al averno que se avecina, se lleva el arma a la sien como si estuviera jugando a la ruleta rusa. Henry intenta arrebatársela, pero es demasiado tarde. Boxer aprieta el gatillo. No muere al instante, aunque de un lado de su cabeza sale volando un cuajarón de sangre. Se aleja tambaleándose, agitando la estúpida pistolita como si fuera un pañuelo, gritando. Después cae de rodillas, lanza las manos hacia arriba, hacia el cielo que se oscurece, como si quisiera obtener una revelación del Altísimo, y se desploma de bruces sobre la truncada línea blanca de la carretera.

Henry gira su rostro perplejo de nuevo hacia el coronel Cox, que está simultáneamente a un metro y a un millón de kilómetros de él.

—Lo siento mucho, amigo —dice Cox.

Pamela Chen llega dando bandazos.

—¡El autobús! —le grita a Henry por encima del creciente estruendo—. ¡Tenemos que subir al autobús y atravesar el fuego a toda velocidad! ¡Es nuestra única alternativa!

Henry sabe que eso no es una alternativa, pero asiente y le dirige al coronel una última mirada (Cox jamás olvidará los ojos infernales y desesperados del policía), aferra la mano de Pammie Chen y la sigue hacia el autobús 19 mientras la mole negra humeante se abalanza hacia ellos.

El fuego alcanza el centro del pueblo y recorre Main Street como la llama de un soplete en el interior de un tubo. El Puente de la Paz queda desintegrado. Gran Jim y Carter se encogen en el refugio nuclear mientras el ayuntamiento hace implosión por encima de ellos. La comisaría succiona sus propias paredes de ladrillo y luego las vomita hacia lo alto del cielo. En el Monumento a los Caídos, la estatua de Lucien Calvert es arrancada de cuajo. Lucien vuela hacia el agujero negro de fuego empuñando el fusil con valentía. En el césped de la biblioteca, el muñeco de Halloween con su gracioso sombrero de copa y sus manos hechas de palas de jardín sucumbe a las llamas. Se ha levantado un fuerte bufido (suena como si fuera la aspiradora de Dios), y el fuego, ávido de oxígeno, inhala todo el aire bueno para llenar su único pulmón ponzoñoso. Los edificios de Main Street explotan uno detrás de otro, expulsan al aire sus tablones y su contenido, sus placas y sus cristales, como confeti en la noche de Fin de Año: el cine abandonado, la farmacia de Sanders, Almacenes Burpee, Gasolina & Alimentación Mill, la librería, la tienda de flores, la barbería. En la funeraria, las últimas incorporaciones a la lista de difuntos empiezan a tostarse en sus compartimentos metálicos como pollos en una olla de hierro colado. El fuego termina su desfile triunfal por Main Street devorando el Food City, después sigue camino hacia el Dipper's, donde quienes todavía están en el estacionamiento gritan y se abrazan unos a otros. La última imagen que ven en este mundo es la de un muro de llamas de casi cien metros de alto que corre ansioso por llegar hasta ellos, cual Albión hacia su amada. Ahora las llamas avanzan por las carreteras principales, hirviendo el asfalto hasta convertirlo en sopa. Al mismo tiempo se está extendiendo hacia Eastchester, tragándose tanto los hogares de los *yuppies* como a los pocos *yuppies* que aguardan dentro, encogidos de miedo. Michaela Burpee pronto correrá hacia el sótano, pero será demasiado tarde; la cocina explotará a su alrededor y lo último que verá en esta vida será su refrigerador Amana, derritiéndose.

Los soldados que están apostados en el límite Tarker-Chester (los que están más cerca del origen de la catástrofe) se tambalean hacia atrás cuando el fuego golpea la Cúpula con sus puños impotentes y la tiñe de negro. Los soldados sienten que el calor traspasa y eleva veinte grados la temperatura en cuestión de segundos, rizando las hojas de los árboles más cercanos. Uno de ellos dirá más adelante: "Fue como estar delante de una bola de cristal con una explosión nuclear dentro".

La gente arrinconada contra la Cúpula empieza a ser bombardeada por pájaros muertos y agonizantes a medida que gorriones, petirrojos, zanates, cuervos, gaviotas e incluso gansos se estrellan contra esa barrera que tan pronto habían aprendido a esquivar. Desde el otro lado del campo de Dinsmore llegan en estampida todos los perros y los gatos del pueblo. También hay zorrillos, marmotas, puercoespines. Entre ellos saltan ciervos, varios alces galopan con torpeza y, desde luego, las reses de Alden Dinsmore, con los ojos desorbitados y mugiendo de inquietud. Cuando llegan a la Cúpula chocan con ella. Los animales más afortunados mueren. Los que no tienen tanta suerte quedan tirados sobre montones de huesos rotos, ladrando, chillando, maullando y bramando.

Ollie Dinsmore ve a Dolly, la preciosa vaca Brown Swiss con la que una vez ganó un primer premio de 4-H (el nombre se lo puso su madre porque le parecía que Ollie y Dolly sonaba gracioso). Dolly galopa pesadamente hacia la Cúpula mientras el weimaraner de alguien le mordisquea las patas, que ya le sangran. La vaca choca contra la cerca produciendo un crujido que Ollie no puede oír por encima del fuego que se acerca... pero en su mente sí lo oye, y, en cierta forma, ver a ese perro igualmente condenado abalanzarse sobre la pobre Dolly y empezar a desgarrarle las indefensas ubres es aún peor que haber encontrado muerto a su padre.

Ver agonizar a la que fue su vaca preferida hace reaccionar al chico. Ni siquiera sabe si existe la más remota posibilidad de sobrevivir a ese día terrible, pero de repente con una nitidez total ve dos cosas. Una es el tanque de oxígeno con la gorra de los Medias Rojas de su difunto padre encima. La otra es la mascarilla de oxígeno del abuelito Tom colgando del gancho de la puerta del baño. Mientras Ollie corre hacia la granja en la que ha vivido toda su vida (la granja que pronto dejará de existir), solo tiene un pensamiento completamente coherente: la bodega de raíces donde almacenaban las papas. Enterrado bajo el establo, internándose en el subsuelo de la colina que hay detrás de la casa, el almacén de papas podría ser un lugar seguro.

Los expatriados siguen de pie junto al campo de manzanos. Barbie no ha conseguido que lo escuchen, y mucho menos ponerlos en movimiento. Sin embargo, debe llevarlos de vuelta a la granja y los vehículos. Enseguida.

Desde allí gozan de una vista panorámica de todo el pueblo, y Barbie puede anticipar la trayectoria que seguirá el fuego, igual que un general podría anticipar la ruta más probable de un ejército invasor gracias a las fotografías aéreas. La explosión arrasa hacia el sudeste y podría detenerse en la orilla oeste del Prestile. El río, a pesar de estar seco, debería actuar como cortafuegos natural. El vendaval explosivo generado por el incendio también ayudará a mantenerlo alejado del cuadrante más septentrional del pueblo. Si las llamas lo arrasan todo hasta la Cúpula en los límites municipales de Castle Rock y Motton (el talón y la suela de la bota), las partes de Chester's Mill que limitan con el TR-90 y el norte de Harlow podrían salvarse. Al menos del fuego. Sin embargo, no es el fuego lo que preocupa a Barbie.

Lo que le preocupa es el viento.

Lo siente; sopla sobre sus hombros y entre sus piernas separadas, con fuerza suficiente para hacer ondear su ropa y alborotar la melena de Julia alrededor de su cara. Se aleja de ellos para alimentar el fuego y, puesto que Mill es ahora un ecosistema casi herméticamente sellado, quedará muy poco aire saludable para reemplazar el que está siendo consumido. Barbie tiene una visión salida de una pesadilla: pececillos de colores muertos, flotando en la superficie de un acuario en el que se ha agotado el oxígeno.

Julia gira hacia él antes de que Barbie pueda impedírselo, le señala algo a lo lejos, abajo: una figura que avanza con dificultad por Black Ridge Road, tirando de un objeto con ruedas. A esa distancia, Barbie no es capaz de distinguir si el refugiado es un hombre o una mujer, y además no importa. Quien sea morirá de asfixia casi con toda seguridad mucho antes de llegar a algún punto elevado.

Estrecha la mano de Julia y acerca los labios a su oído.

—Tenemos que irnos. Dale la mano a Piper, y que ella se la dé a quien tenga al lado. Así todo el mundo.

—¿Y ese de ahí? —grita ella, señalando todavía a la figura que avanza lentamente. Puede que lo que arrastra tras de sí sea una carretilla de niño. Está cargada con algo que debe de ser pesado, porque la figura avanza muy inclinada y se mueve muy despacio.

Barbie tiene que hacérselo comprender, porque ahora el tiempo apremia.

—No te preocupes por él. Volvemos a la granja. Ahora mismo. Que todo el mundo se dé la mano para que nadie se quede atrás.

Ella intenta voltear y mirarlo a los ojos, pero Barbie le impide moverse. Quiere estar cerca de su oído (literalmente), porque debe hacérselo comprender.

—Si no nos marchamos ahora mismo, podría ser demasiado tarde. Nos quedaremos sin aire.

En la 117, la camioneta Datsun de Velma Winter encabeza un desfile de vehículos a la fuga. Lo único en lo que consigue pensar la mujer es en el fuego y el humo que ocupan todo su espejo retrovisor. Va a ciento diez cuando choca contra la Cúpula, cuya existencia ha olvidado por completo a causa del pánico (no es más que otro pájaro, dicho de otro modo, solo que en el suelo). La colisión tiene lugar en el mismo lugar en el que Billy y Wanda Debec, Nora Robichaud y Elsa Andrews cayeron en desgracia hace una semana, poco después de que apareciera la Cúpula. El motor de la camioneta ligera de Velma sale propulsado hacia atrás y la secciona por la mitad. El segmento superior de su cuerpo atraviesa el parabrisas, deja un rastro de intestinos cual serpentinas, y se estrella contra la Cúpula igual que un jugoso gusano. Es el comienzo de un accidente en cadena de doce vehículos en el que mueren muchas personas. La mayoría solo resultan heridas, pero no sufrirán durante mucho tiempo.

Henrietta y Petra sienten el calor que se abalanza sobre ellas, igual que lo sienten los cientos de personas que se aprietan contra la Cúpula. El viento les alborota el cabello y les arruga la ropa, que pronto estará en llamas.

—Dame la mano, cielo —dice Henrietta, y Petra lo hace.

Ven que el gran autobús amarillo da un amplio giro de borracho. Se tambalea a lo largo de la zanja, donde esquiva por muy poco a Richie Killian, que primero se hace a un lado y luego salta hacia delante con agilidad para agarrarse a la puerta trasera cuando el autobús pasa junto a él. Levanta los pies y se sube en cuclillas al parachoques.

—Espero que lo consigan —dice Petra.

—Yo también, cielo.

—Pero no creo que vaya a ser así.

Ahora, algunos de los ciervos que huyen dando saltos de la conflagración que se acerca también están en llamas.

Es Henry el que va al volante del autobús. Pamela está junto a él, agarrada a un poste de cromo. Los pasajeros son una docena de vecinos del pueblo, la mayoría de ellos ya habían subido antes porque sufrían algún problema físico. Entre ellos están Mabel Alston,

Mary Lou Costas y su niña, que todavía lleva puesta la gorra de beisbol de Henry. El temible Leo Lamoine también va a bordo, aunque su problema parece ser más emocional que físico: está aullando de terror.

—¡Písale fuerte y ve hacia el norte! —grita Pamela. El fuego casi ha llegado hasta ellos, está a menos de quinientos metros por delante y el sonido que produce hace temblar el mundo—. ¡Acelera como un cabrón y no te detengas por nada!

Henry sabe que es inútil, pero también sabe que prefiere intentar escapar así que quedarse indefensamente encogido con la espalda contra la Cúpula, así que enciende las luces y pisa el acelerador. Pamela sale lanzada hacia atrás y cae en el regazo de Chaz Bender, el maestro (a Chaz lo han llevado al autobús cuando ha empezado a sentir palpitaciones), que agarra a Pammie para sujetarla bien. Se oyen gritos de alarma, pero Henry apenas los percibe. Sabe que enseguida perderá de vista la carretera a pesar de los faros, pero ¿y qué? Como policía, ha recorrido en coche ese tramo un millar de veces.

Usa la fuerza, Luke, piensa, e incluso llega a reírse mientras se lanza hacia la llameante oscuridad con el pedal del acelerador pisado hasta el fondo. Colgado de la puerta trasera del autobús, Richie Killian de repente no puede respirar. Todavía le da tiempo de ver que tiene fuego en el brazo. Un momento después, la temperatura en el exterior del autobús se eleva hasta los cuatrocientos veinte grados y el chico queda calcinado en su lugar como un resto de carne en la parrilla caliente de una barbacoa.

Las luces que recorren el techo del autobús están encendidas y proyectan un brillo débil, como de cafetería a medianoche, sobre los rostros aterrorizados y bañados en sudor de los pasajeros, pero el mundo de ahí fuera se ha vuelto mortalmente negro. Torbellinos de cenizas se revuelven en los haces de luz radicalmente escorzados de los faros. Henry conduce de memoria, preguntándose cuándo reventarán las llantas bajo él. Sigue riendo, aunque no puede oírse por encima del chirrido de gato escaldado que hace el motor del 19. Se mantiene en la carretera; al menos eso consigue. ¿Cuánto tiempo falta para que pasen al otro lado del muro de fuego? ¿Cabe la posibilidad de que logren atravesarlo? Está empezando a pensar que podría ser. Dios bendito, ¿cuánto puede tener de ancho?

—¡Lo vas a conseguir! —grita Pamela—. ¡Lo vas a conseguir!

A lo mejor, piensa Henry. *A lo mejor sí.* Pero, por Dios, ¡qué calor! Alarga la mano hacia la ruedecilla del aire acondicionado con la intención de girarla hasta MÁX. FRÍO, y entonces las ventanas hacen implosión y el autobús se llena de fuego. Henry piensa: *¡No! ¡No! ¡Ahora que estamos tan cerca, no!*

Sin embargo, cuando el autobús carbonizado sale de entre el humo, no ve más que un erial negro. Los árboles han quedado calcinados y convertidos en tocones brillantes, la carretera misma es una zanja burbujeante. Entonces, un abrigo de fuego le cae encima desde atrás, y Henry Morrison deja de ser consciente. El 19 resbala sobre los restos de la carretera y vuelca mientras escupe llamas por todas las ventanas rotas. El cartel que rápidamente se ennegrece en la parte de atrás dice: ¡DESPACIO, AMIGO! ¡AMAMOS A NUESTROS NIÑOS!

Ollie Dinsmore corre hacia el establo tan deprisa como puede. Con la mascarilla de oxígeno del abuelito Tom colgando del cuello y cargando con dos tanques gracias a una fuerza que no sabía que tenía (el segundo la encontró al pasar por la cochera), el chico corre hacia la escalera que lo llevará al almacén de papas. Desde arriba llegan ruidos de resquebrajamientos y gruñidos cuando el techo empieza a arder. En el costado occidental del establo, las calabazas también empiezan a quemarse; un olor intenso y empalagoso, como Halloween en el infierno.

El fuego avanza hacia el sur de la Cúpula y acelera en los últimos cien metros; cuando se destruyen los establos de ordeña de Dinsmore se oye una explosión. Henrietta Clavard contempla el fuego que se acerca y piensa: *Bueno, soy vieja. He tenido una vida. Eso es más de lo que puede decir esta pobre chica.*

—Date la vuelta, cielo —le dice a Petra—, y apoya la cabeza en mi pecho.

Petra Searles levanta hacia Henrietta un rostro muy joven y surcado de lágrimas.

—¿Dolerá?

—Solo un segundo, cielo. Cierra los ojos y, cuando los abras, estarás refrescándote los pies en un riachuelo.

Petra pronuncia sus últimas palabras:

—Eso suena bien.

Cierra los ojos; Henrietta hace lo mismo. El fuego las alcanza. Están ahí y, un segundo después... ya no.

Cox sigue cerca, al otro lado de la Cúpula, y las cámaras continúan grabando desde la seguridad de su emplazamiento, en el mercadillo. En Estados Unidos todo el mundo lo está viendo con una fascinación horrorizada. Los comentaristas se han quedado mudos de asombro y lo único que se oye es el fuego, que tiene mucho que decir.

Cox todavía ve por un momento la larga serpiente humana, aunque las personas que la componen no son más que siluetas recortadas contra el fuego. La mayoría de ellas (igual que los expatriados de Black Ridge, que por fin van de camino a la granja y sus vehículos) se dan la mano. Después, el fuego hierve contra la barrera y acaba con ellos. Como para compensar su desaparición, la Cúpula misma se hace visible: una enorme pared calcinada que sube hacia el cielo. Contiene casi todo el calor en su interior, pero una buena cantidad sale en un fogonazo que obliga a Cox a dar media vuelta y echar a correr. Se arranca la camisa humeante en su huida.

El fuego ha avanzado siguiendo la diagonal que ha anticipado Barbie, ha arrasado Chester's Mill de noroeste a sudeste. Cuando se extinga, lo hará con una rapidez pasmosa. Lo que se ha llevado consigo es el oxígeno; lo que ha dejado tras de sí es metano, formaldehído, ácido hidroclórico, dióxido de carbono, monóxido de carbono y gases residuales igual de nocivos. También asfixiantes nubes de partículas de materia: casas desintegradas, árboles y, desde luego, personas.

Lo que ha dejado tras de sí es veneno.

22

Un convoy de veintiocho exiliados y dos perros se dirigía hacia el lugar en el que la Cúpula limitaba con el TR-90, conocido por los más viejos como Canton. Iban apretados en tres camionetas, dos coches y la ambulancia. Cuando llegaron, el día se había oscurecido y el aire era cada vez más difícil de respirar.

Barbie pisó el freno del Prius de Julia hasta el fondo y corrió hacia la Cúpula, donde un preocupado teniente coronel del ejército y media docena de soldados se adelantaron para encontrarse con él. La carrera fue corta, pero cuando llegó a la franja pintada con aerosol rojo estaba sin aliento. El aire bueno desaparecía como el agua en un fregadero.

—¡Los ventiladores! —gritó, jadeando, al teniente coronel—. ¡Enciendan los ventiladores!

Claire McClatchey y Joe bajaron de la camioneta de los almacenes, ambos tambaleándose y respirando con mucho esfuerzo. La camioneta de la compañía telefónica fue la siguiente en llegar. Ernie Calvert bajó, dio dos pasos y cayó de rodillas. Norrie y su madre intentaron ayudarlo a ponerse en pie. Las dos estaban llorando.

—Coronel Barbara, ¿qué sucedió? —preguntó el teniente coronel. Según la insignia de su uniforme de servicio, se llamaba STRINGFELLOW—. Informe.

—¡Al carajo su informe! —gritó Rommie. Llevaba en brazos a un niño semiinconsciente (Aidan Appleton). Thurse Marshall llegó tropezando tras él. Rodeaba con un brazo a Alice, que tenía toda la camiseta salpicada de una sustancia pegada al cuerpo; la parte de delante estaba vomitada—. ¡Al carajo su informe, encienda esos ventiladores de una vez!

Stringfellow dio la orden y los refugiados se arrodillaron con las manos apoyadas en la Cúpula, inspirando con avidez la leve brisa de aire limpio que los enormes ventiladores conseguían hacer pasar a través de la barrera.

Detrás de ellos, el fuego arreciaba.

SUPERVIVIENTES

1

Solo trescientos noventa y siete de los dos mil habitantes de Chester's Mill sobrevivieron al fuego, la mayoría de ellos en el cuadrante nordeste del pueblo. Cuando caiga la noche y la sucia oscuridad del interior de la Cúpula sea absoluta, serán ciento seis.

El sábado por la mañana, cuando el sol sale y su débil brillo se filtra por la única parte de la Cúpula que no quedó carbonizada y completamente negra, la población de Chester's Mill es de solo treinta y dos personas.

2

Ollie cerró de golpe la puerta del almacén de papas antes de bajar corriendo la escalera. También accionó el interruptor que encendía las luces, sin saber si todavía funcionarían. Sí funcionaban. Mientras bajaba a trompicones al sótano del establo (allí hacía frío, aunque eso pronto cambiaría; ya podía sentir el calor que empezaba a empujar detrás de él), Ollie recordó el día, hacía cuatro años, en que los empleados de Ives Electric, de Castle Rock, se acercaron al establo para descargar el nuevo generador Honda.

"Más vale que este carísimo hijo de perra funcione bien —había dicho Alden mascando una hebra de trigo—, porque empeñé hasta las cejas para poder comprarlo."

Había funcionado bien, y seguía haciéndolo, pero Ollie sabía que no duraría mucho más. El fuego se lo llevaría consigo igual que se había llevado todo lo demás. Le sorprendería que le quedara más de un minuto de luz.

Puede que dentro de un minuto ni siquiera esté vivo.

En el centro del sucio suelo de cemento estaba la calibradora de papas, un enredo de correas, cadenas y engranajes que tenía aspecto de antiguo instrumento de tortura. Más allá había una montaña de papas. Había sido un buen otoño para las papas, y los Dinsmore habían acabado de cosecharlas apenas tres días antes de que cayera la Cúpula. En un año normal y corriente, Alden y sus chicos las habrían calibrado durante todo noviembre para venderlas en el mercado de cooperativas de productores de Castle Rock y en varios puestos de carretera en Motton, Harlow y Tarker's Mill. Ese año las papas no darían dinero, pero Ollie pensó que a lo mejor le salvaban la vida.

Corrió hasta el pie del montón y se detuvo a examinar los dos tanques. El indicador del que había encontrado en la casa decía que estaba a mitad de su capacidad, pero la aguja de la de la cochera señalaba hasta bien arriba del sector verde. Ollie dejó caer al suelo de cemento el que estaba medio lleno y conectó la mascarilla a la del garage. Lo había hecho muchísimas veces cuando el abuelito Tom aún vivía, y no tardó más que unos segundos.

Justo cuando volvía a colgarse la mascarilla alrededor del cuello, las luces se apagaron.

El aire estaba cada vez más caliente. El chico se arrodilló y empezó a abrirse paso entre la fría mole de papas empujándose con los pies, protegiendo el alargado tanque con su cuerpo y arrastrándola bajo él con una mano. Con la otra realizaba extrañas brazadas de natación.

Entonces oyó que las papas caían en avalancha por encima de él y, presa del pánico, luchó por contener el impulso de retroceder. Era como quedar enterrado vivo, y lo cierto es que, aunque no dejaba de repetirse que si no se enterraba vivo moriría sin remedio, no le servía de mucho. Boqueaba para respirar, tosía, tenía la sensación de inhalar tanta tierra de las papas como aire. Se puso la mascarilla de oxígeno sobre el rostro y… nada.

Toqueteó la válvula del tanque durante lo que le pareció una eternidad, el corazón le latía con fuerza en el pecho, como un animal en una jaula. Unas flores rojas empezaron a abrirse tras sus ojos, en la oscuridad. El frío peso vegetal lo aplastaba. Estaba loco por intentar aquello, tan loco como lo estuvo su hermano Rory al disparar contra la Cúpula, e iba a pagar el precio. Iba a morir.

Por fin sus dedos encontraron la válvula. Al principio no había forma de hacerla girar, y entonces se dio cuenta de que estaba intentando girarla en la dirección equivocada. Después cambió la dirección de sus dedos y una bendita corriente de aire limpio inundó la mascarilla.

Ollie permaneció recostado bajo las papas, respirando entrecortadamente. Se movió un poco cuando el fuego hizo saltar la puerta de lo alto de la escalera; por un momento llegó a ver el lecho de tierra en el que yacía. La temperatura iba en aumento y él se preguntó si el tanque medio lleno que había dejado atrás explotaría. También se preguntó cuánto tiempo había conseguido ganar gracias a ese tanque lleno, y si había valido la pena.

Pero eso era cosa de su cerebro. Su cuerpo respondía a un único imperativo, y era mantenerse con vida. Ollie empezó a enterrarse más hondo en la montaña de papas, arrastrando consigo el tanque de oxígeno, recolocándose la mascarilla en la cara cada vez que se le torcía.

3

Si los corredores de Las Vegas hubieran hecho apuestas sobre quiénes tenían más probabilidades de sobrevivir a la catástrofe del día de visita, en el caso de Sam Verdreaux habrían sido de mil contra uno. Sin embargo, cosas más improbables se han visto (es lo que sigue atrayendo a la gente a las mesas de juego) y Sam era la figura que Julia había visto avanzar penosamente por Black Ridge Road poco antes de que los expatriados corrieran hacia los vehículos que estaban en la granja.

Sam "el Andrajoso", el Hombre del Calor Enlatado, había sobrevivido por la misma razón que Ollie: tenía oxígeno.

Cuatro años antes había ido a ver al doctor Haskell (el Mago, ya sabes quién es). Cuando Sam le dijo que últimamente tenía la sensación de quedarse sin aliento, el doctor Haskell auscultó al viejo borrachín y le preguntó cuánto fumaba.

"Bueno —había dicho Sam—, antes solía acabarme cuatro paquetes al día, cuando trabajaba n'el bosque, pero ahora que tengo la invalidez y estoy con la seguridad social, he recortado unos cuantos."

El doctor Haskell le preguntó qué significaba eso en términos de consumo real. Sam dijo que suponía que había bajado a dos paquetes diarios. American Eagles.

"Antes fumaba Chesterfoggies, pero ahora solo los venden con filtro —explicó—. Además, son caros. Los Iggles son baratos y puedes quitarles el filtro antes d'encenderlos. Es facilísimo." Y comenzó a toser.

El doctor Haskell no encontró cáncer de pulmón (una sorpresa, en cierto modo), pero los rayos X parecían mostrar un buen caso de enfisema, así que le dijo a Sam que seguramente tendría que hacer uso del oxígeno durante el resto de su vida. Era un diagnóstico erróneo, pero no había que ser demasiado duro con el hombre. Como dicen los entendidos, la explicación más sencilla suele ser siempre la correcta. Además, uno siempre tiende a ver aquello que está buscando, ¿no es así? Y aunque el doctor Haskell había tenido lo que podría considerarse una muerte de película, nadie, ni siquiera Rusty Everett, lo tomó jamás por Gregory House. Lo que Sam padecía en realidad era bronquitis, y mejoró poco después de que el Mago le diera su diagnóstico.

Para entonces, sin embargo, Sam ya estaba inscrito en Castles in the Air (una empresa con sede en Castle Rock, por supuesto) para recibir una entrega semanal de oxígeno, y nunca llegó a cancelar el servicio. ¿Por qué habría de hacerlo? Igual que su medicamento para la hipertensión, el oxígeno lo cubría aquello que él llamaba EL SEGURO. Sam no acababa de entender qué era eso de EL SEGURO, pero sí comprendía que no tenía que pagar nada de su bolsillo por el oxígeno. También descubrió que unas inhalaciones de oxígeno puro conseguían, a su manera, animar un poco al cuerpo.

A veces, no obstante, pasaban semanas sin que a Sam se le ocurriera visitar la pequeña choza destartalada en la que él pensaba como "el bar del oxígeno". Después, cuando los tipos de Castles in the Air se presentaban para llevarse los tanques vacíos (algo en lo que a veces se mostraban bastante poco eficientes), Sam se iba a su bar del oxígeno, abría las válvulas, dejaba los tanques secos, los apilaba en la vieja carretilla roja de su hijo y los arrastraba hasta el camión de un vivo color azul con burbujas pintadas.

Si todavía hubiese vivido en Little Bitch Road, donde se encontraba el antiguo hogar Verdreaux, Sam habría acabado chamuscado como una papa frita (lo que le pasó a Marta Edmunds) pocos minutos después de la explosión inicial. Pero la vieja casa y la parcela de bosque que antaño la rodeaba le habían sido expropiadas hacía mucho por no pagar los impuestos (y, en 2008, una de las muchas empresas fantasma de Jim Rennie había vuelto a comprarlas... a precio de saldo). Sin embargo, su hermana pequeña tenía una parcela de tierra no muy grande en God Creek, y allí era donde estaba viviendo Sam el día en que el mundo voló por los aires. La cabaña no era gran cosa, y él tenía que hacer sus necesidades en un excusado exterior (la única agua corriente que había la suministraba una vieja bomba de mano que había en la cocina), pero como hay cielo que los impuestos se pagaban. De eso se encargaba su hermana... y él tenía EL SEGURO.

Sam no estaba orgulloso de su papel como instigador de los disturbios del Food City. Había compartido muchos tragos y muchas cervezas con el padre de Georgia Roux a lo largo de los años y se sentía mal por haber golpeado en la cara con una piedra a la hija de aquel hombre. No hacía más que pensar en el sonido que produjo aquel pedazo de cuarzo al impactar, y en cómo se había desencajado la mandíbula rota de Georgia, que pareció el muñeco de un ventrílocuo con la boca reventada. ¡Podría haberla matado, por Dios bendito! Seguramente era un milagro que no lo hubiera hecho... aunque no es que la chica hubiese durado mucho más. Y luego pensó algo más triste todavía: si él la hubiera dejado en paz, no habría acabado en el hospital. Y si no hubiera estado en el hospital, seguramente seguiría con vida.

Visto así, sí que la había matado.

La explosión de la emisora de radio hizo que despertara de un sueño de embriaguez y se sentara en la cama de un salto, aferrándose el pecho y mirando en derredor como un demente. La ventana que había sobre su cama había volado por los aires. De hecho, todas las ventanas habían estallado, y la explosión había arrancado de sus bisagras la puerta principal de la cabaña, que daba al oeste.

Sam salió andando por encima de la puerta y se quedó paralizado en su patio delantero, que estaba lleno de malas hierbas y llantas, con la mirada fija en el oeste, donde el mundo entero parecía estar en llamas.

4

En el refugio nuclear, bajo el emplazamiento que antes había ocupado el ayuntamiento, el generador —pequeño, anticuado y, de pronto, lo único que separaba a los ocupantes del sótano del más allá— funcionaba con normalidad. Las luces de emergencia proyectaban un brillo amarillento desde las esquinas de la sala principal. Carter estaba sentado en la única silla que había, Gran Jim ocupaba casi todo el viejo sofá de dos plazas mientras comía sardinas en lata. Las sacaba de una en una con sus rechonchos dedos y las colocaba sobre galletas saladas.

Los dos hombres tenían poco que decirse; el televisor portátil que Carter había encontrado criando polvo en la habitación de las literas acaparaba toda su atención. Solo recibían un canal (el WMTW, de Poland Spring), pero con uno bastaba. Y sobraba, la verdad; era difícil asimilar aquella devastación. El centro del pueblo había quedado destruido. Las fotografías de satélite mostraban que el bosque de los alrededores de Chester Pond había quedado reducido a escombros, y el gentío del día de visita, en la 119, no era más que polvo flotando en un viento agónico. La Cúpula se había hecho visible hasta una altura de seis mil metros: un interminable muro carcelario recubierto de hollín que encerraba un pueblo entero, el setenta por ciento del cual había quedado abrasado.

No mucho después de la explosión, la temperatura en el sótano había empezado a subir claramente. Gran Jim le dijo a Carter que encendiera el aire acondicionado.

—¿El generador podrá aguantarlo? —preguntó Carter.

—Si no puede, nos freiremos —contestó Gran Jim de mal humor—. ¿Qué diferencia hay?

No me contestes de esa manera, pensó Carter. *No me contestes así, cuando eres tú el que ha provocado todo esto. El responsable de todo.*

Se levantó para buscar la unidad de aire acondicionado y, al hacerlo, otra idea le cruzó por la cabeza: esas sardinas apestaban. Se preguntó qué diría el jefe si le decía que lo que se estaba metiendo en la boca olía a vagina vieja y muerta.

Pero Gran Jim lo había llamado "hijo" y lo había dicho de corazón, así que Carter mantuvo la boca cerrada. Además, al encender el aire acondicionado se puso en marcha a la primera. El sonido del generador, sin embargo, se volvió algo más grave, como si cargase con más peso de la cuenta. Engulliría más deprisa sus existencias de combustible.

No importa, tiene razón, tenemos que encenderlo, se dijo Carter al ver las incesantes escenas de devastación en la tele. La mayoría procedían de satélites o aviones de reconocimiento que volaban a mucha altura. En los niveles más bajos, casi toda la Cúpula se había vuelto opaca.

Excepto, según descubrieron Gran Jim y él, en el extremo nordoriental del pueblo. A eso de las tres en punto de la tarde, la cobertura televisiva se trasladó hasta allí, y de pronto las imágenes de vídeo procedían del otro lado de un bullicioso puesto de avanzada que el ejército había montado en el bosque.

"Aquí Jake Tapper desde el TR-90, un núcleo urbano sin municipio que queda al norte de Chester's Mill. Esto es todo lo que nos permiten acercarnos, pero, como pueden ver, hay supervivientes. Repito, existen supervivientes."

—Hay supervivientes aquí mismo, imbécil —dijo Carter.

—Cállate —replicó Gran Jim. La sangre afluía a sus gruesas mejillas y le cruzaba la frente en una línea ondulada. Los ojos se le salían de las órbitas, tenía los puños apretados—. Ese es Barbara. ¡Es ese hijo del demonio de Dale Barbara!

Carter lo vio entre otras personas. Las imágenes estaban tomadas con una cámara de teleobjetivo bastante potente, lo cual las hacían muy temblorosas (era como estar viendo a un grupo de gente a través de la calima del calor), pero aun así se distinguían con claridad. Barbara. La reverenda respondona. El médico *hippy*. Un montón de niños. Esa Everett.

Esa puta nos mintió desde el principio, pensó Gran Jim. *Nos mintió y el estúpido de Carter le creyó.*

"El estruendo que oyen no son helicópteros —estaba diciendo Jake Tapper—. Si pudiéramos retroceder un poco…"

La cámara retrocedió y encuadró una hilera de ventiladores enormes sobre plataformas rodantes, cada uno de ellos conectado a su propio generador. Al ver toda esa potencia a tan pocos kilómetros de distancia, a Carter se le removieron las tripas de envidia.

"Ya lo ven —prosiguió Tapper—. No son helicópteros, sino ventiladores industriales. Ahora… si podemos volver a enfocar a los supervivientes…"

La cámara lo hizo. Estaban arrodillados o sentados junto a la Cúpula, directamente delante de los ventiladores. Carter veía cómo la brisa les movía el cabello. No es que ondeara, pero estaba claro que se movía. Cual algas en una tranquila corriente submarina.

—Ahí está Julia Shumway —soltó Gran Jim con asombro—. Tendría que haber matado a esa mala hierba cuando tuve ocasión de hacerlo.

Carter no le prestó atención. Tenía la mirada clavada en el televisor.

"La potencia unida de cuatro docenas de ventiladores deberían bastar para tirar a esa gente al suelo, Charlie —dijo Jake Tapper—, pero desde aquí parece que no les llegue más que el aire que necesitan para mantenerse vivos en una atmósfera que se ha convertido en una sopa ponzoñosa de dióxido de carbono, metano y Dios sabe qué más. Nuestros expertos nos dicen que la limitada provisión de oxígeno de Chester's Mill se ha agotado alimentando el fuego. Uno de esos expertos, el profesor de Química Donald Irving, de Princeton, me comentó por teléfono que ahora mismo el aire del interior de la Cúpula puede no ser demasiado diferente a la atmósfera de Venus."

La imagen saltó a un Charlie Gibson de aspecto preocupado, a salvo en Nueva York. (*Estúpido con suerte,* pensó Carter.)

"¿Algún indicio sobre lo que puede haber originado el fuego?"

De vuelta a Jake Tapper… y luego a los supervivientes en su pequeña cápsula de aire respirable.

"Ninguno, Charlie. Ha sido una explosión, eso está claro, pero no tenemos más declaraciones por parte del ejército, y nada de Chester's Mill. Algunas de las personas que ven en la pantalla deben tener teléfono, pero, si se están comunicando con alguien, solo es con el coronel James Cox, que se ha presentado aquí hace unos cuarenta y cinco minutos e inmediatamente ha entablado conversación con los supervivientes. Mientras la cámara recoge esta lúgubre escena desde nuestra alejada posición, déjenme dar a los preocupados telespectadores de Estados Unidos, y de todo el mundo, los nombres de las personas que se encuentran ahora junto a la Cúpula y que han podido ser identificadas. Me parece que tenemos imágenes de algunos de ellos, y quizá podamos mostrarlas en pantalla mientras repaso la lista. Creo que está por orden alfabético, pero puede no ser así."

"No te preocupes, Jake. Sí tenemos algunas fotografías, pero ve despacio."

"El coronel Dale Barbara, antes teniente Barbara, Ejército de Estados Unidos —en pantalla apareció una fotografía de Barbie con ropa de camuflaje para el desierto. Rodeaba con el brazo a un sonriente niño iraquí—. Veterano condecorado y, más recientemente, cocinero de cafetería en un establecimiento del pueblo.

"Angelina Buffalino... ¿Tenemos alguna fotografía de ella?... ¿No?... Está bien."

"Romeo Burpee, dueño de los almacenes de la localidad."

Sí había foto de Rommie. En ella aparecía de pie junto a una barbacoa de jardín, con su mujer, y vestía una camiseta que decía: BÉSAME, SOY FRANCÉS.

"Ernest Calvert, su hija Joan y la hija de Joan, Eleanor Calvert."

Esa fotografía parecía tomada en una reunión familiar; había Calvert por todas partes. Norrie, que estaba adusta y guapa a la vez, llevaba su tabla bajo el brazo.

"Alva Drake... su hijo Benjamin Drake..."

—Apaga eso —gruñó Gran Jim.

—Al menos ellos están al aire libre —dijo Carter con añoranza— y no encerrados en un agujero. Me siento como el puto Sadam Husein cuando pretendía huir.

"Eric Everett, su esposa, Linda, y sus dos hijas..."

"¡Otra familia!", comentó Charlie Gibson en un tono de aprobación que resultaba casi mormonesco. Gran Jim ya había tenido bastante; se levantó y apagó el televisor con un brusco golpe de muñeca. Todavía sostenía la lata de sardinas en la mano y al hacer ese gesto se derramó parte del aceite en los pantalones.

Esa mancha no se quitará nunca, pensó Carter, pero no lo dijo.

Yo estaba viendo el programa, pensó Carter, pero no lo dijo.

—La mujer del periódico —refunfuñó Gran Jim mientras volvía a sentarse. Los cojines sisearon al aplastarse bajo su peso—. Siempre ha estado en mi contra. Se las sabe todas, Carter. Se las sabe todas, la muy condenada. Tráeme otra lata de sardinas, ¿quieres?

Ve tú por ella, pensó Carter, pero no lo dijo. Se levantó y le trajo otra lata de sardinas.

En lugar de comentar la asociación olfativa que había establecido entre las sardinas y los órganos sexuales de mujeres muertas, formuló la que parecía la pregunta más lógica:

—¿Qué vamos a hacer, jefe?

Gran Jim sacó el abridor del fondo de la lata, lo insertó en la anilla, enrolló la tapa y dejó al descubierto un escuadrón fresco de pescado muerto. Su grasa brillaba bajo el resplandor de las luces de emergencia.

—Esperar a que el aire se despeje, después subir ahí arriba y empezar a recoger los pedazos, hijo —suspiró, colocó una sardina chorreante de grasa sobre una Saltine y se lo comió. Sobre sus labios quedaron migajas de galleta salada atrapadas en cuentas de aceite—. Es lo que hace siempre la gente como nosotros. La gente responsable. Los que tiran del carro.

—¿Y si el aire no se despeja? En la tele dijeron...

—¡Ay, Dios, el cielo se nos cae encima, ay, Dios, el cielo se nos cae! —declamó Gran Jim en un extraño (y extrañamente inquietante) falsete—. Llevan años diciéndolo, ¿verdad? Los científicos y los liberales, los defensores de las causas perdidas. ¡La Tercera Guerra Mundial! ¡Los reactores nucleares se funden y llegan al centro de la Tierra! ¡El efecto 2000 colapsa las computadoras! ¡Es el fin de la capa de ozono! ¡Los casquetes de hielo se derriten! ¡Huracanes asesinos! ¡Calentamiento global!... ¡Basura de ateos enclenques a quienes no les da la gana confiar en la voluntad de un Dios que nos ama y nos cuida! ¡Que se niegan a creer que existe un Dios que nos ama y nos cuida!

Gran Jim señaló al joven con un dedo grasiento pero categórico.

—Contrariamente a lo que creen los humanistas seculares, el cielo no se nos está cayendo encima. No pueden evitar ese latigazo cobarde que les trepa por la espalda, hijo... "El culpable huye cuando nadie lo persigue", Levítico, ya sabes… Pero eso no cambia en nada la verdad de Dios: los que creen en él no se hastiarán, volarán con alas como las águilas… Isaías. Lo de ahí fuera es básicamente neblina. Solo tardará un rato en despejar.

Sin embargo, dos horas más tarde, justo después de las cuatro de la tarde del viernes, un estridente piiip piiip piiip llegó desde el cubículo que contenía el sistema de alimentación del refugio nuclear.

—¿Qué es eso? —preguntó Carter.

Gran Jim, desplomado en el sofá con los ojos medio cerrados (y grasa de sardina en la barbilla), se irguió y aguzó el oído.

—El purificador de aire —dijo—. Algo así como un ambientador de iones muy grande. Tenemos uno en la concesionaria, abajo, en la tienda. Un buen aparato. No solo mantiene el aire agradable y limpio, también evita esas descargas de electricidad estática que suelen producirse cuando hace frí…

—Si el aire del pueblo se está despejando, ¿por qué se encendió el purificador?

—¿Por qué no subes arriba, Carter? Abre la puerta solo un poco para ver cómo va todo. ¿Así te quedarás más tranquilo?

Carter no sabía si se quedaría más tranquilo o no, pero sí sabía que quedarse allí dentro sentado estaba consiguiendo que se sintiera como una ardilla. Subió la escalera.

En cuanto desapareció, Gran Jim se puso en pie y caminó hasta la cajonera instalada entre los fogones y el pequeño refrigerador. Para ser un hombre tan grande, se movía con una velocidad y un sigilo sorprendentes. Encontró lo que estaba buscando en el tercer cajón. Miró por encima del hombro para asegurarse de que seguía solo y entonces se sirvió.

En la puerta de lo alto de la escalera, Carter se encontró frente a un cartel que no auguraba nada bueno:

¿HAY QUE COMPROBAR LA LECTURA DE RADIACIÓN?

¡¡¡PIENSE!!!

Carter pensó. Y la conclusión a la que llegó fue que Gran Jim seguramente no sabía una puta mierda sobre si el aire se estaba despejando o no. Esos tipos alineados delante de los ventiladores eran la prueba de que el intercambio de aire entre Chester's Mill y el mundo exterior era prácticamente nulo.

Aun así, comprobarlo no haría ningún daño.

Al principio la puerta no quería moverse. El pánico, atizado por la vaga idea de que estaba enterrado vivo, le ayudó a empujar con más fuerza. Esta vez el batiente se movió un poco. Oyó ladrillos que caían y madera que chirriaba. Quizá consiguiera abrirla algo más, pero no tenía motivo para intentarlo. El aire que había entrado por ese resquicio de un centímetro no era ni mucho menos aire, sino algo que olía como el interior de un tubo de escape cuando el motor al que va conectado está en marcha. No necesitaba ningún aparatejo moderno para saber que dos o tres minutos en el exterior del refugio lo matarían.

La cuestión era: ¿qué le diría a Rennie?

Nada, sugirió la fría voz del superviviente que llevaba dentro. *Oír algo así solo lo pondrá peor. Será más difícil tratar con él.*

¿Y eso qué quería decir exactamente? ¿Qué importaba, si en cuanto el generador se quedara sin combustible iban a morir en el refugio nuclear? Si ese era el caso, ¿qué importaba?

Volvió a bajar la escalera. Gran Jim estaba sentado en el sofá.

—Bueno, ¿y?

—Bastante mal —dijo Carter.

—Pero se puede respirar, ¿verdad?

—Bueno, sí, aunque nos afectaría bastante. Será mejor esperar, jefe.

—Por supuesto —replicó Gran Jim, como si Carter hubiera propuesto otra cosa. Como si Carter fuera el mayor idiota del Universo—. Pero estaremos bien, eso es lo que importa. Dios cuidará de nosotros. Siempre lo hace. Mientras tanto, aquí abajo el aire es bueno, no hace demasiado calor y tenemos un montón de comida. ¿Por qué no miras qué dulces hay, hijo? Barras de chocolate y esa clase de cosas. Todavía tengo un poco de hambre.

Yo no soy tu hijo, tu hijo está muerto, pensó Carter… pero no lo dijo. Entró en la habitación de las literas para ver si había alguna barra de chocolate en las estanterías de allí dentro.

A eso de las diez de la noche, Barbie concilió un sueño inquieto mientras dormía abrazado al cuerpo de Julia. Junior Rennie revoloteaba en sus sueños: Junior de pie ante la celda de la comisaría. Junior con su arma. Esta vez no se produciría ningún rescate, porque fuera el aire se había vuelto veneno y todo el mundo estaba muerto.

Los sueños por fin lo abandonaron y lo dejaron dormir más profundamente, con la cabeza (la suya y también la de Julia) de cara a la Cúpula y el aire limpio que se filtraba por ella. Bastaba para seguir vivo pero no para respirar con normalidad.

Algo lo despertó a eso de las dos de la madrugada. Miró a través de la mugre de la Cúpula hacia las luces amortiguadas del campamento del ejército que había al otro lado. Entonces volvió a oír el ruido. Era una tos grave, ronca y desesperada.

Una linterna se encendió un instante a su derecha. Barbie se levantó haciendo el menor ruido posible, ya que no quería despertar a Julia, y caminó hacia la luz pasando por encima de otros que dormían tendidos en la hierba. La mayoría se habían quedado en ropa interior. Tres metros más allá, los centinelas estaban envueltos en gruesos abrigos y usaban guantes, pero allí dentro hacía más calor que nunca.

Rusty y Ginny estaban arrodillados junto a Ernie Calvert. Rusty tenía un estetoscopio colgado del cuello y una mascarilla de oxígeno en la mano. Estaba conectada a un pequeño tanque rojo en el que se leía **AMBULANCIA HCR NO EXTRAER REPONER SIEMPRE**. Norrie y su madre miraban con angustia, abrazadas.

—Siento que te haya despertado —dijo Joanie—. Está mal.

—¿Muy mal? —preguntó Barbie.

Rusty sacudió la cabeza.

—No lo sé. Parece una bronquitis o un catarro fuerte, pero no lo es, por supuesto. Es por culpa de la mala calidad del aire. Le di un poco de oxígeno de la ambulancia y durante un rato estuvo mejor, pero ahora... —se encogió de hombros—. Y no me gusta cómo suena su corazón. Ha sufrido muchísimo estrés y ya no es un hombre joven.

—¿No queda más oxígeno? —preguntó Barbie. Señaló el tanque, tan parecido a esos extintores que la gente tiene en los armarios utilitarios de la cocina y que siempre olvidan recargar—. ¿Eso es todo?

Thurse Marshall se unió a ellos. Bajo el haz de luz de la linterna, se veía sombrío y cansado.

—Hay otro más, pero habíamos acordado… Rusty, Ginny y yo… reservarlo para los niños pequeños. Aidan también comenzó a toser. Lo acerqué todo lo que pude a la Cúpula y a los ventiladores, pero sigue tosiendo. Empezaremos a darles el aire que queda a Aidan, Alice, Judy y Janelle en inhalaciones racionadas cuando despierten. A lo mejor si los oficiales trajeran más ventiladores…

—Por mucho aire limpio que traigan —dijo Ginny—, se filtra muy poco. Y por mucho que nos acerquemos a la Cúpula, seguimos respirando esta porquería. Además, los que peor lo están pasando son justamente quienes era de esperar.

—Los mayores y los más pequeños —añadió Barbie.

—Vuelve a acostarte, Barbie —dijo Rusty—. Ahorra energías. Aquí no puedes hacer nada.

—¿Y tú?

—A lo mejor sí. En la ambulancia también hay descongestionador nasal. Y epinefrina, si llegamos a necesitarla.

Barbie regresó arrastrándose a lo largo de la Cúpula con la cabeza en dirección a los ventiladores (lo hacían todos, sin siquiera pensarlo) y quedó consternado al ver lo cansado que se sentía cuando llegó junto a Julia. El corazón le palpitaba con fuerza, estaba sin aliento.

Julia se había despertado.

—¿Está muy mal?

—No lo sé —admitió Barbie—, pero no presagia nada bueno. Le administraron oxígeno de la ambulancia y ni aun así despertó.

—¡Oxígeno! ¿Hay más? ¿Cuánto queda?

Él se lo explicó y lamentó ver cómo se extinguía el brillo de sus ojos.

Le aferró la mano. Sus dedos estaban sudados pero fríos.

—Es como si estuviéramos atrapados en una mina que se derrumbó.

Se habían sentado y estaban uno frente a otro, los hombros apoyados contra la Cúpula. Una ligerísima brisa suspiraba entre ambos. El rumor constante de los ventiladores Air Max se había convertido en un sonido de fondo; elevaban las voces para poder oírse, pero por lo demás ya ni se daban cuenta de ese ruido.

Nos daríamos cuenta si dejara de sonar, pensó Barbie. *Durante algunos minutos, al menos. Después ya no notaríamos nada, nunca más.*

Julia esbozó una sonrisa lánguida.

—Deja de preocuparte por mí, si es eso lo que haces. Para ser una republicana de mediana edad que no logra recobrar el aliento, estoy bien. Al menos he conseguido echar un último revolcón. Bueno, agradable y como Dios manda.

Barbie le devolvió la sonrisa.

—El placer ha sido mío, créeme.

—¿Qué me dices del rayo nuclear que van a probar el domingo? ¿Tú qué crees?

—No creo nada. Solo espero.

—Y ¿cuánta esperanza tienes?

Barbie no quería decirle la verdad, pero la verdad era lo que merecía.

—Basándome en todo lo que ha sucedido y en lo poco que sabemos sobre las criaturas que controlan la caja, no demasiada.

—Dime que no te has rendido.

—Eso sí puedo hacerlo. Ni siquiera estoy tan asustado como seguramente debería. Creo que es porque… es algo insidioso. Incluso me he acostumbrado a este hedor.

—¿De verdad?

Se echó a reír.

—No. ¿Y tú? ¿Estás asustada?

—Sí, pero sobre todo estoy triste. Así es como se acaba el mundo, no con una explosión sino con un jadeo —volvió a toser; se tapó la boca con un puño.

Barbie oyó a otros que hacían lo mismo. Uno debía de ser el pequeño que ahora era de Thurston Marshall. *Él respirará algo mejor por la mañana*, pensó, y luego recordó cómo lo había expresado Thurston: "Aire en inhalaciones racionadas". Esa no era forma de respirar para un niño.

No era forma de respirar para nadie.

Julia escupió en la hierba y luego volvió a mirarlo.

—Es increíble que nos hayamos hecho esto. Las cosas que controlan la caja... los cabeza de cuero... preparan las circunstancias, pero yo creo que no son más que una panda de niños contemplándonos y divirtiéndose. Disfrutando del equivalente de un videojuego, quizá. Ellos están fuera. Nosotros estamos dentro y nos hicimos esto.

—Ya tienes suficientes problemas sin torturarte también con eso —dijo Barbie—. Si hay alguien responsable de esto, es Rennie. Él fue quien montó el laboratorio de drogas, y quien empezó a llevarse el gas de todos los almacenes del pueblo. También fue él quien envió allí a unos cuantos hombres y provocó algún tipo de confrontación, estoy convencido.

—Pero ¿quién lo eligió? —preguntó Julia—. ¿Quién le dio el poder para hacer todo eso?

—Tú no. Tu periódico hizo campaña en su contra. ¿O me equivoco?

—Tienes razón —contestó ella—, pero solo durante los últimos ocho años, más o menos. Al principio, el *Democrat* (yo, en otras palabras) pensaba que Rennie era fantástico. Cuando descubrí quién era en realidad, ya se había atrincherado. Y tenía al pobre idiota sonriente de Andy Sanders al frente para crear distracciones.

—Aun así, no puedes culparte...

—Puedo y lo hago. Si hubiera sabido que ese hijo de puta incompetente y belicoso iba a terminar al mando en una crisis auténtica, podría haber... habría... lo habría ahogado como a un gatito en un costal.

Barbie se echó a reír, después tuvo un ataque de tos.

—Cada vez pareces menos republican... —empezó a decir, y se interrumpió.

—¿Qué? —preguntó ella, y entonces también lo oyó. Algo hacía ruido y chirriaba en la oscuridad. Se acercaba, y entonces vieron una figura que arrastraba los pies y tiraba de un cochecito de niño.

—¿Quién hay ahí? —exclamó Dougie Twitchell.

Cuando el recién llegado que arrastraba los pies respondió, su voz sonó algo amortiguada. La razón resultó ser la mascarilla de oxígeno que llevaba.

—Vaya, gracias a Dios —dijo Sam "el Andrajoso"—. Me eché una siestecilla en el borde de la carretera y pensaba que me quedaría sin aire antes de llegar. Pero aquí estoy. Justo a tiempo, además, porque esto casi se ha agotado.

6

El campamento del ejército en la 119, en Motton, era un lugar triste la madrugada de ese sábado. Solo quedaban tres docenas de militares y un Chinook. Una docena de hombres estaban cargando las grandes tiendas y unos cuantos ventiladores Air Max de refuerzo que Cox había encargado para el lado sur de la Cúpula cuando informaron de la explosión. Los ventiladores no habían llegado a usarse. Cuando los recibieron ya no quedaba nadie para agradecer el escaso aire que podían introducir por la barrera. El fuego se extinguió a eso de las seis de la tarde, asfixiado por la falta de combustible y de oxígeno, pero en el lado de Chester's Mill había muerto todo el mundo.

La tienda de asistencia médica estaba siendo desmontada y enrollada por una docena de hombres. A los que no estaban ocupados en esa labor los habían enviado a hacer el más antiguo de los trabajos militares: patrullar la zona. Era un trabajo rutinario, pero a nadie de la patrulla "recogeporquería" le molestaba. Nada podía hacerlos olvidar la pesadilla que habían visto la tarde anterior, pero recoger envoltorios, latas, botellas y colillas de cigarrillo ayudaba un poco. Pronto llegaría el alba y el gran Chinook se pondría en marcha. Ellos subirían a bordo y se marcharían a otra parte. Los miembros de ese variopinto equipo estaban más que impacientes.

Uno de ellos era el soldado de primera Clint Ames, de Hickory Grove, Carolina del Sur. Llevaba una gran bolsa de basura verde en una mano y se movía despacio entre la hierba pisoteada, recogiendo algún que otro cartel olvidado y latas de Coca-Cola aplastadas para que si aquel cretino del sargento Groh miraba en su dirección le pareciera que trabajaba. Prácticamente estaba dormido en pie, y al principio creyó que los golpes que oía (sonaban como unos nudillos contra un grueso plato de Pyrex) formaban parte de un sueño. No podía ser de otra forma, porque parecían provenir del otro lado de la Cúpula.

Bostezó y se estiró, apoyando una mano en la parte baja de la espalda. Mientras estaba así, los golpes se oyeron de nuevo. Sí que procedían del otro lado de la ennegrecida pared de la Cúpula.

Después, una voz. Débil e incorpórea, como la voz de un fantasma. Se le pusieron los pelos de punta.

—¿Hay alguien ahí? ¿Alguien me oye? Por favor… me muero.

Cielos, ¿no conocía él esa voz? Parecía la de…

Ames tiró la bolsa de basura, corrió hacia la Cúpula y puso las manos sobre su superficie negra y aún caliente.

—¡Chico de las vacas! ¿Eres tú?

Estoy loco, pensó. *No puede ser. Nadie podría haber sobrevivido a esa tormenta de fuego.*

—¡AMES! —rugió el sargento Groh—. ¿Qué mierda está haciendo ahí?

Estaba a punto de voltear cuando oyó de nuevo la voz del otro lado de la barrera calcinada.

—Soy yo. No… —se oyeron una serie de toses y gemidos irregulares—. No te vayas. Si estás ahí, soldado Ames, no te vayas.

Entonces apareció una mano. Era tan fantasmal como la voz, y los dedos dejaron una mancha en el hollín. Restregaba con la mano el interior de la Cúpula para dejar un hueco limpio. Un momento después apareció un rostro. Al principio, Ames no reconoció al chico de las vacas. Después se dio cuenta de que llevaba puesta una mascarilla de oxígeno.

—Casi no tengo aire —gimió el chico—. La aguja está en el rojo. Lleva así… media hora ya.

Ames miró los ojos angustiados del chico de las vacas, y el chico de las vacas le devolvió la mirada. Un único imperativo nació entonces en la mente de Ames: no podía dejar morir al chico de las vacas. No, después de todo a lo que había sobrevivido… a pesar de que le resultaba imposible imaginar cómo había logrado seguir con vida.

—Chico, escúchame. Arrodíllate ahí y…

—¡Ames, inútil imbécil! —bramó el sargento Groh, acercándose con grandes zancadas—. ¡Deje de haraganear y póngase a trabajar! ¡Hoy no tengo paciencia para sus tonterías!

El soldado de primera Ames no le hizo caso. Estaba completamente concentrado en la cara que parecía mirarlo desde detrás de una mugrienta pared de cristal.

—¡Déjate caer y aparta la porquería del fondo! Hazlo ya, chico, ¡ahora mismo!

El rostro cayó y se perdió de vista, dejando a Ames con la esperanza de que el chico de las vacas estuviera haciendo lo que le había dicho, y no que simplemente se hubiera desmayado.

La mano del sargento Groh cayó sobre su hombro.

—¿Está sordo? Le dije…

—¡Traiga los ventiladores, sargento! ¡Tenemos que traer los ventiladores!

—Pero ¿qué está diciend…?

—¡Ahí hay alguien vivo! —gritó Ames a la cara del aterrorizado sargento Groh.

7

En la carretilla roja de Sam "el Andrajoso" quedaba un único tanque de oxígeno cuando llegó al campo de refugiados que había junto a la Cúpula, y la aguja del indicador estaba justo encima del cero. El hombre no puso objeción cuando Rusty le quitó la mascarilla y se la colocó a Ernie Calvert sobre la boca; se limitó a arrastrarse hasta la Cúpula, al lado de donde Barbie y Julia estaban sentados. Allí, el recién llegado se puso a gatas e inspiró profundamente. Horace, el corgi, que estaba junto a Julia, lo miró con interés.

Sam rodó hasta quedar de espaldas.

—No es mucho, pero es mejor que lo que tenía. El final de los tanques nunca sabe igual que el principio.

Después, increíblemente, encendió un cigarrillo.

—Apaga eso, ¿estás loco? —dijo Julia.

—Me moría por uno —repuso Sam, inhalando con placer—. No se puede fumar cerca del oxígeno, ¿sabes? Lo más probable es que vueles por los aires. Aunque hay gente que lo hace.

—Déjalo tranquilo —dijo Rommie—. No será mucho peor que esta mierda que estamos respirando. Por lo que sabemos, la nicotina y el alquitrán podrían estar protegiéndole los pulmones.

Rusty se acercó y se sentó.

—Ese tanque está vacío —dijo—, pero Ernie le sacó unas cuantas inhalaciones. Ahora parece descansar más tranquilo. Gracias, Sam.

Sam le restó importancia con un movimiento de la mano.

—Mi aire es tu aire, doc. O al menos lo era. Dime, ¿no se puede fabricar más con algún cacharro de la ambulancia? Los tipos que me traen los tanques… que me traían, al menos, antes de que este saco de mierda se esparciera delante del ventilador… podían fabricar más allí mismo, en su camión. Tenían un comosellama, una bomba o algo así.

—Un extractor de oxígeno —dijo Rusty—, y tienes razón, en la ambulancia hay uno. Por desgracia, no funciona —enseñó los dientes, un gesto que pasó por una sonrisa—. Está averiado desde hace tres meses.

—Cuatro —dijo Twitch, que también se acercó. Miraba el cigarrillo de Sam—. Supongo que no tendrás más de esos, ¿verdad?

—Ni se te ocurra —dijo Ginny.

—¿Temes que contamine este paraíso tropical de los fumadores pasivos, cielo? —preguntó Twitch, pero cuando Sam "el Andrajoso" le acercó su maltrecho paquete de American Eagles, Twitch dijo que no con la cabeza.

Rusty comentó:

—Yo mismo entregué la solicitud para reponer el extractor de oxígeno a la junta del hospital. Me dijeron que se habían quedado sin presupuesto, pero que a lo mejor podía conseguir un poco de ayuda en el pueblo. Así que envié la petición a la junta de concejales.

—A Rennie —dijo Piper Libby.

—A Rennie —confirmó Rusty—. Me contestaron con una carta modelo, diciendo que mi solicitud sería estudiada en la reunión presupuestaria de noviembre. Así que supongo que ya veremos entonces —agitó las manos hacia el cielo y se echó a reír.

Más gente se reunía a su alrededor, mirando a Sam con curiosidad y a su cigarrillo con horror.

—¿Cómo llegaste hasta aquí, Sam? —preguntó Barbie.

Sam estaba encantado de contar su historia. Empezó explicando cómo, gracias al diagnóstico de enfisema, había acabado recibiendo entregas regulares de oxígeno gracias a EL SEGURO, y cómo a veces se le acumulaban los tanques llenos. Les dijo que había oído la explosión y les explicó lo que había visto al salir de la cabaña.

—Sabía lo que iba a suceder en cuanto vi lo grande que era —dijo. Su público incluía ahora a los militares del otro lado. Cox, vestido en calzoncillos y una camiseta interior caqui, estaba entre ellos—. Ya había visto incendios malos otras veces, cuando trabajaba en el bosque. Un par de veces tuvimos que soltarlo todo y ponernos a correr para escapar, y, si alguno de esos viejos camiones de International Harvester que teníamos en aquella época se hubiera quedado atascado, no lo habríamos conseguido. Los incendios de las copas son los peores, porque crean su propio viento. Enseguida he visto que iba a pasar lo mismo con este. Estalló algo muy grande. ¿Qué fue?

—Gas combustible —dijo Rose.

Sam se acarició la barbilla, cubierta por un rastrojo de barba blanca.

—Sí, señor. Pero no todo era eso. Había también productos químicos, porque algunas de esas llamas eran verdes.

"Si hubiera venido hacia donde yo estaba, estaría acabado. Y ustedes también, gente. Pero se fue para el sur. Por la forma del terreno o algo que ver con eso, no me extrañaría. Y también el cauce del río. En fin, sabía lo que iba a pasar y saqué los tanques del bar del oxígeno…

—¿Del qué? —preguntó Barbie.

Sam dio una última calada a su cigarrillo y luego lo apagó en la tierra.

—Ah, es el nombre que le puse a la cabaña donde tengo los tanques. En fin, tenía cinco llenos…

—¡Cinco! —Thurston Marshall casi gimió.

—Sí, señor —dijo Sam con alegría—, pero no habría podido arrastrar cinco. Ya no soy tan joven, ¿sabe?

—¿No podría haber buscado un coche o un camión? —preguntó Lissa Jamieson.

—Señora, perdí la licencia de conducir hace siete años. O quizá ocho. Demasiadas multas por conducir borracho. Si me atrapan otra vez al volante de cualquier cosa más grande que un *kart*, me encerrarán y arrojarán lejos la llave.

Barbie pensó en comentar el error fundamental de ese razonamiento, pero ¿por qué quedarse sin aliento hablando, cuando el aliento era algo tan difícil de conseguir?

—En fin, cuatro tanques en esa carretilla roja pensé que sí podría, y no había caminado ni cuatrocientos metros cuando tuve que echar mano de la primera. No había más remedio, ¿no lo ven?

Jackie Wettington preguntó:

—¿Sabía que estábamos aquí?

—No, señora. Era terreno elevado, nada más, y sabía que el aire enlatado no me duraría para siempre. No sabía nada de ustedes, igual que no sabía nada de esos ventiladores. No tenía ningún otro sitio adonde ir.

—¿Por qué tardaste tanto? —preguntó Pete Freeman—. No debe de haber ni cinco kilómetros entre God Creek y esto.

—Bueno, eso es algo curioso —dijo Sam—. Iba por la carretera, ya sabes, por Black Ridge Road, y crucé el puente sin problemas… chupando todavía del primer tanque, aunque empezaba a hacer un calor de mil demonios, y… ¡caray! ¿Vieron ese oso muerto? ¿El que parecía que se había aplastado los sesos él solo contra un poste de teléfonos?

—Lo vimos, sí —contestó Rusty—. Déjame adivinar. Un poco más allá del oso, empezaste a sentirte atontado y te desmayaste.

—¿Cómo lo sabes?

—Vinimos por ahí —dijo Rusty—; hay alguna clase de fuerza activa en ese sitio. Parece que afecta más a los niños y a los mayores.

—Yo no soy tan mayor —protestó Sam en tono ofendido—. Solo es que las canas me salieron pronto, como a mi madre.

—¿Cuánto tiempo estuviste inconsciente? —preguntó Barbie.

—Bueno, no llevo reloj, pero cuando por fin me puse en marcha otra vez ya estaba oscuro, así que ha sido un buen rato. Me desperté un momento porque casi no podía respirar, cambié el tanque por uno lleno y me volví a dormir. Una locura, ¿eh? ¡Y qué sueños tuve! ¡Como un circo de tres pistas! La última vez que me desperté fue la definitiva. Estaba oscuro y busqué otro tanque. Cambiarlo no ha sido nada difícil, porque no estaba oscuro del todo. Tendría que haber estado… tendría que haber estado más oscuro que el trasero de un gato, con todo ese hollín que el fuego ha pegado en la Cúpula, pero hay un trecho brillante allá abajo, donde estaba acostado. De día no se ve, pero por la noche es como si hubiera un millón de luciérnagas.

—El cinturón de luz, así lo llamamos nosotros —dijo Joe.

Norrie, Benny y él estaban muy juntos. Benny se tapaba la boca con la mano para toser.

—Buen nombre —dijo Sam con agrado—. En fin, yo sabía que aquí arriba había alguien, porque por entonces ya se oían esos ventiladores y se veían luces —hizo un gesto con la cabeza en dirección al campamento del otro lado de la Cúpula—. No sabía si conseguiría llegar antes de quedarme sin aire… esa colina es una cabrona y me chupé las otras dos como si nada… pero he llegado.

Miró a Cox con curiosidad.

—Ey, coronel Klink, le veo el aliento. Será mejor que se ponga un abrigo o que venga aquí, que hace calorcito —soltó unas carcajadas, enseñando los pocos dientes que quedaban.

—Me llamo Cox, no Klink, y estoy bien.

Julia preguntó:

—¿Qué soñaste, Sam?

—Es curioso que me lo preguntes —dijo el hombre—, porque solo me acuerdo de uno de todos esos sueños, y en él estabas tú. Estabas tendida en el quiosco de la plaza del pueblo, y llorabas.

Julia apretó con fuerza la mano de Barbie, pero sus ojos no se apartaron de la cara de Sam.

—¿Cómo sabes que era yo?

—Porque estabas cubierta de periódicos —dijo Sam—. Ejemplares del *Democrat*. Los apretabas contra ti como si estuvieras desnuda, perdona, pero me preguntaste. ¿No es el sueño más raro que has oído nunca?

El *walkie-talkie* de Cox produjo tres pitidos: breico breico breico. Lo sacó de su cinturón.

—¿Qué pasa? Habla deprisa, aquí estoy ocupado.

Todos oyeron la voz que respondió:

—Tenemos un superviviente en el lado sur, coronel. Repito: ¡tenemos un superviviente!

8

Cuando salió el sol la mañana del 28 de octubre, "sobrevivir" era todo lo que el último miembro de la familia Dinsmore podía afirmar que hacía. Ollie estaba echado con el cuerpo apretado contra la parte inferior de la Cúpula, boqueando para conseguir respirar el escaso aire de los grandes ventiladores del otro lado y seguir con vida.

Limpiar suficiente superficie de la Cúpula de su lado antes de que se le acabara el oxígeno del tanque había sido una carrera contrarreloj. Era el que había dejado en el suelo cuando se había enterrado bajo las papas. Recordaba haberse preguntado si explotaría. No lo había hecho, y eso había sido algo muy bueno para Oliver H. Dinsmore. De haber explotado, yacería muerto bajo un túmulo funerario de papas rojas y blancas.

Se arrodilló en su lado de la Cúpula para apartar terrones de porquería negra, consciente de que parte de ese engrudo era todo lo que quedaba de algunos seres humanos. Era imposible no pensarlo cuando no dejaba de clavarse astillas de hueso. Ollie estaba seguro de que, sin los ánimos constantes del soldado Ames, se habría rendido. Pero Ames no estaba dispuesto a abandonar, no hacía más que gritarle que cavara, maldita sea, cava y aparta toda esa mierda, chico de las vacas, tienes que hacerlo para que los ventiladores funcionen.

Ollie creía que no se había rendido porque Ames no sabía su nombre. Había tenido que aguantar que los niños de la escuela lo llamaran "recogemierda" y "ordeñaubres", pero lo atormentaba tener que morir oyendo como un tonto de Carolina del Sur lo llamaba "chico de las vacas".

Los ventiladores se pusieron en marcha con estruendo y Ollie sintió las primeras leves ráfagas de aire en su piel escaldada. Se quitó la mascarilla de la cara y apretó la boca y la nariz directamente contra la mugrienta superficie de la Cúpula. Después, sin dejar de boquear y de sacar el hollín con la tos, siguió rascando la capa de restos carbonizados. Veía a Ames al otro lado, a cuatro patas y con la cabeza inclinada como si intentara mirar al interior de una ratonera.

—¡Eso es! —gritaba—. Tenemos dos ventiladores más y los están trayendo. ¡No te me rindas, chico de las vacas! ¡Continúa!

—Ollie —dijo sin aliento.

—¿Qué?

—… llamo… Ollie. No me llames… chico de las vacas.

—Te llamaré Ollie hasta el día del Juicio Final, pero tú sigue despejando un buen trozo para que esos ventiladores sirvan de algo.

De alguna forma, los pulmones de Ollie consiguieron inspirar suficiente aire del que se filtraba a través de la Cúpula para mantenerlo con vida y consciente. Vio cómo el mundo se iluminaba a través de ese agujero en el hollín, y la luz también le ayudó, aunque le dolía en el corazón ver el brillo rosado del alba emborronado por la capa de porquería que seguía cubriendo su lado de la Cúpula. La luz era buena, porque allí dentro todo estaba oscuro y chamuscado, duro y silencioso.

Intentaron relevar a Ames a las cinco de la madrugada, pero Ollie gritó pidiendo que se quedara, y Ames se negó a marcharse. Quien fuera que estaba al mando cedió. Poco a poco, deteniéndose para apretar la boca contra la Cúpula e inspirar más aire, Ollie explicó cómo había sobrevivido.

—Sabía que tendría que esperar a que el fuego se extinguiera —dijo—, así que tuve mucho cuidado con el oxígeno. El abuelito Tom me explicó una vez que un tanque podía durarle toda la noche si estaba dormido, así que me quedé allí muy quieto. Durante un buen rato no tuve que gastar nada, porque había aire bajo las papas y podía respirar.

Apretó los labios contra la superficie y percibió el sabor del hollín pensando que podían ser los restos de una persona que había estado viva veinticuatro horas antes, y no le importó. Inspiró con avidez y tosió porquería negruzca hasta que pudo proseguir.

—Debajo de las papas al principio hacía frío, pero después empezó a hacer calor, y luego me achicharraba. Pensé que me cocería vivo. El establo se estaba incendiando justo por encima de mi cabeza. Todo estaba en llamas, pero el calor era tanto y había llegado tan rápido que no duró mucho, y quizá fue eso lo que me salvó. No lo sé. Me quedé ahí hasta que el primer tanque se vació. Entonces tuve que salir. Tenía miedo de que el otro hubiera explotado, pero no. Aunque supongo que estuvo a punto.

Ames asintió. Ollie succionó más aire a través de la Cúpula. Era como intentar respirar a través de un trapo grueso y muy sucio.

—Y la escalera. Si hubiera sido de madera en lugar de hormigón, no podría haber salido. Al principio ni siquiera lo intenté. Solo me arrastré otra vez bajo las papas, porque hacía muchísimo calor. Las que estaban en la parte de fuera de la pila se asaron, las olía. Después empezó a resultarme difícil conseguir aire, y así supe que el segundo tanque se acababa también.

Se detuvo a causa de un ataque de tos. Cuando volvió a recuperarse, siguió.

—En el fondo, yo solo quería oír otra vez una voz humana antes de morir. Me alegro de que hayas sido tú, soldado Ames.

—Me llamo Clint, Ollie. Y tú no te vas a morir.

Pero los ojos que miraban a través del sucio agujero del fondo de la Cúpula como si miraran por la ventanilla de cristal de un ataúd parecían conocer otra verdad, más auténtica.

9

La segunda vez que sonó el timbre, Carter supo lo que era, aunque lo había despertado de un sueño sin ensoñaciones. Porque parte de él no volvería a dormir de verdad hasta que todo aquello hubiera pasado o hasta que estuviera muerto. Suponía que eso era el instinto de supervivencia: un vigilante insomne en el fondo del cerebro.

La segunda vez fue a eso de las siete y media de la mañana del sábado. Lo sabía porque su reloj era de los que se encendían si apretabas un botón. Las luces de emergencia se habían apagado durante la noche y el refugio nuclear estaba completamente a oscuras.

Se sentó y sintió que algo le daba un golpe en la nuca. Supuso que sería el mango de la linterna que había usado esa noche. La buscó a tientas y la encendió. Estaba sentado en el suelo. Gran Jim estaba tendido en el sofá. Era Gran Jim quien le había dado un golpe con la linterna.

Por supuesto, él se queda con el sofá, pensó Carter con rencor. *Él es el jefe, ¿verdad?*

—Vamos, hijo —dijo Gran Jim—. Rápido.

¿Por qué tengo que ir yo?, pensó Carter... pero no lo dijo. Tenía que ir él porque el jefe era viejo, el jefe estaba gordo y el jefe pa-

decía del corazón. Y porque el jefe era el jefe, por supuesto. James Rennie, Emperador de Chester's Mill.

El emperador de los coches usados, eso es lo que eres, pensó Carter. *Y apestas a sudor y a aceite de sardinas.*

—Venga —una voz irritada. Y asustada—. ¿Qué esperas?

Carter se levantó, el haz de luz rebotó en las estanterías repletas del refugio (¡cuántas latas de sardinas!), y caminó hacia la habitación de las literas. Allí dentro todavía había una luz de emergencia encendida, pero parpadeaba, casi se había apagado. Y el timbre sonaba más fuerte, era un gemido constante: AAAAAAAAAAAA. El gemido de una muerte próxima.

Nunca saldremos de aquí, pensó Carter.

Iluminó con la linterna la trampilla de delante del generador, que seguía produciendo ese molesto pitido monótono que, por alguna razón, le hacía pensar en el jefe cuando soltaba sus discursitos. A lo mejor el significado de ambos ruidos se reducía al mismo estúpido imperativo: "Dame, dame, dame de comer. Dame combustible, dame sardinas, dame gasolina sin plomo para mi Hummer. Dame de comer. De todas formas moriré, y después también tú morirás, pero ¿a quién le importa? ¿A quién le importa una puta mierda? Dame, dame, dame de comer".

Dentro del compartimento de almacenaje del suelo ya solo quedaban seis tanques de gas. Cuando cambiara la que estaba casi vacía, quedarían solo cinco. Cinco tanques de mierda, no mucho mayores que los de Blue Rhino, entre ellos y la muerte por asfixia cuando el purificador de aire dejara de funcionar.

Carter sacó un tanque, pero lo dejó junto al generador. No tenía ninguna intención de cambiarlo hasta que no quedara nada de combustible, por muy molesto que fuera ese AAAAAA. No. Que no. Como solían decir del café de Maxwell House: era bueno hasta la última gota.

Sin embargo, estaba claro que ese timbre lo sacaba a uno de quicio. Carter supuso que podía buscar la alarma y silenciarla, pero entonces ¿cómo sabrían cuándo se estaba quedando seco el generador?

Como un par de ratas atrapadas en un balde volteado, eso es lo que somos.

Hizo números mentalmente. Quedaban seis tanques, cada uno de ellos con una duración de unas once horas. Pero si apagaban el aire acondicionado, alargarían a doce o incluso trece horas por tanque. Mejor ser cautos y contar con doce. Doce por seis era… vamos a ver…

El AAAAAA hacía que la multiplicación fuera más difícil de lo que debería haber sido, pero al final lo consiguió. Setenta y dos horas entre ellos y una espantosa muerte por asfixia allí abajo, a oscuras. Y ¿por qué estaban a oscuras? Porque nadie se había molestado en cambiar las baterías de las luces de emergencia, por eso. Seguramente hacía veinte años o más que no las cambiaban. El jefe se había dedicado a "recortar gastos". Y ¿por qué había solo siete raquíticos tanques de mierda en el almacén, cuando en la WCIK había un alijo de tremendamil litros esperando para estallar? Porque al jefe le gustaba tenerlo todo justo donde quería.

Allí sentado, escuchando el AAAAAA, Carter recordó uno de los dichos de su padre: "Esconde un centavo y pierde un dólar". Ese era Rennie, de la cabeza a los pies. Rennie, el Emperador de los Coches Usados. Rennie, el pez gordo de la política. Rennie, el señor de la droga. ¿Cuánto había sacado con su operación de estupefacientes? ¿Un millón de dólares? ¿Dos? ¿Acaso importaba?

Seguramente nunca se lo habría gastado, pensó Carter, *y ahora sí que no se lo gastará, mierda. Aquí abajo no hay nada en qué gastárselo. Tiene todas las sardinas que es capaz de comer, y son gratis.*

—¿Carter? —la voz de Gran Jim llegó flotando en la oscuridad—. ¿Vas a cambiar ese tanque o vas a quedarte ahí a escuchar cómo se queja?

Carter abrió la boca para vociferar que iban a esperar, que cada minuto contaba, pero justo entonces se acabó el AAAAAA. Y también el quiiip quiiip quiiip del purificador de aire.

—¿Carter?

—Estoy en ello, jefe —con la linterna bien sujeta bajo la axila, Carter sacó el tanque vacío, colocó el lleno sobre una plataforma metálica lo bastante grande como para soportar un depósito diez veces mayor y lo conectó.

Cada minuto contaba… ¿o no? ¿Por qué iba a contar, si al final llegarían a la misma asfixiante conclusión?

Sin embargo, el vigilante de la supervivencia que llevaba dentro pensaba que aquella era una pregunta de mierda. El vigilante de la supervivencia pensaba que setenta y dos horas eran setenta y dos horas, y que cada minuto de esas setenta y dos horas contaba. Porque ¿quién sabía lo que podía pasar? Puede que al final los militares lograran descubrir cómo abrir un agujero en la Cúpula. Puede que incluso desapareciera sola y se marchara tan repentina e inexplicablemente como había llegado.

—¿Carter? ¿Qué estás haciendo ahí dentro? Mi dichosa madre podría moverse más deprisa, ¡y está muerta!

—Ya casi.

Se aseguró de haberlo conectado bien y puso el pulgar sobre el botón de encendido (pensando que, si la batería de arranque era tan vieja como las baterías que habían alimentado las luces de emergencia, tendrían problemas de verdad). Entonces se detuvo.

Serían setenta y dos horas si estaban los dos. Pero si estuviera él solo, podría alargarlas a noventa, o puede que incluso a cien si apagaba el purificador hasta que el aire se volviera irrespirable. Le había mencionado la idea a Gran Jim, pero él la vetó de inmediato. "Tengo problemas de corazón", le recordó. "Cuanto más irrespirable sea el aire, más probabilidades hay de que falle."

—¿Carter? —con ímpetu y exigencia. Una voz que penetraba en el oído igual que el olor de las sardinas del jefe se le metía en la nariz—. ¿Qué está pasando ahí dentro?

—¡Todo listo, jefe! —exclamó, y apretó el botón. El motor de arranque ronroneó y el generador se puso en marcha al instante.

Tengo que pensarlo, se dijo Carter, pero el vigilante de la supervivencia tenía otra opinión. El vigilante de la supervivencia pensaba que cada minuto perdido era un minuto malgastado.

Ha sido bueno conmigo, se dijo Carter. *Me confió responsabilidades.*

Trabajos sucios que no quería hacer él mismo, eso es lo que te confió. Y un agujero en la tierra para que mueras dentro. Eso también.

Carter se decidió. Sacó la Beretta de la pistolera y regresó a la sala principal. Sopesó la idea de esconderla a la espalda para que el jefe no lo supiera, pero pensó que mejor no. El hombre lo había llamado "hijo", a fin de cuentas, y tal vez incluso lo sintiera así. Merecía algo mejor que un tiro inesperado en la nuca y marcharse sin estar preparado.

10

No era de noche en el extremo nordoriental del pueblo; allí la Cúpula estaba muy sucia, pero no era ni mucho menos opaca. El sol brillaba a través de ella y lo teñía todo de un rosado febril.

Norrie corrió a donde estaban Barbie y Julia. La chica tosía y seguía sin aliento, pero, aun así, corrió.

—¡A mi abuelo le está dando un ataque al corazón! —gimió, y luego cayó de rodillas, tosiendo más y boqueando.

Julia la rodeó con sus brazos y le giró la cara hacia los estruendosos ventiladores. Barbie se arrastró hasta el grupo de exiliados que estaban junto a Ernie Calvert, Rusty Everett, Ginny Tomlinson y Dougie Twitchell.

—¡Déjenlos trabajar! —espetó—. ¡Denle un poco de aire!

—Ese es el problema —dijo Tony Guay—. Le dieron lo que quedaba... el que se suponía que iba a ser para los niños... pero...

—Epi —dijo Rusty, y Twitch le pasó una jeringa. Rusty se la inyectó—. Ginny, empieza con el masaje. Cuando te canses, deja que Twitch te releve. Después yo.

—Yo también quiero hacerlo —dijo Joanie. Un mar de lágrimas caía por sus mejillas, pero parecía bastante serena—. Tomé una clase.

—Yo fui con ella —dijo Claire—. También ayudaré.

—Y yo —dijo Linda en voz baja—. Hice el curso de reanimación este verano.

Es una ciudad pequeña y todos apoyamos al equipo, pensó Barbie. Ginny (con la cara aún hinchada por sus propias heridas) empezó con el masaje cardiopulmonar. Cedió el turno a Twitch justo cuando Julia y Norrie llegaban junto a Barbie.

—¿Podrán salvarlo? —preguntó la niña.

—No lo sé —repuso Barbie. Pero sí que lo sabía; eso era lo más infernal.

Twitch relevó a Ginny. Barbie los miraba mientras las gotas de sudor que caían de la frente de Twitch oscurecían la camisa de Ernie. Unos cinco minutos después se detuvo, tosiendo entrecortadamente. Cuando Rusty quiso ocupar su lugar, Twitch sacudió la cabeza.

—Se ha ido —volteó hacia Joanie y dijo—: Lo siento mucho, señora Calvert.

El rostro de Joanie tembló, después se arrugó. La mujer profirió un alarido de pena que se convirtió en un ataque de tos. Norrie la abrazó, tosiendo también ella otra vez.

—Barbie —dijo una voz—. ¿Podemos hablar?

Era Cox, que ahora vestía con ropa de camuflaje pardo y una chamarra con forro de borrego para protegerse del frío del otro lado. A Barbie no le gustó la expresión sombría de su rostro. Julia lo acompañó. Se inclinaron muy cerca de la Cúpula, intentando respirar despacio y con regularidad.

—Ocurrió un accidente en la base de la Fuerza Aérea de Kirtland, en Nuevo México —Cox hablaba en voz muy baja—. Estaban realizando los últimos ensayos del rayo nuclear que pensábamos probar y… mierda.

—¿Explotó? —preguntó Julia, horrorizada.

—No, se fundió. Murieron dos personas, y es muy probable que otra media docena mueran a causa de quemaduras y/o intoxicación por radiación. El caso es que perdimos el arma. Perdimos esa condenada arma nuclear.

—¿Un mal funcionamiento? —preguntó Barbie, casi esperando que lo hubiera sido, porque eso querría decir que de todas formas no habría servido de nada.

—No, coronel. Por eso utilicé la palabra "accidente". Eso pasa cuando la gente va demasiado deprisa, y estos días todos hemos estado con un petardo en el trasero.

—Lo siento mucho por esos hombres —dijo Julia—. ¿Lo saben ya sus familias?

—Dada su situación, es muy amable de su parte pensar en ello. Pronto los informarán. El accidente tuvo lugar a la una de esta madrugada. Ya comenzaron a trabajar en el Muchacho Dos. Debería estar listo dentro de tres días. Cuatro máximo.

Barbie asintió con la cabeza.

—Gracias, señor, pero no estoy seguro de que dispongamos de tanto tiempo.

Un prolongado y débil lamento de pena (un lamento de niña) se elevó tras ellos. Cuando Barbie y Julia dieron media vuelta, el lamento se convirtió en una serie de toses ásperas y ávidas boqueadas de aire. Vieron a Linda arrodillarse junto a su hija mayor y estrecharla entre sus brazos.

—¡No puede estar muerta! —gritó Janelle—. ¡Audrey no puede estar muerta!

Pero así era. La golden retriever de los Everett había muerto durante la noche, en silencio y sin armar alboroto, con las pequeñas J durmiendo una a cada lado.

11

Cuando Carter volvió a la sala principal, el segundo concejal de Chester's Mill estaba comiendo cereal de una caja que tenía un loro de dibujos animados en la parte delantera. Carter reconoció el mítico pájaro de numerosos desayunos de su infancia: el tucán Sam, santo patrón de los Froot Loops.

Deben de estar muy rancios, pensó Carter, y experimentó un fugaz momento de lástima por el jefe. Después pensó en la diferencia entre setenta y pocas horas de aire y ochenta, o cien, y su corazón se endureció.

Gran Jim sacó otro puñado de cereal de la caja, después vio la Beretta en la mano de Carter.

—Vaya —dijo.

—Lo siento, jefe.

Gran Jim abrió el puño y dejó caer de nuevo los Froot Loops en cascada dentro de la caja, pero tenía la mano pegajosa y algunos aros de cereal de vivos colores se le quedaron pegados en los dedos y la palma de la mano. El sudor brillaba en su frente y goteaba desde sus amplias entradas.

—Hijo, no lo hagas.

—Tengo que hacerlo, señor Rennie. No es nada personal.

Y no lo era, decidió Carter. Ni siquiera un poco. Estaban allí atrapados, eso era todo. Y, puesto que había sucedido a consecuencia de las decisiones de Gran Jim, Gran Jim tendría que pagar el precio.

Rennie dejó la caja de Froot Loops en el suelo. Lo hizo con cuidado, como si temiera hacerla añicos si la trataba con brusquedad.

—Entonces, ¿qué es?

—Todo se reduce… al aire.

—Aire. Comprendo.

—Podría haber entrado aquí con el arma escondida tras la espalda y haberle metido una bala en la cabeza sin más, pero no quise hacerlo así. Quería darle tiempo para que se prepare. Porque usted fue bueno conmigo.

—Entonces, no me hagas sufrir, hijo. Si no es nada personal, no me harás sufrir.

—Si se queda quieto, no sufrirá. Será rápido. Como disparar a un ciervo herido en el bosque.

—¿Podemos hablarlo?

—No, señor. Estoy decidido.

Gran Jim asintió.

—Está bien, pues. ¿Puedo pronunciar antes unas palabras de oración? ¿Me concederías eso?

—Sí, señor, puede rezar si quiere. Pero que sea rápido. Esto también es difícil para mí, ¿sabe?

—Te creo. Eres un buen chico, hijo.

Carter, que no había llorado desde los catorce años, sintió un escozor en el rabillo del ojo.

—Llamarme "hijo" no le servirá de nada.

—Sí que me sirve. Y ver que estás afectado… eso también me sirve.

Gran Jim arrastró su mole fuera del sofá y se arrodilló. Al hacerlo, tiró la caja de Froot Loops y soltó una risita triste.

—No ha sido una última comida muy especial, eso sí que te lo digo.

—No, seguramente no. Lo siento.

Gran Jim, que ahora le daba la espalda, suspiró.

—Pero dentro de uno o dos minutos estaré comiendo rosbif a la mesa del Señor, así que no pasa nada —levantó un dedo rechoncho y se lo llevó a la parte alta de la nuca—. Justo aquí. En la raíz del cerebro. ¿De acuerdo?

Carter tragó lo que sentía como una enorme bola de borra seca.

—Sí, señor.

—¿Quieres ponerte de rodillas conmigo, hijo?

Carter, que llevaba sin rezar aún más tiempo del que llevaba sin llorar, estuvo a punto de decir que sí. Después recordó lo ladino que podía ser el jefe. Seguramente en ese momento no estaba siendo ladino, seguramente ya no estaba para eso, pero Carter había visto al hombre en acción y no pensaba arriesgarse. Dijo que no con la cabeza.

—Diga sus oraciones. Y, si quiere llegar hasta el amén del final, será mejor que no tarde mucho.

Arrodillado de espaldas a Carter, Gran Jim unió sus manos sobre el asiento del sofá, que seguía hundido por el peso nada despreciable de sus posaderas.

—Querido Dios, soy tu siervo James Rennie. Supongo que voy a verte, lo quiera o no. Alzan el cáliz a mis labios y no puedo…

Se le escofre un enorme sollozo seco.

—Apaga la luz, Carter. No quiero llorar delante de ti. No es así como debería morir un hombre.

Carter alargó la pistola hasta que casi tocó con ella la nuca de Gran Jim.

—Bien, pero esa fue su última voluntad —entonces apagó la luz.

Supo que había sido un error nada más hacerlo, pero ya era demasiado tarde. Oyó al jefe moverse, y lo hizo endemoniadamente deprisa para ser un gigante con problemas cardíacos. Carter disparó y, en el fogonazo del tiro, vio aparecer un agujero de bala en el arrugado cojín del sofá. Gran Jim ya no estaba arrodillado delante de él, pero no podía haber ido muy lejos, por muy rápido que se moviera. Cuando Carter apretó el botón de la linterna, Gran Jim se abalanzó hacia delante con el cuchillo de carnicero del cajón de al lado de los fogones del refugio, y quince centímetros de acero penetraron en el vientre de Carter Thibodeau.

El chico gritó de dolor y volvió a disparar. Gran Jim sintió zumbar la bala muy cerca de su oreja, pero no retrocedió. También él tenía un vigilante de la supervivencia, uno que le había servido maravillosamente bien a lo largo de los años, y esta vez le decía que si reculaba moriría. Se puso en pie como pudo, tirando del cuchillo hacia arriba, destripando a ese chico estúpido que había pensado que podía aprovecharse de Gran Jim Rennie.

Carter volvió a gritar mientras lo abría en canal. Unas perlas de sangre salpicaron la cara de Gran Jim, expulsadas por lo que él fervientemente esperaba que fuera el último aliento del muchacho. Empujó a Carter hacia atrás. En el haz de la linterna, tirada en el suelo, Carter se tambaleó haciendo crujir los Froot Loops caídos y agarrándose la barriga. La sangre manaba entre sus dedos. Intentó sostenerse en las estanterías dando zarpazos y cayó de rodillas bajo una lluvia de latas de sardinas de Vigo, Snow's Clam Fry-Ettes y sopas Campbell. Por un momento se quedó así, como si hubiera cambiado de opinión y al final hubiera decidido rezar una oración. Tenía el cabello pegado a la cara. Después, la mano le resbaló y se desplomó.

Gran Jim pensó en el cuchillo, pero resultaba un esfuerzo demasiado intenso para un hombre que padecía del corazón (volvió a prometerse que iría a revisarse en cuanto terminara esa crisis). Así que, recogió el arma de Carter y se acercó al muy idiota.

—¿Carter? ¿Sigues con nosotros?

Carter gimió, intentó voltear, se rindió.

—Voy a dispararte justo en la nuca, igual que habías propuesto tú. Pero antes quiero darte un último consejo. ¿Me estás escuchando?

Carter volvió a gemir. Gran Jim lo tomó por un sí.

—El consejo es este: a un buen político nunca se le da tiempo de rezar.

Gran Jim apretó el gatillo.

12

—¡Creo que se está muriendo! —gritó el soldado Ames—. ¡Creo que el chico se muere!

El sargento Groh se arrodilló junto a Ames e intentó mirar por la ranura sucia del fondo de la Cúpula. Ollie Dinsmore estaba tendido de lado, con los labios casi apretados contra una superficie que podían ver gracias a la porquería que seguía pegada a ella. Con su mejor voz de sargento gritando órdenes, Groh vociferó:

—¡Ollie Dinsmore! ¡Al frente!

Lentamente, el chico abrió los ojos y miró a los dos hombres que tenía a menos de treinta centímetros pero en un mundo más frío y más limpio.

—¿Qué? —murmuró.

—Nada, hijo —dijo Groh—. Vuelve a dormir.

Groh giró hacia Ames.

—No manche las pantaletas, soldado. El chico está bien.

—No está bien. ¡Solo basta mirarlo!

Groh agarró a Ames del brazo y lo ayudó (sin descortesía) a ponerse en pie.

—No —convino en voz baja—. No está ni siquiera un poco bien, pero está vivo y duerme, y ahora mismo es lo más que podemos pedir. Así consumirá menos oxígeno. Vaya a buscar algo de comer. ¿Ha desayunado ya?

Ames dijo que no con la cabeza. Ni siquiera se le había ocurrido pensar en el desayuno.

—Quiero quedarme por si vuelve a despertar —hizo una pausa, luego se lanzó—. Quiero estar aquí si muere.

—Eso no va a suceder en un buen rato —dijo Groh. No tenía ni idea de si era cierto o no—. Vaya a buscar algo al camión, aunque no sea más que una rebanada de mortadela envuelta en un trozo de pan. Tiene muy mal aspecto, soldado.

Ames sacudió la cabeza en dirección al chico que dormía sobre el suelo calcinado con la boca y la nariz ladeadas hacia la Cúpula. Su rostro estaba surcado de mugre, apenas podían ver cómo su pecho se alzaba y se hundía.

—¿Cuánto tiempo cree que le queda, sargento?

Groh sacudió la cabeza.

—Seguramente no mucho. En el grupo del otro lado ya murió alguien esta mañana. Muchos de los demás no están bien. Y allí las cosas están mejor. Más limpio. Vaya haciéndose a la idea.

Ames sintió que estaba a punto de echarse a llorar.

—El chico perdió a toda su familia.

—Vaya a buscar algo de comer. Yo me quedaré hasta que vuelva.

—Pero, después de eso, ¿podré quedarme?

—El chico lo quiere a usted, soldado, y lo tendrá a usted. Puede quedarse hasta el final.

Groh contempló a Ames marchar a paso ligero hacia una mesa que había cerca del helicóptero, donde habían preparado algo de comida. Allí fuera eran las diez en punto de una bonita mañana de finales de otoño. El sol brillaba y terminaba de derretir una gruesa capa de escarcha. Sin embargo, a solo unos metros de distancia había un mundo burbuja en perpetua penumbra, un mundo en el que el aire era irrespirable y el tiempo había dejado de tener ningún sentido. Groh recordó el estanque del parque del pueblo en el que había crecido. Eso fue en Wilton, Connecticut. En el estanque vivían carpas doradas, unos peces grandes y viejos. Los niños solían darles de comer. Hasta que un día uno de los encargados tuvo un accidente con un fertilizante. Adiós peces. La decena o docena de carpas acabaron flotando muertas en la superficie.

Al mirar al chico mugriento que dormía al otro lado de la Cúpula le resultaba imposible no recordar esas carpas… solo que un chico no era un pez.

Ames regresó comiendo algo que estaba claro que no le apetecía. No era un gran soldado, en opinión de Groh, pero era buen muchacho y tenía un gran corazón.

El soldado Ames se sentó. El sargento Groh se sentó a su lado. A eso del mediodía, recibieron un informe del lado norte de la Cúpula: otro de los supervivientes había muerto. Un niño pequeño que se llamaba Aidan Appleton. Otro niño. Groh pensó que tal vez había conocido a su madre el día anterior. Esperaba estar equivocado, pero no creía que fuera así.

—¿Quién hizo esto? —preguntó Ames—. ¿Quién planeó esta mierda, sargento? ¿Y por qué?

Groh sacudió la cabeza.

—Ni idea.

—¡Es que no tiene ningún sentido! —gritó Ames. Algo más allá, Ollie se movió, le faltó el aliento y acercó una vez más su rostro dormido a la escasa brisa que atravesaba la barrera.

—No lo despierte —dijo Groh, pensando: *Si nos deja mientras duerme, será mejor para todos.*

13

A eso de las dos, todos los exiliados estaban tosiendo excepto (increíble pero cierto) Sam Verdreaux, a quien parecía que el aire viciado le sentaba estupendamente, y Little Walter Bushey, que no hacía más que dormir y succionar la ración de leche o jugo que le daban de vez en cuando. Barbie estaba sentado contra la Cúpula, rodeando a Julia con un brazo. No muy lejos, Thurston Marshall había permanecido junto al cadáver cubierto del pequeño Aidan Appleton, muerto de una forma horriblemente repentina. Thurse, que no dejaba de toser, tenía a Alice en su regazo. La niña se había quedado dormida llorando. Seis metros más allá, Rusty estaba acurrucado con su mujer y sus hijas, que también lloraron hasta conciliar el sueño. Rusty trasladó el cadáver de Audrey a la ambulancia para que las niñas no tuvieran que verlo. Contuvo la respiración todo el rato; a solo trece metros hacia el interior de la Cúpula, el aire se volvía asfixiante, mortífero. En cuanto recuperó el aliento, supuso que tendría que hacer lo mismo con el pequeño. Audrey sería una buena compañía para él; siempre le habían gustado los niños.

Joe McClatchey se dejó caer junto a Barbie. Ahora sí que parecía un espantapájaros. Su pálido rostro estaba salpicado de acné y bajo los ojos tenía unos semicírculos de piel amoratada, con aspecto de magulladura.

—Mi madre está dormida —dijo Joe.

—Julia también —replicó Barbie—, así que no hables muy alto.

Julia abrió un ojo.

—No duermo —dijo, y enseguida volvió a cerrarlo. Tosió, se calmó y luego tosió un poco más.

—Benny está muy mal —dijo Joe—. Le está subiendo la fiebre, como al niño pequeño antes de morir —dudó un momento—. Mi madre también está bastante caliente. A lo mejor es solo porque aquí la temperatura es muy alta, pero… No creo que sea eso. ¿Y si muere? ¿Y si morimos todos?

—Eso no pasará —respondió Barbie—. Se les ocurrirá algo.

Joe negó con la cabeza.

—No se les ocurrirá nada. Y lo sabe. Porque están afuera. Nadie de fuera puede ayudarnos —miró hacia el ennegrecido erial en el que un día antes había existido un pueblo, y rio (un sonido ronco, áspero, más terrible aún porque contenía cierta diversión)—. Chester's Mill existía como pueblo desde 1803, eso aprendíamos en la escuela. Más de doscientos años. Y en una semana fue arrancado de la faz de la Tierra. Bastó una puta semana. ¿Qué le parece eso, coronel Barbara?

A Barbie no se le ocurrió algo que decir.

Joe se tapó la boca, tosió. Detrás de ellos, los ventiladores seguían rugiendo y rugiendo.

—Soy un chico listo. ¿Sabe? Quiero decir, no es una fanfarronada... soy listo de verdad.

Barbie recordó la transmisión de vídeo que el niño había organizado cerca del punto de impacto del misil.

—Sin discusión, Joe.

—En una película de Spielberg sería el niño listo al que se le ocurrire la solución en el último minuto, ¿verdad?

Barbie sintió que Julia volvía a moverse. Estaba vez tenía los dos ojos abiertos y miraba a Joe muy seria.

Al niño le caían lágrimas por ambas mejillas.

—Vaya niño de Spielberg he resultado. Si esto fuera *Parque Jurásico*, los dinosaurios nos comerían.

—Ojalá se cansen —dijo Julia, somnolienta.

—¿Eh? —Joe la miró parpadeando.

—Los cabeza de cuero. Los niños cabeza de cuero. Se supone que los niños siempre se cansan de sus juegos y se marchan a hacer otra cosa. O... —tosió con fuerza— o que sus padres los llaman para cenar.

—Quizá no comen —dijo Joe con pesimismo—. Quizá ni siquiera tienen padres.

—O quizá para ellos el tiempo es diferente —dijo Barbie—. Quizá en su mundo se quedan sentados alrededor de su versión de la caja y ya está. Puede que para ellos el juego solo consista en empezar. Ni siquiera podemos estar seguros de que sean niños.

Piper Libby se unió a ellos. Tenía la cara sofocada y el cabello pegado a las mejillas.

—Son niños —dijo.

—¿Cómo lo sabes? —preguntó Barbie.

—Lo sé y punto —sonrió—. Ellos son el Dios en el que dejé de creer hace unos tres años. Dios ha resultado ser una panda de niños traviesos que juegan a la X-Box Interestelar. ¿No es gracioso? —su sonrisa se ensanchó, y luego rompió a llorar.

Julia miraba hacia la caja y su destellante luz violeta. Tenía una expresión meditabunda y algo somnolienta.

14

Es sábado por la noche en Chester's Mill. Esta es la noche en que solían reunirse las señoras de Eastern Star (y después de la reunión a veces iban a casa de Henrietta Clavard a beber un poco de vino y soltar sus mejores chistes colorados). Es la noche en que Peter Randolph y sus amigotes solían jugar al póquer (y también soltar sus mejores chistes colorados). La noche en que Stewart y Fern Bowie iban a veces a Lewiston por los servicios de un par de putas en un prostíbulo de Lower Lisbon Street. La noche en que el reverendo Lester Coggins solía celebrar reuniones de oración para adolescentes en una sala de la casa parroquial del Cristo Redentor, y Piper Libby organizaba bailes para adolescentes en el sótano de la Congregación. La noche en que el Dipper's solía estar repleto hasta la una (y a eso de las doce y media la concurrencia empezaba a pedir a gritos, borracha, que tocaran su himno, "Dirty Water", una canción que todas las bandas de Boston conocían muy bien). La noche en que Howie y Brenda Perkins salían a dar un paseo por la plaza del pueblo, tomados de la mano, saludando a las demás parejas que conocían. La noche en que se sabía que Alden Dinsmore, su mujer, Shelley, y sus dos hijos jugaban a lanzarse la pelota bajo la luz de la luna llena. En Chester's Mill (como en la mayoría de las localidades pequeñas donde todos apoyan al equipo), los sábados por la noche solían ser las mejores noches, hechas para bailar, hacer el amor y soñar.

Esta no. Esta es negra y parece interminable. El viento ha muerto. No sopla ni una triste brisa de ese aire caliente. Allí donde estaba la carretera 119 hasta que el calor de horno la fundiera, Ollie Dinsmore yace en la escoria con la cara apretada contra su agujero, aferrándose todavía a la vida con tozudez, y, solo cuarenta y seis centímetros más allá, el soldado Clint Ames continúa su paciente guardia. A algún tipo brillante se le había ocurrido la idea de iluminar al chico con un foco; Ames (apoyado por el sargento Groh, que al final no es tan ogro) ha conseguido evitarlo, arguyendo que iluminar a alguien con focos mientras duerme es lo que se hace con los terroristas, y no con un muchacho que seguramente estará muerto antes de que salga el sol. Pero Ames tiene una linterna, y de cuando en cuando enfoca al chico con ella para asegurarse de que sigue respirando. Sí que respira, pero cada vez que Ames vuelve a encender la linterna, teme que su respiración superficial se haya detenido. En realidad, parte de él ya ha empezado a desear que suceda. Parte de él ha empezado a aceptar la realidad: no importa lo ingenioso que haya resultado ser Ollie Dinsmore ni lo heroicamente que haya luchado, no tiene futuro. Ser testigo de cómo sigue peleando es terrible. No mucho antes de la medianoche, el soldado Ames se queda dormido, sentado, asiendo la linterna sin mucha fuerza con una mano.

"¿Duermes?", dicen que Jesús le preguntó a Pedro. "¿No has podido velar una hora?"

A lo cual Chef Bushey podría haber añadido: "Evangelio según san Marcos, Sanders".

Justo después de la una, Rose Twitchell despierta a Barbie zarandeándolo.

—Thurston Marshall murió —dice—. Rusty y mi hermano están llevándose el cadáver a la ambulancia para que la niña no sufra una impresión demasiado grande cuando despierte —después añade—: Si es que despierta. Alice también está enferma.

—Ahora todos estamos enfermos —dice Julia—. Todos menos Sam y ese bebé atontado.

Rusty y Twitch vuelven corriendo desde el grupo de vehículos, se desploman delante de uno de los ventiladores y respiran con grandes y convulsivas inhalaciones. Twitch tiene un ataque de tos y Rusty lo empuja con tanta fuerza para acercarlo al aire que la frente de Twitch se estrella contra la Cúpula. Todos oyen el golpe.

Rose aún no ha terminado su informe.

—Benny Drake también está muy mal —baja la voz hasta convertirla en un susurro—. Ginny dice que es probable que no aguante hasta el amanecer. Ojalá pudiéramos hacer algo.

Barbie no contesta. Tampoco Julia, que de nuevo está mirando en dirección a una caja que, a pesar de medir menos de trescientos veinticinco centímetros cuadrados y no tener ni tres centímetros de grosor, no pueden mover. Su mirada es distante, reflexiva.

Una luna rojiza sale por fin de detrás de la porquería acumulada en la pared oriental de la Cúpula y proyecta su brillo sangriento. Octubre llega a su fin, y en Chester's Mill octubre es el mes más cruel, una mezcla de recuerdo y deseo. No hay lilas en esta tierra muerta. No hay lilas, no hay árboles, no hay hierba. La luna contempla la destrucción de abajo y poco más.

15

Gran Jim despertó en la oscuridad agarrándose el pecho. El corazón volvía a fallarle. Se lo golpeó. Justo entonces, el tanque de gas que estaba instalado llegó al punto de terminarse y la alarma del generador se puso en marcha: AAAAAAAAA. "Dame de comer, dame de comer."

Gran Jim dio un respingo y gritó. Su pobre y torturado corazón daba sacudidas, se saltaba latidos, brincaba y después aceleraba para recuperar el ritmo. Se sentía como un coche viejo con el carburador estropeado, igual que esas carcachas que a veces aceptaba en su negocio pero que jamás vendería, las que servían para chatarra y nada más. Rennie boqueaba y se golpeaba el corazón. Ese ataque era tan grave como el que lo había enviado al hospital. Tal vez incluso peor.

AAAAAAAAA: el sonido de un enorme insecto horripilante (una cigarra, quizá), que estaba allí en la oscuridad, con él. ¿Quién sabía lo que podía haberse colado allí dentro mientras dormía?

Gran Jim buscó la linterna a tientas. Con la otra mano se golpeaba y se frotaba el pecho alternativamente, diciéndole a su corazón que se tranquilizara, que no se comportara como un condenado bebé, que no había pasado por todo aquello para acabar muriendo en la oscuridad.

Encontró la linterna y consiguió ponerse en pie, pero tropezó con el cadáver de su difunto ayuda de campo. Volvió a gritar y cayó de rodillas. La linterna no se rompió, pero se alejó de él rodando, proyectando un haz de luz móvil sobre el último estante de la izquierda, lleno de cajas de espagueti y latas de tomate concentrado.

Gran Jim fue a buscarla a gatas. Al hacerlo, los ojos abiertos de Carter Thibodeau ¡se movieron!

—¿Carter? —el sudor manaba por el rostro de Gran Jim; sentía las mejillas recubiertas por una especie de grasa suave y apestosa.

Notaba la camisa pegada al cuerpo. El corazón hizo otra de esas piruetas en tirabuzón y entonces, como por un milagro, recuperó de nuevo su ritmo normal.

Bueno. No. No exactamente, pero por lo menos adoptó algo parecido a un ritmo normal.

—¿Carter? ¿Hijo? ¿Estás vivo?

Era ridículo, desde luego; Gran Jim lo había destripado como a un pez en la orilla de un río y después le había metido un plomazo en la nuca. Estaba más muerto que Adolf Hitler. Aun así, habría jurado que… bueno, casi lo habría jurado… que los ojos del chico…

Intentó no imaginar que Carter alargaba la mano y lo agarraba de la garganta. Se dijo que era normal sentirse un poco

(*aterrorizado*)

nervioso, porque, al fin y al cabo, el chico había estado a punto de matarlo. De todas maneras no podía evitar pensar que Carter se incorporaría en cualquier momento, se abalanzaría hacia delante y le hundiría sus ávidos dientes en la garganta.

Gran Jim apretó los dedos bajo la mandíbula del chico. Su carne, pegajosa de sangre, estaba fría y sin pulso. Claro. Estaba muerto. Llevaba muerto doce horas o más.

—Ya estás cenando con tu Salvador, hijo —susurró Gran Jim—. Rosbif con puré de papas. Y tarta de manzana de postre.

Eso hizo que se sintiera mejor. Siguió a gatas para recoger la linterna y, aun cuando le pareció oír que algo se movía detrás de él (el susurro de una mano, tal vez, resbalando por el suelo de cemento, buscando a ciegas), no miró atrás. Tenía que alimentar el generador. Tenía que acallar ese AAAAAA.

Mientras tiraba de uno de los cuatro tanques que quedaban para sacarlo del compartimento de almacenaje del suelo, su corazón volvió a sufrir una arritmia. Se sentó junto a la trampilla abierta, boqueando e intentando conseguir que los latidos recuperaran un ritmo regular a base de toses. Y de rezos, sin darse cuenta de que esas oraciones eran básicamente una lista de peticiones y racionalizaciones: detenlo, nada de esto fue culpa mía, sácame de aquí, yo hice todo lo que pude, lo dejaré todo exactamente como estaba, esos incompetentes me defraudaron, cúrame el corazón.

—Por Jesucristo nuestro Señor, amén —dijo, pero el sonido de esas palabras fue más escalofriante que consolador. Fueron como huesos repiqueteando en una tumba.

Para cuando su corazón se calmó un poco, el ronco grito de cigarra de la alarma ya había callado. El tanque del generador estaba seco. De no ser por el brillo de la linterna, la sala auxiliar del refugio nuclear se habría quedado tan a oscuras como la principal; la única luz de emergencia que quedaba allí dentro había parpadeado por última vez siete horas antes. Mientras hacía lo imposible por sacar el tanque vacío y colocar otro lleno en la plataforma que había junto al generador, Gran Jim recuperó el vago recuerdo de haber estampado un POSPUESTO en una petición de mantenimiento del refugio que había aparecido en su despacho hacía uno o dos años. Esa petición incluía probablemente el precio de unas baterías nuevas para las luces de emergencia. Pero no podía considerarse culpable. El dinero de un presupuesto municipal era limitado y la gente siempre extendía la mano: "Dame de comer, dame de comer".

Al Timmons debería haberlas cambiado por iniciativa propia, se dijo. *Por el amor de Dios, ¿es mucho pedir que tengan algo de iniciativa? ¿No forma eso parte de las atribuciones por las que cobra el personal de mantenimiento? Podría haber ido a la tienda de ese franchute de Burpee y habérselas pedido como donación, por Dios bendito. Eso es lo que habría hecho yo.*

Conectó el tanque al generador. Entonces su corazón volvió a trastabillar. Su mano se sacudió y tiró la linterna al compartimento de almacenaje, donde rebotó haciendo ruido contra uno de los tanques que quedaban. El cristal se rompió y, una vez más, Gran Jim se quedó totalmente a oscuras.

—¡No! —gritó—. ¡No, maldito sea Dios, NO!

Pero Dios no respondió. El silencio y la oscuridad siguieron oprimiéndolo mientras su forzado corazón se asfixiaba y peleaba por seguir latiendo. ¡Órgano traicionero!

—No importa. Habrá otra linterna en la sala grande. Y también fósforos. Solo tengo que encontrarlos. Si Carter hubiera hecho acopio de ellos, para empezar, ahora podría encontrarlos fácilmente —era cierto. Había sobrestimado a ese chico. Había pensado que era prometedor, pero al final se había llevado un chasco con él. Gran

Jim rio, después se obligó a callar. El sonido resultaba algo espeluznante en una oscuridad tan absoluta.

No importa. Pon en marcha el generador.

Sí. Exacto. El generador era el primero de la lista. Ya comprobaría mejor la conexión cuando estuviera encendido y el purificador de aire volviera a soltar su pitidito. Para entonces habría encontrado otra linterna, a lo mejor incluso un foco Coleman. Cuando tuviera que volver a cambiar el tanque tendría mucha luz.

—Ese es el truco —dijo—. En este mundo, si quieres que algo esté bien hecho, tienes que hacerlo tú mismo. Que se lo pregunten a Coggins. Que se lo pregunten a esa mala hierba de Perkins. Ellos lo saben —rio más aún. No podía evitarlo, le parecía graciosísimo—. Ellos lo descubrieron. No hay que incordiar a un perro grande cuando solo tienes un palito pequeño. No, señor. No-se-ñor.

Buscó a tientas el botón de encendido, lo encontró y apretó. No sucedió nada. De repente el aire de aquella sala parecía más denso que nunca.

Apreté el botón equivocado, fue eso.

Sabía que se engañaba, pero lo creía porque había cosas en las que había que creer. Se sopló en los dedos como quien calienta un par de dados fríos antes de lanzar en una partida de pase inglés. Después rebuscó hasta que dio con el botón.

—Dios —dijo—, soy tu siervo James Rennie. Por favor, haz que este dichoso cacharro se encienda. Te lo pido en el nombre de Tu hijo, Jesucristo.

Apretó el botón de encendido.

Nada.

Se sentó en la oscuridad con los pies colgando en el interior del compartimento de almacenaje, intentando contener el pánico que quería descender sobre él y comérselo vivo. Tenía que pensar. Era la única forma de sobrevivir. Pero le resultaba muy difícil. Cuando estabas a oscuras, cuando el corazón amenazaba con rebelarse contra ti en cualquier momento, pensar era difícil.

Y ¿lo peor de aquello? Que todo lo que había hecho y todo por lo que había trabajado durante los últimos treinta años de su vida parecía irreal. Igual que la gente que estaba al otro lado de la Cúpula. Caminaban, hablaban, conducían coches, incluso volaban en aviones y helicópteros. Pero nada de todo eso importaba bajo la Cúpula.

Serénate. Si Dios no te ayuda, ayúdate tú.

De acuerdo. Lo primero era la luz. Le bastaría hasta con una cajita de fósforos. En alguna de aquellas estanterías de la otra sala tenía que haber alguna. Se limitaría a recorrerlas con la mano (muy despacio, metódicamente) hasta que la encontrara. Y después buscaría baterías para ese condenado motor de arranque. Tenía que haber baterías, de eso estaba seguro, porque él necesitaba el generador. Sin el generador, moriría.

Supón que consigues encenderlo otra vez. ¿Qué pasará cuando se acabe el combustible?

Bueno, pero algo intercedería. Él no iba a morir ahí abajo. ¿Rosbif con Jesús? En realidad, él no quería ese banquete. Si no podía sentarse a la cabecera de la mesa, más le valía saltársela.

Eso lo hizo reír de nuevo. Avanzó muy lentamente y con mucho cuidado de vuelta a la puerta de la sala principal. Extendió las manos por delante de sí, como si fuera ciego. Después de dar siete pasos, tocó la pared. Gran Jim se movió hacia la izquierda deslizando los dedos sobre la madera y… ¡Ah! Vacío. La puerta. Bien.

La cruzó dando pasos pequeños, moviéndose ya con más seguridad a pesar de la oscuridad. Recordaba perfectamente la disposición de esa sala: estanterías a cada lado, el sofá justo delan…

Tropezó otra vez con ese condenado muchacho y cayó de bruces. Se dio con la frente en el suelo y gritó: más por la sorpresa y la indignación que por el dolor, pues había una alfombra para amortiguar el golpe. Pero, ay, Dios, tenía una mano muerta entre las piernas. Parecía estrujarle las pelotas.

Gran Jim se arrodilló, se arrastró hacia delante y volvió a golpearse la cabeza, esta vez con el sofá. Profirió otro grito, después se alzó como pudo y alzó las piernas rápidamente tras de sí, como quien saca los pies del agua en cuanto se da cuenta de que está infestada de tiburones.

Se quedó tendido en el sofá, temblando, repitiéndose que tenía que calmarse, que tenía que calmarse o de verdad le daría un ataque al corazón.

"Cuando sienta estas arritmias, tiene que concentrarse y respirar con inhalaciones largas y profundas", le había dicho el médico *hippy*. En aquella ocasión, a Gran Jim le habían parecido tonterías *new age*, pero en ese momento eran su último recurso (no tenía su Verapamil), así que había que intentarlo.

Y parecía dar resultado. Después de veinte inspiraciones profundas y de otras tantas exhalaciones largas y lentas, sintió que el corazón se tranquilizaba. El sabor a cobre desapareció de su boca. Por desgracia, parecía que empezaba a sentir un peso en el pecho. Le bajaba un dolor por el brazo izquierdo. Sabía que todo eso eran los síntomas de un ataque cardíaco, pero pensó que también cabía la posibilidad de que estuviera sufriendo una indigestión a causa de todas las sardinas que se había comido. Eso era incluso más probable. Las inspiraciones largas y lentas le estaban sentando muy bien a su corazón (aunque de todas formas iría a que se lo revisaran en cuanto saliera de aquel tormento, quizá incluso cedería y dejaría que le operaran para hacerle ese *bypass*). El problema era el calor. El calor y lo denso que estaba el aire. Tenía que encontrar esa linterna y conseguir poner otra vez en marcha el generador. Solo un minuto más, o tal vez dos...

Allí había alguien respirando.

Sí, claro. Yo estoy respirando.

Y, aun así, estaba bastante seguro de que oía a alguien más. A más de uno. Tenía la sensación de que allí abajo había muchas personas con él. Y pensó que sabía quiénes eran.

Eso es absurdo.

Sí, pero uno de los que respiraban estaba detrás del sofá. Otro acechaba en un rincón. Y otro estaba de pie, ni a un metro de él.

No. ¡Basta ya!

Brenda Perkins estaba detrás del sofá. Lester Coggins en el rincón, con la mandíbula desencajada y colgando.

Y de pie, justo delante...

—No —dijo Gran Jim—. Eso son tonterías. ¡Sandeces!

Cerró los ojos e intentó concentrarse en respirar con inspiraciones largas y lentas.

—Aquí sí que huele bien, papá —dijo Junior con voz monótona, justo delante de él—. Huele como la despensa. Y como mis amigas.

Gran Jim gritó.

—Ayúdame a levantarme, hermano —dijo Carter desde donde yacía en el suelo—. Me hizo un corte bastante grande. Y también me disparó.

—Basta ya —susurró Gran Jim—. No estoy oyendo nada de esto, así que dejadlo ya. Estoy contando mis respiraciones. Estoy intentando tranquilizar mi corazón.

—Todavía tengo los documentos —dijo Brenda Perkins—. Y un montón de copias. Pronto estarán colgados de todos los postes telefónicos del pueblo, igual que colgó Julia el último número de su periódico. "Y saben que los alcanzará su pecado", Números, capítulo treinta y dos.

—¡Tú no estás aquí!

Pero entonces algo (parecía un dedo) se deslizó como un beso por su mejilla.

Gran Jim volvió a gritar. El refugio nuclear estaba lleno de gente muerta que, sin embargo, respiraba ese aire cada vez más nauseabundo. Se acercaban. Aun en la oscuridad, era capaz de ver sus pálidos semblantes. Veía los ojos de su hijo muerto.

Gran Jim se levantó del sofá como empujado por un resorte, sacudiendo los puños en el aire negro.

—¡Márchense! ¡Aléjense todos de mí!

Salió a la carga hacia la escalera y tropezó con el último escalón. Esta vez no había alfombra para amortiguar el golpe. La sangre le anegó los ojos. Una mano muerta le acarició la nuca.

—Tú me mataste —dijo Lester Coggins, pero su mandíbula rota hizo que sonara "uuu e aaeee".

Gran Jim subió corriendo la escalera y arremetió con su considerable peso contra la puerta que había en lo alto. Se abrió con un chirrido, empujando los maderos carbonizados y los ladrillos caídos que la atascaban. La abertura bastaba para que Rennie pudiera pasar por ella.

—¡No! —gritó—. ¡No, no me toquen! ¡Que ninguno de ustedes me toque!

En las ruinas de la sala de plenos del ayuntamiento estaba casi tan oscuro como en el refugio, pero con una diferencia: el aire era irrespirable.

Gran Jim se dio cuenta de eso a la tercera inspiración. Su corazón, torturado más allá de lo soportable por esa última atrocidad, le saltó de nuevo a la garganta. Esta vez se quedó ahí atascado.

De repente sintió como si estuvieran aplastándolo desde la garganta hasta el ombligo con un peso terrible: un largo saco de arpillera lleno de piedras. Intentó regresar a la puerta como pudo, caminando como si avanzara por un lodazal. Quiso colarse por la abertura, pero esta vez se quedó atascado. De su boca abierta y su garganta cerrada empezó a salir un sonido horroroso, y ese sonido era: "AAAAAA: dame de comer dame de comer dame de comer".

Se sacudió una vez, otra, y luego una más: la mano extendida, intentando aferrarse a una última salvación.

Desde el otro lado la acariciaron. "Papáaa", canturreó una voz suave.

16

Alguien zarandeó a Barbie y lo despertó justo antes del alba de la mañana del domingo. Volvió en sí de mala gana, tosiendo, inclinándose instintivamente hacia la Cúpula y los ventiladores de más allá. Cuando la tos por fin remitió, miró para ver quién lo había despertado. Era Julia. El cabello le colgaba lacio y sus mejillas ardían de fiebre, pero tenía la mirada clara y dijo:

—Benny Drake murió hace una hora.

—Oh, Julia. Dios. Lo siento —tenía la voz ronca y cascada, ya no era su voz.

—Tengo que llegar hasta la caja que genera la Cúpula —dijo—. ¿Cómo llego hasta la caja?

Barbie negó con la cabeza.

—Es imposible. Aunque pudieras hacerle algo, está en Black Ridge, a casi ochocientos metros de aquí. Ni siquiera podemos llegar a las camionetas sin contener la respiración, y solo están a quince metros.

—Hay una forma —dijo alguien.

Voltearon y vieron a Sam Verdreaux "el Andrajoso". Estaba fumando el último de sus cigarrillos y los miraba con ojos sobrios. Sam estaba sobrio; completamente sobrio por primera vez en ocho años.

Repitió:

—Hay una forma. Se la puedo enseñar.

PÓNTELO PARA QUE VUELVAS
A CASA, PARECERÁ QUE ES
UN VESTIDO

1

Eran las siete y media de la mañana. Todos, incluso la madre del difunto Benny Drake, con los ojos rojos, habían formado un círculo. Alva tenía un brazo sobre los hombros de Alice Appleton. No quedaba ni rastro del descaro y el valor de la niña, y cuando respiraba se oía un silbido en su diminuto pecho.

Cuando Sam acabó de hablar, hubo un momento de silencio... salvo, por supuesto, el omnipresente rugido de los ventiladores. Entonces Rusty dijo:

—Es una locura. Vas a morir.

—Y si nos quedamos aquí, ¿viviremos? —preguntó Barbie.

—¿Cómo se te ocurrió intentar algo así? —inquirió Linda—. Aunque la idea de Sam funcione y lo logres...

—Oh, creo que funcionará —terció Rommie.

—Claro que sí —dijo Sam—. Un tipo llamado Peter Bergeron me lo dijo, poco después del gran incendio ocurrido en Bar Harbor en el cuarenta y siete. Pete podía ser muchas cosas, pero nunca un mentiroso.

—Aunque al final resulte —dijo Linda—, ¿por qué?

—Porque hay una cosa que no hemos intentado —respondió Julia. Ahora que había tomado una decisión y que Barbie había dicho que la acompañaría, se sentía serena y tranquila—. No hemos intentado suplicar.

—Estás loca, Jules —le espetó Tony Guay—. ¿Crees que te oirán? ¿O que, si te oyen, te escucharán?

Julia giró hacia Rusty con semblante grave.

—Cuando tu amigo George Lathrop quemaba hormigas vivas con la lupa, ¿oíste que suplicaran?

—Las hormigas no pueden suplicar, Julia.

—Tú dijiste: "Me di cuenta de que las hormigas también tienen su vida". ¿Por qué te diste cuenta?

—Porque… —Dejó la respuesta en el aire y se encogió de hombros.

—Quizá las oíste —dijo Lissa Jamieson.

—Con el debido respeto, eso es una locura —dijo Pete Freeman—. Las hormigas son hormigas. No pueden suplicar.

—Pero la gente sí —replicó Julia—. ¿Y acaso no tenemos también nuestra vida?

Todos se quedaron en silencio.

—¿Qué otra cosa podríamos intentar?

Detrás de ellos, intervino el coronel Cox. Se habían olvidado de él. El mundo exterior y sus habitantes les parecían irrelevantes ahora.

—Yo en su lugar lo intentaría. No quiero incitarlos, pero… sí. Lo haría. ¿Barbie?

—Ya dije que estoy de acuerdo —dijo Barbara—. Julia tiene razón. Es nuestra única opción.

2

—Veamos las bolsas —dijo Sam.

Linda le dio tres bolsas de la basura de color verde. En dos de ellas había guardado la ropa para ella y Rusty y unos cuantos libros para las niñas (las camisas, los pantalones, los calcetines y la ropa interior estaba tirada detrás del pequeño grupo de supervivientes). Rommie había donado la tercera, que había utilizado para llevar dos escopetas de caza. Sam examinó las tres, encontró un agujero en la bolsa de las armas y la apartó a un lado. Las otras dos estaban intactas.

—De acuerdo —dijo—. Escuchen con atención. Utilizaremos la minivan de la señora Everett para acercarnos a la caja, pero antes la necesitamos aquí —señaló la Honda Odyssey—. ¿Está segura de que las ventanas están cerradas? Tienen que estarlo, varias vidas dependerán de ello.

—Estaban cerradas —dijo Linda—. Habíamos encendido el aire acondicionado.

Sam miró a Rusty.

—Tiene que traerla hasta aquí, Doc, pero lo primero que tiene que hacer es apagar el aire. Entiende el motivo, ¿verdad?

—Para proteger el entorno dentro del vehículo.

—Entrará un poco de aire nocivo cuando abra la puerta, claro, pero no mucho si se da prisa. En el interior aún quedará aire sano. Aire del pueblo. Suficiente para que los ocupantes respiren tranquilamente hasta llegar a la caja. La camioneta vieja no sirve de nada, y no solo porque tenga las ventanas abiertas...

—Tuvimos que hacerlo —dijo Norrie, que miró hacia la camioneta robada de la compañía telefónica—. El aire acondicionado estaba descompuesto. Lo dijo el abuelo —un lágrima brotó lentamente de su ojo izquierdo y abrió un surco entre la suciedad de la mejilla. Todo estaba sucio, cubierto por una capa de hollín, tan fina que casi no se veía pero que caía del cielo opaco.

—No pasa nada, cielo —le dijo Sam—. Además, esas llantas no valen una mierda. Basta echarles un vistazo para saber de dónde salió ese cacharro.

—Entonces supongo que si necesitamos otro vehículo será una camioneta —dijo Rommie—. Iré a buscarla.

Sin embargo, Sam negó con la cabeza.

—Es mejor que utilicemos el coche de la señora Shumway, las llantas son más pequeñas y serán más fáciles de manejar. Además, son nuevas. El aire de su interior será más fresco.

Joe McClatchey sonrió de oreja a oreja.

—¡El aire de las llantas! ¡Tenemos que pasar el aire de las llantas a las bolsas de basura! ¡Serán tanques de buceo caseros! ¡Señor Verdreaux, es un genio!

Sam "el Andrajoso" también sonrió, mostrando los seis dientes que le quedaban.

—La idea no es mía, hijo. Es mérito de Pete Bergeron. Me contó la historia de unos hombres que se quedaron atrapados en el incendio de Bar Harbor. Sobrevivieron y se encontraban en buen estado, pero cuando las llamas se extinguieron el aire era irrespirable. De modo que lo que hicieron fue tomar la rueda de un camión maderero y turnarse para inspirar aire de la válvula hasta que el viento limpió el aire exterior. Pete dijo que sabía a rayos, como un pescado muerto, pero sobrevivieron.

—¿Bastará con una rueda? —preguntó Julia.

—Quizá, pero si la rueda de repuesto es una de esas donas de emergencia que solo sirven para recorrer treinta kilómetros por autopista, no podemos confiarnos.

—No lo es —dijo Julia—. Odio esas ruedas. Le pedí a Johnny Carver que me consiguiera una nueva, y lo hizo —miró hacia el pueblo—. Supongo que ahora Johnny está muerto. Al igual que Carrie.

—Es mejor que quitemos una de las del coche, por si acaso —dijo Barbie—. Tienes gato, ¿verdad?

Julia asintió.

Rommie Burpee sonrió sin demasiado humor.

—Te reto a una carrera, Doc. Tu camioneta contra el híbrido de Julia.

—Yo conduciré el Prius —terció Piper—. Quédate donde estás, Rommie. Estás hecho una mierda.

—Vaya boca para ser una reverenda —gruñó Rommie.

—Deberías dar gracias de que aún me sienta con fuerzas para decir groserías —en realidad, la reverenda Libby no parecía que le quedaran fuerzas para nada, pero aun así Julia le dio las llaves de su coche. Ninguno de ellos parecía en condiciones para salir a tomar unas copas y mover el esqueleto, y Piper estaba en mejor forma que algunos; Claire McClatchey estaba pálida como una vela.

—De acuerdo —dijo Sam—. Tenemos otro problemilla, pero antes...

—¿Qué? —preguntó Linda—. ¿Qué otro problema?

—No te preocupes por eso ahora. Antes pongámonos en marcha. ¿Cuándo quieres intentarlo?

Rusty miró a la reverenda congregacional de Chester's Mill. Piper asintió.

—No hay mejor momento que el presente —dijo Rusty.

3

El resto de los habitantes del pueblo los observaba, pero no eran los únicos. Cox y casi un centenar de soldados se habían reunido en su lado de la Cúpula y miraban atentos y en silencio, como los espectadores de un partido de tenis.

Rusty y Piper hiperventilaron en la Cúpula para llenarse los pulmones de tanto oxígeno como fuera posible. Entonces echaron a correr, agarrados de la mano, hacia los vehículos. Cuando llegaron a los coches se separaron. Piper tropezó, hincó una rodilla en el suelo y se le cayeron las llaves del Prius, lo que levantó un murmullo entre los espectadores.

La reverenda recogió las llaves de la hierba y se puso en pie de nuevo. Rusty ya estaba en la Odyssey y con el motor en marcha cuando ella abrió la puerta del coche verde y entró rápidamente.

—Espero que recordaran apagar el aire acondicionado —dijo Sam.

Los vehículos giraron en un tándem casi perfecto, el Prius detrás de la minivan, mucho mayor, como un terrier pastoreando un rebaño. Avanzaban rápidamente hacia la Cúpula, saltando en el terreno irregular. Los exiliados estaban desperdigados delante; Alva llevaba en brazos a Alice Appleton, y Linda tenía a una de las pequeñas J bajo cada brazo; no paraban de toser.

El Prius se detuvo a menos de treinta centímetros de la barrera de suciedad, pero Rusty giró con la Odyssey y dio marcha atrás.

—Tu marido tiene un buen par de huevos y un par de pulmones aún mejores —le dijo Sam a Linda con la mayor naturalidad.

—Es porque dejó de fumar —replicó Linda, que no oyó la risa contenida de Twitch o, al menos, fingió no oírla.

Tuviera o no buenos pulmones, Rusty no se entretuvo. Bajó, cerró la puerta de golpe y se dirigió hacia la Cúpula.

—Pan comido —dijo… y empezó a toser.

—¿El aire en el interior de la camioneta es respirable, como dijo Sam?

—Es mejor que el de aquí afuera —soltó una risa distraída—. Pero tiene razón sobre otra cosa: cada vez que se abren las puertas, sale aire limpio y entra un poco de aire malo. Seguramente podrían llegar hasta la caja sin el aire de la llanta, pero creo que lo necesitarían para volver.

—No conducirán ellos —dijo Sam—. Lo haré yo.

Barbie sintió que sus labios esbozaban una sonrisa, la primera que adornaba su cara desde hacía varios días.

—Creía que te habían quitado la licencia.

—No veo a ningún poli por aquí —dijo Sam, que volteó hacia Cox—. ¿Y usted, Cap? ¿Ve a algún poli pueblerino o algún policía montado?

—Ni uno —respondió Cox.

Julia se llevó a Barbie a un lado y le preguntó:

—¿Estás seguro de que quieres hacer esto?

—Sí.

—Sabes que las posibilidades de éxito rondan entre lo imposible y lo improbable, ¿verdad?

—Sí.

—¿Se le da bien suplicar, coronel Barbara?

Aquella pregunta lo hizo retroceder de nuevo al gimnasio de Faluya: Emerson pateó tan fuerte en los huevos a uno de los prisioneros que se los retorció de un modo horrible, Hackermeyer agarró a otro de la *kufiya* y le apuntó con una pistola en la cabeza. La sangre manchó la pared como siempre lo había hecho, desde los tiempos en que los hombres se peleaban a garrotazos.

—No lo sé —dijo—. Lo único que sé es que es mi turno.

4

Rommie, Pete Freeman y Tony Guay levantaron el Prius con el gato y desmontaron una de las ruedas. Era un coche pequeño, y en circunstancias normales quizá habrían podido levantar la parte de atrás a pulso. Pero en esa situación no. Aunque el coche estaba estacionado cerca de los ventiladores, tuvieron que acercarse a la Cúpula en repetidas ocasiones para tomar aire antes de finalizar la tarea. Al final, Rose sustituyó a Tony, que tosía tanto que no podía continuar.

Sin embargo, lograron sacar dos ruedas y las dejaron apoyadas contra la Cúpula.

—Por el momento va todo bien —dijo Sam—. Ahora tenemos que solucionar el problemilla del que hablaba antes. Espero que a alguien se le ocurra una idea, porque a mí no.

Todos lo miraron.

—Mi amigo Peter me dijo que esos tipos arrancaron la válvula y respiraron directamente de la llanta, pero aquí eso no va a funcionar. Hay que llenar esas bolsas de la basura, y eso significa un agujero más grande. Podríamos agujerear las ruedas, pero si no podemos meter algo en el agujero, algo parecido a un popote, se perderá demasiado aire. Así pues... ¿qué vamos a usar? —miró alrededor, esperanzado—. Imagino que nadie habrá traído una tienda de campaña. Una de esas que tienen varillas de aluminio huecas.

—Las niñas tienen una de juguete —dijo Linda—, pero está en casa, en el garage —entonces recordó que el garage ya no existía, ni tampoco la casa a la que estaba adosada, y rio.

—¿Y el cuerpo de un bolígrafo? —preguntó Joe—. Tengo un Bic...

—No es lo bastante grande —respondió Barbie—. ¿Rusty? ¿Y en la ambulancia?

—¿Un tubo para traqueotomías? —preguntó Rusty sin demasiada convicción, y de inmediato lo desechó—. No. No es lo bastante grande.

Barbie volteó.

—¿Coronel Cox? ¿Alguna idea?

Cox negó con la cabeza, de mala gana.

—Aquí debemos de tener mil cosas que funcionarían, pero eso no sirve de mucho.

—¡No podemos permitir que esto arruine nuestro plan! —exclamó Julia. Barbie notó la frustración y un poco de pánico en su voz—. ¡Al demonio con las bolsas! ¡Nos llevaremos las ruedas y respiraremos directamente de ellas!

Sam negó con la cabeza de inmediato.

—No sirve, señorita. Lo siento pero no puede ser.

Linda se agachó junto a la Cúpula, respiró hondo varias veces y aguantó la respiración. Entonces se dirigió a la parte de atrás de su Odyssey, limpió el hollín de la ventana trasera y miró en el interior.

—La bolsa aún está ahí —dijo—. Gracias a Dios.

—¿Qué bolsa? —preguntó Rusty, que la agarró de los hombros.

—La de Best Buy, con tu regalo de cumpleaños. Es el ocho de noviembre, ¿o es que lo olvidaste?

—Pues sí. Adrede. ¿Quién quiere cumplir los cuarenta? ¿Qué es?

—Sabía que si lo metía en casa antes de que lo envolviera, lo encontrarías… —miró a los demás, con el rostro solemne y tan sucio como un niño de la calle—. Es una broma, de modo que lo dejé en el coche.

—¿Qué le compraste, Linnie? —preguntó Jackie Wettington.

—Espero que sea un regalo para todos nosotros —dijo Linda.

5

Cuando estuvieron listos, Barbie, Julia y Sam "el Andrajoso" abrazaron y besaron a todo el mundo, incluso a los niños. Los rostros de las casi dos docenas de exiliados que iban a quedarse atrás no reflejaban demasiadas esperanzas. Barbie intentó decirse que se debía al cansancio y a las dificultades para respirar, pero sabía que la realidad era bien distinta. Eran besos de despedida.

—Buena suerte, coronel Barbara —dijo Cox.

Barbie asintió con un leve gesto de la cabeza y giró hacia Rusty, que era importante de verdad, porque estaba bajo la Cúpula.

—No pierdas la esperanza y no dejes que los demás la pierdan. Si esto no funciona, cuida de ellos hasta cuando puedas y tan bien como puedas.

—Enterado. Hazlo lo mejor que puedas.

Barbie señaló con la cabeza a Julia.

—Creo que depende más de ella. Y qué demonios, tal vez incluso logremos regresar aunque no salga bien.

—Estoy seguro —dijo Rusty, que pareció sincero, pero su mirada lo delató.

Barbie le dio una palmada en el hombro y luego se reunió con Sam y Julia, junto a la Cúpula, respirando profundamente el aire fresco que lograba filtrarse. Le preguntó a Sam:

—¿Estás seguro de que quieres hacer esto?

—Sí. Estoy en deuda con alguien.

—¿A qué te refieres? —preguntó Julia.

—Preferiría no decirlo —esbozó una pequeña sonrisa—. Sobre todo frente a la periodista del pueblo.

—¿Lista? —preguntó Barbie a Julia.

—Sí —lo tomó de la mano y le dio un apretón fuerte y fugaz—. En la medida en que pueda estarlo.

6

Rommie y Jackie Wettington se situaron junto a las puertas de atrás de la minivan. Cuando Barbie gritó "¡Ahora!", Jackie abrió las puertas y Rommie lanzó las dos ruedas del Prius al interior. Barbie y Julia se metieron dentro inmediatamente después, y las puertas se cerraron tras ellos al cabo de una fracción de segundo. Sam Verdreaux, viejo y muy castigado por la bebida, pero aun así ágil como un felino, ya estaba al volante de la Odyssey, acelerando.

El aire del interior del vehículo apestaba como el del exterior, una mezcla de madera quemada y hedor subyacente de pintura y aguarrás, pero era mejor que lo que habían respirado junto a la Cúpula, a pesar de la ayuda de las docenas de ventiladores.

No tardará en empeorar, pensó Barbie. *No puede durar mucho siendo tres aquí dentro.*

Julia tomó la bolsa con los característicos colores negro y amarillo de Best Buy y le dio la vuelta. Lo que cayó fue un cilindro de plástico con las palabras PERFECT ECHO. Y debajo: 50 CD VÍRGENES. Intentó quitar el empaque de celofán pero se resistía. Barbie hurgó en el bolsillo para sacar la navaja y se le fue el alma a los pies. No encontraba la navaja. Claro que no. Ahora no era más que un montón de escoria bajo los restos de la comisaría.

—¡Sam! ¡Por favor, dime que tienes una navaja!

Sam le lanzó una sin abrir la boca.

—Era de mi padre. La he tenido conmigo toda la vida y quiero que me la devuelvas.

El mango de la navaja era de una madera muy pulida por el uso, pero cuando la abrió, comprobó que la hoja estaba muy afilada. Serviría para quitar el empaque y para agujerear las ruedas.

—¡Date prisa! —gritó Sam, que pisó con más fuerza el acelerador de la Odyssey—. ¡No vamos a ponernos en marcha hasta que me avises, pero dudo que el motor aguante mucho más con este aire tan sucio!

Barbie cortó el embalaje y Julia lo quitó. Cuando le dio la vuelta al cilindro de plástico hacia la izquierda, cayó. Los CD vírgenes que iban a ser el regalo de cumpleaños de Rusty Everett estaban en un aro de plástico negro. Tiro los CD al suelo de la camioneta, y tomó el cilindro. Apretó los labios a causa del esfuerzo.

—Déjame intent… —dijo Barbie, pero Julia partió el aro.

—Las chicas también son fuertes. Sobre todo cuando están muertas de miedo.

—¿Está hueco? Si no lo está, volveremos a la casilla de salida.

Se acercó el cilindro a la cara. Barbie miró por un lado y vio el ojo azul de Julia en el otro extremo.

—En marcha, Sam —dijo Barbara—. Todo listo.

—¿Estás seguro de que funcionará? —preguntó Sam a gritos, mientras metía la velocidad.

—¡Ya veremos! —respondió Barbie, porque de haber dicho "¿Cómo demonios quieres que lo sepa?" no le habría infundido ánimos a nadie. Ni siquiera a sí mismo.

7

Los supervivientes de la Cúpula observaban en silencio mientras la minivan avanzaba por el camino de tierra que conducía a lo que Norrie Calvert llamaba "la caja de los destellos". La Odyssey se adentró en la neblina, se convirtió en un fantasma y desapareció.

Rusty y Linda se encontraban uno junto al otro, cada uno con una niña en brazos.

—¿Qué opinas, Rusty? —preguntó Linda.

Él respondió:

—Creo que tenemos que esperar lo mejor.

—¿Y prepararnos para lo peor?

—Eso también.

8

Pasaban frente a la granja cuando Sam dijo:

—Vamos a entrar en el manzanar. Agárrense bien porque no pienso frenar esta cabrona aunque le destroce el piso.

—¡Adelante! —exclamó Barbie, en el momento en que una sacudida lo hizo volar por el aire aferrado a una de las llantas. Julia se agarraba a la otra, como una náufraga a un salvavidas. Los manzanos pasaron fugazmente. Las hojas parecían sucias, marchitas. La mayoría de la fruta había caído al suelo a causa del fuerte viento que azotó el campo tras la explosión.

Otra fuerte sacudida. Barbie y Julia volaron y cayeron juntos; ella sobre el regazo de Barbie, que no soltaba su rueda.

—¿Dónde obtuviste la licencia, viejo loco? —gritó Barbie—. ¿En Sears and Roebuck?

—¡En Walmart! —respondió el anciano a grito pelado—. ¡Todo es más barato en el mundo de Wally! —entonces dejó de reír—. La veo. Veo a la perra de los destellos. Es una luz púrpura brillante. Me detendré a su lado. Esperen a agujerear las ruedas cuando nos hayamos detenido, a menos que busquen reventarlas.

Un instante después pisó el freno hasta el fondo y detuvo la Odyssey con una sacudida que hizo que Barbie y Julia se empotraran contra el asiento trasero. *Ahora sé lo que siente una bola de pinball*, pensó Barbie.

—¡Conduces como un taxista de Boston! —exclamó Julia, indignada.

—Tú no olvides… —un ataque de tos le obligó a dejar la respuesta a medias— que la propina es del veinte por ciento —parecía que se ahogaba.

—¿Sam? —preguntó Julia—. ¿Estás bien?

—Quizá no —respondió con naturalidad—. Estoy sangrando por algún lado. Podría ser la garganta, pero parece algo más profundo. Creo que se me ha desgarrado un pulmón —volvió a toser.

—¿Qué podemos hacer?

Sam logró controlar el ataque de tos.

—Apagar esa puta caja para que podamos salir de aquí. No me quedan cigarrillos.

9

—Ahora me toca a mí —dijo Julia—. Solo te aviso.

Barbie asintió.

—Sí, señora.

—Tú solo tienes que darme aire. Si lo que hago no funciona, intercambiamos los papeles.

—Tal vez me ayudaría saber qué piensas hacer.

—No tengo un plan concreto. Solo una intuición y un poco de esperanza.

—No seas tan pesimista. También tienes dos ruedas, dos bolsas de basura y un tubo.

Julia sonrió. Su rostro tenso y sucio se iluminó.

—Tomo nota.

Sam volvió a toser, inclinado sobre el volante. Escupió algo.

—Jesús, José y María, qué asco —exclamó—. Dense prisa.

Barbie apuñaló la rueda con la navaja y oyó el *fuosh* del aire en cuanto la quitó. Julia le puso el tubo en la mano con la eficiencia de una enfermera de urgencias. Barbie lo clavó en el agujero, vio la empuñadura de goma… y sintió una divina ráfaga de aire que le azotó el rostro sudoroso. Respiró profundamente una vez, incapaz de contenerse. El aire era mucho más fresco, más rico, que el que atravesaba la Cúpula gracias a los ventiladores del exterior. Su cerebro pareció despertarse y tomó una decisión. En lugar de poner una bolsa de basura sobre el tubo, arrancó un trozo grande de plástico de una de ellas.

—¿Qué haces? —gritó Julia.

No había tiempo para decirle que no era la única que había tenido una intuición.

Tapó el tubo con el trozo de plástico.

—Confía en mí. Ve a la caja y haz lo que tengas que hacer.

Lo miró por última vez con los ojos desorbitados y abrió la puerta de la Odyssey. Estuvo a punto de caerse al suelo, recuperó el equilibrio, tropezó con un montículo y se arrodilló junto a la caja. Barbie la siguió con ambas llantas. Llevaba la navaja de Sam en el bolsillo. Se arrodilló él también y le ofreció a Julia la rueda de la que sobresalía el tubo negro.

Julia quitó el tapón de plástico, tomó aire (se le hincharon las mejillas con el esfuerzo, lo exhaló a un lado y volvió a aspirar. Las lágrimas le corrían por la cara y abrían surcos limpios por las mejillas. Barbie también lloraba. No tenía nada que ver con la emoción; era como si estuvieran atrapados bajo la lluvia ácida más asquerosa del mundo. El aire exterior era mucho peor que el que había junto a la Cúpula.

Julia aspiró un poco más.

—Bueno —dijo, mientras exhalaba, casi con un silbido—. Bastante bueno. No sabe a pescado. Solo a polvo —tomó aire de nuevo y le ofreció la rueda a Barbie.

Él negó con la cabeza y se la devolvió, a pesar de que empezaba a notar un martilleo en los pulmones. Se dio unas palmadas en el pecho y la señaló.

Ella volvió a respirar hondo, y lo hizo en dos ocasiones. Barbie aplastó la rueda para ayudarla. Muy a lo lejos, en otro mundo, oía toser y toser y toser a Sam.

Se le va a partir el pecho en dos, pensó Barbie. Se sintió como si él mismo fuera a caer en pedazos si no respiraba en breve, y cuando Julia empujó la rueda para ofrecérsela, se inclinó sobre el popote improvisado y respiró hondo, intentando que el maravilloso y polvoriento aire llegara hasta el fondo de sus pulmones. No había suficiente, parecía como si no fuera a haber suficiente, y hubo un momento en que el pánico

(*Dios, me ahogo*)

casi se apoderó de él. La imperiosa necesidad de regresar a la minivan —qué más da Julia, que se ocupe de sí misma— fue casi imposible de resistir… pero logró imponerse a ella. Cerró los ojos, respiró e intentó hallar la calma, aquel punto de equilibrio que tenía que estar en algún lado.

Tranquilo. Calma. Tranquilo.

Aspiró aire de forma lenta y continua por tercera vez, y el corazón aminoró un poco el ritmo. Observó a Julia, que se inclinó hacia delante y sujetó la caja a ambos lados. No ocurrió nada, lo cual no le sorprendió. Había tocado la caja la primera vez que subieron, por lo que era inmune a la descarga inicial.

Entonces, de repente, arqueó la espalda. Gruñó. Barbie intentó ofrecerle aire, pero ella no le hizo caso. Empezó a sangrar por la nariz, y por la comisura del ojo derecho. Las gotas rojas le corrían por las mejillas.

—¿Qué sucede? —gritó Sam. Con voz apagada, entrecortada.

No lo sé, pensó Barbie. *No sé qué está pasando.*

Pero una cosa sabía: si Julia no respiraba pronto, moriría. Sacó el tubo de la llanta, lo sujetó con los dientes y clavó la navaja de Sam en la segunda rueda. Metió el tubo en el agujero y lo tapó con el plástico.

Entonces esperó.

10

Este es el momento fuera del tiempo:
Julia está en una amplia habitación blanca sin techo sobre la que hay un extraño cielo verde. Es... ¿qué? ¿El cuarto de los juguetes? Sí, el cuarto de los juguetes. Su cuarto de los juguetes.
(*No, está tendida en el suelo del quiosco.*)
Es una mujer de cierta edad.
(*No, es una niña.*)
No hay tiempo.
(*Es 1974 y hay todo el tiempo del mundo.*)
Tiene que tomar aire de la rueda.
(*No lo hace.*)
Algo la mira. Algo horrible. Pero ella también le resulta terrible a ese algo, porque es mayor de lo que debería, y está ahí. Se supone que no debería estar ahí. Se supone que debería estar en la caja. Sin embargo, es inofensiva. Eso lo sabe, aunque es
(*solo un niño*)
de muy corta edad; de hecho, acaba de salir de la guardería. Habla.
—*Eres de mentira.*
—*No, soy real. Por favor, soy real. Todos lo somos.*
La cabeza de cuero la mira con su rostro sin ojos. Tuerce el gesto. Las comisuras de la boca se inclinan hacia abajo, a pesar de que no tiene boca. Y Julia se da cuenta de la suerte que ha tenido de haber encontrado solo a uno. Normalmente hay más, pero se han
(*ido a casa a cenar ido a casa a comer ido a la cama ido a la escuela ido de vacaciones, da igual adónde se hayan ido*)
ido a algún lado. Si estuvieran ahí todos juntos, la habrían echado. La que hay podría hacerlo, pero es muy curiosa.
¿Ella?

Sí.

Es de género femenino, como ella.

—*Por favor, libéranos. Déjanos vivir nuestra vida.*

No hay respuesta. No hay respuesta. No hay respuesta. Entonces:

—*No eres real. Eres...*

¿Qué? ¿Qué dice? ¿Son juguetes de la tienda de juguetes? No, pero es algo así. A Julia le viene a la cabeza el recuerdo fugaz del terrario para hormigas que tuvieron su hermano y ella cuando eran pequeños. El recuerdo llega y se va en menos de un segundo. Un terrario para hormigas no es el concepto más adecuado, pero, al igual que los "juguetes de la tienda de juguetes", se acerca bastante. Es un símil bastante apropiado.

—*¿Cómo pueden tener vida si no son reales?*

—*¡SOMOS MUY REALES!* —grita ella, y ese es el gemido que oye Barbie—. *¡TAN REALES COMO USTEDES!*

Silencio. Un algo con un rostro de cuero que cambia en una amplia habitación blanca sin techo que, en cierto modo, también es el quiosco de Chester's Mill. Entonces:

—*Demuéstralo.*

—*Dame la mano.*

—*No tengo mano. No tengo cuerpo. Los cuerpos no son reales. Los cuerpos son sueños.*

—*¡Entonces dame tu mente!*

La niña cabeza de cuero no quiere. No piensa hacerlo.

De modo que Julia se la toma.

11

Este es el lugar que no es un lugar:

Hace frío en el quiosco y ella está muy asustada. Peor aún, está... ¿humillada? No, es algo mucho peor que la humillación. Si conociera la palabra "vejar" diría: "Sí, sí, eso es, me siento vejada". Le quitaron los pantalones.

(*Y en algún lugar los soldados están pateando a gente desnuda en un gimnasio. Es la vergüenza de otra persona entremezclada con la suya.*)

Julia llora.

(*A él le entran ganas de llorar, pero no lo hace. Ahora mismo eso tienen que ocultarlo.*)

Las chicas la dejaron sola, pero aún sangra por la nariz; Lila abofeteó y le prometió que le cortaría la nariz si las acusaba y todas le escupieron y ahora está tirada aquí en el suelo y debe haber llorado mucho porque cree que le sangra el ojo y la nariz y le falta la respiración. Pero no le importa si sangra mucho o por dónde. Preferiría morir desangrada en el suelo del quiosco que regresar a casa con aquellas pantaletas de bebita. Preferiría morir desangrándose si con ello no tuviera que ver cómo el soldado

(*Después de esto Barbie intenta no pensar en ese soldado, pero cuando lo hace piensa "Hackermeyer el hackermonstruo".*)

arrastraba al hombre desnudo por la cosa

(*kufiya*)

que lleva en la cabeza, pero ella sabe qué es lo que viene a continuación. Es lo que siempre viene a continuación cuando estás bajo la Cúpula.

Ve que una de las niñas ha vuelto. Kayla Bevins ha regresado. Está allí y mira a la estúpida Julia Shumway, que se creía muy lista. La pequeña y estúpida Julia Shumway con sus calzones de niña pequeña. ¿Ha regresado Kayla para quitarle el resto de la ropa y arrojarlo sobre el tejado del quiosco para que tenga que regresar desnuda a casa, tapándose la entrepierna con las manos? ¿Por qué es tan mala la gente?

Cierra los ojos para contener las lágrimas y cuando los abre de nuevo, Kayla ha cambiado. Ahora no tiene cara, solo una especie de casco de cuero que cambia y que no muestra compasión, ni amor, ni siquiera odio.

Solo… interés. Sí, eso. ¿Qué hace cuando hago… esto?

Julia Shumway no es digna de nada más. Julia Shumway no importa; busca lo insignificante de lo más insignificante y allí está ella, la cucaracha Shumway que intenta escabullirse. También es una cucaracha prisionera desnuda; una cucaracha prisionera en un gimnasio en el que solo queda el turbante deshecho sobre la cabeza del hombre y bajo el turbante un último recuerdo de un *khubz* aromático y recién salido del horno que su mujer sostiene en las manos. Ella es un gato al que le queman la cola, una hormiga bajo un microscopio, una mosca a punto de perder las alas por culpa de los dedos curiosos de un niño de tercero en un día lluvioso, un juego para niños sin cuerpo aburridos y con todo el universo en sus manos. Ella es Barbie, es Sam a punto de morir en el vehículo de Linda Everett, es Ollie muriendo entre las cenizas, es Alva Drake llorando a su hijo muerto.

Pero, sobre todo, es una niña pequeña encogida de miedo sobre el suelo de madera astillosa del quiosco de la plaza del pueblo, una niña pequeña castigada por su inocente arrogancia, una niña pequeña que cometió el error de pensar que era grande cuando era pequeña, que era importante cuando no lo era, que le importaba al mundo cuando, en realidad, el mundo es una enorme locomotora muerta con motor pero sin faro. Pero con todo su corazón y mente y alma grita:

—*¡DÉJANOS VIVIR, POR FAVOR! ¡TE LO SUPLICO, POR FAVOR!*

Y por un instante ella es la cabeza de cuero de la habitación blanca; es la chica que ha regresado (por una serie de motivos que ni siquiera puede explicarse a sí misma) al quiosco. Por un horrible instante Julia es la agresora en lugar de la víctima. Incluso es el soldado de la pistola, el monstruo con el que aún sueña Dale Barbara, el que no se detuvo.

Entonces vuelve a ser simplemente ella misma.

Y mira a Kayla Bevins.

La familia de Kayla es pobre. Su padre corta madera en el TR y bebe en el pub de Freshie (que, con el paso del tiempo, se convertirá en el Dipper's). Su madre tiene una cicatriz rosa en la mejilla, por lo que los niños la llaman Cara de Cereza o Cabeza de Fresa. Kayla no tiene ropa bonita. Hoy viste un viejo suéter pardo y una falda de cuadros vieja y unos mocasines gastados y unos calcetines blancos que se le caen. Tiene un rasguño en una rodilla de alguna caída o algún empujón en el patio. Es Kayla Bevins, sin duda, pero ahora tiene la cara de cuero. Y aunque adopta diversas formas, ninguna de ella se parece ni remotamente a la humana.

Julia piensa: *Estoy viendo el aspecto que tiene el niño para la hormiga, si la hormiga alza la vista desde su lado de la lupa. Si alza la vista antes de empezar a arder.*

—*¡KAYLA, POR FAVOR! ¡POR FAVOR! ¡ESTAMOS VIVOS!*

Kayla baja la mirada, hacia ella, sin hacer nada. Entonces cruza los brazos (son brazos humanos) y se quita el suéter por la cabeza. No hay cariño en su voz cuando habla; tampoco arrepentimiento ni remordimientos.

Pero tal vez haya compasión.

Dice.

12

Julia fue apartada de la caja como si le hubieran dado un manotazo. Expulsó todo el aire. Antes de que pudiera inspirar, Barbie la agarró del hombro, quitó el tapón de plástico del tubo y se lo metió en la boca con la esperanza de no cortarle la lengua o, Dios no lo quisiera, clavarle el tubo de plástico en el paladar. Pero no podía permitir que respirara aire contaminado. Su necesidad de oxígeno era tan imperiosa, que podían darle convulsiones o morir en el acto.

Poco importaba dónde había estado, Julia parecía entender. En lugar de intentar zafarse, se aferró la rueda del Prius como si se jugara la vida en ello y empezó a aspirar por el tubo de forma desesperada. Barbie sintió las sacudidas estremecedoras que azotaron a Julia.

Sam por fin dejó de toser pero entonces oyó otro sonido. Julia también. Aspiró aire una vez más de la rueda y alzó la vista, con los ojos abiertos como platos en sus profundas y oscuras órbitas.

Un perro ladró. Tenía que ser Horace, era el único perro que quedaba con vida. Él...

Barbie la sujetó del brazo con tal fuerza que Julia creyó que se lo iba a romper. El rostro de Barbie era la expresión del más puro asombro.

La caja del extraño símbolo flotaba a algo más de un metro por encima del suelo.

13

Horace fue el primero que notó el aire fresco porque era el que estaba más cerca del suelo. Empezó a ladrar. Entonces lo notó Joe: una brisa sorprendentemente fría que le acarició la espalda empapada en sudor. Estaba apoyado contra la Cúpula, y la Cúpula se movía. Hacia arriba. Norrie dormitaba con la cara sonrojada apoyada en el pecho de Joe, cuando él vio que un mechón de su cabello sucio y apelmazado empezaba a ondear. Norrie abrió los ojos.

—¿Qué...? Joey, ¿qué pasa?

Joe lo sabía, pero estaba demasiado aturdido para hablar. Sintió que algo frío se deslizaba por su espalda, como una interminable hoja de cristal que se alzaba.

Horace ladraba como un loco, agachado, con el hocico pegado al suelo. Era su postura de "quiero jugar", pero no estaba jugando. Metió el hocico bajo la Cúpula y olisqueó el aire frío, dulce y fresco.

¡Cielos!

14

En el lado sur de la Cúpula, el soldado Clint Ames también dormitaba. Estaba sentado con las piernas cruzadas junto a la carretera 119, envuelto en una manta, al estilo indio. De pronto el aire se enrareció, como si las pesadillas que revoloteaban en su cabeza hubieran adoptado forma física. Entonces tosió y se despertó.

El hollín se arremolinaba alrededor de sus botas y le manchaba los pantalones caqui. ¿De dónde demonios procedía? El incendio había tenido lugar en el interior. Entonces lo vio. La Cúpula se estaba levantando como una persiana gigante. Era imposible, alcanzaba varios kilómetros por encima y por debajo de la tierra, todo el mundo lo sabía, pero estaba sucediendo.

Ames no dudó. Reptó con las manos y las rodillas y sujetó a Ollie Dinsmore de los brazos. Por un instante sintió la Cúpula le rozaba la espalda, parecía de cristal y muy dura, y no había tiempo para pensar: "Si vuelve a bajar ahora, me partirá en dos". Entonces arrastró al chico hacia fuera.

De pronto pensó que era un cadáver.

—¡No! —gritó. Llevó al chico hacia uno de los ventiladores—. ¡Ni se te ocurra morirte, chico de las vacas!

Ollie empezó a toser, se inclinó hacia delante y vomitó sin apenas fuerzas. Ames lo aguantó. Los demás corrían hacia ellos, gritando de alegría, encabezados por el sargento Groh.

Ollie vomitó de nuevo.

—No me llames chico de las vacas —susurró.

—¡Traigan una ambulancia! —gritó Ames—. ¡Necesitamos una ambulancia!

—No, lo llevaremos al Central Maine General en helicóptero —dijo Groh—. ¿Alguna vez te has subido a un helicóptero, muchacho?

Con la mirada perdida, Ollie negó con la cabeza. Y vomitó sobre los zapatos del sargento Groh.

El militar sonrió y le estrechó la mugrienta mano.

—Bienvenido de nuevo a Estados Unidos, hijo. Bienvenido al mundo.

Ollie puso un brazo alrededor del cuello de Ame. Era consciente de que iba a perder el conocimiento. Intentó aguantar para dar las gracias, pero no lo consiguió. Lo último de lo que fue consciente antes de sumirse de nuevo en la oscuridad fue que el soldado sureño le dio un beso en la mejilla.

15

En el extremo norte, Horace fue el primero en salir. Corrió como una bala hacia el coronel Cox y empezó a trotar alrededor de sus pies. Horace no tenía rabo, pero daba igual: meneaba el trasero.

—Demonios —dijo Cox. Tomó al corgi en brazos y Horace se puso a lamerlo como desesperado.

Los supervivientes permanecían juntos en su lado (la línea de demarcación se veía claramente en la hierba, brillante en un lado y de un gris apagado en el otro); empezaban a entender lo que estaba sucediendo pero no se atrevían a creerlo. Rusty, Linda, las dos pequeñas J, Joe McClatchey y Norrie Calvert, con sus madres de pie a ambos lados. Ginny, Gina Buffalino y Harriet Granelow, abrazadas. Twitch también abrazaba a su hermana Rose, que lloraba y acunaba a Little Walter. Piper, Jackie y Lissa estaban tomadas de la mano. Pete Freeman y Tony Guay, los únicos que quedaban del *Democrat*, se encontraban tras ellas. Alva Drake se apoyaba en Rommie Burpee, que sostenía a Alice Appleton en brazos.

Todos observaron cómo la superficie sucia de la Cúpula se alzaba velozmente en el aire. El follaje otoñal del otro lado poseía un brillo desgarrador.

El aire dulce y fresco hizo ondear su cabello y les secó el sudor de la piel.

—Antes nos veíamos como a través de un cristal sucio... —dijo... Piper Libby—. Y ahora nos vemos cara a cara.

Horace saltó de los brazos del coronel Cox y empezó a correr trazando ochos en la hierba, a ladrar, a olisquearlo todo y a intentar orinar por todas partes.

Los supervivientes miraron con rostro de incredulidad hacia el brillante cielo que se extendía sobre una mañana de domingo de finales de otoño en Nueva Inglaterra. Y sobre ellos, la barrera sucia que los había mantenido prisioneros seguía alzándose, cada vez más rápido, y se encogía hasta convertirse en una línea, como un guion largo escrito con lápiz sobre una hoja de papel azul.

Un pájaro sobrevoló el lugar donde estuvo la Cúpula. Alice Appleton, que aún se encontraba en brazos de Rommie, miró hacia arriba y rio.

16

Barbie y Julia estaban de rodillas, separados por la rueda, respirando por turnos del tubo. Observaron la caja mientras esta se alzaba de nuevo. Al principio lo hizo lentamente, y pareció quedarse flotando en el aire a casi dos metros de altura, como si dudara. Entonces salió disparada hacia arriba a una velocidad imposible de seguir para el ojo humano; habría sido como intentar seguir la trayectoria de una bala. La Cúpula se levantaba o, en cierto modo, tiraban de ella.

La caja, pensó Barbie. *Está atrayendo la Cúpula hacia arriba, del modo en que un imán atrae las limaduras de hierro.*

La brisa avanzaba hacia ellos. Barbie percibió cómo ondeaba la hierba a su paso. Sacudió a Julia del hombro y señaló hacia el norte. El asqueroso cielo gris volvía a ser de un azul casi deslumbrante. Podían ver de nuevo claramente los árboles llenos de vida.

Julia apartó la cabeza del tubo y respiró.

—No sé si es muy buena… —dijo Barbie, pero entonces la brisa los acarició. Vio cómo agitaba el cabello de Julia y sintió que le secaba el sudor de su rostro mugriento con delicadeza, como la mano de una amante.

Julia tosió de nuevo. Barbara le dio unas palmadas en la espalda mientras él respiraba por primera vez. El hedor aún no había desaparecido y le desgarró la garganta, pero era respirable. El aire viciado se desplazaba hacia el sur, mientras el aire fresco del TR-90 procedente del lado de la Cúpula —lo que había sido el TR-90 del lado de la Cúpula— ocupaba su lugar. La segunda vez que inspiró aire fue mejor; la tercera, aún mejor; la cuarta, un regalo de Dios.

O de una niña cabeza de cuero.

Barbie y Julia se abrazaron junto al cuadrado negro que la caja dejó en el suelo, donde no volvería a crecer nada, nunca más.

17

—¡Sam! —gritó Julia—. ¡Tenemos que ir a buscar a Sam!

Seguían tosiendo mientras corrían hacia la Odyssey, pero Sam ya no tosía. Estaba desplomado sobre el volante, con los ojos abiertos, respirando débilmente. Tenía la parte inferior de la cara cubierta de sangre, y cuando Barbie lo echó hacia atrás, vio que la camisa azul del anciano se había teñido de un púrpura sucio.

—¿Puedes llevarlo? —preguntó Julia—. ¿Puedes llevarlo hasta donde están los soldados?

Por un instante la respuesta estuvo a punto de ser "No", pero Barbie dijo:

—Puedo intentarlo.

—No —susurró Sam, que los miró—. Me duele demasiado —un hilo de sangre manaba de su boca con cada palabra que pronunciaba—. ¿Lo lograste?

—Fue Julia —dijo Barbie—. No sé exactamente cómo, pero lo logré.

—Parte del mérito es del hombre del gimnasio —dijo ella—. Del hombre al que disparó el hackermonstruo.

Barbie se quedó boquiabierto, pero Julia no se dio cuenta. Abrazó a Sam y le dio un beso en ambas mejillas.

—Y el mérito en parte también es tuyo, Sam. Nos trajiste hasta aquí y viste a la niña del quiosco.

—En mi sueño no eras una niña —dijo Sam—. Eras adulta.

—Pues la niña estaba ahí —Julia se llevó las manos al pecho—. Y también está aquí. Vive.

—Ayúdenme a salir de la camioneta —susurró Sam—. Quiero oler el aire fresco antes de morir.

—No vas a…

—Cierra el pico, mujer. Ambos sabemos la verdad.

Julia y Barbie agarraron a Sam cada uno de un brazo, lo levantaron con cuidado, y lo dejaron en el suelo.

—Huele este aire —dijo Sam—. Dios bendito —respiró profundamente y tosió un poco de sangre—. Me llega cierto olor a madreselva.

—A mí también —dijo Julia, y le apartó el cabello de la frente.

Sam puso una mano sobre la de Julia.

—¿Se… se arrepintieron?

—Solo había una —respondió Julia—. Si hubiera habido más, no habría funcionado. No se puede luchar contra una multitud azuzada por la crueldad. Y no… no se arrepintieron. Sintieron compasión, pero no se arrepintieron.

—No son como nosotros, ¿verdad? —susurró el anciano.

—No, en absoluto.

—La compasión es para los fuertes —dijo Sam; suspiró—. Yo solo puedo arrepentirme. Lo que hice fue por culpa del alcohol, pero aun así me arrepiento. Si pudiera enmendaría, todo lo hecho.

—Fuera lo que fuese, al final lo has compensado —terció Barbie; le agarró la mano izquierda. Su anillo de bodas, grotescamente grande para tan poca carne, bailaba en el dedo medio.

Los ojos de Sam, de un azul yanqui deslavado, se fijaron en él, e intentó sonreír.

—Quizá sí… por todo lo que he hecho. Pero he sido feliz en el proceso. No creo que se pueda compensar una cosa como… —empezó a toser de nuevo, y escupió más sangre con la boca desdentada.

—De acuerdo —dijo Julia—. No intentes hablar más —estaban arrodillados, uno a cada lado de Sam. Julia miró a Barbie—. Olvídate de moverlo. Tiene hemorragia interna. Vamos a tener que ir por la ayuda.

—¡Oh, el cielo! —dijo Sam Verdreaux.

Esas fueron sus últimas palabras. Suspiró y su pecho, vacío, no volvió a hincharse. Barbie intentó cerrarle los ojos, pero Julia le interceptó la mano para detenerlo.

—Deja que mire —dijo—. Aunque esté muerto, deja que mire tanto tiempo como quiera.

Se sentaron junto a él. Oyeron cantar a un pájaro. Y en algún lugar, Horace seguía ladrando.

—Supongo que debería ir a buscar a mi perro —dijo Julia.

—Sí —dijo Barbie—. ¿En coche?

Ella negó con la cabeza.

—Vayamos a pie. Creo que aguantaremos medio kilómetro si vamos despacio, ¿no?

Barbie la ayudó a levantarse.

—Averigüémoslo —respondió.

18

Mientras caminaban con las manos entrelazadas sobre la alfombra de hierba que cubría el antiguo camino de suministros, Julia le contó todo lo que pudo sobre lo que llamaba su "estancia en el interior de la caja".

—Así pues —dijo Barbie cuando ella acabó su relato—, le contaste las cosas horribles de las que somos capaces, o se las mostraste, y aun así nos liberó.

—Saben todas las cosas horribles que podemos hacer —dijo Julia.

—Ese día de Faluya es el peor recuerdo de mi vida. Lo que lo convierte en algo tan malo es… —intentó pensar en la expresión que había utilizado Julia—. Es que yo fui el agresor en lugar de la víctima.

—Tú no lo hiciste —dijo ella—. Fue ese otro hombre.

—No importa —replicó Barbie—. Aquel hombre está muerto, da igual quién lo hiciera.

—¿Habría sucedido si solo hubiera habido dos o tres de ustedes en el gimnasio? ¿O si hubieras estado tú solo?

—No. Por supuesto que no.

—Entonces culpa al destino. O a Dios. O al Universo. Pero deja de culparte.

Quizá nunca fuera capaz de conseguirlo, pero entendía lo que había dicho Sam al final. El arrepentimiento por algo mal hecho era mejor que nada, supuso Barbie, pero por muy grande que fuera ese arrepentimiento no podría compensar la alegría sentida durante la destrucción, tanto si era quemar hormigas como disparar a prisioneros.

En Faluya no sintió alegría alguna. Podía considerarse inocente en ese aspecto. Y eso era bueno.

Los soldados corrían hacia ellos. Tal vez les quedaba un minuto más a solas. Quizá dos.

Barbara se detuvo y la tomó de los brazos.

—Te quiero por lo que has hecho, Julia.

—Lo sé —respondió ella con calma.

—Lo que has hecho es muy valiente.

—¿Me perdonas por haberte robado recuerdos? No quería hacerlo; simplemente ocurrió.

—Estás perdonada del todo.

Los soldados estaban más cerca. Cox corría con los demás, seguido de Horace. El coronel no tardaría en llegar, preguntaría por Ken y tras esa pregunta el mundo los reclamaría.

Barbie alzó la mirada hacia el cielo, respiró hondo aquel aire cada vez más limpio.

—No puedo creer que haya desaparecido.

—¿Crees que regresará alguna vez?

—Quizá no a este planeta, y no gracias a esa tropa. Crecerán y no volverán a su cuarto de los juguetes, pero la caja permanecerá. Y otros niños la encontrarán. Tarde o temprano, la sangre siempre acaba salpicando la pared.

—Eso es horrible.

—Quizá, pero ¿quieres que te diga lo que decía mi madre?

—Por supuesto.

Barbie recitó:

—"La noche es más oscura justo antes del amanecer."

Julia rio. Fue un sonido precioso.

—¿Qué te dijo la niña cabeza de cuero al final? —preguntó Barbara—. Dímelo rápido porque ya casi están aquí y esto es solo entre tú y yo.

A Julia pareció sorprenderle que no lo supiera.

—Me dijo lo mismo que Kayla. "Póntelo para que vuelvas a casa, parecerá que es un vestido."

—¿Hablaba del suéter?

Julia le tomó la mano de nuevo.

—No. De nuestra vida. Nuestra pequeña vida.

Barbara meditó sobre sus palabras.

—Si es lo que te dio, aprovechémosla.

Julia señaló hacia los soldados:

—¡Mira quién viene!

Horace la vio. Avivó el paso, se coló entre los hombres que corrían y, cuando los dejó atrás, se agachó un poco y aceleró al máximo. Una gran sonrisa adornaba su hocico. Tenía las orejas pegadas hacia atrás. Su sombra se deslizaba sobre la hierba manchada de hollín. Julia se arrodilló y extendió los brazos.

—¡Ven con mamá, cariño! —gritó.

Horace saltó. Ella lo agarró al vuelo y se echó hacia atrás, riendo. Barbie la ayudó a ponerse en pie.

Regresaron juntos al mundo, con ese regalo que les habían dado: simplemente la vida.

La compasión no era amor, pensó Barbie…, pero si eres un niño, vestir a quien está desnudo tenía que ser un paso en la dirección correcta.

22 de noviembre de 2007 – 14 de marzo de 2009

NOTA DEL AUTOR

Intenté escribir *La Cúpula* por primera vez en 1976, y la abandoné con la cola entre las patas tras dos semanas de trabajo que dieron como fruto unas setenta y cinco páginas. El manuscrito llevaba ya mucho tiempo perdido el día de 2007 que me senté para empezar de nuevo, pero recordaba el capítulo que lo iniciaba ("La avioneta y la marmota") lo bastante bien para recrearlo de forma casi exacta.

No me sentí abrumado por el gran número de personajes (me gustan las novelas con alta densidad de población) sino por los problemas técnicos que presentaba la historia, sobre todo en lo referente a las consecuencias ecológicas y meteorológicas de la Cúpula. El hecho de que esas cuestiones revistieran el libro de una gran importancia para mí hizo que me sintiera un cobarde, y un vago, pero me aterraba la posibilidad de fastidiarla. De modo que lo abandoné y me dediqué a otros proyectos, pero nunca me olvidé de la idea de la Cúpula.

Durante todos estos años, mi buen amigo Russ Dorr, un auxiliar médico de Bridgeton (Maine), me ha ayudado con los detalles médicos de muchos libros, en especial de *La danza de la muerte*. A finales del verano de 2007, le pregunté si estaría dispuesto a asumir un papel mucho más importante, como investigador principal de una novela larga titulada *La Cúpula*. Accedió y, gracias a Russ, creo que gran parte de los detalles técnicos son correctos. Fue Russ quien investigó sobre los misiles guiados por computadora, los patrones de las corrientes en chorro, las recetas para fabricar metanfetaminas, los generadores portátiles, la radiación, posibles adelantos en la tecnología de telefonía móvil y cientos de cosas más.

También fue Russ quien inventó el traje antirradiación casero de Rusty Everett y quien cayó en la cuenta de que la gente podía respirar gracias al aire de las llantas, al menos durante un rato. ¿Hemos cometido errores? Seguro. Pero la mayoría serán culpa mía, ya sea porque no entendí bien o porque malinterpreté algunas de sus respuestas.

Mis dos primeros lectores fueron mi mujer Tabitha y Leonora Legrand, mi nuera. Ambas fueron severas, humanas y me ayudaron mucho.

Nan Graham editó el libro y convirtió el dinosaurio original en una bestia de tamaño algo más manejable; todas las páginas del manuscrito quedaron marcadas con sus cambios. Estoy muy en deuda con ella y muy agradecido por todas esas mañanas en que se levantó a las seis, lápiz en mano. Intenté escribir un libro sin dejar de pisar el acelerador, rápido y vibrante. Nan lo entendió, y cuando yo levantaba el pie, ella lo pisaba a fondo y gritaba (en los márgenes, como acostumbran a hacer los editores): "¡Más rápido, Steve! ¡Más rápido!".

Surendra Patel, a quien está dedicado el libro, fue un amigo y una fuente inagotable de consuelo durante treinta años. En junio de 2008 me comunicaron que había muerto de un infarto. Me senté en los escalones de mi oficina y lloré. Cuando acabé, me puse a trabajar de nuevo. Era lo que él habría esperado.

Y a ti, Lector Constante, gracias por leer esta historia. Si has disfrutado tanto como yo, podemos considerarnos afortunados.

S. K.